Heinrich Böll

Billard um halb zehn
Ansichten eines Clowns
Ende einer Dienstfahrt

Kiepenheuer & Witsch

Vierte Auflage Januar 1973
© 1959, 1963, 1966 by Verlag Kiepenheuer & Witsch Köln Berlin
Gesamtherstellung Mohndruck Reinhard Mohn OHG Gütersloh
Schutzumschlag und Einband Hannes Jähn Köln
Printed in Germany 1973
ISBN 3 462 00827 7

Billard um halb zehn

FÜR ANNEMARIE

Die werden es sehen, denen von Ihm noch
nichts verkündet ward, und die verstehen,
die noch nichts vernommen haben.

An diesem Morgen war Fähmel zum ersten Mal unhöflich zu ihr, fast
grob. Er rief sie gegen halb zwölf an, und schon der Klang seiner Stimme
verhieß Unheil; diese Schwingungen waren ihr ungewohnt, und gerade
weil seine Worte so korrekt blieben, erschreckte sie der Ton: alle Höflichkeit war in dieser Stimme auf die Formel reduziert, als wenn er ihr
statt Wasser H2O angeboten hätte.
»Bitte«, sagte er, »nehmen Sie aus Ihrem Schreibtisch die kleine rote
Karte, die ich Ihnen vor vier Jahren gab.« Sie zog mit der rechten Hand
ihre Schreibtischschublade auf, schob eine Tafel Schokolade, den Woll-
lappen, das Messingputzmittel beiseite, nahm die rote Karte heraus.
»Bitte, lesen Sie mir vor, was auf der Karte steht.« Und sie las mit zit-
ternder Stimme: »Jederzeit erreichbar für meine Mutter, meinen Vater,
meine Tochter, meinen Sohn und für Herrn Schrella, für niemanden
sonst.«
»Bitte, wiederholen Sie den letzten Satz«, und sie wiederholte: »Für niemanden sonst.« »Woher wußten Sie übrigens, daß die Telefonnummer,
die ich Ihnen gab, die des Hotels ›Prinz Heinrich‹ war?« Sie schwieg.
»Ich möchte betonen, daß Sie meine Anweisungen zu befolgen haben,
auch wenn sie vier Jahre zurückliegen . . . bitte.«
Sie schwieg.
»Dummes Stück . . .« Hatte er das ›Bitte‹ diesmal vergessen? Sie hörte
Gemurmel, dann eine Stimme, die ›Taxi‹ rief, ›Taxi‹, das amtliche Tuten,
sie legte den Hörer auf, schob das Kärtchen auf die Mitte des Schreib-
tisches, empfand beinahe Erleichterung; diese Grobheit, die erste innerhalb von vier Jahren, war fast wie eine Zärtlichkeit.
Wenn sie verwirrt war oder des bis aufs äußerste präzisierten Ablaufs
ihrer Arbeit überdrüssig, ging sie hinaus, das Messingschild zu putzen:
›Dr. Robert Fähmel, Büro für statische Berechnungen, nachmittags geschlossen‹. Eisenbahndämpfe, der Schleim der Auspuffgase, Straßen-
staub gaben ihr täglich Grund, den Wollappen und das Putzmittel aus
der Schublade zu nehmen, und sie liebte es, diese Putzminuten auf eine
viertel, eine halbe Stunde auszudehnen. Drüben im Haus Modestgasse
8 konnte sie hinter staubigen Fenstern die stampfenden Druckereimaschinen sehen, die unermüdlich Erbauliches auf weißes Papier druckten;
sie spürte das Beben, glaubte sich auf ein fahrendes oder startendes Schiff
versetzt. Lastwagen, Lehrjungen, Nonnen; Leben auf der Straße, Kisten

vor Gemüseläden: Apfelsinen, Tomaten, Kohl. Und am Nebenhaus, vor Gretzens Laden, hängten zwei Lehrjungen gerade den Keiler auf, dunkles Wildschweinblut tropfte auf den Asphalt. Sie liebte den Lärm und den Schmutz der Straße. Trotz stieg in ihr hoch, und sie dachte an Kündigung; in irgendeinem Dreckladen arbeiten, in einem Hinterhof betrieben, wo Elektrokabel, Gewürze oder Zwiebeln verkauft wurden, wo schmuddelige Chefs mit herunterhängenden Hosenträgern und Wechselsorgen zu Vertraulichkeiten neigten, die man dann wenigstens hätte abweisen können; wo man um die Stunde, die man wartend beim Zahnarzt verbrachte, zu kämpfen hatte; wo für die Verlobung einer Kollegin Geld gesammelt wurde, Geld für einen Haussegen oder ein Buch über die Liebe; wo die schmutzigen Witze der Kollegen einen daran erinnerten, daß man selbst rein geblieben war. Leben. Nicht diese makellose Ordnung, nicht diesen Chef, der makellos gekleidet und makellos höflich war – und ihr unheimlich; sie witterte Verachtung hinter dieser Höflichkeit, die er jedem, mit dem er zu tun hatte, zuteil werden ließ. Doch mit wem, außer ihr, hatte er schon zu tun? Soweit sie zurückdenken konnte, hatte sie ihn nie mit jemandem sprechen sehen – außer mit seinem Vater, seinem Sohn, seiner Tochter. Niemals hatte sie seine Mutter gesehen, die lebte irgendwo in einem Sanatorium für Geistesgestörte, und dieser Herr Schrella, der noch auf der roten Karte stand, hatte niemals nach ihm verlangt. Sprechstunden hielt Fähmel nicht ab, Kunden, die telefonisch anfragten, mußte sie bitten, sich schriftlich an ihn zu wenden.

Wenn er sie bei einem Fehler ertappte, machte er nur eine wegwerfende Handbewegung, sagte: »Gut, dann machen Sie es noch einmal, bitte.« Das geschah selten, denn die wenigen Fehler, die ihr unterliefen, entdeckte sie selbst. Das ›Bitte‹ jedenfalls vergaß er nie. Wenn sie ihn darum bat, gab er ihr frei, für Stunden, für Tage; als ihre Mutter starb, hatte er gesagt: »Dann schließen wir das Büro für vier Tage . . . oder möchten Sie lieber eine Woche?« Doch sie wollte keine Woche, nicht einmal vier Tage, nur drei, und selbst die wurden ihr in der leeren Wohnung zu lang. Zur Seelenmesse und zur Beerdigung erschien er natürlich in vollendetem Schwarz, erschienen sein Vater, sein Sohn, seine Tochter, trugen alle riesige Kränze, die sie eigenhändig am Grab niederlegten, lauschten der Liturgie; und sein alter Vater, den sie mochte, flüsterte ihr zu: »Wir Fähmels kennen den Tod, stehen auf vertrautem Fuß mit ihm, liebes Kind.«

All ihren Wünschen um Vergünstigungen kam er widerstandslos entgegen, und so fiel es ihr im Laufe der Jahre immer schwerer, ihn um eine Gunst zu bitten; er hatte die Arbeitszeit mehr und mehr herabgesetzt; im ersten Jahr hatte sie noch von acht bis vier gearbeitet, aber nun war ihre Arbeit schon seit zwei Jahren so rationalisiert, daß sie gut von acht bis eins getan werden konnte, ihr sogar noch Zeit blieb, sich zu langweilen, die Putzminuten auf halbe Stunden auszudehnen. Kein Wölkchen mehr auf dem Messingschild zu entdecken! Seufzend schraubte sie die Flasche mit dem Putzmittel zu, faltete den Lappen; immer noch stampften die Druckereimaschinen, druckten unerbittlich Erbauliches auf weißes Papier, immer noch blutete der Keiler. Lehrjungen, Lastwagen, Nonnen: Leben auf der Straße.

Auf dem Schreibtisch die rote Karte; seine makellose Architektenschrift: ›. . . für niemanden sonst‹. Die Telefonnummer, die sie mühsam, in langweiligen Stunden, über ihre Neugier errötend, identifiziert hatte: ›Hotel Prinz Heinrich‹. Der Name hatte ihrer Witterung neue Nahrung gegeben: was tat er morgens zwischen halb zehn und elf im Hotel Prinz Heinrich? Eisige Stimme am Telefon: ›Dummes Stück‹. Hatte er wirklich nicht ›bitte‹ dazu gesagt? Der Stilbruch stimmte sie hoffnungsvoll, tröstete sie über die Arbeit, die auch ein Automat hätte ausführen können.
Zwei Musterbriefe, die in vier Jahren nicht geändert worden waren, die sie schon in den Durchschlägen ihrer Vorgängerin entdeckt hatte: einen für die Kunden, die Aufträge erteilen: ›. . . danken wir Ihnen für Ihr Vertrauen, das wir durch rasche und korrekte Erledigung des Auftrages rechtfertigen werden. Hochachtungsvoll‹; der zweite Brief, der zu schreiben war, wenn sie die statischen Unterlagen an die Kunden zurückschickte: ›Anbei die gewünschten Unterlagen für das Bauvorhaben X. Das Honorar in Höhe von Y bitten wir auf unser Bankkonto zu überweisen. Hochachtungsvoll.‹ Blieben freilich für sie gewisse Variationen; für X hatte sie einzusetzen: Haus für einen Verleger am Waldrand, Haus für einen Lehrer am Flußufer, Bahnüberführung Hollebenstraße. Für Y das Honorar, das sie nach einem einfachen Schlüssel selbst errechnen mußte.
Blieb noch der Briefverkehr mit seinen drei Mitarbeitern: Kanders, Schrit und Hochbret. Denen mußte sie die Aufträge in der Reihenfolge ihres Eintreffens zuschicken. »Damit«, so hatte Fähmel gesagt, »die Gerechtigkeit ihren automatischen Verlauf nimmt und das Glück eine repräsentative Chance hat.« Kamen die Unterlagen zurück, mußte das, was Kanders errechnet hatte, Schrit; was Hochbret errechnet hatte, Kanders; was Schrit errechnet hatte, Hochbret zur Überprüfung zugeschickt werden. Karteien waren zu führen, Spesenrechnungen zu buchen, Zeichnungen zu fotokopieren und von jedem Bauvorhaben eine Fotokopie in doppelter Postkartengröße für sein Privatarchiv herzustellen; – aber die meiste Arbeit bestand im Frankieren: immer wieder die Rückseite des grünen, des roten, des blauen Heuss übers Schwämmchen ge-

zogen, die Marke sauber in die rechte obere Ecke des gelben Umschlags geklebt; sie empfand es schon als Abwechslung, wenn mal ein brauner, ein violetter, ein gelber Heuss darunter war.

Fähmel hatte sich zum Prinzip gemacht, nie länger als eine Stunde pro Tag im Büro zu verbringen; er schrieb seinen Namen unters Hochachtungsvoll, unter Honoraranweisungen. Kamen mehr Aufträge, als er in einer Stunde hätte bewältigen können, lehnte er die Annahme ab. Für diese Fälle gab es hektographierte Zettel mit dem Text: ›Infolge Arbeitsüberlastung sehen wir uns leider gezwungen, auf Ihren geschätzten Auftrag zu verzichten. Gez. F.‹

Nicht ein einziges Mal, wenn sie ihm morgens zwischen halb neun und halb zehn gegenübersaß, hatte sie ihn bei intimen menschlichen Verrichtungen gesehen; beim Essen, Trinken; niemals einen Schnupfen an ihm bemerkt; errötend dachte sie an intimere Dinge als diese; daß er rauchte, war kein Ersatz für das Vermißte: zu makellos war die schneeweiße Zigarette, nur die Asche, die Stummel im Aschenbecher trösteten sie: das war wenigstens Abfall, bewies, daß Verbrauch stattgefunden hatte. Sie hatte schon bei gewaltigen Chefs gearbeitet, Männern, deren Schreibtische wie Kommandobrücken waren, deren Physiognomie Furcht einflößte, doch selbst diese Großen hatten irgendwann einmal eine Tasse Tee, einen Kaffee getrunken, ein belegtes Brot gegessen, und der Anblick essender und trinkender Gewaltiger hatte sie immer in Erregung versetzt: da krümelte Brot, blieben Wurstpellen übrig und speckige Schinkenränder, mußten Hände gewaschen, Taschentücher gezogen werden. Versöhnliches zeigte sich hinter Stirnen aus Granit, die über ganze Armeen befahlen, Münder wurden in Gesichtern abgewischt, die einstmals, in Bronze gegossen, auf Denkmalsockeln späteren Geschlechtern von ihrer Größe künden würden. Fähmel, wenn er um halb neun aus dem Hinterhaus kam, brachte keine Frühstücksspuren mit, war – wie es einem Chef geziemt hätte –, weder nervös noch gesammelt; seine Unterschrift, auch wenn er vierzigmal seinen Namen unters Hochachtungsvoll zu schreiben hatte, blieb leserlich und schön; er rauchte, unterschrieb, blickte selten einmal in eine Zeichnung, nahm Punkt halb zehn Mantel und Hut, sagte: »Bis morgen dann« und verschwand. Von halb zehn bis elf war er im Hotel Prinz Heinrich zu erreichen, von elf bis zwölf im Café Zons, erreichbar nur für ›seine Mutter, seinen Vater, seine Tochter, seinen Sohn – und Herrn Schrella‹ – ab zwölf beim Spaziergang und um eins traf er sich mit seiner Tochter im ›Löwen‹ zum Mittagessen. Sie wußte nicht, wie er seine Nachmittage, seine Abende verbrachte, wußte nur, daß er morgens um sieben der heiligen Messe beiwohnte, von halb acht bis acht mit seiner Tochter, von acht bis halb neun allein frühstückte. Immer wieder war sie überrascht über die Freude, die er zeigte, wenn sein Sohn sich anmeldete; immer wieder öffnete er dann das Fenster, blickte die Straße hinunter bis zum Modesttor, Blumen wurden gebracht, eine Haushälterin für die Dauer des Besuchs engagiert; die kleine Narbe über seinem Nasenbein wurde rot vor Erregung, Reinemachefrauen bevölkerten das düstere Hinterhaus, förderten Weinflaschen zutage, die im Flur für den Altwarenhändler bereitgestellt wurden; immer mehr Flaschen sammmelten sich, wurden erst in Fünfer- dann in Zehnerreihen aufgestellt, da die Länge des Flures nicht ausreichte; dunkelgrüner, starrer Staketenwald, dessen Spitzen sie errötend, sich der unziemlichen Neugier bewußt, zählte: zweihundertundzehn Flaschen, leergetrunken zwischen Anfang Mai und Anfang September, mehr als eine Flasche täglich.

Niemals roch er nach Alkohol, seine Hände zitterten nicht. Der dunkelgrüne starre Wald wurde unwirklich. Hatte sie ihn tatsächlich gesehen, oder existierte er nur in ihren Träumen? Weder Schrit noch Hochbret oder Kanders hatte sie je zu Gesicht bekommen; die hockten weit entfernt voneinander in kleinen Nestern. Nur zweimal hatte einer beim anderen Fehler entdeckt: als Schrit die Basierung des städtischen Schwimmbades falsch errechnete, was von Hochbret herausgefunden wurde. Sie war sehr aufgeregt gewesen, aber Fähmel hatte sie nur gebeten, ihr die Rotstiftnotizen an den Rändern der Zeichnung als die von Schrit und die von Hochbret zu identifizieren, und zum ersten Mal wurde ihr klar, daß auch er offenbar vom Fach war: eine halbe Stunde lang hatte er mit Rechenschieber, Tabellen und gespitzten Bleistiften an seinem Schreibtisch gesessen, dann gesagt: »Hochbret hat recht, das Schwimmbad wäre spätestens in drei Monaten zusammengesackt.« Kein Wort des Tadels für Schrit, keins des Lobes für Hochbret, und als er – dieses eine Mal – das Gutachten selbst unterschrieb, lachte er; sein Lachen war ihr so unheimlich wie seine Höflichkeit.

Der zweite Fehler war Hochbret unterlaufen, bei der Berechnung der statischen Unterlagen für die Eisenbahnüberführung an der Wilhelmskuhle, und diesmal war es Kanders, der den Fehler entdeckte, und wieder sah sie Fähmel – zum zweiten Mal innerhalb von vier Jahren – rechnend am Schreibtisch sitzen. Wieder mußte sie ihm Hochbrets und Kanders Rotstiftnotizen identifizieren; dieser Zwischenfall gab ihm die Idee ein, den verschiedenen Mitarbeitern verschiedene Farben vorzuschreiben: Kanders rot, Hochbret grün, Schrit gelb.

Langsam schrieb sie, während ein Stück Schokolade in ihrem Munde zerging: ›Wochenendhaus für eine Filmschauspielerin‹, schrieb, während das zweite Stück Schokolade in ihrem Mund zerging: ›Erweiterungsbau der Societas, die Gemeinnützigste der Gemeinnützigen‹. Immerhin unterschieden sich die Kunden noch durch Name und Adresse voneinander, gaben die beigelegten Zeichnungen ihr das Gefühl, an

Wirklichem teilzuhaben; Steine und Kunststoffplatten, Eisenträger, Glasziegel, Zementsäcke, die waren vorstellbar, während Schrit, Kanders und Hochbret, obwohl sie täglich deren Adresse schrieb, unvorstellbar blieben. Sie waren nie im Büro gewesen, riefen nie an, schrieben nie. Ohne Kommentar schickten sie ihre Berechnungen und Unterlagen zurück. »Wozu Briefe?« hatte Fähmel gesagt, »wir wollen doch hier keine Bekenntnisse sammeln, wie?«

Manchmal nahm sie das Lexikon aus dem Bücherregal, schlug die Namen der Orte auf, die sie täglich auf Briefumschläge schrieb: Schilgenauel, 87 Einwohner, davon 83 röm.-kath., berühmte Pfarrkirche aus dem 12. Jh. mit dem Schilgenaueler Altar. Dort wohnte Kanders, dessen Personalien die Versicherungskarte preisgab: siebenunddreißig Jahre alt, ledig, röm.-kath. . . Schrit wohnte hoch im Norden, in Gludum, 1988 Einwohner, davon 1812 ev., 176 röm.-kath., Marinadenindustrie. Missionsschule. Schrit war achtundvierzig, verh., ev., 2 Kinder, davon 1 über achtzehn. Hochbrets Wohnort brauchte sie nicht nachzuschlagen, er wohnte in einem Vorort, in Blessenfeld, nur fünfunddreißig Omnibusminuten entfernt, und oft kam ihr der törichte Gedanke, ihn einmal aufzusuchen, sich seines Vorhandenseins zu versichern, indem sie seine Stimme hörte, ihn sah, seinen Händedruck spürte, doch sein geringes Alter, er war erst zweiunddreißig, und die Tatsache, daß er ledig war, hielt sie von solcher Intimität zurück. Obwohl das Lexikon Kanders und Schrits Wohnorte beschrieb, wie auf einem Ausweis die ausgewiesene Person beschrieben wird, Blessenfeld ihr vertraut war, blieben die drei ihr unvorstellbar, wenn sie auch monatlich Versicherungsbeträge für sie überwies, Postanweisungen ausfüllte, Zeitschriften und Tabellen an sie verschickte; sie blieben so unwirklich wie dieser Schrella, der auf der roten Karte stand, für den er immer erreichbar war, der aber in vier Jahren nicht einmal versucht hatte, ihn zu erreichen.

Sie ließ die rote Karte, die zur Ursache seiner ersten Grobheit geworden war, auf dem Tisch liegen. Wie hatte der Herr geheißen, der gegen zehn ins Büro gekommen war und Fähmel dringend, dringend, sehr dringend zu sprechen verlangte? Groß war er gewesen, grauhaarig, mit leicht gerötetem Gesicht, roch nach exquisiten Spesenmahlzeiten, trug einen Anzug, der nach Qualität geradezu stank; Macht, Würde und herrischen Charme hatte der Herr auf eine Weise vereint, die ihn unwiderstehlich machte; in seinem Titel, den er lächelnd hinmurmelte, hatte es nach Minister geklungen – Ministerialrat, -direktor, -dirigent, und als sie leugnete, Fähmels Aufenthalt zu wissen, schoß er's heraus, rasch, legte ihr dabei die Hand auf die Schulter: »Nun, schönes Kind, sagen Sie schon, wo ich ihn finden kann«, und sie gab es preis, wußte nicht, wie es geschehen konnte, es ruhte so tief in ihr, das Geheimnis, das ihre Witterung so eingehend beschäftigte: ›Hotel Prinz Heinrich‹. Da wurde etwas von Schulkamerad gemurmelt, von einer Angelegenheit, die dringend, dringend, sehr dringend sei, etwas von Wehr, etwas von Waffen; er hinterließ, nachdem er gegangen war, ein Zigarrenaroma, das eine Stunde später noch Fähmels Vater zu einem aufgeregten Schnuppern veranlaßte.

»Mein Gott, mein Gott, muß das ein Kraut gewesen sein – ein Kraut!« Der Alte schnupperte an den Wänden entlang, schob seine Nase dicht über den Schreibtisch, setzte seinen Hut auf, kam nach wenigen Minuten mit dem Geschäftsführer des Zigarrenladens zurück, in dem er schon seit fünfzig Jahren kaufte, und sie standen beide eine Weile schnuppernd in der Tür, gingen im Büro hin und her wie aufgeregte Hunde, der Geschäftsführer kroch unter den Schreibtisch, wo offenbar eine ganze Rauchwolke sich erhalten hatte, stand auf, klopfte sich die Hände ab, lächelte triumphierend und sagte: »Ja, Herr Geheimrat, das war eine Partagas Eminentes.«
»Und Sie können mir die besorgen?«
»Sicher, ich habe sie vorrätig.«
»Wehe Ihnen, wenn das Aroma nicht das gleiche ist, das ich hier gerochen habe.«
Der Geschäftsführer schnüffelte noch einmal, sagte: »Partagas Eminentes, dafür laß ich mich köpfen, Herr Geheimrat. Vier Mark pro Stück. Möchten Sie welche?«
»Eine, lieber Kolbe, eine. Vier Mark, so hoch war der Wochenlohn meines Großvaters, und ich respektiere die Toten, hab meine Sentimentalitäten, wie Sie wissen. Mein Gott, dieses Kraut schlägt die zwanzigtausend Zigaretten tot, die mein Sohn hier schon geraucht hat.«
Sie empfand es als hohe Ehre, daß der Alte seine Zigarre in ihrer Gegenwart rauchte; er lehnte sich zurück im Sessel seines Sohnes, der zu groß für ihn war; sie schob ihm ein Kissen in den Rücken, hörte ihm zu, während sie der makellosesten aller Beschäftigungen nachging: frankieren. Langsam die Rückseite des grünen, des roten, des blauen Heuss übers Schwämmchen gezogen, sauber in die rechte obere Ecke von Briefumschlägen geklebt, die nach Schilgenauel, Gludum und Blessenfeld reisen würden. Exakt, während der Alte einem Genuß frönte, den er seit fünfzig Jahren vergebens gesucht zu haben schien.
»Mein Gott«, sagte er, »jetzt weiß ich endlich, was eine Zigarre ist, liebes Kind. Mußte ich so lange darauf warten, bis zu meinem achtzigsten Geburtstag – – nun, lassen Sie, regen Sie sich doch nicht auf, natürlich, heute werd ich achtzig – – also, Sie waren's nicht, die die Blumen im Auftrag meines Sohnes für mich bestellt hat? Schön, danke, später über meinen Geburtstag, ja? Ich lade Sie herzlich zur Feier heute abend im Café Kroner ein – – aber sagen Sie mir, liebe Leonore, warum hat man mir in

17

den fünfzig Jahren, genaugenommen sind's einundfünfzig Jahre – – die ich bei denen kaufe, nicht einmal eine solche Zigarre vorgelegt? Bin ich etwa geizig? Ich bin's nie gewesen, Sie wissen es. Ich habe meine Zehner-Zigarren geraucht, als ich jung war, Zwanziger, als ich ein bißchen mehr Geld verdiente, und dann Sechziger, jahrzehntelang. Sagen Sie mir, liebes Kind, was sind das für Leute, die mit so einem Ding für vier Mark im Mund über die Straße gehen, in ein Büro kommen, wieder hinaus, als ob's ein Zigarillo für einen Groschen wäre? Was sind das für Leute, die zwischen Frühstück und Mittagessen dreimal den Wochenlohn meines Großvaters verrauchen, ein Aroma hinterlassen, daß einem alten Mann wie mir die Spucke wegbleibt und ich wie ein Köter schnüffelnd hier im Büro meines Sohnes herumkrieche? Wie? Schulkamerad von Robert? Ministerialrat, -direktor, -dirigent – oder gar Minister? Den müßte ich doch kennen. Wehr? Waffen?«

Und plötzlich der Schimmer in seinen Augen, als wenn eine Klappe gefallen wäre: der Alte sank zurück ins erste, dritte oder sechste Jahrzehnt seines Lebens, begrub eins seiner Kinder. Welches? Johanna oder Heinrich? Über welchen weißen Sarg warf er Erdkrumen, streute er Blumen? Waren die Tränen, die in seinen Augen standen, die Tränen des Jahres 1909, in dem er Johanna begrub, des Jahres 1917, in dem er an Heinrichs Grab stand, oder waren sie aus dem Jahr 1942, in dem er die Nachricht von Ottos Tod erhielt? Weinte er an der Pforte des Irrenhauses, in dem seine Frau verschwunden war? Tränen, während die Zigarre in sanftem Kräuseln verrauchte, sie waren aus dem Jahr 1894; er begrub seine Schwester Charlotte, für die er Goldstück um Goldstück sparen wollte, auf daß es ihr besser gehe; der Sarg rutschte an den knirschenden Seilen hinunter, während die Schulkinder sangen: ›Türmer, wohin ist die Schwalbe entflohen?‹; zirpige Kinderstimmen drangen in dieses makellos eingerichtete Büro, und die Greisenstimme sang es über ein halbes Jahrhundert hinweg; nur dieser Oktobermorgen des Jahres 1894 war wirklich: Dunst über dem Niederrhein, Nebelschwaden zogen tanzende Schleifen über Rübenäcker, in Weidenbäumen schnarrten die Krähen wie Fastnachtsklappern, während Leonore einen roten Heuss übers nasse Schwämmchen zog. Dreißig Jahre bevor sie geboren war, sangen Bauernkinder: ›Türmer, wohin ist die Schwalbe entflohen?‹ Grüner Heuss, übers Schwämmchen gezogen. Vorsicht, Briefe an Hochbret liefen unter Ortstarif.

Wenn es über ihn kam, sah der Alte wie blind aus; sie wäre gern rasch ins Blumengeschäft gelaufen und hätte ihm einen hübschen Strauß gekauft, aber sie hatte Angst, ihn allein zu lassen; er streckte seine Hände aus, vorsichtig schob sie ihm den Aschenbecher näher, und er nahm die Zigarre, steckte sie in den Mund, blickte Leonore an und sagte leise: »Glaub nicht, daß ich verrückt bin, Kind.«

Sie hatte ihn gern, er kam regelmäßig ins Büro, holte sie ab, damit sie sich an ihren freien Nachmittagen seiner nachlässig geführten Bücher erbarme, drüben auf der gegenüberliegenden Straßenseite, hoch über der Druckerei, wo er im ›Atelier seiner Jugend‹ hauste; dort bewahrte er Dokumente auf, die von Steuerbeamten geprüft worden, deren Reihengräber schon verfallen waren, bevor sie schreiben lernte; englische Pfundguthaben, Dollarbesitz, Plantagenanteile in El Salvador; dort oben kramte sie in staubigen Abrechnungen, entzifferte handgeschriebene Kontoauszüge von Banken, die längst liquidiert waren, las in Testamenten, in denen er Kinder mit Legaten bedacht hatte, die er nun schon um vierzig Jahre überlebte. ›Und soll meinem Sohne Heinrich die Nutznießung der beiden Gutshöfe Stehlingers Grotte und Görlingers Stuhl ausschließlich vorbehalten bleiben, denn ich habe in seinem Wesen jene Ruhe, ja Freude am Wachstum der Dinge beobachtet, die mir die Voraussetzung für das Leben eines Landwirts zu sein scheinen . . .‹ »Hier«, schrie der Alte, fuchtelte mit der Zigarre in der Luft, »hier hab ich meinem Schwiegervater das Testament diktiert, am Abend, bevor ich ausrücken mußte; ich diktierte es, während der Junge da oben schlief; er begleitete mich am nächsten Morgen noch zur Bahn, küßte meine Wange – Mund eines siebenjährigen Kindes –, aber niemand, Leonore, niemand nahm je meine Geschenke an, alle fielen sie an mich zurück: Güter und Bankkonten, Renten und Mietzins. Ich konnte nie schenken, nur meine Frau konnte es, und ihre Geschenke wurden angenommen – und wenn ich neben ihr lag, nachts, hörte ich sie oft murmeln, lange, sanft wie Wasser floß es aus ihrem Mund, stundenlang: *wozuwozuwozu . . .*«

Wieder weinte der Alte, diesmal in Uniform, Pionierhauptmann der Reserve, Geheimer Rat, Heinrich Fähmel, auf Sonderurlaub, um seinen siebenjährigen Sohn zu begraben; die Kilbsche Gruft nahm den weißen Sarg auf: dunkles feuchtes Gemäuer und frisch wie Sonnenstrahlen die goldenen Ziffern, die das Todesjahr auswiesen: 1917. Robert, in schwarzem Samt gekleidet, wartete in der Kutsche draußen . . .

Leonore ließ die Briefmarke, violett diese, fallen; sie getraute sich nicht, den Brief an Schrit zu frankieren; ungeduldig schnaubten die Kutschpferde vor dem Friedhofstor, während Robert Fähmel, zwei Jahre alt, die Zügel halten durfte: schwarzes Leder, brüchig an den Rändern, und das frische Gold der Ziffer 1917 glänzte heller als Sonnenschein . . .

»Was treibt er, was macht er, mein Sohn, der einzige, der mir blieb, Leonore? Was macht er morgens von halb zehn bis elf im Prinz Heinrich; er durfte zusehen, wie den Pferden der Futtersack vorgebunden wurde – was treibt er? Sagen Sie's mir doch, Leonore!«

Zögernd nahm sie die violette Marke auf, sagte leise: »Ich weiß nicht, was er dort tut, wirklich nicht.«

Der Alte nahm die Zigarre in den Mund, lehnte sich lächelnd im Sessel zurück – als wäre nichts gewesen. »Was halten Sie davon, wenn ich Sie fest für die Nachmittage engagiere? Ich hole Sie ab. Wir würden mittags miteinander essen, und von zwei bis vier, oder bis fünf, wenn Sie wollen, helfen Sie mir, bei mir da oben Ordnung zu machen. Was halten Sie davon, liebes Kind?«

Sie nickte, sagte: »Ja.« Noch traute sie sich nicht, den violetten Heuss übers Schwämmchen zu ziehen, ihn auf den Umschlag an Schrit zu kleben: ein Postbeamter würde den Brief aus dem Kasten nehmen, die Maschine würde stempeln: 6. September 1958, 13 Uhr. Da saß der Alte, er war wieder am Ende seines achten, am Anfang seines neunten Jahrzehnts angekommen.

»Ja, ja«, sagte sie.

»Ich darf Sie also als engagiert betrachten?«

»Ja.«

Sie blickte in sein schmales Gesicht, in dem sie seit Jahren vergeblich Ähnlichkeit mit seinem Sohn suchte; nur Höflichkeit schien eine verbindende Fähmelsche Familieneigenschaft zu sein; bei dem Alten war sie umständlicher, verziert, war Höflichkeit alten Schlags, fast Grandezza, nicht höfliche Mathematik wie bei seinem Sohn, der Trockenheit kultivierte, nur im Schimmer seiner grauen Augen ahnen ließ, daß er zu weniger trockenen Liebenswürdigkeiten fähig gewesen wäre. Der Alte benutzte sein Taschentuch wirklich, kaute an seiner Zigarre, sagte ihr manchmal Nettigkeiten über ihre Frisur, ihren Teint; sein Anzug zeigte wenigstens Spuren von Verschleiß, die Krawatte war immer etwas schief gebunden, Tuscheflecken hatte er an den Fingern, Radierkrümel auf den Rockaufschlägen, Bleistifte, harte und weiche in der Westentasche, und manchmal nahm er ein Blatt Papier aus dem Schreibtisch seines Sohnes, kritzelte rasch einen Engel hin, ein Gotteslamm, einen Baum, das Porträt eines draußen vorübereilenden Zeitgenossen. Manchmal auch gab er ihr Geld, Kuchen zu holen, bat sie, eine zweite Kaffeetasse anzuschaffen, und machte sie glücklich, weil sie den elektrischen Kocher endlich für jemand anderen als sich selbst einstöpseln konnte. Das war Büroleben, wie sie's gewohnt war: Kaffee kochen, Kuchen kaufen und was erzählt bekommen, das seine richtige Reihenfolge hatte: von den Leben, die da hinten im Wohnflügel gelebt, von den Toden, die da gestorben worden waren. Jahrhundertelang hatten die Kilbs dort hinten Laster und Licht gesucht, Sünde und Heil, waren Kämmerer, Notare, Bürgermeister und Domherren geworden; dort hinten war noch etwas von den strengen Gebeten späterer Prälaten in der Luft; die düsteren Laster jungfräulich gebliebener Kilbinnen und die Bußübungen frommer Jünglinge, in diesem dunklen Haus da hinten, in dem jetzt an den stillen Nachmittagen ein blasses, dunkelhaariges Mädchen seine Schularbeiten machte und auf seinen Vater wartete. Oder war er nachmittags zu Hause? Zweihundertundzehn Flaschen Wein, leergetrunken zwischen Anfang Mai und Anfang September. Trank er sie allein, mit seiner Tochter, oder mit Gespenstern? Vielleicht mit diesem Schrella, der nie versucht hatte, ihn zu erreichen? Unwirklich alles, weniger wirklich als das aschblonde Haar der Bürokraft, die vor fünfzig Jahren hier an ihrem Platz gesessen und Notariatsgeheimnisse gehütet hatte.

»Ja, da saß sie, liebe Leonore, genau an der Stelle, wo Sie jetzt sitzen, sie hieß Josephine.« Hatte er auch der Nettigkeiten über ihr Haar, ihren Teint gesagt?

Lachend zeigte der Alte auf den Wandspruch, der über dem Schreibtisch seines Sohnes hing, einziges Überbleibsel aus vergangener Zeit, weiß auf Mahagoni gemalt: *Voll ist ihre Rechte von Geschenken.* Sinnspruch Kilbscher wie Fähmelscher Unbestechlichkeit.

»Meine beiden Schwäger hatten keine Lust an der Juristerei, die letzten männlichen Nachkommen des Geschlechts, den einen zog's zu den Ulanen, den anderen zum Nichtstun, aber beide, der Ulan und der Nichtstuer sind am gleichen Tag, im gleichen Regiment, beim gleichen Angriff gefallen, bei Erby le Huette ritten sie ins Maschinengewehrfeuer, löschten den Namen Kilb aus, trugen Laster, die wie Scharlach blühten, ins Grab, ins Nichts, bei Erby le Huette.«

Glücklich war der Alte, wenn er Mörtelspuren an den Hosenbeinen hatte und sie bitten konnte, diese Spuren zu entfernen. Oft trug er dicke Zeichenrollen unter dem Arm, von denen sie nie wußte, ob er sie nur seinem Archiv entnommen hatte oder zu wirklichen Aufträgen unterwegs war. Er schlürfte den Kaffee, lobte ihn, schob ihr den Kuchenteller zu, zog an seiner Zigarre. Andacht kehrte auf sein Gesicht zurück.

»Schulkamerad von Robert? Den müßte ich doch kennen. Schrella hieß er bestimmt nicht? Sind Sie sicher – – nein, nein, der würde ja niemals solche Zigarren rauchen, welch ein Unsinn. Und Sie haben ihn ins Prinz Heinrich geschickt? Das wird aber Krach geben, liebe Leonore, Stunk. Er liebt es nicht, wenn man seine Kreise stört, mein Sohn Robert. Der war schon als Junge so: liebenswürdig, höflich, intelligent, korrekt, aber wenn's über bestimmte Grenzen ging, kannte er keinen Pardon. Der wäre nicht vor einem Mord zurückgeschreckt. Ich hatte immer ein wenig Angst vor ihm. Sie auch? Aber Kind, der wird Ihnen doch deshalb nichts tun, seien Sie vernünftig. Kommen Sie, gehen wir essen, feiern ein wenig Ihr neues Engagement und meinen Geburtstag. Machen Sie keinen Unsinn. Wenn er am Telefon schon geschimpft hat, ist's ja vorüber. Schade, daß Sie den Namen nicht behalten haben. Ich wußte gar nicht, daß er mit ehemaligen Schulkameraden Umgang pflegt. Los. Kommen Sie. Heute ist Samstag, und *er* hat nichts dagegen, wenn Sie ein wenig früher Schluß machen. Ich verantworte das schon.«

Es schlug zwölf von Sankt Severin. Sie zählte rasch die Briefumschläge, dreiundzwanzig, raffte sie zusammen, hielt sie fest. War er wirklich nur eine halbe Stunde bei ihr gewesen? Eben fiel der zehnte der zwölf fälligen Schläge.

»Nein, danke«, sagte sie, »ich zieh den Mantel nicht an und, bitte, nicht in den Löwen.«

Nur eine halbe Stunde; die Druckereimaschinen stampften nicht mehr, aber der Keiler blutete noch.

2

Das war für den Portier schon Zeremonie geworden, fast Liturgie, ihm in Fleisch und Blut übergegangen: jeden Morgen Punkt halb zehn den Schlüssel vom Brett zu nehmen, die leichte Berührung der trockenen gepflegten Hand zu spüren, die den Schlüssel entgegennahm; ein Blick in das strenge, blasse Gesicht mit der roten Narbe über dem Nasenbein; dann nachdenklich, mit einem winzigen Lächeln, das nur seine Frau hätte bemerken können, Fähmel nachzublicken, der die einladende Geste des Liftboys ignorierte und, wenn er die Treppe hinaufging, mit dem Schlüssel zum Billardzimmer leicht gegen die Messingstäbe des Geländers schlug: fünfmal, sechsmal, siebenmal klang es auf, wie von einem Xylophon, das nur einen einzigen Ton hatte, und eine halbe Minute später kam dann Hugo, der ältere der beiden Boys, fragte: »Wie immer«?, und der Portier nickte, wußte, daß Hugo ins Restaurant gehen, einen doppelten Cognac, eine Karaffe Wasser holen und bis elf verschwunden sein würde, im Billardzimmer oben.

Der Portier witterte Unheil hinter dieser Gewohnheit, morgens zwischen halb zehn und elf in Gesellschaft immer desselben Boys Billard zu spielen; Unheil oder Laster; gegen Laster gab es einen Schutz: Diskretion; die hatte ihren Preis, ihre Kurve, Diskretion und Geld waren voneinander abhängig, wie Abszisse und Ordinate; wer hier ein Zimmer bekam, kaufte diskrete Gewissen; Augen, die sahen und doch nicht sahen, Ohren, die hörten und doch nicht hörten; gegen Unheil aber gab es keinen Schutz: er konnte nicht jeden potentiellen Selbstmörder vor die Tür weisen, denn potentielle Selbstmörder waren sie alle; das kam sonnengebräunt mit Filmschauspielergesicht, sieben Koffern, nahm lachend den Zimmerausweis in Empfang, und sobald die Koffer gestapelt waren, der Boy das Zimmer verlassen hatte, zog's die geladene, schon entsicherte Pistole aus der Manteltasche und knallte sich eins vor den Kopf; das kam wie aus Gräbern dahergeschlichen, mit goldenen Zähnen, goldenem Haar, in goldenen Schuhen, grinste wie ein Skelett; Gespenster auf der vergeblichen Suche nach Lust, bestellten Frühstück für halb elf aufs Zimmer, hängten den Zettel ›Bitte nicht stören‹ draußen an die Klinke, türmten Koffer von innen vor die Tür und schluckten die Giftkapsel, und lange bevor erschrockene Zimmermädchen Frühstückstabletts fallen ließen, raunte es im Haus: ›Auf Zimmer 12 liegt eine Tote‹, raunte schon nachts, wenn verspätete Bargäste auf ihre Zimmer schlichen und das Schweigen hinter der Tür von Zimmer zwölf ihnen unheimlich war; es gab solche, die das Schweigen des Schlafs vom Schweigen des Todes zu unterscheiden wußten. Unheil: er witterte es, wenn er Hugo eine Minute nach halb zehn mit dem großen Cognac, der Wasserkaraffe ins Billardzimmer hinaufgehen sah.

Um diese Zeit konnte er den Boy schlecht missen; Hände knäuelten sich auf seiner Theke, rechnungsheischende, Prospekte einsammelnde Hände, und er ertappte sich immer wieder dabei, daß er um diese Zeit – wenige Minuten nach halb zehn – anfing, unhöflich zu werden; jetzt ausgerechnet zu dieser Lehrerin, der achten oder neunten, die nach dem Weg zu den römischen Kindergräbern fragte; ihre rote Gesichtshaut ließ auf ländliche Herkunft schließen, Handschuhe und Mantel nicht auf Einkünfte, wie sie bei den Gästen des Prinz Heinrich vorauszusetzen waren, und er fragte sich, wie sie in den Pulk aufgeregter Ziegen hineingeraten sein mochte, von denen keine es für nötig befunden hatte, nach dem Zimmerpreis zu fragen, oder würde sie, die jetzt verlegen an ihren Handschuhen zerrte, das deutsche Wunder vollbringen, für das Jochen zehn Mark Prämie ausgesetzt hatte: »Zehn Mark zahle ich dem, der mir einen Deutschen nennt, der nach dem Preis für irgend etwas gefragt hat.« Nein, auch sie würde ihm die Prämie nicht einbringen; er zwang sich zur Ruhe, erklärte ihr freundlich den Weg zu den römischen Kindergräbern.

Die meisten verlangten gerade nach dem Boy, der nun für eineinhalb Stunden im Billardzimmer bleiben würde, wollten alle von ihm ihre Koffer in die Halle, zum Autobus der Fluggesellschaft, zu Taxis, an den Bahnhof gebracht haben; mißlaunige Globetrotter, die in der Halle auf ihre Rechnung warteten, über Startzeiten und Ankunftszeiten von Flugzeugen sprachen, wollten von Hugo Eis für ihren Whisky, von ihm Feuer für ihre Zigaretten, die sie unangezündet im Munde hängen ließen, um Hugos guten Drill auf die Probe zu stellen; nur Hugo wollten sie mit lässigen Händen Dank winken, nur wenn Hugo da war, zuckten ihre Gesichter in geheimnisvollen Spasmen; ungeduldig waren diese Gesichter, deren Besitzer es kaum erwarten konnten, ihre schlechte Laune in ferne Erdteile zu tragen, sie waren startbereit, um in persischen oder oberbayrischen Hotelspiegeln den Grad der Gegerbtheit ihrer Haut festzustellen. Schrille Weiberstimmen schrieen nach Liegengelassenem; »Hugo, mein Ring«, »Hugo, meine Handschuhe«, »Hugo, mein Lippenstift«, erwarteten alle, daß Hugo zum Aufzug flitzen, lautlos nach oben fahren und auf Zimmer 19, Zimmer 32, Zimmer 46 nach Ring, Handtasche, Lippenstift fahnden würde; und die alte Musch brachte ihren Köter an, der gerade Milch geschleckt, Honig gefressen, Spiegeleier verschmäht hatte und nun spazierengeführt werden mußte, damit er an den Pfosten von Verkaufsbuden, an parkenden Autos, haltenden Straßenbahnen seine hündische Notdurft verrichte und seinen absterbenden Geruchssinn erneuere; offenbar konnte nur Hugo des Hundes seelischer Situation gerecht werden: und schon hatte die Oma Bleesiek, die jedes Jahr für vier Wochen herüberkam, ihre Kinder und die stetig wachsende Zahl ihrer Enkel zu besuchen, schon hatte sie, kaum angekommen, nach Hugo gefragt: »Ist er noch da, das Jüngelchen mit dem Ministrantengesicht, der schmale und so blasse, rotblonde, der immer so ernsthaft dreinblickt?« Hugo soll ihr beim Frühstück, während sie Honig schleckte, Milch trank und Spiegeleier nicht verschmähte, aus der Lokalzeitung vorlesen; verzückt blickte die Alte auf, wenn Straßennamen fielen, die ihr aus der Kinderzeit noch vertraut waren: Unfall am Ehrenfeldgürtel. Raubüberfall an der Friesenstraße. »So lange Zöpfe hab ich gehabt, als ich dort Rollschuh lief – so lang, mein Junge.« Zart war die Alte, zäh – kam sie nur Hugos wegen über den großen Ozean geflogen? »Wie?« sagte sie enttäuscht, »Hugo ist erst nach elf frei?« Mit mahnend erhobenen Händen stand der Busfahrer der Fluggesellschaft in der Drehtür, während an der Kasse noch die Preise für komplizierte Frühstücke errechnet wurden; da saß der Kerl, der ein halbes Spiegelei verlangt hatte, empört aber die Rechnung zurückwies, auf der ihm ein ganzes berechnet worden war; noch empörter das Angebot des Geschäftsführers, ihm das halbe Spiegelei zu erlassen, zurückwies, eine neue Rechnung verlangte, auf der ihm ein halbes berechnet werden mußte. »Ich bestehe drauf.« Der reiste wohl nur um die Welt, um Belege vorweisen zu können, auf denen halbe Spiegeleier berechnet waren. »Ja«, sagte der Portier, »die erste Straße links, die zweite rechts, dann wieder die dritte links, und dann sehen gnädige Frau schon das Schild: *Zu den römischen Kindergräbern.*« Endlich konnte der Fahrer der Busgesellschaft seine Fahrgäste einsammeln, endlich schienen sämtliche Lehrerinnen auf den rechten Weg gebracht, sämtliche fetten Köter zum Pissen geführt. Aber immer noch schlief der Herr auf Zimmer elf, schlief schon seit sechzehn Stunden, hatte das Schild draußen an die Tür gehängt: Bitte nicht stören. Unheil, auf Zimmer elf oder im Billardzimmer; die Zeremonie inmitten des idiotischen Aufbruchsgewimmels: Schlüssel vom Brett nehmen, Berührung der Hand, Blick in das blasse Gesicht, auf die rote Narbe über dem Nasenbein, Hugos ›Wie immer?‹, sein Nikken: Billard von halb zehn bis elf. Aber noch hatte der interne Nachrichtendienst des Hotels nichts Unheilvolles oder Lasterhaftes berichten können: der spielte tatsächlich von halb zehn bis elf Billard, allein, nippte an seinem Cognac, am Wasserglas, rauchte, ließ sich von Hugo aus dessen Kindheit erzählen, erzählte Hugo aus seiner eigenen Kindheit, duldete sogar, daß Zimmermädchen oder Reinmachefrauen, auf dem Weg zum Wäscheaufzug, an der offenen Zimmertür stehenblieben, ihm zuschauten, blickte lächelnd vom Spiel auf. Nein, nein, der ist harmlos.

Jochen humpelte aus dem Aufzug, hielt einen Brief in der Hand, den er jetzt kopfschüttelnd hochhob. Jochen, der hoch oben unter dem Taubenschlag hauste, neben seinen gefiederten Freunden, die ihm Botschaften aus Paris und Rom, Warschau und Kopenhagen brachten; Jochen in seiner Phantasieuniform, die etwas zwischen Kronprinz und Unteroffizier darstellte, war kaum zu klassifizieren: ein bißchen Faktotum und ein bißchen graue Eminenz, Vertrauter von allen, vertraut mit allem, nicht Portier und nicht Kellner, weder Geschäftsführer noch Hausdiener, und doch, von allem, sogar vom Kochen verstand er etwas; von ihm stammte das geflügelte Wort, immer dann ausgesprochen, wenn moralische Bedenken gegen Gäste laut wurden: »Was würde uns der Ruf der Diskretion nützen, wenn die Moral intakt wäre – was nutzt Diskretion, wenn es nichts mehr gibt, das diskret behandelt werden muß?«; etwas Beichtvater, etwas Geheimsekretär, etwas Zuhälter; Jochen, mit rheumagekrümmten Fingern, öffnet grinsend den Brief. »Die zehn Mark hättest du sparen können, ich hätte dir tausendmal mehr – und unentgeltlich – erzählen können als dieser kleine Schwindler hier. Auskunftsbüro Argus. ›Anbei die gewünschte Auskunft über Herrn Architekten Dr. Robert Fähmel, wohnhaft Modestgasse 8. Dr. Fähmel ist zweiundvierzig Jahre alt, verwitwet, zwei Kinder. Sohn: 22, Architekt, nicht hier wohnhaft. Tochter 19: Schülerin. Vermögen des Dr. F: erheblich. Mütterlicherseits mit den Kilbs verwandt. Nichts Nachteiliges zu erfahren.‹« Jochen kicherte: »Nichts Nachteiliges zu erfahren! Als ob über den jungen Fähmel je etwas Nachteiliges zu erfahren gewesen wäre, und über den wird es niemals etwas Nachteiliges zu erfahren geben. Das ist einer von den wenigen Menschen, für die ich jederzeit meine Hand ins Feuer legen würde, hörst du, hier meine alte, korrupte, rheumaverkrümmte Hand. Mit dem kannst du den Jungen getrost allein lassen, der ist nicht von der Sorte – und wenn er von der Sorte wäre, würde ich nicht einsehen, daß man ihm nicht gestattet, was man schwulen Ministern gestattet – aber der ist nicht von der Sorte, der hat schon mit zwanzig ein Kind gehabt, von der Tochter eines Kollegen, vielleicht erinnerst du dich an ihn, den Schrella, der einmal ein Jahr hier gearbeitet hat. Nein? Du warst wohl damals noch nicht hier. Ich sag dir nur: laß den jungen Fähmel in Frieden Billard spielen. Feine Familie. Wirklich. Rasse. Ich hab seine Großmutter noch gekannt, seinen Großvater, seine Mutter und seine Onkel; die haben hier vor fünfzig Jahren schon Billard gespielt. Die Kilbs, das weißt du wohl nicht, wohnen seit dreihundert Jahren in der Modestgasse, wohnten – es gibt keine mehr. Seine Mutter ist übergeschnappt, hatte zwei Brüder verloren, und drei Kinder waren ihr gestorben. Sie kam nicht drüber weg. Das war eine feine Frau. Eine von den Stillen, weißt du. Die aß nicht einen Krümel mehr, als es auf Lebensmittelkarten gab, nicht 'ne Bohne, und gab auch ihren Kindern nicht mehr. Verrückt. Sie schenkte alles weg, was sie extra bekam, und die bekam viel: die besaßen Bauernhöfe, und der Abt von Sankt Anton, da unten im Kissatal, der schickte ihr Butter in Fässern, Honig in Krügen, schickte ihr Brot, aber sie aß nichts davon und gab ihren Kindern nichts davon; die mußten das Sägemehlbrot essen und gefärbte Marmelade drauf, während ihre Mutter alles wegschenkte; so-gar Goldstücke teilte sie aus; ich hab's selber gesehen, wie sie – das muß sechzehn oder siebzehn gewesen sein – mit den Broten und dem Ho-nigkrug aus der Haustür kam. Honig 1917! Kannst du dir das vorstel-len? Aber ihr habt ja alle kein Gedächtnis, könnt euch nicht vorstellen, was das bedeutete: Honig 1917 und Honig im Winter 41/42, und wie sie zum Güterbahnhof lief und drauf bestand, mit den Juden wegzu-fahren. Verrückt. Sie sperrten sie ins Irrenhaus, aber ich glaub nicht, daß sie verrückt ist. Das ist eine Frau, wie du sie nur im Museum auf den alten Bildern sehen kannst. Für deren Sohn laß ich mich in Stücke schnei-den, und wenn der nicht aufs Zuvorkommendste bedient wird, gibt es Krach hier in der Bude, und wenn fünfundneunzig alte Weiber nach Hugo fragen, und er will den Jungen bei sich haben, dann kriegt er ihn. Auskunftsbüro Argus. Diesen Idioten zehn Mark zu zahlen. Du bringst wohl noch fertig, mir zu sagen, daß du seinen Vater nicht kennst, den alten Fähmel, wie? Gratuliere, du kennst ihn also und bist nie auf die Idee gekommen, daß es der Vater von dem sein könnte, der oben Billard spielt. Nun, den alten Fähmel kennt ja wohl jedes Kind. Der kam hier vor fünfzig Jahren mit 'nem gewendeten Anzug von seinem Onkel an, hatte ein paar Goldstücke in der Tasche – und hat hier, hier im Prinz Heinrich schon Billard gespielt, da wußtest du noch nicht, was ein Hotel ist. Ihr seid Portiers! Laß den da oben mal in Ruhe. Der macht keinen Unsinn, richtet keinen Schaden an, der wird höchstens mal überschnap-pen auf die stille Tour. Der war der beste Schlagballspieler, der beste Hundertmeterläufer, und wenn es drauf ankam, hart; der konnte Un-recht nicht ertragen, und wenn du Unrecht nicht ertragen kannst, bist du bald in der Politik drin; mit neunzehn war er drin; den hätten sie geköpft oder für zwanzig Jahre eingesperrt, wenn er ihnen nicht durch-gegangen wäre. Ja, guck mich nur an; er kam davon und blieb drei oder vier Jahre draußen – ich weiß nicht genau, was da los war, hab's nie er-fahren, ich weiß nur, daß der alte Schrella drin verwickelt war, auch die

Tochter, mit der er dann später das Kind hatte; er kam zurück, und sie
rührten ihn nicht an; er wurde Soldat bei den Pionieren, ich seh ihn noch
vor mir, wenn er in seiner Uniform mit der schwarzen Paspelierung in
Urlaub kam. Guck mich nicht so blöde an. Ob der mal Kommunist war?
Ich weiß nicht, ob er's war – aber wenn schon: jeder anständige Mensch
ist das mal gewesen. Los, geh frühstücken, ich werd mit den alten Ziegen
schon fertig.«

Unheil oder Laster; sie lagen in der Luft, aber Jochen war immer zu
harmlos gewesen, hatte nie Selbstmord gewittert und es nie geglaubt,
wenn verstörte Gäste die Stille des Todes hinter verschlossenen Zimmertüren von der Stille des Schlafs zu unterscheiden gewußt hatten; der
tat korrupt und gerieben und glaubte doch an die Menschen.
»Na, meinetwegen«, sagte der Portier, »ich geh zum Frühstück. Daß
du nur niemand zu ihm raufläßt, da legt er Wert drauf. Hier.« Er legte
Jochen die rote Karte auf die Theke: ›Zu sprechen nur für meine Mutter,
meinen Vater, meine Tochter, meinen Sohn und Herrn Schrella – für
niemanden sonst.‹
Schrella? dachte Jochen erschrocken, lebt der denn noch? Den haben
sie doch damals umgebracht – oder hatte er einen Sohn?

Dieses Aroma schlug alles tot, was in der Halle in den letzten vierzehn
Tagen geraucht worden war, dieses Aroma trug man vor sich her wie
eine Standarte: hier komm ich, der Bedeutende, der Sieger, dem keiner
widersteht; einsneunundachtzig, grauhaarig, Mitte vierzig, Anzugstoff:
Regierungsqualität; so waren Kaufleute, Industrielle, Künstler nicht gekleidet, das war beamtete Eleganz, Jochen roch es; das war Minister,
Gesandter, unterschriftsträchtig mit fast gesetzlicher Kraft; das drang
ungehindert durch gepolsterte, stählerne, blecherne Vorzimmertüren,
räumte mit seinen Schneepflugschultern alle Hindernisse weg, strahlte
liebswürdige Höflichkeit aus, der man doch anmerkte, daß sie angelernt
war, ließ der Oma den Vortritt, die eben ihren ekligen Köter wieder
aus Erichs, des zweiten Boys, Hand entgegennahm, half sogar dem
grabentstiegenen Skelett das Treppengeländer erreichen und umfassen.
»Gern geschehen, gnädige Frau.«
»Nettlinger.«
»Womit kann ich dienen, Herr Doktor?«
»Ich muß Herrn Dr. Fähmel sprechen. Dringend. Sofort. Dienstlich.«
Kopfschütteln, sanfte Verneinung, während er mit der roten Karte
spielte. Mutter, Vater, Sohn, Tochter, Schrella. Nettlinger nicht er-
wünscht.
»Aber ich weiß, daß er hier ist.«

Nettlinger? Hab ich den Namen nicht schon mal gehört? Das ist so ein Gesicht, bei dem mir was einfallen müßte, was ich nicht vergessen wollte. Ich habe den Namen schon gehört, vor vielen Jahren, und mir damals gesagt: den mußt du dir merken, vergiß ihn nicht, aber nun weiß ich nicht mehr, was ich mir merken wollte. Auf jeden Fall: Vorsicht. Dir würde speiübel, wenn du wüßtest, was der alles schon gemacht hat, du würdest bis an dein seliges Ende nicht aufhören können zu kotzen, wenn du den Film ansehen müßtest, den der am Tag des Gerichts vorgespielt bekommt: den Film seines Lebens; das ist so einer, der Leichen die Goldzähne ausbrechen, Kindern das Haar abschneiden läßt. Unheil oder Laster? Nein, Mord lag in der Luft.

Und diese Leute wußten nie, wann ein Trinkgeld angebracht war; nur daran konnte man Klasse erkennen; jetzt wäre der Augenblick vielleicht für eine Zigarre gewesen, aber nicht für Trinkgeld, und keinesfalls für ein so hohes: den grünen Zwanziger, den er grinsend über die Theke schob. Wie dumm die Leute sind. Kennen nicht die primitivsten Gesetze der Menschenbehandlung, nicht die einfachsten Gesetze der Portierbehandlung; als wenn im Prinz Heinrich ein Geheimnis überhaupt zu verkaufen wäre; als wenn ein Gast, der vierzig oder sechzig fürs Zimmer zahlt, um einen grünen Zwanziger zu haben wäre; zwanzig von einem Unbekannten, dessen einziger Ausweis seine Zigarre und sein Anzugstoff ist. Und so was wurde dann Minister, vielleicht Diplomat und kannte nicht einmal das kleine Einmaleins der schwierigsten aller Künste, der Bestechung. Betrübt schüttelte Jochen den Kopf, ließ den grünen Schein unberührt. *Voll ist ihre Rechte von Geschenken.*
Kaum zu glauben: dem grünen Schein wurde ein blauer hinzugelegt, das Angebot auf dreißig erhöht, eine dicke Wolke Partagas-Eminentes-Duft in Jochens Gesicht gepustet.

Blas du nur, puste mir nur deinen Viermarkzigarrenrauch ins Gesicht, und leg noch 'nen violetten Schein hinzu. Jochen ist nicht zu kaufen. Nicht für dich und nicht für dreitausend; ich hab nicht viele Menschen in meinem Leben gemocht, aber den Jungen hab ich gern. Pech gehabt, Freund mit dem gewichtigen Gesicht, mit der unterschriftsträchtigen Hand, eineinhalb Minuten zu spät gekommen. Du müßtest doch riechen, daß Geldscheine hier das am wenigsten Angebrachte sind, bei mir. Ich hab sogar einen Vertrag in der Tasche, notariell bestätigt, daß ich auf Lebenszeit mein Kämmerchen da oben unterm Dach bewohnen, meine Tauben halten darf; ich kann mir zum Frühstück, zum Mittagessen aussuchen, worauf ich Lust habe, und krieg noch einhundertundfünfzig Mark monatlich bar in die Hand gedrückt, dreimal soviel, wie ich wirklich für meinen Tabak brauche; ich hab Freunde in Kopenhagen, in Paris und Warschau und Rom – und wenn du wüßtest, wie Brieftaubenleute zusammenhalten –, aber du weißt ja nichts, glaubst nur zu wissen, daß man mit Geld alles erreichen kann; das sind so Lehren, wie ihr sie euch selbst erteilt. Und natürlich, Hotelportiers, die tun um Geld alles, verkaufen dir ihre eigene Großmutter für einen violetten Fünfziger. Nur eins darf ich hier nicht, Freund, eine einzige Ausnahme hat meine Freiheit: ich darf hier unten, wenn ich Portierdienst tue, nicht meine Pfeife rauchen, und diese Ausnahme bedaure ich heute zum ersten Mal, sonst würde ich deiner Partagas Eminentes meinen schwarzen Krausen entgegenpusten. Du kannst mich – deutlich und klar ausgesprochen – ein paar hundert- und siebenundzwanzigmal am Arsch lecken. Den Fähmel verkauf ich dir nicht. Der soll ungestört von halb zehn bis elf da oben Billard spielen, obwohl ich Besseres für ihn zu tun wüßte; nämlich: an deiner Stelle im Ministerium zu sitzen. Oder zu tun, was er in seiner Jugend getan hat: Bomben zu werfen, um Drecksäcken wie dir den Hosenboden einzuheizen. Aber bitte, wenn er von halb zehn bis elf Billard spielen will, so soll er, und ich bin dazu da, dafür zu sorgen, daß niemand ihn stört. Und jetzt kannst du die Geldscheine wieder wegnehmen und die Platte putzen, und wenn du jetzt noch einen Geldschein hinlegst, weiß ich nicht, was passiert. Ich hab Taktlosigkeiten mit dem Schaumlöffel gefressen und Geschmacklosigkeiten zentnerweise mit duldender Miene über mich ergehen lassen, hab Ehebrecher und Schwule hier in meine Liste eingetragen, wildgewordene Ehefrauen und Hahnreie abgewimmelt – und glaub nicht, daß mir das an der Wiege gesungen worden ist. Ich war immer ein braver Junge, war Meßdiener, wie du es bestimmt warst, und hab im Kolpingsverein die Lieder vom Vater Kolping und vom heiligen Aloisius gesungen; da war ich zwanzig und tat schon sechs Jahre in dieser Bude Dienst. Und wenn ich den Glauben an die Menschheit nicht verloren habe, dann nur, weil es ein paar gibt, die wie der junge Fähmel und seine Mutter sind. Steck dein Geld weg, nimm die Zigarre aus dem Mund, mach eine höfliche Verbeugung vor einem alten Mann wie mir, der mehr Laster gesehen hat, als du dir träumen läßt, laß dir von dem Boy da hinten die Drehtür aufhalten und verschwinde.

»Hab ich recht gehört? Du willst den Geschäftsführer sprechen?«

Da lief er rot an, wurde ganz blau vor Wut – verflucht, hab ich wieder laut gedacht und dich möglicherweise gar laut geduzt; das wäre natürlich peinlich, ein unverzeihlicher Fehler, denn Leute wie Sie, die duze ich nicht.

Was ich mich unterstehe? Ich bin ein alter Mann, fast siebzig, hab laut gedacht; ich bin ein bißchen verkalkt, vertrottelt und stehe unter dem Schutz des Paragraphen einundfünfzig, freß hier mein Gnadenbrot. Wehr und Waffen? Die haben mir noch gefehlt. Zum Geschäftsführer bitte links herum, dann zweite Tür rechts, Beschwerdebuch in Saffian gebunden. Und solltest du je hier Spiegeleier bestellen, und sollte ich gerade in der Küche sein, wenn die Bestellung durchkommt, dann werde ich mir eine Ehre daraus machen, dir höchstpersönlich in die Pfanne zu spucken. Dann bekommst du meine Liebeserklärung in natura, mit zerschmolzener Butter vermischt. Gern geschehen, gnädiger Herr.

»Ich sagte ja schon, mein Herr. Hier links herum, dann zweite Tür rechts, die Geschäftsführung. Beschwerdebuch in Saffian gebunden. Sie möchten angemeldet werden? Gern. Vermittlung. Bitte den Herrn Direktor für Portier. Herr Direktor, ein Herr – wie war doch der Name? Nettlinger, Verzeihung, Dr. Nettlinger möchte Sie dringend sprechen. In welcher Angelegenheit? Beschwerde über mich. Ja, danke. Der Herr Direktor erwartet Sie. Jawohl, gnädige Frau, heute abend Feuerwerk und Aufmarsch, die erste Straße links, dann die zweite rechts, wieder die dritte links, und Sie sehen schon das Schild: *Zu den römischen Kindergräbern*. Keine Ursache, gern geschehen. Vielen Dank.« Eine Mark, die ist nicht zu verachten, aus so 'ner ehrlichen alten Lehrerinnenhand. Ja, sieh nur, wie ich das kleine Trinkgeld schmunzelnd annehme und das große ablehne. Römische Kindergräber sind eine klare Sache. Das Scherflein der Witwe wird hier nicht verschmäht. Und Trinkgeld ist die Seele des Berufs. »Ja, dort herum – ganz recht.«

Sie sind noch nicht aus dem Taxi gestiegen, da weiß ich schon, ob's Ehebrecher sind. Ich rieche es aus der Ferne, kenne selbst die freieste aller freien Touren. Da gibt es die Schüchternen, denen man es so deutlich ansieht, daß man ihnen sagen möchte: ist ja nicht so schlimm, Kinder, ist alles schon vorgekommen; ich bin fünfzig Jahre im Fach und werde euch das Peinlichste ersparen. Neunundfünfzig Mark achtzig, einschließlich Trinkgeld, für ein Doppelzimmer, dafür könnt ihr getrost ein bißchen Entgegenkommen erwarten, und wenn euch die Leidenschaft gar zu sehr plagt, fangt möglichst nicht im Aufzug schon an. Im Prinz Heinrich wird hinter Doppeltüren geliebt . . . nicht so schüchtern die Herrschaften, nicht so bange; wenn ihr wüßtet, wer alles in diesen Räumen, die durch hohe Preise geheiligt sind, schon mit seiner sexuellen Not fertig geworden ist, da gab's Fromme und Unfromme, Böse und Gute. Doppelzimmer mit Bad, eine Flasche Sekt aufs Zimmer. Zigaretten. Frühstück um halb elf. Sehr wohl. Bitte, hier unterschreiben, der Herr, nein, hier – und hoffentlich bist du nicht so blöde und schreibst deinen richtigen Namen hin. Das Ding geht wirklich zur Polizei, wird dann gestempelt, ist ein Dokument und hat Beweiskraft. Trau nur nicht der Diskretion der Behörden, mein Junge. Je mehr es davon gibt, desto mehr Futter brauchen sie. Vielleicht bist du auch mal Kommunist gewesen, dann sei doppelt vorsichtig. Ich bin's auch mal gewesen, und katholisch war ich auch. Das geht nicht raus aus der Wäsche. Ich laß auch heute auf bestimmte Leute noch nichts kommen, und wer bei mir 'ne dumme Bemerkung über die Jungfrau Maria macht oder auf Vater Kolping schimpft, der kann was erleben. Boy, Zimmer 42. Dort geht es zum Aufzug, der Herr.

Auf die hab ich gerade gewartet, das sind die frechen Ehebrecher, die nichts zu verbergen haben, aller Welt zeigen wollen, wie frei sie sind. Aber wenn ihr nichts zu verbergen habt, warum müßt ihr dann so freche Gesichter machen und das Nichts-zu-verbergen-Haben so fingerdick auftragen? Wenn ihr wirklich nichts zu verbergen habt, braucht ihr's ja nicht zu verbergen. Bitte, hier unterschreiben, der Herr, nein, hier. Na, mit dieser dummen Gans möchte ich nichts zu verbergen haben. Mit der nicht. Mit der Liebe ist es wie mit Trinkgeldern. Reine Instinktsache. Das sieht man doch 'ner Frau an, ob sich's lohnt, mit der was zu verbergen zu haben. Mit der lohnt sich's nicht. Kannst es mir glauben, mein Junge. Die sechzig Mark für Übernachtung, plus Sekt aufs Zimmer und Trinkgeld und Frühstück und was du ihr alles noch schenken mußt: lohnt sich nicht. Da kriegst du von 'nem anständigen ehrbaren Straßenmädchen, das sein Gewerbe gelernt hat, wenigstens was geliefert. Boy, Zimmer 43 für die Herrschaften. Ach Gott, sind die Menschen dumm. »Jawohl, Herr Direktor, ich komme sofort, jawohl, Herr Direktor.«

Natürlich sind Leute wie du zum Hoteldirektor wie geboren; das ist wie bei Frauen, die sich gewisse Organe herausnehmen lassen; da gibt es keine Probleme mehr, aber was wäre die Liebe ohne Probleme, und wenn sich einer das Gewissen rausnehmen läßt, bleibt nicht einmal ein Zyniker übrig. Ein Mensch ohne Trauer, das ist doch kein Mensch mehr. Dich habe ich als Boy ausgebildet, du bist vier Jahre lang unter meiner Fuchtel gewesen, hast dir dann die Welt angesehen, Schulen besucht, Sprachen gelernt, hast in nichtalliierten und alliierten Offizierskasinos den barbarischen Späßen besoffener Sieger und Besiegter beigewohnt, bist prompt hierher zurückgekommen, und deine erste Frage, als du glatt geworden, fett geworden, ohne Gewissen hier ankamst: ›Ist der alte Jochen noch da?‹ Ich bin noch da, immer noch, mein Junge.
»Sie haben diesen Herrn gekränkt, Kuhlgamme.«
»Nicht willentlich, Herr Direktor, und eigentlich war's keine Kränkung. Ich könnte Ihnen Hunderte nennen, die es sich zur Ehre anrechnen würden, von mir geduzt zu werden.«
Krone der Unverschämtheit. Unglaublich.
»Es ist mir einfach entschlüpft, Herr Dr. Nettlinger. Ich bin ein alter Mann und stehe so halbwegs unter dem Schutz des Paragraphen einundfünfzig.«
»Der Herr verlangt Genugtuung . . .«

»Auf der Stelle. Ich rechne es mir, wenn Sie gestatten, nicht zur Ehre an, von Hotelportiers geduzt zu werden.«

»Bitten Sie den Herrn um Entschuldigung.«

»Ich bitte den Herrn um Entschuldigung.«

»Nicht in diesem Ton.«

»In welchem Ton denn? Ich bitte den Herrn um Entschuldigung, ich bitte den Herrn um Entschuldigung, ich bitte den Herrn um Entschuldigung. Das sind die drei Töne, die mir zur Verfügung stehen, und nun suchen Sie sich bitte den Ton, der Ihnen paßt, aus. Sehen Sie, mir kommt's gar nicht auf 'ne Demütigung an. Ich knie mich glatt hin, auf den Teppich hier, schlag mir an die Brust, ein alter Mann, der allerdings auch auf eine Entschuldigung wartet. Bestechungsversuch, Herr Direktor. Die Ehre unseres altrenommierten Hauses stand auf dem Spiel. Ein Berufsgeheimnis für dreißig lumpige Mark? Ich fühle mich in meiner Ehre getroffen und in der Ehre dieses Hauses, dem ich schon mehr als fünfzig Jahre diene, genau gesagt: sechsundfünfzig Jahre.«

»Ich bitte Sie, diese peinliche und lächerliche Szene abzubrechen.«

»Führen Sie den Herrn sofort ins Billardzimmer, Kuhlgamme.«

»Nein.«

»Sie führen den Herrn ins Billardzimmer.«

»Nein.«

»Es würde mich betrüben, Kuhlgamme, wenn das uralte Dienstverhältnis, das Sie mit diesem Haus verbindet, an der Verweigerung eines einfachen Befehls scheitern sollte.«

»In diesem Haus, Herr Direktor, ist nicht ein einziges Mal der Wunsch eines Gastes, ungestört zu bleiben, mißachtet worden. Ausgenommen natürlich die Fälle höherer Gewalt. Geheime Staatspolizei. Da waren wir machtlos.«

»Betrachten Sie meinen Fall als einen Fall höherer Gewalt.«

»Sie kommen von der geheimen Staatspolizei?«

»Ich verbitte mir eine solche Frage.«

»Sie werden den Herrn jetzt ins Billardzimmer führen, Kuhlgamme.«

»Wollen Sie, Herr Direktor, als erster das Banner der Diskretion beflekken?«

»Dann werde ich selber Sie ins Billardzimmer führen, Herr Doktor.«

»Nur über meine Leiche, Herr Direktor.«

Man muß so korrupt sein wie ich, so alt wie ich, um zu wissen, daß es Dinge gibt, die nicht käuflich sind; Laster ist nicht mehr Laster, wenn es keine Tugend mehr gibt, und was Tugend ist, kannst du nicht wissen, wenn du nicht weißt, daß es sogar Huren gibt, die gewisse Kunden abweisen. Aber ich hätte es wissen müssen, daß du ein Schwein bist. Wochenlang hab ich mit dir oben in meinem Zimmer geübt, wie man diskret ein Trinkgeld entgegennimmt, mit Groschenstücken, mit Markstücken und mit Scheinen; das muß man können: Geld diskret in Empfang nehmen, denn Trinkgeld ist die Seele des Berufs. Ich hab's mit dir geübt, war eine Mordsarbeit, dir das beizubringen, aber du wolltest mich dabei beschwindeln, wolltest mir weismachen, wir hätten zum Üben nur drei Markstücke gehabt, aber es waren vier, und du wolltest mich um eins beschwindeln. So ein Schwein bist du schon immer gewesen, du wußtest nie, daß es das gab: ›So was tut man nicht‹, und tust jetzt wieder was, was man nicht tut. Hast das Trinkgeldannehmen inzwischen gelernt, und sicher sind's nicht einmal dreißig Silberlinge gewesen.

»Sie gehen jetzt sofort zum Empfang zurück, Kuhlgamme, ich übernehme diese Sache. Treten Sie beiseite, ich warne Sie.«

Nur über meine Leiche, und es ist doch schon zehn vor elf, und in zehn Minuten wird er sowieso die Treppe herunterkommen. Ihr hättet nur ein bißchen nachzudenken brauchen, dann wäre uns das ganze Theater erspart geblieben, aber auch für zehn Minuten: Nur über meine Leiche. Ihr habt nie gewußt, was Ehre ist, weil ihr nicht wußtet, was Unehre ist. Hier steh ich, Jochen, Hotelfaktotum, korrupt, von oben bis unten voll lasterhaften Wissens, aber nur über meine Leiche kommt ihr ins Billardzimmer.

3

Er spielte schon lange nicht mehr nach Regeln, wollte nicht Serien spielen, Points sammeln; er stieß eine Kugel an, manchmal sanft, manchmal hart, scheinbar sinnlos und zwecklos, sie hob, indem sie die beiden anderen berührte, für ihn jedesmal eine neue geometrische Figur aus dem grünen Nichts; Sternenhimmel, in dem nur wenige Punkte beweglich waren; Kometenbahnen, weiß über grün, rot über grün geschlagen; Spuren leuchteten auf, die sofort wieder ausgelöscht wurden; zarte Geräusche deuteten den Rhythmus der gebildeten Figur an: fünfmal, sechsmal, wenn die angestoßene Kugel die Bande oder die anderen Kugeln berührte; nur wenige Töne hoben sich aus der Monotonie heraus, hell oder dunkel; die wirbelnden Linien waren alle an Winkel gebunden, unterlagen geometrischen Gesetzen und der Physik; die Energie des Stoßes, die er durch das Queue dem Ball mitteilte, und ein wenig Reibungsenergie; alles nur Maß; es prägte sich dem Gehirn ein; Impulse, die sich zu Figuren umprägen ließen; keine Gestalt und nichts Bleibendes, nur Flüchtiges, löschte sich im Rollen der Kugel wieder aus; oft spielte er halbe Stunden lang nur mit einem einzigen Ball: weiß über grün gestoßen, nur ein einziger Stern am Himmel; leicht, leise, Musik ohne Melodie, Malerei ohne Bild; kaum Farbe, nur Formel.

Der blasse Junge bewachte die Tür, lehnte gegen das weißlackierte Holz, die Hände auf dem Rücken, die Beine gekreuzt, in der violetten Uniform des Prinz Heinrich.

»Sie erzählen mir heute nichts, Herr Doktor?«

Er blickte auf, stellte den Stock ab, nahm eine Zigarette, zündete sie an, blickte zur Straße hin, die im Schatten von Sankt Severin lag. Lehrjungen, Lastwagen, Nonnen: Leben auf der Straße; graues Herbstlicht fiel von dem violetten Samtvorhang fast silbern zurück; von Velourvorhängen eingerahmt, frühstückten verspätete Gäste; selbst die weichgekochten Eier sahen in dieser Beleuchtung lasterhaft aus, biedere Hausfrauengesichter wirkten in diesem Licht verworfen; Kellner, befrackt, mit einverstandenen Augen, sahen aus wie Beelzebubs, Asmodis unmittelbare Abgesandte; und waren doch nur harmlose Gewerkschaftsmitglieder, die nach Feierabend beflissen die Leitartikel ihres Verbandsblättchens lasen; sie schienen hier ihre Pferdefüße unter geschickten orthopädischen Konstruktionen zu verbergen; wuchsen nicht elegante kleine Hörner aus ihren weißen, roten und gelben Stirnen? Der Zucker in den vergoldeten Dosen schien nicht Zucker zu sein; Verwandlungen fanden hier statt, Wein war nicht Wein, Brot nicht Brot, alles wurde zum Ingredienz geheimnisvoller Laster ausgeleuchtet; hier wurde zelebriert; und der Name der Gottheit durfte nicht genannt, nur gedacht werden.

»Erzählen, Junge, was?«

Seine Erinnerung hatte sich nie an Worte und Bilder gehalten, nur an Bewegungen. Vater, das war sein Gang, die kokette Kurve, die das rechte Hosenbein mit jedem Schritt beschrieb, rasch, so daß das dunkle blaue Stoßband nur für einen Augenblick sichtbar wurde, wenn er morgens an Gretzens Laden vorüber ins Café Kroner ging, um dort zu frühstücken; Mutter, das war die kompliziert-demütige Figur, die ihre Hände beschrieben, wenn sie sie auf der Brust faltete, immer kurz bevor sie eine Torheit aussprach: wie schlecht die Welt sei, wie wenig reine Herzen es gebe; ihre Hände schrieben es in die Luft, bevor sie es aussprach; Otto, das waren seine marschierenden Beine, wenn er durch den Hausflur ging, in Stiefeln, die Straße hinunter; Feindschaft, Feindschaft, schlug der Takt auf die Fliesen, schlugen diese Füße, die in den Jahren davor einen anderen Takt geschlagen hatten: ›Bruder, Bruder.‹ Großmutter: die Bewegung, die sie siebzig Jahre lang gemacht hatte, und die er viele Male am Tag von seiner Tochter ausgeführt sah; jahrhundertalte Bewegung, die sich vererbte und ihn jedesmal erschrecken ließ; seine Tochter Ruth hatte ihre Urgroßmutter nie gesehen; woher hatte sie diese Bewegung? Ahnungslos strich sie sich das Haar aus der Stirn, wie ihre Urgroßmutter es getan hatte.

Und er sah sich selbst, wie er sich nach den Schlaghölzern bückte, um seins herauszusuchen; wie er den Ball in der linken Hand hin und her rollte, her und hin, bis er ihn griffig genug hatte, ihn im entscheidenden Augenblick genau dorthin zu werfen, wo er ihn haben wollte; so hoch, daß die Fallzeit des Balles genau der Zeit entsprach, die er brauchte, um umzugreifen, auch die linke Hand ums Holz zu legen, auszuholen und den Ball zu treffen, mit gesammelter Kraft, so, daß er weit fliegen würde, bis hinters Mal.

Er sah sich auf den Uferwiesen stehen, im Park, im Garten, gebückt, richtete sich auf, schlug zu. Es war alles nur Maß; sie waren Dummköpfe, wußten nicht, daß man die Fallzeit errechnen konnte, daß man mit denselben Stoppuhren auch erproben konnte, wie lange man braucht, den Griff zu wechseln; und daß alles Weitere nur eine Frage der Koordinierung und der Übung war; ganze Nachmittage lang, auf den Wiesen, im Park, im Garten geübt; sie wußten nicht, daß es Formeln gab, die man anwenden, Waagen, auf denen man Bälle wiegen konnte. Nur ein bißchen Physik, ein bißchen Mathematik und Übung: aber sie verachteten ja die beiden Fächer, auf die es ankam; verachteten Training, mogelten sich durch, turnten wochenlang auf knochenweichen Sentenzen umher, fuhren Kahn auf nebulosem Dreck, fuhren Kahn sogar auf Hölderlin; sogar ein Wort wie Lot wurde, wenn sie es aussprachen, zu breiigem Unsinn; Lot, so etwas Klares; eine Schnur, ein Stück Blei, man warf es ins Wasser, spürte, wenn das Blei den Boden erreichte, zog die Schnur heraus und maß an ihr die Tiefe des Wassers ab; doch wenn sie loten sagten, klang es wie schlechtes Orgelspiel; sie konnten weder Schlagball spielen noch Hölderlin lesen. *Mitleidend bleibt das ewige Herz doch fest.*

Sie zappelten vorn an der Linie herum, wollten ihn beim Schlag stören, riefen: ›Los, Fähmel, mach voran, los‹; unruhig strich eine andere Gruppe ums Mal, zwei schon weit hinterm Spielfeld, wo seine Bälle herunterzukommen pflegten, gefürchtete Bälle; sie kamen meistens an der Straße aus, wo jetzt gerade an diesem Sommersamstag 1935 die dampfenden hellroten Pferde das Brauereitor verließen; dahinter der Bahndamm, eine Rangierlok puffte kindlich weiße Wolken in den Nachmittagshimmel; rechts an der Brücke zischten aus der Werft die Schneidbrenner, schweißten die Arbeiter in Überstunden einen Kraft-durch-Freude-Dampfer zusammen; bläuliche, silberne Funken zischten, und Niethämmer, Niethämmer schlugen den Takt; in den Schrebergärten kämpften frisch aufgestellte Vogelscheuchen vergebens gegen Spatzen, blasse Rentner mit erloschenen Tabakspfeifen warteten sehnsüchtig auf den Monatsersten – die Erinnerung an die Bewegungen, die er damals gemacht hatte, sie erst brachte Bilder und Worte und Farben hervor; hinter Formeln war es verborgen, das ›Los, Fähmel, los‹, und er hatte den Ball schon an der richtigen Stelle liegen, nur leicht gehalten zwischen Fingern und Handballen, der Ball würde den geringstmöglichen Widerstand finden; er hatte sein Schlagholz schon in der Hand, das längste von allen (niemand kümmerte sich um die Hebelgesetze), es war oben mit Leukoplast umwickelt. Rasch noch einen Blick auf die Armbanduhr: drei Minuten und dreißig Sekunden, bis der Turnlehrer abpfeifen würde – und immer noch hatte er die Antwort auf die Frage nicht gefunden: wie kam es, daß die vom Prinz-Otto-Gymnasium nichts gegen ihren Turnlehrer als Schiedsrichter beim Entscheidungsspiel eingewendet hatten? Er hieß Bernhard Wakiera, aber sie nannten ihn nur Ben Wackes, er sah melancholisch aus, war dicklich, stand im Ruf, Knaben platonisch zu lieben, mochte gern Sahnekuchen und träumerisch süße Filme, in denen starke blonde Knaben Flüsse durchschwammen, dann auf Wiesen lagen, Grashalme im Mund, und zum blauen Himmel hinaufblickten, auf Abenteuer warteten; dieser Ben Wackes liebte vor allem eine Nachbildung des Antinouskopfes, die er zu Hause zwischen Gummibäumen und Bücherregalen voll Turnlehrerliteratur zu kosen pflegte, sie angeblich jedoch nur abstaubte; Ben Wackes, der seine Lieblinge Jüngelchen, die anderen Bengels nannte.

›Nun mach schon, Bengel‹, sagte er, schwitzend, mit bebendem Bauch, die Trillerpfeife im Mund.

Aber es waren immer noch drei Minuten und drei Sekunden bis zum Abpfiff, dreizehn Sekunden zu früh; wenn er jetzt schon schlüge, würde der nächste noch zum Schlag kommen, und Schrella, der oben am Mal auf Erlösung wartete, würde dann noch einmal losrennen müssen, und sie würden noch einmal Gelegenheit haben, ihm den Ball mit aller Kraft ins Gesicht, gegen die Beine zu werfen, die Nieren zu treffen; dreimal hatte er beobachtet, wie sie es machten: irgendeiner aus der Gegenpartei traf Schrella ab, dann nahm Nettlinger, der in seiner und Schrellas Partei spielte, den Ball, traf den Gegner ab, indem er ihm den Ball einfach zuwarf, und der traf wieder Schrella ab, der sich vor Schmerz krümmte, und wieder nahm Nettlinger den Ball, warf ihn dem Gegner einfach zu, der Schrella ins Gesicht traf – und Ben Wackes stand daneben, pfiff ab, wenn sie Schrella trafen, pfiff ab, wenn Nettlinger dem Gegner den Ball einfach zuwarf, pfiff ab, während Schrella wegzuhumpeln versuchte; rasch ging's, die Bälle flogen hin und her – hatte er als einziger es gesehen? Nicht einer von all den vielen Zuschauern, die da mit ihren bunten Fähnchen und bunten Mützen fiebernd vor Spannung auf das Ende des Spiels warteten? Zwei Minuten und fünfzig Sekunden vor Schluß stand es 34:29 für das Prinz-Otto-Gymnasium – und war dies, das nur er gesehen hatte, der Grund dafür, daß sie Ben Wackes, ihren eigenen Turnlehrer, als Schiedsrichter akzeptiert hatten?

›Jetzt mach aber, Bengel, in zwei Minuten pfeif ich ab.‹

›Zwei Minuten und fünfzig Sekunden, bitte‹, sagte er, warf den Ball hoch, griff blitzschnell um und schlug; er spürte es an der Wucht des

Schlages, am federnden Widerstand des Holzes: das war wieder einer seiner sagenhaften Treffer; er blinzelte hinter dem Ball her, konnte ihn nicht entdecken, hörte das Ah aus der Zuschauermenge, ein großes Ah, das sich wie eine Wolke ausbreitete, anwuchs; er sah Schrella herangehumpelt kommen, langsam kam er, hatte gelbe Flecken im Gesicht, eine blutige Spur um die Nase; und die Listenführer zählten: sieben, acht, neun; provozierend langsam kam der Rest der Mannschaft am wütenden Ben Wackes vorbei; gewonnen war das Spiel, klar gewonnen, und er hatte vergessen, loszurennen und noch einen zehnten Punkt zu gewinnen; immer noch suchten die Ottoner den Ball, krochen weit hinter der Straße im Gras an der Brauereimauer umher; deutlich war aus Ben Wackes' Schlußpfiff der Ärger herauszuhören. 38:34 fürs Ludwig-Gymnasium verkündeten die Listenführer. Das Ah schwoll an zum Hurra, brandete über den Platz, während er sein Schlagholz nahm, es mit dem unteren Ende ins Gras bohrte, den Griff ein wenig hob, dann senkte, bis er den richtigen Winkel erwischt zu haben glaubte; er trat mit dem Fuß auf die schwächste Stelle, wo sich das Holz unterhalb des Griffes verjüngte; Schüler umringten ihn bewundernd, verstummten ergriffen; sie spürten: hier wurde ein Zeichen gegeben, wurde Fähmels berühmtes Schlagholz zerbrochen; tödlich weiß die Splitter, die an der Bruchstelle des zerbrochenen Holzes sichtbar wurden; schon balgten sie sich um Andenken, kämpften verbissen um Holzstücke, rissen sich Leukoplastfetzen aus den Fingern; er blickte erschrocken in diese erhitzten, törichten Gesichter, in diese bewundernden Augen, die vor Erregung glänzten, und spürte die billige Bitternis des Ruhmes, hier an einem Sommerabend, am 14. Juli 1935, samstags am Rande der Vorstadt, auf der zertrampelten Wiese, über die Ben Wackes gerade die Sextaner des Ludwig-Gymnasiums jagte, die Eckfähnchen einzusammeln. Weit hinter der Straße, an der Brauereimauer, waren immer noch die blau-gelben Trikots zu sehen; immer noch suchten die Ottoner den Ball; jetzt kamen sie zögernd über die Straße, sammelten sich auf der Mitte des Spielfelds, traten in einer Reihe an, warteten auf ihn, den Mannschaftsführer, daß er das Hipp-Hipp-Hurra ausbringe; langsam ging er auf die beiden Reihen zu, da standen Schrella und Nettlinger in einer Reihe nebeneinander, nichts schien geschehen zu sein, nichts, während sich hinter ihm die jüngeren Schüler weiter um Andenken balgten; er ging weiter, spürte die Bewunderung der Zuschauer wie körperlichen Ekel, und er rief es dreimal: Hipp-Hipp-Hurra; wie geprügelte Hunde schlichen die Ottoner zurück, um den Ball zu suchen; es galt als unauslöschlicher Makel, ihn nicht gefunden zu haben.

»Und ich wußte doch, Hugo, wie scharf Nettlinger auf den Sieg gewesen war: ›Siegen um jeden Preis‹, hatte er gesagt, und *er* hatte unseren Sieg aufs Spiel gesetzt, nur damit einer der Gegner Gelegenheit fände, Schrella immer wieder mit dem Ball zu treffen, und Ben Wackes mußte mit ihnen im Bund sein; ich hatte es gesehen, ich als einziger.«

Er hatte Angst, als er jetzt auf die Umkleidekabinen zuging, Angst vor Schrella und dem, was er ihm sagen würde. Es war plötzlich kühl geworden, fließende Abendnebel stiegen aus den Wiesen hoch, kamen vom Fluß her, umgaben das Haus, wo die Umkleidekabinen lagen, wie Watteschichten. Warum, warum machten sie das mit Schrella, stellten ihm ein Bein, wenn er zur Pause die Treppe hinunterging; er schlug mit dem Kopf auf die stählerne Treppenkante, der Stahlbügel der Brille bohrte sich ins Ohrläppchen, und viel zu spät kam Wackes mit dem Erste-Hilfe-Kasten aus dem Lehrerzimmer. Nettlinger, mit höhnischem Gesicht, hielt ihm den Leukoplaststreifen stramm, damit er ein Stück abschneiden könne; sie überfielen Schrella auf dem Heimweg, zerrten ihn in Hauseingänge, verprügelten ihn zwischen Abfalleimern und abgestellten Kinderwagen, stießen ihn dunkle Kellertreppen hinunter, und dort unten lag er lange, mit gebrochenem Arm, im Kohlengeruch, Geruch keimender Kartoffeln, im Anblick staubiger Einmachgläser; bis ein Junge, der ausgeschickt war, Äpfel zu holen, ihn fand und die Hausbewohner alarmierte. Nur einige machten nicht mit: Enders, Drischka, Schweugel und Holten.
Vor Jahren war er einmal mit Schrella befreundet gewesen, sie hatten immer zusammen Trischler besucht, der am unteren Hafen wohnte, wo Schrellas Vater in der Kneipe von Trischlers Vater Kellner war; sie hatten auf alten Kähnen gespielt, auf ausrangierten Pontons, von Booten aus geangelt.

Er blieb vor den Umkleidekabinen stehen, hörte die wirren Stimmen, heiser in mythischer Erregung sprachen sie von der sagenhaften Flugbahn des Balles; als wäre der Ball in übermenschliche Höhen entschwunden.
›Ich hab's doch gesehen, wie er flog, flog – wie ein Stein, von der Schleuder eines Riesen geschleudert.‹
Ich hab ihn gesehen, den Ball, den Robert schlug.
Ich hab ihn gehört, den Ball, den Robert schlug.
Sie werden ihn nicht finden – den Ball, den Robert schlug.
Sie verstummten, als er eintrat; Angst lag in diesem plötzlichen Schweigen, fast tödlich war die Ehrfurcht vor dem, der getan hatte, was niemand würde glauben, man niemand würde mitteilen können; wer würde als Zeuge auftreten, die Flugbahn des Balles zu beschreiben? Rasch liefen sie, barfuß, die Frottiertücher um die Schultern geschlun-

gen, in die Brausekabinen; nur Schrella blieb, er hatte sich angekleidet, ohne gebraust zu haben, und jetzt erst fiel Robert auf, daß Schrella nie brauste, wenn sie gespielt hatten; nie zog er sein Trikot aus; er saß da auf dem Schemel, hatte einen gelben, einen blauen Flecken im Gesicht, war noch feucht um den Mund herum, wo er die Blutspur abgewischt hatte, verfärbt die Haut an den Oberarmen von den Treffern des Balles, den die Ottoner immer noch suchten; saß da, rollte gerade die Ärmel seines verwaschenen Hemdes herunter, zog seine Jacke an, nahm ein Buch aus der Tasche und las: *Am Abend, wenn die Glocken Frieden läuten.*

Es war peinlich, allein mit Schrella zu sein, Dank entgegenzunehmen aus diesen kühlen Augen, die selbst zum Hassen zu kühl waren; nur eine winzige Wimperbewegung, ein flüchtiges Lächeln zum Dank, dem Erlöser, der den Ball geschlagen hatte; und er lächelte zurück, ebenso flüchtig, wandte sich dem Blechspind zu, suchte seine Kleider heraus, wollte rasch verschwinden, ohne zu brausen; in den Putz an der Wand, über seinem Spind hatte jemand eingeritzt: ›Fähmels Ball, 14. Juli 1935.‹

Es roch nach ledrigen Turngeräten, nach trockener Erde, wie sie von Fußbällen, Handbällen, Schlagbällen abgetrocknet war und krümelig in den Ritzen des Betonbodens lag; schmutzige grün-weiße Fähnchen standen in den Ecken, Fußballnetze hingen zum Trocknen, ein zersplittertes Ruder, ein vergilbtes Diplom hinter rissigem Glas: ›Den Pionieren des Fußballsports, der Unterprima des Ludwig-Gymnasiums 1903 – der Landesvorsitzende‹; von einem gedruckten Lorbeerkranz umrahmt das Gruppenfoto, und sie blickten ihn an, hartmuskelige Achtzehnjährige des Geburtsjahrgangs 1885, schnurrbärtig, mit tierischem Optimismus blickten sie in eine Zukunft, die ihnen das Schicksal bereithielt: bei Verdun zu vermodern, in den Sommesümpfen zu verbluten, oder auf einem Heldenfriedhof bei Château Thierry fünfzig Jahre später Anlaß zu Versöhnungssentenzen zu werden, die Touristen auf dem Weg nach Paris, von der Stimmung des Orts überwältigt, in ein verregnetes Besucherbuch schreiben würden; es roch nach Eisen, roch nach beginnender Männlichkeit; von draußen kam feuchter Nebel, der über die Uferwiesen in milden Wolken herantrieb, aus der Gastwirtschaft oben sonores Männer-Wochenendgebrumm, Kichern von Kellnerinnen, Geklirr von Biergläsern, und am Ende des Flurs waren die Kegler schon am Werk, schoben die Kugeln, ließen die Kegel purzeln, triumphales Ah, enttäuschtes Ah klang durch den Flur bis in den Umkleideraum. Blinzelnd im Zwielicht, mit fröstelnd eingezogenen Schultern hockte Schrella da, und er konnte den Augenblick nicht mehr länger hinausschieben; noch einmal den Sitz der Krawatte kontrolliert, die letzten Fältchen aus dem Kragen des Sporthemds geradegezupft – oh, korrekt, immer korrekt –, noch einmal die Schuhbänder eingesteckt und im Portemonnaie das Geld für die Rückfahrt gezählt; schon kamen die ersten aus den Brausekabinen zurück, sprachen ›von dem Ball, den Robert schlug‹.

›Gehn wir zusammen?‹

›Ja.‹

Die ausgetretenen Betonstufen hinauf, in denen noch Schmutz vom Frühling her lag, Bonbonpapier, Zigarettenschachteln; sie stiegen zum Damm hoch, wo gerade schwitzende Ruderer ein Boot auf den Zementweg hievten; stumm gingen sie nebeneinander über den Damm, der über niedrige Nebelschichten wie über einen Fluß hinweg führte; Schiffssirenen, rote Lichter, grüne an den Signalkörben der Schiffe; an der Werft flogen die roten Funken hoch, zeichneten Figuren ins Grau; schweigend gingen sie bis zur Brücke, stiegen den dunklen Aufgang hinauf, wo, in roten Sandstein eingekratzt, die Sehnsüchte vom Bade heimkehrender Jugendlicher verewigt waren; ein dröhnender Güterzug, der über die Brücke rollte, enthob sie für weitere Minuten der Notwendigkeit zu sprechen, schlackiger Abfall wurde ans westliche Ufer gebracht; Rangierlichter wurden geschwenkt, Trillerpfeifen dirigierten den Zug, der sich rückwärts ins rechte Gleis schob, unten im Nebel glitten die Schiffe nordwärts, klagende Hörner warnten vor Todesgefahr, röhrten sehnsüchtig übers Wasser hin; Lärm, der zum Glück das Sprechen unmöglich machte.

»Und ich blieb stehen, Hugo, lehnte mich übers Geländer, dem Fluß zugewandt, zog Zigaretten aus der Tasche, bot Schrella an, der gab Feuer, und wir rauchten schweigend, während hinter uns der Zug rumpelnd die Brücke verließ; unter uns schoben sich leise die Kähne eines Lastzugs nordwärts, unter der Nebeldecke war ihr sanftes Gleiten zu hören; sichtbar wurden nur hin und wieder ein paar Funken, die aus dem Kamin einer Schifferküche stiegen; minutenlang blieb's still, bis der nächste Kahn sich leise unter die Brücke schob, nordwärts, nordwärts, den Nebeln der Nordsee zu – und ich hatte Angst, Hugo, weil ich ihn jetzt würde fragen müssen, und wenn ich die Frage aussprach, war ich drin, mittendrin und würde nie mehr herauskommen; es mußte ein schreckliches Geheimnis sein, um dessentwillen Nettlinger den Sieg aufs Spiel gesetzt und die Ottoner Ben Wackes als Schiedsrichter hingenommen hatten; fast vollkommen war die Stille jetzt, gab der fälligen Frage ein großes Gewicht, bürdete sie der Ewigkeit auf, und ich nahm schon Abschied, Hugo, obwohl ich noch nicht wußte, wohin und für was, nahm Abschied von dem dunklen Turm von Sankt Severin, der aus der flachen Nebelschicht herausragte, vom Elternhaus, das nicht weit von diesem Turm entfernt lag, wo meine Mutter gerade die letzte

Hand an den Abendbrottisch legte, silbernes Besteck zurechtrückte, mit vorsichtigen Händen Blumen in kleine Vasen ordnete, den Wein kostete: war der weiße kühl genug, der rote nicht zu kühl? Samstag, mit sabbatischer Feierlichkeit begangen; schlug sie das Meßbuch schon auf, aus dem sie uns die Sonntagsliturgie erklären würde mit ihrer sanften Stimme, die nach ewigem Advent klang; *Weide-meine-Lämmer*-Stimme; mein Zimmer hinten zum Garten raus, wo die uralten Bäume in vollem Grün standen; wo ich mich leidenschaftlich in mathematische Formeln vertiefte, in die strengen Kurven geometrischer Figuren, in das winterlich klare Geäst sphärischer Linien, die meinem Zirkel, meiner Tuschefeder entsprungen waren – dort zeichnete ich Kirchen, die ich bauen würde. Schrella schnippte den Zigarettenstummel in die Nebelschicht hinunter, in leichten Wirbeln schraubte sich die rote Glut nach unten; Schrella wandte sich mir lächelnd zu, erwartete die Frage, die ich immer noch nicht stellte, schüttelte den Kopf.

Scharf zeichnete sich die Kette der Lampen über der Nebelschicht am Ufer ab.

›Komm‹, sagte Schrella, ›dort sind sie, hörst du sie nicht?‹ Ich hörte sie, der Gehsteig bebte schon unter ihren Schritten, sie sprachen von Ferienorten, in die sie bald abreisen würden: Allgäu, Westerwald, Bad Gastein, Nordsee, sprachen von dem Ball, den Robert schlug. Im Gehen war meine Frage leichter zu stellen.

›Warum‹, fragte ich, ›warum? Bist du Jude?‹

›Nein.‹

›Was bist du denn?‹

›Wir sind Lämmer‹, sagte Schrella, ›haben geschworen, nie vom *Sakrament des Büffels* zu essen.‹

›Lämmer.‹ Ich hatte Angst vor dem Wort. ›Eine Sekte?‹ fragte ich.

›Vielleicht.‹

›Keine Partei?‹

›Nein.‹

›Ich werde nicht können‹, sagte ich, ›ich kann nicht Lamm sein.‹

›Willst du vom *Sakrament des Büffels* kosten?‹

›Nein‹, sagte ich.

›Hirten‹, sagte er, ›es gibt welche, die die Herde nicht verlassen.‹

›Schnell‹, sagte ich, ›schnell, sie sind schon ganz nah.‹

Wir stiegen den dunklen Aufgang an der Westseite hinunter, und ich zögerte noch einen Augenblick, als wir die Straße erreichten; mein Heimweg führte nach rechts, Schrellas Weg nach links, aber dann folgte ich ihm nach links, wo der Weg sich zwischen Holzlagern, Kohlenschuppen und Schrebergärten stadtwärts wand. Wir blieben hinter der ersten Wegbiegung stehen, nun tief in der flachen Nebelschicht drin, beobachteten die Schatten der Schulkameraden, die oberhalb des Brükkengeländers sich wie Silhouetten bewegten, hörten den Lärm ihrer Schritte, ihrer Stimmen, als sie den Aufgang herunterkamen, dröhnendes Echo schwer genagelter Schuhe, und eine Stimme rief: ›Nettlinger, Nettlinger, warte doch.‹ Nettlingers laute Stimme warf ein wildes Echo über den Fluß, kam, von den Brückenpfeilern gebrochen, auf uns zurück, verlor sich hinter uns in Gärten und Lagerhallen, Nettlingers Stimme, die schrie: ›Wo ist denn unser Lämmchen mit seinem Hirten geblieben?‹ Lachen, vielfach gebrochenes, fiel wie Scherben über uns. ›Hast du gehört?‹ fragte Schrella.

›Ja‹, sagte ich, ›Lamm und Hirte.‹

Wir blickten auf die Schatten der Nachzügler, die über den Gehsteig kamen; dunkel ihre Stimmen im Aufgang, wurden heller, als sie auf die Straße kamen, brachen sich unter den Brückenbogen, ›der Ball, den Robert schlug‹.

›Genaues‹, sagte ich zu Schrella, ›ich muß Genaues wissen.‹

›Ich will es dir zeigen‹, sagte Schrella, ›komm.‹ Wir tasteten uns durch den Nebel, an Stacheldrahtzäunen entlang, erreichten einen Holzzaun, der noch frisch roch und gelblich schimmerte, eine Glühbirne über einem verschlossenen Tor beleuchtete ein Emailleschild: ›Michaelis, Kohlen, Koks, Briketts.‹

›Kennst du den Weg noch?‹ fragte Schrella.

›Ja‹, sagte ich, ›vor sieben Jahren sind wir beide ihn oft gegangen und haben unten bei Trischlers gespielt. Was ist aus Alois geworden?‹

›Er ist Schiffer, wie sein Vater war.‹

›Und dein Vater ist noch Kellner da unten in der Schifferkneipe?‹

›Nein, der ist jetzt am oberen Hafen.‹

›Du wolltest mir Genaues zeigen!‹

Schrella nahm die Zigarette aus dem Mund, zog seine Jacke aus, streifte die Hosenträger von den Schultern, hob sein Hemd hoch, drehte den Rücken ins schwache Licht der Glühbirne: sein Rücken war mit winzigen, rötlich-blauen Narben bedeckt, bohnengroß waren sie – besät, dachte ich, das würde eher stimmen.

›Mein Gott‹, sagte ich, ›was ist das?‹

›Das ist Nettlinger‹, sagte er; ›sie machen es unten in der alten Kaserne an der Wilhelmskuhle. Ben Wackes und Nettlinger. Sie nennen es Hilfspolizei; sie griffen mich auf bei einer Razzia, die sie im Hafenviertel nach Bettlern hielten: achtunddreißig Bettler an einem Tag verhaftet, einer davon war ich. Wir wurden verhört, mit der Stacheldrahtpeitsche. Sie sagten: ›Gib doch zu, daß du ein Bettler bist‹, und ich sagte: ›Ja, ich bin einer.‹«

Immer noch frühstückten verspätete Gäste, sogen Orangensaft wie ein lasterhaftes Getränk in sich hinein; der blasse Junge lehnte an der Tür

wie eine Statue, der violette Samt der Uniform ließ seine Gesichtshaut fast grün erscheinen. »Hugo, Hugo, hörst du, was ich erzähle?«
»Ich, Herr Doktor, ich höre jedes Wort.«
»Bitte, hol mir einen Cognac, einen großen.«
»Ja, Herr Doktor.«

Hart leuchtete Hugo die Zeit entgegen, als er die Treppe zum Restaurant hinunterstieg: der große Kalender, den er morgens zurechtzustecken hatte; die große Pappenummer umgedreht, unter den Monat, unters Jahr geschoben: 6. September 1958. Ihn schwindelte, das alles war geschehen, lang bevor er geboren war, das warf ihn Jahrzehnte, halbe Jahrhunderte zurück: 1885, 1903 und 1935 – weit hinter der Zeit war es verborgen und doch da; es klang aus Fähmels Stimme heraus, der am Billardtisch lehnte, auf den Platz vor Sankt Severin blickte. Hugo hielt sich am Geländer fest, atmete tief, wie jemand, der auftaucht, öffnete die Augen und sprang rasch hinter die große Säule.
Da kam sie die Treppe herunter, barfuß, wie ein Hirtenmädchen gekleidet, den Geruch von Schafsdung im schäbigen Gewand, das kollerartig über ihre Brust bis zur Hüfte herabhing. Nun würde sie Hirsebrei essen, dunkles Brot dazu, ein paar Nüsse, würde Schafsmilch trinken, die im Eisschrank für sie frischgehalten wurde; sie brachte die Milch in Thermosflaschen mit, brachte in kleinen Schachteln Schafsdung, den sie als Parfüm benutzte für die derb gestrickte Unterwäsche aus ungefärbter Wolle; sie saß nach dem Frühstück stundenlang in der Halle unten – strickte, strickte, ging hin und wieder an die Bar, sich ein Glas Wasser zu holen, rauchte ihre Stummelpfeife, saß da, hatte die nackten Beine auf der Couch gekreuzt, so daß die schmutzigen Schwielen an den Füßen zu sehen waren, empfing ihre Jünger und Jüngerinnen, die, wie sie gekleidet, wie sie riechend, um sie herum, mit gekreuzten Beinen auf dem Teppich hockten, strickend, hin und wieder kleine Schachteln öffnend, die die Meisterin ihnen gegeben, an Schafsdung, wie an köstlichen Aromen schnuppernd, dann räusperte sie sich in bestimmten Abständen, und ihre Jungmädchenstimme fragte von der Couch herunter: ›Wie werden wir die Welt erlösen?‹ Und die Jünger und Jüngerinnen antworteten: ›Durch Schafswolle, Schafsleder, Schafsmilch – und durch Stricken.‹ Nadelgeklapper, Stille, ein Jüngling sprang zur Bartheke, holte der Meisterin frisches Wasser, und wieder warf die sanfte Jungmädchenstimme von der Couch herab die Frage: ›Wo liegt die Seligkeit der Welt verborgen?‹, und alle antworteten: ›Im Schlaf.‹ Schachteln wurden geöffnet, verzückt am Kot geschnüffelt, während Blitzlichter knallten, Pressebleistifte über Stenogrammblöcke huschten.
Langsam trat Hugo weiter zurück, während sie um die Säule herum aufs Frühstückszimmer zuging; er hatte Angst vor ihr, hatte zu oft gesehen,

wie ihre sanften Augen hart wurden, wenn sie mit ihm allein war, ihn auf der Treppe erwischte, sich von ihm Milch ins Zimmer bringen ließ, wo er sie mit der Zigarette im Mund antraf, sie ihm das Milchglas aus der Hand riß, es lachend in den Abfluß entleerte, sich einen Cognac einschenkte, mit dem Glas in der Hand auf ihn, der langsam zur Tür zurückwich, zukam. ›Hat dir noch niemand gesagt, daß dein Gesicht Gold wert ist, pures Gold, du dummer Junge. Warum willst du nicht das Gotteslamm meiner neuen Religion sein? Ich werde dich groß machen, reich, und sie werden in noch schickeren Hotelhallen vor dir knien! Bist du noch nicht lange genug hier, um zu wissen, daß ihre Langeweile nur mit einer neuen Religion auszufüllen ist, eine, die je dümmer, desto besser ist – geh nur, du bist zu dumm.‹

Er blickte ihr nach, während sie mit unbewegtem Gesicht sich vom Kellner die Tür aufhalten ließ; sein Herz klopfte noch, als er hinter der Säule hervorkam und langsam ins Restaurant hinunterging.

»Einen Cognac für den Doktor oben, einen großen.«

»Stunk in der Bude wegen deinem Doktor.«

»Wieso Stunk?«

»Ich weiß nicht. Ich glaube, der wird dringend gesucht, dein Doktor. Da, dein Cognac, und verdrück dich schnell, mindestens siebzehn alte und junge Weiber fahnden nach dir; rasch, da kommt wieder eine die Treppe herunter.«

Sie sah aus, als hätte sie zum Frühstück pure Galle getrunken, in goldfarbene Kleider gekleidet, mit goldfarbenen Schuhen, Mütze und Muff aus Löwenfell. Ekel breitete sich aus, sobald sie erschien, und es gab Abergläubische unter den Gästen, die ihr Gesicht bedeckten, wenn sie auftrat. Zimmermädchen kündigten ihretwegen, Kellner verweigerten die Bedienung, aber er, er mußte, sobald sie ihn erwischte, stundenlang mit ihr Canasta spielen; ihre Finger wie Hühnerkrallen, einzig menschlich an ihr war die Zigarette in ihrem Mund. ›Liebe, mein Junge, nie gewußt, was das ist; nicht einer, der mich nicht merken läßt, daß er sich vor mir ekelt; meine Mutter verfluchte mich siebenmal am Tage, schrie mir ihren Ekel ins Gesicht; hübsch war meine Mutter und jung, jung und hübsch war mein Vater, waren meine Geschwister; sie hätten mich vergiftet, wenn sie den Mut nur aufgebracht hätten; sie nannten mich: *so was dürfte nicht geboren werden* – hoch oben wohnten wir in der gelben Villa über dem Stahlwerk, abends verließen Tausende Arbeiter das Werk, wurden von lachenden Mädchen und Frauen erwartet, lachend gingen sie die dreckige Straße hinunter; ich kann sehen, hören, fühlen, riechen wie alle anderen Menschen, kann schreiben, lesen, rechnen und schmecken – du bist der erste Mensch, der es länger als eine halbe Stunde bei mir aushält, hörst du, der erste!‹

Sie schleppte Entsetzen hinter sich her, Atem des Unheils, warf ihren Zimmerschlüssel auf die Theke, schrie dem Boy, der dort Jochen vertrat, ins Gesicht: ›Hugo, wo ist er, Hugo?‹, ging, als der Boy die Schultern zuckte, zur Drehtür, und der Kellner, der die Tür in Gang setzte, schlug die Augen nieder, und sobald sie draußen war, zog sie den Schleier vors Gesicht.

›Drinnen trag ich ihn nicht, Junge, die sollen etwas sehen für ihr Geld, sollen mir ins Gesicht schauen für mein Geld, aber die da draußen, die haben es nicht verdient.‹

»Hier, der Cognac, Herr Doktor.«
»Danke, Hugo.«
Er mochte Fähmel; der kam jeden Morgen um halb zehn, erlöste ihn bis elf, hatte ihm schon ein Gefühl der Ewigkeit verliehen; war es nicht immer so gewesen, hatte er nicht vor Jahrhunderten schon hier an der weißlackierten Türfüllung gestanden, die Hände auf dem Rücken gekreuzt, dem leisen Spiel zugesehen, den Worten gelauscht, die ihn sechzig Jahre zurück, zwanzig vor, wieder zehn zurück und plötzlich in die Wirklichkeit des Kalenderblatts draußen warfen? Weiß über grün, rot über grün, rot-weiß über grün, immer innerhalb des Randes, der nur zwei Quadratmeter grünen Filzes umschloß; das war sauber, trocken und genau; zwischen halb zehn und elf; zweimal, dreimal hinunter, um den großen Cognac zu holen; Zeit war hier keine Größe, an der irgend etwas ablesbar wurde; auf diesem rechteckigen grünen Löschpapier wurde sie ausgelöscht; vergebens schlugen die Uhren an, Zeiger bewegten sich vergebens, rannten in sinnloser Eile vor sich selbst davon; alles stehen- und liegenlassen, wenn Fähmel kam, gerade um die Zeit, wo am meisten zu tun gewesen wäre: alte Gäste gehen, neue kommen; er mußte hier stehen, bis es elf von Sankt Severin schlug, doch wann, wann schlug es elf? Luftleere Räume, zeitleere Uhren, er war hier untergetaucht, fuhr unter Ozeanen her, Wirkliches drang nicht ein, drückte sich draußen platt wie an Aquarien- und Schaufensterscheiben, verlor seine Dimensionen, hatte nur noch eine, war flach, wie ausgeschnitten aus Ausschneidebogen für Kinder, sie hatten alle ihre Kleider nur provisorisch umgehängt wie diese ausgeschnittenen Pappepuppen, strampelten hilflos gegen die Wände, die dicker waren als Jahrhunderte aus Glas; fern der Schatten von Sankt Severin, ferner noch der Bahnhof, und die Züge nicht wahr: D und F und E, und FD und TEE und FT, trugen Koffer zu Zollstationen; wahr waren nur die drei Billardkugeln, die übers grüne Löschpapier rollten, immer neue Figuren bildeten: Unendlichkeit, in tausend Formeln auf zwei Quadratmetern enthalten, er schlug sie mit seinem Stock heraus, während seine Stimme sich in den Zeiten verlor.

»Geht die Geschichte weiter, Herr Doktor?«

»Willst du sie hören?«

»Ja.«

Fähmel lachte, nippte an seinem Cognacglas, zündete sich eine neue Zigarette an, nahm den Stock in die Hand und stieß die rote Kugel an: rot und weiß rollten über grün.

»Eine Woche danach, Hugo . . .«

»Nach was?«

Fähmel lachte wieder. »Nach diesem Schlagballspiel, nach diesem 14. Juli 1935, den sie in den Putz über dem Blechspind eingeritzt hatten – eine Woche danach war ich froh, daß Schrella mich an den Weg, der zu Trischlers Haus führte, erinnert hatte. Ich stand auf der Balustrade des alten Wiegehauses, am unteren Hafen; von dort aus konnte ich den Weg gut überschauen, der an Holzschuppen und Kohlenlagern vorbeilief, sich zu einer Baustoffhandlung hin senkte, von dort auf den Hafen zulief, der durch ein rostiges Eisengeländer abgesperrt war und nur noch als Schiffsfriedhof diente. Sieben Jahre vorher war ich zuletzt hier gewesen, aber es hätten auch fünfzig Jahre sein können, als ich zusammen mit Schrella Trischlers noch besuchte, war ich dreizehn gewesen; lange Schleppzüge ankerten abends an der Böschung, Schifferfrauen mit Einkaufkörben stiegen über die schwankenden Stege an Land; frische Gesichter hatten die Frauen und Zuversicht in den Augen; Männer, die nach Bier und nach Zeitungen verlangten, kamen hinter den Frauen her; Trischlers Mutter musterte aufgeregt ihre Waren: Kohl und Tomaten, silbrige Zwiebeln, die gebündelt an der Wand hingen, und draußen spornte der Schäfer mit kurzen, scharf klingenden Kommandos seine Hunde an, die Schafe in die Hürde zu treiben; drüben – auf diesem Ufer hier, Hugo – leuchteten die Gaslaternen auf, gelbliches Licht füllte die weißen Ballons, deren Reihe sich nach Norden zu ins Unendliche fortpflanzte; Trischlers Vater knipste in seiner Gartenwirtschaft die Lampen an, und Schrellas Vater, mit dem Handtuch über dem Unterarm, kam nach hinten ins Treidlerhaus, wo wir Jungen, Trischler, Schrella und ich, Eis zerkleinerten und über die Bierkästen warfen.

Jetzt, sieben Jahre später, Hugo, an diesem 21. Juli 1935 – war die Farbe von allen Zäunen abgeblättert, und ich sah, daß an Michaelis' Kohlenlager nur das Tor erneuert war; hinter dem Zaun verrottete ein großer Haufen Briketts, ich suchte immer wieder alle Windungen der Straßen ab, um mich zu vergewissern, daß niemand mir gefolgt war; ich war müde, spürte die Wunden auf meinem Rücken, Schmerz flammte wie Pulsschlag auf; zehn Minuten lang war die Straße leer geblieben; ich blickte auf den schmalen Streifen bewegten sauberen Wassers, der den unteren mit dem oberen Hafen verband: kein Boot war zu sehen, blickte in den Himmel: kein Flugzeug, und ich dachte: du scheinst dich sehr ernst zu nehmen, wenn du glaubst, sie schicken Flugzeuge aus, dich zu suchen.

Ich hatte es getan, Hugo, war mit Schrella in das kleine Café Zons an der Boisseréestraße gegangen, wo die Lämmer sich trafen, hatte dem Wirt das Losungswort zugemurmelt: *Weide meine Lämmer*, und ich hatte geschworen, einem jungen Mädchen, das Edith hieß, ins Gesicht hinein geschworen, niemals vom *Sakrament des Büffels* zu kosten, hatte dann in dem dunklen Hinterzimmer eine Rede gehalten, mit dunklen Worten drin, die nicht nach Lamm klangen; sie schmeckten nach Blut, nach Aufruhr und Rache, Rache für Ferdi Progulske, den sie am Morgen hingerichtet hatten; wie Geköpfte sahen die aus, die um den Tisch herumsaßen und mir zuhörten; sie hatten Angst und wußten jetzt, daß kindlicher Ernst nicht weniger ernst ist als der der Erwachsenen; Angst und die Gewißheit, daß Ferdi wirklich tot war: siebzehn Jahre war er alt gewesen, Hundertmeterläufer, Tischlerlehrling, nur viermal hatte ich ihn gesehen und würde ihn nie wieder in meinem Leben vergessen; zweimal im Café Zons und zweimal bei uns zu Hause; Ferdi war in Ben Wackes Wohnung geschlichen, hatte ihm, als er aus dem Schlafzimmer kam, die Bombe vor die Füße geworfen; nur Brandwunden hatte Ben Wackes an den Füßen, ein Garderobenspiegel zersplitterte, es roch nach verbranntem Schwarzpulver, Torheit, Hugo, kindlichem Edelmut entsprungen, hörst du, hörst du wirklich? . . .« »Ich höre.«

»Ich hatte Hölderlin gelesen: *Mitleidend bleibt das ewige Herz doch fest*, und Ferdi nur Karl May, der den gleichen Edelmut zu predigen schien; Torheit, unterm Handbeil gebüßt, im Morgengrauen, während die Kirchenglocken zur Frühmesse läuteten, Bäckerjungen warme Brötchen in Leinenbeutel zählten, während hier im Hotel Prinz Heinrich den ersten Gästen das Frühstück serviert wurde, während Vögel zwitscherten, Milchmädchen auf Gummisohlen sich in stille Hauseingänge schlichen, um Milchflaschen auf saubere Kokosmatten zu stellen; motorisierte Boten rasten durch die Stadt, von Plakatsäule zu Plakatsäule, klebten rotumrandete Zettel an: ›Hinrichtung! Der Lehrling Ferdinand Progulske‹ – gelesen von Frühaufstehern und Straßenbahnern, von Schülern und Lehrern, von all denen, die morgens mit ihren Broten in der Tasche zur Straßenbahn eilten, die Lokalzeitung noch nicht aufgeschlagen hatten, die es in Gestalt einer Schlagzeile verkündete: ›Exempel statuiert‹, und von mir gelesen, von mir, Hugo, als ich gerade hier vorne an der Ecke in die 7 einsteigen wollte.

Ferdis Stimme am Telefon, war das gestern oder vorgestern gewesen: ›Du kommst doch, wie verabredet, ins Café Zons?‹ Pause. ›Kommst du oder kommst du nicht?‹ ›Ich komme.‹

Enders versuchte noch, mich am Ärmel in die Bahn zu zerren, aber ich riß mich los, wartete, bis die Bahn um die Ecke herum verschwunden war, lief zur gegenüberliegenden Haltestelle, wo auch heute noch die 16 abfährt; fuhr durch friedliche Vorstädte zum Rhein, vom Rhein wieder weg, bis die Bahn endlich zwischen Kiesgruben und Baracken in die Schleife der Endstation einbog. Winter müßte sein, dachte ich damals, Winter, kalt, regnerisch, bedeckter Himmel, dann wäre es erträglicher, aber hier, wo ich stundenlang zwischen Kleingärten umherirrte, Aprikosen und Erbsen sah, Tomaten und Kohl, wo ich das Klirren von Bierflaschen hörte, die Klingel des Eismannes, der an einer Wegkreuzung stand und Vanilleeis in bröcklige Waffeln spachtelte; das konnten sie doch nicht tun, dachte ich, konnten nicht Eis essen, Bier trinken, Aprikosen betasten, während Ferdi ... Gegen Mittag verfütterte ich meine Brote an grämliche Hühner, die auf dem Lagerhof eines Altwarenhändlers ungenaue geometrische Figuren in den Dreck furchten; aus einem Fenster heraus sagte eine Frauenstimme: ›Diesen Jungen, hast du gelesen, sie haben ihn ...‹, und eine Männerstimme antwortete: ›Verflucht, sei still, ich weiß doch . . .‹ Ich warf die Brote den Hühnern hin, lief weiter, verlor mich zwischen Bahndämmen und Grundwasserlöchern, erreichte irgendwo wieder eine Endstation, fuhr durch Vorstädte, die mir unbekannt waren, stieg aus, kehrte meine Hosentaschen nach außen: Schwarzpulver rieselte auf einen grauen Weg; ich rannte weiter, wieder Bahndämme, Lagerplätze, Fabriken, Kleingärten, Häuser, ein Kino, an dessen Schalter eben die Kassiererin das Fenster hochschob. Drei Uhr? Genau drei. Fünfzig Pfennig. Ich war der einzige Besucher der Vorstellung; Hitze brütete auf dem Blechdach; Liebe, Blut, ein betrogener Liebhaber zückte das Messer; ich schlief ein, erwachte erst wieder, als lärmende Besucher zur Sechs-Uhr-Vorstellung in den Saal kamen, taumelte nach draußen. Wo war meine Schulmappe? War sie im Kino? Draußen an der Kiesgrube, wo ich lange gesessen und die triefenden Lastautos beobachtet hatte, oder war sie dort, wo ich den grämlichen Hühnern meine Brote hingeworfen hatte? Ferdis Stimme am Telefon, war das gestern oder vorgestern gewesen: ›Du kommst doch, wie verabredet, ins Café Zons?‹ Pause. ›Kommst du oder kommst du nicht?‹ ›Ich komme.‹

Rendezvous mit einem Geköpften. Torheit, die mir jetzt schon kostbar wurde, weil der Preis dafür so hoch gewesen war; Nettlinger erwartete mich vor dem Café Zons; sie brachten mich in die Wilhelmskuhle, schlugen mich mit der Stacheldrahtpeitsche; winzige Pflüge furchten meinen Rücken auf; durch die rostigen Fenstergitter hindurch konnte ich die Böschung sehen, auf der ich als Kind gespielt hatte; immer wieder war uns der Ball heruntergerollt, immer wieder war ich die Böschung runtergeklettert, hatte den Ball aufgehoben, einen ängstlichen Blick auf das rostige Gitter geworfen und hinter den schmutzigen Scheiben Böses zu spüren geglaubt; Nettlinger schlug zu.

48

In der Zelle versuchte ich, mir das Hemd auszuziehen, aber Hemd und Haut waren in gleichem Maße zerfetzt, ineinander verhakt, wenn ich am Kragen, am Ärmel zog, war es, als zöge ich mir die Haut über den Kopf.

Schlimm waren Augenblicke wie dieser; als ich an der Balustrade des Wiegehauses stand, müde, war mein Stolz auf die Stigmata geringer als der Schmerz; mein Kopf fiel aufs Geländer, mein Mund lag auf dem rostigen Gestänge, und die Bitterkeit des verwitterten Eisens drang mir wohltuend in den Mund; noch eine Minute nur bis Trischlers Haus, und ich würde wissen, ob sie mich dort schon erwarteten; ich erschrak: ein Arbeiter, mit seinem Henkelmann unter dem Arm, kam die Straße herauf, verschwand im Tor zur Baustoffhandlung. Als ich die Treppe hinunterging, umfaßte ich das Geländer so fest, daß ich den Rost in Flocken vor meiner Hand herschob.

Der heitere Rhythmus der Niethämmer, den ich vor sieben Jahren hier gehört hatte, hallte nur noch als müdes Echo wider, als Klopfen eines Hammers auf einem Ponton, wo ein alter Mann ein Fährboot ausschlachtete; Muttern polterten in einen Karton, Bretter fielen mit einem Geräusch, das den Grad ihrer Vermoderung kundtat, und der alte Mann beklopfte den Motor, lauschte auf die Töne wie auf die Herztöne eines geliebten Wesens, beugte sich tief in den Bauch des Bootes, brachte Einzelteile ans Licht: Schrauben, Deckel, Düsen, Zylinder, die er ans Licht hob, betrachtete, beroch, bevor er sie in den Karton zu den Muttern warf; hinter dem Boot stand eine alte Winde, Reste eines Drahtes hingen daran, morsch wie verrotteter Strumpf.

Erinnerungen an Menschen und Ereignisse waren immer mit Erinnerungen an Bewegung verknüpft gewesen, die mir als Figur im Gedächtnis geblieben war. Wie ich mich übers Geländer der Balustrade beugte, den Kopf hob, senkte, hob, diese Bewegung brachte mir Worte und Farben, Bilder und Stimmung wieder zum Bewußtsein. Nicht wie Ferdi ausgesehen hatte, sondern wie er ein Streichholz anzündete, wie er den Kopf leicht hob, um ja, ja, – nein, nein, zu sagen, Schrellas Stirnfalten, die Bewegung seiner Schultern, Vaters Gang, Mutters Gebärden, Großmutters Handbewegung, wenn sie ihr Haar aus der Stirn strich – und der alte Mann dort unten, den ich von der Böschung aus sah, der von einer großen Schraube gerade einen verfaulten Holzrest abklopfte, das war Trischlers Vater; diese Hand machte Bewegungen, die nur diese Hand machen konnte – ich hatte dieser Hand zugesehen, wenn sie Kisten öffnete, wieder zunagelte; Schmuggelware, die in dunklen Schiffsbäuchen verborgen die Grenze passiert hatte, Rum und Rosinen, Zigaretten und Schokolade, im Treidlerhaus hatte diese Hand Bewegungen gemacht, die nur sie machen konnte; der Alte blickte hoch, blinzelte zu mir herauf und sagte: ›Na, Söhnchen, der Weg da oben führt aber nirgends hin.‹

›Er führt zu Ihrem Haus‹, sagte ich.

›Wer mich besucht, kommt vom Wasser her, sogar die Polizei – auch mein Sohn kommt mit dem Boot, selten kommt er, sehr selten.‹

›Ist die Polizei schon dort?‹

›Warum fragst du, Söhnchen?‹

›Weil sie mich suchen.‹

›Hast du geklaut?‹

›Nein‹, sagte ich, ›ich habe mich nur geweigert, vom *Sakrament des Büffels* zu essen.‹

Schiffe, dachte ich, Schiffe mit dunklen Bäuchen und Kapitänen, die Übung darin haben, die Zöllner zu täuschen; ich werde nicht viel Platz brauchen, nur soviel wie ein zusammengerollter Teppich; in einem gerollten Segel versteckt will ich die Grenze passieren.

›Komm runter‹, sagte Trischler, ›da oben können sie dich vom anderen Ufer aus sehen.‹

Ich drehte mich, ließ mich langsam auf Trischler zugleiten, indem ich mich an den Grasnarben festhielt.

›Ach‹, sagte der Alte, ›du bist . . . ich weiß, wer du bist, aber deinen Namen hab ich vergessen.‹

›Fähmel‹, sagte ich.

›Natürlich, hinter dir sind sie her, es kam heute morgen mit den Frühnachrichten, und ich hätte es mir denken können, als sie dich beschrieben: rote Narbe überm Nasenbein; damals, als wir bei Hochwasser rübergerudert sind und gegen den Brückenpfeiler stießen, als ich die Strömung unterschätzt hatte; du schlugst mit dem Kopf auf die Eisenkante des Bootes.‹

›Ja, und ich durfte nicht mehr herkommen.‹

›Aber du kamst doch.‹

›Nicht mehr lange – bis ich mit Alois Streit bekam.‹

›Komm, aber duck dich, wenn wir unter der Drehbrücke hergehen, sonst stößt du dir 'ne Delle in den Kopf – und darfst nicht mehr herkommen. Wie bist du ihnen denn entkommen?‹

›Nettlinger kam im Morgengrauen in meine Zelle, er brachte mich an den Hintereingang, wo die unterirdischen Gänge bis zum Bahndamm führen, an der Wilhelmskuhle. Er sagte: ,Hau ab, renn los – aber ich kann dir nur eine Stunde Vorsprung geben, in einer Stunde muß ich's der Polizei melden' – ich bin um die ganze Stadt herum bis hierhergekommen.‹

›So, so‹, sagte der Alte, ›ihr mußtet also Bomben schmeißen! Ihr mußtet euch verschwören und – gestern hab ich schon einen von euch verpackt und über die Grenze geschickt.‹

›Gestern‹, fragte ich, ›wen?‹

›Den Schrella‹, sagte er, ›er hat sich hier versteckt, und ich habe ihn zwingen müssen, mit der ‚Anna Katharina' abzufahren.‹

›Auf der ‚Anna Katharina' wollte Alois immer Steuermann werden!‹

›Er ist Steuermann auf der ‚Anna Katharina' – komm jetzt.‹ Ich stolperte, als wir an der schrägen Kaimauer entlang unterhalb der Böschung auf Trischlers Haus zugingen, stand auf, fiel wieder, stand auf, und die ruckhaften Bewegungen rissen Hemd und Haut immer wieder auseinander, verklebten sie, rissen sie auseinander, und der ständig neu gestachelte Schmerz hob mich in einen Zustand der Besinnungslosigkeit, in dem Bewegungen, Farben, Gerüche aus tausend Erinnerungen sich ineinander verfingen, übereinander lagerten; bunte Chiffren von wechselnder Farbe, wechselndem Gefälle, wechselnder Richtung, wurden vom Schmerz aus mir herausgeschleudert.

Hochwasser, dachte ich, Hochwasser, immer schon hatte ich den Wunsch gespürt, mich hineinzuwerfen und auf den grauen Horizont zutreiben zu lassen.

Im Traum beschäftigte mich lange die Frage, ob man in einem Henkelmann eine Stacheldrahtpeitsche verbergen könne; Erinnerungen an Bewegungen setzten sich in Linien um, die sich zu Figuren fügten; grüne, schwarze, rote Figuren waren wie Kardiogramme, die Rhythmen einer bestimmten Person darstellten: der Ruck, mit dem Alois Trischler die Angel hochgezogen hatte, wenn wir im alten Hafen fischten, wie er die Schnur mit dem Köder ins Wasser schnellte, sein wandernder Arm, der das Tempo des Wassers anzeigte: grün auf grau gezeichnete genaue Figur; Nettlinger, wie er den Arm hob, um Schrella den Ball ins Gesicht zu werfen, das Zittern seiner Lippen, das Beben seiner Nasenflügel, es setzte sich in eine graue Figur, die der Spur einer Spinne glich; wie von Fernschreibern, die ich nicht orten konnte, wurden mir Personen ins Gedächtnis stigmatisiert: Edith am Abend nach dem Schlagballspiel, als ich mit Schrella nach Hause ging; Ediths Gesicht im Park draußen in Blessenfeld, unter mir; als wir im Gras lagen, wurde es naß vom Sommerregen, Tropfen glänzten auf ihrem blonden Haar, rollten an ihren Brauen entlang, ein Kranz silberner Tropfen, den Ediths atmendes Gesicht hob und senkte: der Kranz blieb mir in Erinnerung wie das Skelett eines Meerestieres, auf rostfarbenem Strand gefunden und vervielfältigt zu unzähligen Wölkchen gleichen Ausmaßes, die Linie ihres Mundes, als sie zu mir sagte: ›Sie werden dich töten.‹ Edith.

Der Verlust der Schulmappe quälte mich im Traum – korrekt war ich immer –, ich riß einem mageren Huhn den grüngrauen Band Ovid aus dem Schnabel; ich feilschte mit der Platzanweiserin im Kino um das Hölderlingedicht, das sie aus meinem Lesebuch gerissen hatte, weil sie es so schön fand: *Mitleidend bleibt das ewige Herz doch fest.*

Abendessen, von Frau Trischler gebracht: Milch, ein Ei, Brot, ein Apfel; ihre Hände wurden jung, wenn sie meinen zerschundenen Rücken mit Wein wusch, Schmerz flammte auf, wenn sie den Schwamm ausdrückte und der Wein in den Furchen meines Rückens abfloß; sie goß Öl nach, und ich fragte sie: ›Woher wußten Sie, daß man es so machen kann?‹

›In der Bibel kannst du nachlesen, wie man es macht‹, sagte sie, ›und ich hab's schon mal gemacht, bei deinem Freund Schrella! Alois wird übermorgen kommen, Sonntag fährt er dann von Ruhrort nach Rotterdam! Du brauchst keine Angst zu haben‹, sagte sie, ›die machen das schon; auf dem Fluß kennt man sich, wie man sich in einer Straße kennt. Noch etwas Milch, Junge?‹

›Nein, danke.‹

›Keine Sorge. Montag oder Dienstag bist du in Rotterdam. Was ist denn, was hast du denn?‹

Nichts. Nichts. Immer noch liefen die Suchmeldungen: rote Narbe überm Nasenbein. Vater, Mutter, Edith – ich wollte nicht das Differential der Zärtlichkeiten errechnen, nicht die Litanei der Schmerzen abbeten; heiter war der Fluß, weiße Feriendampfer mit bunten Wimpeln; heiter waren auch die Frachter, rot gestrichen, grün und blau, brachten Kohle und Holz von hier nach dort, von dort nach hier; drüben am Ufer die grüne Allee, schneeweiß die Terrasse vom Café Bellevue, dahinter der Turm vom Sankt Severin, die scharfe rote Lichtkante am Hotel Prinz Heinrich, nur hundert Schritte von dort bis zum Elternhaus; dort saßen sie gerade beim Abendessen, einer gewaltigen Mahlzeit, über die Vater wie ein Patriarch regierte: Samstag, mit sabbatischer Feierlichkeit begangen; war der rote Wein nicht zu kühl, der weiße kühl genug?

›Keine Milch mehr, Junge?‹

›Nein, danke, Frau Trischler, wirklich nicht.‹

Motorisierte Boten rasten durch die Stadt, mit rotumrandeten Zetteln, von Plakatsäule zu Plakatsäule: ›Hinrichtung!‹ ›Der Schüler Robert Fähmel . . .‹; Vater betete beim Abendbrot: Der für uns ist gegeißelt worden, Mutter beschrieb eine demütige Figur vor ihrer Brust, bevor sie sagte: ›Die Welt ist böse, es gibt so wenig reine Herzen‹, und Ottos Schuhe, noch schlugen sie den Takt Bruder, Bruder auf den Boden, auf die Fliesen, die Straße hinab bis zum Modesttor. Es war die ›Stilte‹, die draußen tutete, die hellen Töne rissen den Abendhimmel auf, furchten sich weiß wie Blitze ins dunkle Blau. Ich lag schon auf der Zeltbahn, wie jemand, der auf offener See gestorben ist und dem Meer überliefert werden soll; Alois hielt die Zeltbahn schon hoch, um mich einzuwikkeln; weiß in grau eingewebt las ich deutlich: ›Morrien. Ijmuiden.‹ Frau Trischler beugte sich über mich, weinte, küßte mich, und Alois rollte mich langsam ein, als wäre mein Leichnam ein besonders kostbarer, nahm mich auf den Arm. ›Söhnchen‹, rief der Alte, ›Söhnchen, vergiß uns nicht.‹

Abendwind, noch einmal tutete die ›Stilte‹ freundlich mahnend, in der Hürde blökten die Schafe, der Eismann rief ›Eis, Eis‹, schwieg dann und spachtelte gewiß Vanilleeis in bröcklige Waffeln. Leicht federte die Planke, über die Alois mich trug, und eine Stimme fragte leise: ›Ist er das?‹ Und Alois sagte ebenso leise: ›Das ist er.‹ Murmelte mir zum Abschied zu: ›Denk daran, Dienstag abend im Hafen von Rotterdam.‹ Andere Arme trugen mich, Treppen hinunter, es roch nach Öl, nach Kohlen, dann nach Holz, fern klang das Tuten, die ›Stilte‹ bebte, dunkles Dröhnen schwoll an, und ich spürte, daß wir fuhren, rheinabwärts, immer weiter weg von Sankt Severin.«

Der Schatten von Sankt Severin war näher gerückt, füllte schon das linke Fenster des Billardzimmers, streifte das rechte; die Zeit, von der Sonne vor sich her geschoben, kam wie eine Drohung näher, füllte die große Uhr auf, die sich bald erbrechen und die schrecklichen Schläge von sich geben würde; weiß über grün, rot über grün rollten die Kugeln; Jahre zerschnitten, Jahrzehnte übereinander gehäuft und Sekunden, Sekunden wie Ewigkeiten serviert mit ruhiger Stimme; nur jetzt nicht wieder Cognac holen müssen, dem Kalenderblatt begegnen und der Uhr, nicht der Schafspriesterin und *So was dürfte nicht geboren werden*; nur noch einmal den Spruch hören *Weide meine Lämmer*, und von der Frau hören, die im Sommerregen im Gras gelegen hatte; ankernde Schiffe, Frauen, die über Stege schritten, und der Ball, den Robert schlug, Robert, der nie vom *Sakrament des Büffels* gegessen hatte, stumm weiterspielte, immer neue Figuren mit dem Stock aus zwei Quadratmetern schlug.

»Und du, Hugo«, sagte er leise, »willst du mir heute nichts erzählen?«

»Ich weiß nicht, wie lange es war, aber ich meine, es wäre ewig gewesen: immer, wenn die Schule aus war, schlugen sie mich. Manchmal wartete ich, bis ich sicher wußte, sie waren alle zum Essen gegangen, und die Frau, die die Schule putzte, war schon unten bei dem Flur, wo ich wartete, angekommen und fragte: ›Was machst du denn noch hier, Junge? Deine Mutter wartet doch sicher auf dich.‹

Aber ich hatte Angst, wartete, bis auch die Putzfrau ging, und ließ mich in die Schule einschließen; es gelang mir nicht immer, denn meistens warf mich die Putzfrau hinaus, bevor sie abschloß, aber wenn es mir gelang, eingeschlossen zu werden, war ich froh; zu essen fand ich in den Pulten und in den Abfalleimern, die die Putzfrau für die Müllabfuhr im Flur bereitgestellt hatte, genug belegte Brote, Äpfel und Kuchenreste. So war ich allein in der Schule, und sie konnten mir nichts tun. Ich duckte mich in die Lehrergarderobe, hinter dem Kellereingang, weil ich Angst hatte, sie könnten zum Fenster hineinschauen und mich entdekken, aber es dauerte lange, bis sie herausbekamen, daß ich mich in der Schule versteckte. Oft hockte ich da stundenlang, wartete, bis es Abend wurde, bis ich ein Fenster öffnen und hinaussteigen konnte. Oft blickte ich lange auf den leeren Schulhof: gibt es etwas Leereres als so einen Schulhof am späten Nachmittag? Das waren herrliche Zeiten, bevor sie herausbekamen, daß ich mich in der Schule einschließen ließ. Ich hockte da, in der Lehrergarderobe oder unterhalb der Fensterbank und wartete auf etwas, das ich nur dem Namen nach kannte: auf Haß. Ich hätte sie so gern gehaßt, aber ich konnte nicht, Herr Doktor. Nur Angst. An manchen Tagen wartete ich auch nur bis drei oder bis vier und dachte, sie wären jetzt alle gegangen, ich hätte schnell über die Straße, an Meids Stall vorüber und um den Kirchhof nach Hause laufen und mich dort einschließen können. Aber sie hatten einander abgelöst, waren abwechselnd zum Essen gegangen – denn aufs Essen verzichten, das konnten sie nicht –, und wenn sie auf mich zurannten, roch ich schon von weitem, was sie gegessen hatten: Kartoffeln mit Sauce, Braten, oder Kraut mit Speck, und während sie mich schlugen, dachte ich: Wozu ist Christus gestorben, was nützt mir denn sein Tod, was nützt es mir, wenn sie jeden Morgen beten, jeden Sonntag kommunizieren und die großen Kruzifixe in ihren Küchen hängen, über den Tischen, von den sie Kartoffeln mit Sauce, Braten oder Kraut mit Speck essen? Nichts. Was soll das alles, wenn sie mir jeden Tag auflauern und mich verprügeln? Da hatten sie also seit fünfhundert oder sechshundert Jahren – und waren sogar stolz auf das Alter ihrer Kirche –, hatten vielleicht seit tausend Jahren ihre Vorfahren auf dem Friedhof begraben, hatten seit tausend Jahren gebetet und unterm Kruzifix Kartoffeln mit Sauce und Speck mit Kraut gegessen. Wozu? Und wissen Sie, was sie schrien, während sie mich verprügelten? *Lamm Gottes.* Das war mein Spitzname.«

Rot über grün, weiß über grün, neue Figuren tauchten wie Zeichen auf; rasch verweht, nichts blieb; Musik ohne Melodie, Malerei ohne Bild; nur Vierecke, Rechtecke, Rhomben in vielfacher Zahl; klingende Bälle am schwarzen Rand.

»Und später versuchte ich es anders, verschloß die Tür zu Hause, schob Möbel davor, türmte auf, was ich finden konnte. Kisten, Gerümpel und Matratzen, bis sie die Polizei alarmierten, und die kam, den Schulschwänzer abzuholen; die umstellte das Haus, schrie: ›Komm raus, du Bengel‹, aber ich kam nicht raus, und sie brachen die Tür auf, schoben die Möbel beiseite, und sie hatten mich, brachten mich in die Schule, auf daß ich weiter geprügelt, weiter in die Gosse gestoßen, weiter *Lamm*

Gottes geschimpft würde; er hatte doch gesagt: weide meine Lämmer, aber sie weideten seine Lämmer nicht, wenn es überhaupt *seine* Lämmer waren. Alles vergebens, Herr Doktor, umsonst weht der Wind, umsonst fällt der Schnee, umsonst blühen die Bäume und fallen die Blätter – sie essen Kartoffeln mit Sauce oder Speck mit Kraut.

Manchmal war sogar meine Mutter zu Hause, betrunken und schmutzig, roch nach Tod, dunstete Verwesung aus und schrie: *wozuwozuwozu*, schrie es öfter als alle *Erbarme dich unser* in allen Litaneien; es machte mich wahnsinnig, wenn sie so stundenlang *wozuwozuwozu* schrie, und ich lief weg, ein nasses Gotteslamm, lief durch den Regen, hungrig, Lehm klebte mir an den Schuhen, am Körper, ganz eingepackt in nassen Lehm war ich, hockte da auf ihren Rübenfeldern, aber ich lag lieber in lehmigen Furchen, ließ den Regen auf mich regnen, als dieses schreckliche *Wozu* zu hören, und irgendwer erbarmte sich meiner, irgendwann, brachte mich nach Hause, in die Schule zurück, heim in dieses Nest, das Denklingen hieß, und sie schlugen mich wieder, riefen mich *Lamm Gottes*, und meine Mutter betete ihre endlose, schreckliche Litanei: *Wozu?*, und ich lief wieder weg, und wieder erbarmten sie sich meiner, und diesmal brachten sie mich in die Fürsorge. Dort kannte mich niemand, keins von den Kindern, keiner von den Erwachsenen, aber ich war noch nicht zwei Tage in der Fürsorge, nannten sie mich auch dort *Lamm Gottes*, und ich bekam Angst, obwohl sie mich nicht schlugen: sie lachten nur über mich, weil ich so viele Worte nicht kannte; das Wort Frühstück; ich kannte nur: essen, irgendwann, wenn etwas da war oder ich etwas fand; aber als ich auf der Tafel las: Frühstück 30 Gramm Butter, 200 Gramm Brot, 50 Gramm Marmelade, Milchkaffee, fragte ich einen: ›Was ist das, Frühstück?‹ Und sie umringten mich alle, auch die Erwachsenen kamen, sie lachten und fragten: ›Frühstück, weißt du nicht, was das ist, hast du denn noch nie gefrühstückt?‹ ›Nein‹, sagte ich. ›Und in der Bibel‹, sagte der eine Erwachsene, ›hast du da nie das Wort Frühstück gelesen?‹, und der andere Erwachsene fragte den einen: ›Sind Sie so sicher, daß in der Bibel das Wort Frühstück überhaupt vorkommt?‹ ›Nein‹, sagte der eine, ›aber irgendwo, in irgendeinem Lesestück oder zu Hause, muß er doch das Wort Frühstück einmal gehört haben, er ist doch bald dreizehn, das ist schlimmer als bei Wilden: jetzt kann man sich eine Vorstellung vom Ausmaß des Sprachzerfalls machen.‹ Und ich wußte nicht, daß Krieg gewesen war, vor kurzer Zeit, und sie fragten mich, ob ich denn nie auf einem Friedhof gewesen sei, wo auf den Grabsteinen stand: ›Gefallen‹, und ich sagte, doch, das hätte ich gesehen, und was ich mir denn unter ›gefallen‹ vorgestellt hätte, und ich sagte, ich hätte mir vorgestellt, die dort beerdigt seien, wären tot umgefallen; da lachten sie noch mehr als bei dem Frühstück, und sie gaben uns Geschichtsunterricht, vom Anfang der Zeiten an, aber bald war ich vierzehn, Herr Doktor, und der Hoteldirektor kam ins Heim, und wir vierzehnjährigen Jungen mußten uns auf dem Flur vor dem Zimmer des Rektors aufstellen, und der Rektor kam mit dem Hoteldirektor. Und sie gingen an uns vorbei, blickten uns in die Augen und sagten beide, sagten wie aus einem Munde: ›Dienen, wir suchen Jungen, die dienen können‹, aber sie suchten nur mich heraus. Ich mußte sofort meine Sachen in einen Karton packen und fuhr mit dem Hoteldirektor hierher, und er sagte im Auto zu mir: ›Hoffentlich erfährst du nie, wieviel dein Gesicht wert ist. Du bist ja das reinste *Lamm Gottes*‹, und ich hatte Angst, Herr Doktor, habe sie immer noch und warte immer darauf, daß sie mich schlagen.«

»Schlagen sie dich?«

»Nein, nie. Nur möcht ich so gern wissen, was der Krieg war, ich mußte ja aus der Schule weg, bevor sie es mir erklären konnten. Kennen Sie den Krieg?«

»Ja.«

»Haben Sie ihn mitgemacht?«

»Ja.«

»Was haben Sie getan?«

»Ich war Spezialist für Sprengungen, Hugo. Kannst du dir darunter etwas vorstellen?«

»Ja, ich habe gesehen, wie sie im Steinbruch hinter Denklingen sprengten.«

»Genau das hab ich gemacht, Hugo, nur habe ich nicht Felsen gesprengt, sondern Häuser und Kirchen. Das hab ich noch nie jemandem erzählt, außer meiner Frau, aber die ist schon lange tot, und so weiß es niemand außer dir, nicht einmal meine Eltern und meine Kinder wissen es. Du weißt, daß ich Architekt bin und eigentlich Häuser bauen sollte, aber ich hab nie welche gebaut, immer nur welche gesprengt, und auch die Kirchen, die ich als Junge auf zartes Zeichenpapier zeichnete, weil ich davon träumte, sie zu bauen; die hab ich nie gebaut. Als ich zur Armee kam, fanden sie in meinen Papieren einen Hinweis, daß ich eine Doktorarbeit über ein statisches Problem geschrieben hatte. Statik, Hugo, das ist die Lehre vom Gleichgewicht der Kräfte, die Lehre vom Spannungs- und Verschiebungszustand von Tragwerken; ohne Statik kannst du nicht einmal eine Negerhütte bauen, und das Gegenteil von Statik ist die Dynamik, das klingt nach Dynamit, wie man es beim Sprengen braucht, und hängt auch mit Dynamit zusammen. Den ganzen Krieg über hatte ich nur mit Dynamit zu tun. Ich verstand was von Statik, Hugo, verstand auch was von Dynamik, verstand eine ganze Menge von Dynamik, hab alle Bücher verschlungen, die es darüber gab. Man muß, wenn man sprengen will, nur wissen, wo man die Ladung anbringt und wie stark sie sein muß. Das konnte ich, Junge, und ich sprengte also, ich sprengte Brücken und Wohnblocks, Kirchen und Bahnüberführungen, Villen und Straßenkreuzungen, ich bekam Orden dafür und wurde befördert: vom Leutnant zum Oberleutnant, vom Oberleutnant zum Hauptmann, und ich bekam Sonderurlaub und Belobigungen, weil ich so gut wußte, wie man sprengen muß. Und am Schluß des Krieges war ich einem General unterstellt, der hatte nur ein Wort im Kopf: Schußfeld. Weißt du, was Schußfeld ist? Nein?« Fähmel hob den Billardstock wie ein Schießgewehr an die Schulter, zielte mit der Spitze nach draußen, auf den Turm von Sankt Severin. –

»Siehst du«, sagte er, »wenn ich jetzt auf die Brücke schießen wollte, die hinter Sankt Severin liegt, würde die Kirche im Schußfeld liegen, also müßte Sankt Severin gesprengt werden, ganz rasch, sofort und schnell, damit ich auf die Brücke schießen könnte, und ich sag dir, Hugo, ich hätte Sankt Severin in die Luft gesprengt, obwohl ich wußte, daß mein General verrückt war, und obwohl ich wußte, daß Schußfeld ein leerer Wahn ist, denn von oben, verstehst du, brauchst du kein Schußfeld, und schließlich konnte es auch dem einfältigsten aller Generale nicht verborgen bleiben, daß inzwischen die Flugzeuge erfunden worden waren, aber meiner war verrückt und hatte seine Lektion gelernt: Schußfeld, und ich besorgte es ihm; ich hatte eine gute Mannschaft beisammen: Physiker und Architekten, und wir sprengten, was uns in den Weg kam; das letzte war was Großes, was Gewaltiges, ein ganzer Komplex riesiger, sehr solider Gebäude: eine Kirche, Stallungen, Mönchszellen, ein Verwaltungsgebäude, ein Bauernhof, eine ganze Abtei, Hugo – die lag genau zwischen zwei Armeen, einer deutschen und einer amerikanischen –, und ich besorgte der deutschen Armee ihr Schußfeld, das sie gar nicht brauchte; da knieten sich Mauern vor mir nieder, auf den Höfen brüllte das Vieh in den Ställen, und die Mönche verfluchten mich, aber ich war nicht aufzuhalten, die ganze Abtei Sankt Anton im Kissatal sprengte ich, drei Tage vor Kriegsschluß. Korrekt, Junge, immer korrekt, wie du mich kennst.«

Er senkte den Stock, den er immer noch auf sein imaginäres Ziel gerichtet hielt, legte ihn wieder in die Fingerbeuge, stieß die Billardkugel an; weiß rollte sie über grün, schlug in wildem Zickzack vom schwarzen Rand zum schwarzen Rand.

Dumpf erbrachen die Glocken von Sankt Severin die Zeit, aber wann, *wann* schlug es elf?

»Sieh doch mal nach, Junge, was der Lärm an der Tür bedeutet.«

Noch einmal stieß er zu: rot über grün, ließ die Kugeln auslaufen, legte den Stock hin.

»Der Herr Direktor bittet Sie, einen Herrn Dr. Nettlinger zu empfangen.«

»Würdest du einen empfangen, der Nettlinger heißt?«

»Nein.«

»Zeig mir, wie ich hier herauskomme, ohne durch diese Tür zu müssen.«

»Sie können durch den Speisesaal gehen, Herr Doktor, dann kommen Sie in der Modestgasse heraus.«

»Auf Wiedersehen, Hugo, bis morgen.«

»Auf Wiedersehen, Herr Doktor.«

Kellnerballett, Boyballett: sie deckten die Tische zum Mittagessen, schoben in genau vorgeschriebener Ordnung Teewagen von Tisch zu Tisch, legten Silber auf, wechselten die Blumenvasen aus; statt der weißen Nelken in schlanken Vasen demütige Veilchen in runden Vasen; nahmen Marmeladegläser vom Tisch, stellten Weingläser, runde für roten, schlanke für weißen, auf die Tische; nur eine einzige Ausnahme; Milch für die Schafpriesterin, sie sah in der Kristallkaraffe grau aus. Fähmel ging mit leichtem Schritt zwischen den Tischreihen hindurch, schlug den violetten Vorhang beiseite, stieg die Stufen hinunter und stand dem Turm von Sankt Severin gegenüber.

4

Leonores Schritte beruhigten ihn; vorsichtig ging sie im Atelier hin und her, öffnete Schranktüren, hob Kistendeckel, schnürte Pakete auf, entrollte Zeichnungen; selten kam sie ans Fenster, ihn zu stören; nur wenn ein Dokument kein Datum, eine Zeichnung keinen Namen trug. Er hatte die Ordnung immer geliebt und nie gehalten. Leonore würde sie schaffen, sie häufte, nach Jahren geordnet, auf dem großen Atelierboden Dokumente und Zeichnungen, Briefe und Abrechnungen aufeinander; nach fünfzig Jahren noch zitterte der Boden unter dem Stampfen der Druckereimaschinen; neunzehnhundertsieben, acht, neun, zehn; schon war Leonores Stapeln anzusehen, daß sie mit dem wachsenden Jahrhundert größer wurden; neunzehnhundertneun war größer als neunzehnhundertacht, zehn größer als neun.

Leonore würde die Kurve seiner Tätigkeiten herausfinden, sie war auf Präzision gedrillt.

»Ja«, sagte er, »stören Sie mich getrost, Kind. Das? Das ist das Krankenhaus in Weidenhammer; ich habe es im Jahr 1924 gebaut, es wurde im September eingeweiht.« Und sie schrieb mit ihrer säuberlichen Handschrift auf den Rand der Zeichnung 1924/9.

Magere Häufchen blieben die Kriegsjahre vierzehn bis achtzehn; drei, vier Zeichnungen; ein Landhaus für den General, eine Jagdhütte für den Oberbürgermeister, eine Sebastianuskapelle für die Schützenbrüder. Urlaubsaufträge, mit kostbaren Tagen honoriert; um seine Kinder sehen zu dürfen, hätte er den Generalen kostenlos Schlösser gebaut.

»Nein, Leonore, das war 1935. Franziskanerinnenkloster. Modern?
Natürlich, ich habe auch moderne Sachen gebaut.«

Immer war ihm der Rahmen des großen Atelierfensters wie ein Wechselrahmen erschienen: die Farben des Himmels wechselten, die Bäume in den Hinterhöfen wurden grau, wurden schwarz, wurden grün; Blumen auf den Dachgärten blühten, verblühten. Kinder spielten auf Bleidächern, wurden erwachsen, wurden zu Eltern, ihre Eltern zu Großeltern; andere Kinder spielten auf den Bleidächern; nur das Profil der Dächerlinie blieb, es blieb die Brücke, blieben die Berge, die an klaren Tagen am Horizont sichtbar wurden – bis der zweite Krieg das Profil der Dächerlinie veränderte, Lücken wurden gerissen, in denen an sonnigen Tagen silbern, an trüben grau der Rhein sichtbar wurde und die Drehbrücke am alten Hafen drüben; längst waren die Lücken wieder geschlossen, spielten Kinder auf Bleidächern, ging seine Enkelin drüben auf dem Kilbschen Bleidach mit Schulbüchern in der Hand auf und ab, wie vor fünfzig Jahren seine Frau dort auf und ab gegangen war – oder war's nicht doch Johanna, seine Frau, die an sonnigen Nachmittagen dort *Kabale und Liebe* las?

Das Telefon klingelte; angenehm, daß Leonore den Hörer abnahm, ihre Stimme dem unbekannten Anrufer Antwort gab. »Café Kroner? Ich werde den Herrn Geheimrat fragen.«

»Wieviel Personen am Abend erwartet werden? Geburtstagsfeier?« Genügen die Finger einer Hand, sie aufzuzählen? »Zwei Enkel, ein Sohn, ich – und Sie. Leonore, werden Sie mir die Freude machen?«

Also fünf. Die Finger einer Hand genügen. »Nein, keinen Sekt. Alles wie besprochen. Danke, Leonore.«

Wahrscheinlich hält sie mich für verrückt, aber wenn ich's bin, bin ich's immer gewesen; ich sah alles voraus, wußte genau, was ich wollte, und wußte, daß ich's erreichen würde; nur eins wußte ich nie, weiß ich bis heute nicht: warum tat ich es? Des Geldes wegen, des Ruhmes wegen, oder nur, weil es mir Spaß machte? Was hab ich gewollt, als ich an diesem Freitagmorgen, am 6. September 1907, vor einundfünfzig Jahren da drüben aus dem Bahnhof trat? Ich hatte mir Handlungen, Bewegungen, einen präzisen Tageslauf vorgeschrieben, von dem Augenblick an, da ich die Stadt betrat, eine komplizierte Tanzfigur entworfen, in der ich Solotänzer und Ballettmeister in einer Person war; Komparserie und Kulissen standen mir kostenlos zur Verfügung. Zehn Minuten nur blieben mir, bis der erste Tanzschritt getan werden mußte: über den Bahnhofsvorplatz hinaus, am Hotel Prinz Heinrich vorüber, die Modestgasse überqueren und ins Café Kroner gehen. An meinem neunundzwanzigsten Geburtstag betrat ich die Stadt. Septembermorgen. Droschkengäule bewachten ihre schlummernden Herren; Hotelboys in der violetten Uniform des Prinz Heinrich schleppten Koffer hinter Gästen her in den Bahnhof; vor Banken wurden würdige Gitter hochgeschoben, rollten mit solidem Geräusch in Reservekammern; Tauben; Zeitungsverkäufer; Ulanen; eine Schwadron ritt am Prinz Heinrich vorüber, der Rittmeister winkte einer Frau mit rosenrotem Hut; sie stand verschleiert auf dem Balkon, warf eine Kußhand zurück, klappernde Hufe auf Kopfsteinpflaster; Wimpel im Morgenwind; Orgeltöne aus der geöffneten Kirchentür von Sankt Severin.

Ich war erregt, nahm den Stadtplan aus der Rocktasche, entfaltete ihn und betrachtete den roten Halbkreis, den ich um den Bahnhof herum gezogen hatte; fünf schwarze Kreuze bezeichneten die Hauptkirche und die vier Nebenkirchen; ich hob die Augen, suchte mir im Morgendunst die vier Kirchturmspitzen zusammen; die fünfte, Sankt Severin, brauchte ich nicht zu suchen, sie stand vor mir, ihr riesiger Schatten machte mich leise frösteln; ich senkte die Augen wieder auf meinen Plan: er stimmte; ein gelbes Kreuz bezeichnete das Haus, wo ich Wohnraum und Atelier für ein halbes Jahr gemietet und vorausbezahlt hatte: Modestgasse 7, zwischen Sankt Severin und dem Modesttor; dort drüben mußte es sein, rechts, wo gerade eine Gruppe von Klerikern die Straße überquerte. Ein Kilometer betrug der Radius des Halbkreises, den ich um den Bahnhof herum gezogen hatte: innerhalb dieser roten Linie wohnte die Frau, die ich heiraten würde, ich kannte sie nicht, wußte nicht ihren Namen, wußte nur, daß ich sie aus einem der Patrizierhäuser nehmen würde, von denen mein Vater mir erzählt hatte; der hatte drei Jahre bei den Ulanen gedient, Haß in sich eingesogen, Haß auf Pferde und Offiziere, den ich respektierte, ohne ihn zu teilen; ich war froh, daß Vater nicht mehr erleben mußte, wie ich selber Offizier wurde: Pionierleutnant der Reserve; ich lachte, ich lachte oft an diesem Morgen vor einundfünfzig Jahren; ich wußte, daß ich meine Frau aus einem dieser Häuser nehmen, daß sie Brodem oder Cusenius, Kilb oder Ferve heißen würde; sie sollte neunzehn sein, kam jetzt, gerade jetzt, in diesem Augenblick aus der Morgenmesse, legte ihr Gebetbuch in der Garderobe ab, kam im rechten Augenblick, um vom Vater den Kuß auf die Stirn zu bekommen, bevor dessen dröhnender Baß sich durch die Diele zum Kontor hin entfernte; zum Frühstück aß sie ein Honigbrot, trank eine Tasse Kaffee; ›Nein, nein, Mutter, bitte kein Ei –‹, las der Mutter die Balltermine vor. Durfte sie zum Akademikerball? Sie durfte.

Spätestens auf dem Akademikerball, am 6. Januar, würde ich wissen, welche ich nehmen wollte, würde mit ihr tanzen; ich würde gut zu ihr sein, sie lieben, und sie würde mir Kinder gebären, fünf, sechs, sieben, die würden heiraten und mir Enkel schenken, fünfmal, sechsmal, siebenmal sieben, und während ich den Hufen nachlauschte, die sich entfernten, sah ich meine Enkelschar, sah ich mich als achtzigjährigen Patriarchen über dieser Sippe thronen, die ich zu gründen gedachte: Geburtstagsfeiern, Begräbnisse, silberne und grüne Hochzeiten, Taufen, Säuglinge wurden in meine Greisenhände gelegt, Urenkel, ich würde sie lieben wie meine jungen hübschen Schwiegertöchter, die ich zum Frühstück einlade, denen ich Blumen und Konfekt, Kölnisch Wasser und Gemälde schenken würde; ich wußte es, während ich dort stand, bereit, den Tanz zu beginnen.

Ich sah dem Dienstmann nach, der mein Gepäck mit seinem Karren ins Haus Modestgasse 7 hinüberfuhr: den Schließkorb mit meiner Wäsche und meinen Zeichnungen, den kleinen Lederkoffer, der Papiere, Dokumente und mein Geld enthielt: vierhundert Goldstücke, den Reinertrag zwölfjähriger Arbeit, verbracht in den Baubuden ländlicher Unternehmer, den Büros mittelmäßiger Architekten; Arbeitersiedlungen, Industrieanlagen, Kirchen, Schulen, Vereinshäuser entworfen, geplant und gebaut; Kostenvoranschläge durchgeackert, mich durchgewühlt durch das spröde Deutsch der einzelnen Positionen – ›und sollen die Holzvertäfelungen in der Sakristei aus bestem, astreinem Nußbaumholz ausgeführt, die Beschläge aus bestem Material ausgewählt werden.‹

Ich weiß, daß ich lachte, als ich dort stand, und weiß bis heute noch nicht, worüber oder warum; eins weiß ich sicher: mein Lachen entsprang nicht reiner Freude; Spott war darin, Hohn, vielleicht Bosheit, aber nie habe ich gewußt, wieviel von jedem in diesem Lachen enthalten war; ich dachte an die harten Bänke, auf denen ich abends in Fortbildungskursen hockte; Rechnen gelernt; Mathematik und Zeichnen; Handwerk gelernt, Tanzen, Schwimmen; Pionierleutnant der Reserve beim 8. Bataillon in Koblenz, wo ich an Sommerabenden am Deutschen Eck saß und mir die Wasser des Rheins wie die der Mosel gleich faulig erschienen; in dreiundzwanzig möblierten Zimmern gehaust; Wirtstöchter, die ich verführt, und die mich verführt hatten; barfuß durch dumpf riechende Flure geschlichen, um Zärtlichkeiten zu tauschen, auch die allerletzte, die sich immer wieder als Falschgeld erwies; Lavendelwasser und gelöstes Haar; und in schrecklichen Wohnzimmern, wo Früchte, die nie gegessen werden durften, in grünlichen Glasschalen alt wurden, fielen harte Worte wie Schuft, Ehre, Unschuld, und es roch dort nicht nach Lavendelwasser; schaudernd las ich die Zukunft nicht im Gesicht der Entehrten, sondern im Gesicht der Mutter, wo geschrieben stand, was man für mich bereithielt. Ich war kein Schuft, hatte keiner die Ehe versprochen, und wollte nicht mein Leben in Wohnzimmern verbringen, wo Früchte, die man nicht essen durfte, in grünlichen Glasschalen alt wurden.

Weitergezeichnet, wenn ich von Abendkursen kam, gerechnet und gezeichnet von halb zehn bis zwölf; Engel und Bäume, Wolkenbildungen und Kirchen, Kapellen; gotisch, romanisch, barock, Rokoko und Biedermeier – und, bitte, modern: langhaarige Frauenzimmer, deren seelenvolle Gesichter über Hauseingängen schwebten, während die langen Haare sich links und rechts der Tür wie ein Vorhang entrollten; genau in der Mitte überm Türeingang den scharfgezogenen Scheitel; bitte; da brachten mir in den arbeitsreichen Abendstunden schmachtende Wirtstöchter dünnen Tee oder dünne Limonade, forderten mich zu Zärtlichkeiten heraus, die sie für kühn hielten; und ich zeichnete weiter, vor allem Details, weil ich wußte, daß diese sie – wer waren sie, diese sie – am ehesten bestachen: Türgriffe, ornamentale Gitter, Gotteslämmer, Pelikane, Anker und Kreuze, an denen Schlangen züngelnd sich emporwanden und scheiterten.

Blieb mir auch die Erinnerung an den Trick, den mein letzter Chef, Domgreve, zu oft angewendet hatte: im entscheidenden Augenblick den Rosenkranz fallen zu lassen; wenn bei Ortsbesichtigungen fromme Bauern stolz den Acker zeigten, der als Bauplatz für die neue Kirche bestimmt war, wenn Kirchenvorstandsmitglieder voll biederer Schüchternheit im Hinterzimmer kleinstädtischer Kneipen den Willen kundtaten, ein neues Gotteshaus zu errichten, dann mit Kleingeld, der Uhr oder dem Zigarrenabschneider den Rosenkranz herausziehen, auf die Erde fallen lassen, ihn bestürzt wieder aufnehmen; darüber hatte ich nie lachen können.

»Nein, Leonore, das A auf Aktendeckeln und Zeichenrollen, auf Kostenaufstellungen, bedeutet nicht Auftrag, sondern Sankt Anton. Abtei Sankt Anton.«

Mit zierlichen Händen, leisen Schritten schaffte sie Ordnung, die er immer geliebt, aber nie hatte halten können. Es war zuviel gewesen, zu viele Aufträge, zuviel Geld.

Wenn ich verrückt bin, war ich's damals schon, als ich mich auf dem Bahnhofsplatz des losen Kleingelds in meiner Rocktasche vergewisserte, des kleinen Zeichenblocks, des grünen Etuis mit meinen Stiften, des Sitzes meiner Samtschleife; als ich am Rand meines schwarzen Künstlerhutes entlangtastete, weiter hinunter mit den Händen, an den Schößen des Anzugs entlang, des einzigen guten, den ich besaß, Erbstück von Onkel Marsil, der als junger Lehrer an Schwindsucht gestorben war; schon moosüberwachsen war der Grabstein in Mees, wo der Zwanzigjährige auf der Orgelempore den Taktstock geschwungen, im Schulhaus den Bauernkindern die Regeldetri eingebleut hatte; wo er abends, im Dämmer, am Moor entlangspaziert war, von Mädchenlippen träumte, von Brot, Wein und von Ruhm, den er sich von gelungenen Versen erhoffte; Traum, auf Moorwegen geträumt, zwei Jahre lang, bis der Blutsturz ihn überschwemmte und an dunkle Ufer trug; ein Quartheft mit Versen blieb, ein schwarzer Anzug, dem Patensohn vererbt, zwei Goldstücke, und am grünlichen Vorhang des Schulzimmers ein Blutflecken, den die Frau seines Nachfolgers nicht zu entfernen vermochte; ein Lied, von Kinderlippen dem hungrigen Lehrer am Grab gesungen: ›Türmer, wohin ist die Schwalbe entflohen?‹

Noch einmal zurückgeblickt auf den Bahnhof, noch einmal das Plakat betrachtet, das, für einrückende Rekruten deutlich sichtbar, neben der Sperre hing: ›Militärpflichtigen empfehle ich meine seit langen Jahren eingeführten echten Normal-Unterzeuge, System Professor Gustav Jäger, meine echten Pallas-Unterzeuge, patentiert in allen Kulturstaaten, meine echte Reform-Unterkleidung, System Dr. Lahmann.‹ Es war Zeit, den Tanz zu beginnen:

Ich überquerte die Straßenbahngleise, ging am Hotel Prinz Heinrich vorbei, über die Modestgasse, zögerte einen Augenblick, bevor ich ins Café Kroner trat: die Glastür, innen mit grüner Seide bespannt, zeigte mir mein Bild: zart war ich, fast klein, sah aus wie etwas zwischen jungem Rabbiner und Bohemien, schwarzhaarig und schwarzgekleidet, mit dem unbestimmbaren Air ländlicher Herkunft; ich lachte noch einmal und öffnete die Tür; gerade fingen die Kellner an, Blumenvasen mit weißen Nelken auf die Tische zu stellen, rückten in grünes Leder gebundene Speisekarten zurecht, Kellner in grünen Schürzen, schwarzen Westen, mit weißen Hemden und weißen Krawatten; zwei junge Mädchen, rosig und blond die eine, blaß und schwarzhaarig die andere, schichteten vorne am Kuchenbüfett Kekse auf, türmten Bisquits, erneuerten Sahneornamente, rieben silberne Kuchenschaufeln blank. Kein Gast zu sehen, sauber war's drinnen wie im Krankenhaus vor der Chefarztvisite, Kellnerballett, durch das ich als Solist jetzt mit leichten Schritten hindurchging; Komparserie und Kulissen standen für mich bereit; das war Dressur, war ausgezeichnet und gefiel mir, wie die drei Kellner von Tisch zu Tisch gingen, mit abgezirkelten Bewegungen: das Salzfaß hingestellt, die Blumenvase, ein kleiner Ruck für die Speisekarte, die offenbar in einem bestimmten Winkel zum Salzfaß zu liegen hatte; Aschenbecher, schneeweißes Porzellan mit goldenem Rand; gut; das gefiel mir; ich war angenehm überrascht, das war Stadt, hatte ich noch in keinem der Nester gesehen, in denen ich gehockt hatte.

Ich ging in die äußerste linke Ecke, warf meinen Hut auf den Stuhl, Zeichenblock und Etui daneben, setzte mich; die Kellner kamen aus Richtung Küche zurück, schoben lautlos Teewagen vor sich her, verteilten Sauceflaschen, hängten Zeitungshalter auf; ich öffnete meinen Zeichenblock, las – zum wievielten Mal? – den Zeitungsausschnitt, den ich auf die Innenseite des Deckels geklebt hatte: ›Öffentliche Ausschreibung, Neubau einer Benediktiner-Abtei, im Tale der Kissa gelegen, zwischen den Weilern Stehlingers Grotte und Görlingers Stuhl, etwa zwei Kilometer vom Dorf Kisslingen entfernt; jeder Architekt, der sich befähigt weiß, ist teilnahmeberechtigt. Unterlagen sind gegen eine Gebühr von 50 (fünfzig) Mark im Notariat Dr. Kilb, Modestgasse 8, erhältlich. Letzter Termin zur Einreichung des Entwurfs: Montag, 30. September 1907, mittags 12 Uhr.‹

Zwischen Mörtelhaufen stieg ich umher, zwischen Stapeln nagelneuer Steine, die ich auf ihre Brennqualität prüfte, schritt an ganzen Gebirgen von Basaltbruch vorüber, die ich zur Einfassung der Türen und Fenster vorgesehen hatte; ich hatte Dreckspuren am Hosenrand, Kalkspritzer auf der Weste; heftige Worte fielen in Bauhütten; waren die Mosaiksteine immer noch nicht geliefert worden, die ich für die Darstellung des Gotteslamms über dem Haupteingang brauchte? Zornausbruch, Skandal; Kredite wurden gesperrt, wieder flüssig; Handwerksmeister standen am Donnerstagnachmittag Schlange vor meiner Bude, Lohngelder für Freitag waren fällig; und abends stieg ich erschöpft in Kisslingen in den überheizten Personenzug, sank in den Polstersitz im Zweite-Klasse-Abteil, wurde in der Dunkelheit durch diese elenden Rübenbauernnester geschleppt, während die schläfrige Schaffnerstimme Stationsnamen ausrief: Denklingen, Dodringen, Kohlbingen, Schaklingen; Rübenberge, im Dunkeln grau wie Berge von Totenköpfen, lagen an Rampen zum Verladen bereit; weiter durch Rübennester, Rübennester; ich fiel am Bahnhof in eine Droschke, zu Haus in die Arme meiner Frau, die mich küßte, zärtlich meine übermüdeten Augen streichelte, stolz über Mörtelspuren strich, die meine Ärmel zierten; beim Kaffee, den Kopf in ihrem Schoß, rauchte ich die lang ersehnte Zigarre, eine Sechziger, und erzählte ihr von fluchenden Maurern; die mußte man kennen, waren nicht bösartig, vielleicht ein bißchen grob, ein bißchen rot, aber ich wußte mit ihnen umzugehen; denen mußte man hin und wieder einen Kasten Bier spendieren, ihnen auf Platt ein paar Witze erzählen; nur nie meckern; sonst kippten sie einem eine ganze Wanne Mörtel vor die Füße, wie sie es beim Baubeauftragten des Erzbischofs gemacht hatten, oder warfen vom hohen Gerüst einen Balken herunter, wie sie es beim Regierungsbaumeister gemacht hatten: der riesige Balken zersplitterte genau vor seinen Füßen. ›Glaubst du, ich weiß nicht, Liebste, daß ich von ihnen abhänge, nicht sie von mir, wo doch gebaut wird, gebaut, überall? Und natürlich sind sie rot, warum sollten sie's nicht sein? Hauptsache, sie können mauern, mir helfen, meine Termine zu halten; ein Augenzwinkern, wenn ich mit den Kommissionen auf die Gerüste steige, das bewirkt Wunder.‹

›Guten Morgen, der Herr. Frühstück?‹
›Ja, bitte‹, sagte ich, schüttelte den Kopf, als der Kellner mir die Speisekarte hinhielt, hob meinen Bleistift und skandierte die einzelnen Pro-

grammpunkte meines Frühstücks in die Luft, tat so, als hätte ich mein Leben lang nichts anderes gefrühstückt: ›Ein Kännchen Kaffee, aber mit drei Tassen Kaffee, bitte, Toast, zwei Scheiben Schwarzbrot, Butter, Orangenmarmelade, ein gekochtes Ei und Paprikakäse.‹

›Paprikakäse?‹

›Ja, Rahmkäse mit Paprika angemacht.‹

›Sehr wohl.‹

Es glitt lautlos über den grünen Teppich, das grüne Kellnergespenst, an grüngedeckten Tischen zum Küchenschalter hin, und die erste Replik kam prompt; die Komparserie war gut gedrillt und ich ein guter Regisseur: ›Paprikakäse?‹ fragte der Koch hinterm Schalter: ›Ja‹, sagte der Kellner, ›Rahmkäse mit Paprika.‹ ›Frag den Herrn, wieviel Paprika er im Käse haben will.‹

Ich hatte angefangen, die Front des Bahnhofsgebäudes zu zeichnen, zog mit sicherem Strich die Umrandung der Fenster auf unschuldig weißes Papier, als der Kellner zurückkam; er blieb wartend stehen, bis ich den Kopf hob, erstaunt meinen Stift vom Papier nahm.

›Gestatten die Frage, wieviel Paprika in wieviel Käse der Herr wünschen?‹

›Fünfundvierzig Gramm Käse, mit einem Fingerhut voll Paprika gut durchgeknetet – und hören Sie, Ober, ich werde auch morgen hier frühstücken, übermorgen, den Tag nach übermorgen, in drei Wochen, drei Monaten und drei Jahren – hören Sie? Und immer um die gleiche Zeit, gegen neun.‹

›Sehr wohl.‹

Das war's, was ich wollte, und es traf ein: genau. Später erschrak ich oft, weil meine Pläne sich so genau erfüllten, das Unvorhergesehene nie geschah; nach zwei Tagen schon war ich ›Der Herr mit dem Paprikakäse‹, eine Woche später: ›Der junge Künstler, der immer gegen neun zum Frühstück kommt‹, nach drei Wochen: ›Herr Fähmel, der junge Architekt, der an einem großen Auftrag arbeitet.‹

»Ja, ja, Kind, das alles betrifft die Abtei Sankt Anton; das zieht sich durch Jahre, Leonore, Jahrzehnte, bis auf heute; Reparaturen, Erweiterungsbauten und nach fünfundvierzig der Aufbau nach den alten Plänen; Sankt Anton wird allein ein ganzes Regal füllen. Ja, Sie haben recht, ein Ventilator wäre hier angebracht, es ist heiß heute; nein, danke, ich will mich nicht setzen.«

Im Wechselrahmen der blaue Nachmittagshimmel des 6. September 1958, das Profil der Dächerreihe, jetzt wieder ohne Lücken; Teekannen auf bunten Tischen in Dachgärten; Frauen auf Liegestühlen, lässig in der Sonne hingestreckt, brodelnd der Bahnhof von Ferienheimkehrern – wartete er deshalb vergebens auf Ruth, seine Enkelin? War sie verreist, hatte *Kabale und Liebe* beiseite gelegt? Er tupfte sich vorsichtig mit dem Taschentuch die Stirn, Hitze und Kälte hatten ihm nie etwas ausgemacht; rechts in der Ecke des Wechselrahmens ritten Hohenzollernkönige immer noch auf Bronzegäulen westwärts, unverändert seit achtundvierzig Jahren, auch der eine, sein oberster Kriegsherr; immer noch war seine verhängnisvolle Eitelkeit an der Kopfhaltung zu erkennen; lachend zeichnete ich damals, am Frühstückstisch im Café Kroner, den Sockel, der noch kein Denkmal trug, während der Kellner mir Paprikakäse brachte: immer war ich der Zukunft so gewiß, daß mir die Gegenwart wie vollendete Vergangenheit erschien; war das mein erstes, allererstes Frühstück im Café Kroner – oder war es schon das dreitausendste? Jeden Tag ins Café Kroner, zum Frühstück, um neun, nur eins konnte mich abhalten, höhere Gewalt, als mein oberster Kriegsherr mich zu den Fahnen rief, dieser Narr, der immer noch auf seinem Bronzegaul westwärts reitet. Paprikakäse? Aß ich diese merkwürdige, rötlichweiße Schmiere, die gar nicht so übel schmeckte, zum ersten Mal, hatte sie vor einer Stunde im D-Zug, der von Norden auf die Stadt zubrauste, erfunden, um meinem Dauerfrühstück die unerläßliche persönliche Note zu geben, oder schmiere ich mir diesen Brei schon zum dreißigsten Mal aufs Schwarzbrot, während der Kellner den Eierbecher wegnahm, die Marmelade in den Hintergrund des Tisches schob? Vorsicht! Ich nahm das Instrument aus meiner Rocktasche, das mir bei der Korrektur so rascher und präziser Visionen das einzig verläßliche blieb: den Taschenkalender, der mich im Irrgarten der Phantasie an Ort, Tag und Stunde zu mahnen hatte; es war Freitag, der 6. September 1907, und dieses Frühstück war mein erstes; bis zu diesem Tag hatte ich morgens nie zum Frühstück Bohnenkaffee getrunken, nur Malzkaffee, nie ein Ei gegessen, nur Haferschleim, Graubrot mit Butter und eine Scheibe roher Gurke, aber der Mythos, den ich begründen wollte, war schon im Entstehen begriffen, war mit der Gegenfrage des Kochs ›Paprikakäse?‹ dorthin unterwegs, wo er auskommen sollte: beim Publikum. Mir blieb nichts zu tun als zu warten, dazusein – bis zehn, halb elf, während sich das Café langsam füllte, eine Flasche Mineralwasser getrunken, einen Cognac dazu, den Zeichenblock auf den Knien, die Zigarre im Mund, den Bleistift in der Hand; zeichnen, zeichnen, während Bankiers mit würdigen Kunden an mir vorüber ins Konferenzzimmer gingen, Kellner auf grünen Tabletts Weinflaschen hinterherbrachten; Kleriker mit ausländischen Confratres von Sankt-Severin-Besichtigungen kamen, in gebrochenem Latein, Englisch oder Italienisch die Schönheiten der Stadt priesen; während Beamte aus der Regierungskanzlei ihren hohen Rang durch die Tatsache bekundeten, daß sie souverän genug waren, hier gegen halb elf einen Mokka und einen Kirschschnaps zu trinken; Damen, die vom Gemüsemarkt kamen, Kohl und

Karotten, Erbsen und Pflaumen in geflochtenen Ledertaschen, bewiesen ihre gute hausfrauliche Erziehung, da sie es wohl verstanden hatten, ermüdeten Bauernfrauen die Beute wohlfeil abzuschwatzen, verzehrten hier das Hundertfache des Eingesparten an Kaffee und Kuchen, empörten sich, die Kaffeelöffel wie Degen schwingend, über einen Rittmeister, der ›im Dienst, im Dienst‹ einer gewissen Kokotte zum Balkon hinauf einen Handkuß zugeworfen hatte, ihr, die er ›nachweislich, nachweislich‹ erst um fünfeinhalb Uhr morgens, den Lieferanteneingang des Hotels benutzend, verlassen hatte. Rittmeister im Lieferanteneingang. Schande.

Ich sah sie mir alle an und hörte ihnen zu, meinen Komparsen; zeichnete Stuhlreihen, Tischreihen mit Kellnerballett, verlangte zwanzig vor elf die Rechnung: sie war niedriger, als ich erwartet hatte; ich hatte mich entschlossen, ›großzügig, aber nicht verschwenderisch‹ aufzutreten; das hatte ich irgendwo gelesen und für eine gute Formel befunden. Ich war müde, als ich, vom Kellner mit Dienern verabschiedet, das Café verließ, den mythosbildenden Mund des Kellners mit einem Extratrinkgeld von fünfzig Pfennig honorierte; und sie musterten mich eingehend, als ich das Café verließ, ahnten nicht, daß ich der Solist war; aufrechten Ganges, elastisch, schritt ich durchs Spalier, gab ihnen zu sehen, was sie sehen sollten: einen Künstler, mit großem schwarzem Hut, klein, zart, wie fünfundzwanzig aussehend, mit dem unbestimmten Air ländlicher Herkunft, doch sicher in seinem Auftreten. Noch einen Groschen dem Jungen, der mir die Tür aufhielt.

Nur eine und eine halbe Minute bis hierhin, zum Haus Modestgasse 7. Lehrjungen, Lastwagen, Nonnen: Leben auf der Straße; roch's in der Toreinfahrt des Hauses Numero 7 wirklich nach Druckerschwärze? Maschinen wie Schiffsmaschinen schoben ihre Kolben hin und her, her und hin; Erbauliches wurde auf weißes Papier gedruckt; der Portier zog die Mütze: ›Der Herr Architekt? Das Gepäck ist schon oben.‹ Trinkgeld in rötliche Hände. ›Immer zu jedem Dienst bereit, Herr Leutnant.‹ Grinsen. ›Ja, es sind schon zwei Herren hiergewesen, die den Herrn Leutnant in den hiesigen Klub der Reserveoffiziere aufnehmen wollen.‹

Wieder sah ich die Zukunft deutlicher als die Gegenwart, die in dunkle Bereiche versank, in dem Augenblick, da sie vollzogen war; ich sah den schmierigen Portier von Zeitungsleuten umlagert, sah die Schlagzeilen: ›Junger Architekt gewinnt Preisausschreiben gegen die Koryphäen des Fachs.‹ Bereitwillig gab der Portier den Zeitungsleuten Auskunft: ›Der? Meine Herren, nichts als Arbeit. Morgens um acht in die stille Messe zu Sankt Severin, Frühstück im Café Kroner bis halb elf; von halb elf bis fünf bleibt er unsichtbar oben in seinem Atelier; für niemanden zu sprechen; lebt da oben – ja, lachen Sie nur – von Erbsensuppe, die er sich selber kocht; kriegt von seiner alten Mutter die Erbsen geschickt und den Speck, sogar die Zwiebeln. Von fünf bis sechs Spaziergang durch die Stadt; von halb sieben bis halb acht Billard im Hotel Prinz Heinrich, Klub der Reserveoffiziere. Mädchen? Nicht, daß ich wüßte. Freitags abends, meine Herren, von acht bis zehn Chorprobe im Sängerbund deutscher Kehlen.‹ Auch die Kellner im Café Kroner heimsten Trinkgelder ein für Auskünfte. ›Paprikakäse? Sehr interessant! Zeichnet auch während des Frühstücks wie ein Besessener?‹

Später dachte ich oft an die Stunde meiner Ankunft, hörte Hufe auf Kopfsteinpflaster klappern, sah Hotelboys Koffer schleppen, sah die verschleierte Frau mit dem rosenroten Hut, las das Plakat: ›Militärpflichtigen empfehle ich‹ – lauschte meinem Lachen nach; wem galt es, woraus bestand es? Ich sah sie jeden Morgen, wenn ich nach der Messe herüberkam, meine Post und die Zeitung zu holen; Ulanen, die zum Übungsgelände im Norden der Stadt ritten, dachte jeden Morgen an den Haß meines Vaters auf Pferde und Offiziere, wenn sich die klappernden Hufe entfernten, um Attacken zu reiten, in Spähtrupps Staub aufzuwirbeln; die Trompetensignale trieben Tränen in die Augen Altgedienter, die auf der Straße stehenblieben, aber ich dachte an meinen Vater; Reiterherzen, auch das des Portiers, schlugen höher; Mädchen, mit Staubtüchern in der Hand, erstarrten zu lebenden Bildern, kühlten den trostbereiten Busen im Morgenwind, während der Portier mir das Paket von Mutter aushändigte: Erbsen, Speck, Zwiebeln und Segenswünsche; mein Herz schlug nicht höher im Anblick der davonreitenden Schwadron.

Ich schrieb meiner Mutter beschwörende Briefe, nicht zu kommen; ich wollte nicht, daß sie der Komparserie eingereiht werde; später, später, wenn das Spiel lief, durfte sie kommen; sie war klein, zart und dunkel wie ich, lebte zwischen Friedhof und Kirche, und ihr Gesicht, ihre Erscheinung hätte zu gut gepaßt in dieses Spiel; sie wollte nie Geld, ein Goldstück im Monat langte ihr für Suppe und Brot, für den Groschen in den Klingelbeutel am Sonntag, den Pfennig am Werktag: komm später, schrieb ich ihr – aber es wurde zu spät: ihr Grab, neben Vater, neben Charlotte, Mauritius – nie sah sie den, dessen Adresse sie jede Woche schrieb: Modestgasse 7, Heinrich Fähmel; ich hatte Angst vor der Weisheit ihres Blicks, vor dem Unvorhergesehenen, das ihr Mund aussprechen würde: *Wozu?* Geld oder Ehre, um Gott zu dienen oder den Menschen? Ich hatte Angst vor dem Katechismus ihrer Fragen, die als Antworten nur die zum Aussagesatz umgeformte Frage erforderten, an deren Ende ein Punkt und kein Fragezeichen stehen mußte. Ich wußte nicht, wozu. Es war nicht Heuchelei, daß ich in die Kirche ging, gehörte nicht zu meinem Auftritt, obwohl sie es dazuzählen würde; mein Auftritt fing erst im Café Kroner an, endete um halb elf, fing um fünf Uhr nachmittags wieder an, endete um zehn; an Vater zu denken war leichter, während die Ulanen endlich hinterm Modesttor verschwanden, Leierkastenmänner in die Vorstadt hinaushumpelten, sie wollten früh genug dort sein, um einsamen Hausfrauen und Dienstmädchenherzen Trost zu spielen: Morgenrot, Morgenrot; würden am späten Nachmittag in die Stadt zurückhumpeln, um die Melancholie des Feierabends auszumünzen: Annemarie, Rosemarie; und drüben hängte Gretz gerade den Keiler vor die Tür, frisches Wildschweinblut tropfte dunkelrot auf den Asphalt; um den Keiler herum wurden Fasanen und Rebhühner aufgehängt, Hasen; zartes Gefieder, demütiges Hasenfell umschmückte den gewaltigen Keiler; jeden Morgen hängte Gretz seine toten Tiere auf, immer so, daß die Wunden dem Publikum sichtbar waren; Hasenbäuche, Taubenbrüste, des Keilers aufgerissene Flanke; Blut mußte sichtbar sein; Frau Gretzens rosige Hände ordneten Leberlappen zwischen Pilzhaufen; Kaviar, über Eiswürfel gehäuft, glitzerte vor riesigen Schinken; Langusten, violett wie scharf gebrannte Ziegel, bewegten sich blind, hilflos tastend in flachen Aquarien, warteten auf kundige Hausfrauenhände, warteten am siebten, am neunten, am zehnten, elften September 1907, nur am achten, fünfzehnten und zweiundzwanzigsten September, an den Sonntagen blieb Gretzens Fassade frei von Blut, und ich sah die toten Tiere im Jahre 1908, 1909 – nur in den Jahren, in denen höhere Gewalt herrschte, sah ich sie nicht; sah sie immer, einundfünfzig Jahre lang – sehe sie jetzt, wo kundige Hausfrauenhände am Samstagnachmittag letzte Leckerbissen fürs Sonntagsmahl aussuchen.

»Ja, Leonore, Sie haben recht gelesen: erste Honorarzahlung einhundertfünfzigtausend Mark. Kein Datum? Das muß im August 1908 gewesen sein. Ja, ich bin sicher. August 1908. Sie haben noch nie Wildschwein gegessen? Sie haben nichts versäumt, wenn Sie meinem Geschmack trauen wollen. Hab's nie gemocht. Brühen Sie doch etwas Kaffee auf, spülen Sie den Staub hinunter, und kaufen Sie Kuchen, wenn Sie welchen mögen. Unsinn, das macht doch nicht dick, trauen Sie doch diesem ganzen Schwindel nicht. Ja, das war neunzehnhundertunddreizehn, ein Häuschen für Herrn Kolger, Kellner im Café Kroner. Nein: kein Honorar.«
Wieviel Frühstücke im Café Kroner? Zehntausend, zwanzigtausend? Ich hab's nie nachgerechnet, jeden Tag ging ich hin, die abgerechnet, an denen höhere Gewalt mich hinderte.
Ich sah, wie die höhere Gewalt heraufzog, ich stand drüben auf dem Dach des Hauses Numero 8, hinter der Pergola verborgen, blickte auf die Straße hinunter, sah sie zum Bahnhof ziehen, Unzählige sangen die Wacht am Rhein, riefen den Namen des Narren, der da immer noch auf seinem Bronzegaul westwärts reitet; sie hatten Blumen an ihren Ar-

beitermützen, an Zylindern, ihren Bankiershüten, Blumen in den Knopflöchern, hatten Normalunterzeug, System Professor Gustav Jäger, in kleinen Paketen unterm Arm; ihr Lärm brandete bis zu mir herauf, und sogar die Huren da unten in der Krämerzeile hatten ihre Stenzen zum Meldeamt geschickt, mit besonders gutem, warmem Unterzeug unterm Arm – und ich wartete vergebens auf Gefühle, die ich mit denen da unten hätte teilen können; ich fühlte mich leer und einsam, gemein, zu keiner Begeisterung fähig und wußte gar nicht, warum ich dazu nicht fähig war; ich hatte nie darüber nachgedacht; ich dachte an meine Pionieruniform, die nach Mottenkugeln roch, mir immer noch paßte, obwohl ich sie mir mit zwanzig hatte machen lassen und inzwischen sechsunddreißig alt geworden war; ich hoffte nur, ich würde sie nicht anzuziehen brauchen; ich wollte Solist bleiben, nicht Komparse werden; sie waren übergeschnappt, die da unten singend zum Bahnhof zogen; die nicht ausrücken durften, wurden mit Bedauern angesehen, fühlten sich als Opfer, weil sie nicht dabeisein konnten; ich war bereit, mich als Opfer zu fühlen, und würde es nicht bedauern. Unten im Hause weinte meine Schwiegermutter, weil ihre beiden Söhne mit dem allerersten Aufgebot schon ausgeritten waren, zum Güterbahnhof, wo die Pferde verladen wurden; stolze Ulanen, um die meine Schwiegermutter stolze Tränen weinte; ich stand hinter der Pergola, die Glyzinien blühten noch, hörte von unten aus dem Mund meines vierjährigen Sohnes ... *muß haben ein Gewehr, muß haben ein Gewehr* ... und hätte hinuntergehen und ihn in Gegenwart meiner stolzen Schwiegermutter verprügeln sollen; ich ließ ihn singen, ließ ihn mit der Ulanentschapka spielen, die sein Onkel ihm geschenkt hatte, ließ ihn seinen Degen hinter sich herschleppen, ließ ihn ausrufen: *Franzos tot! Englishman tot! Russ tot.* Und nahm's hin, daß der Standortkommandant mit weicher, fast brechender Stimme zu mir sagte:

›Es tut mir ja so leid, Fähmel, daß wir Sie noch nicht missen können, daß Sie noch nicht dabeisein können, aber auch die Heimat braucht Leute, braucht gerade Leute wie Sie.‹

Kasernenbau, Festungsbau, Lazarette; nachts, in meiner Leutnantsuniform kontrollierte ich die Brückenwache; ältliche Kaufleute im Gefreitenrang, Bankiers im Rang eines Gemeinen salutierten beflissen, wenn ich den Treppenaufgang hinaufstieg, im Schein meiner Taschenlampe die obszönen Zeichnungen sah, die vom Bade heimkehrende Jugendliche in den roten Sandstein gekratzt hatten; es roch nach beginnender Männlichkeit im Brückenaufgang. Irgendwo hing ein Schild: ›Michaelis, Kohlen, Koks, Briketts‹, zeigte eine aufgemalte Hand in die Richtung, wo Michaelis' Güter zu erwerben waren; und ich genoß meine Ironie, meine Überlegenheit, wenn der Unteroffizier Gretz mir meldete: ›Brückenwache; ein Unteroffizier und sechs Mann; keine besonderen Vorkommnisse‹, winkte ab mit einer Handbewegung, wie ich sie aus Komödien gelernt zu haben glaubte; sagte ›Rühren‹, schrieb meinen Namen ins Wachbuch, ging heim, hängte Helm und Degen an die Garderobe, ging zu Johanna ins Wohnzimmer, legte meinen Kopf in ihren Schoß, rauchte meine Zigarre und sagte nichts, und auch sie sagte nichts; sie brachte nur Gretz die Gänseleberpastete zurück, und als der Abt von Sankt Anton uns Brot schickte, Honig und Butter, verteilte sie es; ich sagte nichts dazu, bekam noch immer mein Frühstück im Café Kroner: das zweitausendvierhundertste mit Paprikakäse; immer noch gab ich dem Kellner fünfzig Pfennig Trinkgeld, obwohl er nichts annehmen wollte, darauf bestand, mir ein Honorar zu zahlen für das Haus, das ich ihm entworfen hatte.

Johanna sprach aus, was ich dachte; sie trank keinen Sekt, als wir beim Standortkommandanten eingeladen waren, aß nicht von dem Hasenpfeffer und wies alle Tänzer ab; sie sagte es laut: ›Der kaiserliche Narr . . .‹, und es war, als bräche da draußen im Kasino an der Wilhelmskuhle die Eiszeit aus; sie wiederholte es in die Stille hinein: ›Der kaiserliche Narr.‹ General, Oberst, Majore waren da, alle mit ihren Frauen, ich als frisch beförderter Oberleutnant, Beauftragter für den Festungsbau; Eiszeit im Kasino an der Wilhelmskuhle; ein kleiner Fähnrich hatte den guten Einfall, die Kapelle zu einem Walzer zu animieren; ich nahm Johannas Arm, brachte sie zur Kutsche; herrliche Herbstnacht; graue Kolonnen marschierten zu Vorstadtbahnhöfen hinaus; keine besonderen Vorkommnisse.
Ehrengericht. Niemand wagte das, was Johanna gesagt hatte, zu wiederholen; Lästerungen dieser Art wurden nicht einmal aktenkundig: Seine Majestät – ein kaiserlicher Narr; das hätte niemand hinzuschreiben gewagt; sie sagten immer nur: ›Das, was Ihre Gattin gesagt hat‹, und ich sagte: ›Das, was meine Frau gesagt hat‹, und sagte nicht, was ich hätte sagen müssen, daß ich ihr zustimmte, ich sagte: ›Schwanger, meine Herren, zwei Monate vor der Entbindung; zwei Brüder verloren, Rittmeister Kilb, Fähnrich Kilb, beide am gleichen Tag gefallen; eine kleine Tochter verloren, im Jahre 1909 – und wußte doch, daß ich hätte sagen müssen: ich stimme meiner Frau zu; wußte, daß Ironie nicht ausreichte und nie ausreichen würde.

»Nein, Leonore, packen Sie dieses Paketchen nicht aus; der Inhalt hat nur Gefühlswert, ist leicht und doch kostbar: Ein Flaschenkorken. Danke für den Kaffee; bitte stellen Sie die Tasse auf die Fensterbank; ich warte vergebens, warte auf meine Enkelin, die meistens um diese Zeit oben auf dem Dachgarten Schulaufgaben macht; ich vergaß, daß die Ferien noch nicht zu Ende sind; sehen Sie, von hier oben kann man auch mitten in Ihr Büro hineinsehen, auch Sie kann ich von hier oben an Ihrem Schreibtisch sehen, Ihr hübsches Haar.« Warum bebte die Tasse plötzlich, klirrte wie vom Stampfen der Druckereimaschinen; war die Mittagspause zu Ende, wurden Überstunden gemacht, auch am Samstagnachmittag Erbauliches auf weißes Papier gedruckt?

An unendlich vielen Morgen hatte ich das Beben gespürt, wenn ich mit aufgestützten Ellenbogen von hier auf die Straße hinuntersah, auf das blonde Haar, dessen Geruch ich aus der Morgenmesse kannte; allzu kernige Seifen würden das hübsche Haar töten; Biederkeit wurde hier als Parfüm benutzt. Ich ging hinter ihr her, wenn sie nach der Messe um Viertel vor neun an Gretzens Laden vorbei auf das Haus Nummer 8 zuging. Das gelbe, das auf schwarzem Holz die weiße, leicht verwitterte Aufschrift trug: ›Dr. Kilb, Notar‹. Ich beobachtete sie, wenn ich in der Pförtnerloge auf meine Zeitung wartete; Licht fiel auf sie; fiel auf ihr zartes, im Dienst der Gerechtigkeit zerknittertes Gesicht, wenn sie die Bürotür öffnete, die Läden aufstieß, dann die Kombination des Safes einstellte, die Stahltüren öffnete, die sie zu erdrücken schienen; sie prüfte den Inhalt des Safes, und ich konnte über die schmale Modestgasse hinweg genau in den Safe hineinsehen, am obersten Fach das säuberlich gemalte Pappschild lesen: ›Projekt Sankt Anton‹. Drei große Pakete lagen dort, mit Siegeln wie mit Wunden bedeckt. Es waren nur drei, und jedes Kind kannte die Namen der Absender: Brehmockel, Grumpeter und Wollersein. Brehmockel, der Erbauer von siebenunddreißig neugotischen Kirchen, siebzehn Kapellen und einundzwanzig Klöstern und Krankenhäusern; Grumpeter, der Erbauer von nur dreiunddreißig neuromanischen Kirchen, nur zwölf Kapellen und achtzehn Krankenhäusern; das dritte Paket stammte von Wollersein, der nur neunzehn Kirchen, nur zwei Kapellen, nur vier Krankenhäuser erbaut, dafür aber einen richtigen Dom aufzuweisen hatte. ›Schon gelesen, Herr Leutnant, was in der Wacht steht?‹ fragte der Portier, und ich las oberhalb des hornigen Portierdaumens die Zeile, die er mir hinhielt: ›Heute letzter Termin für Projekt Sankt Anton. Hat unsere Architektenjugend keinen Mut?‹ Ich lachte, rollte meine Zeitung zusammen, ging zum Frühstück ins Café Kroner; es klang schon wie uralte, seit Jahrhunderten eingesungene Liturgie, wenn der Kellner in die Klappe zur Küche hinein sagte: ›Frühstück für Herrn Architekten Fähmel wie immer.‹ Hausfrauen, Kleriker, Bankiers – das Stimmengewirr gegen halb elf. Zeichenblock mit Lämmern, Schlangen, Pelikanen; fünfzig Pfennig Trinkgeld für den Kellner, zehn für den Boy, das Grinsen des Pförtners, wenn ich ihm seine Morgenzigarre in die Hand legte, die Post entgegennahm. Ich stand hier, spürte das Beben der Druckereimaschinen an meinen Ellenbogen, sah unten in Kilbs Büro den Lehrling, der in Fensternähe das weiße Falzbein schwang. Ich öffnete den Brief, den der Portier mir gegeben hatte: ›. . . sind wir in der Lage, Ihnen die Position eines Chefzeichners ab sofort anzubieten; wenn gewünscht, Familienanschluß; garantiert freundliche Aufnahme in die hiesige Gesellschaft. Kein Mangel an Geselligkeiten . . .‹ So winkte man mit lieblichen Architektentöchtern, bot kosige Landpartien, auf denen junge Männer mit runden Hüten am Waldesrand Bierfässer anzapften, junge Damen belegte Brote auspackten und anboten, und da konnte man auf frisch gemähten Wiesen ein Tänzchen wagen, während Mütter, die ängstlich die Jahre ihrer Töchter zählten, entzückt von so viel Grazie in die Hände klatschten, und wenn man zum gemeinsamen Waldspaziergang aufbrach, Arm in Arm, denn die Damen pflegten über Wurzeln zu stolpern, bot sich, da die Distanzen im Waldesdunkel sich unmerklich vergrößerten, Gelegenheit, einen Kuß zu wagen, auf den Unterarm, die Wange, die Schulter, und wenn man dann heimwärts fuhr, im Abenddämmer durch lauschige Wiesen, an deren Rändern sogar Rehe, als wären sie eigens dafür bestellt, aus dem Wald hervorlugten; wenn Lieder aufklangen, die sich von Kutsche zu Kutsche fortpflanzten, dann würde man sich schon zuflüstern können, daß Amor getroffen habe. Wehe Herzen, wunde Seelen trugen die Kutschen heimwärs.

Und ich schrieb eine liebenswürdige Antwort: ›. . . bin ich gerne bereit, auf Ihr freundliches Angebot zurückzukommen, sobald ich die privaten Studien, die mich noch eine Weile an die Stadt fesseln, beendet haben werde . . .‹; klebte den Umschlag zu, die Marke drauf, ging zur Fensterbank zurück und blickte in die Modestgasse hinunter: wie ein Dolch blitzte das Falzbein auf, wenn der Junge zum Schwung ansetzte; zwei Hoteldiener luden den Keiler auf einen Handkarren; abends würde ich von diesem Keiler kosten, beim Herrenessen des Sängerbunds deutscher Kehlen, würde ihre Witze anhören müssen, und sie würden meinem Lachen nicht anmerken, daß ich nicht darüber lachte, sondern über sie; ihre Witze waren mir so widerwärtig wie die Soßen, und ich lachte mein Lachen, hier oben am Fenster, und wußte immer noch nicht: war es Haß oder Verachtung? Nur eins wußte ich: es war nicht nur Freude.

Pilze in weißen Körben wurden von Gretzens Lehrmädchen neben den Keiler gestellt; schon wog im Prinz Heinrich der Koch die Gewürze ab, schliffen Küchengehilfen die Messer; aufgeregte Hilfskellner zupften sich zu Hause vor dem Spiegel die Krawatten zurecht, die sie probeweise umgelegt hatten, und fragten ihre bügelnden Frauen – der Plättdunst gewendeter Hosen erfüllte die Küche –: ›Muß ich dem Bischof den Ring küssen, wenn ich das Pech haben sollte, ihn zu bedienen?‹ Immer noch schwang der Lehrling das weiße Falzbein.

Elf Uhr, fünfzehn Minuten; ich bürstete meinen schwarzen Anzug, prüfte den Sitz der Samtschleife, setzte den Hut auf, zog meinen Taschenkalender hervor, er war nur so groß wie eine flache Streichholz-

schachtel, schlug den Kalender auf und blickte hinein: 30. September 1907. 11.30 bei Kilb Entwurf abgeben. Quittung verlangen.
Vorsicht! Zu oft hatte ich in planender Vorstellung diese Handlung vollzogen: die Treppe hinunter, über die Straße, durch den Flur, ins Vorzimmer. ›Ich wünsche Herrn Notar persönlich zu sprechen.‹ ›In welcher Angelegenheit?‹
›Ich möchte dem Herrn Notar einen Entwurf übergeben. *Preisausschreiben Sankt Anton.*‹
Nur der Lehrling würde Überraschung zeigen, das Falzbein stillhalten, sich umblicken, dann aber beschämt sein Gesicht wieder der Straße, den Formularen zuwenden, eingedenk der Mahnung: Diskretion, Diskretion! In diesem Raum, wo Schäbigkeit zum Schick gehörte, die Porträts rechtsbeflissener Vorfahren an der Wand hingen, wo Tintenfässer achtzig Jahre alt wurden, Falzbeine einhundertundfünfzig; hier wurden gewaltige Transaktionen in Stillschweigen vollzogen; hier wechselten ganze Stadtviertel ihre Besitzer, wurden Heiratsverträge abgefaßt, in denen jährliche Nadelgelder ausgesetzt wurden, die höher waren als die Summe, die ein Kanzlist in fünf Jahren verdiente; hier wurde aber auch des biederen Schuhmachermeisters Zweitausender-Hypothek notariell bestätigt, des zittrigen Rentners Testament aufbewahrt, in dem er seinem Lieblingsenkel sein Nachttischchen vermachte; der Witwen und Waisen, der Arbeiter und Millionäre Rechtsgeschäfte wurden hier in Verschwiegenheit erledigt, angesichts des Wandspruchs: *Voll ist ihre Rechte von Geschenken.* Kein Grund, aufzublicken, wenn ein junger Künstler, im vom Onkel geerbten, gewendeten schwarzen Anzug, ein in Kanzleipapier gewickeltes Paket, Zeichenrollen, übergab und glaubte, den Herrn Notar deswegen persönlich bemühen zu müssen. Der Bürovorsteher versiegelte das Paket, die Zeichenrollen, drückte das Kilbsche Wappen, ein Lamm, dem der Blutstrahl aus der Brust brach, in den heißen Siegellack, während die Blonde, Rechtschaffene die Quittung ausschrieb: ›Am Montag, dem 30. September 1907, vormittags 11.35 übergab Herr Architekt Heinrich Fähmel . . .‹ Glitt nicht, als sie mir die Quittung hinhielt, über ihr blasses, freundliches Gesicht ein Schimmer des Erkennens? Ich war beglückt über das Unvorhergesehene, weil es mir bewies, daß Zeit etwas Wirkliches war; es gab also diesen Tag, diese Minute; bewiesen war es nicht durch mich, der ich tatsächlich die Treppe hinuntergegangen war, die Straße überquert, Flur und Vorzimmer betreten hatte; bewiesen nicht durch den Lehrling, der aufblickte, beschämt dann, der Diskretion eingedenk, sich wieder abwandte; bewiesen nicht durch die blutroten Wunden der Siegel; bewiesen war es durch das unvorhergesehene freundliche Lächeln der Kanzlistin, die meinen gewendeten Anzug musterte, mir dann, als ich die Quittung aus ihrer Hand nahm, zuflüsterte: ›Viel Glück, Herr Fähmel.‹

Diese Worte waren die ersten innerhalb der viereinhalb Wochen, die der Zeit eine Wunde schlugen, mich daran erinnerten, daß es Spuren von Wirklichkeit gab in diesem Spiel, das ich ablaufen ließ; die Zeit war also nicht nur in Traumkabinetten geregelt, wo Zukünftiges gegenwärtig, Gegenwärtiges mich seit Jahrhunderten vergangen dünkte, Vergangenes zukünftig wurde, wie eine Kindheit, auf die ich zulief wie als Kind auf meinen Vater. Er war still gewesen, Jahre häuften sich um ihn herum wie Bleischichten aus Stille; Orgelregister gezogen, beim Hochamt gesungen, bei Beerdigungen erster Klasse viel, zweiter Klasse wenig, bei denen dritter Klasse gar nicht gesungen; so still, daß mir jetzt, da ich an ihn dachte, ganz beklommen war; er hatte Kühe gemolken, Heu geschnitten, Korn gedroschen, bis das schweißverklebte Gesicht von Spelzen wie von Insekten bedeckt war; hatte den Taktstock geschwungen, für den Jünglingsverein, den Gesellenverein, den Schützenverein und den Cäcilienverein; sprach nie, schimpfte nie, sang nur, schnitzelte Rüben, kochte Kartoffeln fürs Schwein, spielte Orgel, zog seinen schwarzen Küsterrock an, das weiße Rochett drüber; niemandem im Dorf fiel auf, daß er nie sprach, weil alle ihn nur tätig kannten; von vier Kindern starben zwei an der Schwindsucht, blieben nur zwei: Charlotte und ich. Meine Mutter, zart, eine von denen, die Blumen lieben, hübsche Gardinen, die beim Bügeln Lieder singen und abends am Herdfeuer Geschichten erzählen; Vater schuftete, zimmerte Betten, füllte Säcke mit Stroh, schlachtete Hühner, bis Charlotte starb: Engelamt, Kirche in Weiß; der Pfarrer sang, aber der Küster antwortete nicht, zog nicht die Register, kein Orgelton, keine Respons kam von der Empore herunter; nur der Pfarrer sang. Schweigen, als vor der Kirche der Zug sich in Richtung Friedhof formierte; fragte der verstörte Pfarrer: ›Aber Fähmel, mein lieber, guter Fähmel, warum haben Sie denn nicht gesungen?‹ Und ich hörte zum ersten Mal die Stimme meines Vaters etwas aussprechen, und ich war erstaunt, wie rauh die Stimme dessen klang, der so sanft von der Orgelempore heruntersingen konnte; er sagte es leise, mit knurrendem Unterton: ›Bei Begräbnissen dritter Klasse wird nicht gesungen.‹ Dunst über dem Niederrhein, Nebelschwaden zogen tanzende Schleifen über die Rübenäcker, in Weidenbäumen schnarrten die Krähen wie Fastnachtsklappern, während der verstörte Pfarrer die Liturgie las; Vater schwang nicht mehr den Taktstock im Jünglingsverein, im Gesellenverein, im Schützenverein, nicht mehr im Cäcilienverein, und es war, als hätte dieser erste Satz, den ich ihn sprechen hörte – sechzehn war ich, als Charlotte zwölfjährig starb –, als hätte er mit diesem ersten Satz seine Stimme entdeckt; er sprach mehr, sprach von Pferden und Offizieren, die er haßte, sagte es drohend: ›Wehe euch, wenn ihr mich erster Klasse beerdigen laßt.‹

›Ja‹, wiederholte die Blonde, ›viel Glück wünsche ich Ihnen.‹ Vielleicht hätte ich die Quittung zurückgeben, das versiegelte Paket, die Zeichenrollen zurückverlangen, heimkehren sollen; die Tochter des Bürgermeisters und Bauunternehmers heiraten, Feuerwehrhäuser bauen, kleine Schulen, Kirchen, Kapellen; auf ländlichen Richtfesten mit der Hausherrin tanzen sollen, während meine Frau mit dem Hausherren tanzte; warum Brehmockel, Grumpeter und Wollersein herausfordern, die großen Koryphäen des Kirchenbaus, warum? Ich fühlte mich frei von Ehrgeiz, Geld lockte mich nicht; ich würde niemals zu hungern brauchen; mit Pfarrer, Apotheker, Wirt und Bürgermeister Skat spielen, an Treibjagden teilnehmen, reichgewordenen Bauern ›was Modernes‹ bauen – aber schon stürzte der Lehrling von der Fensterbank zur Tür, hielt sie mir auf; ich sagte ›Danke‹, ging hinaus, durch den Flur, überquerte die Straße, stieg die Treppe zum Atelier hinauf, stütze meinen Arm auf die Fensterbank, die vom Stampfen der Druckereimaschinen bebte, es war am 30. September 1907, gegen 11.45 Uhr . . .

»Ja, Leonore, es ist eine Last mit den Druckereimaschinen; wieviel Tassen sind mir schon zerbrochen, wenn ich nicht darauf achtete. Lassen Sie sich Zeit, nicht so hastig, Kind. Wenn Sie so weiterarbeiten, werden Sie in einer Woche geordnet haben, was ich einundfünfzig Jahre lang nicht ordnen mochte. Nein, danke, für mich keinen Kuchen. Ich darf Sie doch Kind nennen? Sie brauchen über die Schmeicheleien eines alten Mannes nicht zu erröten. Ich bin ein Denkmal, Leonore, und Denkmäler können einem nichts anhaben; ich alter Narr gehe immer noch jeden Morgen ins Café Kroner, esse dort meinen Paprikakäse, obwohl er mir schon lange nicht mehr schmeckt; ich bin es den Zeitgenossen schuldig, meine Legende nicht zu zerstören; ich werde ein Waisenhaus stiften, vielleicht eine Schule, werde Stipendien aussetzen, und irgendwann und irgendwo werden sie mich bestimmt in Erz gießen und enthüllen; sie sollen dabeistehen und lachen, Leonore; Sie können so hübsch lachen, wissen Sie das? Ich kann es nicht mehr, ich hab es verlernt und hab doch geglaubt, es wäre eine Waffe; es war keine, war nur eine kleine Täuschung. Wenn Sie Lust haben, werde ich Sie zum Akademikerball mitnehmen, Sie als meine Nichte vorstellen, dort sollen Sie Sekt trinken, tanzen und einen jungen Mann kennenlernen, der gut zu Ihnen ist und Sie liebt; ich werde Ihnen eine hübsche Mitgift stiften – ja, sehen Sie sich das mal in Ruhe an: drei Meter mal zwei Meter, die Gesamtansicht von Sankt Anton; das hängt schon einundfünfzig Jahre hier im Atelier, hing noch da, als die Decke eingestürzt war; daher rühren die paar Stockflecken, die Sie da sehen; es war mein erster großer Auftrag, ein Riesenauftrag, und ich war, kaum dreißig damals, ein gemachter Mann.«

Und brachte im Jahre 1917 nicht den Mut auf, zu tun, was Johanna an meiner Stelle tat; sie riß Heinrich, der oben auf dem Dach neben der Pergola stand, das Gedicht aus der Hand, das er auswendig lernen sollte; er sagte es mit ernsthafter Kinderstimme:

> Sprach Petrus, der Pförtner am Himmelstor:
> »Ich trage die Sache höheren Orts vor.«
> Und siehe, nicht lange, da kam er zurück:
> »Exzellenz Blücher, Sie haben Glück!
> Urlaub auf unbestimmte Zeit«
> (Sprach's und öffnete das Himmelstor weit.)
> »Zieh, alter Feuerkopf, und schlag drein,
> der alte Gott wird mit Euch sein.«

Robert war noch nicht zwei und Otto noch nicht geboren; ich hatte Urlaub, war mir längst klar über das, was ich unklar gespürt hatte: daß Ironie nicht ausreichte und nie ausreichen würde, daß sie nur ein Narkotikum für Privilegierte war, und ich hätte tun müssen, was Johanna dann tat; ich hätte in meiner Hauptmannsuniform mit dem Jungen sprechen müssen, aber ich lauschte nur, wie er weiter rezitierte:

> Blücher ist's, der herniederstieg,
> uns zu führen von Sieg zu Sieg.
> Vorwärts mit Hurra und Hindenburg,
> Ostpreußens Retter und feste Burg.
> Solange noch deutsche Wälder stehn,
> solange noch deutsche Wimpel wehn,
> solange noch lebt ein deutsches Wort,
> lebt der Name unsterblich fort.
> Gemeißelt in Stein, gegraben in Erz,
> du, unser Held, dir schlägt unser Herz:
> Hindenburg! Vorwärts!

Johanna riß dem Jungen den Zettel aus der Hand, zerriß ihn, streute die Fetzen auf die Straße hinunter, wie Schneeflocken fielen sie vor Gretzens Laden, wo in diesen Tagen kein Keiler hing; höhere Gewalt herrschte.

Lachen wird nicht genügen, Leonore, wenn sie mein Denkmal enthüllen; bespuck es, Kind – im Namen meines Sohnes Heinrich, im Namen Ottos, der ein so lieber Junge war, und brav, und weil er so lieb war und so brav, so folgsam – mir so fremd wurde, wie kein Mensch auf dieser Erde, und im Namen Ediths, des einzigen Lammes, das ich je

77

sah; ich liebte sie, die Mutter meiner Enkel, und konnte ihr nicht helfen, konnte dem Tischlerlehrling nicht helfen, den ich nur zweimal sah, und nicht dem Jungen, den ich niemals sah; der uns Botschaften von Robert, Zettel so groß wie Bonbonpapiere, in den Briefkasten warf und dieses Verbrechens wegen in einem Lager verschwand. Robert war immer klug und kühl und nie ironisch; Otto war anders, er zeigte Herz und hatte doch plötzlich vom *Sakrament des Büffels* gekostet und wurde uns fremd; bespucke mein Denkmal, Leonore, sag ihnen, ich hätte dich darum gebeten; ich kann's dir auch schriftlich geben und meine Unterschrift notariell beglaubigen lassen; du hättest den Jungen sehen müssen, der mich den Satz begreifen machte: *Engel stiegen herab und dienten ihm*, er war Tischlerlehrling; sie schlugen ihm den Kopf ab; du hättest Edith sehen müssen und ihren Bruder, den ich ein einziges Mal sah, wie er über unseren Hof kam und zu Robert hinaufging; ich stand am Schlafzimmerfenster und sah ihn nur eine halbe Minute lang, und ich hatte Angst; er trug Heil auf den Schultern und Unheil; Schrella, ich hab seinen Vornamen nie erfahren, war wie ein Gerichtsvollzieher Gottes, der für unbezahlte Rechnungen unsichtbare Pfandmarken an die Häuser klebte; ich wußte, daß er meinen Sohn fordern würde, und ließ ihn mit seinen hängenden Schultern über den Hof gehen; den ältesten meiner überlebenden Söhne, begabt; Ediths Bruder pfändete ihn: Edith war anders, ihr biblischer Ernst war so gewaltig, daß sie sich biblischen Humor erlauben durfte; sie lachte mit den Kindern inmitten des Bombardements; sie gab ihnen biblische Namen: Joseph und Ruth; und der Tod barg für sie keine Schrecken; sie begriff nie, daß ich so sehr um meine verstorbenen Kinder trauerte, um Johanna und Heinrich – sie erfuhr nicht mehr, daß auch Otto starb, der Fremde, der mir am nächsten gestanden hatte; er liebte mein Atelier, meine Zeichnungen, fuhr mit mir auf Baustellen, trank auf Richtfesten Bier, war der Liebling der Bauarbeiter; er wird an meiner Geburtstagsfeier heute abend nicht teilnehmen; wieviel Gäste sind geladen? An einer Hand abzuzählen die Sippe, die ich gründete: Robert, Joseph, Ruth, Johanna und ich; auf Johannas Platz wird Leonore sitzen, und was werde ich Joseph sagen, wenn er mit jugendlichem Eifer vom Fortschritt der Aufbauarbeiten in Sankt Anton berichtet; Richtfest Ende Oktober; die Mönche wollen die Adventsliturgie schon in der neuen Kirche singen. *Es zittern die morschen Knochen*, Leonore, und sie haben meine Lämmer nicht geweidet. Ich hätte die Quittung zurückgeben, die roten Siegel erbrechen und vernichten sollen, dann brauchte ich nicht hier zu stehen und auf meine Enkelin zu warten, die hübsche, schwarzhaarige, neunzehn Jahre alte, so alt wie Johanna war, als ich vor einundfünfzig Jahren hier oben stand und sie drüben auf dem Dachgarten sah; ich konnte den Buchtitel erkennen: *Kabale und Liebe* – oder ist es Johanna, die jetzt drüben *Kabale*

und Liebe liest; ist sie wirklich nicht da, mit Robert immer noch im Löwen beim Mittagessen; hab ich in die Pförtnerloge die obligatorische
Zigarre gelegt, bin dem vertraulichen Unter-Männern-Herr-Leutnant-
Gespräch entronnen, um hier oben von halb elf bis fünf zu hocken, nur
dazusein; bin an Bücherstapeln, an Stapeln frisch gedruckter Bistums-
blättchen vorbei hier heraufgestiegen; was wird denn samstags nachmittags noch auf weißes Papier gedruckt; Erbauliches oder Wahlplakate für
alle die, die vom *Sakrament des Büffels* gekostet haben? Da beben die
Wände, zittern die Stufen, bringen Arbeiterinnen immer neue Stapel,
häufen sie bis vor die Ateliertür. Ich lag hier oben, übte mich in der
Kunst, nur dazusein; trieb dahin wie im Sog eines schwarzen Windka-
nals, der mich hinausschleudern würde; wohin? wurde in uralter Bitterkeit dahingewirbelt, getränkt mit uralter Vergeblichkeit, sah die Kinder, die ich haben, die Weine, die ich trinken, die Krankenhäuser und
Kirchen, die ich bauen würde – und hörte immer die Erdklumpen auf
meinen Sarg fallen, dumpfe Trommelgeräusche, die mich verfolgten; ich
hörte den Gesang der Einlegerinnen und der Falzerinnen und Packerin-
nen, hell die einen, dunkel, süß und spröde die andern; sie besangen
die einfachen Freuden des Feierabends; es drang wie mein Grabgesang
zu mir hin: Liebe im Tanzlokal, wehes Glück an der Friedhofsmauer,
im herbstlich duftenden Gras; alter Mutter Tränen als Vorboten junger
Mutter Freuden, Waisenhausmelancholie, wo ein tapferes junges Mädchen rein zu bleiben beschloß; doch traf es auch sie, traf sie im Tanzlokal; wehes Glück an der Friedhofsmauer, im herbstlich duftenden
Gras – immer wieder griffen die Stimmen der Arbeiterinnen wie
Schöpfräder ins ewig gleiche Wasser, sie sangen es mir zum Grabgesang,
während Erdklumpen auf meinen Sarg polterten. Ich blickte unter den
Augenlidern hervor auf die Wände meines Ateliers, die ich mit Zeichnungen tapeziert hatte: majestätisch in der Mitte die rötliche Lichtpause,
1:200, die Abtei Sankt Anton; im Vordergrund der Weiler Stehlingers
Grotte, weidende Kühe, ein abgeernteter Kartoffelacker, von dem der
Rauch eines Feuers hochstieg; dann die Abtei, gewaltig, im Basilikastil,
rücksichtslos hatte ich sie romanischen Kathedralen nachgebildet, den
Kreuzgang streng, niedrig und dunkel; Klausur, Refektorium, Bibliothek; in der Mitte des Kreuzgangs die Figur des heiligen Antonius; das
große Geviert mit den landwirtschaftlichen Gebäuden; Scheune, Ställe,
Wagenremisen, eigene Mühle mit Bäckerei, ein hübsches Wohnhaus für
den Ökonom, der auch die Pilger zu betreuen hatte; da standen unter
hohen Bäumen einfache Tische und Stühle, auf denen die Wegzehrung
zu herbem Wein, zu Most oder Bier verzehrt werden konnte; am Horizont angedeutet der zweite Weiler: Görlingers Stuhl; Kapelle, Friedhof, vier Bauernhöfe, weidende Kühe; Pappelreihen grenzten rechts das
gerodete Land ab, wo dienende Mönche Wein pflanzen, wo Kohl und

Kartoffeln Gemüse und Getreide wachsen, in Bienenstöcken der köstliche Honig gesammelt werden würde.

Abgegeben vor zwanzig Minuten, gegen Quittung; Entwurf mit Detailzeichnungen und einer kompletten Kalkulation; mit scharfer Feder hatte ich Ziffern und Positionen hingeschrieben; mit blinzelnden Augen, als sähe ich die Gebäude dort wirklich liegen, blickte ich wie durch ein Fenster auf den Entwurf; da bückten sich Mönche, tranken Pilger Most, während die singenden Arbeiterinnen unten mit Stimmen, die den Feierabend begehrten, hell und dunkel, ihren Grabgesang zu mir heraufschickten; ich schloß die Augen, spürte die Kälte, die ich fünfzig Jahre später erst würde spüren können, als gemachter Mann, von wimmelndem Leben umgeben.

Diese viereinhalb Wochen waren unendlich lang gewesen, alles, was ich tat, hatte ich vorher in Traumkabinetten geregelt; blieb nur die Messe am Morgen, blieben die Stunden von halb elf bis fünf; ich begehrte das Unvorhergesehene, das mir nur ein winziges Lächeln, zweimal ein ›Viel Glück, Herr Fähmel‹ beschert hatte. Wenn ich die Augen wieder schloß, teilte sich die Zeit wie ein Spektrum: Vergangenheit, Gegenwart, Zukunft, in fünfzig Jahren würden meine ältesten Enkel schon fünfundzwanzig sein, meine Söhne schon so alt wie die würdigen Herren, denen ich mich eben ausgeliefert hatte, als ich meinen Entwurf übergab. Ich tastete nach der Quittung; sie war da; wirklich; morgen früh würde die Jury zusammentreten und die veränderte Lage feststellen: ein vierter Entwurf; die schon gebildeten Parteien, zwei für Grumpeter, zwei für Brehmockel, und einer, der wichtigste, jüngste und kleinste von den fünfen, der Abt, für Wollersein; der Abt liebte Romantik; heiß würde es hergehen, denn die beiden bestechlichen Jurymitglieder würden am heftigsten künstlerisch zu argumentieren haben; Vertagung; dieser hergelaufene junge Bengel hat uns das Konzept verdorben; beunruhigt hatten sie festgestellt, daß dem Abt mein Entwurf offensichtlich gefiel; immer wieder war er vor der Zeichnung stehengeblieben, nippte an seinem Wein; organisch war das Ganze in die Landschaft eingefügt, so klar die Nützlichkeit des landwirtschaftlichen Gevierts gegen das strenge Geviert des Kreuzgangs und der Klausur abgesetzt; Brunnen, Pilgerherberge, alles gefiel ihm; er lächelte: dort würde er Primus inter pares sein; er stieg schon in den Entwurf hinein wie in sein Eigentum, regierte im Refektorium, saß im Chor, besuchte die kranken Brüder, ging zum Ökonomen hinüber, den Wein zu prüfen, das Korn durch seine Hände rinnen zu lassen; Brot für seine Brüder und für die Armen, auf seinen Äckern geerntetes Korn; ja, dort hatte der junge Architekt für die Bettler eine kleine überdachte Kammer geschaffen, gleich neben der Pforte, draußen Bänke für den Sommer, drinnen Stühle, ein Tisch, ein Ofen für den Winter. ›Meine Herren, es gibt keinen Zweifel für mich, ich stimme ohne jede Einschränkung für den – wie heißt er doch – für den Fähmelschen Entwurf; und sehen Sie, die Kosten: dreihunderttausend Mark unter dem billigsten der drei andren‹; trockener Siegellack von den aufgebrochenen Wunden bedeckte den Tisch, auf den jetzt Fachmänner ihre Fäuste schlugen, das große Palaver zu beginnen: ›Glauben Sie uns doch, Ehrwürdiger Vater, wie oft schon hat jemand unterboten, aber was wollen Sie tun, wenn er uns vier Wochen vor dem Richtfest kommt und erklärt, die Puste sei ihm ausgegangen; Baukostenüberschreitungen von einer halben Million sind bei solchen Projekten keine Seltenheit. Glauben Sie erfahrenen Männern. Welche Bank wird für einen unerfahrenen, völlig unbekannten jungen Mann bürgen, die Garantiesumme bereitlegen? Hat er Vermögen?‹ Großes Gelächter fiel über den jungen Abt: ›Vermögen laut eigener Angabe: achttausend Mark.‹ Palaver. Verärgert schieden die Herren voneinander. Keiner war dem Abt beigesprungen. Vertagt um vier Wochen. Wer hatte diesem kahlgeschorenen Bauernjungen, der knapp dreißig war, laut Satzung die entscheidende Stimme gegeben, so daß *gegen* ihn nicht, *mit* ihm sofort entschieden werden konnte.

Da schnurrten die Telefone, rannten schwitzende Boten mit Eilbriefen vom Regierungspräsidenten zum Erzbischof, vom Erzbischof zum Priesterseminar, wo der Vertrauensmann des Erzbischöflichen Stuhles gerade die Vorzüge der Neugotik pries; der rannte mit knallrotem Gesicht zur wartenden Droschke, Hufe entfernten sich klappernd über Kopfsteinpflaster, knirschende Räder nahmen kühne Kurven; Eile, Eile; Bericht! Bericht! Fähmel? Nie gehört. Der Entwurf? Technisch glänzend, kalkulatorisch – man muß es zugeben, Exzellenz –, soweit überschaubar, überzeugend, aber der Stil? Gräßlich; nur über meine Leiche; Leiche? Der Erzbischof lächelte; Künstlernatur, der Professor, feurig, zuviel Gefühl, zu viele wehende weiße Lockenhaare; Leiche, na, na; da gingen chiffrierte Anfragen von Grumpeter an Brehmockel, von Brehmockel an Wollersein, da versöhnten sich die zu Tode verfeindeten Koryphäen für einige Tage, fragten einander in chiffrierten Briefen und Telefonaten: ›Ist Blumenkohl verderblich?‹ – was bedeuten sollte: ›Sind Äbte absetzbar?‹ –, kam die niederschmetternde Antwort: ›Blumenkohl ist *nicht* verderblich.‹

Viereinhalb Wochen lang untergetaucht; wie friedlich war mein Grab; da rutschte die Erde langsam nach, schob sich sanft neben und über mir zurecht; während der Wechselgesang der Arbeiterinnen mich betäubte, nichts zu tun war besser, aber nun würde ich handeln, handeln müssen, wenn sie mein Grab öffneten, den Deckel hoben; sie würden mich zurückwerfen in die Zeit, in der jeder Tag einen Namen, jede Stunde eine Pflicht enthalten würde; das Spiel würde ernst werden; nicht mehr gegen zwei die Erbsensuppe aus meiner kleinen Küche geholt; ich wärmte sie schon nicht mehr, aß sie kalt; ich machte mir nichts aus Essen, nichts aus Geld und aus Ruhm; ich liebte das Spiel, machte mir etwas aus meiner Zigarre und sehnte mich nach einer Frau, nach meiner Frau. Würde es die sein, die ich drüben auf dem Dachgarten sah, schwarzhaarig, schlank und hübsch; Johanna Kilb? Morgen würde sie meinen Namen wissen; sehnte ich mich nach irgendeiner, oder nach ihr? Ich konnte es nicht länger ertragen, immer nur mit Männern zusammen zu sein, fand sie alle lächerlich; die Frommen und die Unfrommen; die Zoten erzählten, und die, die sie sich erzählen ließen, Billardspieler, Reserveleutnants, Sänger, den Portier und die Kellner; ich war ihrer überdrüssig, freute mich auf die Abendstunden von fünf bis sechs, auf die Gesichter der Arbeiterinnen, in deren Strom ich durch die Toreinfahrt ging; ich liebte die Sinnlichkeit auf ihren Gesichtern, die der Vergänglichkeit ungebrochen ihren Zoll zahlten, und wäre am liebsten mit einer von ihnen tanzen gegangen, hätte mit ihr an der Friedhofsmauer im herbstlich duftenden Gras gelegen – die Quittung zerrissen, das große Spiel abgebrochen –, diese Mädchen lachten, sangen, aßen gern und tranken gern, weinten und waren nicht wie die falschen Ziegen, die mich als möblierten Herrn zu Zärtlichkeiten herausforderten, die sie für kühn hielten. Noch gehörten sie mir, die Figuren und Requisiten, gehorchten mir die Komparsen, an diesem letzten Tag, an dem ich keine Lust auf die kalte Erbsensuppe hatte und zu faul war, sie mir zu wärmen; ich wollte das Spiel zu Ende spielen, ausgedacht in der Langeweile von Kleinstadtnachmittagen, wenn ich genug Mörtel geprüft, Steine begutachtet, die Gradheit von Mauern festgestellt hatte und die Langeweile in düsteren Kneipen der Langeweile im Büro vorzog, auf winzigen Zetteln die Abtei zu entwerfen begann.

Das Spiel ließ mich nicht mehr los; die Zeichnungen wurden größer, die Vorstellungen genauer, und fast ohne es zu merken, befand ich mich plötzlich mitten in der Kalkulation; rechnen gelernt, zeichnen gelernt; bitte; ich schickte fünfzig Goldmark an Kilb und bekam die Unterlagen geschickt; besuchte Kisslingen an einem Sonntagnachmittag; blühende Weizenäcker, dunkelgrüne Rübenäcker, Wald, wo die Abtei einmal stehen sollte; ich spielte weiter, studierte die Gegner, deren Namen von Kollegen mit andächtigem Haß ausgesprochen wurde: Brehmockel, Grumpeter, Wollersein; ich sah mir ihre Bauwerke an, Kirchen, Krankenhäuser, Kapellen, Wollerseins Dom; ich spürte es, roch es angesichts dieser trostlosen Baulichkeiten, die Zukunft lag griffbereit da, wie ein Land, das zu erobern war, unbekannter Boden, in dem Goldstücke vergraben lagen, herauszuholen von jedem, der sich nur ein wenig mit Strategie beschäftigen würde; ich nahm die Zukunft in die Hand; ich brauche nur zuzugreifen; Zeit war plötzlich eine Macht, wurde mißachtet, verstrich ungenutzt, während ich Stümpern und Heuchlern die Geschicklichkeit meiner Hände und die Mathematik meines Gehirns für ein paar Goldstücke überließ; Papier gekauft, Tabellen, Stifte und Handbücher; Spiel, das mich nur eins kostete: Zeit; sie war da, war geschenkt; die Sonntage waren Erkundungstage: Terrain besichtigt, Straßen durchschnitten: Modestgasse, im Haus Nummer 7 war ein Atelier zu vermieten; im Haus gegenüber, Nummer 8, wohnte der Notar, der die Entwürfe unter Siegel hielt; die Grenzen waren offen, ich brauchte nur einzumarschieren; und jetzt erst, tief drinnen im zu erobernden Land, schon halb sein Besitzer, jetzt erst hatte ich, während der Feind noch schlief, die Kriegserklärung abgegeben; ich suchte noch einmal nach meiner Quittung; sie war da.

Übermorgen würde der erste Besucher die Schwelle des Ateliers überschreiten; der Abt, jung, braunäugig, nüchtern; obwohl er Herrschaft noch nicht ausgeübt hatte, doch schon herrschgewohnt. ›Woher wußten Sie, daß die Trennung zwischen Brüdern und Mönchen im Refektorium nicht von unserem Heiligen Vater Benedikt vorgesehen war?‹ Er schritt auf und ab, blickte immer wieder in den Entwurf, fragte: ›Werden Sie durchhalten, werden nicht schlappmachen, diesen Unken nicht recht geben müssen?‹ Und ich hatte Angst vor dem großen Spiel, das aus dem Papier steigen, mich überwältigen würde; ich hatte das Spiel gespielt, aber mir nie klargemacht, daß ich es auch gewinnen könnte; der Ruf, gegen Brehmockel, Grumpeter und Wollersein allein nicht gesiegt zu haben, würde mir genügt haben, aber sie zu besiegen? Ich hatte Angst und sagte doch: ›Ja, ich werde durchhalten, Ehrwürdiger Vater.‹ Er nickte, lächelte und ging.

Um fünf ging ich im Strom der Arbeiterinnen durch die Toreinfahrt, machte meinen planmäßigen Feierabendspaziergang; ich sah verschleierte Schönheiten, die in Droschken zum Rendezvous fuhren, Leutnants, die im Café Fuhl zu weicher Musik harte Getränke tranken; ich ging jeden Tag vier Kilometer, eine Stunde lang, immer den gleichen Weg um die gleiche Zeit; sie sollten mich sehen, sollten mich immer um die gleiche Zeit an den gleichen Orten sehen; Ladnerinnen, Bankiers und Juweliere; Huren und Schaffner, Ladenschwengel, Kellner und Hausfrauen; sie sollten mich sehen und sahen mich; von fünf bis sechs, mit der Zigarre im Mund; ungehörig, ich weiß, aber ich bin Künstler, zum Nonkonformismus verpflichtet; ich darf auch stehenbleiben bei den Leierkastenmännern, die die Melancholie des Feierabends ausmünzen; Traumstraße, die durchs Traumkabinett führte: gut geölte Gelenke hatten meine Komparsen, wurden von unsichtbaren Fäden bewegt, Münder öffneten sich zu Stichworten, die ich ihnen zugestand, kalte Melodie der Billardkugeln im Hotel Prinz Heinrich; weiß über grün, rot über grün; Mannequins winkelten ihre Arme, um mit dem Queue zuzustoßen, um Biergläser zum Munde zu führen, sammelten Points, spielten Serien, klopften mir kollegial auf die Schulter; ach ja, ach nein, oh glänzend, Pech gehabt; während ich die Erdklumpen auf meinen Sarg fallen hörte, Ediths Todesschrei schon wartete, und des blonden Tischlerlehrlings letzter Blick, den er im Morgengrauen auf die Gefängnismauern werfen sollte, schon bereitgehalten wurde.

Ich fuhr mit meiner Frau, meinen Kindern ins Kissatal, zeigte ihnen stolz mein Jugendwerk, besuchte den älter gewordenen Abt und las in seinem Gesicht die Jahre ab, die ich in meinem eigenen nicht entdeckte; Kaffee im Gästezimmer, Kuchen, aus eigenem Mehl gebacken, mit selbstgeernteten Pflaumen und der Sahne eigener Kühe; meine Söhne durften die Klausur betreten, meine Frau mit den kichernden Töchtern mußte draußen warten: vier Söhne, drei Töchter, sieben Kinder, die mir siebenmal sieben Enkel bescheren würden, und der Abt lächelte mir zu: ›Wir sind ja jetzt sogar Nachbarn geworden.‹ Ja, ich hatte die beiden Weiler Stehlingers Grotte und Görlingers Stuhl gekauft.
»Ach, Leonore, schon wieder das Café Kroner? Nein, ich habe doch ausdrücklich gesagt: Kein Sekt. Ich hasse Sekt. Und nun machen Sie Feierabend, Kind, bitte. Und würden Sie mir noch ein Taxi bestellen, auf zwei Uhr? Es soll an der Toreinfahrt warten, vielleicht kann ich Sie ein Stück mitnehmen. Nein, ich fahre nicht über Blessenfeld. Bitte, wenn Sie wollen, können wir das noch klären.«

Er wandte sich von seinem Wechselrahmen ab, blickte ins Atelier, wo immer noch der große Entwurf von Sankt Anton an der Wand hing, die Luft von Staub erfüllt war, den die fleißige Mädchenhand trotz aller Vorsicht aufgewirbelt hatte; unverdrossen räumte sie den Stahlschrank aus, hielt ihm jetzt einen Haufen Geldscheine hin, die vor fünfunddreißig Jahren schon ihren Wert verloren hatten, brachte kopfschüttelnd einen anderen Packen Geld zum Vorschein, das vor zehn Jahren wertlos geworden war, zählte ihm korrekt die fremd gewordenen Scheine auf den Zeichentisch: zehn, zwanzig, achtzig, hundert – zwölfhundertzwanzig Mark.

»Ins Feuer damit, Leonore, oder vielleicht schenken Sie es den Kindern auf der Straße, die großangelegten Quittungen des Schwindels, der vor fünfunddreißig Jahren begonnen, vor zehn bekräftigt wurde. Ich habe mir nie etwas aus Geld gemacht, und doch hielten mich alle für geldgierig; sie haben sich getäuscht, ich wollte nicht Geld, als ich das große Spiel anfing; und als ich es gewann und populär wurde, da erst wurde ich mir bewußt, daß sich alle Voraussetzungen für die Popularität in mir vereinten; ich war tüchtig, liebenswürdig, einfach, war Künstler,

Reserveoffizier, hatte es zu etwas gebracht, wurde reich und war doch, war doch ›der Junge aus dem Volke‹ und verleugnete es nie; nicht um des Geldes, des Ruhmes, nicht um der Frauen willen hatte ich die Algebra der Zukunft in Formeln gefaßt, hatte X, Y und Z in Größen verwandelt, die sichtbar wurden, in Bauernhöfen, Bankkonten, Macht, die ich immer wieder verschenkte und die mir doppelt zurückgegeben wurde; ein lächelnder David, zart, nahm nie ein Pfund zu, nie ein Pfund ab; heute noch würde mir meine Leutnantsuniform aus dem Jahr 97 passen; schwer traf mich das Unvorhergesehene, das ich so heftig begehrt hatte: die Liebe meiner Frau und der Tod meiner Tochter Johanna; eine echte Kilb, eineinhalb Jahre alt – aber ich sah in diese Kinderaugen wie in die Augen meines schweigsamen Vaters, sah uralte Weisheit auf dem dunklen Grund dieser Augen, die den Tod schon zu kennen schienen; Scharlach blühte wie schreckliches Unkraut auf diesem kleinen Körper, wuchs an den Hüften hoch, sank bis zu den Füßen, Fieber siedete, und weiß wie Schnee wuchs der Tod, wuchs wie Schimmel unter dem blühenden Rot, fraß sich durch, durch und brach schwarz aus den Nasenlöchern; das Unvorhergesehene, das ich begehrt hatte, es kam wie ein Fluch, lauerte in diesem schrecklichen Haus; es gab Streit, heftigen Wortwechsel mit dem Pfarrer von Sankt Severin, mit den Schwiegereltern, den Schwägern, weil ich mir für die Totenmesse das Singen verbat; doch ich bestand darauf und setzte es durch; erschrak, als ich Johanna in der Totenmesse flüstern hörte: ›Christus.‹«

Ich sprach den Namen nie aus, wagte kaum, ihn zu denken, und wußte doch: er hatte mich; nicht Domgreves Rosenkranz, nicht die säuerlichen Tugenden heiratslustiger Wirtstöchter, nicht die Geschäfte mit Beichtstühlen aus dem sechzehnten Jahrhundert, die auf geheimen Auktionen für teures Gold verkauft wurden, das Domgreve in Locarno in billige Sünden zurückverwandelte; nicht die düsteren Verfehlungen heuchlerischer Priester, deren Augenzeuge ich wurde: ärmliche Verführungen gefallener Mädchen; auch nicht Vaters unausgesprochene Härte hatte das Wort in mir töten können, das Johanna neben mir flüsterte: ›Christus‹; nicht die endlosen Fahrten durch Windkanäle uralter Bitterkeit und Vergeblichkeit; wenn ich auf den eisigen Ozeanen der Zukunft, Einsamkeit wie einen riesigen Rettungsring um mich herum, mich mit meinem Lachen stärkte; das Wort war nicht getötet worden; ich war David, der Kleine mit der Schleuder, und Daniel, der Kleine in der Löwengrube, und bereit, das Unvorhergesehene, das ich begehrt hatte, hinzunehmen: Johannes Tod am 3. September 1909. Auch an diesem Morgen ritten die Ulanen übers Kopfsteinpflaster; Milchmädchen, Bäckerjungen, Kleriker mit flatternden Rockschößen; Morgen; der Keiler vor Gretzens Laden, die schmutzige Melancholie des Kilbschen Hausarztes, der seit vierzig Jahren Kilbsche Geburten und Tode bescheinigte:

in dieser ausgebeuteten Ledertasche das nutzlose Instrumentarium, mit dem er immer wieder über die Vergeblichkeit seiner Bemühungen hinwegzutäuschen verstand; er deckte den entstellten Körper zu, aber ich deckte ihn wieder auf; ich wollte Lazarus' Körper sehen, die Augen meines Vaters, die dieses Kind nicht länger als eineinhalb Jahre hatte offenhalten wollen, und im Schlafzimmer nebenan schrie Heinrich; die Glokken von Severin schlugen die Zeit in Scherben, läuteten um neun zur Messe; fünfzig Jahre wäre Johanna jetzt alt.

»Kriegsanleihen, Leonore? Die habe ich nicht gezeichnet; sie stammen aus dem Erbe meines Schwiegervaters. Ins Feuer damit, wie mit den Geldscheinen; zwei Orden? Natürlich, ich habe ja Sappen gebaut, Stollen vorgetrieben, Artilleriestellungen befestigt, dem Trommelfeuer standgehalten, Verwundete aus dem Feuer geschleppt; zweiter Klasse, erster Klasse, her mit den Dingern, Leonore, komm, gib sie schon her: wir werfen sie in die Regenrinne; sollen sie in der Regenrinne im Schlamm begraben werden. Otto kramte sie einmal aus den Schrank heraus, während ich am Zeichentisch stand; ich sah den verhängnisvollen Schimmer in seinen Augen zu spät: er hatte sie gesehen, und die Ehrfurcht, die er mir zollt, bekam eine größere Dimension; zu spät. Aber schmeiß sie wenigstens jetzt weg, damit Joseph sie nicht eines Tages in meiner Erbschaft entdeckt.«

Es klirrte nur leise, als er die Orden über das schräge Dach in die Regenrinne gleiten ließ; sie kippten, als sie vom Dach in die Rinne fielen, lagen mit der glanzlosen Seite nach oben.
»Warum so entsetzt, Kind? Sie gehören mir, und ich kann damit machen, was ich will; zu spät, aber vielleicht doch noch rechtzeitig. Vertrauen wir darauf, daß es bald regnet und der Dreck vom Dach heruntergespült wird; spät opfere ich sie dem Andenken meines Vaters. Hinab mit der Ehre der Väter, der Großväter und Urgroßväter.«

Ich fühlte mich stark genug und war's nicht, las die Algebra der Zukunft aus meinen Formeln, die sich zu Figuren auflösten. Äbte und Erzbischöfe, Generale und Kellner, sie gehörten alle zu meiner Komparserie; ich allein war Solist, auch wenn ich freitags abends im ›Sängerbund Deutscher Kehlen‹ den Mund öffnete und im Chor mitsang: *Was glänzt dort am Walde im Sonnenschein?* Ich sang es gut, hatte es bei meinem Vater gelernt, übte meine baritonale Lautmalerei mit unterdrücktem Lachen aus; der Dirigent, der den Taktstock schwang, ahnte nicht, daß er meinem Taktstock gehorchte; und sie luden mich zur obligatorischen Geselligkeit ein, boten mir Aufträge an, schlugen mich lachend auf die Schulter: ›Geselligkeit, junger Freund, ist des Lebens eigentliche

Würze.‹ Grauhaarige Kollegen fragten säuerlich nach Woher und Wohin, aber ich sang nur: Tom, der Reimer, von halb acht bis zehn, keine Minute drüber. Der Mythos sollte fertig sein, bevor der Skandal käme. Blumenkohl ist nicht verderblich.

Ich wanderte mit meiner Frau und meinen Kindern das Kissatal hinauf; die Jungen versuchten Forellen zu fangen; zwischen Weingärten und Weizenfeldern, Rübenäckern und Waldstücken wanderten wir dahin, tranken Bier und Limonade im Denklinger Bahnhof – und wußte doch, daß ich vor einer Stunde erst die Zeichnung abgegeben, die Quittung empfangen hatte; noch umgab mich Einsamkeit wie ein riesiger Rettungsring, noch schwamm ich auf der Zeit dahin, versank in Wellentälern, überquerte die Ozeane Vergangenheit und Gegenwart und drang, durch Einsamkeit vorm Versinken gesichert, tief in die eisige Kälte der Zukunft, hatte als eiserne Ration mein Lachen mit, von dem ich nur sparsam kostete – rieb mir die Augen, wenn ich auftauchte, trank ein Glas Wasser, aß ein Stück Brot und trat mit meiner Zigarre ans Fenster: dort drüben wandelte sie im Dachgarten, wurde manchmal in einer Lücke der Pergola sichtbar, blickte von der Brüstung auf die Straße hinab, in der sie sah, was auch ich sah: Lehrjungen, Lastwagen, Nonnen, Leben auf der Straße; sie war neunzehn, hieß Johanna, las *Kabale und Liebe;* ich kannte ihren Vater, den dröhnenden Baß im Sängerbund, dessen Klang mir nicht zur Rechtschaffenheit des Büros zu passen schien; das klang nicht nach Diskretion, wie sie den Lehrjungen eingebleut wurde; die Stimme war geeignet, jemand das Gruseln beizubringen, klang nach heimlicher Sünde. Wußte er schon, daß ich seine einzige Tochter heiraten würde? Daß wir an stillen Nachmittagen hin und wieder ein Lächeln tauschten? Ich schon an sie dachte mit der Heftigkeit des rechtmäßigen Bräutigams? Sie hatte schwarze Haare, war blaß, und ich würde ihr verbieten, resedafarbene Kleider zu tragen; grün würde ihr gut stehen; ich hatte die Kleider, die Hüte für sie schon ausgesucht auf meinen Nachmittagsspaziergängen, im Schaufenster von Hermine Horuschka, an dem ich jeden Abend in Regen und Wind und im Sonnenschein und zwanzig vor fünf vorbeikam; ich würde sie aus dieser Biederkeit, die nicht zur Stimme ihres Vaters paßte, erlösen und ihr herrliche Hüte kaufen, so groß wie Wagenräder, aus derbem grüngefärbten Stroh; ich wollte nicht ihr Gebieter sein, ich wollte sie lieben, und ich würde nicht mehr lange warten. Sonntags morgens, mit Blumen bewaffnet, würde ich in der Kutsche vorfahren, so gegen halb zwölf, wenn man nach dem Hochamt das Frühstück beendet hatte, gerade im Herrenzimmer einen Schnaps trank: Ich bitte Sie um die Hand Ihrer Tochter. Jeden Nachmittag, wenn ich aus den Ozeanen auftauchte, zeigte ich mich ihr, hier im Atelierfenster, verneigte mich, wir tauschten ein Lächeln, und ich trat wieder ins Dunkel zurück; trat auch vor, um ihr den Glauben zu nehmen, daß sie unbeobachtet sei; ich brachte es nicht fertig, wie eine Spinne im Netz dazuhocken; ich ertrug es nicht, sie zu sehen, ohne von ihr gesehen zu werden; es gab Dinge, die *man nicht tat.*

Morgen würde sie wissen, wer ich war. Skandal. Sie würde lachen, würde mir ein Jahr später schon die Mörtelspuren vom Hosenbein bürsten; würde es noch tun, wenn ich vierzig, fünfzig, sechzig war; und sie würde eine reizende alte Frau an meiner Seite sein; ich beschloß es endgültig, am 30. September 1907, nachmittags gegen halb vier.

»Ja, Leonore, bezahlen Sie das für mich; nehmen Sie Geld aus meiner Kassette da drüben, und geben Sie dem Mädchen zwei Mark Trinkgeld, ja, zwei Mark; Pullover und ein Rock von Hermine Horuschka für meine Enkelin Ruth, die ich heute zurückerwartet habe; Grün steht ihr gut; schade, daß die jungen Mädchen heute keine Hüte mehr tragen; ich habe immer so gern Hüte gekauft. Das Taxi ist bestellt? Danke, Leonore. Sie wollen noch nicht Schluß machen? Wie Sie wollen; natürlich, ein bißchen ist es auch Neugierde, nicht wahr? – Sie brauchen nicht rot zu werden. Ja, einen Kaffee gern noch. Ich hätte mich erkundigen müssen, wann die Ferien zu Ende sind; aber Ruth ist zurück? Mein Sohn hat Ihnen nichts gesagt? Er wird doch die Einladung zu meiner Geburtstagsfeier nicht vergessen haben? Ich habe angeordnet, daß der Portier unten Blumen und Telegramme, Geschenke und Karten annimmt, jedem Boten zwei Mark Trinkgeld gibt und sagt, ich sei verreist; suchen Sie sich den schönsten Strauß, oder zwei, wenn Sie mögen, heraus, und nehmen Sie die mit nach Hause, und wenn es Ihnen Spaß macht, verbringen Sie getrost Ihren Nachmittag hier.«

Die Tasse, mit Kaffee frisch gefüllt, bebte nicht mehr; offenbar hatte man aufgehört, erbauliches oder Wahlplakate auf weißes Papier zu drukken; im Wechselrahmen das Bild unverändert: drüben der Dachgarten des Kilbschen Hauses, leer; an der Pergola müde Kapuzinerkresse; das Profil der Dächerlinie, im Hintergrund die Berge unter strahlendem Himmel: in diesem Wechselrahmen sah ich meine Frau, sah später meine Kinder, sah meine Schwiegereltern, wenn ich manchmal ins Atelier hinaufging, um den fleißigen jungen Architekten, die mir halfen, hin und wieder über die Schulter zu blicken, Kalkulationen zu prüfen, Termine zu bestimmen; die Arbeit war mir so gleichgültig wie das Wort Kunst; andere konnten sie ebenso tun wie ich, ich bezahlte sie gut; ich verstand die Fanatiker nie, die sich dem Wort Kunst opferten; ich half ihnen, belächelte sie, gab ihnen Arbeit, aber verstehen: nie; ich begriff's nicht, begriff nur, was Handwerk war, obwohl ich als Künstler galt, als solcher bewundert wurde; war die Villa, die ich für Gralduke baute, nicht wirklich kühn, modern? Sie war's, wurde sogar von den künstlerischen Kollegen bewundert und gepriesen, und ich hatte sie entworfen, gebaut und wußte doch nie, was Kunst ist; sie nahmen's zu ernst, vielleicht, weil sie so viel davon verstanden, und bauten doch scheußliche Kästen, von denen ich damals schon wußte, daß sie zehn Jahre später Ekel hervorrufen würden; und ich konnte doch manchmal die Ärmel hochkrempeln, mich hier an den Zeichentisch stellen und entwerfen: das Verwaltungsgebäude für die ›Societas, die Gemeinnützigste der Gemeinnützigen‹, da staunten die Narren, die mich für einen geldgierigen, erfolgshungrigen Bauernlümmel hielten, und heute noch schäme ich mich des Kastens nicht, der vor sechsundvierzig Jahren gebaut worden ist; ist das Kunst? Meinetwegen, ich wußte nie, was das war, hab sie vielleicht gemacht, ohne es zu wissen; konnte das Wort nie ernst nehmen, sowenig wie ich die Wut der drei Koryphäen gegen mich verstand; mein Gott, war kein Spielchen erlaubt, mußten die Goliathe so humorlos sein? Sie glaubten an Kunst, ich nicht, fühlten sich in ihrer Ehre gekränkt von einem Hergelaufenen. Wer war nicht irgendwo hergelaufen? Ich zeigte mein Lachen offen, ich hatte sie in eine Situation manövriert, wo selbst meine Niederlage noch ein Sieg werden würde, mein Sieg aber ein Triumph.

Ich hatte fast Mitleid mit ihnen, als wir die Treppe im Museum hinaufgingen, hatte Mühe, meinem Schritt jenen würdigen Rhythmus der Feierlichkeit zu geben, den die Gekränkten schon gewöhnt waren; Schritt, mit dem man Domtreppen hinaufging, hinter Königen und Bischöfen; Denkmaleinweihungsschritt, abgemessene Erregung, nicht zu langsam, nicht zu schnell; wissen, was Würde ist; ich wußte es nicht, wäre am liebsten wie ein junger Hund die Treppe hinaufgerannt, die steinernen Stufen, an den Statuen römischer Legionäre vorbei, deren abgebrochene Schwerter, Lanzen oder Rutenbündel man für Fackeln hätte halten können; an Cäsarenbüsten, Nachbildungen von Kindergräbern vorbei in den ersten Stock, wo das Sitzungszimmer zwischen den Niederländern und den Nazarenern lag; Bürgerernst; irgendwo im Hintergrund hätten jetzt Trommeln dröhnen müssen; so stieg man Altarstufen hinauf, Schafottstufen, stieg auf Tribünen, um Orden umgehängt zu bekommen oder das Todesurteil zu empfangen; so wurde auch auf Liebhaberbühnen Feierlichkeit dargestellt, aber die da neben mir hergingen, waren keine Liebhaber: Brehmockel, Grumpeter und Wollersein.
Museumswärter in Gala standen verlegen vor Rembrandts, van Dycks und Overbecks; an der Marmorbrüstung, im Dunkel vor dem Sitzungszimmer stand Meeser, hielt das silberne Tablett mit Cognacgläsern bereit, um uns vor der Urteilsverkündung einen Trank zu verabreichen; Meeser grinste mich an; wir hatten kein Zeichen verabredet, doch hätte

er nicht jetzt eins geben können? Ein Kopfnicken, ein Kopfschütteln; ja oder nein? Nichts. Brehmockel flüsterte mit Wollersein, Grumpeter fing ein Gespräch mit Meeser an, drückte eine Silbermünze in Meesers stumpfe Hände, die ich als Kind schon gehaßt hatte; ein Jahr lang hatte ich mit ihm zusammen in der Frühmesse gedient; Gemurmel alter Bauernfrauen im Hintergrund, hartnäckig beteten sie gegen die Liturgie an ihrem Rosenkranz. Heugeruch, Milchgeruch, Stallwärme, während ich mich mit Meeser nach vorn beugte, um beim *mea culpa, mea culpa, mea maxima culpa* die Schuld unausgesprochener Sünden gegen die Brust zu trommeln, und wenn der Pfarrer die Altarstufen emporschritt, machten Meesers Hände, diese Hände, die jetzt Grumpeters Silbermünze fest umschlossen, obszöne Bewegungen; Hände, denen jetzt die Schlüssel zum städtischen Museum anvertraut waren, Schlüssel zu Holbein und Hals, Lochner und Leibl.

Mit mir sprach keiner; mir blieb die kalte Marmorbrüstung, auf die ich mich lehnte; ich blickte hinunter in den Innenhof, wo ein bronzener Bürgermeister mit unerbittlichem Ernst seinen Wanst den Jahrhunderten hinhielt, ein marmorner Mäzen in einem vergeblichen Versuch zur Tiefsinnigkeit die Lider über seine Froschaugen senkte; leer waren die Denkmalsaugen, wie die Augen der römischen Marmormatronen, deren Augenpartien von den Leiden einer späten Kultur kündeten. Meeser schlurfte zu seinen Kollegen hinüber, Brehmockel, Grumpeter und Wollersein standen dicht beieinander; kalt und klar war der Dezemberhimmel über dem Innenhof; draußen gröhlten früh Betrunkene, rollten Droschken theaterwärts, zarte Frauengesichter unter resedafarbenem Schleier freuten sich auf ›La Traviata‹; zwischen Meeser und den drei Gekränkten stand ich wie ein Aussätziger, den zu berühren Tod bringt; sehnte mich nach der strengen Liturgie meines Tageslaufs, als ich die Fäden des Spiels noch allein gehalten hatte. Dasein und Nicht-Dasein noch hatte regeln, den Mythos dosieren können; ich war nicht mehr Herr des Spiels; Skandal; Gerücht; Abtschritte in meinem Atelier; Bauunternehmer ließen Freßkörbe in meinem Atelier abgeben, goldene Taschenuhren in rotsamtenen Etuis, und einer schrieb mir: ›. . . und würde ich Ihnen die Hand meiner Tochter gewiß nicht verweigern . . .‹ *Voll ist ihre Rechte von Geschenken.*
Ich würde keins annehmen, nicht einen Ziegelstein; ich liebte den Abt. Hatte ich wirklich in winzigen Augenblicken daran gedacht, bei ihm Domgreves Trick anzuwenden? Ich wurde schamrot, wenn ich daran dachte, daß ich es in winzigen Augenblicken wirklich gedacht haben könnte: das Unvorhergesehene war geschehen: ich liebte Johanna, die Kilbsche Tochter und liebte den Abt; ich hatte schon um halb zwölf vorfahren, schon den Blumenstrauß abgeben, schon sagen dürfen: ›Ich

bitte Sie um die Hand Ihrer Tochter< – und Johanna war später augenzwinkernd hinzugekommen, hatte das Ja nicht gehaucht, sondern es deutlich ausgesprochen. Ich machte immer noch von fünf bis sechs meinen Spaziergang, spielte immer noch Billard im Klub der Reserveoffiziere, und mein Lachen, von dem ich jetzt großzügigere Rationen nahm, war durch Johannas Augenzwinkern gestärkt; ich sang immer noch freitags im Sängerbund: Tom, der Reimer.

Langsam schob ich mich über die kalte Marmorbrüstung zu den drei Gekränkten hin, stellte das leere Cognacglas aufs Tablett zurück; würden sie vor dem Aussätzigen zurückweichen? Sie wichen nicht; erwarteten sie eine demütige Annäherung? ›Gestatten, daß ich mich bekannt mache: Fähmel.‹ Mein Gott, war nicht jeder irgendwo hergelaufen, hatte nicht Grumpeter in jungen Jahren als Schweizer die Kühe des Grafen von Telm gemolken, Kuhmist auf duftende Erde gekarrt, bevor er seine Berufung zum Architekten entdeckte? Aussatz ist heilbar, heilbar an den Ufern des Lago Maggiore, in den Gärten von Minusio; sogar der Aussatz biederer Bauunternehmer, die romanische Kirchen zum Abbruch kauften, inklusive des respektiven Inventars, mit alten Madonnen, Kirchenbänken; die mit dem respektiven Inventar die Salons der Neu- und Altreichen schmückten? Beichtstühle, in denen dreihundert Jahre lang demütige Bauern ihre Sünden geflüstert hatten, in die Salons von Kokotten verkauften? Aussatz ist heilbar in Jagdhütten und in Bad Ems.

Die todernsten Gesichter der Gekränkten wurden starr, als sich die Tür zum Sitzungszimmer öffnete; ein schwarzer Umriß wurde sichtbar, bekam Kontur, Farbe; das erste Jurymitglied trat in den Flur; Hubrich, Professor für Kunstgeschichte an der theologischen Fakultät; nur über meine Leiche; sein schwarzer Tuchrock wirkte in dieser Beleuchtung wie der Tuchrock eines rembrandtgemalten Ratsherren; Hubrich ging auf das Tablett zu, nahm ein Cognacglas, ich hörte ein tiefes Seufzen aus seiner Brust; an den drei Gekränkten vorbei, die auf ihn zuzulaufen versuchten, entfernte er sich auf das Ende des Flures zu; die Strenge des Priestergewandes war bei ihm durch einen weißen Schal abgemildert, die hellen, kindlich bis über den Kragen herabfallenden Locken erhöhten den Eindruck, den hervorzurufen Hubrich bemüht war; er sah wie ein Künstler aus. Mit dem Schnitzmesser über einem Holzblock, mit zartem goldgetränktem Pinsel hätte man sich ihn vorstellen können, demütig am Werk, Madonnenhaar zu malen, Prophetenbärte, oder dem Hündlein des Tobias einen neckischen Kringel an den Schweif zu hängen. Leise glitten Hubrichs Füße über das Linoleum, müde winkte er den Gekränkten ab, ging in die Dunkelheit des Flures auf Rembrandt und van Dyck zu: auf diesen schmalen Schultern also ruhte die Verantwortung für die Kirchen, Krankenhäuser, Heime, in denen nach hundert Jahren noch Nonnen und Witwen, Waisen und Kassenpatienten, Schwererziehbare und gefallene Mädchen die Küchengerüche verstorbener Generationen würden erdulden müssen; dunkle Flure, trostlose Rückfronten, die durch dumpfe Mosaike noch trostloser wurden, als im Plan des Architekten vorgesehen gewesen war, da ging er, der praeceptor und arbiter architecturae ecclesiasticae, der seit vierzig Jahren mit pathetischem Eifer und der blinden Affektiertheit des Überzeugten für Neugotik eintrat; sicher hatte er schon als Junge, wenn er durch die öden Vorstädte der heimatlichen Industriestadt trabte, triumphierend seine Einser nach Hause trug, im Anblick rauchender Schlote, schwarzer Häuserfronten sich entschlossen, die Menschheit zu beglücken und eine Spur auf dieser Erde zu hinterlassen; er würde eine hinterlassen; rötliche, im Laufe der Jahre immer trüber werdende Backsteinfassaden, in deren Nischen grämliche Heilige voll unzerstörbaren Trübsinns in die Zukunft blickten.

Treuherzig hielt Meeser dem zweiten Jurymitglied das Tablett hin: Cognac für Krohl; jovial; rotweingesichtiger Zigarrenraucher, Fleischfresser; schlank war er geblieben; unabsetzbarer Baumeister von Sankt Severin: Taubendreck und Eisenbahndämpfe, chemisch vergiftete Wolken aus den östlichen, scharfe nasse Winde aus den westlichen Vorstädten, Sonne des Südens, Kälte des Nordens, alle industriellen und alle natürlichen Witterungskräfte garantierten ihm und seinen Nachfolgern Amt auf Lebenszeit; fünfundvierzig war er alt, so blieben ihm noch zwanzig Jahre für die Dinge, die er wirklich liebte: Essen, Trinken, Zigarren, Pferde und Mädchen von der besonderen Sorte, wie man sie in der Nähe von Pferdeställen trifft, bei Fuchsjagden kennenlernt; hartgliedrige Amazonen mit männlichem Geruch. Ich hatte meine Gegner studiert; Krohl verbarg seine absolute Gleichgültigkeit architektonischen Problemen gegenüber hinter einer ausgesuchten Höflichkeit, die fast chinesisch war hinter einem Frömmigkeitsgebaren, das er Bischöfen abgelauscht hatte; Krohls Bewegungen waren echte Denkmaleinweihungsbewegungen; auch wußte er ein paar sehr gute Witze, die er ständig in einer bestimmten Reihenfolge abwandelte, und da er schon als Zweiundzwanzigjähriger ›Handkes Handbuch der Architektur‹ auswendig gelernt und sich damals entschlossen hatte, aus dieser Anstrengung sein Leben lang Nutzen zu ziehen, zitierte er immer dann, wenn er Architektur-Vokabeln benötigte, den ›unsterblichen Handke‹; bei Jurysitzungen plädierte er schamlos für das Projekt, dessen Urheber ihm die höchste Bestechung zugesichert hatte, wechselte, wenn er sah, daß das Projekt keine Chancen hatte, zum Favoriten über; denn er zog es vor, ja anstatt nein zu sagen, aus dem Grunde, weil ein Ja zwei, ein Nein aber vier Buchstaben hat und den schrecklichen Nachteil, daß es nicht mit Gaumen und Zunge allein zu bewerkstelligen ist, sondern eine Verlagerung der Sprechenergie fast bis in die Nasenwurzel hinein erfordert; zudem noch eine entschlossene Miene, während das Ja diese Anstrengung nicht erfordert; auch Krohl seufzte, auch er schüttelte den Kopf, mied die drei Gekränkten, ging in die andere Ecke des Flures, auf die Nazarener zu.

Sekundenlang blieb im Lichtviereck der Tür nur der Tisch mit dem grünen Filz sichtbar, Wasserkaraffe, Aschenbecher, blaue Wolken von Krohls Zigarre; Stille da drinnen, nicht mal Geflüster zu hören; Todesurteile hingen in der Luft; ewige Feindschaften wurden geboren; da ging es für Hubrich um Ehre oder Schande, die auf immerdar von seinem Haupte abzuhalten er sich schon als verbissener Quintaner geschworen hatte; ging um die schreckliche Demütigung, dem Erzbischof eingestehen zu müssen, daß er geschlagen worden war. ›Na, und ihre Leiche, Hubrich?‹ würde der humorvolle Fürst sagen; es ging für Krohl um eine Villa am Comer See, die Brehmockel ihm versprochen hatte.

Gemurmel klang in der Wärterreihe auf: Meeser gebot durch ein Zischen Ruhe. Schwebringer trat aus der Tür, klein war er, zart wie ich, galt nicht nur als unbestechlich, sondern war es auch; trug abgewetzte Breeches, gestopfte Strümpfe; schwärzlich der kahlgeschorene Schädel, ein Lächeln in den Korinthenaugen; Schwebringer vertrat das Geld, verwaltete den Fonds, den die Nation gegründet hatte; er vertrat die Industriellen und den König, vertrat aber auch den Kaufmannsgehilfen, der einen Zehner, das alte Mütterchen, das dreißig Pfennig gestiftet hatte; Schwebringer würde die Konten lockern, Schecks ausschreiben, Rechnungen kontrollieren, mit säuerlicher Miene Vorschüsse genehmigen; er war Konvertit, seine geheime architektonische Leidenschaft war das Barock, er liebte schwebende Engel, mit Gold bemalte Chorstühle, geschweifte Predigtstühle, weißlackierte Kanzeln, liebte Weihrauch, den Gesang von Knabenchören. Schwebringer war Macht: ihm gehorchten Bankkonsortien wie Eisenbahnschranken dem Wärter; er regulierte Kurse, befehligte Stahlwerke; mit seinen harten dunklen Korinthenaugen sah er aus, als hätte er vergeblich alle erreichbaren Laxativa ausprobiert und wartete auf die Erfindung des wahren, wirklich helfenden Mittels; er nahm den Cognac, ohne ein Trinkgeld aufs Tablett zu legen; zwei Schritte entfernt nur stand er, sah aus wie ein gescheiterter Berufsradfahrer, mit seinen Breeches, seinen gestopften Strümpfen, blickte plötzlich mich an, lächelte, stellte sein leeres Cognacglas hin und ging in die Niederländerecke, wo auch Hubrich verschwunden war; auch Schwebringer würdigte die drei Gekränkten keines Worts.

Geflüster wurde im Sitzungszimmer vernehmbar, offenbar sprach der Abt auf Gralduke ein; sichtbar waren nur der grüne Tisch, der Ascher die Wasserkaraffe; die Hinrichtung war verschoben; Streit lag in der Luft; immer noch schien das Richterkollegium uneins zu sein.

Gralduke kam heraus, nahm zwei Gläser von Meesers Tablett, blieb einen Augenblick zögernd stehen, blickte in Krohls Richtung; er war groß, von gewaltigem Ausmaß, korrekter, als die Tränensäcke unter seinen Augen hätten vermuten lassen; Gralduke vertrat das Recht, beobachtete die juristische Korrektheit des Abstimmungsvorgangs, führte Protokoll. Gralduke wäre fast selber Mönch geworden; zwei Jahre lang hatte er gregorianische Liturgie gesungen, die er immer noch liebte; war dann in die Welt zurückgekehrt, um ein bildschönes Mädchen zu heiraten, dem er fünf bildschöne Töchter zeugte, thronte jetzt als Oberpräsident über den Landen; er hatte die Grundstücke stiften lassen, Äcker und Wiesen und Wälder in mühseliger Kleinarbeit aus Katasterverstrickungen gelöst; hatte hartnäckige Bürgermeister bearbeitet, hatte Fischrechte in elenden Tümpeln ablösen müssen, Hypotheken versilbern, Banken und Versicherungen beruhigen müssen.

Langsam ging es ins Sitzungszimmer zurück; von der schmalen Abthand wurde Meeser herbeibefohlen, der für eine halbe Minute verschwand, wiedererschien, seine Stimme hob und in den Flur hineinrief: ›Bin beauftragt, den Herren von der Jury mitzuteilen, daß die Pause um ist.‹ Als erster kam Krohl aus der Nazarenerecke zurück, das Ja war von seinem Gesicht schon abzulesen; Schwebringer kam allein als erster aus der Niederländerecke, ging rasch ins Zimmer; Hubrich als letzter, sah bleich aus, zu Tode getroffen, ging kopfschüttelnd an den drei Gekränkten vorüber; Meeser schloß hinter ihm die Tür, blickte auf sein Tablett, auf die neun leeren Cognacgläser, klimperte verächtlich mit der geringen Ausbeute an Trinkgeld, ich ging auf ihn zu, warf ihm einen Taler aufs Tablett: es klang laut und hart, erschrocken blickten die drei Gekränkten auf; Meeser grinste, nahm die Hand dankend an die Mütze, flüsterte: ›Und du bist doch nur der Sohn eines übergeschnappten Küsters.‹

Längst waren draußen keine Droschken mehr zu hören; ›La Traviata‹ hatte begonnen; starr standen die Wärter Spalier, zwischen Legionären und Matronen, zwischen abgebrochenen Tempel-Säulen; Lärm brach in den kalten Abend wie Wärme ein; Presseleute hatten den ersten Wärter überrannt, schon hob der zweite hilflos die Arme, blickte der dritte zu Meeser hin, der in Zischlauten Ruhe gebot; ein junger Journalist, der an Meeser vorbeigewischt war, kam auf mich zu, wischte sich die Nase mit dem Rockärmel ab, sagte leise zu mir: ›Klarer Sieg für Sie.‹ Im Hintergrund warteten zwei würdigere Feuilletonredakteure, mit schwarzen Hüten, bärtig, vom Pathos seelenvoller Verse ausgehöhlt, hielten die würdelosere Masse zurück: ein bebrilltes Mädchen, einen hageren Sozialisten; bis der Abt die Tür öffnete, rasch, atemlos wie ein Junge auf mich zukam, mich umarmte, während eine Stimme ›Fähmel‹ rief, ›Fähmel‹.

Lärm drang herauf; zehn Minuten, nachdem das Beben der Fensterbank aufgehört hatte, verließen lachende Arbeiterinnen das Tor, trugen stolze Sinnlichkeit in den Feierabend; warmer Herbsttag, an dem das Gras an der Friedhofsmauer duften würde; Gretz war heute seinen Keiler nicht losgeworden, dunkel und trocken war die blutige Schnauze; im Wechselrahmen der Dachgarten drüben: der weiße Tisch, die grüne Holzbank, die Pergola mit der müden Kapuzinerkresse; würden Josephs Kinder, Ruths Kinder drüben einmal auf und ab gehen, *Kabale und Liebe* lesen; hatte er Robert je da drüben gesehen? Nie, der hockte in seinem Zimmer, übte im Garten, Dachgärten waren zu klein für den Sport, den er trieb: Schlagballspiel, Hundertmeterlauf.

Ich hatte immer ein wenig Angst vor ihm, erwartete Ungewöhnliches, war nicht einmal erstaunt, als der mit den hängenden Schultern ihn pfändete; wenn ich nur wüßte, wie der Junge hieß, der die winzigen Zettel mit Roberts Botschaften in unseren Briefkasten warf; ich hab's nie erfahren, auch Johanna konnte es aus Dröscher nicht herausbekommen; dem Jungen gebührt das Denkmal, das sie mir setzen werden; ich brachte es nicht fertig, Nettlinger die Tür zu weisen und diesem Wakiera das Betreten von Ottos Zimmer zu verbieten, sie brachten das *Sakrament des Büffels* in mein Haus, verwandelten den Jungen, den ich liebte, in einen Fremden, den Kleinen, den ich mit auf Baustellen nahm, mit auf die Gerüste. Taxi? Taxi? War es das Taxi des Jahres 1936, als ich mit Johanna in den ›Anker‹ fuhr, zum oberen Hafen; das Taxi des Jahres 1942, mit dem ich sie in die Heilanstalt nach Denklingen brachte? Oder das des Jahres 1956, als ich mit Joseph nach Kisslingen fuhr, ihm die Baustelle zu zeigen, wo er, mein Enkel, Roberts und Ediths Sohn, für mich wirken sollte; zerstört die Abtei, ein wüster Haufen von Steinen und Staub und Mörtel; gewiß hätten Brehmockel, Grumpeter und Wollersein triumphiert bei diesem Anblick; ich triumphierte nicht, als ich den Trümmerhaufen im Jahr 1945 zum ersten Mal sah; ging nachdenklich umher, ruhiger, als man offenbar von mir erwartet hätte; hatten sie Tränen erwartet, Empörung? ›Wir werden den Schuldigen finden.‹ ›Warum?‹ fragte ich, ›lassen Sie ihn doch in Frieden.‹ Ich hätte zweihundert Abteien gegeben, wenn ich Edith dafür hätte zurückbekommen können, Otto, oder den unbekannten Jungen, der die Zettelchen in unseren Briefkasten warf und so teuer dafür bezahlen mußte; und wenn auch der Tausch nicht angenommen wurde, ich war froh, wenigstens das bezahlt zu haben: einen Haufen Steine, mein ›Jugendwerk‹. Ich bot sie Otto und Edith, dem Jungen und dem Tischlerlehrling an, obwohl ich wußte, daß es ihnen nichts nützen würde; sie waren tot; gehörte dieser Trümmerhaufen zum *Unvorhergesehenen*, das ich so heftig begehrt hatte? Die Mönche wunderten sich über mein Lächeln, und ich wunderte mich über ihre Empörung.

»Das Taxi? Ich komm ja schon, Leonore. Denken Sie an meine Einladung: um neun Uhr im Café Kroner, Geburtstagsfeier. Es gibt keinen Sekt. Ich hasse Sekt. Nehmen Sie die Blumen unten aus der Portierloge mit, die Zigarrenkisten und Glückwunschtelegramme, und vergessen Sie's nicht, Kind: bespucken Sie mein Denkmal.«
Wahlplakate waren es, die in Überstunden auf weißes Papier gedruckt worden waren; die Stapel versperrten die Flure, den Treppenaufgang, waren bis vor seine Tür gelagert, jedes Paket mit einem Muster überklebt; sie lächelten ihn alle an, gutgekleidete Muster, Kammgarnfäden waren in ihren Anzügen sogar auf den Plakaten erkennbar; Bürgerernst und Bürgerlächeln heischten Zuversicht und Vertrauen; junge und alte, doch schienen die Jungen ihm schrecklicher noch als die Alten; er winkte dem Portier ab, der ihn in seine Loge locken wollte, Blumenpracht zu besichtigen, Telegramme zu öffnen, Präsente zu begutachten; stieg in das Taxi, dessen Schlag der Chauffeur ihm aufhielt, sagte leise: »Nach Denklingen, bitte, zur Heilanstalt.«

5

Blauer Himmel, getünchte Wand, an der die Pappeln als Leiterstufen hinaufführten und hinab auf den Vorplatz, wo ein Wärter Laub in das Kompostbecken schaufelte; die Wand war zu hoch, die Abstände der Stufen waren zu weit; vier, fünf Schritte brauchte er, die Zwischenräume zu überwinden; Vorsicht!, warum muß der gelbe Bus so hoch an der Wand entlang fahren, kriechen wie ein Käfer, er hatte heute nur einen Menschen gebracht: ihn. War er's? Wer? Wenn er doch, sich von Sprosse zu Sprosse anklammernd, klettern würde! Aber nein: immer aufrecht und ungebeugt, sich nicht erniedrigen; nur wenn er sich auf Kirchenbänke kniete oder in Startlöcher, gab er die aufrechte Haltung preis. War er's? Wer?
An den Bäumen im Garten, im Blessenfelder Park die korrekt gemalten Schilder: 25, 50, 75, 100; er kniete sich ins Startloch, murmelte sich selbst zu: ›Auf die Plätze, fertig, los‹, lief los, verlangsamte sein Tempo, kehrte zurück; las von der Stoppuhr die Zeit ab, trug sie in das marmorierte Heft ein, das auf dem steinernen Gartentisch lag; kniete sich wieder ins Startloch, murmelte sich das Kommando zu, lief los, steigerte die erprobte Strecke nur um ein geringes; oft dauerte es lange, ehe er über die 25 hinauslief, länger noch, bis er die 50 erreichte, einmal dann zum Schluß lief er die ganze Strecke bis zur 100, trug die erreichte Zeit ins Heft ein: 11,2. Das war wie eine Fuge, präzis, erregend, und doch waren Strecken großer Langeweile darin, gähnende Ewigkeit an Sommernachmittagen, im Garten oder im Blessenfelder Park; Start, Rückkehr, Start,

geringe Steigerung, Rückkehr; auch seine Erläuterungen, wenn er sich neben sie setzte, die Zahlen im Heft auswertete und kommentierte, das System pries, waren beides: erregend und langweilig; seine Übungen rochen nach Fanatismus; dieser kräftige schlanke Jungenkörper roch nach dem ernsthaften Schweiß derer, die die Liebe noch nicht kennen; ihre Brüder Bruno und Friedrich hatten so gerochen, wenn sie von ihren Hochrädern stiegen, Kilometerzahlen und Zeiten im Kopf, fanatische Beinmuskeln dann im Garten durch fanatische Ausgleichsübungen zu erlösen suchten; Vater roch so, wenn er bei Gesangsübungen die Brust ernsthaft wölbte, Atmen zum Sport wurde, Singen kein Vergnügen war, sondern Bürgerernst, von Schnurrbärten eingerahmt; sie sangen im Ernst, fuhren im Ernst Rad, ernsthafte Beinmuskeln, Brustmuskeln, Mundmuskeln; Krämpfe zeichneten ekelhafte violette Blitze in die Beinhaut und Wangenhaut; stundenlang standen sie in kalten Herbst-nächten, um Hasen zu schießen, die hinter Kohlstrünken sich verbargen, endlich im Morgengrauen Erbarmen mit den angestrengten Muskeln zeigten, sich zu deren Erlösung entschlossen und im Zick-Zack durch den Schrotregen liefen; *wozuwozuwozu?* Wo war er, der das heimliche Lachen in sich trug, verborgene Feder im verborgenen Uhrwerk, die den unerträglichen Druck milderte, Entspannung herbeiführte; er, der einzige, der nicht vom *Sakrament des Büffels* gegessen hatte? Lachen hinter der Pergola, *Kabale und Liebe;* sie beugte sich übers Geländer, sah ihn aus dem Druckereitor kommen; mit leichtem Schritt ging er aufs Café Kroner zu; er trug das heimliche Lachen in sich wie eine Feder; war er ihre Beute oder sie die seine?

Vorsicht, Vorsicht! Warum immer so aufrecht, so ungebeugt? Ein Fehl-tritt nur und du fällst in die blaue Unendlichkeit hinunter, zerschellst hier unten an der Betonmauer des Komposthaufens; die welken Blätter werden den Aufprall nicht mildern, die Treppeneinfassung aus Granit ist nicht Polster genug; war er's? Wer? Demütig stand der Wärter Hu-perts in der Tür: Tee, Kaffee, Bier, Wein oder Cognac für den Besucher? Augenblick bitte; Friedrich wäre zu Pferde gekommen, niemals hätte er den gelben Bus bestiegen, der wie ein Käfer oben an der Mauer zu-rückkroch; und Bruno nie ohne Stock, er schlug die Zeit damit tot, zer-hackte sie; schlug sie mit dem Stock klein oder zerschnitt sie mit Spiel-karten, die er ihr wie Klingen entgegenwarf, nächtelang, tagelang, Friedrich wäre zu Pferde gekommen und Bruno nie ohne Stock; weder Cognac für Friedrich noch Wein für Bruno; sie waren tot, törichte Ulanen ritten bei Erby le Huette ins Maschinengewehrfeuer; hatten ge-glaubt, sich der Bürgertugenden durch Bürgerlaster entledigen zu kön-nen, Frömmigkeitsübungen durch Zoten auszulöschen; unbekleidete Ballettratten auf Clubhaustischen kränkten die würdigen Ahnen nicht, da diese nicht so würdig gewesen waren, wie die Galerie sie zeigte; Cognac und Wein für immer von der Getränkekarte gestrichen, lieber Huperts. Vielleicht Bier? Ottos Schritt war nicht so elastisch, war Marschschritt, der Feindschaft, Feindschaft auf die Fliesen des Flurs trommelte, Feindschaft aufs Pflaster, die ganze Modestgasse hinunter; der hatte schon früh vom *Sakrament des Büffels* gegessen; oder ob der sterbende Bruder den Namen an Otto weitergab: Hindenburg? Vierzehn Tage nach Heinrichs Tod ist Otto geboren; gefallen bei Kiew; ich will mir nichts mehr vormachen, Huperts; Bruno und Friedrich, Otto und Edith, Johanna und Heinrich: alle tot.

Auch nicht Kaffee; es ist nicht der, dessen heimliches Lachen ich aus jedem seiner Schritte heraushörte; er ist älter; für diesen hier Tee, Huperts, frisch, stark, mit Milch, aber ohne Zucker, für meinen Sohn Robert, den Ungebeugten, Aufrechten, der sich immer von Geheimnissen nährte; auch jetzt eins in der Brust trägt; sie haben ihn geschlagen, pflügten seinen Rücken auf, aber er beugte sich nicht, gab sein Geheimnis nicht preis, verriet nicht meinen Vetter Georg, der ihm in der ›Hunnenapotheke‹ das Schwarzpulver gemischt hatte; hangelt sich da zwischen den beiden Leitern herunter, schwebt wie Ikarus mit ausgebreiteten Armen auf den Eingang zu, wird nicht im Kompostbecken landen, nicht am Granit zerschellen. Tee, lieber Huperts, frisch und stark, mit Milch, aber ohne Zucker; und Zigaretten, bitte, für meinen Erzengel: der bringt mir dunkle Botschaften, die nach Blut schmecken, nach Aufruhr und Rache: sie haben den blonden Jungen getötet; der lief die hundert Meter in 10,9; der lachte, sooft ich ihn sah, und ich sah ihn nur dreimal; der reparierte mir mit seinen geschickten Händen das winzige Schloß an der Schmuckkassette, an dem sich Tischler und Schlosser vierzig Jahre lang vergeblich versucht hatten; er faßte es nur an, und es ging wieder; er war kein Erzengel, nur ein Engel, hieß Ferdi und war blond, ein Tor, der glaubte, er könne mit Knallbonbons gegen die an, die vom *Sakrament des Büffels* gegessen hatten; der trank weder Tee noch Wein, nicht Bier, Kaffee oder Cognac, der hielt einfach seinen Mund an den Wasserhahn und lachte; er würde mir, wenn er noch lebte, ein Gewehr besorgen; oder der andere, dunkle, ein Engel, dem das Lachen verboten war, Ediths Bruder; sie nannten ihn Schrella; das war so einer, den man nie beim Vornamen nennt; Ferdi würde es tun, er würde das Lösegeld zahlen, mich aus diesem Schloß, in das ich verwünscht bin, herausholen, mit einem Gewehr; so aber bleibe ich verwünscht; nur durch riesige Leitern ist die Welt erreichbar; mein Sohn steigt zu mir herunter.

»Guten Tag, Robert, du magst doch Tee? Zuck nicht zusammen, wenn ich dich auf die Wange küsse; du siehst aus wie ein Mann, ein Vierziger, hast graue Haare an den Schläfen, enge Hosen an und eine himmelblaue Weste; ist das nicht zu auffällig? Vielleicht ist's gut, so als Herr in den mittleren Jahren getarnt zu sein; du siehst aus, wie ein Chef, den man gern mal husten hören würde, der aber zu fein ist, sich so etwas wie einen Husten zu leisten; verzeih, wenn ich lache; wie geschickt die Friseure heutzutage sind; das graue Haar sieht echt aus, die Bartstoppeln wirken wie die eines Mannes, der sich zweimal am Tag rasieren müßte, es aber nur einmal tut; geschickt; nur die rote Narbe ist unverändert; daran werden sie dich natürlich erkennen; ob es nicht auch dafür ein Mittel gibt?

Nein, du brauchst keine Angst zu haben; sie haben mich nicht angerührt, ließen die Peitsche an der Wand hängen, fragten nur: ›Wann haben Sie ihn zuletzt gesehen?‹, und ich sagte die Wahrheit: ›Morgens, als er zur Straßenbahn ging, um in die Schule zu fahren.‹

›Aber in der Schule ist er nie angekommen.‹

Ich schwieg.

›Hat er keine Verbindung mit Ihnen aufgenommen?‹

Wieder die Wahrheit: ›Nein.‹

Du hattest deine Spur zu auffällig gemacht, Robert; eine Frau aus der Barackensiedlung am Baggerloch brachte mir ein Buch mit deinem Namen und unserer Adresse drin: Ovid, grüngraue Pappe; Hühnerdreck drauf – fünf Kilometer davon entfernt wurde dein Lesebuch gefunden, in dem ein Blatt fehlte; die Kassiererin eines Kinos brachte es mir; sie kam ins Büro, gab sich als Klientin aus und Joseph brachte sie zu mir rauf.

Eine Woche später fragten sie mich wieder: ›Verbindung mit Ihnen aufgenommen?‹, und ich sagte: ›Nein.‹ Später kam der eine hinzu, Nettlinger, der so oft meine Gastfreundschaft genossen hatte; er sagte: ›In Ihrem eigenen Interesse, sagen Sie die Wahrheit.‹ Aber die hatte ich ja gesagt; nur wußte ich jetzt, daß du ihnen entwischt warst.

Monatelang nichts, Junge; dann kam Edith und sagte: ›Ich erwarte ein Kind.‹ Ich war erschrocken, als sie sagte: ›Der Herr hat mich gesegnet.‹ Ihre Stimme flößte mir Angst ein; verzeih, aber ich habe Sektierer nie gemocht; schwanger war das Mädchen und allein; der Vater verhaftet, der Bruder verschwunden, du weg – und sie hatten sie vierzehn Tage lang gefangengehalten und verhört; nein, sie haben sie nicht angerührt; wie leicht waren die paar Lämmer zerstreut worden, nur ein Lamm war übriggeblieben: Edith; ich nahm sie zu mir. Kinder, eure Torheit ist Gott gewiß wohlgefällig, aber ihr hättet ihn wenigstens umbringen sollen; jetzt ist er Polizeipräsident geworden; Gott schütze uns vor den überlebenden Märtyrern; Turnlehrer, Polizeipräsident, reitet auf seinem weißen Roß durch die Stadt, leitet eigenhändig die Bettlerrazzien; warum habt ihr ihn nicht wenigstens umgebracht; mit Pappe und Pulver allein? Knallbonbons töten nicht, Junge; ihr hättet *mich* fragen sollen: der Tod ist aus Metall; eine Kupferkartusche, Blei, Gußeisen, Metallsplitter bringen den Tod, sie sausen und surren, regnen nachts aufs Dach, prasseln gegen die Pergola; flattern wie wilde Vögel: *Wildgänse rauschen durch die Nacht*, stürzen sich auf die Lämmer; Edith ist tot; ich hatte sie für verrückt erklären lassen; drei Kapazitäten schrieben mit elegant unleserlicher Schrift auf weiße Bögen mit gewichtigen Briefköpfen; das hat Edith gerettet. Verzeih, daß ich lache: so ein Lamm; mit siebzehn das erste, mit neunzehn das zweite Kind und immer solche Sprüche im Mund: Der Herr hat dies getan, der Herr hat das getan, der Herr hat es gegeben, der Herr hat es genommen; *der Herr, der Herr!* Sie wußte nicht, daß der Herr unser Bruder ist: mit Brüdern kannst du getrost einmal lachen, mit Herren nicht immer; ich wußte gar nicht, daß Wildgänse Lämmer reißen, hielt sie immer für friedliche pflanzenfressende Vögel; Edith lag da, als wäre unser Familienwappen lebendig geworden: ein Lamm, dem der Blutstrahl aus der Brust bricht – aber es standen nicht Märtyrer und Kardinäle, Eremiten und Ritter, Heilige um sie herum, sie anzubeten; nur ich; tot. Junge, versuche zu lächeln; ich versuchte es, aber es gelang mir nicht, am wenigsten bei Heinrich; er spielte mit dir, hängte dir Säbel um, setzte dir Helme auf, verwandelte dich in Franzos und Russ und Englishman, dieser stille Junge; und sang: *muß haben ein Gewehr, muß haben ein Gewehr*, und als er starb, flüsterte er mir das schreckliche Losungswort zu, den Namen des geheiligten Büffels: ›Hindenburg‹. Er wollte das Gedicht auswendig lernen, war so korrekt und pflichtbewußt, aber ich zerriß den Zettel, streute die Schnippel wie Schneeflocken in die Modestgasse hinunter.

Trink doch, Robert, der Tee wird kalt, hier sind Zigaretten, und komm näher, ich muß ganz leise sprechen; niemand darf uns hören; am wenigsten Vater; er ist ein Kind, weiß nicht, wie böse die Welt ist, wie wenig reine Herzen es gibt; er hat eins; still, keinen Flecken auf dieses reine Herz; hör, du kannst mich erlösen: *Ich muß haben ein Gewehr, muß haben ein Gewehr*, und du mußt es mir besorgen; vom Dachgarten aus könnte ich ihn gut erschießen; die Pergola hat dreihundertundfünfzig Löcher; wenn er auf seinem weißen Roß daherkommt, am Hotel Prinz Heinrich um die Ecke biegt, kann ich lange und ruhig zielen; tief einatmen muß man dabei; ich habe gelesen, zielen, Druckpunkt nehmen; ich habe es ausprobiert mit Brunos Spazierstock: wenn er um die Ecke biegt, habe ich zweieinhalb Minuten Zeit, aber ob ich den anderen noch erschießen kann, weiß ich nicht; es wird Verwirrung geben, wenn er vom Pferd fällt, und ich werde nicht ein zweites Mal ruhig atmen, zielen und Druckpunkt nehmen können; ich muß mich entscheiden: den Turnlehrer oder diesen Nettlinger; der hat mein Brot gegessen, meinen Tee getrunken, und Vater nannte ihn immer ›einen frischen Jungen‹. Sieh nur, wie frisch dieser Junge ist; hat die Lämmer gerissen, dich und Schrella mit der Stacheldrahtpeitsche geschlagen; Ferdi hat einen zu ho-

hen Preis gezahlt für diesen geringen Nutzen: angesengte Turnlehrerfüße, ein zerbrochener Garderobenspiegel; nicht Pulver und Pappe,
Junge; Pulver und Metall . . .
Hier, Junge, trink doch endlich den Tee; schmeckt er dir nicht? Sind
dir die Zigaretten zu trocken? Verzeih, ich hab nie was davon verstanden; hübsch siehst du aus, so als Vierziger mit grauen Schläfen, wie zum
Notar geboren; ich muß lachen, wenn ich mir vorstelle, daß du wirklich
einmal so aussehen könntest; wie geschickt die Friseure heutzutage doch
sind.
Sei nicht so ernst; es wird vorübergehen, wir werden wieder Ausflüge
machen, nach Kisslingen; Großeltern, Kinder, Enkelkinder, die ganze
Sippe, dein Sohn wird mit den Händen Forellen zu fangen versuchen;
wir werden das herrliche Brot der Mönche essen, ihren Wein trinken,
die Vesper hören: *Rorate voeli desuper et nubes plurant justum;* Advent;
Schnee in den Bergen, Eis auf den Bächen – such dir die Jahreszeit aus,
Junge – Advent wird Edith am besten gefallen; sie riecht nach Advent,
hat noch nicht begriffen, daß der Herr inzwischen als Bruder angekommen ist; der Gesang der Mönche wird ihr adventistisches Herz erfreuen
und die dunkle Kirche, die dein Vater erbaut hat: Sankt Anton im Kissatal, zwischen den Weilern Stehlingers Grotte und Görlingers Stuhl.
Ich war noch nicht zweiundzwanzig, als die Abtei eingeweiht wurde,
hatte noch nicht lange *Kabale und Liebe* zu Ende gelesen, ein Rest Backfischlachen steckte mir noch im Hals; in meinem grünen Samtkleid, bei
Hermine Horuschka gekauft, sah ich aus wie eine, die eben ihre Tanzstunde solviert hat; nicht mehr Mädchen, noch nicht ganz Frau, sah nicht
aus, wie eine, die geheiratet, sondern wie eine, die verführt worden ist;
weißer Kragen, schwarzer Hut, ich war schon schwanger und immer
den Tränen nahe; der Kardinal flüsterte mir zu: ›Sie hätten daheim bleiben sollen, gnädige Frau, ich hoffe, Sie stehen es durch.‹ Ich stand es
durch, ich wollte dabeisein; als sie die Kirchentür öffneten, als die Kirch-
weihzeremonie begann, hatte ich Angst; er wurde ganz blaß, mein kleiner David, und ich dachte: jetzt ist sein Lachen dahin; sie töten es mit
all ihrer Feierlichkeit; er ist zu klein und zu jung dafür, hat zu wenig
Männerernst in seinen Muskeln; ich wußte, daß ich süß aussah, mit meinem grünen Kleid, den dunklen Augen und dem schneeweißen Kragen;
ich hatte mir vorgenommen, nie zu vergessen, daß alles nur Spiel war.
Ich mußte noch lachen, wenn ich daran dachte, wie der Deutschlehrer
gesagt hatte: ›Ich prüfe Sie auf eine Eins hin‹, aber ich schaffte die Eins
nicht, dachte die ganze Zeit nur an ihn, nannte ihn David, den Kleinen
mit der Schleuder, den traurigen Augen und dem Lachen tief drinnen
verborgen; ich liebte ihn, wartete jeden Tag auf die Minute, wenn er
im großen Atelierfenster sichtbar wurde, blickte ihm nach, wenn er das
Druckereitor verließ; ich schlich mich in die Chorprobe des Sängerbun-

des, beobachtete ihn, ob auch seine Brust sich zu ernsthaftem Männersport hebe und senke, und sah's seinem Gesicht an: er gehörte nicht zu ihnen; ich ließ mich von Bruno einschmuggeln, wenn sich der Club der Reserveoffiziere im Prinz Heinrich zum Billardspiel traf, sah ihm zu, wie er die Arme anwinkelte, abwinkelte, weiß über grün, rot über grün stieß, und entdeckte es: das Lachen, tief drinnen verborgen; nein, er hatte nie vom *Sakrament des Büffels* gekostet, und ich hatte Angst, ob er die letzte, allerletzte und schwierigste Probe bestehen würde: Die Uniformprobe, am Geburtstag des Narren, im Januar, Marsch zum Denkmal an der Brücke, Parade vor dem Hotel, wo der General auf dem Balkon stand; wie würde es aussehen, wenn er da unten vorbeimarschierte, vollgepumpt mit Geschichte und Schicksalträchtigkeit, während die Pauken und Trommeln dröhnten, die Hörner Attacke bliesen. Ich hatte Angst und fürchtete, er werde komisch aussehen; komisch wollte ich ihn nicht; sie sollten nie über ihn lachen, aber er immer über sie; und ich sah ihn, im Paradeschritt; mein Gott, du hättest ihn sehen sollen: als ginge er mit jedem Schritt über den Kopf eines Kaisers hinweg. Später sah ich ihn oft in Uniform; die Zeit wurde an Beförderungen ablesbar; zwei Jahre: Oberleutnant, zwei Jahre: Hauptmann; ich nahm mir seinen Degen und erniedrigte ihn, kratzte damit den Dreck hinter den Lamperien heraus, den Rost von eisernen Gartenbänken, grub damit Löcher für meine Pflänzchen; zum Kartoffelschälen war er zu unhandlich.

Degen muß man ablegen und mit den Füßen treten, wie alle Privilegien, Junge; dazu allein sind sie da, sind Bestechungen: *Voll ist ihre Rechte von Geschenken.* Iß, was alle essen; lies, was alle lesen; trage Kleider, die alle tragen; dann kommst du der Wahrheit am nächsten; Adel verpflichtet, verpflichtet dich dazu, Sägemehl zu essen, wenn alle anderen es essen, den patriotischen Mist in den Lokalzeitungen zu lesen, nicht in den Blättern für Gebildete: Dehmel und so; nein, nimm es nicht an, Robert, Gretzens Pasteten, die Butter des Abts, Honig, Goldstücke und Hasenpfeffer: *wozuwozuwozu*, wenn die anderen es nicht haben; die Nichtprivilegierten dürfen getrost Honig und Butter essen, es verdirbt ihnen nicht Magen und Gehirn, aber du nicht, Robert, du mußt dieses Dreckbrot essen: die Augen werden dir übergehen vor Wahrheit, und du mußt diese schäbigen Kleiderstoffe tragen, dann wirst du frei sein.

Ich habe nur einmal ein Privileg genutzt, ein einziges Mal, du mußt mir verzeihen; ich konnte es nicht mehr ertragen; ich mußte zu Dröscher gehen, um für dich Amnestie zu erwirken; wir hielten es nicht mehr aus: Vater, ich, Edith, dein Sohn war schon geboren; wir fanden deine Botschaften im Briefkasten, sie waren winzig, so groß nur wie die Schnippel, die an Hustenbonbons herausragten; der erste kam vier Monate, nachdem du verschwunden warst: ›Macht euch keine Sorgen, ich studiere fleißig in Amsterdam. Kuß für Mutter, Robert.‹ Sieben Tage später kam der zweite: ›Ich brauche Geld, gebt's, in Zeitungspapier gewickelt, einem Mann, der Groll heißt, Kellner im ‚Anker' am oberen Hafen. Kuß für Mutter, Robert.‹

Wir brachten das Geld hin; stumm servierte der Kellner, der Groll hieß, uns Bier und Limonade, nahm stumm das Paket entgegen, lehnte stumm Trinkgeld ab, schien uns gar nicht zu sehen, unsere Fragen gar nicht zu hören.

Wir klebten deine winzigen Botschaften in ein Notizbuch; lange kam keine, dann kamen sie öfter. ›Geld immer erhalten: 2., 4. und 6. Kuß für Mutter, Robert.‹ Und Otto war auf einmal nicht mehr Otto: ein schreckliches Wunder war geschehen: er war Otto und war's nicht mehr, er brachte Nettlinger und den Turnlehrer mit ins Haus; Otto – ich begriff, was es heißt, wenn sie sagen, daß von einem Menschen nur noch die Hülle übrigbleibt; Otto war nur noch Ottos Hülle, die rasch einen anderen Inhalt bekam; er hatte vom *Sakrament des Büffels* nicht nur gekostet, er war damit geimpft worden; sie hatten ihm sein altes Blut herausgesogen und ihm neues eingefüllt: Mord war in seinem Blick, und ich verbarg ängstlich die Zettel.

Monatelang kam kein Zettel; ich kroch im Flur über die Fliesen, suchte jede Ritze ab, jeden Fingerbreit des kalten Bodens, nahm die Lamperien weg, kratzte den Dreck heraus, weil ich fürchtete, die Kügelchen könnten hinter die Lamperie gerutscht, geblasen worden sein; ich schraubte den Briefkasten ab, nahm ihn auseinander, nachts, und Otto kam, drückte mich mit der Tür gegen die Wand, trat mir auf die Finger, lachte: monatelang fand ich nichts; die ganze Nacht stand ich hinter dem Vorhang im Schlafzimmer, wartete auf das Morgengrauen, bewachte die Straße und die Haustür, rannte hinunter, wenn ich den Zeitungsboten kommen sah; nichts; ich suchte die Brötchentüten ab, goß die Milch vorsichtig in die Kasserolle, löste das Etikett: nichts. Und wir gingen abends in den Anker, drückten uns an Uniformen vorbei, in die hintere Ecke, wo Groll bediente; aber der blieb stumm, schien uns nicht zu kennen; erst nach Wochen, nachdem wir Abend für Abend da gesessen und gewartet hatten, schrieb er auf den Rand des Bierdeckels: ›Vorsicht! Ich weiß nichts!‹, schüttete Bier um, verwischte alles zu einem großen Tintenstiftklecks, brachte neues Bier, das er nicht bezahlt haben wollte; Groll, der Kellner im Anker: er war jung, hatte ein schmales Gesicht.

Und wir wußten natürlich nicht, daß der Junge, der die Zettelchen in unseren Briefkasten geworfen hatte, längst verhaftet war; daß wir bespitzelt wurden und Groll nur deshalb noch nicht verhaftet, weil sie hofften, er werde nun doch mit uns zu sprechen anfangen; wer kennt schon diese höhere Mathematik der Mörder; Groll, der Junge mit den

Zettelchen, verschwunden beide, Robert – und du gibst mir kein Gewehr, erlöst mich nicht aus diesem verwunschenen Schloß.

Wir gaben die Besuche im Anker auf, fünf Monate nichts gehört; ich konnte nicht mehr, nahm zum ersten Mal Privilegien an, ging zu Dröscher, Dr. Emil, Regierungspräsident; ich war mit seiner Schwester zur Schule gegangen, mit ihm in die Tanzstunde; wir hatten Landpartien gemacht, Bierfässer auf Kutschen geladen, Schinkenbrote am Waldrand ausgepackt, hatten auf frischgemähten Wiesen Ländler getanzt, und mein Vater hatte dafür gesorgt, daß sein Vater, obwohl er nicht Akademiker war, in den Akademikerbund aufgenommen wurde; Quatsch, Robert – glaub nicht an so was, wenn's um ernste Dinge geht; ich hatte Dröscher ›Em‹ genannt, das war eine Abkürzung für Emil, die damals als schick galt, und ließ mich nun, dreißig Jahre danach, bei ihm melden, hatte mein graues Kostüm angezogen, den violetten Schleier am grauen Hut, schwarze Schnürschuhe an; er holte mich selbst aus dem Vorzimmer, küßte mir die Hand, sagte: ›Ach, Johanna, sag doch noch mal Em zu mir‹, und ich sagte: ›Em, ich muß wissen, wo der Junge ist. Ihr wißt es doch!‹ Das war, als wenn die Eiszeit ausgebrochen wäre, Robert. Ich sah ihm gleich an, daß er alles wußte, spürte auch, wie er förmlich wurde, ganz spitz; da wurden die wulstigen Rotweintrinkerlippen ganz dünn vor Angst; und er blickte sich um, schüttelte den Kopf, flüsterte mir zu: ›Das war nicht nur verwerflich, was dein Junge getan hat, es war auch politisch sehr unvernünftig.‹ Und ich sagte: ›Wohin politische Vernunft führt, das sehe ich an dir.‹ Ich wollte gehen, aber er hielt mich zurück und sagte: ›Mein Gott, sollen wir uns denn alle aufhängen?‹, und ich sagte: ›Ja, *ihr* ja.‹ ›Sei doch vernünftig‹, sagte er, ›solche Angelegenheiten sind Sache des Polizeipräsidenten, und du weißt ja, was er dem getan hat.‹ ›Ja‹, sagte ich, ›ich weiß, was er dem getan hat: nichts. Leider nichts. Er hat ihm nur fünf Jahre lang sämtliche Schlagballspiele gewonnen.‹ Da biß sich der Feigling auf die Lippen und sagte: ›Sport – mit Sport ist immer was zu machen.‹

Wir hatten ja damals noch keine Ahnung, Robert, daß eine Handbewegung das Leben kosten kann; Wakiera ließ einen polnischen Kriegsgefangenen zum Tode verurteilen, weil er die Hand gegen ihn erhoben hatte; nur die Hand erhoben, nicht mal zugeschlagen hatte der Gefangene.

Und dann fand ich eines Morgens auf meinem Frühstücksteller einen Zettel von Otto: ›Ich brauche auch Geld – 12 – ihr könnt es mir bar übergeben.‹ Und ich ging ins Atelier hinüber, nahm zwölftausend Mark aus dem Geldschrank – sie lagen da bereit für den Fall, daß mehr Zettel von dir kämen – und warf Otto den Packen auf den Frühstückstisch; ich wollte schon nach Amsterdam kommen und dir sagen, du solltest keine Zettel mehr schicken: sie kosten jemand das Leben. Aber nun bist du ja hier; ich wäre verrückt geworden, wenn sie dich nicht amnestiert hätten, bleib hier; ist es nicht gleichgültig, wo du lebst, in einer Welt, wo eine Handbewegung dich das Leben kosten kann? Du kennst die Bedingungen, die Dröscher für dich ausgehandelt hat: keine politische Betätigung und nach dem Examen sofort zum Militär; das Abitur nachholen, das hab ich schon vorbereitet, und Klähm, der Statiker will dich prüfen und dir so viele Semester erlassen, wie er eben kann; mußt du unbedingt studieren? Gut, wie du willst – und Statik? Warum? Gut, wie du willst; Edith freut sich. Geh doch zu ihr rauf! Geh doch! Rasch, willst du deinen Sohn nicht sehen? Ich habe ihr dein Zimmer gegeben; sie wartet oben; nun geh doch.«

Er stieg die Treppen hinauf, an braunen Schränken vorüber, streifte schweigsame Flure, stieg bis unters Dach, wo eine Diele als Vorraum zum Speicher diente; hier roch es nach heimlich gerauchten Wärterzigaretten, nach feuchter Bettwäsche, die auf dem Speicher zum Trocknen hing; erdrückend war die Stille, die durchs Treppenhaus hochstieg wie durch einen Kamin. Er blickte durchs Dachfenster in die Pappelallee, die zur Bushaltestelle führte; saubere Beete, das Treibhaus, der marmorne Springbrunnen, rechts an der Mauer die Kapelle; sah wie ein Idyll aus, war's und roch so; Kühe weideten hinter elektrisch geladenen Zäunen, in Abfällen wühlten Schweine, die selbst wieder Abfälle werden würden, blubbernde Kübel mit fettiger Brühe wurden von einem Wärter in Tröge entleert; die Landstraße draußen hinter der Anstaltsmauer schien in eine Unendlichkeit der Stille hineinzuführen.
Wie oft hatte er hier schon gestanden, auf dieser Station, auf die sie ihn immer wieder schickte, um ihre Erinnerung präzis nachzuvollziehen? Er stand hier als der zweiundzwanzigjährige Robert, heimgekehrt, zum Schweigen entschlossen; mußte Edith begrüßen und seinen Sohn Joseph; Edith und Joseph waren die Stichworte für die Station; sie waren ihm beide fremd, die Mutter und der Sohn, und sie waren beide verlegen, als er ins Zimmer kam, Edith noch mehr als er; hatten sie sich überhaupt geduzt?
Sie tischte auf, als sie nach dem Schlagballspiel zu Schrellas kamen: Kartoffeln mit einer undefinierbaren Soße und grünen Salat, schüttete später dünnen Tee auf, und er haßte damals dünnen Tee, hatte so seine Vorstellungen: die Frau, die er heiraten würde, mußte Tee aufschütten können; sie konnte es offenbar nicht, und er wußte doch, als sie die Kartoffeln auf den Tisch stellte, daß er sie ins Gebüsch ziehen würde, wenn sie vom Café Zons aus auf dem Heimweg durch den Blessenfelder Park kämen; sie war blond, sah aus wie sechzehn und hatte kein Backfischlachen im Hals; keine falsche Erwartung von Glück in den Augen, die

mich sofort aufnahmen; sie sprach das Tischgebet: Herr, Herr!, und er dachte: wir hätten mit den Fingern essen sollen, die Gabel in seiner Hand kam ihm dumm vor, der Löffel fremd, und er begriff zum ersten Mal, was essen ist: gesegnet, den Hunger zu stillen, sonst nichts; nur Könige und Arme essen mit den Fingern. Sie sprachen auch nicht miteinander, als sie durch die Gruffelstraße, durch Blessenfeld, den Park ins Café Zons gingen, und er hatte Angst, als er ihr in die Hand schwor, nie vom *Sakrament des Büffels* zu essen; Torheit; er hatte Angst wie bei einer Weihe, und als sie durch den Park wieder zurückgingen, nahm er Ediths Hand, hielt sie zurück, ließ Schrella vorgehen, sah dessen dunkelgraue Silhouette im Abendhimmel verschwinden, als er Edith ins Gebüsch zog; sie wehrte sich nicht und lachte nicht, und ein uraltes Wissen, wie man es machen muß, stieg in seine Hände, füllte seinen Mund und seine Arme; er behielt in Erinnerung nur ihr blondes Haar, das vom Sommerregen glänzte, den Kranz silberner Tropfen an ihren Brauen, wie das Skelett eines zarten Meerestieres, auf rostfarbenem Strand gefunden, die Linien ihres Mundes, zu unzähligen Wölkchen gleichen Ausmaßes vervielfältigt, während sie gegen seine Brust flüsterte: ›Sie werden dich töten!‹ Also hatten sie sich doch geduzt, im Gebüsch, da im Park und am Nachmittag darauf in dem billigen Absteigequartier; er zerrte Edith am Handgelenk neben sich her, ging durch die Stadt wie ein Blinder, folgte einer Wünschelrute, fand instinktiv das richtige Haus, er hatte das Pulver in einem Paket unterm Arm, für Ferdi, den er abends treffen wollte. Er entdeckte, daß sie sogar lächeln konnte, in den Spiegel hinein, den billigsten, den die Kuppelmutter im Einheitspreisladen hatte auftreiben können, lächeln, als auch sie ihr uraltes Wissen entdeckte; und er wußte bereits, daß das kleine Paket mit Pulver auf der Fensterbank da eine Torheit enthielt, die getan werden mußte; Vernunft führte zu nichts in dieser Welt, in der eine Handbewegung das Leben kosten konnte; Ediths Lächeln wirkte auf diesem des Lächelns ungewohnten Gesicht wie ein Wunder, und als sie die Treppe hinunter ins Zimmer der Wirtin gegangen waren, war er erstaunt darüber, wie billig das Zimmer berechnet wurde; er zahlte eins fünfzig, und die Wirtin lehnte die fünfzig Pfennig, die er draufgeben wollte, ab! ›Nein, mein Herr, ich nehme kein Trinkgeld, ich bin eine unabhängige Frau.‹

Er hatte sie also doch geduzt, die da mit dem Kind auf dem Schoß in seinem Zimmer saß; Joseph, er nahm ihn ihr vom Schoß, hielt ihn eine Minute ungeschickt, legte das Kind aufs Bett, und das uralte Wissen füllte ihn wieder, seine Hände, seinen Mund, seine Arme. Sie lernte nie, Tee aufzuschütten, auch später nicht, als sie in einer eigenen Wohnung wohnten; Puppenmöbel, wenn er von der Universität kam, oder in Urlaub: Unteroffizier bei den Pionieren; ließ sich als Sprengspezialist ausbilden, bildete später selbst Sprengtrupps aus, säte Formeln, die genau das enthielten, was er wünschte: Staub und Trümmer, Rache für Ferdi Progulske, für den Kellner, der Groll hieß, den Jungen, der seine Zettel in den Briefkasten geworfen hatte. Edith, mit dem Einkaufsnetz, mit dem Rabattmarkenbuch, Edith, im Kochbuch blätternd; gab dem Jungen die Flasche, legte Ruth an die Brust; junger Vater, junge Mutter; sie kam mit dem Kinderwagen ans Kasernentor, um ihn abzuholen, sie wanderten am Flußufer entlang, über Schlagballwiesen, Fußballwiesen, bei Hoch- und bei Niedrigwasser, saßen auf Kribben, während Joseph im Flußsand spielte, Ruth erste Gehversuche machte; zwei Jahre lang das Spiel gespielt: Ehe; er kam sich nie wie ein Ehemann vor, wenn er auch mehr als siebenhundertmal seine Mütze, seinen Mantel an die Garderobe hängte, den Rock auszog, sich an den Tisch setzte; Joseph auf dem Schoß, während Edith das Tischgebet sprach: Herr Herr!; nur keine Privilegien, keine Extravaganzen; Feldwebel bei den Pionieren, Dr. Robert Fähmel, mathematisch begabt; Erbsensuppe essen, während die Nachbarn aus dem Radioapparat das *Sakrament des Büffels* empfingen; Urlaub bis zum Wecken; mit der ersten Straßenbahn in die Kaserne zurück, Ediths Kuß an der Tür, und das merkwürdige Gefühl, sie wieder einmal geschändet zu haben, die kleine Blonde da im roten Morgenrock; Joseph an der Hand, Ruth im Kinderwagen; keine politische Betätigung; hatte er sich je politisch betätigt? Amnestiert war die Jugendtorheit, verziehen; einer der begabtesten Offiziersanwärter; vom Stumpfsinn fasziniert, weil er Formelhaftes enthielt; säte Staub und Trümmer, paukte Sprengformeln in Hirne. ›Keine Post von Alfred?‹ – Er wußte nie, wen sie meinte, vergaß, daß auch sie Schrella geheißen hatte. Zeit an Beförderungen ablesbar: ein halbes Jahr: Gefreiter; ein halbes Jahr: Unteroffizier; ein halbes Jahr: Feldwebel, und noch ein halbes Jahr: Leutnant; dann zog die stumpfe graue, völlig freudlose Masse zum Bahnhof hinaus: keine Blumen, kein Lachen am Wegesrand, kein Kaiserlächeln über ihnen, nicht der Übermut zu lange angestauten Friedens; gereizte Masse, und doch dumpf ergeben; verlassen die Puppenstube, in der sie Ehe gespielt hatten, und am Bahnhof den Schwur erneuert, nie vom *Sakrament des Büffels* zu kosten.

War es die feuchte Bettwäsche, oder die Feuchtigkeit der Mauern, die ihn frieren machte? Er durfte die Station verlassen, auf die sie ihn postiert hatte. Stichworte: Edith, Joseph. Er trat seine Zigarette am Boden aus, ging die Treppe wieder hinunter, drückte zögernd die Klinke herunter, sah seine Mutter am Telefon stehen; sie winkte ihm lächelnd Schweigen zu, während sie in den Hörer hinein sagte: »Ich bin ja so froh, Herr Pastor, daß Sie die beiden am Sonntag trauen können; wir haben die Papiere beisammen, die standesamtliche Trauung findet morgen statt.« Hörte er wirklich die Pfarrerstimme antworten, oder war es nur im Traum: »Ja, liebe Frau Fähmel, ich bin ja so froh, wenn dieses Ärgernis endlich beseitigt wird.«

Edith trug kein weißes Kleid, weigerte sich, Joseph zu Hause zu lassen, hielt ihn auf dem Arm, während der Pfarrer die beiden Jas forderte, die Orgel spielte; und er trug nicht Schwarz; überflüssig, sich umzuziehen; weg; kein Sekt; Vater haßte Sekt, und der Vater der Braut, den er nur einmal gesehen hatte, spurlos verschwunden, vom Schwager noch kein Lebenszeichen; gesucht wegen Mordversuchs, obwohl er das Pulverpaket verachtet, den Anschlag hatte verhindern wollen.

Sie hängte den Hörer ein, kam auf ihn zu, legte ihm die Hände auf die Schultern, fragte: »Ist er nicht süß, dein kleiner Junge? Du mußt ihn sofort nach der Hochzeit adoptieren, und ich habe mein Testament zu seinen Gunsten gemacht. Hier, nimm noch Tee; in Holland trinken sie doch guten Tee; hab keine Angst: Edith wird eine gute Frau sein, du wirst rasch dein Examen machen; ich werde euch eine Wohnung einrichten, und vergiß nicht, heimlich zu lächeln, wenn du zum Militär mußt; halte dich still und denk daran: in einer Welt, in der Handbewegungen das Leben kosten können, kommt es auf solche Gefühle nicht mehr an; ich werde euch eine Wohnung einrichten; Vater wird sich freuen; er ist nach Sankt Anton hinausgefahren – als ob er dort Trost finden würde. *Es zittern die morschen Knochen*, mein Junge – sie haben Vaters heimliches Lachen getötet, die Feder ist gesprungen: für diesen Druck war sie nicht geschaffen; da nützt dir das hübsche Wort Tyrannen nichts mehr; Vater hält es nicht aus, im Atelier drüben zu hocken, und Ottos Hülle flößt ihm Schrecken ein; du solltest versuchen, dich mit Otto zu versöhnen, bitte, versuche doch; bitte, geh.«

Versöhnungsversuche mit Otto; er hatte schon viele vollzogen, war Treppen hinaufgestiegen, hatte an Zimmertüren geklopft; dieser untersetzte Junge da war ihm nicht einmal fremd, die Augen blickten ihn nicht einmal wie einen Fremden an; hinter dieser breiten, blassen Stirn war die Macht in ihrer einfachsten Formel wirksam, war Macht über furchtsame Schulkameraden, über Passanten, die die Fahne nicht grüßten; Macht, die rührend hätte sein können, wäre sie nur in Vorstadtsporthallen wirksam geworden, oder an Straßenecken, hätte es sich um drei Mark für einen gewonnenen Boxkampf oder um buntgekleidete Mädchen gehandelt, die der Sieger ins Kino führen, in Hauseingängen küssen durfte; aber an Otto war nichts Rührendes, wie er es manchmal an Nettlinger entdeckte; dieser Macht ging es nicht um gewonnene Boxkämpfe, um buntgekleidete Mädchen; sogar in diesem Hirn war die Macht schon Formel geworden, der Nützlichkeit entkleidet, von Instinkten befreit, war fast ohne Haß, vollzog sich automatisch: Schlag auf Schlag. Bruder, ein großes Wort, Hölderlinwort, gewaltig, das aber nicht einmal

der Tod zu füllen schien, wenn es Ottos Tod war; nicht einmal die To-
desnachricht hatte Versöhnung gebracht: Gefallen bei Kiew! Das hätte
doch klingen können: nach Tragik, Größe, Brüderlichkeit, hätte verbunden mit dem Lebensalter rührend sein können wie auf Grabsteinen:
fünfundzwanzig Jahre alt, gefallen bei Kiew; aber es klang nicht, und
er bemühte sich vergebens, die Versöhnungsversuche nachzuvollziehen;
ihr seid doch Brüder; sie waren es, laut Standesamtregister, laut Aussage
der Hebamme; vielleicht hätte er Rührung und Größe fühlen können,
wenn sie einander wirklich fremd gewesen wären, aber sie waren es
nicht; er sah ihn essen, trinken: Tee, Kaffee, Bier; aber Otto aß nicht
das Brot, das er aß, trank nicht die Milch und den Kaffee, den er trank;
und es war noch schlimmer mit Worten, die sie wechselten: wenn Otto
Brot sagte, klang es weniger vertraut in den Ohren wie das Wort ›pain‹,
als er es zum ersten Mal hörte und noch gar nicht wußte, daß es Brot
bedeutete; einer Mutter und eines Vaters Söhne, in einem Haus geboren
und aufgewachsen, gegessen, getrunken, geweint, dieselbe Luft geatmet,
denselben Schulweg gehabt; und zusammen gelacht, gespielt, und er
hatte zu Otto ›Brüderchen‹ gesagt und den Arm des Bruders um seinen
Hals gespürt, seine Angst vor der Mathematik erfahren, ihm geholfen,
tagelang mit ihm gepaukt, um ihm die Angst zu nehmen und hatte es
fertiggebracht, ihm die Angst wirklich zu nehmen, dem Brüderchen –
und nun plötzlich, nach den zwei Jahren, die er weg gewesen war: nur
noch Ottos Hülle; nicht einmal mehr fremd; nicht einmal das Pathos
dieses Wortes; es zog nicht, stimmte und klang nicht, wenn er an Otto
dachte, und er begriff zum ersten Mal, was es wirklich bedeutete, Ediths
Wort, vom *Sakrament des Büffels* essen; der hätte seine Mutter dem
Henker ausgeliefert, wenn die Henker sie hätten haben wollen.
Und wenn er zu einem der Versöhnungsversuche wirklich hinaufgestiegen war, Ottos Tür geöffnet hatte, eingetreten war, drehte Otto sich
um und fragte: ›Was soll's?‹ Otto hatte recht: was sollte es. Wir waren
einander nicht einmal fremd, kannten einander genau, wußten voneinander, daß der eine Apfelsinen nicht mochte, der andere lieber Bier als
Milch trank, statt Zigaretten lieber Zigarillos rauchte, und wie der eine
sein Lesezeichen im Schott zurechtlegte.
Er wunderte sich nicht, daß er Ben Wackes und Nettlinger in Ottos Zimmer hinaufgehen sah, ihnen im Flur begegnete, und er erschrak über
die Erkenntnis, daß die beiden ihm weniger unverständlich waren als
sein Bruder; sogar Mörder waren nicht immer Mörder, waren es nicht
zu jeder Stunde des Tags wie der Nacht, es gab den Feierabend des Mör-
ders, wie es den Feierabend des Eisenbahners gab; jovial waren die beiden, klopften ihm auf die Schulter; Nettlinger sagte: ›Na, war ich's nicht,
der dich laufen ließ?‹ Sie hatten Ferdi dem Tod überliefert, Groll und
Schrellas Vater, den Jungen, der die Botschaften überbrachte, dorthin

geschickt, wo man spurlos verschwindet, aber nun: Schwamm drüber. Man ist doch kein Spielverderber. Nichts für ungut. Feldwebel bei den Pionieren; Sprengspezialist, verheiratet, mit Wohnung, Rabattsparbuch und zwei Kindern. ›Um deine Frau brauchst du dich nie zu sorgen, der wird nie ewas passieren, solange ich noch da bin.‹

»Nun? Hast du mit Otto gesprochen? Ohne Erfolg? Ich habe es gewußt, aber man muß es immer wieder versuchen, immer wieder; komm näher, leise, ich muß dir was sagen! Ich glaube, er ist verflucht, behext, wenn dir das besser gefällt, und es gibt nur einen Weg, ihn zu befreien: *ich muß haben ein Gewehr, muß haben ein Gewehr;* der Herr spricht: ›Mein ist die Rache‹, aber warum soll ich nicht des Herrn Werkzeug sein?«

Sie ging zum Fenster, nahm aus der Ecke zwischen Fenster und Vorhang den Spazierstock ihres Bruders, der vor dreiundvierzig Jahren gestorben war, legte den Stock an wie ein Gewehr und zielte, nahm Ben Wackes und Nettlinger aufs Korn; sie ritten draußen vorüber, der eine auf einem Schimmel, der andere auf einem Braunen; der wandernde Spazierstock zeigte das Tempo des vorüberreitenden Pferdes genau an, das war wie mit der Stoppuhr gemessen; sie kamen um die Ecke, am Hotel vorbei in die Modestgasse hinein, ritten vorüber bis ans Modesttor, das die Sicht versperrte; und sie senkte den Stock. ›Zweieinhalb Minuten hab ich Zeit‹, Atemholen, zielen, Druckpunkt nehmen; die Nähte ihres Traumes waren stichfest, nirgendwo ließ sich die feingesponnene Lüge aufreißen; sie stellte den Stock wieder in die Ecke.

»Ich werde es tun, Robert, werde das Werkzeug des Herrn sein; ich habe Geduld, die Zeit dringt nicht in mich ein; nicht Pulver mit Pappe, sondern Pulver mit Blei muß man nehmen; Rache für das Wort, das als letztes die unschuldigen Lippen meines Sohnes verließ. *Hindenburg;* das Wort, das auf dieser Erde von ihm blieb; ich muß es auslöschen; bringen wir Kinder zur Welt, damit sie mit sieben Jahren sterben und als letztes Wort *Hindenburg* hauchen? Ich hatte das zerrissene Gedicht auf die Straße gestreut, und er war so ein korrekter, kleiner Bengel, flehte mich an, ihm eine Abschrift zu beschaffen, aber ich weigerte mich, wollte nicht, daß dieser Unsinn über seine Lippen kam; im Fieber suchte er sich die Zeilen zusammen, und ich hielt mir die Ohren zu, hörte es aber durch meine Hände hindurch: ›Der alte Gott wird mit Euch sein‹; ich versuchte, ihn aus dem Fieber zu reißen, wachzurütteln, er sollte mir in die Augen sehen, meine Hände spüren, meine Stimme hören, aber er sprach weiter: ›Solange noch deutsche Wälder stehn, solange noch deutsche Wimpel wehn, solange noch lebt ein deutsches Wort, lebt *der* Name unsterblich fort‹; es tötet mich fast, wie er im Fiebertraum das *der* noch betonte, ich suchte alles Spielzeug zusammen, nahm dir deins ab, und ließ dich losheulen, häufte alles vor ihm auf die Bettdecke, aber er kam nicht mehr zurück, blickte mich nicht mehr an, Heinrich, Heinrich. Ich schrie, betete und flüsterte, er aber starrte in Fieberländer, die nur noch eine einzige Zeile für ihn bereithielten: *Vorwärts mit Hurra und Hindenburg;* nur noch diese eine und einzige Zeile lebte in ihm, und ich hörte als letztes Wort aus seinem Mund: *Hindenburg.*

Ich muß den Mund meines siebenjährigen Sohnes rächen, Robert, verstehst du denn nicht? An denen rächen, die da an unserem Haus vorbei auf das Hindenburgdenkmal zureiten; glatte Kränze werden hinter ihnen hergetragen, mit goldenen Schleifen, schwarzen und violetten; immer habe ich gedacht: Stirbt er denn nie? Werden wir ihn in der Ewigkeit noch als Briefmarke serviert bekommen, den uralten Büffel, dessen Namen mir mein Sohn als Losungswort zurufen wird. Besorgst du mir jetzt ein Gewehr?

Ich werde dich beim Wort nehmen; es braucht nicht heute zu sein, nicht morgen, aber bald; ich habe Geduld gesammelt; erinnerst du dich nicht an deinen Bruder Heinrich? Du warst schon fast zwei, als er starb. Wir hatten damals den Hund, der Brom hieß, weißt du nicht mehr, er war so alt und so weise, daß er die Schmerzen, die ihr beide ihm zufügtet nicht in Bosheit, sondern in Trauer umsetzte; ihr hieltet euch an seinem Schwanz fest und ließt euch durchs Zimmer schleifen, weißt du nicht mehr; du warfst die Blumen, die du auf Heinrichs Grab legen solltest, zum Kutschenfenster hinaus, wir ließen dich vor dem Friedhof, du durftest oben auf dem Kutschbock die Zügel halten; sie waren aus brüchigem schwarzen Leder. Siehst du Robert, du erinnerst dich: Hund, Zügel, Bruder – und Soldaten, Soldaten, unendlich viele, weißt du nicht mehr, sie kamen die Modestgasse herauf, schwenkten vor dem Hotel ab zum Bahnhof, zogen ihre Kanonen hinter sich her; Vater hielt dich auf dem Arm und sagte: ›Der Krieg ist aus.‹

Eine Billion für einen Riegel Schokolade, dann zwei Billionen für ein Bonbon, eine Kanone für ein halbes Brot, ein Pferd für einen Apfel; immer mehr; und dann keinen halben Groschen für das billigste Stück Seife; es konnte nicht gutgehen, Robert, und sie wollen nicht, daß es gutging; und immer kamen sie durchs Modesttor, schwenkten müde zum Bahnhof hin: ordentlich, ordentlich, trugen den Namen des großen Büffels vor sich her: *Hindenburg;* der sorgte für Ordnung, bis zum letzten Atemzug; ist er denn wirklich tot, Robert? Ich kann es nicht glauben: ›Gemeißelt in Stein, gegraben in Erz. Hindenburg! Vorwärts‹; der sah mir nach Einigkeit aus, mit seinen Büffelbacken auf den Briefmarken, ich sage dir, der wird uns noch zu schaffen machen, wird uns zeigen, wohin politische Vernunft führt und die Vernunft des Geldes: ein Pferd für einen Apfel, und eine Billion für ein Bonbon, und dann keinen halben Groschen für ein Stück Seife, und immer ordentlich; ich habs gesehen und habs gehört, wie sie den Namen vor sich hertrugen; dumm wie Erde, taub wie ein Baum, und sorgte für Ordnung; anständig, anständig, Ehre und Treue, Eisen und Stahl, Geld und notleidende Landwirtschaft; Vorsicht, Junge, wo die Äcker dampfen und die Wälder rauschen, Vorsicht: da wird das *Sakrament des Büffels* geweiht.

Glaub nicht, daß ich verrückt bin, ich weiß genau, wo wir sind: in Denklingen, hier, da siehst du den Weg, zwischen den Bäumen führt er an der blauen Wand hinauf bis zu der Stelle, wo die gelben Busse wie Käfer vorbeikriechen; sie haben mich hergebracht, weil ich deine Kinder hungern ließ, nachdem das letzte Lamm von den flatternden Vögeln getötet worden war, es ist Krieg, Zeit an Beförderungen ablesbar; Leutnant warst du, als du weggingst, zwei Jahre: Oberleutnant. Bist du noch nicht Hauptmann? Diesmal werden sie es unter vier Jahren nicht tun, vielleicht dauert es sechs, dann wirst du Major: verzeih, daß ich lache; treib's nicht zu weit mit deinen Formeln im Gehirn und verliere nicht die Geduld und nimm keine Privilegien an; wir essen nicht einen Krümel mehr, als es auf Lebensmittelkarten gibt; Edith ist damit einverstanden; iß, was alle essen, zieh an, was alle anziehn, lies, was alle lesen; nimm nicht die Extrabutter, das Extrakleid, das Extragedicht, das dir den Büffel auf elegantere Weise anbietet. *Voll ist ihre Rechte von Geschenken*, Schmiergelder in vielfältiger Münze. Ich wollte auch deine Kinder keine Privilegien genießen lassen, sie sollten die Wahrheit auf ihren Lippen kosten, aber sie brachten mich weg von den Kindern; das nennt man Sanatorium, hier darfst du verrückt sein, ohne verprügelt zu werden, hier wird dir nicht kaltes Wasser über den Körper geschüttet, und ohne Einwilligung der Anverwandten bekommst du das spanische Hemd nicht angezogen; ich hoffe, ihr werdet nicht einwilligen, daß sie's mir anziehn; ich kann sogar ausgehen, wenn ich will, denn ich bin harmlos, ganz harmlos, Junge; doch ich will nicht ausgehn, will die Zeit nicht sehen und nicht täglich spüren müssen, daß das heimliche Lachen getötet worden ist, die verborgene Feder im verborgenen Uhrwerk zerbrochen; er fing plötzlich an, sich ernst zu nehmen; feierlich, sage ich dir; da wurden ganze Gebirge von Steinen vermauert, ganze Wälder Bauholz geschlagen, und Beton, Beton, du hättest den Bodensee damit zuschütten können; im Bauen suchen sie Vergessen, das ist wie Opium; du glaubst gar nicht, was so ein Architekt in vierzig Jahren alles zusammenbaut – ich bürstete ihm die Mörtelspuren vom Hosenrand, die Gipsflecken vom Hut, er rauchte seine Zigarre, den Kopf in meinem Schoß, und wir beteten die Litanei des *Weißt-du-noch* ab: weißt du noch 1907, 1914, 1921, 1928, 1935 – und die Antwort war immer ein Bauwerk – oder ein Todesfall; weißt du noch, wie Mutter starb, weißt du noch, wie Vater starb, Johanna und Heinrich? Weißt du noch, wie ich Sankt Anton baute, Sankt Servatius und Bonifatius und Modestus, den Damm

zwischen Heiligenfeld und Blessenfeld, das Kloster für die Weißen Väter und für die Braunen, Erholungsheime für die barmherzigen Schwestern, und jede Antwort klang mir im Ohr wie: *Erbarme dich unser!*
Bauwerk auf Bauwerk gehäuft, Todesfall auf Todesfall; er fing an, hinter
seiner eigenen Legende herzulaufen, die Liturgie nahm ihn gefangen;
jeden Morgen das Frühstück im Café Kroner, wo er doch lieber mit uns
gefrühstückt hätte, seinen Milchkaffee getrunken, sein Brot dazu gegessen, ihm lag ja gar nichts an dem weichgekochten Ei, dem Toast und
diesem scheußlichen Paprikakäse, aber er fing an zu glauben, es läge ihm
was dran; ich hatte Angst; er fing an, ärgerlich zu werden, wenn er einen
großen Auftrag *nicht* bekam, wo er doch bisher immer noch froh gewesen war, wenn er einen bekommen hatte; verstehst du? Das ist eine
komplizierte Mathematik, wenn du auf die Fünfzig, Sechzig zugehst
und die Wahl hast, dir entweder an deinem eigenen Denkmal Erleichterung für die Blase zu verschaffen oder in Ehrfurcht daran hochzublik-
ken; kein Augenzwinkern mehr; du warst achtzehn damals, Otto sechzehn – und ich hatte Angst; wie ein wachsamer Vogel mit scharfen
Augen hatte ich da oben auf der Pergola gestanden, trug euch als
Säuglinge, als kleine Kinder auf dem Arm, hatte euch an der Hand, oder
ihr standet neben mir, schon größer als ich, und ich beobachtete, wie
die Zeit da unten vorbeimarschierte; das brodelte, schlug sich, zahlte
eine Billion für ein Bonbon und hatte dann keine drei Pfennige für ein
Brötchen; ich wollte den Namen des Retters nicht hören, aber sie hoben
den Büffel doch auf ihre Schultern, klebten ihn als Marke auf ihre Briefe
und beteten die Litanei ab: anständig, anständig, Ehre, Treue, geschlagen und doch ungeschlagen; Ordnung; dumm wie Erde, taub wie ein
Baum, Josephine zog ihn unten in Vaters Büro übers nasse Schwämmchen und klebte ihn in allen Farben auf die Briefe; und er, mein kleiner
David, schlief; er wachte erst auf, als du verschwunden warst; als er sah,
wie es das Leben kosten kann, ein Päckchen Geld, das eigene Geld, in
Zeitungspapier gewickelt, von einer Hand in die andere zu legen; als
sein Sohn plötzlich nur die Hülle seines Sohnes war: Treue, Ehre, anständig – da sah er es; ich warnte ihn vor Gretz, aber er sagte: ›Der ist
harmlos.‹ ›Natürlich‹, sagte ich, ›du wirst noch sehen, was die Harmlosen fertigbringen; der Gretz ist imstande, seine eigene Mutter zu verraten‹, und ich bekam Angst vor meiner eigenen Hellsicht, als Gretz
wirklich seine Mutter verriet; er hat es getan, Robert, seine eigene Mutter an die Polizei verraten; nur, weil die alte Frau immer sagte: ›Es ist
eine Sünde und Schande.‹ Mehr sagte sie nicht, nur immer diesen Satz,
bis ihr Sohn eines Tages erklärte: ›Das kann ich nicht länger dulden,
das ist gegen meine Ehre.‹ Sie schleppten die alte Frau weg, steckten sie
in ein Altersheim, erklärten sie für verrückt, um ihr das Leben zu retten,
aber gerade das brachte ihr den Tod; sie haben ihr eine Spritze gegeben.

Hast du die alte Frau nicht gekannt? Die warf euch doch immer die leeren Pilzkörbe über die Mauer, ihr habt die Körbe auseinandergenommen und euch Schilfhütten draus gebaut; wenn es lange regnete, wurden sie braun und schmutzig, dann ließt ihr sie trocknen, und ich erlaubte euch, sie zu verbrennen; weißt du das nicht mehr; die alte Frau, die Gretz verriet, seine eigene Mutter – natürlich steht er immer noch hinter der Theke, streichelt die Leberlappen. Sie kamen auch, um Edith zu holen, aber ich gab sie nicht raus, ich fletschte die Zähne, schrie sie an, und sie wichen zurück; ich behielt Edith, bis der flatternde Vogel sie tötete; ich versuchte, auch ihn aufzuhalten, ich hörte ihn rauschen, niederstürzen, und wußte, daß er den Tod brachte, triumphierend brach er durchs Dielenfenster, ich hielt die Hände auf, ihn abzufangen, aber er flatterte zwischen meinen Armen hindurch; verzeih mir, ich konnte das Lamm nicht retten; und denk daran, Robert: du hast versprochen, mir ein Gewehr zu besorgen. Vergiß es nicht. Gibt acht, Junge, wenn du Leitern hinaufsteigen mußt; komm, laß dich küssen und verzeih, daß ich lache: wie geschickt die Friseure heutzutage sind.«

Aufrecht stieg er die Leiter hinauf, trat in die graue Unendlichkeit zwischen den Sprossen, während David von oben herab auf ihn zukam; klein; sein Leben lang hätte er die Anzüge tragen können, die er sich als junger Mann gekauft hatte; Vorsicht! warum müßt ihr zwischen den Stufen stehenbleiben, warum könnt ihr euch nicht wenigstens auf die Sprossen setzen, wenn ihr miteinander reden müßt, beide aufrecht; umarmten sie sich wirklich, legte der Sohn dem Vater, der Vater dem Sohn den Arm auf die Schulter?
Kaffee, Huperts, stark, heiß, mit viel Zucker; stark und süß mag er ihn am Nachmittag, mild am Morgen, mein Gebieter; er kommt aus der grauen Unendlichkeit, in die hinein sich der Aufrechte, Ungebeugte mit langen Schritten entfernt; sie sind mutig, mein Mann und mein Sohn, steigen in das verwunschene Schloß zu mir herunter; mein Sohn zweimal, mein Gebieter nur einmal in der Woche; er bringt den Samstag mit, trägt den Kalender in den Augen und läßt mir nicht die Hoffnung, sein Äußeres der Geschicklichkeit der Friseure zuzuschreiben; achtzig ist er, hat heute Geburtstag, wird feierlich im Café Kroner begangen; ohne Sekt; den haßte er immer, und ich erfuhr nie, warum.
Du hast einmal davon geträumt, eine Riesenfeier an diesem Tag zu veranstalten: siebenmal sieben Enkel, dazu Urenkel, Schwiegertöchter, angeheiratete Enkel mit Enkelinnen; du hast dich immer ein wenig wie Abraham gefühlt, Gründer einer gewaltigen Sippe, hast dich selbst in den Traumkabinetten der Zukunft mit dem neunundzwanzigsten Urenkel auf dem Arm gesehen. Fortpflanzen, fortpflanzen; das wird eine traurige Feier geben: nur ein Sohn, der blonde Enkel, die schwarzhaa-

rige Enkelin, die Edith dir schenkte, und die Mutter der Sippe im verwunschenen Schloß, nur über unendlich lange Leitern mit Riesensprossen erreichbar.

»Tritt ein, bring Glück herein, alter David, immer noch mit der Taillenweite der Jugend; verschone mich mit dem Kalender in deinen Augen; ich fahre dahin auf dem winzigen Kalenderblatt, das den Namen 31. Mai 1942 trägt; zerstöre mein Boot nicht; erbarme dich meiner, Geliebter, zerstöre nicht das Papierschiffchen, aus einem Kalenderblatt gefaltet, und stürz mich nicht in den Ozean der sechzehn Jahre. Weißt du noch: *Der Sieg wird erkämpft, nicht geschenkt;* wehe denen, die nicht vom *Sakrament des Büffels* essen; du weißt auch, daß Sakramente die schreckliche Eigenschaft haben, nicht der Endlichkeit unterworfen zu sein; und sie hatten Hunger, und es fand keine Brotvermehrung für sie statt, keine Fischvermehrung, das *Sakrament des Lammes* stillte nicht ihren Hunger, das des *Büffels* bot reichliche Nahrung; sie hatten nicht rechnen gelernt: eine Billion für ein Bonbon, ein Pferd für einen Apfel, und dann keine drei Pfennige für ein Brötchen; und immer ordentlich, anständig, Ehre, Treue; mit dem *Sakrament des Büffels* geimpft, sind sie unsterblich; gib's auf, David, wozu die Zeit mit sich herumschleppen; sei barmherzig, lösch den Kalender in deinen Augen aus; Geschichte machen die andern; dein Café Kroner ist dir sicher, irgendwann ein Denkmal, ein kleines aus Bronze, wird dich mit einer Zeichenrolle in der Hand zeigen: klein, zart, lächelnd, etwas zwischen jungem Rabiner und Bohemien, mit dem unbestimmten Air ländlicher Herkunft; du hast doch gesehen, wohin politische Vernunft führt – willst du mir die politische Unvernunft rauben?

Von deinem Atelierfenster aus riefst du mir zu: ›Mach dir keinen Kummer, ich werde dich lieben und dir die schrecklichen Sachen ersparen, von denen dir deine Schulfreundinnen erzählen; Sachen, wie sie angeblich in Hochzeitsnächten passieren; glaub dem Geflüster dieser Närrinnen nicht; wir werden lachen, wenn es soweit ist, bestimmt, ich verspreche es dir, aber du mußt noch warten, ein paar Wochen, höchstens einen Monat, bis ich den Blumenstrauß kaufen, die Droschke mieten, vor eurem Haus vorfahren kann. Wir werden reisen, uns die Welt anschauen, du wirst mir Kinder schenken, fünf, sechs, sieben; die Kinder werden mir Enkel schenken, fünfmal, sechsmal, siebenmal sieben; du wirst nie merken, daß ich arbeite; ich werde dir den Männerschweiß ersparen, Muskelernst und Uniformernst; alles geht mir leicht von der Hand, ich hab's gelernt, ein bißchen studiert, hab den Schweiß im voraus bezahlt; ich bin kein Künstler; mach dir keine Illusionen; ich werde dir weder falsche noch echte Dämonie bieten können, das, wovon dir deine Freundinnen Gruselmärchen erzählen, werden wir nicht im Schlafzimmer tun, sondern im Freien: du sollst den Himmel über dir sehen. Blätter oder Gräser sollen dir ins Gesicht fallen, du sollst den Geruch eines Herbstabends schmecken und nicht das Gefühl haben, an einer widerwärtigen Turnübung teilzunehmen, zu der du verpflichtet bist; du sollst herbstliches Gras riechen, wir werden im Sand liegen, unten am Flußufer, zwischen den Weidenbüschen, gleich oberhalb der Spur, die das Hochwasser hinterließ; Schilfstengel, Korken, Schuhkremdosen, eine Rosenkranzperle, die einer Schifferfrau über Bord fiel, und in einer Limonadenflasche eine Post; in der Luft der bittere Rauch der Schiffsschornsteine; rasselnde Ankerketten; wir werden keinen blutigen Ernst draus machen, obwohl's natürlich ernst und blutig ist.‹

Und der Korken, den ich mit meinen nackten Zehen aufnahm und dir zur Erinnerung anbot? Ich hob ihn auf, schenkte ihn dir, weil du mir das Schlafzimmer erspart hattest, die dunkle Folterkammer aus Romanen, Freundinnengeflüster mit Nonnenwarnungen; Weidenzweige hingen mir in die Stirn, silbergrüne Blätter hingen mir über die Augen, die dunkel waren und glänzten; die Dampfer tuteten, mir zur Feier, riefen mir zu, daß ich nicht mehr Jungfrau sei; Dämmer, Herbstabend, längst waren alle Ankerketten gefallen, Matrosen und Schifferfrauen stiegen über schwankende Stege an Land, und schon begehrte ich, was ich vor Stunden noch gefürchtet hatte; und es kamen mir doch ein paar Tränen, weil ich mich meiner Vorfahren nicht würdig fühlte, die sich geschämt hätten, aus der Pflicht ein Vergnügen zu machen; du hast mir Weidenblätter auf die Stirn und die Tränenspur geklebt, unten am Flußufer, wo meine Füße Schilfrohr berührten, Flaschen mit Sommerfrischlergrüßen an die Bewohner; woher kamen alle die Schuhkremdosen, waren sie für die blanken Stiefel ausgehbereiter Matrosen, für die schwarzen Einkaufstaschen der Schifferfrauen, für die blanken Mützenschirme bestimmt gewesen, die im Dämmer blitzten, als wir später in Trischlers Café auf den roten Stühlen saßen? Ich bewunderte die herrlichen Hände dieser jungen Frau, die uns gebratenen Fisch brachte, Salat, der so grün war, daß mir die Augen schmerzten; Wein; die Hände dieser jungen Frau, die achtundzwanzig Jahre später den Rücken meines zerschundenen Sohnes mit Wein wusch; du hättest Trischler nicht anbrüllen sollen, als er anrief und von Roberts Unfall erzählte; Hochwasser, Hochwasser, immer hat es mich gelockt, mich hineinzuwerfen und auf den grauen Horizont zutreiben zu lassen. Tritt ein, bring Glück herein, aber küß mich nicht; zerstöre nicht mein Schiffchen; hier ist Kaffee, süß und heiß, Nachmittagskaffee, stark und ohne Milch, hier sind Zigarren, Sechziger, Huperts hat sie mir besorgt. Wechsele die Optik deiner Augen aus, Alter, ich bin ja nicht blind, nur verrückt und kann wohl lesen, welches Datum da unten in der Halle auf dem Kalender steht: 6. September 1958; blind bin ich nicht und weiß, daß ich dein Aussehen nicht der Geschicklichkeit der Friseure zuschreiben kann; spiel mit, schraube die Optik deiner Augen zurück und erzähl mir nicht wieder von deinem strahlenden blonden Enkel, der das Herz seiner Mutter und den Verstand seines Vaters hat und beim Wiederaufbau der Abtei als dein Beauftragter fungiert; hat er das Abitur bestanden? Wird er Statik studieren? Macht jetzt sein Praktikum? Verzeih, daß ich lache; ich habe Bauwerke nie ernst nehmen können; Staub, zusammengebacken, konzentriert, zu Struktur verwandelter Staub; optische Täuschung, Fata morgana, dazu bestimmt, Trümmer zu werden; *der Sieg wird erkämpft, nicht geschenkt*; ich hab's heute morgen in der Zeitung gelesen, bevor sie mich wegbrachten. ›Jubelwellen brandeten hoch – voll gläubigen Vertrauens lauschten sie den Worten – immer wieder brandeten Jubel und Begeisterung hoch.‹ Soll ich's dir aus der Lokalzeitung vorlesen?

Deine Enkelschar, nicht siebenmal sieben, sondern zweimal eins, einmal zwei, sie werden keine Privilegien genießen, ich hab's Edith, dem Lamm, versprochen; sie sollen nicht vom *Sakrament des Büffels* essen, und der Junge lernt das Gedicht für die Schule nicht.

Lob jeden Hieb, den uns das Schicksal schlägt,
weil Not verwandte Seelen ähnlich prägt . . .

Du liest zuviel überregionale Zeitungen, läßt dir den *Büffel*, süß oder sauer, paniert und in Gott weiß welchen Saucen servieren, du liest zuviel gepflegte Zeitungen – hier, im Feuilleton des Lokalblättchens kannst du den wahren, echten Dreck jeden Tag schlucken, unvermischt und unverfälscht, so gut gemeint, wie du es dir nur wünschen kannst; die anderen meinen es nicht gut, die sind nur feige, deine überregionalen, aber hier, das ist gut gemeint; keine Privilegien bitte, keine Schonung; hier, das ist an mich gerichtet: ›Mütter der Gefallenen . . . Und ob ihr auch des Volkes Heilige seid, gleich euren Söhnen eure Seele schreit . . .‹; ich bin des Volkes Heilige, und meine Seele schreit; mein Sohn ist gefallen; Otto Fähmel; anständig, anständig, Ehre, Treue; er verriet uns an die Polizei, war plötzlich nur noch die Hülle unseres Sohnes; keine Schonung, keine Privilegien; den Abt haben sie natürlich geschont, er hat doch davon gekostet, anständig, ordentlich, Ehre; es wurde mit fackeltragenden Mönchen gefeiert, oben auf dem Hügel, mit Blick ins liebliche Kissatal, die neue Zeit brach an, Opferzeit, Schmerzenszeit, und sie hatten wieder ihre Pfennige für die Brötchen, ihren halben Groschen für ein Stück Seife; den Abt wunderte es, daß Robert sich weigerte, an der Feier mitzumachen; sie ritten auf dampfenden Rossen den Hügel hinauf, zündeten Feuer an: Sonnenwende; Otto durfte den Holzstoß anzünden, er stieß die brennende Fackel ins Reisig, die gleichen Lippen, die das *rorate coeli* so wunderbar singen konnten, sangen, was ich den

Lippen meines Enkels fernhalten will: *Es zittern die morschen Knochen*
– zittern deine noch nicht, Alter?

Komm, leg deinen Kopf in meinen Schoß, steck dir eine Zigarre an, hier,
die Kaffeetasse in Reichweite deiner Hände; schließ die Augen; Klappe
runter, weg, den Kalender ausgelöscht, wir wollen die Litanei des
Weißt-du-noch? abbeten, uns der Jahre erinnern, als wir draußen in
Blessenfeld wohnten, wo es jeden Abend nach Feierabend roch, nach
Volk, das sich in Fischbratküchen sättigte, an Reibekuchenbuden und
Eiskarren; selig, die mit den Fingern essen dürfen; ich durfte es nie, solange ich zu Hause lebte; du hast es mir erlaubt; da dudelten die Dreh-
orgeln, kreischten die Karussells, und ich roch es, hörte es, spürte es,
daß nur die Vergänglichkeit Dauer hat; du hattest mich aus diesem
schrecklichen Haus erlöst, wo sie seit vierhundert Jahren hockten und
vergebens sich zu befreien suchten; an Sommerabenden saß ich oben
auf dem Dachgarten, wenn sie unten im Garten saßen und Wein tranken: Herrenabende, Damenabende, und ich hörte im schrillen Lachen
der Frauen, was ich im gröhlenden der Männer hörte: Verzweiflung;
wenn der Wein die Zunge löste, die Tabus befreite, wenn der Geruch
des Sommerabends sie aus dem Gefängnis der Heuchelei erlöste, wurde
es offenkundig: sie waren weder reich noch arm genug, das einzige Dauerhafte zu entdecken. Vergänglichkeit; ich sehne mich nach ihr, während ich fürs Unvergängliche erzogen wurde: Ehe, Treue, Ehre, Schlafzimmer, wo es nur Pflicht, keine Kür gab; Ernst, Bauwerke, Staub in
Strukturen verwandelt, und es klang mir im Ohr, wie der Lockruf des
murmelnden Flusses bei Hochwasser: *wozuwozuwozu?*; ich wollte an
ihrer Verzweiflung nicht teilhaben, nicht von dem dunklen Erbe kosten,
das sie von Geschlecht zu Geschlecht weiterreichten; ich sehnte mich
nach dem weißen, leichten Sakrament des Lammes und versuchte, mir
beim *Mea culpa, mea culpa, mea maxima culpa* die uralte Erbschaft der
Dunkelheit und der Gewalt aus der Brust herauszuklopfen; legte, wenn
ich aus der Messe kam, mein Gebetbuch in der Diele ab, kam gerade
früh genug, um Vaters Begrüßungskuß zu empfangen; sein dröhnender
Baß entfernte sich über den Hof zum Kontor hin: fünfzehn war ich,
sechzehn, siebzehn, achtzehn und sah in den Augen meiner Mutter das
harte Lauern: sie war den Wölfen vorgeworfen worden, sollte ich etwa
davon verschont bleiben? Sie wuchsen schon heran, die Wölfe, Biertrinker, Mützenträger, hübsche und weniger hübsche; ich sah ihre Hände,
ihre Augen und war mit dem schrecklichen Fluch beladen, zu wissen,
wie sie mit vierzig, mit sechzig aussehen würden; violette Adern in ihrer
Haut, und sie würden nie nach Feierabend riechen; ernst, Männer, Verantwortung; Gesetze hüten, Kindern Geschichte beibringen: Münzen
zählen, zu politischer Vernunft entschlossen; sie waren alle dazu verdammt, vom *Sakrament des Büffels* zu kosten, wie meine Brüder; jung

waren sie nur an Jahren, und es gab für sie alle nur eins, das ihnen Glanz versprach, ihnen Größe verleihen, sie in mythischen Dunst hüllen würde: den Tod; Zeit war nur ein Mittel, sie ihm entgegen zu tragen; sie schnupperten danach, und alles, was danach roch, war ihnen gut; sie rochen selbst danach: Verwesung; sie hockte im Haus, in den Augen derer, denen ich vorgeworfen werden sollte: Mützenträger, Gesetzeshüter; nur eins war verboten: leben wollen und spielen. Verstehst du mich, Alter? Spiel galt als Todsünde; nicht Sport, den hätten sie geduldet; das hält lebendig, macht anmutig, hübsch, steigert den Appetit der Wölfe; Puppenstuben: gut; das fördert die hausfraulichen und mütterlichen Instinkte; tanzen: auch gut; das gehört zum Markt; aber wenn ich für mich ganz allein tanzte, im Hemd oben in meinem Zimmer: Sünde, weil es nicht Pflicht war; da konnte ich mich getrost auf Bällen von Mützenträgern betasten lassen, im Dunkel des Flures, durfte sogar im Waldesdunkel nach Landpartien nicht allzu gewagte Zärtlichkeiten dulden; wir sind ja nicht prüde; ich betete um den, der mich erretten, vom Tode im Wolfszwinger erlösen würde, ich betete und nahm das weiße *Sakrament* drauf und sah dich im Atelierfenster drüben; wenn du wüßtest, wie ich dich liebte, wenn du es ahnen könntest, würdest du nicht die Augen aufschlagen, mir den Kalender entgegenhalten und mir erzählen wollen, wie groß meine Enkel inzwischen geworden sind, daß sie nach mir fragen, mich nicht vergessen haben. Nein, ich will sie nicht sehen; sie lieben mich, ich weiß, und ich weiß, daß es eine Möglichkeit gab, den Mördern zu entrinnen: für verrückt erklärt zu werden; aber wenn es mir wie Gretzens Mutter gegangen wäre, wie? Glück gehabt, reines Glück in dieser Welt, wo eine Handbewegung das Leben kostet, wo es dich retten oder dich umbringen kann, für verrückt erklärt zu werden; ich will die Jahre, die ich verschluckt habe, noch nicht wieder hergeben, will nicht Joseph als Zweiundzwanzijährigen sehen, mit Mörtelspuren an den Hosenbeinen, Gipsflecken am Rock, einen strahlenden jungen Mann, der den Zollstock schwingt, Zeichenrollen unter dem Arm trägt, ich will nicht die neunzehnjährige Ruth sehen, *Kabale und Liebe* lesend; schließ die Augen, alter David, klapp den Kalender zu, hier, dein Kaffee.

Ich habe wirklich Angst, glaub mir; ich lüge nicht; laß mein Schiffchen schwimmen, sei nicht der mutwillige Knabe, der es zerstört; die Welt ist böse, es gibt so wenig reine Herzen; auch Robert spielt mit, geht gehorsam auf die Stationen, auf die ich ihn schicke: von 1917 bis 1942 – keinen Schritt weiter; aufrecht tut er's, ungebeugt, deutsch; ich weiß, daß er Heimweh hatte, daß ihn das Billardspielen und Formelnpauken in der Fremde nicht glücklich machte; daß er nicht allein um Ediths willen zurückgekommen ist; der ist deutsch, liest Hölderlin, hat nie vom *Sakrament des Büffels* gekostet, er ist vom Adel, kein Lamm, sondern ein Hirte. Ich hätte nur gerne gewußt, was er im Krieg gemacht hat, aber er spricht nie darüber; ein Architekt, der nie ein Haus gebaut hat, nie Mörtelspuren am Hosenbein, nein, makellos, korrekt, ein Schreibtischarchitekt, den es nicht nach Richtfesten gelüstet. Aber wo ist der andere Sohn: Otto; gefallen bei Kiew, von unserem Fleisch und Blut; wo kam er her, wo ging er hin? Glich er wirklich deinem Vater? Hast du Otto nie mit einem Mädchen gesehen? Ich wüßte so gern etwas über ihn; ich weiß, daß er gern Bier trank, Gurken nicht mochte, und kenne die Bewegungen seiner Hände, wenn er sich kämmte, den Mantel anzog; er verriet uns an die Polizei, ging zum Militär – noch bevor er die Schule absolviert hatte, schrieb uns Postkarten von tödlicher Ironie: ›Mir geht es gut, was ich von euch hoffe; brauche 3.‹ Otto, er kam nicht einmal zu den Urlauben nach Hause; wo verbrachte er sie? Welcher Detektiv könnte uns Auskunft darüber geben? Regimentsnummern weiß ich, Feldpostnummern, Dienstgrade: Oberleutnant, Major, Oberstleutnant Fähmel, und als letzten Schlag wieder Ziffern, ein Datum, gefallen 12.1.42. Ich sah es mit eigenen Augen, wie er die Leute auf der Straße niederschlug, weil sie die Fahnen nicht grüßten; er erhob seine Hände und schlug sie, hätte auch mich geschlagen, wenn ich nicht rasch in die Krämerzeile eingebogen wäre; wie kam er in unser Haus? Mir bleibt nicht einmal die törichte Hoffnung, er könne als Säugling vertauscht worden sein; er ist im Hause geboren, vierzehn Tage nach Heinrichs Tod, im Schlafzimmer oben, an einem dunklen Oktobertag 1917; er glich deinem Vater.

Still, Alter, sprich nicht, öffne nicht deine Augen, zeig mir nicht deine achtzig Jahre. *Memento quia pulvis es et in pulverem reverteris.* Sie sagen es uns deutlich genug; Staub, der Mörtel hinterläßt, Hypothekenbriefe, Häuser, Gutshöfe, ein Denkmal in einem friedlichen Vorort, wo spielende Kinder sich fragen werden: Wer war denn das?

Als junge Mutter, blühend und fröhlich, ging ich durch den Blessenfelder Park und wußte doch, daß die griesgrämigen Rentner dort, die auf die lärmenden Kinder schimpften, nur auf die schimpften, die einmal selber als griesgrämige Rentner dort sitzen und auf lärmende Kinder schimpfen würden, die einmal griesgrämige Rentner wären; zwei Kinder hatte ich, an jeder Hand eins; sie waren vier und sechs Jahre alt, dann sechs und acht, acht und zehn, und im Garten hingen die korrekt gemalten Schilder: 25, 50, 75, 100, schwarze Ziffern auf weißlackiertem Blech, erinnerten mich immer an die Ziffern an Straßenbahnhaltestellen; abends dein Kopf in meinem Schoß, die Kaffeetasse in Reichweite; wir warteten vergebens auf Glück, fanden es nicht in Eisenbahnabteilen, in Hotels; ein Fremder ging durchs Haus, trug unseren Namen, trank unsere Milch, aß unser Brot, kaufte sich von unserem Geld im Kindergarten Kakao, dann Schulhefte. Trag mich ans Flußufer zurück, wo meine nackten Füße die Hochwasserspur berühren, wo die Dampfer tuten, es nach Rauch riecht, bring mich in das Café, wo die Frau mit den herrlichen Händen bedient; still, Alter, weine doch nicht: ich lebte in der inneren Emigration und du hast einen Sohn, zwei Enkel, vielleicht werden sie dir bald Urenkel schenken; ich habe es nicht in der Hand, zu dir zurückzukehren, mir jeden Tag ein neues Schiffchen aus einem Kalenderblatt zurechtzufalten und munter bis Mitternacht dahinzusegeln: 6. September 1958; das ist Zukunft, deutsche Zukunft, ich habe es selber im Lokalblättchen gelesen:

›Ein Bild aus deutscher Zukunft; im Jahr 1958; aus dem einundzwanzigjährigen Unteroffizier Morgner ist der sechsunddreißigjährige Bauer Morgner geworden; er steht an den Ufern der Wolga; es ist Feierabend, er raucht sein wohlverdientes Pfeifchen, hat eins seiner blonden Kinder auf dem Arm, blickt versonnen zu seiner Frau hinüber, die gerade die letzte Kuh melkt; deutsche Milch am Wolgaufer ...‹

Du willst nicht mehr weiterhören! Gut, aber laß mich mit der Zukunft zufrieden; ich will nicht wissen, wie sie als Gegenwart aussieht; stehen sie nicht am Wolgaufer? Weine nicht, Alter; zahl das Lösegeld, und ich komme aus dem verwunschenen Schloß zurück: *ich muß haben ein Gewehr, muß haben ein Gewehr.*

Vorsicht, wenn du die Leiter hinaufkletterst; nimm die Zigarre aus dem Mund; du bist nicht mehr dreißig und könntest schwindlig werden; heute abend im Café Kroner die Familienfeier? Vielleicht komme ich, viel Glück zum Geburtstag; verzeih, daß ich lache; Johanna wäre achtundvierzig, Heinrich siebenundvierzig; sie nahmen ihre Zukunft mit; weine nicht, Alter, du hast das Spiel gewollt. Vorsicht, wenn du die Leiter hinaufsteigst.«

6

Der gelb-schwarze Bus hielt am Dorfeingang, schwenkte in Richtung Dodringen von der Landstraße ab, und Robert sah in der Staubwolke, die der Bus hinterließ, seinen Vater auftauchen; wie aus Nebelschwaden stieg der Alte ins Licht, immer noch elastisch, kaum von der Schwüle des Nachmittags angegriffen; er bog in die Hauptstraße ein, ging am ›Schwan‹ vorüber; gelangweilte Dorfburschen musterten ihn von der Freitreppe herab, fünfzehnjährige, sechzehnjährige; wahrscheinlich waren sie es gewesen, die Hugo aufgelauert hatten, wenn er aus der Schule kam; in dumpfen Nebengassen, in dunklen Ställen hatten sie ihn geschlagen und ihn *Lamm Gottes* gerufen.

Der Alte ging am Bürgermeisteramt vorüber, am Kriegerdenkmal, wo müder Buchsbaum den Toten dreier Kriege aus saurer Erde seine Blätter zum Gedächtnis bot; an der Friedhofsmauer blieb der Alte stehen, zog ein Taschentuch heraus, trocknete sich die Stirn, faltete sein Taschentuch wieder, zog den Rock glatt, ging weiter, und bei jedem Schritt sah Robert die kokette Kurve, die das rechte Hosenbein beschrieb; nur für einen Augenblick wurde das dunkelblaue Stoßband sichtbar, bevor der Fuß den Boden wieder berührte, sich zu koketter Kurve wieder hob; Robert blickte auf die Bahnhofsuhr: zwanzig vor vier, erst um zehn nach vier würde der Zug kommen; eine halbe Stunde, so lange war er, so weit er sich erinnern konnte, noch nie mit seinem Vater allein gewesen; er hatte gehofft, dessen Besuch würde länger dauern und er der Notwendigkeit des Vater-Sohn-Gesprächs enthoben sein. Die Gaststube des Denklinger Bahnhofs war der am wenigsten geeignete Ort für diese Begegnung, auf die der Vater vielleicht seit zwanzig oder dreißig Jahren gehofft hatte; Gespräch mit dem gereiften Sohn, der nicht mehr Kind war, nicht mehr an der Hand zu nehmen, mit auf die Reise ins Seebad, zu Kuchen und Eis einzuladen: Gutenachtkuß, Morgenkuß, Frage nach den Schularbeiten, ein paar Lebensweisheiten: Ehrlich währt am längsten; Gott trügt nicht; Taschengeldempfänger; lächelnder Stolz über Siegerurkunden und gute Schulzeugnisse; verlegenes Gespräch über Architektur; Ausflüge nach Sankt Anton; kein Wort, als er verschwand, keins, als er wiederkam; beklemmende Mahlzeiten in Ottos Gegenwart, die sogar ein Gespräch übers Wetter unmöglich machte; Fleisch, mit Silbermessern geschnitten, Sauce mit Silberlöffeln genommen; Mutter starr wie das Kaninchen vor der Schlange, der Alte blickte zum Fenster hinaus, während er Brot zerkrümelte, gedankenlos einen Löffel zum Mund führte, Ediths Hände zitterten, während Otto sich verächtlich die größten Brocken Fleisch nahm, als einziger die Ingredienzien der Mahlzeit würdigte; Vaters Liebling, immer zu Ausflügen und Reisen, Extravaganzen bereit gewesen, fröhlicher Knabe mit fröhlicher Zukunft, geeignet, um auf Kirmesplätzen dem Vater das Gefühl eines erfüllten Lebens zu geben; heiter sagte er hin und wieder: ›Ihr könnt mich ja rauswerfen‹; keiner antwortete. Robert ging nach den Mahlzeiten mit Vater ins Atelier hinüber, saß nur da, zeichnete, spielte mit Formeln in dem leeren großen Raum, wo noch die Zeichentische von fünf Architekten standen; leer; während der Alte müde seinen Kittel überzog, dann zwischen Zeichenrollen kramte, immer wieder vor dem Plan von Sankt Anton stehenblieb, später wegging, spazieren, Kaffee trinken, alte Kollegen, alte Feinde besuchen; Eiszeit brach in den Häusern aus, wo er schon seit vierzig Jahren gern gesehener Gast war; in manchen Häusern des einen, in manchen des anderen Sohnes wegen; und er war doch fröhlich angelegt, der Alte, dazu geschaffen, ein munteres Leben zu führen, Wein und Kaffee zu trinken, zu reisen und die hübschen Mädchen, die er auf der Straße, in Eisenbahnzügen sah, alle als respektive Schwiegertöchter zu betrachten; oft ging er stundenlang spazieren, mit Edith,

die den Kinderwagen schob; er hatte wenig zu tun, war glücklich, wenn
er an Krankenhäusern, die er gebaut hatte, kleine Umbauten planen,
beaufsichtigen konnte, nach Sankt Anton fahren, die Reparatur einer
Mauer veranlassen konnte; er glaubte, Robert grollte ihm, und Robert
glaubte, der Alte grollte ihm. Aber jetzt war er gereift, selbst Vater erwachsener Kinder, Mann, vom Schicksal geschlagen durch den Tod der
Frau; emigriert gewesen, heimgekehrt; im Krieg; verraten und gefoltert;
selbständig, mit einem klar erkennbaren Platz: ›Dr. Robert Fähmel,
Büro für statische Berechnungen, Nachmittags geschlossen‹; endlich
zum Gesprächspartner geworden.

»Noch ein Bier, der Herr?« fragte der Wirt von der Theke her, wischte
Bierschaum vom Nickelblech, entnahm der Kühlvitrine zwei Teller mit
Frikadellen und Senf, brachte sie dem Pärchen, das in der Ecke saß, vom
Landspaziergang erhitzt, in müder Glückseligkeit.

»Ja, bitte«, sagte Robert, »noch ein Bier«, schob den Vorhang beiseite;
der Vater bog nach rechts ab, ging am Friedhofseingang vorüber, überquerte die Straße, blieb am Gärtchen des Bahnhofsvorstehers stehen,
blickte auf die violetten, eben erblühten Astern; offenbar zögerte er.

»Nein«, sagte Robert zur Theke hin, »bitte *zwei* Bier und zehn Virginia-
Zigaretten.«

Wo jetzt das Pärchen saß, hatte der amerikanische Offizier am Tisch
gesessen; blondes, kurzgeschnittenes Haar erhöhte den Eindruck der
Jugendlichkeit; die blauen Augen strahlten Vertrauen aus, Vertrauen
in die Zukunft, in der alles erklärbar sein würde; sie war in Planquadrate
eingeteilt; nur die Frage des Maßstabs war noch zu klären; 1:1 oder
1:3 000 000? Auf dem Tisch, wo die Finger des Offiziers mit einem
schlanken Stift spielten, lag das Meßtischblatt der Gemarkung Kisslingen.

Der Tisch hatte sich in den dreizehn Jahren nicht verändert; rechts an
dem Tischbein, wo die staubigen Sandalen des jungen Mannes jetzt Halt
suchten, immer noch die Initialen, von einem gelangweilten Fahrschüler
eingeschnitten: J.D.; wahrscheinlich hatte er Joseph Dodringer geheißen; auch die Tischtücher unverändert; rot-weiß kariert; die Stühle hatten zwei Weltkriege überdauert, astreines Buchenholz zu stabiler Sitzgelegenheit verarbeitet; seit siebzig Jahren dienten sie wartenden
Bauernärschen; neu war nur die Kühlvitrine auf der Theke, wo krustige
Frikadellen, kalte Koteletts und russische Eier auf Hungrige oder Gelangweilte warteten.

»Bitte, der Herr, zwei Bier und zehn Zigaretten.«

»Danke sehr!«

Nicht einmal die Bilder an der Wand waren ausgewechselt; eine Luft-
ansicht der Abtei Sankt Anton, noch mit der biederen Platte und dem

schwarzen Tuch fotografiert, offenbar vom Kosakenhügel herunter; Kreuzgang und Refektorium, die gewaltige Kirche, Wirtschaftsgebäude; daneben hing ein verblaßter Farbdruck: Liebespaar am Feldrain; Ähren, Kornblumen, ein lehmig gelber, von Sonne ausgetrockneter Weg; neckisch kitzelte die Dorfschöne ihren Liebhaber, dessen Kopf in ihrem Schoß ruhte, mit einem Halm hinterm Ohr.

›Sie mißverstehen mich, Herr Hauptmann; wir würden so gerne wissen, *warum* Sie das getan haben; hören Sie? Wir kennen natürlich den Verbrannte-Erde-Befehl – Hinterlaßt dem Feind nur Trümmer und Leichen, nicht wahr? Aber ich glaube nicht, daß Sie es getan haben, um diesen Befehl zu befolgen; Sie sind – verzeihen Sie – zu intelligent, um das zu tun. Aber warum, warum haben Sie dann die Abtei gesprengt? Sie war in ihrer Art ein kulturgeschichtliches Denkmal ersten Ranges; jetzt, wo die Kampfhandlungen hier vorüber sind, und Sie unser Gefangener, der wohl kaum Gelegenheit haben wird, von unseren Rücksichten drüben zu erzählen – jetzt kann ich Ihnen gestehen, daß unser Kommandeur eher eine Verzögerung des Vormarsches um zwei, drei Tage in Kauf genommen hätte, als die Abtei auch nur anzutasten. Warum haben Sie die Abtei in die Luft gejagt, obwohl es doch taktisch und strategisch so offensichtlich keinen Sinn hatte? Sie haben unseren Vormarsch nicht etwa behindert, sondern beschleunigt. Rauchen Sie?‹

›Ja, danke.‹

Die Zigarette schmeckte, Virginia, würzig-kräftig.

›Ich hoffe, Sie verstehen, was ich meine. Bitte, sagen Sie doch etwas; ich sehe, daß wir fast gleichaltrig sind; Sie sind neunundzwanzig, ich siebenundzwanzig. Können Sie nicht begreifen, daß ich Sie verstehen möchte? Oder fürchten Sie die Folgen einer Aussage – Folgen bei uns oder bei Ihren Landsleuten?‹

Aber wenn er es aussprechen würde, stimmte es nicht mehr; aktenkundig gemacht wäre es am wenigsten wahr: daß er auf diesen Augenblick fünfeinhalb Kriegsjahre gewartet hatte, auf den Augenblick, da die Abtei wie ein Gottesgeschenk als seine Beute dalag; ein Denkmal aus Staub und Trümmern wollte er denen setzen, die keine kulturgeschichtlichen Denkmäler gewesen waren und die man nicht hatte schonen müssen: Edith, von einem Bombensplitter getötet; Ferdi, ein Attentäter, rechtskräftig verurteilt; der Junge, der die winzigen Papiere mit seinen Botschaften in den Briefkasten geworfen hatte; Schrellas Vater, der verschwunden war; Schrella selbst, der so fern von dem Land leben mußte, in dem Hölderlin gelebt hatte; Groll, der Kellner im Anker, und die vielen, die hinausgezogen waren, singend: *Es zittern die morschen Knochen*; niemand würde für sie um Rechenschaft gefragt werden, niemand hatte sie etwas Besseres gelehrt; Dynamit, ein paar Formeln, das war seine Möglichkeit, Denkmäler zu setzen; und einen Sprengtrupp hatte er, der seiner Präzisionsarbeit wegen berühmt war: Schrit, Hochbret, Kanders. ›Wir wissen genau, daß Sie Ihren Vorgesetzten, General Otto Kösters, nicht ernst nehmen konnten; unsere Heerespsychiater haben einmütig – und wenn Sie wüßten, wie schwer es ist, unter amerikanischen Heerespsychiatern Einmütigkeit herzustellen –, sie haben ihn einmütig für verrückt, für seine Taten nicht verantwortlich erklärt, und so fällt die Verantwortung auf Sie, Herr Hauptmann, da Sie eindeutig nicht verrückt und – ich will Ihnen das verraten – durch die Aussagen Ihrer Kameraden stark belastet sind. Ich will Ihnen gar nicht die Frage nach Ihrer politischen Anschauung stellen: die Unschuldsbeteuerungen sind mir schon zu geläufig und offen gestanden auch zu langweilig. Ich habe schon zu meinen Kameraden gesagt, wir werden in diesem schönen Land nur fünf oder sechs, wenn's hochkommt neun Schuldige finden und uns fragen müssen, gegen wen wir diesen Krieg geführt haben: gegen lauter einsichtige, nette, intelligente, sogar kultivierte Menschen – bitte, beantworten Sie doch meine Frage! Warum, warum haben Sie es getan?

Auf dem Platz des amerikanischen Offiziers saß jetzt das junge Mädchen, aß seine Frikadelle, nippte am Bier, kicherte; am Horizont konnte er den dunkelgrauen, schlanken Turm von Sankt Severin sehen, unversehrt.

Sollte er sagen, daß er den Respekt vor kulturgeschichtlichen Denkmälern so rührend fände wie den Irrtum, anstatt lauter netten, einsichtigen Leuten Bestien zu erwarten? Ein Denkmal für Edith und Ferdi, für Schrella und dessen Vater, für Groll und den Jungen, der seine Papierchen in den Briefkasten geworfen, für den Polen Anton, der gegen Wakiera die Hand erhoben hatte und deshalb ermordet worden war, und für die vielen, die *Es zittern die morschen Knochen* gesungen hatten, nichts Besseres war ihnen beigebracht worden; ein Denkmal für die Lämmer, die niemand geweidet hatte.
Wenn sie den Zug noch erwischen wollte, mußte seine Tochter Ruth jetzt am Portal von Sankt Severin vorbei zum Bahnhof laufen; mit ihrer grünen Mütze auf dem dunklen Haar, in ihrem rosaroten Pullover, erhitzt, glücklich, Vater, Bruder und Großvater zu treffen; Nachmittagskaffee in Sankt Anton vor der großen Geburtstagsfeier am Abend. Vater stand draußen im Schatten vor der Tafel und studierte die Abfahrtszeiten; gerötet das schmale Gesicht, liebenswürdig der alte, großzügig und freundlich, der hatte nie vom *Sakrament des Büffels* gekostet, war mit dem Altern nicht bitter geworden; wußte er alles? Oder würde er es noch erfahren? Und sein Sohn Joseph, wie würde er es dem je erklären können? Schweigen war besser, als die Gedanken und Gefühle aktenkundig zu machen und den Psychologen auszuliefern.

Er hatte es auch dem freundlichen jungen Mann nicht erklären können, der ihn kopfschüttelnd ansah, ihm die angebrochene Zigarettenschachtel über den Tisch zuschob; er nahm die Zigarettenpackung, sagte Dank, steckte sie in die Tasche, nahm sein Eisernes Kreuz von der Brust, schob es dem jungen Mann über den Tisch zu; das rot-weiß karierte Tischtuch beulte sich, er zog es wieder glatt, während der junge Mann errötete. ›Nein, nein‹, sagte Robert, ›verzeihen Sie mir meine Ungeschicklichkeit; ich wollte Sie nicht kränken, aber ich habe das Bedürfnis, Ihnen dies als Andenken zu schenken, Andenken an den, der die Abtei Sankt Anton gesprengt hat und diesen Orden dafür bekam; der sie gesprengt hat, obwohl er wußte, daß der General verrückt war, obwohl er wußte, daß die Sprengung weder taktisch noch strategisch einen Sinn hatte. Ich behalte Ihre Zigaretten gern – darf ich Sie bitten, zu glauben, daß wir nur als Gleichaltrige Geschenke gewechselt haben?‹

Vielleicht hatte er es getan, weil ein halbes Dutzend Mönche damals zur Sonnwendfeier den Kosakenhügel hinaufgezogen waren und dort oben, als das Feuer aufloderte: *Es zittern die morschen Knochen* angestimmt hatten; Otto zündete das Feuer an, und er selber stand dabei, mit seinem kleinen Sohn auf dem Arm, Joseph, dem blondgelockten, der vor Freude über das lodernde Feuer in die Hände klatschte; Edith neben ihm, preßte seine rechte Hand; vielleicht auch, weil Otto ihm nicht einmal fremd gewesen war in einer Welt, in der eine Handbewegung das Leben kostete; rings ums Sonnwendfeuer die Dorfjugend aus Dodringen, Schaklingen, Kisslingen und Denklingen: die erhitzten Gesichter der jungen Männer und Mädchen leuchteten wild im Sonnwendfeuer, das Otto hatte entzünden dürfen, und alle sangen, was der biedere Mönch, der dem biederen Ackerpferd die Sporen in die Flanken bohrte, anstimmte: *Es zittern die morschen Knochen*. Gröhlend, mit Fackeln in der Hand, zogen sie den Berg hinunter; sollte er dem jungen Mann sagen, daß er es tat, weil sie die Weisung *Weide meine Lämmer* nicht befolgt hatten; und daß er nicht eine Andeutung von Reue spüre; er sagte laut:

›Vielleicht war es nur ein Spaß, ein Spiel.‹

›Komische Späße, komische Spiele treibt ihr hier. Sie sind doch Architekt.‹

›Nein, Statiker.‹

›Nun ja, meinetwegen, das ist doch kaum ein Unterschied.‹

›Sprengen‹, sagte er, ›ist nur die Umkehrung der Statik. Sozusagen ihr Reziprok.‹

›Verzeihen Sie‹, sagte der junge Mann, ›in Mathematik war ich immer schwach.‹

›Und mir war sie immer ein reines Vergnügen.‹

›Ihr Fall beginnt, mich privat zu interessieren. Soll der Hinweis auf Ihre

Liebe zur Mathematik bedeuten, daß bei der Sprengung ein gewisses berufliches Interesse vorlag?‹
›Vielleicht. Für einen Statiker ist es natürlich von hohem Interesse, zu wissen, welche Kräfte notwendig sind, die statischen Gesetze auszulöschen. Sie werden zugeben, daß es eine perfekte Sprengung war.‹
›Aber wollen Sie im Ernst behaupten, daß dieses sozusagen abstrakte Interesse eine Rolle gespielt haben könnte?‹
›Ja.‹
›Ich glaube, ich kann auf die politische Vernehmung nun doch nicht verzichten. Ich mache Sie darauf aufmerksam, daß falsche Angaben zu machen sinnlos wäre; wir besitzen alle erforderlichen Unterlagen, um Ihre Aussage zu prüfen.‹ Es fiel ihm ein, in diesem Augenblick erst, daß Vater die Abtei vor fünfunddreißig Jahren gebaut hatte; sie hatten es so oft gehört und bestätigt bekommen, daß es schon nicht mehr wahr war, und er hatte Angst, der junge Mann würde es herausbekommen und glauben, die Erklärung gefunden zu haben: *Vaterkomplex*; vielleicht wäre es doch besser, dem jungen Mann zu sagen: weil sie die Lämmer nicht geweidet haben, und ihm damit einen handfesten Grund zu geben, ihn für verrückt zu halten; aber er blickte nur durchs Fenster auf den schlanken Turm von Sankt Severin wie auf eine Beute, die ihm entgangen war, während der junge Mann ihm Fragen stellte, die er alle, ohne nachzudenken, mit Nein beantworten konnte.

Das Mädchen schob den leergewordenen Teller von sich weg, nahm den des jungen Mannes, hielt die beiden Gabeln einen Augenblick in der rechten Hand, während sie mit der linken den Teller des jungen Mannes auf den ihren setzte, legte dann die beiden Gabeln auf den oberen Teller, die freigewordene Rechte auf den Unterarm des Jünglings und blickte ihm lächelnd in die Augen.

›Sie haben also keiner Organisation angehört? Lesen Hölderlin? Gut. Ich muß Sie vielleicht morgen noch einmal holen lassen.‹
Mitleidend bleibt das ewige Herz doch fest.

Als sein Vater in den Gastraum trat, errötete er, ging auf den Alten zu, nahm ihm den schweren Hut aus der Hand und sagte: »Ich habe vergessen, dir zum Geburtstag zu gratulieren, Vater. Verzeih. Bier habe ich schon für dich bestellt, ich hoffe, es ist noch frisch genug, sonst . . .?«
»Danke«, sagte der Vater, »Dank für die Glückwünsche, und laß das Bier nur, ich mag es gar nicht gern kalt.« Der Vater legte ihm die Hand auf den Oberarm, Robert errötete und dachte an die intime Geste, die sie in der Allee vor der Heilanstalt getauscht hatten; dort hatte er plötz-

lich das Bedürfnis gespürt, seinem Vater den Arm auf die Schulter zu legen, und der Vater hatte diese Geste erwidert, während sie die Verabredung trafen, sich im Denklinger Bahnhof zu treffen.

»Komm«, sagte Robert, »setzen wir uns, wir haben noch fünfundzwanzig Minuten Zeit.«

Sie hoben ihre Gläser, nickten einander zu und tranken.

»Eine Zigarre, Vater?«

»Nein, danke. Weißt du übrigens, daß sich die Abfahrtszeiten der Züge in fünfzig Jahren kaum geändert haben? Sogar die Emailleschildchen mit den Uhrzeiten drauf sind noch die gleichen; an manchen ist nur das Emaille ein wenig abgesplittert.«

»Die Stühle, die Tische, die Bilder an der Wand«, sagte Robert, »alles noch wie früher, wenn wir an schönen Sommerabenden zu Fuß von Kisslingen herüberkamen und hier auf den Zug warteten.«

»Ja«, sagte der Vater, »nichts ist verändert. Hast du Ruth angerufen; wird sie kommen? Ich habe sie so lange nicht gesehen.«

»Ja, sie kommt; ich nehme an, sie sitzt schon im Zug.«

»Wir können schon kurz nach halb fünf in Kisslingen sein, dort Kaffee trinken und bequem bis sieben wieder zu Hause. Ihr kommt zur Feier?«

»Selbstverständlich, Vater, hast du daran gezweifelt?«

»Nein, aber ich dachte daran, sie ausfallen zu lassen, sie abzusagen – vielleicht ist es der Kinder wegen besser, das nicht zu tun, und ich habe so vieles vorbereitet für diesen Tag.«

Der Alte senkte die Augen auf das rot-weiß karierte Tischtuch, zog dort Kreise mit seinem Bierglas; Robert bewunderte die glatte Haut an den Händen; Kinderhände, die ihre Unschuld behalten hatten; der Vater hob die Augen, blickte Robert ins Gesicht.

»Ich dachte an Ruth und Joseph; du weißt doch, daß Joseph ein Mädchen hat?«

»Nein.«

Der Alte senkte den Blick wieder, ließ wieder das Bierglas kreisen.

»Ich hatte immer gehofft, daß meine beiden Güter hier draußen so etwas wie eure zweite Heimat werden würden, aber ihr habt alle immer lieber in der Stadt gewohnt, sogar Edith – bei Joseph erst scheint sich mein Traum zu erfüllen; merkwürdig, daß ihr alle immer glaubt, daß er Edith gleicht und nichts von uns hat – und doch gleicht er Heinrich so sehr, daß ich manchmal erschrecke, wenn ich deinen Jungen sehe; Heinrich, wie der geworden wäre – erinnerst du dich an ihn?«

Brom hieß unser Hund; und ich hielt die Zügel der Kutsche, sie waren aus schwarzem Leder; sie waren brüchig; muß haben ein Gewehr, muß haben ein Gewehr; Hindenburg.

»Ja, ich erinnere mich an ihn.«

»Er gab mir den Bauernhof, den ich ihm schenkte, zurück; wem soll ich ihn nun schenken? Joseph oder Ruth? Dir? Möchtest du ihn haben? Besitzer von Kühen und Wiesen, Zentrifugen und Rübenschnitzelmaschinen sein? Traktoren und Heuwendern? Soll ich's dem Kloster übermachen? Von meinem ersten Honorar kaufte ich die beiden Bauernhöfe! Ich war neunundzwanzig, als ich die Abtei baute, und ihr könnt euch gar nicht vorstellen, was es für einen jungen Architekten bedeutet, einen solchen Auftrag zu bekommen. Skandal. Sensation. Nicht nur deswegen fahre ich so oft hin, um mich an die Zukunft zu erinnern, die inzwischen längst Vergangenheit geworden ist. Ich hatte immer gedacht, im Alter so etwas wie ein Bauer zu werden. Ich bin es nicht geworden, nur ein alter Narr, der mit seiner Frau Blindekuh spielt; wir halten uns abwechselnd die Augen zu, wechseln die Zeiten wie die Scheiben in den Apparaten, mit denen man Bilder an die Wand wirft: bitte: das Jahr 1928 – zwei hübsche Söhne an der Hand der Mutter; der eine dreizehn Jahre, der andere elf; der Vater mit der Zigarre im Mund daneben, lächelnd; im Hintergrund der Eiffelturm – oder ist es die Engelsburg, vielleicht das Brandenburger Tor? – such dir die Kulisse aus; vielleicht auch die Brandung in Ostende oder der Turm von Sankt Severin, die Limonadenbude im Blessenfelder Park? Nein, es ist natürlich die Abtei Sankt Anton: du findest sie im Fotoalbum zu allen Jahreszeiten: nur die Mode, die wir tragen, wechselt: deine Mutter mit großem, mit kleinem Hut, mit kurzem, mit langem Haar, mit weitem, mit engem Rock, und ihre Kinder drei und fünf, fünf und sieben Jahre alt; dann taucht eine Fremde auf: blond, jung, trägt ein Kind auf dem Arm, hält das andere an der Hand; ein Jahr, drei Jahre sind die Kinder alt; weißt du, daß ich Edith geliebt habe, wie ich eine Tochter nicht hätte lieben können; ich konnte nie glauben, daß sie wirklich einen Vater, eine Mutter gehabt hat – einen Bruder. Sie war eine Botin des Königs; als sie bei uns lebte, konnte ich seinen Namen wieder denken, ohne zu erröten, konnte den Namen beten – welche Botschaft hat sie dir gebracht, dir übergeben? Rache für die Lämmer? Ich hoffe, du hast den Auftrag getreulich ausgeführt, keine falschen Rücksichten genommen, wie ich sie immer nahm, nicht in den Eisschränken der Ironie das Gefühl der Überlegenheit frisch erhalten, wie ich es immer tat. Hat sie diesen Bruder wirklich gehabt? Lebt er? Gibt es ihn?«
Er zog Kreise mit seinem Bierglas, starrte auf die rot-weiß karierte Tischdecke, hob den Kopf nur ein wenig.
»Sag doch: gibt es ihn wirklich? Er war doch dein Freund; ich habe ihn einmal gesehen; ich stand am Schlafzimmerfenster und sah ihn über den Hof auf dein Zimmer gehen; ich habe ihn nie vergessen, oft an ihn gedacht, obwohl ich ihn kaum zehn oder zwanzig Sekunden lang gesehen haben kann; ich hatte Angst vor ihm, wie vor einem dunklen Engel.

Gibt es ihn wirklich?«

»Ja.«

»Er lebt?«

»Ja. Angst hast du vor ihm?«

»Ja. Vor dir auch. Wußtest du es nicht? Ich will nicht wissen, welche Botschaft Edith dir gab; nur: hast du sie ausgeführt?«

»Ja.«

»Gut. Du bist erstaunt, daß ich Angst vor dir hatte – ein wenig noch habe. Ich lachte über eure kindlichen Konspirationen, aber das Lachen blieb mir im Halse stecken, als ich las, daß sie den Jungen getötet hatten; er hätte Ediths Bruder sein können, aber später wußte ich, daß es fast noch human gewesen war, einen Jungen zu töten, der immerhin eine Bombe geworfen und die Füße eines Turnlehrers versengt hatte; der Junge, der deine Zettelchen in unseren Briefkasten warf, der Pole, der gegen den Turnlehrer seine Hand hob – ein unangebrachtes Wimperzucken, Haarwuchs und Nasenform genügten, und nicht einmal das brauchten sie mehr: nur den Geburtsschein des Vaters oder der Großmutter; ich hatte mich jahrelang von meinem Lachen ernährt, aber diese Nahrung fiel aus, kein Nachschub mehr, Robert, und ich öffnete den Eisschrank, ließ die Ironie sauer werden und schüttete sie weg wie einen ekligen Rest von etwas, das einmal wertvoll gewesen sein mochte; ich hatte gelaubt, deine Mutter zu lieben und zu verstehen – aber jetzt erst verstand ich sie und liebte sie, verstand auch euch und liebte euch; später erst begriff ich es ganz; ich war obenauf, als der Krieg zu Ende war, wurde Baubeauftragter für den ganzen Bezirk; Frieden, dachte ich, es ist vorbei, neues Leben – als sich eines Tages der englische Kommandant sozusagen bei mir entschuldigte, daß sie die Honoriuskirche bombardiert und die Kreuzigungsgruppe aus dem zwölften Jahrhundert zerstört hatten; er entschuldigte sich nicht wegen Edith, nur wegen einer Kreuzigungsgruppe aus dem zwölften Jahrhundert; sorry; ich lachte zum ersten Mal wieder seit zehn Jahren, aber es war kein gutes Lachen, Robert – und ich legte mein Amt nieder; Baubeauftragter? Wozu? wo ich doch sämtliche Kreuzigungsgruppen aus sämtlichen Jahrhunderten darum gegeben hätte, Ediths Lächeln noch einmal zu sehen, ihre Hand auf meinem Arm zu spüren; was bedeuteten mir die Bilder des Königs gegen das wirkliche Lächeln seiner Botin? Und für den Jungen, der deine Zettelchen brachte – ich habe ihn nie zu Gesicht bekommen, nie seinen Namen erfahren –, hätte ich Sankt Severin hergegeben und gewußt, daß es ein lächerlicher Preis gewesen wäre, wie wenn man einem Lebensretter eine Medaille gibt; hast du Ediths Lächeln je wieder gesehen, oder das Lächeln des Tischlerlehrlings? Nur einen Abglanz davon? Robert! Robert!«

Er ließ das Bierglas los, legte die Arme auf den Tisch.

»Hast du es je gesehen?« fragte er murmelnd unter seinen Armen heraus.

»Ich habe es gesehen«, sagte Robert, »auf dem Gesicht eines Hotelboys, der Hugo heißt – ich werde ihn dir zeigen.« »Ich werde diesem Jungen den Gutshof schenken, den Heinrich nicht wollte; schreib mir seinen Namen und seine Adresse auf den Bierdeckel; auf Bierdeckeln werden die wichtigsten Botschaften überbracht; und sag mir Bescheid, wenn du etwas von Ediths Bruder hörst. Lebt er?«

»Ja. Hast du immer noch Angst vor ihm?«

»Ja. Das Schreckliche an ihm war, daß er nichts Rührendes hatte; als ich ihn über den Hof gehen sah, wußte ich, daß er stark war, und daß er alles, was er tat, nicht aus Gründen tat, die für andere Menschen gelten konnten: daß er arm war oder reich, häßlich oder schön; daß seine Mutter ihn geschlagen oder nicht geschlagen hatte; lauter Gründe, aus denen irgendeiner irgend etwas tut: entweder Kirchen baut oder Frauen mordet, ein guter Lehrer wird oder ein schlechter Organist; bei ihm wußte ich: keiner dieser Gründe würde irgend etwas erklären; damals war die Zeit, in der ich noch lachen konnte, aber bei ihm fand ich keinen Spalt, wo ich mein Lachen hätte ansetzen können; das machte mir Angst, als wäre ein dunkler Engel über unseren Hof gegangen, ein Gerichtsvollzieher Gottes, der dich pfändete; er hat es getan, hat dich gepfändet; er hatte nichts Rührendes; selbst als ich hörte, daß sie ihn geschlagen hatten und umbringen wollten, war ich nicht gerührt ...«

»Herr Rat, ich habe Sie jetzt erst erkannt; ich freue mich, Sie wohl zu sehen; es müssen Jahre her sein, daß Sie zuletzt hier waren.«

»Ach, Mull, Sie sind's? Lebt Ihre Mutter noch?«

»Nein, Herr Rat, wir haben sie unter die Erde bringen müssen. Es war ein riesiges Begräbnis. Sie hat ein volles Leben gehabt: sieben Kinder und sechsunddreißig Enkel, elf Urenkel; ein volles Leben. Tun die Herren mir die Ehre an, auf das Wohl meiner verstorbenen Mutter zu trinken?«

»Mit Freuden, lieber Mull – sie war eine großartige Frau.«

Der Alte stand auf, auch Robert erhob sich, während der Wirt zur Theke ging, die Biergläser vollaufen ließ; die Bahnhofsuhr zeigte erst zehn nach vier; zwei Bauern warteten an der Theke, schoben gelangweilt mit Senf beschmierte Frikadellen in ihre Münder, tranken mit wohligem Seufzen ihr Bier; mit rotem Gesicht, feuchten Augen kam der Wirt an den Tisch zurück, stellte die Biergläser vom Tablett auf den Tisch, nahm seins in die Hand.

»Auf das Wohl Ihrer Mutter, Mull«, sagte der alte Fähmel.

Sie hoben ihre Gläser, tranken einander zu, setzten die Gläser ab.

»Wissen Sie eigentlich«, sagte der Alte, »daß Ihre Mutter mir vor fünfzig

Jahren Kredit gab, wenn ich durstig und hungrig von Kisslingen herüberkam; damals wurde die Bahnstrecke repariert, und es machte mir
noch nichts aus, vier Kilometer zu laufen; auf Ihr Wohl, Mull, und das
Ihrer Mutter. Dies ist mein Sohn, Sie kennen ihn noch nicht?«

»Fähmel – angenehm.«

»Mull – angenehm.«

»*Sie* kennt hier jedes Kind, Herr Rat, jedermann weiß, daß Sie unsere
Abtei gebaut haben, und manche Großmutter weiß noch Geschichten
von Ihnen zu erzählen; wie Sie ganze Wagenladungen Bier für die Mau-
rer bestellten und beim Richtfest ein Solo getanzt haben. Diesen Schluck
auf Ihr Wohl, Herr Rat.«

Sie tranken im Stehen die Gläser aus; Robert, mit dem leeren Glas in
der Hand, starrte dem Wirt nach, der zur Theke zurückging, die leeren
Teller des Pärchens in die Durchreiche schob, dann mit dem jungen
Mann abrechnete. Sein Vater zog ihn am Rock.

»Komm«, sagte der Alte, »setz dich doch, wir haben noch zehn Minuten
Zeit. Das sind prächtige Leute, die haben das Herz auf dem rechten
Fleck.«

»Und du hast keine Angst vor ihnen, nicht wahr, Vater?« Der Alte
blickte seinen Sohn voll an; sein schmales noch glattes Gesicht lächelte
nicht.

»Diese Leuten waren es«, sagte Robert, »die Hugo quälten – vielleicht
war auch einer von ihnen Ferdis Henker!«

»Während du weg warst und wir auf Nachricht von dir warteten, hatte
ich Angst vor jedem Menschen – aber vor Mull Angst haben? Hast *du*
Angst vor ihm?«

»Ich frage mich bei jedem Menschen, ob ich ihm ausgeliefert sein
möchte, und es gibt nicht viele, bei denen ich sagen würde: ja.«

»Und Ediths Bruder warst du ausgeliefert?«

»Nein. Wir bewohnten in Holland ein Zimmer gemeinsam, teilten alles,
was wir hatten, spielten den halben Tag Billard, studierten die andere
Hälfte des Tages; er Deutsch, ich Mathematik; ich war ihm nicht ausgeliefert, würde mich ihm aber jederzeit ausliefern – auch dir, Vater.«
– Robert nahm die Zigarette aus dem Mund. – »Ich würde dir gern zu
deinem achtzigsten Geburtstag etwas schenken, Vater – dir beweisen,
nun, vielleicht weißt du, was ich dir beweisen möchte?«

»Ich weiß es«, sagte der Alte, legte die Hand auf den Arm seines Sohnes,
»du brauchst es nicht auszusprechen.«

Ein paar Reuetränen würde ich dir gern schenken, aber ich kann sie nicht
erzwingen, ich blicke immer noch auf den Turm von Sankt Severin wie
auf eine Beute, die mir entgangen ist; schade, daß es dein Jugendwerk
sein mußte, das große Los, das erste große Spiel; und gut gebaut, solides
Mauerwerk, statisch vorzüglich; zwei Lastwagen voll Sprengstoff

mußte ich anfordern und ging rund, zeichnete mit Kreide meine Formeln und Zeichen an die Wände, an die Säulen, an Gewölbestützen, zeichnete sie an das große Abendmahlsbild, zwischen Sankt Johanns und Sankt Peters Fuß; ich kannte die Abtei so gut; du hattest es mir als Kind, als Junge, als Jüngling so oft erklärt – ich zeichnete meine Zeichen an die Wand, während der Abt, der als einziger dort geblieben war, neben mir herrannte, an meine Vernunft appellierte, an meine Religion; zum Glück war's ein neuer Abt, der mich nicht kannte. Er appellierte an mein Gewissen, vergebens; er kannte mich nicht als Forellen essenden Wochenendbesucher, als naturreinen Honig essenden, Butter aufs Landbrot schmierenden Sohn des Baumeisters, und während er mich anblickte, als wäre ich wahnsinnig, flüsterte ich es ihm zu: *Es zittern die morschen Knochen*; neunundzwanzig war ich, genauso alt wie du, als du die Abtei gebaut hast, und lauerte schon auf die Beute, die sich hinten am Horizont grau und schlank abzeichnete: Sankt Severin; aber ich wurde gefangengenommen, und der junge Mann verhörte mich, hier im Bahnhof von Denklingen, drüben am Tisch, der jetzt leer ist.

»Woran denkst du«, fragte der Alte.

»An Sankt Anton, ich bin so lange nicht dort gewesen.«

»Freust du dich?«

»Ich freue mich auf Joseph, ich habe ihn so lange nicht gesehen.«

»Ich bin ein wenig stolz auf ihn«, sagte der Alte, »er ist so frei und frisch und wird einmal ein tüchtiger Architekt werden; ein bißchen zu streng mit den Handwerkern, zu ungeduldig, aber ich erwarte von einem Zweiundzwanzigjährigen nicht Geduld – nun steht er unter Termindruck; die Mönche würden so gern die Adventsliturgie schon in der neuen Kirche singen; natürlich werden wir alle zur Einweihung eingeladen.«

»Ist der Abt noch da?«

»Welcher?«

»Gregor.«

»Nein, er ist siebenundvierzig gestorben; er hat's nicht verwinden können, daß die Abtei zerstört wurde.«

»Und du, hast du es verwinden können?«

»Als ich die Nachricht bekam, daß sie zerstört war, hat es mich sehr getroffen, aber als ich dann hinfuhr und die Trümmer sah, und die Mönche aufgeregt waren und eine Kommission gründen wollten, um den Schuldigen herauszufinden, habe ich abgeraten; ich wollte keine Rache für ein Bauwerk, und ich hatte Angst, sie würden den Schuldigen finden, und er würde sich bei mir entschuldigen; das Sorry des Engländers klang mir noch zu schrecklich im Ohr; und schließlich kann man Gebäude wieder aufbauen. Ja, Robert, ich hab's verwunden. Du wirst es nicht glauben, aber ich habe an den Gebäuden, die ich entworfen, deren Bau ich geleitet habe, nie gehangen; auf dem Papier gefielen sie mir, ich war mit einer gewissen Leidenschaft am Werk, aber ich war nie ein Künstler, verstehst du, wußte auch, daß ich keiner war; ich hatte ja meine Pläne noch, als sie mir den Wiederaufbau antrugen; für deinen Jungen ist es eine großartige Gelegenheit, sich praktisch zu üben, Koordinierung zu lernen und seine Ungeduld ein wenig zu verschleißen – müssen wir nicht zum Zug?«

»Noch vier Minuten, Vater. Wir könnten schon auf den Bahnsteig hinausgehen.«

Robert stand auf, winkte zur Theke hin, griff nach seiner Brieftasche, aber der Wirt kam hinter der Theke hervor, ging an Robert vorüber, legte dem Alten lächelnd die Hand auf die Schulter und sagte: »Nein, nein, Herr Rat – Sie sind meine Gäste gewesen, das lasse ich mir nicht nehmen, um des Andenkens meiner Mutter willen.«

Es war noch warm draußen; die weißen Rauchfahnen des Zuges waren schon über Dodringen zu sehen.

»Hast du Fahrkarten?« fragte der Alte.

»Ja«, sagte Robert, er blickte dem Zug entgegen, der über die Steigung hinter Dodringen wie aus dem hellblauen Himmel heraus auf sie zukam; schwarz, alt und rührend war der Zug; der Bahnhofsvorsteher trat aus dem Dienstraum, mit seinem Wochenendlächeln auf dem Gesicht.

»Hierher, Vater, hierher«, rief Ruth; ihre grüne Mütze, ihre winkenden Arme, der rosarote Flaum ihres Pullovers; sie hielt ihrem Großvater die Hände entgegen, half ihm auf die Plattform hinauf, umarmte ihn, schob ihn vorsichtig in die offene Abteiltür, zog ihren Vater hoch, küßte ihn auf die Wange.

»Ich freue mich schrecklich«, sagte sie, »wirklich schrecklich auf Sankt Anton und auf heute abend.«

Der Bahnhofsvorsteher pfiff und winkte dem Zug zur Abfahrt.

7

Als sie an den Schalter traten, nahm Nettlinger die Zigarre aus dem Mund und nickte Schrella ermunternd zu; der Schalter wurde von innen hochgeschoben, ein Aufseher mit einer Liste beugte sich vor und fragte: »Sind Sie der Häftling Schrella?«

»Ja«, sagte Schrella.

Der Aufseher rief die Gegenstände, so wie er sie aus einem Karton nahm, auf, legte sie auf die Theke.

»Eine Taschenuhr, Nickel, ohne Kette.«

»Eine Geldbörse, schwarzes Leder, mit Inhalt: fünf englische Schillinge, dreißig belgische Franken, zehn deutsche Mark und achtzig Pfennig.«

»Eine Krawatte, Farbe: grün.«

»Ein Kugelschreiber, ohne Marke, Farbe: grau.«

»Zwei Taschentücher, weiß.«

»Ein Mantel, Trenchcoat.«

»Ein Hut, Farbe: schwarz.«

»Ein Rasierapparat, Marke: Gilette.«

»Sechs Zigaretten, Marke: Belga.«

»Hemd, Unterwäsche, Seife und Zahnbürste hatten Sie behalten, nicht wahr? Bitte unterschreiben Sie hier und bestätigen mit Ihrer Unterschrift, daß nichts von Ihrem Privateigentum fehlt.«

Schrella zog seinen Mantel an, steckte seine Habseligkeiten in die Tasche, unterschrieb die Liste: 6. September 1958, 15.30 Uhr.

»Gut«, sagte der Aufseher und zog den Schalter herunter.

Nettlinger steckte die Zigarre wieder in den Mund, berührte Schrellas Schulter: »Komm«, sagte er, »hier geht's raus, oder möchtest du wieder ins Kittchen rein? Vielleicht bindest du die Krawatte besser schon um.«

Schrella steckte sich eine Zigarette in den Mund, rückte seine Brille zurecht, klappte den Hemdkragen hoch und legte die Krawatte ein; er erschrak, als Nettlinger ihm plötzlich das Feuerzeug vor die Nase hielt.

»Ja«, sagte Nettlinger, »das ist bei allen Häftlingen gleich, ob hohe oder niedrige, ob schuldige oder unschuldige, arme oder reiche, politische oder kriminelle; zuerst die Zigarette.« Schrella zog den Zigarettenrauch tief ein, blickte über die Brillengläser hinweg Nettlinger an, während er seine Krawatte band, den Hemdkragen wieder herunterklappte.

»Du hast Erfahrung in solchen Dingen, wie?«

»Du nicht?« fragte Nettlinger. »Komm, den Abschied vom Direktor kann ich dir leider nicht ersparen.«

Schrella setzte seinen Hut auf, nahm die Zigarette aus dem Mund und folgte Nettlinger, der ihm die Tür zum Hof aufhielt; der Direktor stand vor der Menschenschlange am Schalter, wo die Erlaubnisscheine für den Sonntagsbesuch ausgegeben wurden; der Direktor war groß, nicht zu elegant, aber solide gekleidet, seine Arm- und Beinbewegungen wirkten betont zivil, als er auf Nettlinger und Schrella zukam.

»Ich hoffe«, sagte er zu Nettlinger, »es ist alles zu deiner Zufriedenheit abgelaufen, schnell und korrekt.«

»Danke«, sagte Nettlinger, »es ging wirklich rasch.«

»Schön«, sagte der Direktor, wandte sich Schrella zu: »Sie werden mir verzeihen, wenn ich Ihnen zum Abschied einige Worte sage, obwohl Sie nur einen einzigen Tag zu meinen« – er lachte – »Schützlingen gehörten, und obwohl Sie irrtümlich anstatt in die Untersuchungs- in die Strafabteilung geraten sind. Sehen Sie«, sagte er und deutete auf das innere Gefängnistor, »jenseits dieses Tores erwartet Sie ein zweites Tor, und jenseits dieses zweiten Tores erwartet Sie etwas Großartiges, das unser aller höchstes Gut ist: die Freiheit. Mag der Verdacht, der auf Ihnen ruhte, berechtigt oder unberechtigt gewesen sein, Sie haben« – er lachte wieder – »in meinen gastlichen Mauern das Gegenteil von Freiheit kennengelernt. Nutzen Sie Ihre Freiheit. Wir sind zwar alle nur Gefangene, Gefangene unseres Leibes, bis zu dem Tage, da unsere Seele frei wird und sich zu ihrem Schöpfer erhebt, aber die Gefangenschaft innerhalb meiner gastlichen Mauern ist nicht nur eine symbolische. Ich entlasse Sie zur Freiheit, Herr Schrella . . .«

Schrella streckte verlegen seine Hand hin, zog sie aber rasch zurück, da er am Gesicht des Direktors bemerkte, daß ein Händedruck hier offenbar nicht zu den Formalitäten gehörte; Schrella schwieg verlegen, nahm seine Zigarette aus der rechten in die linke Hand und blinzelte Nettlinger an.

Die Mauern dieses Hofes, den Himmel darüber, hatten Ferdis Augen als letztes von dieser Erde gesehen, vielleicht war die Stimme des Direktors die letzte menschliche Stimme gewesen, die er hörte, auf diesem Hof, der eng genug war, um von Nettlingers Zigarrenaroma ganz erfüllt zu sein; die schnuppernde Nase des Direktors sagte: Mein Gott, von Zigarren hast du immer was verstanden, das muß man dir lassen.

Nettlinger nahm die Zigarre nicht aus dem Mund. »Du hättest dir die Abschiedsrede sparen können. Also Dank und auf Wiedersehen.«

Er faßte Schrella bei den Schultern, schob ihn auf das innere Tor zu, das sich vor ihnen öffnete; langsam schob Nettlinger Schrella auf das äußere Tor zu; Schrella blieb stehen, gab dem Beamten seine Papiere; der verglich sie genau, nickte und öffnete das Tor.

»Da ist sie also«, sagte Nettlinger lachend, »die Freiheit. Drüben steht mein Auto, sag mir nur, wohin ich dich bringen soll.«

Schrella überquerte an Nettlingers Seite die Straße, zögerte, als ihm der Chauffeur die Autotür aufhielt.

»Los«, sagte Nettlinger, »steig doch ein.«

Schrella nahm den Hut ab, stieg ins Auto, setzte sich, lehnte sich zurück und blickte Nettlinger an, der nach ihm einstieg und in seine Nähe rückte.

»Wohin möchtest du gebracht werden?«

»Zum Bahnhof«, sagte Schrella.

»Hast du Gepäck dort?«

»Nein.«

»Willst du diese gastliche Stadt etwa schon wieder verlassen?« fragte Nettlinger. Er beugte sich vor, rief dem Chauffeur zu: »Zum Hauptbahnhof.«

»Nein«, sagte Schrella, »ich will diese gastliche Stadt noch nicht verlassen. Du hast Robert nicht erreicht?«

»Nein«, sagte Nettlinger, »der macht sich rar. Den ganzen Tag hab ich versucht, ihn zu erreichen, er hat sich aber gedrückt, und als ich ihn im Hotel Prinz Heinrich fast erwischt hatte, ist er durch einen Nebenausgang verschwunden; ich habe seinetwegen höchst peinliche Dinge erleben müssen.«

»Du hast ihn auch vorher nie getroffen?«

»Nein«, sagte Nettlinger, »nicht ein einziges Mal; er lebt ganz zurückgezogen.«

Das Auto hielt vor einer Verkehrsampel. Schrella nahm seine Brille ab, wischte sie mit seinem Taschentuch und neigte sich nahe ans Fenster.

»Es muß dir doch merkwürdig vorkommen«, sagte Nettlinger, »nach so langer Zeit und unter solchen Umständen wieder in Deutschland zu sein; du wirst es nicht wiedererkennen.«

»Ich erkenne es sogar wieder«, sagte Schrella, »ungefähr, wie man eine Frau wiedererkennt, die man als Mädchen geliebt hat und zwanzig Jahre später wiedersieht; nun, sie ist ein bißchen fett geworden; talgige Drüsen; offenbar hat sie einen nicht nur reichen, sondern auch fleißigen Mann geheiratet; Villa am Stadtrand, Auto, Ringe an den Fingern, die frühere Liebe wird unter solchen Umständen unvermeidlicherweise zu Ironie.«

»Natürlich sind solche Bilder ziemlich schief«, sagte Nettlinger.

»Es sind Bilder«, sagte Schrella, »und wenn du dreitausend davon hättest, sähst du vielleicht ein Zipfelchen von der Wahrheit.«

»Es scheint mir auch zweifelhaft, ob deine Optik die richtige ist: vierundzwanzig Stunden erst im Lande, davon dreiundzwanzig im Gefängnis.«

»Du glaubst gar nicht, wieviel man im Gefängnis über ein Land erfahren kann; das häufigste Delikt in euren Gefängnissen ist Betrug; Selbstbetrug wird ja leider nicht als kriminell geahndet; vielleicht weißt du noch nicht, daß ich von den letzten zweiundzwanzig Jahren vier im Gefängnis verbracht habe?«

Das Auto fuhr langsam in einer langen Schlange los, die sich hinter der Ampel gebildet hatte.

»Nein«, sagte Nettlinger, »das wußte ich nicht. In Holland?«

»Ja«, sagte Schrella, »und in England.«

»Für welches Vergehen?«

»Affekthandlungen aus Liebeskummer, aber keineswegs aus Idealismus, sondern weil ich etwas Wirkliches bekämpfte.«

»Darf man Genaueres wissen?« fragte Nettlinger.

»Nein«, sagte Schrella, »du würdest es nicht verstehen und es wie ein Kompliment annehmen.

Ich bedrohte einen holländischen Politiker, weil er gesagt hatte, man müßte alle Deutschen umbringen, einen sehr beliebten Politiker; dann ließen die Deutschen mich frei, als sie Holland besetzten, und glaubten, ich sei eine Art Märtyrer für Deutschland, fanden aber dann meinen Namen auf der Fahndungsliste, und ich floh vor ihrer Liebe nach England; dort bedrohte ich einen englischen Politiker, weil er sagte, man müßte alle Deutschen umbringen, nur ihre Kunstwerke retten, einen sehr beliebten Politiker; aber sie amnestierten mich bald, weil sie glaubten, meine Gefühle respektieren zu müssen, Gefühle, die ich gar nicht gehabt hatte, als ich den Politiker bedrohte – so wird man aus Mißverständnis eingesperrt und aus Mißverständnis freigelassen.«

Nettlinger lachte: »Wenn du schon Bilder sammelst, darf ich deiner Sammlung eins hinzufügen. Wie ist es mit dem: rücksichtsloser politischer Haß zwischen Schulkameraden; Verfolgung, Verhör, Flucht, Haß bis aufs Blut – aber zweiundzwanzig Jahre später ist es ausgerechnet der Verfolger, der Schreckliche, der den heimkehrenden Flüchtling aus dem Gefängnis befreit? Ist das nicht auch ein Bild, würdig in deine Sammlung aufgenommen zu werden?«

»Es ist kein Bild«, sagte Schrella, »sondern eine Geschichte, die den Nachteil hat, auch noch wahr zu sein – aber wenn ich die Geschichte ins Bildhaft-Abstrakte übersetze und dir dann interpretiere, wird wenig Schmeichelhaftes für dich herauskommen.«

»Es ist gewiß merkwürdig«, sagte Nettlinger leise, und nahm seine Zigarre aus dem Mund, »wenn ich hier um Verständnis bitte, aber glaube mir: als ich deinen Namen auf der Fahndungsliste las und die Meldung kontrollierte und erfuhr, daß sie dich wirklich an der Grenze verhaftet hatten, habe ich nicht einen Augenblick gezögert, alles für deine Freilassung in die Wege zu leiten.«

»Es würde mir leid tun«, sagte Schrella, »wenn du glaubtest, daß ich die Echtheit deiner Motive und Gefühle bezweifle. Nicht einmal deine Reue ziehe ich in Zweifel, aber Bilder – und du hast mich gebeten, die Geschichte als Bild in meine Sammlung aufzunehmen –, Bilder bedeuten eine Abstraktion, und das ist die Rolle, die du damals gespielt hast und heute spielst; die Rollen sind – verzeih – die gleichen, denn damals bedeutete mich unschädlich zu machen, mich einzusperren, heute bedeutet mich unschädlich zu machen, mich freizulassen; ich fürchte, daß Robert, der viel abstrakter denkt als ich, aus diesem Grund keinen Wert darauf legt, dich zu treffen. Ich hoffe, du verstehst mich – auch damals habe ich an der Echtheit deiner persönlichen Motive und Gefühle nie gezweifelt; du kannst mich nicht verstehen, versuche es gar nicht, denn du hast die Rollen nicht bewußt gespielt – sonst wärst du ein Zyniker oder ein Verbrecher – beides bist du nicht.«

»Ich weiß jetzt wirklich nicht, ob du mir Komplimente machst oder das Gegenteil.«

»Von beidem etwas«, sagte Schrella lachend.

»Vielleicht weißt du nicht, was ich für deine Schwester getan habe.«

»Hast du Edith geschützt?«

»Ja. Wakiera wollte sie verhaften lassen; immer wieder setzte er sie auf die Liste, und ich habe ihren Namen immer wieder gestrichen.«

»Eure Wohltaten«, sagte Schrella leise, »sind fast schrecklicher als eure Missetaten.«

»Und ihr seid unbarmherziger als Gott, der die bereuten Sünden verzeiht.«

»Wir sind nicht Gott und können uns seine Allwissenheit so wenig anmaßen wie seine Barmherzigkeit.«

Nettlinger lehnte sich kopfschüttelnd zurück; Schrella nahm eine Zigarette aus der Tasche, steckte sie in den Mund und erschrak wieder, als Nettlingers Feuerzeug so plötzlich vor seiner Nase klickte, und die hellblaue, saubere Flamme ihm fast die Wimpern versengte. ›Und deine Höflichkeit‹, dachte er, ›ist schlimmer als deine Unhöflichkeit je war. Deine Beflissenheit ist die gleiche geblieben, es ist die, mit der du mir den Schlagball ins Gesicht geworfen hast und mit der du mir jetzt auf eine lästige Weise Feuer für meine Zigarette gibst.«

»Wann wird Robert erreichbar sein?« fragte er.

»Wahrscheinlich erst am Montag, ich konnte nicht rauskriegen, wohin er übers Wochenende gefahren ist; auch sein Vater, seine Tochter, alle sind weg; vielleicht kannst du's heute abend in seiner Wohnung versuchen, oder morgen früh um halb zehn im Hotel Prinz Heinrich; dort spielt er zwischen halb zehn und elf immer Billard. Sie sind im Gefängnis hoffentlich nicht grob zu dir gewesen?«

»Nein«, sagte Schrella, »korrekt.«

»Sag mir, wenn du Geld brauchst. Mit dem, was du hast, wirst du nicht weit kommen.«

»Ich denke, bis Montag wird es reichen; ab Montag werde ich Geld haben.«

Zum Bahnhof hin wurde die Autoschlange länger und breiter. Schrella versuchte, das Fenster zu öffnen, kam aber nicht mit den Handgriffen zurecht und Nettlinger beugte sich über ihn, drehte das Fenster herunter.

»Ich fürchte«, sagte er, »die Luft, die da hereinkommt, ist nicht besser als die, die wir drinhaben.«

»Danke«, sagte Schrella; er sah Nettlinger an, nahm seine Zigarette von der linken in die rechte, von der rechten in die linke Hand. »Hör mal«, sagte er, »der Ball, den Robert damals schlug, ist er eigentlich je gefunden worden – du erinnerst dich?«

»Ja«, sagte Nettlinger, »natürlich erinnere ich mich gut, weil später soviel darüber geredet wurde; sie haben den Ball nie gefunden; sie suchten an diesem Abend bis spät in die Nacht, sogar am nächsten Tag, obwohl es ein Sonntag war; es ließ ihnen keine Ruhe; jemand behauptete später, es sei nur ein Trick von Robert gewesen, er habe den Ball gar nicht geschlagen, sondern nur das Geräusch des Schlagens nachgeahmt und den Ball dann verschwinden lassen.«

»Aber sie haben doch alle den Ball gesehen, oder nicht – wie er flog?«

»Natürlich, niemand hat dieses Gerücht geglaubt; andere sagten, er sei in den Brauereihof gefallen, auf einen Bierwagen, der dort wartete; vielleicht erinnerst du dich, daß kurz darauf ein Wagen ausfuhr.«

»Es war vorher, lange bevor Robert schlug«, sagte Schrella.

»Ich glaube, du irrst«, sagte Nettlinger.

»Nein, nein«, sagte Schrella, »ich stand dort und wartete und beobachtete alles genau; der Wagen fuhr aus, bevor Robert schlug.«

»Na, gut«, sagte Nettlinger –; »jedenfalls wurde der Ball nie gefunden. Wir sind am Bahnhof – willst du dir wirklich nicht helfen lassen?«

»Nein, danke, ich brauche nichts.«

»Darf ich dich wenigstens zum Essen einladen?«

»Gut«, sagte Schrella, »gehen wir essen.«

Der Chauffeur hielt die Tür auf, Schrella stieg als erster aus, wartete mit den Händen in der Tasche auf Nettlinger, der seine Aktentasche vom Sitz nahm, seinen Mantel zuknöpfte und zum Chauffeur sagte: »Bitte, holen Sie mich gegen halb sechs am Hotel Prinz Heinrich ab.« Der Chauffeur legte die Hand an die Mütze, stieg ein und setzte sich ans Steuer.

Schrellas Brille, die abfallenden Schultern, der merkwürdig lächelnde Mund, das blonde Haar, ungelichtet, nur mit einem leichten silbernen Schimmer, immer noch nach hinten gekämmt; die Bewegung, mit der er sich den Schweiß abwischte, dann das Taschentuch wieder in die Tasche steckte: Schrella schien unverändert, kaum um ein paar Jahre gealtert.

»Warum bist du zurückgekommen?« fragte Nettlinger leise. Schrella blickte ihn an, blinzelnd, wie er es immer getan hatte, mit den Zähnen an der Unterlippe nagend; in der rechten Hand die Zigarette, in der linken den Hut; er blickte Nettlinger lange an und wartete, wartete immer noch vergebens auf das, wonach er sich seit mehr als zwanzig Jahren sehnte: Haß; nach dem handgreiflichen, den er sich immer gewünscht hatte; jemand ins Gesicht schlagen oder in den Hintern treten, dabei rufen: ›Du Schwein, du elendes Schwein‹, er hatte immer die Menschen beneidet, die zu solch einfachen Gefühlen fähig waren, aber er konnte in dieses runde, verlegen lächelnde Gesicht nicht hineinschlagen und nicht in diesen Hintern treten; auf der Schultreppe das Bein gestellt, so daß er hinstürzte, sich ihm die Bügel der Brille ins Ohrläppchen bohrten; auf dem Heimweg überfallen, in Hauseingänge geschleppt und verprügelt; mit der Stacheldrahtpeitsche geschlagen, Robert und ihn; verhört; schuld an Ferdis Tod – und Edith geschont, Robert freigelassen.

Er blickte von Nettlinger weg auf den Bahnhofsvorplatz, wo es von Menschen wimmelte; Sonne, Wochenende, wartende Taxis und Eisverkäufer, Hotelboys in violetten Uniformen schleppten Koffer hinter Gästen her; die graue hoheitsvolle Fassade von Sankt Severin, Hotel Prinz Heinrich, Café Kroner; er erschrak, als Nettlinger plötzlich davonlief, sich in die Menschenmenge stürzte, mit den Armen fuchtelnd, rufend: »Hallo, Fräulein Ruth . . .«, dann kam er zurück, schüttelte den Kopf. »Hast du das Mädchen gesehen?« fragte er, »die mit der grünen Mütze und dem rosaroten Pullover; sie ist auffallend hübsch – es war Roberts Tochter. Ich habe sie nicht mehr erwischt; sie hätte uns sagen können, wo wir ihn finden. Schade – hast du sie gesehen?«

»Nein«, sagte Schrella leise, »Ediths Tochter.«

»Natürlich«, sagte Nettlinger, »deine Nichte. Verflucht – nun, gehen wir essen.«

Er ging über den Bahnhofsvorplatz, überquerte die Straße; Schrella folgte ihm zum Hotel Prinz Heinrich; ein Boy in violetter Uniform hielt die Tür auf, die hinter ihnen in die Filzfugen zurückpendelte.

»Fensterplatz?« fragte Jochen. »Aber gern. Nicht zuviel Sonne? Also Ostseite. Hugo, du sorgst mir dafür, daß die Herren einen Fensterplatz an der Ostseite bekommen. Keine Ursache« – Trinkgelder werden hier gern angenommen. Eine Mark ist eine ehrliche runde Münze, und Trinkgeld ist die Seele des Berufs, und *ich habe doch gesiegt*, mein Bester, du hast ihn nicht zu Gesicht bekommen. Wie bitte, ob Herr Dr. Fähmel auch sonntags hier Billard spielt? Schrella? Um Gottes willen! Da brauch ich nicht mal auf die rote Karte zu sehen. »Mein Gott, Sie werden einem alten Mann zu dieser stillen Stunde hier wohl eine außerdienstliche Bemerkung verzeihen, Herr Schrella! Ich habe ja Ihren Vater gut gekannt, gut; der hat doch ein Jahr bei uns gearbeitet – damals in dem Jahr, als das Deutsche Turn- und Sportfest war; Sie erinnern sich sogar daran? Natürlich, Sie müssen damals schon so an die zehn, elf gewesen sein; hier, meine Hand, ich würde mich freuen, wenn Sie sie drückten; mein Gott, Sie werden mir hier ein paar Gefühle verzeihen, die sozusagen nicht zu meinem Dienst gehören; ich bin alt genug, mir das leisten zu können; ihr Vater war ein ernster Mann, und würdig! Mein Gott, der ließ sich keine Frechheiten gefallen und war zu denen, die nicht frech waren, wie ein Lamm; ich habe oft an Ihren Vater gedacht – verzeihen Sie mir, wenn ich da an alte Wunden rühre; um Gottes willen – ich hab ja ganz vergessen, mein Gott; ein Glück, daß diese Schweine nichts mehr zu sagen haben; aber Vorsicht, HERR Schrella, Vorsicht; manchmal mein ich: die *haben doch gesiegt*. Vorsicht. Trauen Sie dem Frieden nicht – und verzeihen Sie einem alten Mann ein paar außerdienstliche Gefühle und Bemerkungen. Hugo, den allerbesten Platz an der Ostseite für die Herren, den allerbesten. Nein, Herr

Schrella, sonntags kommt Herr Dr. Fähmel nicht zum Billardspiel, nein, sonntags nicht; der wird sich freuen, Sie sind doch Jugendfreunde und Gesinnungsgenossen gewesen, nicht wahr? Glauben Sie nicht, daß alle Menschen vergeßlich sind. Sollte er aus irgendeinem Grund hier auftauchen, so würde ich Ihnen Nachricht geben, falls Sie mir Ihre Adresse hinterlassen; ich schicke Ihnen einen Boten, ein Telegramm, ich rufe an, wenn Sie wollen. Für unsere Kunden tun wir doch alles.«

Hugo verzog keine Miene; Erkennen wird nur auf Wunsch der Gäste vollzogen; im Billardsaal gebrüllt? Diskretion; Stacheldrahtpeitsche? Nein; unangebrachte Vertraulichkeiten und Kombinationen müssen vermieden werden; Diskretion ist das Banner des Berufs. Die Karte? Hier bitte, die Herren. Ist der Platz den Herren genehm? Ostseite, Fensterplatz, nicht zuviel Sonne? Blick auf das Ostchor von Sankt Severin: frühromanisch, elftes oder zwölftes Jahrhundert; Erbauer: der heilige Herzog Heinrich, der Wilde. Jawohl, mein Herr, den ganzen Tag über warme Küche; alle Speisen, die Sie auf der Karte finden, von zwölf bis vierundzwanzig Uhr servierbar. Das beste Menü? Sie haben ein Wiedersehensfest zu feiern; leicht vertrauliches Lächeln, wie es bei einer solch vertraulichen Mitteilung angebracht ist; nur nicht denken; Schrella, Nettlinger, Fähmel; keine Kombinationen; Narben auf dem Rücken? Der Ober wird gleich kommen und Ihre Bestellung entgegennehmen. »Trinkst du auch einen Martini?« fragte Nettlinger.

»Ja, bitte«, sagte Schrella. Er gab dem Jungen seinen Mantel, seinen Hut, fuhr sich durchs Haar und setzte sich; im Saal saßen nur wenige Gäste, in der Ecke hinten, murmelten leise miteinander; sanftes Lachen wurde von mildem Gläserklirren untermalt; Sekt.

Schrella nahm den Martini vom Tablett, das der Kellner ihm hinhielt, wartete, bis auch Nettlinger seinen genommen hatte, hob das Glas, nickte Nettlinger zu und trank; Nettlinger schien auf eine unangemessene Weise gealtert; Schrella hatte den strahlenden blonden Jungen in Erinnerung, dessen brutaler Mund immer einen gutmütigen Zug behalten hatte; der mit Leichtigkeit einssiebenundsechzig hoch gesprungen, die hundert Meter in 11,5 gelaufen war; Sieger, brutal, gutmütig, aber offenbar, dachte Schrella, sind sie nicht einmal ihrer Siege froh geworden; schlechte Erziehung, schlechte Ernährung und keinen Stil; frißt wahrscheinlich zuviel; schon halb kahl, schon Alterssentimentalität im feuchten Auge. Nettlinger beugte sich mit fachmännisch verzogenem Mund über die Speisekarte, seine weiße Manschette rutschte hoch, eine goldene Armbanduhr wurde sichtbar, der Trauring am Ringfinger; mein Gott, dachte Schrella, selbst wenn er das alles nicht getan hätte, würde Robert wohl keine Lust haben, mit ihm Bier zu trinken oder seine Kinder zu familienverbindendem Badmintonspiel in Nettlingers Vorstadtvilla zu führen.

»Darf ich dir etwas vorschlagen?« fragte Nettlinger.

»Bitte«, sagte Schrella, »schlag mir was vor.«

»Also hier«, sagte Nettlinger, »da gäbe es als Vorspeise einen ausgezeichneten Räucherlachs, dann Hühnchen mit Pommes frites und Salat, und ich würde meinen, daß wir uns nachher erst entschließen, welchen Nachtisch wir nehmen; weißt du, für mich ergibt sich der Appetit auf den Nachtisch erst während des Essens, ich vertraue da meinem Instinkt – ob ich nachher Käse, Kuchen, Eis oder ein Omelette nehmen werde; nur über eins bin ich mir vorher schon sicher; über den Kaffee.« Nettlingers Stimme klang, als hätte er an einem Kursus ›Wie werde ich Feinschmecker?‹ teilgenommen; noch wollte er seine einstudierte Litanei, auf die er stolz zu sein schien, nicht abbrechen, murmelte Schrella zu: »Entrecôte à deux – Forelle blau – Kalbsmedaillon.«

Schrella beobachtete Nettlingers Finger, der andächtig an der Liste der Speisen herunterwanderte, an bestimmten Speisen hielt – Schnalzen, Kopfschütteln, Unentschlossenheit – »Wenn ich Poularde lese, werde ich immer schwach.« Schrella steckte sich eine Zigarette an, war glücklich, daß er diesmal Nettlingers Feuerzeug entging; er nippte an seinem Martini, folgte mit den Augen Nettlingers Zeigefinger, der nun bei den Nachspeisen angekommen war. ›Ihre verfluchte Gründlichkeit‹, dachte er, ›verdirbt einem sogar den Appetit auf so was Vernünftiges und Gutes wie gebratenes Huhn; sie müssen einfach alles besser machen und sind offenbar auf dem besten Wege, sogar in der Zelebrierung des Fressens die Italiener und Franzosen noch zu übertrumpfen.‹

»Bitte«, sagte er, »ich bleibe bei Hühnchen.«

»Und Räucherlachs?«

»Nein, danke.«

»Du läßt dir da etwas ganz Köstliches entgehen; du mußt doch einen Mordshunger haben.«

»Den habe ich«, sagte Schrella, »aber ich werde mich an den Nachtisch halten.«

»Wie du willst.«

Der Ober brachte noch zwei Martinis, auf einem Tablett, das sicher mehr gekostet hatte als ein Schlafzimmer; Nettlinger nahm ein Glas vom Tablett, reichte es Schrella, nahm seins, beugte sich vor und sagte: »Dies auf dein Wohl, auf dein spezielles.«

»Danke«, sagte Schrella, nickte und trank.

»Eins ist mir noch unklar«, sagte er, »wie kam es, daß sie mich an der Grenze schon verhafteten.«

»Es ist ein verdammter Zufall, daß dein Name noch auf der Fahndungsliste stand; Mordversuch verjährt nach zwanzig Jahren, und du hättest schon vor zwei Jahren gestrichen werden müssen.«

»Mordversuch?« fragte Schrella.

»Ja, was ihr damals mit Wakiera gemacht habt, lief unter dieser Bezeichnung.«

»Du weißt wohl nicht, daß ich gar nicht daran beteiligt war; ich habe diese Sache nicht einmal gebilligt.«

»Nun«, sagte Nettlinger, »desto besser; dann wird es keine Schwierigkeiten machen, deinen Namen endgültig von der Fahndungsliste zu streichen; ich konnte mich nur für dich verbürgen und deine vorläufige Freilassung erwirken; die Eintragung konnte ich nicht annullieren; jetzt wird alles weitere nur eine Formsache sein. Du gestattest, daß ich mit meiner Suppe schon anfange?«

»Bitte«, sagte Schrella.

Er wandte sich ab, dem Bahnhof zu, während Nettlinger seine Suppe aus dem Silberbecher löffelte; gewiß waren die blaßgelben Klößchen in der Suppe vom Mark der edelsten Rinder, die je auf deutschen Wiesen geweidet hatten; golden schimmerte auf dem Tablett der Räucherlachs zwischen dem frischen Grün der Salatblätter; sanft gebräunt war der Toast, silbrige Wassertropfen bedeckten die Butterklümpchen; beim Anblick des essenden Nettlinger mußte Schrella gegen ein elendes Gefühl der Rührung ankämpfen; er hatte Essen immer als einen hohen Akt der Brüderlichkeit empfunden; Liebesmahl in elenden Hotels und in guten; allein essen zu müssen war ihm immer wie eine Verdammung erschienen, und der Anblick allein essender Männer in Wartesälen und Frühstückszimmern, in den unzähligen Pensionen, die er bewohnt hatte, war für ihn immer der Anblick von Verdammten gewesen; er hatte immer Gesellschaft beim Essen gesucht, sich am liebsten zu einer Frau gesetzt; ein paar Worte gewechselt, während er Brot zerbröckelte, ein Lächeln über den Suppenteller hin, ein paar Handreichungen machten den rein biologischen Vorgang erst erträglich und zum Genuß; Männer wie Nettlinger, deren er unzählige beobachtet hatte, erinnerten ihn an Verurteilte; ihre Mahlzeiten kamen ihm wie Henkersmahlzeiten vor; sie aßen, obwohl sie die Tischsitten beherrschten und beobachteten, ohne Zeremonie, mit tödlichem Ernst, der Erbsensuppe und Poularde tötete; waren außerdem gezwungen, mit jedem Bissen, den sie aßen, den Preis zu würdigen. Er wandte sich von Nettlinger ab, dem Bahnhof wieder zu, las das große Transparent, das über dem Eingang hing: *Herzlich willkommen unsere Heimkehrer.*

»Hör mal«, sagte er, »würdest du mich als Heimkehrer bezeichnen?«

Mit einem Lidaufschlag, als tauchte er aus Abgründen der Trauer auf, blickte Nettlinger von der Toastschnitte hoch, die er gerade mit Butter bestrich.

»Das kommt darauf an«, sagte er, »bist du eigentlich noch deutscher Staatsbürger?«

»Nein«, sagte Schrella, »ich bin Staatenloser.«

»Schade«, sagte Nettlinger, neigte sich wieder über seine Toastschnitte, spießte ein Stück Räucherlachs von der Platte, zerlegte es – »wenn es dir gelingen könnte zu beweisen, daß du nicht aus kriminellen, sondern aus politischen Gründen fliehen mußtest, würdest du eine ganz hübsche Entschädigung bekommen können. Liegt dir daran, daß ich die Rechtslage kläre?«

»Nein«, sagte Schrella. Er beugte sich vor, als Nettlinger die Lachsplatte zurückschob: »willst du etwa den herrlichen Lachs zurückgehen lassen?«

»Natürlich«, sagte Nettlinger, »aber du kannst doch nicht . . .«

Er blickte erschrocken um sich, als Schrella sich eine Scheibe Toast vom Teller, den Lachs mit den Fingern von der Silberplatte nahm und auf den Toast legte – »du kannst doch nicht . . .«

»Du glaubst gar nicht, was man in einem so vornehmen Hotel alles kann; mein Vater ist Kellner gewesen, sogar in diesen heiligen Hallen; die verzögen keine Miene, wenn du Erbsensuppe mit den Fingern essen würdest, obwohl das unnatürlich und unpraktisch wäre; aber gerade das Unnatürliche und Unpraktische wird hier am wenigsten Aufsehen erregen, deshalb die hohen Preise; das ist der Preis für Kellner, die keine Miene verziehen; aber Brot mit den Fingern essen und Fisch mit den Fingern drauflegen – das ist weder unnatürlich noch unpraktisch.«

Er nahm lächelnd die letzte Lachsscheibe vom Tablett, öffnete die Toastschnitten noch einmal und klemmte den Fisch dazwischen. Nettlinger sah ihn böse an.

»Wahrscheinlich«, sagte Schrella, »würdest du mich jetzt am liebsten umbringen, aus anderen Motiven als damals, das muß ich zugeben, aber das Ziel wäre das gleiche; höre, was der Sohn eines Kellners dir zu verkünden hat: ein wirklich feiner Mann unterwirft sich nie der Tyrannei der Kellner, unter denen es natürlich welche gibt, die wie feine Leute denken.«

Er aß seine Schnitte, während der Kellner, von einem Boy assistiert, für den Hauptgang deckte; komplizierte Warmhaltevorrichtungen wurden auf kleinen Tischen aufgebaut, Bestecke und Teller verteilt, die benutzten wurden weggeräumt, für Nettlinger wurde Wein, für Schrella Bier gebracht. Nettlinger kostete den Wein. »Ein ganz klein wenig zu warm«, sagte er.

Schrella ließ sich Huhn vorlegen, Kartoffeln und Salat, prostete Nettlinger mit seinem Bierglas zu und beobachtete, wie der Kellner Nettlinger tiefbraune schwere Sauce über das Lendenstück goß.

»Lebt eigentlich Wakiera noch?«

»Natürlich«, sagte Nettlinger, »er ist erst achtundfünfzig, und – du wirst das Wort aus meinem Munde bestimmt komisch finden: er ist einer von den Unbelehrbaren.«

»Ach«, fragte Schrella, »wie soll ich das verstehen; ob es das wirklich geben kann: unbelehrbare Deutsche?«

»Nun, er pflegt dieselben Traditionen, die er im Jahr 1935 zu pflegen beliebte.«

»Hindenburg und so? Anständig, anständig, Treue, Ehre – wie?«

»Genau. Hindenburg wäre das Stichwort für ihn.«

»Und das Stichwort für dich?«

Nettlinger blickte von seinem Teller auf, hielt die Gabel in einem Fleischstück fest, das er gerade abgeschnitten hatte.

»Wenn du mich doch verstehen würdest«, sagte er, »ich bin Demokrat, ich bin es aus Überzeugung.«

Er senkte seinen Kopf wieder über die Lendenschnitte, hob die Gabel mit dem aufgespießten Fleischstück hoch, schob es in den Mund, wischte sich den Mund mit der Serviette, griff kopfschüttelnd nach seinem Weinglas.

»Was ist aus Trischler geworden?« fragte Schrella.

»Trischler? Ich entsinne mich nicht.«

»Der alte Trischler, der am unteren Hafen wohnte, wo später der Schiffsfriedhof war! Erinnerst du dich auch nicht an Alois, der in unserer Klasse gewesen ist?«

»Ach«, sagte Nettlinger, nahm sich Selleriesalat auf den Teller, »jetzt erinnere ich mich; den Alois haben wir wochenlang gesucht und nicht gefunden, und den alten Trischler hat Wakiera selbst verhört, aber er hat nichts, nichts aus ihm herausbekommen, auch aus der Frau nicht.«

»Du weißt nicht, ob sie noch leben?«

»Nein. Aber die Gegend da unten ist oft bombardiert worden. Wenn du willst, laß ich dich rausbringen. Mein Gott«, sagte er leise, »was ist denn los, was hast du vor?«

»Ich möchte gehen«, sagte Schrella, »entschuldige, aber ich muß jetzt hier raus.«

Er stand auf, trank im Stehen sein Bier aus, winkte dem Kellner, und als dieser leise herankam, deutete Schrella auf die Silberplatte, wo noch drei Stücke gebratenen Huhns im leise brutzelnden Fett auf dem Warmhalter schmorten.

»Bitte«, sagte Schrella, »würden Sie mir das so einpacken lassen, daß kein Fett nach außen dringt?«

»Aber gern«, sagte der Kellner, nahm die Platte vom Halter, beugte sich, schon zum Gehen gewendet, noch einmal zurück und fragte: »Auch die Kartoffeln, der Herr – und vielleicht etwas Salat?«

»Nein, danke«, sagte Schrella lächelnd, »die Pommes frites werden weich, und der Salat schmeckt später nicht mehr.«

Er suchte in dem gepflegten Gesicht des grauhaarigen Kellners vergebens nach einer Spur von Ironie.

Nettlinger blickte böse von seinem Teller hoch. »Gut«, sagte er, »du willst dich an mir rächen, ich kann das verstehen, aber daß du es auf diese Weise machen mußt.«

»Wäre es dir lieber, wenn ich dich umbrächte?«

Nettlinger schwieg.

»Es ist übrigens keine Rache«, sagte Schrella, »ich muß einfach hier raus, ich halte es nicht mehr aus, und ich hätte mir mein Leben lang Vorwürfe gemacht, wenn ich das Hühnchen hätte zurückgehen lassen; vielleicht kannst du dich entschließen, diesen Akt wirklich meiner ökonomischen Veranlagung zuzuschreiben; wenn ich sicher wäre, daß sie den Kellnern und Pikkolos erlaubten, die Reste aufzuessen, würde ich es liegenlassen – aber ich weiß, daß sie das hier nicht gestatten.«

Er dankte dem Boy, der seinen Mantel gebracht und ihm hineingeholfen hatte, nahm seinen Hut, setzte sich noch einmal hin und fragte: »Du kennst Herrn Fähmel?«

»Ja«, sagte Hugo.

»Kennst du auch seine Telefonnummer?«

»Ja.«

»Würdest du mir einen Gefallen tun und jede halbe Stunde bei ihm anrufen; wenn er sich meldet, ihm sagen, daß ein gewisser Herr Schrella ihn sehen möchte?«

»Ja.«

»Ich bin nicht sicher, daß dort, wo ich hin muß, Telefonzellen sind, sonst würde ich es selbst tun. Hast du meinen Namen verstanden?«

»Schrella«, sagte Hugo.

»Ja.«

»Ich melde mich gegen halb sieben und frage nach dir. Wie heißt du?«

»Hugo.«

»Vielen Dank, Hugo.«

Er stand auf, blickte auf Nettlinger hinunter, der noch eine Lendenscheibe vom Tablett nahm. »Es tut mir leid«, sagte Schrella, »daß du eine so harmlose Handlung als Racheakt empfinden kannst. Ich habe nicht einen Augenblick an Rache gedacht, aber vielleicht verstehst du, daß ich jetzt gehen möchte; sehr lange möchte ich nämlich nicht in dieser gastlichen Stadt bleiben, und ich habe noch einiges zu erledigen. Vielleicht darf ich dich noch einmal an die Fahndungsliste erinnern?«

»Selbstverständlich bin ich jederzeit für dich zu sprechen, privat oder im Amt, wie du willst.«

Schrella nahm aus den Händen des Kellners den sauber verpackten weißen Karton, gab dem Kellner ein Trinkgeld.

»Es wird kein Fett nach außen dringen, mein Herr«, sagte der Kellner,

»es ist alles in Cellophan verpackt in unserem Spezial-Picknick-Karton.«

»Auf Wiedersehen«, sagte Schrella.

Nettlinger hob den Kopf ein wenig und sagte: »Auf Wiedersehen.«

»Ja«, sagte Jochen gerade, »gerne, und dann sehen Sie schon das Schild: *Zu den römischen Kindergräbern*, es ist bis acht geöffnet und nach Einbruch der Dunkelheit beleuchtet, gnädige Frau. Keine Ursache, vielen Dank.« Er kam hinter der Theke herausgehumpelt, auf Schrella zu, dem der Boy schon die Tür aufhielt.

»Herr Schrella«, sagte er leise, »ich werde alles tun, um herauszubekommen, wo Herr Dr. Fähmel zu erreichen ist, eins habe ich inzwischen im Café Kroner schon erfahren können: um sieben findet dort eine Familienfeier statt, zu Ehren des alten Herrn Fähmel; dort werden Sie ihn also bestimmt treffen.«

»Danke«, sagte Schrella, »herzlichen Dank«, und er wußte, daß hier kein Trinkgeld angebracht war; er lächelte dem alten Mann zu, ging durch die Tür, die hinter ihm leise in ihre Filzfugen zurückpendelte.

8

Die Autobahn war in ihrer ganzen Breite durch massive Schilder gesperrt; die Brücke, die hier über den Fluß geführt hatte, war zerstört, sauber an den Rampen weggesprengt; rostige Drahtseile hingen zerfasert von den Pylonen herunter; drei Meter hohe Schilder verkündeten, was hinter ihnen lauerte: *TOD*; gekreuztes Gebein, ums Zehnfache drohend vergrößerte Totenschädel, grellweiß auf tiefschwarz gemalt, verkündeten es bildhaft für die, denen das Wort nicht genügte.

Auf diesem toten Arm übten fleißige Adepten von Fahrschulen sich im Schalten, gewöhnten sich an Geschwindigkeit, quälten die Gangschaltung, um rückwärts nach links, rückwärts nach rechts zu drehen, sich ans Wenden zu gewöhnen; auf diesem Damm, der am Golfplatz vorbei zwischen Schrebergärten hinführte, ergingen sich auch sauber gekleidete Männer und Frauen, mit ihren Feierabendgesichtern strebten sie auf die Rampe, den drohenden Schildern zu, hinter denen verborgen biedere Baubuden dem Tod zu spotten schienen; blauer Qualm stieg hinter *TOD* aus Öfen, auf denen Nachtwächter ihren Henkelmann wärmten, Brot rösteten und mit Fidibussen ihre Pfeifen ansteckten. Bombastische Treppen waren der Zerstörung nicht anheimgefallen, dienten jetzt in abendlicher Sommerwärme müden Spaziergängern als Sitzgelegenheit; aus zwanzig Metern Höhe konnten sie von hier aus den Fortgang der

Arbeiten beobachten: Taucher in gelben Anzügen glitten in die Fluten hinab, führten die Schlingen der Krane an Eisenteile, an Betonbrocken heran, und die Krane zogen ihre triefende Beute herauf, luden sie auf Lastkähne. Auf hohen Gerüsten und schwankenden Stegen, in Mastkörben hoch an den Pylonen schweißten Arbeiter mit bläulich blitzenden Schweißapparaten angerissene Stahlteile ab, verbogene Nieten, zerschnitten zerfranste Drahtseilreste; die Strompfeiler mit ihren Querstützen standen wie leere Riesentore im Strom, rahmten einen Hektar blauen Nichts ein; Sirenen gaben Signal: Fahrrinne frei, Fahrrinne besetzt; rote Lichter, grüne; Schleppzüge brachten Kohle und Holz von hier nach dort, von dort nach hier.

Grüner Fluß, Heiterkeit, sanfte Ufer mit Weidengebüsch, bunte Schiffe, blaue Blitze aus Schweißapparaten; drahtige Männer, drahtige Frauen, ernsten Gesichts, die Schläger geschultert, gingen über makellosen Rasen hinter Golfbällen her; achtzehn Löcher; Rauch stieg aus Gärten hoch, Bohnenlaub, Erbsenlaub, ausgewechselte Zaunpfähle verwandelten sich in Rauch, bildeten liebliche Schwaden am Himmel, die Jugendstil-Elfen glichen, sich barock zusammenballten, sich dann hellgrau am Nachmittagshimmel zu zerquälten Figuren verzerrten, bevor eine Windströmung oben sie zerfetzte und auf den Horizont zujagte; rollerfahrende Kinder fielen sich auf dem grob belegten Parkstreifen Arme und Knie wund, zeigten erschrockenen Müttern schürfige Wunden und erpreßten Limonadeversprechen, Eisversprechen; Liebespaare, die Hände verschlungen, strebten den Weidenbüschen zu, wo die Hochwasserspur längst gebleicht war: Schilfrohr, Korken, Flaschen und Schuhcremedosen; Schiffer stiegen über schwankende Stege an Land, Frauen mit Einkaufskörben am Arm und Zuversicht in den Augen; Wäsche flatterte auf blitzsauberen Kähnen im Abendwind; grüne Hosen, rote Blusen, schneeweiße Bettücher über dem tiefen Schwarz des frischen Teers, der wie japanischer Lack glänzte; schlammbedeckt, tangbedeckt tauchten Brückenteile auf; hinten die graue schlanke Silhouette von Sankt Severin, und im Café Bellevue verkündete die erschöpfte Kellnerin: »Der Sahnekuchen ist alle«, wischte sich den Schweiß vom groben Gesicht, wühlte in der Ledertasche nach Wechselgeld. »Nur noch Sandkuchen – nein, auch das Eis ist alle.«

Joseph ließ sich das Wechselgeld in die offene Hand zählen, steckte die Münzen in die Hosentasche, den Schein in die Tasche seines Hemds, drehte sich Marianne zu und kämmte ihr mit der gespreizten Hand die Schilfreste aus dem dunklen Haar, klopfte Sand aus ihrem grünen Pullover.

»Du hast dich doch so auf die Feier gefreut«, sagte sie, »was ist denn los?«

»Es ist nichts los«, sagte er.

»Ich spüre es doch; es ist etwas anders!«

»Ja.«

»Willst du es mir nicht sagen?«

»Später«, sagte er, »vielleicht erst in Jahren, vielleicht auch bald. Ich weiß nicht.«

»Hat es mit uns beiden zu tun?«

»Nein.«

»Bestimmt nicht?«

»Nein.«

»Mit dir?«

»Ja.«

»Also doch mit uns beiden.«

Joseph lächelte. »Natürlich, da ich ja mit dir zu tun habe.«

»Ist es etwas Schlimmes.«

»Ja.«

»Hat es mit deiner Arbeit zu tun?«

»Ja. Gib mir deinen Kamm, aber dreh dich nicht um; die feinen Sandkörner krieg ich mit den Händen nicht raus.«

Sie nahm den Kamm aus ihrer Handtasche und reichte ihn über die Schulter; er hielt ihre Hand einen Augenblick fest.

»Ich hab doch immer gesehen, wie du abends, wenn die Arbeiter weg waren, an dem großen Haufen nagelneuer Steine entlanggegangen bist und sie berührt hast; nur angefaßt – und ich hab gesehen, daß du es gestern und vorgestern nicht getan hast; ich kenn doch deine Hände; und heute morgen bist du so früh weggefahren.«

»Ich habe für meinen Großvater ein Geschenk besorgt.«

»Du bist nicht wegen des Geschenks weggefahren; wo bist du gewesen?«

»Ich war in der Stadt«, sagte er, »der Rahmen für das Bild war immer noch nicht fertig, und ich habe darauf gewartet; du kennst doch das Foto, wo mich meine Mutter an der Hand hält, Ruth auf ihrem Arm, und Großvater steht hinter uns? Ich habe es vergrößern lassen, und ich weiß, daß er sich darüber freuen wird.«

Und dann bin ich in die Modestgasse gegangen und habe gewartet, bis mein Vater aus dem Büro kam, groß, ungebeugt, und ich bin hinter ihm hergegangen bis zum Hotel; ich habe eine halbe Stunde vor dem Hotel gewartet, aber er kam nicht heraus, und hineingehen und nach ihm fragen mochte ich nicht; ich wollte ihn nur sehen, und ich habe ihn gesehen; ein gepflegter Herr in den besten Jahren.

Er ließ Marianne los, steckte den Kamm in seine Hosentasche, legte Marianne die Hände auf die Schultern und sagte: »Bitte, dreh dich nicht um, so kann man besser miteinander reden.«

»Besser lügen«, sagte sie.

»Vielleicht«, sagte er, »oder besser: verschweigen.«

An ihrem Ohr vorbei konnte er über die Brüstung der Caféhausterrasse mitten auf den Fluß sehen, und er beneidete den Arbeiter, der fast sechzig Meter hoch oben am Pylon in einem Korb hing und mit dem Schweißapparat blaue Blitze in die Luft zeichnete; Sirenen tuteten, ein Eisverkäufer ging unterhalb des Cafés an der Böschung entlang, rief ›Eis, Eis‹, schwieg dann und spachtelte Eis in bröcklige Waffeln; hinten die graue Silhouette von Sankt Severin.

»Es muß etwas sehr Schlimmes sein«, sagte Marianne.

»Ja«, sagte er, »es ist ziemlich schlimm – vielleicht auch nicht; das ist noch nicht entschieden.«

»Innen oder außen?« fragte sie.

»Innen«, sagte er. »Jedenfalls hab ich heute mittag Klubringer gekündigt; dreh dich nicht um, sonst sag ich kein Wort mehr.«

Er nahm die Hände von ihren Schultern, legte sie um ihren Kopf und hielt ihn in Richtung zur Brücke hin fest.

»Was wird dein Großvater dazu sagen, daß du gekündigt hast? Er war so stolz auf dich, jedes lobende Wort, das Klubringer über dich sagte, ging ihm wie Honig ein; und er hängt doch so an der Abtei; du darfst es ihm heute noch nicht sagen.«

»Sie werden es ihm schon gesagt haben, bevor er uns trifft; du weißt doch, daß er mit Vater nach Sankt Anton kommt; Nachmittagskaffee vor der großen Geburtstagsfeier.«

»Ja«, sagte sie.

»Es tut mir leid um Großvater; du weißt, daß ich ihn mag; er kommt bestimmt heute nachmittag raus, wenn er Großmutter besucht hat; jedenfalls: ich kann vorläufig keine Steine mehr sehen und keinen Mörtel mehr riechen.«

»Vorläufig nur?«

»Ja.«

»Und was wird dein Vater sagen?«

»Oh«, sagte er rasch, »ihm wird es nur um Großvaters willen leid tun; für die schöpferische Seite der Architektur hat er sich nie interessiert, nur für die Formeln; halt, dreh dich nicht um.«

»Es hat also mit deinem Vater zu tun, ich spür's doch; ich bin ja so gespannt drauf, ihn endlich zu sehen; am Telefon mit ihm gesprochen hab ich schon ein paar Mal; ich glaube, daß er mir gefallen wird.«

»Er wird dir gefallen. Spätestens heute abend wirst du ihn sehen.«

»Muß ich mit zur Geburtstagsfeier?«

»Unbedingt. Du kannst dir nicht vorstellen, wie Großvater sich freuen wird – und er hat dich ja ausdrücklich eingeladen.«

Sie versuchte sich zu befreien, aber er lachte, hielt sie fest und sagte:

»Laß doch, so kann man viel besser miteinander sprechen.«
»Und lügen.«
»Verschweigen«, sagte er.
»Liebst du deinen Vater?«
»Ja. Besonders seitdem ich weiß, wie jung er noch ist.«
»Du hast nicht gewußt, wie alt er ist?«
»Nein. Ich habe ihn immer für fünfzig, fünfundfünfzig gehalten – komisch, nicht wahr, ich habe mich nie für sein genaues Alter interessiert, und ich war richtig erschrocken, als ich vorgestern meine Geburtsurkunde bekam und erfuhr, daß Vater erst dreiundvierzig ist; jung, nicht wahr?«
»Ja«, sagte sie, »und du bist zweiundzwanzig.«
»Ja, und ich habe bis zu meinem zweiten Lebensjahr nicht Fähmel geheißen, sondern Schrella; merkwürdiger Name, wie?«
»Bist du deshalb böse auf ihn?«
»Ich bin nicht böse auf ihn.«
»Was hat er denn getan, daß du plötzlich die Lust am Bauen verloren hast?«
»Ich verstehe nicht, was du meinst.«
»Schön – aber warum hat er dich nie in Sankt Anton besucht?«
»Er macht sich offenbar nichts aus Baustellen, und vielleicht sind sie als Kinder zu oft in Sankt Anton gewesen, verstehst du, Sonntagsspaziergänge, die man mit den Eltern gemacht hat – die wiederholt man als Erwachsener nur, wenn man unbedingt die Grundschule der Melancholie noch einmal durchmachen will.«
»Hast du denn je mit deinen Eltern Sonntagsspaziergänge gemacht?«
»Nicht viele, meistens mit meiner Mutter und den Großeltern, aber wenn mein Vater in Urlaub kam, ging er mit spazieren.«
»Nach Sankt Anton.«
»Auch dahin.«
»Nun, ich verstehe nicht, daß er dich nie besucht hat.«
»Er mag Baustellen einfach nicht; vielleicht ist er ein bißchen komisch; manchmal, wenn ich überraschend nach Hause komme, sitzt er im Wohnzimmer am Schreibtisch und kritzelt Formeln auf die Ränder fotokopierter Zeichnungen – er hat eine große Sammlung davon –, aber ich glaube, du wirst ihn mögen.«
»Du hast mir nie ein Bild von ihm gezeigt.«
»Ich habe kein neues; er hat so etwas rührend Altmodisches, in seinen Kleidern und seinem Benehmen; korrekt, liebenswürdig – viel altmodischer als Großvater!«
»Ich bin so gespannt auf ihn. Darf ich mich jetzt umdrehen?«
»Ja.«
Er ließ ihren Kopf los, versuchte zu lächeln, als sie sich plötzlich um-

drehte, aber ihre runden hellgrauen Augen löschten sein gewaltsames Lächeln aus.

»Warum sagst du es mir nicht?«

»Weil ich es selber noch nicht verstehe. Sobald ich's verstanden habe, werde ich es dir sagen; aber das kann lange dauern; fahren wir?«

»Ja«, sagte sie, »fahren wir; dein Großvater wird bald da sein; laß ihn nicht warten; wenn sie es ihm sagen, bevor er dich sieht – das wird schlimm für ihn sein, und bitte, versprich mir, daß du nicht wieder auf das schreckliche Schild zufährst und erst im letzten Augenblick stoppst.«

»Eben«, sagte er, »habe ich mir vorgestellt, daß ich durchfahre, die Baubuden wegrasiere und über die kahle Rampe hinweg wie von einer Schanze herunter ins Wasser springe mit dem Auto . . .«

»Du magst mich also nicht.«

»Ach, Gott«, sagte er, »es ist ja nur ein Spiel.«

Er zog Marianne hoch; sie gingen die Treppe hinunter, die ans Flußufer führte.

»Es tut mir wirklich leid«, sagte Joseph, »daß Großvater es ausgerechnet heute erfahren muß, an seinem achtzigsten Geburtstag.«

»Kannst du es ihm nicht ersparen?«

»Die Tatsache nicht – aber die Mitteilung ja, wenn sie es ihm noch nicht gesagt haben.«

Er schloß das Auto auf, stieg ein, öffnete von innen die Tür für Marianne, legte den Arm um ihre Schultern, als sie neben ihm saß.

»Nun hör doch mal zu«, sagte er, »es ist ja ganz einfach; die Strecke ist genau viereinhalb Kilometer lang; dreihundert Meter brauche ich, um auf hundertzwanzig zu kommen – wieder dreihundert zum Bremsen, und das ist sehr großzügig gerechnet; es bleiben also knapp vier Kilometer, für die ich genau zwei Minuten brauche; du mußt nur auf die Uhr sehen, mir sagen, wann die zwei Minuten um sind und ich anfangen muß zu bremsen; verstehst du denn nicht? Ich möchte ja nur einmal rauskriegen, was in der Karre wirklich drin steckt.«

»Es ist ein schreckliches Spiel«, sagte sie.

»Wenn ich wirklich auf hundertachtzig kommen könnte, brauchte ich nur zwanzig Sekunden – aber dann würde auch der Bremsweg länger.«

»Bitte hör auf, bitte.«

»Hast du Angst?«

»Ja.«

»Gut, dann laß ich's. Darf ich dann wenigstens mal mit achtzig draufzufahren?«

»Meinetwegen, wenn dir soviel daran liegt.«

»Du brauchst dabei gar nicht auf die Uhr zu sehen, ich kann auf Sicht fahren und den Bremsweg nachher abfahren, verstehst du, ich möchte einfach mal wissen, ob sie uns mit den Tachometern nicht beschummeln.«

Er schaltete, fuhr langsam durch die schmalen Gassen des Ausflugsortes, schnell am Zaun des Golfplatzes vorbei und hielt an der Auffahrt zur Autobahn.

»Hör«, sagte er, »mit achtzig brauch ich genau drei Minuten, es ist wirklich ganz ungefährlich, wenn du Angst hast, steig hier aus und warte auf mich.«

»Nein, allein laß ich dich auf keinen Fall fahren.«

»Es ist ja das letzte Mal«, sagte er, »vielleicht werde ich schon morgen nicht mehr hier sein, und anderswo gibt es solche Gelegenheiten nicht.«

»Aber auf einer freien Strecke könntest du es doch viel besser ausprobieren.«

»Nein, es ist ja gerade die Notwendigkeit, vor dem Schild halten zu müssen, die mich reizt.« Er küßte sie auf die Wange. »Weißt du, was ich tun werde?«

»Nein.«

»Ich werde vierzig fahren.«

Sie lächelte, als er losfuhr, blickte aber auf den Tachometer.

»Paß auf«, sagte er, als sie den Kilometerstein 5 passierten, »guck jetzt mal auf die Uhr und miß die Zeit ab, die wir bis zum Kilometerstein 9 brauchen; ich fahre genau vierzig.«

Weit vorn, wie Riegel vor die riesigen Tore geschoben, sah sie die Schilder, erst nur wie Hürden, sie wurden größer, wuchsen mit erdrückender Stetigkeit: was wie eine schwarze Spinne ausgesehen hatte, klärte sich zu gekreuztem Gebein, was wie ein merkwürdiger Knopf ausgesehen hatte, wurde zum Totenschädel, stieg, wie das Wort stieg, an sie heranflog, fast schon die Kühlerhaube zu berühren schien: das O von *TOD* wie ein offener Mund, der einen drohenden Laut zu bilden schien; die zitternde Tachometernadel zwischen 90 und 100, rollerfahrende Kinder, Männer und Frauen, deren Gesichter nichts Feierabendliches mehr hatten, flogen vorüber, mit warnend erhobenen Armen, schrillen Stimmen wirkten sie wie dunkle Todesvögel.

»Du«, sagte sie leise, »bist du überhaupt noch da?«

»Natürlich«, sagte er lächelnd, »und ich weiß genau, wo ich bin«, er blickte starr auf das O von *TOD*: »Reg dich nicht auf.«

Kurz vor Feierabend holte der Vorarbeiter der Abbruchfirma ihn ins Refektorium, wo ein Schuttberg in der Ecke auf ein Band geschaufelt, vom Band auf den Lastwagen transportiert wurde; Nässe, die sich im Schutt gesammelt, aus Steinresten, Mörtelresten und undefinierbarem Dreck klebriger Klumpen gebildet hatte; Nässe wurde an den Wänden, je kleiner der Schuttberg wurde, erst in dunklem, dann in hellem Ausschlag sichtbar; hinter dem Ausschlag rote, blaue und goldene Töne, Spuren von Wandmalereien, die der Vorarbeiter für kostbar hielt, eine Abendmahlsszene, vom Ausschlag überwuchert: das Gold des Kelchs, das Weiß der Hostie, Christi Gesicht, hellhäutig mit dunklem Bart, Sankt Johannes braunes Haar und: ›Hier, sehen Sie doch Herr Fähmel, hier das dunkle Leder von Judas' Geldbeutel‹; vorsichtig wischte der Vorarbeiter mit einem trockenen Lappen den weißen Ausschlag weg, legte ehrfürchtig das Bild frei: Brokattischtuch, zwölf Jünger; Füße wurden sichtbar, Tischtuchränder, der fliesenbelegte Boden des Abendmahlsaales; lächelnd dem Vorarbeiter die Hand auf die Schulter gelegt: ›Gut, daß Sie mich gerufen haben; natürlich muß das Fresko erhalten bleiben; lassen Sie's ganz freischaufeln und austrocknen, bevor etwas damit geschieht‹; er wollte gehen, schon stand der Tee auf dem Tisch, Brot, Butter und Heringe, Freitagabend, am Fisch erkennbar, schon war Marianne von Stehlingers Grotte aus unterwegs, ihn zum Spaziergang abzuholen; da sah er, kurz bevor er sich endgültig abwenden wollte, unten in die Ecke des Bildes geschrieben XYZX, und er hatte doch hunderte Male, wenn er ihm bei den Mathematikaufgaben half, Vaters X, sein Y, sein Z gesehen, sah es hier wieder, oberhalb des Loches, das in die Kellerdecke gesprengt war, zwischen Sankt Johanns und Sankt Peters Fuß; die Säule des Refektoriums auseinandergerissen, das tragende Gewölbe zerstört; nur der Mauerrest mit dem Abendmahlsbild; XYZX. ›Was Besonderes los, Herr Fähmel‹, fragte der Vorarbeiter, legte ihm die Hand auf die Schulter, ›Sie sind ja ganz blaß geworden – oder ist es nur die Liebe?‹ ›Nur die Liebe‹, sagte er, ›nur die Liebe, kein Grund zur Aufregung, und vielen Dank, daß Sie mich gerufen haben.‹ Ihm schmeckte der Tee nicht, nicht das Brot, die Butter und die Heringe; Freitag, am Fisch erkennbar; nicht einmal die Zigarette schmeckte; er ging durch alle Gebäude und um die Abteikirche, ins Pilgerhaus, suchte überall dort, wo statisch gewichtige Punkte gewesen sein mußten, fand nur noch eins, ein einziges kleines X im Keller des Gästehauses, so unverkennbar seine Handschrift, wie sein Gesicht, sein Gang unverkennbar waren, sein Lächeln und die strenge Liebenswürdigkeit seiner Bewegungen, wenn er Wein einschenkte, Brot über den Tisch reichte; sein kleines X; Dr. Robert Fähmel: Büro für statische Berechnungen.

»Bitte, bitte«, sagte Marianne, »komm doch zu dir.«
»Ich bin bei mir«, sagte er, ließ den Gashebel los, setzte den linken Fuß auf die Kupplung, den rechten auf die Bremse, drückte; knirschend, hin und her rutschend, schob sich das Auto aufs große O von *TOD* zu, wirbelte Staub auf, die Bremsen schrieen, aufgeregte Spaziergänger kamen mit fuchtelnd erhobenen Armen, ein müder Nachtwächter mit dem Kaf-

feetopf in der Hand wurde sichtbar, zwischen *TOD* und gekreuztem Schultergebein.

»O Gott«, sagte Marianne, »warum mußt du mich so erschrecken.«

»Verzeih«, sagte er leise, »bitte, verzeih, es ist einfach mit mir durchgegangen.« Er wendete rasch, fuhr los, bevor die Spaziergänger sich ums Auto sammeln konnten, vier Kilometer, mit der linken Hand steuernd, die rechte um Marianne gelegt, in friedlichem Tempo am Golfplatz vorbei, wo drahtige Frauen neben drahtigen Männern dem sechzehnten, siebzehnten, achtzehnten Loch zustrebten.

»Verzeih«, sagte er, »ich tu's wirklich nicht wieder«, schwenkte von der Autobahn ab, fuhr zwischen lieblichen Feldern, an stillen Waldrändern entlang.

XYZ, es waren dieselben Zeichen, die er auf den präzisen, doppelpostkartengroßen Fotokopien entdeckte, mit denen sein Vater abends wie mit Spielkarten spielte; Haus für einen Verleger am Waldrand – XxX; Erweiterungsbau für die ›Societas, die Gemeinnützigste der Gemeinnützigen‹ – YxY; Haus für einen Lehrer am Flußufer – nur Y; zwischen Sankt Johanns und Sankt Peters Fuß.

Langsam fuhr er zwischen Feldern dahin, wo sich die dicken Rüben schon unter gewaltigen grünen Blättern herausdrängten; Stoppelfelder, Wiesen, hinter denen schon der Kosakenhügel sichtbar wurde.

»Warum willst du es mir nicht sagen«, fragte Marianne.

»Weil ich es selbst noch nicht verstehe, weil ich es noch gar nicht für wahr halte; vielleicht ist es nur ein absurder Traum; vielleicht kann ich's dir später erklären, vielleicht auch nie.«

»Aber Architekt willst du nicht werden?«

»Nein«, sagte er.

»Bist du deswegen so auf das Schild zugefahren?«

»Vielleicht«, sagte er.

»Immer habe ich Menschen gehaßt, die nicht wissen, was Geld ist«, sagte Marianne, »die unsinnig schnell mit Autos durch die Gegend fahren, auf Schilder zu, auf denen *TOD* steht; die ohne jeden Grund die Leute in Unruhe versetzen, die ihren wohlverdienten Feierabendspaziergang machen.«

»Ich hatte schon einen Grund, schnell auf das Schild zuzufahren.« Er fuhr langsamer, hielt auf einem sandigen Weg am Rand des Kosakenhügels, parkte das Auto unter herabhängenden Kiefernzweigen.

»Was willst du hier?« fragte sie.

»Komm«, sagte er, »wir gehen noch ein bißchen spazieren.«

»Es wird zu spät«, sagte sie, »dein Großvater wird sicher mit dem Halbfünf-Uhr-Zug kommen; es ist schon zehn vor halb.«

Joseph stieg aus, lief ein paar Schritte den Hügel hinauf, hielt sich die Hand vor die Augen und blickte in Richtung Denklingen.

»Ja«, rief er, »ich sehe den Zug schon von Dodringen kommen, immer noch die alte Puff-Puff wie in meiner Kindheit, und immer noch um die gleiche Zeit. Komm, sie werden wohl eine Viertelstunde warten können.«

Er lief zum Auto zurück, zog Marianne vom Sitz, am Arm hinter sich her den Sandweg hinauf; sie setzten sich in eine Lichtung; Joseph deutete in die Ebene, verfolgte mit seinem Finger den Zug, der sich durch Rübenäcker, zwischen Wiesen und Stoppelfeldern hin auf Kisslingen zu bewegte.

»Du kannst dir gar nicht vorstellen«, sagte er, »wie gut ich diese Dörfer kenne; wie oft wir mit diesem Zug hinausgekommen sind; nach Mutters Tod sind wir fast immer in Stehlingen oder Görlingen gewesen, und ich bin in Kisslingen in die Schule gegangen; abends liefen wir zum Zug, mit dem Großvater aus der Stadt kam, zu dem Zug da, siehst du, jetzt fährt er gerade in Denklingen ab; merkwürdig, und ich hatte immer das Gefühl, wir wären arm; solange meine Mutter noch lebte und Großmutter bei uns war, bekamen wir weniger zu essen als die Kinder, die wir kannten, und ich durfte nie gute Kleider tragen; nur umgearbeitete Sachen – und wir mußten zusehen, wie sie das gute Zeug an fremde Leute verschenkte, Brot, Butter und Honig, aus dem Kloster und von den Gütern; wir mußten Kunsthonig essen.«

»Du hast sie nicht gehaßt, deine Großmutter?«

»Nein, und ich weiß selbst nicht, warum ich sie wegen dieses Unsinns nicht haßte; vielleicht weil Großvater uns mit in sein Atelier nahm, uns heimlich gute Sachen gab; er nahm uns auch mit ins Café Kroner und stopfte uns voll; er sagte immer: ›Was Mutter und Großmutter tun, ist groß, sehr groß – aber ich weiß nicht, ob ihr schon groß genug für diese Größe seid.‹«

»Hat er das wirklich gesagt?«

»Ja«, Joseph lachte, »als Mutter tot war und Großmutter weggebracht wurde, waren wir mit Großvater allein, und wir hatten genug zu essen; die letzten Kriegsjahre waren wir fast immer in Stehlingen; ich hörte, wie sie in der Nacht die Abtei sprengten, wir hockten in Stehlingen in der Küche, und die Bauern aus der Nachbarschaft fluchten auf den deutschen General, der den Sprengbefehl gegeben hatte, und sie murmelten vor sich hin: *wozuwozuwozu*? Ein paar Tage später besuchte mein Vater mich, er kam in einem amerikanischen Auto, von einem amerikanischen Offizier begleitet, und durfte drei Stunden bei uns bleiben; er brachte uns Schokolade mit, und wir waren erschrocken vor dem klebrigen, dunkelbraunen Zeug, das wir noch nie gegessen hatten, aßen es erst, als auch Frau Kloschgrabe, die Frau des Verwalters, davon aß; Vater brachte Frau Kloschgrabe Kaffee mit, und sie sagte zu ihm: ›Sie brauchen keine Angst zu haben, Herr Doktor, wir geben auf die Kinder acht,

als ob es unsere eigenen wären‹, und sie sagte: ›Ist es nicht eine Schande, daß sie die Abtei noch so kurz vor Schluß in die Luft gejagt haben?‹, und er sagte: ›Ja, es ist eine Schande, aber vielleicht war es der Wille Gottes‹, und Frau Kloschgrabe sagte: ›Es gibt auch solche, die den Willen des Teufels tun‹; Vater lachte, und auch der amerikanische Offizier lachte; Vater war lieb zu uns, und ich sah ihn zum ersten Mal weinen, als er wieder wegmußte; ich hatte nicht geglaubt, daß er weinen könnte; er war immer still gewesen und hatte keine Gefühle gezeigt; auch, wenn er aus dem Urlaub zurückfahren mußte und wir ihn zum Bahnhof brachten, weinte er nie; wir weinten alle, Mutter und Großmutter, Großvater und wir, aber er nicht – da«, sagte Joseph, und zeigte auf die Rauchfahne des Zuges, »eben sind sie in Kisslingen angekommen.«
»Jetzt wird er ins Kloster hinübergehen und erfahren, was du ihm eigentlich selbst sagen müßtest.«

Ich wusch die Kreidezeichen ab zwischen Sankt Johanns und Peters Fuß und das kleine x im Keller des Gästehauses; er wird es nicht finden, nie entdecken, von mir nicht erfahren.
»Drei Tage lang«, sagte er, »verlief die Front zwischen Denklingen und der Stadt, und wir beteten abends mit Frau Kloschgrabe um Großvaters Gesundheit; dann kam er abends aus der Stadt, er war blaß und traurig, wie ich ihn noch nie gesehen hatte, er ging mit uns durch die Trümmer der Abtei, murmelte, was auch die Bauern gemurmelt, was Großmutter immer im Luftschutzkeller gemurmelt hatte: *wozuwozuwozu?*«
»Wie glücklich muß er da sein, daß du beim Aufbau der Abtei hilfst.«
»Ja«, sagte Joseph, »ich kann ihm dieses Glück nicht erhalten; frag nicht, warum, ich kann nicht.«
Er küßte sie, strich ihr die Haare hinters Ohr, kämmte mit gespreizten Fingern Fichtennadeln und Sandkörner heraus.
»Vater kam früh aus der Gefangenschaft und holte uns in die Stadt, obwohl Großvater protestierte und sagte, es wäre besser für uns, nicht in den Trümmern aufzuwachsen, aber Vater sagte: ›Ich kann auf dem Land nicht leben, und ich will jetzt die Kinder bei mir haben, ich kenne sie ja kaum.‹ Wir kannten ihn auch nicht und hatten zuerst Angst vor ihm, und wir spürten, daß auch Großvater Angst vor ihm hatte. Wir wohnten damals alle in Großvaters Atelier, weil unser Haus nicht bewohnbar war, und an der Wand im Atelier hing ein riesiger Stadtplan; alles, was zerstört war, war mit dicker schwarzer Kreide gezeichnet, und wir hörten oft zu, wenn wir an Großvaters Zeichentisch Schularbeiten machten und Vater mit Großvater und anderen Männern vor der Karte stand. Es gab oft Streit, denn Vater sagte immer: ›Weg damit – sprengen –‹, und zeichnete ein X neben einen schwarzen Klecks, und die anderen sagten immer: ›Um Gottes willen, das können wir doch nicht tun‹, und

Vater sagte: ›Tun Sie's, bevor die Leut in die Stadt zurückkommen. – Jetzt ist noch alles unbewohnt und Sie brauchen keine Rücksichten zu nehmen; rasieren Sie das alles weg –‹ Und die anderen sagten: ›Das ist doch noch der Rest eines Fenstersturzes aus dem sechzehnten Jahrhundert, und da noch der Teil einer Kapelle aus dem zwölften‹; und Vater warf die schwarze Kreide hin und sagte: ›Gut, machen Sie, was Sie wollen, aber ich sag Ihnen, Sie werden's bereuen – machen Sie, was Sie wollen, aber dann ohne mich‹, und sie sagten: ›Aber lieber Herr Fähmel, Sie sind unser bester Sprengspezialist, Sie können uns doch nicht im Stich lassen‹; Vater sagte: ›Aber ich lasse Sie im Stich, wenn ich auf jeden Hühnerstall aus der Römerzeit Rücksicht nehmen muß; Mauern sind für mich Mauern, und glauben Sie mir, es gibt darunter gute und schlechte Mauern; weg mit dem Mist. Sprengen Sie und schaffen Sie Luft.‹ Großvater lachte, als sie gegangen waren und sagte: ›Mein Gott, du mußt doch Ihre Gefühle verstehen‹, und Vater lachte: ›Ich verstehe ihre Gefühle sogar, aber ich respektiere sie nicht‹; und dann sagte er: ›Kommt, Kinder, wir gehen Schokolade kaufen‹, und er ging mit uns auf den Schwarzmarkt, kaufte sich Zigaretten und uns Schokolade, und wir krochen mit ihm in dunkle, halb zerstörte Hauseingänge hinein, stiegen Treppen hinauf, weil er auch noch für Großvater Zigarren kaufen wollte; er kaufte immer, verkaufte aber nie; wenn wir von Stehlingen oder Görlingen Brot oder Butter bekamen, mußten wir seinen Teil mit in die Schule nehmen, und er überließ es uns, wem wir's schenken wollten, und einmal kauften wir Butter, die wir verschenkt hatten, auf dem Schwarzmarkt zurück, es lag noch der Zettel von Frau Kloschgrabe dabei, sie hatte geschrieben: ›Diese Woche leider nur ein Kilo.‹ Aber Vater lachte nur und sagte: ›Na ja, die Leute brauchen ja auch Geld für Zigaretten.‹ Der Bürgermeister kam wieder, und Vater sagte zu ihm: ›In den Trümmern des Franziskanerklosters habe ich Nageldreck aus dem vierzehnten Jahrhundert gefunden: lachen Sie nicht; nachweislich vierzehntes Jahrhundert, denn er ist mit einer Faser untermischt, mit Resten eines Wollgespinsts, das nachweislich nur im vierzehnten Jahrhundert in unserer Stadt hergestellt wurde; ein kulturgeschichtliches Rarissimum allererstenRanges, Herr Bürgermeister‹, und der sagte: ›Das geht denn doch zu weit, Herr Fähmel‹, und Vater sagte: ›Ich werde noch weiter gehen, Herr Bürgermeister.‹ Ruth lachte, sie saß neben mir und krakelte ihre Rechenaufgaben ins Schulheft; sie lachte laut, und Vater kam auf sie zu, küßte sie auf die Stirn und sagte: ›Ja, das ist auch zum Lachen, Kind‹, und ich war eifersüchtig, weil er mich noch nie auf die Stirn geküßt hatte; wir liebten ihn, Marianne, aber wir hatten immer noch ein wenig Angst vor ihm, wenn er da mit seiner schwarzen Kreide vor dem Plan stand und sagte: ›Sprengen – weg damit.‹ Aber er war immer streng, wenn es um meine Schulaufgaben ging; er sagte immer zu mir: ›Es gibt nur zwei Möglichkeiten: entweder nichts wissen oder alles; deine Mutter wußte nichts, ich glaube, sie hat nicht einmal alle Volksschulklassen durchgemacht, und doch hätte ich nie eine andere als sie geheiratet, entscheide dich also.‹ Wir liebten ihn, Marianne, und wenn ich mir ausrechne, daß er damals nicht sehr viel über dreißig gewesen sein kann, so kann ich's nicht glauben, denn ich hielt ihn immer für viel älter, obwohl er gar nicht alt aussah; er war manchmal sogar lustig, was er heute gar nicht mehr ist: wenn wir morgens alle aus unseren Betten krochen, stand er schon am Fenster, rasierte sich und rief uns zu: ›Der Krieg ist aus, Kinder‹ – obwohl der Krieg doch schon vier oder fünf Jahre aus war.«

»Wir müssen jetzt gehen«, sagte Marianne, »wir wollen sie doch nicht so lange warten lassen.«

»Laß sie ruhig warten«, sagte er. »Ich muß noch wissen, was sie mit dir alles gemacht haben, Lämmchen. Ich weiß ja kaum etwas von dir.«

»Lämmchen«, sagte sie, »wie kommst du darauf?«

»Es fiel mir gerade ein«, sagte er, »sag mir doch, was haben sie mit dir alles gemacht; ich muß immer lachen, wenn ich den Dodringer Akzent in deiner Stimme erkenne: er paßt nicht zu dir, und ich weiß nur, daß du da zur Schule gegangen, aber nicht da geboren bist, und daß du Frau Kloschgrabe beim Backen, beim Kochen und beim Bügeln hilfst.« Sie zog seinen Kopf in ihren Schoß herunter, hielt ihm die Augen zu und sagte »Mit mir? Was sie mit mir gemacht haben, willst du es wirklich wissen? Sie haben mit Bomben auf mich geworfen und mich nicht getroffen, obwohl die Bomben so groß waren und ich so klein; die Leute im Luftschutzkeller steckten mir Leckerbissen in den Mund; und die Bomben fielen und trafen mich nicht, ich hörte nur, wie sie explodierten und die Splitter durch die Nacht rauschten wie flatternde Vögel, und jemand sang im Luftschutzkeller *Wildgänse rauschen durch die Nacht.* Mein Vater war groß, sehr dunkel und schön, er trug eine braune Uniform mit viel Gold daran, eine Art Schwert am Gürtel, das silbern glänzte; er schoß sich eine Kugel in den Mund, und ich weiß nicht, ob du schon mal einen gesehen hast, der sich eine Kugel in den Mund geschossen hat? Nein, nicht wahr; dann danke Gott, daß dir der Anblick erspart geblieben ist. Er lag da auf dem Teppich, Blut floß über die türkischen Farben, übers Smyrnamuster – echt Smyrna, mein Lieber; meine Mutter aber war blond und groß und trug eine blaue Uniform, und einen hübschen schnittigen Hut trug sie, kein Schwert an der Hüfte; und ich hatte einen kleinen Bruder, er war viel kleiner als ich und blond, und der kleine Bruder hing über der Tür mit einer Hanfschlinge um den Hals, baumelte, und ich lachte, lachte noch, als meine Mutter auch mir eine Hanfschlinge um den Hals legte und vor sich hinmurmelte: *Er hat es befohlen,* aber da kam ein Mann herein, ohne Uniform, ohne

Goldborte und ohne Schwert, er hatte nur eine Pistole in der Hand, die richtete er auf meine Mutter, riß mich aus ihrer Hand, und ich weinte, weil ich doch die Hanfschlinge schon um den Hals hatte und das Spiel spielen wollte, das mein kleiner Bruder da oben spielen durfte, das Spiel: *Er hat es befohlen*, doch der Mann hielt mir den Mund zu, trug mich die Treppe hinunter, nahm mir die Schlinge vom Hals, hob mich auf einen Lastwagen ...«

Joseph versuchte, ihre Hände von seinen Augen zu nehmen, aber sie hielt sie fest und fragte: »Willst du nicht weiterhören?«

»Ja«, sagte er.

»Dann mußt du dir die Augen zuhalten lassen, und eine Zigarette kannst du mir geben.«

»Hier im Wald?«

»Ja, hier im Wald.«

»Nimm sie aus meiner Hemdtasche.«

Er spürte, wie sie seine Hemdtasche aufknöpfte, Zigaretten und Streichhölzer herausnahm, während sie mit der rechten Hand seine Augen fest zuhielt.

»Ich steck dir auch eine an«, sagte sie, »hier im Wald. – Ich war um diese Zeit genau fünf Jahre alt und so süß, daß sie mich sogar auf dem Lastwagen verwöhnten, sie steckten mir Leckerbissen in den Mund, wuschen mich mit Seife, wenn der Wagen hielt; und man schoß mit Kanonen auf uns und mit Maschinengewehren und traf uns nicht; wir fuhren lange, ich weiß nicht genau, wie lange, doch sicher zwei Wochen, und wenn wir hielten, nahm der Mann, der das Spiel *Er hat es befohlen* verhindert hatte, mich zu sich, hüllte mich in eine Decke, legte mich neben sich, ins Heu, ins Stroh, und manchmal ins Bett und sagte: ›Sag mal Vater zu mir‹, ich konnte nicht Vater sagen, hatte zu dem Mann in der schönen Uniform immer nur Pappi gesagt, aber ich lernte es sagen: ›Vater‹, ich sagte es dreizehn Jahre lang zu dem Mann, der das Spiel verhindert hatte; ich bekam ein Bett, eine Decke und eine Mutter, die war streng und liebte mich, und ich wohnte neun Jahre lang in einem sauberen Haus; als ich in die Schule kam, da sagte der Pfarrer: ›Sieh mal einer an, was wir da haben, da haben wir ja ein ganz unverfälschtes, waschechtes Heidenkindchen‹, und die anderen Kinder, die alle keine Heidenkinder waren, lachten, und der Pfarrer sagte: ›Da wollen wir aber aus unserem Heidenkind mal rasch ein Christenkindchen machen, aus unserem braven Lämmchen‹; und sie machten aus mir ein Christenkindchen. Und das Lämmchen war brav und glücklich, spielte Ringelreihen und Hüpfen, dann spielte es Völkerball und Seilchenspringen und liebte seine Eltern sehr; und es kam der Tag, da wurden in der Schule ein paar Tränen geweint, ein paar Reden gehalten, wurde ein paarmal was von Lebensabschnitt gesagt, und Lämmchen kam in die Lehre zu einer

Schneiderin, es lernte Nadel und Faden gut gebrauchen, lernte bei seiner Mutter putzen und backen und kochen, und alle Leute im Dorf sagten: ›Die wird noch einmal einen Prinzen heiraten, unter einem Prinzen tut die's nicht‹ – aber es kam eines Tages ein sehr großes, sehr schwarzes Auto ins Dorf gefahren und ein bärtiger Mann, der das Auto steuerte, hielt auf dem Dorfplatz und fragte aus dem Auto heraus die Leute: ›Bitte, können Sie mir sagen, wo hier die Schmitzens wohnen?‹, und die Leute sagten: ›Schmitzens gibt es hier eine ganze Menge, welche meinen Sie‹, und der Mann sagte: ›Die das angenommene Kind haben‹, und die Leute sagten: ›Ja, die, das sind die Eduard Schmitzens, die wohnen da hinten, sehen Sie da, gleich hinter der Schmiede, das Haus mit dem Buchsbaum davor.‹ Und der Mann sagte: ›Danke‹, das Auto fuhr weiter, aber alle Leute folgten ihm, denn es war vom Dorfplatz bis zu den Eduard Schmitzens höchstens fünfzig Schritte zu laufen; ich saß in der Küche und putzte Salat, das tat ich so gern: die Blätter aufschneiden, das schlechte weg und das gute ins Sieb werfen, wo es so grün und sauber lag, und meine Mutter sagte gerade zu mir: ›Du mußt darüber nicht traurig sein, Marianne, da können die Jungens nichts dafür; wenn sie dreizehn, vierzehn werden – bei manchen fängt's schon mit zwölf an –, da machen sie solche Sachen; es ist die Natur, und es ist nicht leicht, mit der Natur fertig zu werden‹; und ich sagte: ›Darüber bin ich gar nicht traurig.‹ ›Worüber denn?‹ fragte meine Mutter. Ich sagte: ›Ich denke an meinen Bruder, wie er so da hing, und ich habe gelacht und gar nicht gewußt, wie schrecklich es war – und er war doch nicht getauft.‹ Und bevor meine Mutter mir etwas antworten konnte, ging die Tür auf – wir hatten kein Klopfen gehört –, und ich erkannte sie sofort: Immer noch war sie blond und groß und trug einen schnittigen Hut, nur die blaue Uniform trug sie nicht mehr; sie kam sofort auf mich zu, breitete ihre Arme aus und sagte: ›Du mußt meine Marianne sein – spricht die Stimme des Blutes nicht zu dir?‹ Ich hielt das Messer einen Augenblick still, schnitt dann das nächste Salatblatt sauber und sagte: ›Nein, die Stimme des Blutes spricht nicht zu mir.‹ ›Ich bin deine Mutter‹, sagte sie. ›Nein‹, sagte ich, ›die da ist meine Mutter. Ich heiße Marianne Schmitz‹, und ich schwieg einen Augenblick und sagte: ›*Er hat es befohlen* – und Sie haben mir die Schlinge um den Hals gelegt, gnädige Frau.‹ Das hatte ich bei der Schneiderin gelernt, daß man zu solchen Frauen ›gnädige Frau‹ sagen muß.

Sie schrie und weinte, und sie versuchte mich zu umarmen, aber ich hielt das Messer, mit der Spitze nach vorne, vor meine Brust; sie sprach von Schulen und von Studieren, schrie und weinte, aber ich lief zum Hintereingang hinaus, in den Garten übers Feld zum Pfarrer und erzählte ihm alles. Er sagte: ›Sie ist deine Mutter, Naturrecht ist Naturrecht, und bis du großjährig wirst, hat sie ein Recht auf dich; das ist eine schlimme

Sache.‹ Und ich sagte: ›Hat sie nicht dieses Recht verwirkt, als sie das Spiel spielte: *Er hat es befohlen*?‹ und er sagte: ›Du bist aber ein schlaues Ding; merk dir das Argument gut.‹ Ich merkte es mir und brachte es immer wieder vor, wenn sie von der Stimme des Blutes sprachen, und ich sagte immer: ›Ich höre die Stimme des Blutes nicht, ich höre sie einfach nicht.‹ Sie sagten: ›Das gibt es doch gar nicht, ein solcher Zynismus ist wider die Natur‹; ›Ja‹, sagte ich: ›*Er hat es befohlen* – das war wider die Natur.‹ Sie sagten: ›Aber das ist doch mehr als zehn Jahre her, und sie bereut es‹; und ich sagte: ›Es gibt Dinge, die man nicht bereuen kann.‹ ›Willst du‹, fragte sie mich, ›härter sein als Gott in seinem Gericht?‹ ›Nein‹, sagte ich, ›ich bin nicht Gott, also kann ich nicht so milde sein wie er.‹ Ich blieb bei meinen Eltern. Aber eins konnte ich nicht verhindern: ich hieß nicht mehr Marianne Schmitz, sondern Marianne Droste, und ich kam mir vor wie jemand, dem sie was wegoperiert haben. – Immer noch«, sagte sie leise, »denke ich an meinen kleinen Bruder, der das Spiel *Er hat es befohlen* hat spielen müssen – und glaubst du immer noch, daß es etwas Schlimmeres gibt, schlimm genug, daß du es mir nicht erzählen kannst?«

»Nein, nein«, sagte er. »Marianne Schmitz, ich will's dir erzählen.«

Sie nahm die Hand von seinen Augen, er richtete sich auf, blickte sie an; sie versuchte nicht zu lächeln.

»So etwas Schlimmes kann dein Vater gar nicht getan haben«, sagte sie.

»Nein«, sagte er, »so schlimm war es nicht, aber schlimm genug.«

»Komm«, sagte sie, »erzähl's mir im Auto, es ist bald fünf, und sie werden schon warten; wenn ich einen Großvater hätte, ich würde ihn nicht warten lassen, und wenn ich einen hätte wie du, ich würde alles für ihn tun.«

»Und für meinen Vater?« fragte er.

»Ich kenne ihn noch nicht«, sagte sie, »komm. Und drück dich nicht, sag's ihm, sobald du Gelegenheit dazu hast. Komm.«

Sie zog ihn hoch, und er legte den Arm um ihre Schulter, als sie zum Auto zurückgingen.

9

Der junge Bankbeamte blickte mitleidig auf, als Schrella seine fünf englischen Schillinge und dreißig belgischen Franken über die Marmortheke schob.

»Ist das alles?«

»Ja«, sagte Schrella, »das ist alles.«

Der junge Beamte setzte seine Rechenmaschine in Bewegung, drehte mißmutig die Kurbel – die geringe Anzahl der Umdrehungen drückte schon Verachtung aus –, schrieb flüchtig ein paar Zahlen auf einen Zettel, schob Schrella ein Fünfmarkstück, vier Groschenmünzen und drei Pfennige über die Theke.

»Der Nächste, bitte.«

»Nach Blessenfeld«, fragte Schrella leise, »können Sie mir sagen, ob dorthin immer noch die Elf fährt?«

»Ob die Elf nach Blessenfeld fährt? Ich bin nicht die Straßenbahnauskunft«, sagte der junge Beamte, »und außerdem weiß ich es wirklich nicht.«

»Danke«, sagte Schrella, ließ das Geld in seine Tasche gleiten, machte den Platz am Schalter frei für einen Mann, der einen Packen Schweizer Frankenscheine über die Theke schob; Schrella hörte noch, wie sich die Kurbel der Rechenmaschine respektvoll zu vielen Drehungen in Bewegung setzte.

›Höflichkeit ist doch die sicherste Form der Verachtung‹, dachte er. Bahnhofshalle. Sommer. Sonne. Heiterkeit. Wochenende. Hotelpagen schleppten Koffer auf Bahnsteige; eine junge Frau hielt ein Schild hoch: ›Reisende nach Lourdes hier sammeln.‹ Zeitungsverkäufer, Blumenstände. Jugendliche mit bunten Badetüchern unterm Arm.

Schrella ging über den Vorplatz, blieb auf der Verkehrsinsel stehen und studierte die Abfahrtstafel; die Elf fuhr immer noch nach Blessenfeld; dort stand sie, am roten Verkehrslicht zwischen Hotel Prinz Heinrich und dem Chor von Sankt Severin, fuhr an, hielt, leerte sich, und Schrella reihte sich der Schlange der Wartenden ein, die vorn an der Schleuse zu zahlen hatten; er setzte sich, nahm den Hut ab, wischte den Schweiß von den Augenbrauen, trocknete die Brillengläser und wartete, als die Bahn abfuhr, vergeblich auf Gefühle; nichts; als Schuljunge viertausendmal mit der Elf hin- und zurückgefahren; tintenfleckige Finger, das alberne Geschwätz der mitfahrenden Schüler, das ihm immer auf eine schreckliche Weise peinlich gewesen war; Kugelschnitte, Plusquamperfekt, Irrealis, Barbarossas Bart, der immer noch durch den Tisch wuchs; *Kabale und Liebe*, Livius, Ovid, in grüngraue Pappe gebunden, und je weiter sich die Bahn aus der Stadt entfernte, auf Blessenfeld zu, desto kleinlauter wurde das Geschwätz; schon am Rand der Altstadt stiegen die aus, die ihren Stimmen das sicherste Bildungstimbre zu geben wußten, verteilten sich in breite, dunkle Straßen, in denen solide Häuser standen; am Rande der Neustadt stiegen die aus, deren Stimmen das nächstniedrige Bildungstimbre hatten, verteilten sich in engere Straßen, wo weniger solide Häuser standen; es blieben nur noch zwei oder drei, die bis Blessenfeld mitfuhren, wo die am wenigsten soliden Häuser standen; das Gespräch normalisierte sich, während die Bahn an Schrebergärten und Kiesgruben vorbei auf Blessenfeld zuschaukelte. ›Streikt dein Vater auch? Bei Gressigmann geben sie jetzt schon viereinhalb Prozent Rabatt; die Margarine ist um fünf Pfennig billiger geworden.‹ Der Park, wo das sommerliche Grün längst zertrampelt war, wo ums Planschbecken herum der sandige Boden von Tausenden von Kinderfüßen aufgewühlt war, mit Dreck, Papier und Flaschenscherben vermengt; die Gruffelstraße, wo die Lager der Altwarenhändler sich immer mit Blech und Lumpen, Papier und Flaschen auffüllten, sich in kümmerlicher Armut eine Limonadenbude auftat, in der ein magerer Arbeitsloser sich als Händler versuchte, binnen kurzem fett wurde, seine Bude mit Glas und Chrom auftakelte, blitzende Automaten aufstellte; fraß sich an Pfennigen dick, wurde herrisch und hatte doch vor ein paar Monaten noch untertänig den Preis für eine Limonade notfalls um zwei Pfennig gesenkt, ängstlich flüsternd: ›Sag's nur nicht weiter.‹

Die Gefühle kamen nicht, während er in der Elf durch die Altstadt, die Neustadt, an Schrebergärten und Kiesgruben vorbei auf Blessenfeld zuschaukelte: viertausendmal gehört, die Namen der Stationen: Boiseréestraße, Nordpark, Blessischer Bahnhof, Innerer Ring; sie klangen fremd, die Namen, wie aus Träumen, die andere geträumt hatten und vergebens mitzuteilen versuchten, klangen wie Hilferufe aus tiefen Nebelschichten, während die Bahn, fast leer, durch den sonnigen Sommernachmittag auf die Endstation zufuhr. Dort, Ecke Parklinie und Innerer Ring, hatte die Bude gestanden, in der seine Mutter sich als Fischbraterin versuchte, aber am mitleidigen Herzen gescheitert war: ›Wie kann ich denn hungrigen Kindern ein Stück gebratenen Fisch verweigern, wenn sie mir beim Braten zuschauen? Wie kann ich das?‹ Und Vater sagte: ›Natürlich kannst du's nicht, aber wir müssen die Bude aufgeben, kein Kredit mehr, Pleite, die Händler liefern nicht.‹ Panierte Fischfilets wurden in heißem Öl gar, während Mutter ein, zwei, drei Löffel Kartoffelsalat auf Pappteller häufte; Mutters Herz war *mitleidend nicht fest* geblieben; Tränen rannen aus den blauen Augen, Nachbarinnen flüsterten sich zu: die weint sich die Seele aus; aß nicht mehr, trank nicht mehr, ihre durchblutete Rundheit wandelte sich in blutarme Magerkeit; nichts mehr von der hübschen Kaltmamsell, die am Bahnhofsbüfett so beliebt gewesen war; flüsterte nur noch *Herr, Herr*, blätterte in zerfransten Sektierergebetbüchern, die das Ende der Welt verkündeten, während auf der Straße rote Fahnen im staubigen Wind flatterten, andere Hindenburgs Kopf auf Plakaten durch die Straßen trugen; Geschrei, Prügelei, Schüsse; Schalmeien und Trommeln. Als sie starb, sah Mutter aus wie ein Mädchen, blutarm, mager; Reihengrab mit Astern drauf, ein dünnes Holzkreuz: Edith Schrella 1896-1932; die Seele ausgeweint, der Leib der Erde des Nordfriedhofes beigemischt.

»Endstation, mein Herr«, verkündete der Schaffner, stieg aus seiner Schleuse, zündete den Zigarettenstummel an, kam nach vorn: »Weiter fahren wir leider nicht.«

»Danke.« Viertausendmal eingestiegen, ausgestiegen; Endstation der Elf; zwischen Baggerlöchern und Baracken verloren sich rostige Schienen, die vor dreißig Jahren einmal der Weiterführung der Bahn hatten dienen sollen; Limonadenbude: Chrom, Glasballons, blitzende Automaten; korrekt sortierte Schokoladentafeln.

»Bitte, eine Limonade.«

Das grüne Zeug in einem makellosen Glas schmeckte nach Waldmeister.

»Bitte, der Herr, wenn es Ihnen nichts ausmacht, das Abfallpapier in den Korb. Schmeckt es?«

»Danke.« Die beiden Hühnerschenkel waren noch warm, lockeres Brustfleisch, knusprig in allerbestem Fett gebraten, der Cellophanbeutel mit Spezial-Picknick-Warmhalte-Nadeln zugeknipst.

»Das riecht nicht schlecht. Noch eine Limonade dazu?«

»Danke, nein, aber bitte sechs Zigaretten.«

In der fetten Budenbesitzerin war noch das zarte hübsche Mädchen zu erkennen, das sie einmal gewesen war: blaue Kinderaugen hatten beim Erstkommunionunterricht den schwärmerischen Kaplan zu Attributen wie ›engelgleich‹ und ›unschuldig‹ hingerissen, waren jetzt zu händlerischer Härte versteinert.

»Macht zusammen neunzig, bitte.«

»Danke.«

Eben klingelte die Elf, mit der er gekommen war, zur Abfahrt; er zögerte zu lange, sah sich für zwölf Minuten in Blessenfeld gefangen; er rauchte, trank langsam den Rest der Limonade und suchte hinter dem steinern rosigen Gesicht nach dem Namen des Mädchens, das sie einmal gewesen war; blond, raste mit wehendem Haar durch den Park, schrie, sang und lockte in dunklen Fluren, als längst schon die Engelgleichheit dahingegangen war; erzwang heisere Liebesversprechen aus erregten Knabenkehlen, während der Bruder, blond wie sie, engelgleich wie sie, die Knaben der Straße vergebens zu edler Tat aufrief; Tischlerlehrling, Hundertmeterläufer, im Morgengrauen um einer Torheit willen geköpft.

»Bitte«, sagte Schrella, »doch noch eine Limonade.«

Er blickte auf den makellosen Scheitel der jungen Frau, die sich vorneigte, um das Glas unter den Ballon zu halten; ihr Bruder war Ferdi, der engelgleiche, ihr Name wurde später von rauhen Jungenkehlen weitergeflüstert, von Mund zu Mund gegeben wie ein Losungswort, das zum Eintritt ins Paradies berechtigte: Erika Progulske, Erlöserin aus dunklen Qualen, und *nimmt nichts dafür*, weil sie es gern tut.

»Kennen wir uns?« Lächelnd stellte sie das Limonadenglas auf die Theke.

»Nein«, sagte er lächelnd, »ich glaube nicht.«

Nur nicht die Erinnerung aus ihrer Erfrierung auftauen, die Eisblumen würden wie flaues schmuddliges Wasser herunterrinnen; nur nichts heraufbeschwören, die Strenge kindlicher Gefühle aus aufgeweichten Erwachsenenseelen zurückerwarten, erfahren, daß sie jetzt *etwas dafür nahm*; Vorsicht, nur nicht die Sprache in Bewegung setzen.

»Ja, dreißig Pfennig. Danke.« Ferdi Progulskes Schwester blickte ihn mit routinierter Freundlichkeit an. Auch mich hast du erlöst und *nichts dafür genommen*, nicht einmal den Riegel Schokolade, der in meiner Tasche weich geworden war, und es sollte doch nicht Bezahlung sein, sondern ein Geschenk, aber du nahmst es nicht; erlöst mit dem Mitleid deines Mundes und deiner Hände; ich hoffe, du hast es Ferdi nie erzählt, zum Mitleid gehört Diskretion; in Sprache verwandelte Geheimnisse können tödlich werden; ich hoffe, er hat es nicht gewußt, als er an jenem Julimorgen den Himmel zum letzten Mal sah; ich war der einzige, in der Gruffelstraße, den er zu edler Tat bereit fand; Edith zählte damals noch nicht, sie war erst zwölf, die Weisheit ihres Herzens war noch nicht zu entziffern.

»Kennen wir uns wirklich nicht?«

»Nein, ich bin sicher.«

Heute würdest du mein Geschenk nehmen, dein Herz ist fest, doch nicht mitleidend geblieben; wenige Wochen später schon hattest du die Unschuld kindlicher Lasterhaftigkeit verloren, hattest schon entschieden, daß es besser sei, das Mitleid abzuwerfen, und warst dir klar darüber, daß du dir nicht als weinerliche blonde Schlampe die Seele ausweinen würdest; nein, wir kennen uns nicht, wirklich nicht; wir wollen die Eisblumen nicht auftauen. Danke, auf Wiedersehen.

Drüben immer noch das ›Blesseneck‹, wo Vater gekellnert hat; Bier, Schnaps, Frikadellen, Bier, Schnaps, Frikadellen; alles serviert mit diesem Gesicht, in dem Milde und Verbissenheit sich zu etwas Einmaligem mischten; Gesicht eines Träumers, dem es gleichgültig war, ob er im Blesseneck Bier, Schnaps und Frikadellen servierte oder im Prinz Heinrich Hummer und Sekt oder am oberen Hafen übernächtigen Huren Frühstück: Bier, Kotelett, Schokolade und Cherry Brandy; Vater brachte Spuren dieser klebrigen Frühstücke an seinen Manschetten mit, brachte gute Trinkgelder mit, Schokolade und Zigaretten, brachte nicht mit, was andere Väter mitbrachten: Feierabendheiterkeit, die sich in Gebrüll und Zank, in Liebesbeteuerungen und Versöhnungstränen ausmünzen lassen konnte; immer diese verbissene Milde im Gesicht, verirrter Engel, der Ferdi unterm Schanktisch verbarg, wo die Hilfspolizei ihn zwischen Bierleitungen herausholte; der immer noch, schon in Todesgewißheit, lächelte; klebriges Zeug wurde aus Manschetten gewaschen, Stärke angerührt, damit das weiße Kellnerhemd steif werde und leuchte; sie holten ihn erst am anderen Morgen, als er mit seinen Butterbroten und den schwarzen Lackschuhen unterm Arm zum Dienst fahren wollte; er bestieg ihr Auto *und ward nicht mehr gesehen*; kein weißes Kreuz, keine Astern, der Kellner Alfred Schrella. Nicht einmal *auf der Flucht erschossen – ward einfach nicht mehr gesehen.*

Edith rührte Stärke an, wichste die schwarzen Reserveschuhe, reinigte weiße Krawatten, während ich lernte, spielend lernte, Ovid und Kegelschnitte, Heinrichs des Ersten, Heinrichs des Zweiten Pläne und Taten und Tacitus' und Wilhelms des Ersten, Wilhelms des Zweiten Pläne und Taten; Kleist und sphärische Trigonometrie; begabt, begabt, ganz außerordentlich begabt; Arbeiterkind, hatte das gleiche wie die anderen gegen vieltausendfache Widerstände anzulernen, war außerdem zu edler Tat verschworen und leistete mir sogar noch ein Privatvergnügen: *Hölderlin.*

Sieben Minuten noch bis zur Abfahrt der nächsten Elf. Gruffelstraße Numero siebzehn, das Haus neuverputzt, ein parkendes Auto davor: grün; ein Fahrrad: rot; zwei Roller: schmutzig. Achtzehntausendmal auf die Klingel gedrückt, auf den gelblich blassen Messingknopf, der seinem Daumen noch vertraut war; wo früher Schrella gestanden hatte, stand jetzt Tressel; wo früher Schmitz gestanden hatte, stand jetzt Humann; neue Namen, nur einer war geblieben: Fruhl – eine Tasse Zucker geliehen, eine Tasse Mehl, eine Tasse Essig, einen Eierbecher voll Salatöl – wieviel Tassen, wieviel Eierbecher, und zu welch hohem Zinssatz?; Frau Fruhl füllte die Tassen und Eierbecher immer nur halb und machte einen Strich an den Türrahmen, wo sie M, Z, E und Ö stehen hatte, radierte mit dem Daumen die Striche erst aus, wenn sie volle Tassen, volle Eierbecher zurückbekam, flüsterte es durch den Hausflur, in Läden und bei Treffen mit Freundinnen, wo bei Eierlikör und Kartoffelsalat Populärgynäkologie getrieben wurde, flüsterte es: ›Mein Gott sind die doof‹; sie hatte früh schon vom *Sakrament des Büffels* gegessen, ihren Mann und ihre Tochter gezwungen, es einzunehmen, sang es im Flur: *Es zittern die morschen Knochen.* Nichts, kein Gefühl, nur die Daumenhaut, die auf dem blaßgelben Messingknopf ruhte, empfand etwas wie Rührung.

»Suchen Sie jemand?«

»Ja«, sagte er, »Schrellas, wohnen die nicht mehr hier?«

»Nein«, sagte das Mädchen, »das wüßte ich, wenn die hier wohnten.« Es war rotwangig, lieblich, turnte auf schwankendem Roller, hielt sich an der Hausmauer fest.

»Nein, die haben hier nie gewohnt.« Rannte los, strampelte wild über den Gehsteig, durch die Gosse und schrie: »Kennt hier jemand Schrellas?« Er zitterte, es könnte jemand Ja rufen und er würde hingehen, begrüßen, Erinnerungen austauschen müssen; ja, den Ferdi, den haben sie – deinen Vater, den haben sie – und die Edith, die hat ja fein geheiratet

– aber das rotwangige Mädchen rannte ohne Erfolg umher, drehte mit seinem schmutzigen Roller kühne Kurven, von Gruppe zu Gruppe, schrie es in die offenen Fenster hinauf: »Kennt hier jemand Schrellas?« Sie kam mit erhitztem Gesicht zurück, zog eine elegante Schleife, blieb vor ihm stehen: »Nein, Herr, die kennt hier niemand.«

»Danke«, sagte er lächelnd, »magst du einen Groschen?«

»Ja.« Strahlend sauste sie in Richtung Limonadenbude davon.

»Ich habe gesündigt, habe schwer gesündigt«, murmelte er lächelnd, während er zur Endstation zurückging, »ich habe zum Huhn aus dem Hotel Prinz Heinrich Waldmeisterlimonade aus der Gruffelstraße getrunken; ich habe die Erinnerung ruhen lassen, die Eisblumen nicht aufgetaut; in Erika Progulskes Augen wollte ich kein Erkennen aufblitzen sehen, aus ihrem Mund den Namen Ferdi nicht hören; nur die Haut meines Daumens hat Erinnerung zelebriert, hat den Klingelknopf aus blaßgelbem Messing erkannt.«

Es war wie Spießrutenlaufen zwischen Augenpaaren, die vom Straßenrand, aus Fenstern und Hauseingängen, in sommerlicher Sonne, den Feierabend genießend, ihn genau beobachteten; war keiner darunter, der seine Brille, seinen Gang, das Zusammenkneifen der Augen erkennen würde, unter dem ausländischen Mantel den vielverspotteten Hölderlinleser, dem sie das Spottlied nachgerufen hatten: ›Der Schrella, der Schrella, der Schrella liest Gedichte?‹

Er wischte sich angstvoll den Schweiß ab, nahm den Hut vom Kopf, blieb stehen und blickte von der Ecke aus in die Gruffelstraße zurück; niemand war ihm gefolgt; junge Burschen saßen auf Motorrädern, halb nach vorn gebeugt, flüsterten jungen Mädchen Liebesversprechen zu; Bierflaschen auf Fensterbänken fingen Nachmittagssonne ein; dort drüben das Haus, in dem der Engel geboren worden war und gewohnt hatte; vielleicht war der Messingknopf noch da, auf dem Ferdis Daumen fünfzehntausendmal geruht hatte; grüne Hausfassade, flimmernde Drogerieauslagen, Zahnpastareklame gleich unterhalb des Fensters, in dem Ferdi so oft gelegen hatte.

Der Parkweg, von dem weg Robert Edith ins Gebüsch gezogen hatte, an einem Juliabend vor dreiundzwanzig Jahren; jetzt hockten Rentner dort auf Bänken, tauschten Witze aus, schnüffelten an Tabaksorten, beklagten die Unerzogenheit spielender Kinder; gereizte Mütter riefen ein bitteres Schicksal auf ihre ungehorsame Brut herab, beschworen schreckliche Zukunft: *Daß dich der Atom hole*; Jungen, mit Gebetbüchern unterm Arm, kamen von der Beichte, noch unschlüssig, ob sie den Zustand der Gnade schon jetzt oder erst morgen verlassen sollten. Immer noch eine Minute bis zur Abfahrt der nächsten Elf; schon seit dreißig Jahren liefen die rostigen Schienen in eine leere Zukunft; Ferdis Schwester füllte jetzt grüne Limonade in ein sauberes Glas; der Straßenbahnführer klingelte zum Sammeln; müde Schaffner köpften ihre Zigaretten, rückten ihre Geldtaschen zurecht, stiegen in ihre Schleuse, klingelten Alarm, weil weit hinten, wo die rostigen Schienen endeten, eine alte Frau zum Laufen ansetzte.

»Zum Hauptbahnhof«, sagte Schrella, »mit Umsteigen zum Hafen.«

»Fünfundvierzig.«

Wenig solide Häuser, solidere Häuser, sehr solide Häuser. Umsteigen, ja, es ist immer noch die Sechzehn, die zum Hafen fährt.

Baustoffhandlung, Kohlenlager, Verladerampen, und er konnte es von der Balustrade des alten Wiegehauses aus lesen: ›Michaelis, Kohlen, Koks, Briketts.‹

Nur noch umwenden, zwei Minuten Weg, und er würde Erinnerung vollziehen können; Frau Trischlers Hände würden der Zeit standgehalten haben, wie die Augen des Alten und Alois' Foto an der Wand; Bierflaschen, Zwiebelbündel, Tomaten, Brot und Tabak; ankernde Schiffe, schwankende Stege, über die Segeltuchrollen getragen wurden: riesige Schmetterlingspuppen würden rheinabwärts fahren, den Nebeln der Nordsee zu.

Stille herrschte hier; frisch war der Kohlenhaufen hinter Michaelis' Zaun, Berge hellroter Ziegel im Baustofflager, schlurfende Nachtwächterschritte hinter Zäunen und Werkbuden machten die Stille noch größer.

Schrella lächelte, lehnte sich übers rostige Geländer, drehte sich um und erschrak: er hatte von der neuen Brücke nichts gewußt, auch Nettlinger hatte nichts davon gesagt; sie schob sich breit übers alte Hafenbecken hinüber, die dunkelgrünen Pfeiler standen genau dort, wo Trischlers Haus gewesen war; Brückenschatten bedeckte den Kai vorn, wo das Treidlerhaus gestanden hatte, im Strom rahmten riesige leere Stahltore blaues Nichts ein.

In Trischlers Kneipe hatte Vater am liebsten gearbeitet, Schiffer und ihre Frauen bedient, die im Garten auf den roten Stühlen saßen, an langen Sommerabenden, während Alois, Edith und er im alten Hafenbecken angelten. Ewigkeit kindlicher Zeitrechnung, Unendlichkeit, wie er sie nur noch aus Verszeilen kennengelernt hatte; drüben läuteten die Glokken von Sankt Severin, läuteten Frieden und Zuversicht in den Abend, während Edith mit ihren unruhigen Händen den Rhythmus des hüpfenden Schwimmers in die Luft zeichnete, ihre Hüften, ihre Arme, der ganze Körper tanzte im Rhythmus des hüpfenden Schwimmers; und nicht einmal hatte ein Fisch angebissen.

Vater servierte gelbes Bier mit weißem Schaum, mehr Milde als Verbissenheit strahlte sein Gesicht aus, und fröhlich lächelnd lehnte er Trinkgeld ab, weil *alle Menschen Brüder sind.* ›Brüder, Brüder‹, rief er es laut in den Sommerabend; bedächtige Schiffergesichter lächelten, hübsche

Frauen mit Zuversicht in den Augen schüttelten über soviel kindliches Pathos den Kopf und klatschten doch Beifall, Brüder und Schwestern.

Schrella stieg langsam die Balustrade hinunter, ging am Hafenbecken vorbei, wo rostige Pontons und Boote auf Schrotthändler warteten; er tauchte tief unter den grünen Schatten der Brücke, sah in der Mitte des Stromes die eifrigen Krane, die Brückenteile auf Lastkähne luden, wo stöhnender Schrott vom Gewicht des Hinzukommenden zusammengedrückt wurde; er fand den pompösen Aufgang, spürte, wie die breiten Stufen den Schritt zur Feierlichkeit zwangen; in gespenstischer Zuversicht hob sich die leere, saubere Autobahn zum Fluß hin, auf die Brücke zu, wo Schilder mit gekreuztem Gebein, riesige Totenschädel, weiß auf schwarz die Zuversicht bremsten; Schilder mit *TOD TOD* hemmten den Marsch nach Westen, während die leere Straße ostwärts in eine Unendlichkeit flimmernden Rübenlaubs führte.

Schrella ging weiter, drückte sich zwischen *TOD* und gekreuztem Gebein hindurch, an der Baubude vorbei, beschwichtigte einen Nachtwächter, der schon die Arme zu aufgeregtem Fuchteln erhoben hatte, sie aber sinken ließ, von Schrellas Lächeln beruhigt; Schrella ging weiter bis an den Rand; rostige Moniereisen, an denen Betonbrocken baumelten, bewiesen hier durch fünfzehn Jahre währendes ungebrochenes Standhalten die Qualität deutschen Stahls; jenseits des Stromes, hinter den leeren Stahltoren führte die Bahn am Golfplatz vorbei wieder in die Unendlichkeit flimmernden Rübenlaubs.

Café Bellevue. Uferallee. Rechts die Sportwiesen, Schlagball, Schlagball. Der Ball, den Robert schlug, und die Bälle, die sie in der holländischen Kneipe mit dem Queue anstießen, rot über grün, weiß über grün, die monotone Musik der Bälle, klang fast wie Gregorianik; die Figuren, die die Bälle bildeten, wie strenge Poesie, die drei hoch unendlich aus grünem Filz zauberte; nie vom *Sakrament des Büffels* gekostet, blindlings Wunden empfangen, *Weide meine Lämmer* auf Vorstadtwiesen, wo Schlagball gespielt wird, in Gruffelstraßen und in Modestgassen, in englischen Vorstadtstraßen und hinter Gefängnismauern; *Weide meine Lämmer*, wo du sie triffst, auch wenn sie nichts Besseres zu tun wissen, als Hölderlin zu lesen und Trakl, nichts Besseres als fünfzehn Jahre lang: ›Ich binde, ich band, ich habe gebunden, ich werde binden, ich hatte gebunden, ich werde gebunden haben‹ an Tafeln zu schreiben, während Nettlingers Kinder auf gepflegtem Rasen – das können die Engländer doch am besten – Federball spielten, während seine hübsche Frau, gepflegt, gepflegt, sehr gepflegt, ihm, der im hübschen Liegestuhl lag, von der Terrasse aus zurief: ›Magst du 'ne Spur Gin in die Zitronenlimonade?‹ und er zurückrief: ›Ja, aber 'ne deutliche Spur!‹; und seine Frau, Kichern im Hals, von soviel Witz entzückt, tat ihm 'ne deutliche Spur

Gin in die Limonade, ging nach draußen, setzte sich neben ihn, in den zweiten Liegestuhl, der so hübsch war wie der erste, begutachtete die Bewegungen ihrer ältesten Tochter; vielleicht ein ganz klein bißchen zu mager, ein bißchen zu knochig, und das hübsche Gesicht ein bißchen zu ernsthaft; jetzt legte sie erschöpft den Schläger aus der Hand, setzte sich zu Vatis, zu Muttis Füßen an den Rasenrand – ›aber, Liebes, erkälte dich nur nicht‹ – und fragte, ach, immer so ernsthaft: ›Vati, wie ist das nun, was ist das genau: Demokratie?‹, und das war für Vati der rechte Augenblick, feierlich zu werden, er setzte sein Limonadenglas ab, nahm die Zigarre aus dem Mund – das ist schon die fünfte heute, Ernst-Rudolf – und erklärte es ihr: ›Demokratie . . .‹ Nein, nein, ich werde dich weder privat noch amtlich bitten, meine Rechtslage zu klären; ich *nehme nichts dafür*, ich habe den kindlichen Schwur im Café Zons geschworen, geschworen, den Adel der Wehrlosigkeit zu hüten; meine Rechtslage bleibt ungeklärt; vielleicht hat auch Robert sie geklärt, mit Dynamit; ob er inzwischen das Lachen gelernt hat, oder wenigstens das Lächeln? Er war immer ernst, kam nicht über Ferdis Tod hinweg, ließ seine Rachegedanken zu Formeln gefrieren, als sehr leichtes Gepäck trug er sie im Hirn, genaue Formeln, trug sie durch Feldwebel- und Offiziersquartiere, sechs Jahre lang, ohne zu lachen, wo Ferdi doch noch, als sie ihn verhafteten, gelächelt hatte, der Engel aus der Vorstadt, aus dem Mistbeet der Gruffelstraße; nur die drei Quadratzentimeter Daumenhaut hatten Erinnerung vollzogen; angesengte Turnlehrerfüße und das letzte Lamm von einem Bombensplitter getötet; Vater *ward nicht mehr gesehen*, nicht einmal *auf der Flucht erschossen*. Und niemals eine Spur gefunden von dem Ball, den Robert schlug.

Schrella warf den Zigarettenstummel in den Abgrund, stand auf, schlenderte langsam zurück, zwängte sich zwischen *TOD* und gekreuztem Gebein wieder hindurch, nickte dem aufgescheuchten Nachtwächter zu, warf noch einen Blick zurück aufs Café Bellevue, ging die saubere leere Autobahn hinunter auf den Horizont zu, wo Rübenlaub im Sommerlicht flimmerte; irgendwo mußte diese Straße die Linie Sechzehn kreuzen. Umsteigen zum Bahnhof, fünfundvierzig Pfennig; er sehnte sich nach einem Hotelzimmer, er liebte das Zufällige solchen Zu-Hause-Seins, die Anonymität dieser schäbigen Zimmer, die auswechselbar waren; Eisblumen der Erinnerung tauten in diesen Zimmern nicht auf; staatenlos, heimatlos, und am Morgen ein liebloses Frühstück von einem verschlafenen Kellner serviert, dessen Manschetten nicht ganz sauber waren, dessen Hemdbrust nicht mit Inbrunst, wie Mutter es getan hatte, gestärkt worden war; vielleicht konnte man eine Frage riskieren, falls der Kellner über sechzig war? ›Haben Sie einen Kollegen gekannt, der Schrella hieß?‹

172

Weiter in die leere saubere Straße hinein, in den Himmel aus flimmerndem Rübenlaub, als Gepäck nur die Hände in den Taschen, und das Kleingeld an den Weg gestreut, für Hänsel und Gretel. Postkarten waren der einzig erträgliche Kontakt mit dem Leben, das nach Ediths, nach Vaters, Ferdis Tod weiterging. ›Mir geht es gut, lieber Robert: ich hoffe von dir das gleiche; grüße meine mir unbekannte Nichte, meinen Neffen und deinen Vater‹, zweiundzwanzig Worte, zuviel Worte; zusammenstreichen den Text: ›Mir geht's gut, hoffe, dir auch, grüße Ruth, Joseph, deinen Vater‹, elf Worte; mit der Hälfte ließ sich das gleiche sagen; wozu herreisen, Händedrücken, eine Woche lang nicht: ich binde, ich band, ich habe gebunden konjugieren; Nettlinger unverändert finden, die Gruffelstraße unverändert; Frau Trischlers Hände fehlten.

Himmel aus Rübenlaub, wie mit grünsilbernem Gefieder bewachsen; unten schaukelte die Sechzehn durch eine Unterführung. Fünfundvierzig Pfennig; alles ist teurer geworden. Gewiß war Nettlinger mit seiner Erläuterung der Demokratie noch nicht zu Ende; Spätnachmittagslicht; seine Stimme wurde weich; und seine Tochter holte aus dem Wohnzimmer die Couchdecke – jugoslawisch, dänisch oder finnisch, jedenfalls herrliche Farben –, legte sie dem Vater über die Schultern, kniete sich zu andächtigem Lauschen wieder hin, während die Mutter in der Küche – ›Bleibt ihr nur draußen, Kinder, bitte, es ist ein so herrlicher Nachmittag und so harmonisch‹ – würzig schmackhafte Schnittchen zurechtmachte, bunte Salate mischte.

Die Vorstellung von Nettlinger ergab ein genaueres Bild als *die* Begegnung mit ihm; wie er die Lendenschnitte in sich hineinbefördert hatte, den besten, besten, allerbesten Wein dazu trinkend, schon in Nachdenken versunken, ob Käse, Eis, Kuchen oder ein Omelett dieses Mahl am würdigsten krönen würde. ›Eins, meine Herren‹, hatte der ehemalige Botschaftsrat gesagt, der den Kursus ›Wie werde ich Feinschmecker?‹ abhielt – ›Eins, meine Herren, müssen Sie nun selbst dem Gelernten hinzufügen, einen Hauch, nur einen Hauch von Originalität.‹

Er hatte es in England an die Tafel geschrieben: ›er hätte getötet werden müssen‹; fünfzehn Jahre lang das Xylophon der Sprache bedient: ich lebe, ich lebte, ich habe gelebt, ich hatte gelebt, ich werde leben. Werde ich leben? Er hatte nie begriffen, daß es Menschen gab, die sich über der Grammatik langweilen konnten. Er wird umgebracht, er wurde umgebracht, er ist umgebracht worden, er wird umgebracht werden; wer wird ihn umbringen? Mein ist die Rache, hat der *Herr* gesagt.

»Endstation, der Herr, Hauptbahnhof.«

Das Gedränge war nicht geringer geworden: wer war hier Ankommender, wer Abfahrender? Warum blieben sie nicht alle zu Hause? Wann fuhr der Zug nach Ostende; oder vielleicht auch Italien, Frankreich; irgend jemand würde auch dort zu lernen begehren: ich lebe, ich lebte, ich habe gelebt; er wird getötet werden; wer wird ihn töten?

Hotelzimmer? Welche Preislage? Billig? Spürbar ließ die Freundlichkeit der jungen Dame nach, die den hübschen Finger an der Liste entlangführte; offenbar galt es in diesem Lande als Sünde, nach dem Preis zu fragen. *Immer das Beste – das Teuerste ist das Billigste*; Irrtum, hübsches Kind, das Billige ist das Billigere, tatsächlich, laß nur deinen hübschen Finger bis auf die unterste Stufe der Liste gleiten. ›Pension Modern.‹ Sieben Mark. Ohne Frühstück. Nein danke, ich kenne den Weg zur Modestgasse, wirklich, ich kenne ihn, Numero Sechzehn, das ist gleich neben dem Tor.

Als er um die Ecke bog, lief er fast gegen den Keiler, schrak vor der Masse des dunkelgrauen Tieres zurück und wäre fast an Roberts Haus vorbeigegangen; hier war die Erinnerung nicht in Gefahr: nur einmal war er hier gewesen; Modestgasse 8; er blieb vor dem blanken Messingschild stehen, las: ›Dr. Robert Fähmel, Büro für statische Berechnungen, nachmittags geschlossen‹; er zitterte, als er auf den Klingelknopf drückte: wovon er nicht Zeuge gewesen, was nicht mit Requisiten gespielt worden war, die er kannte, traf ihn heftiger: hinter dieser Tür war Edith gestorben, in diesem Haus waren ihre Kinder geboren, wohnte Robert; am Geräusch der drinnen ertönenden Klingel erkannte er schon, daß niemand öffnen würde, das Geräusch der Klingel drinnen mischte sich mit dem des Telefons, der Boy im Hotel Prinz Heinrich hat sein Wort gehalten; ich werde ihm ein gutes Trinkgeld geben, wenn wir dort Billard spielen.

Nur vier Häuser weiter die Pension Modern. Endlich daheim; zum Glück kein Essensgeruch in der winzigen Diele. Frische Bettwäsche für ein müdes Haupt. »Ja, danke, ich finde es schon.« »Im zweiten Stock die dritte Tür links, Vorsicht beim Treppensteigen, der Herr, die Teppichstangen sind an einigen Stellen lose, es gibt so wüste Gäste; Sie wollen nicht geweckt werden? Und noch eine Kleinigkeit, bitte; würden Sie im voraus zahlen, oder kommt noch Gepäck? Nein? Also bitte, achtmarkundfünf, einschließlich Bedienung; leider bin ich zu solchen Vorsichtsmaßregeln gezwungen, mein Herr; Sie glauben gar nicht, wieviel Gesindel es auf der Welt gibt; anständigen Menschen muß man dann mißtrauisch kommen, so geht es; und manche bringen es fertig, sich noch die Bettwäsche um den Leib zu binden, sich aus den Kopfkissenbezügen Taschentücher zurechtzuschneiden; wenn Sie wüßten, was man so alles erlebt; keine Quittung? Desto besser, die Steuer frißt einem sowieso die Haare vom Kopf. Sie erwarten doch sicher Besuch, Ihre Frau, nicht wahr; ich werde sie nach oben schicken, keine Sorge . . .«

10

Seine Angst war unbegründet gewesen: Erinnerung wurde nicht Gefühl, blieb Formel, rann nicht in Seligkeit oder Trauer auseinander und
machte das Herz nicht bang; das Herz war nicht beteiligt: Dort hatte
er im Abenddämmer gestanden, zwischen dem Gästehaus und der Abtei, wo jetzt der Haufen violetter, scharf gebrannter Ziegel lag; neben
ihm General Otto Kösters, dem sich Schwachsinn in einer einzigen Formel eingeprägt hatte: Schußfeld; Hauptmann Fähmel, Oberleutnant
Schrit und die beiden Fähnrice Kanders und Hochbret; mit todernstem
Gesicht hatten sie Schußfeld-Otto die Notwendigkeit eingeredet, selbst
vor solch ehrwürdigen Gebäuden nicht inkonsequent zu werden; legten
andere Offiziere Protest ein, warfen sich tränenselige Mörder ins Zeug
für die Kultur, die hier zu retten sei, sprach einer das böse Wort aus:
Hochverrat; aber keiner wußte so scharf, so fließend und logisch zu argumentieren wie Schrit, der in eindringlichen Worten dem zögernden
General die Notwendigkeit der Sprengung suggerierte: ›Und wäre es
nur, um ein Beispiel zu geben, daß wir noch an den Sieg glauben, Herr
General, ein solch schmerzliches Opfer würde der Bevölkerung und den
Soldaten klarmachen, daß wir noch an den Sieg glauben‹, und schon kam
das geflügelte Wort: ›Meine Entscheidung ist gefallen; sprengen Sie,
meine Herren. Wenn es um den Sieg geht, dürfen wir selbst unsere geheiligten Kulturgüter nicht schonen; ans Werk denn, meine Herren‹;
Hände an die Mützen, Hacken zusammen.
War er je neunundzwanzig gewesen, je Hauptmann, hatte je mit Schußfeld-Otto hier gestanden, wo der neue Abt lächelnd den Vater begrüßte:
»Wir sind sehr glücklich, Herr Geheimrat, daß Sie uns wieder einmal
die Freude eines Besuchs machen; sehr erfreut, Ihren Sohn kennenzu-
lernen; Joseph ist ja schon fast wie ein Freund für uns, nicht wahr, Joseph? Eng ist das Schicksal unserer Abtei mit dem Schicksal der Familie
Fähmel verwachsen – und Joseph ist sogar, wenn ich mir gestatten darf,
solche privaten Dinge zu erwähnen, Joseph ist hier sogar von Amors
Pfeil getroffen worden; sehen Sie, Herr Doktor Fähmel, die jungen
Leute werden heutzutage nicht einmal rot, wenn man von solchen Sachen spricht; Fräulein Ruth und Fräulein Marianne, leider muß ich Sie
vom Rundgang ausschließen.«
Die Mädchen kicherten; hatten nicht Mutter, Josephine, sogar Edith an
dieser Stelle gekichert, wenn sie vom Männerbund ausgeschlossen wurden? Man brauchte im Fotoalbum nur die Köpfe und die Moden aus-
zuwechseln.
»Ja, die Klausur ist schon bezogen«, sagte der Abt, »hier unser Aug-
apfel, die Bibliothek – bitte hier herum, die Krankenzelle, zum Glück
im Augenblick unbewohnt...«

Nie war er hier mit Kreide von Punkt zu Punkt gegangen, hatte seine geheimen Mischungen aus *XYZ* an die Wände geschrieben, den Code des Nichts, den nur Schrit, Hochbret und Kanders zu entziffern verstanden; Mörtelgeruch, Geruch frischer Farbe, frisch gehobelten Holzes.

»Ja, das wurde dank der Aufmerksamkeit Ihres Enkels – Ihres Sohnes vor der Zerstörung bewahrt; das Abendmahlsbild hier im Refektorium; wir wissen wohl, daß es keine kunstgeschichtliche Rarität ist – Sie verzeihen mir diese Bemerkung, Herr Geheimrat –, aber selbst die Produkte dieser Malerschulen beginnen selten zu werden, und wir haben uns immer der Tradition verpflichtet gefühlt; ich muß gestehen, daß mich die Detailtreue dieser Maler heute noch entzückt – Sehen Sie hier, mit welch einer liebevollen Sorgfalt gemalt, Sankt Johanns und Sankt Peters Füße, die Füße eines älteren und eines jüngeren Mannes; Treue im Detail.«

Nein, hier hatte niemand *Es zittern die morschen Knochen* gesungen; keine Sonnwendfeuer; nur Traum. Distinguierter Herr, Anfang Vierzig, Sohn eines distinguierten Vaters, Vater eines frischen, sehr intelligenten Sohnes, der lächelnd dem Rundgang beiwohnte, obwohl ihn das Unternehmen sehr zu langweilen schien; jedesmal, wenn er sich Joseph zuwandte, sah er nur ein freundliches, etwas müdes Lächeln auf dessen Gesicht.

»Wie Sie wissen, waren nicht einmal die Wirtschaftsgebäude verschont geblieben; wir haben sie als erste wieder aufgebaut, weil sie uns die materielle Vorbedingung für einen glücklichen neuen Start zu gewährleisten schienen; hier der Kuhstall; natürlich melken wir elektrisch; Sie lächeln – ich bin sicher, unser heiliger Vater Benedikt hätte nichts gegen elektrisches Melken einzuwenden gehabt. Darf ich Ihnen hier einen bescheidenen Imbiß servieren lassen? – einen Willkommensgruß, unser berühmtes Brot, unsere berühmte Butter und den Honig; Sie wissen nicht, daß jeder sterbende oder resignierende Abt seinem Nachfolger eine Botschaft hinterläßt: Familie Fähmel nicht vergessen; Sie gehören ja wirklich zu unserer Klosterfamilie – ach, da sind ja die jungen Damen schon; natürlich, hier sind sie wieder zugelassen.«

Brot und Butter, Wein und Honig auf schlichten hölzernen Tischplatten; Joseph hatte den einen Arm um seine Schwester, den anderen um Marianne gelegt; Blond zwischen zwei schwarzen Mädchenköpfen.

»Sie werden uns doch die Ehre antun, zur Einweihung zu kommen? Kanzler und Kabinett haben ihr Erscheinen zugesagt, einige ausländische Fürstlichkeiten werden dasein, und es wäre uns eine große Freude, die ganze Familie Fähmel hier als unsere Gäste zu begrüßen; meine Festansprache wird nicht im Zeichen der Anklage stehen, sondern im Zeichen der Versöhnung, Versöhnung auch mit jenen Kräften, die in blindem Eifer unsere Heimstatt zerstört haben, keine Versöhnung allerdings mit jenen zerstörerischen Kräften, die unsere Kultur aufs neue bedrohen; darf ich also hier die Einladung aussprechen und die herzliche Bitte, daß Sie uns die Ehre erweisen?«

›Ich werde nicht zur Einweihung kommen‹, dachte Robert, ›weil ich nicht versöhnt bin, nicht versöhnt mit den Kräften, die Ferdis Tod verschuldeten, und nicht mit denen, die Ediths Tod verschuldeten und Sankt Severin schonten; ich bin nicht versöhnt, nicht versöhnt mit mir und nicht mit dem Geist der Versöhnung, den Sie bei Ihrer Festansprache verkünden werden; es war nicht blinder Eifer, der Ihre Heimstatt zerstörte, sondern Haß, der nicht blind war und dem noch keine Reue erwachsen ist. Soll ich bekennen, daß ich es gewesen bin? Ich muß meinem Vater Schmerz zufügen, obwohl er nicht schuldig ist, und vielleicht meinem Sohn, obwohl auch er nicht schuldig ist, und Ihnen, Ehrwürdiger Vater, obwohl auch Sie nicht schuldig sind; wer ist schon schuldig? Ich bin nicht versöhnt mit der Welt, in der eine Handbewegung und ein mißverstandenes Wort das Leben kostet.‹ Und er sagte: »Herzlichen Dank, Ehrwürdiger Vater, es wird mir eine Freude sein, an Ihrem Fest teilzunehmen.«

›Ich werde nicht kommen, Ehrwürdiger Vater‹, dachte der Alte, ›denn ich würde hier stehen nur als ein Denkmal meiner selbst, nicht als der, der ich bin: ein alter Mann, der seiner Sekretärin heute morgen den Auftrag gab, sein Denkmal zu bespucken; erschrecken Sie nicht, Ehrwürdiger Vater; ich bin nicht versöhnt mit meinem Sohn Otto, der nicht mehr mein Sohn war, sondern nur die Hülle meines Sohnes; und mit Gebäuden, auch wenn ich sie selbst erbaute, kann ich keine Versöhnung feiern. Man wird uns bei den Feierlichkeiten nicht vermissen; Kanzler, Kabinett, ausländische Fürstlichkeiten und hohe kirchliche Würdenträger werden gewiß die Lücke würdig ausfüllen. Bist du es gewesen, Robert, und hast dich gefürchtet, es mir zu sagen? Dein Blick, deine Bewegungen beim Rundgang haben es mir verraten; nun: es trifft mich nicht – vielleicht hast du dabei an den Jungen gedacht, dessen Namen ich nie erfuhr: der deine Zettelchen in unseren Briefkasten warf – und an den Kellner, der Groll hieß, an die Lämmer, die niemand geweidet hat, auch wir nicht; feiern wir also nicht Versöhnung: sorry, Ehrwürdiger Vater, Sie werden es ertragen, Sie werden uns nicht vermissen; lassen Sie eine Tafel aufhängen: ,Erbaut von Heinrich Fähmel im Jahre 1908, in seinem neunundzwanzigsten Lebensjahr, zerstört von Robert Fähmel, im Jahre 1945, in seinem neunundzwanzigsten Jahr' – was wirst du tun, Joseph, wenn du dreißig bist? Wirst du deines Vaters Büro für statische Berechnungen übernehmen: bauen oder zerstören? Formeln sind wirksamer als Mörtel. Stärken Sie Ihr Herz mit Choral, Ehrwürdiger Vater, überlegen Sie sich gut, ob Sie wirklich mit dem Geist, der das Kloster zerstörte, versöhnt sind.‹

»Herzlichen Dank, Ehrwürdiger Vater, es wird uns eine Freude sein, an Ihrem Fest teilzunehmen«, sagte der Alte.

Kühle stieg schon aus Wiesen und Niederungen, trockene Rübenblätter wurden feucht, dunkel, versprachen Reichtum; links vor dem Steuer Josephs blonder Kopf, rechts die beiden schwarzen Mädchenköpfe; leise glitt das Auto auf die Stadt zu; sang dort jemand: ›Wir haben das Korn geschnitten‹? Es konnte nicht wahr sein, so wenig wie der schlanke Turm von St. Severin am Horizont; Marianne sprach als erste wieder: »Du fährst nicht über Dodringen?«
»Nein, Großvater wollte über Denklingen fahren.«
»Ich denke, wir fahren auf dem kürzesten Weg in die Stadt?«
»Wenn wir um sechs in der Stadt sind, ist es früh genug«, sagte Ruth, »zum Umziehen brauchen wir nicht mehr als eine Stunde.«
Das Gespräch der Kinder klang leise wie Geflüster aus dunklen Erdschächten, wo Verschüttete einander Hoffnung zusprechen; ich sehe Licht; du täuschst dich; aber ich sehe wirklich Licht; wo?; hörst du denn nicht das Klopfen der Rettungsmannschaft?; ich höre nichts; hatten wir denn im Gästezimmer laut gesprochen?
Es ist nicht gut, Formeln aus ihrer Erstarrung zu lösen, Geheimnisse in Worte zu fassen, Erinnerung in Gefühle umzusetzen, Gefühl kann sogar so gute und strenge Dinge wie Liebe und Haß töten; gab es wirklich einmal den Hauptmann, der Robert Fähmel hieß, der sich im Kasinojargon so gut auskannte, Gepflogenheiten so präzis exerzierte, pflichtgemäß die Frau des rangältesten Offiziers zum Tanz aufforderte, mit knapper Stimme Toaste auszubringen verstand; auf die Ehre unseres geliebten deutschen Volkes; Sekt, Ordonnanz; Billardspiel; rot über grün, weiß über grün; weiß über grün; und eines Abends stand ihm einer gegenüber, hielt den Billardstock in der Hand, lächelte und sagte: ›Schrit, Leutnant, wie Sie sehen, Sprengspezialist wie Sie, Herr Hauptmann, verteidige mit Dynamit die abendländische Kultur.‹ Der trug keine gemischte Seele in der Brust, der konnte warten und sparen, brauchte nicht immer wieder Herz und Gefühl zu mobilisieren, betrank sich nicht an Tragik, hatte den Schwur geleistet, *nur* deutsche Brücken, *nur* deutsche Häuser zu sprengen, an keiner russischen Kate auch nur eine Fensterscheibe zu zerstören; warten, Billard spielen, kein Wort zuviel – und endlich lag sie in der Frühlingssonne, unsere große Beute, auf die wir so lange hatten warten müssen: Sankt Anton; am Horizont die Beute, die uns entgehen sollte; Sankt Severin.

»Fahr nicht so schnell«, sagte Marianne leise.
»Entschuldige«, sagte Joseph.
»Sag, was wollen wir hier in Denklingen?«

»Großvater will dorthin«, sagte Joseph.

»Nein, Joseph«, sagte Ruth, »fahr nicht mit dem Auto in die Allee, siehst du nicht das Schild: ›Nur für Anlieger‹? Zählst du dich etwa dazu?«

Die große Abordnung: Gatte, Sohn, Enkel und zukünftige Schwiegertochter stiegen ins verwunschene Schloß hinunter.

»Nein, nein«, sagte Ruth, »ich warte hier draußen. Bitte, laßt mich.«

Abends, wenn ich mit Vater im Wohnzimmer sitze, könnte Großmutter dabeisein; ich lese, er trinkt Wein, kramt in seinen Karteikästen, legt die doppelpostkartengroßen Fotokopien wie eine Patience vor sich aus; immer korrekt, nie die Krawatte gelockert, nie die Weste geöffnet, nie zu väterlicher Gemütlichkeit sich aufgelöst; zurückhaltend und besorgt: ›Brauchst du Bücher, Kleider, Geld für die Reise; langweilst du dich nicht, Kind? Möchtest du lieber ausgehen? Ins Theater, ins Kino, zum Tanzen; ich werde dich gern begleiten; oder möchtest du deinen Schulfreundinnen noch einmal einen Kaffee oben auf dem Dachgarten geben, jetzt, wo das Wetter so schön ist?‹ Abendspaziergang vorm Zubettgehen, rund um den Häuserblock, Modestgasse bis zum Tor, dann die Bahnhofstraße hinunter bis zum Bahnhof; ›Riechst du die Ferne, Kind?‹; durch die Unterführung, an Sankt Severin, am Hotel Prinz Heinrich vorüber; ›Gretz hat vergessen, die Blutflecken vom Trottoir abzuwaschen‹; Keilerblut war hart und schwarz geworden; ›Kind, es ist halb zehn, jetzt gehst du besser schlafen; gute Nacht‹; Kuß auf die Stirn; immer freundlich, immer korrekt; ›möchtest du lieber, daß wir eine Haushälterin nehmen, oder bist du das Wirtshausessen noch nicht leid?‹; offen gestanden, ich mag nicht gern fremde Personen im Hause‹; Frühstück, Tee, Brötchen, Milch; Kuß auf die Stirn; und manchmal ganz leise: ›Kind, Kind‹ – ›Was ist denn Vater?‹ ›Komm, wir fahren weg.‹ ›Jetzt, hier, sofort?‹ ›Ja. Laß die Schule für heute und morgen, wir fahren nicht weit; nur bis Amsterdam; herrliche Stadt, Kind, stille, sehr freundliche Menschen – man muß sie nur kennen. Kennst du sie?‹ ›Ja, ich kenne sie. Schön, die Spaziergänge abends an den Grachten entlang.‹ ›Glas. Glas. Still. Hörst du, wie still die Menschen hier sind? Nirgendwo sind sie so laut wie bei uns, immer brüllen, schreien, wichtig tun. Langweilt es dich, wenn ich noch zum Billard gehe? gehe mit, wenn es dir Spaß macht.‹

Ich verstand nie die Faszination, mit der ihm alte und junge Männer beim Spiel zusahen, wenn er dastand, im Zigarrenrauch, das Bierglas neben sich auf dem Bord, und Billard spielte, Billard; duzten sie ihn wirklich, oder war es nur eine Eigenart der holländischen Sprache, daß es wie Du klang, wenn sie ihn anredeten; sie kannten seinen Vornamen: Robert, rollten das R von Robert, wie ein hartes Bonbon im Gaumen.

Still. Soviel Glas an den Grachten. Ruth heiße ich, Halbwaise bin ich, meine Mutter war vierundzwanzig, als sie starb; ich war drei, und wenn ich an sie denke, denke ich siebzehn oder zweitausend Jahre, vierundzwanzig ist eine Zahl, die nicht zu ihr paßt; irgend etwas unter achtzehn oder über achtzig; mir kam sie immer vor wie Großmutters Schwester; ich kenne das große, wohlbehütete Geheimnis, daß Großmutter verrückt ist, und ich will sie nicht sehen, solange sie verrückt ist; Ihre Verrücktheit ist Lüge, Trauer hinter dicken Mauern, ich kenne das, betrinke mich auch oft daran und schwimme in Lüge dahin: Hinterhaus, Modestgasse 8, von Gespenstern bewohnt. *Kabale und Liebe*, Großvater hat das Kloster gebaut, Vater hat es gesprengt, Joseph hat's neu errichtet. Meinetwegen; ihr werdet enttäuscht sein, wie wenig mich das erschüttert; ich habe gesehen, wie sie die Toten aus den Kellern holten, und Joseph versuchte, mir einzureden, sie wären krank und würden nur ins Krankenhaus gebracht, aber warf man Kranke so wie Säcke einfach auf den Lastwagen? Und ich habe gesehen, wie der Lehrer Krott heimlich in der Pause in die Klasse ging und Konrad Gretz das Butterbrot aus dem Ranzen stahl, ich habe Krotts Gesicht gesehen und litt Todesängste, und betete zu Gott: ›Bitte, laß nicht zu, daß er mich hier entdeckt, bitte, bitte‹, denn ich wußte, er würde mich ermorden, wenn er mich entdeckte; ich stand hinter der Tafel, suchte meine Haarspange, und er hätte meine Beine sehen können, aber Gott hatte Erbarmen mit mir: Krott entdeckte mich nicht; ich sah sein Gesicht und sah noch, wie er ins Brot biß, dann hinausging; wer in solche Gesichter gesehen hat, den regen gesprengte Abteien nicht mehr auf; und das Theater nachher, als Konrad Gretz den Verlust entdeckte und Krott uns alle zur Aufrichtigkeit ermahnte: ›Kinder, seid doch ehrlich, ich gebe euch eine Viertelstunde Zeit; dann muß sich der Schuldige gemeldet haben, sonst‹ – noch acht Minuten, noch sieben Minuten, sechs –, und ich sah ihn an, er fing meinen Blick auf, stürzte auf mich zu: ›Ruth, Ruth‹, schrie er, ›du? Bist du es gewesen?‹ Ich schüttelte den Kopf, fing an zu weinen, denn ich litt wieder Todesangst – und er sagte: ›Mein Gott, Ruth, sei ehrlich.‹ Ich hätte gern ja gesagt, aber dann hätte er gemerkt, daß ich wußte; und ich schüttelte den Kopf unter Tränen; noch vier Minuten, drei, zwei, eine, aus; ›Ihr verdammte Diebesbande, ihr Lügenbande, jetzt schreibt ihr zur Strafe zweihundertmal: ‚Ich darf nicht stehlen.'‹ Ihr mit euren Abteien; ich habe schrecklichere Geheimnisse hüten müssen, habe Todesangst ausgestanden; wie Säcke warfen sie sie auf den Wagen.

Warum mußten sie den netten Abt so kühl behandeln? Was hat er getan, hat er jemand umgebracht, hat er jemand ein Butterbrot gestohlen? Konrad Gretz hatte genug zu essen, Leberpastete und Kräuterbutter auf Weißbrot; welcher Teufel wohnte plötzlich im Gesicht des milden, vernünftigen Lehrers? Mord hockte zwischen Nase und Augen, Nase und Mund, zwischen den Ohren; wie Säcke warfen sie die Leichen auf den Lastwagen, und ich hatte Spaß, wenn Vater den Bürgermeister vor der großen Wandkarte verhöhnte, wenn er seine schwarzen Zeichen malte und sagte: ›Weg damit, sprengen‹; ich liebe ihn, liebe ihn nicht weniger, jetzt, wo ich's weiß; hat Joseph wenigstens seine Zigaretten im Auto gelassen; ich hab doch gesehen, wie der Mann seinen Trauring für zwei Zigaretten hergab – wieviel hätte er für seine Tochter haben wollen, wieviel für seine Frau? In seinem Gesicht die Preistafel: zehn, zwanzig, er hätte mit sich reden lassen; sie lassen alle mit sich reden; tut mir leid, Vater, aber der Honig und das Brot und die Butter schmeckten mir auch noch, nachdem ich wußte, wer das getan hatte. Wir wollen weiter Vater und Tochter spielen; genau abgezirkelt, wie ein Turniertanz; nach dem Imbiß wäre eigentlich der Spaziergang auf den Kosakenhügel hinauf fällig gewesen: Joseph mit Marianne und mir vorneweg, Großvater hinterher, wie jeden Samstag.

›Kommst du mit, Großvater?‹

›Danke, es geht schon.‹

›Gehn wir nicht zu schnell?‹

›Nein, laßt nur, Kinder. Ob ich mich ein wenig setzen kann, oder glaubt ihr, es ist zu feucht?‹

›Der Sand ist pulvertrocken, Großvater, und noch ganz warm, du kannst dich ruhig setzen; komm, gib mir deinen Arm.‹

›Natürlich, Großvater, steck dir ruhig eine Zigarre an, wir werden schon achtgeben, daß nichts passiert.‹

Zum Glück hat Joseph die Zigaretten im Wagen gelassen, und der Anzünder funktioniert; Großvater hat mir so schöne Kleider geschenkt und Pullover, viel schönere als Vater, der einen altmodischen Geschmack hat; man merkt, daß Großvater von Mädchen und von Frauen was versteht; ich will Großmutter nicht verstehen, ich will nicht, ihre Verrücktheit ist Lüge, sie hat uns nichts zu essen gegeben, und ich war froh, als sie weg war und wir was bekamen; mag sein, daß du recht hast, daß sie groß war und groß ist, aber ich will nichts von Größe wissen; ein Butterbrot mit Leberpastete, Weißbrot und Kräuterbutter, hätte mich fast das Leben gekostet; mag sie wiederkommen und abends bei uns sitzen, aber gebt ihr nicht den Schlüssel zur Küche, bitte nicht; ich habe den Hunger auf dem Gesicht des Lehrers gesehen und habe Angst davor; gib ihnen immer zu essen, lieber Gott, immer, damit das Schreckliche nicht wieder auf ihren Gesichtern erscheint; das ist ein harmloser Herr Krott, der sonntags ins Kleinauto steigt, um mit seiner Familie nach Sankt Anton zu fahren und dort dem Hochamt beizuwohnen; den wievielten Sonntag nach Pfingsten haben wir heute, den wievielten Sonntag nach Epiphanie, nach Ostern? – ein lieber Mensch, mit einer lieben Frau und zwei lieben Kinderchen: ›Sieh mal Ruth, ist unser Fränzchen nicht gewachsen?‹ ›Ja, Herr Krott, ihr Fränzchen ist gewachsen‹, und ich denke nicht mehr daran, daß mein Leben an einem Haar hing; nein; ich hab auch zweihundertmal ganz brav geschrieben: ›Du sollst nicht stehlen‹; und natürlich sag ich nicht nein, wenn Konrad Gretz eine Party gibt; da gibt's herrliche Gänseleberpastete mit Kräuterbutter auf Weißbrot, und wenn man jemand auf den Fuß tritt oder jemand das Weinglas umstößt, sagt man nicht: ›Entschuldigen Sie bitte‹, sagt auch nicht: ›Pardon‹, sondern: ›Sorry‹.

Warm ist das Gras am Straßengraben, würzig ist Josephs Zigarette, und mir schmeckte das Honigbrot noch, als ich erfuhr, daß es Vater war, der die Abtei in die Luft gejagt hat; herrlich, Denklingen dort hinten in der Abendsonne; sie müssen sich beeilen, zum Umziehen brauchen wir mindestens eine halbe Stunde.

11

»Kommen Sie nur her, General. Sie brauchen sich nicht zu schämen; alle Neulinge werden zuerst mir vorgestellt, denn ich bin am längsten in diesem hübschen Haus hier; warum schlagen Sie mit Ihrem Spazierstock Kerben in die unschuldige Gartenerde, schütteln dauernd den Kopf, vor jeder Mauer, vor der Kapelle, am Gewächshaus und murmeln: ›Schußfeld‹?; übrigens ein hübsches Wort: ›Schußfeld‹; freie Bahn den Kugeln und Geschossen; Otto, wie? Kösters? Nein, keine Intimitäten, keine Namen nennen, und der Name Otto ist außerdem besetzt; darf ich Sie also ›Schußfeld‹ nennen? Ich sehe es Ihnen an, höre es aus Ihrer Stimme heraus, rieche es an Ihrem Atem: Sie haben vom *Sakrament des Büffels* nicht nur gekostet, sondern davon gelebt, konsequente Diät gehalten. Nun hören Sie einmal zu, Neuer, sind Sie katholisch? natürlich, das Gegenteil hätte mich überrascht; können Sie ministrieren? natürlich, Sie sind von katholischen Patres erzogen; verzeihen Sie, daß ich lache; wir suchen hier schon seit drei Wochen einen neuen Ministranten; den Ballosch haben sie als geheilt entlassen; wie wär's, wenn Sie sich hier ein bißchen nützlich machten? Du bist doch ein harmloser Irrer, nicht gewalttätig, hast nur den einen und einzigen Tick, bei jeder passenden und unpassenden Gelegenheit ›Schußfeld‹ zu murmeln; du wirst doch das Meßbuch von der rechten auf die linke, von der linken auf die rechte Altarseite tragen können; wirst vorm Tabernakel eine Kniebeuge machen können, wie? Du bist doch kerngesund, das gehört zu deinem Beruf, du kannst das *mea culpa, mea culpa, mea maxima culpa* an die Brust schlagen *kyrie eleison* sagen; na, siehst du, wozu ein gebildeter, bei katholischen Patres erzogener General noch zu gebrau-

chen ist; ich werde Sie dem Anstaltspfarrer als unseren neuen Ministranten vorschlagen; du bist doch einverstanden, nicht?

Danke; man spürt doch gleich, was ein Kavalier ist; nein, bitte hier
herum, zum Gewächshaus, ich will Ihnen mal was zeigen, was zu Ihrem
Handwerk gehört, und bitte, keine unangebrachten Galanterien, keine
Tanzstundenkomplexe an mir auslassen, bitte; ich bin siebzig. Sie drei-
undsiebzig, keine Handküsse, keine Greisenpoussagen; lassen Sie doch
den Unsinn; hör mir mal zu: siehst du, was da hinter der hellgrünen
Glasscheibe zu sehen ist? Ja, das sind Waffen, das ist unseres guten
Obergärtners Arsenal: damit werden Hasen und Rebhühner, Krähen
und Rehe geschossen, denn unser Obergärtner ist ein leidenschaftlicher
Jäger, und da zwischen den Gewehren liegt so ein hübscher, handlicher
schwarzer Gegenstand, eine Pistole; nun pack mal aus, was du als Fähnrich oder als Leutnant gelernt hast, und sag mir: ist so ein Ding wirklich
lebensgefährlich, kann man damit jemanden umbringen? Nun werd mir
nicht blaß, alter Haudegen, hast zentnerweise vom *Sakrament des Büffels* gegessen und wirst mir hier schwach, wenn ich dir ein paar einfache
Fragen stelle; fang doch nicht an zu zittern, ich bin zwar ein bißchen
verrückt, aber ich werde dir nicht die Pistole auf deine dreiundsiebzig-
jährige Brust drücken und dem Staat die Pension ersparen; ich denke
nicht dran, dem Staat was zu ersparen; gib mir auf klare militärische
Fragen eine militärische Antwort: Kann man mit dem Ding jemand umbringen? Ja? Gut. Auf wieviel Meter Entfernung hat man die größte
Treffsicherheit? Zehn, zwölf, allerhöchstens fünfundzwanzig.

Mein Gott, nun regen Sie sich doch nicht auf! Wie bange so ein alter
General sein kann; melden? Da gibt es nichts zu melden; euch haben
sie das Melden wohl so eingetrichtert, daß ihr's nicht lassen könnt, was?
Küssen Sie mir meinetwegen die Hand, aber halten Sie nur den Mund,
und morgen früh wird ministriert, verstanden? So 'nen hübschen weiß-
haarigen gutgewachsenen Ministranten haben die hier noch nie gehabt;
kannst du denn keinen Spaß verstehen? Ich interessiere mich nun mal
für Waffen, so wie du dich für Schußfeld interessierst; willst du denn
nicht begreifen, daß es zu den ungeschriebenen Gesetzen dieses trauten
Heimes hier gehört, daß jeder jedem sein Pläsierchen läßt; du hast eben
deinen Schußfeld-Tick; Diskretion, Schußfeld, denk an deine gute Erziehung – *vorwärts mit Hurra und Hindenburg*; siehst du wohl, das
gefällt dir, man muß nur die richtigen Worte wählen – hier geht es rum,
an der Kapelle vorbei, willst du nicht eintreten und dir die Stätte deines
künftigen Wirkens einmal anschauen?; friedlich, Alter, das weißt du also
noch: Hut abnehmen, den rechten Finger ins Weihwasserbecken, jetzt
ein Kreuzzeichen, so ist's brav; jetzt hinknien, aufs Ewige Licht blicken,
ein Ave Maria und ein Vaterunser beten – schön still; es geht doch nichts
über eine katholische Erziehung; aufstehen, Finger ins Weihwasserbek-

ken, Kreuzzeichen, der Dame den Vortritt lassen, Hut aufsetzen; so ist's lieb, da sind wir wieder: Sommerabend, herrliche Bäume in herrlichem Park, eine Bank; *vorwärts mit Hurra und Hindenburg*, das gefällt dir, was? Wie gefällt dir das andere: *muß haben ein Gewehr, muß haben ein Gewehr*; das gefällt dir auch, wie? Laß doch die Scherze; *nach* Verdun war es eigentlich mit diesen Scherzen vorbei; da sind die letzten Kavaliere – gefallen, zu viele Kavaliere, zu viele Liebhaber auf einmal – zu viele junge guterzogene Leute; hast du dir einmal ausgerechnet, wieviel Pädagogenschweiß da innerhalb von ein paar Monaten verschwendet worden ist? Umsonst! Warum seid ihr nie auf die Idee gekommen, gleich nach der Gehilfenprüfung oder nach der Abiturientenprüfung ein Maschinengewehr auf dem Flur der Handwerks- oder Handelskammer, auf dem Flur des Gymnasiums aufzustellen und die jungen Männer mit dem strahlenden ›Bestanden‹ im Gesicht totzuschießen? Du findest das übertrieben? Nun, dann laß dir sagen, daß Wahrheit reine Übertreibung ist; ich hab mit der Abiturientia 1905, 1906, 1907 noch getanzt und Kommers gefeiert mit diesen Mützenträgern und Biertrinkern – aber von den drei Jahrgängen ist mehr als die Hälfte bei Verdun gefallen. Was denkst du wohl, was von der Abiturientia 1935, 1936, 1937 übriggeblieben ist; oder 1941, 1942 – such dir einen Jahrgang aus; und fang doch nicht wieder an zu zittern, ich wußte ja gar nicht, wie bange so ein alter General sein kann. Laß das doch sein: Hände auf meine Hände legen – wie ich heiße? Merk dir: nach so was fragt man hier nicht, hier hat man keine Visitenkarte, hier trinkt man nicht Schmollis miteinander, hier duzt man sich ungefragt, hier weiß man, daß alle Menschen Brüder sind, wenn auch feindliche Brüder; die einen haben vom Sakrament des Lammes gegessen, wenige nur, Alter, die anderen vom Sakrament des Büffels, und mein Name ist: *muß haben ein Gewehr, muß haben ein Gewehr*, Zuname: *vorwärts mit Hurra und Hindenburg*; leg alle deine bürgerlichen Vorurteile, deine Kommentvorstellungen endgültig ab, hier herrscht die klassenlose Gesellschaft; und beklage dich nicht über den verlorenen Krieg. Mein Gott, habt ihr ihn tatsächlich verloren, zwei schon hintereinander? Einem wie dir hätte ich sieben verlorene Kriege gewünscht! Nun, hör mit dem Flennen auf; mir ist's wurscht, wieviel Kriege du verloren hast; verlorene Kinder, das ist schlimmer als verlorene Kriege; du kannst hier im Denklinger Sanatorium ministrieren, eine höchst ehrenvolle Beschäftigung, und rede mir nicht von der deutschen Zukunft; ich hab in der Zeitung gelesen: die deutsche Zukunft ist genau abgesteckt. Wenn du schon weinen mußt, dann weine nicht so weinerlich; Unrecht haben sie dir auch getan, deine Ehre angetastet? Was nützt einem schließlich die Ehre, wenn jeder Fremdling dran kratzen kann, nicht wahr? Aber nun sei zufrieden, in dieser Klapsmühle hier bist du gut untergebracht, hier wird auf jedes

Seelenwehwehchen eingegangen, hier werden alle Komplexe respektiert; das ist nur eine Preisfrage: wenn du arm wärst, gäbe es Senge und kaltes Wasser, aber hier wird jedes Spielchen mitgespielt, du hast sogar Ausgang, kannst in Denklingen ein Bier trinken gehen; du brauchst nur ›Schußfeld‹ zu rufen, Schußfeld für die zweite, Schußfeld für die dritte Armee, und irgend jemand wird dir ›Jawohl, Herr General‹, antworten; Zeit wird nicht als Ganzes, nur im Detail verstanden, sie darf hier nie zu Geschichte werden, verstehst du? Ich will dir ja gern glauben, daß du meine Augen schon gesehen hast, bei jemand, der eine rote Narbe überm Nasenbein trug, ich will dir glauben, aber solche Angaben und solche Zusammenhänge sind hier unerlaubt; hier ist immer *heute*, heute ist Verdun, heute ist Heinrich gestorben, Otto gefallen, heute ist der 31. Mai 1942, heute flüsterte Heinrich mir ins Ohr: *Vorwärts mit Hurra und Hindenburg*; du hast ihn gekannt, hast ihm die Hand gedrückt, oder vielmehr er dir; schön, aber nun wollen wir mal hübsch ein bißchen arbeiten; ich weiß noch, welches Gebet für die Ministranten am schwersten zu lernen war, ich hab's mit meinem Sohn Otto gelernt, hab's ihm abhören müssen: ›Suscipiat Dominus sacrificium de manibus tuis ad laudem et gloriam nominis sui‹ – jetzt kommt das Schwerste, Alter – ›ad utilitatem quoque nostram, totiusque Ecclesiae sua sanctae‹ – sprich's nach, Alter – nein, ›ad utilitatem‹, nicht ›utilatem‹ – den Fehler machen sie alle – ich schreib's dir auf einen Zettel, wenn du willst, oder lies es in deinem Gebetbuch nach – und nun, adieu, Abendbrotzeit, Schußfeld; laß dir's schmecken . . .«

Über die breiten schwarzen Wege an der Kapelle vorbei zum Gewächshaus zurück; nur Mauern waren Zeugen, als sie die Tür mit dem Schlüssel öffnete, an leeren Blumentöpfen, modrig riechenden Beeten vorbei leise in das Büro des Obergärtners ging; sie nahm die Pistole vom Ständer, öffnete die weiche schwarze Handtasche, das Leder schloß sich um die Pistole, leicht ließ sich der Verschluß zuknipsen; lächelnd, leere Blumentöpfe streichelnd, verließ sie das Gewächshaus, schloß hinter sich die Tür wieder zu; nur die dunklen Mauern waren Zeugen, als sie den Schlüssel abzog; langsam ging sie über die breiten schwarzen Wege zum Haus zurück.

Huperts deckte den Abendbrottisch in ihrem Zimmer; Tee, Brot, Butter, Käse und Schinken; er blickte lächelnd auf, sagte: »Sie sehen blendend aus, gnädige Frau.«
»So«, sagte sie, legte ihre Handtasche auf die Kommode, nahm den Hut vom dunklen Haar, fragte lächelnd: »Ob der Obergärtner mir wohl ein paar Blumen bringen könnte?«
»Der ist aus«, sagte Huperts, »hat Ausgang bis morgen abend.«

»Und niemand außer ihm darf ins Gewächshaus?«
»Nein, gnädige Frau, darin ist er schrecklich eigen.«
»Dann muß ich wohl bis morgen abend warten, oder ich besorg mir
welche in Denklingen oder Dodringen.‹
»Sie wollen ausgehen, gnädige Frau?«
»Ja, wahrscheinlich, es ist ein so schöner Abend, ich darf doch, nicht
wahr.«
»Natürlich, natürlich – Sie dürfen – oder soll ich den Herrn Rat anrufen,
oder den Herrn Doktor?«
»Das werde ich selbst tun, Huperts, bitte würden Sie mir das Telefon
auf Amt stellen, aber für lange, bitte – ja?«
»Selbstverständlich, gnädige Frau.«

Als Huperts gegangen war, öffnete sie das Fenster, warf den Schlüssel
zur Gärtnerei in das Kompostbecken, schloß das Fenster, goß sich Tee
und Milch in eine Tasse, setzte sich, zog das Telefon zu sich heran:
»Komm, komm«, sagte sie leise, versuchte mit der linken Hand die zitternde Rechte zu beschwichtigen, die nach dem Hörer griff. »Komm,
komm«, sagte sie, »ich bin bereit, mit dem Tod in der Handtasche ins
Leben zurückzukehren; sie haben es alle nicht gewußt, daß diese Berührung mit dem kühlen Metall genügen würde, haben Gewehr zu wörtlich
verstanden; ich brauch ja kein Gewehr, eine Pistole tut's auch, komm,
komm, sag mir, wie spät es ist, komm, sag's sanfte Stimme, bist du immer noch die gleiche und immer noch unter der gleichen Nummer erreichbar?« Sie nahm den Hörer in die Linke, lauschte dem amtlichen
Tuten. ›Huperts braucht nur auf ein Knöpfchen zu drücken, und sie ist
da: die Zeit, die Welt, die Gegenwart, die deutsche Zukunft: Ich bin
gespannt, wie sie aussieht, wenn ich aus dem verwunschenen Schloß herauskomme.‹ Sie wählte mit der rechten Hand: eins, eins, eins und hörte
die sanfte Stimme sagen: »Beim Zeitzeichen ist es siebenzehnuhracht-
undfünfzig und dreißig Sekunden« – beklemmende Stille, ein Gongschlag – die sanfte Stimme: »Beim Zeitzeichen ist es siebenzehnuhracht-
undfünfzig und vierzig Sekunden.« Die Zeit strömte in ihr Gesicht,
füllte es mit tödlicher Weiße, während die Stimme sagte: »Siebenzehn-
uhrneunundfünfzig – zehn – zwanzig – dreißig – vierzig – fünfzig
Sekunden«, ein harter Gongschlag: »achtzehn Uhr, am 6. September
1958« – sagte die sanfte Stimme – Heinrich wäre achtundvierzig,
Johanna neunundvierzig und Otto einundvierzig, Joseph war
zweiundzwanzig, Ruth neunzehn – und die Stimme sagte: »Beim
Zeitzeichen ist es achtzehn Uhr und eine Minute« – Vorsicht, sonst
werde ich wirklich verrückt, wird das Spiel ernst, und ich falle in das
ewige Heute endgültig zurück, finde die Schwelle nicht mehr, renne um
die bewachsenen Mauern herum, ohne den Eingang zu finden; die Vi-

sitenkarte der Zeit wie eine Forderung zum Duell – nicht anzunehmen: 6. September 1958 – achtzehn Uhr und eine Minute und vierzig Sekunden; die Faust voll Rache hat meinen Taschenspiegel zerbrochen, nur zwei Scherben sind übriggeblieben, die mir die tödliche Blässe meines Gesichts zeigen; ich hab's doch gehört, das stundenlange Dröhnen der Sprengung, ich hab's doch gehört, das empörte Geflüster der Leute: ›Sie haben unsere Abtei in die Luft gejagt‹ – Wärter und Pförtner, Gärtner und Bäckerjungen kolportierten die schreckliche Nachricht, die ich so schrecklich nicht finde; Schußfeld; rote Narbe überm Nasenbein, tiefblaue Augen; wer kann das schon sein; war er's? Wer? Ich würde sämtliche Abteien der Welt in die Luft jagen, wenn ich Heinrich wiederbekommen, wenn ich Johanna von den Toten erwecken könnte, Ferdi und den Kellner, der Groll hieß; Edith – und wenn ich erfahren dürfte, *wer* Otto war; gefallen bei Kiew; es klingt so dumm und riecht nach Geschichte; komm, Alter, wir wollen nicht mehr Blindekuh spielen, ich halte dir die Augen nicht mehr zu: du wirst heute achtzig, ich bin einundsiebzig, und auf zehn, zwölf Meter hat man eine ziemliche Treffsicherheit; kommt auf mich zu, ihr Jahre, ihr Wochen und Tage, ihr Stunden und Minuten, welche Sekunde – »achtzehn Uhr zwei Minuten und zwanzig Sekunden«; ich verlasse mein Papierschiffchen und stürze mich in den Ozean; Totenblässe; vielleicht werd ich es überstehen; »achtzehn Uhr zwei Minuten und dreißig Sekunden« – das klingt so dringlich: komm, ich habe keine Zeit zu verlieren, keine Sekunde zu verschenken, schnell, Fräulein, Fräulein, warum antworten Sie mir nicht? Fräulein, Fräulein – ich brauche ein Taxi, sofort, sehr dringend, helfen Sie mir doch; Schallplatten antworten nicht, das hätte ich wissen müssen; Hörer auflegen, Hörer abnehmen, wählen: eins, eins, zwei – bekam man auch die Taxis immer noch unter der gleichen Nummer? »Und können Sie«, sagte die sanfte Stimme, »in den Denklinger Lichtspielen den Heimatfilm ›Die Brüder vom Moorhof‹ sehen; Anfangszeiten achtzehn Uhr und zwanzig Uhr fünfzehn – das Dodringer Lichtspielhaus bietet Ihnen den ausgezeichneten Film: ›Was Liebe vermag‹« – still, still, mein Boot ist zerstört, aber hab ich nicht schwimmen gelernt, im Blücherbad 1905, trug einen schwarzen Badeanzug mit Krausen und Schürzen, Kopfsprung vom Einmeterbrett; faß dich, Atem holen, du hast schwimmen gelernt – was haben sie unter eins, eins, drei zu bieten: sanfte Stimme du, – »und falls Sie für den Abend Gäste erwarten, schlagen wir Ihnen ein ebenso schmackhaftes wie preiswertes Menü vor: erster Gang; Toast mit Käse und Schinken überbacken, dann grüne Erbsen mit saurer Sahne, dazu einen lockeren Kartoffelpudding, ein Schnitzel, frisch gegrillt« – Fräulein, Fräulein – Schallplatten antworten nicht – »werden Ihre Gäste Sie als vorzügliche Hausfrau zu preisen wissen«; die Gabel gedrückt, eins, eins, vier – sanfte Stimme: » – also die Campingausrüstung gepackt, Picknick vorbereitet, und vergessen Sie nicht, falls Sie an abschüssigen Stellen zu parken gedenken, die Handbremse zu ziehen, und nun: Einen fröhlichen Sonntag im Kreis der Familie.« Ich werde es nicht schaffen; zuviel Zeit aufzuholen, immer mehr Blässe steigt in mein Gesicht, löst sich mein steinernes Gesicht nicht zu Tränen, bleibt die verleugnete, geschwänzte Zeit wie eine harte Lüge in mir zurück; Spieglein, Spieglein, Scherbenstück – sind meine Haare wirklich weiß geworden in den Folterkammern der sanften Stimmen; eins, eins, fünf – eine schläfrige Stimme: »Ja, bitte, hier Amt Denklingen« – »Hören Sie mich, Fräulein? Hören Sie mich?« – »Ja, ich höre« – Lachen – »Ich brauche dringend eine Verbindung mit dem Büro des Architekten Fähmel, Modestgasse 7 oder 8, beide Adressen sind unter Fähmel zu finden, Kind, Sie nehmen es mir nicht übel, wenn ich Sie Kind nenne?«

»Nein, aber nein, gnädige Frau.«

»Es ist sehr dringend.«

Blätter wurden umgewendet.

»Ich habe hier Herrn Heinrich Fähmel – und Herrn Dr. Robert Fähmel – welche Verbindung wünschen Sie, gnädige Frau?«

»Mit Heinrich Fähmel.«

»Bitte, bleiben Sie am Apparat.«

Ob das Telefon immer noch auf der Fensterbank stand, so daß er beim Telefonieren auf die Straße blicken konnte und aufs Haus Modestgasse 8, wo seine Kinder auf dem Dach spielten; hinunter auf Gretzens Laden, wo der Keiler vor der Tür hing; ob es wirklich jetzt dort klingelt? Sie hörte das Rufzeichen sehr fern – die Pausen dazwischen kamen ihr unendlich lang vor.

»Bedaure, gnädige Frau, dort meldet sich niemand.«

»Bitte, versuchen Sie es mit der anderen Nummer.«

»Gern, gnädige Frau.« Nichts, nichts, keine Antwort.

»Dann besorgen Sie mir bitte ein Taxi, Kind, ja?«

»Gern. Wohin?«

»In die Heilanstalt Denklingen.«

»Sofort, gnädige Frau.«

»Ja, Huperts, nehmen Sie den Tee weg, auch das Brot und den Aufschnitt. Und bitte, lassen Sie mich allein; ich sehe das Taxi schon, wenn es die Allee heraufkommt; nein, danke, ich brauche nichts mehr; Sie sind wirklich keine Schallplatte? Ach, ich wollte Sie nicht kränken – es war nur ein Scherz; danke.«

Ihr war kalt; sie spürte, wie ihr Gesicht zusammenschrumpfte, Großmuttergesicht, zerknittert, müde, in der Fensterscheibe war es zu sehen; keine Tränen; kroch sie wirklich silbern ins schwarze Haar, die Zeit? Ich hab schwimmen gelernt, aber nicht gewußt, wie kalt das Wasser ist; sanfte Stimmen peinigten mich, schlugen die Gegenwart in mich hinein;

Großmutter mit Silberhaar, Zorn in Weisheit verwandelt, Rachegedanken in Verzeihen; Haß mit Weisheit kandiert; alte Finger klammerten sich um die Handtasche; Gold, aus dem verwunschenen Schloß mitgebracht, das Lösegeld.

Hol mich ab, Liebster, ich kehre zurück. Ich werde deine weißhaarige, liebe alte Frau sein, eine gute Mutter und eine liebenswürdige Großmutter, die man seinen Freunden und Freundinnen als besonders nett schildern kann; war krank, unsere Großmutter, lange Jahre, aber sie ist gesund geworden, bringt eine ganze Handtasche voll Gold mit.

Was werden wir heute abend im Café Kroner essen? Toast, mit Käse und Schinken überbacken, Erbsen mit saurer Sahne, ein Schnitzel dazu – und werden wir rufen: ›Hosianna, der Braut Davids, die aus dem verwunschenen Schloß heimgekehrt ist?‹ Gretz wird seine Aufwartung machen; der Mörder seiner Mutter; die Stimme des Blutes sprach nicht zu ihm, sprach nicht aus Otto; wenn der Turnlehrer auf dem Schimmel am Haus vorüberkommt, werde ich schießen. Von der Pergola bis zur Straße sind es nicht mehr als zehn Meter – die diagonale Linie kann nicht viel länger als dreizehn sein; ich werde Robert bitten, es mir genau auszurechnen; jedenfalls liegt es innerhalb der Grenzen der höchsten Treffsicherheit; Schußfeld hat es mir erklärt, er muß es wissen, unser weißhaariger Ministrant; morgen früh wird er seinen Dienst antreten; ob er bis dahin wissen wird, daß es nicht ›utilatem‹, sondern ›utilitatem‹ heißen muß? Rote Narbe überm Nasenbein – und ist also doch Hauptmann geworden; so lange hat der Krieg gedauert; die Fensterscheiben klirrten, wenn wieder eine Sprengladung explodierte, und morgens lag Staub auf der Fensterbank; ich schrieb mit meinem Finger in die Staubschicht: ›Edith, Edith‹ – ich liebte dich mehr, als die Stimme des Blutes mir hätte befehlen können; woher kamst du, Edith, sprich?

Immer weiter schrumpfte ich; er wird mich auf den Händen tragen können, vom Taxi ins Café Kroner; ich werde pünktlich sein; es ist höchstens achtzehn Uhr sechs und dreißig Sekunden; mein Lippenstift ist von der schwarzen Faust voll Rache zerquetscht worden; und es zittern meine morschen Knochen, ich habe Angst, wie werden sie aussehen, meine Zeitgenossen; werden sie dieselben sein wie damals oder nur die gleichen? – und wie steht es mit der goldenen Hochzeit, Alter, im September 1908 – weißt du nicht mehr, am 13. September – wie gedenkst du die goldene Hochzeit zu richten? Silberhaarig die Jubelbraut, silberhaarig der Jubelbräutigam, ringsum die unermeßliche Enkelschar, verzeih, daß ich lache, David – du warst nicht Abraham, aber ich spüre ein wenig von Saras Lachen in mir; nur ein wenig, viel hat in mir nicht Platz, nur eine Nußschale voll Lachen bringe ich mit und eine Handtasche voll Gold; doch mein Lachen mag klein sein, es birgt gewaltige Energien, mehr als Roberts Dynamit ...

Feierlich, feierlich, viel zu langsam kommt ihr die Allee herunter; Ediths
Sohn vornweg, aber das ist nicht Ruth an seiner Seite; sie war drei, als
ich wegging, aber ich würde sie erkennen, wenn ich sie als Achtzigjährige
wiedersehen würde; das ist nicht Ruth; Handbewegungen verlernt man
nicht; in der Nußschale ist der Baum enthalten; wie oft habe ich Ruths
Handbewegung an meiner Mutter gesehen, wenn sie sich das Haar aus
der Stirn strich; wo ist Ruth?; sie soll mir verzeihen – dies ist eine
Fremde, eine Hübsche; ach, es ist der Schoß, der dir Urenkel gebären
wird, Alter; werden es sieben sein, siebenmal sieben? Verzeih, daß ich
lache; ihr kommt wie Herolde, langsam, viel zu feierlich; wollt ihr die
Jubelbraut holen? Hier bin ich, bereit, geschrumpft wie ein uralter Apfel, du kannst mich auf den Händen ins Taxi tragen, Alter, aber rasch:
ich habe keine Sekunde mehr zu verlieren; ja, das Taxi ist schon da: ihr
seht, wie gut ich koordinieren kann; jedenfalls, das habe ich als Archi-
tektenfrau gelernt – macht dem Taxi nur Platz – rechts stehen Robert
und die hübsche Fremde Spalier – links der Alte mit seinem Enkel; Robert, Robert, ist dies die Stelle, wo du jemand die Hand auf die Schulter
legen mußt? Brauchst du Hilfe, Stütze? Komm, Alter, tritt ein, bring
Glück herein – wir wollen feiern und lustig sein! Die Zeit ist reif!

12

Der Portier blickte unruhig auf die Uhr: schon sechs vorüber, Jochen
war nicht zur Ablösung erschienen, und der Herr auf Zimmer elf schlief
nun einundzwanzig Stunden, hatte das Schild *Bitte nicht stören* an die
Türklinke gehängt, und doch hatte bisher noch niemand hinter der geschlossenen Tür die Stille des Todes gespürt; kein Geflüster, kein Zim-
mermädchenschrei; Abendessenzeit, dunkle Anzüge, helle Kleider, viel
Silber, Kerzenschein, Musik; zum Hummercocktail Mozart, zum
Fleischgang Wagner, zum Nachtisch Hot.
Unheil lag in der Luft; voller Angst blickte der Portier auf die Uhr, die
viel zu langsam ihre Sekunden dem Punkte zuschob, wo das Unheil offenbar werden würde; immer wieder das Telefon: Menü 1 auf Zimmer
12, Menü 3 auf Zimmer 218, Sekt auf Zimmer 14; Weekend-Ehebrecher
verlangten die nötigen Stimulantia; fünf Globetrotter lümmelten sich
in der Halle, warteten auf den Bus, der sie zum Nachtflugzeug bringen
würde; ja, gnädige Frau, erste links, zweite rechts, dritte links – *die römischen Kindergräber* sind abends beleuchtet, Fotografieren ist erlaubt.
Oma Bleesiek trank hinten in der Ecke ihren Portwein, hatte endlich
Hugo erwischt, der ihr aus der Lokalzeitung vorlas: ›Handtaschenräu-
ber ohne Erfolg. Gestern versuchte am Ehrenfeldgürtel ein junger Mann
einer älteren Frau die Handtasche zu entreißen, doch gelang es der tap-

feren Oma . . . Außenminister Dulles.‹ – »Unsinn, Unsinn«, sagte die Oma Bleesiek, »nichts Politisches, nichts Internationales, das einzig Interessante ist das Lokale«, und Hugo las: ›Stadtoberhaupt ehrt verdienten Boxer . . .‹

Höhnisch schob die Zeit den Ausbruch des Unheils hinaus, während Gläser leise klirrten, Silberplatten auf Tische gestellt, Porzellanteller zu erhabener Musik in Schwingung versetzt wurden; mit mahnend und warnend erhobenen Händen stand der Fahrer der Fluggesellschaft in der Tür, die sanft in ihre Filzfugen zurückpendelte; nervös blickte der Portier auf seinen Notizblock: ›ab 18.30 Zimmer-Straßenseite für Herrn M. reservieren; 18.30 Doppelzimmer für Geheimrat Fähmel und Frau, unbedingt Straßenseite; 19.00 Hund Kässi von Zimmer 114 zum Spaziergang abholen‹; gerade wurden die Spezialspiegeleier für diesen Köter gebracht, Dotter hart, Eiweiß weich, scharf gebratene Wurstscheiben, und wie immer würde das Mistvieh mäklig das Mahl verweigern; der Herr auf Zimmer elf schlief nun einundzwanzig Stunden und achtzehn Minuten.

Ja, gnädige Frau, das Feuerwerk beginnt eine halbe Stunde nach Sonnenuntergang, also gegen neunzehn Uhr dreißig; der Aufmarsch der Kämpfer gegen neunzehn Uhr fünfzehn; bedaure, ich bin nicht in der Lage, Ihnen Auskunft darüber zu geben, ob der Herr Minister zugegen sein wird; Hugo las mit seiner Schulentlassenenstimme: ›Und überreichten die Stadtväter dem verdienten Boxer nicht nur die Ehrenbürgerurkunde, auch die goldene Marsilius-Plakette, die nur für besonders hohe kulturelle Verdienste verliehen wird. Ein Festbankett schloß die würdige Feier ab.‹ Endlich verließen die Globetrotter die Halle; ja, meine Herren, das Festbankett für die linke Opposition im blauen Zimmer – nein, für die rechte Opposition im gelben Zimmer; der Weg ist mit Schildern markiert, der Herr; wer gehörte zur Linken, wer zur Rechten; es war ihnen nicht anzusehen; für solche Sachen wäre Jochen besser gewesen; dessen Instinkt war untrüglich, wenn es galt, jemand einzustufen; der erkannte im schäbigen Anzug den wirklichen Herrn, erkannte im allerbesten Anzug den Proleten; der würde die linke von der rechten Opposition zu unterscheiden wissen; nicht einmal die Menüs unterschieden sich voneinander – ach, da war noch irgendein Bankett: Aufsichtsrat der ›Gemeinnützigsten der Gemeinnützigen‹; roter Saal, mein Herr; alle trugen die gleichen Gesichter, und alle würden Hummercocktail als Vorspeise essen, die Linke und die Rechte und der Aufsichtsrat; Mozart zur Vorspeise, Wagner zum Hauptgang, wenn sie die schweren Soßen kosteten, Hot zum Nachtisch; ja, im roten Saal, der Herr: Jochens Instinkt war untrüglich, wenn es nur ums Soziale ging, versagte aber, wenn es um mehr ging. Als die Schafpriesterin zum ersten Mal auftauchte, war es Jochen gewesen, der flüsterte: ›Vorsicht, das ist allererste Klasse‹, und als dann die kleine Blasse kam, mit dem langen wirren Haar, nur mit 'ner Handtasche und 'nem Taschenbuch unterm Arm, flüsterte Jochen: ›Nutte‹, und ich sagte: ›Die tut's mit jedem, nimmt aber nichts dafür, also keine Nutte‹, Jochen sagte: ›Die tut's mit jedem, und *nimmt was dafür*‹ – und Jochen hatte recht. Für Unheil aber hatte Jochen keinen Instinkt; als dann die andere kam, die Blonde, Strahlende mit ihren dreizehn Koffern, sagte ich ihm, als sie in den Aufzug stieg: ›Wetten, daß wir die nie lebend wiedersehen?‹ Und Jochen sagte: ›Unsinn, die ist nur mal für ein paar Tage ihrem Mann durchgegangen‹; und wer hat recht gehabt? Ich! Schlaftabletten und das Schild *Bitte nicht stören* an der Tür; die schlief vierundzwanzig Stunden, dann ging das Geflüster los: ›Tod, Tod auf Zimmer 118‹; herrliche Sache, wenn nachmittags gegen drei die Mordkommission kommt, und wenn um fünf 'ne Leiche aus dem Hotel rausgeschleppt wird, herrlich.

Puh, was ist das für eine Büffelvisage. Kleiderschrank mit Diplomatenair, zwei Zentner, Dackelgang und ein Anzug! Das roch nach Bedeutsamkeit, hielt sich im Hintergrund, während zwei weniger Bedeutungsvolle an die Theke traten: »Zimmer für Herrn M. bitte.« »Ach, ja, Zimmer 211, Hugo, komm, bring die Herren hinauf«; da glitten sechs Zentner, in englisches Tuch gehüllt, lautlos nach oben.

»Jochen, Jochen, mein Gott, wo bist du denn so lange gewesen?«
»Entschuldige«, sagte Jochen, »du weißt, daß ich fast nie unpünktlich bin; besonders wo deine Frau und die Kinder auf dich warten, wär ich gern pünktlich gewesen, aber wenn's um meine Tauben geht, da schwankt mein Herz zwischen Freundespflicht und Taubenzüchterpflicht, und wenn ich sechs auf die Reise schicke, will ich auch sechse zurückhaben, aber es kamen nur fünf pünktlich, verstehst du, die sechste zehn Minuten verspätet und völlig erschöpft, das arme Tier; nun geh schon, wenn ihr zum Feuerwerk noch 'nen guten Platz erwischen wollt, wird es Zeit; ja, ich sehe schon, linke Opposition im blauen Zimmer, rechte Opposition im gelben Zimmer, Aufsichtsrat der ›Gemeinnützigsten der Gemeinnützigen‹ im roten Zimmer; nu ja, das geht fürs Wochenende; das ist ja viel weniger aufregend, als wenn die Briefmarkensammler sich treffen oder die Bierspitzenorganisation; keine Angst, mit denen werd ich schon fertig, ich werd meine Gefühle mäßigen, obwohl ich der linken Opposition am liebsten den Hintern versohlen, den Rechten und den Gemeinnützigsten aller Gemeinnützigen am liebsten in die Vorspeise spucken würde; nu, reg dich nicht auf, die Fahne des Hauses wird schon hochgehalten; und um deine Selbstmordkandidaten kümmere ich mich schon; ja, gnädige Frau, Hugo um neun Uhr zum Kartenspiel aufs Zimmer, jawohl; so, der Herr M. ist schon da? – gefällt mir nicht, der Herr M., ohne ihn gesehen zu haben, sprech ich ihm mein Mißfallen aus; jawohl, der Herr, Sekt auf Zimmer 211 und drei Partagas

Eminentes; an ihrem Zigarrenaroma sollt ihr sie erkennen! Mein Gott, da kommt ja die ganze Sippe Fähmel.«

Mädchen, Mädchen, was ist aus dir geworden! Als ich dich zum ersten Mal sah, das war bei der Kaiserparade 1909, da schlug mein Herz höher, obwohl ich wußte, daß Blümchen wie du nicht für unsereins wachsen; ich brachte den Rotwein aufs Zimmer, wo du mit Papa und Mama gesessen hast; Kind, Kind – wer hätte gedacht, daß aus dir mal eine waschechte Oma werden würde, Silberhaar und ganz verschrumpelt, dich könnte ich ja auf einer Hand ins Zimmer hinauftragen, und ich würde es tun, wenn es mir gestattet würde; wird aber nicht gestattet, altes Mädchen, schade, du bist immer noch hübsch.

»Herr Geheimrat, wir hatten Zimmer 212 für Sie und Ihre Gattin, pardon, für Ihre Gattin und Sie reserviert; Gepäck am Bahnhof? Nein? In der Wohnung was abzuholen? Auch nicht? Ach, nur für zwei Stunden, solange das Feuerwerk dauert, und um den Aufmarsch der Kämpfer zu sehen. Selbstverständlich ist im Zimmer Platz für sechs Personen, ein großer Balkon, und wenn Sie wünschen, lassen wir die Betten zusammenrücken. Nicht nötig? Hugo, Hugo, bring die Herrschaften auf Zimmer 212 und nimm eine Weinkarte mit; ich werde die jungen Herrschaften auf Ihr Zimmer weisen; selbstverständlich, Herr Doktor, das Billardzimmer ist für Sie und Herrn Schrella reserviert, ich werde Hugo für Sie loseisen; ja, er ist ein braver Junge, der hat den halben Nachmittag am Telefon gehangen, immer wieder gewählt; ich glaube, der vergißt Ihre Telefonnummer und die von der Pension Modern im Leben nicht mehr; warum der Kampfbund heute marschiert? Geburtstag irgendeines Marschalls – ich glaube, des Helden vom Husenwald; wir werden das herrliche Lied zu hören bekommen: ›Vaterland, es knirscht in deinem Gebälk‹; na, lassen wir's knirschen, Herr Doktor. Wie? Immer geknirscht? Wenn Sie mir gestatten wollen, hier eine persönliche politische Meinung zu äußern, so würde ich sagen: Vorsicht, wenn's wieder knirscht; Vorsicht!«

»Hier hab ich schon einmal gestanden«, sagte sie leise, »hab dir zugeschaut, wie du unten vorbeimarschiert bist, bei der Kaiserparade im Januar 1908; Kaiserwetter, Liebster, klirrender Frost – so nennt man's, glaube ich, in Gedichten; ich habe gezittert, ob du die letzte, schwerste aller Proben bestehen würdest: die Uniformprobe; nebenan auf dem Balkon stand der General und prostete Papa, Mama und mir zu; du hast die Probe damals bestanden, Alter; sieh mich nicht so lauernd an – ja, lauernd, so hast du mich noch nie angesehen; leg deinen Kopf in meinen Schoß, rauch deine Zigarre und verzeih mir, wenn ich zittere: ich habe Angst; hast du das Gesicht des Jungen gesehen? Könnte er nicht Ediths Bruder sein? Ich habe Angst und da mußt du verstehen, daß ich noch nicht in unsere Wohnung zurückgehen kann, vielleicht nie wieder; ich kann nicht wieder in den Zirkel treten – ich habe Angst, viel mehr als damals; ihr habt euch offenbar an die Gesichter schon gewöhnt, aber ich fange an, mich nach meinen harmlosen Irren zurückzusehnen; seid ihr denn blind? so leicht zu täuschen? Die werden euch für weniger als eine Handbewegung, für weniger als ein Butterbrot umbringen! Du brauchst nicht einmal mehr dunkelhaarig oder blond zu sein, brauchst nicht mehr den Taufschein deiner Urgroßmutter – die werden euch umbringen, wenn ihnen eure Gesichter nicht gefallen; hast du denn nicht die Plakate an den Wänden gesehen? Seid ihr denn blind? Da weißt du ja einfach nicht mehr, wo du bist; ich sag, Liebster, die haben doch alle vom *Sakrament des Büffels* gegessen; dumm wie Erde, taub wie ein Baum, und so schrecklich harmlos wie die letzte Inkarnation des Büffels; anständig, anständig; ich habe Angst, Alter – nicht einmal 1935 und nicht 1942 habe ich mich so fremd unter den Menschen gefühlt; mag sein, daß ich Zeit brauche, aber da werden Jahrhunderte nicht ausreichen, mich an die Gesichter zu gewöhnen; anständig, anständig und keine Spur von Trauer im Gesicht; was ist ein Mensch ohne Trauer? Gib mir noch ein Glas Wein und schau nicht mißtrauisch auf meine Handtasche; ihr habt die Medizin gekannt, aber anwenden muß ich sie selber; du hast ein reines Herz und ahnst nicht, wie böse die Welt ist, und ich verlange heute noch ein großes Opfer von dir: sag die Feier im Café Kroner ab, zerstör die Legende, fordere nicht deine Enkel auf, dein Denkmal zu bespucken, sondern verhindere, daß du eins bekommst; Paprikakäse hat dir doch nie geschmeckt – sollen die Kellner und Küchenmädchen sich an die Festtafel setzen und dein Geburtstagsmahl verzehren; wir bleiben hier auf diesem Balkon, genießen den Sommerabend im Kreis der Familie, trinken Wein, schauen dem Feuerwerk zu und sehen uns den Aufmarsch der Kämpfenden an; wogegen kämpfen sie? Soll ich ans Telefon gehen und im Kroner absagen?«

Schon sammelten sich am Portal von Sankt Severin blau Uniformierte, standen rauchend in Gruppen, trugen blaurote Fahnen mit einem großen schwarzen K darauf; schon probte das Blasorchester das Lied: ›Vaterland, es knirscht in deinem Gebälk‹; Weingläser klirrten leise auf den Balkonen, Sektkübel tönten metallisch, Pfropfen knallten ins abendlich dunkle Blau des Himmels; die Glocken von Sankt Severin läuteten Viertel vor sieben; drei dunkelgekleidete Herren traten auf den Balkon von Zimmer 212.

»Glauben Sie wirklich, daß sie uns nützen können?« fragte M.

»Ich bin sicher«, sagte der eine.

»Kein Zweifel«, sagte der andere.

»Aber werden wir nicht mehr Wähler verärgern, als wir durch eine solche Sympathiebezeugung gewinnen«, fragte Herr M.

»Der Kampfbund ist als nicht radikal bekannt«, sagte der eine.
»Verlieren können Sie gar nichts«, sagte der andere, »nur gewinnen.«
»Wieviel Stimmen sind es? Optimal und im ungünstigsten Falle?«
»Optimal an die achtzigtausend, im ungünstigen Fall an die fünfzigtausend. Entschließen Sie sich.«
»Ich bin noch nicht entschlossen«, sagte M., »ich warte noch auf Weisung von K. Glauben Sie, daß es uns bisher gelungen ist, der Aufmerksamkeit der Presse zu entgehen?«
»Ist gelungen, Herr M.«, sagte der eine.
»Und das Hotelpersonal?«
»Absolut diskret, Herr M.«, sagte der andere. »Die Weisung von Herr K. müßte bald kommen.«
»Ich mag diese Burschen nicht«, sagte Herr M., »*sie glauben* an etwas.«
»Achtzigtausend Stimmen dürfen getrost an etwas glauben, Herr M.«, sagte der eine.
Lachen. Gläserklirren. Telefon.
»Ja, hier M. Habe ich recht verstanden? Sympathie bezeigen? Gut.«
»Herr K. hat sich positiv entschieden, meine Herren, stellen wir unsere Stühle und den Tisch auf den Balkon hinaus.«
»Was werden die Ausländer denken?«
»Sie denken sowieso das Falsche.«
Lachen, Gläserklirren.
»Ich werde hinuntergehen und die Aufmerksamkeit des Umzugsleiters auf Ihren Balkon lenken«, sagte der eine.

»Nein, nein«, sagte der Alte, »ich will nicht in deinem Schoß liegen, nicht in den blauen Himmel hineinsehen; hast du denen im Café Kroner gesagt, daß man Leonore hierher schickt? Sie wird enttäuscht sein; du kennst sie nicht; Roberts Büroangestellte; ein liebes Kind, sie soll nicht um ihr Fest kommen; ich hab kein reines Herz und weiß genau, wie böse die Welt ist; ich fühle mich fremd, fremder als damals, wenn wir in den Anker am oberen Hafen gingen und dem Kellner, der Groll hieß, das Geld brachten; da unten formieren sie sich zum Aufmarsch – warmer Sommerabend, Dämmerung, Lachen klingt herauf – soll ich dir helfen, Liebste? Du weißt wohl nicht, daß du im Taxi die Handtasche auf meine Knie gelegt hast; schwer ist sie, aber nicht schwer genug – was willst du eigentlich mit dem Ding?«
»Ich will den Dicken da auf dem Schimmel erschießen. Siehst du ihn, kennst du ihn noch?«
»Glaubst du, ich würde ihn je vergessen? Er hat das Lachen in mir getötet, hat die verborgene Feder im verborgenen Uhrwerk zerbrochen; er hat den blonden Engel hinrichten lassen, Ediths Vater verschleppt, Groll und den Jungen, dessen Namen wir nie erfahren haben; er hat

mich gelehrt, daß eine Handbewegung das Leben kostet; er hat aus Otto den gemacht, der nur noch Ottos Hülle war – und trotzdem: ihn würde ich nicht erschießen. Ich habe mich oft gefragt, warum ich in diese Stadt gekommen bin; um reich zu werden? Nein, du weißt es; weil ich dich liebte? Nein – denn ich kannte dich noch nicht und konnte dich noch nicht lieben? Aus Ehrgeiz? Nein. Ich glaube, ich wollte nur über sie lachen, wollte ihnen am Ende zurufen: es war doch nicht ernst; wollte ich Kinder haben? Ja. Ich hatte sie: zwei starben jung, einer fiel, fremd war er mir, noch fremder als die jungen Herren, die da unten jetzt ihre Fahnen hochnehmen; und der andere Sohn? Wie geht es dir, Vater? Gut und dir? Gut, danke, Vater. Kann ich etwas für dich tun? Nein, danke, ich habe alles. Abtei Sankt Anton? Verzeih, daß ich lache, Liebste; Staub; erregt nicht einmal Sentimentalität, viel weniger noch Gefühle; willst du noch Wein?«

»Ja, bitte.«

Ich verlaß mich auf den Paragraphen einundfünfzig, Liebster; dehnbar sind die Gesetze – sieh da unten, unser alter Freund Nettlinger; klug genug, nicht in Uniform zu erscheinen, aber doch da, um Hände zu drücken, Schultern zu klopfen, Fahnen zu betasten; wenn schon, dann würde ich lieber diesen Nettlinger erschießen – aber vielleicht überlege ich es mir und schieße nicht in das Museum da unten; der Mörder meines Enkels sitzt nebenan auf dem Balkon – siehst du ihn: dunkel gekleidet, anständig, anständig; der denkt anders, handelt anders, plant anders; der hat was gelernt; spricht fließend Französisch, Englisch, kann Latein und Griechisch und hat schon das Lesezeichen für morgen in seinem Schott zurechtgemacht: fünfzehnter Sonntag nach Pfingsten; ›welche Präfation?‹ hat er ins Schlafzimmer seiner Frau hinübergerufen. Ich erschieß nicht den Dicksack da auf dem Schimmel; ich schieß nicht ins Museum – nur eine kleine Wendung, und höchstens sechs Meter Entfernung, eine vorzügliche Treffsicherheit; wozu soll mein siebzigjähriges Leben sonst noch nütze sein; nicht Tyrannenmord, sondern Anständigenmord – der Tod wird das große Staunen in sein Gesicht zurückbringen, komm, zittere nicht, Liebster, ich will das Lösegeld zahlen; das macht mir Spaß, ruhig atmen, ins Ziel gehen, Druckpunkt nehmen – du brauchst dir nicht die Ohren zuzuhalten, Liebster, das knallt nicht lauter, als wenn ein Luftballon platzt; Vigil des fünfzehnten Sonntags nach Pfingsten . . .

13

Die eine war blond, die andere braun, beide waren schlank, beide lächelnd, und beiden war rotbrauner Tweed zu kleidsamer Tracht angemessen worden, beiden wuchs aus schneeweißem Kragen der hübsche

Hals wie der Schaft einer Blume hervor; sie sprachen es fließend und akzentfrei: Französisch und Englisch, Flämisch und Dänisch und sprachen fließend und akzentfrei auch ihre Muttersprache: Deutsch; hübsche Nonnen des Nichts, auch des Lateinischen mächtig, warteten sie im Personalraum hinter der Kasse, bis die Besucher zu Gruppen von zwölf sich an der Barriere gesammelt hatten; sie drückten mit spitzem Absatz ihre Zigarettenkippen aus, erneuerten mit gekonntem Schwung ihr Lippenrot, bevor sie nach draußen traten, die Nationalität der Führungssüchtigen zu ermitteln; lächelnd die Frage nach Herkunftsland und Muttersprache, akzentfrei, und die Führungssüchtigen taten es mit erhobenem Finger kund: sieben sprachen Englisch, zwei Flämisch, drei Deutsch; dann noch die fröhlich gestellte Frage, wer des Lateinischen mächtig sei; zögernd hob Ruth ihren Finger; nur einer? Sanft nur erschien auf dem hübschen Gesicht ein Schimmer von Trauer über die geringe Ausbeute an humanistisch Geschulten, nur eine konnte die metrische Exaktheit würdigen, mit der sie den Grabspruch zitieren würde? Lächelnd, die Stablampe wie einen Degen gesenkt, stieg sie als erste die Treppe hinab; es roch nach Beton und Mörtel, roch gruftig, obwohl ein leichtes Surren vom Vorhandensein einer Klimaanlage kündete; akzentfrei erklang es: englisch, flämisch und deutsch; das Ausmaß grauer Quadern wurde bekannt gegeben, die Breite der römischen Straße – dort eine Treppe aus dem zweiten Jahrhundert – ein Thermalbad aus dem vierten – sehen Sie, dort haben gelangweilte Wachtposten sich ein Mühlespiel in einen Sandsteinquader geritzt – (wie hatte der Kursleiter gesagt? – ›immer das Menschliche betonen‹) – hier haben römische Kinder Murmeln gespielt, beachten Sie bitte die makellose Verfugung der Pflastersteine; eine Abflußrinne: römisches Waschwasser, römisches Spülwasser war diese graue Rinne hinabgeflossen; die Reste eines kleinen, privaten Venustempels, den der Herr Statthalter sich errichten ließ; im Neonlicht das Grinsen der Geführten, flämisches, englisches Grinsen – grinsten die drei jungen Deutschen tatsächlich nicht? Woher die Tiefe der Fundamente zu erklären sei? Nun, der Boden war zur Bauzeit mit ziemlicher Sicherheit noch sumpfig, Grundwasser des Stroms gurgelten grün um graues Gestein. Hören Sie das Fluchen germanischer Sklaven? Schweiß floß über blonde Brauen in helle Gesichter, von dort in blonde Bärte; barbarische Münder formten im Stabreim den Fluch: ›Rache den ruchlosen Römern wird Wotan aus Wunden erwachsen lassen, wehe, wehe, wehe‹; »Geduld, meine Damen und Herren, nur noch wenige Schritte, hier noch die Überreste eines Gerichtsgebäudes und da sind sie: *die römischen Kindergräber*.«

(›Hier, hatte der Kursleiter gesagt, treten Sie als erste schweigend ins Rund und warten, bevor sie mit den Erklärungen beginnen, die erste Welle der Ergriffenheit ab; es ist reine Instinktsache, meine Damen, wie lange Ihr ergriffenes Schweigen hier dauern muß, hängt wohl auch von der Zusammensetzung der Gruppe ab; lassen Sie sich keinesfalls auf eine Diskussion über die Tatsache ein, daß es sich ja nicht um römische Kindergräber, sondern nur um Grabsteine handelt, die nicht einmal an dieser Stelle gefunden wurden.‹

Im Halbrund waren die Grabplatten an graue Mauern gelehnt; überrascht, nachdem die erste Ergriffenheit abgeklungen war, blickten die Besucher nach oben: dunkelblauer Abendhimmel war oberhalb der Neonlampen zu sehen; funkelte da nicht sogar ein früher Stern oder war es nur das Blinken eines vergoldeten, versilberten Knopfs vom Geländer, das sich durch den runden Lichtschacht in fünf Windungen sanft nach oben schraubte?

»Dort, wo die erste Windung beginnt – Sie sehen den weißen Querstrich im Beton? –, lag ungefähr das Straßenniveau zur römischen Zeit – bei der zweiten Windung – Sie sehen auch dort den weißen Querstrich im Beton, nicht wahr – das mittelalterliche und schließlich am Beginn der dritten Windung – ich kann mir den Hinweis auf den weißen Querstrich wohl ersparen – das heutige Straßenniveau – und nun, meine Damen und Herren, zu den Inschriften.«

Ihr Gesicht wurde steinern wie das einer Göttin, leicht winkelte sie den Arm hoch, hielt die Stablampe wie einen Fackelstumpf nach oben

> DURA QUIDEM FRANGIT PARVORUM MORTE PARENTES
> CONDICIO RAPIDO PRAECIPITATA GRADU
> SPES AETERNA TAMEN TRIBUET SOLACIA LUCTUS ...

Ein Lächeln zu Ruth hin, der einzigen, die die Ursprache zu würdigen wußte; eine winzige Bewegung zum Kragen der Tweedjacke, den sie zurechtzupfte; die Stablampe ein wenig gesenkt, bevor sie die Übersetzung rezitierte:

> *Zwar trifft ein hartes Geschick die Eltern*
> *mit dem raschen, überstürzt eintretenden Tod*
> *der Kleinen,*
> *doch in der Trauer über das zarte Alter,*
> *das nun dem Paradies gehört,*
> *gibt Trost die ewige Hoffnung.*
> *Sechs Jahre und neun Monate alt birgt dieser*
> *Grabhügel dich, Desideratus.*

Siebzehn Jahrhunderte alte Trauer fiel in die Gesichter, fiel in die Herzen, lähmte sogar die Kaumuskeln des flämischen Herrn in mittleren Jahren, er ließ den Unterkiefer hängen, während die Zunge rasch den

Kaugummi in einen stillen Winkel beförderte; Marianne brach in Tränen aus, Joseph drückte ihren Arm. Ruth legte ihr die Hand auf die Schulter, noch immer steinernen Gesichts zitierte die Fremdenführerin: *Hard a fate meets with the parents . . .*

Gefährlich der Augenblick, wenn man aus dunklen Grüften wieder nach oben stieg, ans Licht, in die Luft, den sommerlichen Abend; wenn uralter Todesschmerz, tief in die Herzen gesenkt, sich mit der Ahnung von Venusmysterien mischte, wenn einsame Touristen den Kaugummi vor den Kassenschalter spuckten und in gebrochenem Deutsch ein Rendezvous zu verabreden versuchten; Tanz im Hotel Prinz Heinrich; Spaziergang, Abendessen – a lonley feeling, Fräulein; da war man gezwungen, vestalisch zu werden, keinen Flirt anzulegen und jegliche Einladung strikt abzulehnen; nicht anfassen, bitte, nur ansehen; no, Sir, no, no – und spürte doch selbst den Hauch der Verwesung, spürte Mitleid mit traurigen Ausländern, die kopfschüttelnd ihren Liebeshunger in jene Gefilde trugen, wo Venus noch herrschte und, des Wechselkurses kundig, ihren Tarif in Dollars und Pfunden, in Gulden, Franken und Mark zu verkünden sich nicht schämte.

Da riß der Kassierer die Eintrittskarten von der Rolle, als führte die schmale Eingangspforte ins Kino, da blieb einem kaum Zeit, im Personalzimmer rasch ein paar Züge zu tun, einen Bissen ins belegte Brot, einen Schluck aus der Thermosflasche, und immer wieder die schwierige Entscheidung, ob es sich lohne, den Zigarettenstummel aufzubewahren, oder ob es angebracht sei, ihn mit spitzem Absatz zu töten; noch einen Zug, noch einen, während die linke Hand den Lippenstift schon aus der Handtasche angelte, während das Herz sich trotzig entschloß, den vestalischen Schwur zu brechen, während der Kassierer den Kopf in die Tür steckte: »Kind, Kind, zwei Gruppen warten schon, beeil dich – die *römischen Kindergräber* sind ja fast ein Kassenschlager«, lächelnd an die Barriere getreten, die Frage nach Nationalität und Muttersprache: vier sprachen Englisch, einer Französisch, eine Holländisch und diesmal sechs Deutsche; die Stablampe gesenkt wie einen Degen, stieg sie in die dunkle Gruft hinab, von uraltem Liebeskult zu künden, uralten Todesschmerz zu entziffern.

Marianne weinte noch, als sie an der Schlange der Wartenden vorbei nach draußen gingen; beschämt wandten wartende Deutsche, Engländer und Holländer sich von dem Mädchengesicht ab; welch schmerzliches Geheimnis bargen die dunklen Keller dort unten? Wo hatte man je gelesen, daß Kulturdenkmäler Tränen hervorrufen konnten? Für sechzig Pfennig solch tiefe Bewegung, wie man sie im Kino nur nach sehr schlechten und nach sehr guten Filmen auf einzelnen Gesichtern bemerkte? Konnten Steine tatsächlich den einen zu Tränen rühren, während andere kaltblütig frischen Kaugummi in ihre Münder schoben, gierig Zigaretten anzündeten, in ihren Blitzlichtkameras den nächsten Film knipsbereit drehten, das Auge schon spähend aufs nächste Objekt gerichtet: Giebel eines bürgerlichen Wohnhauses aus dem fünfzehnten Jahrhundert, gleich dem Eingang gegenüber; knips, schon war der Giebel auf chemischer Basis verewigt . . .

»Langsam, langsam, meine Herrschaften«, rief der Kassierer von drinnen, »infolge des außerordentlichen Andrangs haben wir uns entschlossen, an einem Rundgang anstatt zwölf fünfzehn Besucher teilnehmen zu lassen; ich darf die nächsten drei Herrschaften bitten – sechzig der Eintritt, einszwanzig der Katalog.«

Immer noch an der Schlange der Wartenden vorbei, die sich an der Hausmauer entlang bis zur Straßenecke hin aufgestellt hatte; immer noch zeigte Mariannes Gesicht die Tränen, mit einem Lächeln erwiderte sie den heftigen Druck von Josephs Arm, dankte mit einem zweiten Lächeln für Ruths Hand auf der Schulter.

»Wir müssen uns beeilen«, sagte Ruth, »es sind nur noch zehn Minuten bis sieben, wir dürfen sie nicht warten lassen.«

»In zwei Minuten sind wir da«, sagte Joseph, »wir kommen schon pünktlich; Mörtel – der Geruch soll mir wohl auch heute nicht erspart bleiben – und Beton; wißt ihr übrigens, daß sie diese Entdeckung da unten Vaters Sprengeifer verdanken; als sie die alte Wache wegsprengten, brach unten ein Gewölbe durch und öffnete ihnen den Weg zu den alten Klamotten; es lebe das Dynamit – wie findest du übrigens unseren neuen Onkel, Ruth, spricht die Stimme des Blutes zu dir, wenn du ihn siehst?«

»Nein«, sagte Ruth, »die Stimme des Blutes spricht nicht zu mir, aber ich finde ihn nett; etwas trocken, etwas hilflos – wird er bei uns wohnen?«

»Wahrscheinlich«, sagte Joseph, »werden wir auch dort wohnen, Marianne?«

»Du willst in die Stadt ziehen?«

»Ja«, sagte Joseph, »ich will Statik studieren und in das ehrenwerte Geschäft meines Vaters eintreten, gefällt dir das nicht?«

Sie überquerten eine belebte Straße, gingen in einer stilleren weiter, Marianne blieb vor einem Schaufenster stehen, löste sich aus Josephs Arm, schüttelte Ruths Hand ab und betupfte ihr Gesicht mit einem Taschentuch; Ruth strich sich übers Haar, zupfte ihren Pullover zurecht.

»Ob wir elegant genug sind?« fragte sie. »Ich möchte Großvater nicht kränken.«

»Ihr seid elegant genug«, sagte Joseph. »Wie gefällt dir mein Plan, Marianne?«

»Es ist mir nicht gleichgültig, was du tust«, sagte sie, »Statik zu studieren ist sicher gut, fragt sich, was du mit deinen Kenntnissen anfangen willst.«

»Bauen oder sprengen, ich weiß es noch nicht«, sagte Joseph.»Dynamit ist doch sicher veraltet«, sagte Ruth, »es gibt bestimmt bessere Mittel; weißt du noch, wie lustig Vater war, als er noch sprengen durfte? So ernst ist er eigentlich erst, seitdem es nichts mehr zu sprengen gibt . . . wie findest du ihn, Marianne? Magst du ihn?«

»Ja«, sagte Marianne, »ich mag ihn sehr; ich hatte ihn mir schlimmer vorgestellt, kälter, und ich hatte fast Angst vor ihm, bevor ich ihn kannte, aber ich glaube, Angst ist das, was man am wenigsten vor ihm zu haben braucht; ihr werdet lachen, aber ich fühle mich geschützt in seiner Nähe.«

Joseph und Ruth lachten nicht; sie nahmen Marianne in die Mitte und gingen weiter; vor der Tür zum Café Kroner hielten sie an, die beiden Mädchen betrachteten sich noch einmal im Spiegelglas der Tür, die innen mit grüner Seide bespannt war, strichen sich noch einmal übers Haar, bevor Joseph ihnen lächelnd die Tür aufhielt.

»Mein Gott«, sagte Ruth, »habe ich einen Hunger, sicher hat Großvater uns was Gutes bestellt.«

Frau Kroner kam mit erhobenen Armen auf sie zu, an grüngedeckten Tischen vorbei, über den grünen Läufer; ihr silbriges Haar war in Unordnung, der Ausdruck ihres Gesichts kündigte Unheil an, ihre wässrigen Augen schimmerten feucht, ihre Stimme zitterte in ungespielter Erregung.

»Sie wissen es also noch nicht?« fragte sie.

»Nein«, sagte Joseph, »was?«

»Es muß etwas Schreckliches passiert sein; Ihre Großmutter hat die Feier abgesagt – vor wenigen Minuten rief sie an; Sie möchten ins Prinz Heinrich rüberkommen, auf Zimmer 212. Ich bin nicht nur tief beunruhigt, sondern auch sehr enttäuscht, Herr Fähmel, ich würde sagen beleidigt, wenn ich nicht annehmen müßte, daß gewichtige Gründe vorliegen; für einen Kunden, der fünfzig, einundfünfzig Jahre Stammgast ist, hat man natürlich eine Überraschung bereitet, ein Werk – nun, ich werde es Ihnen zeigen; und was soll ich in der Presse sagen und dem Rundfunk, die gegen neun hier erscheinen wollen, nach der intimen Feier – was soll ich sagen?«

»Hat Ihnen meine Großmutter den Grund nicht genau gesagt?«

»Unpäßlichkeit – muß ich annehmen, daß es die – die chronische, eh – Unpäßlichkeit Ihrer Großmutter ist?«

»Wir wissen von nichts«, sagte Joseph. »Bitte würden Sie die Geschenke und Blumen hinüberbringen lassen?«

»Ja, gern, aber wollen nicht Sie sich wenigstens meine Überraschung ansehen?«

Marianne stieß ihn an, Ruth lächelte, und Joseph sagte: »Ja gern, Frau Kroner.«

»Ich war ja noch ein junges Ding«, sagte Frau Kroner, »als Ihr Großvater in die Stadt kam, gerade vierzehn, und tat damals Dienst hier vorn am Küchenbüfett; später hab ich servieren gelernt, und was glauben Sie, wie oft ich ihm morgens den Frühstückstisch gedeckt habe – wie oft ich den Eierbecher wegnahm und ihm die Marmelade hinschob, und wenn ich mich dann vorbeugte, um den Käseteller wegzunehmen, warf ich einen Blick auf den Zeichenblock; mein Gott, man nimmt doch Anteil am Leben seiner Kunden, glauben Sie nicht, daß wir Geschäftsleute so gefühllos sind – und denken Sie, ich hätte vergessen, wie er damals über Nacht berühmt geworden ist und den großen Auftrag bekam; vielleicht denken die Kunden: man geht ins Café Kroner, bestellt sich was, zahlt und geht; aber glauben Sie doch nicht, daß so ein Schicksal spurlos an einem vorübergeht . . .«

»Ja, natürlich«, sagte Joseph.

»Oh, ich weiß, was Sie denken: die Alte soll uns doch verschonen, aber ist es zuviel verlangt, wenn ich Sie bitte, sich meine Überraschung einmal anzusehen und Ihrem Großvater auszurichten, daß ich mich freuen würde, wenn er käme und es sich ansähe? Für die Zeitung ist es schon fotografiert worden.«

Sie gingen langsam hinter Frau Kroner her, über den grünen Läufer zwischen den grüngedeckten Tischen dahin, blieben stehen, als Frau Kroner stehenblieb und verteilten sich unwillkürlich um den großen viereckigen Tisch, der mit einem Leinentuch bedeckt war; das Tuch verhüllte etwas, das von ungleichmäßiger Höhe zu sein schien.

»Es trifft sich gut«, sagte Frau Kroner, »daß wir zu vieren sind; darf ich Sie bitten, je eine Ecke des Tuchs in die Hand zu nehmen und, wenn ich ›hoch‹ sage, es gleichmäßig hochzuheben.«

Marianne schob Ruth auf die noch unbesetzte linke Ecke zu; sie nahmen jeder ein Ende des Tuchs in die Hand. »Hoch«, sagte Frau Kroner, und sie hoben das Tuch hoch; die beiden Mädchen kamen herüber, legten die Ecken übereinander, und Frau Kroner faltete das Tuch sorgfältig zusammen.

»Mein Gott«, sagte Marianne, »das ist ja ein naturgetreues Modell von Sankt Anton.«

»Nicht wahr?« sagte Frau Kroner, »sehen Sie hier: nicht einmal das Mosaik über dem Haupteingang haben wir vergessen – und da der Weingarten.«

Das Modell war nicht nur maßstab-, es war auch farbgerecht: dunkel die Kirche, hell die Wirtschaftsgebäude, rot das Dach des Pilgerhauses, bunt die Fenster des Refektoriums.

»Und das Ganze«, sagte Frau Kroner, »ist nicht Zuckerwerk oder Marzipan, sondern Kuchen; unser Geburtstagsgeschenk für den Herrn Geheimrat – das ist feinster Baumkuchenteig. Glauben Sie nicht, daß Ihr Großvater eben herüberkommen und es sich anschauen könnte, bevor wir es ihm ins Atelier bringen?«

»Bestimmt«, sagte Joseph, »er wird herüberkommen und es sich anschauen; darf ich Ihnen zunächst in seinem Namen danken; es müssen ernste Gründe sein, die ihn veranlaßt haben, die Feier abzusagen, und Sie werden verstehen . . .«

»Ich verstehe durchaus, daß Sie jetzt gehen müssen – nein, bitte, breiten Sie das Tuch nicht wieder drüber, Fräulein – das Fernsehen hat sich angesagt.«

»Eins möchte ich jetzt können«, sagte Joseph, als sie über den Platz vor Sankt Severin gingen, »lachen oder weinen, aber ich kann beides nicht.«

»Ich weiß nur, was ich eher könnte: weinen«, sagte Ruth, »aber ich tu's nicht. Was sind das für Leute? Was ist das für ein Trubel – was machen sie mit den Fackeln?«

Lärm herrschte, Pferdegetrappel, Wiehern ertönte, kommandogewohnte Stimmen forderten zum Sammeln auf, Blasinstrumente gaben letzte Probetöne ab; ein nicht sehr lautes, sprödes kleines Geräusch brach in den Lärm wie etwas sehr Fremdes ein.

»Mein Gott«, sagte Marianne ängstlich, »was war das?«

»Das war ein Schuß«, sagte Joseph.

Sie erschrak, als sie durchs Stadttor in die Modestgasse kam; die Gasse war leer; keine Lehrjungen, keine Nonnen, keine Lastwagen, kein Leben auf der Straße; nur der weiße Kittel von Frau Gretz da hinten vor dem Laden, rosige Arme schoben mit dem Schrubber Seifenschaum vor sich her; fest verschlossen war das Druckereitor, als würde in alle Ewigkeit nie mehr Erbauliches auf weißes Papier gedruckt; mit gespreizten Läufen, die Wunde in der Flanke schwarz verkrustet, lag der Keiler auf der Treppe, wurde langsam ins Innere des Ladens gezogen; Gretzens rotes Gesicht zeigte an, wie schwer das Tier war; nur zwei von drei Klingeln hatten geantwortet, nicht im Haus Numero sieben, nicht im Haus Numero acht, nur im Café Kroner. »Dringend Herr Dr. Fähmel?« »Nicht anwesend. Die Feier ist abgesagt. Fräulein Leonore? Man erwartet Sie im Hotel Prinz Heinrich.« Heftig hatte der Eilbote bei ihr geklingelt, während sie im Bad saß; das wilde Geräusch verhieß nichts Gutes, sie stieg aus dem Bad, warf den Bademantel über, wickelte sich ein Handtuch ums nasse Haar, ging zur Tür und nahm den Eilbrief in Empfang; mit seinem gelben Stift hatte Schrit die Adresse geschrieben, den Umschlag rot überkreuzt, und gewiß war seine achtzehnjährige Tochter mit dem Fahrrad zur Post gehetzt worden; dringend.

›Liebes Fräulein Leonore, versuchen Sie sofort Herrn Fähmel zu erreichen; die gesamten statischen Berechnungen für das Bauvorhaben x 5 sind falsch; Herr Kanders, mit dem ich soeben telefonierte, hat außerdem noch die – falschen – Unterlagen direkt an den Auftraggeber gesandt, im Gegensatz zu unseren üblichen Usancen; die Sache ist so dringend, daß ich heute abend noch mit dem D-Zug herunterkomme, falls ich bis 20 Uhr nicht Bescheid von Ihnen habe, daß in der Angelegenheit etwas unternommen worden ist; wie umfangreich und wichtig das Bauvorhaben x 5 ist, brauche ich Ihnen gewiß nicht mitzuteilen. Herzlich Ihr Schrit.‹

Zweimal schon war sie am Hotel Prinz Heinrich vorbei, wieder zurückgegangen, bis kurz vor Gretzens Laden in die Modestgasse hinein, war wieder umgekehrt; sie hatte Angst vor dem Krach, den es geben würde; der Samstag war ihm heilig, er duldete Störungen nur, wenn es um etwas Privates ging, aber Geschäftliches duldete er am Samstag nicht; noch klang ihr das ›Dumme Stück‹ im Ohr; noch war es nicht sieben und Schrit in wenigen Minuten telefonisch erreichbar; es war gut, daß der Alte die Feier abgesagt hatte; Robert Fähmel essen oder trinken zu sehen, wäre ihr wie eine Entweihung vorgekommen; ängstlich dachte sie an das Bauvorhaben x 5; das war nichts Privates, war auch nicht ›Haus für einen Verleger am Waldrand‹, nicht ›Haus für einen Lehrer am Flußufer‹; x 5 – sie wagte kaum, es zu denken, so geheim war's, lag tief im Stahlschrank; ihr stockte der Atem, hatte er nicht sogar mit Kanders fast eine Viertelstunde deswegen telefoniert? Sie hatte Angst.

Immer noch zerrte Gretz an dem Keiler herum, bekam das gewaltige Tier nur ruckweise über die Treppe; ein Bote mit einem riesigen Blumenkorb klingelte am Druckereitor, der Pförtner erschien, nahm den Blumenkorb in Empfang, schloß das Tor wieder; enttäuscht blickte der Bote auf das Trinkgeld in seiner flachen Hand; ›ich werde es ihm sagen‹, dachte sie, ›dem netten Alten, daß man seiner Anweisung, jedem Boten zwei Mark Trinkgeld zu geben, offenbar nicht folgt; es glänzte nicht von Silber in des Boten Hand, nur von mattem Kupfer.‹

Mut, Leonore! Mut, die Zähne zusammengebissen, überwinde deine Angst und geh ins Hotel. Sie drückte sich noch einmal um die Ecke, ein Mädchen mit einem Freßkorb trat ins Druckereitor; gleichfalls blickte es auf seine flache Hand; ›verfluchter Schuft von Portier‹, dachte Leonore, ›das werd ich Herrn Fähmel aber sagen.‹

Noch zehn Minuten bis sieben; ins Cafe Kroner eingeladen, aber zum Hotel Prinz Heinrich bestellt, und sie würde mit geschäftlichen Botschaften kommen, die er am heiligen Samstag haßte; würde x 5 ihn veranlassen, ausnahmsweise anders zu reagieren? Sie schüttelte den Kopf, als sie mit blindem Mut endlich die Tür aufstieß, erschrocken spürte, daß die Tür von innen aufgehalten wurde.

Kind, Kind, auch bei dir werde ich mir eine private Bemerkung gestatten; komm nur näher, hoffentlich ist die Ursache deiner Schüchternheit nicht im Zweck, sondern nur in der Tatsache deines Hierseins zu suchen; ich hab schon viele junge Mädchen hier reinkommen sehen, aber so was wie dich noch nicht; du gehörst nicht hierher, es gibt gegenwärtig nur einen einzigen Kunden im Haus, zu dem ich dich lassen werde, ohne mir eine private Bemerkung zu gestatten: den Fähmel; ich könnte dein Großvater sein, und du wirst mir eine private Bemerkung nicht übelnehmen: was suchst du in dieser Räuberhöhle; streu Brotbrocken aus, damit du den Rückweg findest; Kind, du hast dich verirrt: wer beruflich hier zu tun hat, sieht anders aus als du, und wer privat hier zu tun hat, erst recht; tritt nur näher. »Dr. Fähmel? Ja, Sekretärin? Dringend – warten Sie, Fräulein, ich laß ihn ans Telefon rufen ... Hoffentlich wird Sie der Lärm da draußen nicht stören.«

»Leonore? Ich freue mich, daß mein Vater Sie eingeladen hat, und entschuldigen Sie bitte, was ich heute morgen gesagt habe, Leonore, ja? Mein Vater erwartet Sie auf Zimmer 212. Ein Brief von Herrn Schrit? Alle Unterlagen für x 5 falsch errechnet? Ja, ich werde mich drum kümmern, Schrit anrufen. Jedenfalls danke, Leonore, und bis nachher.«

Sie legte den Hörer auf, ging auf den Portier zu, öffnete schon den Mund, um nach dem Weg zu Fähmels Zimmer zu fragen, als ein fremdes, nicht sehr lautes, sprödes Geräusch sie erschreckte.

»Mein Gott«, sagte sie, »was war das?«

»Das war ein Pistolenschuß, mein Kind«, sagte Jochen.

Rot über grün, weiß über grün; Hugo stand an die weißlackierte Türfüllung gelehnt, hatte die Hände auf dem Rücken gekreuzt; die Figuren erschienen ihm weniger präzis, der Rhythmus der Kugeln gestört; waren es nicht dieselben Kugeln, derselbe Tisch, bestes Fabrikat, ständig aufs beste gepflegt? Und war Fähmels Hand nicht noch leichter geworden, seine Stöße nicht noch genauer, wenn er eine Figur aus dem grünen Nichts schlug? Und doch erschien es Hugo, als wäre der Rhythmus der Kugeln gestört, die Präzision der Figuren geringer; war es Schrella, der die ständige Gegenwärtigkeit der Zeit mitgebracht, den Zauber gelöst hatte: das war hier, das war heute, war achtzehnuhrvierundvierzig, am Samstag, den sechsten September 1958; da wurde man nicht dreißig Jahre zurück, vier vor, wieder vierzig zurück und dann in die Gegenwart geworfen; das war ständige Gegenwart, die der Sekundenzeiger vor sich herschob: hier, heute, jetzt, während die Unruhe aus dem Speisesaal herüberdrang: ›Zahlen, Ober, zahlen‹; alles drängte zum Aufbruch, zum Feuerwerk, an die Fenster, den Aufmarsch zu sehen; drängte zu den römischen Kindergräbern; sind die Blitzlichter wirklich in Ordnung? ›Wußten Sie nicht, daß M Minister bedeutet?‹ ›Schick, nicht wahr?‹ ›Zahlen, Ober, zahlen.‹

Uhren schlugen nicht vergebens, Zeiger bewegten sich nicht vergebens: sie häuften Minute auf Minute, addierten sie zu viertel und halben Stunden und würden auf Jahr und Stunde und Sekunde genau abrechnen, klang nicht im Rhythmus der Kugeln die Frage: ›Robert, wo bist du; Robert, wo warst du; Robert, wo bist du gewesen?‹ Und gab Robert nicht mit seinen Stößen die Frage zurück: ›Schrella, wo bist du; Schrella, wo warst du; Schrella, wo bist du gewesen?‹ War dieses Spiel nicht eine Art Gebetsmühle, eine mit Stöcken und Kugeln über grünem Filz geschlagene Litanei? *Wozuwozuwozu?* und *Erbarme dich unser! Erbarme dich unser!* Schrella lächelte jedesmal, schüttelte den Kopf, wenn er vom Rand zurücktrat und Robert die von den Kugeln gebildete Figur überließ. Unwillkürlich schüttelte auch Hugo nach jedem Stoß den Kopf: verflogen der Zauber, geringer die Präzision, gestört der Rhythmus, während die Uhr so genau das *Wann?* beantwortete: achtzehnuhreinundfünfzig am 6. September 1958.

»Ach«, sagte Robert, »lassen wir's doch, wir sind nicht mehr in Amsterdam.«

»Ja«, sagte Schrella, »lassen wir's, du hast recht. Brauchen wir den Jungen noch?«

»Ja«, sagte Robert, »ich brauche ihn noch, oder möchtest du lieber gehen, Hugo? Nein? Bitte bleib, stell die Stöcke in den Ständer, schließ die Kugeln weg, und hol uns was zu trinken – nein, bleib, mein Sohn; ich wollte dir noch was zeigen: sieh hier, ein ganzes Paket von Papieren, durch Stempel und Unterschriften sind sie zu Dokumenten geworden, nur eins fehlt noch, Hugo: deine Unterschrift unter dieses Papier – wenn du sie druntersetzt, wirst du mein Sohn sein! Hast du dir meine Mutter und meinen Vater oben angesehen, als du ihnen den Wein brachtest? sie werden deine Großeltern sein, Schrella dein Onkel, Ruth und Marianne Schwestern und Joseph dein Bruder; du wirst der Sohn, den Edith mir nicht mehr schenken konnte; was wird der Alte sagen, wenn ich ihm zum Geburtstag einen neuen Enkel vorstelle, der Ediths Lächeln auf dem Gesicht trägt? . . . Ob ich den Jungen noch brauche, Schrella? Wir brauchen ihn und wären froh, wenn er uns brauchte; besser noch: er fehlt uns . . . hörst du, Hugo, du fehlst uns. Du kannst nicht Ferdis Sohn sein und bist doch von seinem Geiste . . . Sei still, Junge, weine nicht, geh auf dein Zimmer und lies dir das durch; sei vorsichtig, wenn du durch die Flure gehst, Vorsicht, mein Sohn!«

Schrella zog den Vorhang auf, blickte auf den Platz draußen; Robert hielt ihm die Zigarettenschachtel hin, Schrella gab Feuer; sie rauchten.

»Hast du das Hotelzimmer noch nicht geräumt?«

»Nein.«

»Willst du nicht bei uns wohnen?«

»Ich weiß noch nicht«, sagte Schrella, »ich habe Angst vor Häusern, in denen man sich einrichtet und sich von der banalen Tatsache überzeugen läßt, daß das Leben weitergeht und die Zeit einen versöhnt; Ferdi würde nur eine Erinnerung sein, mein Vater ist nur ein Traum, und doch haben sie Ferdi hier getötet, und sein Vater ist von hier spurlos verschwunden; die Erinnerung an die beiden ist nicht einmal in den Listen irgendeiner politischen Gruppe enthalten, denn sie trieben keine Politik; nicht einmal in den Trauergesängen der jüdischen Gemeinde wird ihrer gedacht, sie waren keine Juden; vielleicht lebt Ferdi wenigstens in den Gerichtsakten; nur wir beide denken an ihn, Robert, deine Eltern, und dieser alte Portier da unten – deine Kinder schon nicht mehr; ich kann in dieser Stadt nicht leben, weil sie mir nicht fremd genug ist, ich bin hier geboren, bin zur Schule gegangen; ich wollte die Gruffelstraße aus ihrem Bann erlösen, ich trug das Wort in mir, das ich nie aussprach, Robert, auch im Gespräch mit dir noch nie, das einzige, von dem ich mir für diese Welt etwas verspreche – ich werde es auch jetzt nicht aussprechen; vielleicht werde ich es dir am Bahnhof sagen können, wenn du mich an den Zug bringst.«

»Du willst heute noch fahren?« fragte Robert.

»Nein, nein, nicht heute, das Hotelzimmer ist genau das richtige: wenn ich die Tür hinter mir schließe, ist diese Stadt mir so fremd wie alle anderen. Ich kann mir dort denken, daß ich bald aufbrechen muß, um irgendwo meinen Sprachunterricht zu geben, in einer Schulklasse, wo ich Rechenaufgaben von der Tafel abwische, um mit Kreide daran zu schreiben: ›Ich binde, ich band, ich habe gebunden, ich werde binden, ich hatte gebunden – du bindest, du bandest‹; ich liebe die Grammatik, wie ich Gedichte liebe. Vielleicht glaubst du, ich möchte nicht hier leben, weil ich keine politische Chance für dieses Land sehe, ich glaube eher, daß ich hier nicht leben könnte, weil ich hier immer vollkommen unpolitisch war und es noch bin« – er deutete auf den Platz draußen und lachte –, »es sind nicht die da unten, die mich abschrecken; ja, ja, ich weiß alles und ich seh sie da unten, Robert: Nettlinger, Wakiera; ich habe nicht Angst, weil es die da unten gibt, sondern weil es die anderen nicht gibt; welche? Die, die das Wort manchmal denken, meinetwegen nur flüstern; ich hab's mal von einem alten Mann in Hyde Park gehört, Robert: *Wenn ihr an ihn glaubt, warum tut ihr nicht, was er befohlen hat?* Dumm, nicht wahr, unrealistisch, Robert? *Weide meine Lämmer*, Robert – aber sie züchten nur Wölfe. Was habt ihr aus dem Krieg mit nach Hause gebracht, Robert? Dynamit? Ein herrliches Zeug zum Spielen, ich verstehe deine Leidenschaft gut, Haß auf die Welt, in der für Ferdi und Edith kein Platz war, kein Platz für meinen Vater und für Groll und für den Jungen, dessen Namen wir nie erfahren haben, nicht für den Polen, der gegen Wakiera die Hand erhob. Du sammelst also statische Unterlagen, wie andere Barockmadonnen sammeln, schaffst dir eine Kartei aus Formeln, und auch mein Neffe, Ediths Sohn, ist des Mörtelsgeruchs überdrüssig, sucht die Formel für die Zukunft anderswo als im geflickten Gemäuer von Sankt Anton. Was wird er finden? Wirst du ihm die Formel geben können? Wird er sie im Gesicht seines neuen Bruders finden, dessen Vater du werden willst? Du hast recht, Robert, man *ist* nicht Vater, sondern *wird* es; die Stimme des Blutes ist erlogen, einzig die andere ist wahr – das ist der Grund, weshalb ich nicht geheiratet habe, ich hatte nicht den Mut, darauf zu vertrauen, daß ich Vater werden würde, ich hätte es nicht ertragen können, wenn meine Kinder mir so fremd geworden wären, wie Otto deinen Eltern war; nicht einmal der Gedanke an meine Mutter und meinen Vater gab mir genug Mut, und du weißt noch nicht, was Joseph und Ruth einmal werden, von welchem Sakrament sie kosten – nicht einmal bei Kindern von Edith und dir bist du sicher; nein, nein, Robert, du wirst verstehen, daß ich nicht mein Hotelzimmer räume und mich ansiedle in dem Haus, in dem Otto gelebt hat und Edith gestorben ist, ich könnte es nicht ertragen, jeden Tag den Briefkasten zu sehen, in den der Junge deine Zettelchen geworfen hat – ist es noch der alte Briefkasten?«

»Nein«, sagte Robert, »die ganze Tür ist erneuert worden, sie war von Bombensplittern durchsiebt – nur das Pflaster ist das alte – seine Füße haben es berührt.«

»Du denkst daran, wenn du darüber gehst?«

»Ja«, sagte Robert, »ich denke daran, und vielleicht ist es einer der Gründe, weshalb ich statische Formeln sammele – warum bist du nicht früher zurückgekommen?«

»Weil ich Angst hatte, die Stadt könnte mir nicht fremd genug sein; zweiundzwanzig Jahre bilden ein gutes Polster, und was wir uns zu sagen haben, Robert, findet es nicht auf Postkarten Platz? Ich würde gern in deiner Nähe sein, aber nicht hier; ich habe Angst, und die Menschen, die ich vorfinde – täusche ich mich, wenn ich sie nicht weniger schlimm finde, als die, die ich damals verließ?«

»Wahrscheinlich täuschst du dich nicht.«

»Was ist aus so Leuten wie Enders geworden? Erinnerst du dich an ihn, den Rothaarigen? er war nett, sicher kein Gewaltmensch. Was haben Leute wie er im Krieg gemacht, und was machen sie heute?«

»Vielleicht unterschätzt du Enders; er war nicht nur nett, er war – nun, er hat nie vom *Sakrament des Büffels* gekostet, warum es nicht so einfach sagen, wie Edith es sagte? Enders ist Priester geworden; er hat nach dem Krieg ein paar Predigten gehalten, die mir unvergeßlich sind; es würde schlecht klingen, wenn ich seine Worte wiederholte, aber wenn *er* sie sagte, klang es gut.«

»Was macht er jetzt?«

»Sie haben ihn in ein Dorf gesteckt, das nicht einmal Bahnanschluß hat; da predigt er über die Köpfe der Bauern, die Köpfe der Schulkinder hinweg; sie hassen ihn nicht, verstehen ihn einfach nicht, verehren ihn sogar auf ihre Weise wie einen liebenswürdigen Narren; sagt er ihnen wirklich, daß alle Menschen Brüder sind? Sie wissen es besser und denken wohl heimlich: ›Ist er nicht doch ein Kommunist?‹ Mehr fällt ihnen dann nicht ein; die Anzahl der Schablonen hat sich verringert, Schrella; niemand wäre auf die Idee gekommen, deinen Vater für einen Kommunisten zu halten, nicht einmal Nettlinger war so dumm – heute würden sie deinen Vater nicht anders einordnen können. Enders würde die Lämmer weiden, aber man gibt ihm nur Böcke; er ist verdächtig, weil er die Bergpredigt so oft zum Gegenstand seiner Predigten macht; vielleicht wird man eines Tages entdecken, daß sie ein Einschiebsel ist, und wird sie streichen – wir wollen Enders besuchen, Schrella, und wenn wir mit dem Abendbus zur Bahnstation zurückfahren, werden wir mehr Verzweiflung als Trost mit zurücknehmen; der Mond ist mir vertrauter als dieses Dorf – wir werden ihn besuchen, Barmherzigkeit üben: man soll die Gefangenen besuchen – wie kamst du gerade auf Enders?«

»Ich dachte darüber nach, wen ich wohl wiedersehen möchte, du vergißt, daß ich von der Schule weg verschwinden mußte, aber ich habe Angst vor Begegnungen, seitdem ich Ferdis Schwester gesehen habe.«

»Du hast Ferdis Schwester gesehen?«

»Ja, sie hat die Limonadenbude an der Endstation der Elf. Bist du nie dort gewesen?«

»Nein, ich habe Angst, die Gruffelstraße könnte mir fremd sein.«

»Sie war für mich fremder als alle Straßen in der Welt – geh nicht hin, Robert. Sind Trischlers wirklich tot?«

»Ja«, sagte Robert, »auch Alois; sie sind mit der ›Anna Katharina‹ gesunken, Trischlers wohnten schon lange nicht mehr am Hafen; als die Brücke gebaut wurde, mußten sie dort weg, und die Mietwohnung in der Stadt war nichts für die beiden, sie brauchten Wasser und Schiffe; Alois wollte sie auf der ›Anna Katharina‹ zu Freunden nach Holland bringen – der Kahn wurde bombardiert, Alois wollte seine Eltern aus den Kojen holen, aber es war zu spät – das Wasser schlug schon von oben rein, und sie kamen nicht mehr raus; es hat lange gedauert, bis ich ihre Spur gefunden habe.«

»Wo hast du's erfahren?«

»Im Anker, ich bin jeden Tag dorthin gegangen und habe alle Schiffer gefragt – bis ich einen fand, der wußte, was mit der ›Anna Katharina‹ passiert ist.«

Schrella zog den Vorhang zu, ging zum Tisch und drückte seine Zigarette im Aschenbecher aus. Robert folgte ihm.

»Ich glaube«, sagte er, »wir müssen jetzt zu meinen Eltern rauf – oder möchtest du lieber nicht zur Feier?«

»Nein«, sagte Schrella, »ich geh mit, aber wollen wir nicht auf den Jungen warten? Was macht eigentlich so einer wie Schweugel?«

»Interessiert es dich wirklich?«

»Ja, warum fragst du, ob es mich wirklich interessiert?«

»Hast du in deinen Hotelzimmern und Pensionen an Enders und Schweugel gedacht?«

»Ja, und an Grewe und Holten – sie waren die einzigen, die nicht mitmachten, wenn sie mich auf dem Heimweg überfielen – auch Drischka machte nicht mit . . . was machen sie, leben sie noch?«

»Holten ist tot, gefallen«, sagte Robert, »aber Schweugel lebt noch; er ist Schriftsteller, und ich lasse mich von Ruth verleugnen, wenn er mal abends anruft oder an der Haustür klingelt; ich finde ihn so unerträglich wie unergiebig; ich langweile mich einfach mit ihm; er redet immer von bürgerlich und nichtbürgerlich, und wahrscheinlich hält er sich für das letztere – was soll's? Es interessiert mich einfach nicht; er hat mich auch schon mal nach dir gefragt.«

»Ach, und was ist aus Grewe geworden?«

»Er ist Parteimensch, aber frag mich nicht in welcher Partei; es ist auch unwichtig, das zu wissen. Und Drischka fabriziert ›Drischkas Autolöwen‹, einen Markenartikel, der ihm sehr viel Geld einbringt. Du weißt noch nicht, was ein Autolöwe ist? Nun, wenn du ein paar Tage bleibst, wirst du es wissen; wer etwas auf sich hält, hat einen von Drischkas Löwen hinten im Auto auf der Fensterbank liegen – und du wirst in diesem Lande kaum jemand finden, der nichts auf sich hält . . . Das wird ihnen schon eingebläut, was auf sich zu halten; sie haben aus dem Krieg manches mitgebracht, die Erinnerung an Schmerz und Opfer, aber heute halten sie was auf sich – hast du nicht die Leute da unten in der Halle gesehen? Sie gingen zu drei verschiedenen Banketten: zu einem Bankett der linken Opposition, zu einem Bankett der ›Gemeinnützigsten aller Gemeinnützigen‹ und zu einem Bankett der rechten Opposition – aber du müßtest schon ein Genie sein, wenn du herausfinden wolltest, wer von ihnen zu welchem Bankett geht.«

»Ja«, sagte Schrella, »ich habe dort unten gesessen und auf dich gewartet, da sammelten sich gerade die ersten Teilnehmer, und ich hörte was von Opposition; als erste kamen die Harmlosen, das Fußvolk der Demokratie, Geschäftlhuber von der Sorte, die man *gar nicht so übel* nennt; sie sprachen über Automarken und Wochenendhäuser und teilten einander mit, daß die französische Riviera anfange modern zu werden, gerade weil sie überlaufen sei, und daß es – allen entgegengesetzten Prognosen zum Trotz – jetzt anfange bei Intellektuellen Mode zu werden, mit Reisegesellschaften zu fahren. Nennt man das hierzulande reziproken Snobismus oder Dialektik? Du mußt mich über solche Dinge aufklären; ein englischer Snob würde dir sagen: ›Wenn Sie mir zehn Zigaretten geben, verkaufe ich Ihnen meine Großmutter‹ – die hier würden dir tatsächlich für nur fünf Zigaretten ihre Großmutter verkaufen; sie nehmen nämlich auch ihren Snobismus ernst; später sprachen sie über Schulen, die einen waren fürs Humanistische, die anderen waren dagegen; na schön. Ich lauschte, weil ich so gern etwas von wirklichen Sorgen erfahren hätte; immer wieder flüsterten sie einander ehrfürchtig den Namen des Stars zu, den sie an diesem Abend erwarteten. Kretz – hast du den Namen schon mal gehört?«

»Kretz«, sagte Robert, »ist sozusagen ein Star der Opposition.«

»Das Wort ›Opposition‹ hörte ich immer wieder, aber aus ihrem Gespräch wurde mir nicht klar, wem ihre Opposition gilt.«

»Wenn sie auf Kretz warteten, müssen sie von der Linken gewesen sein.«

»Ich habe wohl recht gehört: dieser Kretz ist eine Art Berühmtheit, das, was man eine Hoffnung nennt?«

»Ja«, sagte Robert, »sie versprechen sich viel von ihm.«

»Ich habe ihn gesehen«, sagte Schrella, »er kam als letzter; wenn der eine Hoffnung ist, möchte ich wissen, was eine Verzweiflung sein könnte . . .; ich glaube, wenn ich mal jemand umbringen würde, dann ihn. Seid ihr denn alle blind? Der ist natürlich klug und gebildet, zitiert dir den Herodot im Original, und das klingt in den Ohren dieses Fußvolks, das seinen Bildungsfimmel nie los wird, natürlich wie göttliche Musik; aber ich hoffe, Robert, du würdest deine Tochter oder deinen Sohn nicht eine Minute mit diesem Kretz allein lassen; der weiß vor Snobismus ja gar nicht mehr, welches Geschlecht er hat. Die spielen Untergang, Robert, aber sie spielen ihn nicht gut, da fehlt nur das Largo, und du hast ein Begräbnis dritter Klasse . . .«

Das Klingeln des Telefons unterbrach Schrella, er folgte Robert, der in die Ecke ging und den Hörer abnahm.

»Leonore?« sagte Robert, »ich freue mich, daß mein Vater Sie eingeladen hat, und entschuldigen Sie bitte, was ich heute morgen gesagt habe, Leonore, ja? Mein Vater erwartet Sie auf Zimmer 212. Ein Brief von Herrn Schrit? Alle Unterlagen für x 5 falsch errechnet? Ja, ich werde mich drum kümmern, Schrit anrufen. Jedenfalls danke, Leonore, und bis nachher.«

Robert legte den Hörer auf und wandte sich wieder Schrella zu: »Ich glaube«, sagte er – aber ein fremdes, nicht sehr lautes, sprödes Geräusch unterbrach ihn.

»Mein Gott«, sagte Schrella, »das war ein Schuß.«

»Ja«, sagte Robert, »das war ein Schuß. Ich glaube, wir müssen jetzt nach oben gehen.«

Hugo las: ›Verzichterklärung: Ich erkläre micht damit einverstanden, daß mein Sohn Hugo . . .‹; gewichtige Stempel darunter, Unterschriften, aber die Stimme, vor der er sich gefürchtet hatte, meldete sich nicht; welche Stimme war es gewesen, die ihm befohlen hatte, Mutters Blöße zu bedecken, wenn sie von ihren Streifzügen heimkehrte, auf dem Bett liegend die tödliche Litanei des *Wozuwozuwozu* murmelte? Mitleid hatte er gespürt, ihre Blöße bedeckt, ihr zu trinken gebracht, hatte sich, auf die Gefahr hin, von ihnen überfallen, geprügelt und *Lamm Gottes* gerufen zu werden, in den Laden geschlichen und zwei Zigaretten erbettelt; welche Stimme war es gewesen, die ihm befahl, mit *So was sollte nicht geboren werden* Canasta zu spielen; die ihn warnte, das Zimmer der Schafspriesterin zu betreten; die ihm jetzt eingab, das Wort vor sich hinzumurmeln: Vater? Um die Furcht, die ihn befiel, zu verringern, warf er andere Worte hinterher: Bruder und Schwester, Großvater, Großmutter und Onkel, aber diese Worte verringerten die Furcht nicht; er warf mehr Worte hinterher: Dynamik und Dynamit, Billard und korrekt, Narben auf dem Rücken, Cognac und Zigaretten, rot über grün, weiß über grün, aber die Furcht wurde nicht geringer; vielleicht würden Handlungen sie mildern: das Fenster geöffnet, hinuntergeblickt auf die murmelnde Menschenmenge; war es ein drohendes oder freundliches Murmeln? Feuerwerk am dunkelblauen Himmel; Donnerschläge, aus denen riesige Blumen hervorbrachen; orangefarbene Garben, die wie greifende Hände waren; Fenster geschlossen; über die violette Uniform gestrichen, die am Kleiderbügel vor der Tür hing; Flurtür geöffnet: Erregung war bis hier oben zu spüren: Ein Schwerverletzter auf Zimmer 211! Stimmengebrodel, Schritte hin, Schritte her, rauf und runter, und immer wieder die eine durchdringende Polizeistimme: »Weg da! Weg da!«

Weg hier! Weg! Hugo hatte Angst, und er flüsterte das Wort: »Vater.« Der Direktor hatte gesagt: »Du wirst uns fehlen, muß das sein, so plötzlich?«; und er hatte es nicht ausgesprochen, nur gedacht: ›Es muß sein, so plötzlich, die Zeit ist reif‹, und als Jochen die Meldung von dem Anschlag überbrachte, war des Direktors Erstaunen über seine Kündigung vergessen; der Direktor hatte Jochens Meldung nicht mit Entsetzen, sondern mit Entzücken entgegengenommen, nicht traurig den Kopf geschüttelt – sich die Hände gerieben. »Ihr habt ja alle keine Ahnung. So ein Skandal kann ein Hotel mit einem Mal hochreißen. Da wird es Schlagzeilen nur so prasseln. Mord ist nicht Selbstmord, Jochen – und politischer Mord nicht irgendeiner. Wenn er nicht tot ist, werden wir so tun, als ob er sterben müßte. Ihr habt keine Ahnung, da muß mindestens die Zeile rein: ›Schwebt in Lebensgefahr‹; alle Telefongespräche sofort hier auf meine Leitung, daß mir ja kein Unsinn passiert. Mein Gott, macht doch nicht alle so belämmerte Gesichter. Kühl bleiben, zartes Bedauern ins Gesicht, wie jemand, der zwar einen Todesfall zu beklagen hat, aber durch die zu erwartende Erbschaft getröstet wird. Los, Kinder, an die Arbeit. Es wird telegrafische Zimmerbestellungen regnen. Ausgerechnet M. Ihr habt ja keine Ahnung, was das bedeutet. Wenn uns jetzt nur kein Selbstmord dazwischen kommt. Ruf sofort den Herrn auf Zimmer elf an; soll er meinetwegen wütend werden und abreisen – verflucht, das Feuerwerk hätte ihn doch wecken müssen. Los, Kinder, an die Gewehre.«

›Vater‹, dachte Hugo, ›du mußt mich hier abholen, sie lassen mich nicht auf Zimmer 212‹; Blitzlichter zuckten im grauen Schatten des Treppenhauses, das Lichtviereck des Aufzugs erschien, brachte die Gäste für die Zimmer 213–226, die der Absperrung wegen bis zum dritten Stock hinauffahren und über die Bedententreppe hinuntersteigen mußten; heftiges Gemurmel brach aus der Aufzugstür; dunkle Anzüge, helle Kleider, verstörte Gesichter, Lippen, die sich zu ›Zumutung‹ und ›skandalös‹ verzogen; zu spät zog Hugo seine Tür zu: sie hatte ihn entdeckt, kam schon über den Flur auf sein Zimmer zugelaufen; er hatte gerade den Schlüssel von innen umgedreht, da zuckte die Klinke schon heftig.

»Mach auf, Hugo, mach doch auf«, sagte sie.

»Nein.«

»Ich befehle es dir.«

»Ich bin seit einer Viertelstunde nicht mehr im Dienst des Hotels, gnädige Frau.«

»Du gehst weg?«

»Ja.«

»Wohin?«

»Ich gehe zu meinem Vater.«

»Mach auf, Hugo, mach auf, ich werde dir nicht weh tun und dich nicht mehr erschrecken; du kannst nicht weggehen; ich weiß, daß du keinen Vater hast, ich weiß es genau; ich brauche dich, Hugo – du bist es, auf den sie warten, Hugo, und du weißt es; du wirst die ganze Welt sehen, und sie werden dir in den schönsten Hotels zu Füßen liegen; du brauchst nichts zu sagen, nur dazusein; dein Gesicht, Hugo – komm, mach auf, du kannst nicht weggehen.«

Das Zucken der Klinke unterbrach ihre Worte, zeichnete Kommata in den flehenden Fluß ihrer Stimme.

». . . es ist wirklich nicht meinetwegen, Hugo, vergiß, was ich gesagt und getan habe; es war Verzweiflung – komm jetzt, ihretwegen – sie warten auf dich, du bist unser Lamm . . .«

Einmal noch zuckte die Klinke.

»Was suchen Sie hier?« fragte sie.

»Ich suche meinen Sohn.«

»Hugo ist ihr Sohn?«

»Ja; mach auf, Hugo.«

›Zum ersten Mal kein ‚Bitte‘‹, dachte Hugo; er drehte den Schlüssel um und öffnete.

»Komm, Junge, wir gehen.«

»Ja, Vater, ich komme.«

»Mehr Gepäck hast du nicht?«

»Nein.«

»Komm.«

Hugo nahm seinen Koffer auf und war froh, daß der Rücken seines Vaters ihr Gesicht verdeckte. Er hörte ihr Weinen noch, als er die Personaltreppe hinunterstieg.

»Weint doch nicht, Kinder«, sagte der Alte; »sie wird ja wiederkommen und bei uns bleiben; sie wäre sehr traurig, wenn sie erfahren müßte, daß wir den Wein sauer werden lassen; er ist ja lebensgefährlich verletzt worden, und ich hoffe, das große Staunen wird nicht wieder von seinem Gesicht verschwinden; die halten sich alle für unsterblich – so ein sprödes kleines Geräusch kann Wunder wirken. Bitte, ihr Mädchen, kümmert euch um die Geschenke und die Blumen; Leonore übernimmt die Blumen, Ruth die Glückwunschkarten, Marianne die Geschenke. Ordnung ist das halbe Leben – woraus mag die andere Hälfte bestehen? Ich kann mir nicht helfen, Kinder, ich kann nicht traurig sein. Der Tag ist groß, er hat mir meine Frau wiedergegeben und einen Sohn geschenkt – darf ich Sie so nennen, Schrella? Ediths Bruder – sogar einen Enkel hab ich bekommen, wie, Hugo? ich kann mich noch nicht entscheiden, dich wirklich Enkel zu nennen, du bist zwar der Sohn meines Sohnes, aber doch nicht mein Enkel; ich kann es nicht erklären; welche Stimme befiehlt mir, dich nicht Enkel zu nennen?

Setzt euch, die Mädchen werden uns belegte Brote machen, plündert die Freßkörbe, Kinder, und werft mir nicht Leonores ordentliche Stapel durcheinander; am besten setzt sich jeder auf einen Jahrgang: nehmen Sie den Stapel A, Schrella, das ist der höchste, darf ich dir 1910 anbieten, Robert, den nächsthöheren? Joseph, du suchst dir vielleicht einen aus, 1921 ist nicht schlecht. So ist es recht, laßt euch nieder: trinken wir den ersten Schluck auf Herrn M., daß das Staunen in seinem Gesicht sich nicht verlieren möge – den zweiten Schluck auf meine Frau: möge Gott ihr Gedächtnis segnen. Bitte, Schrella, würden Sie einmal nachschauen, wer da an die Tür klopft?

Ein gewisser Herr Gretz wünscht mir seine Aufwartung zu machen?

Ich hoffe, er schleppt nicht den Keiler auf dem Rücken an? Nein? Gott sei Dank. Bitte, sagen Sie ihm, lieber Schrella, daß ich nicht für ihn zu sprechen bin; oder würdest du meinen, Robert, dies wäre der Tag und die Stunde, einen gewissen Herrn Gretz zu empfangen? Nein, nicht wahr? Danke, Schrella. Es ist der Tag und die Stunde, falschen Nachbarschaftsgefühlen zu entsagen; zwei Worte können das Leben kosten: ›Ist Sünde und Schande‹ hat die alte Frau Gretz gesagt; eine Handbewegung kann das Leben kosten, ein falsch verstandenes Augenzwinkern; ja, Hugo, bitte, gieß du Wein nach – ich hoffe, es kränkt dich nicht, wenn wir hier im Familienkreis deine erworbenen Fähigkeiten zu schätzen wissen und uns ihrer bedienen.

Stell die großen Buketts getrost vor die Ansicht von Sankt Anton, die kleineren rechts und links daneben, auf den Bord für die Zeichenrollen; nimm die Rollen herunter und wirf sie weg; sie sind alle leer und dienen nur der Dekoration – oder ist vielleicht einer unter uns, der das kostbare Papier noch zu nutzen gedenkt? Du vielleicht, Joseph! Warum sitzt du so unbequem? Du hast dir den Jahrgang 1941 ausgesucht, einen mageren Jahrgang, Junge. 1945 wäre besser gewesen, da regnete es Aufträge, fast wie im Jahre 1909, aber ich hab's drangegeben, Junge. Das Sorry verdarb mir die Lust am Bauen. Ruth, stapele du die Glückwunschadressen auf meinen Zeichentisch, ich werde Danksagungen drucken lassen, und du wirst mir helfen, die Adressen zu schreiben, ich kauf dir was Schönes dafür, bei Helene Horuschka; wie müßte der Text der Danksagung lauten: ›Für die anläßlich meines achtzigsten Geburtstages erwiesenen Aufmerksamkeiten spreche ich hiermit meinen innigsten Dank aus.‹ Vielleicht werde ich jeder Danksagung eine Handzeichnung beilegen, was hältst du davon, Joseph? Einen Pelikan, oder eine Schlange – wie wär's mit einem Büffel – bitte, Joseph, jetzt geh du einmal an die Tür, schau nach, wer so spät noch kommt.

Vier Angestellte des Café Kroner? Bringen ein Geschenk, von dem du glaubst, daß ich es nicht abweisen sollte? Gut, dann herein mit ihnen.«

Sie trugen es vorsichtig zur Tür herein, zwei Kellner und die beiden Mädchen vom Küchenbüfett, ein viereckiges Brett, viel länger als breit, mit einem schneeweißen Leintuch bedeckt; der Alte erschrak: brachten sie eine Leiche? War das, was da spitz wie ein Stock das weiße Tuch straffte, die Nase; vorsichtig trugen sie es, als wäre der Leichnam ein kostbarer; vollkommene Stille herrschte; Leonores Hände erstarrten im Arrangieren eines Buketts, Ruth hielt eine goldumränderte Glückwunschkarte, Marianne setzte den leeren Korb nicht ab.

»Nein, nein«, sagte der Alte leise, »bitte stellen Sie es nicht auf die Erde; gebt ihnen zwei Zeichenböcke.«

Hugo und Joseph holten zwei Zeichenböcke aus der Ecke, stellten sie in die Mitte des Ateliers über die Jahrgänge 1936 bis 1939; Stille trat wieder ein, als die beiden Kellner und die beiden Mädchen das Brett auf die Böcke legten, sich an die vier Ecken verteilten, jeder einen Zipfel des Leintuchs nahmen und auf ein kurzes, scharfes ›Hoch‹, das der ältere der Kellner aussprach, das Tuch hoben.

Der Alte lief rot an, er sprang auf das Kuchenmodell zu, hob seine Fäuste wie ein Trommler, der zu zornigem Takt seine Kräfte sammelt, und einen Augenblick schien es, als würde er das gezuckerte Backwerk zermalmen, aber er ließ seine erhobenen Fäuste wieder sinken, schlaff hingen die Hände zu seinen Seiten herab; er lachte leise, verbeugte sich gegen die Mädchen, dann gegen die beiden Kellner, richtete sich wieder auf, nahm seine Brieftasche aus dem Rock und gab jedem der vier einen Geldschein als Trinkgeld. »Bitte«, sagte er ruhig, »richten Sie Frau Kroner meinen aufrichtigen Dank aus und sagen Sie ihr, daß wichtige Ereignisse mich leider zwingen, mein Frühstück zu kündigen – wichtige Ereignisse, ab morgen kein Frühstück mehr.«

Er wartete, bis die Kellner und Mädchen hinausgegangen waren, und rief: »Los, Kinder, gebt mir ein großes Messer und einen Kuchenteller.«

Er schnitt als erstes den Turmhelm der Abteikirche ab und reichte den Teller Robert hinüber.

Ansichten eines Clowns

Es war schon dunkel, als ich in Bonn ankam, ich zwang mich, meine
Ankunft nicht mit der Automatik ablaufen zu lassen, die sich in fünf-
jährigem Unterwegssein herausgebildet hat: Bahnsteigtreppe runter,
Bahnsteigtreppe rauf, Reisetasche abstellen, Fahrkarte aus der Manteltasche nehmen, Reisetasche aufnehmen, Fahrkarte abgeben, zum Zei-
tungsstand, Abendzeitungen kaufen, nach draußen gehen und ein Taxi
heranwinken. Fünf Jahre lang bin ich fast jeden Tag irgendwo abgefahren und irgendwo angekommen, ich ging morgens Bahnhofstreppen
rauf und runter und nachmittags Bahnhofstreppen runter und rauf,
winkte Taxis heran, suchte in meinen Rocktaschen nach Geld, den Fahrer zu bezahlen, kaufte Abendzeitungen an Kiosken und genoß in einer
Ecke meines Bewußtseins die exakt einstudierte Lässigkeit dieser Automatik. Seitdem Marie mich verlassen hat, um Züpfner, diesen Katholiken, zu heiraten, ist der Ablauf noch mechanischer geworden, ohne
an Lässigkeit zu verlieren. Für die Entfernung vom Bahnhof zum Hotel,
vom Hotel zum Bahnhof gibt es ein Maß: den Taxameter. Zwei Mark,
drei Mark, vier Mark fünfzig vom Bahnhof entfernt. Seitdem Marie weg
ist, bin ich manchmal aus dem Rhythmus geraten, habe Hotel und Bahnhof miteinander verwechselt, nervös an der Portierloge nach meiner
Fahrkarte gesucht oder den Beamten an der Sperre nach meiner Zim-
mernummer gefragt, irgend etwas, das Schicksal heißen mag, ließ mir
wohl meinen Beruf und meine Situation in Erinnerung bringen. Ich bin
ein Clown, offizielle Berufsbezeichnung: Komiker, keiner Kirche steuerpflichtig, siebenundzwanzig Jahre alt, und eine meiner Nummern
heißt: Ankunft und Abfahrt, eine (fast zu) lange Pantomime, bei der
der Zuschauer bis zuletzt Ankunft und Abfahrt verwechselt; da ich diese
Nummer meistens im Zug noch einmal durchgehe (sie besteht aus mehr
als sechshundert Abläufen, deren Choreographie ich natürlich im Kopf
haben muß), liegt es nahe, daß ich hin und wieder meiner eigenen Phantasie erliege: in ein Hotel stürze, nach der Abfahrtstafel ausschaue, diese
auch entdecke, eine Treppe hinauf- oder hinunterrenne, um meinen Zug
nicht zu versäumen, während ich doch nur auf mein Zimmer zu gehen
und mich auf die Vorstellung vorzubereiten brauche. Zum Glück kennt
man mich in den meisten Hotels; innerhalb von fünf Jahren ergibt sich
ein Rhythmus mit weniger Variationsmöglichkeiten, als man gemeinhin
annehmen mag – und außerdem sorgt mein Agent, der meine Eigenhei-

ten kennt, für eine gewisse Reibungslosigkeit. Was er »die Sensibilität der Künstlerseele« nennt, wird voll respektiert, und eine »Aura des Wohlbefindens« umgibt mich, sobald ich auf meinem Zimmer bin: Blumen in einer hübschen Vase, kaum habe ich den Mantel abgeworfen, die Schuhe (ich hasse Schuhe) in die Ecke geknallt, bringt mir ein hübsches Zimmermädchen Kaffee und Kognak, läßt mir ein Bad einlaufen, das mit grünen Ingredienzien wohlriechend und beruhigend gemacht wird. In der Badewanne lese ich Zeitungen, lauter unseriöse, bis zu sechs, mindestens aber drei, und singe mit mäßig lauter Stimme ausschließlich Liturgisches: Choräle, Hymnen, Sequenzen, die mir noch aus der Schulzeit in Erinnerung sind. Meine Eltern, strenggläubige Protestanten, huldigten der Nachkriegsmode konfessioneller Versöhnlichkeit und schickten mich auf eine katholische Schule. Ich selbst bin nicht religiös, nicht einmal kirchlich, und bediene mich der liturgischen Texte und Melodien aus therapeutischen Gründen: sie helfen mir am besten über die beiden Leiden hinweg, mit denen ich von Natur belastet bin: Melancholie und Kopfschmerz. Seitdem Marie zu den Katholiken übergelaufen ist (obwohl Marie selbst katholisch ist, erscheint mir diese Bezeichnung angebracht), steigerte sich die Heftigkeit dieser beiden Leiden, und selbst das *Tantum Ergo* oder die Lauretanische Litanei, bisher meine Favoriten in der Schmerzbekämpfung, helfen kaum noch. Es gibt ein vorübergehend wirksames Mittel: Alkohol –, es gäbe eine dauerhafte Heilung: Marie; Marie hat mich verlassen. Ein Clown, der ans Saufen kommt, steigt rascher ab, als ein betrunkener Dachdecker stürzt.

Wenn ich betrunken bin, führe ich bei meinen Auftritten Bewegungen, die nur durch Genauigkeit gerechtfertig sind, ungenau aus und verfalle in den peinlichsten Fehler, der einem Clown unterlaufen kann: ich lache über meine eigenen Einfälle. Eine fürchterliche Erniedrigung. Solange ich nüchtern bin, steigert sich die Angst vor dem Auftritt bis zu dem Augenblick, wo ich die Bühne betrete (meistens mußte ich auf die Bühne gestoßen werden), und was manche Kritiker »diese nachdenkliche, kritische Heiterkeit« nannten, »hinter der man das Herz schlagen hört«, war nichts anderes als eine verzweifelte Kälte, mit der ich mich zur Marionette machte; schlimm übrigens, wenn der Faden riß und ich auf mich selbst zurückfiel. Wahrscheinlich existieren Mönche im Zustand der Kontemplation ähnlich; Marie schleppte immer viel mystische Literatur mit sich herum, und ich erinnere mich, daß die Worte »leer« und »nichts« häufig darin vorkamen.

Seit drei Wochen war ich meistens betrunken und mit trügerischer Zuversicht auf die Bühne gegangen, und die Folgen zeigten sich rascher als bei einem säumigen Schüler, der sich bis zum Zeugnisempfang noch Illusionen machen kann; ein halbes Jahr ist eine lange Zeit zum Träumen. Ich hatte schon nach drei Wochen keine Blumen mehr auf dem

Zimmer, in der Mitte des zweiten Monats schon kein Zimmer mit Bad mehr, und Anfang des dritten Monats betrug die Entfernung vom Bahnhof schon sieben Mark, während die Gage auf ein Drittel geschmolzen war. Kein Kognak mehr, sondern Korn, keine Varietés mehr: merkwürdige Vereine, die in dunklen Sälen tagten, wo ich auf einer Bühne mit miserabler Beleuchtung auftrat, wo ich nicht einmal mehr ungenaue Bewegungen, sondern bloß noch Faxen machte, über die sich Dienstjubilare von Bahn, Post, Zoll, katholische Hausfrauen oder evangelische Krankenschwestern amüsierten, biertrinkende Bundeswehroffiziere, deren Lehrgangsabschluß ich verschönte, nicht recht wußten, ob sie lachen durften oder nicht, wenn ich die Reste meiner Nummer Verteidigungsrat vorführte, und gestern, in Bochum, vor Jugendlichen, rutschte ich mitten in einer Chaplin-Imitation aus und kam nicht wieder auf die Beine. Es gab nicht einmal Pfiffe, nur ein mitleidiges Geraune, und ich humpelte, als endlich der Vorhang über mich fiel, rasch weg, raffte meine Klamotten zusammen und fuhr, ohne mich abzuschminken, in meine Pension, wo es eine fürchterliche Keiferei gab, weil meine Wirtin sich weigerte, mir mit Geld für das Taxi auszuhelfen. Ich konnte den knurrigen Taxifahrer nur beruhigen, indem ich ihm meinen elektrischen Rasierapparat nicht als Pfand, sondern als Bezahlung übergab. Er war noch nett genug, mir eine angebrochene Packung Zigaretten und zwei Mark bar herauszugeben. Ich legte mich angezogen auf mein ungemachtes Bett, trank den Rest aus meiner Flasche und fühlte mich zum ersten Mal seit Monaten vollkommen frei von Melancholie und Kopfschmerzen. Ich lag auf dem Bett in einem Zustand, den ich mir manchmal für das Ende meiner Tage erhoffe: betrunken und wie in der Gosse. Ich hätte mein Hemd hergegeben für einen Schnaps, nur die komplizierten Verhandlungen, die der Tausch erfordert hätte, hielten mich von diesem Geschäft ab. Ich schlief großartig, tief und mit Träumen, in denen der schwere Bühnenvorhang als ein weiches, dickes Leinentuch über mich fiel wie eine dunkle Wohltat, und doch spürte ich durch Schlaf und Traum hindurch schon die Angst vor dem Erwachen: die Schminke noch auf dem Gesicht, das rechte Knie geschwollen, ein mieses Frühstück auf Kunststofftablett und neben der Kaffeekanne ein Telegramm meines Agenten: »Koblenz und Mainz haben abgesagt Stop Anrufe abends Bonn. Zohnerer.« Dann ein Anruf vom Veranstalter, durch den ich jetzt erst erfuhr, daß er dem christlichen Bildungswerk vorstand. »Kostert«, sagte er am Telefon, auf eine subalterne Weise eisig, »wir müssen die Honorarfrage noch klären, Herr Schnier.« »Bitte«, sagte ich, »dem steht nichts im Wege.«
»So?« sagte er. Ich schwieg, und als er weitersprach, war seine billige Eisigkeit schon zu simplem Sadismus geworden. »Wir haben einhundert Mark Honorar für einen Clown ausgemacht, der damals zweihundert

wert war« – er machte eine Pause, wohl, um mir Gelegenheit zu geben, wütend zu werden, aber ich schwieg, und er wurde wieder wie er von Natur aus war, ordinär, und sagte: »Ich stehe einer gemeinnützigen Vereinigung vor, und mein Gewissen verbietet es mir, hundert Mark für einen Clown zu zahlen, der mit zwanzig reichlich, man könnte sagen großzügig bezahlt ist.« Ich sah keinen Anlaß, mein Schweigen zu brechen. Ich steckte mir eine Zigarette an, goß mir noch von dem miesen Kaffee ein, hörte ihn schnaufen; er sagte: »Hören Sie noch?« Und ich sagte: »Ich höre noch«, und wartete. Schweigen ist eine gute Waffe; ich habe während meiner Schulzeit, wenn ich vor den Direktor oder vors Kollegium zitiert wurde, immer konsequent geschwiegen. Ich ließ den christlichen Herrn Kostert da hinten am anderen Ende der Leitung schwitzen; um Mitleid mit mir zu bekommen, war er zu klein, aber es reichte bei ihm zum Selbstmitleid, und schließlich murmelte er: »Machen Sie mir doch einen Vorschlag, Herr Schnier.«

»Hören Sie gut zu, Herr Kostert«, sagte ich, »ich schlage Ihnen folgendes vor: Sie nehmen ein Taxi, fahren zum Bahnhof, kaufen mir eine Fahrkarte erster Klasse nach Bonn –, kaufen mir eine Flasche Schnaps, kommen ins Hotel, bezahlen meine Rechnung einschließlich Trinkgeld und deponieren hier in einem Umschlag soviel Geld, wie ich für ein Taxi zum Bahnhof brauche; außerdem verpflichten Sie sich bei Ihrem christlichen Gewissen, mein Gepäck kostenlos nach Bonn zu befördern. Einverstanden?«

Er rechnete, räusperte sich, und sagte: »Aber ich wollte Ihnen fünfzig Mark geben.«

»Gut«, sagte ich, »dann fahren Sie mit der Straßenbahn, dann wird das ganze billiger für Sie als fünfzig Mark. Einverstanden?«

Er rechnete wieder und sagte: »Könnten Sie nicht das Gepäck im Taxi mitnehmen?«

»Nein«, sagte ich, »ich habe mich verletzt und kann mich nicht damit abgeben.« Offenbar fing sein christliches Gewissen an, sich heftig zu regen. »Herr Schnier«, sagte er milde, »es tut mir leid, daß ich . . .«

»Schon gut, Herr Kostert«, sagte ich, »ich bin ja so glücklich, daß ich der christlichen Sache vier- bis sechsundfünfzig Mark ersparen kann.« Ich drückte auf die Gabel und legte den Hörer neben den Apparat. Es war der Typ, der noch einmal angerufen und sich auf eine langwierige Art ausgeschleimt hätte. Es war viel besser, ihn ganz allein in seinem Gewissen herumpopeln zu lassen. Mir war elend. Ich vergaß zu erwähnen, daß ich nicht nur mit Melancholie und Kopfschmerz, noch mit einer anderen, fast mystischen Eigenschaft begabt bin: ich kann durchs Telefon Gerüche wahrnehmen, und Kostert roch süßlich nach Veilchenpastillen. Ich mußte aufstehen und mir die Zähne putzen. Ich gurgelte mit einem Rest Schnaps nach, schminkte mich mühsam ab, legte mich wieder ins Bett und dachte an Marie, an die Christen, an die Katholiken und schob die Zukunft vor mir her. Ich dachte auch an die Gossen, in denen ich einmal liegen würde. Für einen Clown gibt es, wenn er sich den fünfzig nähert, nur zwei Möglichkeiten: Gosse oder Schloß. Ich glaubte nicht an das Schloß und hatte bis fünfzig noch mehr als zweiundzwanzig Jahre irgendwie hinter mich zu bringen. Die Tatsache, daß Koblenz und Mainz abgesagt hatten, war das, was Zohnerer als »Alarmstufe I« bezeichnen würde, aber es kam auch einer weiteren Eigenschaft, die zu erwähnen ich vergaß, entgegen: meiner Indolenz. Auch Bonn hatte Gossen, und wer schrieb mir vor, bis fünfzig zu warten? Ich dachte an Marie: an ihre Stimme und ihre Brust, ihre Hände und ihr Haar, an ihre Bewegungen und an alles, was wir miteinander getan hatten. Auch an Züpfner, den sie heiraten wollte. Wir hatten uns als Jungen ganz gut gekannt, so gut, daß wir, als wir uns als Männer wiedertrafen, nicht recht wußten, ob wir *du* oder *Sie* zueinander sagen sollten, beide Anreden setzten uns in Verlegenheit, und wir kamen, sooft wir uns sahen, aus dieser Verlegenheit nicht raus. Ich verstand nicht, daß Marie ausgerechnet zu ihm übergelaufen war, aber vielleicht hatte ich Marie nie »verstanden«.

Ich wurde wütend, als ich ausgerechnet durch Kostert aus meinem Nachdenken geweckt wurde. Er kratzte an der Tür wie ein Hund und sagte: »Herr Schnier, Sie müssen mich anhören. Brauchen Sie einen Arzt?« »Lassen Sie mich in Frieden«, rief ich, »schieben Sie den Briefumschlag unter der Tür durch und gehen Sie nach Hause.«

Er schob den Briefumschlag unter die Tür, ich stand auf, hob ihn auf und öffnete ihn: es war eine Fahrkarte zweiter Klasse von Bochum nach Bonn drin und das Taxigeld war genau abgezählt: sechs Mark und fünfzig Pfennig. Ich hatte gehofft, er würde es auf zehn Mark abrunden, und mir schon ausgerechnet, wieviel ich herausschlagen würde, wenn ich die Fahrkarte erster Klasse mit Verlust zurückgab und eine zweiter Klasse kaufte. Es wären ungefähr fünf Mark gewesen. »Alles in Ordnung?« rief er von draußen. »Ja«, sagte ich, »machen Sie, daß Sie weg kommen, Sie mieser christlicher Vogel.« – »Aber erlauben Sie mal«, sagte er, ich brüllte: »Weg«. Es blieb einen Augenblick still, dann hörte ich ihn die Treppe hinuntergehen. Die Kinder dieser Welt sind nicht nur klüger, sie sind auch menschlicher und großzügiger als die Kinder des Lichts. Ich fuhr mit der Straßenbahn zum Bahnhof, um etwas Geld für Schnaps und Zigaretten zu sparen. Die Wirtin rechnete mir noch die Gebühren für ein Telegramm an, das ich abends nach Bonn an Monika Silvs aufgegeben, das Kostert zu bezahlen sich geweigert hatte. So hätte mein Geld für ein Taxi bis zum Bahnhof doch nicht gereicht; das Telegramm hatte ich schon aufgegeben, bevor ich erfuhr, daß Koblenz abgesagt hatte: Die waren meiner Absage zuvorgekommen, und das

wurmte mich ein bißchen. Es wäre besser für mich gewesen, wenn ich
hätte absagen können, telegrafisch »Auftritt wegen schwerer Knieverletzung
unmöglich.« Nun, wenigstens war das Telegramm an Monika
fort »Bitte bereiten Sie Wohnung für morgen vor. Herzliche Grüße
Hans.«

2

In Bonn verlief immer alles anders; dort bin ich nie aufgetreten, dort
wohne ich, und das herangewinkte Taxi brachte mich nie in ein Hotel,
sondern in meine Wohnung. Ich müßte sagen: uns, Marie und mich.
Kein Pförtner im Haus, den ich mit einem Bahnbeamten verwechseln
könnte, und doch ist diese Wohnung, in der ich nur drei bis vier Wochen
im Jahr verbringe, mir fremder als jedes Hotel. Ich mußte mich zurückhalten,
um vor dem Bahnhof in Bonn nicht ein Taxi heranzuwinken:
diese Geste war so gut einstudiert, daß sie mich fast in Verlegenheit gebracht
hätte. Ich hatte noch eine einzige Mark in der Tasche. Ich blieb
auf der Freitreppe stehen und vergewisserte mich meiner Schlüssel: zur
Haustür, zur Wohnungstür, zum Schreibtisch; im Schreibtisch würde
ich finden: die Fahrradschlüssel. Schon lange denke ich an eine Schlüsselpantomime:
Ich denke an ein ganzes Bündel von Schlüsseln aus Eis,
die während der Nummer dahinschmelzen.
Kein Geld für ein Taxi; und ich hätte zum ersten Mal im Leben wirklich
eins gebraucht: mein Knie war geschwollen, und ich humpelte mühsam
quer über den Bahnhofsvorplatz in die Poststraße hinein; zwei Minuten
nur vom Bahnhof bis zu unserer Wohnung, sie kamen mir endlos vor.
Ich lehnte mich gegen einen Zigarettenautomaten und warf einen Blick
auf das Haus, in dem mein Großvater mir eine Wohnung geschenkt hat;
elegant ineinandergeschachtelte Appartements mit dezent getönten Balkonverkleidungen;
fünf Stockwerke, fünf verschiedene Farbtöne für die
Balkonverkleidungen; im fünften Stock, wo alle Verkleidungen rostfarben
sind, wohne ich.
War es eine Nummer, die ich vorführte? Den Schlüssel ins Haustürschloß
stecken, ohne Erstaunen hinnehmen, daß er nicht schmolz, die
Aufzugtür öffnen, auf die Fünf drücken: ein sanftes Geräusch trug mich
nach oben; durchs schmale Aufzugfenster in den jeweiligen Flurabschnitt,
über diesen hinweg durchs jeweilige Flurfenster blicken: ein
Denkmalrücken, der Platz, die Kirche, angestrahlt; schwarzer Schnitt,
die Betondecke und wieder, in leicht verschobener Optik: der Rücken,
Platz, Kirche, angestrahlt: dreimal, beim vierten Mal nur noch Platz und
Kirche. Etagentürschlüssel ins Schloß stecken, ohne Erstaunen hinnehmen,
daß auch die sich öffnete.

Alles rostfarben in meiner Wohnung: Türen, Verkleidungen, einge-
baute Schränke; eine Frau im rostroten Morgenmantel auf der schwarzen Couch hätte gut gepaßt; wahrscheinlich wäre eine solche zu haben,
nur: ich leide nicht nur an Melancholie, Kopfschmerzen, Indolenz und
der mystischen Fähigkeit, durchs Telefon Gerüche wahrzunehmen,
mein fürchterlichstes Leiden ist die Anlage zur Monogamie; es gibt nur
eine Frau, mit der ich alles tun kann, was Männer mit Frauen tun: Marie,
und seitdem sie von mir weggegangen ist, lebe ich wie ein Mönch leben
sollte; nur: ich bin kein Mönch. Ich hatte mir überlegt, ob ich aufs Land
fahren und in meiner alten Schule einen der Patres um Rat fragen sollte,
aber alle diese Burschen halten den Menschen für ein polygames Wesen
(aus diesem Grund verteidigen sie so heftig die Einehe), ich muß ihnen
wie ein Monstrum vorkommen, und ihr Rat wird nichts weiter sein als
ein versteckter Hinweis auf die Gefilde, in denen, wie sie glauben, die
Liebe käuflich ist. Bei Christen bin ich noch auf Überraschungen gefaßt,
wie bei Kostert etwa, dem es tatsächlich gelang, mich in Erstaunen zu
versetzen, aber bei Katholiken überrascht mich nichts mehr. Ich habe
dem Katholizismus große Sympathien entgegengebracht, sogar noch,
als Marie mich vor vier Jahren zum ersten Mal mit in diesen »Kreis fortschrittlicher Katholiken« nahm; es lag ihr daran, mir intelligente Katholiken vorzuführen, und natürlich hatte sie den Hintergedanken, ich
könnte eines Tages konvertieren (diesen Hintergedanken haben alle Katholiken). Schon die ersten Augenblicke in diesem Kreis waren
fürchterlich. Ich war damals in einer sehr schwierigen Phase meiner
Entwicklung als Clown, noch keine zweiundzwanzig alt und trainierte
den ganzen Tag. Ich hatte mich auf diesen Abend sehr gefreut, war todmüde und erwartete eine Art fröhlicher Zusammenkunft, mit viel gutem
Wein, gutem Essen, vielleicht Tanz (es ging uns dreckig, und wir konnten uns weder Wein noch gutes Essen leisten); statt dessen gab es
schlechten Wein, und es wurde ungefähr so, wie ich mir ein Obersemi-
nar für Soziologie bei einem langweiligen Professor vorstelle. Nicht nur
anstrengend, sondern auf eine überflüssige und unnatürliche Weise anstrengend. Zuerst beteten sie miteinander, und ich wußte die ganze Zeit
über nicht, wohin mit meinen Händen und meinem Gesicht; ich denke,
in eine solche Situation sollte man einen Ungläubigen nicht bringen. Sie
beteten auch nicht einfach ein Vater Unser oder ein Ave Maria (das wäre
schon peinlich genug gewesen, protestantisch erzogen, bin ich bedient
mit jeglicher Art privater Beterei), nein, es war irgendein von Kinkel
verfaßter Text, sehr programmatisch »und bitten wir Dich, uns zu be-
fähigen, dem Überkommenen wie dem Fortschreitenden in gleicher
Weise gerecht zu werden«, und so weiter, und dann erst ging man zum
»Thema des Abends« über »Armut in der Gesellschaft, in der wir leben«. Es wurde einer der peinlichsten Abende meines Lebens. Ich kann

einfach nicht glauben, daß religiöse Gespräche so anstrengend sein müssen. Ich weiß: an diese Religion zu glauben ist schwer. Auferstehung des Fleisches und ein ewiges Leben. Oft hatte Marie mir aus der Bibel vorgelesen. Es muß schwer sein, das alles zu glauben. Ich habe später sogar Kierkegaard gelesen (eine nützliche Lektüre für einen werdenden Clown), es war schwer, aber nicht anstrengend. Ich weiß nicht, ob es Leute gibt, die sich nach Picasso oder Klee Tischdeckchen sticken. Mir kam es an diesem Abend so vor, als häkelten sich diese fortschrittlichen Katholiken aus Thomas von Aquin, Franz von Assisi, Bonaventura und Leo XIII. Lendenschurze zurecht, die natürlich ihre Blöße nicht deckten, denn es war keiner anwesend (außer mir), der nicht mindestens seine fünfzehnhundert Mark im Monat verdiente. Es war ihnen selbst so peinlich, daß sie später zynisch und snobistisch wurden, außer Züpfner, den die ganze Geschichte so quälte, daß er mich um eine Zigarette bat. Es war die erste Zigarette seines Lebens, und er paffte sie unbeholfen vor sich hin, ich merkte ihm an, er war froh, daß der Qualm sein Gesicht verhüllte. Mir war elend, Maries wegen, die blaß und zitternd da saß, als Kinkel die Anekdote von dem Mann erzählte, der fünfhundert Mark im Monat verdiente, sich gut damit einzurichten verstand, dann tausend verdiente und merkte, daß es schwieriger wurde, der geradezu in große Schwierigkeiten geriet, als er zweitausend verdiente, schließlich, als er dreitausend erreicht hatte, merkte, daß er wieder ganz gut zurechtkam, und seine Erfahrungen zu der Weisheit formulierte: »Bis fünfhundert im Monat gehts ganz gut, aber zwischen fünfhundert und dreitausend das nackte Elend.« Kinkel merkte nicht einmal, was er anrichtete: er quatschte, seine dicke Zigarre rauchend, das Weinglas an den Mund hebend, Käsestangen fressend, mit einer olympischen Heiterkeit vor sich hin, bis sogar Prälat Sommerwild, der geistliche Berater des Kreises, anfing, unruhig zu werden, und ihn auf ein anderes Thema brachte. Ich glaube, er brachte das Stichwort Reaktion auf und hatte damit Kinkel an der Angel. Der biß sofort an, wurde wütend und hörte mitten in seinem Vortrag darüber, daß ein Auto für zwölftausend Mark billiger sei als eins für viertausendfünfhundert, auf, und sogar seine Frau, die ihn in peinlicher Kritiklosigkeit anhimmelt, atmete auf.

3

Ich fühlte mich zum ersten Mal halbwegs wohl in dieser Wohnung; es war warm und sauber, und ich dachte, als ich meinen Mantel an den Kleiderhaken hängte und meine Guitarre in die Ecke stellte, darüber nach, ob eine Wohnung vielleicht doch etwas mehr als eine Selbsttäuschung ist. Ich bin nicht seßhaft, werde es nie sein – und Marie ist noch weniger seßhaft als ich, und scheint sich doch entschlossen zu haben, es endgültig zu werden. Sie wurde schon nervös, wenn ich an einem Ort einmal länger als eine Woche hintereinander engagiert war.

Monika Silvs war auch diesmal so nett gewesen, wie sie immer war, wenn wir ihr ein Telegramm schickten; sie hatte sich vom Hausverwalter die Schlüssel besorgt, alles sauber gemacht, Blumen ins Wohnzimmer gestellt, den Eisschrank mit allem möglichen gefüllt. Gemahlener Kaffee stand in der Küche auf dem Tisch, eine Flasche Kognak daneben. Zigaretten, eine brennende Kerze neben den Blumen auf dem Wohnzimmertisch. Monika kann ungeheuer gefühlvoll sein, bis zur Sentimentalität, sie kann sogar Kitschiges tun; die Kerze, die sie mir da auf den Tisch gestellt hatte, war eine von den künstlich betropften und hätte die Prüfung durch einen »Katholischen Kreis für Geschmacksfragen« ganz sicher nicht bestanden, aber wahrscheinlich hatte sie in der Eile keine andere Kerze gefunden oder kein Geld für eine teure, geschmackvolle Kerze gehabt, und ich spürte, daß gerade dieser geschmacklosen Kerze wegen meine Zärtlichkeit für Monika Silvs sich bis nahe an den Punkt ausdehnte, wo meine unselige Veranlagung zur Monogamie mir Grenzen gesetzt hat. Die anderen Katholiken aus dem Kreis würden nie riskieren, kitschig oder sentimental zu sein, sie würden sich nie eine Blöße geben, jedenfalls eher in puncto Moral als in puncto Geschmack. Ich konnte sogar Monikas Parfüm, das viel zu herb und zu modisch für sie ist, irgendein Zeug, das, glaube ich, Taiga heißt, noch in der Wohnung riechen.

Ich zündete mir an Monikas Kerze eine von Monikas Zigaretten an, holte den Kognak aus der Küche, das Telefonbuch aus der Diele und hob den Telefonhörer ab. Tatsächlich hatte Monika auch das für mich in Ordnung gebracht. Das Telefon war angeschlossen. Das helle Tuten erschien mir wie der Ton eines unendlich weiten Herzens, ich liebte es in diesem Augenblick mehr als Meeresrauschen, mehr als den Atem der Stürme und Löwenknurren. Irgendwo in diesem hellen Tuten verborgen war Maries Stimme, Leos Stimme, Monikas Stimme. Ich legte langsam den Hörer auf. Er war die einzige Waffe, die mir geblieben war, und ich würde bald Gebrauch davon machen. Ich zog mein rechtes Hosenbein hoch und betrachtete mein aufgeschürftes Knie; die Schürfungen waren oberflächlich, die Schwellung harmlos, ich goß mir einen großen Kognak ein, trank das Glas halb leer und goß den Rest über mein wundes Knie, humpelte in die Küche zurück und stellte den Kognak in den Eisschrank. Erst jetzt fiel mir ein, daß Kostert mir den Schnaps, den ich mir ausbedungen hatte, gar nicht gebracht hatte. Sicher hatte er geglaubt, es wäre aus pädagogischen Gründen besser, mir keinen zu bringen, und hatte der christlichen Sache damit sieben Mark fünfzig gespart. Ich nahm mir vor, ihn anzurufen und ihn um Überweisung des

Betrags zu bitten. Dieser Hund sollte nicht so ganz ungeschoren davon-
kommen, und außerdem brauchte ich das Geld. Ich hatte fünf Jahre lang
viel mehr verdient, als ich hätte ausgeben müssen, und doch war alles
weg. Ich konnte natürlich weiter auf der dreißig-bis-fünfzig-Mark-
Ebene tingeln, sobald mein Knie wieder ganz heil war; es war mir an
sich egal, das Publikum in diesen miesen Sälen ist sogar netter als in den
Varietés. Aber dreißig bis fünfzig Mark pro Tag sind einfach zu wenig,
die Hotelzimmer zu klein, man stößt beim Training an Tisch und
Schränke, und ich bin der Meinung, daß ein Badezimmer kein Luxus
ist, und wenn man mit fünf Koffern reist, ein Taxi keine Verschwendung.
Ich nahm den Kognak noch einmal aus dem Eisschrank und trank einen
Schluck aus der Flasche. Ich bin kein Säufer. Alkohol tut mir wohl, seitdem Marie gegangen ist. Ich war auch nicht mehr an Geldschwierigkei-
ten gewöhnt, und die Tatsache, daß ich nur noch eine Mark besaß und
keine Aussicht, bald erheblich dazu zu verdienen, machte mich nervös.
Das einzige, was ich wirklich verkaufen könnte, wäre das Fahrrad gewesen, aber wenn ich mich entschließen würde, tingeln zu gehen, würde
das Fahrrad sehr nützlich sein, es würde mir Taxi und Fahrgeld ersparen. An den Besitz der Wohnung war eine Bedingung geknüpft: ich
durfte sie nicht verkaufen oder vermieten. Ein typisches Reicheleutege-
schenk. Immer ist ein Haken dabei. Ich brachte es fertig, keinen Kognak
mehr zu trinken, ging ins Wohnzimmer und schlug das Telefonbuch
auf.

4

Ich bin in Bonn geboren und kenne hier viele Leute: Verwandte, Bekannte, ehemalige Mitschüler. Meine Eltern wohnen hier, und mein
Bruder Leo, der unter Züpfners Patenschaft konvertiert ist, studiert hier
katholische Theologie. Meine Eltern würde ich notwendigerweise einmal sehen müssen, schon um die Geldgeschichten mit ihnen zu regeln.
Vielleicht werde ich das auch meinem Rechtsanwalt übergeben. Ich bin
in dieser Frage noch unentschlossen. Seit dem Tod meiner Schwester
Henriette existieren meine Eltern für mich nicht mehr als solche. Henriette ist schon siebzehn Jahre tot. Sie war sechzehn, als der Krieg zu
Ende ging, ein schönes Mädchen, blond, die beste Tennisspielerin zwischen Bonn und Remagen. Damals hieß es, die jungen Mädchen sollten
sich freiwillig zur Flak melden, und Henriette meldete sich, im Februar
1945. Es ging alles so rasch und reibungslos, daß ichs gar nicht begriff.
Ich kam aus der Schule, überquerte die Kölner Straße und sah Henriette
in der Straßenbahn sitzen, die gerade in Richtung Bonn abfuhr. Sie

winkte mir zu und lachte, und ich lachte auch. Sie hatte einen kleinen Rucksack auf dem Rücken, einen hübschen dunkelblauen Hut auf und den dicken blauen Wintermantel mit dem Pelzkragen an. Ich hatte sie noch nie mit Hut gesehen, sie hatte sich immer geweigert, einen aufzusetzen. Der Hut veränderte sie sehr. Sie sah wie eine junge Frau aus. Ich dachte, sie mache einen Ausflug, obwohl es eine merkwürdige Zeit für Ausflüge war. Aber den Schulen war damals alles zuzutrauen. Sie versuchten sogar, uns im Luftschutzkeller Dreisatz beizubringen, obwohl wir die Artillerie schon hörten. Unser Lehrer Brühl sang mit uns »Frommes und Nationales« wie er es nannte, worunter er »Ein Haus voll Glorie schauet« wie »Siehst du im Osten das Morgenrot« verstand. Nachts, wenn es für eine halbe Stunde einmal ruhig wurde, hörte man immer nur marschierende Füße: italienische Kriegsgefangene (es war uns in der Schule erklärt worden, warum die Italiener jetzt nicht mehr Verbündete waren, sondern als Gefangene bei uns arbeiteten, aber ich habe bis heute nicht begriffen, wieso), russische Kriegsgefangene, gefangene Frauen, deutsche Soldaten; marschierende Füße die ganze Nacht hindurch. Kein Mensch wußte genau, was los war.

Henriette sah wirklich aus, als mache sie einen Schulausflug. Denen war alles zuzutrauen. Manchmal, wenn wir zwischen den Alarmen in unserem Klassenraum saßen, hörten wir durchs offene Fenster richtige Gewehrschüsse, und wenn wir erschrocken zum Fenster hinblickten, fragte der Lehrer Brühl uns, ob wir wüßten, was das bedeute. Wir wußten es inzwischen: es war wieder ein Deserteur oben im Wald erschossen worden. »So wird es allen gehen«, sagte Brühl, »die sich weigern, unsere heilige deutsche Erde gegen die jüdischen Yankees zu verteidigen.« (Vor kurzem traf ich ihn noch einmal, er ist jetzt alt, weißhaarig, Professor an einer Pädagogischen Akademie und gilt als ein Mann mit »tapferer politischer Vergangenheit«, weil er nie in der Partei war.)

Ich winkte noch einmal hinter der Straßenbahn her, in der Henriette davonfuhr, ging durch unseren Park nach Hause, wo meine Eltern mit Leo schon bei Tisch saßen. Es gab Brennsuppe, als Hauptgericht Kartoffeln mit Soße und zum Nachtisch einen Apfel. Erst beim Nachtisch fragte ich meine Mutter, wohin denn Henriettes Schulausflug führe. Sie lachte ein bißchen und sagte: »Ausflug. Unsinn. Sie ist nach Bonn gefahren, um sich bei der Flak zu melden. Schäle den Apfel nicht so dick. Junge, sieh mal hier«, sie nahm tatsächlich die Apfelschalen von meinem Teller, schnippelte daran herum und steckte die Ergebnisse ihrer Sparsamkeit, hauchdünne Apfelscheiben, in den Mund. Ich sah Vater an. Er blickte auf seinen Teller und sagte nichts. Auch Leo schwieg, aber als ich meine Mutter noch einmal ansah, sagte sie mit ihrer sanften Stimme: »Du wirst doch einsehen, daß jeder das Seinige tun muß, die jüdischen Yankees von unserer heiligen deutschen Erde wieder zu vertreiben.«

Sie warf mir einen Blick zu, mir wurde unheimlich, sie sah dann Leo mit dem gleichen Blick an, und es schien mir, als sei sie drauf und dran, auch uns beide gegen die jüdischen Yankees zu Felde zu schicken. »Unsere heilige deutsche Erde«, sagte sie, »und sie sind schon tief in der Eifel drin.« Mir war zum Lachen zu Mute, aber ich brach in Tränen aus, warf mein Obstmesser hin und lief auf mein Zimmer. Ich hatte Angst, wußte sogar warum, hätte es aber nicht ausdrücken können, und ich wurde rasend, als ich an die verfluchten Apfelschalen dachte. Ich blickte auf die mit dreckigem Schnee bedeckte deutsche Erde in unserem Garten, zum Rhein, über die Trauerweiden hinweg aufs Siebengebirge, und diese ganze Szenerie kam mir idiotisch vor. Ich hatte ein paar von diesen »jüdischen Yankees« gesehen: auf einem Lastwagen wurden sie vom Venusberg runter nach Bonn zu einer Sammelstelle gebracht: sie sahen verfroren aus, ängstlich und jung; wenn ich mir unter Juden überhaupt etwas vorstellen konnte, dann eher etwas wie die Italiener, die noch verfrorener als die Amerikaner aussahen, viel zu müde, um noch ängstlich zu sein. Ich trat gegen den Stuhl, der vor meinem Bett stand, und als er nicht umfiel, trat ich noch einmal dagegen. Er kippte endlich und schlug die Glasplatte auf meinem Nachttisch in Stücke. Henriette mit blauem Hut und Rucksack. Sie kam nie mehr zurück, und wir wissen bis heute nicht, wo sie beerdigt ist. Irgend jemand kam nach Kriegsende zu uns und meldete, daß sie »bei Leverkusen gefallen« sei.

Diese Besorgnis um die heilige deutsche Erde ist auf eine interessante Weise komisch, wenn ich mir vorstelle, daß ein hübscher Teil der Braunkohlenaktien sich seit zwei Generationen in den Händen unserer Familie befindet. Seit siebzig Jahren verdienen die Schniers an den Wühlarbeiten, die die heilige deutsche Erde erdulden muß: Dörfer, Wälder, Schlösser fallen vor den Baggern wie die Mauern Jerichos.

Erst ein paar Tage später erfuhr ich, wer auf die »jüdischen Yankees« Urheberrecht hätte anmelden können: Herbert Kalick, damals vierzehn, mein Jungvolkführer, dem meine Mutter großzügigerweise unseren Park zur Verfügung stellte, auf daß wir alle in der Handhabung von Panzerfäusten ausgebildet würden. Mein achtjähriger Bruder Leo machte mit, ich sah ihn mit einer Übungspanzerfaust auf der Schulter am Tennisplatz vorbeimarschieren, im Gesicht einen Ernst, wie ihn nur Kinder haben können. Ich hielt ihn an und fragte ihn: »Was machst du da?« Und er sagte mit todernstem Gesicht: »Ich werde ein Werwolf, du vielleicht nicht?« »Doch«, sagte ich und ging mit ihm am Tennisplatz vorbei zum Schießstand, wo Herbert Kalick gerade die Geschichte von dem Jungen erzählte, der mit zehn schon das Eiserne Kreuz erster Klasse bekommen hatte, irgendwo im fernen Schlesien, wo er mit Panzerfäusten drei russische Panzer erledigt hatte. Als einer der Jungen fragte, wie dieser Held geheißen habe, sagte ich: »Rübezahl.« Herbert

Kalick wurde ganz gelb im Gesicht und schrie: »Du schmutziger Defätist.« Ich bückte mich und warf Herbert eine Handvoll Asche ins Gesicht. Sie fielen alle über mich her, nur Leo verhielt sich neutral, weinte, half mir aber nicht, und in meiner Angst schrie ich Herbert ins Gesicht: »Du Nazischwein.« Ich hatte das Wort irgendwo gelesen, an einen Bahnübergang auf die Schranke geschrieben. Ich wußte gar nicht genau, was es bedeutete, hatte aber das Gefühl, es könne hier angebracht sein. Herbert Kalick brach sofort die Schlägerei ab und wurde amtlich: er verhaftete mich, ich wurde im Schießstandschuppen zwischen Schießscheiben und Anzeigestöcken eingesperrt, bis Herbert meine Eltern, den Lehrer Brühl und einen Parteimenschen zusammengetrommelt hatte. Ich heulte vor Wut, zertrampelte die Schießscheiben und schrie den Jungen draußen, die mich bewachten, immer wieder zu: »Ihr Nazischweine.« Nach einer Stunde wurde ich in unser Wohnzimmer zum Verhör geschleppt. Der Lehrer Brühl war kaum zu halten. Er sagte immer wieder: »Mit Stumpf und Stiel ausrotten, ausrotten mit Stumpf und Stiel«, und ich weiß bis heute nicht genau, ob er das körperlich oder sozusagen geistig meinte. Ich werde ihm demnächst an die Adresse der Pädagogischen Hochschule schreiben und ihn um der historischen Wahrheit willen um Aufklärung bitten. Der Parteimensch, der stellvertretende Ortsgruppenleiter Lövenich, war ganz vernünftig. Er sagte immer: »Bedenken Sie doch, der Junge ist noch keine elf«, und weil er fast beruhigend auf mich wirkte, beantwortete ich sogar seine Frage, woher ich das ominöse Wort kenne: »Ich habe es gelesen, auf der Bahnschranke an der Annaberger Straße.« »Es hat Dir nicht jemand gesagt«, fragte er, »ich meine, du hast es nicht gehört, mündlich?« »Nein«, sagte ich. »Der Junge weiß ja gar nicht, was er sagt«, sagte mein Vater und legte mir die Hand auf die Schulter. Brühl warf meinem Vater einen bösen Blick zu, blickte dann ängstlich zu Herbert Kalick. Offenbar galt Vaters Geste als gar zu arge Sympathiekundgebung. Meine Mutter sagte weinend mit ihrer sanften, dummen Stimme: »Er weiß ja nicht, was er tut, er weiß es nicht – ich müßte ja sonst meine Hand von ihm zurückziehen.« – »Zieh sie nur zurück«, sagte ich. Alles das spielte sich in unserem Riesenwohnzimmer ab mit den pompösen, dunkel gebeizten Eichenmöbeln, mit Großvaters Jagdtrophäen oben auf dem breiten Eichenbord, Humpen, und den schweren, bleiverglasten Bücherschränken. Ich hörte die Artillerie oben in der Eifel, kaum zwanzig Kilometer entfernt, manchmal sogar ein Maschinengewehr. Herbert Kalick, blaß, blond, mit seinem fanatischen Gesicht als eine Art Staatsanwalt fungierend, schlug dauernd mit den Knöcheln auf die Anrichte und forderte: »Härte, Härte, unnachgiebige Härte.« Ich wurde dazu verurteilt, unter Herberts Aufsicht im Garten einen Panzergraben auszuwerfen, und noch am Nachmittag wühlte ich, der Schnierschen Tradition folgend, die deutsche Erde auf, wenn auch – was der Schnierschen Tradition widersprach – eigenhändig. Ich grub den Graben quer durch Großvaters Lieblingsrosenbeet, genau auf die Kopie des Apoll von Belvedere zu, und ich freute mich schon auf den Augenblick, wo die Marmorstatue meinem Wühleifer erliegen würde; ich freute mich zu früh; sie wurde von einem kleinen sommersprossigen Jungen erlegt, der Georg hieß. Er sprengte sich selbst und den Apoll in die Luft durch eine Panzerfaust, die er irrtümlich zur Explosion brachte. Herbert Kalicks Kommentar zu diesem Unfall war lakonisch. »Zum Glück war Georg ja ein Waisenkind.«

5

Ich suchte im Telefonbuch die Nummern aller Leute zusammen, mit denen ich würde sprechen müssen; links schrieb ich untereinander die Namen derer, die ich anpumpen konnte: Karl Emonds, Heinrich Behlen, beides Schulkameraden, der eine ehemals Theologiestudent, jetzt Studienrat, der andere Kaplan, dann Bela Brosen, die Geliebte meines Vaters – rechts untereinander die übrigen, die ich nur im äußersten Fall um Geld bitten würde: meine Eltern, Leo (den ich um Geld bitten konnte, aber er hat nie welches, er gibt alles her), die Kreismitglieder: Kinkel, Fredebeul, Blothert, Sommerwild, zwischen diesen beiden Namensäulen: Monika Silvs, um deren Namen ich eine hübsche Schleife malte. Karl Emonds mußte ich ein Telegramm schicken und ihn um einen Anruf bitten. Er hat kein Telefon. Ich hätte Monika gern als erste angerufen, würde sie aber als letzte anrufen müssen: Unser Verhältnis zueinander ist in einem Stadium, wo es sowohl physisch wie metaphysisch unhöflich wäre, wenn ich sie verschmähte. Ich war in diesem Punkt in einer fürchterlichen Situation: monogam, lebte ich wider Willen und doch naturgemäß zölibatär, seitdem Marie in »metaphysischem Schrekken«, wie sie es nannte, von mir geflohen ist. Tatsächlich war ich in Bochum mehr oder weniger absichtlich ausgerutscht, hatte mich aufs Knie fallen lassen, um die begonnene Tournee abbrechen und nach Bonn fahren zu können. Ich litt auf eine kaum noch erträgliche Weise unter dem, was in Maries religiösen Büchern irrtümlich als »fleischliches Verlangen« bezeichnet wird. Ich hatte Monika viel zu gern, um mit ihr das Verlangen nach einer anderen Frau zu stillen. Wenn in diesen religiösen Büchern stünde: Verlangen nach einer Frau, so wäre das schon grob genug, aber einige Stufen besser als »fleischliches Verlangen«. Ich kenne nichts Fleischliches außer Metzgerläden, und selbst die sind nicht ganz fleischlich. Wenn ich mir vorstelle, daß Marie diese Sache, die sie nur mit mir tun sollte, mit Züpfner macht, steigert sich meine Melancholie zur Verzweiflung. Ich zögerte lange, bevor ich auch Züpfners Telefonnummer heraussuchte und unter die Kolonne derjenigen schrieb, die ich nicht anzupumpen gedachte. Marie würde mir Geld geben, sofort, alles, was sie besaß, und sie würde zu mir kommen und mir beistehen, besonders, wenn sie erführe, welche Serie von Mißerfolgen mir beschieden gewesen ist, aber sie würde nicht ohne Begleitung kommen. Sechs Jahre sind eine lange Zeit, und sie gehört nicht in Züpfners Haus, nicht an seinen Frühstückstisch, nicht in sein Bett. Ich war sogar bereit, um sie zu kämpfen, obwohl das Wort kämpfen fast nur körperliche Vorstellungen bei mir auslöst, also Lächerliches: Rauferei mit Züpfner. Marie war für mich noch nicht tot, so wie meine Mutter eigentlich für mich tot ist. Ich glaube, daß die Lebenden tot sind, und die Toten leben, nicht wie die Christen und Katholiken es glauben. Für mich ist ein Junge, wie dieser Georg, der sich mit einer Panzerfaust in die Luft sprengte, lebendiger als meine Mutter. Ich sehe den sommersprossigen, ungeschickten Jungen da auf der Wiese vor dem Apoll, höre Herbert Kalick schreien: »Nicht so, nicht so –«; höre die Explosion, ein paar, nicht sehr viele Schreie, dann Kalicks Kommentar: »Zum Glück war Georg ja ein Waisenkind«, und eine halbe Stunde später beim Abendessen an jenem Tisch, wo man über mich zu Gericht gesessen hatte, sagte meine Mutter zu Leo: »Du wirst es einmal besser machen als dieser dumme Junge, nicht wahr!« Leo nickt, mein Vater blickt zu mir herüber, findet in den Augen seines zehnjährigen Sohnes keinen Trost.

Meine Mutter ist inzwischen schon seit Jahren Präsidentin des Zentralkomitees der Gesellschaften zur Versöhnung rassischer Gegensätze; sie fährt zum Anne-Frank-Haus, gelegentlich sogar nach Amerika und hält vor amerikanischen Frauenklubs Reden über die Reue der deutschen Jugend, immer noch mit ihrer sanften, harmlosen Stimme, mit der sie Henriette wahrscheinlich zum Abschied gesagt hat. »Machs gut, Kind.« Diese Stimme konnte ich jederzeit am Telefon hören, Henriettes Stimme nie mehr. Sie hatte eine überraschend dunkle Stimme und ein helles Lachen. Einmal fiel ihr mitten in einem Tennismatch der Schläger aus der Hand, sie blieb auf dem Platz stehen und blickte träumend in den Himmel, ein anderes Mal ließ sie während des Essens den Löffel in die Suppe fallen; meine Mutter schrie auf, beklagte die Flecken auf Kleid und Tischtuch; Henriette hörte das gar nicht, und als sie wieder zu sich kam, nahm sie nur den Löffel aus dem Suppenteller, wischte ihn an der Serviette ab und aß weiter; als sie ein drittes Mal, während des Kartenspielens am Kamin, in diesen Zustand verfiel, wurde meine Mutter richtig böse. Sie schrie: »Diese verdammte Träumerei«, und Henriette blickte sie an und sagte ruhig: »Was ist denn, ich habe einfach keine Lust mehr«, und warf die Karten, die sie noch in der Hand hatte, ins Kaminfeuer. Meine Mutter holte die Karten aus dem Feuer, verbrannte sich die Finger dabei, rettete aber die Karten bis auf eine Herzsieben,

die angesengt war, und wir konnten nie mehr Karten spielen, ohne an Henriette zu denken, wenn auch meine Mutter so zu tun versuchte »als wäre nichts gewesen«. Sie ist gar nicht boshaft, nur auf eine unbegreifliche Weise dumm, und sparsam. Sie duldete nicht, daß ein neues Kartenspiel gekauft wurde, und ich nehme an, daß die angesengte Herzsieben immer noch im Spiel ist und meine Mutter sich nichts dabei denkt, wenn sie ihr beim Patiencenlegen in die Hand kommt. Ich hätte gern mit Henriette telefoniert, aber die Vermittlung für solche Gespräche haben die Theologen noch nicht erfunden. Ich suchte die Nummer meiner Eltern, die ich immer wieder vergesse, aus dem Telefonbuch: Schnier Alfons, Dr. h. c. Generaldirektor. Der Doktor h. c. war mir neu. Während ich die Nummer wählte, ging ich in Gedanken nach Hause, die Koblenzer Straße runter, in die Ebertallee, schwenkte links zum Rhein ab. Eine knappe Stunde zu Fuß. Schon hörte ich das Mädchen:
»Hier bei Dr. Schnier.«
»Ich möchte Frau Schnier sprechen«, sagte ich.
»Wer ist am Apparat?«
»Schnier«, sagte ich, »Hans, leiblicher Sohn jener besagten Dame.« Sie schluckte, überlegte einen Augenblick, und ich spürte durch die sechs Kilometer lange Leitung hindurch, daß sie zögerte. Sie roch übrigens sympathisch, nur nach Seife und ein bißchen nach frischem Nagellack. Offenbar war ihr meine Existenz zwar bekannt, aber sie hatte keine klaren Anweisungen mich betreffend. Wohl nur dunkle Gerüchte im Ohr: Außenseiter, radikaler Vogel.
»Darf ich sicher sein«, fragte sie schließlich, »daß es sich nicht um einen Scherz handelt?«
»Sie dürfen sicher sein«, sagte ich, »notfalls bin ich bereit, Auskunft über die besonderen Merkmale meiner Mutter zu geben. Leberfleck links unterhalb des Mundes, Warze . . .«
Sie lachte, sagte: »Gut« und stöpselte durch. Unser Telefonsystem ist kompliziert. Mein Vater hat allein drei verschiedene Anschlüsse: einen roten Apparat für die Braunkohle, einen schwarzen für die Börse und einen privaten, der weiß ist. Meine Mutter hat nur zwei Telefone: ein schwarzes fürs Zentralkomitee der Gesellschaften zur Versöhnung rassischer Gegensätze und ein weißes für Privatgespräche. Obwohl meiner Mutter privates Bankkonto einen sechsstelligen Saldo zu ihren Gunsten aufweist, laufen die Rechnungen fürs Telefon (und natürlich die Reisespesen nach Amsterdam und anderswohin) aufs Konto des Zentralkomitees. Das Telefonmädchen hatte falsch gestöpselt, meine Mutter meldete sich geschäftsmäßig an ihrem schwarzen Apparat: »Zentralkomitee der Gesellschaften zur Versöhnung rassischer Gegensätze.«
Ich war sprachlos. Hätte sie gesagt: »Hier Frau Schnier«, hätte ich wahrscheinlich gesagt: »Hier Hans, wie geht's, Mama?« Statt dessen sagte

234

ich: »Hier spricht ein durchreisender Delegierter des Zentralkomitees jüdischer Yankees, verbinden Sie mich bitte mit Ihrer Tochter.« Ich war selbst erschrocken. Ich hörte, daß meine Mutter aufschrie, dann seufzte sie auf eine Weise, die mir deutlich machte, wie alt sie geworden ist. Sie sagte: »Das kannst du wohl nie vergessen, wie?« Ich war selbst nahe am Weinen und sagte leise: »Vergessen? Sollte ich das, Mama?« Sie schwieg, ich hörte nur dieses für mich so erschreckende Altfrauenweinen. Ich hatte sie seit fünf Jahren nicht gesehen, und sie mußte jetzt über sechzig sein. Einen Augenblick lang hatte ich tatsächlich geglaubt, sie könnte ihrerseits durchstöpseln und mich mit Henriette verbinden. Sie redet jedenfalls immer davon, daß sie »vielleicht sogar einen Draht zum Himmel« habe; neckisch tut sie das, wie jedermann heute von seinen Drähten spricht: ein Draht zur Partei, zur Universität, zum Fernsehen, zum Innenministerium.

Ich hätte Henriettes Stimme so gern gehört, und wenn sie nur »nichts« gesagt hätte oder meinetwegen nur »Scheiße«. In ihrem Mund hatte es nicht eine Spur gemein geklungen. Als sie es zu Schnitzler sagte, wenn der von ihrer mystischen Begabung sprach, hatte es so schön geklungen wie Schnee (Schnitzler war ein Schriftsteller, einer der Schmarotzer, die während des Krieges bei uns lebten, und er hatte, wenn Henriette in ihren Zustand verfiel, immer von einer mystischen Begabung gesprochen, und sie hatte einfach »Scheiße« gesagt, wenn er davon anfing). Sie hätte auch etwas anderes sagen können: »Ich habe diesen doofen Fohlenach heute wieder geschlagen«, oder etwas Französisches: »La condition du Monsieur le Comte est parfaite.« Sie hatte mir manchmal bei den Schularbeiten geholfen, und wir hatten immer darüber gelacht, daß sie in anderer Leute Schularbeiten so gut, bei den eigenen so schlecht war.

Statt dessen hörte ich nur das Altfrauenweinen meiner Mutter, und ich fragte: »Wie geht's Papa?«

»Oh«, sagte sie, »er ist alt geworden – alt und weise.«

»Und Leo?«

»Oh, Le, der ist fleißig, fleißig«, sagte sie, »man prophezeit ihm eine Zukunft als Theologe.«

»O Gott«, sagte ich, »ausgerechnet Leo eine Zukunft als Theologe.«

»Es war ja ziemlich bitter für uns, als er übertrat«, sagte meine Mutter, »aber der Geist weht ja, wo er will.«

Sie hatte ihre Stimme wieder ganz in der Gewalt, und ich war für einen Augenblick versucht, sie nach Schnitzler zu fragen, der immer noch bei uns zu Hause aus und ein geht. Er war ein dicklicher, gepflegter Bursche, der damals immer vom edlen Europäertum, vom Selbstbewußtsein der Germanen schwärmte. Aus Neugierde hatte ich später einmal einen seiner Romane gelesen. »Französische Liebschaft«, langweiliger als der Titel versprach. Das überwältigend Originelle darin war die Tatsache, daß der Held, ein gefangener französischer Leutnant, blond war, und die Heldin, ein deutsches Mädchen von der Mosel, dunkelhaarig. Er zuckte jedesmal zusammen, wenn Henriette – im ganzen glaube ich zweimal – »Scheiße« sagte, und behauptete, eine mystische Begabung könne durchaus übereingehen mit der »zwanghaften Sucht, häßliche Wörter herauszuschleudern« (dabei war das bei Henriette gar nicht zwanghaft, und sie »schleuderte« das Wort gar nicht, sie sagte es einfach vor sich hin), und schleppte zum Beweis die fünfbändige *Christliche Mystik* von Görres an. In seinem Roman ging es natürlich fein zu, da »klingt die Poesie französischer Weinnamen wie Kristall, das Liebende aneinanderstoßen, um einander zu feiern«. Der Roman endet mit einer heimlichen Trauung; die aber brachte Schnitzler den Undank der Reichsschrifttumskammer ein, die ihm Schreibverbot auferlegte, etwa für zehn Monate. Die Amerikaner nahmen ihn mit offenen Armen als Widerstandskämpfer in den Kulturdienst, und er rennt heute durch Bonn und erzählt bei jeder Gelegenheit, er habe von den Nazis Schreibverbot gehabt. Ein solcher Heuchler braucht nicht einmal zu lügen, um immer richtig zu liegen. Dabei war er es, der meine Mutter zwang, uns zum Dienst zu schicken, mich ins Jungvolk und Henriette in den BDM. »In dieser Stunde, gnädige Frau, müssen wir einfach zusammenhalten, zusammenstehen, zusammen leiden.« Ich seh ihn am Kaminfeuer stehen, mit einer von Vaters Zigarren in der Hand. »Gewisse Ungerechtigkeiten, deren Opfer ich geworden bin, können nicht meine klare objektive Einsicht trüben, daß der Führer« – seine Stimme bebte tatsächlich – »der Führer die Rettung schon in der Hand hat.« Gesprochen etwa eineinhalb Tage, bevor die Amerikaner Bonn eroberten.

»Was macht eigentlich Schitzler?« fragte ich meine Mutter.

»Großartig«, sagte sie, »im Auswärtigen Amt kann man ohne ihn gar nicht mehr auskommen.« Sie hat das alles natürlich vergessen, erstaunlich genug, daß die jüdischen Yankees überhaupt bei ihr noch Erinnerungen auslösen. Ich bereute schon längst nicht mehr, daß ich mein Gespräch mit ihr so angefangen hatte.

»Und was macht Großvater?« fragte ich.

»Phantastisch«, sagte sie, »unverwüstlich. Feiert bald seinen neunzigsten. Es bleibt mir ein Rätsel, wie er das macht.«

»Das ist sehr einfach«, sagte ich, »diese alten Knaben werden weder von Erinnerungen noch von Gewissensqualen zermürbt. Ist er zu Hause?«

»Nein«, sagte sie, »er ist für sechs Wochen nach Ischia.«

Wir schwiegen beide, ich war meiner Stimme immer noch nicht ganz sicher, sie ihrer wieder vollkommen, als sie mich fragte: »Aber der eigentliche Zweck deines Anrufs – es geht dir wieder schlecht, wie ich höre. Du hast berufliches Pech – hat man mir erzählt.«

»So?« sagte ich, »du fürchtest wohl, ich würde Euch um Geld angehen, aber das brauchst du doch nicht zu fürchten, Mama. Ihr gebt mir ja doch keins. Ich werde den Rechtsweg beschreiten, ich brauche das Geld nämlich, weil ich nach Amerika fahren will. Dort hat mir jemand eine Chance geboten. Ein jüdischer Yankee übrigens, aber ich werde alles tun, keine rassischen Gegensätze aufkommen zu lassen.« Sie war weiter vom Weinen entfernt denn je. Ich hörte, bevor ich auflegte, nur noch, daß sie irgend etwas von Prinzipien sagte. Übrigens hatte sie gerochen, wie sie immer gerochen hat: nach nichts. Eins ihrer Prinzipien: »Eine Dame strömt keinerlei Art von Geruch aus.« Wahrscheinlich hat mein Vater aus diesem Grund eine so hübsche Geliebte, die sicherlich keinerlei Geruch ausströmt, aber so aussieht, als sei sie wohlriechend.

6

Ich stopfte mir alle erreichbaren Kissen in den Rücken, legte mein wundes Bein hoch, zog das Telefon näher und überlegte, ob ich nicht doch in die Küche gehen, den Eisschrank öffnen und die Kognakflasche herüberholen sollte.

Dieses »berufliche Pech« hatte aus dem Mund meiner Mutter besonders boshaft geklungen, und sie hatte ihren Triumph nicht zu unterdrücken versucht. Wahrscheinlich war ich doch zu naiv, wenn ich annahm, hier in Bonn wüßte noch keiner von meinen Reinfällen. Wenn Mutter es wußte, wußte es Vater, dann wußte es auch Leo, durch Leo Züpfner, der ganze Kreis und Marie. Es würde sie furchtbar treffen, schlimmer als mich. Wenn ich das Saufen wieder ganz drangab, würde ich rasch wieder auf einer Stufe sein, die Zohnerer, mein Agent, als »ganz nett oberhalb des Durchschnitts« bezeichnet, und das würde ausreichen, mich meine noch fehlenden zweiundzwanzig Jahre bis zur Gosse hinbringen zu lassen. Was Zohnerer immer rühmt, ist meine »breite handwerkliche Basis«; von Kunst versteht er sowieso nichts, die beurteilt er mit einer fast schon genialen Naivität einfach nach dem Erfolg. Vom Handwerk versteht er was, und er weiß gut, daß ich noch zwanzig Jahre oberhalb der Dreißig-Mark-Ebene herumtingeln kann. Bei Marie ist das anders. Sie wird betrübt sein über »den künstlerischen Abstieg« und über mein Elend, das ich gar nicht als so schrecklich empfinde. Jemand, der außen steht – jeder auf dieser Welt steht außerhalb jedes anderen –, empfindet eine Sache immer als schlimmer oder besser als der, der in der Sache drin ist, mag die Sache Glück oder Unglück, Liebeskummer oder »künstlerischer Abstieg« sein. Mir würde es gar nichts ausmachen, in muffigen Sälen vor katholischen Hausfrauen oder evangelischen Krankenschwestern gute Clownerie oder auch nur Faxen zu machen.

Nur haben diese konfessionellen Vereine eine unglückliche Vorstellung von Honorar. Natürlich denkt so eine gute Vereinsvorsteherin, fünfzig Mark sind eine nette Summe, und wenn er das zwanzigmal im Monat bekommt, müßte er eigentlich zurechtkommen. Aber wenn ich ihr dann meine Schminkrechnung zeige und ihr erzähle, daß ich zum Trainieren ein Hotelzimmer brauche, das etwas größer ist als zweizwanzig mal drei, denkt sie wahrscheinlich, meine Geliebte sei so kostspielig wie die Königin von Saba. Wenn ich ihr aber dann erzähle, daß ich fast nur von weichgekochten Eiern, Bouillon, Bouletten und Tomaten lebe, bekreuzigt sie sich und denkt, ich müßte unterernährt sein, weil ich nicht jeden Mittag ein »deftiges Essen« zu mir nehme. Wenn ich ihr weiterhin erzähle, daß meine privaten Laster aus Abendzeitungen, Zigaretten, Mensch-ärgere-Dich-nicht-Spielen bestehen, hält sie mich wahrscheinlich für einen Schwindler. Ich habe es lange schon aufgegeben, mit irgend jemand über Geld zu reden oder über Kunst. Wo die beiden miteinander in Berührung kommen, stimmt die Sache nie: die Kunst ist entweder unter- oder überbezahlt. Ich habe in einem englischen Wanderzirkus einmal einen Clown gesehen, der handwerklich zwanzigmal und künstlerisch zehnmal soviel konnte wie ich und der pro Abend keine zehn Mark verdiente: er hieß James Ellis, war schon Ende vierzig, und als ich ihn zum Abendessen einlud – es gab Schinkenomelett, Salat und Apfelpastete –, wurde ihm übel: er hatte seit zehn Jahren nicht mehr so viel auf einmal gegessen. Seitdem ich James kennengelernt habe, rede ich nicht mehr über Geld und über Kunst.

Ich nehme es, wie es kommt, und rechne mit der Gosse. Marie hat ganz andere Ideen im Kopf; sie redete immer von »Verkündigung«, alles sei Verkündigung, auch, was ich tue; ich sei so heiter, sei auf meine Weise so fromm und so keusch, und so weiter. Es ist grauenhaft, was in den Köpfen von Katholiken vor sich geht. Sie können nicht einmal guten Wein trinken, ohne dabei irgendwelche Verrenkungen vorzunehmen, sie müssen sich um jeden Preis »bewußt« werden, wie gut der Wein ist und warum. Was das Bewußtsein angeht, stehen sie den Marxisten nicht nach. Marie war entsetzt, als ich mir vor ein paar Monaten eine Guitarre kaufte und sagte, ich würde nächstens selbstverfaßte und selbstkomponierte Lieder zur Guitarre singen. Sie meinte, das wäre unter meinem »Niveau«, und ich sagte ihr, unter dem Niveau der Gosse gebe es nur noch den Kanal, aber sie verstand nicht, was ich damit meinte, und ich hasse es, ein Bild zu erklären. Entweder versteht man mich oder nicht. Ich bin kein Exeget.

Man hätte meinen können, meine Marionettenfäden wären gerissen; im Gegenteil: ich hatte sie fest in der Hand und sah mich da liegen, in Bochum auf dieser Vereinsbühne, besoffen, mit aufgeschürftem Knie, hörte im Saal das mitleidige Raunen und kam mir gemein vor: ich hatte soviel Mitleid gar nicht verdient, und ein paar Pfiffe wären mir lieber gewesen; nicht einmal das Humpeln war ganz der Verletzung angemessen, obwohl ich tatsächlich verletzt war. Ich wollte Marie zurückhaben und hatte angefangen zu kämpfen, auf meine Weise, nur um der Sache willen, die in ihren Büchern als »fleischliches Verlangen« bezeichnet wird.

7

Ich war einundzwanzig, sie neunzehn, als ich eines Abends einfach auf ihr Zimmer ging, um mit ihr die Sachen zu tun, die Mann und Frau miteinander tun. Ich hatte sie am Nachmittag noch mit Züpfner gesehen, wie sie Hand in Hand mit ihm aus dem Jugendheim kam, beide lächelnd, und es gab mir einen Stich. Sie gehörte nicht zu Züpfner, und dieses dumme Händchenhalten machte mich krank. Züpfner kannte fast jedermann in der Stadt, vor allem wegen seines Vaters, den die Nazis rausgeschmissen hatten; er war Studienrat gewesen und hatte es abgelehnt, nach dem Krieg gleich als Oberstudiendirektor an dieselbe Schule zu gehen. Irgendeiner hatte ihn sogar zum Minister machen wollen, aber er war wütend geworden und hatte gesagt: »Ich bin Lehrer, und ich möchte wieder Lehrer sein.« Er war ein großer, stiller Mann, den ich als Lehrer ein bißchen langweilig fand. Er vertrat einmal unseren Deutschlehrer und las uns ein Gedicht, das von der schönen, jungen Lilofee, vor.
Mein Urteil in Schulsachen besagt nichts. Es war einfach ein Irrtum, mich länger als gesetzlich vorgeschrieben auf die Schule zu schicken; selbst die gesetzlich vorgeschriebene Zeit war schon zuviel. Ich habe der Schule wegen nie die Lehrer angeklagt, sondern nur meine Eltern. Diese »Er muß aber doch das Abitur machen«-Vorstellung ist eigentlich eine Sache, deren sich das Zentralkomitee der Gesellschaften zur Versöhnung rassischer Gegensätze einmal annehmen sollte. Es ist tatsächlich eine Rassenfrage: Abiturienten, Nichtabiturienten, Lehrer, Studienräte, Akademiker, Nichtakademiker, lauter Rassen. – Als Züpfners Vater uns das Gedicht vorgelesen hatte, wartete er ein paar Minuten und fragte dann lächelnd: »Na, möchte einer was dazu sagen?« Und ich sprang sofort auf und sagte: »Ich finde das Gedicht wunderbar.« Daraufhin brach die ganze Klasse in Lachen aus, Züpfners Vater nicht. Er lächelte, aber nicht auf eine hochnäsige Weise. Ich fand ihn sehr nett, nur ein bißchen zu trocken. Seinen Sohn kannte ich nicht sehr gut, aber besser als den Vater. Ich war einmal am Sportplatz vorbeigekommen, als er dort mit seiner Jungengruppe Fußball spielte, und als ich mich dorthin stellte und zusah, rief er mir zu: »Willst du nicht mitmachen?« und ich sagte sofort

ja und ging als linker Läufer in die Mannschaft, die gegen Züpfner spielte. Nach dem Spiel sagte er zu mir: »Willst du nicht mitkommen?« Ich fragte: »Wohin?« und er sagte: »Zu unserem Heimabend«, und als ich sagte: »Ich bin doch gar nicht katholisch«, lachte er, und die anderen Jungen lachten mit; Züpfner sagte: »Wir singen – und du singst doch sicher gern.« – »Ja«, sagte ich, »aber von Heimabenden habe ich die Nase voll, ich bin zwei Jahre in einem Internat gewesen.« Obwohl er lachte, war er doch gekränkt. Er sagte: »Aber wenn du Lust hast, komm doch wieder zum Fußballspielen.« Ich spielte noch ein paar Mal Fußball mit seiner Gruppe, ging mit ihnen Eis essen, und er lud mich nie mehr ein, mit zum Heimabend zu kommen. Ich wußte auch, daß Marie im selben Heim mit ihrer Gruppe Abende hielt, ich kannte sie gut, sehr gut, weil ich viel mit ihrem Vater zusammen war, und manchmal ging ich abends zum Sportplatz, wenn sie mit ihren Mädchen da Völkerball spielte, und sah ihnen zu. Genauer gesagt: ihr, und sie winkte mir manchmal mitten aus dem Spiel heraus zu und lächelte, und ich winkte zurück und lächelte auch; wir kannten uns sehr gut. Ich ging damals oft zu ihrem Vater, und sie blieb manchmal bei uns sitzen, wenn ihr Vater mir Hegel und Marx zu erklären versuchte, aber zu Hause lächelte sie mir nie zu. Als ich sie an diesem Nachmittag mit Züpfner Hand in Hand aus dem Jugendheim kommen sah, gab es mir einen Stich. Ich war in einer dummen Lage. Ich war von der Schule weggegangen, mit einundzwanzig von der Untersekunda. Die Patres waren sehr nett gewesen, sie hatten mir sogar einen Abschiedsabend gegeben, mit Bier und Schnittchen, Zigaretten und für die Nichtraucher Schokolade, und ich hatte meinen Mitschülern allerlei Nummern vorgeführt: katholische Predigt und evangelische Predigt, Arbeiter mit Lohntüte, auch allerlei Faxen und Chaplin-Imitationen. Ich hatte sogar eine Abschiedsrede gehalten »Über die irrige Annahme, daß das Abitur ein Bestandteil der ewigen Seligkeit sei«. Es war ein rauschender Abschied, aber zu Hause waren sie böse und bitter. Meine Mutter war einfach gemein zu mir. Sie riet meinem Vater, mich in den »Pütt« zu stecken, und mein Vater fragte mich dauernd, was ich dann werden wolle, und ich sagte »Clown«. Er sagte: »Du meinst Schauspieler – gut – vielleicht kann ich Dich auf eine Schule schicken.« – »Nein«, sagte ich, »nicht Schauspieler, sondern Clown – und Schulen nützen mir nichts.« – »Aber was stellst du dir denn vor?« fragte er. »Nichts«, sagte ich, »nichts. Ich werde schon abhauen.« Es waren zwei fürchterliche Monate, denn ich fand nicht den Mut, wirklich abzuhauen, und bei jedem Bissen, den ich aß, blickte mich meine Mutter an, als wäre ich ein Verbrecher. Dabei hat sie jahrelang allerlei hergelaufene Schmarotzer am Fressen gehalten, aber das waren »Künstler und Dichter«; Schnitzler, dieser Kitschbruder, und Gruber, der gar nicht so übel war. Er war ein fetter, schweigsamer und schmutziger Lyriker, der ein halbes

Jahr bei uns wohnte und nicht eine einzige Zeile schrieb. Wenn er morgens zum Frühstück herunterkam, blickte meine Mutter ihn jedesmal an, als erwarte sie, die Spuren seines nächtlichen Ringens mit dem Dämon zu entdecken. Es war schon fast unzüchtig, wie sie ihn ansah. Er verschwand eines Tages spurlos, und wir Kinder waren überrascht und erschrocken, als wir auf seinem Zimmer einen ganzen Haufen zerlesener Kriminalromane entdeckten, auf seinem Schreibtisch ein paar Zettel, auf denen nur ein Wort stand: »Nichts«, auf einem Zettel stand es zweimal: »Nichts, nichts.« Für solche Leute ging meine Mutter sogar in den Keller und holte ein Extrastück Schinken. Ich glaube, wenn ich angefangen hätte, mir riesige Staffeleien anzuschaffen, und auf riesige Leinwände blödes Zeug gepinselt hätte, wäre sie sogar imstande gewesen, sich mit meiner Existenz zu versöhnen. Dann hätte sie sagen können: »Unser Hans ist ein Künstler, er wird seinen Weg schon finden. Er ringt noch.« Aber so war ich nichts als ein etwas ältlicher Untersekundaner, von dem sie nur wußte, daß er »ganz gut irgendwelche Faxen« machen kann. Ich weigerte mich natürlich, für das bißchen Fressen auch noch »Proben meines Könnens« zu geben. So verbrachte ich halbe Tage bei Maries Vater, dem alten Derkum, dem ich ein bißchen im Laden half und der mir Zigaretten schenkte, obwohl es ihm nicht sehr gut ging. Es waren nur zwei Monate, die ich auf diese Weise zu Hause verbrachte, aber sie kamen mir wie eine Ewigkeit vor, viel länger als der Krieg. Marie sah ich selten, sie war mitten in der Vorbereitung fürs Abitur und lernte mit ihren Schulkameradinnen. Manchmal ertappte mich der alte Derkum dabei, daß ich ihm gar nicht zuhörte, sondern nur auf die Küchentür starrte, dann schüttelte er den Kopf und sagte: »Sie kommt heute erst spät«, und ich wurde rot.

Es war ein Freitag und ich wußte, daß der alte Derkum freitags abends immer ins Kino ging, aber ich wußte nicht, ob Marie zu Hause sein oder bei einer Freundin fürs Abitur pauken würde. Ich dachte an gar nichts und doch an fast alles, sogar daran, ob sie »nachher« noch in der Lage sein würde, ihre Prüfung zu machen, und schon wußte ich, was sich nachher bestätigte, daß nicht nur halb Bonn sich über die Verführung empören würde, sondern hinzufügen würde: »Und so kurz vor dem Abitur.« Ich dachte sogar an die Mädchen aus ihrer Gruppe, für die es eine Enttäuschung sein würde. Ich hatte eine fürchterliche Angst vor dem, was im Internat ein Junge einmal als »die körperlichen Einzelheiten« bezeichnet hatte, und die Frage der Potenz beunruhigte mich. Das Überraschende für mich war, daß ich vom »fleischlichen Verlangen« nicht das geringste spürte. Ich dachte auch daran, daß es unfair von mir war, mit dem Schlüssel, den ihr Vater mir gegeben hatte, ins Haus und auf Maries Zimmer zu gehen, aber ich hatte gar keine andere Wahl, als den Schlüssel zu benutzen. Das einzige Fenster in Maries Zimmer lag zur Straße hin, und die war bis zwei Uhr morgens so belebt, daß ich auf dem Polizeibüro gelandet wäre – und ich mußte diese Sache heute mit Marie tun. Ich ging sogar in eine Drogerie und kaufte mir von dem Geld, das ich von meinem Bruder Leo geliehen hatte, irgendein Zeug, von dem sie in der Schule erzählt hatten, daß es die männliche Kraft steigere. Ich wurde knallrot, als ich in die Drogerie ging, zum Glück bediente mich ein Mann, aber ich sprach so leise, daß er mich anbrüllte und mich aufforderte, »laut und deutlich« zu sagen, was ich wolle, und ich nannte den Namen des Präparats, bekam es und zahlte bei der Frau des Drogisten, die mich kopfschüttelnd ansah. Natürlich kannte sie mich, und als sie am nächsten Morgen erfuhr, was geschehen war, machte sie sich wahrscheinlich Gedanken, die gar nicht zutrafen, denn zwei Straßen weiter öffnete ich die Schachtel und ließ die Pillen in die Gosse rollen.

Um sieben, als die Kinos angefangen hatten, ging ich in die Gudenaugasse, den Schlüssel schon in der Hand, aber die Ladentür war noch auf, und als ich reinging, steckte oben Marie den Kopf in den Flur und rief »Hallo, ist da jemand?« – »Ja«, rief ich, »ich bin's« – ich rannte die Treppe hinauf, und sie sah mich erstaunt an, als ich sie, ohne sie anzurühren, langsam in ihr Zimmer zurückdrängte. Wir hatten nicht viel miteinander gesprochen, uns immer nur angesehen und angelächelt, und ich wußte auch bei ihr nicht, ob ich du oder Sie sagen sollte. Sie hatte den grauen zerschlissenen, von ihrer Mutter geerbten Bademantel an, das dunkle Haar hinten mit einer grünen Kordel zusammengebunden; später, als ich die Schnur aufknüpfte, sah ich, daß es ein Stück Angelschnur von ihrem Vater war. Sie war so erschrocken, daß ich gar nichts zu sagen brauchte, und sie wußte genau, was ich wollte. »Geh«, sagte sie, aber sie sagte es automatisch, ich wußte ja, daß sie es sagen mußte, und wir wußten beide, daß es sowohl ernst gemeint wie automatisch gesagt war, aber schon als sie »Geh« zu mir sagte, und nicht »Gehen Sie«, war die Sache entschieden. Es lag soviel Zärtlichkeit in dem winzigen Wort, daß ich dachte, sie würde für ein Leben ausreichen, und ich hätte fast geweint; sie sagte es so, daß ich überzeugt war: sie hatte gewußt, daß ich kommen würde, jedenfalls war sie nicht vollkommen überrascht. »Nein, nein«, sagte ich, »ich gehe nicht – wohin sollte ich denn gehen?« Sie schüttelte den Kopf. »Soll ich mir zwanzig Mark leihen und nach Köln fahren – und dich dann später heiraten?« – »Nein«, sagte sie, »fahr nicht nach Köln.« Ich sah sie an und hatte kaum noch Angst. Ich war kein Kind mehr, und sie war eine Frau, ich blickte dorthin, wo sie den Bademantel zusammenhielt, ich blickte auf ihren Tisch am Fenster und war froh, daß kein Schulkram da herumlag: nur Nähzeug und ein Schnittmuster. Ich lief in den Laden runter, schloß ihn ab und legte den Schlüssel dahin, wo er schon seit fünfzig Jahren hingelegt wird: zwischen die Seidenkissen und die Sütterlinhefte. Als ich wieder raufkam, saß sie weinend auf ihrem Bett. Ich setzte mich auch auf ihr Bett, an die andere Ecke, zündete eine Zigarette an, gab sie ihr, und sie rauchte die erste Zigarette ihres Lebens, ungeschickt; wir mußten lachen, sie blies den Rauch so komisch aus ihrem gespitzten Mund, daß es fast kokett aussah, und als er ihr zufällig einmal aus der Nase herauskam, lachte ich: es sah so verworfen aus. Schließlich fingen wir an zu reden, und wir redeten viel. Sie sagte, sie denke an die Frauen in Köln, die »diese Sache« für Geld machten und wohl glaubten, sie wäre mit Geld zu bezahlen, aber es wäre nicht mit Geld zu bezahlen, und so stünden alle Frauen, deren Männer dorthin gingen, in ihrer Schuld, und sie wolle nicht in der Schuld dieser Frauen stehen. Auch ich redete viel, ich sagte, daß ich alles, was ich über die sogenannte körperliche Liebe und über die andere Liebe gelesen hätte, für Unsinn hielte. Ich könnte das nicht voneinander trennen, und sie fragte mich, ob ich sie denn schön fände und sie liebte, und ich sagte, sie sei das einzige Mädchen, mit dem ich »diese Sache« tun wollte, und ich hätte immer nur an sie gedacht, wenn ich an die Sache gedacht hätte, auch schon im Internat; immer nur an sie. Schließlich stand Marie auf und ging ins Badezimmer, während ich auf ihrem Bett sitzen blieb, weiterrauchte und an die scheußlichen Pillen dachte, die ich hatte in die Gosse rollen lassen. Ich bekam wieder Angst, ging zum Badezimmer rüber, klopfte an, Marie zögerte einen Augenblick, bevor sie ja sagte, dann ging ich rein, und sobald ich sie sah, war die Angst wieder weg. Ihr liefen die Tränen übers Gesicht, während sie sich Haarwasser ins Haar massierte, dann puderte sie sich, und ich sagte: »Was machst du denn da?« Und sie sagte: »Ich mach mich schön.« Die Tränen gruben kleine Rillen in den Puder, den sie viel zu dick auftrug, und sie sagte: »Willst Du nicht doch wieder gehn?« Und ich sagte »Nein.« Sie betupfte sich noch mit Kölnisch Wasser, während ich auf der Kante der Badewanne saß und mir überlegte, ob zwei Stunden wohl ausreichen würden; mehr als eine halbe Stunde hatten wir schon verschwätzt. In der Schule hatte es Spezialisten für diese Fragen gegeben: wie schwer es sei, ein Mädchen zur Frau zu machen, und ich hatte dauernd Gunther im Kopf, der Siegfried vorschicken mußte, und dachte an das fürchterliche Nibelungengemetzel, das dieser Sache wegen entstanden war, und wie ich in der Schule, als wir die Nibelungensage durchnahmen, aufgestanden war und zu Pater Wunibald gesagt hatte: »Eigentlich war Brunhild doch Siegfrieds Frau«, und er hatte gelächelt und gesagt: »Aber verheiratet war er mit Krimhild, mein Junge«, und ich war wütend geworden und hatte behauptet, das wäre eine Auslegung, die ich als »pfäffisch« empfände. Pater Wunibald wurde wütend, klopfte mit dem Finger aufs Pult, berief sich auf seine Autorität und verbat sich eine »derartige Beleidigung«.

Ich stand auf und sagte zu Marie: »Wein doch nicht«, und sie hörte auf zu weinen und machte mit der Puderquaste die Tränenrillen wieder glatt. Bevor wir auf ihr Zimmer gingen, blieben wir im Flur noch am Fenster stehen und blickten auf die Straße: es war Januar, die Straße naß, gelb die Lichter über dem Asphalt, grün die Reklame über dem Gemüseladen drüben: Emil Schmitz. Ich kannte Schmitz, wußte aber nicht, daß er Emil mit Vornamen hieß, und der Vorname Emil kam mir bei dem Nachnamen Schmitz unpassend vor. Bevor wir in Maries Zimmer gingen, öffnete ich die Tür einen Spalt und knipste drinnen das Licht aus.

Als ihr Vater nach Hause kam, schliefen wir noch nicht; es war fast elf, wir hörten, wie er unten in den Laden ging, sich Zigaretten zu holen, bevor er die Treppe heraufkam. Wir dachten beide, er müsse etwas merken: es war doch etwas so Ungeheures passiert. Aber er merkte nichts, lauschte nur einen Augenblick an der Tür und ging nach oben. Wir hörten, wie er seine Schuhe auszog, auf den Boden warf, wir hörten ihn später im Schlaf husten. Ich dachte darüber nach, wie er die Sache hinnehmen würde. Er war nicht mehr katholisch, schon lange aus der Kirche ausgetreten, und er hatte bei mir immer auf die »verlogene sexuelle Moral der bürgerlichen Gesellschaft« geschimpft und war wütend »über den Schwindel, den die Pfaffen mit der Ehe treiben«. Aber ich war nicht sicher, ob er das, was ich mit Marie getan hatte, ohne Krach hinnehmen würde. Ich hatte ihn sehr gern und er mich, und ich war versucht, mitten in der Nacht aufzustehen, auf sein Zimmer zu gehen, ihm alles zu sagen, aber dann fiel mir ein, daß ich alt genug war, einundzwanzig, Marie auch alt genug, neunzehn, und daß bestimmte Formen männlicher Aufrichtigkeit peinlicher sind als Schweigen, und außerdem fand ich: es ging ihn gar nicht so viel an, wie ich gedacht hatte. Ich hätte ja wohl kaum am Nachmittag zu ihm gehen und ihm sagen können: »Herr Derkum, ich will diese Nacht bei Ihrer Tochter schlafen« – und was geschehen war, würde er schon erfahren.
Wenig später stand Marie auf, küßte mich im Dunkeln und zog die Bettwäsche ab. Es war ganz dunkel im Zimmer, von draußen kam kein Licht rein, wir hatten die dicken Vorhänge zugezogen, und ich dachte darüber nach, woher sie wußte, was jetzt zu tun war: die Bettwäsche abziehen und das Fenster öffnen. Sie flüsterte mir zu: Ich geh ins Badezimmer, wasch du dich hier, und sie zog mich an der Hand aus dem Bett, führte mich im Dunkeln an der Hand in die Ecke, wo ihre Waschkommode stand, führte meine Hand an den Waschkrug, die Seifenschüssel, die Waschschüssel und ging mit den Bettüchern unterm Arm raus. Ich wusch mich, legte mich wieder ins Bett und wunderte mich, wo Marie so lange mit der sauberen Wäsche blieb. Ich war todmüde, froh, daß

ich, ohne in Angstzustände zu fallen, an den verflixten Gunther denken konnte, und bekam dann Angst, es könnte Marie irgend etwas passiert sein. Im Internat hatten sie fürchterliche Einzelheiten erzählt. Es war nicht angenehm, ohne Bettwäsche da auf der Matratze zu liegen, sie war alt und durchgelegen, ich hatte nur mein Unterhemd an und fror. Ich dachte wieder an Maries Vater. Alle hielten ihn für einen Kommunisten, aber als er nach dem Krieg Bürgermeister werden sollte, hatten die Kommunisten dafür gesorgt, daß er's nicht wurde, und jedesmal, wenn ich anfing, die Nazis mit den Kommunisten zu vergleichen, wurde er wütend und sagte: »Es ist schon ein Unterschied, Junge, ob einer in einem Krieg fällt, den eine Schmierseifenfirma führt – oder ob er für eine Sache stirbt, an die einer glauben kann.« Was er wirklich war, weiß ich bis heute nicht, und als Kinkel ihn einmal in meiner Gegenwart einen »genialen Sektierer« nannte, war ich drauf und dran, Kinkel ins Gesicht zu spucken. Der alte Derkum war einer der wenigen Männer, die mir Respekt eingeflößt haben. Er war mager und bitter, viel jünger, als er aussah, und vom vielen Zigarettenrauchen hatte er Atembeschwerden. Ich hörte ihn die ganze Zeit über, während ich auf Marie wartete, da oben im Schlafzimmer husten, kam mir gemein vor, und wußte doch, daß ichs nicht war. Er hatte einmal zu mir gesagt: »Weißt Du auch, warum in den herrschaftlichen Häusern, wie dein Elternhaus eins ist, die Dienstmädchenzimmer immer neben den Zimmern für die heranwachsenden Jungen liegen? Ich will es dir sagen: es ist eine uralte Spekulation auf die Natur und die Barmherzigkeit.« Ich wünschte, er wäre runtergekommen und hätte mich in Maries Bett überrascht, aber raufgehen und sozusagen Meldung erstatten, das wollte ich nicht.
Es wurde schon hell draußen. Mir war kalt, und die Schäbigkeit von Maries Zimmer bedrückte mich. Die Derkums galten schon lange als heruntergekommen, und der Abstieg wurde dem »politischen Fanatismus« von Maries Vater zugeschrieben. Sie hatten eine kleine Druckerei gehabt, einen kleinen Verlag, eine Buchhandlung, aber jetzt hatten sie nur noch diesen kleinen Schreibwarenladen, in dem sie auch Süßigkeiten an Schulkinder verkauften. Mein Vater hatte einmal zu mir gesagt: »Da siehst du, wie weit Fanatismus einen Menschen treiben kann – dabei hat Derkum nach dem Krieg als politisch Verfolgter die besten Chancen gehabt, seine eigene Zeitung zu bekommen.« Merkwürdigerweise hatte ich den alten Derkum nie fanatisch gefunden, aber vielleicht hatte mein Vater Fanatismus und Konsequenz miteinander verwechselt. Maries Vater verkaufte nicht einmal Gebetbücher, obwohl das eine Möglichkeit gewesen wäre, besonders vor den weißen Sonntagen ein bißchen Geld zu verdienen.
Als es hell in Maries Zimmer wurde, sah ich, wie arm sie wirklich waren: sie hatte drei Kleider im Schrank hängen: das dunkelgrüne, von dem

ich das Gefühl hatte, es schon seit einem Jahrhundert an ihr gesehen zu haben, ein gelbliches, das fast ganz verschlissen war, und das merkwürdige dunkelblaue Kostüm, das sie immer in der Prozession trug, der alte flaschengrüne Wintermantel und nur drei Paar Schuhe. Einen Augenblick lang spürte ich die Versuchung aufzustehen, die Schubladen zu öffnen und mir ihre Wäsche anzusehen, aber dann ließ ich es. Ich glaube, nicht einmal, wenn ich mit einer Frau richtig verheiratet wäre, würde ich mir deren Wäsche ansehen. Ihr Vater hustete schon lange nicht mehr. Es war schon sechs vorüber, als Marie endlich aus dem Badezimmer kam. Ich war froh, daß ich mit ihr getan hatte, was ich immer mit ihr hatte tun wollen, ich küßte sie und war glücklich, daß sie lächelte. Ich spürte ihre Hände an meinem Hals: eiskalt, und ich fragte sie flüsternd: »Was hast du denn gemacht?« Sie sagte: »Was soll ich wohl gemacht haben, ich habe die Bettwäsche ausgewaschen. Ich hätte dir gern frische gebracht, aber wir haben nur vier Paar, immer zwei auf den Betten und zwei in der Wäsche.« Ich zog sie neben mich, deckte sie zu und legte ihre eiskalten Hände in meine Achselhöhlen, und Marie sagte, dort lägen sie so wunderbar, warm wie Vögel in einem Nest. »Ich konnte die Bettwäsche doch nicht Frau Huber geben«, sagte sie, »die wäscht immer für uns, und so hätte die ganze Stadt teilgenommen an dem, was wir getan haben, und wegwerfen wollte ich sie auch nicht. Ich dachte einen Augenblick lang daran, sie wegzuwerfen, aber dann fand ich es doch zu schade.« – »Hast du denn kein warmes Wasser gehabt?« fragte ich, und sie sagte: »Nein, der Boiler ist schon lange kaputt.« Dann fing sie ganz plötzlich an zu weinen, und ich fragte sie, warum sie denn jetzt weine, und sie flüsterte: »Mein Gott, ich bin doch katholisch, das weißt du doch –« und ich sagte, daß jedes andere Mädchen, evangelisch oder ungläubig, wahrscheinlich auch weinen würde, und ich wüßte sogar, warum; sie blickte mich fragend an, und ich sagte: »Weil es wirklich so etwas wie Unschuld gibt.« Sie weinte weiter, und ich fragte nicht, warum sie weine. Ich wußte es: sie hatte diese Mädchengruppe schon ein paar Jahre und war immer mit der Prozession gegangen, hatte bestimmt mit den Mädchen dauernd von der Jungfrau Maria gesprochen – und nun kam sie sich wie eine Betrügerin oder Verräterin vor. Ich konnte mir vorstellen, wie schlimm es für sie war. Es war wirklich schlimm, aber ich hatte nicht länger warten können. Ich sagte, ich würde mit den Mädchen sprechen, und sie schrak hoch und sagte: »Was – mit wem?« – »Mit den Mädchen aus deiner Gruppe«, sagte ich, »es ist wirklich eine schlimme Sache für dich, und wenn es hart auf hart kommt, kannst du meinetwegen sagen, ich hätte dich vergewaltigt.« Sie lachte und sagte: »Nein, das ist Unsinn, was willst du denn den Mädchen sagen?« Ich sagte: »Ich werde nichts sagen, ich werde einfach vor ihnen auftreten, ein paar Nummern vorführen und Imitationen machen, und sie werden denken: Ach, das ist also dieser Schnier, der mit Marie diese Sache getan hat – dann ist es schon ganz anders, als wenn da nur herumgeflüstert wird.« Sie überlegte, lachte wieder und sagte leise: »Du bist nicht dumm.« Dann weinte sie plötzlich wieder und sagte: »Ich kann mich hier nicht mehr blicken lassen.« Ich fragte: »Warum?« aber sie weinte nur und schüttelte den Kopf.

Ihre Hände in meinen Achselhöhlen wurden warm, und je wärmer ihre Hände wurden, desto schläfriger wurde ich. Bald waren es ihre Hände, die mich wärmten, und als sie mich wieder fragte, ob ich sie denn liebe und schön fände, sagte ich, das sei doch selbstverständlich, aber sie meinte, sie höre das Selbstverständliche so gern, und ich murmelte schläfrig, ja, ja, ich fände sie schön und liebte sie.

Ich wurde wach, als Marie aufstand, sich wusch und anzog. Sie schämte sich nicht, und mir war es selbstverständlich, ihr dabei zuzusehen. Es war noch deutlicher als eben: wie ärmlich sie gekleidet war. Während sie alles zuband und zuknöpfte, dachte ich an die vielen hübschen Dinge, die ich ihr kaufen würde, wenn ich Geld hätte. Ich hatte schon oft vor Modegeschäften gestanden und mir Röcke und Pullover, Schuhe und Taschen angesehen und mir vorgestellt, wie ihr das alles stehen würde, aber ihr Vater hatte so strikte Vorstellungen von Geld, daß ich nie gewagt hätte, ihr etwas mitzubringen. Er hatte mir einmal gesagt: »Es ist schrecklich, arm zu sein, schlimm ist aber auch, so gerade hinzukommen, ein Zustand, in dem sich die meisten Menschen befinden.« – »Und reich zu sein?« hatte ich gefragt, »wie ist das?« Ich war rot geworden. Er hatte mich scharf angesehen, war auch rot geworden und hatte gesagt: »Junge, das kann schlimm werden, wenn du das Denken nicht aufgibst. Wenn ich noch Mut und den Glauben hätte, daß man in dieser Welt etwas ausrichten kann, weißt du, was ich tun würde?« – »Nein«, sagte ich. »Ich würde«, sagte er und wurde wieder rot, »irgendeine Gesellschaft gründen, die sich um die Kinder reicher Leute kümmert. Die Dummköpfe wenden den Begriff asozial immer nur auf die Armen an.«

Mir ging viel durch den Kopf, während ich Marie beim Ankleiden zusah. Es machte mich froh und auch unglücklich, wie selbstverständlich für sie ihr Körper war. Später, als wir miteinander von Hotel zu Hotel zogen, bin ich morgens immer im Bett geblieben, um ihr zusehen zu können, wie sie sich wusch und anzog, und wenn das Badezimmer so ungünstig lag, daß ich ihr vom Bett aus nicht zusehen konnte, legte ich mich in die Wanne. An diesem Morgen in ihrem Zimmer wäre ich am liebsten liegen geblieben und wünschte, sie würde nie mit Anziehen fertig. Sie wusch sich gründlich Hals, Arme und Brust und putzte sich eifrig die Zähne. Ich selbst habe mich immer möglichst vor dem Waschen am Morgen gedrückt, und Zähneputzen ist mir immer noch ein Greuel. Ich

247

ziehe die Badewanne vor, aber ich sah Marie immer gern dabei zu, sie war so sauber und alles so selbstverständlich, sogar die kleine Bewegung, mit der sie den Deckel auf die Zahnpastatube schraubte. Ich dachte auch an meinen Bruder Leo, der sehr fromm war, gewissenhaft und genau, und der immer wieder betonte, er »glaube« an mich. Er stand auch vor dem Abitur, und er schämte sich irgendwie, daß ers geschafft hatte, mit neunzehn, ganz normal, während ich mit einundzwanzig mich immer noch in der Untersekunda über die betrügerische Interpretation des Nibelungenlieds ärgerte. Leo kannte sogar Marie von irgendwelchen Arbeitsgemeinschaften her, wo katholische und evangelische Jugendliche über Demokratie und über konfessionelle Toleranz diskutierten. Wir beide, Leo und ich, betrachteten unsere Eltern nur noch als eine Art Heimleiterehepaar. Es war für Leo ein fürchterlicher Schock gewesen, als er erfuhr, daß Vater schon seit fast zehn Jahren eine Geliebte hat. Auch für mich war es ein Schock, aber kein moralischer, ich konnte mir schon vorstellen, daß es schlimm sein mußte, mit meiner Mutter verheiratet zu sein, deren trügerische Sanftmut eine I- und E-Sanftmut war. Sie sprach selten einen Satz, in dem ein A, O oder U vorgekommen wäre, und es war typisch für sie, daß sie Leos Namen in Le abgekürzt hatte. Ihr Lieblingssatz war: »Wir sehen die Dinge eben verschieden« – der zweitliebste Satz war: »Im Prinzip habe ich recht, ich bin bereit, gewisse Dinge zu ventilieren.« Für mich war die Tatsache, daß Vater eine Geliebte hat, eher ein ästhetischer Schock: Es paßte gar nicht zu ihm. Er ist weder leidenschaftlich noch vital, und wenn ich nicht annehmen mußte, daß sie nur eine Art Krankenschwester oder Seelenbadefrau für ihn war (wobei wieder der pathetische Ausdruck Geliebte nicht zutrifft), so war das Unordentliche daran, daß es nicht zu Vater paßte. Tatsächlich war sie einfach eine liebe, hübsche, nicht wahnsinnig intelligente Sängerin, der er nicht einmal zusätzliche Engagements oder Konzerte verschaffte. Dazu war er wieder zu korrekt. Mir kam die Sache reichlich verworren vor, für Leo wars bitter. Er war in seinen Idealen getroffen, und meine Mutter wußte Leos Zustand nicht anders zu umschreiben als »Le ist in einer Krise«, und als er dann eine Klassenarbeit fünf schrieb, wollte sie Leo zu einem Psychologen schleppen. Es gelang mir, das zu verhindern, indem ich ihm zunächst einmal alles erzählte, was ich über diese Sache, die Mann und Frau miteinander tun, wußte, und ihm so intensiv bei den Schularbeiten half, daß er die nächsten Arbeiten wieder drei und zwei schrieb – und dann hielt meine Mutter den Psychologen nicht mehr für notwendig.

Marie zog das dunkelgrüne Kleid an, und obwohl sie Schwierigkeiten mit dem Reißverschluß hatte, stand ich nicht auf, ihr zu helfen: es war so schön anzusehen, wie sie sich mit den Händen auf den Rücken griff, ihre weiße Haut, das dunkle Haar und das dunkelgrüne Kleid; ich war auch froh zu sehen, daß sie nicht nervös dabei wurde; sie kam schließlich ans Bett, und ich richtete mich auf und zog den Reißverschluß zu. Ich fragte sie, warum sie denn so schrecklich früh aufstehe, und sie sagte, ihr Vater schliefe erst gegen Morgen richtig ein und würde bis neun im Bett bleiben, und sie müsse die Zeitungen unten reinnehmen und den Laden aufmachen, denn manchmal kämen die Schulkinder schon vor der Messe, um Hefte zu kaufen, Bleistifte, Bonbons, und »Außerdem«, sagte sie, »ist es besser, wenn du um halb acht aus dem Haus bist. Ich mache jetzt Kaffee, und in fünf Minuten kommst du leise in die Küche runter.«

Ich kam mir fast verheiratet vor, als ich in die Küche runterkam, Marie mir Kaffee einschenkte und mir ein Brötchen zurechtmachte. Sie schüttelte den Kopf und sagte: »Nicht gewaschen, nicht gekämmt, kommst du immer so zum Frühstück?« und ich sagte ja, nicht einmal im Internat hätten sie es fertiggebracht, mich zum regelmäßigen Waschen am frühen Morgen zu erziehen.

»Aber was machst du denn?« fragte sie, »irgendwie mußt du dich doch frisch machen?«

»Ich reibe mich immer mit Kölnisch Wasser ab«, sagte ich.

»Das ist ziemlich teuer«, sagte sie und wurde sofort rot.

»Ja«, sagte ich, »aber ich bekomme es immer geschenkt, eine große Flasche, von einem Onkel, der Generalvertreter für das Zeug ist.« Ich sah mich vor Verlegenheit in der Küche um, die ich so gut kannte: sie war klein und dunkel, nur eine Art Hinterzimmer zum Laden; in der Ecke der kleine Herd, in dem Marie die Briketts bei Glut gehalten hatte, auf die Weise wie alle Hausfrauen es tun: sie wickelt sie abends in nasses Zeitungspapier, stochert morgens die Glut hoch und entfacht mit Holz und frischen Briketts das Feuer. Ich hasse diesen Geruch von Brikettasche, der morgens in den Straßen hängt und an diesem Morgen in der muffigen kleinen Küche hing. Es war so eng, daß Marie jedesmal, wenn sie den Kaffeetopf vom Herd nahm, aufstehen und den Stuhl wegschieben mußte, und wahrscheinlich hatten ihre Großmutter und ihre Mutter es genau so machen müssen. An diesem Morgen kam mir die Küche, die ich so gut kannte, zum ersten Mal alltäglich vor. Vielleicht erlebte ich zum ersten Mal, was Alltag ist: Dinge tun müssen, bei denen nicht mehr die Lust dazu entscheidet. Ich hatte keine Lust, dieses enge Haus je wieder zu verlassen und draußen irgendwelche Pflichten auf mich zu nehmen; die Pflicht, für das, was ich mit Marie getan hatte, einzustehen, bei den Mädchen, bei Leo, sogar meine Eltern würden es irgendwo erfahren. Ich wäre am liebsten hier geblieben und hätte bis an mein Lebensende Bonbons und Sütterlinhefte verkauft, mich abends mit Marie oben ins Bett gelegt und bei ihr geschlafen, richtig geschlafen bei ihr, so wie die letzten Stunden vor dem Aufstehen, mit ihren Händen unter meinen Achseln. Ich fand es furchtbar und großartig, diesen Alltag, mit Kaffeetopf und Brötchen und Maries verwaschener blauweißer Schürze über dem grünen Kleid, und mir schien, als sei nur Frauen der Alltag so selbstverständlich wie ihr Körper. Ich war stolz darauf, daß Marie meine Frau war, und fühlte mich selbst nicht ganz so erwachsen, wie ich mich von jetzt an würde verhalten müssen. Ich stand auf, ging um den Tisch herum, nahm Marie in die Arme und sagte:»Weißt du noch, wie du nachts aufgestanden bist und die Bettücher gewaschen hast?« Sie nickte.»Und ich vergesse nicht«, sagte sie,»wie du meine Hände unter den Achseln gewärmt hast – jetzt mußt du gehen, es ist gleich halb acht, und die ersten Kinder kommen.«

Ich half ihr, die Zeitungspakete von draußen hereinzuholen und auszupacken. Drüben kam gerade Schmitz mit seinem Gemüseauto vom Markt, und ich sprang in den Flur zurück, damit er mich nicht sehen sollte – aber er hatte mich schon gesehen. Nicht einmal der Teufel kann so scharfe Augen haben wie Nachbarn. Ich stand da im Laden und blickte auf die frischen Morgenzeitungen, auf die die meisten Männer so verrückt sind. Mich interessieren Zeitungen nur abends oder in der Badewanne, und in der Badewanne kommen mir die seriösesten Morgenzeitungen so unseriös wie Abendzeitungen vor. Die Schlagzeile an diesem Morgen lautete:»Strauß: mit voller Konsequenz!« Vielleicht wäre es doch besser, die Abfassung eines Leitartikels oder der Schlagzeilen einer kybernetischen Maschine zu überlassen. Es gibt Grenzen, über die hinaus Schwachsinn unterbunden werden sollte. Die Ladenklingel ging, ein kleines Mädchen, acht oder neun Jahre alt, schwarzhaarig mit roten Wangen und frisch gewaschen, das Gebetbuch unterm Arm, kam in den Laden.»Seidenkissen«, sagte sie,»für einen Groschen.« Ich wußte nicht, wieviel Seidenkissen es für einen Groschen gab, ich machte das Glas auf und zählte zwanzig Stück in eine Tüte und schämte mich zum ersten Mal meiner nicht ganz sauberen Finger, die durch das dicke Bonbonglas noch vergrößert wurden. Das Mädchen sah mich erstaunt an, als zwanzig Bonbons in die Tüte fielen, aber ich sagte:»Stimmt schon, geh«, und ich nahm ihren Groschen von der Theke und warf ihn in die Kasse.

Marie lachte, als sie zurückkam und ich ihr stolz den Groschen zeigte.»Jetzt mußt du gehen«, sagte sie.

»Warum eigentlich?« fragte ich,»kann ich nicht warten, bis dein Vater herunterkommt?«

»Wenn er herunterkommt, um neun, mußt du wieder hier sein. Geh«, sagte sie,»du mußt es deinem Bruder Leo sagen, bevor ers von irgend jemand anderem erfährt.«

»Ja«, sagte ich,»du hast recht – und du«, ich wurde schon wieder rot,»mußt du nicht zur Schule?«

»Ich gehe heute nicht«, sagte sie, »nie mehr gehe ich. Komm rasch zurück.«

Es fiel mir schwer, von ihr wegzugehen, sie brachte mich bis zur Ladentür, und ich küßte sie in der offenen Tür, so daß Schmitz und seine Frau drüben es sehen konnten. Sie glotzten herüber wie Fische, die plötzlich überrascht entdecken, daß sie den Angelhaken schon lange verschluckt haben.

Ich ging weg, ohne mich umzusehen. Mir war kalt, ich schlug den Rockkragen hoch, steckte mir eine Zigarette an, machte einen kleinen Umweg über den Markt, ging die Franziskanerstraße runter und sprang an der Ecke Koblenzer Straße auf den fahrenden Bus, die Schaffnerin drückte mir die Tür auf, drohte mir mit dem Finger, als ich bei ihr stehen blieb, um zu bezahlen, und deutete kopfschüttelnd auf meine Zigarette. Ich knipste sie aus, schob den Rest in meine Rocktasche und ging zur Mitte durch. Ich stand nur da, blickte auf die Koblenzer Straße und dachte an Marie. Irgend etwas in meinem Gesicht schien den Mann, neben dem ich stand, wütend zu machen. Er senkte sogar die Zeitung, verzichtete auf sein »Strauß: mit voller Konsequenz!«, schob seine Brille vorne auf die Nase, sah mich kopfschüttelnd an und murmelte »Unglaublich.« Die Frau, die hinter ihm saß – ich war fast über einen Sack voll Möhren, den sie neben sich stehen hatte, gestolpert –, nickte zu seinem Kommentar, schüttelte auch den Kopf und bewegte lautlos ihre Lippen.

Ich hatte mich sogar ausnahmsweise vor Maries Spiegel mit ihrem Kamm gekämmt, trug meine graue, saubere, ganz normale Jacke, und mein Bartwuchs war nie so stark, daß ein Tag ohne Rasur mich zu einer »unglaublichen« Erscheinung hätte machen können. Ich bin weder zu groß noch zu klein, und meine Nase ist nicht so lang, daß sie in meinem Paß unter besondere Merkmale eingetragen ist. Dort steht: keine. Ich war weder schmutzig noch betrunken, und doch regte die Frau mit dem Möhrensack sich auf, mehr als der Mann mit der Brille, der schließlich nach einem letzten verzweifelten Kopfschütteln seine Brille wieder hochschob und sich mit Straußens Konsequenzen beschäftigte. Die Frau fluchte lautlos vor sich hin, machte unruhige Kopfbewegungen, um den übrigen Fahrgästen mitzuteilen, was ihre Lippen nicht preisgaben. Ich weiß bis heute nicht, wie Juden aussehen, sonst könnte ich ermessen, ob sie mich für einen gehalten hat, ich glaube eher, daß es nicht an meinem Äußeren lag, eher an meinem Blick, wenn ich aus dem Bus auf die Straße blickte und an Marie dachte. Mich machte diese stumme Feindseligkeit nervös, ich stieg eine Station zu früh aus, und ich ging zu Fuß das Stück die Ebertallee hinunter, bevor ich zum Rhein hin abschwenkte.

Die Stämme der Buchen in unserem Park waren schwarz, noch feucht, der Tennisplatz frisch gewalzt, rot, vom Rhein her hörte ich das Hupen der Schleppkähne, und als ich in den Flur trat, hörte ich Anna in der Küche leise vor sich hinschimpfen. Ich verstand immer nur ». . . kein gutes Ende – gutes Ende – kein.« Ich rief in die offene Küchentür hinein: »Für mich kein Frühstück, Anna«, ging rasch weiter und blieb im Wohnzimmer stehen. So dunkel war mir die Eichentäfelung, die Holzgalerie mit Humpen und Jagdtrophäen noch nie vorgekommen. Nebenan im Musikzimmer spielte Leo eine Mazurka von Chopin. Er hatte damals vor, Musik zu studieren, stand morgens um halb sechs auf, um vor Schulbeginn noch zu üben. Was er spielte, versetzte mich in eine spätere Tageszeit, und ich vergaß auch, daß Leo spielte. Leo und Chopin passen nicht zueinander, aber er spielte so gut, daß ich ihn vergaß. Von den älteren Komponisten sind mir Chopin und Schubert die liebsten. Ich weiß, daß unser Musiklehrer recht hatte, wenn er Mozart himmlisch, Beethoven großartig, Gluck einzigartig und Bach gewaltig nannte; ich weiß. Bach kommt mir immer vor wie eine dreißigbändige Dogmatik, die mich in Erstaunen versetzt. Aber Schubert und Chopin sind so irdisch, wie ich es wohl bin. Ich höre sie am liebsten. Im Park, zum Rhein hin, sah ich vor den Trauerweiden die Schießscheiben in Großvaters Schießstand sich bewegen. Offenbar war Fuhrmann beauftragt, sie zu ölen. Mein Großvater trommelt manchmal ein paar »alte Knaben« zusammen, dann stehen fünfzehn Riesenautos im kleinen Rondell vor dem Haus, fünfzehn Chauffeure stehen fröstelnd zwischen den Hecken und Bäumen oder spielen gruppenweise auf den Steinbänken Skat, und wenn einer von den »alten Knaben« eine Zwölf geschossen hat, hört man bald drauf einen Sektpfropfen knallen. Manchmal hatte Großvater mich rufen lassen, und ich hatte den alten Knaben ein paar Faxen vorgemacht, Adenauer imitiert, oder Erhard – was auf eine deprimierende Weise einfach ist, oder ich hatte ihnen kleine Nummern vorgeführt: Manager im Speisewagen. Und wie boshaft ich es auch zu machen versucht hatte, sie hatten sich totgelacht, »köstlich amüsiert«, und wenn ich anschließend mit einem leeren Patronenkarton oder einem Tablett rundging, hatten sie meistens Scheine geopfert. Mit diesen zynischen alten Knakkern verstand ich mich ganz gut, ich hatte nichts mit ihnen zu tun, mit chinesischen Mandarinen hätte ich mich genausogut verstanden. Einige hatten sich sogar zu Kommentaren meiner Darbietungen gegenüber verstiegen »Kolossal« – »Großartig«. Manche hatten sogar mehr als ein Wort gesagt: »Der Junge hat's in sich« oder »In dem steckt noch was.«

Während ich Chopin hörte, dachte ich zum erstenmal daran, Engagements zu suchen, um ein bißchen Geld zu verdienen. Ich könnte Großvater bitten, mich als Alleinunterhalter bei Kapitalistenversammlungen zu empfehlen, oder zur Aufheiterung nach Aufsichtsratssitzungen. Ich hatte sogar schon eine Nummer »Aufsichtsrat« einstudiert.

Als Leo ins Zimmer kam, war Chopin sofort weg; Leo ist sehr groß, blond, mit seiner randlosen Brille sieht er aus, wie ein Superintendent aussehen müßte oder ein schwedischer Jesuit. Die scharfen Bügelfalten seiner dunklen Hose nahmen den letzten Hauch Chopin weg, der weiße Pullover über der scharfgebügelten Hose wirkte peinlich, wie der Kragen des roten Hemdes, das über dem weißen Pullover zu sehen war. Ein solcher Anblick – wenn ich sehe, wie jemand vergeblich versucht, gelockert auszusehen – versetzt mich immer in tiefe Melancholie, wie anspruchsvolle Vornamen, Ethelbert, Gerentrud. Ich sah auch wieder, wie Leo Henriette ähnlich sieht, ohne ihr zu gleichen: die Stupsnase, die blauen Augen, der Haaransatz – aber nicht ihren Mund, und alles, was an Henriette hübsch und beweglich wirkte, ist an ihm rührend und steif. Man sieht ihm nicht an, daß er der beste Turner in der Klasse ist; er sieht aus wie ein Junge, der vom Turnen befreit ist, hat aber über seinem Bett ein halbes Dutzend Sportdiplome hängen.

Er kam rasch auf mich zu, blieb plötzlich ein paar Schritte vor mir stehen, seine verlegenen Hände etwas seitwärts gespreizt, und sagte: »Hans, was ist denn?« Er blickte mir in die Augen, etwas darunter, wie jemand, der einen auf einen Flecken aufmerksam machen will, und ich merkte, daß ich geweint hatte. Wenn ich Chopin oder Schubert höre, weine ich immer. Ich nahm mit dem rechten Zeigefinger die beiden Tränen weg und sagte: »Ich wußte nicht, daß du so gut Chopin spielen kannst. Spiel die Mazurka doch noch einmal.«

»Ich kann nicht«, sagte er, »ich muß zur Schule, wir kriegen in der ersten Stunde die Deutschthemen fürs Abitur.«

»Ich bring dich mit Mutters Auto hin«, sagte ich.

»Ich mag nicht mit diesem dummen Auto fahren«, sagte er, »du weißt, daß ich es hasse.« Mutter hatte damals von einer Freundin »wahnsinnig preiswert« einen Sportwagen übernommen, und Leo war sehr empfindlich, wenn ihm irgend etwas als Angeberei ausgelegt werden konnte. Es gab nur eine Möglichkeit, ihn in wilden Zorn zu versetzen: wenn jemand ihn hänselte oder hätschelte unserer reichen Eltern wegen, dann wurde er rot und schlug mit den Fäusten um sich.

»Mach eine Ausnahme«, sagte ich, »setz dich ans Klavier und spiel. Willst du gar nicht wissen, wo ich war?«

Er wurde rot, blickte auf den Boden und sagte: »Nein, ich will es nicht wissen.«

»Ich war bei einem Mädchen«, sagte ich, »bei einer Frau – meiner Frau.«

»So?« sagte er, ohne aufzublicken. »Wann hat die Trauung denn stattgefunden?« Er wußte immer noch nicht, wohin mit seinen verlegenen Händen, wollte plötzlich mit gesenktem Kopf an mir vorbeigehen. Ich hielt ihn am Ärmel fest.

»Es ist Marie Derkum«, sagte ich leise. Er entzog mir seinen Ellenbogen, trat einen Schritt zurück und sagte: »Mein Gott, nein.«
Er sah mich böse an und knurrte irgend etwas vor sich hin.
»Was«, fragte ich, »was hast du gesagt?«
»Daß ich jetzt doch mit dem Auto fahren muß – bringst du mich?«
Ich sagte ja, nahm ihn bei der Schulter und ging neben ihm her durchs Wohnzimmer. Ich wollte es ihm ersparen, mich anzusehen. »Geh und hol die Schlüssel«, sagte ich, »dir gibt Mutter sie – und vergiß die Papiere nicht – und, Leo, ich brauche Geld – hast du noch Geld?«
»Auf der Kasse«, sagte er, »kannst du's dir selber holen?«
»Ich weiß nicht«, sagte ich, »schick es mir lieber.«
»Schicken?« fragte er. »Willst du weggehen?«
»Ja«, sagte ich. Er nickte und ging die Treppe hinauf.
Erst in dem Augenblick, als er mich fragte, hatte ich gewußt, daß ich weggehen wollte. Ich ging in die Küche, wo Anna mich knurrend empfing.
»Ich dachte, du wolltest kein Frühstück mehr«, sagte sie böse.
»Frühstück nicht«, sagte ich, »aber Kaffee.« Ich setzte mich an den gescheuerten Tisch und sah Anna zu, wie sie am Herd den Filter von der Kaffeekanne nahm und ihn zum Austropfen auf eine Tasse stellte. Wir frühstückten immer morgens mit den Mädchen in der Küche, weil es uns zu langweilig war, im Eßzimmer feierlich serviert zu bekommen. Um diese Zeit war nur Anna in der Küche. Norette, das Zweitmädchen, war bei Mutter im Schlafzimmer, servierte ihr das Frühstück und besprach mit ihr Garderobe und Kosmetik. Wahrscheinlich mahlte Mutter jetzt irgendwelche Weizenkeime zwischen ihren herrlichen Zähnen, während irgendein Zeug, das aus Plazenten hergestellt ist, auf ihrem Gesicht liegt und Norette ihr aus der Zeitung vorliest. Vielleicht waren sie auch jetzt erst beim Morgengebet, das sich aus Goethe und Luther zusammensetzt und meistens einen Zusatz moralischer Aufrüstung erhält, oder Norette las meiner Mutter aus den gesammelten Prospekten für Abführmittel vor. Sie hat ganze Schnellhefter voll Medikamentenprospekte, getrennt nach »Verdauung«, »Herz«, »Nerven«, und wenn sie irgendwo eines Arztes habhaft werden kann, informiert sie sich nach »Neuerscheinungen«, spart dabei das Honorar für eine Konsultation. Wenn einer der Ärzte ihr dann Probepackungen schickt, ist sie selig.
Ich sah Annas Rücken an, daß sie den Augenblick scheute, wo sie sich rumdrehen, mir ins Gesicht blicken und mit mir reden mußte. Wir beide haben uns gern, obwohl sie die peinliche Tendenz, mich zu erziehen, nie unterdrücken kann. Sie war schon fünfzehn Jahre bei uns, Mutter hat sie von einem Vetter, der evangelischer Pfarrer war, übernommen. Anna ist aus Potsdam, und schon die Tatsache, daß wir, obschon evan-

gelisch, rheinischen Dialekt sprechen, kommt ihr irgendwie ungeheuerlich, fast widernatürlich vor. Ich glaube, ein Protestant, der bayrisch spräche, würde ihr wie der Leibhaftige vorkommen. Ans Rheinland hat sie sich schon ein bißchen gewöhnt. Sie ist groß, schlank und stolz drauf, daß sie »sich wie eine Dame bewegt«. Ihr Vater war Zahlmeister bei einem Ding, von dem ich nur weiß, daß es I. R. 9 hieß. Es nutzt gar nichts, Anna zu sagen, daß wir ja nicht bei diesem I. R. 9 sind; was Jugenderziehung anbelangt, läßt sie sich nicht von dem Spruch abbringen: »Das wäre beim I. R. 9 nicht möglich gewesen.« Ich bin nie ganz hinter dieses I. R. 9 gekommen, weiß aber inzwischen, daß ich in dieser geheimnisvollen Erziehungsinstitution wahrscheinlich nicht einmal als Kloreiniger eine Chance gehabt hätte. Vor allem meine Waschpraktiken riefen bei Anna immer I. R. 9-Beschwörungen hervor, und »diese fürchterliche Angewohnheit, so lange wie möglich im Bett zu bleiben«, ruft bei ihr einen Ekel hervor, als wäre ich mit Lepra behaftet. Als sie sich endlich umdrehte, mit der Kaffeekanne an den Tisch kam, hielt sie die Augen gesenkt wie eine Nonne, die einen etwas anrüchigen Bischof bedient. Sie tat mir leid, wie die Mädchen aus Maries Gruppe. Anna hatte mit ihrem Nonneninstinkt sicher gemerkt, wo ich herkam, während meine Mutter wahrscheinlich, wenn ich drei Jahre lang mit einer Frau heimlich verheiratet wäre, nicht das geringste merken würde. Ich nahm Anna die Kanne aus der Hand, goß mir Kaffee ein, hielt Annas Arm fest und zwang sie, mich anzusehen: sie tat es mit ihren blassen, blauen Augen, flatternden Lidern, und ich sah, daß sie tatsächlich weinte. »Verdammt, Anna«, sagte ich, »sieh mich an. Ich nehme an, daß man in deinem I. R. 9 sich auch mannhaft in die Augen geschaut hat.« »Ich bin kein Mann«, wimmerte sie, ich ließ sie los; sie stellte sich mit dem Gesicht zum Herd, murmelte etwas von Sünde und Schande, Sodom und Gomorrha, und ich sagte: »Anna, mein Gott, denk doch dran, was die in Sodom und Gomorrha wirklich gemacht haben.« Sie schüttelte meine Hand von ihrer Schulter, ich ging aus der Küche, ohne ihr zu sagen, daß ich von zu Haus wegwollte. Sie war die einzige, mit der ich manchmal über Henriette sprach.

Leo stand schon draußen vor der Garage und blickte ängstlich auf seine Armbanduhr. »Hat Mutter gemerkt, daß ich weg war?« fragte ich. Er sagte »Nein«, gab mir die Schlüssel und hielt das Tor auf. Ich stieg in Mutters Auto, fuhr raus und ließ Leo einsteigen. Er blickte angestrengt auf seine Fingernägel. »Ich habe das Sparbuch«, sagte er, »ich hole das Geld in der Pause. Wohin soll ichs schicken?« – »Schicks an den alten Derkum«, sagte ich. »Bitte«, sagte er, »fahr los, es ist Zeit.« Ich fuhr schnell, über unseren Gartenweg, durch die Ausfahrt und mußte draußen an der Haltestelle warten, an der Henriette eingestiegen war, als sie zur Flak fuhr. Es stiegen ein paar Mädchen in Henriettes Alter in die Straßenbahn. Als wir die Bahn überholten, sah ich noch mehr Mädchen in Henriettes Alter, lachend, wie sie gelacht hatte, mit blauen Mützen auf dem Kopf und Mänteln mit Pelzkragen. Wenn ein Krieg käme, würden ihre Eltern sie genau so wegschicken, wie meine Eltern Henriette weggeschickt hatten, sie würden ihnen Taschengeld zustecken, ein paar belegte Brote, ihnen auf die Schulter klopfen und sagen »Mach's gut«. Ich hätte den Mädchen gern zugewinkt, ließ es aber. Es wird alles mißverstanden. Wenn man in einem so dummen Auto fährt, kann man nicht einmal einem Mädchen winken. Ich hatte einmal einem Jungen im Hofgarten eine halbe Tafel Schokolade geschenkt und ihm die blonden Haare aus der schmutzigen Stirn gestrichen; er weinte und hatte sich die Tränen durchs Gesicht auf die Stirn geschmiert, ich wollte ihn nur trösten. Es gab einen fürchterlichen Auftritt mit zwei Frauen, die fast die Polizei gerufen hätten, und ich fühlte mich nach der Keiferei wirklich wie ein Unhold, weil eine der Frauen immer zu mir sagte: »Sie schmutziger Kerl, Sie schmutziger Kerl.« Es war scheußlich, der Auftritt kam mir so pervers vor, wie ein wirklicher Unhold mir vorkommt. Während ich die Koblenzer Straße runterfuhr, viel zu schnell, schaute ich nach einem Ministerauto aus, das ich hätte schrammen können. Mutters Auto hat vorstehende Radnaben, mit denen ich ein Auto hätte ankratzen können, aber so früh war noch kein Minister unterwegs. Ich sagte zu Leo: »Wie ist es nun, gehst du wirklich zum Militär?« Er wurde rot und nickte. »Wir haben darüber gesprochen«, sagte er, »im Arbeitskreis, und sind zu dem Ergebnis gekommen, daß es der Demokratie dient.« – »Na gut«, sagte ich, »geh nur hin und mach diese Idiotie mit, ich bedaure manchmal, daß ich nicht wehrpflichtig bin.« Leo drehte sich mir fragend zu, wandte aber den Kopf weg, als ich ihn ansehen wollte. »Warum?« fragte er. »Oh«, sagte ich, »ich würde so gern den Major einmal wiedersehen, der bei uns einquartiert war und Frau Wieneken erschießen lassen wollte. Er ist jetzt sicher Oberst oder General.« Ich hielt vor dem Beethovengymnasium, um ihn rauszulassen, er schüttelte den Kopf, sagte: »Park doch hinten rechts vom Konvikt«, ich fuhr weiter, hielt, gab Leo die Hand, aber er lächelte gequält, hielt mir weiter die offene Hand hin. Ich war in Gedanken schon weg, verstand nicht, und es machte mich nervös, wie Leo dauernd ängstlich auf seine Armbanduhr blickte. Es war erst fünf vor acht, und er hatte noch reichlich Zeit. »Du willst doch nicht wirklich zum Militär gehn«, sagte ich. »Warum nicht«, sagte er böse, »gib mir den Autoschlüssel.« Ich gab ihm den Autoschlüssel, nickte ihm zu und ging. Ich dachte die ganze Zeit an Henriette und fand es Wahnsinn, daß Leo Soldat werden wollte. Ich ging durch den Hofgarten, unter der Universität her zum Markt. Mir war kalt, und ich wollte zu Marie.

Der Laden war voller Kinder, als ich dort ankam. Die Kinder nahmen

Bonbons, Griffel, Radiergummi aus den Regalen und legten dem alten Derkum das Geld auf die Theke. Als ich mich durch den Laden ins Hinterzimmer zwängte, blickte er nicht auf. Ich ging zum Herd, wärmte meine Hände an der Kaffeekanne und dachte, Marie würde jeden Augenblick kommen. Ich hatte keine Zigaretten mehr, und ich überlegte, ob ich sie so nehmen oder bezahlen sollte, wenn ich Marie darum bat. Ich goß mir aus der Kanne Kaffee ein, und mir fiel auf, daß drei Tassen auf dem Tisch standen. Als es im Laden still wurde, setzte ich meine Tasse ab. Ich wünschte, Marie wäre bei mir gewesen. Ich wusch mir am Spülbecken neben dem Herd Gesicht und Hände, kämmte mich mit der Nagelbürste, die in der Seifenschale lag, ich zog meinen Hemdkragen glatt, die Krawatte hoch und prüfte noch einmal meine Fingernägel: sie waren sauber. Ich wußte plötzlich, daß ich das alles tun mußte, was ich sonst nie tat.

Als ihr Vater hereinkam, hatte ich mich gerade gesetzt, ich stand sofort auf. Er war so verlegen wie ich, auch so schüchtern, er sah nicht böse aus, nur sehr ernst, und als er die Hand zur Kaffeekanne ausstreckte, zuckte ich zusammen, nicht viel, aber merklich. Er schüttelte den Kopf, goß sich ein, hielt mir die Kanne hin, ich sagte danke, er sah mich immer noch nicht an. In der Nacht oben in Maries Bett, als ich über alles nachdachte, hatte ich mich sehr sicher gefühlt. Ich hätte gern eine Zigarette gehabt, aber ich wagte nicht, mir eine aus seiner Schachtel zu nehmen, die auf dem Tisch lag. Jederzeit sonst hätte ich es getan. Wie er da stand, über den Tisch gebeugt, mit der großen Glatze und dem grauen, unordentlichen Haarkranz, kam er mir sehr alt vor. Ich sagte leise: »Herr Derkum, Sie haben ein Recht«, aber er schlug mit der Hand auf den Tisch, sah mich endlich an, über seine Brille hinweg, und sagte: »Verflucht, mußte das sein – und gleich so, daß die ganze Nachbarschaft dran teilhat?« Ich war froh, daß er nicht enttäuscht war und von Ehre anfing. »Mußte das wirklich sein – du weißt doch, wie wir uns krumm gelegt haben für diese verfluchte Prüfung, und jetzt«, er schloß die Hand, öffnete sie, als wenn er einen Vogel frei ließe, »nichts.« – »Wo ist Marie?« fragte ich. »Weg«, sagte er, »nach Köln gefahren.« – »Wo ist sie?« rief ich, »wo?« – »Nur die Ruhe«, sagte er, »das wirst du schon erfahren. Ich nehme an, daß du jetzt von Liebe, Heirat und so weiter anfangen willst – spar dir das – los, geh. Ich bin gespannt, was aus dir wird. Geh.« Ich hatte Angst, an ihm vorbeizugehen. Ich sagte: »Und die Adresse?« – »Hier«, sagte er und schob mir einen Zettel über den Tisch. Ich steckte den Zettel ein. »Sonst noch was«, schrie er, »sonst noch was? Worauf wartest du noch?« – »Ich brauche Geld«, sagte ich, und ich war froh, daß er plötzlich lachte, es war ein merkwürdiges Lachen, hart und böse, wie ich es erst einmal von ihm gehört hatte, als wir über meinen Vater sprachen. »Geld«, sagte er, »das ist ein Witz, aber komm«, sagte er,

»komm«, und er zog mich am Ärmel in den Laden, trat hinter die Theke, riß die Kasse auf und warf mir mit beiden Händen Kleingeld hin: Groschen, Fünfer und Pfennige, er streute die Münzen über die Hefte und Zeitungen, ich zögerte, fing dann langsam an, die Münzen einzusammeln, ich war versucht, sie mir in die offene Hand zu streichen, nahm sie aber dann einzeln auf, zählte sie und steckte sie markweise in die Tasche. Er sah mir dabei zu, nickte, zog sein Portemonnaie und legte mir ein Fünfmarkstück hin. Wir wurden beide rot. »Entschuldige«, sagte er leise, »entschuldige, o Gott – entschuldige.« Er dachte, ich wäre beleidigt, aber ich verstand ihn sehr gut. Ich sagte: »Schenken Sie mir noch eine Schachtel Zigaretten«, und er griff sofort hinter sich ins Regal und gab mir zwei Schachteln. Er weinte. Ich beugte mich über die Theke und küßte ihn auf die Wange. Er ist der einzige Mann, den ich je geküßt habe.

8

Die Vorstellung, daß Züpfner Marie beim Ankleiden zuschauen könnte oder zusehen darf, wie sie den Deckel auf die Zahnpastatube schraubt, machte mich ganz elend. Mein Bein schmerzte, und es kamen mir Zweifel, ob ich auf der dreißig-bis-fünfzig-Mark-Ebene noch eine Chance zum Tingeln gehabt hätte. Mich quälte auch die Vorstellung, daß Züpfner überhaupt nichts dran lag, Marie beim Zuschrauben der Zahnpastatuben zuzuschauen: meiner bescheidenen Erfahrung nach haben Katholiken nicht den geringsten Sinn für Details. Ich hatte Züpfners Telefonnummer auf meinem Blatt stehen, war noch nicht gewappnet, diese Nummer zu wählen. Man weiß nie, was ein Mensch unter weltanschaulichem Zwang alles tut, und vielleicht hatte sie Züpfner wirklich geheiratet, und Maries Stimme am Telefon sagen zu hören: Hier Züpfner – ich hätte es nicht ertragen. Um mit Leo telefonieren zu können, hatte ich unter Priesterseminaren im Telefonbuch gesucht, nichts gefunden, und ich wußte doch, daß es diese beiden Dinger gab: Leoninum und Albertinum. Schließlich fand ich die Kraft, den Hörer aufzunehmen und die Nummer der Auskunft zu wählen, ich bekam sogar Anschluß, und das Mädchen, das sich meldete, sprach sogar mit rheinischem Tonfall. Manchmal sehne ich mich danach, rheinisch zu hören, so sehr, daß ich von irgendeinem Hotel aus eine Bonner Telefondienststelle anrufe, um diese vollkommen unmartialische Sprache zu hören, der das R fehlt, genau der Laut, auf dem die militärische Disziplin hauptsächlich beruht.
Ich hörte das »Bitte warten« nur fünfmal, dann meldete sich schon ein Mädchen, und ich fragte sie nach diesen »Dingern, in denen katholische

Priester ausgebildet werden«; ich sagte, ich hätte unter Priesterseminaren nachgesehen, nichts gefunden, sie lachte und sagte, diese »Dinger« – sie sprach dabei sehr hübsch die Anführungszeichen – hießen Konvikte, und sie gab mir die Nummern von beiden. Die Mädchenstimme am Telefon hatte mich ein bißchen getröstet. Sie hatte so natürlich geklungen, nicht prüde, nicht kokett, und sehr rheinisch. Es gelang mir sogar, die Telegrammaufnahme zu bekommen und das Telegramm an Karl Emonds aufzugeben.

Es ist mir immer unverständlich gewesen, warum jedermann, der für intelligent gehalten werden möchte, sich bemüht, diesen Pflichthaß auf Bonn auszudrücken. Bonn hat immer gewisse Reize gehabt, schläfrige Reize, so wie es Frauen gibt, von denen ich mir vorstellen kann, daß ihre Schläfrigkeit Reize hat. Bonn verträgt natürlich keine Übertreibung, und man hat diese Stadt übertrieben. Eine Stadt, die keine Übertreibung verträgt, kann man nicht darstellen: immerhin eine seltene Eigenschaft. Es weiß ja auch jedes Kind, daß das Bonner Klima ein Rentnerklima ist, es bestehen da Beziehungen zwischen Luft- und Blutdruck. Was Bonn überhaupt nicht steht, ist diese defensive Gereiztheit: ich hatte zu Hause reichlich Gelegenheit, mit Ministerialbeamten, Abgeordneten, Generalen zu sprechen – meine Mutter ist eine Partytante –, und sie alle befinden sich im Zustand gereizter, manchmal fast weinerlicher Verteidigung. Sie lächeln alle so verquält ironisch über Bonn. Ich verstehe dieses Getue nicht. Wenn eine Frau, deren Reiz ihre Schläfrigkeit ist, anfinge, plötzlich wie eine Wilde Can-Can zu tanzen, so könnte man nur annehmen, daß sie gedopt wäre – aber eine ganze Stadt zu dopen, das gelingt ihnen nicht. Eine gute alte Tante kann einem beibringen, wie man Pullover strickt, Deckchen häkelt und Sherry serviert – ich würde doch nicht von ihr erwarten, daß sie mir einen zweistündigen geistreichen und verständnisvollen Vortrag über Homosexualität hält oder plötzlich in den Nutten-Jargon verfällt, den alle in Bonn so schmerzlich vermissen. Falsche Erwartungen, falsche Scham, falsche Spekulation auf Widernatürliches. Es würde mich nicht wundern, wenn sogar die Vertreter des Heiligen Stuhls anfingen, sich über Nuttenmangel zu beklagen. Ich lernte bei einer der Partys zu Hause einmal einen Parteimenschen kennen, der in einem Ausschuß zur Bekämpfung der Prostitution saß und sich bei mir flüsternd über den Nuttenmangel in Bonn beklagte. Bonn war vorher wirklich nicht so übel mit seinen vielen engen Gassen, Buchhandlungen, Burschenschaften, kleinen Bäckereien mit einem Hinterzimmer, wo man Kaffee trinken konnte.

Bevor ich Leo anzurufen versuchte, humpelte ich auf den Balkon, um einen Blick auf meine Heimatstadt zu werfen. Die Stadt ist wirklich hübsch: das Münster, die Dächer des ehemaligen kurfürstlichen Schlosses, das Beethovendenkmal, der kleine Markt und der Hofgarten. Bonns Schicksal ist es, daß man ihm sein Schicksal nicht glaubt. Ich atmete in vollen Zügen oben auf meinem Balkon die Bonner Luft, die mir überraschenderweise wohltat: als Luftveränderung kann Bonn für Stunden Wunder wirken.

Ich ging vom Balkon weg, ins Zimmer zurück und wählte, ohne zu zögern, die Nummer des Dings, in dem Leo studiert. Ich war bange. Seitdem er katholisch geworden ist, habe ich Leo noch nicht gesehen. Er hat mir die Konversion auf seine kindlich korrekte Art mitgeteilt: »Lieber Bruder«, schrieb er, »teile ich Dir hierdurch mit, daß ich nach reiflicher Überlegung zu dem Entschluß gekommen bin, zur katholischen Kirche überzutreten und mich auf den Priesterberuf vorzubereiten. Gewiß werden wir bald Gelegenheit haben, uns mündlich über diese entscheidende Veränderung in meinem Leben zu unterhalten. Dein Dich liebender Bruder Leo.« Schon die altmodische Art, wie er krampfhaft versucht, den Briefbeginn mit Ich zu umgehen, statt: ich teile Dir mit, teile ich Dir mit, schreibt – das war ganz Leo. Nichts von der Eleganz, mit der er Klavier spielen kann. Diese Art, alles geschäftsmäßig zu erledigen, steigert meine Melancholie. Wenn er so weitermacht, wird er einmal ein edler, weißhaariger Prälat. In diesem Punkt – im Briefstil – sind Vater und Leo gleich hilflos: sie schreiben über alles, als ob es um Braunkohle ginge.

Es dauerte lange, ehe sich in dem Ding jemand bequemte, ans Telefon zu kommen, und ich fing gerade an, diese kirchliche Schlamperei, meiner Stimmung entsprechend, mit harten Worten zu brandmarken, sagte »Scheiße«, da hob dort jemand den Hörer ab, und eine überraschend heisere Stimme sagte: »Ja?« Ich war enttäuscht. Ich hatte mit einer sanften Nonnenstimme gerechnet, mit dem Geruch schwachen Kaffees und trockenen Kuchens, statt dessen: ein krächzender Mann, und es roch nach Krüllschnitt und Kohl, auf eine so penetrante Art, daß ich anfing zu husten.

»Pardon«, sagte ich schließlich, »könnte ich den Studenten der Theologie Leo Schnier sprechen?«

»Mit wem spreche ich?«

»Schnier«, sagte ich. Offenbar ging das über seinen Horizont. Er schwieg lange, ich fing wieder an zu husten, faßte mich und sagte: »Ich buchstabiere: Schule, Nordpol, Ida, Emil, Richard.«

»Was soll das?« sagte er schließlich, und ich glaubte, aus seiner Stimme soviel Verzweiflung zu hören, wie ich empfand. Vielleicht hatten sie einen netten alten, pfeiferauchenden Professor dort ans Telefon gesteckt, und ich kramte in aller Eile ein paar lateinische Vokabeln zusammen und sagte demütig: »*Sum frater leonis.*« Ich kam mir unfair dabei vor, ich dachte an die vielen, die vielleicht hin und wieder den Wunsch verspürten, jemand dort zu sprechen, und die nie ein lateinisches Wort gelernt hatten.

Merkwürdigerweise kicherte er jetzt und sagte: »*Frater tuus est in refectorio* – beim Essen«, sagte er etwas lauter, »die Herren sind beim Essen, und während des Essens darf nicht gestört werden.«

»Die Sache ist sehr dringend«, sagte ich.

»Todesfall?« fragte er.

»Nein«, sagte ich, »aber fast.«

»Also schwerer Unfall?«

»Nein«, sagte ich, »ein innerlicher Unfall.«

»Ach«, sagte er und seine Stimme klang etwas milder, »innere Verblutungen.«

»Nein«, sagte ich, »seelisch. Eine rein seelische Angelegenheit.« Offenbar war das ein Fremdwort für ihn, er schwieg auf eine eisige Weise.

»Mein Gott«, sagte ich, »der Mensch besteht doch aus Leib und Seele.« Sein Brummen schien Zweifel an dieser Behauptung auszudrücken, zwischen zwei Zügen aus seiner Pfeife murmelte er: »Augustin – Bonaventura – Cusanus – Sie sind auf dem falschen Wege.«

»Seele«, sagte ich hartnäckig, »bitte richten Sie Herrn Schnier aus, die Seele seines Bruders sei in Gefahr, und er möge, sobald er mit dem Essen fertig ist, anrufen.«

»Seele«, sagte er kalt, »Bruder, Gefahr.« Er hätte genausogut: Müll, Mist, Melkeimer sagen können. Mir kam die Sache komisch vor: immerhin wurden die Studenten dort zu zukünftigen Seelsorgern ausgebildet, und er mußte das Wort Seele schon einmal gehört haben. »Die Sache ist sehr, sehr dringend«, sagte ich.

Er machte nur »Hm, hm«, es schien ihm vollkommen unverständlich, daß etwas, das mit Seele zusammenhing, dringend sein könnte.

»Ich werde es ausrichten«, sagte er, »was war das mit der Schule?«

»Nichts«, sagte ich, »gar nichts. Die Sache hat nichts mit Schule zu tun. Ich habe das Wort lediglich benutzt, um meinen Namen zu buchstabieren.«

»Sie glauben wohl, die lernen in der Schule noch buchstabieren. Glauben Sie das im Ernst?« Er wurde so lebhaft, daß ich annehmen konnte, er habe endlich sein Lieblingsthema erreicht. »Viel zu milde Methoden heute«, schrie er, »viel zu milde.«

»Natürlich«, sagte ich, »es müßte viel mehr Prügel in der Schule geben.«

»Nicht wahr«, rief er feurig.

»Ja«, sagte ich, »besonders die Lehrer müßten viel mehr Prügel kriegen. Sie denken doch daran, meinem Bruder die Sache auszurichten?«

»Schon notiert«, sagte er, »dringende seelische Angelegenheit. Schulsache. Hören Sie, junger Freund, darf ich Ihnen als der zweifellos Ältere einen wohlgemeinten Rat geben?«

»Oh, bitte«, sagte ich.

»Lassen Sie von Augustinus ab: geschickt formulierte Subjektivität ist noch lange nicht Theologie und richtet in jungen Seelen Schaden an. Nichts als Journalismus mit ein paar dialektischen Elementen. Sie nehmen mir diesen Rat nicht übel?«

»Nein«, sagte ich, »ich gehe auf der Stelle hin und schmeiß meinen Augustinus ins Feuer.«

»Recht so«, sagte er fast jubelnd, »ins Feuer damit. Gott mit Ihnen.« Ich war drauf und dran, danke zu sagen, aber es kam mir unangebracht vor, und so legte ich einfach auf und wischte mir den Schweiß ab. Ich bin sehr geruchsempfindlich, und der intensive Kohlgeruch hatte mein vegetatives Nervensystem mobilisiert. Ich dachte auch über die Methoden der kirchlichen Behörden nach: es war ja nett, daß sie einem alten Mann das Gefühl gaben, noch nützlich zu sein, aber ich konnte nicht einsehen, daß sie einem Schwerhörigen und so schrulligen alten Knaben ausgerechnet den Telefondienst übergaben. Den Kohlgeruch kannte ich vom Internat her. Ein Pater dort hatte uns mal erklärt, daß Kohl als sinnlichkeitsdämpfend gelte. Die Vorstellung, daß meine oder irgend jemandes Sinnlichkeit gedämpft wurde, war mir ekelhaft. Offenbar denken sie dort Tag und Nacht nur an das »fleischliche Verlangen«, und irgendwo in der Küche sitzt sicherlich eine Nonne, die den Speisezettel aufsetzt, dann mit dem Direktor darüber spricht, und beide sitzen sich dann gegenüber und sprechen nicht darüber, aber denken bei jeder Speise, die auf dem Zettel steht: das hemmt, das fördert die Sinnlichkeit. Mir erscheint eine solche Szene als ein klarer Fall von Obszönität, genau wie dieses verfluchte, stundenlange Fußballspielen im Internat; wir wußten alle, daß es müde machen sollte, damit wir nicht auf Mädchengedanken kämen, das machte mir das Fußballspielen widerlich, und wenn ich mir vorstelle, daß mein Bruder Leo Kohl essen muß, damit seine Sinnlichkeit gedämpft wird, möchte ich am liebsten in dieses Ding gehen und über den ganzen Kohl Salzsäure schütten. Was die Jungen da vor sich haben, ist auch ohne Kohl schwer genug: es muß schrecklich schwer sein, jeden Tag diese unfaßbaren Sachen zu verkündigen: Auferstehung des Fleisches und ein ewiges Leben. Im Weinberg des Herrn herumzuackern und zu sehen, wie verflucht wenig Sichtbares da herauskommt. Heinrich Behlen, der so nett zu uns war, als Marie die Fehlgeburt hatte, hat mir das alles einmal erklärt. Er bezeichnete sich mir gegenüber immer als »ungelernter Arbeiter im Weinberg des Herrn, sowohl was die Stimmung wie was die Bezahlung anbetrifft«.

Ich brachte ihn nach Haus, als wir um fünf aus dem Krankenhaus weggingen, zu Fuß, weil wir kein Geld für die Straßenbahn hatten, und als er vor seiner Haustür stand und den Schlüsselbund aus der Tasche zog, unterschied er sich in nichts von einem Arbeiter, der von der Nachtschicht kommt, müde, unrasiert, und ich wußte, es mußte schrecklich für ihn sein: jetzt die Messe zu lesen, mit all den Geheimnissen, von denen Marie mir immer erzählte. Als Heinrich die Tür aufschloß, stand seine Haushälterin da im Flur, eine mürrische alte Frau, in Pantoffeln, die Haut an ihren nackten Beinen ganz gelblich, und nicht einmal eine Nonne, und nicht seine Mutter oder Schwester; sie zischte ihn an: »Was soll das? Was soll das?« Diese ärmliche Junggesellenmuffigkeit; verflucht, mich wundert's nicht, wenn manche katholischen Eltern Angst haben, ihre jungen Töchter zu einem Priester in die Wohnung zu schikken, und mich wundert's nicht, wenn diese armen Kerle manchmal Dummheiten machen.

Fast hätte ich den schwerhörigen alten Pfeifenraucher in Leos Konvikt noch einmal angerufen: ich hätte mich gern mit ihm über das fleischliche Verlangen unterhalten. Ich hatte Angst, einen von denen anzurufen, die ich kannte: dieser Unbekannte würde mich wahrscheinlich besser verstehen. Ich hätte ihn gern gefragt, ob meine Auffassung vom Katholizismus richtig sei. Es gab für mich nur vier Katholiken auf der Welt: Papst Johannes, Alec Guinness, Marie und Gregory, einen altgewordenen Negerboxer, der fast einmal Weltmeister geworden wäre und sich jetzt in Varietés kümmerlich als Kraftmensch durchschlug. Hin und wieder im Turnus der Engagements traf ich ihn. Er war sehr fromm, richtig kirchlich, gehörte dem Dritten Orden an und trug sein Skapulier immer vorne auf seiner enormen Boxerbrust. Die meisten hielten ihn für schwachsinnig, weil er fast kein Wort sprach und außer Gurken und Brot kaum etwas aß; und doch war er so stark, daß er mich und Marie auf seinen Händen wie Puppen vor sich her durchs Zimmer tragen konnte. Es gab noch ein paar Katholiken mit ziemlich hohem Wahrscheinlichkeitsgrad: Karl Emonds und Heinrich Behlen, auch Züpfner. Bei Marie fing ich schon an zu zweifeln: ihr »metaphysischer Schrecken« leuchtete mir nicht ein, und wenn sie nun hinging und mit Züpfner all das tat, was ich mit ihr getan hatte, so beging sie Dinge, die in ihren Büchern eindeutig als Ehebruch und Unzucht bezeichnet wurden. Ihr metaphysischer Schrecken bezog sich einzig und allein auf meine Weigerung, uns standesamtlich trauen, unsere Kinder katholisch erziehen zu lassen. Wir hatten noch gar keine Kinder, sprachen aber dauernd darüber, wie wir sie anziehen, wie wir mit ihnen sprechen, wie wir sie erziehen wollten, und wir waren uns in allen Punkten einig, bis auf die katholische Erziehung. Ich war einverstanden, sie taufen zu lassen. Marie sagte, ich müsse es schriftlich geben, sonst würden wir nicht kirchlich getraut. Als ich mich mit der kirchlichen Trauung einverstanden erklärte, stellte sich heraus, daß wir auch standesamtlich getraut werden mußten – und da verlor ich die Geduld, und ich sagte, wir sollten doch noch etwas warten, jetzt käme es ja wohl auf ein Jahr nicht mehr an, und sie weinte und sagte, ich verstünde eben nicht, was es für sie bedeute, in diesem Zustand zu leben und ohne die Aussicht, daß unsere Kinder christlich erzogen würden. Es war schlimm, weil sich herausstellte, daß wir in diesem Punkt fünf Jahre lang aneinander vorbeigeredet hatten. Ich hatte tatsächlich nicht gewußt, daß man sich staatlich trauen lassen muß, bevor man kirchlich getraut wird. Natürlich hätte ich das wissen müssen, als erwachsener Staatsbürger und »vollverantwortliche männliche Person«, aber ich wußte es einfach nicht, so wie ich bis vor kurzem nicht wußte, daß man Weißwein kalt und Rotwein angewärmt serviert. Ich wußte natürlich, daß es Standesämter gab und dort irgendwelche Trauungszeremonien vollzogen und Urkunden ausgestellt wurden, aber ich dachte, das wäre eine Sache für unkirchliche Leute und für solche, die sozusagen dem Staat eine kleine Freude machen wollten. Ich wurde richtig böse, als ich erfuhr, daß man dorthin mußte, bevor man kirchlich getraut werden konnte, und als Marie dann noch davon anfing, daß ich mich schriftlich verpflichten müsse, unsere Kinder katholisch zu erziehen, bekamen wir Streit. Das kam mir wie Erpressung vor, und es gefiel mir nicht, daß Marie so ganz und gar einverstanden mit dieser Forderung nach schriftlicher Abmachung war. Sie konnte ja die Kinder taufen lassen und sie so erziehen, wie sie es für richtig hielt.

Es ging ihr schlecht an diesem Abend, sie war blaß und müde, sprach ziemlich laut mit mir, und als ich dann sagte, ja, gut, ich würde alles tun, auch diese Sachen unterschreiben, wurde sie böse und sagte: »Das tust du jetzt nur aus Faulheit, und nicht, weil du von der Berechtigung abstrakter Ordnungsprinzipien überzeugt bist«, und ich sagte ja, ich tät es tatsächlich aus Faulheit und weil ich sie gern mein ganzes Leben lang bei mir haben möchte, und ich würde sogar regelrecht zur katholischen Kirche übertreten, wenn es nötig sei, um sie zu behalten. Ich wurde sogar pathetisch und sagte, ein Wort wie »abstrakte Ordnungsprinzipien« erinnere mich an eine Folterkammer. Sie empfand es als Beleidigung, daß ich, um sie zu behalten, sogar katholisch werden wollte. Und ich hatte geglaubt, ihr auf eine Weise geschmeichelt zu haben, die fast zu weit ging. Sie sagte, es ginge jetzt nicht mehr um sie und um mich, sondern um die »Ordnung«.

Es war Abend, in einem Hotelzimmer in Hannover, in einem von diesen teuren Hotels, wo man, wenn man eine Tasse Kaffee bestellt, nur eine dreiviertel Tasse Kaffee bekommt. Sie sind in diesen Hotels so fein, daß eine volle Tasse Kaffee als ordinär gilt, und die Kellner wissen viel besser, was fein ist, als die feinen Leute, die dort die Gäste spielen. Ich komme mir in diesen Hotels immer vor wie in einem besonders teuren und besonders langweiligen Internat, und ich war an diesem Abend todmüde: drei Auftritte hintereinander. Am frühen Nachmittag vor irgendwelchen Stahlaktionären, nachmittags vor Lehramtskandidaten und abends in einem Varieté, wo der Applaus so matt war, daß ich den nahenden Untergang schon heraushörte. Als ich mir in diesem dummen Hotel Bier aufs Zimmer bestellte, sagte der Oberkellner so eisig am Telefon: »Jawoll, mein Herr«, als hätte ich Jauche gewünscht, und sie brachten mir das Bier in einem Silberbecher. Ich war müde, ich wollte nur noch Bier trinken, ein bißchen Mensch-ärgere-dich-nicht spielen, ein Bad nehmen, die Abendzeitungen lesen und neben Marie einschlafen: meine rechte Hand auf ihrer Brust und mein Gesicht so nah an ihrem Kopf, daß ich den Geruch ihres Haars mit in den Schlaf nehmen konnte. Ich hatte noch den matten Applaus im Ohr. Es wäre fast humaner gewesen, sie hätten alle den Daumen zur Erde gekehrt. Diese müde, blasierte Verachtung meiner Nummern war so schal wie das Bier in dem dummen Silberbecher. Ich war einfach nicht in der Lage, ein weltanschauliches Gespräch zu führen.

»Es geht um die Sache, Hans«, sagte sie, etwas weniger laut, und sie merkte nicht einmal, daß ›Sache‹ für uns eine bestimmte Bedeutung hatte; sie schien es vergessen zu haben. Sie ging vor dem Fußende des Doppelbettes auf und ab und schlug beim Gestikulieren mit der Zigarette jedesmal so präzis in die Luft, daß die kleinen Rauchwölkchen wie Punkte wirkten. Sie hatte inzwischen Rauchen gelernt, in dem lindgrünen Pullover sah sie schön aus: die weiße Haut, das Haar dunkler als früher, ich sah an ihrem Hals zum erstenmal Sehnen. Ich sagte: »Sei doch barmherzig, laß mich erst mal ausschlafen, wir wollen morgen beim Frühstück noch einmal über alles reden, vor allem über die Sache«, aber sie merkte nichts, drehte sich um, blieb vor dem Bett stehen, und ich sah ihrem Mund an, daß es Motive zu diesem Auftritt gab, die sie sich selbst nicht eingestand. Als sie an der Zigarette zog, sah ich ein paar Fältchen um ihren Mund, die ich noch nie gesehen hatte. Sie sah mich kopfschüttelnd an, seufzte, drehte sich wieder um und ging auf und ab.

»Ich versteh nicht ganz«, sagte ich müde, »erst streiten wir um meine Unterschrift unter dieses Erpressungsformular – dann um die standesamtliche Trauung – jetzt bin ich zu beidem bereit, und du bist noch böser als vorher.«

»Ja«, sagte sie, »es geht mir zu rasch, und ich spüre, daß du die Auseinandersetzung scheust. Was willst du eigentlich?«

»Dich«, sagte ich, und ich weiß nicht, ob man einer Frau etwas Netteres sagen kann.

»Komm«, sagte ich, »leg dich neben mich und bring den Aschenbecher mit, dann können wir viel besser reden.« Ich konnte das Wort Sache nicht mehr in ihrer Gegenwart aussprechen. Sie schüttelte den Kopf, stellte mir den Aschenbecher aufs Bett, ging zum Fenster und blickte hinaus. Ich hatte Angst. »Irgend etwas an diesem Gespräch gefällt mir nicht – es klingt nicht nach dir!«

»Wonach denn?« fragte sie leise, und ich fiel auf die plötzlich wieder so sanfte Stimme herein.

»Sie riecht nach Bonn«, sagte ich, »nach dem Kreis, nach Sommerwild und Züpfner – und wie sie alle heißen.«

»Vielleicht«, sagte sie, ohne sich umzudrehen, »bilden deine Ohren sich ein, gehört zu haben, was deine Augen gesehen haben.«

»Ich versteh dich nicht«, sagte ich müde, »was meinst du.«

»Ach«, sagte sie, »als ob du nicht wüßtest, daß hier Katholikentag ist.«

»Ich hab die Plakate gesehen«, sagte ich.

»Und daß Heribert und Prälat Sommerwild hier sein könnten, ist dir nicht in den Sinn gekommen?«

Ich hatte nicht gewußt, daß Züpfner mit Vornamen Heribert hieß. Als sie den Namen nannte, fiel mir ein, daß nur er gemeint sein konnte. Ich dachte wieder an das Händchenhalten. Mir war schon aufgefallen, daß in Hannover viel mehr katholische Priester und Nonnen zu sehen waren als zu der Stadt zu passen schien, aber ich hatte nicht daran gedacht, daß Marie hier jemand treffen könnte, und selbst wenn – wir waren ja manchmal, wenn ich ein paar Tage frei hatte, nach Bonn gefahren, und sie hatte den ganzen »Kreis« ausgiebig genießen können.

»Hier im Hotel?« fragte ich müde.

»Ja«, sagte sie.

»Warum hast du mich nicht mit ihnen zusammen gebracht?«

»Du warst ja kaum hier«, sagte sie, »eine Woche lang immer unterwegs – Braunschweig, Hildesheim, Celle . . .«

»Aber jetzt habe ich Zeit«, sagte ich, »ruf sie an, und wir trinken noch was unten in der Bar.«

»Sie sind weg«, sagte sie, »heute nachmittag gefahren.«

»Es freut mich«, sagte ich, »daß du so lange und ausgiebig ›katholische Luft‹ hast atmen können, wenn auch importierte.« Das war nicht mein, sondern ihr Ausdruck. Manchmal hatte sie gesagt, sie müsse mal wieder katholische Luft atmen.

»Warum bist du böse«, sagte sie; sie stand immer noch mit dem Gesicht zur Straße, rauchte schon wieder, und auch das war mir fremd an ihr: dieses hastige Rauchen, es war mir so fremd wie die Art, in der sie mit mir sprach. In diesem Augenblick hätte sie Irgendeine sein können, eine Hübsche, nicht sehr Intelligente, die irgendeinen Vorwand suchte, um zu gehen.

»Ich bin nicht böse«, sagte ich, »du weißt es. Sag mir nur, daß du's weißt.«

Sie sagte nichts, nickte aber, und ich konnte genug von ihrem Gesicht sehen, um zu wissen, daß sie die Tränen zurückhielt. Warum? Sie hätte weinen sollen, heftig und lange. Dann hätte ich aufstehen, sie in den Arm nehmen und küssen können. Ich tat es nicht. Ich hatte keine Lust, und nur aus Routine oder Pflicht wollte ich's nicht tun. Ich blieb liegen. Ich dachte an Züpfner und Sommerwild, daß sie drei Tage lang mit denen hier herumgeredet hatte, ohne mir etwas davon zu erzählen. Sie hatten sicherlich über mich gesprochen. Züpfner gehört zum Dachverband katholischer Laien. Ich zögerte zu lange, eine Minute, eine halbe oder zwei, ich weiß nicht. Als ich dann aufstand und zu ihr ging, schüttelte sie den Kopf, schob meine Hände von ihrer Schulter weg und fing wieder an zu reden, von ihrem metaphysischen Schrecken und von Ordnungsprinzipien, und ich kam mir vor, als wäre ich schon zwanzig Jahre lang mit ihr verheiratet. Ihre Stimme hatte einen erzieherischen Ton, ich war zu müde, ihre Argumente aufzufangen, sie flogen an mir vorbei. Ich unterbrach sie und erzählte ihr von dem Reinfall, den ich im Varieté erlebt hatte, dem ersten seit drei Jahren. Wir standen nebeneinander am Fenster, blickten auf die Straße hinunter, wo dauernd Taxis vorfuhren, die katholische Komiteemitglieder zum Bahnhof brachten: Nonnen, Priester und seriös wirkende Laien. In einer Gruppe erkannte ich Schnitzler, er hielt einer sehr fein aussehenden alten Nonne die Taxitür auf. Als er bei uns wohnte, war er evangelisch. Er mußte entweder konvertiert sein oder als evangelischer Beobachter hier gewesen sein. Ihm war alles zuzutrauen. Unten wurden Koffer geschleppt und Trinkgelder in Hoteldienerhände gedrückt. Mir drehte sich vor Müdigkeit und Verwirrung alles vor den Augen: Taxis und Nonnen, Lichter und Koffer, und ich hatte dauernd den mörderisch müden Applaus im Ohr. Marie hatte längst ihren Monolog über die Ordnungsprinzipien abgebrochen, sie rauchte auch nicht mehr, und als ich vom Fenster zurücktrat, kam sie mir nach, faßte mich an der Schulter und küßte mich auf die Augen. »Du bist so lieb«, sagte sie, »so lieb und so müde«, aber als ich sie umarmen wollte, sagte sie leise: »Bitte, bitte, nicht«, und es war falsch von mir, daß ich sie wirklich losließ. Ich warf mich in den Kleidern aufs Bett, schlief sofort ein, und als ich am Morgen wach wurde, war ich nicht erstaunt darüber, daß Marie gegangen war. Ich fand den Zettel auf dem Tisch: »Ich muß den Weg gehen, den ich gehen muß.« Sie war fast fünfundzwanzig, und es hätte ihr etwas Besseres einfallen müssen. Ich nahm es ihr nicht übel, es kam mir nur ein bißchen wenig vor. Ich setzte mich sofort hin und schrieb ihr einen langen Brief, nach dem Frühstück noch einen, ich schrieb ihr jeden Tag und schickte die Briefe alle an Fredebeuls Adresse nach Bonn, aber ich bekam nie Antwort.

9

Es dauerte auch bei Fredebeul lange, bis jemand an den Apparat kam; das dauernde Tuten machte mich nervös, ich stellte mir vor, daß Frau Fredebeul schlief, von dem Tuten geweckt wurde, wieder einschlief, wieder geweckt wurde, und ich durchlitt alle Qualen ihrer von diesem Anruf betroffenen Ohren. Ich war drauf und dran, wieder aufzulegen, gestand mir aber eine Art Notstand zu und ließ es weiterklingeln. Fredebeul selbst aus tiefem Schlaf zu wecken, hätte mich nicht im geringsten gequält: dieser Bursche hat keinen ruhigen Schlaf verdient; er ist krankhaft ehrgeizig, hat wahrscheinlich immer die Hand auf dem Telefon liegen, um anzurufen oder Anrufe anzunehmen, von Ministerialdirektoren, Redakteuren, Zentralkomitees, Dachverbänden und von der Partei. Seine Frau habe ich gern. Sie war noch Schülerin, als er sie zum erstenmal mit in den Kreis brachte, und die Art, wie sie da saß, mit ihren hübschen Augen den theologisch-soziologischen Auseinandersetzungen folgte, machte mich ganz elend. Ich sah ihr an, daß sie viel lieber tanzen oder ins Kino gegangen wäre. Sommerwild, bei dem diese Zusammenkunft stattfand, fragte mich dauernd: Ist Ihnen zu heiß, Schnier, und ich sagte: Nein, Prälat, obwohl mir der Schweiß von Stirn und Wangen lief. Ich ging schließlich auf Sommerwilds Balkon, weil ich das Gerede nicht mehr ertragen konnte. Sie selbst hatte das ganze Palaver ausgelöst, weil sie – übrigens vollkommen außer dem Zusammenhang des Gesprächs, das eigentlich über Größe und Grenzen des Provinzialismus ging – gesagt hatte, sie fände einiges, was Benn geschrieben hätte, doch »ganz hübsch«. Daraufhin wurde Fredebeul, als dessen Verlobte sie galt, knallrot, denn Kinkel warf ihm einen seiner berühmten sprechenden Blicke zu: »Wie, das hast du noch nicht bei ihr in Ordnung gebracht?« Er brachte es also selbst in Ordnung und schreinerte das arme Mädchen zurecht, indem er das ganze Abendland als Hobel ansetzte. Es blieb fast nichts von dem netten Mädchen übrig, die Späne flogen, und ich ärgerte mich über diesen Feigling Fredebeul, der nicht eingriff, weil er mit Kinkel auf eine bestimmte ideologische Linie »verschworen« ist, ich weiß jetzt gar nicht mehr, ob links oder rechts, jedenfalls haben sie ihre Linie, und Kinkel fühlte sich moralisch verpflichtet, Fredebeuls Braut auszurichten. Auch Sommerwild rührte sich nicht, obwohl er die Kinkel und Fredebeul entgegengesetzte Linie vertrat, ich weiß nicht welche: wenn Kinkel und Fredebeul links sind, ist Sommerwild rechts, oder umgekehrt. Auch Marie war ein bißchen blaß geworden, aber ihr imponiert Bildung – das habe ich ihr nie ausreden können –, und Kinkels Bildung imponierte auch der späteren Frau Fredebeul: sie nahm mit fast schon unzüchtigen Seufzern die wortstarke Belehrung hin: Das ging von den Kirchenvätern bis Brecht wie ein Unwetter nieder, und als ich erfrischt vom Balkon zurückkam, saßen alle vollkommen erschossen da, tranken Bowle – und das ganze nur, weil das arme Ding gesagt hatte, sie fände einiges von Benn »ganz hübsch«.

Jetzt hat sie schon zwei Kinder von Fredebeul, ist kaum zweiundzwanzig, und während das Telefon immer noch in ihrer Wohnung klingelte, stellte ich mir vor, wie sie irgendwo mit Babyflaschen, Puderdosen, Windeln und Cremes herumhantierte, vollkommen hilflos und konfus, und ich dachte an die Berge von schmutziger Babywäsche und das ungespülte, fettige Geschirr in ihrer Küche. Ich hatte ihr einmal, als mir die Unterhaltung zu anstrengend wurde, geholfen, Toast zu rösten, Schnittchen zu machen und Kaffee zu kochen, Arbeiten, von denen ich nur sagen kann, daß sie mir weniger widerwärtig sind als gewisse Formen der Unterhaltung.

Eine sehr zaghafte Stimme sagte: »Ja, bitte?« und ich konnte aus dieser Stimme heraushören, daß es in Küche, Badezimmer und Schlafzimmer hoffnungsloser aussah als je. Riechen konnte ich diesmal fast nichts: nur, daß sie eine Zigarette in der Hand haben mußte.

»Schnier«, sagte ich, und ich hatte einen Ausruf der Freude erwartet, wie sie ihn immer tut, wenn ich sie anrufe. Ach, Sie in Bonn – wie nett – oder ähnlich, aber sie schwieg verlegen, sagte dann schwach: »Ach, nett.« Ich wußte nicht, was ich sagen sollte. Früher hatte sie immer gesagt: »Wann kommen Sie noch einmal und führen uns was vor?« Kein Wort. Es war mir peinlich, nicht meinet-, mehr ihretwegen, meinetwegen war es nur deprimierend, ihretwegen war es peinlich. »Die Briefe«, sagte ich schließlich mühsam, »die Briefe, die ich Marie an Ihre Adresse schickte?«

»Liegen hier«, sagte sie, »ungeöffnet zurückgekommen.«

»An welche Adresse hatten Sie sie denn nachgeschickt?«

»Ich weiß nicht«, sagte sie, »das hat mein Mann gemacht.«

»Aber Sie müssen doch auf den zurückkommenden Briefen gesehen haben, welche Adresse er drauf geschrieben hat?«

»Wollen Sie mich verhören?«

»O nein«, sagte ich sanft, »nein, nein, ich dachte nur ganz bescheiden, ich könnte ein Recht haben, zu erfahren, was mit meinen Briefen geschehen ist.«

»Die Sie, ohne uns zu fragen, hierhergeschickt haben.«

»Liebe Frau Fredebeul«, sagte ich, »bitte, werden Sie jetzt menschlich.«

Sie lachte, matt, aber doch hörbar, sagte aber nichts.

»Ich meine«, sagte ich, »es gibt doch einen Punkt, wo die Menschen, wenn auch aus ideologischen Gründen – menschlich werden.«

»Soll das heißen, daß ich mich bisher unmenschlich verhalten habe?«

»Ja«, sagte ich. Sie lachte wieder, sehr matt, aber immer noch hörbar.

»Ich bin sehr unglücklich über diese Geschichte«, sagte sie schließlich,

»aber mehr kann ich nicht sagen. Sie haben uns alle eben schrecklich enttäuscht.«

»Als Clown?« fragte ich.

»Auch«, sagte sie, »aber nicht nur.«

»Ihr Mann ist wohl nicht zu Hause?«

»Nein«, sagte sie, »er kommt erst in ein paar Tagen zurück. Er hält Wahlreden in der Eifel.«

»Was?« rief ich; das war wirklich eine Neuigkeit, »doch nicht für die CDU?«

»Warum nicht«, sagte sie in einem Ton, der mir deutlich zu verstehen gab, daß sie gern einhängen würde.

»Na gut«, sagte ich, »ist es zuviel verlangt, wenn ich Sie bitte, mir meine Briefe hierherzuschicken.«

»Wohin?«

»Nach Bonn – hier an meine Bonner Adresse.«

»Sie sind in Bonn?« fragte sie, und es kam mir so vor, als ob sie ein »Um Gottes willen« unterdrücke.

»Auf Wiedersehen«, sagte ich, »und dank für soviel Humanität.« Es tat mir leid, daß ich so böse mit ihr war, ich war am Ende. Ich ging in die Küche, nahm den Kognak aus dem Eisschrank und nahm einen tiefen Schluck. Es half nichts, ich nahm noch einen, es half ebensowenig. Von Frau Fredebeul hatte ich eine solche Abfertigung am wenigsten erwartet. Ich hatte mit einem langen Sermon über die Ehe gerechnet, mit Vorwürfen über mein Verhalten Marie gegenüber; sie konnte auf eine nette, konsequente Weise dogmatisch sein, aber meistens, wenn ich in Bonn war und sie anrief, hatte sie mich scherzhaft aufgefordert, ihr doch noch einmal in Küche und Kinderzimmer zu helfen. Ich mußte mich in ihr getäuscht haben, oder vielleicht war sie wieder schwanger und schlecht gelaunt. Ich hatte nicht den Mut, noch einmal anzurufen und möglicherweise herauszukriegen, was mit ihr los war. Sie war immer so nett zu mir gewesen. Ich konnte es mir nicht anders erklären, als daß Fredebeul ihr »strikte Anweisungen« gegeben hatte, mich so abzufertigen. Mir ist schon oft aufgefallen, daß Ehefrauen loyal gegenüber ihrem Mann sind bis zum völligen Wahnsinn. Frau Fredebeul war wohl zu jung, als daß sie hätte wissen können, wie sehr mich ihre unnatürliche Kälte treffen würde, und ich konnte ihr wohl nicht zumuten, einzusehen, daß Fredebeul nicht viel mehr ist als ein opportunistischer Schwätzer, der um jeden Preis Karriere machen will und seine Großmutter »fallen lassen« würde, wenn sie ihm hinderlich wäre. Sicher hatte er ihr gesagt: »Schnier abschreiben«, und sie schrieb mich einfach ab. Sie war ihm untertan, und so lange er gemeint hatte, ich sei zu irgend etwas nütze, hatte sie ihrer Natur folgen und nett zu mir sein dürfen, jetzt mußte sie gegen ihre Natur schnöde zu mir sein. Vielleicht tat ich ihnen auch unrecht, und sie folgten beide nur ihrem Gewissen. Wenn Marie mit Züpfner verheiratet war, war es wohl sündhaft, wenn sie mir Kontakt mit ihr verschafften – daß Züpfner *der* Mann im Dachverband war und Fredebeul nützen konnte, machte dem Gewissen keine Schwierigkeiten. Sicher mußten die das Gute und Richtige auch dann tun, wenn es ihnen nützte. Über Fredebeul war ich weniger erschrocken als über seine Frau. Über ihn hatte ich mir nie Illusionen gemacht, und nicht einmal die Tatsache, daß er jetzt Wahlreden für die CDU hielt, konnte mich in Erstaunen versetzen.

Ich stellte die Kognakflasche endgültig in den Eisschrank zurück.

Am besten rief ich sie jetzt alle hintereinander an, um die Katholiken hinter mir zu haben. Ich war irgendwie wach geworden und humpelte nicht einmal mehr, als ich aus der Küche wieder ins Wohnzimmer ging. Sogar die Garderobe und die Tür zur Besenkammer in der Diele waren rostfarben.

Ich versprach mir nichts davon, Kinkel anzurufen – und wählte doch seine Nummer. Er hatte sich immer als begeisterter Verehrer meiner Kunst erklärt – und wer unser Gewerbe kennt, weiß, daß sogar das winzigste Lob eines Bühnenarbeiters unsere Brust bis zum Platzen schwellen läßt. Ich hatte den Wunsch, Kinkels christlichen Abendfrieden zu stören – und den Hintergedanken, daß er mir Maries Aufenthalt verraten würde. Er war der Kopf des Kreises, hatte Theologie studiert, dann aber einer hübschen Frau wegen das Studium abgebrochen, war Jurist geworden, hatte sieben Kinder und galt als »einer unserer fähigsten Sozialpolitiker«. Vielleicht war er's wirklich, ich konnte das nicht beurteilen. Bevor ich ihn kennenlernte, hatte Marie mir eine Broschüre von ihm zu lesen gegeben, *Wege zu einer neuen Ordnung*, und nach der Lektüre dieser Schrift, die mir gut gefiel, hatte ich ihn mir als einen großen, zarten, blonden Menschen vorgestellt, und als ich ihn dann zum erstenmal sah: einen schweren, kurzen Kerl mit dichtem schwarzen Haar, »strotzend von Vitalität«, konnte ich gar nicht glauben, daß er es sei. Daß er nicht so aussah, wie ich ihn mir vorgestellt habe, macht mich vielleicht so ungerecht ihm gegenüber. Der alte Derkum hatte immer, wenn Marie anfing, von Kinkel zu schwärmen, von den Kinkel-Cocktails gesprochen: Mischungen aus wechselnden Bestandteilen: Marx plus Guardini, oder Bloy plus Tolstoi.

Als wir zum erstenmal eingeladen wurden, fing die Sache gleich peinlich an. Wir kamen viel zu früh, und im Hintergrund der Wohnung stritten sich Kinkels Kinder laut, mit zischenden Stimmen, die durch Zischen beschwichtigt wurden, darüber, wer den Abendbrottisch abräumen müsse. Kinkel kam, lächelnd, noch kauend, und überspielte krampfhaft seine Gereiztheit über unser zu frühes Erscheinen. Auch Sommerwild kam, nicht kauend, sondern grinsend und händereibend. Kinkels Kinder im Hintergrund kreischten auf eine bösartige Weise, die in peinlichem Widerspruch zu Kinkels Lächeln und Sommerwilds Grinsen stand, wir hörten, wie es hinten von Ohrfeigen klatschte, ein brutales Geräusch, und, hinter geschlossenen Türen, wußte ich, ging das Kreischen heftiger als vorher weiter. Ich saß da neben Marie und rauchte vor Aufregung, durch die Disharmonien im Hintergrund vollkommen aus dem Gleichgewicht gebracht, eine Zigarette nach der anderen, während Sommerwild mit Marie plauderte, immer dieses »verzeihende und großzügige Lächeln« auf dem Gesicht. Wir waren zum erstenmal seit unserer Flucht wieder in Bonn. Marie war blaß vor Aufregung, auch vor Ehrfurcht und Stolz, und ich verstand sie sehr gut. Es lag ihr daran, sich mit der »Kirche wieder zu versöhnen«, und Sommerwild war so nett zu ihr, und Kinkel und Sommerwild waren Leute, zu denen sie ehrfürchtig aufblickte. Sie stellte mich Sommerwild vor, und als wir uns wieder setzten, sagte Sommerwild: »Sind Sie verwandt mit den Braunkohlenschniers?« Mich ärgerte das. Er wußte ganz genau, mit wem ich verwandt war. Fast jedes Kind in Bonn wußte, daß Marie Derkum mit einem von den Braunkohlenschniers durchgebrannt war, »kurz vor dem Abitur, und sie war doch so fromm«. Ich beantwortete Sommerwilds Frage gar nicht, er lachte und sagte: »Mit Ihrem Herrn Großvater geh ich manchmal auf die Jagd, und Ihren Herrn Vater treffe ich gelegentlich zum Skat in der Bonner Herren-Union.« Auch darüber ärgerte ich mich. Er konnte doch nicht so dumm sein, anzunehmen, daß mir dieser Unsinn mit Jagd und Herren-Union imponieren würde, und er sah mir nicht so aus, als ob er aus Verlegenheit irgend etwas sagte. Ich machte endlich den Mund auf und sagte: »Auf die Jagd? Ich dachte immer, katholischen Geistlichen wäre Teilnahme an der Jagd verboten.« Es entstand ein peinliches Schweigen, Marie wurde rot, Kinkel rannte irritiert durchs Zimmer und suchte den Korkenzieher, seine Frau, die gerade hereingekommen war, schüttete Salzmandeln auf einen Glasteller, auf dem schon Oliven lagen. Sogar Sommerwild wurde rot, und es stand ihm gar nicht, er war schon rot genug im Gesicht. Er sagte leise, und doch ein bißchen gekränkt: »Für einen Protestanten sind Sie gut informiert.« Und ich sagte: »Ich bin kein Protestant, aber ich interessiere mich für bestimmte Dinge, weil Marie sich dafür interessiert.« Und während Kinkel uns allen Wein einschenkte, sagte Sommerwild: »Es gibt Vorschriften, Herr Schnier, aber auch Ausnahmen. Ich stamme aus einem Geschlecht, in dem der Oberförsterberuf erblich war.« Wenn er gesagt hätte Försterberuf, so hätte ich das verstanden, daß er sagte Oberförsterberuf, fand ich wieder ärgerlich, aber ich sagte nichts, machte nur ein mucksiges Gesicht. Dann fingen sie mit ihrer Augensprache an. Frau Kinkel sagte mit den Augen zu Sommerwild: Lassen Sie ihn, er ist ja noch so schrecklich jung. Und Sommerwild sagte mit seinen Augen zu ihr: Ja, jung und ziemlich ungezogen, und Kinkel sagte, während er mir als letztem Wein eingoß, mit den Augen zu mir: O Gott, wie jung Sie noch sind. Laut sagte er zu Marie: »Wie geht's dem Vater? Immer noch der alte?« Die arme Marie war so blaß und verstört, daß sie nur stumm nicken konnte. Sommerwild sagte: »Was wäre unsere gute alte, so fromme Stadt ohne Herrn Derkum.« Das ärgerte mich wieder, denn der alte Derkum hatte mir erzählt, daß Sommerwild versucht hatte, die Kinder der katholischen Schule, die immer noch bei ihm Bonbons und Bleistifte kaufen, vor ihm zu warnen. Ich sagte: »Ohne Herrn Derkum wäre unsere gute alte, so fromme Stadt noch dreckiger, er ist wenigstens kein Heuchler.« Kinkel warf mir einen erstaunten Blick zu, hob sein Glas und sagte: »Danke, Herr Schnier, Sie geben mir das Stichwort für einen guten Toast: Trinken wir auf das Wohl von Martin Derkum.« Ich sagte: »Ja, auf *sein* Wohl mit Freuden.« Und Frau Kinkel sprach wieder mit den Augen zu ihrem Mann: Er ist nicht nur jung und ungezogen – auch unverschämt. Ich habe nie verstanden, daß Kinkel später immer diesen »ersten Abend mit Ihnen« als den nettesten bezeichnet hat. Kurz drauf kamen Fredebeul, seine Braut, Monika Silvs und ein gewisser von Severn, von dem, bevor er kam, gesagt wurde, daß er »zwar eben konvertiert sei, aber der SPD nahestehe«, was offenbar als himmelstürmende Sensation angesehen wurde. Ich sah auch Fredebeul an diesem Abend zum erstenmal, und es ging mir mit ihm wie mit fast allen: ich war ihnen trotz allem sympathisch, und sie waren mir alle trotz allem unsympathisch, außer Fredebeuls Braut und Monika Silvs; von Severn war mir weder das eine noch das andere. Er war langweilig und schien fest entschlossen, sich auf der sensationellen Tatsache, Konvertit *und* SPD-Mitglied zu sein, endgültig auszuruhen; er lächelte, war freundlich, und doch schienen seine etwas vorstehenden Augen ständig zu sagen: Seht mich an, ich bins! Ich fand ihn gar nicht übel. Fredebeul war sehr jovial zu mir, er sprach fast eine Dreiviertelstunde über Beckett und Ionesco, rasselte lauter Zeug herunter, von dem ich merkte, daß ers zusammengelesen hatte, und sein glattes hübsches Gesicht mit dem überraschend breiten Mund strahlte vor Wohlwollen, als ich dummerweise bekannte, Beckett gelesen zu haben; alles, was er sagt, kommt mir immer so bekannt vor, als ob ichs schon irgendwo gelesen hätte. Kinkel strahlte ihn bewundernd an, und Sommerwild blickte um sich, mit den Augen sprechend: Was, wir Katholiken sind nicht hinterm Mond. Das alles war vor dem Gebet. Es war Frau Kinkel, die sagte: »Ich glaube, Odilo, wir können das Gebet sprechen. Heribert kommt wohl heute nicht« – sie blickten alle auf Marie, dann viel zu plötzlich von ihr weg, aber ich kapierte nicht, warum wieder so ein peinliches Schweigen entstand – erst in Hannover im Hotelzimmer wußte ich plötzlich, daß Heribert Züpfners Vorname ist. Er kam doch noch später, nach dem

Gebet, als sie mitten im Thema des Abends waren, und ich fand es sehr lieb, wie Marie sofort, als er reinkam, auf ihn zuging, ihn ansah und eine hilflose Schulterbewegung machte, bevor Züpfner die anderen begrüßte und sich lächelnd neben mich setzte. Sommerwild erzählte dann die Geschichte von dem katholischen Schriftsteller, der lange mit einer geschiedenen Frau zusammenlebte, und als er sie dann heiratete, sagte ein hoher Prälat zu ihm: »Aber mein lieber Besewitz, konnten Sies denn nicht beim Konkubinat belassen?« Sie lachten alle ziemlich ausgelassen über diese Geschichte, besonders Frau Kinkel auf eine fast schon obszöne Weise. Der einzige, der nicht lachte, war Züpfner, und ich hatte ihn gern deswegen. Auch Marie lachte nicht. Sicher erzählte Sommerwild diese Geschichte, um mir zu zeigen, wie großherzig, warm, wie witzig und farbig die katholische Kirche sei; daß ich mit Marie auch sozusagen im Konkubinat lebte, daran dachten sie nicht. Ich erzählte ihnen die Geschichte von dem Arbeiter, der ganz in unserer Nähe gelebt hatte; er hieß Frehlingen und hatte in seinem Siedlungshäuschen auch mit einer geschiedenen Frau zusammengelebt, deren drei Kinder er sogar ernährte. Zu Frehlingen war eines Tages der Pfarrer gekommen und hatte ihn mit ernster Miene und unter gewissen Drohungen aufgefordert, »dem unsittlichen Treiben ein Ende zu setzen«, und Frehlingen, der ziemlich fromm war, hatte die hübsche Frau mit ihren drei Kindern tatsächlich fortgeschickt. Ich erzählte auch, wie die Frau nachher auf den Strich ging, um die Kinder zu ernähren, und wie Frehlingen ans Saufen gekommen war, weil er sie wirklich gern hatte. Es entstand wieder so ein peinliches Schweigen, wie immer, wenn ich etwas sagte, aber Sommerwild lachte und sagte: »Aber Herr Schnier, Sie wollen doch die beiden Fälle nicht etwa miteinander vergleichen?« – »Wieso nicht?« sagte ich. »Das können Sie nur, weil Ihnen Besewitz kein Begriff ist«, sagte er wütend, »er ist der feinsinnigste Autor, der die Bezeichnung christlich verdient.« Und ich wurde auch wütend und sagte: »Wissen Sie denn, wie feinsinnig Frehlingen war – und welch ein christlicher Arbeiter.« Er sah mich nur kopfschüttelnd an und hob verzweifelt die Hände. Es entstand eine Pause, in der man nur Monika Silvs hüsteln hörte, aber sobald Fredebeul im Zimmer ist, braucht kein Gastgeber Angst vor einer Gesprächspause zu haben. Er hakte sich in die kurze Stille sofort ein, lenkte zum Thema des Abends zurück und sprach von der Relativität des Armutsbegriffs, etwa eineinhalb Stunden lang, bis er endlich Kinkel Gelegenheit gab, die Anekdote von jenem Mann zu erzählen, der zwischen fünfhundert Mark und dreitausend im Monat das nackte Elend erlebt hatte, und Züpfner bat mich um eine Zigarette, um seine Schamröte mit Rauch zu verhüllen.

Mir war so elend wie Marie, als wir mit der letzten Bahn nach Köln zurückfuhren. Wir hatten das Geld für die Fahrt zusammengekratzt, weil Marie soviel daran gelegen hatte, die Einladung anzunehmen. Es war uns auch körperlich übel, wir hatten zu wenig gegessen und mehr getrunken, als wir gewohnt waren. Die Fahrt kam uns endlos lang vor, und als wir in Köln-West ausstiegen, mußten wir zu Fuß nach Hause gehen. Wir hatten kein Fahrgeld mehr.

Bei Kinkel kam sofort jemand ans Telefon. »Alfred Kinkel hier«, sagte eine selbstbewußte Jungenstimme.

»Schnier«, sagte ich, »könnte ich Ihren Vater sprechen?«

»Schnier, der Theologe oder Schnier, der Clown?«

»Der Clown«, sagte ich.

»Ach«, sagte er, »ich hoffe, Sie nehmen es nicht zu schwer?«

»Schwer?« sagte ich müde, »was soll ich nicht zu schwer nehmen?«

»Was?« sagte er, »Sie haben die Zeitung nicht gelesen?«

»Welche?« sagte ich.

»Die Stimme Bonns«, sagte er.

»Ein Verriß?« fragte ich.

»Oh«, sagte er, »ich glaube, das ist schon eher eine Todesanzeige. Soll ichs Ihnen mal holen und vorlesen?«

»Nein, danke«, sagte ich. Dieser Junge hatte einen hübsch sadistischen Unterton in der Stimme.

»Aber Sie sollten sichs anschauen«, sagte er, »um daraus zu lernen.« Mein Gott, pädagogische Ambitionen hatte er auch noch.

»Wer hats denn geschrieben?« sagte ich.

»Ein gewisser Kostert, der als unser Korrespondent im Ruhrgebiet bezeichnet wird. Glänzend geschrieben, aber ziemlich gemein.«

»Nun ja«, sagte ich, »er ist ja auch ein Christ.«

»Sie etwa nicht?«

»Nein«, sagte ich, »Ihr Vater ist wohl nicht zu sprechen?«

»Er will nicht gestört werden, aber für Sie störe ich ihn gerne.« Es war das erstemal, daß Sadismus mir nützlich wurde. »Danke«, sagte ich.

Ich hörte, wie er den Hörer auf den Tisch legte, durchs Zimmer ging, und wieder hörte ich im Hintergrund dieses böse Zischen. Es hörte sich an, als wäre eine ganze Schlangenfamilie miteinander in Streit geraten: zwei männliche Schlangen und eine weibliche. Es ist mir immer peinlich, wenn ich Augen- oder Ohrenzeuge von Vorgängen werde, die nicht für mein Auge oder Ohr bestimmt sind, und die mystische Begabung, durchs Telefon Gerüche wahrzunehmen, ist keineswegs eine Freude, sondern eine Last. Es roch in der Kinkelschen Wohnung nach Fleischbrühe, als hätten sie einen ganzen Ochsen gekocht. Das Gezische im Hintergrund klang lebensgefährlich, als würde der Sohn den Vater oder die Mutter den Sohn umbringen. Ich dachte an Laokoon, und daß dieses

Gezische und Gekeife – ich konnte sogar Geräusche eines Handgemenges hören, Aus und Ahs, Ausrufe wie »du ekelhaftes Biest«, »Du brutales Schwein« – in der Wohnung dessen stattfand, der als die »graue Eminenz des deutschen Katholizismus« bezeichnet wurde, trug nicht zu meiner Erheiterung bei. Ich dachte auch an den miesen Kostert in Bochum, der sich noch gestern abend ans Telefon gehängt und seinen Text durchtelefoniert haben mußte, und doch hatte er heute morgen an meiner Zimmertür wie ein demütiger Köter gekratzt und den christlichen Bruder gespielt.

Kinkel sträubte sich offenbar buchstäblich mit Händen und Füßen, ans Telefon zu kommen, und seine Frau – ich konnte die Geräusche und Bewegungen im Hintergrund allmählich entziffern – war noch heftiger dagegen als er, während der Sohn sich weigerte, mir zu sagen, er habe sich getäuscht, sein Vater sei nicht zu Hause. Plötzlich wurde es vollkommen still, so still wie es ist, wenn jemand verblutet, wirklich: es war eine verblutende Stille. Dann hörte ich schleppende Schritte, hörte, wie einer den Hörer vom Tisch nahm, und rechnete damit, daß der Hörer aufgelegt würde. Ich wußte noch genau, wo das Telefon in Kinkels Wohnung steht. Genau unter der von drei Barockmadonnen, die Kinkel immer als die minderwertigste bezeichnet. Mir wäre fast lieber gewesen, er hätte aufgelegt. Ich hatte Mitleid mit ihm, es mußte fürchterlich für ihn sein, jetzt mit mir zu sprechen, und für mich selbst erhoffte ich nichts von diesem Gespräch, weder Geld noch guten Rat. Wäre seine Stimme außer Atem gewesen, hätte mein Mitleid überwogen, aber seine Stimme war so dröhnend und vital wie je. Jemand hat mal seine Stimme mit einem ganzen Trompeterkorps verglichen.

»Hallo, Schnier«, dröhnte es mir entgegen, »reizend, daß Sie anrufen.«

»Hallo, Doktor«, sagte ich, »ich bin in einer Klemme.«

Das einzig Bösartige an meinen Worten war das Doktor, denn sein Doktor ist, wie der von Papa, ein nagelneuer h. c.

»Schnier«, sagte er, »stehen wir so miteinander, daß Sie glauben, mich mit Herr Doktor anreden zu müssen?«

»Ich habe keine Ahnung, wie wir miteinander stehen«, sagte ich.

Er lachte besonders dröhnend: vital, katholisch, offen, mit »barocker Heiterkeit«. – »Meine Sympathien für Sie sind unverändert die gleichen.« Es fiel mir schwer, das zu glauben. Wahrscheinlich war ich für ihn schon so tief gefallen, daß es sich nicht mehr lohnte, mich noch tiefer fallen zu lassen.

»Sie sind in einer Krise«, sagte er, »nichts weiter, Sie sind noch jung, reißen Sie sich zusammen, und es wird wieder werden.« Zusammenreißen, das klang nach Annas I. R. 9.

»Wovon sprechen Sie?« fragte ich mit sanfter Stimme.

»Wovon soll ich sprechen«, sagte er, »von Ihrer Kunst, Ihrer Karriere.«

»Aber das meine ich gar nicht«, sagte ich, »ich spreche, wie Sie wissen, grundsätzlich nicht über Kunst, und über Karriere schon gar nicht. Ich meine – ich will – ich suche Marie«, sagte ich.

Er stieß einen nicht genau definierbaren Ton aus, der zwischen Grunzen und Rülpsen lag. Ich hörte im Hintergrund des Zimmers noch Restgezische, hörte, wie Kinkel den Hörer auf den Tisch legte, wieder aufnahm, seine Stimme war kleiner und dunkler, er hatte sich eine Zigarre in den Mund gesteckt.

»Schnier«, sagte er, »lassen Sie doch das Vergangene vergangen sein. Ihre Gegenwart ist die Kunst.«

»Vergangen?« fragte ich, »versuchen Sie sich doch vorzustellen, Ihre Frau ginge plötzlich zu einem anderen.«

Er schwieg auf eine Weise, die mir auszudrücken schien: täte sie es doch, sagte dann, an seiner Zigarre herumschmatzend: »Sie war nicht Ihre Frau, und Sie haben nicht sieben Kinder miteinander.«

»So«, sagte ich, »sie war nicht meine Frau?«

»Ach«, sagte er, »dieser romantische Anarchismus. Seien Sie ein Mann.«

»Verflucht«, sagte ich, »gerade, weil ich diesem Geschlecht angehöre, ist die Sache schlimm für mich – und die sieben Kinder können ja noch kommen. Marie ist erst fünfundzwanzig.«

»Unter einem Mann«, sagte er, »verstehe ich jemand, der sich abfindet.«

»Das klingt sehr christlich«, sagte ich.

»Gott, ausgerechnet Sie wollen mir wohl sagen, was christlich ist.«

»Ja«, sagte ich, »soweit ich unterrichtet bin, spenden sich nach katholischer Auffasssung die Eheleute gegenseitig das Sakrament?«

»Natürlich«, sagte er.

»Und wenn sie doppelt und dreifach standesamtlich und kirchlich verheiratet sind und spenden sich das Sakrament nicht – ist die Ehe nicht existent.«

»Hm«, machte er.

»Hören Sie, Doktor«, sagte ich, »würde es Ihnen etwas ausmachen, die Zigarre aus dem Mund zu nehmen. Das Ganze klingt, als sprächen wir über Aktienkurse. Ihr Schmatzen macht mir die Sache peinlich.«

»Na, hören Sie«, sagte er, aber er nahm die Zigarre aus dem Mund, »und merken Sie sich, wie Sie über die Sache denken, ist Ihre Sache. Fräulein Derkum denkt offenbar anders darüber und handelt so, wie ihr Gewissen es ihr befiehlt. Genau richtig – kann ich nur sagen.«

»Warum sagt mir dann keiner von euch ekelhaften Katholiken, wo sie ist? Ihr versteckt sie vor mir.«

»Machen Sie sich doch nicht lächerlich, Schnier«, sagte er, »wir leben nicht mehr im Mittelalter.«

»Ich wünschte, wir lebten im Mittelalter«, sagte ich, »dann wäre sie mir als Konkubine erlaubt und würde nicht dauernd in die Gewissenszange genommen. Nun, sie wird wiederkommen.«

»An Ihrer Stelle wäre ich nicht so sicher, Schnier«, sagte Kinkel. »Es ist schlimm, daß Ihnen offenbar das Organ für Metaphysik fehlt.«

»Mit Marie war alles in Ordnung, solange sie sich Sorgen um meine Seele gemacht hat, aber ihr habt ihr beigebracht, sich Sorgen um ihre eigene Seele zu machen, und jetzt ist es so, daß ich, dem das Organ für Metaphysik fehlt, mir Sorgen um Maries Seele mache. Wenn sie mit Züpfner verheiratet ist, wird sie erst richtig sündig. Soviel habe ich von eurer Metaphysik kapiert: es ist Unzucht und Ehebruch, was sie begeht, und Prälat Sommerwild spielt dabei die Rolle des Kupplers.«

Er brachte es tatsächlich fertig zu lachen, wenn auch nicht sehr dröhnend. »Das klingt alles sehr komisch, wenn man bedenkt, daß Heribert sozusagen die weltliche und Prälat Sommerwild sozusagen die geistliche Eminenz des deutschen Katholizismus ist.«

»Und Sie sind sein Gewissen«, sagte ich wütend, »und wissen genau, daß ich recht habe.«

Er schnaufte eine Weile da oben am Venusberg unter der minderwertigsten seiner drei Barockmadonnen. »Sie sind auf eine bestürzende Weise jung – und auf eine beneidenswerte.«

»Lassen Sie das, Doktor«, sagte ich, »lassen Sie sich nicht bestürzen und beneiden Sie mich nicht, wenn ich Marie nicht zurückbekomme, bringe ich euren attraktivsten Prälaten um. Ich bringe ihn um«, sagte ich, »ich habe nichts mehr zu verlieren.«

Er schwieg und steckte wieder seine Zigarre in den Mund.

»Ich weiß«, sagte ich, »daß jetzt Ihr Gewissen fieberhaft arbeitet. Wenn ich Züpfner umbrächte, das wär Ihnen ganz recht: der mag Sie nicht und steht Ihnen zu weit rechts, während Sommerwild für Sie eine gute Stütze in Rom ist, wo Sie – ganz zu Unrecht übrigens nach meiner bescheidenen Meinung – als linker Vogel verschrieen sind.«

»Lassen Sie doch diesen Unsinn, Schnier. Was haben Sie nur?«

»Katholiken machen mich nervös«, sagte ich, »weil sie unfair sind.«

»Und Protestanten?« fragte er lachend.

»Die machen mich krank mit ihrem Gewissensgefummel.«

»Und Atheisten?« Er lachte noch immer.

»Die langweilen mich, weil sie immer nur von Gott sprechen.«

»Und was sind Sie eigentlich?«

»Ich bin ein Clown«, sagte ich, »im Augenblick besser als mein Ruf. Und es gibt ein katholisches Lebewesen, das ich notwendig brauche: Marie – aber ausgerechnet die habt ihr mir genommen.«

»Unsinn, Schnier«, sagte er, »schlagen Sie sich doch diese Entführungstheorien aus dem Kopf. Wir leben im zwanzigsten Jahrhundert.«

»Eben«, sagte ich, »im dreizehnten wäre ich ein netter Hofnarr gewesen, und nicht einmal die Kardinäle hätten sich drum gekümmert, ob ich mit ihr verheiratet gewesen wäre oder nicht. Jetzt trommelt jeder katholische Laie auf ihrem armen Gewissen rum, treibt sie in ein unzüchtiges, ehebrecherisches Leben nur wegen eines dummen Fetzens Papier. Ihre Madonnen, Doktor, hätten Ihnen im dreizehnten Jahrhundert Exkommunikation und Kirchenbann eingebracht. Sie wissen ganz genau, daß sie in Bayern und Tirol aus den Kirchen geklaut werden – ich brauche Ihnen nicht zu sagen, daß Kirchenraub auch heute noch als ziemlich schweres Verbrechen gilt.«

»Hören Sie, Schnier«, sagte er, »wollen Sie etwa persönlich werden? Das überrascht mich bei Ihnen.«

»Sie mischen sich seit Jahren in meine persönlichsten Dinge ein, und wenn ich eine kleine Nebenbemerkung mache und Sie mit einer Wahrheit konfrontiere, die persönlich unangenehm werden könnte, werden Sie wild. Wenn ich wieder zu Geld gekommen bin, werde ich einen Privatdetektiv engagieren, der für mich herausfinden muß, woher Ihre Madonnen stammen.«

Er lachte nicht mehr, hüstelte nur, und ich merkte, daß er noch nicht begriffen hatte, daß es mir ernst war. »Hängen Sie ein, Kinkel«, sagte ich, »legen Sie auf, sonst fange ich noch vom Existenzminimum an. Ich wünsche Ihnen und Ihrem Gewissen einen guten Abend.« Aber er begriff es noch immer nicht, und so war ich es, der zuerst auflegte.

10

Ich wußte sehr gut, daß Kinkel überraschend nett zu mir gewesen war. Ich glaube, er hätte mir sogar Geld gegeben, wenn ich ihn drum gebeten hätte. Sein Gerede von Metaphysik mit der Zigarre im Mund und die plötzliche Gekränktheit, als ich von seinen Madonnen anfing, das war mir doch zu ekelhaft. Ich wollte nichts mehr mit ihm zu tun haben. Auch mit Frau Fredebeul nicht. Weg, Fredebeul selbst würde ich bei irgendeiner Gelegenheit einmal ohrfeigen. Es ist sinnlos, gegen ihn mit »geistigen Waffen« zu kämpfen. Manchmal bedaure ich, daß es keine Duelle mehr gibt. Die Sache zwischen Züpfner und mir, wegen Marie, wäre nur durch ein Duell zu klären gewesen. Es war scheußlich, daß sie mit Ordnungsprinzipien, schriftlichen Erklärungen und tagelangen Geheimbesprechungen in einem Hannoverschen Hotel geführt worden war. Marie war nach der zweiten Fehlgeburt so herunter, nervös, rannte dauernd in die Kirche und war gereizt, wenn ich an meinen freien Abenden nicht mit ihr ins Theater, ins Konzert oder zu einem Vortrag ging. Wenn ich ihr vorschlug, doch wieder wie früher Mensch-ärgere-dich-nicht zu spielen, Tee dabei zu trinken und auf dem Bauch im Bett zu liegen, wurde sie noch gereizter. Im Grunde fing die Sache damit an, daß sie nur noch aus Freundlichkeit, um mich zu beruhigen oder nett zu mir zu sein, Mensch-ärgere-dich-nicht mit mir spielte. Und sie ging auch nicht mehr mit in die Filme, in die ich so gern gehe: die für Sechsjährige zugelassen sind.

Ich glaube, es gibt niemanden auf der Welt, der einen Clown versteht, nicht einmal ein Clown versteht den anderen, da ist immer Neid oder Mißgunst im Spiel. Marie war nah daran, mich zu verstehen, ganz verstand sie mich nie. Sie meinte immer, ich müßte als »schöpferischer Mensch« ein »brennendes Interesse« daran haben, soviel Kultur wie möglich aufzunehmen. Ein Irrtum. Ich würde natürlich sofort ein Taxi nehmen, wenn ich abends frei hätte und erführe, daß irgendwo Beckett gespielt wird, und ich gehe auch hin und wieder ins Kino, wenn ich genau überlege, sogar oft, und immer nur in Filme, die auch für Sechsjährige zugelassen sind. Marie konnte das nie verstehen, ein großer Teil ihrer katholischen Erziehung bestand eben doch nur aus psychologischen Informationen und einem mystisch verbrämten Rationalismus, im Rahmen des »Laßt sie Fußball spielen, damit sie nicht an Mädchen denken«. Dabei dachte ich so gern an Mädchen, später immer nur an Marie. Ich kam mir manchmal schon wie ein Unhold vor. Ich gehe gern in diese Filme für Sechsjährige, weil darin von dem Erwachsenenkitsch mit Ehebruch und Ehescheidung nichts vorkommt. In den Ehebruchs- und Ehescheidungsfilmen spielt immer irgend jemandes Glück eine so große Rolle. »Mach mich glücklich, Liebling« oder »Willst du denn meinem Glück im Wege stehen?« Unter Glück, das länger als eine Sekunde, vielleicht zwei, drei Sekunden dauert, kann ich mir nichts vorstellen. Richtige Hurenfilme sehe ich wieder ganz gern, aber es gibt so wenige. Die meisten sind so anspruchsvoll, daß man gar nicht merkt, daß es eigentlich Hurenfilme sind. Es gibt noch eine Kategorie von Frauen, die nicht Huren und nicht Ehefrauen sind, die barmherzigen Frauen, aber sie werden in den Filmen vernachlässigt. In den Filmen, die für Sechsjährige zugelassen sind, wimmelt es meistens von Huren. Ich habe nie begriffen, was die Ausschüsse, die die Filme einstufen, sich dabei denken, wenn sie solche Filme für Kinder zulassen. Die Frauen in diesen Filmen sind entweder von Natur Huren, oder sind es nur im soziologischen Sinn; barmherzig sind sie fast nie. Da tanzen in irgendeinem Wildwest-Tingel-tangel Blondinen Cancan, rauhe Cowboys, Goldgräber oder Trapper, die zwei Jahre lang in der Einsamkeit hinter Stinktieren her gewesen sind, schauen den hübschen, jungen Blondinen beim Cancantanzen zu, aber wenn diese Cowboys, Goldgräber, Trapper dann hinter den Mädchen hergehen und mit auf deren Zimmer wollen, kriegen sie meistens die Tür vor der Nase zugeknallt, oder irgendein brutales Schwein boxt sie unbarmherzig nieder. Ich denke mir, daß damit etwas wie Tugendhaftigkeit ausgedrückt werden soll. Unbarmherzigkeit, wo Barmherzigkeit das einzig Menschliche wäre. Kein Wunder, daß die armen Hunde dann anfangen, sich zu prügeln, zu schießen, – es ist wie das Fußballspielen im Internat, nur, da es erwachsene Männer sind, unbarmherziger. Ich verstehe die amerikanische Moral nicht. Ich denke mir, daß dort eine barmherzige Frau als Hexe verbrannt würde, eine Frau, die es nicht für Geld und nicht aus Leidenschaft für den Mann tut, nur aus Barmherzigkeit mit der männlichen Natur.

Besonders peinlich finde ich Künstlerfilme. Künstlerfilme werden wohl meistens von Leuten gemacht, die van Gogh für ein Bild nicht einmal ein ganzes, sondern nur ein halbes Paket Tabak gegeben und später auch das noch bereut hätten, weil ihnen klar geworden wäre, daß er es ihnen für eine Pfeife Tabak auch gegeben hätte. In Künstlerfilmen wird das Leiden der Künstlerseele, die Not und das Ringen mit dem Dämon immer in die Vergangenheit verlegt. Ein lebender Künstler, der keine Zigaretten hat, keine Schuhe für seine Frau kaufen kann, ist uninteressant für die Filmleute, weil noch nicht drei Generationen von Schwätzern ihnen bestätigt haben, daß er ein Genie ist. Eine Generation von Schwätzern würde ihnen nicht ausreichen. »Das ungestüme Suchen der Künstlerseele.« Sogar Marie glaubte daran. Peinlich, es gibt so etwas Ähnliches, man sollte es nur anders nennen. Was ein Clown braucht, ist Ruhe, die Vortäuschung von dem, was andere Leute Feierabend nennen. Aber diese anderen Leute begreifen eben nicht, daß die Vortäuschung von Feierabend für einen Clown darin besteht, seine Arbeit zu vergessen, sie begreifen es nicht, weil sie sich, was für sie wieder vollkommen natürlich ist, erst an *ihrem* Feierabend mit sogenannter Kunst beschäftigen. Ein Problem für sich sind die künstlerischen Menschen, die an nichts anderes als Kunst denken, aber keinen Feierabend brauchen, weil sie nicht arbeiten. Wenn dann einer anfängt, einen künstlerischen Menschen zum Künstler zu ernennen, entstehen die peinlichsten Mißverständnisse. Die künstlerischen Menschen fangen immer genau dann von Kunst an, wenn der Künstler gerade das Gefühl hat, so etwas wie Feierabend zu haben. Sie treffen meistens den Nerv ganz genau, in diesen zwei, drei, bis zu fünf Minuten, wo der Künstler die Kunst vergißt, fängt ein künstlerischer Mensch von van Gogh, Kafka, Chaplin oder Beckett an. In solchen Augenblicken möchte ich am liebsten Selbstmord begehen – wenn ich anfange, *nur* an die Sache zu denken, die ich mit Marie tue, oder an Bier, fallende Blätter im Herbst, an Mensch-ärgere-dich-nicht oder an etwas Kitschiges, vielleicht Sentimentales, fängt irgendein Fredebeul oder Sommerwild von Kunst an. Genau in dem Augenblick, wo ich das ungeheuer erregende Gefühl habe, ganz normal zu sein, auf eine so spießige Weise normal wie Karl Emonds, fangen Fredebeul oder

Sommerwild von Claudel oder Ionesco an. Ein bißchen davon hat auch Marie, früher weniger, in der letzten Zeit mehr. Ich merkte es, als ich ihr erzählte, daß ich anfangen würde, Lieder zur Guitarre zu singen. Es traf, wie sie sagte, ihren ästhetischen Instinkt. Der Feierabend des Nichtkünstlers ist die Arbeitszeit eines Clowns. Alle wissen, was Feierabend ist, vom hochbezahlten Manager bis zum einfachsten Arbeiter, ob diese Burschen Bier trinken oder in Alaska Bären schießen, ob sie Briefmarken sammeln, Impressionisten oder Expressionisten (eins ist sicher, wer Kunst *sammelt*, ist kein Künstler). – Schon die Art, wie sie sich ihre Feierabendzigarette anstecken, eine bestimmte Miene aufsetzen, kann mich zur Raserei bringen, weil ich dieses Gefühl gerade gut genug kenne, sie um die Dauer dieses Gefühls zu beneiden. Es gibt Augenblicke des Feierabends für einen Clown – dann mag er die Beine ausstrecken und für eine halbe Zigarette lang wissen, was Feierabend ist. Mörderisch ist der sogenannte Urlaub: das kennen die anderen offenbar für drei, vier, sechs Wochen! Marie hat ein paarmal versucht, mir dieses Gefühl zu verschaffen, wir fuhren an die See, ins Binnenland, in Bäder, ins Gebirge, ich wurde schon am zweiten Tag krank, war von oben bis unten mit Pusteln bedeckt, und meine Seele war voller Mordgedanken. Ich denke, ich war krank vor Neid. Dann kam Marie auf den fürchterlichen Gedanken, mit mir Ferien zu machen an einem Ort, wo Künstler Urlaub machen. Natürlich waren es lauter künstlerische Menschen, und ich hatte am ersten Abend schon eine Schlägerei mit einem Schwachsinnigen, der im Filmgewerbe eine große Rolle spielt und mich in ein Gespräch über Grock und Chaplin und den Narren in Shakespeares Dramen verwickelte. Ich wurde nicht nur ganz schön zusammengeschlagen (diese künstlerischen Menschen, die es fertigbringen, von kunstähnlichen Berufen gut zu leben, arbeiten ja nicht und strotzen vor Kraft), ich bekam auch eine schwere Gelbsucht. Sobald wir aus diesem fürchterlichen Nest heraus waren, wurde ich rasch wieder gesund.

Was mich so unruhig macht, ist die Unfähigkeit, mich zu beschränken, oder, wie mein Agent Zohnerer sagen würde, zu konzentrieren. Meine Nummern sind zu sehr gemischt aus Pantomime, Artistik, Clownerie – ich wäre ein guter Pierrot, könnte aber auch ein guter Clown sein, und ich wechsle meine Nummern zu oft. Wahrscheinlich hätte ich mit den Nummern katholische und evangelische Predigt, Aufsichtsratssitzung, Straßenverkehr und ein paar anderen jahrelang leben können, aber wenn ich eine Nummer zehn- oder zwanzigmal gezeigt habe, wird sie mir so langweilig, daß ich mitten im Ablauf Gähnanfälle bekomme, buchstäblich, ich muß meine Mundmuskulatur mit äußerster Anspannung disziplinieren. Ich langweile mich über mich selbst. Wenn ich mir vorstelle, daß es Clowns gibt, die dreißig Jahre lang dieselben Nummern vorführen, wird mir so bang ums Herz, als wenn ich dazu verdammt wäre, einen ganzen Sack Mehl mit einem Löffel leerzuessen. Mir muß eine Sache Spaß machen, sonst werde ich krank. Plötzlich fällt mir ein, ich könnte möglicherweise auch jonglieren oder singen: alles Ausflüchte, um dem täglichen Training zu entfliehen. Mindestens vier, möglichst sechs Stunden Training, besser noch länger. Ich hatte auch das in den vergangenen sechs Wochen vernachlässigt und mich täglich mit ein paar Kopfständen, Handständen und Purzelbäumen begnügt und auf der Gummimatte, die ich immer mit mir herumschleppe, ein bißchen Gymnastik gemacht. Jetzt war das verletzte Knie eine gute Entschuldigung, auf der Couch zu liegen, Zigaretten zu rauchen und Selbstmitleid zu inhalieren. Meine letzte neue Pantomime Ministerrede war ganz gut gewesen, aber ich war es leid, zu karikieren, und kam doch über eine bestimmte Grenze nicht hinaus. Alle meine lyrischen Versuche waren gescheitert. Es war mir noch nie gelungen, das Menschliche darzustellen, ohne furchtbaren Kitsch zu produzieren. Meine Nummern Tanzendes Paar und Schulgang und Heimkehr aus der Schule waren wenigstens artistisch noch passabel. Als ich aber dann Lebenslauf eines Mannes versuchte, fiel ich doch wieder in die Karikatur. Marie hatte recht, als sie meine Versuche, Lieder zur Guitarre zu singen, als Fluchtversuch bezeichnete. Am besten gelingt mir die Darstellung alltäglicher Absurditäten: ich beobachte, addiere diese Beobachtungen, potenziere sie und ziehe aus ihnen die Wurzel, aber mit einem anderen Faktor als mit dem ich sie potenziert habe. In jedem größeren Bahnhof kommen morgens Tausende Menschen an, die in der Stadt arbeiten – und es fahren Tausende aus der Stadt weg, die außerhalb arbeiten. Warum tauschen diese Leute nicht einfach ihre Arbeitsplätze aus? Oder die Autoschlangen, die sich in Hauptverkehrszeiten aneinander vorbeiquälen. Austausch der Arbeits- oder Wohnplätze, und die ganze überflüssige Stinkerei, das dramatische Mit-den-Armen-rudern der Polizisten wäre zu vermeiden: es wäre so still auf den Straßenkreuzungen, daß sie dort Mensch-ärgere-dich-nicht spielen könnten. Ich machte aus dieser Beobachtung eine Pantomime, bei der ich nur mit Händen und Füßen arbeite, mein Gesicht unbewegt und schneeweiß immer in der Mitte bleibt, und es gelingt mir, mit meinen vier Extremitäten den Eindruck einer ungeheuren Quantität von überstürzter Bewegung zu erwecken. Mein Ziel ist: möglichst wenig, am besten gar keine Requisiten. Für die Nummer Schulgang und Heimkehr von der Schule brauche ich nicht einmal einen Ranzen; die Hand, die ihn hält, genügt, ich renne vor bimmelnden Straßenbahnen im letzten Augenblick über die Straße, springe auf Busse, von diesen ab, werde durch Schaufenster abgelenkt, schreibe mit Kreide orthographisch Falsches an Häuserwände, stehe – zu spät gekommen – vor dem scheltenden Lehrer, nehme den Ranzen von der Schulter und schleiche mich in die Bank. Das Lyrische in der kindlichen Existenz darzustellen, gelingt mir ganz gut: im Leben eines Kindes hat das Banale Größe, es ist fremd, ohne Ordnung, immer tragisch. Auch ein Kind hat nie Feierabend als Kind; erst wenn die »Ordnungsprinzipien« angenommen werden, fängt der Feierabend an. Ich beobachte jede Art der Feierabendäußerung mit fanatischem Eifer: wie ein Arbeiter die Lohntüte in die Tasche steckt und auf sein Motorrad steigt, wie ein Börsenjobber endgültig den Telefonhörer aus der Hand legt, sein Notizbuch in die Schublade legt, diese abschließt oder eine Lebensmittelverkäuferin die Schürze ablegt, sich die Hände wäscht und vor dem Spiegel ihr Haar und ihre Lippen zurechtmacht, ihre Handtasche nimmt – und weg ist sie, es ist alles so menschlich, daß ich mir oft wie ein Unmensch vorkomme, weil ich den Feierabend nur als Nummer vorführen kann. Ich habe mich mit Marie darüber unterhalten, ob ein Tier wohl Feierabend haben könnte, eine Kuh, die wiederkäut, ein Esel, der dösend am Zaun steht. Sie meinte, Tiere, die arbeiten und also Feierabend hätten, wären eine Blasphemie. Schlaf wäre so etwas wie Feierabend, eine großartige Gemeinsamkeit zwischen Mensch und Tier, aber das Feierabendliche am Feierabend wäre ja, daß man ihn ganz bewußt erlebt. Sogar Ärzte haben Feierabend, neuerdings sogar die Priester. Darüber ärgere ich mich, sie dürften keinen haben und müßten wenigstens das am Künstler verstehen. Von Kunst brauchen sie gar nichts zu verstehen, nichts von Sendung, Auftrag und solchem Unsinn, aber von der Natur des Künstlers. Ich habe mich mit Marie immer darüber gestritten, ob der Gott, an den sie glaubt, wohl Feierabend habe, sie behauptete immer ja, holte das Alte Testament heraus und las mir aus der Schöpfungsgeschichte vor: Und am siebten Tage ruhte Gott. Ich widerlegte sie mit dem Neuen Testament, meinte, es könnte ja sein, daß der Gott im Alten Testament Feierabend gehabt habe, aber ein Christus mit Feierabend wäre mir unvorstellbar. Marie wurde blaß, als ich das sagte, gab zu, daß ihr die Vorstellung eines Christus mit Feierabend blasphemisch vorkomme, er habe gefeiert, aber wohl nie Feierabend gehabt.

Schlafen kann ich wie ein Tier, meistens traumlos, oft nur für Minuten, und habe doch das Gefühl, eine Ewigkeit lang weg gewesen zu sein, als hätte ich den Kopf durch eine Wand gesteckt, hinter der dunkle Unendlichkeit liegt, Vergessen und ewiger Feierabend, und das, woran Henriette dachte, wenn sie plötzlich den Tennisschläger auf den Boden, den Löffel in die Suppe fallen ließ oder mit einem kurzen Schwung die Spielkarten ins Feuer warf: nichts. Ich fragte sie einmal, woran sie denke, wenn es über sie käme, und sie sagte: »Weißt du es wirklich nicht?« – »Nein«, sagte ich, und sie sagte leise: »An nichts, ich denke an nichts.« Ich sagte, man könne doch gar nicht an nichts denken, und sie sagte: »Doch, das kann man, ich bin dann plötzlich ganz leer und doch wie betrunken, und ich möchte am liebsten auch noch die Schuhe abwerfen und die Kleider – ohne Ballast sein.« Sie sagte auch, es sei so großartig, daß sie immer darauf warte, aber es käme nie, wenn sie drauf warte, immer ganz unerwartet, und es sei wie eine Ewigkeit. Sie hatte es auch ein paarmal in der Schule gehabt, ich erinnere mich der heftigen Telefongespräche meiner Mutter mit der Klassenlehrerin und des Ausdrucks: »Ja, ja, hysterisch, das ist das Wort – und bestrafen Sie sie hart.«

Ich habe ein ähnliches Gefühl der großartigen Leere manchmal beim Mensch-ärgere-dich-nicht-Spielen, wenn es über drei, vier Stunden lang dauert; allein die Geräusche, das Klappern des Würfels, das Tappen der Puppen, das Klick, wenn man eine Puppe schlägt. Ich brachte sogar Marie, die mehr zum Schachspielen neigt, dazu, süchtig auf dieses Spiel zu werden. Es war wie ein Narkotikum für uns. Wir spielten es manchmal fünf, sechs Stunden lang hintereinander, und Kellner und Zimmermädchen, die uns Tee oder Kaffee brachten, hatten die gleiche Mischung aus Angst und Wut im Gesicht wie meine Mutter, wenn es über Henriette kam, und manchmal sagten sie, was die Leute im Bus gesagt hatten, als ich von Marie nach Hause fuhr: »Unglaublich.« Marie erfand ein sehr kompliziertes Anschreibesystem mit Punkten: je nachdem, wo einer rausgeschmissen wurde oder einen rausschmiß, bekam er Punkte, eine interessante Tabelle entwickelte sie, und ich kaufte ihr einen Vierfarbenstift, weil sie die passiven Werte und die aktiven Werte, wie sie sie nannte, dann besser markieren konnte. Manchmal spielten wir es auch während langer Eisenbahnfahrten zum Erstaunen seriöser Fahrgäste – bis ich ganz plötzlich merkte, daß Marie nur noch mit mir spielte, weil sie mir eine Freude machen, mich beruhigen, meiner »Künstlerseele« Entspannung verschaffen wollte. Sie war nicht mehr dabei, vor ein paar Monaten fing es an, als ich mich weigerte, nach Bonn zu fahren, obwohl ich fünf Tage lang hintereinander keine Vorstellung gegeben hatte. Ich wollte nicht nach Bonn. Ich hatte Angst vor dem Kreis, hatte Angst, Leo zu begegnen, aber Marie sagte dauernd, sie müsse noch einmal »katholische Luft« atmen. Ich erinnerte sie daran, wie wir nach dem ersten Abend im Kreis von Bonn nach Köln zurückgefahren waren, müde, elend und niedergeschlagen, und wie sie dauernd im Zug zu mir gesagt hatte: »Du bist so lieb, so lieb«, und an meiner Schulter geschlafen hatte, manchmal nur war sie aufgeschreckt, wenn draußen der Schaffner die Stationsnamen aufrief: Sechtem, Walberberg, Brühl, Kalscheuren – sie zuckte jedesmal zusammen, schrak hoch, und ich drückte ihren Kopf wieder an meine Schulter, und als wir in Köln-West ausstiegen, sagte sie: »Wir wären besser ins Kino gegangen.« Ich erinnerte sie daran, als sie von der katholischen Luft, die sie atmen müsse, anfing und schlug ihr vor, ins Kino zu gehen, zu tanzen, Mensch-ärgere-dich-nicht zu spielen, aber sie schüttelte den Kopf und fuhr dann allein nach Bonn.

Ich kann mir unter katholischer Luft nichts vorstellen. Schließlich waren wir in Osnabrück, und so ganz unkatholisch konnte die Luft dort nicht sein.

11

Ich ging ins Badezimmer, kippte etwas von dem Badezeug, das Monika Silvs mir hingestellt hatte, in die Wanne und drehte den Heißwasserhahn auf. Baden ist fast so gut wie schlafen, wie schlafen fast so gut ist, wie »die Sache« tun. Marie hat es so genannt, und ich denke immer in ihren Worten daran. Ich konnte mir gar nicht vorstellen, daß sie mit Züpfner »die Sache« tun würde, meine Phantasie hat einfach keine Kammern für solche Vorstellungen, so wie ich nie ernsthaft in Versuchung war, in Maries Wäsche zu kramen. Ich konnte mir nur vorstellen, daß sie mit Züpfner Mensch-ärgere-dich-nicht spielen würde – und das machte mich rasend. Nichts, was ich mit ihr getan hatte, konnte sie doch mit ihm tun, ohne sich als Verräterin oder Hure vorzukommen. Sie konnte ihm noch nicht mal Butter aufs Brötchen streichen. Wenn ich mir vorstellte, daß sie seine Zigarette aus dem Aschenbecher nehmen und weiterrauchen würde, wurde ich fast wahnsinnig, und die Einsicht, daß er Nichtraucher war und wahrscheinlich Schach mit ihr spielen würde, bot keinen Trost. Irgend etwas mußte sie ja mit ihm tun, tanzen oder Kartenspielen, er ihr oder sie ihm vorlesen, und sprechen mußte sie mit ihm, übers Wetter und über Geld. Sie konnte eigentlich nur für ihn kochen, ohne dauernd an mich denken zu müssen, denn das hat sie so selten für mich getan, daß es nicht unbedingt Verrat oder Hurerei sein würde. Am liebsten hätte ich gleich Sommerwild angerufen, aber es war noch zu früh, ich hatte mir vorgenommen, ihn gegen halb drei Uhr früh aus dem Schlaf zu wecken und mich mit ihm ausgiebig über Kunst zu unterhalten. Acht Uhr am Abend, das war eine zu anständige Zeit, ihn anzurufen und ihn zu fragen, wieviel Ordnungsprinzipien er Marie schon zu fressen gegeben hatte und welche Provision er von Züpfner bekommen würde: ein Abtkreuz aus dem dreizehnten Jahrhundert oder eine mittelrheinische Madonna aus dem vierzehnten. Ich dachte auch darüber nach, auf welche Weise ich ihn umbringen würde. Ästheten bringt man wohl am besten mit wertvollen Kunstgegenständen um, damit sie sich noch im Tode über einen Kunstfrevel ärgern. Eine Madonna wäre nicht wertvoll genug und zu stabil, dann könnte er noch mit dem Trost sterben, die Madonna wäre gerettet, und ein Gemälde ist nicht schwer genug, höchstens der Rahmen, und das gäbe ihm wieder den Trost, das Gemälde selbst könnte erhalten bleiben. Von einem wertvollen Gemälde könnte ich vielleicht die Farbe abkratzen und ihn mit der Leinwand ersticken oder strangulieren: kein perfekter Mord, aber ein perfekter Ästhetenmord. Es würde auch nicht leicht sein, einen so kerngesunden Burschen in sein Jenseits zu befördern, Sommerwild ist groß und schlank, eine »würdige Erscheinung«, weißhaarig und »gütig«, Alpinist und stolz darauf, daß er an zwei Weltkriegen teilgenommen und das silberne Sportabzeichen gemacht hat. Ein zäher, gut trainierter Gegner. Ich mußte unbedingt einen wertvollen Kunstgegenstand aus Metall auftreiben, aus Bronze oder Gold, vielleicht auch aus Marmor, aber ich konnte ja schlecht vorher nach Rom fahren und aus den vatikanischen Museen etwas klauen.

Während das Badewasser einlief, fiel mir Blothert ein, ein wichtiges Mitglied des Kreises, das ich nur zweimal gesehen hatte. Er war so etwas wie der »rechte Gegenspieler« von Kinkel, Politiker wie dieser, aber »mit anderem Hintergrund und aus anderem Raum kommend«; für ihn war Züpfner, was Fredebeul für Kinkel war: eine Art Adlatus, auch »geistiger Erbe«, aber Blothert anzurufen wäre weniger sinnvoll gewesen, als wenn ich meine Wohnzimmerwände um Hilfe gebeten hätte. Das einzige, was in ihm halbwegs erkennbare Lebenszeichen hervorrief, waren Kinkels Barockmadonnen. Er verglich sie auf eine Weise mit seinen, die mir klar machte, wie abgründig die beiden einander hassen. Er war Präsident von irgend etwas, von dem Kinkel gern Präsident geworden wäre, sie duzten sich noch von einer gemeinsamen Schule her. Ich erschrak jedes der beiden Male, als ich Blothert sah. Er war mittelgroß, hellblond und sah wie fünfundzwanzig aus, wenn einer ihn ansah, grinste er, wenn er etwas sagte, knirschte er erst eine halbe Minute mit den Zähnen, und von vier Worten, die er sagte, waren zwei »der Kanzler« und »katholon« – und dann sah man plötzlich, daß er über fünfzig war, und er sah aus, wie ein durch geheimnisvolle Laster gealterter Abiturient. Unheimliche Erscheinung. Manchmal verkrampfte er sich, wenn er ein paar Worte sagte, fing an zu stottern und sagte »der Ka ka ka ka«, oder »das ka ka ka«, und ich hatte Mitleid mit ihm, bis er endlich das restliche »nzler« oder »tholon« herausgespuckt hatte. Marie hatte mir von ihm erzählt, er sei auf eine geradezu »sensationelle Weise intelligent«. Ich habe nie Beweise für diese Behauptung bekommen, ihn nur bei einer Gelegenheit mehr als zwanzig Worte sprechen hören: als im Kreis über die Todesstrafe gesprochen wurde. Er war »ohne jede Einschränkung dafür« gewesen, und was mich an dieser Äußerung verwunderte, war nur die Tatsache, daß er nicht das Gegenteil heuchelte. Er sprach mit einer triumphierenden Wonne im Gesicht, verhaspelte sich wieder mit seinem Ka ka, und es klang, als schlage er bei jedem Ka jemand den Kopf ab. Er sah mich manchmal an, und jedesmal mit einem Staunen, als müßte er sich »unglaublich« verkneifen, das Kopfschütteln verkniff er sich nicht. Ich glaube, jemand, der nicht katholisch ist, existiert für ihn gar nicht. Ich dachte immer, wenn die Todesstrafe eingeführt würde, würde er dafür plädieren, alle Nichtkatholiken hinzurichten. Er hatte auch eine Frau, Kinder und ein Telefon. Dann wollte ich doch lieber noch einmal meine Mutter anrufen. Blothert fiel mir ein, als ich an Marie dachte. Er würde ja bei ihr aus- und eingehen, er hatte irgend etwas mit dem Dachverband zu tun, und die Vorstellung, daß er zu ihren Dauergästen gehören wird, machte mir Angst. Ich habe sie sehr gern, und ihre Pfadfinderworte: »Ich muß den Weg gehen, den ich gehen muß«, waren vielleicht wie die Abschiedslosung einer Urchristin zu verstehen, die sich den Raubtieren vorwerfen läßt. Ich dachte auch an Monika Silvs und wußte, daß ich irgendwann ihre Barmherzigkeit annehmen würde. Sie war so hübsch und so lieb, und sie war mir im Kreis noch weniger passend vorgekommen als Marie. Ob sie in der Küche hantierte – ich hatte auch ihr einmal geholfen, Schnittchen zu machen –, ob sie lächelte, tanzte oder malte, es war so selbstverständlich, wenn auch die Bilder, die sie malte, mir nicht gefielen. Sie hatte sich von Sommerwild zuviel von Verkündigung und Aussage vorreden lassen und malte fast nur noch Madonnen. Ich würde versuchen, ihr das auszureden. Es kann ja gar nicht gelingen, selbst wenn man dran glaubt und gut malen kann. Sie sollten die ganze Madonnenmalerei den Kindern überlassen oder frommen Mönchen, die sich nicht für Künstler halten. Ich überlegte, ob es mir gelingen würde, Monika das Madonnenmalen auszureden. Sie ist keine Dilettantin, noch jung, zweiundzwanzig oder dreiundzwanzig, bestimmt unberührt – und diese Tatsache flößt mir Angst ein. Es kam mir der fürchterliche Gedanke, daß die Katholiken mir die Rolle zugedacht hatten, für sie den Siegfried zu spielen. Sie würde schließlich mit mir ein paar Jahre zusammenleben, nett sein, bis die Ordnungsprinzipien zu wirken anfingen, und dann würde sie nach Bonn zurückkehren und von Severn heiraten. Ich wurde rot bei diesem Gedanken und ließ ihn fallen. Monika war so lieb, und ich mochte sie nicht zum Gegenstand boshafter Überlegungen machen. Falls ich mich verabredete, mußte ich ihr zunächst Sommerwild ausreden, diesen Salonlöwen, der fast wie mein Vater aussieht. Nur stellt mein Vater keinen anderen Anspruch, als ein halbwegs humaner Ausbeuter zu sein, und diesem Anspruch genügt er. Bei Sommerwild habe ich immer den Eindruck, daß er genausogut Kur- oder Konzertdirektor, Public-relations-Manager einer Schuhfabrik, ein gepflegter Schlagersänger, vielleicht auch Redakteur einer »gescheit« gemachten modischen Zeitschrift sein könnte. Er hält jeden Sonntagabend eine Predigt in St. Korbinian. Marie hat mich zweimal dorthin geschleppt. Die Vorführung ist peinlicher, als Sommerwilds Behörden erlauben sollten. Da lese ich doch lieber Rilke, Hofmannsthal, Newman einzeln, als daß ich mir aus den dreien eine Art Honigwassser zurechtmischen lasse. Mir brach während der Predigt der Schweiß aus. Mein vegetatives Nervensystem verträgt bestimmte Erscheinungsformen von Unnatur nicht. Daß das Seiende sei und das Schwebende schwebe – mir wird angst, wenn ich solche Ausdrücke höre. Da ist es mir schon lieber, wenn ein hilfloser dicklicher Pastor von der Kanzel die unfaßbaren Wahrheiten dieser Religion herunterstammelt und sich nicht einbildet, »druckreif« zu sprechen. Marie war traurig, weil mir gar nichts an Sommerwilds Predigten imponiert hatte. Besonders quälend war, daß wir nach der Predigt in einem Café in der Nähe der Korbiniankirche hockten, das ganze Café sich mit künstlerischen Menschen füllte, die aus Sommerwilds Predigt kamen. Dann kam er selbst, es bildete sich eine Art Kreis um ihn, und wir wurden in den Kreis einbezogen, und dieses halbseidene Zeug, das er von der Kanzel heruntergesagt hatte, wurde noch zwei-, drei-, bis zu viermal wiedergekäut. Eine bildhübsche junge Schauspielerin mit goldenem langen Haar und einem Engelsgesicht, von der Marie mir zuflüsterte, daß sie schon zu »drei Vierteln« konvertiert sei, war drauf und dran, Sommerwild die Füße zu küssen. Ich glaube, er hätte sie nicht daran gehindert.

Ich drehte das Badewasser ab, zog den Rock aus, Hemd und Unterhemd über den Kopf, und warf sie in die Ecke und wollte gerade ins Bad steigen, als das Telefon klingelte. Ich kenne nur einen Menschen, der das Telefon so vital und männlich ans Klingeln bringen kann: Zohnerer, mein Agent. Er spricht so nah und aufdringlich ins Telefon, daß ich jedesmal Angst habe, seine Spucke mitzubekommen. Wenn er mir Freundliches sagen will, fängt er das Gespräch mit: »Sie waren gestern großartig« an; das sagt er einfach, ohne zu wissen, ob ich wirklich großartig war oder nicht; wenn er mir Unfreundliches sagen will, fängt er an mit: »Hören Sie, Schnier, Sie sind kein Chaplin«; er meinte damit gar nicht, ich wäre kein so guter Clown wie Chaplin, sondern nur, ich wäre nicht berühmt genug, um mir irgend etwas zu erlauben, über das sich Zohnerer geärgert hat. Heute würde er nicht einmal Unfreundliches sagen, er würde auch nicht, wie er es immer tat, wenn ich eine Vorstellung abgesagt hatte, den bevorstehenden Weltuntergang verkünden. Er würde mich nicht einmal der »Absagehysterie« bezichtigen. Wahrscheinlich hatten auch Offenbach, Bamberg und Nürnberg abgesagt, und er würde mir am Telefon vorrechnen, wieviel Unkosten inzwischen auf meinem Konto stünden. Der Apparat klingelte weiter, kräftig, männlich, vital, ich war drauf und dran, ein Sofakissen drüberzuwerfen –, zog aber meinen Bademantel über, ging ins Wohnzimmer und blieb vor dem klingelnden Telefon stehen. Manager haben Nerven, Standvermögen, Worte wie »Sensibilität der Künstlerseele« sind für sie Worte wie »Dortmunder Aktienbier«, und jeder Versuch, mit ihnen ernsthaft über Kunst und Künstler zu reden, wäre reine Atemverschwendung. Sie wissen auch genau, daß selbst ein gewissenloser Künstler tausendmal mehr Gewissen hat als ein gewissenhafter Manager, und sie besitzen eine Waffe, gegen die keiner ankommt: die nackte Einsicht in die Tatsache, daß ein Künstler gar nicht anders kann, als machen, was er macht: Bilder malen, als Clown durch die Lande ziehen, Lieder singen, aus Stein oder Granit »Bleibendes« herauszuhauen. Ein Künstler ist wie eine Frau, die gar nicht anders kann als lieben, und die auf jeden hergelaufenen männlichen Esel hereinfällt. Zur Ausbeutung eignen sich am besten Künstler und Frauen, und jeder Manager hat zwischen eins und neunundneunzig Prozent von einem Zuhälter. Das Klingeln war reines Zuhälterklingeln. Er hatte natürlich von Kostert erfahren, wann ich von Bochum abgefahren war, und wußte genau, daß ich zu Hause war. Ich band den Bademantel zu und nahm den Hörer auf. Sofort schlug mir sein Bieratem ins Gesicht. »Verflucht, Schnier«, sagte er, »was soll das, mich so lange warten zu lassen.«

»Ich unternahm gerade den bescheidenen Versuch, ein Bad zu nehmen«, sagte ich, »sollte das vertragswidrig sein?«

»Ihr Humor kann nur Galgenhumor sein«, sagte er.

»Wo ist der Strick«, sagte ich, »baumelt er schon?«

»Lassen wir die Symbolik«, sagte er, »reden wir über die Sache.«

»Ich habe nicht mit Symbolen angefangen«, sagte ich.

»Egal, wer von was angefangen hat«, sagte er, »Sie scheinen also fest entschlossen, künstlerisch Selbstmord zu begehen.«

»Lieber Herr Zohnerer«, sagte ich leise, »würde es Ihnen etwas ausmachen, wenn Sie Ihr Gesicht etwas vom Hörer abwendeten – ich krieg Ihren Bieratem so unmittelbar ins Gesicht.«

Er fluchte in Rotwelsch vor sich hin: »Knordenpuppe, Faikenegon«, lachte dann: »Ihre Frechheit scheint ungebrochen. Wovon sprachen wir noch?«

»Von Kunst«, sagte ich, »aber wenn ich bitten dürfte: reden wir lieber übers Geschäft.«

»Dann hätten wir kaum noch miteinander zu reden«, sagte er, »hören Sie, ich gebe Sie nicht auf. Verstehen Sie mich?«

Ich konnte vor Erstaunen nicht antworten.

»Wir ziehen Sie für ein halbes Jahr aus dem Verkehr, und dann baue ich Sie wieder auf. Ich hoffe, dieser Schleimscheißer in Bochum hat Sie nicht ernsthaft getroffen?«

»Doch«, sagte ich, »er hat mich betrogen – um eine Flasche Schnaps und das, was eine Fahrt erster Klasse nach Bonn mehr kostet als zweiter.«

»Es war Schwachsinn von Ihnen, sich das Honorar herunterhandeln zu lassen. Vertrag ist Vertrag – und durch den Unfall ist Ihr Versagen erklärt.«

»Zohnerer«, sagte ich leise, »sind Sie wirklich so menschlich oder . . .«

»Quatsch«, sagte er, »ich habe Sie gern. Falls Sie das noch nicht bemerkt haben, sind Sie blöder, als ich dachte, und außerdem, in Ihnen steckt geschäftlich noch was drin. Lassen Sie doch diese kindische Sauferei.« Er hatte recht. Kindisch war der richtige Ausdruck dafür. Ich sagte: »Es hat mir aber geholfen.«

»Wobei?« fragte er.

»Seelisch«, sagte ich.

»Quatsch«, sagte er, »lassen Sie doch die Seele aus dem Spiel. Wir könnten natürlich Mainz wegen Vertragsbruchs verklagen und würden wahrscheinlich gewinnen – aber ich rate ab. Ein halbs Jahr Pause – und ich baue Sie wieder auf.«

»Und wovon soll ich leben?« fragte ich.

»Na«, sagte er, »ein bißchen wird Ihr Vater doch rausrücken.«

»Und wenn ers nicht tut?«

»Dann suchen Sie sich eine nette Freundin, die Sie so lange aushält.«

»Ich würde lieber tingeln gehen«, sagte ich, »über Dörfer und Städtchen, mit dem Fahrrad.«

»Sie täuschen sich«, sagte er, »auch in Dörfern und Städtchen werden Zeitungen gelesen, und im Augenblick werde ich Sie nicht für zwanzig Mark den Abend an Jünglingsvereine los.«

»Haben Sie's versucht?« fragte ich.

»Ja«, sagte er, »ich habe den ganzen Tag Ihretwegen telefoniert. Nichts zu machen. Es gibt nichts Deprimierenderes für die Leute als einen Clown, der Mitleid erregt. Das ist wie ein Kellner, der im Rollstuhl kommt und Ihnen Bier bringt. Sie machen sich Illusionen.«

»Sie nicht?« fragte ich. Er schwieg, und ich sagte: »Ich meine, wenn Sie annehmen, nach einem halben Jahr könnte ichs wieder probieren.«

»Vielleicht«, sagte er, »aber es ist die einzige Chance. Besser wäre, ein ganzes Jahr warten.«

»Ein Jahr«, sagte ich, »wissen Sie, wie lange ein Jahr dauert?« – »Dreihundertfünfundsechzig Tage«, sagte er, und er wendete mir wieder rüchsichtslos sein Gesicht zu. Der Bieratem ekelte mich an.

»Wenn ichs unter einem anderen Namen versuchte«, sagte ich, »mit einer neuen Nase und anderen Nummern. Lieder zur Guitarre und ein bißchen Jonglieren.«

»Quatsch«, sagte er, »Ihre Singerei ist zum Heulen und Ihr Jonglieren ist purer Dilettantismus. Alles Quatsch. Sie haben das Zeug zu einem ganz guten Clown, vielleicht sogar zu einem guten, und melden Sie sich nicht wieder bei mir, ehe Sie nicht mindestens ein Vierteljahr lang täglich acht Stunden trainiert haben. Ich komme dann und schau mir Ihre neuen Nummern an – oder alte, aber trainieren Sie, lassen Sie die blöde Sauferei.«

Ich schwieg. Ich hörte ihn keuchen, an seiner Zigarette ziehen. »Suchen

Sie sich wieder so eine treue Seele«, sagte er, »wie das Mädchen, das mit Ihnen gereist ist.«

»Treue Seele«, sagte ich.

»Ja«, sagte er, »alles andere ist Quatsch. Und bilden Sie sich nicht ein, Sie könnten ohne mich fertig werden und in miesen Vereinen herumtingeln. Das geht drei Wochen gut, Schnier, da können Sie bei Feuerwehrjubiläen ein bißchen Unsinn machen und mit dem Hut rumgehen. Sobald ichs erfahre, schnüre ich Ihnen das alles ab.«

»Sie Hund«, sagte ich.

»Ja«, sagte er, »ich bin der beste Hund, den Sie finden können, und wenn Sie anfangen, auf eigne Faust tingeln zu gehen, sind Sie in spätestens zwei Monaten vollkommen erledigt. Ich kenn das Geschäft. Hören Sie?«

Ich schwieg. »Ob Sie hören?« fragte er leise.

»Ja«, sagte ich.

»Ich habe Sie gern. Schnier«, sagte er, »ich habe gut mit Ihnen gearbeitet – sonst würde ich nicht ein so kostspieliges Telefongespräch mit Ihnen führen.«

»Es ist sieben vorbei«, sagte ich, »und der Spaß kostet Sie schätzungsweise zwei Mark fünfzig.«

»Ja«, sagte er, »vielleicht drei Mark, aber im Augenblick würde kein Agent so viel an Sie legen. Also: in einem Vierteljahr und mit mindestens sechs tadellosen Nummern. Quetschen Sie aus Ihrem Alten soviel raus, wie Sie können. Tschüs.«

Er hing tatsächlich ein. Ich hielt den Hörer noch in der Hand, hörte das Tuten, wartete, legte nach langem Zögern erst auf. Er hatte mich schon ein paarmal beschwindelt, aber nie belogen. Zu einer Zeit, wo ich wahrscheinlich zweihundertfünfzig Mark pro Abend wert gewesen wäre, hatte er mir Hundertachtzigmarkverträge besorgt – und wahrscheinlich ganz nett an mir verdient. Erst als ich aufgelegt hatte, wurde mir klar, daß er der erste war, mit dem ich gern noch länger telefoniert hätte. Er sollte mir irgendeine andere Chance geben – als ein halbes Jahr warten. Vielleicht gab es eine Artistengruppe, die jemand wie mich brauchte, ich war nicht schwer, schwindelfrei und konnte nach einigem Training ganz gut ein bißchen Akrobatik mitmachen, oder mit einem anderen Clown zusammen Sketche einstudieren. Marie hatte immer gesagt, ich brauche ein »Gegenüber«, dann würden mir die Nummern nicht so langweilig. Zohnerer hatte bestimmt noch nicht alle Möglichkeiten bedacht. Ich beschloß, ihn später anzurufen, ging ins Badezimmer zurück, warf den Bademantel ab, die übrigen Kleider in die Ecke und stieg in die Wanne. Ein warmes Bad ist fast so schön wie Schlaf. Unterwegs hatte ich immer, auch als wir noch wenig Geld hatten, Zimmer mit Bad genommen. Marie hatte immer gesagt, für diese Verschwendung sei meine

Herkunft verantwortlich, aber das stimmt nicht. Zu Hause waren sie mit warmem Badewasser so geizig gewesen wie mit allem anderen. Kalt duschen, das durften wir jederzeit, aber ein warmes Bad galt auch zu Hause als Verschwendung, und nicht einmal Anna, die sonst ein paar Augen zudrückte, war in diesem Punkt umzustimmen gewesen. In ihrem I. R. 9 hatte offenbar ein warmes Wannenbad als eine Art Todsünde gegolten.

Auch in der Badewanne fehlte mir Marie. Sie hatte mir manchmal vorgelesen, wenn ich in der Wanne lag, vom Bett aus, einmal aus dem Alten Testament die ganze Geschichte von Salomon und der Königin von Saba, ein anderes Mal den Kampf der Machabäer, und hin und wieder aus *Schau heimwärts, Engel,* von Thomas Wolfe. Jetzt lag ich vollkommen verlassen in dieser dummen, rostroten Badewanne, das Badezimmer war schwarzgekachelt, aber Wanne, Seifenschale, Duschengriff und Klobrille waren rostfarben. Mir fehlte Maries Stimme. Wenn ich es mir überlegte, konnte sie nicht einmal mit Züpfner in der Bibel lesen, ohne sich wie eine Verräterin oder Hure vorzukommen. Sie würde an das Hotel in Düsseldorf denken müssen, wo sie mir von Salomon und der Königin von Saba vorgelesen hatte, bis ich in der Wanne vor Erschöpfung einschlief. Die grünen Teppiche in dem Hotelzimmer, Maries dunkles Haar, ihre Stimme, dann brachte sie mir eine brennende Zigarette, und ich küßte sie.

Ich lag bis obenhin im Schaum und dachte an sie. Sie konnte gar nichts mit ihm oder bei ihm tun, ohne an mich zu denken. Sie konnte nicht einmal in seiner Gegenwart den Deckel auf die Zahnpastatube schrauben. Wie oft hatten wir miteinander gefrühstückt, elend und üppig, hastig und ausgiebig, sehr früh am Morgen, spät am Vormittag, mit sehr viel Marmelade und ohne. Die Vorstellung, daß sie mit Züpfner jeden Morgen um dieselbe Zeit frühstücken würde, bevor er in seinen Wagen stieg und in sein katholisches Büro fuhr, machte mich fast fromm. Ich betete darum, daß es nie sein würde: Frühstück mit Züpfner. Ich versuchte mir Züpfner vorzustellen: braunhaarig, hellhäutig, gerade gewachsen, eine Art Alkibiades des deutschen Katholizismus, nur nicht so leichtfertig. Er stand nach Kinkels Aussage »zwar in der Mitte, aber doch mehr nach rechts als nach links«. Dieses Links-und-rechts-stehen war eines ihrer Hauptgesprächsthemen. Wenn ich ehrlich war, mußte ich Züpfner zu den vier Katholiken, die mir als solche erschienen, hinzuzählen: Papst Johannes, Alec Guinness, Marie, Gregory – und Züpfner. Gewiß hatte auch bei ihm bei aller möglichen Verliebtheit die Tatsache eine Rolle gespielt, daß er Marie aus einer sündigen in eine sündenlose Situation rettete. Das Händchenhalten mit Marie war offenbar nichts Ernsthaftes gewesen. Ich hatte mit Marie später darüber geredet, sie war rot geworden, aber auf eine nette Art, und hatte mir gesagt, es »wäre viel zusammengekommen« bei dieser Freundschaft: daß ihre Väter beide von den Nazis verfolgt gewesen wären, auch der Katholizismus, und »seine Art, weißt du. Ich hab ihn immer noch gern.«

Ich ließ einen Teil des lau gewordenen Badewassers ablaufen, heißes zulaufen und schüttete noch etwas von dem Badezeug ins Wasser. Ich dachte an meinen Vater, der auch an dieser Badezeugfabrik beteiligt ist. Ob ich mir Zigaretten kaufe, Seife, Schreibpapier, Eis am Stiel oder Würstchen: mein Vater ist daran beteiligt. Ich vermute, daß er sogar an den zweieinhalb Zentimetern Zahnpasta, die ich gelegentlich verbrauche, beteiligt ist. Über Geld durfte aber bei uns zu Hause nicht gesprochen werden. Wenn Anna mit meiner Mutter abrechnen, ihr die Bücher zeigen wollte, sagte meine Mutter immer: »Über Geld sprechen – wie gräßlich.« Ein Ä fällt bei ihr hin und wieder, sie spricht es ganz nah an E aus. Wir bekamen nur sehr wenig Taschengeld. Zum Glück hatten wir eine große Verwandtschaft, wenn sie alle zusammengetrommelt wurden, kamen fünfzig bis sechzig Onkels und Tanten zusammen, und einige davon waren so nett, uns hin und wieder etwas Geld zuzustecken, weil die Sparsamkeit meiner Mutter sprichwörtlich war. Zu allem Überfluß ist die Mutter meiner Mutter adelig gewesen, eine von Hohenbrode, und mein Vater kommt sich heute noch wie ein gnädig aufgenommener Schwiegersohn vor, obwohl sein Schwiegervater Tuhler hieß, nur seine Schwiegermutter eine geborene von Hohenbrode war. Die Deutschen sind ja heute adelsüchtiger und adelsgläubiger als 1910. Sogar Menschen, die für intelligent gehalten werden, reißen sich um Adelsbekanntschaften. Ich müßte auch auf diese Tatsache einmal Mutters Zentralkomitee aufmerksam machen. Es ist eine Rassenfrage. Selbst ein so vernünftiger Mann wie mein Großvater kann es nicht verwinden, daß die Schniers im Sommer 1918 schon geadelt werden sollten, daß es »sozusagen« schon aktenkundig war, aber dann türmte im entscheidenden Augenblick der Kaiser, der das Dekret hätte unterschreiben müssen – er hatte wohl andere Sorgen – wenn er überhaupt je Sorgen gehabt hat. Diese Geschichte von dem »fast-Adel« der Schniers wird noch heute nach fast einem halben Jahrhundert bei jeder Gelegenheit erzählt. »Man hat das Dekret in Seiner Majestät Schreibmappe gefunden«, sagt mein Vater immer. Ich wundere mich, daß keiner nach Doorn gefahren ist und das Ding noch hat unterschreiben lassen. Ich hätte einen reitenden Boten dorthin geschickt, dann wäre die Angelegenheit wenigstens in einem ihr angemessenen Stil erledigt worden.

Ich dachte, wie Marie, wenn ich schon in der Badewanne lag, die Koffer auspackte. Wie sie vor dem Spiegel stand, die Handschuhe auszog, die Haare glatt strich; wie sie die Bügel aus dem Schrank nahm, die Kleider darüber hängte, die Bügel wieder in den Schrank; sie knirschten auf der

Messingstange. Dann die Schuhe, das leise Geräusch der Absätze, das Scharren der Sohlen, und wie sie ihre Tuben, Fläschchen und Tiegel auf die Glasplatte am Toilettentisch stellte; den großen Cremetiegel, oder die schmale Nagellackflasche, die Puderdose und den harten metallischen Laut des aufrecht hingestellten Lippenstifts.

Ich merkte plötzlich, daß ich angefangen hatte, in der Badewanne zu weinen, und ich machte eine überraschende physikalische Entdeckung: meine Tränen kamen mir kalt vor. Sonst waren sie mir immer heiß vorgekommen, und ich hatte in den vergangenen Monaten einige Male heiße Tränen geweint, wenn ich betrunken war. Ich dachte auch an Henriette, meinen Vater, an den konvertierten Leo und wunderte mich, daß er sich noch nicht gemeldet hatte.

12

In Osnabrück hatte sie mir zum erstenmal gesagt, sie habe Angst vor mir, als ich mich weigerte, nach Bonn zu fahren, und sie unbedingt dorthin wollte, um »katholische Luft« zu atmen. Der Ausdruck gefiel mir nicht, ich sagte, es gäbe auch in Osnabrück genug Katholiken, aber sie sagte, ich verstünde sie eben nicht und ich wollte sie nicht verstehen. Wir waren schon zwei Tage in Osnabrück, zwischen zwei Engagements, und hatten noch drei Tage vor uns. Es regnete seit dem frühen Morgen, in keinem Kino lief ein Film, der mich interessiert hätte, und ich hatte gar nicht erst den Vorschlag gemacht, Mensch-ärgere-dich-nicht zu spielen. Schon am Vortag hatte Marie dabei ein Gesicht gemacht wie eine besonders beherrschte Kinderschwester.

Marie lag lesend auf dem Bett, ich stand rauchend am Fenster und blickte auf die Hamburger Straße, manchmal auf den Bahnhofsplatz, wo die Leute aus der Halle rannten, im Regen auf die haltende Straßenbahn zu. Wir konnten auch »die Sache« nicht machen. Marie war krank. Sie hatte keine regelrechte Fehlgeburt gehabt, aber irgend etwas dieser Art. Ich war nicht genau dahinter gekommen, und keiner hatte es mir erklärt. Sie hatte jedenfalls geglaubt, sie sei schwanger, war es jetzt nicht mehr, sie war nur ein paar Stunden am Morgen im Krankenhaus gewesen. Sie war blaß, müde und gereizt, und ich hatte gesagt, es wäre sicher nicht gut für sie, jetzt die lange Bahnfahrt zu machen. Ich hätte gern Näheres gewußt, ob sie Schmerzen gehabt hatte, aber sie sagte mir nichts, weinte nur manchmal, aber auf eine mir ganz fremde, gereizte Art.

Ich sah den kleinen Jungen von links die Straße heraufkommen, auf den Bahnhofsplatz zu, er war klatschnaß und hielt im strömenden Regen seine Schulmappe offen vor sich hin. Er hatte den Deckel der Tasche nach hinten geschlagen und trug die Tasche vor sich her mit einem Gesichtsausdruck, wie ich ihn auf Bildern von den Heiligen Drei Königen gesehen habe, die dem Jesuskind Weihrauch, Gold und Myrrhe hinhalten. Ich konnte die nassen, fast schon aufgelösten Buchumschläge erkennen. Der Gesichtsausdruck des Jungen erinnerte mich an Henriette. Hingegeben, verloren und weihevoll. Marie fragte mich vom Bett aus: »Woran denkst du?« Und ich sagte: »An nichts.« Ich sah den Jungen noch über den Bahnhofsplatz gehen, langsam, dann im Bahnhof verschwinden, und hatte Angst um ihn; er würde für diese weihevolle Viertelstunde fünf Minuten bitterlich büßen müssen: eine zeternde Mutter, ein bekümmerter Vater, kein Geld im Haus für neue Bücher und Hefte. »Woran denkst du«, fragte Marie noch einmal. Ich wollte schon wieder »an nichts« sagen, dann fiel mir der Junge ein, und ich erzählte ihr, woran ich dachte: wie der Junge nach Haus kam, in irgendein Dorf in der Nähe, und wie er wahrscheinlich lügen würde, weil niemand ihm glauben konnte, was er tatsächlich getan hatte. Er würde sagen, er wäre ausgerutscht, die Mappe wäre ihm in eine Pfütze gefallen, oder er habe sie für ein paar Minuten aus der Hand gestellt, genau unter den Abfluß einer Dachrinne, und plötzlich wäre ein Wasserguß gekommen, mitten in die Mappe hinein. Ich erzählte das alles Marie mit leiser, monotoner Stimme, und sie sagte vom Bett her: »Was soll das? Warum erzählst du mir solchen Unsinn?« – »Weil es das war, woran ich dachte, als du mich gefragt hast.« Sie glaubte mir die ganze Geschichte von dem Jungen nicht, und ich wurde böse. Wir hatten einander noch nie belogen oder der Lüge bezichtigt. Ich wurde so wütend, daß ich sie zwang, aufzustehen, die Schuhe anzuziehen und mit mir in den Bahnhof hinüberzulaufen. Ich vergaß in der Eile den Regenschirm, wir wurden naß und fanden den Jungen im Bahnhof nicht. Wir gingen durch den Wartesaal, sogar zur Bahnhofsmission, und ich erkundigte mich schließlich beim Beamten an der Sperre, ob vor kurzem ein Zug abgefahren sei. Er sagte, ja, nach Bohmte, vor zwei Minuten. Ich fragte ihn, ob ein Junge durch die Sperre gekommen sei, klatschnaß, mit blondem Haar, so und so groß, er wurde mißtrauisch und fragte: »Was soll das? Hat er was ausgefressen?« – »Nein«, sagte ich, »ich will nur wissen, ob er mitgefahren ist.« Wir waren beide naß, Marie und ich, und er blickte uns mißtrauisch von oben bis unten an. »Sind Sie Rheinländer?« fragte er. Es klang, als fragte er mich, ob ich vorbestraft wäre. »Ja«, sagte ich. »Auskünfte dieser Art kann ich nur mit Genehmigung meiner vorgesetzten Behörde geben«, sagte er. Er hatte sicher mit einem Rheinländer schlechte Erfahrungen gemacht, wahrscheinlich beim Militär. Ich kannte einen Bühnenarbeiter, der einmal von einem Berliner beim Militär betrogen worden war und seitdem jeden Berliner und jede Berlinerin wie persönliche Feinde behandelte. Beim Auftritt einer Berliner Artistin schaltete er plötzlich das Licht aus, sie vertrat sich und brach ein Bein. Die Sache wurde nie nachgewiesen, sondern als »Kurzschluß« deklariert, aber ich bin sicher, daß dieser Bühnenarbeiter das Licht nur ausgeschaltet hat, weil das Mädchen aus Berlin war und er beim Militär von einem Berliner einmal betrogen worden war. Der Beamte an der Sperre in Osnabrück sah mich mit einem Gesicht an, daß mir ganz bange wurde. »Ich habe mit dieser Dame gewettet«, sagte ich, »es geht um eine Wette.« Das war falsch, weil es gelogen war und jeder mir sofort ansieht, wenn ich lüge. »So«, sagte er, »gewettet. Wenn Rheinländer schon anfangen zu wetten.« Es war nichts zu machen. Einen Augenblick lang dachte ich daran, ein Taxi zu nehmen, nach Bohmte zu fahren, dort am Bahnhof auf den Zug zu warten und zu sehen, wie der Junge ausstieg. Aber er konnte ja auch in irgendeinem Nest vor oder hinter Bohmte aussteigen. Wir waren klatschnaß und froren, als wir ins Hotel zurückkamen. Ich schob Marie in die Kneipe unten, stellte mich an die Theke, legte meinen Arm um sie und bestellte Kognak. Der Wirt, der gleichzeitig Hotelbesitzer war, sah uns an, als hätte er am liebsten die Polizei gerufen. Wir hatten am Tag davor stundenlang Mensch-ärgere-dich-nicht gespielt, uns Schinkenbrote und Tee heraufbringen lassen, am Morgen war Marie ins Krankenhaus gefahren, blaß zurückgekommen. Er stellte uns den Kognak so hin, daß er halb überschwappte, und blickte ostentativ an uns vorbei. »Du glaubst mir nicht?« fragte ich Marie, »ich meine mit dem Jungen.« – »Doch«, sagte sie, »ich glaubs dir.« Sie sagte es nur aus Mitleid, nicht, weil sie mir wirklich glaubte, und ich war wütend, weil ich nicht den Mut hatte, den Wirt wegen des verschütteten Kognaks zur Rede zu stellen. Neben uns stand ein schwerer Kerl, der schmatzend sein Bier trank. Er leckte sich nach jedem Schluck den Bierschaum von den Lippen, sah mich an, als wollte er mich jeden Augenblick ansprechen. Ich fürchte mich davor, von halbbetrunkenen Deutschen einer bestimmten Altersklasse angesprochen zu werden, sie reden immer vom Krieg, finden, daß es herrlich war, und wenn sie ganz betrunken sind, stellt sich raus, daß sie Mörder sind und alles »halb so schlimm« finden. Marie zitterte vor Kälte, sah mich kopfschüttelnd an, als ich unsere Kognakgläser über die Nickeltheke dem Wirt zuschob. Ich war erleichtert, weil er sie diesmal vorsichtig zu uns rüberschob, ohne etwas zu verschütten. Es befreite mich von dem Druck, mich feige zu fühlen. Der Kerl neben uns schlürfte einen Klaren in sich hinein und fing an, mit sich selbst zu sprechen. »Vierundvierzig«, sagte er, »haben wir Klaren und Kognak eimerweise getrunken – vierundvierzig eimerweise – den Rest kippten wir auf die Straße und steckten ihn an ... kein Tropfen für die Schlappohren.« Er lachte. »Nicht ein Tropfen.« Als ich unsere Gläser noch einmal über die Theke dem Wirt zuschob, füllte er nur ein Glas, sah mich fragend an, bevor er das zweite füllte, und ich merkte jetzt erst, daß Marie gegangen war. Ich nickte, und er füllte auch das

zweite Glas. Ich trank beide leer, und bin heute noch erleichtert, daß
es mir gelang, danach wegzugehen. Marie lag weinend oben auf dem
Bett, als ich meine Hand auf ihre Stirn legte, schob sie sie weg, leise,
sanft, aber sie schob sie weg. Ich setzte mich neben sie, nahm ihre Hand,
und sie ließ sie mir. Ich war froh. Es wurde schon dunkel draußen, ich
saß eine Stunde neben ihr auf dem Bett und hielt ihre Hand, bevor ich
anfing zu sprechen. Ich sprach leise, erzählte noch einmal die Geschichte
von dem Jungen, und sie drückte meine Hand, als wollte sie sagen: Ja,
ich glaub's dir ja. Ich bat sie auch, mir doch genau zu erklären, was sie
im Krankenhaus mit ihr gemacht hatten, sie sagte, es wäre eine »Frauensache« gewesen, »harmlos, aber scheußlich«. Das Wort Frauensache
flößt mir Schrecken ein. Es klingt für mich auf eine böse Weise geheim-
nisvoll, weil ich in diesen Dingen vollkommen unwissend bin. Ich war
schon drei Jahre mit Marie zusammen, als ich zum erstenmal etwas von
dieser »Frauensache« erfuhr. Ich wußte natürlich, wie Frauen Kinder
bekommen, aber von den Einzelheiten wußte ich nichts. Ich war vierundzwanzig Jahre alt und Marie schon drei Jahre meine Frau, als ich
zum erstenmal davon erfuhr. Marie lachte damals, als sie merkte, wie
ahnungslos ich war. Sie zog meinen Kopf an ihre Brust und sagte dauernd: »Du bist lieb, wirklich lieb.« Der zweite, der mir davon erzählte,
war Karl Emonds, mein Schulkamerad, der dauernd mit seinen fürchterlichen Empfängnistabellen hantierte.
Später ging ich noch für Marie zur Apotheke, holte ihr ein Schlafmittel
und saß an ihrem Bett, bis sie eingeschlafen war. Ich weiß bis heute nicht,
was mit ihr los gewesen war und welche Komplikationen die Frauensache ihr gemacht hatte. Ich ging am anderen Morgen in die Stadtbiblio-
thek, las im Lexikon alles, was ich darüber finden konnte, und war erleichtert. Gegen Mittag fuhr Marie dann allein nach Bonn, nur mit einer
Tasche. Sie sprach gar nicht mehr davon, daß ich mitfahren könnte. Sie
sagte: »Wir treffen uns dann übermorgen wieder in Frankfurt.«
Nachmittags, als die Sittenpolizei kam, war ich froh, daß Marie weg war,
obwohl die Tatsache, daß sie weg war, für mich äußerst peinlich wurde.
Ich nehme an, daß der Wirt uns angezeigt hatte. Ich gab Marie natürlich
immer als meine Frau aus, und wir hatten nur zwei- oder dreimal
Schwierigkeiten deswegen gehabt. In Osnabrück wurde es peinlich. Es
kamen eine Beamtin und ein Beamter in Zivil, sehr höflich, auf eine
Weise exakt, die ihnen wahrscheinlich als »angenehm wirkend« ein-
exerziert worden war. Bestimmte Formen der Höflichkeit bei Polizisten
sind mir besonders unangenehm. Die Beamtin war hübsch, nett geschminkt, setzte sich erst, als ich sie dazu aufgefordert hatte, nahm sogar
eine Zigarette an, während ihr Kollege »unauffällig« das Zimmer musterte. »Fräulein Derkum ist nicht mehr bei Ihnen?« – »Nein«, sagte
ich, »sie ist vorgefahren, ich treffe sie in Frankfurt, übermorgen.« – »Sie

sind Artist?« Ich sagte ja, obwohl es nicht stimmt, aber ich dachte, es sei einfacher, ja zu sagen. »Sie müssen das verstehen«, sagte die Beamtin, »gewisse Stichproben müssen wir schon machen, wenn Durchreisende abortive – sie hüstelte – Erkrankungen haben.« – »Ich verstehe alles«, sagte ich – ich hatte im Lexikon nichts von abortiv gelesen. Der Beamte lehnte es ab, sich zu setzen, höflich, sah sich aber weiter unauffällig um. »Ihre Heimatadresse?« fragte die Beamtin. Ich gab ihr unsere Bonner Adresse. Sie stand auf. Ihr Kollege warf einen Blick auf den offenen Kleiderschrank. »Die Kleider von Fräulein Derkum?« fragte er. »Ja«, sagte ich. Er blickte seine Kollegin »vielsagend« an, sie zuckte mit den Schultern, er auch, sah noch einmal genau den Teppich an, bückte sich über einen Flecken, sah mich an, als erwarte er, daß ich den Mord jetzt gestehen würde. Dann gingen sie. Sie waren bis zum Schluß der Vorstellung äußerst höflich. Sobald sie weg waren, packte ich hastig alle Koffer, ließ mir die Rechnung heraufbringen, vom Bahnhof einen Gepäckträger schicken und fuhr mit dem nächsten Zug weg. Ich bezahlte dem Hotelier sogar den angebrochenen Tag. Das Gepäck gab ich nach Frankfurt auf und stieg in den nächsten Zug, der südwärts fuhr. Ich hatte Angst und wollte weg. Beim Packen hatte ich an Maries Handtuch Blutflecken gesehen. Noch auf dem Bahnsteig, bevor ich endlich im Zug nach Frankfurt saß, hatte ich Angst, es würde mir plötzlich eine Hand auf die Schulter gelegt und jemand würde mich mit höflicher Stimme von hinten fragen: »Gestehen Sie?« Ich hätte alles gestanden. Es war schon Mitternacht vorüber, als ich durch Bonn fuhr. Ich dachte gar nicht daran, auszusteigen.

Ich fuhr bis Frankfurt durch, kam dort gegen vier Uhr früh an, ging in ein viel zu teures Hotel und rief Marie in Bonn an. Ich hatte Angst, sie könnte nicht zu Hause sein, aber sie kam sofort an den Apparat und sagte: »Hans, Gott sei Dank, daß du anrufst, ich hab mir solche Sorgen gemacht.« »Sorgen«, sagte ich. »Ja«, sagte sie, »ich habe in Osnabrück angerufen und erfahren, daß du weg bist. Ich komme sofort nach Frankfurt, sofort.« Ich nahm ein Bad, ließ mir ein Frühstück aufs Zimmer bringen, schlief ein und wurde gegen elf von Marie geweckt. Sie war wie verändert, sehr lieb und fast fröhlich, und als ich fragte: »Hast du schon genug katholische Luft geatmet?« lachte sie und küßte mich. Ich erzählte ihr nichts von der Polizei.

13

Ich überlegte, ob ich das Badewasser noch ein zweites Mal aufbessern sollte. Aber es war verbraucht, ich spürte, daß ich raus mußte. Das Bad hatte meinem Knie nicht gut getan, es war wieder geschwollen und fast steif. Als ich aus der Wanne stieg, rutschte ich aus und fiel beinahe auf die schönen Kacheln. Ich wollte Zohnerer sofort anrufen und ihm vorschlagen, mich in eine Artistengruppe zu vermitteln. Ich trocknete mich ab, steckte mir eine Zigarette an und betrachtete mich im Spiegel: ich war mager geworden. Beim Klingeln des Telefons hoffte ich einen Augenblick lang, es könnte Marie sein. Aber es war nicht ihr Klingeln. Es hätte Leo sein können. Ich humpelte ins Wohnzimmer, nahm den Hörer auf und sagte:

»Hallo.«

»Oh«, sagte Sommerwilds Stimme, »ich habe Sie doch hoffentlich nicht bei einem doppelten Salto gestört.«

»Ich bin kein Artist«, sagte ich wütend, »sondern ein Clown – das ist ein Unterschied, mindestens so erheblich wie zwischen Jesuiten und Dominikanern – und wenn hier irgend etwas Doppeltes geschieht, dann höchstens ein Doppelmord.«

Er lachte. »Schnier, Schnier«, sagte er, »ich mache mir ernsthaft Sorgen um Sie. Sie sind wohl nach Bonn gekommen, um uns allen telefonisch Feindschaft anzusagen?«

»Habe ich Sie etwa angerufen«, sagte ich, »oder Sie mich?«

»Ach«, sagte er, »kommt es wirklich so sehr darauf an?«

Ich schwieg. »Ich weiß sehr wohl«, sagte er, »daß Sie mich nicht mögen, es wird Sie überraschen, ich mag Sie, und Sie werden mir das Recht zugestehen müssen, gewisse Ordnungen, an die ich glaube und die ich vertrete, durchzusetzen.«

»Notfalls mit Gewalt«, sagte ich.

»Nein«, sagte er, seine Stimme klang klar, »nein, nicht mit Gewalt, aber nachdrücklich, so wie es die Person, um die es geht, erwarten darf.«

»Warum sagen Sie Person und nicht Marie?«

»Weil mir daran liegt, die Sache so objektiv wie nur möglich zu halten.«

»Das ist Ihr großer Fehler, Prälat«, sagte ich, »die Sache ist so subjektiv, wie sie nur sein kann.«

Mir war kalt im Bademantel, meine Zigarette war feucht geworden und brannte nicht richtig. »Ich bringe nicht nur Sie, auch Züpfner um, wenn Marie nicht zurückkommt.«

»Ach Gott«, sagte er ärgerlich, »lassen Sie Heribert doch aus dem Spiel.«

»Sie sind witzig«, sagte ich, »irgendeiner nimmt mir meine Frau weg, und ausgerechnet den soll ich aus dem Spiel lassen.«

»Er ist nicht irgendeiner, Fräulein Derkum war nicht Ihre Frau – und er hat sie Ihnen nicht weggenommen, sondern sie ist gegangen.«

»Vollkommen freiwillig, was?«

»Ja«, sagte er, »vollkommen freiwillig, wenn auch möglicherweise im Widerstreit zwischen Natur und Übernatur.«

»Ach«, sagte ich, »wo ist denn da die Übernatur?«

»Schnier«, sagte er ärgerlich, »ich glaube trotz allem, daß Sie ein guter Clown sind – aber von Theologie verstehen Sie nichts.«

»Soviel verstehe ich aber davon«, sagte ich, »daß Ihr Katholiken einem Ungläubigen wie mir gegenüber so hart seid wie die Juden gegenüber den Christen, die Christen gegenüber den Heiden. Ich höre immer nur: Gesetz, Theologie – und das alles im Grunde genommen nur wegen eines idiotischen Fetzens Papier, den der Staat – der Staat ausstellen muß.«

»Sie verwechseln Anlaß und Ursache«, sagte er, »ich verstehe Sie, Schnier«, sagte er, »ich verstehe Sie.«

»Sie verstehen gar nichts«, sagte ich, »und die Folge wird ein doppelter Ehebruch sein. Der, den Marie begeht, indem sie euren Heribert heiratet, dann den zweiten, den sie begeht, indem sie eines Tages mit mir wieder von dannen zieht. Ich bin wohl nicht feinsinnig und nicht Künstler, vor allem nicht christlich genug, als daß ein Prälat zu mir sagen würde: Schnier, hätten Sie's doch beim Konkubinat gelassen.«

»Sie verkennen den theologischen Kern des Unterschieds zwischen Ihrem Fall und dem, über den wir damals stritten.«

»Welchen Unterschied?« fragte ich, »wohl den, daß Besewitz sensibler ist – und für euren Verein eine wichtige Glaubenslokomotive?«

»Nein«, er lachte tatsächlich. »Nein. Der Unterschied ist ein kirchenrechtlicher. B. lebte mit einer geschiedenen Frau zusammen, die er gar nicht kirchlich hätte heiraten können, während Sie – nun, Fräulein Derkum war nicht geschieden, und einer Trauung stand nichts im Wege.«

»Ich war bereit zu unterschreiben«, sagte ich, »sogar zu konvertieren.«

»Auf eine verächtliche Weise bereit.«

»Soll ich Gefühle, einen Glauben heucheln, die ich nicht habe? Wenn Sie auf Recht und Gesetz bestehen – lauter formalen Dingen – warum werfen Sie mir fehlende Gefühle vor?«

»Ich werfe Ihnen gar nichts vor.«

Ich schwieg. Er hatte recht, die Erkenntnis war schlimm. Marie war weggegangen, und sie hatten sie natürlich mit offenen Armen aufgenommen, aber wenn sie hätte bei mir bleiben wollen, hätte keiner sie zwingen können, zu gehen.

»Hallo, Schnier«, sagte Sommerwild. »Sind Sie noch da?«

»Ja«, sagte ich, »ich bin noch da.« Ich hatte mir das Telefongespräch mit ihm anders vorgestellt. Um halb drei Uhr morgens ihn aus dem Schlaf wecken, ihn beschimpfen und bedrohen.

»Was kann ich für Sie tun?« fragte er leise.

»Nichts«, sagte ich, »wenn Sie mir sagen, daß diese Geheimkonferenzen in dem Hotel in Hannover einzig und allein dem Zweck dienten, Marie in ihrer Treue zu mir zu bestärken – dann will ich es Ihnen glauben.«

»Zweifellos verkennen Sie, Schnier«, sagte er, »daß Fräulein Derkums Verhältnis zu Ihnen in einer Krise war.«

»Und da müßt Ihr gleich einhaken«, sagte ich, »ihr eine gesetzliche und kirchenrechtliche Lücke zeigen, sich von mir zu trennen. Ich dachte immer, die katholische Kirche wäre gegen die Scheidung.«

»Herrgott noch mal, Schnier«, rief er, »Sie können doch von mir als katholischem Priester nicht verlangen, daß ich eine Frau darin bestärke, im Konkubinat zu verharren.«

»Warum nicht?« sagte ich. »Sie treiben sie in Unzucht und Ehebruch hinein – wenn Sie das als Priester verantworten können, bitte.«

»Ihr Antiklerikalismus überrascht mich. Ich kenne das nur bei Katholiken.«

»Ich bin gar nicht antiklerikal, bilden Sie sich nichts ein, ich bin nur Anti-Sommerwild, weil Sie unfair gewesen sind und doppelzüngig sind.«

»Mein Gott«, sagte er, »wieso?«

»Wenn man Ihre Predigten hört, denkt man, Ihr Herz wäre so groß wie ein Focksegel, aber dann tuscheln und mogeln Sie in Hotelhallen herum. Während ich im Schweiße meines Angesichts mein Brot verdiene, konferieren Sie mit meiner Frau, ohne mich anzuhören. Unfair und doppelzüngig, aber was soll man von einem Ästheten anders erwarten?«

»Schimpfen Sie nur«, sagte er, »tun Sie mir Unrecht, bitte. Ich kann Sie ja so gut verstehen.«

»Nichts verstehen Sie, Sie haben Marie ein verfluchtes, gepanschtes Zeug eingetrichtert. Ich trinke nun mal lieber reine Sachen: reiner Kartoffelschnaps ist mir lieber als ein gefälschter Kognak.«

»Reden Sie nur«, sagte er, »reden Sie – es klingt ganz, als wären Sie innerlich beteiligt.«

»Ich bin daran beteiligt, Prälat, innerlich und äußerlich, weil es um Marie geht.«

»Es wird der Tag kommen, an dem Sie einsehen, daß Sie mir Unrecht getan haben, Schnier. In dieser Sache und im allgemeinen –« seine Stimme nahm eine fast weinerliche Färbung an, »und was mein Panschen betrifft, vielleicht vergessen Sie, daß manche Menschen Durst haben, einfach Durst, und daß ihnen Gepanschtes lieber sein könnte als gar nichts zu trinken.«

»Aber in Ihrer Heiligen Schrift steht doch die Sache von dem reinen, klaren Wasser – warum schenken Sie das nicht aus?«

»Vielleicht«, sagte er zittrig, »weil ich – ich bleibe in Ihrem Vergleich – weil ich am Ende einer langen Kette stehe, die das Wasser aus dem Brunnen schöpft, ich bin vielleicht der hundertste oder tausendste in der Kette und das Wasser ist nicht mehr ganz so frisch – und noch eins, Schnier, hören Sie?«

»Ich höre«, sagte ich.

»Sie können eine Frau auch lieben, ohne mit ihr zusammenzuleben.«

»So?« sagte ich, »jetzt fangen Sie wohl von der Jungfrau Maria an.«

»Spotten Sie nicht, Schnier«, sagte er, »das paßt nicht zu Ihnen.«

»Ich spotte gar nicht«, sagte ich, »ich bin durchaus fähig, etwas zu respektieren, was ich nicht verstehe. Ich halte es nur für einen verhängnisvollen Irrtum, einem jungen Mädchen, das nicht ins Kloster gehen will, die Jungfrau Maria als Vorbild anzubieten. Ich habe sogar einmal einen Vortrag darüber gehalten.«

»So?« sagte er, »wo denn?«

»Hier in Bonn«, sagte ich, »vor jungen Mädchen. Vor Maries Gruppe. Ich bin von Köln rübergekommen an einem Heimabend, habe den Mädchen ein paar Faxen vorgemacht und mich mit ihnen über die Jungfrau Maria unterhalten. Fragen Sie Monika Silvs, Prälat. Ich konnte mit den Mädchen natürlich nicht über das reden, was Sie das fleischliche Verlangen nennen! Hören Sie noch?«

»Ich höre«, sagte er, »und staune. Sie werden recht drastisch, Schnier.«

»Verflucht noch mal, Prälat«, sagte ich, »der Vorgang, der zur Zeugung eines Kindes führt, ist eine ziemlich drastische Sache – wir können uns auch, wenn es Ihnen lieber ist, über den Klapperstorch unterhalten. Alles, was über diese drastische Sache gesagt, gepredigt und gelehrt wird, ist Heuchelei. Ihr haltet im Grunde eures Herzens diese Sache für eine aus Notwehr gegen die Natur in der Ehe legitimierte Schweinerei – oder macht euch Illusionen und trennt das Körperliche von dem, was außerdem noch zu der Sache gehört – aber gerade das, was außerdem dazu gehört, ist das Komplizierte. Nicht einmal die Ehefrau, die ihren Eheherrn nur noch erduldet, ist nur Körper – und nicht der dreckigste Trunkenbold, der zu einer Dirne geht, ist nur Körper, sowenig wie die Dirne. Ihr behandelt diese Sache wie eine Sylvesterrakete – und sie ist Dynamit.«

»Schnier«, sagte er matt, »ich bin erstaunt, wieviel Sie über die Sache nachgedacht haben.«

»Erstaunt«, schrie ich, »Sie sollten erstaunt sein über die gedankenlosen Hunde, die ihre Frauen einfach als rechtmäßigen Besitz betrachten. Fragen Sie Monika Silvs, was ich den Mädchen damals darüber gesagt habe. Seitdem ich weiß, daß ich männlichen Geschlechts bin, habe ich fast über nichts so sehr nachgedacht – und das erstaunt Sie?«

»Ihnen fehlt jede, aber auch die geringste Vorstellung von *Recht* und *Gesetz*. Diese Dinge – wie kompliziert sie auch sein mögen – müssen doch geregelt werden.«

»Ja«, sagte ich, »von euren Regeln habe ich ein bißchen mitbekommen. Ihr schiebt die Natur auf ein Gleis, das ihr Ehebruch nennt – wenn ie Natur in die Ehe einbricht, bekommt ihr es mit der Angst zu tun. Gebeichtet, verziehen, gesündigt – und so weiter. Alles gesetzlich geregelt.«

Er lachte. Sein Lachen klang gemein. »Schnier«, sagte er, »ich merke schon, was mit Ihnen los ist. Offenbar sind Sie so monogam wie ein Esel.«

»Sie verstehen nicht einmal etwas von Zoologie«, sagte ich, »geschweige denn vom *homo sapiens*. Esel sind gar nicht monogam, obwohl sie fromm aussehen. Bei Eseln herrscht vollkommene Promiskuität. Raben sind monogam, Stichlinge, Dohlen und manchmal Nashörner.«

»Marie offenbar nicht«, sagte er. Er mußte wohl gemerkt haben, wie mich dieser kleine Satz traf, denn er fuhr leise fort: »Tut mir leid, Schnier, ich hätte es Ihnen gern erspart, glauben Sie mir das?«

Ich schwieg. Ich spuckte den brennenden Zigarettenstummel auf den Teppich, sah, wie die Glut sich verteilte, kleine, schwarze Löcher brannte. »Schnier«, rief er flehend, »glauben Sie mir wenigstens, daß ichs Ihnen nicht gern sage.«

»Ist es nicht gleichgültig«, sagte ich, »was ich Ihnen glaube? Aber bitte: ich glaubs Ihnen.«

»Sie sprachen eben soviel von Natur«, sagte er, »Sie hätten Ihrer Natur folgen, hinter Marie herreisen und um sie kämpfen sollen.«

»Kämpfen«, sagte ich, »wo steht das Wort in euren verdammten Ehegesetzen.«

»Es war keine Ehe, was Sie mit Fräulein Derkum führten.«

»Gut«, sagte ich, »meinetwegen. Keine Ehe. Ich habe fast jeden Tag mit ihr zu telefonieren versucht und ihr jeden Tag geschrieben.«

»Ich weiß«, sagte er, »ich weiß. Jetzt ist es zu spät.«

»Jetzt bleibt wohl nur der offene Ehebruch«, sagte ich.

»Sie sind dessen unfähig«, sagte er, »ich kenne Sie besser als Sie glauben, und Sie mögen schimpfen und mir drohen, soviel Sie wollen, ich sags Ihnen, das Schreckliche an Ihnen ist, daß Sie ein unschuldiger, fast möchte ich sagen, reiner Mensch sind. Kann ich Ihnen helfen . . . ich meine . . .«

Er schwieg. »Sie meinen mit Geld«, fragte ich.

»Auch das«, sagte er, »aber ich meinte beruflich.«

»Ich komme vielleicht drauf zurück«, sagte ich, »auf beides, das Geld und das Berufliche. Wo ist sie denn?«

Ich hörte ihn atmen, und in der Stille roch ich zum erstenmal etwas: ein mildes Rasierwasser, ein bißchen Rotwein, auch Zigarre, aber schwach. »Sie sind nach Rom gefahren«, sagte er.

»Flitterwochen, wie?« fragte ich heiser.

»So nennt man's«, sagte er.

»Damit die Hurerei komplett wird«, sagte ich. Ich legte auf, ohne ihm Danke oder auf Wiedersehen zu sagen. Ich blickte auf die schwarzen

Pünktchen, die die Zigarettenglut im Teppich gebrannt hatte, aber ich war zu müde, drauf zu treten und sie ganz zum Verlöschen zu bringen. Mir war kalt, und das Knie schmerzte. Ich war zu lange in der Badewanne gewesen.

Mit mir hatte Marie nicht nach Rom fahren wollen. Sie war rot geworden, als ich ihr das vorschlug, sie sagte: Italien ja, aber Rom nicht, und als ich sie fragte, warum nicht, fragte sie: Weißt Du's wirklich nicht? Nein, sagte ich, und sie hatte es mir nicht gesagt. Ich wäre gern mit ihr nach Rom gefahren, um den Papst zu sehen. Ich glaube, ich hätte sogar auf dem Petersplatz stundenlang gewartet, in die Hände geklatscht und Evviva gerufen, wenn er ans Fenster gekommen wäre. Als ich das Marie erklärte, wurde sie fast wütend. Sie sagte, sie fände es »irgendwie pervers«, daß ein Agnostiker wie ich dem Heiligen Vater zujubeln möchte. Sie war richtig eifersüchtig. Ich habe das oft bei Katholiken bemerkt: sie hüten ihre Schätze – die Sakramente, den Papst – wie Geizhälse. Außerdem sind sie die eingebildetste Menschengruppe, die ich kenne. Sie bilden sich auf alles was ein: auf das, was stark an ihrer Kirche, auf das, was schwach an ihr ist, und sie erwarten von jedem, den sie für halbwegs intelligent halten, daß er bald konvertiert. Vielleicht war Marie deshalb nicht mit mir nach Rom gefahren, weil sie sich dort ihres sündigen Zusammenlebens mit mir besonders hätte schämen müssen. In manchen Dingen war sie naiv, und sehr intelligent war sie nicht. Es war gemein von ihr, jetzt mit Züpfner dorthin zu fahren. Sicher würden sie eine Audienz bekommen, und der arme Papst, der sie mit Meine Tochter und Züpfner mit Mein guter Sohn anreden würde, würde nicht ahnen, daß ein unzüchtiges und ehebrecherisches Paar vor ihm kniete. Vielleicht war sie auch mit Züpfner nach Rom gefahren, weil sie dort nichts an mich erinnerte. Wir waren in Neapel, Venedig und Florenz gewesen, in Paris und in London, und in vielen deutschen Städten. In Rom konnte sie vor Erinnerungen sicher sein, und sicher hatte sie dort ausreichend »katholische Luft«. Ich nahm mir vor, Sommerwild doch noch anzurufen und ihm zu sagen, daß ich es besonders schäbig von ihm fände, mich wegen meiner monogamen Veranlagung zu verspotten. Aber fast alle gebildeten Katholiken haben diesen gemeinen Zug, entweder hocken sie sich hinter ihren Schutzwall aus Dogmen, werfen mit aus Dogmen zurechtgehauenen Prinzipien um sich, aber wenn man sie ernsthaft konfrontiert mit ihren »unerschütterlichen Wahrheiten«, lächeln sie und beziehen sich auf »die menschliche Natur«. Notfalls setzen sie ein mokantes Lächeln auf, als wenn sie gerade beim Papst gewesen wären und der ihnen ein Stückchen Unfehlbarkeit mitgegeben hätte. Jedenfalls, wenn man anfängt, ihre kaltblütig verkündeten ungeheuerlichen Wahrheiten ganz ernst zu nehmen, ist man entweder ein »Protestant« oder humorlos. Redet man ernsthaft mit ihnen über die Ehe, fahren sie ihren Heinrich den Achten auf, mit dieser Kanone schießen sie schon seit dreihundert Jahren, damit wollen sie kundtun, wie hart ihre Kirche ist, aber wenn sie kundtun wollen, wie weich sie ist, welch ein großes Herz sie hat, kommen sie mit Besewitz-Anekdoten, erzählen Bischofswitze, aber nur unter »Eingeweihten«, worunter sie – ob sie sich links oder rechts fühlen, spielt dann keine Rolle mehr – »gebildet und intelligent« verstehen. Als ich Sommerwild damals aufforderte, doch die Prälatenstory mit Besewitz einmal von der Kanzel herunter zu erzählen, wurde er wütend. Von der Kanzel herunter schießen sie, wenn es um Mann und Frau geht, immer nur mit ihrer Hauptkanone: Heinrich dem Achten. Ein Königreich für eine Ehe! Das Recht! Das Gesetz! Das Dogma!

Mir wurde übel, aus verschiedenen Gründen, körperlich, weil ich seit dem elenden Frühstück in Bochum außer Kognak und Zigaretten nichts zu mir genommen hatte – seelisch, weil ich mir vorstellte, wie Züpfner in einem römischen Hotel Marie beim Ankleiden zusah. Wahrscheinlich würde er auch in ihrer Wäsche kramen. Diese korrekt gescheitelten, intelligenten, gerechten und gebildeten Katholiken brauchen barmherzige Frauen. Marie war für Züpfner nicht die richtige. Einer wie er, der immer tadellos angezogen ist, modisch genug, um nicht altmodisch, und doch nicht so modisch, um dandyhaft zu wirken; und einer, der sich morgens ausgiebig mit kaltem Wasser wäscht und sich mit einem Eifer die Zähne putzt, als gelte es einen Rekord zu gewinnen – für ihn ist Marie nicht intelligent genug und auch eine viel zu eifrige Morgentoilettemacherin. Er ist der Typ, der sich, bevor er zum Papst ins Audienzzimmer geführt wird, noch rasch mit dem Taschentuch über die Schuhe fahren würde. Mir tat auch der Papst leid, vor dem die beiden knien würden. Er würde gütig lächeln und sich herzlich freuen über dieses hübsche, sympathische, katholische deutsche Paar – und wieder einmal betrogen sein. Er konnte ja nicht ahnen, daß er zwei Ehebrechern seinen Segen erteilte.

Ich ging ins Badezimmer, frottierte mich, zog mich wieder an, ging in die Küche und setzte Wasser auf. Monika hatte an alles gedacht. Streichhölzer lagen auf dem Gasherd, gemahlener Kaffee stand da in einer luftdichten Dose, Filterpapier daneben, Schinken, Eier, Büchsengemüse im Eisschrank. Ich mache Küchenarbeit nur dann gern, wenn sie die einzige Chance ist, bestimmten Formen der Erwachsenengesprächigkeit zu entfliehen. Wenn Sommerwild von »Eros« anfängt, Blothert sein Ka . . . Ka . . . Kanzler ausspuckt oder Fredebeul einen geschickt kompilierten Vortrag über Cocteau hält – dann allerdings gehe ich lieber in die Küche, drücke Mayonnaise aus Tuben, halbiere Oliven und streiche Leberwurst auf Brötchen. Wenn ich allein in der Küche für mich etwas anrichten will, fühle ich mich verloren. Meine Hände werden ungeschickt vor Einsamkeit, und die Notwendigkeit, eine Büchse zu öffnen, Eier in die

Pfanne zu schlagen, versetzt mich in tiefe Melancholie. Ich bin kein Junggeselle. Wenn Marie krank war oder arbeiten ging – sie hatte eine Zeitlang in Köln in einem Papierwarenladen gearbeitet –, machte es mir nicht soviel aus, in der Küche zu arbeiten, und als sie die erste Fehlgeburt hatte, hatte ich sogar die Bettwäsche gewaschen, bevor unsere Wirtin aus dem Kino nach Hause kam.

Es gelang mir, eine Büchse Bohnen zu öffnen, ohne mir die Hand zu ratschen, ich goß kochendes Wasser in den Filter, während ich an das Haus dachte, das Züpfner sich hatte bauen lassen. Vor zwei Jahren war ich einmal dort gewesen.

14

Ich sah sie im Dunkel nach Haus kommen. Der scharf gebürstete Rasen sah im Mondlicht fast blau aus. Neben der Garage abgeschnittene Zweige, vom Gärtner dort aufgehäuft. Zwischen Ginster und Rotdornbusch der Abfalleimer, zum Abholen bereit. Freitag abend. Schon würde sie wissen, wonach es in der Küche roch, nach Fisch, sie würde auch wissen, welche Zettel sie finden würde, den einen von Züpfner auf dem Fernsehapparat: »Mußte noch dringend zu F. Kuß. Heribert«, den anderen vom Mädchen auf dem Eisschrank: »Bin ins Kino, um zehn zurück. Grete (Luise, Birgit).«

Garagentor öffnen, Licht anknipsen: an der weißgetünchten Wand der Schatten eines Rollers und einer ausrangierten Nähmaschine. In Züpfners Box der Mercedes bewies, daß Züpfner zu Fuß gegangen war. »Luft schnappen, ein bißchen Luft schnappen, Luft.« Dreck an Reifen und Kotflügeln kündete von Eifelfahrten, nachmittäglichen Reden vor der Jungen Union (»zusammenhalten, zusammenstehen, zusammen leiden«).

Ein Blick nach oben: auch im Kinderzimmer alles dunkel. Die Nachbarhäuser durch zweispurige Einfahrten und breite Rabatten getrennt. Kränklich der Widerschein der Fernsehapparate. Da wird der heimkehrende Gatte und Vater als störend empfunden, wäre die Heimkehr des verlorenen Sohnes als Störung empfunden worden; kein Kalb wäre geschlachtet, nicht einmal Hähnchen gegrillt worden – man hätte schnell auf einen Leberwurstrest im Eisschrank verwiesen.

An Samstagnachmittagen gab es Verbrüderungen, wenn Federbälle über Hecken flogen, junge Katzen oder Welpen wegliefen, Federbälle zurückgeworfen, junge Katzen – »oh, wie süß« – oder junge Welpen – »oh, wie süß« – an Gartentoren oder durch Heckenlücken zurückgereicht wurden. Gedämpft die Gereiztheit in den Stimmen, nie persönlich; sie riß nur manchmal aus der gleichmäßigen Kurve aus und kratzte

Zacken in den Nachbarschaftshimmel, immer aus nichtigen, nie aus den wahren Anlässen: wenn eine Untertasse klirrend zerbrach, ein rollender Ball Blumen knickte, Kinderhand Kieselsteine auf Autolack schleuderte, Frischgewaschenes, Frischgebügeltes von Gartenschläuchen genetzt wird – werden die Stimmen schrill, die wegen Betrug, Ehebruch, Abtreibung nicht schrill werden dürfen. »Ach, du hast einfach überempfindliche Ohren, nimm was dagegen.«

Nimm nichts, Marie.

Die Haustür geöffnet: still und angenehm warm. Das kleine Mariechen oben schläft. So rasch geht das: Hochzeit in Bonn, Flitterwochen in Rom, Schwangerschaft, Entbindung – braune Locken auf schneeweißem Kinderkopfkissen. Erinnerst du dich, wie er uns das Haus zeigte und vital verkündete: Hier ist für zwölf Kinder Platz – und wie er dich jetzt morgens beim Frühstück mustert, das unausgesprochene Na auf den Lippen, und wie unkomplizierte Konfessions- und Parteifreunde nach dem dritten Glas Kognak ausrufen: »Von eins bis zwölf, da fehlen nach Adam Riese noch elf!«

Es wird geflüstert in der Stadt. Du bist schon wieder im Kino gewesen, an diesem strahlenden sonnigen Nachmittag im Kino. Und schon wieder im Kino – und wieder.

Den ganzen Abend allein im Kreis, bei Blothert zu Hause, und nichts als Ka Ka Ka im Ohr, und diesmal war nicht das nzler die Ergänzung, sondern das tholon. Wie ein Fremdkörper rollt dir das Wort im Ohr herum. Es klingt so nach Klicker, klingt auch ein bißchen nach Geschwür. Blothert hat den Geigerzähler, der das katholon aufzuspüren vermag. »Der hats – der hats nicht – die hats – die hats nicht. Das ist wie beim Blätterrupfen: sie liebt mich, sie liebt mich nicht. Sie liebt mich. Da werden Fußballklubs und Parteifreunde, Regierung und Opposition aufs katholon geprüft. Wie ein Rassenmerkmal wird es gesucht und nicht gefunden; nordische Nase, westischer Mund. Einer hat's sicher, der hat's gefressen, das Vielbegehrte, so heftig Gesuchte. Blothert selbst, hüte dich vor seinen Augen, Marie. Verspätete Begehrlichkeit, Seminaristenvorstellung vom sechsten Gebot, und wenn er von gewissen Sünden spricht, dann nur lateinisch. *In sexto, de sexto.* Natürlich, das klingt nach Sex. Und die lieben Kinder. Die ältesten, Hubert, achtzehn, Margret, siebzehn, dürfen noch ein wenig aufbleiben, auf daß ihnen das Erwachsenengespräch zum Vorteil gereiche. Über katholon, Ständestaat, Todesstrafe, die in Frau Blotherts Augen ein so merkwürdiges Flackern hervorruft, ihre Stimme auf gereizte Höhen treibt, wo Lachen und Weinen sich auf eine lustvolle Weise vereinen. Du hast versucht, dich mit Fredebeuls abgestandenem Links-Zynismus zu trösten: vergebens. Vergebens wirst du versucht haben, dich an Blotherts abgestandenem Rechts-Zynismus zu ärgern. Es gibt ein schönes Wort: nichts. Denk an nichts. Nicht an Kanzler und katholon, denk an den Clown, der in der Badewanne weint, dem der Kaffee auf die Pantoffeln tropft.

15

Ich konnte das Geräusch einordnen, aber mich nicht zu ihm verhalten, ich hatte es öfter gehört, aber noch nie darauf reagieren müssen. Bei uns zu Hause reagierten die Mädchen auf das Geräusch der Haustürklingel, die Ladenklingel bei Derkums hatte ich oft gehört, war aber nie aufgestanden. In Köln hatten wir in einer Pension gewohnt, in Hotels gibt es nur Telefonklingeln. Ich hörte das Klingeln, nahm es aber nicht an. Es war fremd, nur zweimal hatte ich es in dieser Wohnung gehört, als ein Junge Milch brachte und Züpfner Marie die Teerosen schickte. Als die Rosen kamen, lag ich im Bett, Marie kam zu mir rein, zeigte sie mir, hielt entzückt die Nase in den Strauß, und es kam zu einer peinlichen Szene, weil ich dachte, die Blumen wären für mich. Manchmal hatten mir Verehrerinnen Blumen ins Hotel geschickt. Ich sagte zu Marie: »Hübsch, die Rosen, behalt sie«, und sie sah mich an und sagte: »Aber sie sind ja für mich.« Ich wurde rot. Es war mir peinlich, und mir fiel ein, daß ich Marie noch nie Blumen hatte schicken lassen. Natürlich brachte ich ihr alle Blumen mit, die ich auf die Bühne gereicht bekam, aber gekauft hatte ich ihr nie welche, meistens mußte ich den Blumenstrauß, den ich auf die Bühne gereicht bekam, selbst bezahlen. »Von wem sind denn die Blumen?« sagte ich. »Von Züpfner«, sagte sie. »Verdammt«, sagte ich, »was soll das?« Ich dachte an das Händchenhalten. Marie wurde rot und sagte: »Warum sollte er mir keine Blumen schikken?« – »Die Frage muß anders lauten«, sagte ich: »Warum sollte er dir Blumen schicken?« – »Wir kennen uns schon lange«, sagte sie, »und vielleicht verehrt er mich.« – »Gut«, sagte ich, »soll er dich verehren, aber soviel kostbare Blumen, das ist aufdringlich. Ich finde es geschmacklos.« Sie war beleidigt und ging hinaus.
Als der Milchjunge klingelte, saßen wir im Wohnzimmer, und Marie ging raus, öffnete ihm und gab ihm Geld. Besuch hatten wir in unserer Wohnung nur einmal gehabt: Leo, bevor er konvertierte, aber der hatte nicht geklingelt, er war mit Marie heraufgekommen.
Das Klingeln klang auf eine merkwürdige Weise zugleich schüchtern und doch hartnäckig. Ich hatte eine fürchterliche Angst, es könnte Monika sein, vielleicht gar von Sommerwild unter irgendeinem Vorwand geschickt. Ich bekam sofort wieder den Nibelungenkomplex. Ich rannte mit meinen klatschnassen Pantoffeln in die Diele, fand den Knopf nicht, auf den ich drücken mußte. Während ich ihn suchte, fiel mir ein, daß

Monika ja den Hausschlüssel hatte. Ich fand endlich den Knopf, drückte und hörte unten ein Geräusch, als ob eine Biene gegen eine Fensterscheibe brummte. Ich ging in den Flur raus, stellte mich neben den Aufzug. Das Besetztzeichen wurde rot, die Eins leuchtete auf, die Zwei, ich starrte nervös auf die Ziffern, bis ich plötzlich bemerkte, daß jemand neben mir stand. Ich erschrak, drehte mich um: eine hübsche Frau, hellblond, nicht übertrieben schlank, mit sehr lieben, hellgrauen Augen. Ihr Hut war für meinen Geschmack etwas zu rot. Ich lächelte, sie lächelte auch und sagte: »Sie sind sicher Herr Schnier – mein Name ist Grebsel, ich bin Ihre Nachbarin. Ich freue mich, Sie einmal leibhaftig zu sehen.« – »Ich freue mich auch«, sagte ich – ich freute mich wirklich. Frau Grebsel war trotz des zu roten Hutes eine Augenweide. Ich sah unter ihrem Arm eine Zeitung »Die Stimme Bonns«, sie sah meinen Blick, wurde rot und sagte: »Machen Sie sich nichts draus.« – »Ich werde den Hund ohrfeigen«, sagte ich, »wenn Sie wüßten, was das für ein mieser, heuchlerischer Vogel ist – und betrogen hat er mich auch, um eine ganze Flasche Schnaps.« Sie lachte. »Mein Mann und ich, wir würden uns freuen«, sagte sie, »wenn wir unsere Nachbarschaft einmal realisieren könnten. Bleiben Sie länger?« – »Ja«, sagte ich, »ich werde einmal klingeln, wenn Sie gestatten – ist bei Ihnen auch alles rostfarben?« – »Natürlich«, sagte sie, »rostfarben ist doch das Kennzeichen des fünften Stocks.« Der Aufzug hatte auf der dritten Etage länger gehalten, jetzt wurde die Vier rot, die Fünf, ich riß die Tür auf und trat vor Erstaunen einen Schritt zurück. Mein Vater kam aus dem Aufzug, hielt die Tür der einsteigenden Frau Grebsel auf und wandte sich mir zu. »Mein Gott«, sagte ich, »Vater.« Ich hatte noch nie Vater zu ihm gesagt, immer nur Papa. Er sagte »Hans«, machte einen ungeschickten Versuch, mich zu umarmen. Ich ging vor ihm her in die Wohnung, nahm ihm Hut und Mantel ab, öffnete die Wohnzimmertür und zeigte auf die Couch. Er setzte sich umständlich.

Wir waren beide sehr verlegen. Verlegenheit scheint zwischen Eltern und Kindern die einzige Möglichkeit der Verständigung zu sein. Wahrscheinlich hatte meine Begrüßung »Vater« sehr pathetisch geklungen, und das steigerte die Verlegenheit, die ohnehin unvermeidlich war. Mein Vater setzte sich in einen der rostfarbenen Sessel und sah mich kopfschüttelnd an: mit meinen klatschnassen Pantoffeln, nassen Socken, in dem viel zu langen Bademantel, der überflüssigerweise auch noch feuerrot war. Mein Vater ist nicht groß, zart und auf eine so gekonnt nachlässige Weise gepflegt, daß sich die Fernsehleute um ihn reißen, wenn irgendwelche Wirtschaftsfragen diskutiert werden. Er strahlt auch Güte aus, Vernunft, und ist inzwischen als Fernsehstar berühmter als er als Braunkohlenschnier je hätte werden können. Er haßt jede Nuance der Brutalität. Man würde, wenn man ihn so sieht, erwarten, daß er Zigarren raucht, keine dicken, sondern leichte, schlanke Zigarren, aber daß er Zigaretten raucht, wirkt bei einem fast siebzigjährigen Kapitalisten überraschend flott und fortschrittlich. Ich verstehe schon, daß sie ihn in alle Diskussionen schicken, bei denen es um Geld geht. Man sieht ihm an, daß er nicht nur Güte ausstrahlt, sondern auch gütig ist. Ich hielt ihm die Zigaretten hin, gab ihm Feuer, und als ich mich dabei zu ihm hinbeugte, sagte er: »Ich weiß ja nicht viel über Clowns, aber doch einiges. Daß sie in Kaffee baden, ist mir neu.« Er kann sehr witzig sein. »Ich bade nicht in Kaffee, Vater«, sagte ich, »ich wollte nur Kaffee aufgießen, das ist mir mißglückt.« Spätestens bei diesem Satz hätte ich wieder Papa sagen sollen, aber es war zu spät. »Möchtest du was trinken?« Er lächelte, sah mich mißtrauisch an und fragte: »Was hast du denn im Haus?« Ich ging in die Küche: im Eisschrank war der Kognak, es standen auch ein paar Flaschen Mineralwasser da, Zitronenlimonade und eine Flasche Rotwein. Ich nahm von jeder Sorte eine Flasche, trug sie ins Wohnzimmer und reihte sie vor meinem Vater auf dem Tisch auf. Er nahm die Brille aus der Tasche und studierte die Etiketts. Kopfschüttelnd schob er als erstes den Kognak beiseite. Ich wußte, daß er gern Kognak trank, und sagte gekränkt: »Aber es scheint eine gute Marke zu sein.« – »Die Marke ist vorzüglich«, sagte er, »aber der beste Kognak ist keiner mehr, wenn er eisgekühlt ist.«

»Mein Gott«, sagte ich, »gehört Kognak denn nicht in den Eisschrank?« Er blickte mich über seine Brille hinweg an, als wäre ich soeben der Sodomie überführt worden. Er ist auf seine Weise auch ein Ästhet, er bringt es fertig, den Toast morgens dreimal, viermal in die Küche zurückzuschicken, bis Anna genau die richtige Bräunungsstufe herausbringt, ein stiller Kampf, der jeden Morgen neu beginnt, denn Anna hält Toast sowieso für »angelsächsischen Blödsinn«. – »Kognak im Eisschrank«, sagte mein Vater verächtlich, »wußtest du wirklich nicht – oder tust du nur so? Man weiß ja nie, wo man mit dir dran ist!«

»Ich wußte es nicht«, sagte ich. Er sah mich prüfend an, lächelte und schien überzeugt.

»Dabei habe ich soviel Geld für deine Erziehung ausgegeben«, sagte er. Das sollte ironisch klingen, so wie eben ein fast siebzigjähriger Vater mit seinem voll erwachsenen Sohn spricht, aber die Ironie gelang ihm nicht, sie fror an dem Wort Geld fest. Er verwarf kopfschüttelnd auch die Zitronenlimonade und den Rotwein und sagte: »Unter diesen Umständen erscheint mir Mineralwasser als das sicherste Getränk.« Ich holte zwei Gläser aus der Anrichte, öffnete eine Mineralwasserflasche. Wenigstens das schien ich richtig zu machen. Er nickte wohlwollend, während er mir dabei zusah.

»Stört es dich«, sagte ich, »wenn ich im Bademantel bleibe?«

»Ja«, sagte er, »es stört mich. Zieh dich bitte ordentlich an. Dein Aufzug und dein – dein Kaffeegeruch verleihen der Situation eine Komik, die ihr nicht entspricht. Ich habe ernsthaft mit dir zu reden. Und außerdem – entschuldige, daß ich so offen spreche – hasse ich, wie du wohl noch weißt, jede Erscheinungsform der Schlamperei.«

»Es ist keine Schlamperei«, sagte ich, »nur eine Erscheinungsform der Entspannung.«

»Ich weiß nicht«, sagte er, »wie oft du in deinem Leben mir wirklich gehorsam gewesen bist, jetzt bist du mir nicht mehr zum Gehorsam verpflichtet. Ich bitte dich nur um einen Gefallen.«

Ich war erstaunt. Mein Vater war früher eher schüchtern gewesen, fast schweigsam. Er hat beim Fernsehen zu diskutieren und argumentieren gelernt, mit einem »zwingenden Charme«. Ich war zu müde, mich diesem Charme zu entziehen.

Ich ging ins Badezimmer, zog mir die kaffeenassen Socken aus, trocknete die Füße ab, zog Hemd, Hose, Rock an, lief barfuß in die Küche, häufte mir die gewärmten weißen Bohnen auf einen Teller und schlug die weichgekochten Eier einfach über den Bohnen aus, kratzte die Eireste mit dem Löffel aus den Schalen, nahm eine Schnitte Brot, einen Löffel und ging ins Wohnzimmer. Mein Vater blickte auf meinen Teller mit einer Miene, die eine sehr gut gekonnte Mischung aus Erstaunen und Ekel darstellte.

»Entschuldige«, sagte ich, »ich habe seit heute morgen neun Uhr nichts mehr gegessen, und ich denke, es liegt dir nichts daran, wenn ich ohnmächtig zu deinen Füßen niederfalle.« Er brachte ein gequältes Lachen zustande, schüttelte den Kopf, seufzte und sagte: »Na gut – aber weißt du, *nur* Eiweiß ist einfach nicht gesund.«

»Ich werde anschließend einen Apfel essen«, sagte ich. Ich rührte die Bohnen und die Eier zusammen, biß in das Brot und nahm einen Löffel von meinem Brei, der mir sehr gut schmeckte.

»Du solltest wenigstens etwas von diesem Tomatenzeug drauftun«, sagte er.

»Ich hab keins im Hause«, sagte ich.

Ich aß viel zu hastig, und die notwendigen Geräusche, die ich beim Essen machte, schienen meinem Vater zu mißfallen. Er unterdrückte seinen Ekel, aber nicht überzeugend, und ich stand schließlich auf, ging in die Küche, aß stehend am Eisschrank meinen Teller leer und sah mir selbst während des Essens in dem Spiegel zu, der über dem Eisschrank hängt. Ich hatte nicht einmal das wichtigste Training in den letzten Wochen absolviert: das Gesichtstraining. Ein Clown, dessen Haupteffekt sein unbewegliches Gesicht ist, muß sein Gesicht sehr beweglich halten. Früher steckte ich mir immer, bevor ich mit dem Training begann, die Zunge heraus, um mir mich erst einmal ganz nahe zu bringen, bevor ich mich mir wieder entfremden konnte. Später ließ ich das und blickte mir, ohne irgendwelche Tricks anzuwenden, selbst ins Gesicht, täglich eine halbe Stunde lang, bis ich zuletzt gar nicht mehr da war: da ich zum Narzißmus nicht neige, war ich oft nahe daran, verrückt zu werden. Ich vergaß einfach, daß ich es war, dessen Gesicht ich da im Spiegel sah, drehte den Spiegel um, wenn ich mit dem Training fertig war, und wenn ich später im Laufe des Tages zufällig im Vorübergehen in einen Spiegel blickte, erschrak ich: das war ein fremder Kerl in meinem Badezimmer, auf der Toilette, ein Kerl, von dem ich nicht wußte, ob er ernst oder komisch war, ein langnasiges, blasses Gespenst – und ich rannte, so schnell ich konnte, zu Marie, um mich in ihrem Gesicht zu sehen. Seitdem sie weg ist, kann ich mein Gesichtstraining nicht mehr absolvieren: ich habe Angst, verrückt zu werden. Ich ging immer, wenn ich vom Training kam, ganz nah an Marie heran, bis ich mich in ihren Augen sah: winzig, ein bißchen verzerrt, doch erkennbar: das war ich, und war doch derselbe, vor dem ich im Spiegel Angst hatte. Wie sollte ich Zohnerer erklären, daß ich ohne Marie gar nicht mehr vor dem Spiegel trainieren konnte? Mich selbst beim Essen zu beobachten, war nur traurig, nicht erschreckend. Ich konnte mich an dem Löffel festhalten, konnte die Bohnen erkennen, Spuren von Eiweiß und Eidotter darin, die Scheibe Brot, die immer kleiner wurde. Der Spiegel bestätigte mir so etwas rührend Reales wie einen leergegessenen Teller, eine Scheibe Brot, die kleiner wurde, einen leicht beschmierten Mund, den ich mit dem Rockärmel abwischte. Ich trainierte nicht. Es war niemand da, der mich aus dem Spiegel zurückgeholt hätte. Ich ging langsam ins Wohnzimmer zurück.

»Viel zu rasch«, sagte mein Vater, »du ißt zu hastig. Setz dich jetzt endlich. Trinkst du nichts?«

»Nein«, sagte ich, »ich wollte mir Kaffee machen, aber der ist ja mißlungen.«

»Soll ich dir welchen machen?« fragte er.

»Kannst du das denn?« fragte ich.

»Man rühmt mir nach, daß ich einen sehr guten Kaffee mache«, sagte er.

»Ach, laß nur«, sagte ich, »ich trinke etwas Sprudel, so wichtig ist das nicht.«

»Aber ich machs gern«, sagte er.

»Nein«, sagte ich, »danke. Es sieht in der Küche abscheulich aus. Eine riesige Kaffeepfütze, offene Konservenbüchsen, Eierschalen auf dem Boden.«

»Na gut«, sagte er, »wie du willst.« Er wirkte auf eine unangemessene Weise gekränkt. Er goß mir Sprudel ein, hielt mir sein Zigarettenetui hin, ich nahm eine, er gab mir Feuer, wir rauchten. Er tat mir leid. Ich hatte ihn mit meinem Teller voll Bohnen wahrscheinlich ganz aus dem Konzept gebracht. Er hatte sicher damit gerechnet, bei mir das vorzufinden, was er sich unter Bohème vorstellt: ein gekonntes Durcheinander und allerlei Modernes an Decke und Wänden, aber die Wohnung ist auf eine zufällige Art stillos eingerichtet, fast spießig, und ich merkte, daß ihn das bedrückte. Die Anrichte hatten wir nach einem Katalog gekauft, die Bilder an den Wänden waren lauter Drucke, nur zwei gegenstandlose darunter, einzig hübsch zwei Aquarelle von Monika Silvs, die über der Kommode hängen: Rheinlandschaft III und Rheinlandschaft IV, dunkelgraue Töne mit kaum sichtbaren weißen Spuren. Die paar hübschen Sachen, die wir haben, Stühle, ein paar Vasen und der Teewagen in der Ecke, hat Marie gekauft. Mein Vater ist ein Mensch, der Atmosphäre braucht, und die Atmosphäre in unserer Wohnung machte ihn nervös und stumm. »Hat Mutter dir erzählt, daß ich hier bin?« fragte ich schließlich, als wir die zweite Zigarette ansteckten, ohne ein Wort gesprochen zu haben.

»Ja«, sagte er, »warum kannst du ihr solche Sachen auch nicht ersparen.«

»Wenn sie sich nicht mit ihrer Komiteestimme gemeldet hätte, wäre alles anders gekommen«, sagte ich.

»Hast du was gegen dieses Komitee?« fragte er ruhig.

»Nein«, sagte ich, »es ist sehr gut, daß die rassischen Gegensätze versöhnt werden, aber ich habe eine andere Auffassung von Rasse als das Komitee. Neger zum Beispiel sind ja geradezu der letzte Schrei – ich wollte Mutter schon einen Neger, den ich gut kenne, als Krippenfigur anbieten, und wenn man bedenkt, daß es einige hundert Negerrassen gibt. Das Komitee wird nie arbeitslos. Oder Zigeuner«, sagte ich, »Mutter sollte einmal welche zum Tee einladen. Direkt von der Straße. Es gibt noch Aufgaben genug.«

»Darüber wollte ich nicht mit dir reden«, sagte er.

Ich schwieg. Er sah mich an und sagte leise: »Ich wollte mit dir über Geld reden.« Ich schwieg weiter. »Ich nehme an, daß du in ziemlicher Verlegenheit bist. Sag doch was.«

»Verlegenheit ist hübsch gesagt. Ich werde wahrscheinlich ein Jahr lang nicht auftreten können. Sieh hier.« Ich zog das Hosenbein hoch und zeigte ihm mein geschwollenes Knie, ich ließ die Hose wieder runter und zeigte mit dem Zeigefinger der rechten Hand auf meine linke Brust. »Und hier«, sagte ich.

»Mein Gott«, sagte er, »Herz?«

»Ja«, sagte ich, »Herz.«

»Ich werde Drohmert anrufen und ihn bitten, dich zu empfangen. Er ist der beste Herzspezialist, den wir haben.«

»Mißverständnis«, sagte ich, »ich brauche Drohmert nicht zu konsultieren.«

»Du sagtest doch: Herz.«

»Vielleicht hätte ich Seele, Gemüt, Inneres sagen sollen – mir schien Herz angebracht.«

»Ach so«, sagte er trocken, »diese Geschichte.« Sicher hatte Sommerwild ihm beim Skat in der Herren-Union, zwischen Hasenpfeffer, Bier und einem Herz-Solo ohne drei, die »Geschichte« erzählt.

Er stand auf, fing an, auf und ab zu gehen, blieb dann hinter dem Sessel stehen, stützte sich auf die Sessellehne und blickte auf mich herunter. »Es klingt sicher dumm«, sagte er, »wenn ich dir ein großes Wort sage, aber weißt du, was dir fehlt? Dir fehlt das, was den Mann zum Manne macht: sich abfinden können.«

»Das habe ich heute schon einmal gehört«, sagte ich.

»Dann hörs zum drittenmal: finde dich ab.«

»Laß«, sagte ich müde.

»Was glaubst du wohl, wie mir zumute war, als Leo zu mir kam und sagte, er würde katholisch. Es war so schmerzlich für mich wie Henriettes Tod – es hätte mich nicht so geschmerzt, wenn er gesagt hätte, er würde Kommunist. Darunter kann ich mir was vorstellen, wenn ein junger Mensch einen falschen Traum träumt, von sozialer Gerechtigkeit und so weiter. Aber das.« Er klammerte sich an die Sessellehne und schüttelte heftig den Kopf. »Das. Nein. Nein.« Es schien ihm ernst zu sein. Er war ganz blaß geworden und sah viel älter aus, als er ist.

»Setz dich, Vater«, sagte ich, »trink jetzt einen Kognak.« Er setzte sich, nickte zu der Kognakflasche hin, ich holte ein Glas aus der Anrichte, goß ihm ein, und er nahm den Kognak und trank ihn, ohne mir zu danken oder zuzuprosten. »Du verstehst das sicher nicht«, sagte er. »Nein«, sagte ich.

»Mir ist bange um jeden jungen Menschen, der an diese Sache glaubt«, sagte er, »deshalb hat es mich so schrecklich getroffen, aber auch damit habe ich mich abgefunden – abgefunden. Was siehst du mich so an?«

»Ich muß dir etwas abbitten«, sagte ich, »wenn ich dich im Fernsehen sah, habe ich gedacht, du wärst ein großartiger Schauspieler. Sogar ein bißchen Clown.«

Er sah mich mißtrauisch an, fast gekränkt, und ich sagte rasch: »Nein wirklich, Papa, großartig.« Ich war froh, daß ich das Papa wiedergefunden hatte.

»Sie haben mich einfach in diese Rolle gedrängt«, sagte er.

»Sie steht dir gut«, sagte ich, »und was du daran spielst, ist gut gespielt.«

»Ich spiele nichts daran«, sagte er ernst, »gar nichts, ich brauche nichts zu spielen.«

»Schlimm«, sagte ich, »für deine Gegner.«

»Ich habe keine Gegner«, sagte er empört.

»Noch schlimmer für deine Gegner«, sagte ich.

Er sah mich wieder mißtrauisch an, lachte dann und sagte: »Aber ich empfinde sie wirklich nicht als Gegner.«

»Noch viel schlimmer, als ich dachte«, sagte ich, »wissen die, mit denen du da dauernd über Geld redest, gar nicht, daß ihr das Wichtigste immer verschweigt – oder habt ihrs abgesprochen, bevor ihr auf den Schirm gezaubert werdet?«

Er goß sich Kognak ein, sah mich fragend an: »Ich habe mit dir über deine Zukunft sprechen wollen.«

»Augenblick«, sagte ich, »mich interessiert einfach, wie das gemacht wird. Ihr redet immer von Prozenten, zehn, zwanzig, fünf, fünfzig Prozent – aber ihr sagt nie, wieviel Prozent von was?« Er sah fast dumm aus, als er das Kognakglas hob, trank und mich ansah. »Ich meine«, sagte ich, »ich habe nicht viel Rechnen gelernt, aber ich weiß, daß hundert Prozent von einem halben Pfennig ein halber Pfennig sind, während fünf Prozent von einer Milliarde fünfzig Millionen sind . . . verstehst du?«

»Mein Gott«, sagte er, hast du soviel Zeit, fernzusehen?«

»Ja«, sagte ich, »seit dieser Geschichte, wie du sie nennst, seh ich viel fern – es macht mich so schön leer. Ganz leer, und wenn man seinen Vater alle drei Jahre einmal sieht, freut man sich doch, wenn man ihn mal auf dem Fernsehschirm sieht. Irgendwo in einer Kneipe, bei Bier, im Halbdunkel. Manchmal bin ich richtig stolz auf dich, wie geschickt du es verhinderst, daß irgendeiner nach der Prozentzahl fragt.«

»Du irrst«, sagte er kühl, »ich verhindere gar nichts.«

»Ist es denn nicht langweilig, gar keine Gegner zu haben?«

Er stand auf und sah mich böse an. Ich stand auch auf. Wir stellten uns beide hinter unsere Sessel, legten die Arme auf die Lehne. Ich lachte und sagte: »Als Clown interessiere ich mich natürlich für die modernen Formen der Pantomime. Einmal, als ich allein im Hinterzimmer einer Kneipe saß, hab ich den Ton ausgeschaltet. Großartig. Das Eindringen des l'art pour l'art in die Lohnpolitik, in die Wirtschaft. Schade, daß du meine Nummer Aufsichtsratssitzung nie gesehen hast.«

»Ich will dir was sagen«, sagte er, »ich habe mit Genneholm über dich gesprochen. Ich habe ihn gebeten, sich einige deiner Auftritte einmal anzusehen und mir eine – eine Art Gutachten zu machen.«

Ich mußte plötzlich gähnen. Es war unhöflich, aber unvermeidlich, und ich war mir der Peinlichkeit durchaus bewußt. Ich hatte in der Nacht schlecht geschlafen und einen schlimmen Tag hinter mir. Wenn einer seinen Vater nach drei Jahren zum erstenmal wiedersieht, eigentlich zum erstenmal in seinem Leben ernsthaft mit ihm redet – ist Gähnen sicherlich das am wenigsten Angebrachte. Ich war sehr erregt, aber todmüde, und es tat mir leid, daß ich ausgerechnet jetzt gähnen mußte. Der Name Genneholm wirkte wie ein Schlafmittel auf mich. Menschen wie mein Vater müssen immer *das Beste* haben: den besten Herzspezialisten der Welt Drohmert, den besten Theaterkritiker der Bundesrepublik Genneholm, den besten Schneider, den besten Sekt, das beste Hotel, den besten Schriftsteller. Es ist langweilig. Mein Gähnen wurde fast zu einem Gähnkrampf, meine Mundmuskulatur knackte. Die Tatsache, daß Genneholm schwul ist, ändert nichts an der Tatsache, daß sein Name Langeweile in mir auslöst. Schwule können sehr amüsant sein, aber gerade amüsante Leute finde ich langweilig, besonders Exzentriker, und Genneholm war nicht nur schwul, auch exzentrisch. Er kam meistens zu den Parties, die Mutter gab, und rückte einem immer ziemlich nah auf den Leib, so daß man jedesmal vollkommen überflüssigerweise seinen Atem roch und an seiner letzten Mahlzeit teilnahm. Als ich ihn zum letzten Mal traf, vor vier Jahren, hatte er nach Kartoffelsalat gerochen, und angesichts dieses Geruchs kamen mir seine kardinalsrote Weste und sein honigfarbener Mephistoschnurrbart gar nicht mehr extravagant vor. Er war sehr witzig, jedermann wußte, daß er witzig war, und so mußte er dauernd witzig sein. Eine ermüdende Existenz.

»Entschuldige«, sagte ich, als ich sicher sein konnte, den Gähnkrampf vorläufig hinter mir zu haben. »Was sagt denn Genneholm?«

Mein Vater war gekränkt. Das ist er immer, wenn man sich gehen läßt, und mein Gähnen schmerzte ihn nicht subjektiv, sondern objektiv. Er schüttelte den Kopf wie über meine Bohnensuppe. »Genneholm beobachtet deine Entwicklung mit großem Interesse, er ist dir sehr wohlgesinnt.«

»Ein Schwuler gibt die Hoffnung nie auf«, sagte ich, »das ist ein zähes Volk.«

»Laß das«, sagte mein Vater scharf, »sei froh, daß du einen so einflußreichen und fachmännischen Gönner im Hintergrund hast.«

»Ich bin ja ganz glücklich«, sagte ich.

»Aber er hat enorm viele Einwände gegen das, was du bisher geleistet hast. Er meint, du solltest alles Pierrotische meiden, hättest zum Harlekin zwar Begabung, wärest aber zu schade – und als Clown wärst du unmöglich. Er sieht deine Chance in einer konsequenten Hinwendung zur Pantomime . . . hörst du mir überhaupt zu?« Seine Stimme wurde immer schärfer.

»Bitte«, sagte ich, »ich höre jedes Wort, jedes einzelne dieser klugen, zutreffenden Wörter, laß dich nicht dadurch stören, daß ich die Augen geschlossen habe.« Während er Genneholm zitierte, hatte ich die Augen geschlossen. Es war so wohltuend und befreite mich vom Anblick der dunkelbraunen Kommode, die hinter Vater an der Wand stand. Ein scheußliches Möbelstück, das irgendwie nach Schule aussah: die dunkelbraune Farbe, die schwarzen Knöpfe, die hellgelbe Zierleiste an der oberen Kante. Die Kommode stammte aus Maries Elternhaus.

»Bitte«, sagte ich leise, »sprich doch weiter.« Ich war todmüde, hatte Magenschmerzen, Kopfschmerzen, und ich stand so verkrampft da hinter dem Sessel, daß mein Knie anfing, noch mehr anzuschwellen. Hinter meinen geschlossenen Lidern sah ich mein Gesicht, wie ich es von tausend Trainingsstunden aus dem Spiegel kannte, vollkommen unbewegt, schneeweiß geschminkt, nicht einmal die Wimpern bewegten sich, auch nicht die Brauen, nur die Augen, langsam bewegte ich sie hin und her wie ein banges Kaninchen, um jene Wirkung zu erzielen, die Kritiker wie Genneholm »diese erstaunliche Fähigkeit, animalische Melancholie darzustellen«, genannt hatten. Ich war tot und auf tausend Stunden mit meinem Gesicht eingesperrt – keine Möglichkeit, mich in Maries Augen zu retten.

»Sprich doch«, sagte ich.

»Er riet mir, dich zu einem der besten Lehrer zu schicken. Für ein Jahr, für zwei, für ein halbes. Genneholm meint, du müßtest dich konzentrieren, studieren, soviel Bewußtheit erreichen, daß du wieder naiv werden kannst. Und Training, Training, Training – und, hörst du noch?« Seine Stimme klang Gottseidank milder.

»Ja«, sagte ich.

»Und ich bin bereit, dir das zu finanzieren.«

Ich hatte das Gefühl, als wäre mein Knie so dick und rund wie ein Gasometer. Ohne die Augen zu öffnen, tastete ich mich um den Sessel herum, setzte mich, tastete nach den Zigaretten auf dem Tisch wie ein Blinder. Mein Vater stieß einen Schreckensruf aus. Ich kann einen Blinden so gut spielen, daß man glaubt, ich wäre blind. Ich kam mir auch blind vor, vielleicht würde ich blind bleiben. Ich spielte nicht den Blinden, sondern den soeben Erblindeten, und als ich die Zigarette endlich im Mund hatte, spürte ich die Flamme von Vaters Feuerzeug, spürte auch, wie heftig sie zitterte.

»Junge«, sagte er ängstlich, »bist du krank?«

»Ja«, sagte ich leise, zog an der Zigarette, inhalierte tief, »ich bin todkrank, aber nicht blind. Magenschmerzen, Kopfschmerzen, Knieschmerzen, eine üppig wuchernde Melancholie – aber das schlimmste ist, ich weiß genau, daß Genneholm recht hat, zu ungefähr fünfundneunzig Prozent, und ich weiß sogar, was er weiter gesagt hat. Hat er von Kleist gesprochen?«

»Ja«, sagte mein Vater.

»Hat er gesagt, ich müßte meine Seele erst verlieren – ganz leer sein, dann könnte ich mir wieder eine leisten. Hat er das gesagt?«

»Ja«, sagte mein Vater, »woher weißt du das?«

»Mein Gott«, sagte ich, »ich kenne doch seine Theorien und weiß, woher er sie hat. Aber ich will meine Seele nicht verlieren, ich will sie wiederhaben.«

»Du hast sie verloren?«

»Ja.«

»Wo ist sie?«

»In Rom«, sagte ich, schlug die Augen auf und lachte.

Mein Vater war wirklich vor Angst ganz blaß und alt geworden. Sein Lachen klang erleichtert und doch ärgerlich. »Du Bengel«, sagte er, »war das Ganze gespielt?«

»Leider«, sagte ich, »nicht ganz und nicht gut. Genneholm würde sagen: noch viel zu naturalistisch – und er hat recht. Schwule haben meistens recht, sie haben ein enormes Einfühlungsvermögen – aber auch nicht mehr. Immerhin.«

»Du Bengel«, sagte mein Vater, »du hast mich dran gekriegt.«

»Nein«, sagte ich, »nein, ich habe dich nicht mehr dran gekriegt, als ein wirklich Blinder dich dran kriegt. Glaub mir, nicht jedes Tappen und nach Halt Suchen ist unbedingt notwendig. Mancher Blinde spielt, obwohl er wirklich blind ist, den Blinden. Ich könnte jetzt vor deinen Augen von hier bis zur Tür humpeln, daß du vor Schmerz und Mitleid aufschreien und sofort einen Arzt anrufen würdest, den besten Chirurgen der Welt, Fretzer. Soll ich?«

Ich war schon aufgestanden.

»Bitte, laß«, sagte er gequält, und ich setzte mich wieder.

»Bitte, setz du dich auch«, sagte ich, »bitte, es macht mich nervös, wenn du so herumstehst.«

Er setzte sich, goß sich Sprudel ein und sah mich verwirrt an. »Man wird aus dir nicht klug«, sagte er, »gib mir doch eine klare Antwort. Ich zahl dir das Studium, egal, wo du hingehen willst. London, Paris, Brüssel. Das Beste ist gerade gut genug.«

»Nein«, sagte ich müde, »es wäre genau das Falsche. Mir nützt kein Studium mehr, nur noch Arbeit. Studiert habe ich, als ich dreizehn, vierzehn war, bis einundzwanzig. Ihr habts nur nicht gemerkt. Und wenn Genneholm meint, ich könnte jetzt noch studieren, ist er dümmer, als ich dachte.«

»Er ist ein Fachmann«, sagte mein Vater, »der beste, den ich kenne.« – »Sogar der beste, den es hier gibt«, sagte ich, »aber nur ein Fachmann, er versteht was von Theater, Tragödie, Commedia dell'arte, Komödie, Pantomime. Aber schau dir einmal an, wie seine eigenen komödiantischen Versuche ausfallen, wenn er plötzlich mit violetten Hemden und schwarzen Seidenschleifen auftaucht. Da würde jeder Dilettant sich schämen. Daß Kritiker kritisch sind, ist nicht das Schlimme an ihnen, sondern daß sie sich selbst gegenüber so unkritisch und humorlos sind. Peinlich. Natürlich, er ist wirklich vom Fach – aber wenn er meint, ich sollte nach sechs Bühnenjahren noch ein Studium anfangen – Unsinn!«

»Du brauchst also das Geld nicht?« fragte mein Vater. Eine kleine Spur von Erleichterung in seiner Stimme machte mich mißtrauisch. »Doch«, sagte ich, »ich brauche das Geld.«

»Was willst du denn tun? Weiter auftreten, in diesem Stadium?«

»Welches Stadium?« fragte ich.

»Na«, sagte er verlegen, »du kennst doch deine Presse.«

»Meine Presse?« sagte ich, »ich bin seit drei Monaten nur noch in der Provinz aufgetreten.«

»Ich habe mir das besorgen lassen«, sagte er, »ich habe es mit Genneholm durchgearbeitet.«

»Verdammt«, sagte ich, »was hast du ihm dafür bezahlt?«

Er wurde rot. »Laß das doch«, sagte er, »also, was hast du vor?«

»Trainieren«, sagte ich, »arbeiten, ein halbes Jahr, ein ganzes, ich weiß noch nicht.«

»Wo?«

»Hier«, sagte ich, »wo sonst?« Es gelang ihm nur schlecht, seinen Schrekken zu verbergen.

»Ich werde euch nicht belästigen und nicht kompromittieren, ich werde nicht einmal zum *jour fixe* kommen«, sagte ich. Er wurde rot. Ich war ein paarmal zu ihrem *jour fixe* gegangen, wie irgendeiner, ohne sozusagen privat zu ihnen zu gehen. Ich hatte Cocktails getrunken und Oliven gegessen, Tee getrunken und mir beim Weggehen Zigaretten eingesteckt, so offen, daß die Diener es sahen und sich errötend abwendeten.

»Ach«, sagte mein Vater nur. Er wand sich in seinem Sessel. Am liebsten wäre er aufgestanden und hätte sich ans Fenster gestellt. Jetzt senkte er nur den Blick und sagte: »Es wäre mir lieber, du würdest den soliden Weg wählen, den Genneholm vorschlägt. Eine unsichere Sache zu finanzieren fällt mir schwer. Hast du denn nichts erspart? Du mußt doch ganz hübsch verdient haben in diesen Jahren.«

»Keinen Pfennig hab ich erspart«, sagte ich, »ich besitze eine, eine einzige Mark.« Ich zog die Mark aus der Tasche und zeigte sie ihm. Er beugte sich tatsächlich darüber und sah sie sich an wie ein merkwürdiges Insekt.

»Es fällt mir schwer, dir zu glauben«, sagte er, »ich habe dich jedenfalls nicht zum Verschwender erzogen. Was müßtest du denn so monatlich haben, wie hast du dir die Sache gedacht?«

Mein Herz schlug heftig. Ich hatte nicht geglaubt, daß er mir so direkt würde helfen wollen. Ich überlegte. Nicht zu wenig und nicht zuviel, und doch genug mußte ich haben, aber ich hatte keine, nicht die geringste Ahnung, was ich brauchen würde. Strom, Telefon, und irgendwie mußte ich ja leben. Ich schwitzte vor Aufregung. »Zunächst«, sagte ich, »brauche ich eine dicke Gummimatte, so groß wie dieses Zimmer, sieben mal fünf, die könntest du mir aus euren Rheinischen Gummibearbeitungsfabriken billiger besorgen.«

»Schön«, sagte er lächelnd, »ich stifte sie dir sogar. Sieben mal fünf – aber Genneholm meint, du solltest dich nicht mit Akrobatik verzetteln.«

»Werde ich nicht, Papa«, sagte ich, »außer der Matte würde ich wohl noch tausend Mark im Monat brauchen.«

»Tausend Mark«, sagte er. Er stand auf, sein Schrecken war aufrichtig, seine Lippen bebten.

»Na gut«, sagte ich, »was dachtest du denn?« Ich hatte keine Ahnung, wieviel Geld er wirklich hatte. Ein Jahr lang tausend Mark – soviel konnte ich rechnen – waren zwölftausend Mark, und eine solche Summe konnte ihn nicht umbringen. Er war wirklich Millionär, das hatte Maries Vater mir genau erklärt und mir einmal vorgerechnet. Ich erinnerte mich nicht mehr genau. Er hatte überall Aktien und die »Hände drin«. Sogar in dieser Badezeugfabrik.

Er ging hinter seinem Sessel hin und her, ganz ruhig, die Lippen bewegend, als ob er rechnete. Vielleicht tat ers wirklich, aber es dauerte sehr lange.

Mir fiel wieder ein, wie schäbig sie gewesen waren, als ich mit Marie von Bonn wegging. Vater hatte mir geschrieben, daß er mir aus moralischen Gründen jede Unterstützung verweigere und von mir erwarte, daß ich mit »meiner Hände Arbeit« mich »und das unglückliche, anständige Mädchen, das du verführt hast«, ernährte. Er habe den alten Derkum, wie ich wisse, immer geschätzt, als Gegner und als Mensch, und es sei ein Skandal.

Wir wohnten in einer Pension in Köln-Ehrenfeld. Die siebenhundert Mark, die Maries Mutter ihr hinterlassen hatte, waren nach einem Monat weg, und ich hatte das Gefühl, sehr sparsam und vernünftig damit umgegangen zu sein.

Wir wohnten in der Nähe des Ehrenfelder Bahnhofs, blickten vom Fenster unseres Zimmers aus auf die rote Backsteinmauer des Bahndamms, Braunkohlenzüge fuhren voll in die Stadt herein, leer aus ihr hinaus, ein trostreicher Anblick, ein herzbewegendes Geräusch, ich mußte immer an die ausgeglichene Vermögenslage zu Hause denken. Vom Badezimmer aus der Blick auf Zinkwannen und Wäscheleinen, im Dunkeln manchmal das Geräusch einer fallenden Büchse oder einer Tüte voll Abfall, die einer heimlich aus dem Fenster in den Hof warf. Ich lag oft in der Wanne und sang Liturgisches, bis die Wirtin mir erst das Singen – »Die Leute denken ja, ich beherberge einen abgesprungenen Pastor« – verbot, dann den Badekredit sperrte. Ich badete ihr zu oft, sie fand das überflüssig. Sie stocherte manchmal mit dem Schüreisen in den heruntergeworfenen Abfallpaketen auf dem Hof, um aus dem Inhalt den Absender zu ermitteln: Zwiebelschalen, Kaffeesatz, Kotelettknochen gaben ihr Stoff für umständliche Kombinationen, die sie durch beiläufig vorgenommene Erkundigungen in Metzgerläden und Gemüsegeschäften ergänzte, nie mit Erfolg. Der Abfall ließ nie bindende Schlüsse auf die Individualität zu. Drohungen, die sie in den wäscheverhangenen Himmel hinaufschickte, waren so formuliert, daß jeder sich gemeint vorkam: »Mir macht keiner was vor, ich weiß, wo ich dran bin.« Wir lagen morgens immer im Fenster und lauerten auf den Briefträger, der uns manchmal Päckchen brachte, von Maries Freundinnen, Leo, Anna, in sehr unregelmäßigen Abständen Großvaters Schecks, aber von meinen Eltern nur Aufforderungen, »mein Schicksal in die Hand zu nehmen, aus eigner Kraft das Mißgeschick zu meistern.«

Später schrieb meine Mutter sogar, sie habe mich »verstoßen«. Sie kann bis zur Idiotie geschmacklos sein, denn sie zitierte den Ausdruck aus einem Roman von Schnitzler der *Herz im Zwiespalt* heißt. In diesem Roman wird ein Mädchen von seinen Eltern »verstoßen«, weil es sich weigert, ein Kind zur Welt zu bringen, das ein »edler, aber schwacher Künstler«, ich glaube ein Schauspieler, ihr gezeugt hat. Mutter zitierte wörtlich einen Satz aus dem achten Kapitel des Romans: »Mein Gewissen zwingt mich, dich zu verstoßen«. Sie fand, daß dies ein passendes Zitat war. Jedenfalls »verstieß« sie mich. Ich bin sicher, sie tat es nur, weil es ein Weg war, der sowohl ihrem Gewissen wie ihrem Konto Konflikte ersparte. Zu Hause erwarteten sie, daß ich einen heroischen Lebenslauf beginnen würde: in eine Fabrik gehen oder auf den Bau, um meine Geliebte zu ernähren, und sie waren alle enttäuscht, als ich das nicht tat. Sogar Leo und Anna drückten ihre Enttäuschung deutlich aus. Sie sahen mich schon mit Stullen und Henkelmann im Morgengrauen losziehen, eine Kußhand zu Maries Zimmer hinaufwerfen, sahen mich abends »müde, aber befriedigt« heimkehren, Zeitung lesen und Marie beim Stricken zuschauen. Aber ich machte nicht die geringste Anstrengung, aus dieser Vorstellung ein lebendes Bild zu machen. Ich blieb bei Marie, und Marie war es viel lieber, wenn ich bei ihr blieb. Ich fühlte mich als »Künstler« (viel mehr als jemals später), und wir verwirklichten unsere kindlichen Vorstellungen von Bohème: mit Chiantiflaschen und Sackleinen an den Wänden und buntem Bast. Ich werde heute noch rot vor Rührung, wenn ich an dieses Jahr denke. Wenn Marie am Wochenende zu unserer Wirtin ging, um Aufschub für die Mietzahlung zu erlangen, fing die Wirtin jedesmal Streit an und fragte, warum ich denn nicht arbeiten ginge. Und Marie sagte mit ihrem wunderbaren Pathos: »Mein Mann ist ein Künstler, ja, ein Künstler.« Ich hörte sie einmal von der dreckigen Treppe aus ins offene Zimmer der Wirtin hinunterrufen: »Ja, ein Künstler«, und die Wirtin rief mit ihrer heiseren Stimme zurück:

»Was, ein Künstler? Und Ihr Mann ist er auch? Da wird sich das Standesamt aber gefreut haben.« Am meisten ärgerte sie sich darüber, daß wir fast immer bis zehn oder elf im Bett blieben. Sie hatte nicht Phantasie genug, sich auszurechnen, daß wir auf diese Weise am leichtesten eine Mahlzeit und Strom fürs Heizöfchen sparten, und wußte nicht, daß ich meistens erst gegen zwölf in das Pfarrsälchen zum Training gehen konnte, weil vormittags dort immer etwas los war: Mütterberatung, Kommunionunterricht, Kochkurse oder Beratungsstunde einer katholischen Siedlungsgenossenschaft. Wir wohnten nahe an der Kirche, an der Heinrich Behlen Kaplan war, und er hatte mir dieses Sälchen mit Bühne als Trainingsmöglichkeit besorgt, auch das Zimmer in der Pension. Damals waren viele Katholiken sehr nett zu uns. Die Frau, die im Pfarrheim den Kochlehrgang abhielt, gab uns immer zu essen, was übrig geblieben war, meistens nur Suppe und Pudding, manchmal auch Fleisch, und wenn Marie ihr beim Aufräumen half, steckte sie ihr gelegentlich ein Paket Butter zu oder eine Tüte Zucker. Sie blieb manchmal dort, wenn ich mit dem Training anfing, hielt sich den Bauch vor Lachen und kochte am Nachmittag Kaffee. Auch als sie erfuhr, daß wir nicht verheiratet waren, blieb sie nett. Ich hatte den Eindruck, sie rechnete gar nicht damit, daß Künstler »richtig heiraten«. An manchen Tagen, wenn es kalt war, gingen wir schon früher hin. Marie nahm an dem Kochkurs teil, und ich saß in der Garderobe neben einem elektrischen Heizöfchen und las. Ich hörte durch die dünne Wand das Gekicher im Saal, dann ernste Vorträge über Kalorien, Vitamine, Kalkulation, doch im ganzen schien mir das Unternehmen sehr munter zu sein. Wenn Mütterberatung war, durften wir nicht erscheinen, bis alles vorbei war. Die junge Ärztin, die die Beratung abhielt, war sehr korrekt, auf eine freundliche, aber bestimmte Art, und hatte eine fürchterliche Angst vor dem Staub, den ich aufwirbelte, wenn ich auf der Bühne herumhopste. Sie behauptete später, der Staub hinge noch am Tage darauf in der Luft und gefährde die Säuglinge, und sie setzte es durch, daß ich vierundzwanzig Stunden, bevor sie ihre Beratung abhielt, nicht die Bühne benutzen durfte. Heinrich Behlen bekam sogar Krach mit seinem Pfarrer deswegen, der gar nicht gewußt hatte, daß ich dort jeden Tag trainierte, und der Heinrich aufforderte, »die Nächstenliebe nicht zu weit zu treiben«. Manchmal ging ich auch mit Marie in die Kirche. Es war so schön warm dort, ich setzte mich immer über den Heizungskanal; es war auch vollkommen still, der Straßenlärm draußen schien unendlich weit weg zu sein, und die Kirche war auf eine wohltuende Weise leer: nur sieben oder acht Menschen, und ich hatte einige Male das Gefühl, dazuzugehören zu dieser stillen traurigen Versammlung von Hinterbliebenen einer Sache, die in ihrer Ohnmacht großartig wirkte. Außer Marie und mir lauter alte Frauen. Und die unpathetische Art, mit der Heinrich

Behlen zelebrierte, paßte so gut zu der dunklen, häßlichen Kirche. Einmal sprang ich sogar ein, als sein Meßdiener ausgefallen war, am Ende der Messe, wenn das Buch von rechts nach links getragen wird. Ich merkte einfach, daß Heinrich plötzlich unsicher wurde, den Rhythmus verlor, und ich lief rasch hin, holte das Buch von der rechten Seite, kniete mich hin, als ich vor der Mitte des Altars war, und trug es nach links. Ich wäre mir unhöflich vorgekommen, hätte ich Heinrich nicht aus der Verlegenheit geholfen. Marie wurde knallrot, Heinrich lächelte. Wir kannten uns schon lange, er war im Internat Kapitän der Fußballmannschaft gewesen, älter als ich. Meistens warteten wir nach der Messe draußen vor der Sakristei auf Heinrich, er lud uns zum Frühstück ein, kaufte auf Kredit in einem Kramladen Eier, Schinken, Kaffee und Zigaretten, und er war immer glücklich wie ein Kind, wenn seine Haushälterin krank war.

Ich dachte an all die Menschen, die uns geholfen hatten, während sie zu Hause auf ihren Scheißmillionen herumhockten, mich verstoßen hatten und ihre moralischen Gründe genossen.

Mein Vater ging immer noch hinter seinem Sessel hin und her und bewegte rechnend seine Lippen. Ich war drauf und dran, ihm zu sagen, ich verzichte auf sein Geld, aber irgendwie, so schien mir, hatte ich ein Recht darauf, von ihm etwas zu bekommen, und ich wollte mir mit einer einzigen Mark in der Tasche keinen Heroismus erlauben, den ich später bereuen würde. Ich brauchte wirklich Geld, dringend, und er hatte mir keinen Pfennig gegeben, seitdem ich von zu Hause weg war. Leo hatte uns sein ganzes Taschengeld gegeben, Anna uns manchmal ein selbstgebackenes Weißbrot geschickt, und später hatte uns sogar Großvater hin und wieder Geld geschickt, Verrechnungsschecks über fünfzehn, zwanzig Mark, und einmal aus einem Grund, den ich nie herausbekam, einen Scheck über zweiundzwanzig Mark. Wir hatten jedesmal ein fürchterliches Theater mit diesen Schecks: unsere Wirtin hatte kein Bankkonto, Heinrich auch nicht, er hatte so wenig Ahnung von Verrechnungsschecks wie wir. Er zahlte den ersten Scheck einfach auf das Caritaskonto seiner Pfarre ein, ließ sich an der Sparkasse Zweck und Art des Verrechnungsschecks erklären, ging dann zu seinem Pfarrer und bat um einen Barscheck über fünfzehn Mark – aber der Pfarrer platzte fast vor Wut. Er erklärte Heinrich, er könne ihm keinen Barscheck geben, weil er die Zweckbestimmung erklären müsse, und so ein Caritaskonto sei eine heikle Sache, es würde kontrolliert, und wenn er schriebe: »Gefälligkeitsscheck für Kaplan Behlen, Gegenwert für privaten Verrechnungsscheck«, bekäme er Krach, denn eine Pfarrcaritas sei schließlich kein Umschlagplatz für Verrechnungsschecks »dunkler Herkunft«. Er könne den Verrechnungsscheck nur als Spende für einen bestimmten Zweck deklarieren, als unmittelbare Unterstützung von Schnier für

Schnier, und mir den Gegenwert bar als Spende der Caritas auszahlen. Das ginge, sei aber nicht ganz korrekt. Es dauerte im ganzen zehn Tage, bis wir die fünfzehn Mark wirklich hatten, denn Heinrich hatte natürlich noch tausend andere Dinge zu tun, er konnte sich nicht ausschließlich der Einlösung meiner Verrechnungsschecks widmen. Ich bekam jedesmal einen Schrecken, wenn ich danach von Großvater einen Verrechnungsscheck bekam. Es war teuflisch, es war Geld und doch kein Geld, und es war nie das, was wir wirklich brauchten: unmittelbar Geld. Schließlich richtete sich Heinrich selbst ein Bankkonto ein, um uns Barschecks für die Verrechnungsschecks geben zu können, aber er war oft für drei, vier Tage weg, einmal war er für drei Wochen in Urlaub, als der Scheck über zweiundzwanzig Mark kam, und ich trieb schließlich in Köln meinen einzigen Jugendfreund auf, Edgar Wieneken, der irgendein Amt – ich glaube Kulturreferent bei der SPD – bekleidete. Ich fand seine Adresse im Telefonbuch, hatte aber keine zwei Groschen, um ihn anzurufen, und ging zu Fuß von Köln-Ehrenfeld nach Köln-Kalk, traf ihn nicht an, wartete bis acht Uhr abends vor der Haustür, weil seine Wirtin sich weigerte, mich in sein Zimmer zu lassen. Er wohnte in der Nähe einer sehr großen und sehr dunklen Kirche, in der Engelsstraße (ich weiß bis heute nicht, ob er sich verpflichtet fühlte, in der Engelsstraße zu wohnen, weil er in der SPD war). Ich war vollkommen erledigt, todmüde, hungrig, hatte nicht einmal Zigaretten und wußte, daß Marie zu Hause saß und sich ängstigte. Und Köln-Kalk, die Engelsstraße, die chemische Fabrik in der Nähe – das ist kein heilsamer Anblick für Melancholiker. Ich ging schließlich in eine Bäckerei und bat die Frau hinter der Theke, mir ein Brötchen zu schenken. Sie war jung, sah aber mies aus. Ich wartete, bis der Laden einen Augenblick leer war, ging rasch hinein und sagte, ohne guten Abend zu wünschen: »Schenken Sie mir ein Brötchen.« Ich hatte Angst, es würde jemand reinkommen – sie sah mich an, ihr dünner grämlicher Mund wurde erst noch dünner, rundete sich dann, füllte sich, dann steckte sie ohne ein Wort drei Brötchen und ein Stück Hefekuchen in eine Tüte und gab es mir. Ich glaube, ich sagte nicht einmal Danke, als ich die Tüte nahm und rasch wegging. Ich setzte mich auf die Türschwelle des Hauses, in dem Edgar wohnte, aß die Brötchen und den Kuchen und fühlte ab und zu nach dem Verrechnungsscheck über zweiundzwanzig Mark in meiner Tasche. Zweiundzwanzig war eine merkwürdige Zahl, ich grübelte darüber nach, wie sie zustande gekommen sein konnte, vielleicht war es irgendein Rest auf einem Konto gewesen, vielleicht sollte es auch ein Witz sein, wahrscheinlich war es einfach Zufall, aber das Merkwürdige war, daß sowohl die Ziffer 22 wie in Worten Zweiundzwanzig drauf stand, und Großvater mußte sich doch irgend etwas dabei gedacht haben. Ich bekam es nie heraus. Später entdeckte ich, daß ich nur eineinhalb Stunden in Kalk in der Engelsstraße auf Edgar gewartet hatte: es kam mir vor wie eine Ewigkeit voller Trübsal: die dunklen Häuserfronten, die Dämpfe von der chemischen Fabrik. Edgar freute sich, mich wiederzusehen. Er strahlte, klopfte mir auf die Schulter, nahm mich mit auf sein Zimmer, wo er ein großes Foto von Brecht an der Wand hatte, darunter eine Klampfe und viele Taschenbücher auf einem selbst zusammengehauenen Regal. Ich hörte ihn draußen mit seiner Wirtin schimpfen, weil sie mich nicht reingelassen hatte, dann kam er mit Schnaps zurück, erzählte mir strahlend, er habe soeben im Theaterausschuß eine Schlacht gegen die »miefigen Hunde von der CDU« gewonnen, und forderte mich auf, ihm alles zu erzählen, was ich, seitdem wir uns zuletzt gesehen hatten, erlebt hatte. Wir hatten als Jungen jahrelang miteinander gespielt. Sein Vater war Bademeister, später Platzwart auf dem Sportgelände in der Nähe unseres Hauses. Ich bat ihn, mir die Erzählung zu ersparen, klärte ihn in Stichworten über meine Situation auf und bat ihn, mir den Scheck doch zu versilbern. Er war furchtbar nett, er verstand alles, gab mir sofort dreißig Mark bar, wollte den Scheck gar nicht haben, aber ich flehte ihn an, den Scheck zu nehmen. Ich glaube, ich weinte fast, als ich ihn bat, den Scheck doch zu nehmen. Er nahm ihn, ein bißchen gekränkt, und ich lud ihn ein, uns doch einmal zu besuchen und mir beim Training zuzusehen. Er brachte mich noch bis zur Straßenbahnhaltestelle an der Kalker Post, aber als ich drüben auf dem Platz ein freies Taxi stehen sah, rannte ich hinüber, setzte mich rein und sah nur noch Edgars verdutztes, gekränktes, bleiches, großes Gesicht. Es war das erste Mal, daß ich mir ein Taxi leistete, und wenn je ein Mensch ein Taxi verdient hat, dann war ich es an diesem Abend. Ich hätte es nicht ertragen, mit der Straßenbahn quer durch Köln zu bummeln und noch eine Stunde auf das Wiedersehen mit Marie zu warten. Das Taxi kostete fast acht Mark. Ich gab dem Fahrer noch fünfzig Pfennig Trinkgeld und rannte in unserer Pension die Treppe hinauf. Marie fiel mir weinend um den Hals, und ich weinte auch. Wir hatten beide soviel Angst ausgestanden, waren eine Ewigkeit lang voneinander getrennt gewesen, wir waren zu verzweifelt, uns zu küssen, flüsterten nur immer wieder, daß wir uns nie, nie, nie mehr trennen würden, »bis daß der Tod uns scheidet«, flüsterte Marie. Dann machte Marie »sich fertig«, wie sie es nannte, schminkte sich, malte sich die Lippen, und wir gingen zu einer der Buden auf der Venloer Straße, aßen jeder zwei Portionen Gulasch, kauften uns eine Flasche Rotwein und gingen nach Hause.

Edgar hat mir diese Taxifahrt nie ganz verziehen. Wir sahen ihn danach öfter, und er half uns sogar noch einmal mit Geld, als Marie die Fehlgeburt hatte. Er sprach auch nie über die Taxifahrt, aber es blieb bei ihm ein Mißtrauen zurück, das bis heute nicht getilgt ist.

»Mein Gott«, sagte mein Vater laut und in einer neuen Tonlage, die mir ganz fremd an ihm war, »sprich doch laut und deutlich und mach die Augen auf. Auf den Trick fall ich nicht mehr rein.«

Ich machte die Augen auf und sah ihn an. Er war böse.

»Rede ich etwa?« fragte ich.

»Ja«, sagte er, »du murmelst vor dich hin, aber das einzige Wort, das ich verstehe, ist hin und wieder Scheißmillionen.«

»Das ist auch das einzige, das du verstehen kannst und verstehen sollst.«

»Und Verrechnungsscheck habe ich verstanden«, sagte er.

»Ja, ja«, sagte ich, »komm, setz dich wieder hin und sag mir, was du dir gedacht hast – als monatliche Unterstützung für ein Jahr.«

Ich ging zu ihm rüber, packte ihn sanft an den Schultern und drückte ihn in seinen Sessel. Er stand sofort wieder auf, und wir standen uns ganz nah gegenüber.

»Ich habe mir die Sache hin und her überlegt«, sagte er leise, »wenn du meine Bedingung der soliden, kontrollierten Ausbildung nicht wahrnehmen, sondern hier arbeiten willst . . . müßten eigentlich – na, ich dachte, zweihundert Mark im Monat reichen.« Ich war sicher, daß er zweihundertfünfzig oder dreihundert hatte sagen wollen, im letzten Augenblick aber zweihundert gesagt hatte. Er schien doch über meinen Gesichtsausdruck erschrocken zu sein, er sagte rascher als zu seiner gepflegten Erscheinung paßte: »Genneholm sprach davon, daß Askese die Grundlage der Pantomime sei.« Ich sagte immer noch nichts. Ich sah ihn nur an, mit »leeren Augen«, wie eine Kleistsche Marionette. Ich war nicht einmal wütend, nur auf eine Weise erstaunt, die das, was ich mühsam gelernt hatte: leere Augen zu haben, zu meinem natürlichen Ausdruck machte. Er wurde nervös, hatte leichte Schweißspuren auf der Oberlippe. Meine erste Regung war immer noch nicht Wut oder Verbitterung oder gar Haß; meine leeren Augen füllten sich langsam mit Mitleid.

»Lieber Papa«, sagte ich leise, »zweihundert Mark sind gar nicht so wenig, wie du zu glauben scheinst. Das ist eine ganz hübsche Summe, ich will nicht mit dir darüber streiten, aber weißt du wenigstens, daß Askese ein teures Vergnügen ist, jedenfalls die Askese, an die Genneholm denkt; er meint nämlich Diät und nicht Askese, viel mageres Fleisch und Salate – die billigste Form der Askese ist der Hunger, aber ein hungriger Clown – nun, ist immer noch besser als ein betrunkener.«

Ich trat zurück, es war mir peinlich, so nahe bei ihm zu stehen, daß ich beobachten konnte, wie die Schweißperlen auf seinen Lippen dicker wurden.

»Hör mal«, sagte ich, »reden wir, wie es sich für Gentlemen ziemt, nicht mehr über Geld, sondern über etwas anderes.«

»Aber ich will dir wirklich helfen«, sagte er verzweifelt, »ich will dir gern dreihundert geben.«

»Ich will jetzt von Geld nichts hören«, sagte ich, »ich wollte dir nur erklären, was die erstaunlichste Erfahrung unserer Kindheit für mich war.«

»Was denn?« fragte er und sah mich an, als erwarte er ein Todesurteil. Er dachte wohl, ich würde von seiner Geliebten anfangen, der er in Godesberg eine Villa gebaut hat.

»Ruhig, ruhig«, sagte ich, »du wirst dich wundern; die erstaunlichste Erfahrung unserer Kindheit war die Erkenntnis, daß wir zu Hause nie richtig zu fressen bekamen.«

Er zuckte zusammen, als ich fressen sagte, schluckte, lachte dann knurrend und fragte: »Du meinst, ihr wärt nie richtig satt geworden?« – »Genau das«, sagte ich ruhig, »wir sind nie richtig satt geworden, wenigstens zu Hause nicht. Ich weiß bis heute nicht, ob es aus Geiz oder aus Prinzip geschah, mir wäre lieber, ich wüßte, daß es aus Geiz geschah – aber weißt du eigentlich, was ein Kind spürt, wenn es den ganzen Nachmittag radgefahren, Fußball gespielt, im Rhein geschwommen hat?«

»Ich nehme an, Appetit«, sagte er kühl.

»Nein«, sagte ich, »Hunger. Verdammt, wir wußten als Kinder immer nur, daß wir reich waren, sehr reich – aber von diesem Geld haben wir nichts gehabt – nicht einmal richtig zu essen.«

»Hat es euch je an etwas gefehlt?«

»Ja«, sagte ich, »ich sags ja: an Essen – und außerdem am Taschengeld. Weißt du, worauf ich als Kind immer Hunger hatte?«

»Mein Gott«, sagte er ängstlich, »auf was?«

»Auf Kartoffeln«, sagte ich. »Aber Mutter hatte damals schon den Schlankheitsfimmel – du weißt ja, sie war immer ihrer Zeit voraus –, und es wimmelte bei uns ständig von irgendwelchen dummen Schwätzern, von denen jeder eine andere Ernährungstheorie hatte, leider spielte in keiner einzigen dieser Ernährungstheorien die Kartoffel eine positive Rolle. Die Mädchen in der Küche kochten sich manchmal welche, wenn ihr aus wart: Pellkartoffeln mit Butter, Salz und Zwiebeln, und manchmal weckten sie uns, und wir durften im Schlafanzug runter kommen und uns unter der Bedingung absoluter Verschwiegenheit mit Kartoffeln vollschlagen. Meistens gingen wir freitags zu Wienekens, da gab es immer Kartoffelsalat, und Frau Wieneken häufte uns den Teller besonders hoch voll. Und dann gab es bei uns immer zu wenig Brot im Brotkorb, eine knappe beschissene Angelegenheit war das, unser Brotkorb, dieses verdammte Knäckebrot, oder ein paar Scheiben, die »aus gesundheitlichen Gründen« halb trocken waren – wenn ich zu Wienekens kam und Edgar hatte gerade Brot geholt, dann hielt seine Mutter mit der linken Hand den Laib vor der Brust fest und schnitt mit der

rechten frische Scheiben ab, die wir auffingen und mit Apfelkraut beschmierten.«
Mein Vater nickte matt, ich hielt ihm die Zigaretten hin, er nahm eine, ich gab ihm Feuer. Ich hatte Mitleid mit ihm. Es muß schlimm für einen Vater sein, sich mit seinem Sohn, wenn er schon fast achtundzwanzig ist, zum erstenmal richtig zu unterhalten. »Noch tausend andere Dinge«, sagte ich, »zum Beispiel Lakritzen, Luftballons. Mutter hielt Luftballons für reine Verschwendung. Stimmt. Sie sind reine Verschwendung – aber um eure ganzen Scheißmillionen als Luftballons in den Himmel zu schicken, hätte unsere Verschwendungssucht gar nicht ausgereicht. Und diese billigen Bonbons, über die Mutter ganz besonders gescheite Abschreckungstheorien hatte, die bewiesen, daß sie reines, reines Gift seien. Aber dann gab sie uns nicht etwa bessere Bonbons, die nicht giftig waren, sondern gar keine. Im Internat wunderten sich alle«, sagte ich leise, »daß ich als einziger nie übers Essen murrte, alles aufaß und das Essen herrlich fand.«
»Na, siehst du«, sagte er matt, »es hat wenigstens sein Gutes gehabt.«
Es klang nicht sehr überzeugt und gar nicht glücklich, was er da sagte.
»Oh«, sagte ich, »über den theoretischen pädagogischen Wert einer solchen Erziehung bin ich mir vollkommen klar – aber es war eben alles Theorie, Pädagogik, Psychologie, Chemie – und eine tödliche Verdrossenheit. Bei Wienekens wußte ich, wann es Geld gab, freitags, auch bei Schniewinds und Holleraths merkte man, wenn es am Monatsersten oder am Fünfzehnten Geld gab – es gab was extra, für jeden eine besonders dicke Scheibe Wurst, oder Kuchen, und Frau Wieneken ging freitags morgens immer zum Friseur, weil am frühen Abend – nun, du würdest sagen, der Venus geopfert wurde.«
»Was«, rief mein Vater, »du meinst doch nicht . . .« Er wurde rot und sah mich kopfschüttelnd an.
»Doch«, sagte ich, »das meine ich. Freitags nachmittags wurden die Kinder ins Kino geschickt. Vorher durften sie noch Eis essen gehen, so daß sie für mindestens dreieinhalb Stunden aus dem Haus waren, wenn die Mutter vom Friseur kam und der Vater mit der Lohntüte nach Haus. Du weißt, so groß sind Arbeiterwohnungen nicht.« – »Du meinst«, sagte mein Vater, »du meinst, ihr hättet gewußt, warum die Kinder ins Kino geschickt wurden?«
»Natürlich nicht genau«, sagte ich, »und das meiste fiel mir erst später ein, wenn ich daran dachte – und erst viel später fiel mir ein, warum Frau Wieneken immer auf eine so rührende Art rot wurde, wenn wir dann aus dem Kino kamen und Kartoffelsalat aßen. Später, als er Platzwart wurde, war das anders – da war er wohl mehr zu Hause. Ich merkte als Junge nur immer, daß ihr irgendwie peinlich zumute war – und später erst fiel mir ein, warum. Aber in einer Wohnung, die aus einem gro-

ßen Zimmer und einer Küche bestand, und mit drei Kindern – hatten sie wohl gar keine andere Wahl.«

Mein Vater war so erschüttert, daß ich Angst hatte, er würde es für geschmacklos halten, jetzt wieder von Geld anzufangen. Er empfand unsere Begegnung als tragisch, fing aber schon an, diese Tragik auf einer Ebene edlen Leidens auch ein bißchen zu genießen, Geschmack daran zu finden, und dann würde es schwer sein, ihn wieder auf die monatlichen dreihundert Mark zu bringen, die er mir angeboten hatte. Mit Geld war es ähnlich wie mit dem »fleischlichen Verlangen«. Keiner sprach richtig darüber, dachte richtig daran, es wurde entweder – wie Marie vom fleischlichen Verlangen der Priester gesagt hatte – »sublimiert« oder als ordinär empfunden, nie als das, was es im Augenblick war: Essen oder ein Taxi, eine Schachtel Zigaretten oder ein Zimmer mit Bad.

Mein Vater litt, es war offensichtlich und erschütternd. Er wandte sich zum Fenster hin, zog sein Taschentuch und trocknete sich ein paar Tränen. Ich hatte das noch nie gesehen: daß er weinte und sein Taschentuch richtig benutzte. Er bekam jeden Morgen zwei frische Taschentücher herausgelegt und warf sie abends ein bißchen verknautscht, aber nicht merklich angeschmutzt in den Wäschepuff in seinem Badezimmer. Es hatte Zeiten gegeben, in denen meine Mutter aus Sparsamkeit, weil Waschmittel knapp waren, lange Diskussionen mit ihm darüber führte, ob er nicht die Taschentücher wenigstens zwei oder drei Tage mit sich herumtragen könne. »Du trägst sie ja doch nur mit dir herum, und richtig schmutzig sind sie nie – und es gibt doch Verpflichtungen der Volksgemeinschaft gegenüber.« Sie spielte damit auf »Kampf dem Verderb« und »Groschengrab« an. Aber Vater war – das einzige Mal, soweit ich mich erinnern konnte – energisch geworden und hatte darauf bestanden, morgens seine beiden frischen Taschentücher zu bekommen. Ich hatte noch nie ein Tröpfchen oder Stäubchen, irgend etwas, was Naseputzen notwendig gemacht hätte, an ihm gesehen. Jetzt stand er am Fenster und trocknete nicht nur Tränen, wischte sogar so etwas Ordinäres wie Schweiß von der Oberlippe. Ich ging raus in die Küche, weil er immer noch weinte, ich hörte ihn sogar ein bißchen schluchzen. Es gibt nur wenige Menschen, die man gern dabei hat, wenn man weint, und ich dachte mir, der eigene Sohn, den man kaum kennt, wäre die am wenigsten angemessene Gesellschaft. Ich selbst kannte nur einen Menschen, in dessen Gegenwart ich weinen konnte, Marie, und ich wußte nicht, ob Vaters Geliebte von der Art war, daß er in ihrer Gegenwart weinen konnte. Ich hatte sie nur einmal gesehen, sie lieb und hübsch und auf eine angenehme Weise dumm gefunden, hatte aber viel von ihr gehört. Von Verwandten war sie uns als geldgierige Person geschildert worden, aber in unserer Verwandtschaft galt jedermann als geldgierig, der so unverschämt war, daran zu erinnern, daß ein Mensch hin und wieder essen, trinken und Schuhe kaufen muß. Einer, der Zigaretten, warme Bäder, Blumen, Schnaps für lebensnotwendig erklärt, hat jede Chance, als »irrsinniger Verschwender« in die Chronik einzugehen. Ich stelle mir vor, daß eine Geliebte eine kostspielige Person ist: sie muß ja wohl Strümpfe kaufen, Kleider, muß Miete zahlen und immer gut gelaunt sein, was nur möglich ist bei »vollkommen ausgeglichener Finanzlage«, wie Vater es ausgedrückt hätte. Wenn er nach den sterbenslangweiligen Aufsichtsratssitzungen zu ihr ging, mußte sie doch gut gelaunt sein, gut riechen, beim Friseur gewesen sein. Ich konnte mir nicht vorstellen, daß sie geldgierig war. Wahrscheinlich war sie nur kostspielig, und das war in unserer Verwandtschaft gleichbedeutend mit geldgierig. Wenn der Gärtner Henkels, der dem alten Fuhrmann manchmal half, plötzlich mit erstaunlicher Bescheidenheit darauf aufmerksam machte, daß die Tarife für Hilfsarbeiter »eigentlich schon seit drei Jahren« höher seien als der Lohn, den er von uns bekam, hielt meine Mutter mit schriller Stimme einen zweistündigen Vortrag über die »Geldgier gewisser Leute«. Sie hatte einmal unserem Briefträger fünfundzwanzig Pfennige als Neujahrstrinkgeld gegeben und war empört gewesen, als sie am nächsten Morgen die fünfundzwanzig Pfennig in einem Briefumschlag im Postkasten fand mit einem Zettel, auf dem der Briefträger schrieb: »Ich bringe es nicht über mich, Sie zu berauben, gnädige Frau.« Natürlich kannte sie einen Staatssekretär im Postministerium, bei dem sie sich sofort über den »geldgierigen, impertinenten Menschen« beschwerte.

Ich ging in der Küche rasch um die Kaffeepfütze herum, durch die Diele ins Badezimmer, zog den Stöpsel aus der Wanne, und es fiel mir ein, daß ich das erste Bad seit Jahren genommen hatte, ohne wenigstens die Lauretanische Litanei zu singen. Ich stimmte leise summend das Tantum Ergo an, während ich mit der Brause die Schaumreste von den Wänden der sich leerenden Wanne spritzte. Ich versuchte es auch mit der Lauretanischen Litanei, ich habe dieses Judenmädchen Miriam immer gern gehabt, und manchmal fast an es geglaubt. Aber auch die Lauretanische Litanei half nichts, sie war wohl doch zu katholisch, und ich war wütend auf den Katholizismus und die Katholiken. Ich nahm mir vor, Heinrich Behlen anzurufen und Karl Emonds. Mit Karl Emonds hatte ich seit dem füchterlichen Krach, den wir vor zwei Jahren hatten, nicht mehr gesprochen – und geschrieben hatten wir uns nie. Er war gemein zu mir gewesen, aus einem ganz dummen Grund: Ich hatte seinem jüngsten Sohn, dem einjährigen Gregor, ein rohes Ei in die Milch geschlagen, als ich auf ihn aufpassen mußte, während Karl mit Sabine im Kino und Marie beim »Kreis« war. Sabine hatte mir gesagt, ich solle um zehn die Milch aufwärmen, in die Flasche tun und Gregor geben, und weil der

Junge mir so blaß und mickrig vorkam (er weinte nicht einmal, sondern quengelte auf eine mitleiderregende Weise vor sich hin), dachte ich, ein rohes Ei in die Milch geschlagen könnte ihm gut tun. Ich trug ihn, während die Milch warm wurde, auf den Armen in der Küche hin und her und sprach mit ihm: »Ei, was kriegt denn unser Jüngelchen, was geben wir ihm denn – ein Eichen« und so weiter, schlug dann das Ei auf, schlug es im Mixer und tat es Gregor in die Milch. Karls andere Kinder schliefen fest, ich war ungestört mit Gregor in der Küche, und als ich ihm die Flasche gab, hatte ich den Eindruck, daß das Ei in der Milch ihm sehr wohltat. Er lächelte und schlief nachher sofort ein, ohne noch lange zu quengeln. Als Karl dann aus dem Kino kam, sah er die Eierschalen in der Küche, kam ins Wohnzimmer, wo ich mit Sabine saß, und sagte: »Das war vernünftig von dir, dir ein Ei zu machen.« Ich sagte, ich hätte das Ei nicht selber gegessen, sondern Gregor gegeben – und sofort brach ein wilder Sturm, ein Geschimpfe los. Sabine wurde regelrecht hysterisch und nannte mich »Mörder«, Karl schrie mich an: »Du Vagabund – Du Hurenbock«, und das machte mich so wild, daß ich ihn »verkrampfter Pauker« nannte, meinen Mantel nahm und in Zorn davonlief. Er rief mir noch in den Flur hinunter nach: »Du verantwortungsloser Lump«, und ich schrie in den Flur hinauf: »Du hysterischer Spießer, du elender Steißtrommler.« Ich habe Kinder wirklich gern, kann auch ganz gut mit ihnen umgehen, besonders mit Säuglingen, ich kann mir nicht denken, daß ein Ei einem einjährigen Kind schadet, aber daß Karl mich ›Hurenbock‹ genannt hatte, kränkte mich mehr als Sabines ›Mörder‹. Schließlich kann man einer erregten Mutter einiges zubilligen und verzeihen, aber Karl wußte genau, daß ich kein Hurenbock war. Unser Verhältnis war auf eine idiotische Weise gespannt, weil er meine »freie Lebensweise« im Grunde seines Herzens »großartig« fand und mich seine spießige im Grunde meines Herzens anzog. Ich konnte ihm nie klar machen, auf welche fast tödliche Weise regelmäßig mein Leben war, wie pedantisch es ablief mit Bahnfahrt, Hotel, Training, Auftritt, Mensch-ärgere-dich-nicht-spielen und Biertrinken – und wie mich das Leben, das er führte, gerade wegen seiner Spießigkeit anzog. Und er dachte natürlich, wie alle, daß wir absichtlich keine Kinder bekämen, Maries Fehlgeburten waren ihm »verdächtig«; er wußte nicht, wie gern wir Kinder gehabt hätten. Ich hatte trotz allem telegrafisch um einen Anruf gebeten, würde ihn aber nicht anpumpen. Er hatte inzwischen vier Kinder und kam nur sehr schlecht mit dem Geld hin.

Ich spritzte die Wanne noch einmal ab, ging leise in die Diele und blickte in die offene Wohnzimmertür. Mein Vater stand wieder mit dem Gesicht zum Tisch und weinte nicht mehr. Mit seiner roten Nase, den feuchten, faltigen Wangen, sah er wie irgendein alter Mann aus, fröstelnd, auf eine überraschende Weise leer und fast dumm. Ich goß ihm

ein bißchen Kognak ein, brachte ihm das Glas. Er nahm es und trank. Der überraschend dumme Ausdruck auf seinem Gesicht blieb, die Art, wie er sein Glas leerte, es mir stumm, mit einem hilflosen Flehen in den Augen hinhielt, hatte fast etwas Trotteliges, das ich noch nie an ihm gesehen hatte. Er sah aus wie jemand, der sich für nichts, nichts mehr wirklich interessiert, nur noch für Kriminalromane, eine bestimmte Weinmarke und dumme Witze. Das zerknautschte und feuchte Taschentuch hatte er einfach auf den Tisch gelegt, und ich empfand diesen für ihn enormen Stilfehler als einen Ausdruck von Bockigkeit – wie bei einem unartigen Kind, dem schon tausendmal gesagt worden ist, daß man Taschentücher nicht auf den Tisch legt. Ich goß ihm noch etwas ein, er trank und machte eine Bewegung, die ich nur deuten konnte als »Bitte, hol mir meinen Mantel«. Ich reagierte nicht darauf. Ich mußte ihn irgendwie wieder auf Geld bringen. Es fiel mir nichts besseres ein als meine Mark aus der Tasche zu nehmen und mit der Münze ein bißchen zu jonglieren: ich ließ sie an meinem nach oben ausgestreckten rechten Arm herunterrollen – dann denselben Weg zurück. Seine Amüsiertheit über diesen Trick wirkte ziemlich gequält. Ich warf die Mark hoch, fast bis an die Decke, fing sie wieder auf – aber er wiederholte nur seine Geste: »Bitte, meinen Mantel.« Ich warf die Mark noch einmal hoch, fing sie auf dem dicken Zeh meines rechten Fußes auf und hielt sie hoch, ihm fast unter die Nase, aber er machte nur eine ärgerliche Bewegung und brachte ein knurriges »Laß das« zustande. Ich ging achselzuckend in die Diele, nahm seinen Mantel, seinen Hut von der Garderobe. Er stand schon neben mir, ich half ihm, hob die Handschuhe auf, die aus seinem Hut gefallen waren, und gab sie ihm. Er war wieder nahe am Weinen, machte irgendwelche komischen Bewegungen mit Nase und Lippen und flüsterte mir zu: »Kannst du mir nicht auch was Nettes sagen?«
»Doch«, sagte ich leise, »es war nett von dir, daß du mir die Hand auf die Schulter gelegt hast, als diese Idioten mich verurteilten – und es war besonders nett, daß du Frau Wieneken das Leben gerettet hast, als der schwachsinnige Major sie erschießen lassen wollte.«
»Ach«, sagte er, »das hatte ich alles schon fast vergessen.«
»Das ist besonders nett«, sagte ich, »daß du's vergessen hast – ich hab's nicht vergessen.«
Er sah mich an und flehte stumm, nicht Henriettes Namen zu nennen, und ich nannte Henriettes Namen nicht, obwohl ich vorgehabt hatte, ihn zu fragen, warum er nicht so nett gewesen war, ihr den Schulausflug zur Flak zu verbieten. Ich nickte, und er verstand: Ich würde nicht von Henriette sprechen. Sicher saß er während der Aufsichtsratssitzungen da, kritzelte Männchen aufs Papier und manchmal ein H, noch eins, manchmal vielleicht sogar ihren vollen Namen: Henriette. Er war nicht schuldig, nur auf eine Weise dumm, die Tragik ausschloß oder vielleicht

333

die Voraussetzungen dafür war. Ich wußte es nicht. Er war so fein und
zart und silberhaarig, sah so gütig aus und hatte mir nicht einmal ein
Almosen geschickt, als ich mit Marie in Köln war. Was machte diesen
liebenswürdigen Mann, meinen Vater, so hart und so stark, warum redete er da am Fernsehschirm von gesellschaftlichen Verpflichtungen,
von Staatsbewußtsein, von Deutschland, sogar von Christentum, an das
er doch nach eignem Geständnis gar nicht glaubte, und zwar so, daß
man gezwungen war, ihm zu glauben? Es konnte doch nur das Geld
sein, nicht das konkrete, mit dem man Milch kauft und Taxi fährt, sich
eine Geliebte hält und ins Kino geht – nur das abstrakte. Ich hatte Angst
vor ihm, und er hatte Angst vor mir: wir wußten beide, daß wir keine
Realisten waren, und wir verachteten beide die, die von »Realpolitik«
sprachen. Es ging um mehr, als diese Dummköpfe je verstehen würden.
In seinen Augen las ich es: er konnte sein Geld nicht einem Clown geben, der mit Geld nur eins tun würde: es ausgeben, genau das Gegenteil
von dem, was man mit Geld tun mußte. Und ich wußte, selbst wenn
er mir eine Million gegeben hätte, ich hätte sie ausgegeben, und Geld-
ausgeben war für ihn gleichbedeutend mit Verschwenden.
Während ich in der Küche und im Badezimmer wartete, um ihn allein
weinen zu lassen, hatte ich gehofft, er würde so erschüttert sein, daß
er mir eine große Summe schenkte, ohne die blöden Bedingungen, aber
ich las jetzt in seinen Augen, er konnte es nicht. Er war kein Realist,
und ich war keiner, und wir beide wußten, daß die anderen in all ihrer
Plattheit nur Realisten waren, dumm wie alle Puppen, die sich tausendmal an den Kragen fassen und doch den Faden nicht entdecken, an dem
sie zappeln.
Ich nickte noch einmal, um ihn ganz zu beruhigen: ich würde weder
von Geld noch von Henriette anfangen, aber ich dachte an sie auf eine
Weise, die mir ungehörig vorkam, ich stellte sie mir vor, wie sie jetzt
wäre: dreiunddreißig, wahrscheinlich von einem Industriellen geschieden. Ich konnte mir nicht vorstellen, daß sie diesen Kitsch mitgemacht
hätte, mit Flirts und Parties und »Am Christentum festhalten«, in
Komitees herumhocken und »zu denen von der SPD besonders nett
sein, sonst bekommen sie noch mehr Komplexe«. Ich konnte sie mir
nur desperat vorstellen, etwas tun, das die Realisten für snobistisch halten würden, weil es ihnen an Phantasie fehlte. Irgendeinem der unzähligen Träger des Präsidententitels einen Cocktail in den Kragen schütten
oder einem zähnefletschenden Oberheuchler mit ihrem Auto in seinen
Mercedes hineinfahren. Was hätte sie schon tun können, wenn sie nicht
malen oder auf der Töpferscheibe Butterfäßchen hätte drehen können?
Sie spürte es doch, wie ich es spürte, überall, wo sich Leben zeigte, diese
unsichtbare Wand, wo das Geld aufhörte, zum Ausgeben da zu sein,
wo es unantastbar wurde, und in Tabernakeln als Ziffer existierte.

Ich gab meinem Vater den Weg frei. Er fing wieder an zu schwitzen und tat mir leid. Ich lief schnell ins Wohnzimmer zurück und holte das schmutzige Taschentuch vom Tisch und steckte es ihm in die Manteltasche. Meine Mutter konnte sehr unangenehm werden, wenn sie bei der monatlichen Wäschekontrolle ein Stück vermißte, sie würde die Mädchen des Diebstahls oder der Schlamperei bezichtigen. »Soll ich dir ein Taxi bestellen?« fragte ich. »Nein«, sagte er, »ich geh noch ein bißchen zu Fuß. Fuhrmann wartet in der Nähe des Bahnhofs.« Er ging an mir vorbei, ich öffnete die Tür, begleitete ihn bis zum Aufzug und drückte auf den Knopf. Ich nahm noch einmal meine Mark aus der Tasche, legte sie auf die ausgestreckte linke Hand und blickte sie an. Mein Vater blickte angeekelt weg und schüttelte den Kopf. Ich dachte, er könnte wenigstens seine Brieftasche herausnehmen und mir fünfzig, hundert Mark geben, aber Schmerz, Edelmut und die Erkenntnis seiner tragischen Situation hatten ihn auf eine solche Ebene der Sublimierung geschoben, daß jeder Gedanke an Geld ihm widerwärtig, meine Versuche, ihn daran zu erinnern, ihm wie ein Sakrileg erschienen. Ich hielt ihm die Aufzugstür auf, er umarmte mich, fing plötzlich an zu schnüffeln, kicherte und sagte: »Du riechst wirklich nach Kaffee – schade, ich hätte dir so gern einen guten Kaffee gemacht – das kann ich nämlich.« Er löste sich von mir, stieg in den Aufzug, und ich sah ihn drinnen auf den Knopf drücken und listig lächeln, bevor der Aufzug sich in Bewegung setzte. Ich blieb noch stehen und beobachtete, wie die Ziffern aufleuchten: vier, drei, zwei, eins – dann ging das rote Licht aus.

16

Ich kam mir dumm vor, als ich in die Wohnung zurückging, die Tür schloß. Ich hätte sein Angebot, mir Kaffee zu kochen, annehmen und ihn noch etwas festhalten sollen. Im entscheidenden Augenblick, wenn er den Kaffee servierte, glücklich über seine Leistung diesen eingoß, dann hätte ich sagen müssen: »Raus mit dem Geld« oder »Her mit dem Geld«. Im entscheidenden Augenblick geht es immer primitiv zu, barbarisch. Dann sagt man: »Ihr kriegt halb Polen, wir halb Rumänien – und bitte, möchten Sie von Schlesien zwei Drittel oder nur die Hälfte? Ihr kriegt vier Ministersessel, wir kriegen den Huckepackkonzern.« Ich war ein Dummkopf gewesen, auf meine und seine Stimmung hereinzufallen und nicht einfach nach seiner Brieftasche zu greifen. Ich hätte einfach von Geld anfangen, mit ihm darüber sprechen sollen, über das tote, abstrakte, an die Kette gelegte Geld, das für viele Menschen Leben oder Tod bedeutete. »Das ewige Geld« – diesen Schreckensausruf tat meine

Mutter bei jeder Gelegenheit, schon, wenn wir sie um dreißig Pfennig für ein Schulheft baten. Das ewige Geld. Die ewige Liebe.

Ich ging in die Küche, schnitt mir Brot ab, strich Butter drauf, ging ins Wohnzimmer und wählte Bela Brosens Nummer. Ich hoffte nur, mein Vater würde in diesem Zustand – fröstelnd vor Erschütterung – nicht nach Hause gehen, sondern zu seiner Geliebten. Sie sah so aus, als ob sie ihn ins Bett stecken, ihm einen Wärmbeutel machen, heiße Milch mit Honig geben würde. Mutter hat eine verfluchte Art, wenn man sich elend fühlt, von Zusammenreißen und Willen zu sprechen, und seit einiger Zeit hält sie kaltes Wasser für das »einzige Heilmittel«.

»Hier Brosen«, sagte sie, und es war mir angenehm, daß sie keinen Geruch ausströmte. Sie hat eine wunderbare Stimme, Alt, warm und lieb.

Ich sagte: »Schnier – Hans – Sie erinnern sich?«

»Mich erinnern«, sagte sie herzlich, »und wie – und wie ich mit Ihnen fühle.« Ich wußte nicht, wovon sie sprach, es fiel mir erst ein, als sie weitersprach. »Bedenken Sie doch«, sagte sie, »alle Kritiker sind dumm, eitel, egoistisch.«

Ich seufzte. »Wenn ich das glauben könnte«, sagte ich, »wäre mir besser.«

»Glauben Sie's doch einfach«, sagte sie, »einfach glauben. Sie können sich nicht vorstellen, wie der eiserne Wille, einfach etwas zu glauben, hilft.«

»Und wenn mich dann einer lobt, was mache ich dann?«

»Oh«, sie lachte und drehte aus dem Oh eine hübsche Koloratur, »dann glauben Sie einfach, daß er zufällig einmal einen Anfall von Ehrlichkeit gehabt und seinen Egoismus vergessen hat.«

Ich lachte. Ich wußte nicht, ob ich sie Bela oder Frau Brosen anreden sollte. Wir kannten uns ja gar nicht, und es gibt noch kein Buch, in dem man nachschlagen kann, wie man die Geliebte seines Vaters anredet. Ich sagte schließlich »Frau Bela«, obwohl mir dieser Künstlername auf eine besonders intensive Weise schwachsinnig vorkam. »Frau Bela«, sagte ich, »ich bin in einer bösen Klemme. Vater war bei mir, wir sprachen über alles Mögliche, und ich kam nicht mehr dazu, mit ihm über Geld zu sprechen – dabei«, ich spürte, daß sie rot wurde, ich hielt sie für sehr gewissenhaft, glaubte, ihr Verhältnis zu Vater habe bestimmt mit »wahrer Liebe« zu tun, und »Geldsachen« seien ihr peinlich. »Hören Sie bitte«, sagte ich, »vergessen Sie alles, was Ihnen jetzt durch den Kopf geht, schämen Sie sich nicht, ich bitte Sie nur, wenn Vater mit Ihnen über mich spricht, – ich meine, vielleicht könnten Sie ihn auf den Gedanken bringen, daß ich dringend Geld brauche. Bares Geld. Sofort, ich bin vollkommen pleite. Hören Sie?«

»Ja«, sagte sie, so leise, daß ich Angst bekam. Dann hörte ich, daß sie vor sich hinschnuffelte.

»Sie halten mich sicher für eine schlechte Frau, Hans«, sagte sie, sie weinte jetzt offen, »für ein käufliches Wesen, wie es so viele gibt. Sie *müssen* mich ja dafür halten. Oh.«

»Keine Spur«, sagte ich laut, »ich habe Sie noch nie dafür gehalten – wirklich nicht.« Ich hatte Angst, sie könne von ihrer Seele und der Seele meines Vaters anfangen, ihrem heftigen Schluchzen nach zu urteilen, war sie ziemlich sentimental, und es war nicht ausgeschlossen, daß sie sogar von Marie anfangen würde. »Tatsächlich«, sagte ich, nicht ganz überzeugt, denn daß sie die käuflichen Wesen so verächtlich zu machen versuchte, kam mir verdächtig vor, »tatsächlich«, sagte ich, »bin ich immer von Ihrem Edelmut überzeugt gewesen und habe nie schlecht von Ihnen gedacht.« Das stimmte. »Und außerdem«, ich hätte sie gern noch einmal angeredet, brachte aber das scheußliche Bela nicht über die Lippen, »außerdem bin ich fast dreißig. Hören Sie noch?«

»Ja«, seufzte sie und schluchzte da hinten in Godesberg herum, als ob sie im Beichtstuhl hockte.

»Versuchen Sie nur, ihm beizubringen, daß ich Geld brauche.«

»Ich glaube«, sagte sie matt, »es wäre falsch, mit ihm direkt darüber zu sprechen. Alles, was seine Familie betrifft – Sie verstehen, ist für uns tabu – aber es gibt einen anderen Weg.« Ich schwieg. Ihr Schluchzen hatte sich wieder zu schlichtem Schnuffeln gemildert. »Er gibt mir hin und wieder Geld für notleidende Kollegen«, sagte sie, »er läßt mir da völlig freie Hand, und – und glauben Sie nicht, es wäre angebracht, wenn ich Sie als im Augenblick notleidenden Kollegen in den Nutzen dieser kleinen Summen bringe?«

»Ich bin tatsächlich ein notleidender Kollege, nicht nur für den Augenblick, sondern für mindestens ein halbes Jahr. Aber bitte, sagen Sie mir, was Sie unter kleine Summe verstehen?«

Sie hüstelte, gab noch ein Oh von sich, das aber unkoloriert blieb und sagte: »Es sind meistens Zuschüsse in ganz konkreten Notsituationen, wenn jemand stirbt, krank wird, eine Frau ein Kind kriegt – ich meine, es handelt sich nicht um Dauerunterstützungen, sondern um sogenannte Beihilfen.«

»Wie hoch?« fragte ich. Sie antwortete nicht sofort, und ich versuchte, sie mir vorzustellen. Ich hatte sie vor fünf Jahren einmal gesehen, als es Marie gelang, mich in eine Oper zu schleppen. Frau Brosen hatte die Partie eines von einem Grafen verführten Bauernmädchens gesungen, und ich hatte mich über Vaters Geschmack gewundert. Sie war eine mittelgroße, recht kräftige Person, offenbar blond und mit dem obligatorisch wogenden Busen, die an einer Kate, an einem Bauernwagen angelehnt, zuletzt auf eine Heugabel gestützt, mit einer schönen kräftigen Stimme einfache Gemütsbewegungen zum besten gab.

»Hallo?« rief ich, »hallo?«

»Oh«, sagte sie, und es gelang ihr wieder eine, wenn auch schwache Koloratur. »Ihre Frage ist so direkt.«

»Es entspricht meiner Situation«, sagte ich. Mir wurde bange. Je länger sie schwieg, desto kleiner würde die Summe werden, die sie nannte.

»Na«, sagte sie schließlich, »die Summen schwanken zwischen zehn und etwa dreißig Mark.«

»Und wenn Sie einen Kollegen erfinden würden, der in eine ganz außergewöhnlich schwierige Situation geraten ist: sagen wir, einen schweren Unfall erlitten hat und für einige Monate etwa einhundert Mark Zuschuß vertragen kann?«

»Mein Lieber«, sagte sie leise, »Sie erwarten doch von mir nicht, daß ich schwindele?«

»Nein«, sagte ich, »ich habe wirklich einen Unfall erlitten – und sind wir nicht letztlich Kollegen? Künstler?«

»Ich will's versuchen«, sagte sie, »aber ich weiß nicht, ob er anbeißt.«

»Was?« rief ich.

»Ich weiß nicht, ob es gelingen wird, die Sache so auszumalen, daß es ihn überzeugt. Ich habe nicht viel Phantasie.«

Das hätte sie gar nicht zu sagen brauchen, ich fing schon an, sie für das dümmste Weibsstück zu halten, mit dem ich je zu tun gehabt hatte.

»Wie wärs denn«, sagte ich, »wenn Sie versuchen würden, mir ein Engagement zu besorgen, am Theater hier – Nebenrollen natürlich, Chargen kann ich gut spielen.«

»Nein, nein, mein lieber Hans«, sagte sie, »ich finde mich ohnehin in diesem Intrigenspiel nicht zurecht.«

»Na gut«, sagte ich, »ich will Ihnen nur noch sagen, daß auch kleine Summen willkommen sind. Auf Wiedersehen und vielen Dank.« Ich legte auf, bevor sie noch etwas hätte sagen können. Ich hatte das dunkle Gefühl, daß aus dieser Quelle nie etwas fließen würde. Sie war zu dumm. Der Tonfall, in dem sie anbeißen sagte, hatte mich mißtrauisch gemacht. Es war nicht unmöglich, daß sie diese »Unterstützungen für hilfsbedürftige Kollegen« einfach in ihre Tasche steckte. Mein Vater tat mir leid, ich hätte ihm eine hübsche und intelligente Geliebte gewünscht. Es tat mir noch immer leid, daß ich ihm nicht die Chance gegeben hatte, mir einen Kaffee zu kochen. Dieses dumme Luder würde wahrscheinlich lächeln, heimlich den Kopf schütteln wie eine verhinderte Lehrerin, wenn er in ihrer Wohnung in die Küche ging, um Kaffee zu kochen, und dann heuchlerisch strahlen, den Kaffee loben, wie bei einem Hund, der einen Stein apportiert. Ich war wütend, als ich vom Telefon weg ans Fenster ging, es öffnete und auf die Straße blickte. Ich hatte Angst, eines Tages müßte ich auf Sommerwilds Angebot zurückgreifen. Ich nahm plötzlich meine Mark aus der Tasche, warf sie auf die Straße und bereute es im gleichen Augenblick, ich blickte ihr nach, sah sie nicht, glaubte aber zu hören, wie sie auf das Dach der vorüberfahrenden Straßenbahn fiel. Ich nahm das Butterbrot vom Tisch, aß es, während ich auf die Straße blickte. Es war fast acht, ich war schon fast zwei Stunden in Bonn, hatte schon mit sechs sogenannten Freunden telefoniert, mit meiner Mutter und meinem Vater gesprochen und besaß nicht eine Mark mehr, sondern eine weniger, als ich bei der Ankunft gehabt hatte. Ich wäre gern runtergegangen, um die Mark wieder von der Straße aufzulesen, aber es ging schon auf halb neun, Leo konnte jeden Augenblick anrufen oder kommen.

Marie ging es gut, sie war jetzt in Rom, am Busen ihrer Kirche, und überlegte, was sie zur Audienz beim Papst würde anziehen müssen. Züpfner würde ihr ein Bild von Jaqueline Kennedy besorgen, ihr eine spanische Mantilla und einen Schleier kaufen müssen, denn, genau besehen, war Marie jetzt fast so etwas wie eine »first lady« des deutschen Katholizismus. Ich nahm mir vor, nach Rom zu fahren und auch den Papst um eine Audienz zu bitten. Ein wenig von einem weisen, alten Clown hatte auch er, und schließlich war die Figur des Harlekin in Bergamo entstanden; ich würde mir das von Genneholm, der alles wußte, bestätigen lassen. Ich würde dem Papst erklären, daß meine Ehe mit Marie eigentlich an der standesamtlichen Trauung gescheitert war, und ihn bitten, in mir eine Art Gegentyp zu Heinrich dem Achten zu sehen: der war polygam und gläubig gewesen, ich war monogam und ungläubig. Ich würde ihm erzählen, wie eingebildet und gemein »führende« deutsche Katholiken seien, und er solle sich nicht täuschen lassen. Ein paar Nummern würde ich vorführen, hübsche leichte Sachen wie Schulgang und Heimkehr von der Schule, nicht aber meine Nummer Kardinal; das würde ihn kränken, weil er ja selbst einmal Kardinal gewesen war – und er war der letzte, dem ich weh tun wollte.

Immer wieder erliege ich meiner Phantasie: ich stellte mir meine Audienz beim Papst so genau vor, sah mich da knien und als Ungläubiger um seinen Segen bitten, die Schweizer Gardisten an der Tür und irgendeinen wohlwollend, nur leicht angeekelt lächelnden Monsignore dabei – daß ich fast glaubte, ich wäre schon beim Papst gewesen. Ich würde versucht sein, Leo zu erzählen, ich wäre beim Papst gewesen und hätte eine Audienz gehabt. Ich *war* in diesen Minuten beim Papst, sah sein Lächeln und hörte seine schöne Bauernstimme, erzählte ihm, wie der Lokalnarr von Bergamo zum Harlekin geworden war. Leo ist in diesem Punkt sehr streng, er nennt mich immer Lügner. Leo wurde immer wütend, wenn ich ihn traf und ihn fragte: »Weißt du noch, wie wir das Holz miteinander durchgesägt haben?« Er schreit dann: »Aber wir *haben* das Holz nicht miteinander durchgesägt.« Er hat auf eine sehr unwichtige, dumme Weise recht. Leo war sechs oder sieben, ich acht oder neun, als er im Pferdeschuppen ein Stück Holz fand, den Rest eines

Zaunpfahles, er hatte auch eine verrostete Säge im Schuppen gefunden und bat mich, mit ihm gemeinsam den Pfahlrest durchzusägen. Ich fragte ihn, warum wir denn ein so dummes Stück Holz durchsägen sollten; er konnte keine Gründe angeben, er wollte einfach nur sägen; ich fand es vollkommen sinnlos, und Leo weinte eine halbe Stunde lang – und viel später, zehn Jahre später erst, als wir im Deutschunterricht bei Pater Wunibald über Lessing sprachen, plötzlich mitten im Unterricht und ohne jeden Zusammenhang fiel mir ein, was Leo gewollt hatte: er wollte eben nur sägen, in diesem Augenblick, wo er Lust darauf hatte, mit mir sägen. Ich verstand ihn plötzlich, nach zehn Jahren, und erlebte seine Freude, seine Spannung, seine Erregung, alles, was ihn bewegt hatte, so intensiv, daß ich mitten im Unterricht anfing, Sägebewegungen zu machen. Ich sah Leos freudig erhitztes Jungengesicht mir gegenüber, schob die verrostete Säge hin, er schob sie her – bis Pater Wunibald mich plötzlich an den Haaren zupfte und »zur Besinnung brachte«. Seitdem habe ich wirklich mit Leo das Holz durchgesägt – er kann das nicht begreifen. Er ist ein Realist. Er versteht heute nicht mehr, daß man etwas scheinbar Dummes sofort tun muß. Sogar Mutter hat manchmal Augenblickssehnsüchte: am Kaminfeuer Karten zu spielen, in der Küche eigenhändig Apfelblütentee aufzugießen. Sicher hat sie plötzlich Sehnsucht, an dem schönen blankpolierten Mahagonitisch zu sitzen, Karten zu spielen, glückliche Familie zu sein. Aber immer, wenn sie Lust dazu hatte, hatte von uns keiner Lust dazu; es gab Szenen, Unverstandene-Mutter-Getue, dann bestand sie auf unserer Gehorsamspflicht, Viertes Gebot, merkte dann aber, daß es ein merkwürdiges Vergnügen sein würde, mit Kindern, die *nur* aus Gehorsamspflicht mitmachen, Karten zu spielen – und ging weinend auf ihr Zimmer. Manchmal versuchte sie es auch mit Bestechung, erbot sich, etwas »besonders Gutes« zu trinken oder zu essen herauszurücken – und es wurde wieder einer von den tränenreichen Abenden, von denen Mutter uns so viele beschert hat. Sie wußte nicht, daß wir uns alle deshalb so strikte weigerten, weil immer noch die Herzsieben im Spiel war und uns jedes Kartenspiel an Henriette erinnerte, aber keiner sagte es ihr, und später, wenn ich an ihre vergeblichen Versuche dachte, am Kaminfeuer glückliche Familie zu spielen, spielte ich in Gedanken allein mit ihr Karten, obwohl Kartenspiele, die man zu zweit spielen kann, langweilig sind. Ich spielte *tatsächlich* mit ihr, »Sechsundsechzig« und »Krieg«, ich trank Apfelblütentee, sogar mit Honig drin, Mutter – mit neckisch erhobenem Zeigefinger drohend – gab mir sogar eine Zigarette, und irgendwo im Hintergrund spielte Leo seine Etüden, während wir alle, auch die Mädchen, wußten, daß Vater bei »diesem Weib« war. Irgendwie muß Marie von diesen »Lügen« erfahren haben, denn sie sah mich immer zweifelnd an, wenn ich ihr etwas erzählte, und diesen Jungen in Osnabrück habe ich sogar *wirklich* gesehen. Manchmal ergeht es mir auch umgekehrt: daß mir das, was ich *wirklich* erlebt habe, als unwahr und nicht real erscheint. Wie die Tatsache, daß ich damals von Köln aus nach Bonn zu Maries Jugendgruppe fuhr, um mit den Mädchen über die Jungfrau Maria zu sprechen. Das, was andere nonfiction nennen, kommt mir sehr fiktiv vor.

17

Ich trat vom Fenster zurück, gab die Hoffnung auf meine Mark da unten im Dreck auf, ging in die Küche, mir noch ein Butterbrot zu machen. Sehr viel Eßbares war nicht mehr da: noch eine Büchse Bohnen, eine Büchse Pflaumen (ich mag Pflaumen nicht, aber das konnte Monika nicht wissen), ein halbes Brot, eine halbe Flasche Milch, etwa ein Viertel Kaffee, fünf Eier, drei Scheiben Speck und eine Tube Senf. In der Dose auf dem Tisch im Wohnzimmer waren noch vier Zigaretten. Ich fühlte mich so elend, daß ich die Hoffnung aufgab, je wieder trainieren zu können. Mein Knie war so dick geschwollen, daß die Hose schon knapp zu werden begann, die Kopfschmerzen so heftig, daß sie fast schon überirdisch wurden: ein dauernder bohrender Schmerz, in meiner Seele war's schwärzer denn je, dann das »fleischliche Verlangen« – und Marie in Rom. Ich brauchte sie, ihre Haut, ihre Hände auf meiner Brust. Ich habe, wie Sommerwild es einmal ausdrückte, »ein waches und wahres Verhältnis zur körperlichen Schönheit«, und habe gern hübsche Frauen um mich, wie meine Nachbarin, Frau Grebsel, aber ich spüre kein »fleischliches Verlangen« nach diesen Frauen, und die meisten Frauen sind darüber gekränkt, obwohl sie, wenn ich es spürte und zu stillen verlangte, sicher nach der Polizei rufen würden. Es ist eine komplizierte und grausame Geschichte, dieses fleischliche Verlangen, für nicht monogame Männer wahrscheinlich eine ständige Tortur, für monogame wie mich ein ständiger Zwang zur latenten Unhöflichkeit, die meisten Frauen sind irgendwie gekränkt, wenn sie das, was ihnen als Eros bekannt ist, nicht spüren. Auch Frau Blothert, bieder, fromm, war immer ein bißchen beleidigt. Manchmal verstehe ich sogar die Unholde, über die soviel in den Zeitungen steht, und wenn ich mir vorstelle, daß es so etwas wie »eheliche Pflicht« gibt, wird mir bange. Es muß ja in diesen Ehen unhold zugehen, wenn eine Frau von Staat und Kirche zu dieser Sache vertraglich verpflichtet ist. Man kann ja Barmherzigkeit nicht vorschreiben. Ich wollte versuchen, mit dem Papst auch darüber zu sprechen. Er wird bestimmt falsch informiert. Ich machte mir noch ein Butterbrot, ging in die Diele und nahm aus meiner Manteltasche die Abendzeitung heraus, die ich in Köln vom Zug aus gekauft hatte.

Manchmal hilft die Abendzeitung: sie macht mich so leer wie das Fernsehen. Ich blätterte sie durch, überflog die Schlagzeilen, bis ich eine Notiz entdeckte, über die ich lachen mußte. Bundesverdienstkreuz für Dr. Herbert Kalick. Kalick war der Junge gewesen, der mich angezeigt hatte wegen Defätismus und während der Gerichtsverhandlung auf Härte, unerbittlicher Härte bestanden hatte. Er hatte damals den genialen Einfall gehabt, das Waisenhaus für den Endkampf zu mobilisieren. Ich wußte, daß er ein hohes Tier geworden war. In der Abendzeitung stand, er habe das Bundesverdienstkreuz bekommen wegen »seiner Verdienste um die Verbreitung des demokratischen Gedankens in der Jugend«.

Er hatte mich vor zwei Jahren einmal eingeladen, um sich mit mir zu versöhnen. Sollte ich ihm etwa verzeihen, daß Georg, der Waisenjunge, beim Üben mit einer Panzerfaust tödlich verunglückt war – oder daß er mich, einen Zehnjährigen, wegen Defätismus angezeigt und auf Härte, unnachgiebiger Härte bestanden hatte? Marie meinte, eine Einladung zur Versöhnung könne man nicht ablehnen, und wir hatten Blumen gekauft und waren hingefahren. Er hatte eine hübsche Villa, fast schon in der Eifel, eine hübsche Frau und das, was die beiden stolz »ein Kinder« nennen. Seine Frau ist auf jene Art hübsch, daß man nicht weiß, ob sie lebendig ist oder nur aufgezogen. Ich war die ganze Zeit über, während ich neben ihr saß, versucht, sie bei den Armen oder bei den Schultern zu packen, oder an den Beinen, um festzustellen, ob sie nicht doch eine Puppe war. Alles, was sie zur Konversation beitrug, bestand aus zwei Ausdrücken »Ach, wie hübsch« und »Ach, wie scheußlich«. Ich fand sie erst langweilig, war aber dann fasziniert und erzählte ihr allerlei, so wie man Groschen in einen Automaten wirft – nur um herauszubekommen, wie sie reagieren würde. Als ich ihr erzählte, meine Großmutter sei gestorben – was gar nicht stimmte, denn meine Großmutter war schon vor zwölf Jahren gestorben –, sagte sie: »Oh, wie scheußlich«, und ich finde, man kann, wenn jemand stirbt, viel Dummes sagen, aber »oh, wie scheußlich« nicht. Dann erzählte ich ihr, daß ein gewisser Humeloh (den es gar nicht gab, den ich rasch erfand, um etwas Positives in den Automaten zu schmeißen), den Ehrendoktor bekommen habe, sie sagte: »Oh, wie hübsch.« Als ich ihr dann erzählte, daß mein Bruder Leo konvertiert sei, zögerte sie einen Augenblick – und dieses Zögern erschien mir fast wie ein Lebenszeichen; sie sah mich mit ihren sehr großen, leeren Puppenaugen an, um herauszufinden, in welche Kategorie für mich dieses Ereignis gehöre, sagte dann: »Scheußlich, was?«; es war mir immerhin gelungen, ihr eine Ausdrucks-Variation abzuringen. Ich schlug ihr vor, doch die beiden Ohs einfach wegzulassen, nur noch hübsch und scheußlich zu sagen; sie kicherte, legte mir noch Spargel nach und sagte dann erst: »Oh, wie hübsch.« Schließlich

lernten wir an diesem Abend auch noch das »ein Kinder« kennen, einen fünfjährigen Bengel, der so, wie er war, im Werbefernsehen als Kind hätte auftreten können. Dieses Zahnpastagetue, gute Nacht, Pappi, gute Nacht, Mammi, ein Diener vor Marie, einer vor mir. Ich wunderte mich, daß das Werbefernsehen ihn noch nicht entdeckt hat. Später, als wir Kaffee und Kognak am Kamin tranken, sprach Herbert von der großen Zeit, in der wir leben. Er holte dann noch Sekt und wurde pathetisch. Er bat mich um Verzeihung, kniete sogar nieder, um mich um eine, wie er es nannte, »säkularisierte Absolution« zu bitten – und ich war drauf und dran, ihn einfach in den Hintern zu treten, nahm aber dann ein Käsemesser vom Tisch und schlug ihn feierlich zum Demokraten. Seine Frau rief: »Ach, wie hübsch«, und ich hielt, als Herbert sich gerührt wieder hinsetzte, einen Vortrag über die jüdischen Yankees. Ich sagte, man habe eine Zeitlang geglaubt, der Name Schnier, mein Name, habe mit schnorren zu tun, aber es sei nachgewiesen, daß er von Schneider, Schnieder abzuleiten sei, nicht von schnorren, und ich sei weder Jude noch Yankee, und doch – und dann ohrfeigte ich Herbert ganz plötzlich, weil mir einfiel, daß er einen unserer Schulkameraden, Götz Buchel, gezwungen hatte, den Nachweis seiner arischen Abstammung zu erbringen, und Götz war in Schwierigkeiten geraten, weil seine Mutter eine Italienerin war, aus einem Dorf in Süditalien – und über deren Mutter dort etwa herauszukriegen, was auch nur annähernd einem arischen Nachweis ähnlich war, erwies sich als unmöglich, zumal das Dorf, in dem Götz' Mutter geboren war, um diese Zeit schon von den jüdischen Yankees besetzt war. Es waren peinliche, lebensgefährliche Wochen für Frau Buchel und Götz, bis Götz' Lehrer auf die Idee kam, einen von den Rassespezialisten der Bonner Universität zu einem Gutachten zu bewegen. Der stellte fest, daß Götz »rein, aber auch vollkommen rein westisch sei, aber Herbert Kalick brachte dann den Unsinn auf, alle Italiener wären Verräter, und Götz hatte bis Kriegsende keine ruhige Minute mehr. Das fiel mir ein, während ich den Vortrag über die jüdischen Yankees zu halten versuchte – und ich knallte Herbert Kalick einfach eine ins Gesicht, schmiß mein Sektglas ins Kaminfeuer, das Käsemesser hinterdrein und zog Marie am Arm hinter mir her, hinaus. Wir konnten da oben kein Taxi bekommen und mußten zu Fuß gehen, eine ganze Weile, bis wir zur Busstation kamen. Marie weinte und sagte die ganze Zeit über, es sei unchristlich und unmenschlich von mir gewesen, aber ich sagte, ich sei kein Christ und mein Beichtstuhl sei noch nicht geöffnet. Sie fragte mich auch, ob ich denn an seiner, Herberts, Wandlung zum Demokraten zweifle, und ich sagte: »Nein, nein, ich zweifle ja gar nicht dran – im Gegenteil – aber ich mag ihn einfach nicht und werde ihn nie mögen.«
Ich schlug das Telefonbuch auf und suchte Kalicks Nummer. Ich war

in der rechten Laune, mich mit ihm am Telefon zu unterhalten. Mir fiel ein, daß ich ihn später noch einmal bei einem *jour fixe* zu Hause getroffen, er mich flehend und kopfschüttelnd angesehen hatte, während er sich mit einem Rabbiner über »jüdische Geistigkeit« unterhielt. Mir tat der Rabbiner leid. Er war ein sehr alter Mann, mit weißem Bart und sehr gütig und auf eine Weise harmlos, die mich beunruhigte. Natürlich erzählte Herbert jedem, den er kennenlernte, daß er Nazi und Antisemit gewesen sei, daß die »Geschichte ihm aber die Augen geöffnet« habe. Dabei hatte er noch am Tag, bevor die Amerikaner in Bonn einmarschierten, mit den Jungen in unserem Park geübt und ihnen gesagt: »Wenn ihr das erste Judenschwein seht, dann drauf mit dem Ding.« Was mich an diesen *jours fixes* bei meiner Mutter aufregte, war die Harmlosigkeit der zurückgekehrten Emigranten. Sie waren so gerührt von all der Reue und den laut hinausposaunten Bekenntnissen zur Demokratie, daß es dauernd zu Verbrüderungen und Umarmungen kam. Sie begriffen nicht, daß das Geheimnis des Schreckens im Detail liegt. Große Sachen zu bereuen ist ja kinderleicht: Politische Irrtümer, Ehebruch, Mord, Antisemitismus – aber wer verzeiht einem, wer versteht die Details? Wie Brühl und Herbert Kalick meinen Vater angesehen hatten, als er mir die Hand auf die Schulter legte, und wie Herbert Kalick, außer sich vor Wut, mit den Knöcheln auf unseren Tisch schlug, mit seinen toten Augen mich ansah und sagte: »Härte, unerbittliche Härte«, oder wie er Götz Buchel am Kragen packte, ihn vor die Oberklasse stellte, obwohl der Lehrer leise protestierte, und sagte: »Seht Euch den an – wenn das kein Jude ist!« Ich habe zuviel Augenblicke im Kopf, zuviel Details, Winzigkeiten – und Herberts Augen haben sich nicht geändert. Mir wurde bange, als ich ihn da bei dem alten, etwas dummen Rabbiner stehen sah, der so versöhnlich gestimmt war, sich von Herbert einen Cocktail holen und etwas über jüdische Geistigkeit vorschwätzen ließ. Die Emigranten wissen auch nicht, daß nur wenige Nazis an die Front geschickt wurden, gefallen sind fast nur die anderen, Hubert Knieps, der im Haus neben Wienekens wohnte, und Günther Cremer, der Sohn des Bäckers, sie wurden, obwohl sie Hitlerjugendführer waren, an die Front geschickt, weil sie »politisch nicht spurten«, die ganze ekelhafte Schnüffelei nicht mitmachten. Kalick wäre nie an die Front geschickt worden, der spurte, so wie er heute spurt. Er ist der geborene Spurer. Die Sache war ja ganz anders, als die Emigranten glauben. Sie können natürlich nur in Kategorien wie schuldig, nicht schuldig – Nazis, Nichtnazis denken.

Der Kreisleiter Kierenhahn kam manchmal zu Maries Vater in den Laden, nahm sich einfach ein Paket Zigaretten aus der Schublade, ohne Marken oder Geld hinzulegen, steckte sich eine Zigarette an, setzte sich vor Maries Vater auf die Theke und sagte: »Na, Martin, wie wär's, wenn wir dich in ein nettes, kleines, nicht ganz so grausames KZ-chen steckten?« Dann sagte Maries Vater: »Schwein bleibt Schwein, und du bist immer eins gewesen.« Die beiden kannten sich schon seit ihrem sechsten Lebensjahr. Kierenhahn wurde wütend und sagte: »Martin, treib's nicht zu weit, übertreib's nicht.« Maries Vater sagte: »Ich treib's noch weiter: mach, daß du wegkommst.« Kierenhahn sagte: »Ich werde dafür sorgen, daß du nicht in ein nettes, sondern in ein übles KZ kommst.« So ging das hin und her, und Maries Vater wäre abgeholt worden, wenn nicht der Gauleiter seine »schützende Hand« über ihn gehalten hätte, aus einem Grund, den wir nie herausbekamen. Er hielt natürlich nicht seine schützende Hand über alle, nicht über den Lederhändler Marx und den Kommunisten Krupe. Sie wurden ermordet. Und dem Gauleiter geht es ganz gut heute, er hat sein Baugeschäft. Als Marie ihn eines Tages traf, sagte er, er »könne nicht klagen«. Maries Vater sagte mir immer: »Wie schrecklich diese Nazigeschichte war, kannst du nur ermessen, wenn du dir vorstellst, daß ich so einem Schwein wie dem Gauleiter tatsächlich mein Leben verdanke, und daß ich auch noch schriftlich bescheinigen muß, daß ich es ihm verdanke.«

Ich hatte Kalicks Nummer inzwischen gefunden, zögerte noch, sie zu wählen. Es fiel mir ein, daß morgen Mutters *jour fixe* war. Ich könnte hingehen, mir wenigstens vom Geld meiner Eltern die Taschen voll Zigaretten und Salzmandeln stecken, eine Tüte für Oliven mitnehmen, eine zweite für Käsegebäck, dann mit dem Hut rundgehen und für »ein notleidendes Mitglied der Familie« sammeln. Ich hatte das als Fünfzehnjähriger einmal gemacht, »für einen besonderen Zweck« gesammelt und fast hundert Mark zusammenbekommen. Ich hatte nicht einmal Gewissensbisse, als ich das Geld für mich verwendete, und wenn ich morgen »für ein notleidendes Mitglied der Familie« sammelte, würde ich nicht einmal lügen: ich war ein notleidendes Mitglied der Familie – und später könnte ich noch in die Küche gehen, an Annas Busen weinen und mir ein paar Wurstreste einstecken. Alle bei meiner Mutter versammelten Idioten würden mein Auftreten für einen herrlichen Witz erklären, meine Mutter selbst würde es mit saurem Lächeln als Witz durchgehen lassen müssen – und keiner würde wissen, daß es todernst war. Diese Leute verstehen nichts. Sie wissen zwar alle, daß ein Clown melancholisch sein muß, um ein guter Clown zu sein, aber daß für ihn die Melancholie eine todernste Sache ist, darauf kommen sie nicht. Bei Mutters *jour fixe* würde ich sie alle treffen: Sommerwild und Kalick, Liberale und Sozialdemokraten, sechs verschiedene Sorten von Präsidenten, sogar Anti-Atom-Leute (meine Mutter war sogar einmal drei Tage Anti-Atomkämpferin gewesen, war aber dann, als ihr ein Präsident von irgendwas klar machte, daß eine konsequente Anti-Atom-Politik einen radikalen Aktiensturz herbeiführen würde, sofort – buchstäblich sofort, zum Telefon gelaufen, hatte das Komitee angerufen und sich »distanziert«.) Ich würde – zum Schluß erst, wenn ich mit meinem Hut schon rundgegangen war, Kalick öffentlich ohrfeigen, Sommerwild als pfäffischen Heuchler beschimpfen und den anwesenden Vertreter des Dachverbandes katholischer Laien der Verleitung zu Unzucht und Ehebruch anklagen.

Ich nahm den Finger von der Wählscheibe und rief Kalick nicht an. Ich hatte ihn nur fragen wollen, ob er seine Vergangenheit inzwischen bewältigt habe, ob sein Verhältnis zur Macht noch in Ordnung sei und ob er mich über die jüdische Geistigkeit aufklären könne. Kalick hatte einmal während einer Hitlerjugendveranstaltung einen Vortrag gehalten mit dem Titel »Machiavelli oder der Versuch, ein Verhältnis zur Macht zu gewinnen«. Ich verstand nicht viel davon, nur Kalicks »offenes, hier deutlich ausgesprochenes Bekenntnis zur Macht«, aber an den Mienen der anderen anwesenden Hitlerjugendführer konnte ich ablesen, daß sogar ihnen diese Rede zu weit ging. Kalick sprach ohnehin kaum von Machiavelli, nur von Kalick, und die Mienen der anderen Führer zeigten, daß sie diese Rede für eine öffentliche Schamlosigkeit hielten. Es gibt ja diese Burschen, von denen man soviel in den Zeitungen liest: Schamverletzer. Kalick war nichts weiter als ein politischer Schamverletzer, und wo er auftrat, ließ er Schamverletzte hinter sich.

Ich freute mich auf den *jour fixe*. Ich würde endlich etwas vom Geld meiner Eltern haben: Oliven und Salzmandeln, Zigaretten – ich würde auch bündelweise Zigarren einstecken und sie unter Preis verkaufen. Ich würde Kalick den Orden von der Brust reißen und ihn ohrfeigen. Verglichen mit ihm, kam mir sogar meine Mutter menschlich vor. Als ich ihn zum letztenmal traf, bei meinen Eltern in der Garderobe, hatte er mich traurig angesehen und gesagt: »Es gibt für jeden Menschen eine Chance, die Christen nennen es Gnade.« Ich hatte ihm keine Antwort gegeben. Ich war schließlich kein Christ. Es war mir eingefallen, daß er bei seinem Vortrag damals auch vom »Eros der Grausamkeit« gesprochen hatte und vom Machiavellismus des Sexuellen. Wenn ich an seinen Sexualmachiavellismus dachte, hatte ich Mitleid mit den Huren, zu denen er ging, wie ich Mitleid mit den Ehefrauen hatte, die irgendeinem Unhold vertraglich verpflichtet waren. Ich dachte an die unzähligen hübschen jungen Mädchen, deren Schicksal es war, entweder gegen Geld mit Typen wie Kalick oder ohne Bezahlung mit einem Ehemann die Sache zu tun, ohne daß sie Lust dazu hatten.

18

Ich wählte statt Kalicks Nummer die des Dings, in dem Leo wohnt. Irgendwann mußten sie doch mit dem Essen fertig werden und ihre sinnlichkeitsdämpfenden Salate verschlungen haben. Ich war froh, als sich dieselbe Stimme wie vorhin wieder meldete. Er rauchte jetzt eine Zigarre, und der Kohlgeruch war weniger deutlich. »Schnier«, sagte ich, »Sie erinnern sich?«

Er lachte. »Natürlich«, sagte er, »ich hoffe, Sie haben mich nicht wörtlich genommen und Ihren Augustinus tatsächlich verbrannt.«

»Doch«, sagte ich, »ich hab's getan. Das Ding auseinandergerissen und bogenweise in den Ofen gesteckt.«

Er schwieg einen Augenblick. »Sie scherzen«, sagte er heiser.

»Nein«, sagte ich, »in solchen Dingen bin ich konsequent.«

»Um Gottes Willen«, sagte er, »ist Ihnen denn das Dialektische an meiner Äußerung nicht klar geworden?«

»Nein«, sagte ich, »ich bin nun mal eine gerade, ehrliche, unkomplizierte Haut. Was ist nun mit meinem Bruder«, sagte ich, »wann werden die Herren die Güte haben, mit dem Essen fertig zu sein?«

»Der Nachtisch ist eben reingebracht worden«, sagte er, »es kann nicht mehr lange dauern.«

»Was gibt's denn?« fragte ich.

»Zum Nachtisch?«

»Ja.«

»Eigentlich darf ich's nicht sagen, aber Ihnen sag ich's. Pflaumenkompott mit einem Schlag Sahne drauf. Sieht ganz hübsch aus. Mögen Sie Pflaumen?«

»Nein«, sagte ich, »ich habe eine ebenso unerklärliche wie unüberwindliche Abneigung gegen Pflaumen.«

»Sie sollten Hoberers Versuch über die Idiosynkrasie lesen. Hängt alles mit sehr, sehr frühen Erlebnissen – meistens vor der Geburt – zusammen. Interessant. Hoberer hat achthundert Fälle genau untersucht. Sie sind Melancholiker?«

»Woher wissen Sie das?«

»Ich hörs an der Stimme. Sie sollten beten und ein Bad nehmen.«

»Gebadet habe ich schon, und beten kann ich nicht«, sagte ich.

»Es tut mir leid«, sagte er, »ich werde Ihnen einen neuen Augustinus stiften. Oder Kierkegaard.«

»Den hab ich noch«, sagte ich, »sagen Sie, könnten Sie meinem Bruder noch etwas ausrichten?«

»Gern«, sagte er.

»Sagen Sie ihm, er soll mir Geld mitbringen. Soviel er auftreiben kann.«

Er murmelte vor sich hin, sagte dann laut: »Ich notiers nur. Soviel Geld wie möglich mitbringen. Übrigens sollten Sie Bonaventura wirklich lesen. Großartig – und verachten Sie mir das neunzehnte Jahrhundert nicht so sehr. Ihre Stimme klingt, als wenn Sie das neunzehnte Jahrhundert verachten.«

»Stimmt«, sagte ich, »ich hasse es.«

»Irrtum«, sagte er, »Unsinn. Nicht einmal die Architektur war so schlecht, wie sie gemacht wird.« Er lachte. »Warten Sie bis zum Ende des zwanzigsten, bevor Sie das neunzehnte Jahrhundert hassen. Macht es Ihnen was aus, wenn ich zwischendurch meinen Nachtisch esse.«

»Pflaumen?« fragte ich.

»Nein«, sagte er, er lachte dünn: »Ich bin in Ungnade gefallen und bekomme keine Herrenkost, nur noch Dienerkost; heute als Nachtisch Karamelpudding. Übrigens«, er hatte offenbar schon einen Löffel Pudding im Mund, schluckte, sprach kichernd weiter, »übrigens räche ich mich. Ich telefoniere stundenlang mit einem früheren Konfrater in München, der auch ein Schüler Schelers war. Manchmal rufe ich Hamburg an, die Kinoauskunft, oder in Berlin den Wetterdienst, aus Rache. Das fällt ja bei diesem Selbstwählsystem gar nicht auf.« Er aß wieder, kicherte, flüsterte dann: »Die Kirche ist ja reich, stinkreich. Sie stinkt wirklich vor Geld – wie der Leichnam eines reichen Mannes. Arme Leichen riechen gut – wußten Sie das?«

»Nein«, sagte ich. Ich spürte, wie meine Kopfschmerzen nachließen, und malte um die Nummer des Dings einen roten Kreis.

»Sie sind ungläubig nicht wahr? Sagen Sie nicht nein: ich höre an Ihrer Stimme, daß Sie ungläubig sind. Stimmts?«

»Ja«, sagte ich.

»Das macht nichts, gar nichts«, sagte er, »es gibt da eine Stelle bei Isaias, die von Paulus im Römerbrief sogar zitiert wird. Hören Sie gut zu: Die werden es sehen, denen von ihm noch nichts verkündet ward, und die verstehen, die noch nichts vernommen haben.« Er kicherte bösartig. »Haben Sie verstanden?«

»Ja«, sagte ich matt.

Er sagte laut: »Guten Abend, Herr Direktor, guten Abend«, und legte auf. Seine Stimme hatte zuletzt auf eine bösartige Weise unterwürfig geklungen.

Ich ging zum Fenster und blickte auf die Uhr draußen an der Ecke. Es war schon fast halb neun. Ich fand, sie aßen ziemlich ausgiebig. Ich hätte Leo gern gesprochen, aber es ging mir jetzt fast nur noch um das Geld, das er mir leihen würde. Ich wurde mir allmählich über den Ernst meiner Situation klar. Manchmal weiß ich nicht, ob das, was ich handgreiflich realistisch erlebt habe, wahr ist, oder das, was ich wirklich erlebe. Ich werfe die Dinge durcheinander. Ich hätte nicht schwören können, ob ich den Jungen in Osnabrück gesehen hatte, aber ich hätte geschworen, daß ich mit Leo Holz gesägt hatte. Ich hätte auch nicht beschwören können, ob ich zu Edgar Wieneken nach Kalk zu Fuß gegangen war, um Großvaters Scheck über zweiundzwanzig Mark in Bargeld zu verwandeln. Daß ich mich der Details so genau erinnere, ist keine Garantie – der grünen Bluse, die die Bäckerin trug, die mir die Brötchen schenkte, oder der Löcher im Strumpf eines jungen Arbeiters, der an mir vorbeigegangen war, als ich auf der Türschwelle saß und auf Edgar wartete. Ich war vollkommen sicher, auf Leos Oberlippe Schweißtropfen gesehen zu haben, als wir das Holz durchsägten. Ich entsann mich auch aller Einzelheiten der Nacht, in der Marie in Köln die erste Fehlgeburt hatte. Heinrich Behlen hatte mir ein paar kleine Auftritte vor Jugendlichen für zwanzig Mark den Abend vermittelt. Marie war meistens mit mir gegangen, an diesem Abend aber zu Hause geblieben, weil sie sich schlecht fühlte, und als ich spät mit den neunzehn Mark Reingewinn in der Tasche nach Hause kam, fand ich das Zimmer leer, sah im aufgeschlagenen Bett das blutige Bettuch und fand den Zettel auf der Kommode: »Bin im Krankenhaus. Nichts Schlimmes. Heinrich weiß Bescheid.« Ich rannte sofort los, ließ mir von Heinrichs griesgrämiger Haushälterin sagen, in welchem Krankenhaus Marie lag, lief dorthin, aber sie ließen mich nicht rein, ich mußte erst Heinrich im Krankenhaus suchen, ans Telefon rufen lassen, bevor die Nonne an der Pforte mich reinließ. Es war schon halb zwölf nachts, und als ich endlich in Maries Zimmer kam, war schon alles vorbei, sie lag da im Bett, ganz blaß, weinend, neben ihr eine Nonne, die den Rosenkranz betete. Die Nonne betete ruhig weiter, während ich Maries Hand hielt und Heinrich ihr mit leiser Stimme zu erklären versuchte, was mit der Seele des Wesens geschehen würde, das sie nicht hatte gebären können. Marie schien fest davon überzeugt, daß das Kind – sie nannte es so – nie in den Himmel kommen könnte, weil es nicht getauft war. Sie sagte immer, es würde in der Vorhölle bleiben, und ich erfuhr in dieser Nacht zum erstenmal, welche scheußlichen Sachen die Katholiken im Religionsunterricht lernen. Heinrich war vollkommen hilflos Maries Ängsten gegenüber, und gerade, daß er so hilflos war, empfand ich als tröstlich. Er sprach von der Barmherzigkeit Gottes, die ja »wohl größer ist als das mehr juristische Denken der Theologen«. Die ganze Zeit über betete die Nonne den Rosenkranz. Marie – sie kann in religiösen Dingen sehr hartnäckig sein – fragte immer wieder, wo denn die Diagonale zwischen Gesetz und Barmherzigkeit verlaufe. Ich erinnerte mich des Ausdrucks Diagonale. Schließlich ging ich raus, ich kam mir wie ein Ausgestoßener, vollkommen überflüssig vor. Ich stellte mich an ein Flurfenster, rauchte, blickte über die Mauer auf der anderen Seite in einen Autofriedhof. An der Mauer klebten lauter Wahlplakate. Schenk Dein Vertrauen der SPD. Wählt CDU. Offenbar lag ihnen daran, die Kranken, die aus ihren Zimmern vielleicht auf die Mauer blicken konnten, mit ihrer unbeschreiblichen Stupidität zu deprimieren. Schenk Dein Vertrauen der SPD war ja geradezu genial, fast literarisch gegen den Stumpfsinn, der darin lag, einfach WÄHLT CDU auf ein Plakat zu drucken. Es war fast zwei Uhr nachts geworden, und ich stritt mich später mit Marie darüber, ob das, was ich dann sah, wirklich passiert war oder nicht. Es kam ein streunender Hund von links, er schnüffelte an einer Laterne, dann an dem SPD-Plakat, an dem CDU-Plakat und pinkelte gegen das CDU-Plakat und lief weiter, langsam in die Straße hinein, die rechts vollkommen dunkel wurde. Marie stritt mir, wenn wir später über diese trostlose Nacht sprachen, immer den Hund ab, und wenn sie mir den Hund als »wahr« zubilligte, stritt sie ab, daß er gegen das CDU-Plakat gepinkelt hätte. Sie sagte, ich hätte so sehr unter dem Einfluß ihres Vaters gestanden, daß ich, ohne mir einer Lüge oder Verfälschung der Wahrheit bewußt zu sein, behaupten würde, der Hund habe seine »Schweinerei« an das CDU-Plakat gemacht, auch wenn es das SPD-Plakat gewesen wäre. Dabei hatte ihr Vater die SPD viel mehr verachtet als die CDU – und was ich gesehen hatte, hatte ich gesehen.

Es war fast fünf, als ich Heinrich nach Hause brachte und er mir, während wir durch Ehrenfeld gingen, immer wieder zumurmelte, auf die Haustüren weisend: »Alles meine Schäfchen, alles meine Schäfchen.« Seine keifende Haushälterin mit den gelblichen Beinen, ihr böse ausgestoßenes »Was soll das?« Ich ging nach Hause, wusch heimlich in kaltem Wasser im Badezimmer das Bettuch aus.

Ehrenfeld, Braunkohlenzüge, Wäscheleinen, Badeverbot und nachts manchmal die an unserem Fenster vorbeirauschenden Abfallpakete, wie Blindgänger, deren Drohung im Aufklatschen verpuffte, höchstens durch eine wegrollende Eierschale verlängert wurde.

Heinrich bekam wieder Krach mit seinem Pfarrer unseretwegen, weil er aus der Caritaskasse Geld haben wollte, ich ging dann noch einmal zu Edgar Wieneken, und Leo schickte uns seine Taschenuhr zum Versetzen, Edgar trieb aus einer Arbeiterwohlfahrtskasse etwas für uns auf, und wir konnten wenigstens die Medikamente, das Taxi und die Hälfte der Arztkosten bezahlen.

Ich dachte an Marie, die rosenkranzbetende Nonne, das Wort Diagonale, den Hund, die Wahlplakate, den Autofriedhof – und an meine kalten Hände, nachdem ich das Bettuch ausgewaschen hatte –, und ich hätte das alles doch nicht beschwören können. Ich hätte auch nicht schwören mögen, daß der Mann da in Leos Konvikt mir erzählt hatte, er telefoniere, um die Kirche finanziell zu schädigen, mit dem Wetterdienst in Berlin, und ich hatte es doch gehört, wie sein Schmatzen und Schlucken, als er den Karamelpudding aß.

19

Ohne lange zu überlegen und ohne zu wissen, was ich ihr sagen wollte, wählte ich die Nummer von Monika Silvs. Es hatte noch nicht zum erstenmal ausgeklingelt, da hob sie schon ab und sagte: »Hallo.« Schon ihre Stimme tat mir wohl. Sie ist klug und kräftig. Ich sagte: »Hier Hans, ich wollte . . .« Aber sie unterbrach mich und sagte: »Ach, Sie . . .« Es klang nicht kränkend oder unangenehm, nur war deutlich herauszuhören, daß sie nicht auf meinen, sondern auf jemand anderes Anruf gewartet hatte. Vielleicht wartete sie auf den Anruf einer Freundin, ihrer Mutter – und doch war ich gekränkt.

»Ich wollte mich nur bedanken«, sagte ich, »Sie waren so lieb.« Ich konnte ihr Parfüm gut riechen, Taiga, oder wie es heißt, viel zu herb für sie.

»Es tut mir ja alles so leid«, sagte sie, »es muß schlimm für Sie sein.« Ich wußte nicht, was sie meinte: die Kostertsche Kritik, die offenbar ganz Bonn gelesen hatte, oder Maries Hochzeit, oder beides.

»Kann ich etwas für Sie tun?« fragte sie leise.

»Ja«, sagte ich, »Sie könnten herkommen und sich meiner Seele erbarmen, auch meines Knies, das ziemlich stark geschwollen ist.«

Sie schwieg. Ich hatte erwartet, daß sie sofort Ja sagen würde, mir war unheimlich bei dem Gedanken, daß sie wirklich kommen könnte. Aber sie sagte nur: »Heute nicht, ich erwarte Besuch.« Sie hätte dazu sagen sollen, wen sie erwartete, wenigstens sagen können: eine Freundin oder einen Freund. Das Wort Besuch machte mich elend. Ich sagte: »Nun, dann vielleicht morgen, ich muß wahrscheinlich mindestens eine Woche liegen.«

»Kann ich nicht sonst etwas für Sie tun, ich meine etwas, was sich telefonisch erledigen läßt.« Sie sagte das mit einer Stimme, die mich hoffen ließ, ihr Besuch könnte doch eine Freundin sein.

»Ja«, sagte ich, »Sie könnten mir die Mazurka in B-Dur Opus 7 von Chopin vorspielen.«

Sie lachte und sagte: »Sie haben Einfälle.« Beim Klang ihrer Stimme wurde ich zum erstenmal schwankend in meiner Monogamie. »Ich mag Chopin nicht sehr«, sagte sie, »und spiele ihn schlecht.«

»Ach, Gott«, sagte ich, »das macht doch nichts. Haben Sie die Noten da?«

»Irgendwo werden sie sein«, sagte sie. »Moment bitte.« Sie legte den Hörer auf den Tisch, und ich hörte sie durchs Zimmer gehen. Es dauerte einige Minuten, bis sie zurückkam, und es fiel mir ein, was Marie mir einmal erzählt hatte, daß sogar manche Heilige Freundinnen gehabt hatten. Natürlich nur geistig, aber immerhin: was geistig an der Sache war, hatten diese Frauen ihnen gegeben. Ich hatte nicht einmal das.

Monika nahm den Hörer wieder auf. »Ja«, sagte sie seufzend, »hier sind die Mazurki.«

»Bitte«, sagte ich, »spielen Sie doch die Mazurka B-Dur Opus 7 Nr. 1.«

»Ich habe jahrelang nicht mehr Chopin gespielt, ich müßte ein bißchen üben.«

»Vielleicht möchten Sie nicht gern, daß Ihr Besuch hört, wenn Sie Chopin spielen?«

»Oh«, sagte sie lachend, »der soll es ruhig hören.«

»Sommerwild?« fragte ich ganz leise, ich hörte ihren überraschten Ausruf und fuhr fort: »Wenn er's wirklich ist, dann schlagen Sie ihm den Deckel Ihres Flügels auf den Kopf.«

»Das hat er nicht verdient«, sagte sie, »er hat Sie sehr gern.«

»Das weiß ich«, sagte ich, »ich glaube es sogar, aber mir wäre lieber, ich hätte den Mut, ihn umzubringen.«

»Ich übe ein bißchen und spiele Ihnen die Mazurka«, sagte sie rasch. »Ich rufe Sie an.«

»Ja«, sagte ich, aber wir legten beide nicht auf. Ich hörte ihren Atem, ich weiß nicht wie lange, aber ich hörte ihn, dann legte sie auf. Ich hätte den Hörer noch lange in der Hand gehalten, um sie atmen zu hören. Mein Gott, wenigstens der Atem einer Frau.

Obwohl die Bohnen, die ich gegessen hatte, mir noch schwer im Magen lagen und meine Melancholie steigerten, ging ich in die Küche, öffnete auch die zweite Büchse Bohnen, kippte den Inhalt in den Topf, in dem ich auch die erste Portion gewärmt hatte, und zündete das Gas an. Ich warf das Filterpapier mit dem Kaffeesatz in den Abfalleimer, nahm ein sauberes Filterpapier, tat vier Löffel Kaffee hinein, setzte Wasser auf und versuchte, in der Küche Ordnung zu schaffen. Ich warf den Aufnehmer über die Kaffeepfütze, die leeren Büchsen und die Eierschalen in den Eimer. Ich hasse unaufgeräumte Zimmer, aber ich bin selber unfähig aufzuräumen. Ich ging ins Wohnzimmer, nahm die schmutzigen Gläser, setzte sie in der Küche in den Ausguß. Es war nichts Unordentliches mehr in der Wohnung, und doch sah es nicht aufgeräumt aus. Marie hat so eine geschickte und sehr rasche Art, ein Zimmer aufgeräumt erscheinen zu lassen, obwohl sie nichts Sichtbares, Kontrollierbares darin anstellt. Es muß an ihren Händen liegen. Der Gedanke an Maries Hände – nur die Vorstellung, daß sie ihre Hände Züpfner auf die Schulter legen könnte – steigerte meine Melancholie zur Verzweiflung. Eine Frau kann mit ihren Händen soviel ausdrücken oder vortäuschen, daß mir Männerhände immer wie angeleimte Holzklötze vorkommen. Männerhände sind Händedruckhände, Prügelhände, natürlich Schießhände und Unterschrifthände. Drücken, prügeln, schießen, Verrechnungsschecks unterschreiben – das ist alles, was Männerhände können, und natürlich: arbeiten. Frauenhände sind schon fast keine Hände mehr: ob sie Butter aufs Brot oder Haare aus der Stirn streichen. Kein Theologe ist je auf die Idee gekommen, über die Frauenhände im Evangelium zu predigen: Veronika, Magdalena, Maria und Martha – lauter Frauenhände im Evangelium, die Christus Zärtlichkeiten erwiesen. Stattdessen predigen sie über Gesetze, Ordnungsprinzipien, Kunst, Staat. Christus hat sozusagen privat fast nur mit Frauen Umgang gehabt. Natürlich brauchte er Männer, weil die wie Kalick ein Verhältnis zur Macht haben, Sinn für Organisationen und den ganzen Unsinn. Er brauchte Männer, so wie man bei einem Umzug einfach Möbelpacker braucht, für die grobe Arbeit, und Petrus und Johannes waren ja so liebenswürdig, daß sie fast schon keine Männer mehr waren, während Paulus so männlich war, wie es sich für einen Römer geziemte. Wir bekamen zu Hause bei jeder sich bietenden Gelegenheit aus der Bibel vorgelesen, weil es in unserer Verwandtschaft von Pastoren wimmelt, aber keiner hat je über die Frauen im Evangelium oder so etwas Unfaßbares wie den ungerechten Mammon gesprochen. Auch bei den Katholiken im »Kreis« wollte nie einer über den ungerechten Mammon sprechen, Kinkel und Sommerwild lächelten immer nur verlegen, wenn ich sie darauf ansprach – als hätten sie Christus bei einem peinlichen Lapsus ertappt, und Fredebeul sprach von dem Verschleiß durch die Geschichte, den dieser Ausdruck erfahren habe. Ihn störte das »Irrationale« daran, wie er sagte. Als ob Geld etwas Rationales wäre. In Maries Händen verlor sogar das Geld seine Fragwürdigkeit, sie hatte eine wunderbare Art, achtlos und zugleich sehr achtsam damit umzugehen. Da ich Schecks und andere »Zahlungsmittel« grundsätzlich ablehne, bekam ich mein Honorar immer bar auf den Tisch des Hauses, und so brauchten wir nie länger als zwei, höchstens drei Tage im voraus zu planen. Sie gab fast jedem Geld, der sie darum anging, manchmal auch solchen, die sie gar nicht angegangen hatten, sondern von denen sich im Laufe des Gesprächs herausstellte, daß sie Geld brauchten. Einem Kellner in Göttingen bezahlte sie einmal einen Wintermantel für seinen gerade schulpflichtigen Jungen, und dauernd zahlte sie für hilflose, in Zügen ins Erster-Klasse-Abteil verirrte Großmütter, die zu Beerdigungen fuhren, Zuschläge und Übergänge. Es gibt unzählige Großmütter, die mit Zügen zu Beerdigungen von Kindern, Enkeln, Schwiegertöchtern und Schwiegersöhnen fahren und – manchmal natürlich mit einer gewissen Großmutterhilflosigkeit kokettierend – sich umständlich mit schweren Koffern und Paketen voller Dauerwurst, Speck und Kuchen in Abteile erster Klasse fallen lassen. Marie zwang mich dann, die schweren Koffer und Pakete im Gepäcknetz unterzubringen, obwohl jedermann im Abteil wußte, daß die Oma nur eine Fahrkarte zweiter Klasse in der Tasche hatte. Sie ging dann auf den Flur und »regelte« die Sache mit dem Schaffner, bevor die Oma auf ihren Irrtum aufmerksam gemacht wurde. Marie fragte vorher immer, wie weit sie denn fahre, und wer denn gestorben sei – damit sie den Aufschlag auch richtig lösen konnte. Die Kommentare der Großmütter bestanden meistens in den liebenswürdigen Worten: »Die Jugend ist gar nicht so schlecht, wie sie immer gemacht wird«, das Honorar in gewaltigen Schinkenbroten. Besonders zwischen Dortmund und Hannover – so kam es mir immer vor – sind täglich viele Großmütter zu Beerdigungen unterwegs. Marie schämte sich immer, daß wir Erster fuhren, und es wäre ihr unerträglich gewesen, wenn jemand aus unserem Abteil hinausgeworfen worden wäre, weil er nur Zweiter gelöst hatte. Sie hatte eine unerschöpfliche Geduld beim Anhören sehr umständlicher Schilderungen von Verwandtschaftsverhältnissen und beim Anschauen von Fotos wildfremder Menschen. Einmal saßen wir zwei Stunden lang neben einer alten Bückeburger Bäuerin, die dreiundzwanzig Enkelkinder hatte und von jedem ein Foto bei sich trug, und wir hörten uns dreiundzwanzig Lebensläufe an, sahen dreiundzwanzig Fotos von jungen Männern und jungen Frauen, die es alle zu etwas gebracht hatten: Stadtinspektor in Münster, oder verheiratet mit einem Bahnbetriebsassistenten, Leiter eines Sägewerks, und ein anderer war »hauptamtlich in dieser Partei, die wir immer wählen – Sie wissen schon«, und von einem weiteren, der bei der Bundeswehr war, behauptete sie, der »wäre schon immer für das ganz Sichere« gewesen. Marie war immer ganz in diesen Geschichten drin, fand sie ungeheuer spannend und sprach vom »wahren Leben«, mich ermüdete das Element der Wiederholung in dieser Form. Es gab so viele Großmütter zwischen Dortmund und Hannover, deren Enkel Bahnassistenten waren, und deren Schwiegertöchter frühzeitig starben, weil sie »die Kinder nicht mehr alle zur Welt bringen, die Frauen heutzutage – das ist es«. Marie konnte sehr lieb sein und nett zu alten und hilfsbedürftigen Leuten; sie half ihnen auch bei jeder Gelegenheit beim Telefonieren. Ich sagte ihr einmal, sie hätte eigentlich zur Bahnhofsmission gehen sollen, und sie sagte etwas pikiert: »Warum nicht?« Ich hatte es gar nicht böse oder abfällig gemeint. Nun war sie ja in einer Art Bahnhofsmission, ich glaube, daß Züpfner sie geheiratet hat, um sie zu »retten«, sie ihn, um ihn zu »retten«, und ich war nicht sicher, ob er ihr erlauben würde, von seinem Geld Großmüttern D-Zug-Zuschläge und den Übergang in die erste Klasse zu bezahlen. Er war bestimmt nicht geizig, aber auf eine so aufreibende Art bedürfnislos wie Leo. Er war nicht bedürfnislos wie Franz von Assisi, der sich die Bedürfnisse anderer Menschen vorstellen konnte, obwohl er selbst auch bedürfnislos war. Die Vorstellung, daß Marie jetzt Züpfners Geld in ihrer Handtasche hatte, war mir unerträglich, wie das Wort Flitterwochen und die Idee, ich könnte um Marie kämpfen. Kämpfen konnte doch nur körperlich gemeint sein. Selbst als schlecht trainierter Clown war ich sowohl Züpfner wie Sommerwild überlegen. Bevor sie sich auch nur in Positur gestellt hätten, hätte ich schon drei Purzelbäume geschlagen, mich von hinten an sie herangemacht, sie aufs Kreuz gelegt und in den Schwitzkasten genommen. Oder dachten sie etwa an regelrechte Schlägereien. Solch perverse Varianten der Nibelungensage waren ihnen zuzutrauen. Oder meinten sie's geistig? Ich hatte keine Angst vor ihnen, und warum hatte Marie meine Briefe, die ja eine Art geistigen Kampfes ankündigten, nicht beantworten dürfen? Sie nahmen Worte wie Hochzeitsreise und Flitterwochen in den Mund und wollten mich obszön nennen, diese Heuchler. Sie sollten sich nur einmal anhören, was Kellner und Zimmermädchen sich von Flitterwochen und Hochzeitsreisenden erzählen. Da flüstert doch jeder miese Vogel im Zug, im Hotel, wo sie sich auch zeigen, hinter ihnen her »Flitterwochen«, und jedes Kind weiß, daß sie die Sache dauernd machen. Wer zieht die Wäsche vom Bett und wäscht sie? Wenn sie Züpfner die Hände auf die Schulter legt, muß ihr doch einfallen, wie ich ihre eiskalten Hände unter meinen Achseln gewärmt habe.

Ihre Hände, mit denen sie die Haustür öffnet, der kleinen Marie oben die Bettdecke geradezieht, in der Küche unten den Toaster einstöpselt, Wasser aufsetzt, eine Zigarette aus der Packung nimmt. Den Zettel des Mädchens findet sie diesmal nicht auf dem Küchentisch, sondern auf dem Eisschrank. »Bin ins Kino gegangen. Um zehn zurück.« Im Wohnzimmer auf dem Fernsehapparat Züpfners Zettel. »Mußte noch dringend zu F. Küsse, Heribert.« Eisschrank anstatt Küchentisch, Küsse statt Kuß. In der Küche, während du dick Butter, dick Leberwurst auf die Toastscheiben streichst, statt zwei, drei Löffel Schokoladenpulver in die Tasse tust, fühlst du sie zum erstenmal: Die Schlankheitskurengereiztheit, erinnerst dich der von Frau Blothert hingekreischten Feststellung, als du das zweite Stück Kuchen nahmst: »Aber das sind ja im ganzen mehr als fünfzehnhundert Kalorien, können Sie sich das leisten?« Der Metzgerblick auf die Taille, Blick, der die unausgesprochene Feststellung enthält: »Nein, Sie können es sich nicht leisten.« Oh, allerheiligster Ka – ka – ka, du -nzler und -tholon! »Ja, ja, du fängst an, anzusetzen.« Es wird geflüstert in der Stadt, in der Flüsterstadt. Warum diese Unruhe, dieser Wunsch, im Dunkeln allein zu sein, in Kinos und Kirchen, im dunklen Wohnzimmer jetzt mit Schokolade und Toast. Was hast du auf der Tanzparty dem jungen Bengel geantwortet, der die Frage rasch herausschoß: »Sagen Sie mir schnell, was Sie lieben, gnädige Frau, schnell!« Du wirst ihm die Wahrheit gesagt haben: »Kinder, Beichtstühle, Kinos, gregorianischen Choral und Clowns« – »Und Männer nicht, gnädige Frau?« – »Doch, einen«, wirst du gesagt haben. »Nicht die Männer als solche, sie sind dumm.« – »Darf ich das publizieren?« – »Nein, nein, um Gottes willen, nein!« Wenn sie gesagt hat einen, aber warum sagt sie dann nicht meinen? Wenn man einen Mann liebt, in Worten einen, kann man doch nur seinen meinen, den angetrauten. Oh, vergessenes, verschlucktes kleines m.

Das Mädchen kommt nach Haus. Schlüssel ins Schloß, Tür auf, Tür zu, Schlüssel ins Schloß. Licht in der Diele an, aus, in der Küche an, Eisschranktür auf, zu, Licht in der Küche aus. In der Diele sanft an die Tür geklopft. »Gute Nacht, Frau Direktor.« – »Gute Nacht. War Marie lieb?« – »Ja, sehr.« Licht in der Diele aus, Schritte die Treppe hinauf. (»Da saß sie also ganz allein im dunklen Zimmer und hörte Kirchenmusik.«)

Alles rührst du mit diesen Händen an, die die Bettwäsche gewaschen haben, die ich unter meinen Achseln gewärmt habe: Plattenspieler, Platte, Hebel, Knopf, Tasse, Brot, Kinderhaar, Kinderdecke, den Tennisschläger. »Warum gehst du eigentlich nicht mehr zum Tennis?« Achselzucken. Keine Lust, einfach keine Lust. Tennis ist so gut für Frauen von Politikern und führenden Katholiken. Nein, nein, so ganz identisch sind die Begriffe noch nicht. Es hält schlank, elastisch und attraktiv. »Und F. spielt so gern Tennis mit dir. Magst du ihn nicht?« Doch, doch. Er hat so was Herzliches. Ja, ja, man sagt, er sei mit »Schnauze und Ellenbogen« Minister geworden. Er gilt als Schurke, Intrigant, und doch ist seine Zuneigung zu Heribert echt: Korrupte und Brutale mögen manchmal Gewissenhafte, Unbestechliche. Wie rührend korrekt es bei Heriberts Hausbau zuging: keine Sonderkredite, keine »Hilfen« baugewerblich erfahrener Partei- und Konfessionsfreunde. Nur, weil er »Hanglage« wollte, mußte er den Überpreis bezahlen, den er »an sich« für korrupt hält. Aber gerade die Hanglage erweist sich nun als störend.

Wer auf Hängen baut, kann ansteigende oder abfallende Gärten wählen. Heribert hat abfallend gewählt – das erweist sich als Nachteil, wenn die kleine Marie anfangen wird, mit Bällen zu spielen, immer rollen die Bälle auf des Anliegers Hecke zu, manchmal durch diese durch in den Steingarten, knicken Zweige, Blumen, überrollen empfindliche, kostbare Moose und machen verkrampfte Entschuldigungsszenen notwendig. »Wie kann man nur einem so entzückenden kleinen Mädelchen böse sein?« Kann man nicht. Fröhlich wird von Silberstimmen Lässigkeit gemimt, von Schlankheitskuren verkrampfte Münder, angestrengte Hälse mit gespannten Muskeln geben Fröhlichkeit von sich, wo ein handfester Krach mit scharfem Wortwechsel das einzig Erlösende wäre. Alles verschluckt, mit falscher Nachbarschaftsfröhlichkeit zugedeckt, bis irgendwann an stillen Sommerabenden hinter verschlossenen Türen und heruntergelassenen Rolläden mit edlem Geschirr nach Embryogespenstern geworfen wird. »Ich wollte es doch haben – du, du wolltest nichts.« Edles Geschirr klingt nicht edel, wenn's an die Küchenwand geworfen wird. Krankenwagensirenen heulen den Hang hinauf. Geknickter Krokus, verletztes Moos, Kinderhand rollt Kinderball in Steingarten, heulende Sirenen verkünden den nicht erklärten Krieg. Oh, hätten wir ansteigenden Garten gewählt.

Das Klingeln des Telefons schreckte mich auf. Ich nahm den Hörer ab, wurde rot, ich hatte Monika Silvs vergessen. Sie sagte: »Hallo, Hans?« Ich sagte: »Ja«, wußte noch nicht, weswegen sie anrief. Erst als sie sagte: »Sie werden enttäuscht sein«, fiel mir die Mazurka wieder ein. Ich konnte jetzt nicht mehr zurück, konnte nicht sagen »ich verzichte«, wir mußten durch diese entsetzliche Mazurka hindurch. Ich hörte noch, wie Monika den Hörer auf den Flügel legte, zu spielen anfing, sie spielte ausgezeichnet, der Klang war hervorragend, aber während sie spielte, fing ich an, vor Elend zu weinen. Ich hätte nicht versuchen dürfen, diesen Augenblick zu wiederholen: als ich von Marie nach Hause kam und Leo im Musikzimmer die Mazurka spielte. Man kann Augenblicke nicht wiederholen und nicht mitteilen. Der Herbstabend, bei uns im Park, als Edgar Wieneken die 100 Meter in 10,1 lief. Ich habe ihn eigenhändig gestoppt, eigenhändig für ihn die Strecke abgemessen, und er lief sie an diesem Abend in 10,1. Er war in Hochform, Hochstimmung – aber natürlich glaubte niemand es uns. Es war unser Fehler, daß wir überhaupt darüber sprachen und dem Augenblick dadurch Dauer verleihen wollten. Wir hätten glücklich sein sollen zu wissen, daß er wirklich 10,1 gelaufen war. Später lief er natürlich immer wieder seine 10,9 und 11,0, und niemand glaubte uns, sie lachten uns aus. Über solche Augenblicke reden ist schon falsch, sie wiederholen zu wollen, Selbstmord. Es war eine Art Selbstmord, den ich beging, als ich jetzt Monika am Telefon zuhörte, wie sie Mazurka spielte. Es gibt rituelle Augenblicke, die die Wiederholung in sich schließen: wie Frau Wieneken das Brot schnitt – aber ich hatte auch diesen Augenblick mit Marie wiederholen wollen, indem ich sie einmal bat, doch das Brot so zu schneiden, wie Frau Wieneken es getan hatte. Die Küche einer Arbeiterwohnung ist kein Hotelzimmer, Marie war nicht Frau Wieneken – das Messer rutschte ihr aus, sie schnitt sich in den linken Oberarm, und dieses Erlebnis machte uns für drei Wochen krank. So teuflisch kann Sentimentalität ausgehen. Man soll Augenblicke lassen, nie wiederholen.
Ich konnte vor Elend nicht einmal mehr weinen, als Monika mit der Mazurka zu Ende war. Sie muß es gespürt haben. Als sie ans Telefon kam, sagte sie nur leise: »Na, sehen Sie.« Ich sagte: »Es war mein Fehler – nicht Ihrer – verzeihen Sie mir.«
Ich fühlte mich, als läge ich besoffen und stinkend in der Gosse, mit Erbrochenem bedeckt, den Mund voll widerlicher Flüche, und als hätte

ich jemand bestellt, mich zu fotografieren, und Monika das Foto geschickt. »Darf ich Sie noch einmal anrufen?« fragte ich leise. »In ein paar
Tagen vielleicht. Ich habe nur eine Erklärung für meine Scheußlichkeit,
mir ist so elend, daß ich's nicht beschreiben kann.« Ich hörte nichts, nur
ihren Atem, für ein paar Augenblicke, dann sagte sie: »Ich fahre weg,
für vierzehn Tage.«
»Wohin?« fragte ich.
»In Exerzitien«, sagte sie, »und ein bißchen malen.«
»Wann kommen Sie her«, fragte ich, »und machen mir ein Omelette
mit Pilzen und einen von Ihren hübschen Salaten?«
»Ich kann nicht kommen«, sagte sie, »jetzt nicht.«
»Später?« fragte ich.
»Ich komme«, sagte sie; ich hörte noch, daß sie weinte, dann legte sie
auf.

20

Ich dachte, ich müßte ein Bad nehmen, so schmutzig fühlte ich mich,
und ich dachte, ich müßte stinken, wie Lazarus gestunken hatte – aber
ich war vollkommen sauber und roch nicht. Ich kroch in die Küche,
drehte das Gas unter den Bohnen ab, unter dem Wasser, ging wieder
ins Wohnzimmer, setzte die Kognakflasche an den Mund: es half nichts.
Nicht einmal das Klingeln des Telefons weckte mich aus meiner Dumpf-
heit. Ich nahm auf, sagte: »Ja?« und Sabine Emonds sagte: »Hans, was
machst du für Sachen?« Ich schwieg, und sie sagte: »Schickst Telegramme. Das wirkt so dramatisch. Ist es denn so schlimm?«
»Schlimm genug«, sagte ich matt.
»Ich war mit den Kindern spazieren«, sagte sie, »und Karl ist für eine
Woche weg, mit seiner Klasse in einem Landschulheim – und ich mußte
erst jemand zu den Kindern holen, bevor ich anrufen konnte.« Ihre
Stimme klang gehetzt, auch ein bißchen gereizt, wie sie immer klingt.
Ich brachte es nicht über mich, sie um Geld zu bitten. Seitdem er verheiratet ist, rechnet Karl an seinem Existenzminimum herum; er hatte
drei Kinder, als ich den Krach mit ihm bekam, das vierte war damals
unterwegs, aber ich hatte nicht den Mut, Sabine zu fragen, ob es inzwischen angekommen war. Immer herrschte in ihrer Wohnung diese schon
nicht mehr gedämpfe Gereiztheit, überall lagen seine verfluchten No-
tizbücher herum, in denen er Berechnungen anstellt, wie er mit seinem
Gehalt zurechtkommen könnte, und wenn ich allein mit ihm war, wurde
Karl immer auf eine scheußliche Weise »offen« und fing seine Unter-
Männer-Gespräche an, übers Kinderkriegen, und immer fing er an, der
katholischen Kirche Vorwürfe zu machen (ausgerechnet mir gegenüber!), und es kam immer ein Punkt, wo er mich wie ein heulender

Hund ansah, und meistens kam gerade dann Sabine herein, schaute ihn verbittert an, weil sie wieder schwanger war. Für mich gibt es kaum etwas Peinlicheres, als wenn eine Frau ihren Mann verbittert anschaut, weil sie schwanger ist. Schließlich hockten sie beide da und heulten, weil sie sich doch wirklich gern haben. Im Hintergrund der Kinderlärm, Nachttöpfe wurden mit Wonne umgeschmissen, klatschnasse Waschlappen gegen nagelneue Tapeten geworfen, während Karl immer von »Disziplin, Disziplin« und von »absolutem, unbedingtem Gehorsam« spricht, und es blieb mir nichts anderes übrig, als ins Kinderzimmer zu gehen und den Kindern ein paar Faxen vorzumachen, um sie zu beruhigen, aber es beruhigte sie nie, sie kreischten vor Vergnügen, wollten mir alles nachmachen, und zu guter Letzt hockten wir da, hatten jeder ein Kind auf dem Schoß, die Kinder durften an unseren Weingläsern nippen. Karl und Sabine fingen an, von den Büchern und Kalendern zu sprechen, in denen man nachsehen kann, wann eine Frau kein Kind kriegen kann. Und dann bekommen sie dauernd Kinder, und es fiel ihnen nicht ein, daß diese Erzählungen Marie und mich besonders quälen mußten, weil wir ja keine Kinder bekamen. Wenn Karl dann betrunken war, fing er an, Flüche nach Rom zu schicken, unselige Wünsche auf Kardinalshäupter und Papstgemüter zu häufen, und das Groteske war, daß ich anfing, den Papst zu verteidigen. Marie wußte noch viel besser Bescheid und klärte Karl und Sabine darüber auf, daß die in Rom in dieser Frage ja gar nicht anders können. Zuletzt wurden sie beide listig und blickten sich an, als wollten sie sagen: Ach, ihr – ihr müßt doch etwas ganz Raffiniertes anstellen, daß ihr keine Kinder kriegt, und es endete meistens damit, daß eins der übermüdeten Kinder Marie, mir, Karl oder Sabine das Weinglas aus der Hand riß und den Wein über die Klassenarbeitshefte ausgoß, die Karl immer stapelweise auf dem Schreibtisch liegen hat. Das war natürlich peinlich für Karl, der seinen Schülern dauernd von Disziplin und Ordnung vorpredigt, ihnen dann ihre Klassenarbeitshefte mit Weinflecken zurückgeben muß. Es gab Prügel, Weinen, und indem sie uns einen »Ach-ihr-Männer-Blick« zuwarf, ging Sabine mit Marie in die Küche, um Kaffee zu kochen, und sicher hatten sie dann ihr Unter-Frauen-Gespräch, etwas, das Marie so peinlich ist wie mir das Unter-Männern-Gespräch. Wenn ich dann mit Karl allein war, fing er wieder von Geld an, in vorwurfsvollem Ton, als wenn er sagen wollte: Ich rede mit dir darüber, weil du ein netter Kerl bist, aber *verstehen* tust du nichts davon.

Ich seufzte und sagte: »Sabine, ich bin vollkommen ruiniert, beruflich, seelisch, körperlich, finanziell ... ich bin ...«
»Wenn du wirklich Hunger hast«, sagte sie, »dann weißt du doch hoffentlich, wo immer ein Töpfchen Suppe für dich auf dem Herd steht.«

Ich schwieg, ich war gerührt, es klang so ehrlich und trocken. »Hörst du?« sagte sie.

»Ich höre«, sagte ich, »und ich werde spätestens morgen mittag kommen und mein Töpfchen Suppe essen. Und wenn ihr noch einmal jemand braucht, der auf die Kinder aufpassen muß, ich – ich«, ich stockte. Ich konnte ja schlecht, was ich immer umsonst für sie getan hatte, jetzt für Geld anbieten, und die idiotische Geschichte mit dem Ei, das ich Gregor gegeben hatte, fiel mir ein. Sabine lachte und sagte: »Na, sag's doch.«

Ich sagte: »Ich meine, wenn ihr mich bei Bekannten empfehlen könntet, ich habe ja Telefon – und ich mach's so billig wie jeder andere.«

Sie schwieg, und ich konnte gut merken, daß sie erschüttert war. »Du«, sagte sie, »ich kann nicht mehr lange sprechen, aber sag mir doch – was ist denn passiert?« Offenbar war sie die einzige in Bonn, die Kosterts Kritik nicht gelesen hatte, und mir fiel ein, daß sie ja gar nicht wissen konnte, was zwischen Marie und mir geschehen war. Sie kannte ja keinen aus dem Kreis.

»Sabine«, sagte ich, »Marie ist von mir weg – und hat einen gewissen Züpfner geheiratet.«

»Mein Gott«, rief sie, »das ist doch nicht wahr.«

»Es ist wahr«, sagte ich.

Sie schwieg, und ich hörte, wie gegen die Tür der Telefonzelle gebumst wurde. Sicher irgendein Idiot, der seinem Skatbruder mitteilen wollte, wie er das Herz Solo ohne drei hätte gewinnen können.

»Du hättest sie heiraten sollen«, sagte Sabine leise, »ich meine – ach, du weißt, was ich meine.«

»Ich weiß«, sagte ich, »ich wollte ja, aber dann kam heraus, daß man diesen verfluchten Schein vom Standesamt haben muß, und daß ich unterschreiben, verstehst du, unterschreiben mußte, die Kinder katholisch erziehen zu lassen.«

»Aber es ist doch nicht daran gescheitert?« fragte sie. Das Bumsen an der Tür der Telefonzelle wurde stärker.

»Ich weiß nicht«, sagte ich, »der Anlaß war's schon – aber es kommt wohl vieles hinzu, was ich nicht verstehe. Häng jetzt ein, Sabinchen, sonst bringt dich dieser erregte deutsche Mensch an der Tür noch um. Es wimmelt von Unholden in diesem Land.« – »Du mußt mir versprechen, zu kommen«, sagte sie, »und denk daran: dein Süppchen steht den ganzen Tag auf dem Feuer.« Ich hörte, daß ihre Stimme schwach wurde, sie flüsterte noch: »Wie gemein, wie gemein«, aber sie hatte offenbar in ihrer Verwirrung nicht den Hörer auf die Gabel gelegt, nur auf das Tischchen, auf dem immer das Telefonbuch liegt. Ich hörte den Kerl sagen: »Na, endlich«, aber Sabine schien schon weg zu sein. Ich schrie ins Telefon laut: »Hilfe, Hilfe«, mit einer schrillen, hohen Stimme, der Kerl fiel drauf rein, nahm den Hörer auf und sagte: »Kann ich etwas für Sie tun?« Seine Stimme klang seriös, gefaßt, sehr männlich, und ich konnte riechen, daß er irgend etwas Saures gegessen hatte, eingelegte Heringe oder etwas ähnliches. »Hallo, hallo«, sagte er, und ich sagte: »Sind Sie Deutscher, ich spreche grundsätzlich nur mit deutschen Menschen.«

»Das ist ein guter Grundsatz«, sagte er, »wo fehlt's denn bei Ihnen?«

»Ich mache mir Sorgen um die CDU«, sagte ich, »wählen Sie auch fleißig CDU?«

»Aber das ist doch selbstverständlich«, sagte er beleidigt, und ich sagte: »Dann bin ich beruhigt«, und legte auf.

21

Ich hätte den Kerl richtig beleidigen, ihn fragen sollen, ob er seine eigene Frau schon vergewaltigt, den Grand mit zweien gewonnen und im Amt mit seinen Kollegen den obligatorischen zweistündigen Plausch über den Krieg schon hinter sich habe. Er hatte die Stimme eines richtigen Eheherrn und aufrechten deutschen Menschen gehabt, und sein »Na, endlich« hatte geklungen wie »Legt an«. Sabine Emonds' Stimme hatte mich etwas getröstet, sie hatte ein bißchen gereizt geklungen, auch gehetzt, aber ich wußte, daß sie Maries Handlungsweise wirklich gemein fand und das Töpfchen Suppe bei ihr immer für mich auf dem Herd stand. Sie war eine sehr gute Köchin, und wenn sie nicht schwanger war und dauernd die »Ach-ihr-Männer-Blicke« um sich warf, war sie sehr munter und auf eine viel nettere Art katholisch als Karl, der über das »Sextum« seine merkwürdigen Seminaristenvorstellungen behalten hatte. Sabines vorwurfsvolle Blicke galten wirklich dem ganzen Geschlecht, sie nahmen nur, wenn sie Karl, den Urheber ihres Zustandes, anblickte, eine besonders dunkle Färbung an, fast gewitterhaft. Ich hatte meistens versucht, Sabine abzulenken, ich führte eine meiner Nummern vor, dann mußte sie lachen, lange und herzlich, bis sie anfing, Tränen zu lachen, dann blieb sie meistens in den Tränen hängen, und es war kein Lachen mehr drin ... Und Marie mußte sie hinausbringen und sie trösten, während Karl mit finsterer, schuldbewußter Miene bei mir saß und schließlich vor Verzweiflung anfing, Hefte zu korrigieren. Manchmal half ich ihm dabei, indem ich die Fehler mit einem roten Tintenkuli anstrich, aber er traute mir nie, sah alles noch einmal durch und war jedesmal wütend, weil ich nichts übersehen und die Fehler ganz korrekt angestrichen hatte. Er konnte sich gar nicht vorstellen, daß ich eine solche Arbeit selbstverständlich fair und in seinem Sinn erledigen würde. Karls Problem ist nur ein Geldproblem. Wenn Karl Emonds eine Siebenzimmerwohnung hätte, wäre die Gereiztheit, das Gehetztsein nicht

361

mehr unumgänglich. Ich hatte mich mit Kinkel einmal über seinen Begriff »Existenzminimum« gestritten. Kinkel galt als einer der genialen Spezialisten für solche Themen, und er war es, glaube ich, der das Existenzminimum für eine alleinstehende Person in einer Großstadt, die Miete nicht gerechnet, auf vierundachtzig, später auf sechsundachtzig Mark berechnen ließ. Ich kam ihm schon gar nicht mit dem Einwand, daß er selbst, nach der ekelhaften Anekdote zu urteilen, die er uns erzählt hatte, offenbar das fünfunddreißigfache davon für *sein* Existenzminium hielt. Solche Einwände gelten ja als zu persönlich und geschmacklos, aber das Geschmacklose liegt darin, daß so einer anderen ihr Existenzminimum vorrechnet. In dem Betrag von sechsundachtzig Mark war sogar ein Betrag für kulturelle Bedürfnisse eingeplant: Kino wahrscheinlich oder Zeitungen, und als ich Kinkel fragte, ob sie erwarteten, daß sich der Betreffende für dieses Geld einen guten Film anschaue, einen mit volkserzieherischem Wert – wurde er wütend, und als ich ihn fragte, wie der Posten »Erneuerung des Wäschebestandes« zu verstehen sei, ob sie vom Ministerium extra einen gutmütigen alten Mann anheuern, der durch Bonn rennt und seine Unterhose verschleißt und dem Ministerium berichtet, wie lange er braucht, bis die Unterhose verschlissen ist – da sagte seine Frau, ich sei auf eine gefährliche Weise subjektiv, und ich sagte ihr, ich könnte mir etwas darunter vorstellen, wenn Kommunisten anfingen zu planen, mit Modellmahlzeiten, Verschleißzeiten für Taschentücher und diesem Unsinn, schließlich hätten Kommunisten nicht das heuchlerische Alibi Übernatur, aber daß Christen wie ihr Mann sich zu solch einem anmaßenden Wahnsinn hergäben, fände ich unglaublich – da sagte sie, ich sei eben ein kompletter Materialist und hätte kein Verständnis für Opfer, Leid, Schicksal, Größe der Armut. Bei Karl Emonds habe ich nie den Eindruck von Opfer, Leid, Schicksal, Größe der Armut. Er verdient ganz gut, und alles, was sich von Schicksal und Größe zeigte, war eine ständige Gereiztheit, weil er sich ausrechnen konnte, daß er nie eine für ihn angemessene Wohnung würde bezahlen können. Als mir klar wurde, daß ausgerechnet Karl Emonds der einzige war, den ich um Geld angehen konnte, wurde mir meine Situation klar. Ich besaß keinen Pfennig mehr.

22

Ich wußte auch, daß ich das alles nicht tun würde: nach Rom fahren und mit dem Papst sprechen oder morgen nachmittag bei Mutters *jour fixe* Zigarreten und Zigarren klauen, Erdnüsse in die Tasche stecken. Ich hatte nicht einmal mehr die Kraft, daran zu glauben wie an das Holzdurchsägen mit Leo. Jeder Versuch, die Marionettenfäden wieder zu knüpfen und mich daran hochziehen, würde scheitern. Irgendwann würde ich soweit sein, daß ich Kinkel anpumpte, auch Sommerwild und sogar diesen Sadisten Fredebeul, der mir wahrscheinlich ein Fünfmarkstück vor die Nase halten und mich zwingen würde, danach zu springen. Ich würde froh sein, wenn mich Monika Silvs zum Kaffee einlud, nicht, weil es Monika Silvs war, sondern wegen des kostenlosen Kaffees. Ich würde die dumme Bela Brosen noch einmal anrufen, mich bei ihr einschmeicheln und ihr sagen, daß ich nicht mehr nach der Höhe der Summe fragen würde, daß jede, jede Summe mir willkommen wäre, dann – eines Tages würde ich zu Sommerwild gehen, ihm »überzeugend« dartun, daß ich reumütig, einsichtig sei, reif zu konvertieren, und dann würde das Fürchterlichste kommen: eine von Sommerwild inszenierte Versöhnung mit Marie und Züpfner, aber wenn ich konvertierte, würde mein Vater wahrscheinlich gar nichts mehr für mich tun. Offenbar wäre das für ihn das Schrecklichste. Ich mußte mir die Sache überlegen: meine Wahl war nicht *rouge et noir*, sondern dunkelbraun oder schwarz: Braunkohle oder Kirche. Ich würde werden, was sie alle von mir schon so lange erwarteten: ein Mann, reif, nicht mehr subjektiv, sondern objektiv und bereit, in der Herren-Union einen deftigen Skat zu dreschen. Ich hatte noch ein paar Chancen: Leo, Heinrich Behlen, Großvater, Zohnerer, der mich vielleicht als Schmalzguitarristen aufbauen würde, ich würde singen: »Wenn der Wind in deinen Haaren spielt, weiß ich, du bist mein.« Ich hatte es Marie schon vorgesungen, und sie hatte sich die Ohren zugehalten und mir gesagt, sie fände es scheußlich. Schließlich würde ich das allerletzte tun: zu den Kommunisten gehen und ihnen all die Nummern vorführen, die sie so hübsch als antikapitalistisch einstufen konnten.

Ich war tatsächlich einmal hingefahren und hatte mich mit irgendwelchen Kulturfritzen in Erfurt getroffen. Sie empfingen mich mit ziemlichem Pomp am Bahnhof, Riesenblumensträuße, und im Hotel gab es anschließend Forelle blau, Kaviar, Halbgefrorenes und Unmengen von Sekt. Dann fragten sie uns, was wir denn von Erfurt sehen möchten. Ich sagte, ich würde gern die Stelle sehen, wo Luther seine Doktordisputation gehalten habe, und Marie sagte, sie habe gehört, es gebe in Erfurt eine katholisch-theologische Fakultät, sie interessiere sich für das religiöse Leben. Sie machten saure Gesichter, konnten aber nichts machen, und es wurde alles sehr peinlich: für die Kulturfritzen, für die Theologen und für uns. Die Theologen mußten ja meinen, wir hätten irgend etwas mit diesen Idioten zu tun, und keiner sprach offen mit Marie, auch als sie sich über Glaubensfragen mit einem Professor unterhielt. Der merkte irgendwie, daß Marie nicht richtig mit mir verheiratet war. Er fragte sie in Gegenwart der Funktionäre: »Aber Sie sind doch wirklich Katholikin«, und sie wurde schamrot und sagte: »Ja, auch wenn ich in der Sünde lebe, bleibe ich ja katholisch.« Es wurde scheußlich, als wir merkten, daß auch den Funktionären unser Nichtverheiratetsein gar nicht gefiel, und als wir dann zum Kaffee ins Hotel zurückgingen, fing einer der Funktionäre davon an, daß es bestimmte Erscheinungsformen kleinbürgerlicher Anarchie gebe, die er gar nicht billige. Dann fragten sie mich, was ich vorführen wolle, in Leipzig, in Rostock, ob ich nicht den »Kardinal«, »Ankunft in Bonn« und »Aufsichtsratssitzung« vorführen könne. (Woher sie vom Kardinal wußten, haben wir nie herausgekriegt, denn diese Nummer hatte ich für mich allein einstudiert, sie nur Marie gezeigt, und die hatte mich gebeten, sie doch nicht aufzuführen, Kardinäle trügen nun einmal Märtyrerrot.) Und ich sagte nein, ich müsse erst die Lebensbedingungen hier ein wenig studieren, denn der Sinn der Komik läge darin, den Menschen in abstrakter Form Situationen vorzuführen, die ihrer eigenen Wirklichkeit entnommen seien, nicht einer fremden, und es gäbe ja in ihrem Land weder Bonn noch Aufsichtsräte, noch Kardinäle. Sie wurden unruhig, einer wurde sogar blaß und sagte, sie hätten sich das anders vorgestellt, und ich sagte, ich auch. Es war scheußlich. Ich sagte, ich könnte ja ein bißchen studieren und eine Nummer wie »Sitzung des Kreiskomitees« vorführen oder »Der Kulturrat tritt zusammen«, oder »Der Parteitag wählt sein Präsidium« – oder »Erfurt, die Blumenstadt«; es sah gerade um den Erfurter Bahnhof herum nach allem anderen, nur nicht nach Blumen aus – aber da stand der Hauptmacher auf, sagte, sie könnten doch keine Propaganda gegen die Arbeiterklasse dulden. Er war schon nicht mehr blaß, sondern richtig bleich – ein paar andere waren wenigstens so mutig, zu grinsen. Ich erwiderte ihm, ich sähe keine Propaganda gegen die Arbeiterklasse darin, wenn ich etwa eine leicht einzustudierende Nummer wie »Der Parteitag wählt sein Präsidium« vorführte, und ich machte den dummen Fehler, Bardeidag zu sagen, da wurde der bleiche Fanatiker wild, schlug auf den Tisch, so heftig, daß mir die Schlagsahne vom Kuchen auf den Teller rutschte, und sagte: »Wir haben uns in Ihnen getäuscht, getäuscht«, und ich sagte, dann könnte ich ja abfahren, und er sagte: »Ja, das können Sie – bitte, mit dem nächsten Zug.« Ich sagte noch, ich könnte ja die Nummer Aufsichtsrat einfach Sitzung des Kreiskomitees nennen, denn da würden ja wohl auch nur Sachen beschlossen, die vorher schon beschlossene Sache gewesen wären. Da wurden sie regelrecht unhöflich, verließen das Sälchen, bezahlten nicht einmal den Kaffee für uns. Marie weinte, ich war nahe daran, irgend jemand zu ohrfeigen, und als wir dann zum Bahnhof hinübergingen, um mit dem nächsten Zug zurückzufahren, war weder ein Gepäckträger noch ein Boy aufzutreiben, und wir mußten eigenhändig unsere Koffer schleppen, etwas, was ich hasse. Zum Glück begegnete uns auf dem Bahnhofsvorplatz einer von den jungen Theologen, mit denen Marie am Morgen gesprochen hatte. Er wurde rot, als er uns sah, nahm aber der weinenden Marie den schweren Koffer aus der Hand, und Marie flüsterte die ganze Zeit über auf ihn ein, er solle sich doch nicht in Schwierigkeiten bringen.

Es war scheußlich. Wir waren im ganzen nur sechs oder sieben Stunden in Erfurt gewesen, aber wir hatten es mit allen verdorben: mit den Theologen und mit den Funktionären.

Als wir in Bebra ausstiegen und in ein Hotel gingen, weinte Marie die ganze Nacht, schrieb morgens einen langen Brief an den Theologen, aber wir erfuhren nie, ob er ihn wirklich bekommen hat.

Ich hatte geglaubt, mich mit Marie und Züpfner zu versöhnen, würde das letzte sein, aber mich dem blassen Fanatiker auszuliefern und denen da den Kardinal vorzuführen, würde doch das aller-allerletzte sein. Ich hatte immer noch Leo, Heinrich Behlen, Monika Silvs, Zohnerer, Großvater und das Töpfchen Suppe bei Sabine Emonds, und ich konnte mir wohl ein bißchen Geld verdienen, indem ich auf Kinder aufpaßte. Ich würde mich schriftlich verpflichten, den Kindern keine Eier zu geben. Offenbar war das für eine deutsche Mutter unerträglich. Was andere die objektive Wichtigkeit der Kunst nennen, ist mir schnuppe, aber wo es gar keine Aufsichtsräte gibt, über Aufsichtsräte zu spotten, das würde mir gemein vorkommen.

Ich hatte einmal eine ziemlich lange Nummer »Der General« einstudiert, lange daran gearbeitet, und als ich sie aufführte, wurde es das, was man in unseren Kreisen einen Erfolg nennt: d.h. die richtigen Leute lachten, und die richtigen ärgerten sich. Als ich nach dem Auftritt mit stolzgeschwellter Brust in die Garderobe ging, wartete eine alte, sehr kleine Frau auf mich. Ich bin nach den Auftritten immer gereizt, vertrage nur Marie um mich, aber Marie hatte die alte Frau in meine Garderobe gelassen. Die fing an zu reden, bevor ich noch richtig die Tür zugemacht hatte, und erklärte mir, ihr Mann sei auch General gewesen, er wäre gefallen und hätte ihr vorher noch einen Brief geschrieben und sie gebeten, keine Pension anzunehmen. »Sie sind noch sehr jung«, sagte sie, »aber doch alt genug, zu verstehen« – und dann ging sie raus. Ich konnte von da ab die Nummer General nie mehr aufführen. Die Presse, die sich Linkspresse nennt, schrieb daraufhin, ich habe mich offenbar von der Reaktion einschüchtern lassen, die Presse, die sich Rechtspresse nennt, schrieb, ich hätte wohl eingesehen, daß ich dem Osten in die Hand spiele, und die unabhängige Presse schrieb, ich habe offensichtlich jeglicher Radikalität und dem Engagement abgeschworen. Alles kompletter Schwachsinn. Ich konnte die Nummer nicht mehr vorführen, weil ich immer an die alte kleine Frau denken mußte, die sich wahrscheinlich, von allen verlacht und verspottet, kümmerlich durchschlug. Wenn mir eine Sache keinen Spaß mehr macht, höre ich damit auf – das einem Journalisten zu erklären, ist wahrscheinlich viel zu kompliziert. Sie müssen immer etwas »wittern«, »in der Nase haben«, und es gibt den weitverbreiteten hämischen Typ des Journalisten, der nie drüber kommt, daß er selbst kein Künstler ist und nicht einmal das Zeug zu einem künstlerischen Menschen hat. Da versagt dann natürlich die Witterung, und es wird geschwafelt, möglichst in Gegenwart hübscher junger Mädchen, die noch naiv genug sind, jeden Schmierfink anzuhimmeln, nur, weil er in einer Zeitung sein »Forum« hat und »Einfluß«. Es gibt merkwürdige unerkannte Formen der Prostitution, mit denen verglichen die eigentliche Prostitution ein redliches Gewerbe ist: da wird wenigstens fürs Geld was geboten.

Selbst dieser Weg, mich von der Barmherzigkeit käuflicher Liebe erlösen zu lassen, war mir verschlossen: ich hatte kein Geld. Inzwischen probierte Marie in ihrem römischen Hotel ihre spanische Mantilla an, um als first lady des deutschen Katholizismus standesgemäß zu repräsentieren. Nach Bonn zurückgekehrt, würde sie bei jeder sich bietenden Gelegenheit Tee trinken, lächeln, Komitees beitreten, Ausstellungen »religiöser Kunst« eröffnen und sich nach einer »angemessenen Schneiderin umschauen«. Alle Frauen, die amtlich nach Bonn heirateten, »schauten sich nach angemessenen Schneiderinnen um«.

Marie als first lady des deutschen Katholizismus, mit der Teetasse oder dem Cocktailglas in der Hand: »Haben Sie den süßen kleinen Kardinal schon gesehen, der morgen die von Krögert entworfene Mariensäule einweiht? Ach, in Italien sind offenbar sogar die Kardinäle Kavaliere. Einfach süß.«

Ich konnte nicht einmal mehr richtig humpeln, wirklich nur noch kriechen, ich kroch auf den Balkon hinaus, um etwas Heimatluft zu atmen: auch sie half nichts. Ich war schon zu lange in Bonn, fast zwei Stunden, und nach dieser Frist ist die Bonner Luft als Luftveränderung keine Wohltat mehr.

Es fiel mir ein, daß sie es eigentlich mir verdanken, daß Marie katholisch geblieben ist. Sie hatte fürchterliche Glaubenskrisen, aus Enttäuschungen über Kinkel, auch über Sommerwild, und ein Kerl wie Blothert hätte wahrscheinlich sogar den Heiligen Franziskus zum Atheisten gemacht. Sie ging eine Zeitlang nicht einmal mehr zur Kirche, dachte gar nicht daran, sich mit mir kirchlich trauen zu lassen, sie verfiel in eine Art Trotz und ging erst drei Jahre, nachdem wir aus Bonn weg waren, in den Kreis, obwohl die sie dauernd einluden. Ich sagte ihr damals, Enttäuschung sei kein Grund. Wenn sie die Sache als solche für wahr hielte – könnten tausend Fredebeuls sie nicht unwahr machen, und schließlich – so sagte ich – gebe es ja doch Züpfner, den ich zwar ein bißchen steif fände, gar nicht mein Typ, aber als Katholiken glaubwürdig. Es gäbe sicher viele glaubwürdige Katholiken, ich zählte ihr Pastöre auf, deren Predigten ich mir angehört hatte, ich erinnerte sie an den Papst, Gary Cooper, Alec Guinness – und sie rankte sich an Papst Johannes und Züpfner wieder hoch. Merkwürdigerweise zog Heinrich Behlen um diese Zeit schon nicht mehr, im Gegenteil, sie sagte, sie fände ihn schmierig, wurde immer verlegen, wenn ich von ihm anfing, so daß ich den Verdacht bekam, er könne sich ihr »genähert« haben. Ich fragte sie nie danach, aber mein Verdacht war groß, und wenn ich mir Heinrichs Haushälterin vorstellte, konnte ich verstehen, daß er sich Mädchen »näherte«. Mir war der Gedanke daran widerwärtig, aber ich konnte es verstehen, so wie ich manche widerwärtigen Sachen, die im Internat passierten, verstand.

Es fiel mir jetzt erst ein, daß ich es gewesen war, der ihr Papst Johannes und Züpfner als Trost bei Glaubenszweifeln angeboten hatte. Ich hatte mich vollkommen fair dem Katholizismus gegenüber verhalten, genau das war falsch gewesen, aber für mich war Marie auf eine so natürliche Weise katholisch, daß ich ihr diese Natur zu erhalten sann. Ich weckte sie, wenn sie sich verschlief, damit sie rechtzeitig zur Kirche kam. Oft genug habe ich ihr ein Taxi spendiert, damit sie pünktlich kam, ich habe für sie herumtelefoniert, wenn wir in evangelischen Gegenden waren, um eine Heilige Messe für sie aufzutreiben, und sie hat immer gesagt, das fände sie »besonders« lieb, aber dann sollte ich diesen verfluchten Zettel unterschreiben, *schriftlich* geben, daß ich die Kinder katholisch erziehen lassen würde. Wir hatten oft über unsere Kinder gesprochen. Ich hatte mich sehr auf Kinder gefreut, mich schon mit meinen Kindern unterhalten, ich hatte sie schon auf dem Arm gehalten, ihnen rohe Eier in die Milch geschlagen, mich beunruhigte nur die Tatsache, daß wir in Hotels wohnen würden, und in Hotels werden meistens nur die Kinder von Millionären oder Königen gut behandelt. Den Kindern von Nichtkönigen oder Nichtmillionären, jedenfalls den Jungen, wird zuerst einmal zugebrüllt: »Du bist hier nicht zu Hause«, eine dreifache Unterstellung, weil vorausgesetzt wird, daß man sich zu Hause wie ein Schwein benimmt, daß man sich nur wohlfühlt, wenn man sich wie ein Schwein benimmt, und daß man sich als Kind um keinen Preis wohlfühlen soll. Mädchen haben immer die Chance, als »süß« betrachtet und gut behandelt zu werden, aber Jungen werden zunächst angeschnauzt, wenn die Eltern nicht dabei sind. Für die Deutschen ist ja jeder Junge ein ungezogenes Kind, das nie ausgesprochene Adjektiv ungezogen ist einfach mit dem Substantiv verschmolzen. Würde einer auf die Idee kommen, das Vokabularium, das die meisten Eltern im Gespräch mit ihren Kindern verwenden, einmal zu testen, würde er feststellen, daß das Vokabularium der Bild-Zeitung, damit verglichen, fast das Wörterbuch der Brüder Grimm wäre. Es wird nicht mehr lange dauern, und deutsche

Eltern werden mit ihren Kindern nur noch in der Kalick-Sprache sprechen: Oh, wie hübsch und Oh, wie scheußlich; hin und wieder werden sie sich zu differenzierten Äußerungen wie »Keine Widerrede« oder »Davon verstehst du nichts« entschließen. Mit Marie habe ich sogar schon darüber gesprochen, was wir unseren Kindern anziehen würden, sie war für »helle, flott geschnittene Regenmäntel«, ich für Anoraks, weil ich mir vorstellte, daß ein Kind in einem hellen, flottgeschnittenen Regenmantel nicht in einer Pfütze spielen könnte, während ein Anorak fürs Spielen in der Pfütze günstig wäre, sie – ich dachte immer zunächst an ein Mädchen – wäre warm angezogen und hätte doch die Beine frei, und wenn sie Steine in die Pfütze warf, würden die Spritzer nicht unbedingt den Mantel, möglicherweise nur die Beine treffen, und wenn sie mit einer Blechbüchse die Pfütze ausschöpfte und das schmutzige Wasser vielleicht schief aus der Büchse herauslaufen ließ, brauchte es nicht unbedingt den Mantel zu treffen, jedenfalls war die Chance, daß sie sich nur die Beine beschmutzte, größer. Marie war der Meinung, daß sie sich in einem hellen Regenmantel eben mehr in acht nehmen würde, die Frage, ob unsere Kinder wirklich in Pfützen würden spielen dürfen, wurde nie grundsätzlich geklärt. Marie lächelte nur immer, wich aus und sagte: Wir wollen mal abwarten.

Wenn sie mit Züpfner Kinder haben sollte, könnte sie ihnen weder Anoraks anziehen noch flottgeschnittene, helle Regenmäntel, sie mußte ihre Kinder ohne Mantel laufen lassen, denn wir hatten über alle Mantelsorten ausgiebig gesprochen. Wir hatten auch über lange und kurze Unterhosen, Wäsche, Socken, Schuhe gesprochen – sie mußte ihre Kinder nackt durch Bonn laufen lassen, wenn sie sich nicht als Hure oder Verräterin fühlen wollte. Ich wußte auch gar nicht, was sie ihren Kindern zu essen geben wollte: wir hatten alle Nahrungssorten, alle Ernährungsmethoden durchgesprochen, waren uns einig gewesen, daß wir keine Stopfkinder haben würden, Kinder, in die dauernd Brei oder Milch hineingestopft oder hineingeschüttet wird. Ich wollte nicht, daß meine Kinder zum Essen gezwungen würden, es hatte mich angeekelt, wenn ich zusah, wie Sabine Emonds ihre ersten beiden Kinder, besonders das älteste, das Karl seltsamerweise Edeltrud genannt hatte, stopfte. Über die leidige Eierfrage hatte ich mich sogar mit Marie gestritten, sie war gegen Eier, und als wir uns darüber stritten, sagte sie, das sei Reicheleutekost, war dann rot geworden, und ich hatte sie trösten müssen. Ich war daran gewöhnt, anders als andere behandelt und betrachtet zu werden, nur, weil ich von den Braunkohlenschniers abstamme, und Marie war es nur zweimal passiert, daß sie etwas Dummes darüber sagte: am ersten Tag, als ich zu ihr in die Küche runterkam, und als wir über Eier sprachen. Es ist scheußlich, reiche Eltern zu haben, besonders scheußlich natürlich, wenn man von dem Reichtum nie etwas gehabt hat. Eier hatte es bei uns zu Hause sehr selten gegeben, meine Mutter hielt Eier für »ausgesprochen schädlich«. Bei Edgar Wieneken war es im umgekehrten Sinn peinlich, er wurde überall als Arbeiterkind eingeführt und vorgestellt; es gab sogar Priester, die, wenn sie ihn vorstellten, sagten: »Ein waschechtes Arbeiterkind«, das klang so, als wenn sie gesagt hätten: Seht mal, der hat gar keine Hörner und sieht ganz intelligent aus. Es ist eine Rassenfrage, um die sich Mutters Zentralkomitee einmal kümmern sollte. Die einzigen Menschen, die in diesem Punkt unbefangen zu mir waren, waren Wienekens und Maries Vater. Sie kreideten es mir nicht an, daß ich von den Braunkohlenschniers abstamme, und flochten mir auch keinen Kranz daraus.

23

Ich ertappte mich dabei, daß ich noch immer auf dem Balkon stand und auf Bonn blickte. Ich hielt mich am Geländer fest, mein Knie schmerzte heftig, aber die Mark, die ich runtergeworfen hatte, beunruhigte mich. Ich hätte sie gern wiedergehabt, konnte aber jetzt nicht auf die Straße gehen, Leo mußte jeden Augenblick kommen. Irgendwann mußten sie ja mit ihren Pflaumen, der Schlagsahne und dem Tischgebet fertig sein. Ich konnte die Mark unten auf der Straße nicht entdecken: es war ziemlich tief, und nur in Märchen blinken Geldstücke so deutlich, daß man sie findet. Es war das erstemal, daß ich irgend etwas, was mit Geld zusammenhing, bereute: diese weggeworfene Mark, zwölf Zigaretten, zwei Straßenbahnfahrten, ein Würstchen mit Brot. Ohne Reue, aber mit einer gewissen Wehmut dachte ich an die vielen D-Zug-Zuschläge und Übergänge in die erste Klasse, die wir für niedersächsische Großmütter bezahlt hatten, wehmütig, wie einer an Küsse denkt, die er einem Mädchen gegeben hat, das einen anderen heiratete. Auf Leo war nicht viel Hoffnung zu setzen, er hat merkwürdige Vorstellungen von Geld, ungefähr wie eine Nonne von der »ehelichen Liebe«.
Nichts blinkte unten auf der Straße, obwohl alles hellerleuchtet war, kein Sternthaler zu sehn; nur Autos, Straßenbahn, Bus und Bonner Bürger. Ich hoffte, daß die Mark auf dem Dach der Straßenbahn liegengeblieben war und irgendeiner im Depot sie finden würde.
Natürlich konnte ich mich auch an den Busen der evangelischen Kirche schmeißen. Nur: als ich Busen dachte, fröstelte mich. An Luthers Brust hätte ich mich schmeißen können, aber »Busen der evangelischen Kirche« – nein. Wenn ich schon heuchelte, wollte ich mit Erfolg heucheln, möglichst viel Spaß dabei haben. Es würde mir Spaß machen, einen Katholiken zu heucheln, ich würde mich ein halbes Jahr ganz »zurückhalten«, dann anfangen, in Sommerwilds Abendpredigten zu gehen, bis

ich anfing, von katholons zu wimmeln wie eine schwärende Wunde von Bazillen. Aber damit nahm ich mir eine letzte Chance, in Vaters Gunst zu gelangen und in einem Braunkohlenbüro Verrechnungsschecks zu unterschreiben. Vielleicht würde meine Mutter mich in ihrem Zentralkomitee unterbringen und mir Gelegenheit geben, dort meine Rassentheorien zu vertreten. Ich würde nach Amerika fahren und vor Frauenclubs als lebendes Beispiel der Reue der deutschen Jugend Vorträge halten. Nur, ich hatte nichts zu bereuen, gar nichts, und ich würde also Reue heucheln müssen. Ich konnte ihnen auch erzählen, wie ich Herbert Kalick die Asche vom Tennisplatz ins Gesicht geworfen hatte, wie ich im Schießstandschuppen eingesperrt gewesen war und später vor Gericht gestanden hatte: vor Kalick, Brühl, Lövenich. Aber wenn ich es erzählte, wars schon geheuchelt. Ich konnte diese Augenblicke nicht beschreiben und sie mir wie einen Orden um den Hals hängen. Jeder trägt die Orden seiner heldenhaften Augenblicke an Hals und Brust. Sich an die Vergangenheit klammern ist Heuchelei, weil kein Mensch die Augenblicke kennt: wie Henriette in ihrem blauen Hut in der Straßenbahn gesessen hatte und weggefahren war, um die heilige deutsche Erde bei Leverkusen gegen die jüdischen Yankees zu verteidigen.

Nein, die sicherste Heuchelei und die, die mir am meisten Spaß machen würde, war »auf die katholische Karte setzen«. Da gewann jede Nummer.

Ich warf noch einen Blick über die Dächer der Universität hinweg auf die Bäume im Hofgarten: da hinten zwischen Bonn und Godesberg auf den Hängen würde Marie wohnen. Gut. Es war besser, in ihrer Nähe zu sein. Es wäre zu leicht für sie, wenn sie denken konnte, ich wäre dauernd unterwegs. Sie sollte immer damit rechnen, mir zu begegnen, und jedesmal schamrot werden, wenn ihr einfiel, wie unzüchtig und ehebrecherisch ihr Leben verlief, und wenn ich ihr mit ihren Kindern begegnete, und sie trügen Regenmäntel, Anoraks oder Lodenmäntel; ihre Kinder würden ihr plötzlich nackt vorkommen.

Es wird geflüstert in der Stadt, gnädige Frau, daß Sie Ihre Kinder nackt umherlaufen lassen. Das geht zu weit. Und Sie haben ein kleines m vergessen, gnädige Frau, an entscheidender Stelle; wenn Sie sagen, daß Sie nur einen Mann lieben – hätten Sie sagen müssen meinen. Es wird auch geflüstert, daß Sie über den dumpfen Groll lächeln, den jeder hier gegen den nährt, den sie den Alten nennen. Sie finden, daß alle ihm auf eine vertrackte Weise ähnlich sind. Schließlich – finden Sie – halten sich alle für so unersetzlich, wie er sich hält, schließlich lesen alle Kriminalromane. Natürlich passen die Umschläge der Kriminalromane nicht in die geschmackvoll eingerichteten Wohnungen. Die Dänen haben vergessen, ihren Stil auf die Umschläge für Kriminalromane auszudehnen. Die Finnen werden so schlau sein und ihre Umschläge den Stühlen, Sesseln, Gläsern und Töpfen anpassen. Sogar bei Blothert liegen Kriminalromane herum, waren nicht schamhaft genug versteckt an jenem Abend, als man das Haus besichtigte.

Immer im Dunkel, gnädige Frau, in Kinos und Kirchen, in dunklen Wohnzimmern bei Kirchenmusik, die Helligkeit der Tennisplätze scheuend. Viel Geflüster. Die Dreißig-, die Vierzigminuten-Beichten im Münster. Kaum verhohlene Empörung im Blick der Wartenden. Mein Gott, was hat denn die soviel zu beichten: hat den hübschesten, nettesten, fairsten Mann. Richtig anständig. Eine entzückende kleine Tochter, zwei Autos.

Die gereizte Ungeduld da hinterm Gitter, das endlose Hin- und Hergeflüster über Liebe, Ehe, Pflicht, Liebe und schließlich die Frage: »Nicht einmal Glaubenszweifel – was fehlt Ihnen denn, meine Tochter?« Du kannst es nicht aussprechen, nicht einmal denken, was ich weiß. Dir fehlt ein Clown, offizielle Berufsbezeichnung: Komiker, keiner Kirche steuerpflichtig.

Ich humpelte vom Balkon ins Badezimmer, um mich zu schminken. Es war ein Fehler gewesen, Vater ungeschminkt gegenüberzustehen und gegenüberzusitzen, aber ich hatte mit seinem Besuch ja am wenigsten rechnen können. Leo war immer so erpicht drauf gewesen, meine wahre Meinung, mein wahres Gesicht, mein wahres Ich zu sehen. Er sollte es sehen. Er hatte immer Angst vor meinen »Masken«, vor meiner Spielerei, vor dem, was er »unernst« nannte, wenn ich keine Schminke trug. Mein Schminkkoffer war noch unterwegs zwischen Bochum und Bonn. Als ich im Badezimmer das weiße Wandschränkchen öffnete, war es zu spät. Ich hätte daran denken müssen, welche tödliche Sentimentalität Gegenständen innewohnt. Maries Tuben und Tiegel, Fläschchen und Stifte: es war nichts mehr davon im Schrank, und daß so eindeutig *nichts* mehr von ihr darin war, war so schlimm, als wenn ich eine Tube oder einen Tiegel von ihr gefunden hätte. Alles weg. Vielleicht war Monika Silvs so barmherzig gewesen, alles einzupacken und wegzutun. Ich blickte mich im Spiegel an: meine Augen waren vollkommen leer, zum erstenmal brauchte ich sie nicht, indem ich mich eine halbe Stunde lang anblickte und Gesichtsgymnastik trieb, zu leeren. Es war das Gesicht eines Selbstmörders, und als ich anfing, mich zu schminken, war mein Gesicht das Gesicht eines Toten. Ich schmierte mir Vaseline übers Gesicht und riß eine halb eingetrocknete Tube weißer Schminke auf, quetschte heraus, was noch drin war, und schminkte mich vollkommen weiß: kein Strich schwarz, kein Tupfer rot, alles weiß, auch die Brauen überschminkt; mein Haar sah darüber wie eine Perücke aus, mein ungeschminkter Mund dunkel, fast blau, die Augen, hellblau wie ein stei-

nerner Himmel, so leer wie die eines Kardinals, der sich nicht eingesteht, daß er den Glauben längst verloren hat. Ich hatte nicht einmal Angst vor mir. Mit diesem Gesicht konnte ich Karriere machen, konnte sogar an der Sache Heuchelei begehen, die mir in all ihrer Hilflosigkeit, in ihrer Dummheit, die relativ sympathischste war: die Sache, an die Edgar Wieneken glaubte. Diese Sache würde wenigstens nicht schmecken, sie war in ihrer Geschmacklosigkeit die ehrlichste unter den unehrlichen, das kleinste der kleineren Übel. Es gab also außer Schwarz, Dunkelbraun und Blau noch eine Alternative, die Rot zu nennen wieder zu euphemistisch und zu optimistisch wäre, es war Grau mit einem sanften Schimmer von Morgenrot drin. Eine traurige Farbe für eine traurige Sache, in der vielleicht sogar Platz für einen Clown war, der sich der schlimmsten aller Clownssünden schuldig gemacht hatte: Mitleid zu erregen. Das Schlimme war nur: Edgar konnte ich am allerwenigsten betrügen, ihm am wenigsten etwas vorheucheln. Ich war der einzige Zeuge dafür, daß er die hundert Meter wirklich in 10,1 gelaufen war, und er war einer der wenigen, die mich immer so genommen hatten, wie ich war, denen ich immer so erschienen war, wie ich war. Und er hatte keinen Glauben als den an bestimmte Menschen – die anderen glaubten ja an mehr als an die Menschen: an Gott, an abstraktes Geld, an etwas wie Staat und Deutschland. Edgar nicht. Es war schon schlimm genug für ihn gewesen, als ich damals das Taxi nahm. Es tat mir jetzt leid, ich hätte es ihm erklären müssen, niemand sonst war ich irgendwelche Erklärungen schuldig. Ich ging vom Spiegel weg; es gefiel mir zu gut, was ich dort sah, ich dachte keinen Augenblick daran, daß ich selbst es war, den ich sah. Das war kein Clown mehr, ein Toter, der einen Toten spielte.
Ich humpelte in unser Schlafzimmer hinüber, das ich noch nicht betreten hatte, aus Angst vor Maries Kleidern. Die meisten Kleider habe ich selbst ihr gekauft, sogar die Änderungen mit den Schneiderinnen besprochen. Sie kann fast alle Farben tragen außer Rot und Schwarz, sie kann sogar Grau tragen, ohne langweilig auszusehen, Rosa steht ihr sehr gut und Grün. Ich könnte in der Branche Damenmode wahrscheinlich Geld verdienen, aber für einen, der monogam und nicht schwul ist, wäre das eine zu fürchterliche Tortur. Die meisten Männer geben ihren Frauen einfach Verrechnungsschecks und empfehlen ihnen, sich dem »Diktat der Mode« zu beugen. Wenn dann Violett modern ist, tragen alle diese Frauen, die mit Verrechnungsschecks gefüttert werden, Violett, und wenn dann auf einer Party sämtliche Frauen, die »etwas auf sich halten«, in Violett herumlaufen, sieht das ganze aus wie eine Generalversammlung mühsam zum Leben erweckter weiblicher Bischöfe. Es gibt nur wenige Frauen, denen Violett steht. Marie konnte gut Violett tragen. Als ich noch zu Hause war, kam plötzlich die Sackmode auf, und alle armen Hühner, denen ihre Männer befehlen, sich »repräsen-

tativ« zu kleiden, rannten auf unserem *jour fixe* in Säcken umher. Ein paar Frauen taten mir so leid – besonders die große, schwere Frau irgendeines der zahllosen Präsidenten –, daß ich am liebsten zu ihr gegangen wäre und irgend etwas – eine Tischdecke oder einen Vorhang – als Mantel der Barmherzigkeit um sie gelegt hätte. Ihr Mann, dieser stupide Hund, merkte nichts, sah nichts, hörte nichts, er hätte seine Frau in einem rosa Nachthemd auf den Markt geschickt, wenn irgendein Schwuler das als Mode diktiert hätte. Am nächsten Tag hielt er vor hundertfünfzig evangelischen Pastören einen Vortrag über das Wort »Erkennen« in der Ehe. Wahrscheinlich wußte er nicht einmal, daß seine Frau viel zu eckige Knie hat, als daß sie kurze Kleider tragen könnte.

Ich riß die Tür des Kleiderschranks schnell auf, um dem Spiegel zu entgehen: nichts mehr von Marie im Schrank, nichts mehr, nicht einmal mehr ein Schuhspanner oder ein Gürtel, wie ihn Frauen manchmal hängen lassen. Kaum noch der Geruch ihres Parfüms, sie hätte barmherzig sein, auch meine Kleider mitnehmen, sie verschenken oder verbrennen können, aber meine Sachen hingen noch da: eine grüne Manchesterhose, die ich nie getragen hatte, ein schwarzer Tweedrock, ein paar Krawatten, und drei Paar Schuhe standen unten auf dem Schuhbrett; in den kleinen Schubladen würde ich alles finden, alles: Manschettenknöpfe und die weißen Stäbchen für die Hemdkragen, Socken und Taschentücher. Ich hätte es mir denken können: wenn es um Besitz geht, werden Christen unerbittlich, gerecht. Ich brauchte die Schubladen gar nicht zu öffnen: was mir gehörte, würde alles da sein, was ihr gehörte, alles weg. Wie barmherzig wäre es gewesen, auch meine Klamotten mitzunehmen, aber hier in unserem Kleiderschrank war es ganz gerecht zugegangen, auf eine tödliche Weise korrekt. Sicher hatte Marie auch Mitleid empfunden, als sie alles, was mich an sie erinnern würde, wegnahm, und bestimmt hatte sie geweint, jene Tränen, die Frauen in Ehescheidungsfilmen weinen, wenn sie sagen: »Die Zeit mit dir werde ich nie vergessen.«

Der aufgeräumte, saubere Schrank (irgend jemand war sogar mit dem Staublappen drüber gegangen) war das Schlimmste, was sie mir hinterlassen konnte, ordentlich, getrennt, ihre Sachen von meinen geschieden. Es sah im Schrank aus wie nach einer erfolgreichen Operation. Nichts mehr von ihr, nicht einmal ein abgesprungener Blusenknopf. Ich ließ die Tür offen, um dem Spiegel zu entgehen, humpelte in die Küche zurück, steckte mir die Flasche Kognak in die Rocktasche, ging ins Wohnzimmer und legte mich auf die Couch und zog mein Hosenbein hoch. Das Knie war stark geschwollen, aber der Schmerz ließ nach, sobald ich lag. Es waren noch vier Zigaretten in der Schachtel, ich steckte eine davon an.

Ich überlegte, was schlimmer gewesen wäre: wenn Marie ihre Kleider hier gelassen hätte, oder so: alles ausgeräumt und sauber und nicht einmal irgendwo ein Zettel: »Die Zeit mit dir werde ich nie vergessen.« Vielleicht war es so besser, und doch hätte sie wenigstens einen abgesprungenen Knopf liegen oder einen Gürtel hängen lassen können, oder den ganzen Schrank mitnehmen und verbrennen sollen.

Als die Nachricht von Henriettes Tod kam, wurde bei uns zu Hause gerade der Tisch gedeckt, Anna hatte Henriettes Serviette, die ihr noch nicht waschreif zu sein schien, in dem gelben Serviettenring auf der Anrichte gelassen, und wir alle blickten auf die Serviette, es war etwas Marmelade dran und ein kleiner brauner Flecken von Suppe oder Soße. Ich spürte zum erstenmal, wie furchtbar die Gegenstände sind, die einer zurückläßt, wenn er weggeht oder stirbt. Mutter machte tatsächlich einen Versuch zu essen, sicher sollte das bedeuten: Das Leben geht weiter oder etwas ähnliches, aber ich wußte genau: es stimmte nicht, nicht das Leben geht weiter, sondern der Tod. Ich schlug ihr den Suppenlöffel aus der Hand, rannte in den Garten, wieder zurück ins Haus, wo das Gekreische und Geschreie in vollem Gang war. Meine Mutter hatte sich an der heißen Suppe das Gesicht verbrannt. Ich rannte in Henriettes Zimmer hinauf, riß das Fenster auf und warf alles, so wie es mir zwischen die Hände kam, in den Garten hinaus: Schächtelchen und Kleider, Puppen, Hüte, Schuhe, Mützen, und als ich die Schubladen aufriß, fand ich ihre Wäsche und dazwischen merkwürdige kleine Dinge, die ihr bestimmt teuer gewesen waren: getrocknete Ähren, Steine, Blumen, Papierfetzen und ganze Bündel von Briefen, mit rosa Bändern umwickelt. Tennisschuhe, Schläger, Trophäen, wie es mir in die Hände kam, warf ich es raus in den Garten. Leo sagte mir später, ich hätte ausgesehen wie »ein Verrückter«, und es wäre so schnell gegangen, wahnsinnig schnell, daß niemand etwas hätte tun können. Ganze Schubladen kippte ich einfach so über die Fensterbank, rannte in die Garage und trug den schweren Reservetank voll Benzin in den Garten, kippte ihn über das Zeug und steckte es an: alles, was herumlag, stieß ich mit dem Fuß in die hohe Flamme, suchte alle Fetzen und Stücke, getrocknete Blumen, Ähren und die Briefbündel zusammen und warf sie ins Feuer. Ich lief ins Eßzimmer, nahm die Serviette mit dem Ring von der Anrichte, warf sie ins Feuer! Leo sagte später, das ganze habe keine fünf Minuten gedauert, und bevor einer ahnte, was geschah, brannte die Flamme schon lichterloh, und ich hatte alles reingeworfen. Es tauchte sogar ein amerikanischer Offizier auf, der meinte, ich verbrenne Geheimmaterial, Akten des großdeutschen Werwolfs, aber als der kam, war schon alles angesengt, schwarz und häßlich und stinkend, und als er nach einem der Briefbündel greifen wollte, schlug ich ihm auf die Hand und kippte den Rest Benzin, der noch im Kanister war, in die Flamme. Später tauchte sogar die Feuerwehr auf mit lächerlich großen Schläuchen, und im Hintergrund schrie einer mit einer lächerlich hohen Stimme das lächerlichste Kommando, das ich je gehört habe: »Wasser, Marsch!« und sie schämten sich nicht, diesen armseligen Scheiterhaufen noch mit ihren Schläuchen zu bespritzen, und weil ein Fensterrahmen ein bißchen Feuer gefangen hatte, richtete einer seinen Schlauch darauf, drinnen schwamm alles, und später warf sich der Parkettboden, und Mutter heulte wegen des verdorbenen Bodens und telefonierte mit sämtlichen Versicherungen, um herauszubekommen, ob es Wasserschaden, Feuerschaden war oder unter die Sachversicherung fiel.

Ich nahm einen Schluck aus der Flasche, steckte sie wieder in die Rocktasche zurück und betastete mein Knie. Wenn ich lag, schmerzte es weniger. Wenn ich vernünftig war, mich konzentrierte, würden Schwellung und Schmerz nachlassen. Ich konnte mir eine leere Apfelsinenkiste besorgen, mich vor den Bahnhof setzen, Guitarre spielen und die Lauretanische Litanei singen. Ich würde – wie zufällig – meinen Hut oder meine Mütze neben mich auf die Stufe legen, und wenn erst einer auf die Idee kam, was reinzuwerfen, würden andere auch den Mut dazu haben. Ich brauchte Geld, schon, weil ich fast keine Zigaretten mehr hatte. Am besten wäre es, einen Groschen und ein paar Fünfpfennigstücke in den Hut reinzulegen. Sicher würde Leo mir wenigstens soviel mitbringen. Ich sah mich schon da sitzen: das weißgeschminkte Gesicht vor der dunklen Bahnhofsfassade, ein blaues Trikot, meine schwarze Tweedjacke und die grüne Manchesterhose, und ich »hub an«, gegen den Straßenlärm anzusingen: *Rosa mystica – ora pro nobis – turris Davidica – ora pro nobis – virgo fidelis – ora pro nobis –* ich würde dort sitzen, wenn die Züge aus Rom ankamen und meine *coniux infidelis* mit ihrem katholischen Mann ankam. Die Trauungszeremonie mußte peinliche Überlegungen notwendig gemacht haben: Marie war nicht Witwe, sie war nicht geschieden, sie war – das wußte ich nun zufällig genau – nicht mehr Jungfrau. Sommerwild hatte sich die Haare raufen müssen, eine Trauung ohne Schleier verdarb ihm das ganze ästhetische Konzept. Oder hatten sie besondere liturgische Vorschriften für gefallene Mädchen und ehemalige Clownskonkubinen? Was hatte sich der Bischof gedacht, der die Trauung vollzog? Unter einem Bischof würden sie es nicht tun. Marie hatte mich einmal in ein Bischofsamt geschleppt, und das ganze Hin und Her mit Mitra ab- und Mitra aufsetzen, weißes Band um-, weißes Band ablegen, Bischofsstab dorthin, Bischofsstab hierhin legen, rotes Band um, weißes ablegen, hatte mich sehr beeindruckt, als sensible Künstlernatur habe ich ein Organ für die Ästhetik der Wiederholung.

Ich dachte auch an meine Schlüsselpantomime. Ich konnte mir Plastilin besorgen, einen Schlüssel hineindrücken, Wasser in die Hohlform gie-

375

ßen und im Eisschrank ein paar Schlüssel backen; es war sicher möglich, eine kleine transportable Kühltruhe zu finden, in der ich mir jeden Abend für meinen Auftritt die Schlüssel backen würde, die während der Nummer dahinschmelzen sollten. Vielleicht war aus dem Einfall was zu machen, im Augenblick verwarf ich ihn, er war zu kompliziert, machte mich von zu vielen Requisiten und von technischen Zufällen abhängig, und wenn irgendein Bühnenarbeiter im Krieg einmal von einem Rheinländer betrogen worden war, würde er die Kühltruhe öffnen und mir die Schau unmöglich machen. Das andere war besser: mit meinem wahren Gesicht, weißgeschminkt, auf der Bonner Bahnhofstreppe sitzen, die Lauretanische Litanei singen und auf der Guitarre ein paar Akkorde anschlagen. Neben mir der Hut, den ich früher bei Chaplin-Imitationen getragen hatte, mir fehlten nur die Lockmünzen: ein Groschen wäre schon gut, ein Groschen und ein Fünfer besser, am besten aber drei Münzen: ein Groschen, ein Fünfer und ein Zweipfennigstück. Die Leute mußten sehen, daß ich kein religiöser Fanatiker war, der eine milde Gabe verabscheute, und sie mußten sehen, daß jedes Scherflein, auch ein kupfernes, willkommen war. Später würde ich dann eine silberne Münze dazulegen, es mußte ersichtlich sein, daß größere Gaben nicht nur nicht verschmäht, sondern auch gegeben wurden. Ich würde sogar eine Zigarette in den offenen Hut legen, der Griff zur Zigarettenschachtel fiel den meisten sicher leichter als zum Portemonnaie. Irgendwann würde natürlich einer auftauchen, der Ordnungsprinzipien geltend machte: Lizenz als Straßensänger, oder einer vom Zentralkomitee zur Bekämpfung der Gotteslästerung würde das Religiöse meiner Darbietung angreifbar finden. Für den Fall, daß ich nach Ausweisen gefragt wurde, hätte ich immer ein Brikett neben mir liegen, die Aufschrift »Heiz dir ein mit Schnier« kannte jedes Kind, ich würde mit roter Kreide das schwarze Schnier deutlich unterstreichen, vielleicht ein H. davor malen. Das wäre eine unpraktische, aber unmißverständliche Visitenkarte: Gestatten, Schnier. Und eins konnte mein Vater wirklich für mich tun, es würde ihn nicht einmal etwas kosten. Er konnte mir eine Straßensängerlizenz besorgen. Er brauchte nur den Oberbürgermeister anzurufen, oder ihn, wenn er in der Herren-Union mit ihm Skat spielte, darauf anzusprechen. Das mußte er für mich tun. Dann konnte ich auf der Bahnhofstreppe sitzen und auf den Zug aus Rom warten. Wenn Marie es fertigbrächte, an mir vorüberzugehen, ohne mich zu umarmen, blieb immer noch Selbstmord. Später. Ich zögerte, an Selbstmord zu denken, aus einem Grund, der hochmütig erscheinen mag: ich wollte mich Marie erhalten. Sie konnte sich von Züpfner wieder trennen, dann waren wir in der idealen Besewitz-Situation, sie konnte meine Konkubine bleiben, weil sie kirchlich ja nie mehr von Züpfner geschieden werden konnte. Ich brauchte mich dann nur noch vom Fernsehen entdecken zu lassen,

neuen Ruhm zu erwerben, und die Kirche würde sämtliche Augen zudrücken. Mich verlangte ja nicht danach, mit Marie kirchlich getraut zu
werden, und sie brauchten nicht einmal ihre ausgeleierte Kanone Heinrich den Achten auf mich abzuschießen.

Ich fühlte mich besser. Das Knie schwoll ab, der Schmerz ließ nach,
Kopfschmerz und Melancholie blieben, aber sie sind mir so vertraut wie
der Gedanke an den Tod. Ein Künstler hat den Tod immer bei sich,
wie ein guter Priester sein Brevier. Ich weiß sogar genau, wie es nach
meinem Tod sein wird: die Schniergruft wird mir nicht erspart bleiben.
Meine Mutter wird weinen und behaupten, sie sei die einzige gewesen,
die mich je verstanden hat. Nach meinem Tod wird sie jedermann erzählen, »wie unser Hans wirklich war«. Bis zum heutigen Tag und
wahrscheinlich bis in alle Ewigkeiten hinein ist sie fest davon überzeugt,
daß ich »sinnlich« und »geldgierig« bin. Sie wird sagen: »Ja, unser Hans,
der war begabt, nur leider sehr sinnlich und geldgierig – leider vollkommen undiszipliniert – aber so begabt, begabt.« Sommerwild wird sagen:
»Unser guter Schnier, köstlich, köstlich – leider hatte er unausrottbare
antiklerikale Ressentiments und keinerlei Gefühl für Metaphysik.«
Blothert wird bereuen, daß er mit seiner Todesstrafe nicht früh genug
durchgedrungen ist, um mich öffentlich hinrichten zu lassen. Für Fredebeul werde ich »eine unersetzliche Type« sein, »ohne jede soziologi-
sche Konsequenz.« Kinkel wird weinen, aufrichtig und heiß, er wird
vollkommen erschüttert sein, aber zu spät. Monika Silvs wird schluchzen, als wenn sie meine Witwe wäre, und bereuen, daß sie nicht sofort
zu mir gekommen ist und mir das Omelette gemacht hat. Marie wird
es einfach nicht glauben, daß ich tot bin – sie wird Züpfner verlassen,
von Hotel zu Hotel fahren und nach mir fragen, vergebens.
Mein Vater wird die Tragik voll auskosten, voller Reue darüber sein,
daß er mir nicht wenigstens ein paar Lappen heimlich auf den Garde-
robekasten legte, als er wegging. Karl und Sabine werden weinen, hemmungslos, auf eine Weise, die allen Teilnehmern am Begräbnis unäs-
thetisch vorkommen wird. Sabine wird heimlich in Karls Manteltasche
greifen, weil sie wieder ihr Taschentuch vergessen hat. Edgar wird sich
verpflichtet fühlen, die Tränen zu unterdrücken, und vielleicht nach der
Beerdigung in unserem Park die Hundertmeterstrecke noch einmal abgehen, allein zum Friedhof zurückgehen und an der Gedächtnisplakette
für Henriette einen großen Strauß Rosen niederlegen. Außer mir weiß
keiner, daß er in sie verliebt war, keiner weiß, daß die gebündelten
Briefe, die ich verbrannte, alle hinten als Absender nur E. W. trugen.
Und ich werde ein weiteres Geheimnis mit ins Grab nehmen: daß ich
Mutter einmal beobachtete, wie sie im Keller heimlich in ihre Vorrats-
kammer ging, sich eine dicke Scheibe Schinken abschnitt und sie unten

aß, stehend, mit den Fingern, hastig, es sah nicht einmal widerwärtig aus, nur überraschend, und ich war eher gerührt als entsetzt. Ich war in den Keller gegangen, um in der Kofferkammer nach alten Tennisbällen zu suchen, verbotenerweise, und als ich ihre Schritte hörte, knipste ich das Licht aus, ich sah, wie sie ein Glas eingemachtes Apfelmus aus dem Regal nahm, das Glas noch einmal absetzte, sah nur die Schneidebewegung ihrer Ellenbogen, und dann stopfte sie sich die zusammengerollte Scheibe Schinken in den Mund. Ich habs nie erzählt und werde es nie erzählen. Unter einer Marmorplatte in der Schniergruft wird mein Geheimnis ruhen. Merkwürdigerweise mag ich die, von deren Art ich bin: die Menschen.

Wenn einer von meiner Art stirbt, bin ich traurig. Sogar am Grab meiner Mutter würde ich weinen. Am Grab des alten Derkum konnte ich mich gar nicht fassen; ich schaufelte immer mehr und mehr Erde auf das nackte Holz des Sarges und hörte hinter mir jemanden flüstern, das sei ungehörig – aber ich schaufelte weiter, bis Marie mir die Schüppe aus der Hand nahm. Ich wollte nichts mehr sehen von dem Laden, dem Haus, wollte auch kein Andenken an ihn haben. Nichts. Marie war nüchtern, sie verkaufte den Laden und tat das Geld weg »für unsere Kinder«.

Ich konnte schon, ohne zu humpeln, in die Diele gehen, meine Guitarre holen. Ich knöpfte die Hülle ab, schob im Wohnzimmer zwei Sessel gegeneinander, zog das Telefon zu mir hin, legte mich wieder und stimmte die Guitarre. Die wenigen Töne taten mir wohl. Als ich anfing zu singen, fühlte ich mich fast wohl: *mater amabilis – mater admirabilis – das ora pro nobis* intonierte ich auf der Guitarre. Die Sache gefiel mir. Mit der Guitarre in der Hand, den offenen Hut neben mir, mit meinem wahren Gesicht würde ich auf den Zug aus Rom warten. *Mater boni consilii.* Marie hatte mir doch gesagt, als ich mit dem Geld von Edgar Wieneken kam, daß wir uns nie, nie mehr trennen würden: »Bis daß der Tod uns scheidet.« Ich war noch nicht tot. Frau Wieneken sagte immer: »Wer singt, lebt noch« und: »Wems schmeckt, der ist noch nicht verloren.« Ich sang und hatte Hunger. Am wenigsten konnte ich mir Marie seßhaft vorstellen: wir waren miteinander von Stadt zu Stadt, von Hotel zu Hotel gezogen, und wenn wir irgendwo ein paar Tage blieben, sagte sie immer: »Die offenen Koffer starren mich an wie Mäuler, die gestopft werden wollen«, und wir stopften den Koffern die Mäuler, und wenn ich wo ein paar Wochen bleiben mußte, lief sie durch die Städte wie durch ausgegrabene Städte. Kinos, Kirchen, unseriöse Zeitungen, Mensch-ärger-dich-nicht. Wollte sie wirklich an dem großen feierlichen Hochamt teilnehmen, wenn Züpfner zum Malteserritter geschlagen wurde, zwischen Kanzlern und Präsidenten, zu Hause mit eigener Hand die Wachsflecken aus dem Ordenshabit bügeln? Geschmackssache, Marie, aber nicht dein Geschmack. Es ist besser, auf einen ungläubigen Clown zu vertrauen, der dich früh genug weckt, damit du pünktlich zur Messe kommst, der dir notfalls ein Taxi zur Kirche spendiert. Mein blaues Trikot brauchst du nie zu waschen.

24

Als das Telefon klingelte, war ich einige Augenblicke verwirrt. Ich hatte mich ganz darauf konzentriert, die Wohnungsklingel nicht zu überhören und Leo die Tür zu öffnen. Ich legte die Guitarre aus der Hand, starrte auf den klingelnden Apparat, nahm den Hörer auf und sagte: »Hallo«.

»Hans?« sagte Leo.

»Ja«, sagte ich, »schön, daß du kommst.« Er schwieg, hüstelte, ich hatte seine Stimme nicht sofort erkannt. Er sagte: »Ich habe das Geld für dich.« *Das* Geld klang seltsam. Leo hat überhaupt seltsame Vorstellungen von Geld. Er ist fast vollkommen bedürfnislos, raucht nicht, trinkt nicht, liest keine Abendzeitungen und geht nur ins Kino, wenn mindestens fünf Personen, denen er vollkommen vertraut, ihm den Film als sehenswert empfohlen haben; das geschieht alle zwei–drei Jahre. Er geht lieber zu Fuß als mit der Bahn zu fahren. Als er *das* Geld sagte, sank meine Stimmung sofort wieder. Wenn er gesagt hätte, *etwas* Geld, so hätte ich gewußt, daß es zwei bis drei Mark wären. Ich schluckte an meiner Angst und fragte heiser: »Wieviel?« – »Oh«, sagte er, »sechs Mark und siebzig Pfennige.« Das war für ihn eine Menge, ich glaube, für das, was man persönliche Bedürfnisse nennt, langte das für ihn auf zwei Jahre: hin und wieder eine Bahnsteigkarte, eine Rolle Pfefferminz, ein Groschen für einen Bettler, er brauchte ja nicht einmal Streichhölzer, und wenn er sich einmal eine Schachtel kaufte, um sie für »Vorgesetzte«, denen er Feuer geben mußte, griffbereit zu haben, dann kam er ein Jahr damit aus, und selbst wenn er sie ein Jahr lang mit sich herumtrug, sah sie noch wie neu aus. Natürlich mußte er hin und wieder zum Friseur gehen, aber das nahm er sicher vom »Studienkonto«, das Vater ihm eingerichtet hatte. Früher hatte er manchmal Geld für Konzertkarten ausgegeben, aber meistens hatte er von Mutter deren Freikarten bekommen. Reiche Leute bekommen ja viel mehr geschenkt als arme, und was sie kaufen müssen, bekommen sie meistens billiger, Mutter hatte einen ganzen Katalog vom Grossisten: ich hätte ihr zugetraut, daß sie sogar Briefmarken billiger bekam. Sechs Mark siebzig – das war für Leo eine respektable Summe. Für mich auch, im Augenblick – aber er wußte wahrscheinlich noch nicht, daß ich – wie wir es zu Hause nannten – »im Moment ohne Einnahmen« war.

Ich sagte: »Gut, Leo, vielen Dank – bring mir doch eine Schachtel Zigaretten mit, wenn du herkommst.« Ich hörte ihn hüsteln, keine Antwort, und fragte: »Du hörst mich doch? Wie?« Vielleicht war er gekränkt, daß ich mir gleich von seinem Geld Zigaretten mitbringen ließ.

»Ja, ja«, sagte er, »nur . . .« er stammelte, stotterte: »Es fällt mir schwer, es dir zu sagen – kommen kann ich nicht.«

»Was?« rief ich, »du kannst nicht kommen?«

»Es ist ja schon viertel vor neun«, sagte er, »und ich muß um neun im Haus sein.«

»Und wenn du zu spät kommst«, sagte ich, »wirst du dann exkommuniziert?«

»Ach, laß das doch«, sagte er gekränkt.

»Kannst du denn nicht um Urlaub oder so etwas bitten?«

»Nicht um diese Zeit«, sagte er, »das hätte ich mittags machen müssen.«

»Und wenn du einfach zu spät kommst?«

»Dann ist eine strenge Adhortation fällig!« sagte er leise.

»Das klingt nach Garten«, sagte ich, »wenn ich mich meines Lateins noch erinnere.«

Er lachte ein bißchen. »Eher nach Gartenschere«, sagte er, »es ist ziemlich peinlich.«

»Na gut«, sagte ich, »ich will dich nicht zwingen, dieses peinliche Verhör auf dich zu nehmen, Leo – aber die Gegenwart eines Menschen würde mir gut tun.«

»Die Sache ist kompliziert«, sagte er, »du mußt mich verstehen. Eine Adhortation würde ich noch auf mich nehmen, aber wenn ich diese Woche noch einmal zur Adhortation muß, kommt es in die Papiere, und ich muß im Scrutinium darüber Rechenschaft geben.«

»Wo?« sagte ich, »bitte, sags langsam. Er seufzte, knurrte ein bißchen und sagte ganz langsam: »Scrutinium.«

»Verdammt, Leo«, sagte ich, »das klingt ja, als würden Insekten auseinandergenommen. Und ›in die Papiere‹ – das ist ja wie in Annas I.R.9. Da kam auch alles sofort in die Papiere, wie bei Vorbestraften.«

»Mein Gott, Hans«, sagte er, »wollen wir uns in den wenigen Minuten über unser Erziehungssystem streiten?«

»Wenns dir so peinlich ist, dann bitte nicht. Aber es gibt doch sicher Wege – ich meine Umwege, über Mauern klettern oder etwas ähnliches, wie beim I.R.9. Ich meine, es gibt doch immer Lücken in so strengen Systemen.«

»Ja«, sagte er, »die gibt es, wie beim Militär, aber ich verabscheue sie. Ich will meinen geraden Weg gehen.«

»Kannst du nicht meinetwegen deinen Abscheu überwinden und einmal über die Mauer steigen?«

Er seufzte, und ich konnte mir vorstellen, wie er den Kopf schüttelte.

»Hats denn nicht Zeit bis morgen? Ich meine, ich kann die Vorlesung schwänzen und gegen neun bei dir sein. Ist es so dringend? Oder fährst du gleich wieder los?«

»Nein«, sagte ich, »ich bleibe eine Zeitlang in Bonn. Gib mir wenigstens Heinrich Behlens Adresse, ich möchte ihn anrufen, und vielleicht kommt er noch rüber, von Köln, oder wo er jetzt sein mag. Ich bin nämlich verletzt, am Knie, ohne Geld, ohne Engagement – und ohne Marie. Allerdings werde ich morgen auch noch verletzt, ohne Geld, ohne Engagement und ohne Marie sein – es ist also nicht dringend. Aber vielleicht ist Heinrich inzwischen Pastor und hat ein Moped. Hörst du noch?«

»Ja«, sagte er matt.

»Bitte«, sagte ich, »gib mir seine Adresse, seine Telefonnummer.«

Er schwieg. Das Seufzen hatte er schon raus, wie jemand, der hundert Jahre lang im Beichtstuhl gesessen und über die Sünden und Torheiten der Menschheit geseufzt hat. »Na gut«, sagte er schließlich, mit hörbarer Überwindung, »du weißt also nicht?«

»Was weiß ich nicht«, rief ich, »mein Gott, Leo, sprich doch deutlich.«

»Heinrich ist nicht mehr Priester«, sagte er leise.

»Ich denke, das bleibt man, solange man atmet.«

»Natürlich«, sagte er, »ich meine, er ist nicht mehr im Amt. Er ist weggegangen, seit Monaten spurlos verschwunden.«

Er quetschte das alles mühsam aus sich heraus. »Na«, sagte ich, »er wird schon wieder auftauchen«, dann fiel mir etwas ein, und ich fragte: »Ist er allein?«

»Nein«, sagte Leo streng, »mit einem Mädchen weg.« Es klang, als hätte er gesagt: »Er hat die Pest auf dem Hals.«

Mir tat das Mädchen leid. Sie war sicherlich katholisch, und es mußte peinlich für sie sein, mit einem ehemaligen Priester jetzt irgendwo in einer Bude zu hocken und die Details des »fleischlichen Verlangens« zu erdulden, herumliegende Wäsche, Unterhosen, Hosenträger, Unterteller mit Zigarettenresten, durchgerissene Kinobillets und beginnende Geldknappheit, und wenn das Mädchen die Treppe hinunterging, um Brot, Zigaretten oder eine Flasche Wein zu holen, machte eine keifende Wirtin die Tür auf, und sie konnte nicht einmal rufen: »Mein Mann ist ein Künstler, ja, ein Künstler.« Mir taten sie beide leid, das Mädchen mehr als Heinrich. Die kirchlichen Behörden waren in einem solchen Fall, wenn es um einen nicht nur unansehnlichen, sogar schwierigen Kaplan ging, sicher streng. Bei einem Typ wie Sommerwild würden sie wahrscheinlich sämtliche Augen zudrücken. Er hatte ja auch keine Haushälterin mit gelblicher Haut an den Beinen, sondern eine hübsche, blühende Person, die er Maddalena nannte, eine ausgezeichnete Köchin, immer gepflegt und heiter.

381

»Na gut«, sagte ich, »dann fällt er vorläufig für mich aus.«

»Mein Gott«, sagte Leo, »du hast aber eine kaltschnäuzige Art, das hinzunehmen.«

»Ich bin weder Heinrichs Bischof noch ernsthaft an der Sache interessiert«, sagte ich, »nur die Details machen mir Kummer. Hast du denn wenigstens Edgars Adresse oder Telefonnummer?«

»Du meinst Wieneken?«

»Ja«, sagte ich. »Du erinnerst dich doch noch an Edgar? In Köln habt ihr euch doch bei uns getroffen, und zu Hause spielten wir doch immer bei Wienekens und aßen Kartoffelsalat.«

»Ja, natürlich«, sagte er, »natürlich erinnere ich mich, aber Wieneken ist gar nicht im Lande, soviel ich weiß. Jemand hat mir erzählt, daß er eine Studienreise macht, mit irgendeiner Kommission, Indien oder Thailand, ich weiß nicht genau.«

»Bist du sicher?« fragte ich.

»Ziemlich«, sagte er, »ja, jetzt erinnere ich mich, Heribert hats mir erzählt.«

»Wer?« schrie ich, »wer hats dir erzählt?«

Er schwieg, ich hörte ihn nicht einmal mehr seufzen, und ich wußte jetzt, warum er nicht zu mir kommen wollte. »Wer?« schrie ich noch einmal, aber er gab keine Antwort. Er hatte sich auch schon dieses Beichtstuhlhüsteln angewöhnt, das ich manchmal gehört hatte, wenn ich in der Kirche auf Marie wartete. »Es ist besser«, sagte ich leise, »wenn du auch morgen nicht kommst. Es wäre schade um deine versäumte Vorlesung. Sag mir nur noch, daß du auch Marie gesehen hast.«

Offenbar hatte er wirklich nichts als Seufzen und Hüsteln gelernt. Jetzt seufzte er wieder, tief, unglücklich, lange. »Du brauchst mir nicht zu antworten«, sagte ich, »grüß mir nur den netten Kerl, mit dem ich heute zweimal bei euch telefoniert habe.«

»Strüder?« fragte er leise.

»Ich weiß nicht, wie er heißt, aber er klang so nett am Telefon.«

»Aber den nimmt doch keiner ernst«, sagte er, »der ist doch – ist doch sozusagen auf Gnadenbrot gesetzt.« Leo brachte es tatsächlich fertig, eine Art Lachen zustandezubringen, »er schleicht sich nur manchmal ans Telefon und redet Unsinn.«

Ich stand auf, blickte durch einen Spalt im Vorhang auf die Uhr unten auf dem Platz. Es war drei Minuten von neun. »Du mußt jetzt gehen«, sagte ich, »sonst bekommst dus doch in die Papiere. Und versäum mir morgen deine Vorlesung nicht.«

»Aber versteh mich doch«, flehte er.

»Verflucht«, sagte ich, »ich versteh dich ja. Nur zu gut.«

»Was bist du eigentlich für ein Mensch?« fragte er. »Ich bin ein Clown«, sagte ich, »und sammle Augenblicke. Tschüs.« Ich legte auf.

25

Ich hatte vergessen, ihn nach seinen Erlebnissen beim Militär zu fragen, aber vielleicht würde sich irgendwann die Gelegenheit dazu ergeben. Sicher würde er die »Verpflegung« loben – so gut hatte er zu Hause nie zu essen bekommen –, die Strapazen für »erzieherisch äußerst wertvoll« halten und die Berührung mit dem Mann aus dem Volke für »ungeheuer lehrreich«. Ich konnte mir sparen, ihn danach zu fragen. Er würde diese Nacht in seinem Konviktsbett kein Auge zutun, sich in Gewissensbissen hin und herwälzen und sich fragen, ob es richtig gewesen war, nicht zu mir zu kommen. Ich hatte ihm soviel sagen wollen: daß es besser für ihn wäre, in Südamerika oder Moskau, irgendwo in der Welt, nur nicht in Bonn, Theologie zu studieren. Er mußte doch begreifen, daß für das, was er seinen Glauben nannte, hier kein Platz war, zwischen Sommer-wild und Blothert, in Bonn, war ein konvertierter Schnier, der sogar Priester wurde, ja fast geeignet, die Börsenkurse zu festigen. Ich mußte einmal mit ihm über alles reden, am besten, wenn zu Hause *jour fixe* war. Wir beiden abtrünnigen Söhne würden uns zu Anna in die Küche setzen, Kaffee trinken, alte Zeiten heraufbeschwören, glorreiche Zeiten, in denen in unserem Park noch mit Panzerfäusten geübt worden war und Wehrmachtsautos vor der Einfahrt hielten, als wir Einquartierung bekamen. Ein Offizier – Major, oder sowas – mit Feldwebeln und Sol-daten, ein Auto mit Standarte, und sie alle hatten nichts anderes im Kopf als Spiegeleier, Kognak, Zigaretten und handgreifliche Scherze mit den Mädchen in der Küche. Manchmal wurden sie dienstlich, d. h. wichtig-tuerisch: dann traten sie vor unserem Haus an, der Offizier warf sich in die Brust, steckte sogar seine Hand unter den Rock, wie ein Schmie-renschauspieler, der einen Obristen spielt, und schrie etwas vom »End-sieg«. Peinlich, lächerlich, sinnlos. Als dann herauskam, daß Frau Wie-neken nachts heimlich mit ein paar Frauen durch den Wald gegangen war, durch die deutschen und amerikanischen Linien hindurch, um drü-ben bei ihrem Bruder, der eine Bäckerei hatte, Brot zu holen, wurde die Wichtigtuerei lebensgefährlich. Der Offizier wollte Frau Wieneken und zwei andere Frauen wegen Spionage und Sabotage erschießen lassen (Frau Wieneken hatte bei einem Verhör zugegeben, drüben mit einem amerikanischen Soldaten gesprochen zu haben.) Aber da wurde mein Vater – zum zweitenmal in seinem Leben, soweit ich mich erinnern kann –, energisch, holte die Frauen aus dem improvisierten Gefängnis, unserer Bügelkammer, heraus und versteckte sie im Bootsschuppen un-ten am Ufer. Er wurde richtig tapfer, schrie den Offizier an, der schrie ihn an. Das Lächerlichste an dem Offizier waren seine Orden, die auf der Brust bebten vor Empörung, während meine Mutter mit ihrer sanf-ten Stimme sagte: »Meine Herren, meine Herren – es gibt schließlich

Grenzen.« Was ihr peinlich an der Sache war, war die Tatsache, daß zwei »Herren« sich anbrüllten. Mein Vater sagte: »Bevor diesen Frauen ein Leid geschieht, müssen Sie mich erschießen – bitte« und er knöpfte wirklich seinen Rock auf und hielt dem Offizier seine Brust hin, aber die Soldaten zogen dann ab, weil die Amerikaner schon auf den Rheinhöhen waren, und die Frauen konnten aus dem Bootsschuppen wieder raus. Das Peinlichste an diesem Major, oder was er war, waren seine Orden. Undekoriert hätte er vielleicht noch die Möglichkeit gehabt, eine gewisse Würde zu wahren. Wenn ich die miesen Spießer bei Mutters *jour fixe* mit ihren Orden herumstehen sehe, denke ich immer an diesen Offizier, und sogar Sommerwilds Orden kommt mir dann noch erträglich vor: *Pro Ecclesia* und irgend was. Sommerwild tut immerhin für seine Kirche Dauerhaftes: er hält seine »Künstler« bei der Stange und hat noch Geschmack genug, den Orden »an sich« für peinlich zu halten. Er trägt ihn nur bei Prozessionen, feierlichen Gottesdiensten und Fernsehdiskussionen. Das Fernsehen bringt auch ihn um den Rest von Scham, den ich ihm zubilligen muß.

Wenn unser Zeitalter einen Namen verdient, müßte es Zeitalter der Prostitution heißen. Die Leute gewöhnen sich ans Hurenvokabularium. Ich traf Sommerwild einmal nach einer solchen Diskussion (»Kann moderne Kunst religiös sein?«), und er fragte mich: »War ich gut? Fanden Sie mich gut?« wortwörtlich Fragen, wie sie Huren ihren abziehenden Freiern stellen. Es fehlte nur noch, daß er gesagt hätte: »Empfehlen Sie mich weiter.« Ich sagte ihm damals: »Ich *finde* Sie nicht gut, kann Sie also gestern nicht gut gefunden haben.« Er war vollkommen niedergeschlagen, obwohl ich meinen Eindruck von ihm noch sehr schonend ausgedrückt hatte. Er war abscheulich gewesen; um ein paar billiger Bildungspointen willen hatte er seinen Gesprächspartner, einen etwas hilflosen Sozialisten, »geschlachtet« oder »abgeschossen«, vielleicht auch nur »zur Sau gemacht«. Listig, indem er fragte: »So, Sie finden also den frühen Picasso abstrakt?« brachte er den alten, grauhaarigen Mann, der etwas von Engagement murmelte, vor zehn Millionen Zuschauern um, indem er sagte: »Ach, Sie meinen wohl sozialistische Kunst – oder gar sozialistischen Realismus?«

Als ich ihn am anderen Morgen auf der Straße traf und ihm sagte, ich hätte ihn schlecht gefunden, war er wie vernichtet. Daß *einer* von zehn Millionen ihn nicht gut gefunden hatte, traf seine Eitelkeit schwer, aber er wurde durch eine »wahre Welle des Lobes« in allen katholischen Zeitungen reichlich entschädigt. Sie schrieben, er habe für die »gute Sache« einen Sieg errungen.

Ich steckte mir die drittletzte Zigarette an, nahm die Guitarre wieder hoch und klimperte ein bißchen vor mich hin. Ich dachte darüber nach, was ich Leo alles erzählen, was ich ihn fragen wollte. Immer, wenn ich ernsthaft mit ihm reden mußte, machte er entweder Abitur oder hatte Angst vor einem Scrutinium. Ich überlegte auch, ob ich wirklich die Lauretanische Litanei singen sollte; besser nicht: es könnte einer auf die Idee kommen, mich für einen Katholiken zu halten, sie würden mich für »einen der unsrigen« erklären, und es könnte eine hübsche Propaganda für sie draus werden, sie machen sich ja alles »dienstbar«, und das Ganze würde mißverständlich und verwirrend wirken, daß ich gar nicht katholisch war, nur die Lauretanische Litanei schön fand und Sympathie mit dem Judenmädchen empfand, dem sie gewidmet war, sogar das würde niemand verstehen, und durch irgendwelche Drehs würden sie ein paar Millionen katholons an mir entdecken, mich vors Fernsehen schleppen – und die Aktienkurse würden noch mehr steigen. Ich mußte mir einen anderen Text suchen, schade, ich hätte am liebsten wirklich die Lauretanische Litanei gesungen, aber auf der Bonner Bahnhofstreppe konnte das nur mißverständlich sein. Schade. Ich hatte schon so nett geübt und konnte das *Ora pro nobis* so hübsch auf der Guitarre intonieren.

Ich stand auf, um mich für den Auftritt fertig zu machen. Sicher würde auch mein Agent Zohnerer mich »fallen lassen«, wenn ich anfing, auf der Straße zur Guitarre Lieder zu singen. Hätte ich wirklich Litaneien, *Tantum ergo* und all die Texte gesungen, die ich so gern sang und in der Badewanne jahrelang geübt hatte, so wäre er vielleicht noch »eingestiegen«, das wäre eine gute Masche gewesen, ungefähr so wie Madonnenmalerei. Ich glaubte ihm sogar, daß er mich wirklich gern hatte – die Kinder dieser Welt sind herzlicher als die Kinder des Lichts –, aber »geschäftlich« war ich für ihn erledigt, wenn ich mich auf die Bonner Bahnhofstreppe setzte.

Ich konnte wieder laufen, ohne merklich zu humpeln. Das machte die Apfelsinenkiste überflüssig, ich brauchte mir nur unter den linken Arm ein Sofakissen, unter den rechten die Guitarre zu klemmen und zur Arbeit zu gehen. Zwei Zigaretten besaß ich noch, eine würde ich noch rauchen, die letzte würde in dem schwarzen Hut verlockend genug aussehen; wenigstens eine Münze daneben wäre gut gewesen. Ich suchte in meinen Hosentaschen, krempelte sie um; ein paar Kinobillets, ein rotes Mensch-ärgere-dich-nicht-Püppchen, ein verschmutztes Papiertaschentuch, aber kein Geld. Ich riß in der Diele die Garderobenschublade auf: eine Kleiderbürste, eine Quittung der Bonner Kirchenzeitung, ein Bon für eine Bierflasche, kein Geld. Ich wühlte in der Küche sämtliche Schubladen durch, rannte ins Schlafzimmer, suchte zwischen Kragenknöpfchen, Hemdenstäbchen, Manschettenknöpfen, zwischen Socken und Taschentüchern, in den Taschen der grünen Manchesterhose: nichts. Ich zog meine dunkle Hose runter, ließ sie auf dem Boden liegen wie eine abgestreifte Haut, warf das weiße Hemd daneben und zog das hellblaue Trikot über den Kopf: grasgrün und hellblau, ich klappte die

Spiegeltür auf: großartig, so gut hatte ich noch nie ausgesehen. Ich hatte die Schminke zu dick aufgetragen, ihr Fettgehalt war in den Jahren, die sie schon dort gelegen haben mochte, eingetrocknet, und nun sah ich im Spiegel, daß die Schminkschicht schon gesprungen war, Risse zeigte wie ein ausgegrabenes Denkmalsgesicht. Meine dunklen Haare wie eine Perücke darüber. Ich summte einen Text vor mich hin, der mir gerade einfiel: »Der arme Papst Johannes, hört nicht die CDU, er ist nicht Müllers Esel, er will nicht Müllers Kuh.« Das konnte für den Anfang gehn, und das Zentralkomitee zur Bekämpfung der Gotteslästerung konnte an dem Text nichts auszusetzen haben. Ich würde noch viele Strophen hinzudichten, das Ganze balladesk intonieren. Ich hätte gern geweint: die Schminke hinderte mich, sie saß so gut, mit den Rissen, mit den Stellen, wo sie anfing abzublättern, die Tränen hätten das alles zerstört. Ich könnte später weinen, nach Feierabend, wenn mir noch danach zumute war. Der professionelle Habitus ist der beste Schutz, auf Leben und Tod zu treffen sind nur Heilige und Amateure. Ich trat vom Spiegel zurück, tiefer in mich hinein und zugleich weiter weg. Wenn Marie mich so sah und es dann über sich brachte, ihm die Wachsflecken aus seiner Malteserritteruniform rauszubügeln – dann war sie tot, und wir waren geschieden. Dann konnte ich anfangen, an ihrem Grab zu trauern. Ich hoffte, sie würden alle genug Kleingeld bei sich haben, wenn sie vorbeikamen: Leo etwas mehr als einen Groschen, Edgar Wieneken, wenn er aus Thailand zurückkam, vielleicht eine alte Goldmünze, und Großvater, wenn er aus Ischia kam – er würde mir wenigstens einen Verrechnungsscheck ausschreiben. Ich hatte inzwischen gelernt, daraus Bargeld zu machen, meine Mutter würde wahrscheinlich zwei bis fünf Pfennige für angebracht halten, Monika Silvs würde sich vielleicht zu mir herunterbeugen und mir einen Kuß geben, während Sommerwild, Kinkel und Fredebeul, empört über meine Geschmacklosigkeit, nicht einmal eine Zigarette in meinen Hut werfen würden. Zwischendurch, wenn für Stunden kein Zug aus dem Süden zu erwarten war, würde ich zu Sabine Emonds hinausradeln und mein Süppchen essen. Vielleicht würde Sommerwild Züpfner in Rom anrufen und ihm raten, schon in Godesberg auszusteigen. Dann würde ich hinausradeln, mich vor die Villa mit abfallendem Garten am Hang setzen und mein Liedchen dort singen: sie sollte nur kommen, mich anschauen und tot oder lebendig sein. Der einzige, der mir leid tat, war mein Vater. Es war sehr nett von ihm gewesen, daß er die Frauen vor dem Erschießen rettete, und es war nett gewesen, daß er mir die Hand auf die Schulter legte, und – ich sahs jetzt im Spiegel – so geschminkt wie ich war, glich ich ihm nicht nur, ich war ihm verblüffend ähnlich, und ich verstand jetzt, wie heftig er Leos Konversion abgelehnt hatte. Mit Leo hatte ich kein Mitleid, er hatte ja seinen Glauben.

Es war noch nicht halb zehn, als ich im Aufzug runterfuhr. Mir fiel der christliche Herr Kostert ein, der mir noch die Flasche Schnaps schuldete und die Differenz zwischen der Fahrkarte erster und zweiter Klasse. Ich würde ihm eine unfrankierte Postkarte schreiben und an sein Gewissen pochen. Er mußte mir auch noch den Gepäckschein schicken. Es war gut, daß mir meine Nachbarin, die hübsche Frau Grebsel, nicht begegnete. Ich hätte ihr alles erklären müssen. Wenn sie mich auf der Treppe des Bahnhofs sitzen sah, brauchte ich nichts mehr zu erklären. Mir fehlte nur das Brikett, meine Visitenkarte.

Es war kühl draußen, Märzabend, ich schlug den Rockkragen hoch, setzte den Hut auf, taste nach meiner letzten Zigarette in der Tasche. Mir fiel die Kognakflasche ein, sie hätte sehr dekorativ gewirkt, aber doch die Mildtätigkeit behindert, es war eine teure Marke, am Korken erkennbar. Das Kissen unter den linken, die Guitarre unter den rechten Arm geklemmt, ging ich zum Bahnhof zurück. Auf dem Weg erst bemerkte ich Spuren der Zeit, die man hier die »närrische« nennt. Ein als Fidel Castro maskierter betrunkener Jugendlicher versuchte mich anzurempeln, ich wich ihm aus. Auf der Bahnhofstreppe wartete eine Gruppe von Matadoren und spanischen Donnas auf ein Taxi. Ich hatte vergessen, es war Karneval. Das paßte gut. Nirgendwo ist ein Professioneller besser versteckt als unter Amateuren. Ich legte mein Kissen auf die dritte Stufe von unten, setzte mich hin, nahm den Hut ab und legte die Zigarette hinein, nicht genau in die Mitte, nicht an den Rand, so, als wäre sie von oben geworfen worden, und fing an zu singen: »Der arme Papst Johannes«, niemand achtete auf mich, das wäre auch nicht gut gewesen: nach einer, nach zwei, drei Stunden würden sie schon anfangen, aufmerksam zu werden. Ich unterbrach mein Spiel, als ich drinnen die Stimme des Ansagers hörte. Er meldete einen Zug aus Hamburg – und ich spielte weiter. Ich erschrak, als die erste Münze in meinen Hut fiel: es war ein Groschen, er traf die Zigarette, verschob sie zu sehr an den Rand. Ich legte sie wieder richtig hin und sang weiter.

Ende einer Dienstfahrt

Vor dem Amtsgericht in Birglar fand im Frühherbst des vorigen Jahres eine Verhandlung statt, über deren Verlauf die Öffentlichkeit sehr wenig erfuhr. Die drei im Kreise Birglar verbreiteten Zeitungen, die »Rheinische Rundschau«, das »Rheinische Tagblatt« und der »Duhrtalbote«, die unter den Rubriken »Aus dem Gerichtssaal«, »Im Gerichtssaal« und »Neues aus den Gerichtssälen« gelegentlich, etwa bei Viehdiebstählen, größeren Verkehrsdelikten, Kirmesschlägereien umfangreiche Reportagen veröffentlichten, brachten über diesen Fall nur eine kleinere Notiz, die überraschenderweise in allen drei Zeitungen gleich lautete: »Vater und Sohn Gruhl fanden einen milden Richter. Eine der beliebtesten Persönlichkeiten des öffentlichen Lebens in unserer Kreisstadt, Amtsgerichtsdirektor Dr. Stollfuss, der an dieser Stelle noch gebührend gewürdigt werden wird, leitete als letzte Verhandlung vor seiner Pensionierung den Prozeß gegen Johann und Georg Gruhl aus Huskirchen, deren unverständliche Tat im Juni einige Gemüter erregt hatte. Die beiden Gruhl wurden nach eintägiger Verhandlung zu vollem Schadenersatz und sechs Wochen Haft verurteilt. Sie nahmen nach kurzer Beratung mit ihrem Verteidiger Rechtsanwalt Dr. Hermes aus Birglar das milde Urteil an. Da ihnen die Untersuchungshaft angerechnet wurde, konnten sie sofort auf freien Fuß gesetzt werden.«
Die Lokalredaktionen der »Rheinischen Rundschau« und des »Rheinischen Tagblattes« waren schon einige Wochen vor Prozeßbeginn übereingekommen, einander in dieser Sache keine Konkurrenz zu machen, den Fall Gruhl nicht »hochzuspielen«, es sei »zu wenig drin«. Wenn – was nicht zu befürchten war – Leser sich über die fehlende Information über den Prozeß Gruhl beklagen sollten, so hatten beide Redaktionen eine Ausrede bereit, die, wie der Rundschau-Redakteur Krichel sagte, »besser saß als die Schlittschuhe einer Eiskunstweltmeisterin«: der gleichzeitig beginnende Prozeß gegen den Kindermörder Schewen in der nahe gelegenen Großstadt, der mehr Leser interessiere. Ein Versuch dieser beiden Redaktionen, mit dem Chefredakteur, Verleger und Drukker des »Duhrtalboten«, Herrn Dr. Hollweg, die gleiche Vereinbarung zu treffen, war gescheitert. Dr. Hollweg, der im Kreise Birglar eine Art liberaler Opposition betrieb, witterte – nicht zu Unrecht – eine »klerikal-sozialistische« Verschwörung und beauftragte seinen derzeitigen Reporter, den ehemaligen Studenten der evangelischen Theologie Wolf-

gang Brehsel, sich die Sache vorzumerken. Brehsel, der Gerichtsreportagen allen anderen Reportagen vorzog, war auf den überraschend angesetzten Verhandlungstermin durch die Frau des Verteidigers Dr. Hermes aufmerksam gemacht worden, die ihm auch, als sie nach einem Vortrag über »Das Konzil und die Nichtchristen« bei einem Glas Bier mit dem Referenten, einem Prälaten Dr. Kerb, zusammensaßen, erklärt hatte, was am Fall Gruhl wirklich berichtenswert sei: das volle Geständnis der Angeklagten, deren Tat, deren Persönlichkeiten, vor allem aber die Tatsache, daß der Ankläger das merkwürdige Vergehen der beiden Gruhl nun lediglich als »Sachbeschädigung und groben Unfug« verurteilt zu sehen wünsche und den offenbaren Tatbestand der Brandstiftung ignoriere. Außerdem erschien der Hermes, die selbst cum laude in juribus promoviert hatte, bemerkenswert: die rasche Anberaumung der Verhandlung, die Unterbringung der Angeklagten in dem provisorisch mit ein paar Zellen ausgestatteten Gerichtsgebäude, wo sie, wie in Birglar bekannt sei, wie die Vögel im Hanfsamen lebten; ganz besonders bemerkenswert erschien der Hermes, daß man diesen Prozeß vor einem Amtsgericht ablaufen ließ, unter dem Vorsitz des zur Pensionierung anstehenden Dr. Stollfuss, der seiner humanen Vergangenheit und Gegenwart wegen berühmt und berüchtigt war. Auch dem Brehsel, obwohl er sich gerade in den Anfangsgründen der Rechtsprechung zurechtzufinden begann, schien für ein solches Vergehen mindestens ein Schöffengericht, kein Einzelrichter, zuständig; die Hermes bestätigte das, wandte sich dann dem Referenten des Abends, Prälat Dr. Kerb, zu und bat ihn, der sich angesichts dieser Birglarer Lokalschwätzereien schon zu langweilen begann, doch dem ökumenisch sehr interessierten Nichtkatholiken Brehsel ein paar Stichworte für seinen Artikel über das Referat zu geben.

Noch am gleichen Abend hatte Brehsel in der Redaktion mit seinem Chef Dr. Hollweg über diese juristischen Finessen im Falle Gruhl gesprochen, während er Hollweg, der gern bewies, daß er auch die Berufe des Druckers und Setzers »von der Pike auf« gelernt hatte, den Artikel über das abendliche Referat in die Setzmaschine diktierte. Hollweg, dem der Enthusiasmus des Brehsel gefiel, gelegentlich aber, wie er sagte »auf die Nerven drückte«, veränderte in dessen Artikel den Ausdruck »sehr optimistisch« in »mit einer gewissen Hoffnung«, den Ausdruck »prächtige Liberalität« in »mit einem gewissen Freimut« und beauftragte den Brehsel, über den Prozeß Gruhl für den »Duhrtalboten« zu berichten. Dann wusch er sich die Hände mit jener kindlichen Freude, die ihn jedesmal überkam, wenn er sich durch wirkliche und wahre Arbeit die Hände schmutzig gemacht hatte, und fuhr mit seinem Auto die wenigen Kilometer nach Kireskirchen zu seinem Parteifreund, einem Abgeordneten, der ihn zum Essen eingeladen hatte. Hollweg, ein jovialer, sehr liebenswürdiger, wenn auch ein wenig zur Indolenz neigender Mensch Anfang fünfzig, ahnte nicht, daß er seinem Parteifreund erheblichen Kummer ersparte, indem er selbst auf den merkwürdigen Fall Gruhl zu sprechen kam. Er äußerte sich erstaunt darüber, daß die Staatsmacht, deren Härte, wo sie sich zeigte, er anzuprangern nicht aufhören wolle; der man auf die Finger sehen müsse, sich in diesem Fall so milde zeige; ein solches Entgegenkommen der Staatsmacht sei ihm genauso verdächtig wie übermäßige Härte; als Liberaler fühle er sich verpflichtet, auch in einem solchen Fall den Finger auf die Wunde zu legen. Hollweg, der gelegentlich ins Schwätzen verfiel, wurde von seinem Parteifreund in der bewährten liebenswürdigen Weise ermahnt, doch die Vorgänge im Kreise Birglar nicht zu überschätzen, wie es ihm oft unterlaufen sei, zum Beispiel im Falle des Heinrich Grabel aus Dulbenweiler, in dem er sofort einen Märtyrer der Freiheit gesehen, der sich aber als ganz kleiner Schwindler erwiesen habe, als mieser Gernegroß mit einer »ziemlich offenen Hand für Gelder aus der falschen Himmelsrichtung«. Hollweg wurde nicht gern an den Fall Heinrich Grabel erinnert; für den hatte er sich ins Zeug gelegt, ihm Publicity verschafft, ihn auswärtigen Kollegen ans Herz gelegt, sogar den Korrespondenten einer überregionalen Zeitung hatte er für ihn interessiert. Er küßte der Frau des Abgeordneten, die gähnend um Entschuldigung und die Erlaubnis sich zurückziehen zu dürfen bat – sie habe die ganze Nacht am Bett ihrer kleinen Tochter gewacht –, er küßte ihr die Hand, widmete sich eine Weile dem Nachtisch, mit Paprika und Zwiebeln garniertem Camembert, zu dem ein gutes Glas Rotwein serviert wurde. Der Abgeordnete goß ihm nach und sagte: »Laß doch die Finger von diesen Gruhls.« Aber Hollweg erwiderte, eine solche Aufforderung, hinter der er – so dumm sei er denn doch nicht – eine Absicht wittere – eine solche Mahnung sei für ihn, einen leidenschaftlichen Liberalen und Journalisten, geradezu ein Ansporn, sich der Sache anzunehmen. Sein Gastgeber wurde ernst und sagte: »Du, Herbert, hab ich dich je um einen Gefallen gebeten, was deine Zeitung betrifft?« Hollweg, jetzt, verdutzt, sagte nein, das habe er nie. *Jetzt*, sagte der Gastgeber, bäte er ihn zum erstenmal um etwas, »und zwar um deinetwillen.« Hollweg, der wegen seines Birglarer Lokalpatriotismus genug gehänselt wurde, sich auch seiner Provinzialität schämte, versprach, seinen Reporter zurückzupfeifen, aber unter der Bedingung, daß der Abgeordnete ihm die Hintergründe erkläre. Es gebe keine Hintergründe, sagte der; Hollweg könne ja hingehen, an der Verhandlung teilnehmen, dann entscheiden, ob sie eines Berichtes wert sei; es sei eben nur töricht, wenn irgendein Reporter die Sache aufbausche. Hollweg überfiel schon ein Gähnen, wenn er sich den Gerichtssaal vorstellte: dieses muffige, immer noch nach Schule riechende Gebäude neben der Kirche; der alte Stollfuss, dessen Kusine Agnes Hall als obligatorische Zuschauerin, und außerdem: war es nicht wünschenswert, wenn die beiden Gruhl einen milden Richter fanden und von Publicity verschont wurden? Im übrigen würde es ein Segen für alle Liebhaber alter Möbel im Kreis Birglar und darüber hinaus sein, wenn Gruhl sen. wieder frei war, seine geschickten Hände, sein untrüglicher Geschmack der Gesellschaft wieder zu Diensten standen.

Beim Kaffee, den der Abgeordnete im Herrenzimmer aus einer Thermoskanne eingoß, fragte er Hollweg, ob er sich an eine gewisse Betty Hall aus Kireskirchen erinnere, die später Schauspielerin geworden sei. Nein, sagte Hollweg, er, der Abgeordnete, vergesse wohl den Altersunterschied zwischen ihnen, der immerhin fünfzehn Jahre betrage; was denn mit dieser Hall los sei; sie trete, sagte der Abgeordnete, in der nahe gelegenen Großstadt in einem polnischen Theaterstück auf und habe eine glänzende Presse. Hollweg nahm die Einladung ins Theater an.

Morgens gegen siebeneinhalb Uhr wurde Brehsel von Hollweg angerufen und aufgefordert, nicht über den Fall Gruhl in Birglar zu berichten, sondern in die nahe gelegene Großstadt zu fahren, wo zur gleichen Stunde der Sensationsprozeß gegen den Kindermörder Schewen begann. Brehsel kam es einige Augenblicke lang seltsam vor, daß sein Chef, der als Langschläfer galt, ihn so früh am Morgen anrief, bis ihm einfiel, daß Langschläfer meistens spät ins Bett gehen und Hollweg möglicherweise gerade erst nach Hause gekommen sei. Hollwegs Stimme kam ihm auch eine Spur zu energisch, fast befehlend vor, beides Nuancen, die ihn überraschten; Hollweg war sonst ein nachgiebiger, wenig energischer Mensch, der sich nur zu erregen pflegte, wenn an einem einzigen Tag drei oder vier Abbestellungen einliefen. Brehsel dachte nicht sehr lange über diese minimalen Abweichungen vom Gewöhnlichen nach, rasierte sich, frühstückte und fuhr mit seinem Kleinauto in die nahe gelegene Großstadt; er war ein wenig nervös wegen der Parkschwierigkeiten, die ihm bevorstanden, auch weil er sich vor den großen internationalen Reportage-Löwen fürchtete, die sich aus aller Welt angesagt hatten. Eine Pressekarte lag, wie Hollweg versichert hatte, für ihn bereit; durch frühe Morgentelefonate eine Karte zu besorgen, hatte sich der Abgeordnete, der Mitglied des Wehr- und des Presseausschusses war, stark gemacht.

Der Prozeß Gruhl fand im kleinsten der drei zur Verfügung stehenden Säle vor zehn Zuschauern statt, die fast alle mit den Angeklagten, Zeugen, Gutachtern, Gerichtspersonen oder anderen mit dem Prozeß befaßten Personen verwandt waren. Lediglich einer der Anwesenden war ortsfremd, ein schlanker, unauffällig, jedoch gediegen gekleideter Herr mittleren Alters, der nur dem Vorsitzenden, dem Staatsanwalt und dem

Verteidiger als Amtsgerichtsrat Bergnolte aus der nahe gelegenen Großstadt bekannt war.

Im Zeugen-, dem ehemaligen Lehrerzimmer der Schule, die als vierklas-
sige in den achtziger Jahren des vorigen Jahrhunderts erbaut, zur sechs-
klassigen um die Jahrhundertwende erweitert, in den späten fünfziger
Jahren dieses Jahrhunderts durch einen Neubau ersetzt und der sprichwörtlich armen Justizbehörde übergeben worden war, die bis dahin in
einer ehemaligen Unteroffiziersschule die Rechtspflege betrieben hatte;
im Zeugenzimmer, das für sechs, höchstens acht Personen berechnet
war, drängten sich vierzehn Personen verschiedener sozialer und moralischer Qualität: der alte Pfarrer Kolb aus Huskirchen, zwei Frauen
aus dessen Gemeinde, von denen die eine den Ruf sagenhafter Biederkeit und Kirchentreue, die andere den Ruf einer *über*sinnlichen Person
genoß, wobei *über* als Steigerung von sinnlich, nicht im Sinne von me-
tasinnlich gemeint war; außerdem: je ein Offizier, Feldwebel und Gefreiter der Bundeswehr, ein Wirtschaftsprüfer, ein Gerichtsvollzieher,
ein Finanzbeamter aus dem mittleren gehobenen Dienst, ein Reisevertreter, ein Kreisbevollmächtigter für Verkehrsfragen, der Obermeister
der Tischlerinnung, ein Polizeimeister, eine Barbesitzerin. Als die Verhandlung begann, mußte Justizwachtmeister Sterck, der eigens zu diesem Zweck aus der nahe gelegenen Großstadt abkommandiert worden
war, den Zeugen das Ambulieren auf dem Flur untersagen; wenn im
Gerichtssaal laut gesprochen wurde, konnte man auf dem Flur die Verhandlung mithören. Dieser Umstand hatte schon zu mancher ergebnis-
losen Kontroverse zwischen dem Amtsgerichtsdirektor und seiner vorgesetzten Behörde geführt. Da bei Diebstählen, Erbschaftsstreitigkei-
ten, Verkehrsdelikten des Gerichts einzige Chance bei der Wahrheits-
findung darin bestand, Widersprüche in den Zeugenaussagen
aufzudecken, mußte meistens ein Wachtmeister als Zeugenbewacher
angefordert werden, der oft mit den Zeugen weitaus strenger verfahren
mußte als sein Kollege drinnen im Saal mit den Angeklagten. Es kam
auch gelegentlich im Zeugenzimmer zu Handgreiflichkeiten, wüsten
Schimpfereien, Verleumdungen und Verdächtigungen. Der einzige Vorteil der ausgedienten Schule bestand, wie es ironisch in den entsprechenden Eingaben immer wieder hieß, in der Tatsache, »daß an Toiletten
kein Mangel bestehe«. In der nahe gelegenen Großstadt, bei der dem
Amtsgericht Birglar vorgesetzten Behörde, die in einem Neubau mit
offenbar zuwenig Toiletten untergebracht war, gehörte es zu den Stan-
dardwitzen, jeden, der sich über Toilettenmangel beklagte, den Rat zu
geben, er möge doch per Taxi in das nur fünfundzwanzig Kilometer
entfernte Birglar fahren, wo notorischer Überfluß an justizeigenen Toiletten herrsche.

Im Verhandlungssaal herrschte unter den Zuschauern eine Stimmung, wie vor den Aufführungen von Liebhabertheatern, die ein klassisches Repertoirestück angekündigt haben; eine gewisse wohlwollende Spannung, die ihre Wohltemperiertheit aus der Risikolosigkeit des Unternehmens bezieht: man kennt die Handlung, kennt die Rollen, deren Besetzung, erwartet keine Überraschungen und ist dennoch gespannt; geht's schief, so ist nicht viel verloren, höchstens ein wenig liebenswürdiger Eifer verschwendet; geht's gut: desto besser. Allen Anwesenden waren die Ergebnisse des Ermittlungsverfahrens und der Voruntersuchung auf dem Umweg über direkte oder indirekte Indiskretionen, wie sie in kleinen Ortschaften unvermeidlich sind, bekannt. Jeder wußte, daß die beiden Angeklagten voll geständig waren, sie waren sogar, wie der Staatsanwalt vor wenigen Tagen im vertrauten Kreis gesagt hatte, »nicht nur geständiger« als alle Angeklagten, die er je gesehen hatte, nein, sie waren »die geständigsten«; sie hatten weder während des Ermittlungsverfahrens noch während der Voruntersuchung den Zeugen oder Gutachtern widersprochen. Es werde, so hatte der Staatsanwalt geäußert, eines jener reibungslosen Verfahren, wie sie jedem erfahrenen Juristen unheimlich seien.

Nur drei im Zuschauerrraum anwesende Personen wußten, was gewiß auch »andernorts« – so nannte man in solchen Fällen die nahe gelegene Großstadt – bekannt war: daß die Staatsmacht, indem sie sich darauf beschränkte, den Angeklagten lediglich Sachbeschädigung und groben Unfug und nicht Brandstiftung zur Last zu legen, indem sie außerdem einen Einzelrichter als ausreichende Instanz mit der Durchführung des Verfahrens befaßte, auf eine überraschende Weise tiefstapelte.

Die beiden Personen, die Einblick in solche Zusammenhänge hatten, waren die Frau des Staatsanwalts Dr. Kugl-Egger, die erst vor wenigen Tagen, nachdem ihr Mann endlich eine Wohnung gefunden hatte, nach Birglar übergesiedelt war, und die Frau des Verteidigers Dr. Hermes, eine Kaufmannstochter aus Birglar, die, was sie wußte, schon dem Reporter Brehsel am Vorabend erzählt hatte: daß man »andernorts« entschieden habe, weder ein Schöffengericht noch – was durchaus »drin« gewesen wäre – eine große Strafkammer zu befassen; da man aber wisse, daß kein Verteidiger so pervers reagiere, wenn er die Möglichkeit habe, seine Angeklagten von einem müden alten Humanitätslöwen wie Stollfuss abgeurteilt zu sehen, ihn vor die kleine Strafkammer, den »miesen Köter« Prell zu schleppen: habe man »andernorts« entschieden, den Fall Gruhl kleinzuhalten; darin müsse ein unausgesprochenes, aber spürbares Entgegenkommen erblickt werden und gleichzeitig eine Bitte um Entgegenkommen; Hermes, ihr Mann, behalte sich aber vor, je nachdem, wie der Fall verliefe, beides, Entgegenkommen und Bitte um Entgegenkommen, abzulehnen und auf einer neuen Verhandlung, mindestens vor einem Schöffengericht, zu bestehen.

Die dritte im Zuschauerraum anwesende Person, die über solche Zusammenhänge informiert war, Amtsgerichtsrat Bergnolte, wäre außerstande gewesen, sich solche Überlegungen bewußt zu machen; als Mensch von hoher Wahrnehmungsintelligenz, einer sprichwörtlichen Kenntnis der Gesetzestexte begriff er zwar den Vorgang: daß die zur Wiederherstellung des Rechtes vorhandene, mit Macht ausgestattete Justiz hier, wie ein Kollege es genannt hatte, »unter den Strich ging«; doch Begriffe wie Entgegenkommen oder gar Bitte um Entgegenkommen hätte er in diesem Zusammenhang als unzulässig bezeichnet.

Als Richter und Staatsanwalt eintraten und sich auf ihre Plätze begaben, die Zuschauer sich erhoben, zeigte sich in der Art, wie sie aufstanden, sich wieder hinsetzten, jene familiäre Lässigkeit, wie man sie nur in Klostergemeinschaften kennt, wo das Ritual zur freundlichen Gebärde unter Vertrauten geworden ist. Auch als die Angeklagten hereingeführt wurden, war die Bewegung nicht heftiger; fast alle Anwesenden kannten sie, wußten auch, daß sie während ihrer zehn Wochen dauernden Untersuchungshaft Frühstück, Mittagessen und Abendbrot aus dem besten Haus am Platze gebracht bekamen, von einer jungen Dame, einem der hübschesten Mädchen, die je im Kreis Birglar aufgewachsen waren; so gut, wie sie während der Untersuchungshaft versorgt wurden, waren die beiden seit zweiundzwanzig Jahren, seit dem Tode ihrer Frau und Mutter, nie versorgt worden; es wurde sogar gemunkelt, sie würden gelegentlich, wenn nicht gerade andere Häftlinge einsaßen, deren Indiskretion zu fürchten gewesen wäre, zu besonders populären Fernsehsendungen in das Wohnzimmer des Justizwachtmeisters Schroer eingelassen; Schroer und seine Frau widersprachen zwar diesen Gerüchten, aber nicht allzu heftig.

Lediglich der Frau des Staatsanwalts und dem Bergnolte waren die Angeklagten nicht bekannt; die Frau des Staatsanwalts gestand beim Mittagessen ihrem Mann, sie habe sofort eine starke Sympathie für beide empfunden. Bergnolte bezeichnete am Abend den Eindruck, den er gewann, als »wider meinen Willen positiv«. Die beiden wirkten gesund, waren gut gekleidet, sauber und ruhig; sie wirkten nicht nur gefaßt, sondern heiter.

Die Vernehmungen zur Person verliefen fast reibungslos; sieht man davon ab, daß Dr. Stollfuss tun mußte, was er gewöhnlich tun mußte: die Angeklagten aufzufordern, lauter, artikulierter zu sprechen und nicht zu sehr in den zungenschweren Dialekt der Landschaft zu verfallen; sieht man davon ab, daß dem Staatsanwalt, einem Orts- und Landschaftsfremden gelegentlich Dialektausdrücke ins Hochdeutsche übersetzt werden mußten, geschah nicht viel Erwähnenswertes, wurde auch nicht viel Neues zur Sprache gebracht. Der Angeklagte Gruhl sen., der seine Vornamen mit *Johann* Heinrich Georg angab, sein Alter mit fünfzig, ein schmaler, fast zarter mittelgroßer Mensch, dessen Kahlkopf dunkel schimmerte, sagte, bevor er sachliche Angaben zu seiner Person machte, er wolle hier noch etwas mitteilen, das der Herr Vorsitzende, den er kenne, schätze, ja, verehre, ihm nicht verübeln möge; es sei eben, was er zu sagen habe, die Wahrheit, die reine Wahrheit und nichts als die reine Wahrheit, wenn es auch eine sehr persönliche Aussage sei; was er sagen wolle: ihm läge nichts, nicht das geringste an Recht und Gesetz, er würde auch hier keine Aussage machen, nicht einmal sein Alter angeben, wenn nicht – und diese Aussage, die im Zuschauerraum kaum jemand verstand, ging in der tonlosen, leisen Aussprache des Gruhl fast verloren –, wenn nicht persönliche Gründe mitspielten; der erste dieser persönlichen Gründe sei seine Hochschätzung des Herrn Vorsitzenden, der zweite sei seine Hochschätzung der Zeugen, besonders des Polizeimeisters Kirffel, der ein guter, ja, sehr guter Freund seines Vaters, des Landwirts Gruhl aus Dulbenweiler, gewesen sei; auch die Zeuginnen Leuffen, seine Schwiegermutter, und Wermelskirchen, seine Nachbarin, die Zeugen Horn, Grähn und Hall und Kirffel wolle er hier nicht im Stich lassen oder in Schwierigkeiten bringen – *deshalb* sage er aus, nicht weil er erwarte, daß »aus den Gebetsmühlen der Gerechtigkeit auch nur ein Körnchen Wahrheit herausgemahlen« werde.

Während des größeren Teils dieser Vor-Aussage sprach er Dialekt, und weder der Vorsitzende noch der Verteidiger, die ihm beide wohlwollten, unterbrachen ihn oder forderten ihn auf, deutlich und in Hochdeutsch zu sprechen; der Staatsanwalt, der sich schon oft mit Gruhl unterhalten hatte und den Dialekt weder mochte noch verstand, hörte gar nicht richtig hin; der Protokollführer Referendar Außem schrieb in diesem Stadium noch nicht mit: ihn langweilte diese Verhandlung ohnehin. Ein paar Brocken dieser rasch und tonlos vorgebrachten Einleitung verstanden unter den Zuschauern nur zwei Kollegen des Gruhl, Frau Dr. Hermes und eine ältere, fast ältliche Dame, Fräulein Agnes Hall, die den Gruhl sehr gut kannte. Gruhl gab dann seinen Beruf als den eines Tischlermeisters an, seinen Geburtsort mit Dulbenweiler, Kreis Birglar; dort habe er die Volksschule besucht und im Jahre 1929 absolviert; dann sei er in Birglar »bei meinem verehrten Meister Horn« in die Lehre gegangen, habe schon im dritten Lehrjahr Abendkurse an der Kunstgewerbeschule der nahe gelegenen Großstadt besucht, sich im Jahre 1936 im Alter von einundzwanzig Jahren selbständig gemacht, mit dreiundzwanzig habe er im Jahre 1937 geheiratet, mit fünfundzwanzig »im erforderlichen Mindestalter« im Jahre 1939 seine Meisterprüfung gemacht; er sei erst 1940 eingezogen worden, bis 1945 Soldat gewesen.

Hier unterbrach der Vorsitzende zum erstenmal Gruhls monotone, kaum verständliche Aussage, von der der Protokollführer später sagte, er habe dabei dauernd ein heftiges Gähnen unterdrücken müssen, und fragte den Angeklagten, ob er an Kampfhandlungen während des Krieges teilgenommen oder sich vor oder während des Krieges politisch betätigt habe. Gruhl, fast mürrisch – obwohl von Dr. Stollfuss energisch aufgefordert, lauter zu sprechen – sagte tonlos und fast unverständlich, er habe zu diesem Punkt fast dasselbe zu sagen wie zu Recht und Gesetz; er habe weder an Kampfhandlungen teilgenommen noch sich politisch betätigt, er möchte aber – und hier wurde er ein wenig lauter, weil er ärgerlich zu werden schien –, er möchte aber betonen, daß dies weder aus Heroismus noch aus Gleichgültigkeit geschehen sei: dieser »Blödsinn« sei ihm einfach zu dumm gewesen. Was seine Dienstzeit als Soldat betreffe, so sei er meistens in seiner Eigenschaft als Möbeltischler damit beschäftigt gewesen, Offiziersquartiere und -kasinos in »deren für mich undiskutablem Geschmack« auszustatten, hauptsächlich aber habe er »gestohlene oder beschlagnahmte Directoire-, Empire- und manchmal auch Louis-Seize-Möbel« im besetzten Frankreich restauriert und sachgerecht für den Versand nach Deutschland verpackt. Hier griff der Staatsanwalt ein, der Verwahrung gegen den Terminus »gestohlen« einlegte, der angetan sei, »überholte Kollektivvorstellungen von deutscher Barbarei« zu bekräftigen oder wiederzuerwecken; im übrigen, das sei so rechts- wie aktennotorisch, sei der Abtransport »französischen Eigentums aus dem besetzten Frankreich« verboten gewesen, ja, habe unter hoher Strafe gestanden. Gruhl blickte ihn ruhig an und erwiderte, er wisse nicht nur, er könne beschwören – falls ihm ein Schwur angebracht erschiene –, daß der größere Teil der Möbel gestohlen gewesen und trotz des Verbots, von dem er wisse, nach Deutschland transportiert worden sei, »meistens in den Flugzeugen hochdekorierter Sportskameraden«; es sei ihm, fügte Gruhl hinzu, schnurz und schnuppe, ob er damit ein Kollektivurteil ausspreche oder nicht. Was die Frage nach seiner politischen Betätigung betreffe: für Politik habe er sich nie sonderlich interessiert, »erst recht nicht für diesen Blödsinn«, der damals im Gang gewesen sei; seine verstorbene Frau sei sehr religiös gewesen, sie habe vom »Antichrist« gesprochen; das habe er, obwohl er seine Frau sehr geliebt habe, zwar nicht verstanden, aber respektiert und er habe »fast verehrt, wie sie sich ereiferte«; selbstverständlich sei er immer auf »der Seite der anderen gewesen«, das sei aber, wie er betonen möchte, *selbstverständlich*. Nach dem Krieg sei es ihm unter Mithilfe holländischer Freunde – er sei damals in Amsterdam gewesen – gelungen, »irgendeiner Gefangenschaft zu entgehen«, und er habe von 1945 an, jetzt in Huskirchen, wieder als Tischlermeister gelebt und gearbeitet. Er wurde vom Staatsanwalt gefragt, was er unter dem von ihm so betonten *selbstver-*

ständlich verstehe. Gruhl antwortete: »Das würden Sie doch nicht verstehen.« Der Staatsanwalt legte, zum erstenmal leicht gereizt, Verwahrung gegen diese unzulässige Beurteilung seiner Intelligenz seitens des Angeklagten ein. Als Gruhl, von Dr. Stollfuss gerügt, aufgefordert wurde, dem Staatsanwalt Antwort zu geben, sagte er, das sei ihm zu umständlich und er verweigere die Aussage. Vom Staatsanwalt, der böse zu werden begann, gefragt, ob er je mit dem Gesetz in Konflikt gekommen sei, sagte Gruhl, er habe in den letzten zehn Jahren in ständigem Konflikt mit dem Gesetz, dem Steuergesetz, gelebt, vorbestraft sei er aber im Sinne der Frage des Herrn Staatsanwalts nicht. Energisch dazu aufgefordert, die Beurteilung von »im Sinne des Staatsanwalts« diesem selbst zu überlassen, sagte Gruhl, er wolle ja nicht so sein und zugeben, daß er ständig unter Pfändungs- und Zwangsvollstreckungsbefehlen gestanden habe; darüber könne ja der Hubert aussagen; Hubert – das erklärte Gruhl, der auch gereizt zu werden begann, auf die Frage des Staatsanwalts – sei der *Herr* Gerichtsvollzieher Hubert Hall, wohnhaft in Birglar, übrigens ein Vetter des Vaters seiner Schwiegermutter, wenn er es genau ausdrücken dürfe. Vom Verteidiger nach seinen Einkommensverhältnissen und seiner Vermögenslage gefragt, lachte Gruhl liebenswürdig und bat darum, die Beantwortung dieser Frage, die sehr, sehr kompliziert sei, dem Zeugen Hall und dem Volkswirt Dr. Grähn überlassen zu dürfen.

Sein Sohn, Georg Gruhl, einen Kopf größer als der Vater, schwerer auch als dieser, fast dicklich, blond, glich dem Vater gar nicht, sehr aber seiner verstorbenen Mutter, die manche Zuschauer »direkt in ihm wiederzusehen« glaubten. Lieschen Gruhl, eine geborene Leuffen, Metzgertochter aus Huskirchen, deren Blondheit und Blässe so sprichwörtlich gewesen waren wie ihre Frömmigkeit und heitere Sanftmut, die in der mündlichen Überlieferung der Bevölkerung der umliegenden Dörfer als »Leuffens Lies« noch immer mit poetischen Vokabeln wie »unser Goldengel«, »zu gut für diese Erde«, »fast eine Heilige« erwähnt wurde, hatte nur dieses eine Kind gehabt. Mit einer, wie einige Zuschauer empfanden, etwas zu stark aufgetragenen Fröhlichkeit gab Georg an, er habe in Huskirchen bis zur vierten Klasse die Volksschule besucht, dann die Realschule in Birglar, habe aber schon seit seiner frühen Kindheit dem Vater geholfen und habe auf Grund einer Abmachung mit der Innung gleichzeitig mit der Abschlußprüfung in der Realschule, das heißt genau gesagt, wenige Wochen später, seine Prüfung als Tischlergehilfe abgelegt; er habe danach drei Jahre bei seinem Vater gearbeitet und sei mit zwanzig Jahren zur Bundeswehr eingezogen worden; »als das passierte«, sei er Gefreiter bei der Bundeswehr gewesen. Im übrigen schließe er sich dem an, was sein Vater vor seiner Aussage als Erklärung gesagt habe.

Was die Zuschauer am jungen Gruhl »als etwas zu stark aufgetragene Fröhlichkeit« empfanden, wurde in einem mehr privaten Teil des Protokolls, das Referendar Außem sich als literarische Skizze anlegte, mehrmals als »frivole Heiterkeit« bezeichnet; so beantwortete der junge Gruhl auch einige Fragen des Staatsanwalts. Ob ihn die Haft psychisch belastet habe, möglicherweise Schädigungen hervorgerufen habe? Nein, sagte der junge Gruhl, er sei froh gewesen, nach der Militärzeit wieder mit seinem Vater zusammenzusein, und da sie auch die Erlaubnis bekommen hätten, kleinere Arbeiten auszuführen, habe er sogar einiges gelernt; sein Vater habe ihm auch Französischunterricht gegeben, und »körperlich« habe es ihnen an nichts gemangelt.

Obwohl den Zuschauern alles, fast mehr als die beiden Gruhl hier ohne Pathos bekanntgaben, vertraut war, schienen sie diesen Ausführungen mit großer Spannung zu lauschen; auch der Verlesung der Anklage, die nichts Neues für sie brachte, lauschten sie mit Teilnahme.

Die beiden Gruhl waren an einem Junitag des Jahres 1965 auf einem Feldweg, der von den Dörfern Dulbenweiler, Huskirchen und Kireskirchen gleich weit, nämlich ungefähr zwei Kilometer entfernt lag, entdeckt (hier verbesserte sich der Vorsitzende, Amtsgerichtsdirektor Dr. Stollfuss, in »ertappt«) worden, wie sie, beide saßen rauchend auf einem Grenzstein, einen Jeep der deutschen Bundeswehr abbrennen ließen, als dessen Fahrer sich später der junge Gruhl herausstellte; nicht nur »seelenruhig, sondern mit offensichtlicher Genugtuung«, wie der Polizeimeister Kirffel aus Birglar zu Protokoll gegeben hatte, schauten sie dem Brand zu. Der Tank des Jeeps war, wie der Brandsachverständige Professor Kalburg, der als einer der bedeutendsten Pyrotechniker galt und hatte kommissarisch vernommen werden müssen, in einem schriftlichen Gutachten festgelegt hatte, zuerst durchlöchert worden »mit einem spitzen stählernen Gegenstand«, dann erst, was am Tatort geschehen sein müsse, aufgefüllt worden, auch müsse der Jeep »regelrecht mit Brennstoff übergossen, ja, geradezu durchtränkt worden sein«, denn ein bloßes Leerbrennen des Tanks habe solche Verheerungen, wie sie festgestellt worden seien, nicht bewirken können. Angesichts dieser mutwillig vorgenommenen Perforation, so hatte Professor Kalburg es formuliert, habe eine Explosion als fast ausgeschlossen gelten können.

Das »erhebliche Feuer« hatte, obwohl die von den beiden Gruhl zugegebenermaßen mit Vorbedacht ausgewählte Stelle von den umliegenden Dörfern jene bereits erwähnten je zwei Kilometer entfernt, also in »relativer« Einsamkeit liege, in erstaunlich geringer Zeit eine Menschenmenge herbeigelockt, Bauern und Landarbeiter von den umliegenden Feldern. Schulkinder, die aus Huskirchen kommend auf dem Heimweg in die umliegenden Weiler Dulbenhoven und Dulbkirchen sich befanden, vor allem aber Autofahrer, die von der Landstraße, einer Bundesstraße zweiter Ordnung aus, den ungewöhnlichen Brand bemerkt, angehalten hatten, um Hilfe zu leisten, ihre Neugierde zu befriedigen oder sich am Anblick des »erheblichen Feuers« zu ergötzen.

Zur Sache vernommen, erklärten beide Angeklagten, die Schilderung stimme wortwörtlich, sie hätten nichts hinzuzufügen; einige für sie wichtige Details würden sich noch aus den Zeugenaussagen ergeben. Vom Vorsitzenden aufgefordert, doch nun endlich anzugeben, was sie sowohl in der Voruntersuchung wie im Ermittlungs- und Zwischenverfahren verweigert hätten: eine Erklärung für diese unerklärliche Tat, sagten beide, unabhängig voneinander, ihr Anwalt werde in seinem Plädoyer darauf eingehen. Ob sie nicht wenigstens den sie erheblich belastenden Termini »seelenruhig« und »mit offensichtlicher Genugtuung« widersprechen oder diese einschränken möchten? Nein, der Polizeimeister Kirffel habe das sehr genau beobachtet und zutreffend beschrieben. Ob sie sich im Sinne der Anklage für schuldig erklärten. »Im Sinne der Anklage, ja« erklärten beide. Der Vorsitzende, der gegen seine Gewohnheit jetzt einige Gereiztheit zeigte, fragte, ob er dieses »im Sinne der Anklage« als einschränkend auffassen müsse, was beide Angeklagte bejahten und mit ihrer vor der Aussage abgegebenen Erklärung begründeten.

Vom Vorsitzenden gefragt, ob sie Reue empfänden, antworteten beide ohne Zögern und ohne Einschränkung mit »Nein«.

Vom Staatsanwalt aufgefordert, sich zur Durchlöcherung des Tanks zu äußern, wer von beiden, was noch immer nicht geklärt sei, nun die Durchlöcherung vorgenommen habe und wie, antwortete Gruhl sen., der Brandsachverständige habe festgestellt, die Durchlöcherung sei mit einem spitzen stählernen Gegenstand erfolgt, dem habe er nichts hinzuzufügen. Gefragt, ob die beiden Kanister, die man am Tatort gefunden, Eigentum der Bundeswehr gewesen wären, antwortete der junge Gruhl, ja, sie seien Eigentum der Bundeswehr gewesen, einer habe zur Ausrüstung des Jeeps gehört, den zweiten habe er mitbekommen, weil er eine »ziemlich lange Dienstfahrt« habe antreten sollen. Ob er die Dienstfahrt angetreten habe? Ja, angetreten habe er sie, doch er habe sie zu Hause unterbrochen und »dann nicht wieder aufgenommen«. Nicht der Staatsanwalt, der Verteidiger fragte den jungen Gruhl, welcher Art die Dienstfahrt gewesen sei, doch hier protestierte der Staatsanwalt, indem er sagte, eine solche Frage vor der Öffentlichkeit zu stellen sei unzulässig; er beantrage also, entweder die Frage nicht zuzulassen oder die Öffentlichkeit auszuschließen. Der Vorsitzende sagte, diese Frage bäte er dem Angeklagten Gruhl jun. in Gegenwart seines als Zeugen geladenen damaligen Vorgesetzten Oberleutnant Heimüller stellen zu dürfen; ob Verteidiger und Staatsanwalt damit einverstanden seien; beide nickten zustimmend.

Zur Beweisaufnahme sagte als erster der Kreisverkehrsbevollmächtigte Heuser aus, der darum gebeten hatte, seine Aussage als erster machen zu dürfen, da er einen über Nacht anberaumten wichtigen Termin, bei dem lebenswichtige Interessen des Kreises auf dem Spiel stünden, wahrzunehmen habe. Heuser, ein etwas aufdringlich gekleideter, auch ziemlich beleibter Mensch mit gelocktem Blondhaar, der sein Alter mit neunundzwanzig Jahren angab, seinen Beruf als den eines Verkehrssoziologen, sagte aus, »schon eine Viertelstunde nach dem als wahrscheinlich angenommenen Zeitpunkt der Brandstiftung«, also etwa gegen 12.45 Uhr, habe sich eine Menschenmenge von mehr als hundert Personen am Tatort befunden; es habe sich eine in südlicher Fahrtrichtung parkende Motorfahrzeugschlange von fünfundzwanzig, in nördlicher Fahrtrichtung eine solche von vierzig Motorfahrzeugen gebildet. Die Tatsache, daß die in nördlicher Fahrtrichtung haltende Schlange um fünfzehn Fahrzeuge länger gewesen sei als die in südlicher Richtung haltende, entspreche, wie Heuser in umständlicher, recht selbstgefälliger Redeweise zum Ausdruck brachte, »genau der Verkehrserfahrung, die wir im Kreise Birglar gesammelt haben und die als Verkehrsnotstand unseres Kreises der Öffentlichkeit hinlänglich bekannt ist«, da sie eine unterschiedliche Abnutzung der Straßenoberfläche mit sich bringe. Heuser ging dann noch auf ein Problem ein, das ihn offensichtlich sehr zu beschäftigen schien: womit der seit Jahren auf dieser Bundesstraße festgestellte »Nord-Süd-Überhang« an Verkehrsteilnehmern zu erklären sei, ein Überhang, der sich permanent auf die während der Affäre Gruhl festgestellten sechzig Prozent belaufe; Heuser nannte die auf der Rückfahrt von Süden nach Norden fehlenden Fahrzeuge »Ab- oder Ausweichler«, auch »Zirkulanten« (was wie Zigeuner klang), und führte diese ihn offensichtlich quälende Differenz auf die Tatsache zurück, daß eben nördlich Huskirchen »auf Grund soziologisch leicht zu erfassender Umstände ein Reisevertreteransiedlungsschwerpunkt entstanden sei und daß jene, die Reisevertreter, in nördlicher Richtung die Bundesstraße, auf ihrem Rückweg aber offensichtlich Nebenstraßen benutzten. Er übersah das Handzeichen des Vorsitzenden, der ihn hier unterbrechen wollte, und rief in den Saal, indem er drei Schwurfinger seiner rechten Hand drohend gegen Unbekannt erhob: »Aber ich werde noch dahinterkommen; ich werde diese Sache klären.« Er habe schon die Autonummern der »entsprechenden Herrschaften« notieren lassen und Ermittlungen eingeleitet über die Art und Weise, auch die Motive des Ab- und Ausweichens beziehungsweise der Zirkulation, denn eine einseitige Benutzung der Bundesstraße sei auf die Dauer »schlechthin nicht angängig«; dieser einseitige Verschleiß mache die Verhandlungen mit Bund und Ländern schwierig, die diesen auf die Landwirtschaft abzuschieben versuchten. Hier machte er endlich im Vortrag seiner Theorie eine Pause, die der Vorsitzende sofort benutzte, ihm jene schlichte Frage zu stellen, um deren Beantwortung es eigentlich ging: ob die Tat der beiden Angeklagten den Verkehr behindert habe. Heuser beantwortete diese Frage ohne Umschweife mit einem »Aber ja, ganz erheblich«. Es seien am Tatort zwei Unfälle passiert; ein Kleinwagen sei auf einen parkenden Mercedes 300 SL aufgefahren, es habe ein Handgemenge zwischen den beiden Fahrern gegeben, es seien beleidigende Äußerungen gefallen, der Mercedesfahrer habe von »Kaninchenzüchterauto«, der Fahrer des Kleinwagens von – »mit Verlaub, Herr Vorsitzender« – »Leute-Bescheißer-Auto« gesprochen. Außerdem habe er beobachtet, daß sich am Tatort die Fahrer eines Zementlastwagens mit den Fahrern eines Flaschenbierautos angefreundet hätten, daß es »an Ort und Stelle« zum Austausch von, »wie ich hoffe«, Deputaten gekommen sei; ob nun Bier gegen Zement oder Zement gegen Bier getauscht worden sei, in diesem Punkt wolle er sich nicht festlegen; er habe nur den Beifahrer des Flaschenbierlastwagens, einen gewissen Humpert aus dem Weiler Dulbenhoven, zwei Tage später seine Einfahrt mit Zement jener Firma ausbessern sehen; die beiden Zementfahrer aber hätten »das Bier auf der Stelle genossen« und wären drei Kilometer vom Tatort entfernt bei der Weiterfahrt von der Landstraße abgewichen und in eine Rübenmiete hineingefahren. Ein weiterer Unfall habe zwischen einem Tonröhrenlastwagen und einem Opel stattgefunden, sieben Tonröhren seien – aber hier blickte er plötzlich auf seine Armbanduhr, gab ein entsetztes »Um Himmels willen, die Landtagsabgeordneten warten ja schon« zu Protokoll und bat mit hastiger Stimme darum, entlassen zu werden. Der Vorsitzende blickte Verteidiger und Staatsanwalt fragend an – beide schüttelten resigniert den Kopf, und Heuser verließ, im Abgehen noch »Verkehrsnotstand« murmelnd, den Saal. Niemand, am wenigsten seine Frau, die im Zuschauerraum saß, bedauerte Heusers Abgang.

Die Aussagen des alten Polizeimeisters Kirffel waren klipp und klar. Er sagte, der Tatort sei allen Ortsansässigen im weiten Umkreis unter dem Namen »Küppers Baum« bekannt; obwohl dort weit und breit kein Baum zu sehen sei, auch nie zu sehen gewesen wäre – nicht einmal in seiner Kindheit habe er dort je einen Baum gesehen –, wähle er diese Bezeichnung, weil sie auch auf Flurkarten so vermerkt sei. Der als Heimatforscher bekannte Lehrer Hermes aus Kireskirchen habe den Namen so erklärt: daß vor einigen Generationen wahrscheinlich dort ein Baum gestanden hätte, an dem sich ein gewisser Küpper erhängt habe oder gehenkt worden sei. Was Heuser umständlich dargetan hatte, bestätigte er in wenigen Sätzen: die Verkehrsstauung, die beiden Unfälle, Handgemenge, Austausch von Beleidigungen; zwei Beleidigungsklagen seien schon anhängig, außerdem Schadenersatzklagen der anrainenden

Bauern wegen Flurschadens; bei dem Zusammenstoß zwischen Tonröhrenlastwagen und Opel seien zum Glück keine Personen zu Schaden gekommen, es sei nur erheblicher Protokollierungsärger entstanden, denn zu allem Überdruß sei von einem vorüberfahrenden Radfahrer, dem Bauern Alfons Mertens, mit der Felge des Hinterrads, »natürlich unwillentlich«, eine kleine Tonscherbe gegen einen fabrikneuen stahlblauen Citroën geschleudert worden und habe auf dessen Kotflügellack »eine, ich muß schon sagen, sehr unangenehme Verkratzung« verursacht. Kirffel bestätigte auch den Rübenmietenunfall des Zementlastwagens, betonte aber, Trunkenheit am Steuer sei als ausgeschlossen festgestellt worden; der Unfall sei nachweislich durch fauliges Rübenlaub verursacht worden, das nach Öffnen der Miete auf der Straße gelegen habe. Kirffel bediente sich mehrfach des für Rübenmiete landschaftsüblichen Ausdrucks »Patschkuhl«, der dem Staatsanwalt, einem kürzlich erst aus Bayern zugezogenen Beamten, übersetzt werden mußte.

Kirffel, ein schwerfällig gewordener grauhaariger Polizeibeamter, der es im privaten Kreis als »bitter, aber notwendig« bezeichnet hatte, daß er so kurz vor seiner Pensionierung in seiner wahrscheinlich letzten Aussage vor Gericht ausgerechnet den Sohn und Enkel seines alten Freundes Gruhl belasten müsse; Kirffel, dem man den Dorfpolizisten alten Stils noch anmerkte, berichtete weiter, der Jeep sei inzwischen schon fast ausgebrannt gewesen, habe nur noch gequalmt und »Funken von sich gegeben«, die ihn veranlaßt hätten, die Schulkinder noch weiter wegzuscheuchen. Die beiden am Tatort anwesenden Polizeiwachtmeister Schniekens und Tervel hätten inzwischen mühsam die beiden Autoschlangen wieder in Gang gesetzt; der erforderlichen Protokollierung wegen blieben lediglich am Tatort: die Fahrer des Mercedes, des Kleinwagens, des Opels, des Citroëns und des Tonröhrenlastwagens und der Bauer Alfons Mertens, den er aber bald habe weiterfahren lassen, da ihm dessen Personalien bekannt gewesen seien. Was den alten Kirffel am meisten erstaunt, »ja fast empört« hatte, war die Tatsache, daß die beiden Gruhl gar nicht erst den Versuch gemacht hatten, einen Unfall vorzutäuschen, sondern ohne Umschweife zugaben, den Jeep absichtlich in Brand gesteckt zu haben. Hier griff zum erstenmal der Verteidiger, der junge aus Birglar stammende Anwalt Dr. Hermes ein; er stellte Kirffel die Frage, wieso er als erfahrener Polizeimeister eine Lüge oder Ausflucht als das Wahrscheinlichere erwartet habe, ob er, der Verteidiger, vielleicht daraus den Schluß ziehen müsse, der ihm in seinem weiteren Leben als Anwalt vielleicht zugute kommen könne: zu lügen sei in solchen Fällen das Übliche, und vielleicht sei das rasche Geständnis seiner Mandanten eine Lüge gewesen. Bevor der erstaunte Kirffel, der Hermes natürlich von Kindsbeinen an kannte und später im privaten Kreis diese Frage mit »unfair, aber geschickt – das wird mal ein guter

Anwalt« kommentierte, bevor Kirffel, dessen Bedächtigkeit im Alter zu Schwerfälligkeit geworden war, antworten konnte, nahm Staatsanwalt Dr. Kugl-Egger den Fehdehandschuh auf, erklärte mit scharfer Stimme, er verwahre sich gegen den Versuch, einen Beamten zu diffamieren, dessen Redlichkeit und untadelige politische Vergangenheit über jeden Zweifel erhaben sei. Er könne die Empörung des Zeugen sehr leicht erklären: eine solch schändliche, ja, zerstörerische Tat blankweg zu gestehen, ohne Reue zu zeigen oder Ausflüchte zu versuchen, das müsse das gesunde Volksempfinden empören. Er, der Staatsanwalt, und er werde noch ausführlich darauf zurückkommen, empfinde dieses »nackte Geständnis« als ausgesprochen empörend, weil es das frivole Bewußtsein der Angeklagten im rechten Licht zeige. Der Verteidiger antwortete, das gesunde Volksempfinden habe die Tat der Gruhl keineswegs empörend oder verbrecherisch empfunden – eher als einen »etwas zu weit gehenden Spaß«, und natürlich habe ihm, dem Verteidiger, nicht das geringste daran gelegen, Kirffel zu diffamieren, den er schätze und als musterhaften Beamten empfinde. Er habe lediglich von dessen langjähriger psychologischer Erfahrung mit auf frischer Tat Ertappten ein wenig profitieren wollen.

Hier mußte die Verhandlung unterbrochen werden, weil ein kleiner Tumult entstand. Der Angeklagte Gruhl sen. hatte sich ungeniert, auch unbemerkt, weil »keiner seinen Augen zu trauen wagte«, wie das Außemsche Privat-Protokoll festhielt, seine Tabakspfeife angezündet und – wie das Protokoll weiterhin festhielt – »mit frivoler Heiterkeit« geraucht; Justizwachtmeister Schroer, der Aufsehen vermeiden wollte, versuchte Gruhl die Pfeife aus der Hand zu nehmen; Gruhl wehrte sich, mehr instinktiv als in böser Absicht, riß die Tabakspfeife hoch, wodurch eine brennende Grobschnittflocke einer Dame im Zuschauerraum in den Halsausschnitt geschleudert wurde; die Dame, Frau Schorf-Kreidel, die jugendliche Gattin des Mercedes-300-Fahrers, die nur gekommen war, um, falls sich die Gelegenheit böte, zu Protokoll zu geben, daß ihr Mann seit dieser »kommunistischen Beschimpfung« an einem Nervenleiden darniederliege, das durch den behandelnden Arzt, Professor Fuhlbrock, bescheinigt werden könne; daß es gerade ihren Mann, dessen sozial fortschrittliche Gesinnung weithin bekannt, bei links und rechts gefürchtet sei, sehr getroffen habe, von diesem Kerl aus Huskirchen, dessen Gesinnung ebenso bekannt sei, beschimpft worden zu sein; die Dame schrie auf, was hinwiederum Gruhl zu einer erschreckten Bewegung veranlaßte, der dadurch mehrere Flocken glühenden Grobschnitts einer weiteren Dame in den Schoß schleuderte, wodurch ein Brandloch in deren neuerworbenem Seidenkleid entstand; auch diese Dame schrie; kurz: es entstand ein kleiner Tumult, die Verhandlung mußte unterbrochen werden; ein sonntäglich gekleideter Zuschauer, der später als der Metzgermeister Leuffen aus Huskirchen, Schwager ersten Grades des Angeklagten Gruhl, identifiziert werden konnte, rief im Hinausgehen den beiden Angeklagten das bei Dorfschlägereien übliche »Drop, immer drop, Johann und Schorch, immer drop«! zu. Dem Vorsitzenden blieb auch nach der kurzen Verhandlungspause, die er benutzte, um mit seiner Frau zu telefonieren und ein paar Züge an einer Zigarre zu tun, Ärger nicht erspart; sobald Gericht und Anklage wieder Platz genommen hatten, stand die Dame mit dem beschädigten Seidenkleid unaufgefordert auf und fragte den Vorsitzenden, den sie ungeniert mit »Du« und »Alois« anredete, wer denn nun ersatzpflichtig sei; der Angeklagte Gruhl, der Justizwachtmeister Schroer, das Gericht, sie selbst oder ihre Versicherung. Was den Vorsitzenden besonders ärgerte, war die Tatsache, daß sie, nicht ohne verletzende Absicht, wie er vermutete, indem sie seinen Vornamen nannte, ein seit vielen Jahren in Birglar sorgsam gehütetes Geheimnis öffentlich preisgab, denn er war allen, die ihn mit Vornamen anredeten, als Louis bekannt; nicht einmal seine Frau erinnerte sich seines wahren und wirklichen Vornamens, dessen er sich zu sehr schämte. Diese Dame, seine Kusine ersten Grades, Agnes Hall, deren feines jüngferliches Gesicht eine zarte Schönheit bewahrt hatte, wie sie Ehefrauen gleichen Alters oft versagt bleibt, wohnte seit nunmehr zwanzig Jahren allen öffentlichen Verhandlungen bei, die er leitete; jeder kannte sie als »Agnes das Gerichtsmöbel«; sie wohnte, finanziell in mehr als unabhängiger Position, in einem alten Patrizierhaus, in dem Stollfuss' Mutter, eine Hall, geboren war und in dem Stollfuss als junger Mensch, noch als Assessor, viel verkehrt hatte, ja fast aus- und eingegangen war, auch oft, um Agnes zum Tanze oder zu anderen Vergnügungen abzuholen. Die Tatsache, daß sie den stummen Vorwurf, sie nicht geheiratet zu haben, nun in eine solche öffentliche Ungezogenheit verwandelte, mißdeutete Stollfuss gründlich; er empfand es als nackte, überraschende Bosheit, während sie, die am Morgen telefonisch davon unterrichtet worden war, daß seine Pensionierung nun endlich durch sei – sie wollte nur, da sie ihm wohl nie mehr begegnen würde, Abschied von ihm nehmen, ihn wenigstens noch einmal mit Alois angeredet haben, eine Freude, die niemand begreift, der platonische Existenzen nicht begreift. Stollfuss, der ohnehin eine immer größer werdende Gereiztheit spürte, reagierte unerwartet böse: Mit strengen Worten belehrte er Agnes, die er – zum erstenmal in seinem und ihrem Leben – mit »Fräulein Hall« anredete, daß sie vor Gericht nicht unaufgefordert zu sprechen habe; daß es hier um die Wiederherstellung des Rechts und nicht um banale, sekundäre Versicherungsfragen gehe. Wissend, daß ihr das gut zu Gesicht stand, setzte sie einen zarten Hohn aufs Gesicht, dann, als das nicht zu fruchten schien, weil Stollfuss, der viel amtlicher, als er's bisher getan hatte, sprach, in seiner trockenen und strengen Belehrung fortfuhr, zeigte Fräulein Hall Ansätze von Aufsässigkeit: ein gekränktes Verzerren der Schultern, mucksig aufgeworfene Lippen, und Stollfuss verwies sie des Saales, den sie stolz, mit erhobenen Schultern verließ; es herrschte ein peinliches Schweigen, als diese schöne alte Frau in einem Stil, der nur als »rauschend« bezeichnet werden kann, den Saal verließ; Stollfuss blickte ihr nach: erst verärgert, dann gedemütigt – dann räusperte er sich und bat den alten Kirffel wieder in den Zeugenstand. Schärfer, als der es verdient hatte, forderte er ihn auf, alles Nebensächliche – die Verkehrsstauung, deren Folgen, die damit zusammenhängenden Rechtsverletzungen, die daraus sich ergebenden Privatklagen und zu erwartenden Versicherungskontroversen – endgültig auszuschalten. Kirffel, den der Vorfall mit der Hall arg mitgenommen hatte, gab mit leiser Stimme zu Protokoll, er habe nach Regelung der verschiedenen »Aufhaltungen« sich sofort zu den Angeklagten begeben wollen, aber da sei die Feuerwehr am Tatort erschienen, und er habe nur mit äußerster Mühe und Not verhindern können, daß diese, die schon an der nahe gelegenen Duhr ihre Pumpe angesetzt gehabt habe, den langsam ausglühenden Jeep unter »Wasserbeschuß« genommen und so eventuelle Spuren und Beweise zerstört hätte; die Feuerwehr sei, »wie üblich gekränkt in solchen Fällen«, abgezogen, und er habe endlich Zeit gehabt, sich den Angeklagten zu nähern. Aus einer Entfernung von etwa sechs Metern schon habe er ihnen zugerufen: »Mein Gott, wie ist das denn passiert?« Darauf habe der junge Gruhl geantwortet: »Wir haben das Ding in Brand gesteckt.« Er, einigermaßen erstaunt: »Aber warum denn das?« Der alte Gruhl: »Wir froren ein bißchen und wollten uns durch ein Häppening aufwärmen.« Er: »Hännchen – sein Vater war einer meiner besten Freunde, ich kenne den Angeklagten schon von Kindesbeinen an und duze ihn –, weißt du, was du da sagst?« Der alte Gruhl: »Ich weiß, was ich sage, es war ein Häppening.« Er zum jungen Gruhl: »Schorch – hat das Hännchen einen sitzen?« Der junge Gruhl: »Nee, Hennes – ich heiße mit Vornamen Heinrich, Herr Vorsitzender –, so nüchtern ist der schon lange nicht gewesen.« Kirffel fügte hinzu, diese ganze Unterhaltung sei im Dialekt geführt worden. Kirffel erzählte später, diese seine letzte Aussage vor Gericht sei wohl die »ungefähr fünfhundertste in einer von Stollfuss geführten Verhandlung« gewesen, und es sei ihm wie auch Stollfuss, was er bemerkt habe, schwergefallen, sich aufs rein Sachliche zu beschränken, denn sie beide, Stollfuss und er, hätten in dem »meist vergeblichen Bestreben, ein bißchen Ordnung in diese verrückte Welt zu bekommen«, so manches Mal, was die Personen beträfe, gegeneinander, was die Sache beträfe, aber immer miteinander gekämpft. Wie oft wohl, erzählte Kirffel, habe er allein diese Bemerkung zu Protokoll geben müssen: daß sein Vorname Heinrich sei, der jeweils Angeklagte ihn also mit

Hennes angesprochen habe; allein diesen Satz habe er sicher zweihundert Mal zu Protokoll gegeben.

Der Verteidiger bat, an den Zeugen Kirffel einige Fragen stellen zu dürfen; als ihm dies gewährt wurde, sagte er, bevor er die Fragen stelle, möchte er betonen, daß es ihm nicht darum ginge, Kirffel, den er verehre und als zuverlässigen Polizeibeamten und makellosen Zeugen schätze, eine Falle zu stellen, seinen Bildungsstand in Frage zu stellen oder ihn lächerlich zu machen; Hermes erhitzte und verhedderte sich ein wenig, als er hinzufügte, die Frage sei, obwohl wahrscheinlich nebensächlich erscheinend, für seine Mandanten von entscheidender Wichtigkeit. Dann bat er den Zeugen Kirffel, ihm und dem Gericht doch zu erklären, wie er, Kirffel, den Ausdruck Häppening verstanden habe. Kirffel, der erst zustimmend nickte, womit er ausdrücken wollte, daß er diese Frage nicht als unfair empfand, schüttelte dann den Kopf und sagte, er habe den Ausdruck nicht recht verstanden, ihm aber auch keine Bedeutung beigemessen. Später habe er darüber nachgedacht und ihn sich ungefähr so gedeutet: es sei bekannt gewesen, daß Gruhl immer zu Scherzen aufgelegt und immer ohne Bargeld gewesen sei; daß er bei jeder Gelegenheit, da er ständig vom Gerichtsvollzieher verfolgt gewesen sei, betont habe, er habe keinen Pfennig, was im Dialekt Penning heiße, und er habe sich dieses Häppening als ein verstümmeltes »Ich habe keinen Pfennig« ausgelegt, obwohl ihm auch dadurch der Zusammenhang nicht klargeworden sei; so habe er es als eine unwichtige Variation auf Gruhls »altes Lied« von seiner Bargeldlosigkeit empfunden. In einen Zusammenhang mit der Tat habe er es nicht bringen können. Als der Verteidiger ihn fragte, wie er Häppening schreiben würde beziehungsweise im Protokoll geschrieben habe, ob mit a oder mit ä, antwortete Kirffel, er habe das Wort in seinem ersten Protokoll gar nicht erwähnt, wenn er es aber schreiben müsse, würde er es selbstverständlich mit ä schreiben, denn es sei eindeutig kein a, sondern ein ä gewesen beziehungsweise von Gruhl so ausgesprochen worden. Der Vorsitzende, dem diese Ablenkung nach dem peinlichen Zwischenfall mit seiner Kusine willkommen war, folgte dem Dialog zwischen Hermes und Kirffel mit interessiert erhobenen Brauen. Als Kirffel die Frage nach der Schreibweise des Wortes Häppening mit ä beantwortet hatte, fragte der Vorsitzende den Verteidiger, warum er auf der exakten Feststellung solcher phonetischer Kleinigkeiten bestehe; Hermes antwortete mit dem ominösen Hinweis, seine Fragen hätten *nicht* den Sinn, die Glaubwürdigkeit des Zeugen Kirffel in Frage zu stellen, mehr könne er in diesem Stadium des Prozesses nicht sagen.

Der Staatsanwalt verfolgte diese Auseinandersetzung über a und ä mit einem süffisanten Lächeln, murmelte etwas von »der Spitzfindigkeit, mit der hier rheinische Kinkerlitzchen abgehandelt würden«, die keinem etwas nützten. Ihm erschien das, wie übrigens auch dem Vorsitzenden, wie eine müßige, nur als Arabeske begreifbare Auseinandersetzung über einen Dialektausdruck, der ihm, dem Staatsanwalt, auf eine lächerliche Weise nebensächlich erschien. Er hatte in diesem ihm fremd und zungenschwer erscheinenden Dialekt schon manchen Anklang an die englische Sprechweise entdeckt, und der Ausdruck Häppening erinnerte ihn an die englische Sprechweise von Halfpenny. Als der Verteidiger darum bat, diese Ä-a-Auseinandersetzung ins Protokoll aufzunehmen, was ihm vom Vorsitzenden mit einem Lächeln gewährt wurde, lachte der Staatsanwalt, wurde aber sofort wieder ernst, als er dem Angeklagten Gruhl die Frage stellte, ob er das ernst gemeint habe, als er am Tatort gesagt, ihn fröre oder ihm sei kalt, es sei doch ein sehr heißer Junitag gewesen und eine Temperatur um 29 Grad im Schatten. Gruhl antwortete, ihm sei immer sehr kalt, wenn es heiß sei.

Die zweite Frage des Verteidigers brachte Kirffel, wie deutlich zu bemerken war, aber nicht im Protokoll vermerkt wurde, in arge Verlegenheit; ob es wahr sei, daß die beiden Gruhl gesungen, die Tabakspfeifen gegeneinandergeschlagen hätten und ob er, Kirffel, in »diesem Stadium des Brandes« noch die Knall-Geräusche gehört habe, von denen andere Zeugen berichtet hätten. Kirffel, dem offenbar das Lügen schwerfallen wollte, wand sich, wurde rot, blickte hilfesuchend Stollfuss an, der wiederum – mehr oder weniger um Gnade für Kirffel bittend – Hermes anblickte. Hermes, offenbar entschlossen, Kirffel sehr entgegenzukommen, sagte, die Beantwortung dieser Frage sei für seine Mandanten äußerst wichtig, und zwar in einem Sinne von »günstig«, sie hänge zusammen mit seiner Frage nach der Schreibweise von Häppening, und wenn ihm, dem Kirffel, daran liege, die Angeklagten zu schonen, indem er nichts über diese Details aussage, so könne er, Hermes, ihm versichern, das Gegenteil sei der Fall: seine Aussage könne den Angeklagten nur nützen. Hier bat Gruhl sen. ums Wort, bekam es gewährt und sagte zu Kirffel, den er ungeniert mit »Ohm Hennes« ansprach, sich weder zu quälen noch gequält zu fühlen; er solle sich nach so langer untadeliger Dienstzeit einen guten Abgang verschaffen und »offen« sprechen. Kirffel, der diese Szene später als »ungemein peinlich« bezeichnete, sagte stockend, nach Worten suchend, ja, er habe beobachtet, wie die beiden Angeklagten ihre Tabakspfeifen gegeneinandergeschlagen, und er habe gehört, daß sie gesungen hätten. Gefragt, ob das Gegeneinanderschlagen der Pfeifen rhythmisch erfolgt sei, sagte Kirffel, nun etwas freier, ja, es sei rhythmisch gewesen – er sei, wie bekannt, seit vierzig Jahren Mitglied des Kirchenchores und kenne sich in liturgischen Gesängen aus –, das Schlagen sei im Rhythmus des Ora pro nobis erfolgt, und zwar oft genug, so daß er es habe genau erkennen können, während er sich den beiden Gruhl genähert habe; aufgehört habe es erst, als er den Gruhl seine erste Frage zugerufen habe – und, so fügte Kirffel, jetzt wieder etwas verlegener, hinzu: gesungen hätte nur der junge Gruhl – leise, fast unverständlich, fügte Kirffel noch hinzu, er habe die Allerheiligenlitanei erkannt, und zwar müßten die beiden schon ziemlich weit damit gewesen sein; als er sich ihnen genähert habe, seien sie bei der heiligen Agathe und der heiligen Lucia gewesen; von den Knallgeräuschen habe er, Kirffel, »nichts mehr mitbekommen«; sie seien nur von den allerersten am Tatort eintreffenden Zuschauern, dem Reisevertreter Erbel aus Wollershoven bei Huskirchen, den Schuljungen Krichel und Boddem aus Dulbenhoven beobachtet und zu Protokoll gegeben worden. Hermes dankte Kirffel mit besonderer Herzlichkeit. Vom Staatsanwalt wurde Kirffel lediglich gefragt, ob dieser »ganze Unsinn«, über den auszusagen ihm, Kirffel, einem vernünftigen Mann, verständlicherweise schwergefallen sei, protokolliert worden sei. Kirffel sagte, die Aussagen der beiden Schuljungen Krichel und Boddem seien aufgenommen worden, im übrigen werde seines Wissens zu dieser Frage der Zeuge Erbel vernommen werden.

Höflich und leise, aber eindringlich erinnerte nun der Staatsanwalt den Vorsitzenden daran, daß er, der Herr Vorsitzende, den fälligen Verweis für Gruhl wegen Rauchens auf der Anklagebank vielleicht vergessen haben könnte. Dr. Stollfuss nahm diese Ermahnung dankbar auf, bat Gruhl sen. vor die Schranke und forderte ihn mit väterlicher Strenge auf, doch einmal zu erklären, was er sich denn eigentlich dabei gedacht, als er so einfach seine Tabakspfeife angezündet habe; er sei doch – was immer sich auch als gegen ihn beweisbar herausstellen würde –, ein unhöflicher oder gar ungezogener Mensch sei er doch nicht. Gruhl, der ernst und würdig blieb, sagte, er bitte dieses Vorfalls wegen um Entschuldigung; gedacht habe er sich nichts dabei, im Gegenteil, es sei in völliger Gedankenlosigkeit, ja, Geistesabwesenheit geschehen; es habe nicht in seiner Absicht gelegen, dem Gericht Mißachtung zu bezeugen, er habe an eine kleine Arbeit gedacht, die während der Untersuchungshaft auszuführen ihm gestattet worden sei – das Aufbeizen und die Reparatur einer kleinen Directoire-Schmuckschatulle aus Rosenholz, an der Verschlüsse und Gelenke fehlten, die, weil sie offenbar aus Gold gewesen seien, entfernt worden, durch einen geschmacklosen Eingriff um die Jahrhundertwende in Kupfer ersetzt worden seien; er habe plötzlich an seine Arbeit denken müssen, und immer, wenn er an seine Arbeit denke, griffe er zu seiner Tabakspfeife, stopfe und entzünde sie. Gefragt, ob er der für ihn so wichtigen Verhandlung in Gedankenlosigkeit und Geistesabwesenheit folgen könne, sagte Gruhl, gedankenlos sei er gewesen, geistesabwesend sei vielleicht nicht der richtige Ausdruck; er könne durchaus gedankenlos und gleichzeitig geistesgegenwärtig sein, es sei ihm, wie der als Zeuge geladene Pfarrer Kolb aus seinem Heimatdorf Huskirchen bezeugen könne, sogar schon widerfahren, daß er in der Kirche zu rauchen begonnen habe. Gruhl wandte sich dann kurz in den Zuschauerraum und bat die beiden durch seine Fahrlässigkeit geschädigten Damen um Verzeihung und erklärte sich bereit, den Schaden zu ersetzen, notfalls, wenn es ihm an Bargeld mangele, durch Arbeit; er habe ja schon des öfteren für Frau Schorf-Kreidel und auch für Fräulein Hall gearbeitet. Gruhl sprach leise und sachlich, jedoch ohne jede Unterwürfigkeit, bis der Staatsanwalt, diesmal noch schärfer, ihn unterbrach und sagte, er sehe in der Art, wie der Angeklagte hier seine Dienste öffentlich anbiete, eine Art mit geschicktem understatement betriebenes advertising betreibe, einen neuen Beweis von dessen »frivoler Heiterkeit und Gelassenheit, auf deren Bestrafung zumindest durch einen strengen Verweis ich im Namen des Staates, der hier die Wiederherstellung des Rechts betreibt, aufs nachdrücklichste bestehen muß«. Mit nicht sehr überzeugt klingender Stimme sprach Dr. Stollfuss Gruhl sen. einen strengen Verweis aus, den dieser mit einem billigenden Kopfnicken entgegennahm. Gruhl begab sich auf die Anklagebank zurück, und es konnte beobachtet werden, wie er Tabakspfeife und -beutel, auch die Zündhölzer dem neben ihm sitzenden Justizwachtmeister Schroer aushändigte, der diese drei Gegenstände mit einem beifälligen Kopfnicken entgegennahm.

Kirffels Vernehmung konnte nun zu Ende gefürt werden. Er habe, sagte er, die beiden Gruhl sofort verhaftet, sich gewundert, daß sie nicht nur widerspruchslos, sondern fast freudig mitgegangen seien; er habe einige Augenblicke gezögert, doch Gruhl sen. habe ihm zugerufen, sie hätten vor, nach Paris oder Amsterdam zu fliehen, es liege Fluchtverdacht vor; auch dann habe er noch gezögert, den uniformierten jungen Gruhl zu inhaftieren, die Rechtslage sei ihm nicht ganz klar gewesen; da Gruhl jun. aber keinen Widerstand geleistet habe, habe er sich berechtigt gefühlt, die Feldjäger bis zur Klärung der Rechtslage zu vertreten. Der Zwischenruf des Staatsanwalts: »Recht gehandelt«, war Kirffel offensichtlich peinlich. Der Staatsanwalt wurde durch den Vorsitzenden des unerlaubten und unsachlichen Zwischenrufs wegen gerügt; es sei hier, sagte der Vorsitzende, nicht der Ort für öffentliche Schulterklopfereien. Der Staatsanwalt entschuldigte sich, bat um Verständnis dafür, daß er angesichts der latenten Frivolität, die ihm in den Angeklagten begegne, die nüchterne, pflichtbestimmte Art des verdienten Polizeibeamten akklamiert habe.

Auf Antrag des Verteidigers wurde die Rechtslage des Angeklagten Gruhl jun. noch einmal genau geklärt. Der junge Gruhl sei am Morgen nach seiner Verhaftung von seiner Einheit abgeholt, dort in eine Arrestzelle verbracht, von seinem Vorgesetzten verhört worden, aber noch am Nachmittag des gleichen Tages entlassen, dann in Zivilkleidung von den Feldjägern in das Gefängnis von Birglar überstellt worden. Er behalte sich vor, die Frage zu klären, ob die Einheit des Gruhl berechtigt gewesen sei, einen eindeutig zur Zivilperson erklärten Untersuchungshäftling durch die Feldjäger nach Birglar transportieren zu lassen; jetzt liege ihm zunächst daran, zu erfahren, ob Gruhl jun. hier endgültig als Zivilperson vor Gericht stehe oder noch ein weiteres Verfahren zu gewärtigen habe. Der Vorsitzende erklärte, die Rechtslage sei zunächst nicht ganz klar gewesen, die Tat des jungen Gruhl sei zunächst als Tat während der Dienstzeit angesehen worden, dann aber, als sich die Frage erhob, ob nicht auch Gruhl sen. gegen die Bundeswehr straffällig geworden sei, habe sich in der Kompanieschreibstube der Gruhlschen Einheit herausgestellt, daß Gruhl auf Grund einer Verrechnung beziehungsweise falschen Urlaubsbuchführung in Wahrheit schon drei Tage vor der Tat zur Entlassung angestanden habe; er sei also zur Tatzeit wohl subjektiv, aber nicht mehr objektiv Angehöriger der Bundeswehr gewesen, sei ebenso subjektiv, aber nicht mehr objektiv berechtigt gewesen, den Jeep zu fahren; Gruhl habe das als großes Entgegenkommen zu werten, denn wenn die Tat als Sabotage bestraft werden würde, sei ihm ein schlimmes Verfahren entstanden; hier aber trete die Bundeswehr nicht als sachgeschädigte Nebenklägerin auf, betrachte ohnehin Gruhl sen. als den Haupttäter, die Bundeswehr, erklärte Dr. Stollfuss mit etwas säuerlichem Lächeln, »wasche ihre Hände in Unschuld«. Sie trete nicht als Nebenklägerin auf, sei nur mit einigen ihrer Angehörigen als »Zeugin« vertreten. Im übrigen sei diese Angelegenheit nur im Zusammenhang mit der eben erwähnten Dienstfahrt des Gruhl zu beurteilen, es würde, sobald der Zeuge Oberleutnant Heimüller aussage und die Öffentlichkeit ausgeschlossen sei, der militärrechtliche Aspekt des Falles noch zur Sprache kommen. Eines könne er dem Verteidiger versichern, Gruhl habe kein zweites Verfahren zu erwarten; was den Sachschaden betreffe, trete die Bundeswehr über das Amtsgericht Birglar an die Zivilpersonen Gruhl heran. Es läge ein entsprechendes Schreiben des Regimentskommandeurs Oberst von Greblothe vor. Der junge Gruhl, der ums Wort gebeten und dieses erhalten hatte, sagte, ihm läge nichts daran, von der Bundeswehr irgend etwas, und sei es ein Gerichtsverfahren, geschenkt zu bekommen. Der Staatsanwalt, ohne lange um Erlaubnis zu bitten, fuhr ihn hart an und schrie, er sei ein undankbarer Lümmel; Gruhl jun. schrie zurück, er verbäte sich den Ausdruck Lümmel, er sei ein erwachsener Mensch, und es stünde in seiner Entscheidungsgewalt, sich etwas schenken zu lassen oder nicht; er betone, nicht einmal ein ihm erspartes Gerichtsverfahren nähme er als Geschenk. Der Staatsanwalt wurde aufgefordert, den Ausdruck Lümmel zurückzunehmen, Gruhl ermahnt, keine Widerborstigkeit zu zeigen; beide entschuldigten sich, doch nicht voreinander, nur vor dem Vorsitzenden.

Der Reisevertreter Albert Erbel aus Wollershoven bei Huskirchen Kreis Birglar gab sein Alter mit einunddreißig an; er sei verheiratet, habe zwei Kinder und »zwei Hunde«, wie er scherzhaft hinzufügte; es wurde ihm vom Vorsitzenden untersagt, solche Scherze ungefragt zu wiederholen. Ja, sagte Erbel, der um Entschuldigung bat, er sei am fraglichen Tag mit seinem Auto gegen 12.35 Uhr an der besagten Stelle vorbeigekommen, habe das Feuer bemerkt, gehalten, gewendet – was ihn später, als er wieder in entgegengesetzter Richtung habe weiterfahren müssen, in erhebliche Schwierigkeiten gebracht habe –; nun, er sei die »etwa fünfzig Meter« auf das brennende Auto zugelaufen, habe die beiden Angeklagten gesehen, die ihre Tabakspfeifen – »Wissen Sie, wie man Biergläser beim Prost gegeneinanderschlägt« – gegeneinandergeschlagen, auch gesungen hätten; was sie gesungen hätten, hätte er nicht verstehen können, ja, es hätte schon lateinisch sein können, »jedenfalls nicht deutsch, auch nicht Dialekt, den ich kenne«. Über die Knallgeräusche gefragt, sagte Erbel, ja, das habe sehr merkwürdig geklungen, »fast schön«, eher wie Trommeln oder auch wie ein Rasseln, jedenfalls aber sei es das Geräusch von in einem geschlossenen Blechkörper heftig bewegten kleinen Gegenständen gewesen; es habe, wenn er es recht bedenke, einen gewissen Rumba-Rhythmus gehabt. Nun, er habe die beiden Angeklagten gefragt, ob er was für sie tun könne; nein, hätten diese gesagt, es sei ihre Sache, etwas für ihn zu tun, er solle sich »die Sache einmal anschauen und anhören«, ob ihm das denn nicht gefalle; er habe als Antwort mit dem Finger auf die Stirn gezeigt und eindeutig den Eindruck gewonnen, die beiden seien verrückt oder es handle sich um einen »für die Steuerzahler allerdings recht kostspieligen Ulk«, dann sei er zu seinem Wagen zurückgegangen. Vom Verteidiger gefragt, ob er die beiden Angeklagten als verrückt oder als *wie* verrückt empfunden habe, überlegte Erbel einige Sekunden und sagte, er habe sie eher als *wie* verrückt empfunden; ob er, fragte Hermes weiter, den Eindruck gehabt habe, Zeuge eines zufälligen Geschehens, eines Unfalls oder einer Veranstaltung zu sein; Erbel: Zufall oder Unfall halte er für ausgeschlossen, und das Wort Veranstaltung komme ihm in diesem Zusammenhang zwar nicht ganz angebracht, aber als »ziemlich annähernd« vor, jedenfalls – das sei ihm klargeworden – sei es eine *gemachte* Sache gewesen. Vom Staatsanwalt auf seine Aussage während der Voruntersuchung aufmerksam gemacht, die erheblich umfangreicher gewesen sei, schlug Erbel sich an die Stirn, bat um Verzeihung und sagte, ja, jetzt fiele es ihm wieder ein: Gruhl jun. habe ihn gefragt, mit was oder für welche Firma er denn reise; er habe gesagt, für eine bekannte Firma, die ein Badespray herstelle; drauf habe Gruhl ihn um Probefläschchen oder -tübchen gebeten, aber er habe das verweigert; Gruhl habe dann gesagt, er wolle eine Flasche von dem Zeug kaufen, das Auto müsse auch einmal gebadet werden.

Die beiden Angeklagten bestätigten die Aussage des Erbel als »wortwörtlich« wahr. Erbel schilderte noch, welche Schwierigkeiten er gehabt habe, seinen Wagen wieder zu wenden und wieder in seine ursprüngliche Fahrtrichtung einzuschwenken; inzwischen hätten etwa zehn Fahrzeuge dort gestanden: der Wachtmeister Schniekens habe ihm geholfen, ihn beim Rückwärtssetzen in einen Feldweg eingewiesen.

Dem ortsfremden, erst seit einer Woche in Birglar amtierenden Staatsanwalt unterlief bei dem Versuch, den Charakter des Gruhl sen. in ein schlechtes Licht zu rücken, ein entscheidender Fehler. Noch wenige Minuten vor Verhandlungsbeginn hatte der Vorsitzende dem Staatsanwalt dringend nahegelegt, auf die Vernehmung der Zeugin Sanni Seiffert zu verzichten; der aber, lokale Korruption witternd, hatte darauf bestanden, die Zeugin Seiffert zur Person des Angeklagten vernehmen zu dürfen. Tatsächlich war Dr. Kugl-Egger, indem er die Zeugin Seiffert vorladen ließ, der Einflüsterung eines sozialdemokratischen Redakteurs vom »Rheinischen Tagblatt« erlegen, der später dieser Einflüsterung wegen von seiner Partei nicht nur nicht gelobt, sondern scharf getadelt, fast geschaßt wurde. Die Seiffert, so hatte der Redakteur versichert, werde jederzeit bezeugen, daß Gruhl sen. verschiedentlich versucht habe, ihr Gewalt anzutun.

Als nun die Zeugin »Frau Sanni Seiffert« aufgerufen wurde, Justizwachtmeister Schroer auf den Flur hinaustrat und ohne jede Förmlichkeit, für alle im Saal Anwesenden deutlich vernehmbar ins Zeugenzimmer rief: »Komm, Sannich, deine Stunde hat geschlagen«, breitete sich unter der Mehrheit der Zuschauer eine gewisse Schadenfreude aus, die eindeutig zu Lasten des Staatsanwalts ging. Das Erscheinen der Aufgerufenen, einer hübschen, nicht mehr so ganz jungen, modisch gekleideten Person, die sehr dunkel gefärbtes Haar und rote Lederstiefelchen zur Schau trug, brachte den Vorsitzenden in Verlegenheit. Im Zusammenhang mit Hehlerei, Kuppelei, Zuhälterei und Verführung Minderjähriger hatte er schon einige Male mit der Seiffert sich zu befassen gehabt, der für jenen Vorgang, der gemeinhin »Geschlechtsverkehr« genannt wird, ein ganzes Arsenal von Dialektausdrücken zur Verfügung stand, das selbst abgebrühten Fachleuten gelegentlich die Schamröte in die Wangen trieb. Auch hatte er die Seiffert zweimal im Zusammenhang mit Spionageverdacht vernehmen müssen, der sich aber als unbegründet erwies; die Seiffert hatte nur sehr intime Beziehungen mit dem amerikanischen Offizier unterhalten, der auf dem Flugplatz, der noch näher an Birglar lag als die nahe gelegene Großstadt, die Atomsprengköpfe unter Verschluß hielt und in der Umgebung als Atom-Emil bekannt war; auch mit einem belgischen Major, der Geheimnisträger war, hatte die Seiffert sehr vertraulich verkehrt, aber beide Male nachweisen können, daß sie keine anderen Absichten als die in ihrem Beruf üblichen gehabt hatte. Mit ihren blauen Augen, die während ihres kurzen Auftritts immer heller und härter wurden, was bewies, daß man hier in die Augen einer von Natur extrem blonden Person von ganz bestimmter Veranlagung blickte, sah sie alle anwesenden Männer, die Angeklagten und den Staatsanwalt ausgenommen, mit verächtlichem Trotz an. Der Vorsitzende gestattete sich kein Lächeln, als sie ihren Beruf mit Gastronomin und ihr Alter mit »achtundzwanzig« angab. Der Staatsanwalt, der schon bei ihrem Eintritt seinen Fehler erkannt hatte, die Einflüsterung des sozialdemokratischen Redakteurs verfluchte und beschloß, bei der nächsten Wahl dessen Partei *nicht* zu wählen, fragte nun die Seiffert mit unsicherer Stimme, ob sie von dem Angeklagten Gruhl je belästigt worden sei, oder ob er gar versucht habe, ihr Gewalt anzutun. Der Verteidiger sprang sofort auf und beantragte, nicht – wie er ausdrücklich betonte – im Interesse seines Mandanten Gruhl sen., der von den Aussagen der Zeugin nichts zu fürchten habe, sondern im Interesse des öffentlichen Anstands und der Sitte, die zu hüten ja eigentlich nicht seine, sondern des Staatsanwalts Aufgabe sei – er beantrage, nicht nur die Öffentlichkeit, sondern auch seinen jugendlichen Mandanten Gruhl jun. auszuschließen; seine Erregung, als er ausrief, er fände es geradezu ungeheuerlich, wie hier vom Herrn Vertreter der Staatsmoral versucht werde, einen Vater in den Augen seines Sohnes herabzusetzen, klang echt. Noch bevor der Staatsanwalt sich hatte entschließen können, zu antworten, sagte die Seiffert mit überraschend sanfter Stimme, es sei ihr Beruf, sich von Männern belästigen zu lassen, sie sei – der Vorsitzende unterbrach sie energisch mit dem Hinweis, sie habe nur zu antworten, wenn sie gefragt sei, worauf sie lauter als vorher sagte, gefragt worden sei sie ja, und sie habe bloß geantwortet. Der Staatsanwalt hatte inzwischen seine Frau im Zuschauerraum, eine schmale dunkle Person, die nur der Frau des Verteidigers als die Frau des Staatsanwalts bekannt war, angeblickt; seine Frau hatte ihm durch einen Blick zu verstehen gegeben, auf der Vernehmung der Seiffert nicht zu bestehen, und als der Vorsitzende nun fragte, ob er auf der Vernehmung der Zeugin Seiffert bestehe, gab er mit leiser Stimme bekannt, er verzichte auf deren weitere Aussage. Der Vorsitzende blickte die Seiffert nicht an, als er höflich zu verstehen gab, sie sei entlassen. Daraufhin die Seiffert mit einer brüchig gewordenen Sanftmut, ob sie, um Gruhl sen. nicht in falschem Verdacht zurückzulassen, nicht wenigstens auch den zweiten Teil der Frage beantworten dürfe; durch ein zögerndes Kopfnicken des Vorsitzenden dazu aufgefordert, sagte sie, Gruhl sen. habe nie versucht, sie zu belästigen, schon gar nicht, ihr Gewalt anzutun; er habe lediglich für sie gearbeitet, ihre Bar im Fin-de-siècle-Stil – was sie richtig aussprach – eingerichtet, und Handwerker, die für sie arbeiteten, kämen eben rasch in Verdacht, zu ihr in anderer geschäftlicher Beziehung als der tatsächlichen zu stehen; übrigens habe auch Gruhl jun. bei ihr gearbeitet, es habe ihr Spaß gemacht, für die beiden »verwaisten« Männer zu kochen. Bevor sie dann aufforderungsgemäß den Saal verließ, schien ihre Stimme schon fast in jenem Zustand zu sein, der gewöhnlich »tränenerstickt« genannt wird. Eine Art Beifall wurde im Zuschauerraum laut, ein Stühlerücken, auch ein paar nicht artikulierte, doch als Akklamation deutbare Laute, die der Vorsitzende sich verbat. Der Auftritt der Seiffert, die man kurz darauf in ihren auf dem ehemaligen Schulhof parkenden roten Sportwagen steigen sah und starten hörte, endete in einem peinlichen Schweigen, das nicht an Peinlichkeit verlor, als der Protokollführer Referendar Außem zum Vorsitzenden ging und ihn flüsternd fragte, ob er diesen Zwischenfall als »Tumult« zu bezeichnen habe; ärgerlich, weil das Geflüster im ganzen Saal deutlich zu verstehen war, schüttelte der Vorsitzende den Kopf.

Ein nicht sehr schüchternes Klopfen an die Tür alarmierte Schroer, der aufsprang, zur Tür lief, von dort aus dann dem Vorsitzenden zurief, der Zeuge Kriminalkommissar Schmulck sei soeben eingetroffen und aussagebereit. Der Vorsitzende ließ ihn hereinbitten. Schmulck, in Zivil, jugendlich, ganz »federnd und intellektualistisch«, schilderte, dazu aufgefordert, einige Tateinzelheiten, die noch nicht bekannt gewesen waren: der Täter – ob der junge oder der alte Gruhl sei auch in mehreren Verhören nicht zu erfahren gewesen – habe »aus sicherer Entfernung einen kleinen, hierzulande zu Karneval handelsüblichen Sprengkörper«, der vorher gezündet gewesen sei, in das völlig mit Benzin durchtränkte Auto geworfen, habe sofort die von ihm erwünschte Wirkung erzielt; sogar die Bereifung sei zur Verbrennung vorgesehen gewesen, zwei Reifen hätten aber der Verbrennung widerstanden, seien allerdings unter der Einwirkung der Hitze geplatzt; die Spurensicherung habe außer dem ausgebrannten Autowrack nur die verbrannten Reste knallerbsenartiger Gegenstände im Tank des Autos und in den beiden Reservetanks erbracht; lediglich sei – etwa vier Meter vom Autowrack auf dem anrainenden Rübenacker – die Papphülse des Sprengkörpers gefunden worden, eine Marke, die als »Kanonenschuß« im Handel sei. Die Angeklagten seien im Verhör zwar nicht gerade widerborstig, doch auch nicht sehr gesprächig gewesen; sie hätten darauf bestanden, die Tat »gemeinsam« ausgeführt zu haben, doch nur einer könne den Sprengkörper entzündet, nur einer ihn ins Auto geworfen haben. Das Wrack sei, nachdem es fachgerecht nach Spuren abgesucht gewesen sei, von der Bundeswehr als deren Eigentum reklamiert und abgeschleppt worden; allerdings seien alle abschraubbaren Teile, wie es unvermeidlich sei, von den jugendlichen Bewohnern des nahe liegenden Weilers Dulbenhoven vorher entfernt worden; der Stand des Kilometerzählers habe 4992 Kilometer betragen. Vom Vorsitzenden gefragt, ob eine Tatortbesichtigung Sinn haben könnte, antwortete Schmulck, nein, eine solche habe nicht den geringsten Sinn; im Spätsommer habe er noch neben dem Feldstein Zündhölzer gefunden und eine blecherne Tabakpackung amerikanischen Fabrikats, die er als von den Angeklagten stammend identifiziert habe, aber die beginnende Rübenernte, die bekanntlich mit schweren Fahrzeugen ausgeführt werde, habe die unmittelbare Umgebung des Tatorts »um und umgewühlt«, es sei dort nichts mehr zu sehen. Er blickte auf die Armbanduhr und bat mit sachlicher Höflichkeit darum, entlassen zu werden, er werde in den frühen Nachmittagsstunden in der nahe gelegenen Großstadt als Zeuge im Prozeß gegen den Kindermörder Schewen vernommen der auch im Kreise Birglar, »zum Glück ohne Erfolg« tätig gewesen sei. Staatsanwalt und Verteidigung hatten nichts gegen die Entlassung des Schmulck einzuwenden.

Gericht wie Verteidigung hatten je zwei Psychiater zu Gutachtern bestellt, von denen je einer eine habilitierte, der jeweils zweite eine nichthabilitierte Kapazität war; ein weiterer Ausgleich, der Kontroverse wie Ungerechtigkeiten in der Beurteilung der Angeklagten ausschloß, war durch die Tatsache zustande gekommen, daß der von der Verteidigung bestellte Professor einer Schule angehörte, der auch der vom Gericht bestellte Nichtprofessor angehörte, einer Schule, die mit jener in ständiger, auch öffentlich ausgetragener Kontroverse stand, der der vom Gericht bestellte Professor und der von der Verteidigung bestellte Nichtprofessor angehörte. Das Zustandekommen dieses ungewöhnlichen Arrangements, das mit unendlichen Mühen verbunden gewesen war, sollte dem Vorsitzenden »andernorts« noch hohes Lob einbringen, in Fachkreisen später als das »Stollfuss-Modell« gerühmt und empfohlen werden, und auf diese Weise sollte auch Birglar, da es dort zuerst mit Erfolg angewendet worden war, sollten auch die beiden Gruhl noch in die Rechtsgeschichte eingehen. Da die Gutachter ausreichend Gelegenheit gehabt hatten, die Angeklagten während der Untersuchungshaft zu interviewen, habe er ihnen – der weiten Entfernung der Wohnorte der Sachverständigen wegen (München, Berlin, Hamburg) – im Einverständnis mit Verteidigung und Staatsanwaltschaft das persönliche Erscheinen vor Gericht erlassen und sie durch einen ersuchten Richter vernehmen lassen. Der Vorsitzende sagte, der Inhalt der Gutachten sei allen Parteien bekannt, sie enthielten auch, was die Viten der Angeklagten betreffe, nichts, was nicht schon gesagt worden sei, er könne sich also das Vorlesen der gesamten Texte ersparen und sich darauf beschränken festzustellen, daß alle vier Gutachter, unabhängig voneinander und obwohl kontroversen Schulen angehörend, übereinstimmend zu dem Ergebnis gekommen seien, die beiden Angeklagten seien überdurchschnittlich intelligent, sie seien für ihre Tat voll verantwortlich, es seien bei ihnen weder psychische noch geistige Defekte festzustellen, ihre Tat beruhe – was außergewöhnlich sei – nicht auf emotionalen, sondern auf Bewußtseinsantrieben, es sei nicht ausgeschlossen, daß es sich sogar um eine, wenn auch staatsrechtlich verwerfliche, so doch noch als solche bezeichenbare Äußerung des Homo ludens handele, wie es der Natur der Angeklagten, die beide ausgesprochen künstlerische Menschen seien, entsprechen könne. Lediglich einer der vier Gutachter, Professor Herpen, habe bei Gruhl sen. eine – er zitiere jetzt wörtlich, sagte der Vorsitzende – »eine gewisse, ich möchte nicht sagen minimale, doch auch nicht sehr erhebliche Verletztheit des Sozietätsbewußtseins festgestellt, die emotionsbedingt ist, vielleicht durch den frühen Tod der geliebten Frau entstanden«. Alle vier Gutachter hätten die Frage, ob Pyromanie die Ursache der Tat sein könne, einmütig und ohne Einschränkung abgelehnt. Es sei also, so fuhr der Vorsitzende fort, aus allen vier Gutachten ersichtlich, daß es sich bei der Tat um einen Willensakt handele; nicht aus dem Unter- oder Unbewußtsein seien die Antriebe gekommen, und diese Tatsache werde deutlich, wenn man bedenke, daß die beiden Angeklagten die Tat gemeinsam begangen hätten, obwohl sie ihren Anlagen und ihrem Charakter nach so verschieden seien. Als der Vorsitzende fragte, ob zum Verhandlungspunkt »psychiatrische Gutachten« noch Fragen anstünden, sagte der Staatsanwalt, er beantrage kein weiteres Gutachten, ihm genüge die Feststellung der vollen Verantwortlichkeit, auch die Bezeichnung Willensakt für die Tat, nur lege er Wert darauf, die Definition »anständiger Charakter«, die in den Gutachten einige Male vorkomme, als medizinische Definition verstanden zu wissen, nicht als juristische. Der Verteidiger bat darum, doch noch jenen Passus vorlesen zu dürfen, in dem von der »künstlerischen Veranlagung der beiden Angeklagten« die Rede sei. Als der Vorsitzende das genehmigte, las der Verteidiger vor, was, wie er betonte, in allen vier Gutachten fast gleichlautend sei: eine bei Gruhl sen. festgestellte »erstaunliche Fähigkeit, Stile zu erkennen, nachzuempfinden und zu reproduzieren, bei Gruhl jun. dagegen eine mehr zu eigener künstlerischer Arbeit angelegte Begabung, die sich bereits in einigen Holzplastiken und Gemälden nichtgegenständlicher Art artikuliert habe«. In höflicher, fast freundschaftlicher Weise wurde der Verteidiger nun vom Vorsitzenden gefragt, ob ihm daran liege, ein weiteres Gutachten anzufordern, um den Angeklagten angesichts der unbegreiflichen Tat die Chance der Unzurechnungsfähigkeit nicht ganz zu nehmen. Nach einer kurzen, geflüstert geführten Beratung mit seinen beiden Mandanten lehnte der Verteidiger dieses Angebot höflich ab.

In seiner bangen Gereiztheit (auch er kannte den Angeklagten Gruhl sen. von Kindesbeinen an, hatte immer Sympathie für ihn empfunden, ihn sogar noch wenige Wochen vor der Tat zur Restaurierung einer kostbaren, nach langem Erbstreit mit seiner Kusine Lisbeth, einer Schwester der Agnes Hall, endlich in seinen Besitz gelangten Empire-Kommode herangezogen und sich bei der Entlohnung des Gruhl zwar nicht nachweisbar, aber faktisch schuldig gemacht, weil er, wissend, daß jener unter einem wahren Bombardement von Pfändungsbefehlen stand, ihm seinen Lohn »zugesteckt« hatte), in seiner bangen Gereiztheit vergaß Dr. Stollfuss, die Mittagspause rechtzeitig anzuberaumen, und ließ noch gegen 13.00 Uhr den Zeugen Erwin Horn aufrufen, den Obermeister der Tischlerinnung. Horn war ein älterer Herr, sauber und würdig gekleidet, weißhaarig und mit jenem Air rotgesichtiger Jovialität ausgestattet, mit dem er gut und gern als emeritierter Prälat hätte durchgehen können. Er gab sein Alter mit zweiundsiebzig an, seinen Wohnort mit Birglar, sagte, er kenne den Angeklagten, der bei ihm in die Lehre gegangen sei, nun schon seit fünfunddreißig Jahren; er, Horn, sei auch noch in der Kommission gewesen, als Gruhl mit Sehr gut seine Gehilfenprüfung ablegte; als Gruhl die Meisterprüfung gemacht habe, sei er aus politischen Gründen nicht mehr Mitglied der Kommission gewesen. Horn, der nicht gerade forsch wirkte, doch mit unverkennbar jugendbewegtem Elan ausgestattet, machte seine Aussage mit frischer, heiterer Stimme. Er sagte, Gruhl sei eigentlich immer ein stiller Junge gewesen, auch ein stiller Mann, der zwar mit ihm politisch sympathisiert, ihn auch während des Krieges, als er von diesen »miesen Vögeln« erheblich unter wirtschaftlichen Druck gesetzt worden sei, immer unterstützt habe. Er habe ihm zum Beispiel aus Frankreich Butter, Speck, Eier und Tabak mitgebracht, auch habe Gruhls Frau Lieschen ihn immer mit Milch und Kartoffeln versorgt – kurz, Gruhl habe aus seiner Sympathie für ihn auch öffentlich nie einen Hehl gemacht, sei aber nie politisch aktiv geworden. Auch für die handwerklichen Fähigkeiten des Gruhl war Horn des Lobes voll; er suche als Möbeltischler seinesgleichen, er gehöre mit seinen Fähigkeiten einer aussterbenden Rasse von Handwerkern an, er sei einfach eine Rarität. Horn konnte sich nicht verkneifen, darauf hinzuweisen, daß im Laufe der vergangenen fünfundvierzig Jahre deutscher Geschichte Tischler mehrfach zu höchsten Staatsämtern aufgestiegen seien, sogar Staatsoberhaupt sei einer geworden. Als der Vorsitzende ihn fragte, wen er denn meine, Ebert sei doch seines Wissens Sattler gewesen und Hitler Anstreicher, geriet Horn in Verlegenheit, aus der er sich durch eine grammatikalische Spitzfindigkeit zu retten versuchte, indem er sagte, er habe ausdrücken wollen, Staatsoberhaupt *geworden* nicht *gewesen* sei, und im übrigen – er wolle damit keineswegs den Anstreicherberuf diffamieren, denn Hitler sei ja nicht einmal ein richtiger Anstreicher gewesen, er treffe also keinen Kollegen dieser Innung – im übrigen wäre ein *Tischler* Hitler einfach undenkbar gewesen. Der Staatsanwalt hakte hier ein und sagte, bevor der Zeuge mit seinen Lobeshymnen fortfahre und bevor er, was er eben Ungeheuerliches gesagt habe, durch eine höchst unzulässige historische Arabeske zu vertuschen fähig sei, möchte er, der Staatsanwalt, mit aller, *aller* Schärfe dagegen protestieren, daß »hier in einem deutschen Gerichtssaal ohne Widerspruch von der Sowjetzone als einem Staat« gesprochen werden dürfe; kein deutsches Gericht dürfe das dulden, er beantrage, dem Zeugen Horn einen Verweis zu erteilen, den Angeklagten Gruhl sen., dessen Gesicht wieder »frivole Heiterkeit« ausdrücke, neuerlich zu Respekt vor dem Gericht zu ermahnen; was hier geschehe, sei ja unglaublich. Dem Vorsitzenden, der jetzt erst begriff, welches Staatsoberhaupt gemeint gewesen war, entschlüpfte ein »Ach so«; er bekannte, nicht gewußt zu haben, daß »jener Herr« Tischler sei oder gewesen sei, er erteilte dem Zeugen Horn mit offenkundig lustloser Stimme den beantragten Verweis und forderte Gruhl sen. auf, seine »Frivolitäten« zu lassen. Nach den finanziellen Verhältnissen des Angeklagten gefragt, antwortete Horn, diese seien seit zehn Jahren »permanent katastrophal«, doch er müsse energisch betonen, schuld daran sei nicht etwa Gruhl allein, der nie so recht habe rechnen können und wohl auch etwas leichtfertig mit dem Geld umgehe, schuld daran sei auch »eine mörderische Mittelstandspolitik«. Wieder unterbrach hier der Staatsanwalt, der sich als Vertreter des Staates verbat, die Verhandlung als Propagandamittel gegen die Steuerpolitik der Regierung zu mißbrauchen, aber der Vorsitzende wies ihn mit ruhiger Stimme darauf hin, es sei durchaus erlaubt, die subjektive Lage des Angeklagten in einen objektiven Zusammenhang zu bringen, auch wenn dieser Zusammenhang sich populär artikulierte. Horn fuhr mit sichtbarer Genugtuung fort, Einzelheiten zu schildern; er könne hier nicht alle, alle Zusammenhänge aufdecken, das sei Sache eines Finanzexperten; Gruhl sei, da er mit den zahlreichen Abgaben – Umsatz-, Gewerbe-, Einkommensteuer, Berufsgenossenschaft, Krankenkasse – nicht zurechtgekommen sei, in Steuerrückstand geraten; dieser habe sich durch Pfändungen addiert, ja, fast multipliziert; auf die Pfändungen seien Zwangsversteigerungen gefolgt; erst sei das Elternhaus des Gruhl in Dulbenweiler, dann zwei Äcker und eine Wiese, die ihm seine Patentante bei Kireskirchen vermacht gehabt habe, schließlich sein Anteil an der Gastwirtschaft »Bierkanne« in Birglar, der aus mütterlichem Erbteil stamme, unter den Hammer gekommen; inzwischen sei er auch seines gesamten pfändungsfähigen Hausrats beraubt worden, der einige sehr wertvolle Möbelstücke enthalten habe, von denen allein zwei im Heimatmuseum wieder aufgetaucht seien. Ein Versuch des Staatsanwalts, gegen die Bezeichnung »beraubt« für eine staatlich legitimierte Maßnahme zu protestieren, wurde vom Vorsitzenden mit einer Handbewegung abgetan. Er könne, so sagte Horn weiter, sich weitere Einzelheiten ersparen, er begnüge sich mit der Feststellung, die finanzielle Lage des Angeklagten – er lasse dabei die Schuldfrage außer acht, schildere nur den Zustand – sei so verwirrt wie verworren gewesen. Zuletzt sei es schon zu Taschenpfändungen gekommen; Gruhl habe schließlich das Interesse an größeren Aufträgen verloren, auch seine besten Kunden, die Grund gehabt hätten, Komplikationen zu fürchten. Durch Schwarzarbeit habe Gruhl seinen Lebensunterhalt verdient, der schließlich – »er befand sich im natürlichen Zustand der Notwehr« – nur noch gegen Naturalien gearbeitet habe, die sehr schwer pfändbar seien. Heftig, fast schon unhöflich protestierte der Staatsanwalt gegen die Ausdrücke »natürlich« und »Notwehr« – es gehe einfach nicht an, die Bezeichnungen »natürlich« und »Notwehr«, auf die geschilderte Handlungsweise des Angeklagten angewendet, durchgehen zu lassen; als besonders subversiv, geradezu himmelschreiend empfinde er den Ausdruck Notwehr, kein Staatsbürger könne sich, wenn er das Gesetz einhalte, je dem Staat gegenüber in Notwehr befinden. Der Vorsitzende, dessen Ruhe den Staatsanwalt immer mehr zu erregen schien, gab diesem zu bedenken, wieviel Staatsbürger in Vergangenheit und Gegenwart, sich, nicht indem sie das Gesetz einhielten, sondern indem sie es *nicht* einhielten, strafbar gemacht, damit eine Notwehr praktiziert hätten, die die einzige Möglichkeit der Humanität gewesen sei; in einer Demokratie sei der Ausdruck Notwehr natürlich »etwas übertrieben«, und er bäte Horn, doch diesen Ausdruck tunlichst zu vermeiden. Den Ausdruck »natürlich« zu rügen, könne er sich nicht entschließen; eine Stellungnahme dazu setzte eine eingehende Definition dessen voraus, was als Natur des Menschen zu bezeichnen sei; keinesfalls könne irgendein Staatsbürger irgendeines Staates in der Welt die Steuergesetzgebung und deren Folgen als »natürlich« empfinden; ein Mensch mit den Erfahrungen des Zeugen Horn, dessen Redlichkeit bekannt sei, der deretwegen sogar schon Spott und Verfolgung habe ertragen müssen, sei durchaus berechtigt, die Handlungsweise des Angeklagten als »natürlich« zu bezeichnen. Recht und Gesetz richteten sich ja sogar in ihrer Intention *gegen* die unterstellte Natur des Menschen, und es könne nicht erwartet werden, daß jeder Staatsbürger alle gegen ihn ergriffenen Maßnahmen als »natürlich« empfinde oder betrachte. Stollfuss, der in einen etwas schläfrig vorgetragenen Sermon zu verfallen drohte, wurde hier durch ein heftiges Räuspern des Verteidigers aufgeweckt. Dieses Zeichen hatten die beiden privat für solche Fälle abgemacht. Stollfuss brach mitten im Satz ab und fragte Horn, ob denn ein Mann von Gruhls Fähigkeiten nicht gut und gerne sein Geld verdienen könne, ohne in Schwierigkeiten zu geraten. Horn gab zu, doch, das sei möglich, setze aber fast – so wie die Dinge heute nun einmal stünden –, er betone das fast, schon eine volkswirtschaftliche Vorbildung, zumindest ein solches Bewußtsein voraus; diese volkswirtschaftliche Unterweisung, eine Bildung des volkswirtschaftlichen Bewußtseins und eine Einweisung in alle nur möglichen Tricks, das strebe die Innung nicht nur an, sie biete es ihren Mitgliedern in Kursen und Rundschreiben, aber Gruhl habe nie an diesen Kursen, Vorträgen teilgenommen und die Rundschreiben nie gelesen; er habe – und das sei verständlich, denn seine Lage sei schon derart gewesen, daß Unterweisung wenig würde genützt haben – den Kopf in den Sand gesteckt, habe angefangen, Einnahmen, erhebliche Einnahmen, nicht zu buchen, das sei bei verschiedenen Betriebsprüfungen herausgekommen, habe hohe Steuerstrafen zur Folge gehabt. In solchen Fällen – es gebe deren mehr, als man denke, auch in anderen Berufszweigen – bliebe dem Betroffenen gar nichts anderes übrig als »in die Industrie zu gehen und sich bis an sein seliges Ende pfänden zu lassen«, und gerade dieses »in die Industrie gehen« habe Gruhl abgelehnt; sogar eine gutbezahlte Stellung als Leiter der Tischlerei eines bekannten Hauses für Innenausstattungen habe er abgelehnt mit dem Hinweis, er sei ein freier Mann und wolle ein solcher bleiben. Gefragt, ob denn die Katastrophe nicht vermeidbar gewesen sei, sagte Horn: »Vermeidbar schon, Herr Amtsgerichtsdirektor, doch wenn Sie einmal so drinhängen wie der Johann Gruhl, dann nützt Ihnen diese Erkenntnis nichts mehr. Sie kommen einfach nicht mehr heraus, bedenken Sie allein die Unkosten, die durch die Pfändungen entstehen, durch die Zinsen, Gebühren und Sporteln – das bringt Sie einfach um.« Der Vorsitzende verbat es sich höflich, mit einem leisen Lächeln, in diesem Zusammenhang mit »Sie« angeredet zu werden.

Der Staatsanwalt, nicht ohne bittere Ironie und Gekränktheit, sagte, er bäte doch darum »mit jener Demut, die mir hier als Vertreter des Staates nahegelegt wird«, den Zeugen Horn in der ergreifenden Schilderung der Märtyrerlaufbahn des Angeklagten Gruhl unterbrechen und ein paar Fragen stellen zu dürfen. Er wolle darauf verzichten, die Bezeichnung »alle möglichen Tricks«, mit denen die Steuergesetze zu einer Art Taschenspieleranweisung erniedrigt, ja, diffamiert würden, er verzichte darauf, diese Bezeichnung für eine Rüge anzumelden, fragen wolle er den Zeugen Horn nur, ob er von den Buchführungsvergehen des Angeklagten gewußt habe, bevor diese entdeckt worden seien. Horn gab ohne Zögern zu, ja, er habe davon gewußt, Gruhl habe zu ihm volles Vertrauen gehabt und ihm alles erzählt. Wieso denn er, der Zeuge Horn, sich nicht getrieben gesehen habe, das der Behörde mitzuteilen. Horn, dem es gelang, seinen Zorn zu unterdrücken, sagte, er sei als Obermeister der Innung kein Spitzel des Finanzamtes, er sei nicht nur kein Spitzel des Finanzamtes, sondern »überhaupt kein Spitzel«; der Herr Staatsanwalt möge sich, wenn es ihm erlaubt sei, darauf hinzuweisen, sich klar darüber werden, daß eine Innung ein Interessenverband von Kollegen sei. Er habe Gruhl ermahnt, ihm sogar geraten, seine Angelegenheiten in Ordnung zu bringen, er sei schon so weit gewesen, beim Finanzamt ein Stornierungsabkommen zu erzielen, damit sein Kollege Gruhl wieder Boden unter die Füße und Lust zum Arbeiten bekommen könne, und es habe so ausgesehen, als würde das Finanzamt Entgegenkommen zeigen, aber gerade da habe sich Gruhls Lage durch die Einberufung seines Sohnes, der eine gute Stütze gewesen sei, verschlimmert. Gruhl habe nur noch gerade so viel gearbeitet, wie nötig war, um sein Haus in Huskirchen vor der Zwangsversteigerung zu bewahren, seine Stromrechnung und die notwendigsten Materialien bezahlen zu können. Gruhl habe seitdem auf ihn einen resignierten Eindruck gemacht, und eins möchte er noch einmal ausdrücklich betonen: ein Spitzel sei er nicht, er sei auch nicht zum Spitzel geboren. Vom Vorsitzenden aufgefordert, das Wort Spitzel im Zusammenhang mit der vom Staatsanwalt gestellten Frage zurückzunehmen, weigerte sich Horn; er habe die Aufforderung, einen Kollegen zu bespitzeln, zu deutlich herausgehört. Noch einmal ermahnt, dann freundschaftlich aufgefordert, sich doch nicht in Schwierigkeiten zu bringen und das Wort zurückzunehmen, sagte Horn nein, er habe im Laufe seines Lebens – vor 33, nach 33 und nach 45 – insgesamt mehr als drei Dutzend Verhöre mitgemacht, er weigere sich, das Wort Spitzel zurückzunehmen. Er wurde auf der Stelle zu einer Ordnungsstrafe von fünfzig Mark zugunsten der Staatskasse verurteilt, gefragt, ob er das Urteil annehme, antwortete er, wenn es so teuer sei, die Wahrheit zu sagen, wolle er diese Summe gern zahlen, lieber sei ihm allerdings, wenn er sie der Arbeiterwohlfahrt zahlen dürfte. Stollfuss wurde schärfer, als er Horn aufforderte, diese neuerliche Beleidigung des Gerichts zurückzunehmen. Da dieser sich durch eigensinniges Kopfschütteln weigerte, wurde er zu einer zweiten Ordnungsstrafe von fünfundsiebzig Mark zugunsten der Staatskasse verurteilt. Er wurde nicht mehr gefragt, ob er das Urteil annehme, der Vorsitzende beraumte eine Mittagspause von eineinhalb Stunden an und sagte, der Zeuge Horn sei entlassen.

2

Bergnolte, der schlanke, unauffällig, jedoch gediegen gekleidete Herr mittleren Alters, der als stiller Beobachter im Saal saß, hatte schon zehn Minuten bevor der Vorsitzende die Mittagspause anberaumte unauffällig den Saal verlassen. Sobald er den Schulhof betreten hatte, beschleunigte er seinen Schritt, wurde nach einem Blick auf seine Armbanduhr noch eiliger und fiel, bis er die nächstgelegene öffentliche Telefonzelle am Ostchor der Birglarer Pfarrkirche erreichte, in einen überraschend stilvollen Laufschritt, der ihn als Nach-Feierabend-Leichtathleten ausgewiesen hätte. In der Telefonzelle, nicht außer Atem, doch eilig, stülpte er kurzerhand sein schwarzes Portemonnaie auf dem kleinen Pult um, einige Münzen prallten am Telefonbuch ab, rollten auf den Boden, von dem er sie aufhob. Nach einigem Zögern entschloß er sich, zunächst Groschenstücke einzuwerfen, Münzen höheren Wertes aber bereitzuhalten; er steckte also die sieben einzelnen Groschenstücke, die er herausgesucht hatte, einzeln in den für diesen Münzwert vorgesehenen Schlitz, beobachtete mit einer gewissen Wehmut, wie seine Groschen sich in der schräg verlaufenden Rinne im Inneren des Apparats hintereinander versammelten; dieser Vorgang erinnerte ihn an einen ähnlichen Vorgang in jenen Spielautomaten, die »Bajazzo« geheißen hatten und an denen er in seiner Jugend so manches Mal (verbotenerweise, denn sie befanden sich meistens in Kneipen, die zu betreten ihm untersagt gewesen war) gespielt hatte; er warf zwei Groschen, die durchgefallen waren – lächelte, als er das Wort Durchfallen dachte –, noch einmal ein, diesmal mit Erfolg, wählte vier Vorwahlziffern, dann sechs weitere, suchte, während er auf die Stimme von Grellbers Sekretärin wartete, die größeren Münzen mit der rechten Hand zusammen, steckte sie in sein offen daliegendes Portemonnaie zurück, tat dasselbe mit den Fünf-Pfennig-Stücken, fing an, die verbleibenden brauchbaren Münzen, Fünfzig-Pfennig- und Eine-Mark-Stücke aufzuhäufeln, als sich endlich die erwartete Jungmädchenstimme meldete. »Hallo«, sagte er rasch, fast mit Verschwörereile, »hier Bergnolte«; das Mädchen stöpselte durch, wobei ihr »Moment« zu einem schmerzlichen Laut, von dem nur ein »Mo« hörbar wurde, verstümmelt zu Bergnolte drang; es meldete sich eine Männerstimme mit Grellber und wischte die mürrische Amtlichkeit weg, sobald Bergnolte erneut seinen Namen genannt hatte. »Schießen Sie los!«

»Also«, sagte Bergnolte, »es läuft ein wenig langsam, aber gut, womit ich meine, in Ihrem Sinne.«

»Der doch auch, wie ich hoffe, der Ihre ist.«

»Das ist vorausgesetzt. Keine Presse, das übliche Lokalkolorit, das dem guten Stollfuss sowohl Spaß wie zu schaffen macht; im großen ganzen: keine Gefahr!«

»Und der Neue?«

»Ein bißchen eifrig, verwirrt auch, weil ortsfremd – hin und wieder töricht –, er könnte einen kleinen, höflichen Dämpfer vertragen. Nicht weil er sachlich Unrecht hätte, sondern weil er, was ja vermieden werden muß, zu viele politische, ich meine: staatsrechtliche Momente ins Spiel bringt.«

»Und Hermes?«

»Ausgezeichnet. Er verbirgt die unvermeidliche Advokatendemagogie geschickt unter seiner rheinischen Aussprache und einer permanenten Reverenz vor Stollfuss und den Zeugen. Verrennt sich gelegentlich in Spitzfindigkeiten. Der Unterschied zwischen a und ä wird seine Mandanten kaum retten.«

»Was meinen Sie damit?«

»Eine Arabeske, die ich Ihnen am Abend erklären werde.«

»Was denken Sie – soll ich Stollfuss . . .?«

»Nur ein wenig zur Eile antreiben – vorsichtig. Er ist ja doch großartig – aber wenn er die verbleibenden elf Zeugen so lange reden läßt, braucht er noch vier Tage.«

»Gut – bleiben Sie bitte, heute abend mehr.«

»Wie läuft die Schewen-Sache?«

»Oh, nichts Neues – er gesteht mit Wollust, wie die Gruhls.«

»Ihr Geständnis enthält keine Wollust.«

»Was denn?«

»Oh, eine geradezu atemberaubende Gleichgültigkeit.«

»Schön – erzählen Sie heute abend – auf Wiedersehen.«

»Auf Wiedersehen.«

Bergnolte schaufelte den Rest seines Kleingeldes über den Rand des Pults hinweg in sein Portemonnaie zurück, erschrak, als in dem Augenblick, da er den Hörer einhängte, zwei von seinen sieben Groschen mit erheblichem Geräusch aus der Schrägrille in die Geldklappe zurückrasselten, nahm auch diese zwei heraus, verließ die Zelle, ging langsam um die Kirche herum auf die Hauptstraße von Birglar zu, wo er nach kurzem Suchen das ihm empfohlene beste Haus am Platze, das Gasthaus zu den Duhr-Terrassen entdeckte. Er verspürte redlichen Appetit, der durch die Aussicht auf ein Spesenkontoessen, wie es ihm selten vergönnt war, noch erhöht wurde. In der Hoffnung auf einen sonnigen Herbst waren einige weiße Tische draußen auf der Terrasse über der Duhr stehengelassen worden; die Tische waren mit frühen Herbstblättern bedeckt, die ein zäher Regen festgeklebt hatte. Bergnolte war der erste Mittagsgast; in der stillen, dunkel getäfelten Gaststube verbreitete ein altmodischer Ofen wohlige Wärme, die ihm als Zeichen traditionsbewußter Gastlichkeit erschien. Von den etwa zwanzig Tischen waren fünfzehn fürs Mittagessen gedeckt; auf jedem Tisch stand in einer schlanken Vase eine frischgepflückte Rose. Nachdem er Mantel, Hut und Schal abgelegt hatte, ging Bergnolte händereibend auf einen Fenstertisch zu, der Ausblick auf die Duhr bot, einen kleinen Fluß, den Bach zu nennen als Beleidigung galt, der zwischen herbstlich müden, nassen Wiesen auf ein weiter entferntes Kraftwerk zuströmte; die Duhr führte Hochwasser; hier, in der Ebene, war ihre Wildheit verausgabt, war sie nur noch breit und gelb. Bergnolte streichelte eine rötliche Katze, die auf einem Schemel neben dem Ofen schlief, nahm einen der Buchenklötze hoch, die neben dem Ofen gestapelt waren, und roch daran. In dieser Pose wurde er vom Wirt überrascht, einem behäbigen Fünfziger, der im Hereinkommen seinen Rock, indem er energisch an den Revers zog, straff über der Schulter zum Sitzen brachte. Bergnolte, der fast zusammengezuckt war, entschloß sich, den Holzkloben mutig in der Hand zu halten, sein Schnüffeln daran wirkte jetzt schon nicht mehr so überzeugend. »Ja«, sagte der Wirt, der seinen Rock zugeknöpft und seine Zigarre wieder aufgenommen hatte, »das ist Natur.« »Ja, ja«, sagte Bergnolte, der froh war, den Kloben wieder hinlegen zu können, um endlich zu seinem Tisch zu kommen. Der Wirt brachte ihm die Speisekarte hinterdrein, Bergnolte bestellte ein Glas Bier, zog sein Notizbuch heraus und notierte »Dienstfahrt nach Birglar: Rückfahrt (I. Kl.) 6,60. Taxi Bahnh.-Ger. 2,30 DM – Telefon . . .« hier zögerte er, sowohl amüsiert wie bestürzt über den inneren Schweinehund, der ihm einflüsterte, anstatt 0,50 – 1,30 hinzuschreiben; schon beim Hinschreiben der Taxikosten hatte dieser innere Schweinehund ihm zugeflüstert, anstatt 2,30 – 3,20 hinzuschreiben, gleichzeitig aber hatte er, dieser selbe innere Mitbewohner, zu bedenken gegeben, daß die Taxifahrt sehr leicht zu kontrollieren wäre, da die Distanz Bahnhof–Amtsgericht ja einigermaßen festliege (am Morgen, als der Taxifahrer, um eine Quittung gebeten, ihm anbot, fünf, sechs, wenn er wolle, acht Mark hinzuschreiben, war Bergnolte errötet und hatte um korrekte Angaben gebeten, einschließlich des Trinkgeldes, das er auf einen Groschen bemaß; die Telefongebühren, flüsterte jener unsichtbare Mitbewohner seiner Seele, seien ja schlechthin nicht zu kontrollieren, da ja kaum anzunehmen war, Fräulein Kunrats, Grellbers Sekretärin, habe mit einer Stoppuhr die Dauer des Gesprächs gemessen. Kopfschüttelnd, von der menschlichen Schwäche so betroffen, wie über sie amüsiert, schrieb er die wahre Summe 0,50 DM, schrieb dann die Positionen »Mittagessen«, »Trinkgelder« und »Sonstiges« untereinander. Das Studium der Speisekarte endete, wie er bereits vorher gewußt hatte, zugunsten jenes unheilbaren Bruders Leichtfuß, der sich ebenfalls in ihm verbarg, jenes zweiten Mitbewohners seiner Seele, dessen Auftauchen er immer fröhlich begrüßte. Da sich außerdem als Nachspeise für das teuerste Menü – es wurden deren vier im Preis zwischen 4,60 (rheinischer Sauerbraten) und 8,50 (Kalbsmedaillons mit Spargel, Ananas und Pommes frites) angeboten – eine seiner Lieblingsspeisen anbot: Schokoladenparfait mit frischer Sahne, ergab er sich seufzend den Einflüsterungen des Bruders Leichtsinn. Er spitzte die Ohren, als er hinter der Theke die Namen »Hännchen« und »Schorch«, ausgesprochen von einer jungen Dame, hörte, deren große sanfte graue Augen ihm so bemerkenswert erschienen wie ihre schlanken Hände, mit denen sie einen großen, vierstöckigen Essenträger, der auch als Tortenträger hätte dienen können, fast zärtlich streichelte. Nicht eigentlich mürrisch, nicht einmal ungehalten, nur mit einer Spur Verärgerung in der Stimme sagte der Wirt gerade zu der jungen Dame in einem mit dem zungenschweren Dialekt der Landschaft untermischten Halbdeutsch: »Wie oft soll ich dir denn noch sagen, dat Hännchen trink kein Milch im Kaffee – nur der Schorch, aber du hass ja nur den Schorch im Kopf.« Offenbar spielte er damit auf den Inhalt einer hübschen, rot-schwarz gemusterten Thermosflasche an, in die er hineinblickte, an der er dann kurz roch, bevor er sie zuschraubte. »Da«, sagte er, griff unter die Theke und holte eine schlanke, teuer wirkende Zigarre hervor, aus einer unsichtbaren Kiste, die nur für den Eigengebrauch dort zu stehen schien, denn andere Zigarren standen in reichlicher Auswahl in der Glasvitrine. »Gib die dem Hännchen«, sagte er. Er umwickelte die Zigarre sorgfältig mit einer Papierserviette, schob sie in eine Blechhülse, diese in des Mädchens Manteltasche und sagte: »Bring aber die Hülse wieder mit.«

Unwillkürlich blickte Bergnolte auf das Mobiliar der Gaststube, dessen überraschende Schönheit ihm jetzt erst aufging. Die Füllungen der Paneele waren dezent aus dem Holz herausgearbeitet, durch zarte Beizvarianten voneinander unterschieden; an einem Wandstück, das kaum ein Zwanzigstel der gesamten Fläche darstellte, waren um eine große Tafel herum, aus der eine Ernteszene herausgearbeitet war, Tee-, Kaffee- und Kakaosträucher in verschiedenen Blüte- und Reifestadien dargestellt – in einem anderen Feld Kamille und Pfefferminz, Schafgarbe und Lindenblüte. Zwischen den Paneelen schlanke Kirschbaumschränke, flach, hellbraun mit rötlichem Schimmer. Der Wirt brachte das Bier, setzte es vor Bergnolte hin, folgte dessen Blick, schürzte anerkennend die Lippen und sagte: »Ja, das würde manches Museum gern haben.« Als Bergnolte fragte: »Aber das ist doch keine alte Arbeit, sondern neu – wer macht denn heutzutage so etwas noch?«, antwortete der Wirt dunkel: »Ja, für die Adresse würde manch einer was springen lassen.« Dann fragte er Bergnolte, ob er als Suppe Consommé oder Spargelcreme wünsche, Bergnolte bat um Consommé und überlegte, während er einen tiefen Schluck Bier trank, ob seine Frage vielleicht zu plump gewirkt habe. (Später in der Küche sagte der Wirt zu seiner Frau, die auf Grund der plötzlichen Mitteilung ihrer Tochter, daß sie sich dem jungen Gruhl »hingegeben und von ihm empfangen« habe, fassungslos war: »Wenn einer vom Gericht ist, das riech' ich doch.«)

Im Zeugenzimmer war die Stimmung in der ersten Stunde recht gespannt gewesen; der Feldwebel und der Gefreite der Bundeswehr, obwohl durch heftiges Kopfschütteln ihres Vorgesetzten eindringlich gemahnt, hatten sich sofort an die Seiffert herangemacht, ihr einen Stuhl gesichert, mit ihr eine Unterhaltung über die gerade herrschenden Modetänze begonnen; als sich herausstellte, daß die Seiffert keine sehr begeisterte Tänzerin war, war der Feldwebel, hierbei von dem Gefreiten unterstützt, auf das Gesprächsthema Drinks übergeschwenkt; der Gefreite sagte, er zöge Bloody Mary mit einem Schuß Wodka allen anderen vor; die Seiffert, mürrisch, der frühen Morgenstunde wegen unausgeschlafen, hatte ihre Mühe, den Feldwebel mit leiser, immer eindringlicherer Stimme darauf aufmerksam zu machen, sie hasse Männer, die ihr so früh am Morgen auf die Pelle rückten oder an die Kledasche wollten, sie möge überhaupt aufdringliche Männer gar nicht, und als der Feldwebel ihr zuflüsterte, so sähe sie aber gar nicht aus, sagte sie, schon nicht mehr sehr leise: »Der Bäcker mag nicht immer Brötchen, auch wenn er sie geschenkt bekommt«, was der Feldwebel nicht verstand, wohl aber der Gefreite, der nicht ohne Genugtuung spürte, daß er bei der Seiffert – relativ allerdings, denn mürrisch blieb sie auch ihm gegenüber – in Gunst stünde; er gab sich das Air einer Weltläufigkeit, die ihm gut stand, sprach von Gin-Fizz, Manhattans, während der Feldwebel sich in rauher Männlichkeit zu Bier und Korn bekannte, was ihm die Verachtung der Seiffert eintrug, die murmelte, das wahre Liebesgetränk sei Wein. Der Gefreite war ein kleiner schmächtiger Kerl mit Brille, aber einem kräftigen Mund und einer sehr charaktervollen Nase; der Feldwebel, kurznasig und mit einem schwachen Kinn, versuchte vergebens, ihn durch Blicke zu bewegen, die Seiffert ihm zu überlassen, was der Gefreite durch ein unmerkliches Kopfschütteln und ein verächtliches Schürzen seiner Lippen ablehnte. Dem jungen Offizier, beider Vorgesetzter, einem jungen Menschen von etwas kahl wirkender männlicher Schönheit, war diese Gruppierung Bundeswehr – Seiffert offensichtlich peinlich; als das Wort »Wodka« fiel, wurde er sehr ärgerlich. Es mißfiel ihm schon lange, daß Wodka das Modegetränk zu werden schien; ihm schien – wie er auch in einem entsprechenden Schreiben an das Werbefernsehen schon dargetan hatte – hinter dieser Wodkamode und Wodkawerbung schleiche sich eine Verkennung und Verharmlosung der Russen ein, die ihm sogar die in Mode gekommenen Pelzmützen verdächtig mache.

Der alte Pfarrer Kolb aus Huskirchen unterhielt sich leise mit seinen beiden Pfarrkindern, die jüngere, eine Witwe Wermelskirchen, die ältere, Gruhls Schwiegermutter, eine Witwe Leuffen geborene Leuffen; die drei unterhielten sich leise über ein Thema, das keinen der Anwesenden außer ihnen so recht interessieren mochte: welcher Hund in der vergangenen Nacht in Huskirchen gebellt habe; Frau Wermelskirchen meinte, es könne nur Grabels, des Gastwirts Schäferhund »Bello« gewesen sein, während Frau Leuffen auf Berghausens Pudel »Nora« tippte, der Pfarrer aber hartnäckig die These vertrat, es sei Leuffens, des

Stellmachers Collie »Pitt« gewesen; er wies gütig darauf hin, daß er in seinem Alter gar manche Nacht schlaflos verbringe, er erkenne alle Hunde von Huskirchen am Gebell, und Leuffens, des Stellmachers Collie »Pitt« sei ein besonders sensibles, sehr intelligentes, eifriges Tier, das bei dem geringsten Geräusch anschlage; er finge schon an zu bellen, wenn er, der Pfarrer, manchmal mitten in der Nacht, um den Pfeifenrauch auszulassen, sein Fenster öffne, Grabels Schäferhund »Bello« dagegen würde nicht einmal wach, wenn er, was oft geschehe, nachts noch, um frische Luft zu schöpfen, einen Spaziergang durch »sein schlafendes Dorf« mache, vom Pfarrhaus bis zur Linde und noch einmal den gleichen Weg hin und zurück; was Berghausens Pudel angehe, so sei der einfach zu bange zu bellen, selbst wenn er wach würde. Am schönsten seien ja immer noch die Geräusche von Kühen in der Nacht: ihr Atem, ihr Husten, ihr Gähnen und selbst jene Geräusche, die bei einem Menschen als unschicklich gelten, wären bei Kühen friedlich, während Hühner . . ., Hühner wären nur zu ertragen, weil sie Eier legten; schön sei es auch, nachts auf schlafende Vögel zu stoßen; hinter Grabels, nicht des Gastwirts, sondern des Bauern Grabel Scheune auf den Apfelbäumen hockten sie oft, vor allem Tauben, die er aber gar nicht so gern möge. Frau Wermelskirchen, die jüngere der beiden Frauen, eine kräftige Person mit schwarzen Augen, sagte, sie habe noch gar nicht gewußt, daß der Pfarrer nachts spazierengehe, ob sie, Frau Leuffen, das gewußt habe. Frau Leuffen sagte, nein, sie habe es nicht gewußt; man wisse ja doch sehr wenig voneinander, und das sei schade, die Menschen sollten mehr voneinander wissen, auch das Gute, nicht nur das Böse, woraufhin die junge Frau Wermelskirchen errötete; sie genoß zwar einige Sympathien im Dorf, jedoch keinen sehr guten Ruf; sie verstand diese Bemerkung der Leuffen, als was sie gar nicht gemeint war: als Anspielung. Der Pfarrer sagte, er wisse viel Gutes von den Menschen, obwohl er zu allen Zeiten der Nacht im Dorf spazierengehe, auch zu Zeiten, in denen gewöhnlich das weniger Gute vor sich gehe; die Wermelskirchen errötete noch heftiger: der Gedanke, daß der Pfarrer in der Nacht – mit seiner schwarzen Kleidung wie eine schwarze Katze ohne deren weithin sichtbare Augen – im Dorf auf der Lauer liegen oder gelegen haben könnte, schien ihr nicht sehr zu behagen, aber auch des Pfarrers Bemerkung war gar nicht als Anspielung gemeint gewesen; die Wermelskirchen sagte, ein Pfarrer höre doch im Beichtstuhl fast nur das Böse, sie sei erstaunt, daß er so gut von den Menschen denke; der Pfarrer sagte, er denke weder gut noch böse von den Menschen, und was ein Pfarrer im Beichtstuhl an Bösem höre, werde gewöhnlich weit überschätzt; »aber nachts so durchs Dorf zu gehen, wenn alles ruhig ist, nur die Tiere ein wenig unruhig«, nun, er liebe das einfach, und er bekäme Mitleid mit den Menschen, wie gut oder böse sie auch sein möchten; um die

Wermelskirchen, der das Rot immer noch um die Ohren stand und in ihren blanken Wangen, zu beruhigen, legte er ihr eine Hand auf den Arm und sagte, er sei ja nicht hartnäckig, aber es sei eben doch Leuffens Collie gewesen; die Wermelskirchen räumte das als möglich ein. Ungeachtet der Anweisung für Pfarrer, in der Öffentlichkeit tunlichst nicht zu rauchen, zog der seine Tabakspfeife aus der Manteltasche, stopfte sie umständlich aus einer grünlichlackierten, ziemlich verkratzten Blechdose, auf der noch zu lesen war »Pfefferminzschokoladentaler«, rauchte kalt an der gestopften Pfeife, schrak zusammen, als der junge Offizier, dem die Gelegenheit, von einer der anwesenden Gruppen ins Gespräch gezogen zu werden, günstig erschien – etwas zu rasch mit einem brennenden Zündholz zur Stelle war, das er, wie alle Nichtraucher, dem Pfarrer zu nah an die Nase hielt; der, erschreckt, auch ein wenig verärgert über den Eifer und die gefährliche Nähe des Zündholzes, blickte ängstlich in die Runde, blies das Zündholz aus, wobei er den jungen Offizier entschuldigend anblickte und sagte: »Verzeihen Sie, ich glaube, bevor Sie kamen, waren wir übereingekommen, nicht zu rauchen.« Sofort erhob sich ein freundliches Protestgemurmel, in das die Seiffert besonders lautstark einstimmte, auch der zu dieser Zeit noch anwesende Horn; ein Gemurmel, aus dem deutlich herauszuhören war, daß man ihn, den Pfarrer, erstens als Pfarrer, zweitens als den weitaus Ältesten im Zimmer als Ausnahme gelten lasse. Der Pfarrer ließ sich überreden unter der Bedingung, daß aber dann dem Alter nach reihum geraucht werden sollte, und er nickte dankbar, als der Oberleutnant, froh, diesmal nicht abgewiesen zu werden, ein zweites Zündholz anbrannte. Gehemmt und mit der meist abrupt wirkenden Vertraulichkeit der Gehemmten fing der Oberleutnant, den der Pfarrer durch eine unnachahmliche Geste, die er mit der Pfeife vollführte, in den Huskirchener Gesprächskreis einbezogen hatte, nun mit überraschend harter Stimme ein Gespräch über den Terminus »Volkssprache« an, der ihm als besonders überraschend in den neuesten Konzilsberichten erscheine. Ob das nicht eine Vulgarisierung einer heiligen Sprache zur Folge haben könnte; die beiden Frauen, die zu diesem Zeitpunkt aus Höflichkeit noch zuhörten, blickten erwartungsvoll ihren Pfarrer an, auf dessen Klugheit sie stolz waren, auch wenn sie ihn nicht immer verstanden oder zu würdigen wußten; der Pfarrer sagte, ob der Offizier je den Ausdruck Vulgata gehört habe; ja? nun, dann wisse er ja, daß das die allgemein verbreitete sei, was man auch als die vulgäre deuten könne; er, der Pfarrer, sei der Meinung, die Volkssprache könne gar nicht vulgär genug sein, er habe schon angefangen, die bekanntesten Sonntagsevangelien in Huskirchener Platt zu übersetzen, das sich schon vom Kireskirchener sehr unterscheide. Die beiden Frauen blicken einander stolz an. Der Sieg der Klugheit ihres Pfarrers machte sie stolz.

Dem Offizier schien diese Auslegung des Pfarrers nicht recht zu passen, er sagte, er habe mehr an ein strenges hymnisches exklusives Stefan-George-Deutsch gedacht, ja, ein elitäres, er scheue sich nicht das Wort auszusprechen. Das Interesse der Frauen an diesem Thema erlosch an diesem Punkt, auch ihre Höflichkeit erlahmte, sie steckten hinter dem Rücken des Pfarrers, der, um es ihnen bequem zu machen, etwas vorrückte, die Köpfe zusammen und sprachen über ihre Blumengärten, ob man die Dahlien jetzt *schon* oder *noch* aus der Erde nehmen solle, fragte die Leuffen die Wermelskirchen, die als geschickte Gärtnerin bekannt war; *schon* raus sei zu früh, sagte sie, und *noch* ginge es bis kurz vor dem ersten Frost. Das kapiere sie nicht, sagte die Leuffen, obwohl sie schon fünfzig Jahre den Garten habe. Wie sie es immer wieder schaffe, ihre Rosen so lange in Blüte zu halten, fragte die Leuffen, worauf die Wermelskirchen antwortete, sie wisse es selber nicht, wirklich nicht, sie täte gar nichts Besonderes daran, was die Leuffen mit einem verschmitzten Lächeln und einem Augenzwinkern als »zu große Bescheidenheit« abtat, es sei ein Geheimnis, sagte sie, aber sie verstehe sehr gut, daß die Wermelskirchen das Geheimnis nicht preisgebe, sie wisse selbst nicht, ob sie, wenn sie ein solches Geheimnis besäße, es preisgäbe; sie habe nie eine Hand für Blumen gehabt. Die beiden Herren waren jetzt beim Thema Religion und Theologie, die der Pfarrer als zwei völlig voneinander verschiedene Bereiche bezeichnet hatte, wodurch er den Protest des Offiziers hervorrief. In diesem Augenblick wurde die Seiffert mit dem Ruf: »Komm, Sannichen, deine Stunde hat geschlagen« in den Zeugenstand gerufen. Der Feldwebel, dessen männliches Gebaren der Seiffert zuletzt, wie sie es wörtlich nannte, »auf den Wecker gefallen« war, knurrte den Gefreiten jetzt offen an; dieser schlenderte, soweit die drei Schritte, die er machen konnte, das erlaubten, zu der dritten Gesprächsgruppe hinüber, die durch den Wirtschaftsprüfer Dipl. Volkswirt Grähn, den Gerichtsvollzieher Hall, den Finanzoberinspektor Kirffel (Sohn des Polizeiwachtmeisters) und den zu diesem Zeitpunkt noch anwesenden Obermeister Horn und den Reisevertreter Erbel gebildet wurde. Die fünf, die offensichtlich über Gruhl sprachen, waren gerade bei einem Thema, das von dem derzeitigen Wortführer der Gruppe, Grähn, mit »Strukturwandel im Handwerk« umrissen worden war. Der Pfarrer verkündete, er habe seine Pfeife »angesichts des langen Fastens mit unverzeihlicher Hast« schon zu Ende geraucht, Horn sei der nächste, aber der sei ja jetzt Nichtraucher, womit nach seiner bescheidenen Kenntnis des Alters der Anwesenden das Los zu rauchen auf Hall falle, denn die zweitälteste nach Horn, Frau Leuffen, rauche ebenfalls nicht. Hall nahm das Los erfreut an und steckte sich eine Zigarette in den Mund. Die beiden Frauen standen auf, flüsterten an der Tür mit Justizwachtmeister Sterck, verschwanden dann kichernd in den Tiefen des Flures, der den älteren der anwesenden Zeugen – Hall, Kirffel und Horn – noch aus ihrer Schulzeit in Erinnerung war. Die drei wechselten rasch das Thema, wodurch sie Grähn und Erbel, die jung und ortsfremd waren, vorübergehend ausschalteten, bis sie über Schulerinnerungen wieder an ein Thema gerieten, das auch Grähns Mitsprache erlaubte: die Wirtschaftskrise der zwanziger Jahre.

Als kurz danach Erbel und Horn aufgerufen wurden, fragte der Gefreite, der in Grähn den Fachmann erkannt hatte, ob im Kreise Birglar die Kreditlabilität der kleinen und mittleren Betriebe auch so groß wie in seiner Heimat sei; er stamme aus dem Bergischen, sein Vater sei dort bei einer Bank. Grähn nahm das Thema gern auf, während Hall und Kirffel es vorgezogen hätten, endlich, nachdem Horn aufgerufen war, mit Grähn den »Tenor« ihrer Aussage über Gruhl abstimmen zu können. Sie betrachteten den Gefreiten, der Worte wie Schwankungsfaktor und revolvierende Kreditpolitik so gelassen aussprach wie soeben vor der Seiffert »Bloody Mary« und »Manhattan«, mit unverhohlenem Mißbehagen, trennten sich dann von den beiden und eröffneten eine eigene Gruppe, indem sie sich zunächst ans Fenster stellten und flüsternd ausmachten, »weder den Johann noch Birglar in den Dreck zu zerren.«

Als kurz nach der Seiffert Erbel und Horn aufgerufen wurden, ging ein erleichtertes Seufzen durch die verschiedenen Gruppen, besonders der Feldwebel, der von seinem Vorgesetzten durch eindringliche Blicke aufgefordert worden war, sich in die Fensternische zu stellen, atmete auf. Die moralischen Vorstellungen des Oberleutnants, der in der Garnison als der fromme Robert bezeichnet wurde, waren ihm recht unangenehm. Als dann aber Horns Vernehmung sich als ausgedehnt erwies, die Frage an den Justizwachtmeister Sterck, ob man nicht die Reihenfolge der Zeugenaufrufe herausbekommen, sobald man dies erfahren, abwechselnd einen Kaffee trinken könne, als diese Frage von Sterck abschlägig beschieden wurde, weil ja das Nichtbekanntgeben der Reihenfolge Absprachen verhindern sollte, schlug Grähn, der sich schon in der »Vereinigung akademischer Volkswirte« einen Ruf als Unterhalter erworben hatte, irgendein Rate-, notfalls Pfänderspiel vor; er sei sogar bereit, sagte er grinsend, und er bäte alle Anwesenden unkonfessionell Erzogenen um Entschuldigung, sich dem Pfarrer zu einer Fragestunde über Katechismus zu stellen, woraufhin der Pfarrer sagte, er habe den Katechismus nie im Kopf gehabt, auch nie in den Kopf »hineinbekommen«; die alte Frau Leuffen bezeichnete diesen Spielvorschlag als »zu weit gehend«; sie wurde durch ein heftiges Kopfnicken des Oberleutnants bestärkt. Nach dieser kurzen, anarchisch anmutenden Unterbrechung gruppierten sich die Zeugen neu: der Feldwebel, der Gefreite und Gerichtsvollzieher Hall fingen an, auf der hölzernen Fensterbank Skat zu spielen; Grähn schaute zu; der Oberleutnant, der Kartenspiel grundsätzlich mißbilligte, bei einer solchen Gelegenheit und schon gar nicht öffentlich nicht den Vorgesetzten herauskehren wollte, schlug sich wieder zum Pfarrer, der mit Kirffel, der in seiner Pfarre das Amt eines Ehrenrendanten ausübte, eine Unterhaltung über den Stand seiner Pfarrfinanzen führen wollte; besonders über die ihm zur Last gelegte Zweckentfremdung von Geldern, die für eine Glocke gesammelt, zum größten Teil aber dazu verwendet worden waren, den Umzug einer gewissen Fiene Schurz zu finanzieren, die vor sechs Jahren in die nahe gelegene Großstadt gezogen war, dort jenen Schurz geheiratet hatte, der sie nach der Zeugung des vierten Kindes im Stich ließ; diese Fiene Schurz, eine geborene Kirffel, war daraufhin einer in ihr verborgenen leichtfertigen Ader erlegen, die sich erst gezeigt hatte, nachdem sie, um ihre Kinder vor der schlimmsten Not zu bewahren, begonnen hatte, als Kellnerin in einem Nachtlokal sich etwas Geld zu verdienen; kurz: sie hatte nach Huskirchen ins elterliche Haus zurückgeholt werden müssen, weil sie von ihrem Arbeitgeber, einem unverantwortlichen Kerl namens Keller, verleitet worden war, in dem Lokal, wo sie kellnerte, »ein bißchen zu strippen«; der Pfarrer, der hier Vertrauliches besprach, empfand das Hinzutreten des Oberleutnants als nicht »geradezu aufdringlich«, wie er später bekannte, »doch dieser Junge hatte eine merkwürdige Art, penetrant zu sein«. Jedenfalls: der Pfarrer hatte also die Glockengelder zweckentfremdet, um der Schurz den Umzug ins heimatliche Huskirchen zu ermöglichen (vergebens, wie er jetzt bereits einzusehen begann, aber noch nicht zuzugeben bereit war, denn die Schurz, ihre Kinder im Schutz ihrer Mutter wissend, fuhr allabendlich mit dem Schnellzug in die nahe gelegene Großstadt, um, wie sich herausstellte, »nicht mehr nur zu strippen«). Hier entstand durch die voreilige Intervention des Oberleutnants ein kleines, fast komisches Mißverständnis, an dem auch Kirffel nicht unschuldig war. Er, der Oberleutnant, ein, wie er selbst sagte, »leidenschaftlicher Nachrichtenmann«, kannte den Ausdruck »strippen« nur als Variation von Strippenziehen, einem jedem Nachrichtensoldaten geläufigen Ausdruck; in der gleichen Bedeutung und nur in dieser kannte ihn auch der harmlose Kirffel II, und beide, Kirffel und der Oberleutnant, verharrten eine Zeitlang in der Vorstellung, die Schurz sei bei einer privaten Telefongesellschaft mit nächtlichem Kabellegen beschäftigt: eine befremdliche Vorstellung, zumal ihnen die Nachtarbeit an der Sache nicht einleuchtete. Dem Oberleutnant kam gleich der Verdacht, es handele sich um Nachrichtenarbeit für eine »fremde Macht«, dem Kirffel schwirrte ohnehin der Kopf, hauptsächlich seiner bevorstehenden Aussage in der Sache Gruhl wegen, aber auch, weil der Pfarrer sich durch die Zweckentfremdung der Glockengelder in eine

Schwierigkeit gebracht hatte, deren Ausmaß er selbst noch nicht ahnte; schließlich wurde dem alten Pfarrer, der nicht begriff, warum die beiden Herren ständig von Telefonen sprachen, die Sache zu dumm und er sagte: »Aber meine Herren, sie ist doch kein Call-Girl, sondern sie strippt ja nur.« Mit jenem Sarkasmus, der ihn zum beliebten Gast in allen Pfarrhäusern machte, fügte er hinzu: »Ich traue ihr schon zu, daß sie auf die Dauer beides tut: strippen und sich als girl callen lassen.« Vollends verwirrt blickten Kirffel II und der Oberleutnant den Pfarrer nun an; zwischen beiden begann sich eine Art Zuneigung anzubahnen, da sie beide das kaltschnäuzig ausgesprochene »Call-Girl« aus dem Munde eines Pfarrers doch für recht merkwürdig hielten, ihnen beiden auch der Hintersinn von »strippen« in einem offenbar unmoralischen Zusammenhang noch nicht ganz aufging. Er sehe, sagte der Pfarrer, dessen Stimme alles Scherzhafte verloren hatte, zum Oberleutnant, wie wichtig es sei, das vulgäre Vokabular zu kennen; im übrigen, fügte er hinzu, habe er inzwischen erfahren, daß die Schurz, deren moralische Zukunft ihm sehr naheginge, in der nahe gelegenen Großstadt dieser verwerflichen Beschäftigung in einem Lokal nachgehe, in dem es »von Bundeswehrmenschen und CDU/CSU-Abgeordneten wimmele«, die sich nicht entblödeten, »anderswo sich als Hüter der christlichen Moral aufzuspielen«. Mit einer gewissen Gereiztheit antwortete der Oberleutnant, man könne und dürfe solche »Einzelbeobachtungen« nicht verallgemeinern. Der größere Teil der Bundeswehroffiziere sei intakt und dringe auf Sauberkeit, leider – wie er mit einem Blick auf den Stuhl, auf dem die Seiffert gesessen hatte, jetzt Witwe Wermelskirchen saß, bemerkte – leider nicht immer mit Erfolg, da Moral noch nicht zu den befehlbaren oder im Befehlsbereich liegenden Punkten gehöre. Der Pfarrer blickte ihn ernst an und sagte: »Aus Ihrem Holz werden anderswo die besten Kommunisten geschnitzt«, eine Bemerkung, die den Oberleutnant nicht, wie erwartet, zum Widerspruch, sondern zur Nachdenklichkeit anzuregen schien.

Über den Fall Schurz unterhielten sich, noch leiser flüsternd als die drei Herren, auch die Wermelskirchen und die Leuffen, wobei überraschenderweise die junge Wermelskirchen weitaus härter über die Schurz urteilte als die alte Leuffen, die die Hauptschuld dem davongelaufenen Schurz gab, während die Wermelskirchen, zugebend, daß sie selbst eine »sinnliche und manchmal leichtfertige Person« sei, die himmelschreiende Verdorbenheit der Schurz darin erblickte, »irgend etwas dieser Art für Geld zu tun«. Dem widersprach die Leuffen, sie sagte, Frauen, die »irgend etwas dieser Art für Geld« täten, seien eigentlich weniger gefährlich, da sie ja die Männer nur »abfertigen«, während Frauen, die kein Geld nähmen, schlimmer seien, sie »verstrickten die Männer«; die Wermelskirchen, die alles gleich persönlich nahm, sagte, sie habe noch keinen Mann verstrickt – sie habe jedem seine Freiheit gelassen. Doch an diesem Punkt, wo in allen drei Gruppen die Gereiztheit nahe bis an den Zündpunkt gestiegen war – auch bei der Skatspielergruppe, wo der Gefreite in einer wahren Glückssträhne einen Grand nach dem anderen auf die Fensterbank kloppte, während der Feldwebel dazu erniedrigt wurde, sogar noch einen Null zu verlieren –, an diesem Punkt riß der Justizwachtmeister Sterck die Tür auf und verkündete die eineinhalbstündige Mittagspause.

Bevor er sich zum Mittagessen in seine Wohnung begab, bat Stollfuss Staatsanwalt und Verteidiger zu einer kurzen Besprechung ins Obergeschoß des Gebäudes, wo er sie auf dem Flur wegen der noch verbleibenden neun Zeugen zu einem verhandlungstechnischen Stehkonvent einlud. Er meinte, ob Hoffnung bestünde, indem man die Zeugen rascher vernähme, keine unsachlichen Fragen mehr stellte, die Verhandlung zu beschleunigen und möglicherweise alle neun noch am Nachmittag zu vernehmen, oder ob es ratsam sei, einige – etwa den alten Pfarrer Kolb und die kaum jüngere Frau Leuffen – für den Nachmittag zu entlassen und auf den morgigen Tag zu bestellen. Nach kurzem Bedenken sagte der Verteidiger, die Vernehmung des Gefreiten, des Feldwebels, der alten Frau Leuffen und des Pfarrers könne er, was ihn beträfe, auf je zehn Minuten beschränken, für den Oberleutnant allerdings, da jener zum eigentlichen Kern der Verhandlung aussagen müsse – also für den brauche er allein wohl eine halbe Stunde, während wiederum Grähn und Kirffel II wohl in je zwanzig Minuten abzufertigen seien, da es sich um fast rein gutachtliche Aussagen handele. So könne, was ihn angehe, die Vernehmung heute noch abgeschlossen, vielleicht morgen plädiert werden – er überschaue allerdings nicht, was die Zeugin Wermelskirchen, die ja von seinem Kollegen geladen sei, an Zeit brauchen werde. Der Staatsanwalt, keineswegs so energisch und stramm, wie er im Saale manchmal erschienen war, sondern jovial, meinte, er brauche die Wermelskirchen höchstens zehn Minuten, ob der verehrte Kollege nicht die Vernehmung des Oberleutnants verkürzen könne, denn dessen Einvernahme bedeute ja eine doch eigentlich überflüssige Politisierung des Falles, der ja eigentlich als abgeschlossen gelten könne, woraufhin der Verteidiger sagte, nicht er, sondern der verehrte Kollege politisiere den Fall, dessen »geistiges Volumen doch im Grunde kaum über Schmuggler- und Wilderer-Mentalität hinausginge«, wobei ihm übrigens einfiel, daß er für den Nachmittag noch einen Zeugen, einen Kunsthändler namens Motrik aus der nahe gelegenen Großstadt geladen habe. Auch sei ja noch als Gutachter für den späten Nachmittag der Kunstprofessor Büren geladen. »Also gut«, sagte der Vorsitzende ungeduldig, »schicken wir keinen nach Hause, kommen aber, wenn Sie gestatten, den älteren Herrschaften etwas entgegen, indem wir sie als erste drannehmen.« Die beiden jüngeren Juristen halfen ihm in den Mantel, der auf dem Flur an jenem altmodischen Haken hing, an dem einst Oberkläßler ihre Mützen aufgehängt hatten – jeder nahm eine Schulter, um dem alten Herrn in den Mantel zu helfen, der Verteidiger hängte des Richters Robe an den leergewordenen Haken.

Zeugen und Zuschauer verteilten sich nun ihrer sozialen Stellung entsprechend in die zur Verfügung stehenden Birglarer Gasthäuser. Während die Herren oben ihre kurze Beratung abhielten, machte die Hermes sich der Kugl-Egger bekannt, schlug ihr vor, mit ihr schon in die »Duhr-Terrassen« vorzugehen; die schüchterne Kugl-Egger war in Birglar geboren, hatte den Versetzungswunsch ihres Mannes nicht nur gebilligt, sogar mit betrieben wegen eines alten Erbonkels namens Schorf, der sie, »seinen Liebling«, in der Nähe haben wollte. Die Hermes kannte die Hintergründe der Kugl-Eggerschen Versetzung, erkannte auch die Schüchternheit, mit der »Grabels Marlies« – so der Mädchenname der Kugl-Egger – sich auf heimatlichem Boden zu bewegen begann; sogar bayerischen Dialekt sprach diese, sprach mit leiser Stimme von der bayerischen Kleinstadt weit dort hinter den Wäldern, die im Sprachgebrauch des Hermes »dieses Nest östlich Nürnberg« hieß. Mit resoluter Herzlichkeit nahm die Hermes die Kugl-Egger sozusagen im Sturm, hakte sich schon nach fünfzig Schritten bei ihr ein, wußte nach sechzig Schritten, daß auch Kugl-Egger katholisch war (in Bayern gab's, wie ihr verschwommen dämmerte, protestantische Partien!) und begann schon mit rheinischer Mundfertigkeit von ihren Plänen für den Nikolaus-Ball des katholischen Akademikerverbandes zu erzählen, bei dem sie »einen rapiden Einbruch der Modernität zu erzielen« entschlossen sei, vor allem, was die ansonsten dort für tragbar gehaltenen Tänze betraf. Sie plane auch eine »offene Aussprache über sexuelle Probleme, einschließlich der Pille«. Der kaum fünf Minuten währende Weg zu den Duhr-Terrassen war nicht ganz zurückgelegt, da wußte sie schon, wieviel Quadratmeter Wohnfläche die gestern bezogene Wohnung der Kugl-Eggers in Huskirchen umfaßte; daß diese »natürlich« auf den teuersten Anstreicher des Kreises hereingefallen waren, eine zu hohe Miete zahlten, dafür aber – und das schien ihr ausschlaggebend – den nettesten Pastor erwischt hätten, der im ganzen Regierungsbezirk zu haben sei; und natürlich – dieses Thema ergab sich rasch, als die Kugl-Egger erwähnte, wie schwer ihre Kinder es haben würden mit ihrer bayerischen Aussprache –, natürlich könnte man stundenlang, tagelang diskutieren über den Segen und Unsegen von Nonnen in Kindergärten. Die kleinere, auch um wenige Jahre jüngere Kugl-Egger, fühlte sich, wie sie später ihrem Mann gestand, »einerseits überrumpelt, andererseits hingerissen von diesem Tempo«, mit dem sie in das Birglarer katholische Akademikerleben hineingezerrt wurde. Sie hatten die Duhr-Terrassen erreicht, entdeckten Bergnolte, der mit überraschend ältlicher Löffelführung gerade sein Schokoladenparfait verzehrte – da sagte die Hermes, er gäbe noch »in Birglar manchen Mief zu lüften« und ein Lüftchen Freiheit in »gewisse katholische Ehen« wehen zu lassen.

Es beruhigte die Kugl-Egger ein wenig, daß die Hermes zwei Martini mit Eis bestellte, sie hatte Schärferes befürchtet, obwohl sie gleichzeitig der Hermes' beunruhigende Raschheit in einem merkwürdigen Gegensatz zu deren rundem offenen Blondinengesicht empfand, in dem sie, wie sie feststellte, vergebens nach Bosheit forschte; erleichtert merkte sie auch, daß die Martinis nicht dazu benutzt wurden, ihr ein allzu rasches Du anzuhängen; die Hermes beließ es bei einem Sie und Marlies, indem sie das Glas hob und ein »Auf Ihre glückliche Heimkehr, Marlies«! als Willkommen bot. Die Kugl-Egger, während sie ohne wirklich zu lesen, die Speisekarte las, dachte darüber nach, ob die Hermes nicht jenes als sehr temperamentvoll verschriene blonde Ding gewesen sein müsse, das, als sie die zweite Klasse der Birglarer Schule besucht hatte, in der vierten gewesen war: ein munteres, dickes, ewig lachendes blondes Mädchen, das sie als »irgendwie immer in Äpfel beißend« in Erinnerung behalten hatte. Ihr Vater hatte – wie hieß er doch gleich? – mit Düngemitteln, Kohlen und Saatgut einen nicht immer so ganz legalen schwunghaften Handel getrieben. Nun, all das würde sie wohl spätestens in einer Viertelstunde erfahren haben.

Kurz darauf trafen ein, von der Hermes nicht allzu leise als »liberal fortschrittliche« Gruppe bezeichnet: Dr. Grähn, die Schorf-Kreidel und der Protokollführer Referendar Außem; ein kurzes Winken der Schorf-Kreidel, zwei angedeutete Verbeugungen des Grähn und des Außem, die sich an den Tisch neben Bergnolte setzten, offenbar den Blick auf die lehmigen Fluten der Duhr begehrend, die von der Hermes nicht als Fluß, sondern als ein ausfließender Brei bezeichnet wurde.

Nach der soeben herausgelassenen Pointe eines Witzes kamen Kugl-Egger und Hermes in schallendem Gelächter vereint ins Restaurant; Hermes machte sich der Kugl-Egger als »einer Ihrer allerdings entfernten Vettern« bekannt, durch seine Großmutter mütterlicherseits von den Halls aus Ober-Birglar her, die eine Tante ihres, der Kugl-Eggers, Erbonkels Schorf gewesen sei, durch den sie übrigens auch mit jener Dame dort hinten verwandt sei, die sie bald – wie Hermes mit einem Kichern, das der Schadenfreude nicht ganz ermangelte, feststellte –, die sie bald werde als ihre »liebe Kusine Margot« umarmen müssen oder dürfen, das komme ganz darauf an, wie man mit der eleganten Dame zurechtkomme, deren einziges Leiden darin bestehe, sich zu langweilen und deren sich daraus ergebendes schlechtes Gewissen sich meist falsch oder ungeschickt artikuliere. Der Redefluß des Hermes, dem seiner Frau kaum unterlegen, kam der Kugl-Egger schon »fast französisch« vor. Er habe zwar, sagte Hermes, nichts, nicht das geringste für heimatliche Spezialitäten übrig, aber den rheinischen Sauerbraten könne er empfehlen; alles, was hier auf den Tisch käme, wäre vorzüglich; der Wirtin, Frau Schmitz, gelänge sogar so etwas Primitives wie Kartoffelpuffer, hier Reibekuchen geheißen, ja, sogar der dümmste Eintopf gelänge ihr zur Delikatesse (mit dieser Voraussage fiel Hermes übrigens herein; an diesem Tag, dem ersten, doch nicht einzigen, mißlang der Schmitz fast alles, so sehr hatte die Eröffnung der Tochter Eva – daß sie sich dem jungen Gruhl hingegeben und von ihm empfangen habe – sie in ihrer Natur, Moral und Existenz getroffen, wobei die Vorstellung, daß ihr erstes Enkelkind im Gefängnis gezeugt worden war, ihr den meisten Schrecken bereitete; die falsche Voraussage trug Hermes bei der Kugl-Egger den unwiderruflichen und irreparablen Ruf eines falschen Propheten ein oder – was Hermes als noch peinlicher empfand – eines schlechten Kenners der Kochkunst). Hier gelang der Kugl-Egger der erste Einbruch in den liebenswürdigen flotten Redestrom des Hermes, indem sie einflocht, es sei gar nicht so leicht, einen guten Eintopf schmackhaft zu bereiten, und Reibekuchen, das sei so heikel, sie habe es – sentimental der heimatlichen Genüsse gedenkend – vergebens in dem »Nest östlich Nürnberg« versucht. Sie würde gern wissen, fuhr sie fort, die Bresche benutzend, ob Hermes in dieser merkwürdigen Sache Gruhl wirklich so engagiert sei, wie er tue; sie sei ja die Frau eines beamteten Juristen, der nicht den Ehrgeiz habe, die freie Wildbahn zu betreten, aber . . . doch schon hatte Hermes die Bresche wieder besetzt und erzählte ihr von den Traditionen seiner Familie: wie sein Vorfahre Hermes, dem alle ihm zustehenden Ur- vorzuhängen ihm lästig sei, den Freiheitsbaum in Birglar mitgepflanzt, Napoleon zwar nicht gemocht habe, aber die Preußen noch weniger, die nichts gebracht hätten als Gendarmen, Gesetze und Steuern.

Inzwischen hatte die Hermes den Kugl-Egger – »ich kann es mir nicht verkneifen« – auf seinen Reinfall mit der Seiffert angesprochen und prophezeite ihm das gleiche mit der Wermelskirchen; Kugl-Egger lachte, gab sich, was die Seiffert betreffe, geschlagen und fügte hinzu, das für ihn Überraschende sei nicht, daß die Seiffert sich in einem kleinen Städtchen wie Birglar aufhalten, sondern daß sie sich halten könne, er meine auch finanziell, wo doch in der nahe gelegenen Großstadt für Personen ihres Gewerbes und deren potentielle Kundschaft so viel und so anonyme Gelegenheit sei. Die Hermes sagte, ihm müsse doch die Guillotinegrenze aus der Rechtsgeschichte bekannt sein; diese falle überein mit der Bordellgrenze, die hinwiederum auch eine Konfessionsgrenze sei, und die Guillotinegrenze, rechtsgeschichtlich gesprochen die

Grenze des Code Napoléon, sei noch jünger als die viel ältere »Liebesgrenze«, diesseits derer das technisch Handwerkliche betonter sei wie jenseits dieser Grenze das Emotionelle und Barbarische. Aber was ihr im Augenblick wichtiger erscheine: er könne das, wenn er wolle, als Versuch der Beeinflussung zugunsten der Mandanten ihres Mannes nehmen – aber das sei es nicht: er möge sich die Blamage mit der Wermelskirchen ersparen, jedenfalls diese nicht zur Person, sondern nur zur Sache Gruhl vernehmen. Als Kugl-Egger fragte, ob denn die Wermelskirchen »auch so eine sei«, sagte die Hermes, nein, eben »so eine« sei die nicht, sie sei keine Hure, sondern eine Sünderin, »das ist so eine, die man vor dreihundert Jahren als Hexe verbrannt hätte«, es sei tatsächlich etwas Merkwürdiges an der Wermelskirchen, deren Blumengarten oft noch weit über die Zeit hinaus in voller Blüte stehe; sie sei zwar eine aufgeklärte Person, aber in der Wermelskirchen träte ihr Unerklärliches entgegen, fast als komme der uralte keltische Matronenkult wieder mit ihr hoch. Aber die sei doch gar nicht hübsch, sagte Kugl-Egger, worauf die Hermes lachte und sagte, hübsch seien heutzutage von hundert Frauen und Mädchen dreiundneunzig – darauf käme es nicht an, er, der Staatsanwalt, solle sich einmal die Augen und die Hände der Wermelskirchen anschauen, dann wisse er, was eine Göttin sei; nein, sagte sie, die jetzt mit gutem Appetit ihre Spargelcremesuppe aß, er solle die Finger von der Wermelskirchen lassen, natürlich habe die mit Gruhl sen. ein Verhältnis gehabt – aber was er denn damit erreiche, wenn es herauskäme?

Die Schorf-Kreidel, der des jungen Referendars Außem Art, sich um ihre winzige Halswunde zu kümmern, denn doch ein wenig aufdringlich, »fast erotisch«, wie sie später erzählte, vorkam (er stand mehrere Male auf, stellte sich vor sie und betrachtete kopfschüttelnd die winzige rote Blase, die der Schorf-Kreidel gar nicht mehr wehtat) – die Schorf-Kreidel lenkte das Gespräch auf den Fall Gruhl, den sie als »gespenstisch« bezeichnete. Ja, sagte Außem, gespenstisch sinnlos, er würde für solche Fälle – wo doch die Angeklagten geständig seien und gar nicht auf einer Verhandlung bestünden – Schnellgerichte einführen; die Tat sei ja nicht eigentlich kriminell, sondern nur gesellschaftlich zu verstehen, was er persönlich für viel gefährlicher hielte als das »klar Kriminelle«. Grähn sagte, er könne natürlich nicht seine Aussage vorwegnehmen, aber »der Gruhl« – das sei einer, den er fast bewundere; hinter dem verberge sich eine ungeheure Intelligenz. Er verstehe nicht, sagte Außem, wieso nicht wenigstens Hollweg einen Reporter geschickt habe, um über diesen merkwürdigen Prozeß zu berichten, den er nur als eine hübsche Abschiedsparty für den verehrungswürdigen Stollfuss und den ebenso verehrungswürdigen Kirffel ansehe. »Im Grunde ist es ein Betriebsfest«, sagte er, stand dann nervös noch einmal auf, um mit vieldeutigem Zungenschnalzen den winzigen, streichholzkopfgroßen roten Fleck am hübschen Hals der Schorf-Kreidel zu betrachten, von dem er sagte, er werde sie und alle ihre Verehrer auf ewig an den Prozeß Gruhl erinnern. Eine Gruppe von Beamten und Sekretärinnen der Kreisverwaltung, die schichtweise in den Duhr-Terrassen ihr Mittagessen einnahmen, brachte Unruhe und die Notwendigkeit, die Stimmen zu dämpfen. Bergnolte grübelte über einer Tasse Kaffee darüber nach, ob »Trinkgeld«, spesenrechtlich betrachtet, ein subjektiver oder objektiver Begriff sei; natürlich, dachte er, objektiv – was er sich eingestehen mußte: daß er die einschlägigen Vorschriften offenbar nicht kannte; rein abstrakt betrachtet, interessierte ihn die Frage, ob der Staat »Großzügigkeit« bei Trinkgeldern billigen könne; wahrscheinlich war es, wie er seufzend dachte, eine Rangfrage, und natürlich durfte ein Präsident mehr Trinkgeld geben als ein Amtsgerichtsrat: in solchen Einzelheiten zeigten sich wohl noch Reste des alten Begriffes der Gnade, die nur im Zusammenhang mit Macht betrachtet werden konnte, populär ausgedrückt: je mächtiger, desto gnädiger, großzügiger durfte einer sein.

Feldwebel Behlau hatte vergebens versucht, in das Nachtlokal der Seiffert einzudringen, das er in einer Nebenstraße unter der Bezeichnung »Die rote Latüchte« entdeckte; nachdem er des öfteren plump gegen die Tür geschlagen, wüst auf die Klingel gedrückt hatte, öffnete sich im ersten Stock ein Fenster, wo ein ziemlich grob wirkender Kerl, der ungeniert sein schwarzes Brusthaar zur Schau stellte, erschien und ihm androhte, wenn er nicht sofort verschwände, würde er wegen Hausfriedensbruchs verklagt; deutlich war aus der Stimme des Kerls herauszuhören, daß er ein Ausländer, wahrscheinlich ein Amerikaner war; deutlich auch im Hintergrund die Stimme der Seiffert, die von »diesem miesen Kommiß-Freier« sprach. Behlau gab sich geschlagen und kehrte zu einem weniger anrüchigen, auch billigeren Lokal zurück, in das er den Gefreiten Kuttke hatte hineingehen sehen. Das Lokal hieß »Die Bierkanne«, es wurde dort kein regelrechtes Mittagessen gereicht, doch kräftige, sättigende, kurzfristig erstellbare Kost: eine deftige Gulaschsuppe, Kartoffelsalat, Würstchen, Bouillon und Buletten; eine Lastwagenfahrer- und Arbeiterkneipe, in der Musik- und Spielautomaten eine Kurzweil boten, die man in den Duhr-Terrassen vergebens gesucht hätte. Dort fand Behlau den Gefreiten im eifrigen Gespräch mit zwei Lastwagenfahrern an der Theke; denen sowohl imponierend wie heftiges Mißtrauen einflößend, da er über Autotypen, Bremswege, Schmierpläne, Achslasten und Inspektionsfristen so genau Bescheid wußte; der Feldwebel mochte dem Gefreiten verschiedener am Morgen durch ihn erlittener Niederlagen wegen nicht auch über Mittag noch nahe sein, setzte sich auf einen Barhocker in die entgegengesetzte Ecke, bestellte sich drei

Mettbrötchen mit Zwiebeln und – für ihn wie für den Wirt, der in ihm sofort den Biertrinker erkannt hatte, überraschenderweise – dazu einen Schoppen Wein; von seinem Thekennachbarn, einem melancholisch dreinblickenden Reisevertreter mittleren Alters, der mit der einen Hand lustlos sein Bierglas drehte, mit der anderen sich bedauernd über seine Glatze fuhr, wurde er gefragt, ob's beim Militär noch genauso sei wie zu seiner, des Reisevertreters Zeit; ohne lange zu zögern, sagte der Feldwebel: »Wahrscheinlich noch genauso«, begann dann ein Gespräch über sein Lieblingsthema: die unterschiedliche Besoldung innerhalb der Nato-Truppen; das schaffe böses Blut, besonders in Weibersachen, es wäre bald schon soweit: wenn man irgendwo hinkomme, läge immer schon ein Ami im Bett, aber zum Glück wären die ja meistens verheiratet und moralisch, und den armen Schweinen, den Belgiern und Franzosen ginge es ja noch viel dreckiger als den Deutschen; nein, sagte er auf die Frage des Vertreters, wie denn die Holländer und Dänen besoldet würden, nein, sagte Behlau, das wisse er nicht, was er nur wisse, die allerärmsten Säue seien die Italiener, aber die wären ja auch nirgendwo – soweit er wisse – ständig mit diesen Dollarschwenkern konfrontiert, wie sie, die Deutschen und die armen Belgier und Franzosen.

Pfarrer Kolb hatte überlegt, ob er sich nicht selbst zu seinem Birglarer Konfrater zum Essen und einem guten Kaffee einladen könne; er beantwortete diese Frage mit einem theoretischen Ja, entschied sich aber dann, dieser theoretischen Einsicht nicht zu folgen: der neuernannte ortsansässige Pfarrer, den er einmal erst bei einer Dekanatskonferenz gesehen und halbwegs sympathisch gefunden hatte, war, wie ihm »andernorts« zugesteckt worden war, dazu ausersehen, demnächst seine, Kolbs, Glockengeld-Unkorrektheiten zu überprüfen, und ein Besuch bei ihm könnte wohl zu leicht als eine Bitte um Nachsicht betrachtet werden und demütigende Folgen haben. Er schloß sich seinen beiden Pfarrkindern an, die einem Lokal zustrebten, das nur Einheimischen, fast nur Eingeweihten bekannt war: der Bäckerei Frohn, in deren Hinterzimmer, dem notdürftig als Café eingerichteten Wohnzimmer der Frohns, guter Kaffee, sehr guter Kuchen serviert wurde, auf Wunsch auch ein preiswerter Topf oder Teller Tagessuppe, auf besonderen Wunsch mit Einlage: einer guten Scheibe Speck oder kleingeschnittener Mettwurst. Was Kolb außerdem lockte: die Möglichkeit eines guten, nicht so öffentlich wie im Zeugenzimmer geführten Gespräches mit der Wermelskirchen, die er nachdrücklich darüber beruhigen wollte, daß weder er noch irgendein anderer im Dorf sie bei seinen nächtlichen Spaziergängen bespitzele. Er bereute schon längst, schalt sich eines Urfehlers, der Voreiligkeit, daß er den Frauen von seinen nächtlichen Spaziergängen erzählt hatte; in Wirklichkeit machte er diese Spaziergänge gar nicht so oft, wie es nun sofort weitererzählt werden würde, sondern vielleicht ein-, zwei-, höchstens dreimal im Monat, wenn die Schlaflosigkeit ihn zu arg quälte und er des Lesens und Betens überdrüssig wurde; er hatte zwar einmal einen Mann gegen drei oder vier Uhr morgens aus dem Haus der Wermelskirchen kommen sehen, diesen Mann sogar erkannt, aber nicht einmal *denken* würde er den Namen, geschweige denn ihn je nennen, und nicht einmal, wenn er diesem Menschen – mit dem er häufig zu tun hatte – begegnete, dachte er *jedesmal* an dessen verschwiegenes nächtliches Abenteuer. Die Bäckerei Frohn lag ziemlich weit ab von der modernisierten Hauptstraße von Birglar in einem Ortsteil, der noch dörflich und schmutzig war. Kolb – das vorauszusehen bedurfte es keiner Prophetie – rechnete damit, daß die Leuffen von den Frohns in die Küche an den Familientisch würde gebeten werden, während man der Wermelskirchen ihres schlechten Rufes wegen diese Ehre nicht antun, ihm aber als Pfarrer, weil es eine zu geringe Ehre für ihn gewesen wäre, die Küche nicht anbieten würde. Seine Voraussicht erwies sich als zum Teil zutreffend: die Leuffen wurde sofort in die Küche geführt, er ging mit der Wermelskirchen ins Café, fand aber dort noch zwei Gäste vor: das Ehepaar Scholwen aus dem nahe gelegenen Kireskirchen, das eines Grundstückverkaufs wegen beim Notar gewesen war und sofort mit der Wermelskirchen ein Gespräch anfing; die Wermelskirchen stand auch im Ruf einer geschickten Immobilienverkäuferin, denn sie bestritt ihren Lebensunterhalt damit, den ererbten Grundbesitz Stück für Stück zu verkaufen und im günstigen Augenblick Land zu kaufen; man sprach ihr auch in diesem Punkt einen »sechsten Sinn« zu. Der Pfarrer nahm die Einladung an, sich zu den dreien an den großen Tisch zu setzen, der mit einer Plüschdecke geziert war; eine offene Terrine mit einem Rest Gemüsesuppe rief ihm seinen Appetit in Erinnerung. In unvermischtem Dialekt wechselten die Scholwens mit der Wermelskirchen Überlegungen aus, die Grundstückspreise in Kireskirchen betreffend, wo die Scholwens die Landwirtschaft aufgegeben und sich einen Bungalow gebaut hatten. Das riesige schwarze Portemonnaie der Scholwen, das offen auf dem Tisch lag, schien darauf hinzudeuten, daß diese kurz vor dem Aufbruch standen.

Der Oberleutnant Heimüller hatte nur kurz in die »Bierkanne« hineingeblickt, keine rechte Lust verspürt, mit seinen beiden Untergebenen bierselige Vertraulichkeiten auszutauschen oder gar versteckte halbintellektuelle Anpöbeleien hinzunehmen, wie er sie dem Gefreiten Kuttke durchaus zutraute. Er ging langsam über die Birglarer Hauptstraße, verwarf die beiden recht großen neumodischen Cafés, in denen es von Berufs-, Landwirtschafts-, Gymnasial-, Mittelschülern und Lehrlingen wimmelte, und landete nach unglückseligem Zögern unweigerlich in den Duhr-Terrassen, wo er an allen Tischen so eifrige Gesprächsgruppen vorfand, daß er sich nicht nur unglücklich, auch verkannt, fast als Außenseiter fühlte und erleichtert war, einen unbesetzten Tisch zu finden. Das eifrige, mit viel Lachen untermischte Gespräch am Nebentisch, wo die Hermes' und die Kugl-Eggers sich durch Scherze über das mißglückte Essen hinwegzutrösten versuchten; die stille, aber intensiv vertrauliche Unterredung zwischen der Schorf-Kreidel, Dr. Grähn und dem Referendar Außem, sogar Bergnoltes Genießerpose, der sich eine Zigarre geleistet (vergebens gehofft hatte, der Wirt würde auch für ihn unter die Theke greifen) – all das kam ihm feindselig vor, obwohl kein einziger der Anwesenden böse Gedanken hegte oder verbarg. Sogar die Beamten der Kreisverwaltung, Abonnementgäste, die eben aufstanden und mit ein paar jungen Damen, offenbar Sekretärinnen, scherzten, schienen ihm, dem Oberleutnant, Verachtung zu zeigen. Er stand auf und holte sich vom Garderobenständer eine überregionale Zeitung.

Zum häuslichen Mittagstisch begab sich: Horn, der Speckpfannkuchen, grünen Salat und Zitronencreme aufgetischt bekam und nach dem Essen noch bei einer Tasse Kaffee mit seiner Frau über das Problem der »Koedukation im Pubertätsalter« sprach, ein Thema, über das Frau Horn, eine ehemalige Mittelschullehrerin, im »sozialistischen Arbeitskreis für Erziehung« zu referieren sich bereit erklärt hatte. Über die Geldstrafen, die über ihn verhängt worden waren, schwieg Horn sich wohlweislich aus. Grete Horn, eine weißhaarige schlanke Dame mit sehr dunklen Augen, bezeichnete alle mit dem Fall Gruhl befaßten Männer, ihren eigenen einbegriffen, als »Schwachköpfe«, die nicht verstünden, welche Chance sich in der Möglichkeit verberge, diesem Fall Publicity zu verschaffen. »Stell dir vor«, sagte sie ruhig, »alle Soldaten kämen auf die Idee, ihre Autos und Flugzeuge in Brand zu stecken! Aber diese laffen Sozialdemokraten, diese scheinheiligen Schwindler, sind ja noch bürgerlicher als die Bürger geworden.« Horn, der solche und schärfere Äußerungen von ihr gewohnt war, schüttelte den Kopf und sagte, ihm liege nur daran, den Gruhl möglichst bald und mit geringer Strafe aus dem Gefängnis zu holen; sie sagte, auf ein, zwei Jahre Gefängnis käme es dem Gruhl gar nicht an, der würde sogar im Zuchthaus als Tischler Beschäftigung finden, denn die »Zuchthausdirektorenweiber« seien wahrscheinlich genauso scharf auf Stilmöbel wie alle anderen bürgerlichen »Miezen«; nur, fügte sie einschränkend und mit einem Lächeln hinzu, das um ihren harten Mund überraschend hübsch wirkte, nur würde er, der Gruhl, natürlich im Zuchthaus auf die Frauen verzichten müssen, aber das wäre auch das einzige, fügte sie hinzu.

An der Tatsache, daß seine Frau ihm seine Lieblingsspeise – gefüllte Paprikaschoten – vorsetzte, erkannte der Gerichtsvollzieher Hubert Hall, daß sie wieder einmal um Milde für einen seiner Klienten bitten würde: tatsächlich, als sie ihm den Nachtisch servierte, eine Mokkakreme mit flüssiger Sahne, gestand sie, eine Frau Schöffler sei bei ihr gewesen und habe sie gebeten, bei ihm einen Aufschub der Zwangsvollstreckung, die ihr Kleinauto betreffen sollte, zu erwirken; in zwei, spätestens drei Tagen könne sie die Sache regeln, und er wisse doch, habe Frau Schöffler gesagt, wie schwer es sei, einen schon der Zwangsvollstreckung anheimgefallenen Gegenstand wieder »aus den Klauen der Hyänen« herauszuholen. Hall, der zur Überraschung seiner Frau milde blieb, sagte, er könne in dieser Sache nichts tun, er käme sonst in Teufels Küche, die Schöffler habe sich mehrfach schon der Zwangsvollstreckungsvereitelung schuldig gemacht, einmal habe sie aus einem gepfändeten und zwangsvollstreckten Radioapparat vorher die Röhren herausgenommen, diese zu einem Schleuderpreis bei einem Althändler in der nahe gelegenen Großstadt um den Preis einer Tasse Kaffee und eines Stückes Sahnekuchen verkauft; nein, nein, einen Tag könne er ja noch warten, aber nicht länger, das könne sie der Schöffler sagen.

Der Zeuge Kirffel II, Finanzoberinspektor, so beliebt in Birglar wie sein Vater, der Polizeimeister, fand seine Frau in ziemlicher Auflösung vor, wenn auch zum Glück getröstet von seiner Tochter Birgit und seinem Sohn Frank, die sich auch des Mittagessens erbarmt, die Nudeln vor dem Anbrennen bewahrt, die aus Cornedbeef, Paprika und grünen Erbsen erstellte Sauce dazu vor der Gefahr, »zu einem ekelhaften Brei zusammenzuschmoren«, gerettet und, »um die Situation zu verbrämen«, zum Nachtisch Makronen und einen guten Kaffee bereitet hatten. Die Auflösung der Kirffel, einer von fast jedermann als »prachtvoll« bezeichneten Frau, hatte begonnen, als ein junger Maler gegen elfeinhalb Uhr vormittags seine Bilder in der Kirffelschen Wohnung abgeliefert hatte; Kirffel, der auf Grund seiner Nachgiebigkeit Vorsitzender der meisten Birglarer Vereine war, auch des »Vereins zur Förderung kreisansässiger Künstler«, hatte nach langen Verhandlungen von seiner vorgesetzten Behörde die Erlaubnis erhalten, in der Vorhalle des kleinen Finanzamtes Ausstellungen abzuhalten, und bei der letzten Vorstandssitzung (bei der Frau Hermes sich wieder einmal als kühne, sämtliche Tabus durchbrechende Modernistin auswies) war beschlossen worden, nicht mit Sammel-, sondern mit Einzelausstellungen zu beginnen: je vierzehn Tage lang sollten durch eine Jury bestimmte Künstler Gelegenheit haben, den Steuerzahlern des Kreises Birglar, die das Finanzamt aufzusuchen gezwungen waren, ihre Werke vorzustellen; die Reihenfolge war durch das Los bestimmt worden, und die Nummer 1 war auf den Maler Tervel gefallen, einen entfernten Neffen des Polizeibeamten, der auf seinen Verwandten gleichzeitig stolz war und sich durch seine Bilder angeekelt fühlte. Der junge Maler Tervel hatte schon in der Presse der nahe gelegenen Großstadt hin und wieder »von sich reden gemacht«, war auch überregional in ein paar Notizen vermerkt worden; er hatte die Einladung, nun im Birglarer Finanzamt auszustellen, zunächst ablehnen wollen als »einen Versuch, mich in diesem miesen Provinznest festzunageln«, war aber dann durch den Kritiker Kernehl (Zeichenlehrer am Birglarer Gymnasium, des jungen Tervel ehemaliger Lehrer, väterlicher Freund und wohlwollender Förderer) davon überzeugt worden, er dürfe das einfach nicht ablehnen, schließlich hätten die Menschen im Kreise Birglar Augen wie die Menschen anderswo; kurz: Tervel (dessen Bilder später von der »Rheinischen Rundschau« als »Genital-Schmierereien«, im »Rheinischen Tagblatt« – wo Kernehl unter dem Pseudonym Opticus die Kunstkritiken schrieb – als »kühne Sexual-Aussagen«, von Hollweg, der im Duhrtalboten selbst die Kunstkritiken schrieb, als »hoffnungsvoll – hoffnungslos« bezeichnet wurden), Tervel hatte morgens gegen elf Uhr bei Frau Kirffel seine Bilder (sechs, wie ihm zugebilligt worden war, von denen vier zwei mal drei Meter maßen) abgegeben beziehungsweise diese mit Hilfe eines Freundes in das ohnehin enge Kirffelsche Wohnzimmer gestellt, wo er zu seiner Wut ein Bild seines Kollegen Schorf entdeckte, den er als »abstrakten Kitschier« zu bezeichnen pflegte. Frau Kirffel fürchtete weniger den Skandal als die Bilder selbst, vor denen Angst zu haben sie ihren aus der Schule heimkehrenden Kindern bekannte; diese ertappten sie daher, wie sie mit einem Leintuch ein Bild bedeckte, das sie als »ganz besonders abstoßend« bezeichnete: es war eines der zwei mal drei Meter großen Gemälde, in lehmigem Rot, Violett und Fußbodenbraun zeigte es in verschwommenen, aber noch erkennbaren Umrissen einen nackten jungen Mann, der sich auf den Brüsten einer nackten liegenden Dame, die er als Gasbrenner angelegt hatte und aus denen gelblich-bläuliche Flammen hervorschossen, Spiegeleier briet; das Bild hieß »Frühstück zu zweien«; die anderen Bilder, auf denen auch das lehmige Rot vorherrschte, zeigten fast alle mit Liebeshandlungen befaßte Paare; es war ein Zyklus, der »Das Sakrament der Ehe« hieß; Kirffel selbst, sobald er seine Frau ein wenig beruhigt, das Behängen der Bilder mit Leintüchern genehmigt hatte, bekam, während er unaufmerksam aß, Angst vor seiner eigenen Courage; vor allem fürchtete er den (wie er glaubte, nicht unberechtigten) Zorn der Steuerzahler, die ja nicht freiwillig das Amtsgebäude betraten und ebenso unfreiwillig mit dieser Kunst konfrontiert, wahrscheinlich einen Mißbrauch ihrer Steuergelder wittern würden; gewiß würden auch Eltern noch unmündiger Steuerzahler, die häufig morgens ins Finanzamt kamen, um Lohnsteuernachlässe in ihre Karten eintragen zu lassen, empört sein (zu seiner Überraschung, nicht

Enttäuschung, wie die wenigen, die ihm übelwollten, unterstellen, blieb der Skandal gänzlich aus; nur ein Jugendlicher, der später als der Enkel des Bäckers Frohn identifiziert wurde, heftete an das Bild »Frühstück zu Zweien« einen Zettel mit der Bemerkung: »Hat wahrscheinlich Erdgas geschluckt – das wirkt sich günstig auf die Gasrechnung aus«). Der junge Tervel war gekränkt, weil es keinen Skandal gab, den es sogar in der nahe gelegenen Großstadt gegeben hatte. Mit dem Versprechen, die Bilder noch am gleichen Tag »behängt, ja verhängt« in sein Amtszimmer befördern zu lassen, wo eine neuerliche Jurysitzung sich noch einmal mit den Tervelschen Gemälden konfrontieren wollte, konnte Kirffel seine Frau halbwegs beruhigen, das Mittagessen unter Kichern der Kinder eingenommen werden; über den Stand des Gruhlschen Prozesses gefragt, sagte Kirffel, er wisse nichts; ihnen, den Zeugen, werde keine Gelegenheit gegeben, »auch nur einen Fetzen aufzuschnappen.«

In der Küche des Justizwachtmeisters Schroer, der auch die Funktionen eines Hausmeisters und Gefängnisschließers ausübte, saßen Schroer, seine Frau Lisa, der Justizwachtmeister Sterck und der alte Kirffel bei Schweinskoteletten, gemischtem Salat und Salzkartoffeln, die Männer in Hemdsärmeln, die Bierflaschen neben sich; Sterck, der erst seine mitgebrachten Brote hatte auspacken und seine Thermosflasche aufschrauben wollen, war von der Schroer ziemlich energisch aufgefordert worden, diese »feinen Touren« zu lassen und sich mit an den Tisch zu setzen, sie sei ohnehin auf ihn gerichtet, und falls es ihn kränke, zum Essen eingeladen zu werden, sie hätte nichts dagegen, wenn er sich bei ihrem nächsten Besuch in der nahe gelegenen Großstadt revanchiere; Sterck, der fragte, ob er vielleicht seine Brote und den »sehr guten Kaffee« den beiden Angeklagten in die Zelle schicken oder bringen dürfe, sie hätten doch heute einen schweren Tag, erntete höhnisches Gelächter. Kirffel, der gut gelaunt war, da es ihm schien, er habe durch seine Aussage weder seine Ehre noch die der beiden Gruhl erheblich verletzt, riet dem Sterck, sich zur Bundeswehr einziehen, auf Dienstfahrt schicken zu lassen, das Auto dann in Brand zu stecken, sich einsperren zu lassen, dann allerdings sich mit einem Sohne zu versehen, dem es gelänge, das Herz des hübschesten Mädchens von Birglar zu entflammen, deren Vater der Gastwirt Schmitz, deren Mutter die beste Köchin weit und breit sei; Sterck, dem das Essen der Schroer schmeckte, der aber die Anspielungen nicht begriff, wurde, als es klingelte, gebeten, die Tür zu öffnen, die junge Dame, die dort stehe, zu den Untersuchungshäftlingen zu führen, vorher aber, wie es Vorschrift sei, den Essenträger auf unerlaubte Gegenstände zu untersuchen, dann, so wurde prophezeit, würde er wissen. Sterck tat, wie ihm geraten. Die Schroer benutzte seine Abwesenheit, den alten Kirffel zu fragen, wie es denn nun jetzt zwischen ihm und seinem Sohn stehe, heute habe er doch die beste Gelegenheit gehabt, mit ihm im Zeugenzimmer zusammenzutreffen und Versöhnung zu feiern, statt dessen aber habe er »melancholisch hier in ihrer Küche am Herd gesessen und auf seinen Auftritt gewartet«. Kirffel sagte, wobei er sich seufzend den Mund mit einem großen Taschentuch abwischte und auf den von der Schroer schon auf den Tisch gestellten Schokoladenpudding blickte – er sagte ominös, es sei eben ein Kreuz und es bleibe wohl ein Kreuz, es sei halt alles im Haushalt seines Sohnes so fein, daß er sich nicht getraue, dorthin zu gehen. »Für einen Gendarmen wie mich«, sagte er, »der in seinen ersten Dienstjahren noch mit den Landstreichern, die er einsperrte, Skat gespielt hat – ist das alles zu rasch gegangen. Und außerdem bleibt es ja immer noch Verrat«. Damit spielte er auf einen Tatbestand an, der ihn sehr schmerzte, er hatte seinen Sohn aufs Gymnasium geschickt, damit er Pfarrer werde; der aber hatte zwar das Abitur (Kirffel sagte Abitür) gemacht, sogar zwei Semester Theologie studiert, war aber dann nach Kirffels Meinung »auf die erste beste aufgetakelte und angemalte Puppe« hereingefallen, und eben dieses, die Puppe, jene von allen als »prachtvoll« bezeichnete Frau Kirffel, »darüber komme ich nun mal nicht hinweg«. Schroer, auch dessen Frau Lisa redeten ihm beim Pudding kopfschüttelnd zu, doch endlich, nach so vielen Jahren, Vernunft anzunehmen, aber Kirffel sagte, das sei weder eine Frage der Jahre noch eine Sache der Vernunft, oder ob die Religion etwa eine vernünftige Sache sei? Schroer und Frau wußten darauf keine Antwort, außerdem kam in diesem Augenblick Sterck zurück, der sich wortlos an seinen Platz setzte, kopfschüttelnd seinen Teller leer aß, dann, von den Schroer und von Kirffel angeblickt, sagte, er fände, *das* ginge doch ein wenig zu weit; die Zigarre koste mindestens eine Mark fünfzig, und das Essen, nein, er möge ja so feine Sachen gar nicht – nach einem energischen Blick der Schroer korrigierte er sich in »so teure Sachen nicht«, nahm auch das schon fast stotternd zurück und sagte, er meine, solch ein Herrenfressen, als er am Blick der Schroer merkte, daß auch das falsch war, weil er damit ja ihr Essen zum Proletenfraß degradierte, sagte er: »Mein Gott, Sie wissen doch, was ich meine, eine Frau, die so kocht wie Sie, braucht doch gar nicht beleidigt zu sein.« Damit hatte er die Schroer halbwegs versöhnt, bekam auch Pudding und einen Kaffee, von dem er später sagte, der »habe sich gewaschen« gehabt.

Agnes Hall gab sich in ihrer weiträumigen alten Villa verschiedenen Beschäftigungen hin; zunächst setzte sie sich, als sie vom Gericht heimkam, nicht mehr Hohn noch mucksigen Trotz, eher einen wehmütigen Triumph auf dem zarten Gesicht, in Hut und Mantel ans Klavier und spielte eine Beethoven-Sonate; was sie nicht wußte, nie erfahren, was niemals

jemand ihr sagen würde: sie spielte sehr gut, tat etwas, das Musiklieb-
haber entsetzt hätte: unterbrach sich nach dem zweiten Satz, steckte eine
Zigarette in den Mund und spielte weiter: genau, fast hart, bei geöffneten Fenstern, hoffend, es würde die Musik bis ans Gerichtsgebäude
vordringen, obwohl sie nicht für ihn spielte, sondern für den anderen,
von dem außer ihr niemand etwas wußte und von dem alle Dummköpfe
der Welt nie etwas wissen würden; sie unterbrach sich auch nach dem
dritten Satz, steckte noch eine Zigarette an, spielte weiter; nicht der erste
war's gewesen, nicht der zweite: der dritte, und sie Anfang vierzig (sie
lächelte, als sie die Vier, die vor die Vierzig gehörte, sich selbst mit »Anfang« übersetzte;), Krieg natürlich, Ende – und verwirrt dachte sie jetzt
an den Prozeß und diesen Gruhl, den sie mochte und immer gemocht
hatte: Sie würde ihm das Geld geben, um dieses Auto zu bezahlen, mit
dem er das einzige getan hatte, was man mit Militärautos tun sollte: sie
in Brand stecken; sie klappte das Klavier zu, lachte und beschloß, am
späten Nachmittag wieder als Zuschauerin dort zu erscheinen und dem
guten alten Alois nicht wieder so wehzutun; doch dem Hermes würde
sie sagen, daß sie das Auto bezahlen wolle, vielleicht auch die Steuer-
schulden des Gruhl und noch ein Auto, noch eins: sollte er sie alle in
Brand stecken; das erschien ihr als ein großartiger Einfall.
Sie zog ihren Hut, den Mantel aus, sparte sich den Spiegel; wie schön
sie noch war, wußte sie; in der Küche schlug sie Eier in die Pfanne, goß
etwas Madeira darüber, einen Hauch, fast nur ein paar Tropfen Essig,
Pfeffer und Champignons, leider aus der Büchse, entzündete die Gas-
flammen, setzte Kaffeewasser auf und schälte sich, während in der
Pfanne sich ihre Eier langsam dickten, einen Apfel: nichts, nichts, nichts
würde bleiben als eine Handvoll, ein Händchen voll Staub – soviel wie
in einen Salzstreuer ging. Im Toaster sprang die Scheibe hoch, sie nahm
sie mit der Linken heraus, rührte mit der Rechten die Eier, goß dann
mit der linken Wasser in den Kaffeefilter, suchte in der Schublade nach
den Pralinen: eine, zwei – nein, schlank und schön wollte sie bleiben
für alle Dummköpfe auf der Welt, die sich an Gesetze hielten, geschrie-
bene und ungeschriebene, weltliche und kirchliche: ihr Lachen klang
heiter, als sie mit den Eiern, dem Kaffee, den Pralinen und den beiden
Scheiben Toast, der Butter in der hübschen kleinen Schale hinüberging
ins Musikzimmer, wo der Tisch gedeckt war; schön, mit Kerzenleuchter
und der Rotweinkaraffe; sie zündete die Kerze an, legte die schlanke
kleine Zigarre daneben, die Schmitz ihr besorgt hatte; auch ein Dummkopf, nur von Tabak verstand er etwas, nichts verstand er von dem, was
das einzig Wahre war, dieser Sache, die man Liebe nennt; die Eier waren
gut, oder besser, *fast* gut, zuviel Essig, wahrscheinlich ein oder zwei
Tropfen; der Toast war sehr gut: braun wie ein Blatt, der Kaffee, die
Pralinen, die schlanke Zigarre aus Herrn Castros – auch ein Dummkopf

– Heimatland – alles gut; sogar die Kerze war gut. Als sie abgeräumt hatte, gab sie sich der merkwürdigsten aller Beschäftigungen hin: sie änderte ihr Testament; nein, nicht diese törichte Maria, die viel zu früh wieder zum unblutigen Mädchen geworden war, nicht dieser vertrottelte liebe alte Alois, auch nicht die Nonne, die an den Menschensohn glaubte, ihn liebte – die waren alle zu alt, waren auch versorgt: Gruhl sollte der Erbe ihres Vermögens heißen und *eine* Bedingung: einmal im Jahr sollte er so ein Auto in Brand stecken; das würde ihn nicht viel kosten, nur die Hälfte der Zinsen; diese kleine Kerze konnte er zum Gedenken jährlich anzünden, diese Feuermesse für sie halten, und wenn er wollte, durfte er auch diese – wie hieß sie doch? –, diese Allerheiligenlitanei dazu singen: heilige Agnes, heilige Cäcilia, heilige Katharina – ora pro nobis; sie lachte, der Kirffel hatte ihr erzählt, wie die beiden gesungen hatten. Mit himmelblauer Tinte, die schlanke Castro-Zigarre im Mund, schrieb sie langsam: »Mein gesamtes mobiles und immobiles Vermögen vermache ich hiermit dem *Johann* Heinrich Georg Gruhl, wohnhaft in Huskirchen, Kreis Birglar . . .« Das sah hübsch aus: himmelblau mit ihrer kräftigen, fast energischen Schrift auf den weißen Briefbogen geschrieben: merkwürdig, denkwürdig, wieviel Kraft in einem Salzstreuer, einer Zündholzschachtel voll Staub steckte, wieviel Bosheit, Schönheit und Eleganz – und wieviel von dieser Sache, die Liebe hieß; jedes Jahr eine brennende Fackel, eine Feuermesse für die heilige Agnes, Schutzpatronin der Verlobten!

Tief in Nachdenken versunken, die angerauchte Zigarre kalt im Mund, machte sich Stollfuss auf den Heimweg, nachdem er seine Sekretärin gebeten hatte, seiner Frau sein baldiges Kommen zu avisieren; er war den Weg schon so oft gegangen durch den kleinen Stadtpark, an dem umstrittenen Kriegerdenkmal vorbei, ein paar hundert Meter an der Duhr entlang, zu der altmodischen Villa aus den neunziger Jahren, die seine Frau geerbt hatte; so oft schon, daß er sich meistens dabei ertappte, wie er erst aufwachte und sich seiner Präsenz bewußt wurde, wenn er zu Hause Hut und Mantel an die Garderobe hängte, seinen Stock in den Schirmständer steckte, eigentlich erst wirklich zu sich kam, wenn er Maria rief, den Vornamen seiner Frau, die meistens um diese Zeit noch in der oberen Etage war beim Bettenmachen oder, wie sie selbst es nannte, in ihren Schreibtischschubladen »krosend«. Die »Kroserin« war ihr Spitzname in Birglar; sie galt als untüchtige Hausfrau, jedoch gute Köchin und leidenschaftliche Strickerin; die Ergebnisse der Arbeit ihrer geschickten und unermüdlichen Hände trug Stollfuss an Händen und Füßen, er trug sie als Pullover auf der Brust, hatte sie als Kissenbezug auf seinem Stuhl im Büro; immer lagen auch bei der Mütterberatung Säuglingsgarnituren, die von Ärztin und Fürsorgerin an junge Mütter verteilt wurden, deren Bedürftigkeit festzustellen Frau Stollfuss ihnen überließ beziehungsweise anheimstellte, auch unbedürftigen Müttern Jäckchen und Höschen zu schenken. Von ihr, der Maria Stollfuss geborene Hollweg, hieß es, sie käme auch nie mit der Zeit zurecht, womit die Uhrzeit und die geschichtliche Zeit gemeint war; was heißen sollte: *jetzt* war sie nicht, was sie *damals* gewesen war: eine Demokratin, obwohl sie gleichzeitig außer »Kroserin« den Spitznamen die »friedliebende Maria« trug, unterschrieb sie doch Aufrufe jeglicher Art, möglichst obskure. Über ihre Zerstreutheit gingen merkwürdige Gerüchte um: Es war nicht etwa bekannt, es »hieß« auch nicht nur, sondern war durch Aussage des Schlossermeisters Dulber bezeugt, daß Stollfuss, um die Akten, die er oft zu Hause studieren mußte, vor ihrem Zugriff zu bewahren und der Gefahr, verkrost zu werden, sich habe einen Stahlschrank, »ein regelrechtes Safe« konstruieren lassen, zu dem er den Haupt-, Justizwachtmeister Schroer den Reserveschlüssel habe; es hatte schon Vorkommnisse gegeben, die vom »Rheinischen Tagblatt« als »nicht mehr nur *fast* skandalös« bezeichnet worden waren, zum Beispiel das Verschwinden gewisser Unterlagen zum Fall Bethge, der einen mißglückten Raubüberfall auf die Birglarer Volksbank unternommen hatte; jene gewissen Unterlagen tauchten erst buchstäblich eine Viertelstunde vor der Eröffnung des Prozesses auf (was nur Hollweg, ihr treuer und verschwiegener Neffe, der »Zeitungsmensch«, wußte und nie verriet: daß er, Hollweg, gemeinsam mit Justizwachtmeister Schroer plötzlich auf die geniale Idee gekommen war, in der Müllhalde zwischen Kireskirchen und Dulbenweiler nachzusuchen, wo der erst kürzlich abgeladene Müll sich für Hollweg überraschenderweise als »sehr leicht identifizierbar« erwies; dort fand man die Akten Bethge, fand Stollfuss' Brieftasche mit fünfundachtzig Mark Bargeld, dessen sämtlichen Papieren und seinen Notizzetteln, auf denen er sich die Regie des Falles Bethge notiert hatte; Hollweg war es auch, der – manchmal bittere Kompromisse anbietend, etwa den: weder die CDU noch die SPD allzu scharf anzugreifen – bei seinen Zeitungskollegen Gnade für sie erwirkte, was gelang, da sie auch »andernorts« Schutz genoß, etwa bei Grellber). Manchmal, so hieß es in Birglar, fange sie um neun Uhr früh an, Betten zu machen, erwache dann, wenn es Mittag schlüge, »wie Schneewittchen aus ihrem Scheintod« und habe immer noch dasselbe Bettuch in der Hand, das sie gegen neun aufgenommen hatte, es glattzuziehen oder zu wechseln. Überraschenderweise kam sie, als er jetzt »Maria« rief, aus der Küche, mit umgebundener Schürze – himmelblau mit rosa Schleifchen – »doch ein bißchen zu jugendlich«, wie er immer dachte, aber nie aussprach. Es roch nach – war es Ente oder Puter? –, sicher jedenfalls roch es nach Apfelkompott und Reis; sie küßte ihn auf die Wange, sagte freundlich erregt: ER ist gekommen.

»Wer?« fragte er erschrocken.

»Mein Gott«, sagte sie freundlich, »nicht Grellber, wie du gefürchtet hast, sondern dein Pensionierungsbescheid; in vier Wochen wirst du feierlich verabschiedet, und paß auf: ihr Kreuz kriegst du auch noch an die Brust geheftet oder um den Hals gehängt. Freust du dich denn nicht?«

»Doch, doch«, sagte er matt, küßte ihre Hand, mit der er sich dann über die Wange strich, »ich wünsche nur, ich wäre gestern schon pensioniert worden.«

»Aber das sollst du nicht wünschen, was würde dann aus Gruhl? Freispruch, aber Schadenersatz – ich sag's doch schon immer. Stell dir vor, irgend so ein Musterdemokrat hätte ihn vor die Flinte bekommen. Freispruch sag' ich.«

»Aber du weißt doch, Freispruch ist Unsinn.«

Er ging ihr ins Speisezimmer voran, goß aus einer Karaffe zwei Gläschen Sherry ein, hielt ihr das ihre mit einem liebenswürdigen Lächeln hin und sagte: »Dein Wohl!«

»Prost«, sagte sie, »übrigens hat Grellber vor fünf Minuten angerufen. Er ist ganz meiner Meinung.«

»Deiner Meinung?«

»Ja«, sagte sie, trank ihr Gläschen leer und band sich die Schürze ab. »Ich glaube, er hat dir die Gruhls gegeben, weil er weiß, wie gern du freisprichst. Ein Abschiedsgeschenk. Nimm's doch an; sprich sie frei!«

»Ich bitte dich«, sagte er streng, »du weißt doch, welch ein Fuchs Grellber ist. Freispruch ist undenkbar. Was wollte Grellber sonst?«

»Wissen, ob Presse da ist.«

»Und?«

»Ich habe ihm gesagt, es sei keine da.«

»Woher weißt du denn das?«

»Ich habe mehrmals mit Frau Schroer telefoniert. Grellber hat am Morgen schon angerufen.«

»Er hat mehrmals angerufen?«

»Ja. Frau Schroer hat mir gesagt, weit und breit sei kein Zeitungsmensch zu erblicken, auch sonst keiner mit gezücktem Bleistift – das schien Grellber sehr zu beruhigen. Aber sag mal, mußtest du zu Agnes so hart sein? Schick ihr Blumen.«

»Ach hör auf«, sagte er, »dieses verrückte Weib. Sie hat mir eine peinliche Szene gemacht.«

»Schick ihr Blumen, sage ich dir, schreib drunter: ›Verzeih! – Immer Dein Alois.‹«

»Ach, laß das.«

»So peinlich wie das, was Frau Schroer mir außerdem erzählt hat, ist, was Agnes getan hat, bestimmt nicht.«

»Sag's mir gar nicht«, sagte er müde, goß sich Sherry nach, hielt ihr mit fragendem Blick die Karaffe hin; sie lehnte ab.

»Na gut, dann sag ich's dir nicht.«

»Betrifft es das Gericht?«

»Indirekt ja.«

»Verflucht, dann sag's!«

»Ich glaube, es ist wirklich besser, wenn du es weißt. Man könnte Maßnahmen erwägen.«

»Ist es *sehr* schlimm, *sehr* ärgerlich?«

»Nein, nur komisch und *etwas* peinlich.«

Ihr breites Blondinengesicht, noch hübsch und kindlich, wenn auch die Linien verschwammen, zuckte vor Albernheit; sie streichelte ihm über den kahlen, von spärlichem grauen Haar umrandeten Kopf, sagte leise: »Es ist diese – wie heißt sie doch? Eva, glaube ich, aus der Gastwirtschaft, die ihnen jeden Mittag Menu Numero vier bringt«, sie kicherte. »Nicht ohne Stolz verbreitet sie die Kunde: ›ich habe mich ihm hingegeben und von ihm empfangen‹, Zitat wörtlich.«

»Verdammt«, sagte Stollfuss, »hoffentlich ist sie nicht auch noch minderjährig.«

»Knapp drüber. Ein süßes Dingelchen.«

»Aber sie bringt das Essen doch erst seit über sechs Wochen.«

»Genau die Frist, die notwendig ist, in einem solchen Fall die ersten stolzen Vermutungen zu äußern – meistens übrigens zutreffende.«

»Hoffentlich war's wenigstens der Junge?«

»Er war's.«

»Vor sieben oder acht Wochen haben beide einen von Grellber genehmigten Urlaub gehabt, zur Beerdigung seines Schwiegervaters. Sie *muß* dazu gebracht werden, auszusagen, daß es bei dieser Gelegenheit geschah.«

»Bring die mal zu was.«

»Willst du's nicht versuchen?«

»Versuchen will ich's – besser wär's, der glückliche Liebhaber würde das auch tun.«

»Das ist ein vernünftiger Junge.«

»Mit einem Geschmack, den ich nur bewundern kann: sie ist das hübscheste Dingelchen, das ich je hier gesehen habe.«

»Ach – das muß Hermes mir abnehmen. Übrigens kannst du die Blumen für Agnes telefonisch bestellen.«

»Telefonisch? Du weißt doch wohl, daß das Telefon von allen hier für die legitimste Informationsquelle gehalten wird; in der ›Bierkanne‹ wird man schon wissen, daß ›eine Männerstimme‹ mit mir einig war, was das Strafmaß, nämlich Freispruch, betrifft.«

Sie aßen Suppe und Hauptgericht (doch Ente, wie er angenehm über-

rascht feststellte) schweigend; er wenig, sie viel; seit vierzig Jahren aßen
sie – er wenig, sie viel – Suppe und Hauptgericht schweigend; er hatte
sich diese gesprächslosen zwanzig Minuten ausbedungen, als er noch
ein junger Staatsanwalt gewesen war; er brauchte diese kurze Ruhe-
pause, um sich über den weiteren Verlauf der Verhandlung ein paar Gedanken zu machen, die er, während sie in die Küche ging, um den Kaffee
und die Nachspeise zu holen, rasch in Stichworten auf einen Zettel
schrieb: Horn? schrieb er, St. A.?, dann Pfarrer K., die alte L., Wer-
melsk.??, drei Sold., Grä, Ki, Ha,; er numerierte die Abkürzungen,
wechselte die Nummer so, daß Grä, Ki, Ha vor die Soldaten kamen.
Daran würde er sich nie leid essen: ihren frischgebackenen Apfelstrudel
mit der Sahne-Vanille-Sauce; die hübsche Meissner Kaffeekanne, an der
er sich nun seit dreißig Jahren bei dieser Gelegenheit die kalten Hände
wärmte, bevor er rasch aus dem Schnapsglas die Herztropfen schluckte;
seit vierzig Jahren blickte er in dieses Blondinengesicht, das einst blühend gewesen, blasser und breiter geworden war, saß mit ihr an diesem
großen Nußbaumtisch, der für viele Kinder, »mindestens sechs«, gedacht gewesen war; statt dessen: Fehlgeburten, die nicht einmal die
tröstliche Erdenspur eines Grabs, die keine Stätte hinterlassen hatten,
spurlos in gynäkologischen Kliniken verschwunden waren; Arztrech-
nungen, »Hormonstützen«, gerunzelte Stirnen von Kapazitäten, bis
auch die monatliche Hoffnung ausgeblieben, sie als Vierzigjährige schon
wieder in den unblutigen Status einer Zehnjährigen zurückgefallen war,
er es aufgab, ihr mit seiner Männlichkeit zu kommen; sie war geschwät-
zig und vergeßlich, er wieder zu einem Knaben geworden, den das, was
Knaben quält, nicht mehr quälte; nicht einmal auf Friedhöfen eine Erdenspur hinterlassen, und blickten doch beide, seit vierzig Jahren – er
wenig, sie viel essend – immer noch auf die leeren Stühle, als erwarteten
sie, von dort Weinen, Zank, Mäkeln, Freßgier oder Futterneid – niemals
daran gedacht, einen kleineren Eßtisch zu wählen; selten Gäste; diese
leeren Stühle der nie geborenen Kinder mußten um den Tisch stehen;
auch nach zwanzig Jahren, nachdem sie wieder ein kleines Mädchen geworden war; oder würde sich das Wunder, das sich an Sarah vollzog,
auch an ihr vollziehen, der es schon so lange nicht mehr nach Art der
Frauen erging? Ihre wenigen Versuche, die leeren Stühle in sanft hysterischer Phantasie mit erdachten, erträumten Kindern zu besetzen, einer
Tochter Monika das viele Essen zu verbieten, einen Sohn Konrad zu
besserem Appetit anzuhalten – diese gelegentlichen Versuche hatte er
strikt unterbunden, indem er sie mit seiner nüchternen Stimme, mit der
er seine Urteile verlas, angerufen hatte wie eine Schlafwandlerin; hin
und wieder auch hatte sie den Versuch unternommen, für diese erdachten oder erträumten Kinder Gedecke aufzulegen – nicht oft, zweimal,
höchstens dreimal in vierzig Jahren: er hatte die Teller und Gläser ei-

genhändig vom Tisch genommen und in der Küche im Abfalleimer zerschmissen, nicht brutal, nicht grausam, sondern wie eine selbstverständliche Handlung, als räume er Akten vom Tisch, und sie hatte nicht geweint, nicht geschrien, nur seufzend genickt, als nehme sie ein gerechtes Urteil an. Nur eins hatte er ihr versprochen und gehalten, hatte es versprochen, noch bevor er sie heiratete: Nie an einem Todesurteil mitzuwirken.

Anderswo, wo sie fremd war und allein, wo er nie hinkommen würde, erzählte sie offenbar von einer verstorbenen Tochter und einem gefallenen Sohn; ein einziges Mal hatte er davon erfahren, in der kleinen Pension im Bayrischen Wald, wo er plötzlich hinfahren mußte, weil sie mit dem verknacksten Knöchel ins Krankenhaus gebracht wurde. In der Pension fragte die Wirtin morgens beim Frühstück nach dem gefallenen Sohn Konrad, der Medizin studiert hatte und in der Nähe einer Stadt, die Woronesch hieß, gestorben war; aus fremdem Mund – und sie nicht zugegen – klang das gut, sogar wahr: ein blonder opferwilliger junger Mensch, der sich in einem Fleckfieberlazarett infiziert hatte und in den Armen einer jungen Russin, seiner Geliebten, gestorben war: warum sollte das nicht wahr sein? Warum sollte sie nicht einen blonden opferwilligen jungen Menschen, der von den Seinen längst vergessen und nicht einmal mehr eine Handvoll Staub war, sich und ihm zum Sohn erwählen? Offenbar bevölkerte sie, wenn er nicht mit ihr war, diese Erde mit einer verstorbenen Tochter und einem Sohn und entvölkerte sie wieder; und das mit der jungen Frau Monika, sagte die Wirtin, das sei doch fast noch tragischer gewesen; mit dem Flugzeug abgestürzt auf dem Weg zu ihrem Bräutigam »drüben«, der schon alles für die Hochzeit gerichtet hatte; ob mit »drüben« Amerika gemeint gewesen sei, wenn ja, welches, das nördliche, das südliche oder das mittlere; das mittlere, sagte er, während er den Zucker im Kaffee umrührte; in Mexiko habe der Bräutigam gewartet, nein, kein Deutscher, ein Franzose sei es gewesen, der dort an der Universität gelehrt habe; Mexiko? Universität und Franzose, ob der denn nicht nun – sie wolle ja nicht zudringlich sein, und es ginge sie ja auch nichts an –, ob der aber denn nicht nun – vielleicht Kommunist gewesen sei? Das sei nicht als Kränkung zu verstehen, sie sei ja der Ansicht, auch Kommunisten seien Menschen, aber das Schicksal dieses jungen Mädchens ginge ihr nun einmal nah, nachdem die gnädige Frau ihr so viel von ihm erzählt habe, und sie habe gelesen, in Mexiko seien die Menschen »sehr links«; doch, gab er zu, ja, Kommunist sei er gewesen, der junge Mensch, dieser Franzose namens Bertaud, der fast sein Schwiegersohn geworden wäre; und er habe keine andere geheiratet, dieser Bertaud, in Treue gedenke er der westlich Irland abgestürzten Monika; *das* Spiel gefiel ihm, weil es nicht zwischen ihnen beiden unmittelbar gespielt, nicht in Zusammenhang gebracht werden konnte mit den fischhaften Wesen, die in den Kliniken eines bergischen, eines westfälischen Städtchens und der nahe gelegenen Großstadt spurlos verschwunden waren. Dieses eine Mal hatte er von diesem Spiel erfahren, dies eine Mal mitgespielt, für eine halbe Stunde beim Frühstück, kurz bevor er ins Krankenhaus fuhr, um sie im Krankenwagen nach Haus zu begleiten. Es war ihr einziger Wunsch, wenn schon, dann dort zu sterben, wo sie Kind gewesen war, zu sterben, von Nonnen umsorgt, die an den »Sohn der Jungfrau« glaubten, eine davon ihre einzige überlebende Schulkameradin, außer Agnes natürlich, mit der umzugehen ihr »leider, leider« versagt war; »die beiden«, sagte sie und meinte die Nonne und Agnes, »die hätten Kinder für dich in ihrem Schoß gehabt. Schau dir deren Haut an: Pigment, Hormone, und die Augen – meine dagegen werden immer matter, immer blasser; wenn ich älter und älter werde, werden sie eines Tages so blaß sein wie Eiweiß.« Ja, was die Augen anging, die wurden wirklich immer blasser wie das Blau auf englischen Briefmarken. Nein, was die Kinder von dieser Irmgard und seiner Kusine Agnes anging: nein, nein; wohl möglich, daß es besser sein könnte, keine zu haben.

Das war wirklich eins ihrer Meisterstückchen, diese frischen, krossen Apfelstrudel, mit welchem Geschick sie Zimt und Rosinen hineingab, und die rahmige Soße, aus Sahne und Vanille breiig gerührt; zum Dank seine Hand auf ihre Hand, die ihm den Kaffee umrührte.

»Sag, hast du je etwas von Häppening gehört?«

»Ja«, sagte sie.

Er blickte auf und sah sie streng an. »Wirklich, bitte, bleib ernst.«

»Aber wirklich«, sagte sie, »ich bleibe ernst. Du solltest doch hin und wieder überregionale Zeitungen lesen, dieses Häppening, das ist eine ganz neue Kunstform, ein neuer Ausdruckswille, irgend etwas wird kaputtgeschlagen, möglichst im Einverständnis mit dem, dem es gehört, notfalls ohne.«

Er legte die kleine Gabel hin, hob die Hände mit jener beschwörenden Geste, die sie fürchtete, weil er – was selten geschah – sie damit, wie er es bei Zeugen und Angeklagten tat, zur Wahrheit, der reinen Wahrheit und nichts als der Wahrheit ermahnen wollte.

»Aber ich schwöre dir, die machen merkwürdige Sachen, fahren mit Lokomotiven auf Autos, reißen Straßen auf, spritzen Hühnerblut an die Wand, zerschlagen kostbare Uhren mit dem Hammer . . .«

»Und verbrennen irgendwas?«

»Von Verbrennen hab ich noch nichts gelesen, aber warum nicht verbrennen, wenn man Uhren zerdeppert und Puppen Arme und Augen ausreißt . . .?«

»Ja«, sagte er, »warum nicht etwas verbrennen, notfalls ohne vorher den Besitzer um Einverständnis zu fragen; warum nicht eine Verhandlung, die mindestens vor ein Schöffengericht gehörte, in meine humanen Hände legen, als Staatsanwalt einen ortsfremden und als Protokollführer jemand, der Justitia noch, wenn auch nicht sehr heftig anbetet, den kleinen Außem, der – das ist noch gar nicht so lange her – immer so hübsch rotznäsig beim Martinssingen mit seiner selbstgebastelten Laterne vor unserer Tür erschien? Warum nicht? Warum nicht?« sagte er, bat, indem er ihr die Tasse hinhielt, um mehr Kaffee, lachte herzlich, heftig, soweit ihm die Zigarre (immer noch dieselbe, die er am Morgen angeraucht) heftiges Lachen erlaubte. Und als sie, nun fast gekränkt, da er sie nicht – was sie abgemacht hatten – in den Witz, der ihn sogar Zigarrenrauch schlucken ließ, einweihte, sagte er: »Denk nur an deine überregionalen Zeitungen: Auto verbrannt, dazu Litanei gesungen, mit Tabakspfeifen gegeneinandergeschlagen, rhythmisch – begreifst du nicht, warum ich lache? Warum Grellber keine Presse will und Kugl-Egger nicht begreifen darf, worauf das hinausläuft?«

»Ach«, sagte sie, nahm eine Praline aus der Silberbüchse, nahm Kaffee hinterher, »natürlich begreif ich sie jetzt, diese Füchse, obwohl das mehr nach Pop-art klingt.«

Das mochte er: wenn sie sich eine Zigarette ansteckte, paffte wie eine Zehnjährige, die lasterhaft auszusehen begehrt, keß das weiße Ding im Mund, als sei's wirklich ein Teil von ihr; vierzig Jahre und kein Leben in ihr erweckt, keine Erdenspur hinterlassen und nicht einmal die Erinnerung an auch nur eine einzige Gewalttätigkeit, wenn er ihr mit seiner Männlichkeit gekommen war; sehr, sehr alt gewordene Kinder. Noch einmal die Hand auf ihre gelegt. »So gut hat's mir selten geschmeckt«, und er lachte wieder, wenn er an seinen Zettel dachte: Grä, Ki, Ha, drei S., Pf. K. – war nicht so ein Zettel schon fast ein popartistisches Kunstwerk?

Selten war er so leicht, so freien Herzens in eine Verhandlung zurückgegangen, fast flott zog er Hut und Mantel an, nahm den Stock aus dem Ständer, küßte das blasse runde Blondinengesicht, das immer noch vor Albernheit zuckte. Sogar Birglar kam ihm weniger dumpf, weniger eng vor: das war doch ganz hübsch, wie die Duhr, wenn auch lehmig und träge, durchs Städtchen floß, der Fußweg an ihr entlang, der kleine Aussichtshügel, das umstrittene Kriegerdenkmal, der Nepomuk an der Brücke, Stadttor nach Norden, Stadttor nach Süden, »Unfallschwerpunkte« – »Stauungsnadelöhre«, hübsch sogar die rot-weiß gestrichenen Läden am Rathaus; warum nicht in Birglar leben und in Birglar sterben?

»Nein, Rosen nicht«, sagte er im Blumengeschäft, »auch Astern nicht« – weder Liebes- noch Todesblumen – »ja, ja«, sagte er, »diesen hübschen Herbststrauß – und Sie kennen ja die Adresse von Fräulein Hall?«

457

Als einzig geglückt in den Duhr-Terrassen erwies sich das Schokoladen-parfait, das auch jenen zum Trost und zur Versöhnung gereicht wurde, denen es laut Karte und Menü nicht zugestanden hätte; hergestellt worden in Mengen, die in keiner Proportion zu den wahrscheinlichen Menu-IV-Bestellungen standen, schon am Abend vorher von den Händen derer, die Herz, Gemüt und Hand ihrer Mutter durch die stolze Mitteilung derart verstört hatte, daß der selbst ihre Spezialität – der Sauerbraten – mißglückt war; gereicht wurde das Parfait von den Händen ihres Vaters, der melancholisch, wenn auch nicht untröstlich, sich wegen des mißlungenen Essens entschuldigte mit den Worten: »Es sind da emotionelle Ursachen im Spiel, die zu erklären zu umständlich wäre«; er nahm auch weniger Geld, als angezeigt war, sogar von Bergnolte, den er nicht mochte. Nicht einmal gereizt zeigte er sich, als er zweimal innerhalb kurzer Frist, beide Male durch die gleiche Männerstimme, darum gebeten, Gäste ans Telefon bitten mußte, wobei ihn die Männerstimme beim ersten Mal gefragt hatte, ob dort eine Zelle und ob diese auch schalldicht sei; Kugl-Egger und Bergnolte wurden auf diese Weise in die Zelle gebeten, blieben beide ziemlich lange, fünf, sechs, vielleicht mehr Minuten; kam der erste nicht gerade verstört, doch erregt heraus, der zweite mit zufriedenem Lächeln.

Kleiner Aufenthalt entstand, als gegen vierzehn Uhr fünfundvierzig, als man sich gerade zum Aufbruch rüstete, Hollweg hereinkam, frisch gebadet, gut gelaunt Hermes und Kugl-Egger zuwinkte, sich vor den Damen aus der Ferne verbeugte und zu Grähn, der Schorf-Kreidel und Außem an den Tisch ging, dort den Rat erhielt, sich Spiegeleier mit Speck oder ein Omelette zu bestellen, heute sei alles danebengegangen, sogar der Salat; die Schorf-Kreidel, Grähn, Hollweg und Außem, Gleichgesinnte der liberalen Opposition, besprachen sich, nicht allzu laut, über eine Veranstaltung, die auf den kommenden Abend angesetzt war, von der man hoffte, daß die Hermes nicht wieder dort erscheinen und durch ihre kecken fortschrittlichen Fragen den »Rahm der Liberalität für die Kreis-Birglar-Katholiken abschöpfen« würde. »Dieses Weibsstück«, sagte die Schorf-Kreidel leise, »es könnte uns kein besserer Dienst getan werden als die zu exkommunizieren.« Dennoch der Hermes freundschaftlich zuwinkend, als diese jetzt, mit der Kugl-Egger untergehakt, die Terrassen verließ, versprach sie, noch heutigen Nachmittags in die nahe gelegene Großstadt zu fahren und den Referenten auf die zu erwartenden Zwischenfragen der Hermes vorzubereiten; dieser junge Abgeordnete sollte referieren über das Thema »Welternährung – Geburtenkontrolle – Wohlfahrtsstaat«, und es war zu erwarten, daß die Hermes, der seit einigen Monaten der Spitzname »Pillen-Else« anhing, sich gehörig ins Zeug legen würde. Hollweg jedenfalls versprach, für seine Zeitung selbst zu kommen und einen Leitartikel darüber zu schreiben, in dem, »wie ich fest verspreche, die Else keine halbe Zeile bekommen wird«. Beiläufig fragte er nach dem Gang der Verhandlung in der Gruhl-Sache, woraufhin Grähn erläuterte, im Zeugenzimmer ginge es ganz lustig zu, die Schorf-Kreidel aber sagte, es sei schade, die einzige, die ein bißchen Farbe in die Bude hätte bringen können, die Seiffert, sei kurzerhand abgewürgt worden. Als sie erzählte, wie Gruhl sich die Pfeife angesteckt, sie sozusagen versengt, sich aber »charmant, du kennst ihn ja«, entschuldigt habe, sagte Hollweg, das sei doch ganz hübsch und gäbe eine nette kleine Lokalspitze ab mit dem Thema »Über das Rauchen im Gerichtssaal«, da hakte Außem ein und meinte, ob er nicht unter seinem Pseudonym »Justus« einen kleinen Kommentar über die »Sinnlosigkeit des Verbrennens von Autos und die Sinnlosigkeit gewisser Prozeßprozeduren« schreiben könne, doch Hollweg wurde kurz, fast ärgerlich und flüsterte, »unsere Freunde« hätten ausdrücklich darum gebeten, nicht über den Prozeß zu schreiben, und auch er würde sich wohl seine Lokalspitze verkneifen müssen, denn Rauchen im Gerichtssaal, und das »von einem Angeklagten«, sei ein zu auffälliges Delikt.

Auf dem Rückweg zum Gericht fragte Hermes den Kugl-Egger, warum er die Kompetenz des Gerichts nicht anzweifele und ein Schöffengericht als Minimalforderung erhebe, woraufhin Kugl-Egger lächelnd meinte, es werde ihm, dem Verteidiger, das Recht nicht bestritten werden, diesen, »wie ich zugeben muß«, seltsamen Rechtsumstand anzuzweifeln und die beiden Gruhl vor Prells Forum zu schleppen, anstatt ein halbes Jahr (was der Verteidiger sofort in vier Monate korrigierte) zwei Jahre für seine Mandanten zu erzielen, aber er bezweifle den möglichen Erfolg einer solchen Intervention, schließlich sei die Klage auf Sachbeschädigung und groben Unfug erhoben; er zuckte die Achseln, lächelte ominös und meinte, es sei eben doch wohl nicht viel mehr als eine Schmuggler-, Wilderer- oder Schwarzbrennergeschichte, möglicherweise sei eine Gotteslästerung und Blasphemie drin, denn das Singen der Litanei sei doch recht ungehörig gewesen. Wo kein Kläger sei – und er, der Staatsanwalt, sei der Kläger –, sei kein Richter. Er, Hermes, könne ja, wenn ihm daran liege, ein höheres Strafmaß fordern!

Die inzwischen schon recht verschreckte Frau Kugl-Egger, die sich weder durch das Schokoladenparfait noch durch einen guten Kaffee hatte über das mißglückte Essen hinwegtrösten oder -täuschen lassen, war einigermaßen erleichtert, als sie endlich den Gerichtssaal erreichten, weil dieser eine gewisse Garantie dafür bot, daß die Hermes mindestens für die nächsten Stunden schweigen würde; sie sehnte sich längst schon heftig nach »diesem Nest östlich Nürnberg« zurück: die Heimat kam ihr sowenig heimatlich vor, und die Meinungen der Hermes über die wichtigsten Zeitfragen waren ihr schon hinlänglich und eindringlich bekannt; inzwischen auch hatte sie längst herausgefunden, daß diese wirklich jenes »irgendwie immer in Äpfel beißende« überlebhafte blonde Mädchen gewesen war, das seinerzeit mit größter Eile und für lange Zeit in ein Internat hatte gesteckt werden müssen; im ganzen keine unsympathische, gar nicht boshafte, nur eindeutig aufreibende Person, in deren hellem Lachen immer die Tränen mitklangen; ob sie schon in Israel gewesen sei, konnte die Hermes die Kugl-Egger noch gerade fragen, als das Gericht wieder einzog; der Kugl-Egger blieb eine Antwort erspart, sie konnte nur mit dem Kopf schütteln, woraufhin die Hermes mit unnachahmlichen Gesten noch gerade zu verstehen geben konnte, dort *müsse* sie hin, das *müsse* man gesehen haben.

Der Oberleutnant entschloß sich, die erste Hälfte dieses Tages als einen Unglücksmorgen zu buchen, an dem ihm – er hoffte immer noch, bei seiner Aussage am Nachmittag wenigstens einen Teil seiner Bedrückung geklärt zu sehen – alles mißlungen war oder zum Ärger geriet: das Gespräch mit dem Pfarrer, sein Versuch, seine beiden Untergebenen zu Takt und Sitte anzuhalten, und nun: dieses offensichtlich mißglückte Essen, über das ihn das Preisnachlaß und die Schokoladenspeise nicht so ganz hinwegzutrösten vermochten; zunächst hatte er das mißglückte Essen als »sowohl persönliche wie ideologische« Antipathiekundgebung gegen sich und die Institution, der sein Herz gehörte, betrachten wollen, dann aber, als der Wirt sich entschuldigte, zur Schokoladenspeise auch noch eine kostenlose Tasse Kaffee offerierte, »um den Ruf des Hauses zu reparieren, der durch unvorhergesehene Gemütsbelastungen« in Gefahr geraten sei, blickte er jenem in die hundebraunen, mit Schläue grundierten Augen, witterte erst Spott, fand diesen nicht und rauchte halbwegs getröstet eine Zigarette zum Kaffee, während er den Leitartikel der überregionalen Zeitung zu Ende las.

Im Café Frohn war es, bevor die Leuffen aus der Küche herüberkam und ankündigte, daß es Zeit sei, ins Gericht zurückzukehren, und nachdem die Scholwens über Gebühr lange den Rat der Wermelskirchen in Anspruch genommen hatten, zu einer uneingeschränkt dramatischen Lebensbeichte der Wermelskirchen gekommen, die innerhalb von knapp fünfundzwanzig Minuten dem erschrockenen Pfarrer zur Beichte hinzu noch eine fast komplette Liebesphilosophie extemporierte; wie sie sehr jung geheiratet habe, beziehungsweise verheiratet worden sei an den damaligen Unteroffizier Wermelskirchen, der sie – sechzehn sei sie gewesen, jung, froh, so lebens- wie liebeshungrig – zuerst geheiratet habe »mit Kirche und allem Drumherum«, dann verführt, und es sei kein Heil in den Dingen gewesen, die er mit ihr getrieben, kein Heil, und es habe ihr Angst gemacht, was das Geschlecht aus den Männern machen könne, zwei Jahre sei sie mit dem Wermelskirchen verheiratet gewesen, der ein schlauer und fauler Bursche, doppelt so alt wie sie, zweiunddreißig, und nur eins sicher gewesen sei: ein Mann; kein Soldat, kein Bauer, nur ein Mann, und das in einem Maße und auf eine Weise, daß sie habe weinen müssen; dann aber sei er in den letzten Kriegsmonaten von Birglar, wo er einen Druckposten bei einer Kraftfahrzeugeinheit innegehabt habe, weggeholt worden und nach zwei Tagen tot gewesen; ein Kamerad von ihm habe ihr die Nachricht gebracht, nicht nur diese, auch gewußt habe der, ihr erzählt, daß er wisse, wie ihre Haut, ihre Hände seien, er habe ihren Körper gekannt wie ihr Mann, der über seinen Tod hinaus durch diesen Kerl wieder Besitz von ihr ergriffen habe, »ein schlimmer Verrat«, und das sei es: sie sei eben nicht die Witwe, immer noch die Frau von diesem Wermelskirchen; er besäße sie immer noch, er, der da irgendwo im Hürtgenwald, ohne Grab, ohne Kreuz, keine Erdenspur hinterlassend, längst »eingepflügt« sei; oh, der *lebe*, ihr brauche keiner zu erklären, daß die Toten nicht tot sind, aber manchmal meine sie, es wäre besser, wenn die Toten wirklich tot wären, und schließlich sei sie ja vor Priester und Altar von ihren frommen Eltern an diesen Wermelskirchen gegeben worden; und ob er, der Pfarrer, denn nicht begreifen könne, wie »er manchmal über sie käme«, dieser Kerl, der sogar den kleinen Leberfleck verraten und weiterverschenkt habe, den sie auf dem Rücken habe. Suppe und Kaffee wurden kalt, so daß es notwendig war, der Frohn, als sie mit der Leuffen herüberkam, eine lange hilflose Entschuldigung hinzumurmeln, deren es gar nicht bedurft hätte, denn die Frohn begriff sofort, daß hier Außerordentliches sich abgespielt hatte. »Saß da«, erzählte sie später, »und hielt ihre Hand, wie's Verliebte manchmal im Kino tun, hielt diese schrecklich schönen Hände, und keiner hatte die Suppe oder den Kaffee auch nur angerührt.«

Oben, wo sie zusammentrafen, um ihre Roben wieder anzuziehen, gab Stollfuss den Herren bekannt, daß er die Verhandlung noch heute zu Ende zu führen gedenke, die Herren sich also schon Gedanken und Notizen für ihre Plädoyers machen möchten; er denke, es könne möglich sein, mit den Zeugenaussagen, einer neuerlichen Vernehmung der beiden Gruhl, mit den beiden Gutachtern Professor Büren und dem Kunsthändler Motrik bis spätestens gegen 18.30 Uhr fertig zu sein, dann eine Pause einzulegen, vielleicht auch noch eine kurze Pause vorher. Dem Kugl-Egger schien dieser Plan sehr, dem Hermes nicht sonderlich zu passen; natürlich sei er, so sagte er, nicht nur einverstanden mit diesem

Zeitplan, doch hege er einige Zweifel, ob seine Mandanten eine »solche Strapaze« ohne Schaden überstehen würden, erntete jedoch mit solchem Argument bei Stollfuss nur ein liebenswürdiges, bei Kugl-Egger ein höhnisches Lächeln, nahm dann des Stollfuss freundlich geäußerte Bitte, doch den Ohnmachts- oder Schwächeanfalltrick nicht anzuwenden, mit einem säuerlichen Lächeln hin; es könne ja, sagte Stollfuss im Hinuntergehen, nicht ohne eine sanfte Drohung in seiner Stimme mitschwingen zu lassen, es könne ja, falls er, der Hermes, Schwäche oder Ohnmacht befürchte, der für solche Fälle vorzüglich geeignete Dr. Hulffen aus dem etwa zwei Minuten entfernten Marienhospital herbeigerufen werden. Auch sei die Schroer beistandsbereit. Hermes, der im stillen gehofft hatte, eine Schulfreundin seiner Frau, die gelegentlich für eine überregionale Zeitung Berichte schrieb, deren Besuch aber erst für den späten Abend erwartet wurde, am Abend mit den juridischen Seltsamkeiten des Prozesses vertraut zu machen und am Morgen mit in die Verhandlung zu lotsen, fühlte sich nicht nur ein wenig, sondern ziemlich überrumpelt und bedachte den Fall auf eventuelle Revisionsgründe hin.

3

Von dem Dutzend Zuschauern des Vormittags waren nur noch übriggeblieben: die Hermes, die Kugl-Egger und Bergnolte, der noch darüber nachdachte, ob das Essen in diesem ihm als »bestes Haus am Platze« empfohlenen Lokal nun wirklich so schlecht gewesen sein könnte, wie's ihm geschmeckt hatte, oder ob dieser Eindruck nur einer »zufälligen Disposition seiner Geschmacksnerven« zuzuschreiben sei, denn er konnte sich nicht denken, daß Grellber, dessen Gourmandismus so notorisch war, daß er gelegentlich sogar als Amateur-Gutachter bei einschlägigen Vergehen gegen das Lebensmittelgesetz auftrat – daß diesem dieses genüßliche Schmatzen bei der Empfehlung der dortigen Küche nicht ernst gemeint gewesen sei. Er nahm nachdenklich auf seinem alten Stuhl Platz, erst befriedigt, dann fast beklommen, weil die Zuschauerreihe sich so gelichtet hatte. Ferngeblieben waren am Nachmittag: die Frau des Verkehrssoziologen Heuser, die für ihren Mann noch ein Referat über Verkehrsampelprobleme vorbereiten mußte; da waren Statistiken auszuwerten, Stichworte hinzuschreiben, der Ablauf des Referates zu ordnen; außer ihr ferngeblieben waren: Agnes Hall aus bekannten Gründen, der Metzger Leuffen aus Huskirchen, Gruhls Schwager, weil er für eine große Hochzeit, die am nächsten Tage stattfinden sollte, ein Schwein und ein Kalb schlachten mußte, zwei Kollegen von Gruhl sen., denen daran gelegen hatte, die Aussagen des Wirtschaftsprüfers zu hören, die aber den Nachmittag nicht noch opfern konnten und Gruhl durch Schroer, den Justizwachtmeister, gebeten hatten, ihnen doch das Wichtigste aus dieser Aussage bei nächster Gelegenheit mitzuteilen; die Schorf-Kreidel aus bekannten Gründen und außerdem drei pensionierte Bürger, die gewöhnlich nur am Vormittag sich ihre Zeit als »Kriminalstudenten« vertrieben, nachmittags aber in einem ruhigen Hinterzimmer der »Bierkanne« für ein Skatturnier probten, das am kommenden Sonntag in der Nachbarkreisstadt Wollershoven vom Komitee »Freude für unsere alten Mitbürger« organisiert worden war; diese drei, ein alter Bauer, ein pensionierter Studienrat und ein fast achtzigjähriger Werkmeister, fanden unabhängig voneinander »irgendwas an der Sache merkwürdig«, weiter aber nichts bemerkenswert, da ihnen der ganze Fall bekannt war.

Neu unter den Zuschauern waren nur zwei: der junge Landwirt Huppenach, ein früherer Mitsoldat des jungen Gruhl aus dem Nachbardorf Kireskirchen, der ohnehin eines Kredits wegen bei der Kreissparkasse zu tun gehabt hatte, und ein pensionierter Kreisamtmann namens Leuben, der entfernt mit Stollfuss verwandt war. Sowohl der Landwirt Huppenach wie der alte Leuben wurden von Bergnolte nur kurz verdächtigt, Journalisten zu sein, nach rascher Prüfung ihres Habitus' und Gesichtsausdrucks sofort aus diesem Verdacht entlassen.

Die spürbar größere Aufgeräumtheit des Gerichtsvorsitzenden und der Angeklagten wäre eines weitaus größeren Zuschauerkreises würdig gewesen; besonders die beiden Gruhl, hatten sie am Morgen schon gelassen und ruhig gewirkt, strahlten nun eine Heiterkeit aus, die sogar die ein wenig beeinträchtigte Laune des Verteidigers besserte. Der Staatsanwalt schien durch das mißlungene Essen nicht übellaunig geworden zu sein: er hatte sich kurzerhand als zweiten Nachtisch von Schmitz eins seiner berühmten Omelettes soufflés bereiten lassen; die Gruhls, besondere Günstlinge des Schicksals, waren die einzigen Gäste der Duhr-Terrassen, die von der Störung der Kochkünste nicht betroffen wurden; jene Eröffnung, deren Folge die Störung der Kochkünste verursacht hatte, war von der jungen Dame erst gemacht worden, als die einzig perfekten Kalbsmedaillons dieses Tages für die Gruhls schon im Essenträger waren. Ungeheuer animiert hatte den älteren Gruhl auch der an diesem Tag besonders ausgezeichnete Kaffee, zu dem er eine jener Zigarren rauchte, von denen Schmitz, wie er wußte, nur selten eine »springen ließ«: ein mildwürziges Tabakgebilde von uneingeschränkter Reinheit. Die Eröffnung der Eva Schmitz, daß sie ein Kind erwarte, hatte sowohl den jungen wie den alten Gruhl in einen wahren Zustand der Euphorie versetzt: sie hatten abwechselnd mit ihrer Braut beziehungsweise Schwiegertochter ein kleines Tänzchen aufgeführt und sie immer wieder gefragt, ob es denn auch wirklich sicher sei. Der Staatsanwalt, beflügelt noch durch die Tatsache, daß seinem Kollegen Hermes die geplante Regie zu mißlingen schien, bat als ersten nach der Pause noch einmal Gruhl sen. vor die Schranke und fragte ihn wohlgelaunt, ob er sich nicht getäuscht habe, als er ausgesagt habe, er sei zwar mit den Gesetzen, den Steuergesetzen, in Konflikt gekommen, aber nicht vorbestraft. Gruhl sagte nein, vorbestraft sei er nicht – es sei denn, die unzähligen Zwangsvollstreckungsbefehle . . ., woraufhin ihn der Staatsanwalt freundlich unterbrach und sagte nein, die meine er nicht, er suche nur nach einer Erklärung für die merkwürdige Tatsache, die ihm beim neuerlichen Durchblättern der Akten aufgefallen sei, daß Gruhl, obwohl erst 1940 eingezogen, schon Ende 1942 Feldwebel gewesen sei, seltsamerweise Ende 1943 aber wieder den Rang eines einfachen Soldaten gehabt habe. Oh, sagte Gruhl heiter, das sei sehr einfach zu erklären, er sei eben im Sommer 1943 degradiert worden. Oh, sagte der Staatsanwalt, die Heiterkeit beibehaltend, das klinge so selbstverständlich, ob denn alle Soldaten so mir nichts, dir nichts degradiert worden wären? Nein, sagte Gruhl, nun schon nicht mehr nur heiter, sondern fast fröhlich, er habe ein Militärstrafgerichtsverfahren über sich ergehen lassen müssen, er sei zu acht Monaten Gefängnis verurteilt worden, habe aber nur sechs Monate verbüßt, diese in einer Art Festungshaft. Hier griff der Verteidiger energisch ein und fragte den Vorsitzenden, ob es zulässig sei, eine Militärstrafe hier als Vorstrafe zu bezeichnen. Der Staatsanwalt erwiderte, er habe bisher noch keine Militärstrafe als Vorstrafe *bezeichnet*, der Vorsitzende erwiderte dem Hermes ruhig, das käme darauf an, auf Grund welcher Straftat Gruhl verurteilt worden sei. Lächelnd fragte der Staatsanwalt nun den Gruhl sen., ob er denn, wenn er darüber befragt werde, sich einlassen wolle oder nicht. Ohne sich mit dem Verteidiger zu beraten, schüttelte Gruhl den Kopf und sagte ja, er würde sich einlassen. Darauf der Staatsanwalt: »Dann erzählen Sie mir doch einmal, was da passiert ist.« Gruhl erzählte, er sei schon während der Grundausbildung immer abkommandiert gewesen zu Tischlerarbeiten, teils in den Wohnungen der Offiziere und Unteroffiziere, teils habe er in der Bataillonswerkstatt für diese gearbeitet; als sein Regiment dann nach Frankreich ausgerückt sei, nach Beendigung des Krieges dort (Zwischenfrage des Staatsanwalts: »Sie meinen den Frankreichfeldzug?« Antwort des Gruhl: »Ich meine den Krieg«) sei er erst in Rouen, später in Paris gewesen; er sei auf Grund seiner »Gesuchtheit« immer höher gereicht worden, habe zuletzt für einen Oberst gearbeitet, und zwar »ausschließlich Louis Seize – das war der Tick seiner Frau«; es sei dann später für ihn eine kleine Tischlerwerkstatt im Pariser Vorort Passy beschlagnahmt worden, eine kleine Bude, die aber alles enthielt, was er gebraucht habe; dort sei er morgens hingegangen, habe gearbeitet, später habe er auch dort geschlafen, noch später habe er sich mit dem Kollegen, dem die Werkstatt gehörte, angefreundet, beim Oberst durchgesetzt, daß dieser mitarbeitete; der Kollege heiße Heribault, und er sei heute noch mit ihm befreundet. Heribault besitze jetzt ein gutgehendes Antiquitätengeschäft; auf die Idee, ein solches Geschäft zu eröffnen, sei er während des Krieges bei der Zusammenarbeit mit ihm, Gruhl, gekommen; Heribault sei ein sehr, sehr guter Tischler gewesen, hauptsächlich Möbel, aber nicht Stilmöbel, das habe er, Gruhl, ihm beigebracht. Nun, nachher hätte Heribault ganz für seine eigene Tasche gearbeitet, der Oberst habe nicht die gringste Ahnung gehabt, und er, Gruhl, habe ihn natürlich über die Dauer einer Arbeit im unklaren gelassen; er habe sich für eine kleine Kommode, die er zu Hause als freier Mann in einer Woche oder gar in drei Tagen renoviert hätte, bis zu zwei Monate Zeit genommen. Nun, eines Tages habe er dem Oberst gesagt, daß er zu Hause mit dieser Arbeit gut und gerne vier- bis fünfhundert Mark im Monat verdienen könne, und daß der Sold eines einfachen Soldaten eigentlich eine sehr schäbige Bezahlung sei. Der Oberst habe gelacht, und er sei dann sehr rasch erst zum Gefreiten, zum Unteroffizier, später zum Feldwebel befördert worden. Es hätten später in Heribaults Werkstatt Zusammenkünfte stattgefunden, es seien manchmal abends ein paar Männer, auch Frauen, gekommen, hätten Wein und Zigaretten mitgebracht, und jedesmal habe Heribault ihn weggeschickt, indem er sagte, es sei besser für sie und für ihn, wenn er gar nicht wisse, worüber da gesprochen werde; an der Tür der Werkstatt sei ein Schild gewesen: Deutsche Wehrmacht oder so ähnlich. Er sei dann immer ins Kino oder zum Tanzen gegangen und auf Heribaults Bitte hin immer erst gegen Mitternacht nach Hause gekommen. Auf die mit tückischer Sanftmut ausgesprochene Frage des Staatsanwalts, ob ihm, Gruhl, das denn nicht verdächtig gewesen sei, sagte Gruhl, verdächtig: nein, aber er habe sich natürlich gedacht, daß die Männer und Frauen dort nicht zusammenkämen, um den Text einer Ergebenheitsadresse an Hitler zu diskutieren. Es sei ja Krieg gewesen, und er, Gruhl, habe nicht den Eindruck gehabt, die Franzosen seien sehr begeistert davon gewesen, Heribault habe ihm und dem Oberst auch geholfen, Möbel zu beschaffen; er habe viele Tischler, Althändler und auch Privatleute gekannt. Für die gekauften Möbel sei ein Preis in Butter, Zigaretten und Kaffee ausgemacht worden, »und zwar so hoch, daß auch die Nachbarschaft noch etwas mitbekommen« habe; es sei jeder Preis gezahlt worden in Butter, Kaffee, Zigaretten; er, Gruhl, sei auch viel umhergefahren, nach Rouen, Amiens und später nach Orléans, und er habe immer für Freunde von Heribault Päckchen mitgenommen: Butter, Kaffee und so weiter, bis eines Tages Heribault ihn gefragt habe, ob er ein Butterpaket mitnähme, auch wenn er wisse, daß weder Butter noch Zigaretten oder Kaffee drin sei; nun, er sei mit Heribault inzwischen sehr gut befreundet gewesen, habe bei dessen Familie gewohnt und gegessen, und Frau Heribault und die kleine Tochter seien beim Tode seiner Frau sehr gut zu ihm gewesen – er habe also Heribault gebeten, ihm zu sagen, was denn in dem Päckchen drin sei, und der habe gesagt »nichts Schlimmes, nur Papier, unglücklicherweise mit Sachen bedruckt, die deinem Oberst nicht viel Freude machen würden.« Nun ja, er habe also die Päckchen mitgenommen, mehrere Male, bis ihn eines Tages ein Soldat auf der Kommandantur, wo er hin und wieder hingemußt habe, Lebensmittelmarken und seinen Sold abzuholen, gewarnt und ihm zugeflüstert habe, die Werkstatt stünde unter Bewachung. Er habe daraufhin Heribault gewarnt, der sofort verschwunden sei mit seiner Familie; er selbst sei zwei Tage später verhaftet worden; er habe zugegeben, die Päckchen mitgenommen, doch nicht zugegeben, von deren Inhalt gewußt zu haben. Nach der Gerichtsverhandlung sei übrigens das »ganze Möbelgeschäft, denn darum handelte es sich, wie sich herausstellte« aufgeflogen, auch der Oberst sei degradiert worden. Gefragt, ob er diese Strafe als gerecht empfunden und Gewissensbisse empfunden habe, sagte Gruhl nein. Gewissensbisse habe er nicht die geringsten empfunden; und ob er die Strafe als gerecht empfunden habe – nun, gerecht, das sei ein großes Wort, besonders peinlich im Zusammenhang mit Krieg und dessen Folgen. So, er empfinde also die Worte gerecht und Gerechtigkeit als peinlich, auch heute noch? Ja, sagte Gruhl, »auch heute noch als ausgesprochen peinlich«. Er habe doch gesagt, er sei politisch nie interessiert gewesen, wieso er denn Partei ergriffen habe für diese Leute? Gerade weil er politisch desinteressiert sei, habe er für diese Leute Partei ergriffen; er habe sie gemocht. »Aber das verstehen Sie doch nicht.« Der Staatsanwalt wurde böse und verbat sich, von dem Angeklagten wieder ein Intelligenzurteil entgegennehmen zu müssen, im übrigen habe er keine Frage mehr an ihn zu stellen, seine Gesinnung sei ihm jetzt vollkommen klar und im Zusammenhang mit der Gesinnung des Horn noch klarer; auch falle ihm auf, daß der Angeklagte die merkwürdigsten Dinge »natürlich« fände; alles bezeichne er als »natürlich«. Der Vorsitzende rügte mit ernsten Worten Gruhls »Das verstehen Sie doch nicht« und erlaubte, nicht mehr ganz so gutgelaunt, weil er die kostbare Zeit entschwinden sah, dem Verteidiger eine Frage an Gruhl. Der: was Gruhl im Militärgefängnis und nach seiner Entlassung getan habe? Gruhl, müde und schon sehr gleichgültig: »Möbel repariert, später in Amsterdam.« Vom Verteidiger gefragt, ob er nicht doch an Kampfhandlungen teilgenommen habe, sagte Gruhl: »Nein, ich habe nur an der Möbelfront gekämpft, hauptsächlich an der Louis-Seize- und Directoire- und Empire-Front.« Der Staatsanwalt bat darum, den Ausdruck »Möbelfront« zu rügen, er erblicke darin eine Herabsetzung der Gefallenen des letzten Krieges, auch seines Vaters, der *nicht* an der Möbelfront gefallen sei. Gruhl, vom Vorsitzenden aufgefordert, sich zu diesem berechtigten Einwurf zu äußern, sagte mit ruhiger Stimme zum Staatsanwalt, es läge nicht in seiner Absicht, das Andenken von Gefallenen zu schmälern, in seiner Familie seien gefallen: ein Bruder, ein Onkel, ein Schwager, und außerdem sei sein bester Jugendfreund, der Landwirt Wermelskirchen aus Dulbenweiler gefallen, *er* aber, Gruhl, habe eben nur an der Möbelfront gekämpft, und er habe mit seinen Brüdern, seinem Schwager Heinrich Leuffen und seinem verstorbenen Freund Wermelskirchen oft über seine Tätigkeit gesprochen, er sei sogar von seinem Freund Wermelskirchen, der ein ziemlich hochdekorierter Fliegerunteroffizier gewesen sei, aufgefordert worden: »Halte du nur die Stellung an der Möbelfront«, das Wort stamme also nicht von ihm, Gruhl, sondern aus dem Mund eines ziemlich hochdekorierten Soldaten, der gefallen sei. Er fühle sich nicht verpflichtet, den Ausdruck zurückzunehmen.

Die Vernehmung des fast achtzigjährigen Pfarrers Kolb aus Huskirchen verlief fast wie ein Gespräch unter Freunden; es nahm gelegentlich Formen eines theologischen Seminars auf Volkshochschulbasis an, enthielt einige Elemente von Dorfklatsch, zur Beruhigung des Vorsitzenden, zur Enttäuschung der Damen Hermes und Kugl-Egger wenig von dem, was den Pfarrer weit über den Kreis Birglar hinaus bekannt gemacht hatte: wenig von seiner »feurigen, unerschrockenen Originalität«, die zwar in seinen Äußerungen, doch nicht in deren Artikulation enthalten war. Bergnolte, der einzige der Anwesenden, der ihn nicht kannte (die Kugl-Eggers hatten bei ihrem Antrittsbesuch in Huskirchen Proben seines Temperamentes erfahren), bezeichnete ihn am Abend Grellber gegenüber »als richtiges Original, Sie wissen schon, was ich meine«.
Der Vorsitzende bot Kolb mit einer zurückhaltenden Höflichkeit, in der auch der Böswilligste keine Spur Kränkendes hätte entdecken können, einen Stuhl an, den Kolb mit ebenso höflicher Zurückhaltung, in der nichts Kränkendes sich verbarg, ablehnte.
Der Pfarrer sagte, er kenne Gruhl sen. nicht gerade von frühester Jugend an, aber doch, seitdem er zehn Jahre alt sei; damals sei er von Dulbenweiler oft zu seiner Tante Wermelskirchen nach Huskirchen gekommen. Gut kenne er ihn, seitdem er sechzehn sei und angefangen habe, »mit der Elisabeth Leuffen zu gehen, seiner späteren Frau«. Ihm sei der Gruhl immer als sehr fleißiger, zuverlässiger Mensch bekannt gewesen; hilfsbereit, etwas zu still, aber das könne mit sehr düsteren Kindheitserlebnissen zusammenhängen. Nach diesen vom Staatsanwalt gefragt, sagte Kolb, er sehe keinen Grund, darüber etwas zu sagen; solche Dinge würden allzuleicht ausgeschlachtet. Vom Staatsanwalt, der nicht wagte, in dieser Sache zu insistieren, dann gefragt, wie es mit Gruhls religiöser

Haltung sei, zeigte Kolb fast Ansätze seines berühmten Temperaments, indem er, etwas lauter als bisher, sagte, er stehe hier vor einem *weltlichen* Gericht, und eine solche Frage stehe hier niemandem zu, eine Frage übrigens, die er auch vor einem kirchlichen Gericht nicht beantworten würde, die er nie beantwortet habe. Der Vorsitzende belehrte ihn höflich, daß er zwar die Antwort auf die Frage des Staatsanwalts verweigern könne, es hier aber darauf ankomme, eine Vorstellung von Gruhls Charakter zu bekommen, und, da er, der verehrte Herr Kolb, ja immerhin Pfarrer sei, es wohl nicht so ganz unberechtigt sei, auch nach dieser Seite von Gruhls Charakter zu fragen. Kolb, so höflich wie Stollfuss, bestritt den Zusammenhang von Religion und Charakter, ja, wieder etwas lauter redend, zum Staatsanwalt gewandt, sagte er, er bestreite sogar den Zusammenhang von Religion und Anständigkeit. Eins könne er sagen: ein anständiger Mensch sei Gruhl *immer* gewesen, er habe sich auch nie abfällig oder blasphemisch über religiöse Dinge geäußert, im übrigen, was das Weltliche angehe, sich sehr um die Pfarre Huskirchen verdient gemacht beim Wiederaufbau und der Wiederherstellung der arg zerstörten Kirche; er sei auch sehr kinderlieb, habe in den »schlechten Jahren« mit eigener Hand sehr schönes Spielzeug aus Holz für die Kinder hergestellt, die keine Aussicht auf Weihnachtsgeschenke dieser Art gehabt hätten. Gruhl sen. bat hier durch ein Handzeichen ums Wort, erhielt es vom Vorsitzenden und sagte, er wolle ungefragt hier erklären, daß er religiös gleichgültig sei; er sei das schon sehr lange, schon als er bei dem verehrten Pfarrer Brautunterricht bekommen habe, also vor etwa fünfundzwanzig Jahren. Der Pfarrer sagte daraufhin, es möge ja sein, daß Gruhl der Glaube fehle, er aber, der Pfarrer, halte Gruhl für einen der wenigen Christen, die er in der Gemeinde habe. Als der Staatsanwalt, sehr höflich, fast liebenswürdig und lächelnd sagte, er sei recht erstaunt, solches von einem Pfarrer zu hören, und er hege – »bitte, verzeihen Sie« – einige Zweifel, ob das theologisch haltbar oder tragbar sei und ob ihn, den Pfarrer, diese Gleichgültigkeit nicht schmerze. Der Pfarrer sagte ebenso höflich, fast liebenswürdig und lächelnd, ihn schmerze sehr viel auf dieser Welt, aber er erwarte vom Staat keine Hilfe für seine Schmerzen. Was die theologische Trag- oder Haltbarkeit seiner Behauptung angehe, so habe er, der Staatsanwalt, wahrscheinlich zu viel »von katholischen Vereinen mitbekommen«. Der Vorsitzende erlaubte sich einen Scherz, indem er den Staatsanwalt fragte, ob ihm daran liege, eine Art theologischen Obergutachtens einzuholen, was die Konfession des Gruhl angehe; der Staatsanwalt wurde rot, der Protokollführer Referendar Außem grinste und erzählte später am Abend seinen Parteifreunden, »es sei fast zum Krach gekommen«. Der Verteidiger fragte nun den Pfarrer, ob es wahr sei, daß er den Gruhl einmal rauchend in der Kirche angetroffen habe. Ja, sagte der Pfarrer, einmal oder sogar zweimal habe er den Gruhl in der Kirche Pfeife rauchend angetroffen; Gruhl – das habe er wohl seiner verstorbenen Frau versprochen – setze sich manchmal in die Kirche, wenn kein Gottesdienst sei, und er habe den Gruhl tatsächlich Pfeife rauchend in einer der letzten Bänke sitzend angetroffen; zunächst habe ihn das sehr erschreckt und böse gemacht, er habe das als blasphemisch empfunden, dann aber, als er Gruhls Gesichtsausdruck gesehen, ihn angerufen, wohl auch ein wenig gescholten habe, habe er auf dessen Gesicht den Ausdruck einer »fast unschuldigen Frömmigkeit« entdeckt. »Er war ganz traumverloren und geistesabwesend, und wissen Sie«, fügte der Pfarrer hinzu, »vielleicht kann das nur ein Pfeifenraucher, wie ich selbst einer bin, verstehen, die Tabakspfeife wird fast zu einem Körperteil, ich habe mich selbst schon dabei ertappt, wie ich mit der brennenden Pfeife in die Sakristei ging und erst bemerkte, daß ich sie im Mund hatte, als ich die Kasel über den Kopf zog und die Pfeife mir bei dem engen Halsausschnitt im Weg war, und – wer weiß – wenn der Ministrant nicht gewesen wäre, wäre ich vielleicht, wenn der Halsausschnitt nicht so eng gewesen wäre, mit der Pfeife im Mund zum Altar gegangen.« Diese Bemerkung des Pfarrers wurde vom Gericht, den Angeklagten und den Zuschauern verschieden aufgenommen: Frau Kugl-Egger sagte später, sie habe ihren Ohren nicht getraut, Frau Hermes fand es »großartig«, Bergnolte meinte am Abend zu Grellber: »Ich glaubte, der ist doch nicht mehr ganz richtig im Kopf«; der Vorsitzende, der Verteidiger und die Angeklagten schmunzelten, der Staatsanwalt sagte am Abend zu seiner Frau, ihm sei regelrecht unheimlich gewesen, während der junge Huppenach laut lachte und der alte Leuben den Kopf schüttelte und später erzählte, das sei »entschieden zu weit« gegangen. Vom Verteidiger gefragt, was er über Georg Gruhl sagen könnte, sagte der Pfarrer, der sich dem jungen Gruhl lächelnd zuwandte, den kenne er nun wirklich seit seiner Geburt, er sei ja in Huskirchen zur Welt gekommen, von ihm auf Wunsch seiner Mutter, die schon im Sterben gelegen habe, im Hause getauft worden, er sei in Huskirchen zur Schule gegangen; kurz: er kenne ihn, er schlage mehr nach seiner Mutter, sei aber »wilder als die«, er sei ein ordentlicher, fleißiger Junge gewesen, ein Herz und eine Seele mit seinem Vater; in den ersten Jahren seines Lebens sei er von seiner Großmutter aufgezogen worden, später, nach dem Krieg, als er etwa drei gewesen sei, von seinem Vater allein. Verändert sei der Georg erst, seit er in der Bundeswehr sei. Auch die Tatsache, daß sein Vater gerade in dieser Zeit immer mehr in Schwierigkeiten geraten sei, vor allem aber »die Langeweile, diese unaussprechliche Langeweile«, das habe den guten und gesunden Jungen«, der sehr lebensfroh und fleißig gewesen sei, schwer getroffen, es habe ihn verändert, »böse, ja, fast bösartig gemacht«. Der Staatsanwalt, höflich und doch fest, unterbrach den Pfarrer hier, sagte, jemand, der durch den

Dienst in einer demokratischen Institution wie der Bundeswehr böse, ja bösartig würde – was ihn angesichts der Gesinnung und des Lebenslaufs, der gesamten, hier sich offenbarenden Lebensphilosophie des Gruhl sen. nicht wundere –, also jemand, der dort bösartig würde, müsse schon bestimmte charakterliche Dispositionen mitbringen, seine Frage sei deshalb an den verehrten Pfarrer, worin sich denn die Bösartigkeit des jungen Gruhl geäußert habe; der Pfarrer, ebenso fest und höflich wie der Staatsanwalt, widersprach dessen These von der charakterlichen Disposition, die notwendig sei, einen jungen Menschen durch den Militärdienst böse, ja, bösartig zu machen; nichts sei verderblicher für einen jungen Menschen als die Einsicht in und die Erfahrung mit einer solch riesigen Organisation, deren Sinn in der Produktion absurder Nichtigkeiten, fast des totalen Nichts, also der Sinnlosigkeit, bestünde – nun, das sei seine Ansicht von der Sache, und im übrigen müsse dann er, der Pfarrer, auch eine charakterliche Disposition zur Bösartigkeit haben, er habe im Jahre 1906 als einjährig Freiwilliger bei der Artillerie gedient, und die Erfahrung mit dem Militärleben sei für ihn eine »arge Versuchung zum Nihilismus gewesen«. Was nun die Hauptfrage des Herrn Staatsanwalts beträfe, *wie* sich die Bösartigkeit des jungen Gruhl geäußert habe, nun, zunächst habe sich Gruhl, der, wenn auch kein frommer, so doch gläubiger und kirchentreuer Junge gewesen sei, er habe angefangen, sich sehr verächtlich über die Kirche zu äußern im Zusammenhang mit einem Vorgesetzten, der offenbar etwas zu katholisch sei. Der junge Gruhl habe ihm, dem Pfarrer, gesagt, er, der Pfarrer, habe ja keine Ahnung, was »da draußen los sei«, er habe immer nur ihn, den Pfarrer, predigen gehört, von ihm Religionsunterricht erhalten, und er schlüge ihm vor, die »katholische Kirche von Huskirchen« zu gründen. Doch habe sich des jungen Gruhl Bösartigkeit auch in fast blasphemischen Malereien und Plastiken geäußert, auch habe er einmal einer Holzplastik, einer Maria Selbdritt, die er gemeinsam mit seinem Vater an einem Wochenende restauriert und im Auftrage eines Kunsthändlers bei der Frau Schorf-Kreidel abgeliefert habe, einen Zettel mit dem Götz-von-Berlichingen-Zitat angeheftet, das er wörtlich zitiert und mit »Ihre Muttergottes« unterschrieben habe. Mit sehr feiner Ironie stellte der Staatsanwalt fest, der Ausdruck *zu* katholisch, von einem ehrwürdigen Pfarrer auf einen Offizier der Bundeswehr angewendet, käme ihm doch ein wenig seltsam vor, wie auch die Ansichten des verehrten Herrn Pfarrers über eine auf demokratischem Wege entstandene Institution, die dazu ausersehen sei, jene Werte zu verteidigen, an deren Erhaltung gerade der Kirche, deren Lehrmeinung über diese Sache anders sei als die vom Herrn Pfarrer vertretene, gelegen sein müsse; er, der Staatsanwalt, betrachte diese Äußerungen als die einer sehr liebenswürdigen Originalität; was ihm am wenigsten einleuchte, sei der Schluß: Militär gleich

Schule des Nihilismus, wo doch bekannt sei, daß eine solche Institution dem Ordnungssinn und der Erziehung diene. Der Pfarrer, ohne erst ums Wort zu bitten, sagte höflich, fast herzlich sich an den Staatsanwalt wendend, seine, des Pfarrers, Äußerungen seien nicht die einer liebenswürdigen Originalität, sondern theologisch unanfechtbar; was er, der Staatsanwalt, als die Lehrmeinung der Kirche bezeichne, sei der Notwendigkeit entsprungen, sich mit den Mächten dieser Welt zu arrangieren, das sei nicht Theologie, sondern Anpassung. Er, der Pfarrer, habe dem jungen Gruhl seinerzeit geraten, doch den Wehrdienst zu verweigern, Gruhl aber habe gesagt, das könne man nur aus Gewissensgründen, und sein Gewissen spiele in dieser Sache gar keine Rolle, sein Gewissen sei sozusagen mit dem Wehrdienst gar nicht befaßt, sondern seine Vernunft und seine Phantasie, und tatsächlich habe er, der Pfarrer, eingesehen, daß sich in den Worten des jungen Menschen eine tiefe Einsicht verberge, denn auch er halte nicht viel vom Gewissen, das leicht manipulierbar sei, sich in Schwamm oder Stein verwandeln könne, aber die Vernunft und die Phantasie seien göttliche Geschenke an den Menschen; so habe er auch dem jungen Gruhl wenig Trost anbieten können, weil er selbst eingesehen habe, *wie* absurd mit diesen beiden göttlichen Gaben, der Vernunft und der Phantasie des Menschen, verfahren werde; man dürfe auch nicht verkennen, in welch besonders sinnloser Situation sich der junge Gruhl befunden habe; der habe mitansehen müssen, wie sein Vater tiefer und tiefer in Schwierigkeiten geraten sei, während er, der Junge, in Unteroffiziers- und Offizierskasinos für einen Hundelohn Bareinrichtungen gezimmert habe; ganz besonders schlimm sei natürlich diese Dienstfahrt gewesen, von der er . . ., hier wurde der Pfarrer vom Vorsitzenden höflich unterbrochen und gebeten, keine Aussage darüber zu machen, da dies Gegenstand einer Verhandlung unter Ausschluß der Öffentlichkeit sein werde, zu der Gruhls ehemaliger Vorgesetzter vernommen werden sollte. Da schlug sich der alte Pfarrer an die Stirn und rief: »Ach, der – natürlich, daß ich darauf nicht gekommen bin! Der hätte mich innerhalb weniger Tage zum Atheisten gemacht, wenn ich jung wäre.« Dann meinte er, an dieser Dienstfahrt sei doch nichts Geheimnisvolles, das ganze Dorf wisse doch darüber Bescheid. Der Vorsitzende belehrte ihn darüber, daß ein Unterschied darin bestehe, ob ein ganzes Dorf von einer Sache wisse oder auf dem Wege der Indiskretion erfahren habe – zum Staatsanwalt gewandt meinte er nicht ohne Bosheit, vielleicht erwäge der Staatsanwalt eine Anklage wegen Geheimnisverrat – oder ob eine solche Dienstfahrt, die ja wirklich ein dienstlicher, also geheimer Auftrag sei, öffentlich abgehandelt werde. »Wenn wir«, sagte er höflich, »hier öffentlich darüber verhandeln, ist diese Dienstfahrt, was sie durch das Gerede von drei oder vier Dörfern nie werden kann: ›aktenkundig, und zwar *für die Öffentlichkeit akten-*

471

kundig‹«; das unterscheide eine solche Verhandlung von Gerüchten und Gereden, gleichgültig, wie wahr oder unwahr diese seien. Er müsse also die Dienstfahrt des jungen Gruhl hier ausschließen; an dieser Stelle lachte der Zuschauer Huppenach so lange und so laut, daß er, nachdem er von Justizwachtmeister Schroer schon scharf angeblickt worden war, vom Vorsitzenden strengstens verwarnt und ihm der Ausschluß aus dem Saal angedroht werden mußte. Huppenach verwandelte sein Lachen in ein Lächeln, das vom Staatsanwalt als süffisant und obrigkeitsfeindlich bezeichnet wurde, während der Vorsitzende sagte, er empfinde zwar auch das Lächeln des Huppenach als »wenig Achtung ausdrückkend«, könne aber angesichts der Kürze der ihm zur Verfügung stehenden Zeit sich nicht entschließen, hier eine genaue Analyse und moralische Bewertung von Zuschauerlächeln vorzunehmen. Der junge Gruhl, darüber befragt, was er zu den Aussagen des Pfarrers zu sagen habe, sagte mit kühler Stimme, immer noch recht aufgeräumt, er danke dem Pfarrer, daß er seinen Gemüts- und Geisteszustand so genau beschrieben und ihm den Versuch erspart habe, sich selbst darzustellen, was ihm ganz bestimmt mit geringerer Präzision als dem Pfarrer gelungen wäre. Er habe von dessen Aussage weder etwas wegzunehmen noch etwas hinzuzufügen, der Pfarrer, der ihn wirklich von Kindesbeinen an kenne und den er verehre, habe alles gesagt, was er selbst so gut gar nicht hätte sagen können. Der Pfarrer wurde mit Dank entlassen. Er machte sich einer Protokollwidrigkeit schuldig, indem er den jungen Gruhl umarmte und ihm wünschte, er möchte an der Seite einer lieben und hübschen Frau wieder einen Lebenssinn entdecken, woraufhin Gruhl mit heiterem Lächeln sagte, das sei schon geschehen. Die Rüge des Vorsitzenden für die Umarmung des Pfarrers fiel sehr milde aus, klang fast wie eine Entschuldigung.

In einer Pause, die Stollfuss kurzfristig anberaumte, bat er den Staatsanwalt und den Verteidiger, doch auf je einen Zeugen zu verzichten; es sei doch, wie er meinte, alles klar, und ob man sich wenigstens die beiden Damen Leuffen und Wermelskirchen ersparen könne. Nach kurzer Überlegung gaben sich Verteidiger und Staatsanwalt zufrieden, und so konnte sich der Pfarrer mit seinen beiden Pfarrkindern, die sowohl erleichtert wie verärgert waren, gemeinsam auf den Heimweg machen. Frau Kugl-Egger benutzte die Pause, den Gerichtssaal zu verlassen, da sie am frühen Nachmittag mit dem Anstreichermeister in ihrer neuen Huskirchener Wohnung eine Verabredung getroffen hatte, die Farbgebung der Einbauschränke in ihrer Küche betreffend. In ihrem Wunsch, ein wenig von der schmerzlich vermißten Ländlichkeit jenes »Nestes östlich Nürnberg« wiederzufinden, entschloß sie sich zu Fuß zu gehen, entsann sich jener Abkürzung, die sie als kleines Mädchen oft gegangen war, an der Rückseite des Friedhofs entlang, durch ein kleines Gebüsch, dann an der Duhr vorbei; so stieß sie auf den Pfarrer und die beiden Huskirchener Frauen, wurde als »Grabels Marlies« identifiziert und errötete ein wenig, als sie diese herzliche heimatliche Begrüßung mit stark bayrisch gefärbter Sprache beantworten mußte; der Pfarrer bezeichnete sie scherzhaft als »Landesverräterin« und riet ihr, sich, was die Tischlerarbeiten in ihrer neuen Wohnung betreffe, nicht an Gruhl zu halten, sondern den alten Horn um Rat zu bitten; Gruhl sei für Bautischlerarbeiten ganz und gar verdorben.

Grähn, der nächste Zeuge, gab seinen Beruf als Diplom-Volkswirt und Dr. habil. an, sein Alter mit zweiunddreißig, und vom Vorsitzenden danach gefragt, gab er bekannt, ja, er sei schon in einigen Modellfällen als Gutachter tätig geworden. Grähn, mit dickem, blondem Haar, nettem Gesicht wirkte eher wie ein liebenswürdiger fortschrittlicher junger Arzt; er war vom langen Warten, vor allem durch ein ermüdendes weltanschauliches Gespräch mit dem Oberleutnant im Zeugenzimmer, etwas matt, auch gereizt, und als er vom Vorsitzenden aufgefordert wurde, doch in möglichst knappen Worten zur ökonomischen Situation des Angeklagten Gruhl sen. etwas zu sagen, antwortete er mit der leicht mokanten Arroganz des Spezialisten, er könne, wenn er Verbindliches aussagen solle, nicht für die Länge oder Kürze seiner Aussage garantieren; es gäbe da zwar Formelhaftes, doch liege ein Fall wie der Gruhlsche schon »fast im Diluvium der Volkswirtschaft«. Er müsse sich also ausbitten – ja, sagte der Vorsitzende, mit knapp habe er nur gemeint, so knapp wie möglich, nicht in entstellender Verkürzung. Grähn, der frei sprach, auch die Ziffern aus dem Gedächtnis zitierte, blickte weder den Vorsitzenden noch Angeklagten oder Zuschauer an, sondern vor sich wie auf ein unsichtbares Pult oder einen Seziertisch, auf dem ein Kaninchen seiner geschickten Hände zu harren schien; seine Handbewegungen, mit denen er bestimmte Abschnitte markierte, hatten etwas Hackendes, doch nichts Grausames oder Brutales. Er habe, sagte er, die Bilanzen von Gruhl, mit dessen Einverständnis auch dessen Steuererklärungen studiert, und er könne nur vorweg sagen, daß Gruhl, was seine finanzielle Misere betreffe, das Opfer eines gnadenlosen, erbarmungslosen, aber – hier wandte er sich Gruhl zu und machte eine liebenswürdig-entschuldigende Geste – »aber, wie ich finde und sogar doziere: notwendigen« Prozesses sei, der nicht etwa modern sei, sich in der Wirtschaftsgeschichte schon oft abgespielt habe, etwa beim Übergang von der mittelalterlichen Zunft- in die neuzeitliche Industriegesellschaft; im neunzehnten Jahrhundert noch einmal, kurz: objektiv sei dieser Prozeß nicht aufzuhalten, denn die Wirtschaft kenne keine von ihr finanzierten Museen, in denen sie anachronistische Betriebe dotiere. *Das* sei der wirtschaftsgeschichtliche Aspekt der Sache. Den moralischen Aspekt wolle er gar nicht erwähnen: es gäbe keine moralischen Aspekte in der modernen Wirtschaft, was bedeute: es sei eine Kampfsituation, auch die Situation Finanzamt–Steuerzahler sei eine Kampfsituation, bei der die Finanzgesetzgebung Lock-Paragraphen hinwerfe, »so wie man dem Wolf, der hinterm Schlitten herrennt, einen Handschuh zuwirft, aber nicht«, wie Grähn lächelnd bemerkte, »weil man ihn ablenken, sondern weil man ihn fangen will.« Auch moralisch sei also an Gruhls Verhalten nichts auszusetzen, der einzige Fehler, den er gemacht habe: er habe sich erwischen lassen, und das sei kein moralischer Fehler. Es gäbe zwar eine Rechts-, aber keine Steuerphilosophie; die Finanzgesetzgebung begünstige die Kühe, die die meiste Milch geben, indem sie sie nicht vor der Zeit schlachte – auf Gruhl angewandt: Kühe seiner Art gäbe es nur noch so wenige, daß das Steuergesetz sie der Schlachtung, notfalls der Notschlachtung anheimgebe. In Zahlen, für den Laien verständlich ausgedrückt, sehe das etwa so aus: ein Betrieb wie der Gruhlsche arbeite mit viel zu geringen Unkosten, da seien kaum Maschinen nötig, wenig Material; was das Geld einbringe, seien die Hände, die Begabung und der Instinkt, und so käme es zu subjektiv wie objektiv betrachtet geradezu absurden Bilanzergebnissen; es habe Gruhl zum Beispiel, als sein Sohn noch mit ihm gearbeitet habe, in einem Jahr einen Umsatz von sage und schreibe fünfundvierzigtausend Mark erzielt, aber in diesem Jahr nur Unkosten von viertausend Mark nachweisen können, das bedeute einen Reingewinn von einundvierzigtausend Mark, eine Einkommensteuer von rund dreizehntausend Mark, eine Kirchensteuer von weiteren dreizehnhundert, eine Umsatzsteuer von fast siebzehnhundert, einschließlich der Zwangsversicherungen eine gesamte Belastung von mehr als fünfundfünfzig Prozent, so daß also, populär ausgedrückt, von einer verdienten Mark nur fünfundvierzig, ja, in einem anderen Jahr nur dreißig Pfennig in die Tasche des Gruhl gehört hätten, der aber, wiederum populär ausgedrückt, von einer Mark etwa siebzig bis fünfundsiebzig Pfennig als »sein wohlverdientes Geld« betrachtet und ausgegeben habe. Damit sei, so meinte Grähn, die volkswirtschaftliche Situation des Gruhl, so meine er, hinreichend umrissen. Er bäte nur darum, noch einen Vergleich ziehen zu dürfen: ein Reingewinn von vierzigtausend Mark für einen Betrieb, in dem »zwei fleißige, begabte Menschen mit Eifer arbeiteten« – ein solcher Reingewinn werde in vielen Fällen nicht einmal von einem mittleren Betrieb mit dem Umsatz von fast einer Million erzielt; er nenne diese Vergleichszahl nur, um darzustellen, »verständlich darzustellen«, als wie »subjektiv absurd«, objektiv aber notwendigerweise erbarmungs- und gnadenlos die Volkswirtschaft und die Steuergesetzgebung mit Unternehmen verführen, die »anachronistisch« seien und nicht das große allgemeine Gesetz befolgen könnten: die Investierungs-Personalkosten – das Unkostengefüge zu verbreitern. In etwa vergleichbar wäre die subjektive Absurdität, die der Volksmund als ungerecht bezeichne, des Falles Gruhl fast nur mit einem Künstler, der – er nenne hier nur angenommene, nicht statistisch stabile Werte – ein Bild zu einem »Selbstkostenpreis« von etwa 200 bis 300 Mark erstelle, es dann für zwanzig- bis dreißigtausend Mark oder mehr verkaufe. Gruhl habe nicht einmal Telefon gehabt, er habe keine Miete bezahlt, seine Unkosten seien eben nur das wenige Material, das für seine Arbeit notwendig sei, und er habe nicht einmal »Bewirtungskosten« gehabt, denn selbstverständlich wäre er es, der von Kunden und Kunsthändlern bewirtet werde, da ja nicht er deren Kundschaft, sondern diese seine Arbeit gesucht hätten. Er sei in wenigen Sätzen mit seiner Aussage fertig, sagte Grähn. Er wolle nur noch rasch erklären, was einem Laien wahrscheinlich unverständlich erscheine: wieso Gruhl es zu einer Steuerschuld von – es sei wirklich eine unwahrscheinliche Summe – effektiv fünfunddreißigtausend Mark und einschließlich der Pfändungs- und Zinsunkosten sechzigtausend Mark gebracht habe; Gruhl habe allein in den vergangenen fünf Jahren einen Umsatz von 150000 Mark erzielt, einen Reingewinn von 130000 Mark – rechne man davon, einschließlich aller Unkosten, die Hälfte für die Steuer, davon wiederum die Hälfte als von Gruhl »irrtümlich in die eigene Tasche gesteckt«, so sei diese immense Summe leicht zu erklären. Grähn hatte im letzten Teil seines Vortrages, den er scharf und rasch von sich gab, mehrmals mit einem seltsamen, aus Bedauern und Bewunderung gemischten Ausdruck zu Gruhl hinübergeblickt. Zum Abschluß möchte er noch sagen, die moderne Steuerpolitik spreche kaum noch von Steuermoral, dieser Begriff tauche zwar hin und wieder noch auf, sei aber im Grund lächerlich, wie er, Grähn, meine, sogar unzulässig; die Steuerpolitik laufe darauf hinaus, Ausgabensunkosten zu schaffen, wie sie von irgendeinem ethischen Standpunkt aus betrachtet als absurd erscheinen müßten; hätte er, Grähn, über Gruhls Schuld oder Nichtschuld zu befinden, er meine, was sein Steuergebaren betreffe, nicht das hier zur Verhandlung stehende Vergehen, so würde er sagen: menschlich gesehen absolut unschuldig; auch ethisch, ja, sogar abstrakt ethisch betrachtet sei an Gruhls Verhalten nichts verdammenswert, aber der Wirtschaftsprozeß sei erbarmungs- und gnadenlos, und die Finanzgesetzgebung könne sich keine »anachronistischen Hofnarren« leisten, sie habe einen Reingewinn als Reingewinn und als nichts anderes als Reingewinn zu betrachten. »Ich bin«, sagte Grähn, der in seiner schlanken Jugendlichkeit ungewöhnlich intelligent und sympathisch wirkte und seinen Zeigefinger jetzt nicht drohend, sondern nur markierend auf Gruhl richtete, »ich bin kein Richter, ich bin kein Pfarrer, ich bin kein Finanzbeamter, ich bin theoretischer Volkswirt. Als Mensch kann ich nicht umhin, dem Angeklagten einen gewissen Respekt zu bezeugen: wie es ihm angesichts seiner Buchführungspraktiken gelungen ist, länger als zehn Jahre weiterzuexistieren, ohne in weitaus erheblichere Schwierigkeiten zu kommen, als theoretischer Volkswirt stehe ich vor diesem Fall – nun, wie ein Pathologe vor einem Fall hoffnungslosen Krebses stehen mag, dessen Exitus schon vor fünf Jahren zu erwarten gewesen wäre.« Die Frage des Staatsanwalts, ob er als nicht nur angehender, sondern offenbar schon praktizierender Wissenschaftler die Frage der Steuermoral so eindeutig ablehnen könne, beantwortete Grähn ziemlich scharf, natürlich werde diese Vokabel noch gebraucht, aber er – und er doziere öffentlich und in einer staatlich finanzierten Position dasselbe, was er hier sage –, er lehne den Begriff der Moral in der Steuer*wissenschaft* ab. Da keine weiteren Fragen gestellt wurden, konnte Grähn entlassen werden.

In der kleinen Pause, die entstand, als der nächste Zeuge – Gerichtsvollzieher Hubert Hall – aufgerufen wurde, schlich sich der vierte der vier verbliebenen Zuschauer, der pensionierte Amtmann Leuben, aus dem Gerichtssaal: die Ausführungen des Grähn hatten ihn über die Maßen ermüdet und gelangweilt, und er erwartete vom Gerichtsvollzieher Hall und Finanzoberinspektor Kirffel nichts weniger Langweiliges. Auch Huppenach gähnte, er blieb nur, weil er noch nicht begriffen hatte, daß er bei der Vernehmung des Oberleutnants und des Feldwebels ausgeschlossen sein würde.

Hall, der sechzig Jahre alte Gerichtsvollzieher, dessen dichtes dunkles Haar, weil er immer mit den Händen hindurchfuhr, wie gewöhnlich wirr um den Kopf stand, machte, wie Bergnolte – der einzige der Anwesenden, der Hall nicht kannte – später Grellber berichtete, »einen zwiespältigen Eindruck, fast möchte ich sagen: nicht nur zweideutig, sondern geradezu obskur; er war ziemlich schlampig, zerstreut, nicht gerade sehr vertrauenerweckend«. Hall, vom Verteidiger gefragt, ob es ihm möglich sei, die menschliche und die dienstliche Beziehung zum Angeklagten getrennt darzustellen, sagte mit fast schnoddriger Gleichgültigkeit, diese Art der Schizophrenie sei ihm durchaus vertraut, denn mit den meisten seiner »Klienten« stehe er auf diesen beiden Füßen. Was die menschliche Seite betreffe, so habe er »natürlich« den Gruhl sehr gut gekannt, sich glänzend mit ihm verstanden, ja, sogar des öfteren Bier mit ihm getrunken, wobei meistens *er* den Gruhl eingeladen habe, denn da Gruhl schon für die Taschenpfändung angestanden habe, sei es ihm peinlich gewesen, Gruhls Geldbörse, seine Brieftasche, notfalls seine Taschen in einer Kneipe durchsuchen zu müssen. »Mein Gott«, rief Hall, »wir sind ja auch nur Menschen«, und deshalb, weil er ein Mensch sei, habe er immer Gruhls Bier oder Korn bezahlt, wenn er ihn getroffen habe. Vom Verteidiger gebeten, eine Definition der Taschenpfändung zu geben, da er annehme, daß das hier angebracht sei, las Hall aus den Geschäftsanweisungen für Gerichtsvollzieher vor, die er offenbar immer mit sich führte: »Die Kleider und Taschen des Schuldners darf der Gerichtsvollzieher durchsuchen. Einer besonderen Genehmigung des Vollstreckungsgerichts bedarf es nicht. Körperliche Untersuchungen einer weiblichen Person läßt der Gerichtsvollzieher durch eine zuverlässige weibliche Person durchführen.« Diese Geschäftsanweisung, sagte Hall, den die atemlose Stille im Saal zu beruhigen schien, habe ihre Rechtsgrundlage in den Paragraphen 758 und 759 ZPO, und diese Paragraphen lauteten: »Paragraph 758, Abschnitt eins: Der Gerichtsvollzieher ist befugt, die Wohnung und die Behältnisse des Schuldners zu durchsuchen, soweit der Zweck der Vollstreckung dieses erfordert. Abschnitt zwei: Er ist befugt, die verschlossenen Haustüren, Zimmertüren und Behältnisse öffnen zu lassen. Abschnitt drei: Er ist, wenn er Widerstand findet, zur Anwendung von Gewalt befugt und kann zu diesem Zwecke um Unterstützung der polizeilichen Vollzugsorgane nachsuchen. Paragraph 759: Wird bei einer Vollstreckungshandlung Widerstand geleistet oder ist bei einer in der Wohnung des Schuldners vorzunehmenden Vollstreckungshandlung weder der Schuldner noch eine zu der Familie gehörige oder in dieser Familie dienende erwachsene Person anwesend, so hat der Gerichtsvollzieher zwei erwachsene Personen oder einen Gemeinde- oder Polizeibeamten als Zeugen zuzuziehen.« Hall, den die atemlose Aufmerksamkeit angesichts der Verlesung eines ihm so vertrauten Textes zu überraschen schien, fuhr, da er von Stollfuss weder unterbrochen noch gefragt wurde, mit nun recht weinerlicher Stimme fort, indem er, seine Weinerlichkeit durch ein gewisses Pathos stützend, nun den »Herrschaften« erzählte, wie oft er gezwungen sei, in den gerichtsnotorischen Kaschemmen der verschiedensten Art bei »gewissen Damen Taschenpfändungen« vorzunehmen, ein Vorgang, der meistens darin bestehe, ihnen im geeigneten Augenblick die Schuhe von den Füßen zu reißen, »denn darin bewahren sie traditionsgemäß fast immer noch ihr Bargeld auf«, und den Inhalt der Schuhe rasch in eine bereitgehaltene Papiertüte zu schütten und das Lokal schleunigst zu verlassen, bevor der Zuhälter alarmiert sei; er werde, sagte Hall, bei diesen »Taschenpfändungen« meist von einer gewissen Frau Schurz begleitet, die fünfzehn Jahre lang Wärterin in einem Frauengefängnis gewesen, mit allen Tricks, auch, was die Verstecke in Unterwäsche betreffe, vertraut und eine »Frau von erheblichen Körperkräften« sei; er habe allerdings – und auch das sei gerichtsnotorisch – immer seine Last mit der Schurz, die – und das sei auch der Grund für ihre Entlassung aus dem Gefängnisdienst – »zu Körperverletzung neige«. Taschenpfändungen jedenfalls, sagte Hall, seien ein widerwärtiges Geschäft; er gebe offen zu, daß er sich meistens davor drücke, aber es gebe eben Gläubiger, die ihn als ihren Büttel betrachteten und auf ihrem Recht bestünden. Was nun das Menschliche betreffe, sagte Hall mit müder, fast gleichgültiger Stimme, so wisse jeder im Kreise und im Ort Birglar – und er habe einen weiteren Kundenkreis als manche Wirtschaftswunderpropheten wahrhaben möchten –, jeder wisse, daß er kein Unmensch sei, daß er nur Gesetze vollstrecke, Zwangsvollstreckungen vollziehe, wenn auch manchmal mit Hilfe der Polizei, und was Gruhl angehe, so habe der ihm nie etwas übelgenommen. Gruhl bestätigte das mit dem Zwischenruf: »Sehr richtig, Hubert, übelgenommen habe ich dir nie etwas!« und wurde vom Vorsitzenden scharf für diesen Zwischenruf gerügt – es sei halt nicht so sehr eine Kampfsituation, sondern eher die Situation Jäger und Gejagter, wobei der Jäger so viele Tricks anwenden müsse wie der Gejagte, der im Vorteil sei, jedenfalls, wenn er intelligent genug sei, weil er nicht an Gesetze und Vorschriften gebunden, sozusagen sich auf freier Wildbahn bewege, während er, Hall, der Jäger, scharf kontrolliert werde und sich keine Blöße geben dürfe. Von Stollfuss, der wiederum überraschend scharf wurde, aufgefordert, sachlich zu bleiben und sich nicht in »mehr oder weniger vagen Metaphern zu verlieren«, nahm Hall, wie Bergnolte später Grellber erzählte, »einen peinlich schmutzig, sagenhaft zerknitterten, jedenfalls höchst unseriös wirkenden Zettel« aus der Tasche und las davon einige Beispiele ab.

Durch Säumniszuschläge allein, die Pfändungs-, Mahn- und Portokosten nicht gerechnet, könne eine Steuerschuld von 300 Mark in sieben Jahren auf 552 Mark, in zehn auf 660, also auf weit über das Doppelte sich vermehren. Bei größeren Summen, und um solche handele es sich bei Gruhl in einigen Fällen, etwa bei einer Summe von 10.000 Mark erhöhe sich die Schuld innerhalb von zehn Jahren auf 22.000 DM. Kämen dann noch Steuer*strafen* hinzu, und auch um solche handele es sich bei Gruhl, der ja nicht nur Steuer schuldig geblieben sei, auch solche hinterzogen habe, dann, ja dann – Hall stieß einen langen, endlos lang erscheinenden Seufzer aus, von dem Bergnolte später behauptete, »der ganze Gerichtssaal habe danach gerochen«. Eine besondere Kategorie, wollte Hall fortfahren, seien natürlich die Pfändungs- und Mahngebühren; das hänge von der Häufigkeit der Mahnung und von der Häufigkeit der beantragten Pfändungen ab. Es gebe da natürlich schikanöse Gläubiger, die wissen, daß bei einem Schuldner »nichts zu holen« sei, dennoch um neuerliche Pfändung ersuchten und die Schuld sinnlos erhöhten; besonders spürbar sei das bei kleineren Summen, da die minimale Pfändungsgebühr eine Mark, die minimale Mahngebühr achtzig Pfennige betrage, dazu Portokosten kämen, Gebühren, und es könnte spielend eine Schuld von etwa 15 Mark innerhalb weniger Jahre auf das

Zwei-, Drei-, ja, Vierfache gesteigert werden. Er habe da den Fall der Witwe Schmälders, deren Mann ein, wie man ja wisse, recht übelbeleumundeter Kellner gewesen sei; diese Witwe Schmälders . . . Er wurde vom Vorsitzenden unterbrochen und gebeten, doch über das Gruhl laut vorliegender Gerichtsakten zur Last gelegte Vergehen der Zwangsvollstreckungsvereitelung zu sprechen, Hall sagte, es sei nicht eigentlich Zwangsvollstreckungsvereitelung gewesen, sondern Gruhl sei viel geschickter vorgegangen: er habe zuletzt nur noch gegen Naturalien gearbeitet, die sich sehr leicht der Pfändbarkeit entzögen, wenn sie aber gepfändet würden, fast nur Schwierigkeiten verursachten: Gruhl habe zum Beispiel sich für die Restaurierung eines Bauernschrankes zwanzig Kilo Butter geben lassen, habe davon achtzehn Kilo ihm, Hall, zur Pfändung preisgegeben, er, Hall, habe sie törichterweise genommen, nachts aber sei ein schweres Gewitter niedergegangen, die Butter sei »mit einem Schlag ranzig geworden«, habe natürlich nicht nur an Wert verloren, sondern sei wertlos geworden, und Gruhl habe ihm gedroht, ihn »wegen unsachgemäßer Lagerung gepfändeter Naturalien« zu verklagen; ähnlich sei es mit einigen Schinken ergangen, und vergleichbar mit dem jetzigen Pächter der Duhr-Terrassen, dem Gastwirt Schmitz, für den Gruhl gearbeitet habe, eine sehr hochbezahlte, umfangreiche Arbeit – genaugesagt, eine komplette, künstlerisch sehr wertvolle, von allen Gästen bewunderte gesamte Neuausstattung des Lokals erstellt habe; zunächst habe Gruhl gesagt, er habe die Einrichtung Schmitz, der ein alter Freund von ihm sei, geschenkt, aber damit sei er nicht durchgekommen – ein Mann in der Lage des Gruhl dürfe nicht so kostbare Geschenke machen; dann habe er mit Schmitz ausgemacht, er würde zwei Jahre lang jeden Mittag im Werte von zehn Mark bei ihm essen und trinken – das sei der ungefähre Gegenwert, aber das sei auch nicht gegangen, denn ein Mann in der Pfändungssituation des Gruhl unterliege der Bedingung des Existenzminimums, und das sehe keine Mittagsmahlzeiten im Werte von zehn Mark vor; daraufhin habe Gruhl für sich und seinen Sohn »eine Tagesbeköstigung, Frühstück, Mittag-und Abendessen für zwei Jahre abgemacht«. Schmitz habe den Gruhls zwar nur das Existenzminimum angerechnet, ihnen aber Mahlzeiten im mehrfachen Wert gegeben – die er ihnen ja, wie gerichtsnotorisch sei, auch in die Haft liefere; dafür aber habe Gruhl die fiktive Rechnung auch auf ein Viertel gekürzt – nun, die Sache liefe noch: es seien da Sachverständige am Werk, die den effektiven Wert der Gruhlschen Arbeit schätzen würden; das sei rechtlich nicht so kompliziert, wie es aussehe. Jedenfalls, trotz all dieser Tricks und Haken, die Gruhl geschlagen habe – »schließlich, Herr Dr. Stollfuss, macht Ihnen ja, wenn Sie auf die Jagd gehen, auch ein Hase keinen Spaß, der Ihnen brav vor die Mündung spaziert und darauf wartet, daß Sie ihn waidgerecht abknallen« –, habe er *menschlich* nach wie vor sich mit Gruhl gut verstanden. Der Vorsitzende rügte noch einmal die Jagdmetaphorik, die ihm »auf Menschen angewendet, vor allem auf gesetzliche Maßnahmen angewendet, reichlich makaber und unangebracht« vorkomme, gab den Zeugen Hall zur Befragung frei; der Verteidiger verzichtete, der Staatsanwalt begnügte sich mit der nicht sehr deutlich, aber noch gerade verständlich gemurmelten Bemerkung, »das Gesagte genüge ihm vollauf« – irgend etwas, das nach Sumpf und Korruption klang, murmelte er hinterdrein.

Zu einem unerwarteten Zwischenfall kam es bei der Vernehmung des Finanzoberinspektors Kirffel, der als nächster in den Zeugenstand trat und sein Alter mit fünfundvierzig Jahren angab. Kirffel, ein sanfter, friedliebender Mensch, der sich auch innerlich schon darauf eingestellt hatte, darzutun, was er angesichts seines Habitus gar nicht darzutun brauchte: daß auch er »kein Unmensch« sei; von dem im ganzen Kreise Birglar bekannt war, daß er nicht nur ein Liebhaber der Malerei, auch der schönen Literatur war, ein Muster der Friedfertigkeit und Menschlichkeit, von dem sich 'rumgesprochen hatte, obwohl er selbst solchen Gerüchten entgegenwirkte, daß er mehrmals ausländischen Arbeitern, die sich in Abzahlungsgeschäften verstrickt hatten und die der mit Schwarzarbeit verbundenen Lohnsteuerzahlungen wegen zur Pfändung anstanden, daß er denen aus eigener Tasche Geld vorgelegt hatte, ohne Rückzahlung zu erwarten, um ihnen Pfändungen und Schwierigkeiten zu ersparen; Kirffel, dessen Beiname »der gute Hans« niemals auch nur mit einem Unterton von Ironie ausgesprochen wurde, ausgerechnet er wurde, nachdem so manche überflüssige Arabeske durchgelassen worden war, schon nach dem ersten Satz, den er sprach, mit einer Schärfe unterbrochen, fast angeschnauzt, die allen Beteiligten, selbst dem Staatsanwalt, unangemessen erschien; allerdings lautete sein erster Satz: »Wir tun ja nur unsere Pflicht.« »Pflicht«, schrie Stollfuss, »Pflicht? Unsere Pflicht tun wir ja schließlich alle. Ich will hier keine Deklamationen, sondern sachliche Angaben!« Da wurde Kirffel – was alle überraschte – böse und schrie: »Auch ich bin an Gesetze gebunden, muß diese Gesetze zur Anwendung bringen, und im übrigen«, fügte er schon mit ersterbender Stimme erstaunlicherweise noch hinzu, »im übrigen weiß ich ja, daß ich kein Akademiker bin.« Dann wurde er ohnmächtig. Es wurde eine Verhandlungspause einberaumt, die Stollfuss mit gebrochener Stimme, sich vor allen Anwesenden, auch vor Kirffel, entschuldigend, bekanntgab, und Schroer holte seine in solchen Situationen erfahrene Frau.
Kirffel wurde von Schroer und Gruhl, der nicht einmal zu diesem Zweck beurlaubt, dessen protokollwidriger Abgang nicht einmal vom Staatsanwalt gerügt wurde, in die Schroersche Küche gebracht, wo er von Frau Schroer mit Weinessigwaschungen an Brust und Beinen wieder zu sich

gebracht wurde. Stollfuss, der die Gelegenheit wahrnehmen wollte, ein paar Züge an seiner Zigarre zu tun, sich dann aber schämte, weil er Kirffel wirklich schätzte und dessen plötzlicher Ausbruch ihn erschreckt hatte, folgte in die Küche, wo Frau Schroer, während ihr Mann und Gruhl Kirffel Trost zusprachen, rasch einen Kuchen aus der Backröhre zog, dessen Güte sie prüfte, indem sie mit einer Haarnadel in den Teig stach. Stollfuss entschuldigte sich noch einmal bei Kirffel, hielt dann auf dem Flur eine kurze Rücksprache mit Hermes und Kugl-Egger ab, die sich beide bereiterklärten, Kirffel endgültig aus der Zeugenschaft zu entlassen. Kirffel genoß wie kaum ein Mensch in Birglar, wie nicht einmal sein Vater, der Polizeimeister, die ungeteilte Sympathie aller Bevölkerungs- und Gesinnungsschichten.

Es war knapp fünfeinhalb Uhr, als die Verhandlung fortgesetzt wurde. Der Vorsitzende kündigte an, daß er die Öffentlichkeit ausschließen müsse, da er jetzt die ehemaligen Vorgesetzten und ehemaligen Mitsoldaten des jungen Gruhl vernehmen werde und einem Antrag des Staatsanwalts stattgebe, der die mögliche Mitteilung von Dienstgeheimnissen für staatsgefährdend ansehe. Diese Maßnahme traf nur Frau Dr. Hermes und den jungen Huppenach. Die Hermes war darüber nicht sehr unglücklich, weil sie ohnehin nach einer Tasse Kaffee und einen langen Plausch mit ihrer Freundin verlangte, der Frau eines Studienrats, die sich der Verschwörung, die Veranstaltungen des katholischen Akademikerverbandes durch Modernismen zu sprengen, angeschlossen hatte und dem Komitee zur Vorbereitung des Nikolaus-Balles beigetreten war. Betroffen, was er durch den Ruf »So'ne Scheiße« zu verstehen gab, war lediglich der junge Huppenach, der darauf gebrannt hatte, den Oberleutnant Heimüller und den Feldwebel Behlau öffentlich blamiert zu sehen. Er verließ unter Protesten, die aber nicht bemerkt wurden, den Saal. Sobald Huppenach und Frau Hermes den Saal verlassen hatten, gab Stollfuss bekannt, der dritte der anwesenden Zuschauer, Amtsgerichtsrat Bergnolte, sei nicht als Öffentlichkeit zu verstehen, da er in dienstlicher Eigenschaft hier und Beamter sei. Verteidiger und Staatsanwalt hatten gegen die Anwesenheit des Bergnolte nichts einzuwenden.

Der erste militärische Zeuge, der Gefreite Kuttke, erschien mit rotem Kopf; im Zeugenzimmer war, nachdem als letzter ziviler Zeuge Kirffel aufgerufen worden war, ein heftiger Disput zwischen dem Oberleutnant, dem Feldwebel und Kuttke ausgebrochen, während dessen Kuttke ziemlich laut und letzten Endes doch recht weinerlich verteidigt hatte, was er seine »sexuelle Freiheit« nannte. Kuttkes ein wenig gewundene Intellektualität hatte überraschenderweise auch den Feldwebel auf die

Seite des Oberleutnants getrieben; der Ausdruck »sexuelle Freiheit« reizte ihn, er nannte das Problem anders: »mein Unterleib unterliegt nicht dem Befehlsbereich des Verteidigungsministers«, was der Oberleutnant abstritt, der sagte, die Bundeswehr brauche den *ganzen* Menschen. Kuttke dagegen hatte betont, er sei als Bundeswehrsoldat nicht nur nicht (und diese doppelte Verneinung brachte ihm endgültig den Ruf eines Intellektuellen ein) zu christlicher Moral verpflichtet, sondern gerade diese von dem Herrn Oberleutnant so heftig angestrebte christliche Moral habe ja seit zweitausend Jahren jene Bordelle geduldet, und er müsse sich vorbehalten, mit einer Hure wie mit einer Hure zu verhandeln (es hatte sich im Gespräch ergeben, daß er mit der Seiffert eine Verabredung fürs kommende Wochenende getroffen hatte). Er kam also mit rotem Kopf in den Gerichtssaal, und da sich außerdem auf Grund seiner totalen inneren wie äußeren Erhitzung seine Brille beschlagen hatte, die er hatte aufsetzen müssen, bevor er sie hatte ganz klarwischen können, stolperte er auch noch über die flache Schwelle, fing sich aber gerade noch, bevor er in den Zeugenstand trat. (Bergnolte berichtete am Abend Grellber über ihn, er habe nicht gerade als Mustervertreter der Gattung Soldat gewirkt, was Grellber wiederum zu einem Telefongespräch mit Kuttkes Abteilungskommandeur Major Troeger veranlaßte, der, gefragt, wieso man Typen wie Kuttke nehme, sagte: »Wir nehmen, was kommt, haben keine andere Wahl.«) Kuttke, klein, schmal, fast schmächtig, wirkte eher wie ein gescheiter Apotheker, der sich als Drogist unwohl fühlt; er gab sein Alter mit fünfundzwanzig an, seinen Beruf mit Soldat, seinen Rang mit Gefreiter. Als er von Stollfuss gefragt wurde, wie lange er schon diene, sagte er, vier Jahre; wieso er keinen höheren Dienstgrad habe? Kuttke: er sei schon Stabsunteroffizier gewesen, aber degradiert worden im Zusammenhang mit einer peinlichen, mehr bundeswehrinternen Sache; über die Natur dieser Sache gefragt, bat er, diese kurz als »bundeswehrinterne Weibergeschichte zwischen verschiedenen Dienstgraden« bezeichnen zu dürfen; mehr dürfe er nicht sagen. Ebenfalls von Stollfuss wurde er gefragt, warum er Soldat geworden sei. Er antwortete, er habe die Reifeprüfung abgelegt, angefangen, Soziologie zu studieren, dann aber habe er sich die Verdienstmöglichkeiten bei der Bundeswehr vorrechnen lassen, auch das mäßige Arbeitstempo bei derselben in Betracht gezogen, sei zu dem Entschluß gekommen, mindestens zwölf Jahre zu dienen, dann käme er mit dreiunddreißig raus, erhalte eine saftige Abfindung, könne sogar vorher noch sparen und dann ein Wettbüro aufmachen. Stollfuss, der ihn merkwürdigerweise nicht unterbrach, schüttelte einige Male während der folgenden Aussage den Kopf, machte »hm, hm« oder »so, so«, übersah das Gestikulieren von Bergnolte, der hinter den Angeklagten saß, überhörte auch das Bleistiftklopfen des Staatsanwalts und ließ

Kuttke weitersprechen. Er wolle, sagte Kuttke, das Wetten auf Hunde in der Bundesrepublik populär machen, im »Gefolge der unausbleiblichen Automation und der damit verbundenen Arbeitszeitverkürzung« benötige der »Bundesmensch«, wie Kuttke es nannte, neue »Stimulantien«, und da sich Toto und Lotto in Routine erschöpft hätten, überhaupt seiner Meinung nach das Spielen mit Ziffern allein nicht genug Magie, gar keine Mystik enthalte, müsse der »Bundesmensch« auf andere Gedanken gebracht werden. Kuttke, der nun wieder »ganz er selbst« war, wirkte jetzt fast wie ein sehr intelligenter, etwas verworrener Gymnasiast, der bei anrüchigen Vergehen ertappt worden ist. Kurz bevor er wirklich unterbrochen werden mußte, sagte er noch, das Leben bei der Bundeswehr enthalte genau die Art konzentrierter Langeweile, nach der er begehre, und mit Langeweile und Fast-Nichtstun auch noch Geld zu verdienen und sich eine dicke Abfindung zu ersitzen, das sei ihm gerade recht; er habe sich ausgerechnet, daß er – außer seinem Sold, der Kleidung, Verpflegung, Unterbringung, Urlaub etc., einfach dadurch, daß er »nichtstuend da sei«, täglich zehn Mark extra verdiene, die Abfindung. Er habe sogar berechtigte Hoffnung, sagte Kuttke, daß gewisse moralische Vorbehalte gegen ihn, die mit der Ursache seiner Degradierung zusammenhingen, mit der Zeit wegfielen, er doch, wie ursprünglich geplant, die Offizierslaufbahn einschlagen, mit entsprechender Beförderung rechnen könne, und da er später auch zu heiraten beabsichtigte und sich gewiß »Kindersegen nicht versagen« würde, könne er wohl damit rechnen, nach zwölfjähriger Dienstzeit im Alter von 33 Jahren als verheirateter Hauptmann mit zwei Kindern entlassen zu werden und eine Abfindung von knapp einundachtzigtausend Deutsche Mark »zu kassieren«, dann erhöhe sich der von ihm täglich zusätzlich ersessene Betrag auf achtzehn bis neunzehn Mark, und die Abfindung repräsentiere eine Rente von monatlich – sein Vater sei im Bankfach und er könne mit den besten Anlagemöglichkeiten rechnen – mehr als fünfhundert Deutsche Mark, und mit zweiunddreißig sei er ja noch jung und könne ein neues Leben beginnen, mit einem Polster ausgestattet, das so leicht in keinem Beruf zu ersitzen sei. Außerdem habe er herausgefunden, daß Langeweile und Nichtstun – außer gewissen Chemikalien natürlich – die besten Stimulantia, Aphrodisiaka genannt, seien, und an erotischen, beziehungsweise sexuellen Erlebnissen liege ihm viel; »das Weib«, meinte Kuttke, »dieser Kontinent der Freuden«, sei noch nicht richtig entdeckt, beziehungsweise in der abendländischen Zivilisation unterdrückt, beziehungsweise unterschätzt. Hier unterbrach ihn Stollfuss und bat ihn, doch etwas darüber zu sagen, wie Gruhl, den er ja wohl in dem Angeklagten wiedererkenne, als Mitsoldat gewesen sei. Kuttke wandte sich zu Gruhl jun. um, sah ihn an, als erkenne er ihn jetzt erst, schlug sich mit der flachen Hand vor die Stirn, als fiele ihm erst jetzt ein, wozu er hier sei, und rief: »Natürlich, der gute alte Schorch«; zum Vorsitzenden gewandt, sagte er, Gruhl sei ein »großartiger Kamerad gewesen«, habe leider von sexuellen Gesprächsthemen nicht viel wissen wollen, daran sei wohl dessen »arg katholische Erziehung« schuld, die er, Kuttke, für vollkommen falsch halte – er selbst sei zwar auch nicht besser, nämlich streng protestantisch erzogen und da sei ein gerüttelt Maß Heuchelei unausbleiblich gewesen, aber –, hier mußte er wieder, diesmal schärfer unterbrochen und streng aufgefordert werden, jetzt sachlich zu bleiben; nun ja, sagte Kuttke, er könne nur wiederholen, Gruhl sei ein sehr guter Kamerad gewesen, aber er habe diese Sache viel zu ernst genommen, emotionell unter ihr »gelitten«. Gefragt, was er mit Sache meine, sagte Kuttke, der dieses Kalauers wegen gerügt wurde: die Hasselbande. Leid aber sei eine unsinnige Kategorie in diesem Zusammenhang, aber Gruhl habe *gelitten* unter dieser »Quaternität des Absurden«; Sinnlosigkeit, Unproduktivität, Langeweile, Faulheit, die er, Kuttke, geradezu für den *einzigen Sinn* einer Armee halte. Hier wurde Stollfuss böse, fast laut rief er dem Zeugen zu, endlich zur Sache zu kommen und dem Gericht seine Privatphilosophie zu ersparen. Kuttke nahm daraufhin nicht übertrieben, nicht daß es hätte als Beleidigung angesehen werden können, aber doch mit überraschendem Schneid die Hacken zusammen, sprach mit völlig veränderter Stimme in Stichworten zu Ende: »Großartiger Kamerad. Zuverlässig. Zu allen Schandtaten bereit. Kaffee geholt, Brot und Butter geteilt, Aufschnitt geteilt: immer altruistisch, das heißt brüderlich. Unter Sinnlosigkeit leidend, was nicht nötig gewesen wäre, da Nichts plus Nichts plus Nichts ja immer Nichts ergibt.«

Der Verteidiger, die Angeklagten, auch der Protokollführer Außem, der auf einen Wink des Vorsitzenden hin die Äußerungen des Kuttke nicht protokollierte, hörten sehr interessiert, mit fast atemloser Spannung Kuttke zu. Bergnolte, der hinter Verteidiger und Angeklagten saß, so daß er nur von Stollfuss, Kugl-Egger und Außem gesehen werden konnte, winkte erst, fuchtelte dann regelrecht mit den Händen und versuchte Stollfuss zum Abbruch der Vernehmung zu bewegen, was dieser ebenso ignorierte wie des Staatsanwalts zuletzt schon fast peinlich lautes Bleistiftgefuchtel. Schließlich gelang es Kugl-Egger durch ein Räuspern, das eher wie ein derber Fluch klang, eine Pause in Kuttkes Gemurmel zu bewirken und eine Frage anzubringen, die er mit sehr sanfter Stimme an Kuttke richtete; ob er, der Zeuge Gefreiter Kuttke, je krank gewesen sei, er meine nervenkrank. Kuttke wandte sich ihm zu und sagte mit einem Gesichtsausdruck, den Außem am Abend im vertrauten Gespräch mit »ungerührt« bezeichnete, er, Kuttke, sei permanent nervenkrank, und er, der Herr Staatsanwalt, sei übrigens auch permanent nervenkrank (die Rüge für die Unterstellung kam sofort, ohne daß der Staatsanwalt hätte darum bitten müssen), und er, Kuttke, erlaube sich die Hypothese, sein »ehemaliger Kamerad« Gruhl sei nicht nervenkrank, was ihn eben besonders »leidend« gemacht habe; eins aber, und das möchte er betonen und das sei ihm von einigen Ärzten, Kapazitäten und Nichtkapazitäten, bescheinigt worden: unzurechnungsfähig sei er, Kuttke, nicht; das sei für ihn wichtig, da er bereits einen Lizenzantrag für sein Wettbüro laufen habe; nein, nein, der Unterschied zwischen –, aber an dieser Stelle erbarmte sich Stollfuss des armen Bergnolte, der inzwischen zu verzweifeltem Händeringen übergegangen war, er unterbrach Kuttke und sagte, er habe keine Fragen mehr an ihn. Hermes fragte nun Kuttke, wie es zu der Dienstfahrt, deren Ende hier ja verhandelt werde, gekommen sei, und Kuttke wurde überraschend sachlich. Er sagte, er habe Gruhl diese Dienstfahrt »zugeschanzt«, da er ihn gemocht habe. Er sei – und das sei die Dienststellung eines Stabsunteroffiziers – sozusagen Buchhalter für die Kraftfahrzeugpapiere in der Schirrmeisterei, nicht nur Buchhalter, er sei auch für die ständige Dienstbereitschaft der Kraftfahrzeuge zuständig, wie sein Vorgesetzter Feldwebel Behlau werde bezeugen können. Es sei unter anderem seine Aufgabe, die Kraftfahrzeuge rechtzeitig inspektionsbereit zu haben, das heißt, sie, wenn die Inspektion erfolge, mit dem inspektionserforderlichen Kilometerstand vorzuführen. Dadurch aber, sagte Kuttke, der jetzt kühl und ruhig, auch artikuliert zum Verteidiger gewandt sprach, käme es manchmal zu Überschneidungen, denn manche Kraftfahrzeuge würden später geliefert als geplant, beziehungsweise zugesagt sei, die Inspektion aber käme dann pünktlich, und um nun nicht auch noch den Inspektionstermin zu versäumen, der, wenn man ihn versäume, sich wieder hinauszögere, müßten eben manchmal Fahrzeuge »zum Kilometerfressen auf die Landstraße gehetzt werden«. Ob den Herren klar sei, was das bedeute: diese Frage stellte er, indem er sich mit überraschender Eleganz in den Hüften drehte, Stollfuss, Kugl-Egger und Hermes gleichzeitig. Die drei blickten einander fragend an, Stollfuss, der bekannte, nichts von Autos zu verstehen, zuckte die Schultern. Nun, sagte Kuttke, dessen Seufzen als mitleidig hätte bezeichnet werden können, das bedeute am Beispiel erläutert folgendes: Es könne vorkommen, daß ein Fahrzeug mit einem Kilometerstand von knapp eintausend Kilometern innerhalb von weniger als einer Woche für die Fünftausend-Kilometer-Inspektion anstünde. »Dann«, sagte er, »muß also irgendeiner mit der Karre losbrausen und sie ihre Kilometerchen abgrasen lassen.« Diese Jobs, sagte Kuttke, habe er meistens Gruhl besorgt, der ein sehr guter Autofahrer sei und der sich gelangweilt habe, weil er in der Tischlerei »ja doch nur für Offiziersmiezen und Kaponudeln Kitschmöbel« habe aufpolieren müssen. Stollfuss fragte Kuttke, ob er die Aussage über die Natur dieser Dienstfahrt notfalls beschwören könne, da sie für die Beurteilung des Gruhlschen Vergehens sehr wichtig sei. Kuttke sagte, was er sage, sei die Mahlzeit, die nächste Mahlzeit und nichts als die nächste Mahlzeit, und bevor er gerügt werden mußte, ja, bevor dieser ungeheuerliche Lapsus recht bemerkt worden war, korrigierte und entschuldigte er sich und sagte, er habe sich versprochen, er sei sich natürlich der Bedeutung eines Eides vollauf bewußt, und er habe sagen wollen, die Wahrheit, die reine Wahrheit und nichts als die reine Wahrheit, er sei, fügte er mit natürlich, fast kindlich wirkender Bestürztheit hinzu, immer sehr für Vokalassoziationen empfänglich gewesen und ihm wären immer Mahlzeit und Wahrheit auf eine fatale Weise durcheinandergeraten, das habe ihm schon in der Schule im Deutschunterricht immer Schwierigkeiten gemacht, aber sein Deutschlehrer sei . . ., hier wurde er von Stollfuss unterbrochen, der ihn, ohne Staatsanwalt und Verteidiger noch zu befragen, entließ. Beide gaben durch eine Handbewegung ihr nachträgliches Einverständnis. Kuttke, der im Abgehen Gruhl jun. zuwinkte und ihm ein »Salute« zurief, wurde aufgefordert, sich für eventuelle weitere Aussagen bereitzuhalten. Stollfuss kündigte eine Pause von einer halben Stunde an und fügte hinzu, daß auch nach der Pause die Öffentlichkeit ausgeschlossen bleiben müsse.

Agnes Hall bekam die Blumen schon gegen halb vier gebracht: Sie errötete vor Freude, gab dem Mädchen, das die Blumen brachte, ein gutes Trinkgeld, und jetzt erst fiel ihr das Brandloch in ihrem neuen rostbraunen Seidenkleid ein; es war kaum größer als ein Hemdenknopf, und sie betrachtete es, indem sie den Stoff über ihrem Schoß strammzog, mit einer gewissen Zärtlichkeit: war es nicht auch, dachte sie, ein kleines Blümchen mit schwarzen Rändern? Beim Abfassen ihres Testaments noch ein zweites Zigarillo rauchend, hatte sie sich hemmungslos jenen Kräften hingegeben, die von Fachleuten »Emotionen« genannt werden; Gruhl ihr gesamtes mobiles und immobiles Vermögen zu vermachen, erforderte nur wenige Sätze, schwierig war die Formulierung der einzigen Bedingung, »jährlich am 21. Januar, Sankt-Agnes-Tag, einen Jeep der Bundeswehr zu verbrennen, möglichst an jener Stelle, die ›Küppers Baum‹ genannt wird, als große Kerze, als Feuermesse und zum Gedenken an einen unbekannten Soldaten des zweiten Weltkriegs, der zwei Tage lang mein Geliebter war«. Da die Hall-, die Hollweg- und die Schorfmeute das Testament anfechten würden, würde sie wohl ein psychiatrisches Gutachten beifügen müssen, das ihre Zurechnungsfähigkeit zur Zeit der Abfassung bescheinigte. Immer wieder strich sie den Satz aus, ergänzte hinter Bundeswehr »oder deren Rechtsnachfolger«, raffte gegen viereinhalb Uhr ihre Notizen zusammen und verließ, ohne das Kleid zu wechseln, ihr Haus. Sie verbrachte einige Zeit auf dem Postamt, im Blumengeschäft, dann auf dem Friedhof am Familiengrab der

Halls, in dem auch Stollfuss' Eltern beerdigt waren: einem riesigen schwarzen Marmormonument, das von überlebensgroßen Bronzeengeln in edler Pose flankiert war; sie ging um die Kirche herum über die Hauptstraße zur Telefonzelle, bestellte sich ein Taxi, das knapp zwei Minuten später kam, und bat den Fahrer, einen ortsfremden jungen Mann, sie zu »Küppers Baum« zu fahren, erklärte ihm den Weg dorthin, der etwa drei Minuten in Anspruch nahm; an »Küppers Baum« stieg sie aus, bat den Fahrer zu warten und inzwischen zu wenden; es war ein milder, ausnahmsweise regenloser Oktobertag; sie blickte in den Feldweg hinein, sah den Stein, auf dem die Gruhls gesessen haben mußten, blickte über die endlos erscheinenden flachen Rübenfelder, auf denen die Ernte schon begonnen hatte, ging zum Taxi zurück und ließ sich zum Gericht fahren; die endlosen flachen Rübenfelder mit dem üppigen grünen Laub, der graublaue Himmel darüber – das Rot und Schwarz eines Feuers einmal im Jahr würde diese grandiose Eintönigkeit ein wenig beleben.

Sie kam gerade beim Gericht an, als Schroer vorschriftsgemäß von innen die Tür zum Zuschauerraum abschloß; durch die Glasscheibe hindurch gab er ihr durch ein Kopfschütteln und Schulterzucken sein Bedauern zu verstehen und verwies sie mit einer raschen Daumenbewegung in seine Privatwohnung. Zwischen Schroer und der Hall bestanden vertraute, fast freundschaftliche Beziehungen, in die auch Frau Schroer einbezogen war, da die Hall nicht gerade täglich, aber doch drei-, manchmal viermal in der Woche ins Gericht kam und oft in Pausen, oder, wenn die Öffentlichkeit ausgeschlossen war, in der Schroerschen Küche bei einer Tasse Kaffee mit Frau Schroer einen Plausch hielt. Diesmal mußte sie erst den wirklich vorzüglich gelungenen Rodon-Kuchen bewundern, in den die Schroer, um neuerlich ihre Backkunst zu bestätigen, noch einmal mit einer Haarnadel hineinstach, die sie makellos, ohne daß diese auch nur eine Spur »Ansatz« zeigte – so nannte sie es –, wieder herauszog. Ausführlich berichtete Frau Schroer auch über des alten Kirffel Trauer, des jüngeren Kirffel Ohnmacht, und die beiden Frauen, Zigaretten rauchend, unterhielten sich eine Weile darüber, ob Kampfer oder Essigwasser in solchen Fällen das bessere sei; Frau Schroer vertrat den Standpunkt, es sei eine »Typenfrage«, vor allem hänge es von der Haut des Befallenen ab, sie würde, sagte sie, nie wagen, die Haut des jüngeren Kirffel, die die Haut eines Rothaarigen sei, obwohl sein Haar nachgedunkelt habe, mit Kampfer einzureiben; da bestünde die Gefahr eines Ausschlags, während sie etwa – und sie blickte die Hall dabei fast anerkennend an – die Hall ohne weiteres mit Kampfersalbe einreiben würde; dabei blickte sie auf das Brandloch, sagte, es sei eine Schande, und sie wäre froh, wenn die Gruhls aus dem Hause seien, es gäbe durch deren Anwesenheit zu viele Konflikte, von den neuesten Komplikationen wisse sie ja wohl schon; als die Hall das verneinte, wurde sie in das Geheimnis der Schmitzschen Schwangerschaft eingeweiht; flehend, fast schon in Tränen, bat die Schroer darum, die Hall möge doch ihren ganzen »nicht geringen Einfluß« auf die Gruhls geltend machen, damit es nicht herauskäme, daß es in der Haft passiert sei, es könnte ihren Mann ruinieren, auch Stollfuss und sie, Frau Schroer, würde wahrscheinlich ein Verfahren wegen Kuppelei unter besonders straffälligen Umständen zu gewärtigen haben; die Hall versprach – und legte dabei beruhigend ihre Hand auf die Arme der Schroer – daran mitzuwirken, daß diese Sache in Ordnung käme, die sie mit Hermes, mit dem sie außerdem noch etwas zu besprechen habe, abmachen würde. Geschickt lenkte sie das Gespräch wieder auf das Thema »Ohnmachtsanfälle vor Gericht« und staunte über die umfangreiche Erfahrung der Schroer, einer rothaarigen Person mit sehr blauen Augen und einer zwiebelfarbigen Haut, die in Birglar ihrer dicken Beine wegen »Die Walze« genannt wurde. Sie sei, sagte die Schroer, notfalls sogar darauf gerichtet, eine Spritze zu setzen – gerade, wenn die Öffentlichkeit ausgeschlossen sei, kämen die tollsten Dinge vor, natürlich auch rein hysterische Anfälle, die sie durch Ohrfeigen kuriere, doch habe Dr. Hulffen sie bevollmächtigt und ihr gezeigt, wie sie notfalls eine Spritze setzen könne, sogar eine intravenöse. Gefragt, wie es Kirffel dem jüngeren denn jetzt gehe, sagte die Schroer, er ginge ihm besser, doch ins Amt habe er noch nicht gehen können. Die beiden Frauen sprachen dann über die Vorzüge der Familie Kirffel, über des alten und des jungen Untadeligkeit, bestätigten einander zum wiederholten Male, wie »prachtvoll doch des jüngeren Kirffel Frau« sei und »daß der Alte doch zufrieden sein könne, eine Tochter als Nonne und einen Sohn als Mönch, und daß es doch eine Verschwendung, »fast eine Schande« gewesen wäre, wenn der jüngere Kirffel auch noch klerikale Bahnen betreten hätte. Hier wurden sie durch Schroer unterbrochen, der hereinkam, die Pause ankündigte – etwas zu gravitätisch, fast martialisch die Gitter- und Zellenschlüssel an einen Haken über dem Herd hängte und sich aus dem Kaffeetopf Kaffee einschenkte; als er die Tasse, ohne eine Untertasse zu nehmen, auf den Tisch setzte, wurde er von seiner Frau zur Ordentlichkeit ermahnt und des Leichtsinns bezichtigt, weil er die Schwängerung der Schmitz zu leichtnehme, überhaupt – und die Stimme der Schroer wurde recht scharf – nähme er doch alles ein wenig zu leicht, was er ja an der Langsamkeit, am Schneckentempo seiner Beförderung ablesen könne. Dies schien der Hall der geeignete Punkt, sich zu verabschieden; sie fürchtete die scharfe Zunge der Schroer, die, wenn sie in Stimmung kam, es auch an intimsten Anspielungen nicht fehlen ließ. Sie verabredete mit Schroer, daß er sie anrufen würde, sobald, wie sie hoffte, spätestens bei den Plädoyers und der Urteilsverkündung, die Öffentlichkeit wieder zugelassen sei. Sie sah noch, bevor sie das Gerichtsgebäude verließ, wie Stollfuss mit Außem die Treppe zur oberen Etage hinaufging. Es gelang ihr, Hermes zu erwischen, als er gerade eines der beiden neumodischen Cafés auf der Birglarer Hauptstraße betrat. Mit einer gewissen Nervosität stellte sie fest, daß sie noch nie in einem der Cafés gewesen war: dieses, in dem Hermes jetzt nach einem freien Tisch ausschaute, war riesig, auch um diese Tageszeit überfüllt, nicht mit Schülern, sondern mit Kuchen essenden Bauersfrauen aus der Umgebung; die Hall, die nie ausging, selten ihr Haus verließ, war erstaunt, den schweren Menschenschlag, der ihr von ihrer Jugend von Tanzereien und Kirchgängen her so vertraut gewesen war, unverändert wiederzufinden. Sie folgte Hermes, der sie am Arm faßte, bestellte sich verwirrt Schokolade, während sie die Testamentsentwürfe aus ihrer Handtasche nahm. Nervös, da er vorgehabt hatte, die Pause zu einem ersten Entwurf seines Plädoyers zu benutzen, hörte Hermes der Hall, die er »Tante« nannte, zu und überlegte, ob es das elfte oder schon das zwölfte Mal sei, daß sie ihm mit Testamentsänderungen kam.

Bergnolte entschloß sich zu einem kleinen Spaziergang, erst mit raschen Schritten, da er fürchtete, in einer halben Stunde den geplanten Rundgang um den »alten Kern« von Birglar nicht zu schaffen, dann langsamer, als er feststellte, daß er den alten Kern: Kirche, Kirchhof, die beiden Stadttore im Osten und Westen und das mittelalterliche Rathaus, das eine Bundeswehramtsstube zu beherbergen schien – innerhalb von zwölf Minuten umschritten beziehungsweise besichtigt hatte; natürlich, da war noch die kleine ganz hübsche Brücke über die Duhr mit einer renovierten Nepomukstatue – einer, wie ihm vorkam, in dieser Landschaft ungewöhnlichen Brückenverzierung; von schwarzen Pfeilen, die auf römische Thermen verwiesen, ließ er sich nicht verführen, da ihm aber noch fünfzehn Minuten verblieben und er gar nicht in die Versuchung kommen wollte, mit Stollfuss oder Kugl-Egger in ein Gespräch verwickelt zu werden, erlag er der Verführung roter Pfeile, die eine »Spitalskirche, 17. Jh.« versprachen, fand die Kirche allzurasch, betrat sie und stellte zu seinem Erstaunen fest, daß er, obwohl seit zwei Jahrzehnten aus der Übung, die Gebärden fast automatisch vollzog: Hand ins Weihwasserbecken, Kreuzzeichen, eine angedeutete Kniebeuge zum Altar hin, ein Rundgang »auf leisen Sohlen«, da er zwei vor einer Pieta betende Frauen entdeckte; an Sehenswürdigkeiten nicht mehr als ein alter, mit schmiedeeisernen Beschlägen versehener Opferstock und ein kahl wirkender moderner Altar. Als er sehr langsam – es blieben immer noch fast sieben Minuten – zum Gericht zurückging, wieder über die Brücke, wieder an der Nepomukstatue vorbei, die ihm auf eine Weise, die er nicht hätte ausdrücken können, hier unangebracht erschien, war er entschlossen, seiner Frau, die am Morgen beim Frühstück den Wunsch geäußert hatte, in ein »Nest wie etwa dieses Birglar« versetzt zu werden, heftiger, als er's getan, zu widersprechen. Was ihn besonders abstieß: wie schmutzig, »ja ungepflastert«, die Straßen wurden, sobald man »im alten Kern« die Hauptstraße verließ. Natürlich gab es ein paar hübsche alte Patrizierhäuser, es bestand auch, falls er es sich wirklich überlegen würde, die konkrete Aussicht, als Stollfuss' Nachfolger sofort Direktor zu werden, und doch . . ., es gefiel ihm nicht sonderlich. Als er rasch noch einmal eine der gerichtsnotorisch zahlreichen Toiletten frequentiert hatte und wieder den Schulhof betrat, stieß er fast mit Oberleutnant Heimüller zusammen, der in offenbar wenig froher Stimmung allein zwischen alten Bäumen ambulierte. Bergnolte machte sich ihm mit seinem Namen und der Bezeichnung eines »beamteten Juristen in beobachtender Funktion« bekannt, kam kopfschüttelnd auf Kuttke zu sprechen und versuchte herauszufinden, was wohl von der Aussage des Feldwebels zu erwarten sei. Der Oberleutnant, der Bergnoltes Wohlwollen als nicht gespielt erkannte und dankbar annahm, erklärte seufzend des Gefreiten Kuttke »merkwürdige Charaktervariationsbreite«, bestätigte durch ein Kopfnicken dessen »Fast-Unmöglichkeit«, erging sich dann in den wenigen Minuten, die noch blieben, in seiner Lieblingstheorie von einer »Elite der Reinheit«, die Bergnolte zu einem Zusammenziehen der Brauen veranlaßte. Es blieb Heimüller gerade noch Zeit, Bergnolte zu fragen, wie lange es wohl bis zu seiner Vernehmung noch dauern könne, er sei zwar wie alle Soldaten warten gewöhnt, aber –; Bergnolte beruhigte ihn und sagte, es könne nach der Pause kaum noch zwanzig Minuten dauern.

Es gelang Stollfuss nach der Pause, Hermes den Zeugen Motrik, einen Kunsthändler aus der nahe gelegenen Großstadt, auszureden. Es sei, meinte Stollfuss, doch hinlänglich bewiesen, wie es mit Gruhls Fähigkeiten bestellt sei, und – das fügte er leise und mit einem etwas schmerzlichen Lächeln, bevor er den Gerichtssaal betrat, hinzu – jeder »Ansatz von Hoffnung«, er, Hermes, könne die Prozeßdauer über einen Tag hinaus ausdehnen, sei ganz und gar zwecklos. Brandstiftung und Sabotage, so sagte Stollfuss schon in der Tür – da kämen seine, des Hermes Mandanten, nicht unter vier oder fünf Jahren Zuchthaus weg, und ob ihm, dem Hermes, »das bißchen Publicity« so viel wert sei. Hermes verzichtete resigniert auf den Zeugen Motrik, der sich geweigert hatte, das »muffige Zeugenzimmer« zu betreten und auf dem Flur wartete – Motrik, ein langhaariger, nicht mehr ganz junger Mensch in Kamelhaarmantel und Wildlederhandschuhen, sagte, als Hermes ihm bedauernd mitteilte, daß man ihn vergebens bestellt habe, auf eine Art »Scheiße«, die bewies, daß dieses Wort nicht zu seinem üblichen Wortschatz gehörte. Auch als er zu seinem Auto, einem grünen Citroën, zurückging, gelang es ihm nicht, in seine Schritte jene »maßlose Verachtung« zu legen, die er mit der starken Vokabel hatte ausdrücken wollen. Er wirkte doch sehr wie ein Mann, der sich vergebens bemüht, den Eindruck von Härte zu erwecken.

Die Vernehmung der beiden verbleibenden Zeugen, Oberleutnant Heimüller und Feldwebel Behlau, die getrennt vernommen wurden, verlief wider Erwarten reibungslos, ganz und gar unsensationell. Behlau, als erster nach der Pause aufgerufen, trat in korrekter Haltung, auch korrekt gekleidet ein, gab sein Alter mit siebenundzwanzig, seinen Beruf mit Soldat, seinen Dienstgrad mit Feldwebel an, bestätigte in präziser Aussage, was Kuttke bereits ausgesagt hatte: daß er, Behlau, Schirrmeister der Einheit, Kuttke sein unmittelbarer Untergebener sei, der ebenfalls Schirrmeisterdienst versehe; eine umständliche Erklärung über den Unterschied zwischen Dienstgrad und Dienststellung, die Behlau angesichts der Tatsache, daß Kuttke als Gefreiter Schirrmeisterdienst versehe, angebracht schien, wurde von Stollfuss höflich abgewürgt, der sagte, dieser Unterschied treffe auf alle Behörden zu. Behlau bestätigte auf Befragen des Verteidigers die Kilometerfresserei, die er »Tachometer-Angleichungsfahrt« nannte, und fügte ungefragt hinzu, Kuttke möge zwar einen »etwas seltsamen Eindruck gemacht haben«, aber im Dienst sei er makellos; wenn ihre Einheit, was die Fahrzeugwartung betreffe, als vorzüglich gelte, ja, schon des öfteren gelobt worden sei, so sei das zu einem nicht geringen Ausmaß Kuttkes Verdienst. Diese überraschende Objektivität des Behlau wurde durch beifälliges Nicken von Bergnolte und Außem gewürdigt. Gefragt, wie oft wohl im Jahr in einer motorisierten Einheit eine solche »Tachometer-Angleichungsfahrt« vorgenommen werden müsse, meinte Behlau, das könne zwei- bis dreimal im Jahr vorkommen. Vom Staatsanwalt über Gruhl jun. befragt, sagte Behlau, Gruhl sei zwar nicht gerade ein begeisterter Soldat gewesen, aber das seien ja die allerwenigsten, doch sei er auch nicht renitent, eher mürrisch-gleichgültig gewesen; er habe sich einige Male der Urlaubsüberschreitung schuldig gemacht, sei entsprechend bestraft worden – aber das sei ja schließlich kein Verbrechen, sei fast normal. Behlau, der hier ganz anders wirkte, als er im Zeugenzimmer gewirkt hatte und in Kneipen zu wirken pflegte, hinterließ einen sehr guten Eindruck. Er war sachlich, korrekt, nicht übermäßig militärisch; er wurde aufgefordert, sich zu eventuellen weiteren Aussagen bereitzuhalten. Nachdem Behlau gegangen war, Oberleutnant Heimüller schon aufgerufen, legte Verteidiger Dr. Hermes mit höflichen Worten Protest gegen den Ausschluß der Öffentlichkeit ein; er betonte, er wisse wohl, dieser Ausschluß habe nur seine Frau betroffen, die ohnehin, da sie als aus-

491

gebildete Juristin ihm zur Hand gehe, Einsicht in alle Vorgänge bekäme und selbstverständlich der Schweigepflicht unterliege – und außerdem den jungen Landwirt Huppenach, der genau über alle Vorgänge unterrichtet sei, da er gleichzeitig mit Gruhl in derselben Einheit seine Wehrpflicht abgeleistet habe; nun – dabei wies er ironisch auf die leeren Stühle im Zuschauerraum – würden hier aber Dinge verhandelt, die nicht eigentlich militärische, sondern Verwaltungsgeheimnisse wären, gerade das aber sei für die Öffentlichkeit interessant, es sei kein strategisches, kein taktisches Geheimnis, sondern offenbare nur die Absurdität einer leerlaufenden Verwaltung. Bedächtig, während Heimüller schon im Saal stand und bescheiden auf seinen Auftritt wartete, antwortete Stollfuss dem Verteidiger, was er Absurdität einer leerlaufenden Verwaltung nenne, eben das sei nicht öffentlichkeitsreif: ein Staat habe das Recht, und er, Stollfuss, mache von diesem Recht auf Antrag des Staatsanwalts Gebrauch, nicht jedermann Einblick in diesen unvermeidlichen Leerlauf zu geben, der ja nicht der immanente Sinn der Sache sei, sondern sich unvermeidlicherweise ergebe. Er könne jedenfalls dem Antrag des Herrn Verteidigers, die Öffentlichkeit wieder zuzulassen, nicht stattgeben. Dann bat er Oberleutnant Heimüller nach vorne, entschuldigte sich für die Verzögerung, die sich, nachdem er, Heimüller, schon aufgerufen gewesen sei, ergeben habe. Heimüller gab sein Alter mit dreiundzwanzig Jahren, seinen Beruf als den eines Soldaten, seinen Dienstgrad mit Oberleutnant bei der Nachrichtentruppe an; ungefragt fügte er auch noch seine Konfession hinzu, die er mit römisch-katholisch angab; diese zusätzliche Angabe, die er mit energischer Stimme machte, löste unter den anwesenden Juristen einige Verlegenheit aus; sie blickten sich an, es kam dann zu einem kurzen Geflüster zwischen dem Protokollführer Außem und dem Vorsitzenden Stollfuss, der den Protokollführer beschied, diese zusätzliche Angabe aus dem Protokoll zu streichen. Außem erzählte am Abend, Heimüllers Stimme habe bei der Konfessionsangabe geklungen wie eine »knatternde Fahne«. Heimüller, der sich mehrmals während seiner Aussage dem jungen Gruhl – in fast schmerzlicher Attitüde – zuwandte, bestätigte inhaltlich, was Behlau über dessen Qualität als Soldat gesagt hatte, drückte sich aber anders aus. Er nannte ihn »ausgesprochen begabt«, vom Verteidiger gefragt, auf welchem Gebiet begabt, sagte Heimüller »als Soldat«, woraufhin Gruhl jun. lachte, was ihm keine Rüge eintrug, wohl aber die umständliche Erklärung des Oberleutnants, der ihn daran erinnerte, wie er, Gruhl, ihm, dem Oberleutnant, im Manöver beim Ausarbeiten und Zeichnen der Einsatzplätze geholfen habe, woraufhin Gruhl, der dann doch gerügt werden mußte, ohne dazu aufgefordert zu sein, sich in Heimüllers Aussage einschaltete, meinte, das seien abstrakte Spielereien, in denen ein gewisser, sogar künstlerischer Reiz liege. Schließlich, das sei seine eigene Kunstphilosophie, bestehe Kunst darin, das Nichts in seine verschiedenen Nichtigkeiten zu ordnen, und das Zeichnen und Ordnen von Einsatzplänen habe natürlich einen gewissen graphischen Reiz. Stollfuss, der festgestellt hatte, daß es noch nicht sieben war, die Verhandlung spätestens gegen acht abgeschlossen sein würde, der auch ein wenig stolz darauf war, daß trotz aller unerwarteten, teils peinlichen Arabesken die Verhandlung ihm doch so gediehen war, wie er es sich vorgenommen hatte, hörte voller Geduld zu und unterbrach den jungen Gruhl erst, als dieser mit seiner Erklärung schon fast zu Ende war. Der Oberleutnant fuhr in der Beurteilung des jungen Gruhl fort, nannte ihn »intelligent, nicht renitent, doch von einer fast bösartigen Gleichgültigkeit«; er habe sich im großen und ganzen gut geführt, einige Male – »oder besser gesagt, eigentlich recht oft, nämlich fünfmal« – habe er seinen Urlaub überschritten, »davon dreimal erheblich«, sei bestraft worden. Vom Verteidiger gefragt, ob denn nun Gruhl am Tage des »Geschehens« Soldat oder Zivilist gewesen sei, sagte Heimüller, Gruhl sei »zur Tatzeit« de facto Soldat, de jure Zivilist gewesen, die Bundeswehr – er habe sich dieser Tatsache noch einmal bei seinem Vorgesetzten vergewissert – stehe hier nicht als sachgeschädigte Nebenklägerin, werde die Tat des Gruhl militärrechtlich nicht verfolgen. Es habe sich nach der Tat erst herausgestellt, daß auf Grund von Rechenfehlern, wie sie unvermeidlich seien, dem Gruhl, der um diese Zeit ungefähr zur Entlassung angestanden habe, ein Besuch bei seinem an einer schweren Bronchitis erkrankten Vater als Sonderurlaub hätte angerechnet werden müssen – vier Tage –, die ihm aber irrtümlich auf den normalen Urlaub gegeben worden seien; so sei Gruhl de facto »zur Tatzeit« schon Zivilist gewesen. Ob man, fragte der Verteidiger, erwäge, Gruhl wegen unberechtigten Tragens von Uniform, wegen unberechtigten Fahrens eines Bundeswehrjeeps – denn de jure sei ja Gruhl dieser Vergehen schuldig, und zur Klärung der Rechtslage wäre ja eigentlich ein, wenn auch rein formelles Verfahren dieser Art notwendig –, ob man Gruhl dieser beiden Vergehen wegen, wenn auch nur formell, anklagen werde? Der Oberleutnant begriff die Ironie des Verteidigers nicht, er antwortete umständlich, ernst und korrekt, Gruhl sei ja an diesen beiden Vergehen, die tatsächlich vorlägen, nicht schuldig, jedenfalls nicht durch eigenes Verschulden; ihm, Heimüller, sei nicht bekannt, daß man ein solches Verfahren gegen Gruhl erwäge. Nun, ebenfalls vom Verteidiger nach den Umständen gefragt, über die Kuttke und Behlau im wesentlichen gleichlautend ausgesagt hatten, über die ominösen Dienstfahrten, diese Kilometerfresserei, bestätigte Heimüller sowohl Kuttkes wie Behlaus Angaben; ja, sagte er, solche Dienstfahrten kämen vor, denn es sei weitaus ägerlicher, die fällige Inspektion hinauszuschieben als den »inspektionserforderlichen Kilometerstand« herbeizuführen. Der Verteidiger:

Man könne darüber streiten, ob der Terminus »fällig« für eine solche Inspektion zulässig sei; fällig – er sei auch Autofahrer – sei ja eine Inspektion erst, wenn der Kilometerzähler auf natürliche Weise, nämlich durch normalen Dienstgebrauch, die Ziffer erreicht habe, die eine Inspektion erfordere; ihm komme, mit Verlaub zu sagen, diese Methode »absolut sinnlos« vor. Der Staatsanwalt verwahrte sich dagegen, daß hier philosophische und betriebsfremde Aspekte ins Spiel gebracht würden und an einem Wort wie »fällig« Haarspalterei zu betreiben: in einem Betrieb wie der Bundeswehr müsse der Aspekt der Mobilität und Einsatzfähigkeit berücksichtigt werden, und da sei eine scheinbare Sinnlosigkeit – die zu beurteilen einem Betriebsfremden nicht zustehe – oft das Sinnvollere. Solche käme in jedem – auch dem »Gerichtsbetrieb« – vor. Über die Einzelheiten der fraglichen Dienstfahrt befragt, sagte Heimüller, ja, Kuttke und Behlau hätten ihm Gruhl vorgeschlagen – und er habe Gruhl auf eine fünftägige Prüfungsfahrt geschickt, allein, was nicht *ganz* den Vorschriften entsprach, aber nicht nur geduldet wurde, sogar erlaubt sei. Gruhl sei, wie sich später herausgestellt habe, nur von Düren bis Limburg auf der Autobahn gefahren, dann von dieser ab zum Rhein, am Rhein entlang nach Hause und schon abends gegen sechs bei seinem Vater eingetroffen, wo er bis zur Tat geblieben sei. Der Staatsanwalt bat Gruhl jun. sich zu der protokollarisch vorliegenden Äußerung der Witwe Leuffen, seiner Großmutter, und der Witwe Wermelskirchen, der Nachbarin, zu äußern, die bestätigt hätten, daß er den Jeep in eine leere Scheune gefahren, dort vier Tage stehengelassen und zur fraglichen Zeit zu Hause gewohnt und mit seinem Vater gearbeitet habe. Gruhl bestätigte die Aussagen der Leuffen und der Wermelskirchen als auch in den Details zutreffend, dasselbe tat sein Vater; vom Verteidiger gefragt, ob Gruhl sich nicht durch dieses Abweichen von der vorgeschriebenen Dienstfahrt strafbar gemacht habe, sagte Heimüller, solche Abweichungen seien zwar strafbar, würden aber geduldet, im übrigen sei Gruhl ja nur angehalten gewesen, den erforderlichen Kilometerstand zu erzielen, wohin er fahre, habe er ihm, wenn auch nicht nachdrücklich, so doch praktisch freigestellt, später habe sich ja, wie die kriminologische Untersuchung des Wracks ergeben habe, herausgestellt, daß der Kilometerstand des Zählers 4992 km betragen habe. Dieses Ergebnis habe Gruhl erzielt, indem er den Wagen aufgebockt und mit angelassenem Motor habe laufen lassen; durch einen Schlauch habe er die entstehenden Abgase ins Freie gelenkt; das Geräusch des laufenden Motors, obwohl durch Stroh- und Heuballen veränderte akustische Bedingungen geschaffen worden seien, sei ebenfalls von der Leuffen wie von der anwohnenden Wermelskirchen bestätigt. Der Vorsitzende erklärte die Tatsache, daß diese Details jetzt erst zur Sprache kämen, mit der Tatsache, daß dies zu den Dienstgeheimnissen gehöre.

Die Idee, das Auto aufzubocken, stamme von Gruhl sen., der während des Baues des sogenannten Westwalles in den Jahren 1938/39 ähnliches beobachtet, zum Teil daran mitgewirkt habe; die Methode entspreche einer alten Praktik betrügerischer Fuhrunternehmer, die auf diese Weise Kilometertarife geschunden hätten. Auch das alles wurde von Gruhl sen. und Gruhl jun. bestätigt, der bei dieser Gelegenheit aussagte, die Ziffer 4992 auf dem Kilometerzähler habe er bewußt erzielt, sie sei ein kompositorisches Element; die Bedeutung dieses Terminus würde sich im Plädoyer seines Verteidigers klären. Über die Glaubwürdigkeit und den Charakter des Gefreiten Kuttke gefragt, sagte der Oberleutnant, es erscheine vielleicht unwahrscheinlich, aber Kuttke versehe seinen Dienst, die ihm zugewiesene Aufgabe mit äußerster Korrektheit, fast Pedanterie, seine, des Oberleutnants Einheit sei schon mehrfach wegen der vorzüglichen Wartung ihrer Fahrzeuge gelobt worden, und das sei Kuttkes Verdienst; privat – nun, was privat mit Kuttke los sei, das hätten die Herren vielleicht bemerkt. Heimüller zuckte weniger resigniert als mit aufrichtiger Trauer die Schultern und fügte hinzu, ihm schwebe ja ein anderes Ausleseverfahren für Berufssoldaten vor, aber Kuttke sei rechtlich, oder besser gesagt, gesetzlich Soldat, und es sei ihm nicht beizukommen. Ihm, dem Oberleutnant, schwebe eine Armee der Reinheit, der Sauberkeit vor – aber es sei hier wohl nicht der Ort, eine eigene Wehrphilosophie zu entwickeln. Der Vorsitzende nickte dazu bestätigend, blickte Verteidiger und Staatsanwalt fragend an – beide gaben durch eine Geste zu verstehen, daß sie des Zeugen Oberleutnant Heimüller nicht mehr bedürften. Der Vorsitzende dankte dem jungen Offizier und bat ihn, seinen Untergebenen doch mitzuteilen, daß auch sie entlassen seien.

Stollfuss bat zu einer kurzen Beratung Kugl-Egger und Hermes zu sich an den Tisch, senkte nicht einmal die Stimme, als er die beiden fragte, ob sie es vorzögen, *jetzt* eine kürzere Pause zu haben oder ohne Pause mit der Vernehmung des Zeugen Professor Büren zu beginnen, *dann* eine große Pause einzulegen, dreißig bis vierzig Minuten, bevor man den Schlußakt mit einer letzten Vernehmung der Angeklagten, den Plädoyers und der Urteilsverkündung beginne. Hermes gab zu bedenken, daß Bürens Aussage wahrscheinlich einige Zeit in Anspruch nehmen würde, während Kugl-Egger mürrisch die Vernehmung eines Kunstprofessors für überflüssig erklärte. Nach einer kurzen Besprechung mit seinen Mandanten (Gruhl sen, meinte, sie bekämen ohnehin kaltes Abendessen, und auch der Rotwein würde nicht verderben) erklärte Hermes sich damit einverstanden, sofort mit der Vernehmung Bürens zu beginnen. Stollfuss bat nun Schroer zu sich und fragte ihn, ob seine Frau, wie schon öfter in solchen Fällen, wohl auf einen kleinen Imbiß und ein stärkendes Getränk gerichtet sei. Schroer sagte, seine Frau habe geahnt, daß für heute »ein Gewaltmarsch« geplant sei, sie sei jederzeit darauf gerichtet, Kaffee zu erstellen, auch sei Bier in ausreichenden Mengen da, »sogar Würstchen, ganz sicher belegte Brote, Bouillon und ein Schlag Kartoffelsalat, wenn ich recht unterrichtet bin, auch Gulasch, allerdings aus Büchsen, und hartgekochte Eier«. Er fragte Stollfuss, der auf diese Auskünfte hin beruhigt nickte, ob er die Öffentlichkeit wieder zulassen beziehungsweise die Tür wieder aufschließen dürfe. Ob denn Publikum warte, fragte Stollfuss; ja, sagte Schroer, das Fräulein Hall sei »sehr am Verlauf der Sache interessiert«. Weder Kugl-Egger noch Hermes hatten gegen die Öffnung der Tür etwas einzuwenden, sogar Bergnolte gab hier zum erstenmal offen zu erkennen, daß seine Anwesenheit nicht ganz der Amtlichkeit entbehrte: er nickte Stollfuss bestätigend zu. Schroer ging zur Tür, schloß sie auf; Agnes Hall schritt herein und nahm in der letzten der vier Stuhlreihen bescheiden Platz. Sie hatte die Kleidung gewechselt, trug einen dunkelgrünen Tweedrock, dazu eine etwas hellere, ebenfalls grüne, lose Jacke, die an den Ärmeln und am Kragen mit schmalen Chinchillastreifen besetzt war. Es wurde später darüber gestritten, ob Stollfuss ihr zugenickt habe oder die als Zunicken bezeichnete Kopfbewegung nur ein »Sichversenken« in die Akten gewesen sei. Referendar Außem meinte, in dieser Bewegung habe beides gelegen: sie sei für ein Sichversenken in die Akten nicht routiniert oder automatisch genug gewesen, für ein bloßes Zunicken allerdings zu schwach, jedenfalls, da sei er sicher, denn er habe Stollfuss sich schon oft in Akten versenken sehen, ein bloßes Sichversenken in die Akten sei's nicht gewesen. Schroer meinte später, es sei *nur* Zunicken gewesen, er kenne Stollfuss' Kopfbewegungen, während Hermes »jegliche Beimischung von Zunicken für undiskutabel« erklärte. Die einzige außerdem an dieser Kopfbewegung interessierte Person, Agnes Hall selbst, deutete die umstrittene Kopfbewegung eindeutig als Zunicken, das sie für sich sogar mit dem Beiwort »freundlich« registrierte. Der Auftritt des Zeugen Professor Büren in dem nur schwach beleuchteten Saal wäre nicht nur eines größeren, er wäre eines großen Publikums würdig gewesen; es gab später auch über ein Detail der Beschreibung des Bürenschen Auftretens eine Kontroverse zwischen dem literarisch sehr interessierten Außem und dem weniger an solchen Feinheiten interessierten Hermes, der der Außemschen Beschreibung des Bürenschen Auftretens als »prägnante Lässigkeit« widersprach, indem er anführte, der Begriff der Lässigkeit schließe jegliche Beimischung des Begriffes der Prägnanz aus; dem setzte Außem entgegen, gerade die Lässigkeit bedürfe der Prägnanz und die Prägnanz der Lässigkeit, was zu ersehen sei an einem Begriff wie Schmissigkeit – schmissig, das beinhalte Lässigkeit und Prägnanz, und wenn er Bürens Auftritt nicht als schmissig bezeichne, so deshalb, weil ihm dieser Begriff zu verschlissen vorkomme, er blieb dabei:

Bürens Auftritt sei von prägnanter Lässigkeit gewesen. Offenbar hatten alle Anwesenden, außer Hermes, der mit Büren schon einige Male in der anhängigen Sache verhandelt hatte, als ein Professor zum Zeugen aufgerufen wurde, keineswegs erwartet, eine Erscheinung wie Büren zu Gesicht zu bekommen; sogar die Gruhls schienen zum erstenmal neugierig zu werden. Büren trug ein sehr loses erbsengelbes Kordjackett, und da Hermes ihm gesagt hatte, es sei wohl besser, mit Krawatte zu erscheinen, trug er zu dem ebenfalls erbsengelben Hemd eine ziemlich dicke, am Hals geknotete Goldkordel, wie man sie zum Verpacken von Geschenken in der Weihnachtszeit verwendet; seine Hose war spinatgrün, seine Schuhe aus sehr lose geflochtenen Lederschnüren, fast Sandalen, sein dunkles Haar dagegen war ausgesprochen bürgerlich geschnitten; auch war er sauber rasiert und bartlos; sein gebräuntes gesundes Gesicht mit den, wie Agnes Hall später sagte, »lieben Hundeaugen« strahlte fast vor Freundlichkeit, als er mit heiserer Stimme seine Personalien bekanntgab: vierunddreißig Jahre, verheiratet, sieben Kinder, mit den Angeklagten weder verwandt noch verschwägert. Von Hermes kurz dazu aufgefordert, sagte er aus, er habe den »Vorgang«, der hier zur Verhandlung stehe, genau studiert, in alle Aussagen darüber Einsicht bekommen, einschließlich in die für ihn wichtigste, des Reisevertreters Erbel, von der er soeben durch den Herrn Rechtsanwalt Hermes erfahren habe, daß die ungemein wichtigen Details, die Erbel zu Protokoll gegeben habe, von einem Polizeibeamten im Verlaufe der heutigen Verhandlung bestätigt worden seien; es seien da höchst interessante Elemente beschrieben worden, ob er an die Angeklagten eine Frage stellen dürfe. Als Stollfuss sagte, er dürfe, fragte Büren, dessen Gesicht nie die Heiterkeit verlor, den jungen Gruhl, wie er jenes musikalische Geräusch erzielt habe, das teils als Knallen, teils als trommelartig, von dem Reisevertreter Erbel als »fast schön« beschrieben worden sei. Gruhl jun. flüsterte erst mit Hermes, bevor er aufstand und sagte, er könne das Geheimnis nicht preisgeben, da es eins der wenigen Stilelemente sei, die er weiterzuentwickeln gedenke, er plane mehr dieser Art; er habe sich bereits auf einem Schrottplatz nach alten Kesseln, »von der Größe von Lokomotivkesseln« umgesehen, um, sobald er Zeit und Gelegenheit habe, ein Konzert zu geben. Der beschriebene, ihm als Sachbeschädigung zur Last gelegte Vorgang sei nur ein »erstes, allerdings gelungenes Experiment« gewesen, das er weiterzuführen gedenke. Von Stollfuss aufgefordert, doch der Geheimhaltungspflicht aller Beteiligten, auch der Zuschauerin Fräulein Hall, zu vertrauen und dem »Herrn Professor« die Auskunft nicht zu verweigern, sagte Gruhl, er sei sicher, der »Zeuge Büren« habe Plagiatorisches im Sinn, wie es unter Künstlern üblich sei; auch daraufhin verlor Büren nicht seine Heiterkeit, er gab zu, seine Neugierde sei nicht ganz altruistisch, gab aber dem Gruhl zu bedenken, daß er, Büren, einer ganz anderen Kunstrichtung angehöre und daß er ihm feierlich verspreche, das Geheimnis außerhalb des Gerichtssaals nicht zu verraten. Wiederum besprach sich Gruhl jun. mit dem Verteidiger, der den Vorsitzenden bat, die Aussage des Gruhl jun. protokollieren zu lassen und »auf diese Weise eine Art Copyrightvermerk anzubringen«. Stollfuss, der sehr gut gelaunt war, forderte Außem auf, die Aussage des Gruhl ins Protokoll aufzunehmen. Gruhl jun., dessen Mißtrauen wieder der Aufgeräumtheit gewichen war, gab nun an, diese Geräusche habe er mit Malzbonbons, zum Teil auch Rahmbonbons erzielt, das heißt, die dunkleren Töne mit Malz-, die helleren mit Rahmbonbons, und zwar habe er die beiden Kanister erst ins Auto entleert, dann durchlöchert, sie mit Malz- beziehungsweise Rahmbonbons gefüllt, wieder zugeschraubt, das Feuer, das heftige Feuer habe dann den gewünschten Effekt erbracht; frühere Versuche mit sauren Bonbons und sogenannten Seidenkissen, die er mit einer großen Konservenbüchse vorgenommen habe, seien gescheitert, da das Zeug geschmolzen und breiig zerflossen sei, anstatt »Musik zu machen«. Er habe auch mit Ziegenkot und einfachen zerbrochenen Zuckerstangen experimentiert – ohne Ergebnis. Der Staatsanwalt, der nicht nur die Geduld verlor, auch ärgerlich zu werden begann, weil er, wie er später bekannte, »anfing zu bereuen, daß er sich von diesen rheinischen Füchsen diesen Prozeß hatte andrehen lassen«, fragte nun Büren, ob er ein *ordentlicher* oder ein außerordentlicher Professor sei. Büren, dem hier ein fast albernes Kichern entschlüpfte, sagte, er sei weder das eine noch das andere, er sei Akademieprofessor in der nahe gelegenen Großstadt, seine Bestallungsurkunde sei vom Ministerpräsidenten unterzeichnet, er trüge diese Urkunde zwar nicht immer mit sich oder an sich, aber sie sei ganz sicher »irgendwo zu Hause aufzutreiben er sei sogar pensionsberechtigt, und auch das gab er wiederum mit einem Kichern von sich – zwar bei der letzten Direktorenwahl noch »übergangen worden«, sei aber sicher, beim nächsten Mal »'ne echte Chance zu haben«. Seine Plastiken, fügte er hinzu, stünden in, »warten Sie«, sagte er und zählte an den Fingern, leise mit sich selber flüsternd, bis sieben, »in sieben Museen, davon drei im Ausland. Ich bin tatsächlich Beamter, wissen Sie«, sagte er, immer noch heiter lächelnd, zum Staatsanwalt. Der fragte nun, ohne seinen Ärger zu unterdrücken, den Vorsitzenden, ob er erfahren dürfe, oder ob er's vielleicht von seinem verehrten Kollegen Hermes erfahren dürfe, warum hier der Zeuge Professor Büren vernommen werde. Darauf Hermes: der Professor sei da, um zu bezeugen, daß die »Tat« – er sprach die Anführungszeichen geschickt mit –, die hier ja schon als »Vorgang« bezeichnet werde, ein Kunstwerk gewesen sei. Da auch Stollfuss zu dieser Aussage von Hermes nickte und da Bergnolte, den Kugl-Egger flehend, mit erhobenen Händen stumm bittend ansah, kniff, indem er die Augen senkte und fiktive Eintragungen in sein Notizbuch machte, wußte Kugl-Egger, wie er später seiner Frau sagte, »in diesem Augenblick wußte ich erst, daß ich verraten und verkauft war«.

Von Hermes aufgefordert, eine Definition jener neuen Kunstrichtung oder, besser gesagt, Kunstart zu geben, die als Happening international bekannt sei, sagte Büren, er wolle betonen, daß er noch der guten alten Tradition der gegenstandslosen Plastik huldige, sich in dieser Kunstart ausdrücke; er habe – das sagte er mit deutlichem, wenn auch liebenswürdig-ironischem Akzent zum Staatsanwalt hin – zwei Staatspreise erhalten; also: er sei kein Happening-Mann, habe sich aber mit dieser Kunst, die sich als Anti-Kunst deklariere, auseinandergesetzt und beschäftigt. Es sei, wenn er recht unterrichtet sei – und wer wäre das schon?! –, ein Versuch, heilbringende Unordnung zu schaffen, nicht Ge-, sondern Entstaltung, ja, Entstellung – aber diese in eine vom Künstler beziehungsweise Ausübenden bestimmte Richtung, die aus Ent-staltung wieder neue Ge-stalt mache. In diesem Sinne sei der Vorgang, der hier zur Verhandlung stünde, »ohne den geringsten Zweifel«, ein Kunstwerk, ja, es sei sogar eine außerordentliche Tat, da es fünf Dimensionen aufweise: die Dimension der Architektur, der Plastik, der Literatur, der Musik – denn es habe ausgesprochen konzertante Momente gehabt – und schließlich tänzerische Elemente, wie sie seines Erachtens im Gegeneinanderschlagen der Tabakpfeifen zum Ausdruck gekommen sei. Nur eins – und hier runzelte Büren mißbilligend die Brauen – habe ihn gestört: der Ausdruck »erwärmen«, der von einem der Angeklagten gebraucht worden sei. Das sei eine, wenn auch nicht erhebliche, so doch bemerkenswerte Einschränkung des Kunstwerkcharakters, denn schließlich sei ein Kunstwerk nicht zum Erwärmen da; auch verwerflich sei die Tatsache, daß es sich um ein neues, ja, fast fabrikneues Auto gehandelt habe, daß es ein Auto, und ein noch brauchbares habe sein müssen, leuchte ihm durchaus ein: Benzin, Auto, Brand, Explosion: schließlich seien hier Elemente der modernen Technik auf eine fast geniale Art künstlerisch komponiert worden. Nicht mehr sehr wütend, nur noch mit einer allerdings von Bosheit schillernden Resignation fragte ihn an dieser Stelle der Staatsanwalt, ob seine Aussage als verbindlich oder verbindlich oder halbwegs objektiv seien Vokabeln einer Kunstkritik, halbwegs objektiv zu gelten habe, woraufhin Büren lächelnd erwiderte, die für diese Art Kunstwerk nicht mehr zuträfen. Ob es denn, fragte der Staatsanwalt, nicht möglich gewesen sei, ein anderes Instrument zu wählen, warum es denn ein Auto habe sein müssen – da lächelte Büren ominös. Jeder Künstler bestimme sein Material selbst, da könne keiner hinein- oder mitreden, und wenn einer glaube, es müsse ein *neues* Auto sein, dann müsse es eben ein neues Auto sein. Ob es, fragte der

Staatsanwalt, dessen tiefe Bitterkeit fast schon wieder heiter klang, ob es denn üblich sei, daß ein Künstler sich das Material für ein Kunstwerk – er sprach das mit offenem Hohn aus – stehle? Büren parierte wieder mit jener von Außem später als phantastisch bezeichneten prägnanten Lässigkeit: er sagte, Kunst machen zu wollen, sei eine derart heftige Leidenschaft, daß ein Künstler durchaus jederzeit bereit sei, sich das Material zu stehlen; Picasso, sagte er, habe sich von Abfallhalden oft Material für Kunstwerke aufgelesen, und einmal habe sogar die Bundeswehr einige Minuten lang Düsenjägermotoren an einem Kunstwerk dieser Art mitwirken lassen. Er habe nicht mehr sehr viel zu sagen: eins sei sicher, es habe sich bei dem Vorgang um die Erstellung eines Kunstwerks von hohem Rang gehandelt, es sei nicht, wie er gesagt habe, fünfdimensional, sondern fünf*musal*; natürlich strebe man Neun-Musalität an, aber fünf Musen in einem Kunstwerk zu vereinen, das sei auch schon »ganz nett«; da die religiöse Literatur in Form einer Litanei beteiligt gewesen sei, zögere er nur ein wenig, nicht sehr: dieses Kunstwerk sogar als christliches gelten zu lassen, es seien schließlich Heilige angerufen worden. Ob er, fragte Büren nun mit anmutiger Bescheidenheit, nun gehen dürfe, er habe –, es sei ihm äußerst peinlich, es sei ihm geradezu »stinkpeinlich« das sagen zu müssen, er habe eine Verabredung mit dem Herrn Ministerpräsidenten, dem er zwar gesagt habe, er sei in einer äußerst wichtigen Sache aufgehalten, aber *zu* lange dürfe er den Herrn wohl nicht warten lassen. Der Staatsanwalt sagte, er habe keine Fragen mehr, er verkneife sich einige Worte, die er gern sagen würde, behielte sich aber vor, einen weiteren Gutachter zu beantragen, denn er halte den Büren nicht für einen Zeugen, sondern für einen Gutachter. Hermes bat nur noch eine einzige Frage stellen zu dürfen: er schilderte Büren rasch, daß Erbel, der Reisevertreter, vom Gruhl jun. um eine Probeflasche des von ihm vertriebenen Badesprays gebeten worden sei; sein Mandant habe ihm verraten, er habe das Badespray als zusätzliches Kunstmittel benötigt – seine Frage an den Herrn Zeugen: ob eine »tüchtige Zugabe« des erbetenen Badesprays, das bekanntlich gelbgrün oder blau aufschäume, nicht noch das Element der Malerei, also eine sechste Dimension oder sechste Musalität hineingebracht haben würde; Büren bestätigte das, bezeichnete den Einfall, ein Badespray hineinzugeben, als kluge Lenkung der Effekte. Er durfte, mit Dank vom Vorsitzenden verabschiedet, sich zum Rendezvous mit dem Herrn Ministerpräsidenten begeben.

4

Nach Bürens Abgang kam es zu einer tumultartigen Szene, die von Außem nicht im Protokoll aufgenommen werden durfte. Der Staatsanwalt, jeglische Rücksicht außer acht lassend, brüllte, sich weder an Stollfuss noch an Bergnolte direkt wendend, los, er behalte sich vor, seine Funktion in dieser Sache niederzulegen; er fühle sich »hereingelegt«, nicht so sehr von seinem Kollegen Hermes, dessen gutes Recht es sei, seine Mandanten in die günstige Position zu manövrieren, sondern – hier hob er beschwörend die Hände und den Blick, als rufe er Gott oder zumindest Justitia persönlich um Beistand an – »höherenorts, anderenorts habe ich mich in eine Position drängen lassen, die mich zu einer Verantwortungslosigkeit zwingt, die wider meine Natur ist. Ich lege mein Amt nieder«! Kugl-Egger, ein noch jugendlicher Mensch von erheblicher Korpulenz, griff sich ans Herz mit einer spontanen Angst, die Schroer sofort veranlaßte, auf ihn zuzuspringen, den Untersuchungsgefangenen Johann Gruhl vorschriftswidrigerweise mit dem Ruf: »Geh, hol rasch die Lisa!« sowohl zu duzen wie unberechtigterweise aus dem Gerichtssaal zu schicken. Tatsächlich ließ sich Kugl-Egger fast willenlos von Schroer in dessen Küche führen: sein bläulich angelaufenes Gesicht, das Gesicht eines Menschen, der gerne gut ißt und ein Glas Bier nicht verschmäht, zeigte nicht einmal Abneigung, als der junge Gruhl unaufgefordert Schroer zu Hilfe eilte und – vorschriftswidrig wie sein Vater – den Gerichtssaal verließ, um Kugl-Egger in die Schroersche Küche zu führen. Dort hielt Frau Schroer schon ihre bewährte Kampferpaste bereit (sie hatte die dermatologische Disposition des Staatsanwalts instinktiv richtig eingeschätzt; die Schroer darüber später zur Hall: »Der hat eine Haut wie ein Pferd!«); sie öffnete ihm resolut das Jackett, die Weste, schob sein Hemd hoch und massierte mit ihren hübschen kräftigen Händen seine »Herzgegend«.

Inzwischen war Bergnolte flink zu Stollfuss geeilt, mit diesem, der vergaß eine Pause anzuberaumen, nach oben in dessen Amtszimmer gegangen, hatte schon den Telefonhörer ergriffen, als Stollfuss ihm zu bedenken gab, daß es immerhin angeraten sei, Kugl-Egger, wie immer sich sein seelisches und körperliches Befinden stellen würde, hinzuzuziehen, bevor man Grellber alarmierte. Bergnolte, in dessen Gesicht nun etwas stand, das man getrost als »nackte Angst« hätte bezeichnen können, flüsterte – obwohl Flüstern gar nicht notwendig gewesen wäre, da weit und breit niemand hätte zuhören können – nun Stollfuss zu, ob man nicht notfalls den zur Zeit in Urlaub befindlichen Staatsanwalt Hermanns, von dem bekannt sei, daß er seinen Urlaub in Birglar selbst verbringe, bitten könne, in die Bresche zu springen. Stollfuss, der sich eine Zigarre angezündet hatte, von dem peinlichen Zwischenfall nicht nur nicht unangenehm berührt war, sondern ihn fast zu genießen schien, gab Bergnolte zu bedenken, daß eine *solche* Eile vielleicht doch die Presse alarmieren könne. Bergnolte, der sich unruhig eine Zigarette anzündete, sagte – immer noch flüsternd –, diese Sache *müsse* heute noch

»über die Bühne und wenn es drei Uhr früh wird«. Er ließ Stollfuss allein, der die Gelegenheit wahrnahm, seiner Frau telefonisch anzukündigen, daß er wohl kaum vor Mitternacht werde zu Hause sein können, sie sich aber nicht zu sorgen brauche. Seine Frau sagte ihm, Grellber habe noch einmal angerufen und ihr mit seinem gewohnten Charme mitgeteilt, daß er, Stollfuss, mit einer hohen Auszeichnung, »wahrscheinlich sogar am Hals«, rechnen könne. Inzwischen war Kugl-Egger nicht nur durch die kräftigen und schönen Hände der Schroer, auch durch einen Cognac, den der Angeklagte Gruhl sen. ihm mit Geschick einflößte, wieder zu sich gebracht, sogar in der Lage, die Treppe zu ersteigen und von seinem Amtszimmer aus ein längeres Telefongespräch zu führen.

Im Gerichtssaal unterhielt sich Hermes mit der Agnes Hall, dem jungen Außem und dem inzwischen aus der Schroerschen Küche zurückgekehrten jungen Gruhl über dessen bevorstehende Hochzeit mit der hübschen Eva; auch gab Gruhl jun. bekannt, daß er sich selbständig zu machen, das väterliche Geschäft zu übernehmen und seinen Vater anzustellen gedenke »mit einem Lohn, der unterhalb der Pfändbarkeitsgrenze« liege. Die Hall, die ihm jetzt in Gegenwart seines Anwalts bekanntgab, daß sie den Schaden zu ersetzen vorhabe, bekam von ihm einen Kuß, wurde zur Hochzeit eingeladen, wie auch Hermes und Außem, den Gruhl aus einer gemeinsamen Zeit beim Fußballclub »Birglar Blau-Gelb« her duzte, wo Gruhl als Verteidiger und Außem als linker Läufer gespielt hatte. Außem gab Gruhl, dem Hermes und der Hall auch zu verstehen, wie sehr er sein Schicksal beklage, als Protokollführer an die Geheimhaltungspflicht gebunden zu sein; auch meinte er, der junge Gruhl hätte sich der Dienstpflicht bei der Bundeswehr doch besser durch Tricks entzogen, es gäbe da sehr einfache Wege.

In der Schroerschen Küche nahmen Gruhl sen. und Schroer die Gelegenheit wahr, sich »einen zu genehmigen«, erfuhren bei dieser Gelegenheit von der erregten Frau Schroer, daß nicht Eva das kalte Abendessen für die Gruhls gebracht habe, sondern der alte Schmitz persönlich, der sich nicht sonderlich freundlich über die seiner »Tochter angetane Schmach« geäußert und damit gedroht habe, die Justizbehörde der Kuppelei zu verklagen; *wie* wenig freundlich er die Sache aufgenommen habe, sei an der Qualität des Abendessens zu erkennen, das aus Margarinebroten mit Landleberwurst und einer Flasche Sprudel bestehe. Die Männer lachten über die Erregung der Schroer, meinten, mit dem Schmitz würden sie schon fertig; kein Vater und keine Mutter nähmen »so etwas« leicht auf; eine gewisse Erregung sei ganz natürlich, im übrigen sei »es« ja gar nicht, wie nachzuweisen wäre, innerhalb dieser Mauern geschehen, sondern nach dem Begräbnis des alten Leuffen. Sie solle sich nicht aufregen, der Schmitz habe nicht den geringsten Grund, »den Gerechten und Gesetzestreuen zu spielen«. Schlimm sei's nur für seine Frau, die Gertrud, der sei man eine Erklärung, ja, sogar Abbitte schuldig, aber der Pitter habe ein dickes Fell, und der könne sich morgen seine Margarinebrote wieder abholen. An diesem Punkt wurde Schroer von Bergnolte unterbrochen, der ihm im Auftrag von Stollfuss mitteilte, es sei eine Pause von einer halben Stunde anberaumt, der Herr Amtsgerichtsdirektor erwarte oben einen Imbiß, bestehend aus Bouillon, einem hartgekochten Ei und ein wenig Kartoffelsalat, was die Schroer zu der Bemerkung veranlaßte, Eier, besonders hartgekochte, seien für Männer über fünfzig »nicht gut«, wobei sie Bergnolte prüfend anblickte, offenbar zu dem Ergebnis kam, er stehe in einem Alter, wo er »gerade noch« hartgekochte Eier essen dürfe, ohne Schaden zu nehmen. Bergnolte, dem – wie er spät in der Nacht noch Grellber mitteilte – »diese ganze Atmosphäre doch recht merkwürdig« vorkam, bat dann auch um ein hartgekochtes Ei, eine Tasse Bouillon und eine Scheibe Brot und Butter. Er wurde ins Schroersche Wohnzimmer verwiesen, wo der Tisch für ihn, die Hall, den jungen Außem und Hermes gedeckt war. Gruhl sen. und jun. wurden ordnungsgemäß in ihre Zellen geführt; sogar in den möglicherweise etwas betont martialischen Schritten des Justizwachtmeisters Schroer, im Gerassel des Schlüsselbundes witterte Bergnolte »jene Art Korruptheit, gegen die wir vergebens anzukämpfen bestrebt sind, Herr Präsident«. In Gegenwart des Bergnolte schien den drei außer ihm Anwesenden, Hermes, Hall, Außem, sogar für eine Weile das rheinische Mundwerk zu versagen, was bei Hermes, der ein heiterer junger Mensch war und sich gern unterhielt, besonders unnatürlich wirkte. Er platzte denn auch schließlich mit einer Frage an seine Tante Hall heraus, erkundigte sich nach deren Truthähnen: ob sie wieder so gediehen seien wie in den Jahren vorher und ob sie für die Tombola des katholischen Akademikerballes wieder zwei besonders schöne Exemplare stiften werde; hier hakte Außem ein und bat mit gespielter Untertänigkeit »doch bitte auch die Liberalen nicht zu vergessen«, die am St. Barbaratag ihren Ball hielten, woraufhin die Hall meinte, sie würde sogar den Kommunisten, falls diese einen Ball, möglicherweise am St. Thomastag, abhielten, zwei besonders schöne Exemplare schenken, falls man an sie herantrete. Dieser Scherz, der endgültig die Spannung an dem etwas kleinen Schroerschen Wohnzimmertisch löste, heiteres Gelächter zur Folge hatte, in das Bergnolte säuerlich einstimmte, dieser Scherz wurde später von diesem »als doch etwas zu weit gehend« bezeichnet. Frau Schroer röstete inzwischen in der Küche für Kugl-Egger eine Scheibe Weißbrot, bereitete ihm ein »hauchzartes Omelett«, riet ihrem Mann vom Bier für Kugl-Egger ab, auch von Bouillon und meinte, er solle ihm besser ein Glas Wasser mit einem »guten Schuß Cognac drin« bringen.

Wäre Außem bevollmächtigt gewesen, die Stimmung, in der die Verhandlung fortgesetzt und beendet wurde, in seinem amtlichen Protokoll festzulegen, er hätte kein anderes Beiwort als matt, vielleicht gar müde finden können. Besonders Kugl-Egger wirkte befremdend friedlich. Durch eine Handbewegung von Stollfuss dazu aufgefordert, stand er auf und sagte mit überraschend leiser, fast demütiger Stimme, er widerrufe, was er vor der Pause gesagt habe, gestehe, daß er einer Stimmung erlegen sei, die eines Beamten in seiner Position unwürdig, vielleicht aber verständlich sei. Er nähme im Einverständnis mit dem Herrn Vorsitzenden sein Amt wieder auf, nähme auch die volle Verantwortung desselben wieder an. Alle Anwesenden, sogar Bergnolte, empfanden angesichts dieser Demut des Staatsanwalts eine Rührung, die den weiteren Verlauf der Verhandlung bestimmte. Besonders die beiden Angeklagten, die jetzt von Stollfuss aufgefordert wurden, eine letzte Erklärung abzugeben, waren ausgesprochen rücksichtsvoll. Gruhl sen., der als erster sprach, wandte sich während seiner Rede sogar ausschließlich an den Staatsanwalt, so sehr, daß er vom Stollfuss durch ein väterliches Nikken und eine entsprechende Handbewegung aufgefordert werden mußte, sich an ihn, den Vorsitzenden, als die eigentliche Adresse zu wenden. Gruhl sen. sagte, er müsse, um keinen der anwesenden Herren und Damen zu täuschen, noch einmal wiederholen, was er am Anfang gesagt habe: ihm sei jegliche Rechtsprechung gleichgültig, er habe hier nur aus persönlichen Gründen ausgesagt, weil in »diese Sache« eben so viele Menschen verstrickt worden wären, die er persönlich kenne und schätze. Zur Sache selbst habe er nur noch folgendes zu sagen: er sei kein Künstler, habe auch keinen künstlerischen Ehrgeiz, er könne nur nachempfinden, nichts Eigenes schaffen, habe aber bei seinem Sohn eine Begabung festgestellt, und er habe sich bereiterklärt, an dieser Sache mitzuwirken; er sei im wahrsten Sinne des Wortes ein Mitwirkender, aber dieses Wort Mitwirkender betreffe nur seinen Anteil an dem entstandenen Kunstwerk, nicht seinen Anteil an der Tat, soweit eine solche vorliege. An der Tat trage er die größere Verantwortung, er sei ja der ältere, *er* sei es auch gewesen, der den ökonomischen Gesichtspunkt ins Spiel gebracht habe, indem er seinem Sohn, der mit ihm den Plan und die »Dramaturgie des Vorgangs« genau durchgesprochen habe, klargemacht habe, der Wert eines solchen Autos entspreche nicht einmal dem Viertel der Summe, die er im Laufe der letzten Jahre an Steuern gezahlt habe, und nur einem Fünftel der Summe, die er noch schulde; im übrigen könne man ja, habe er, Gruhl sen. gesagt, die Kosten als Material für Kunstwerk von der Steuer absetzen, so wie ein Maler Leinwand, Farbe, Rahmen von der Steuer absetzen könne. Insofern bekenne er sich schuldig, daß er seinen Sohn zu »dieser, wie ich zugeben muß, etwas gewaltsamen Anleihe bei der Bundeswehr ermutigt« habe. Er bäte um Verständnis dafür, daß er angesichts seiner Einstellung zu Recht und Gesetzsprechung weder um Freispruch noch um eine gerechte Strafe bitte, sondern »was immer kommen mag, wie Regen oder Sonnenschein« erwarte. Verteidiger und Staatsanwalt hatten keine Fragen mehr an den Angeklagten Gruhl sen.

Auch Gruhl jun. blieb ruhig und höflich, in einer Weise, die ihm später von der Agnes Hall als »fast ein bißchen snobistisch« angekreidet wurde. Er sagte, seine Gleichgültigkeit sei anderer Art als die seines Vaters; seine Gleichgültigkeit betreffe mehr den Wert des Autos. Er habe dieser Art Dienstfahrten, deren Natur ja hinlänglich beschrieben und belegt worden sei, im ganzen vier innerhalb eines Jahres gemacht, auf diese Weise habe er im ganzen »fast zwanzigtausend Kilometer gefressen, also eine halbe Erdumkreisung« abgemacht. Fast dreitausend Liter Benzin, die entsprechende Menge Öl habe er – meistens auf der Autobahn zwischen Düren und Frankfurt »hin- und herfahrend« auf diese Weise »verjubeln« müssen; auch sei er Zeuge sinnloser Verschwendung von Zeit, Material, Kraft und Geduld in anderen Bereichen des Militärischen geworden. Schließlich habe er, allein um diese zwanzigtausend Kilometer abzufressen, mehr als fünfundzwanzig Tage lang, »lediglich um den Kilometerzähler in Bewegung zu setzen«, Auto gefahren. Als Tischler sei er zu Arbeiten herangezogen worden, die ihm »ausgesprochen widerlich« gewesen seien; monatelang habe er an einer Bareinrichtung zuerst für ein Offiziers-, dann für ein Unteroffizierskasino gearbeitet, im Grunde sei es nur eine »schlechtbezahlte Zumutung gewesen«. Hier wurde er von Stollfuss unterbrochen, der ihn überraschend energisch aufforderte, hier nicht eine unangebrachte Wehrdienstphilosophie zu bieten, sondern zur Sache zu sprechen. Gruhl jun. entschuldigte sich, fuhr fort und sagte, er sei ein Künstler, und ein Kunstwerk, zu dem man staatliche oder behördliche Genehmigung einhole, wie es bisher bei allen Happenings der Fall gewesen sei, sei für ihn kein Kunstwerk. Die Beschaffung des Materials und die Auffindung des Ortes sei das Risiko, das jeder Künstler auf sich nehme; *er* habe diesen Vorgang geplant, habe sich das Material beschafft. Betonen möchte er nur noch: das verbrauchte Benzin, etwa achtzig Liter, habe *er* aus eigener Tasche bezahlt, es sei ihm »zu dumm« gewesen, deshalb noch in die Kaserne zu fahren und an der kompanieeigenen Tankstelle, wozu er berechtigt gewesen sei, zu tanken. Was er zugebe: das »Objekt«, ein Auto, sei möglicherweise zu groß gewesen; er hätte den gewünschten Effekt vielleicht mit einem kleineren Objekt erzielen können; ihm schwebe vor, nur Kanister zu nehmen, in deren Mitte eine Gewehrpyramide stehe – er habe sich schon durch einen Freund beziehungsweise Mittelsmann nach Gewehren erkundigen lassen, die man auf diese Weise unter »Bonbongeknatter« werde abbrennen lassen, deren übrigbleibende Metallteile er dann zu einer Plastik zusammenzuschweißen gedenke. Auch hier unterbrach ihn Stollfuss, indem er sagte, das gehöre nicht hierher; dann fragte er den jungen Gruhl, ob er sich klar darüber sei, worüber sein Vater sich offenbar klar sei: daß in der Aneignung so kostspieligen Materials eine Rechts- oder Gesetzesverletzung liege. Ja, sagte Gruhl jun., er sei sich klar darüber, aber – er dürfe das wohl jetzt bekanntgeben – das Material werde ersetzt werden, sofort wenn es sein müsse, und selbstverständlich werde er in Zukunft nur Kunstwerke erstellen, zu denen er selbst das Material stellen, besorgen und bezahlen werde. Da auch an den Angeklagten Gruhl jun. weder Verteidiger noch Staatsanwalt Fragen zu stellen hatten, wurde Kugl-Egger gebeten, mit seinem Plädoyer zu beginnen; gefragt, ob er zur Vorbereitung eine kleine Pause wünsche, sagte er nein, erhob sich, setzte sein Barett auf und begann zu sprechen. Er, Kugl-Egger, hatte nicht nur seine Ruhe, auch seine Fassung wiedergefunden; er sprach gelassen, fast mit einer gewissen Heiterkeit, ohne Konzept, blickte weder die Angeklagten noch den Vorsitzenden an, sondern über dessen Kopf hinweg auf eine Stelle an der Wand, die ihn schon den ganzen Tag interessiert hatte: dort war immer noch auf dem längst verblichenen, wie es in den entsprechenden Eingaben immer wieder hieß, »erbarmungswürdig schlechten Anstrich«, wenn man scharf genug hinsah, die Stelle zu erkennen, an der einmal ein Kruzifix gehangen hatte, als das Gebäude noch als Schule diente, ja, sogar, wie Kugl-Egger später beschwor, »jener fast wie ein Eisenbahnsignal schräg nach rechts oben verlaufende Balken, den der Buchsbaumzweig gebildet haben muß«. Kugl-Egger sprach leise, nicht gerade demütig, aber doch sanft, er sagte: sowohl die Glorifizierung des Angeklagten Gruhl sen. als »gesuchter Fachmann« wie dessen wirtschaftliche Lage sei ihm zu sehr betont, von der Verteidigung wie die Laufbahn eines wahren Märtyrers der menschlichen Gesellschaft herausgestellt worden; auch der wahre Aufmarsch an Entlastungszeugen habe bei ihm, Kugl-Egger, das Gegenteil vom Gewünschten erzielt, ein Mensch von derart sympathischer Grundhaltung sei, jedenfalls nach seiner Meinung, viel härter zur Verantwortung zu ziehen als irgend jemand, der sich weniger verdient gemacht habe. Ihm, Kugl-Egger, gehe es wie dem Polizeimeister Kirffel: das nackte Geständnis entsetze ihn. Er sehe alle Anklagepunkte als nachgewiesen an: Sachbeschädigung und grober Unfug. Beide Anklagepunkte seien vollauf bewiesen, sogar zugegeben. Auch sei der Leerlauf bei der Bundeswehr zu sehr betont worden; dieser Leerlauf betreffe alle Lebens-, alle Wirtschaftsbereiche. Inzwischen hatte er, immer noch auf den Kruzifixabdruck starrend, dort sogar, wie er später am Abend seiner Frau erzählte, verschiedene Buchsbaumspuren entdeckt – was ihn zu einem Lächeln veranlaßte, das von allen Anwesenden mißverstanden wurde, denn mit diesem sanften, fast schönen Lächeln noch auf dem Gesicht fuhr er fort, es sei hier viel von Kunst die Rede gewesen, von Ge- und Entstaltung, er sei sicher, daß der Zeuge Büren, den er als Gutachter betrachte, viel Widerspruch zu gewärtigen habe, wenn dieser Fall, was unvermeidlich sei, in Revision ginge. *Er* könne diesen angeblich grundsätzlichen Widerspruch zwischen Kunst und Gesellschaft, auch die angebliche Provokation in seinem Plädoyer nicht berücksichtigen. Kunst, das sei für ihn ein zu subjektiver, zu zufälliger Begriff. Darüber müsse »höheren und anderen Orts« entschieden werden. Er beantrage – und immer noch lächelte er zu der Stelle hin, wo einmal ein Kruzifix gehangen hatte –, er beantrage, er stehe hier als Vertreter des Staates, der durch die Tat der Angeklagten sozusagen in seiner Wurzel getroffen sei –, er beantrage zwei Jahre Gefängnis für Johann Heinrich Georg Gruhl, zweieinhalb Jahre für Georg Gruhl, vollen Schadenersatz, *keine* Anrechnung der Untersuchungshaft, die ja ohnehin eine leicht zu durchschauende Farce gewesen sei. Lächelnd setzte er sich hin, wandte nun sein Gesicht wieder den Angeklagten zu, die keine Bewegung erkennen ließen, während der hinter ihnen sitzende Bergnolte sichtbarlich zusammenzuckte, als Kugl-Egger seinen Strafantrag stellte.

Stollfuss, der den Antrag lächelnd entgegennahm, bat nun Hermes zu plädieren, forderte ihn mit der ihm gewohnten Höflichkeit auf, »doch bitte, Sie verstehen mich schon, Herr Kollege, nicht allzu ausschweifend« zu werden.

Hermes, dessen Plädoyer später von allen anwesenden Juristen, besonders von Bergnolte, als »großartig fair« und kurz bezeichnet wurde, stand lächelnd auf, blickte in die Runde, wobei sein Blick besonders lange auf dem Gesicht seiner Tante Agnes Hall verharrte, deren Gesichtsausdruck von Schroer später als »still, von innen heraus leuchtend« bezeichnet wurde – und sagte dann, auch er sei sich der Einmaligkeit des Falles, des verhandelten Gegenstandes bewußt, um so mehr bedaure er, daß die Öffentlichkeit »durch geschickte Manipulationen der Presseleute untereinander« so wenig, fast nichts von den Vorgängen, die heute hier verhandelt worden seien, erführe. Doch er wolle sich kurz fassen: seine Mandanten hätten gestanden, sie hätten keinerlei Schwierigkeiten bei der Beweisaufnahme gemacht, sie hätten zugegeben, »etwas zu weit gegangen zu sein«, sie wären nicht nur bereit, den entstandenen Schaden zu ersetzen, der Schaden *sei bereits* ersetzt auf Grund der Großzügigkeit »einer uns allen bekannten, vertrauten und lieben Mitbürgerin«, die ihm einen Blankoscheck überreicht habe. Für ihn, den Verteidiger, sei die ganze Angelegenheit auf eine Weise klar, die ihn fast schmerze, denn er, Hermes, liebe die komplizierten Fälle; dieser hier sei so einfach, daß es ihm fast gegen die Berufsehre gehe; es sei, sagte Hermes, von dem Wirtschaftstheoretiker Dr. Grähn hier gesagt worden, der moderne Wirtschaftsprozeß sei gnaden- und erbarmungslos – das sei also von einem Wissenschaftler bestätigt, sei auf die ökonomische Situation des Angeklagten Gruhl direkt bezogen worden. Ob – und hier blickte Hermes mit *echter* Liebenswürdigkeit seinen Kollegen Kugl-Egger und mit *achtungsvoller* Liebenswürdigkeit den Vorsitzenden Dr. Stollfuss an: ob die Herrschaften je auf den Gedanken gekommen wären, das von den beiden Angeklagten, wie amtlich durch einen Professor bezeugt sei, erstellte Kunstwerk könne möglicherweise jene Gnaden-, jene Erbarmungslosigkeit haben ausdrücken sollen? Er wisse sehr wohl, daß Interpretation von Kunstwerken Glückssache sei, aber er wage diese Interpretation. Schließlich sei die Erbarmungslosigkeit jener neuen Kunstrichtung, die man Happening nenne, in einer überregionalen Zeitung von hohem Ansehen, einer Zeitung, die nicht im geringsten verdächtig sei, öffentlich anerkannt worden; ja, es sei sogar in einer Bundestagsdebatte die Rolle der Bundeswehr im Zusammenhang mit einer solchen Veranstaltung zur Sprache gekommen. Nun gut, er, Hermes, wolle nicht kneifen und die beiden Anklagepunkte nicht umgehen: grober Unfug, Sachbeschädigung –. Aber ob nicht in jeder Kunst, *jeder* Kunstäußerung diese beiden Elemente von der Natur der Sache her enthalten sein müßten, denn Sachbeschädigung im Sinne einer kunstfeindlichen Theorie sei alle Kunst, da sie Material verändere, verwandle und sogar direkt zerstören könne. Er wisse wohl, sagte Hermes, der Stollfuss durch einen Blick zu verstehen gab, daß er nun zum Ende komme, er wisse sehr wohl, daß der Staat das alles nicht so hinnehmen könne, aber ob denn diese heutige Verhandlung nicht ein wenig wenigstens dazu beitragen könne, das Verhältnis des Staates, der Öffentlichkeit zur Kunst, die zugegebenermaßen beide Anklagepunkte ihrer Natur nach enthalte – dieses Verhältnis zu klären, indem die Angeklagten freigesprochen würden? Ja, er fordere Freispruch und fordere, daß die Kosten des Verfahrens zu Lasten der Staatskasse gingen. Noch einen Punkt müsse er erwähnen, fügte Hermes, der sich schon gesetzt hatte, nun wieder aufstand, hinzu: im Zusammenhang mit dem Schadenersatzanspruch der Bundeswehr erhebe sich die Frage, die er auch zu entscheiden bitte: ob die Bundeswehr, wenn sie den Schadenersatz annehme, nicht verpflichtet sei, das Instrument des Kunstwerks, das Autowrack, wieder herauszugeben; schließlich hätten seine Mandanten Anspruch auf dieses Instrument, wenn sie den Schaden ersetzt hätten. Er behalte sich Weiteres in dieser Sache vor.

In der kurzen Pause, die Stollfuss nur der Form halber anberaumte, weil es ihm schien, es sei besser, die Würde des Gerichts und dessen Formen zu wahren, indem er vor der Urteilsbegründung und -verkündung wenigstens eine symbolische Pause einlegte; in der kurzen Pause blieben alle außer Bergnolte im Gerichtssaal; die beiden Gruhl flüsterten ungeniert mit der Hall, Hermes mit Kugl-Egger, der diesem lächelnd erzählte, die Schroer sei doch eine »tolle Person«, er schmecke jetzt erst durch, daß sie ihm nicht nur Cognac, sondern, durch diesen getarnt, in diesen »sozusagen verpackt« auch Baldrian ins Wasser getan, und: er werde sich die Sache noch gründlich, in Ruhe und für einige Tage überlegen, ob er nicht die ihm, wie Hermes ja wohl wisse »anderen, höheren Orts angeratene Taktik« widerrufen und Einspruch einlegen solle; lediglich Außem blieb auf seinem Platz und machte sich an seinem Protokoll zu schaffen, dem er, wie der später gestand, einen gewissen literarischen Schliff gab; Bergnolte verließ den Saal kurz, um mit der Schroer in deren Küche abzurechnen, da er den letzten Zug, der gegen 0.30 Uhr von Birglar in die nahe gelegene Großstadt abfuhr, zu erreichen gedachte. Zu seiner Überraschung entdeckte er in der Schroerschen Küche die Damen Hermes und Kugl-Egger, erstere legte den Finger auf den Mund, trank genüßlich an einer Tasse Fleischbrühe, letztere, sowohl beunruhigt wie bereits wieder beruhigt, ließ sich von der Schroer den Anfall ihres Mannes und dessen Behandlung schildern, wobei die Schroer zu bedenken gab, »diese Gruhl-Sache« müsse »ja auch für jeden Staatsanwalt eine Zumutung sein, wenn er nicht richtig loslegen« dürfe. Des Bergnolte plötzliches Auftreten wurde von keiner der drei Damen ausgesprochen freundlich aufgenommen: die Hermes legte nicht nur den Finger auf den Mund, runzelte auch die Stirn und fragte die Schroer nicht sehr leise, ob sie »ein Klopfen an die Tür gehört« habe, was diese verneinte. Der Kugl-Egger, die mit dem Anstreicher Ärger gehabt hatte, weil dieser ihr in einer, wie ihr schien, etwas zu selbstgefälligen »Volkshochschul-Farblehre-Manier« bestimmte Farben hatte aufdrängen wollen; die außerdem natürlich durch die Hermes, ihren und deren Mann darüber unterrichtet war, daß Bergnolte hier als Schnüffler anwesend war; der Kugl-Egger entschlüpfte ein »o mei!«, wie sie es möglicherweise auch beim plötzlichen Anblick eines unangenehmen Tiers hätte ausstoßen können. Die Schroer schließlich, der durchaus Rang und Aufgabe des Bergnolte bekannt war, begnügte sich mit einem ziemlich unwirschen »Ja, und?«, das Bergnolte, der sich durch »diese Weiber«, wie er später sagte, »nicht aus der Fassung bringen lassen wollte«, mit der Frage nach dem Preis für die »kürzlich eingenommene Mahlzeit« beantwortete. Die Schroer, der durch Wachtmeister Sterck mitgeteilt worden war, daß »dieser Herr möglicherweise« Stollfuss' Nachfolger werden solle, nahm die Gelegenheit wahr, »gleich von vornherein klarzustellen, wer hier Herr im Hause ist«, und sagte nicht sehr freundlich, mit siebzig Pfennigen sei die Zeche bezahlt. Das kam dem Bergnolte, »wie fast alles in Birglar, verdächtig vor«; unfähig, die schnippische Mundknospe der

Schroer, der es keineswegs an erotischer Explosivität ermangelte, unfähig, diese schnippische Mundknospe recht zu deuten – »einen, wenn auch winzigen Bestechungsversuch« witternd, nicht ahnend, daß man derartige Gefälligkeitsbewirtungen am besten durch eine Schachtel Pralinen oder durch ein, wenn auch verspätetes Blumensträußchen nicht bezahlt, sondern honoriert, er bestand mit ziemlich harter Stimme darauf, »den wahren und wirklichen Preis für die Mahlzeit zu bezahlen«. Die Schroer – die beiden anwesenden Damen, die sich ein Ausplatzen verkneifen mußten, dabei anblickend, nicht ohne Pose und Sinn für diese Pose – rechnete dem Bergnolte vor, daß ein gekochtes Ei mit fünfundzwanzig Pfennig reichlich bezahlt sei, daß sie die Bouillon, die sie in großen Mengen herzustellen pflege, auch mit fünfundzwanzig Pfennig als abgegolten bezeichnen würde, und ihr, wenn sie es recht bedenke, zwanzig Pfennig für eine Scheibe Brot mit Butter doch etwas reichlich vorkämen, sie also den »Herrn Amtsgerichtsrat bitte«, es bei sechzig Pfennig zu belassen; sie habe, wie sie ausdrücklich betone, hier keine Kneipe, sondern eine »Gefälligkeitsimbißstube«; sie ließ während ihrer erst demütig, dann mit verschärfter Demut, zuletzt mit bitterer Demut vorgetragenen Rechnung den Blick, wobei sie jeden der Betroffenen anders ansah, von der Hermes zur Kugl-Egger, von dort zu Bergnolte, den Weg zurück noch einmal bis zu Bergnolte gleiten. Der – zwischen, wie er später erzählte, »Unterwerfung und Aufruhr schwankend« – wählte die Unterwerfung; im letzten Augenblick fiel ihm ein, daß ein Trinkgeld, das zu geben er tatsächlich sogar in diesem Stadium der Verhandlung noch erwogen habe, »völlig, aber auch völlig unangebracht« sei; er zählte mit einer Miene, die von der Schroer später den beiden Gruhls und ihrem Mann als »ausgesprochen beschissen« beschrieben wurde, die Münzen aus seinem Portemonnaie auf den Küchentisch und war, wie er später gestand, »heilfroh, es passend zu haben«. Nachdem er betreten, vor Verlegenheit sogar vergessend, die Damen der Kollegen zu grüßen, die Küche verlassen hatte, horchte er, weil er sicher war, hinter ihm würde das Weiberlachen losplatzen. Er wartete und horchte vergebens, ging, als er im Saal das Geräusch scharrender Füße und gerückter Stühle hörte, rasch hinein, ohne zu ahnen, daß die Hermes, die nach seinem Weggang wieder den Finger auf den Mund gelegt, genau in dem Augenblick erst das Lachen auch der beiden anderen Damen »freiließ«.

Wenige Tage später, als er die stenografisch aufgenommene Urteilsverkündung und Begründung der Sekretärin von Stollfuss in die Maschine diktierte, habe er, gestand Außem, sich doch nochmal »eine flüchtige Spur Feuchtigkeit« aus dem Auge wischen müssen, nicht gerade Tränen, aber, »na, Sie wissen schon«. Als Stollfuss jetzt einzog, war es fast schon Mitternacht, und Bergnolte, der gerade noch rechtzeitig kam, bezeichnete sich später seiner Frau gegenüber als »widerwärtiger, unverbesserlicher Pedant«, weil er dauernd habe auf die Uhr schauen und an diesen »verfluchten letzten Zug denken« müssen, im Herzen eine »unausrottbare Bangigkeit wegen der dem Staat eventuell entstehenden hohen Taxikosten – ich bin und bleibe nun einmal ein Beamter, weißt du, und ich bin noch stolz darauf«. Schließlich vergaß sogar Bergnolte die Uhr, während Agnes schon nach den ersten von Stollfuss' Worten absolut versunken gewesen zu sein behauptete. Stollfuss sprach erst ohne Barett, er blickte Agnes, die Gruhls, Hermes, Außem, Kugl-Egger, wieder Agnes an, der er jetzt offen und unwidersprochenerweise zunickte, dann lächelte er, weil die Damen Hermes und Kugl-Egger eintraten, leise, wie Leute, die zu spät in die Kirche kommen und den Prediger nicht stören wollen. Solange er ohne Barett sprach, sagte Stollfuss nur Persönliches; er zöge bald die Robe aus, dieses sei nicht nur wahrscheinlich, sondern sicher, wie ihm mitgeteilt worden sei, sein letztes Verfahren, sein letztes öffentliches Auftreten, und er bedaure es, daß nicht alle Bewohner des Kreises Birglar, die zu be- und abzuurteilen er gezwungen gewesen sei, jetzt hier versammelt wären; das sei eine stattliche Zahl, eine »ziemlich große Herde«; nicht alle, aber die meisten seien eigentlich ganz nette Menschen gewesen, ein bißchen verstrickt, hin und wieder bösartig, doch – und er bezöge darin den Sittlichkeitsverbrecher Hepperle ein – die meisten »richtig nett«. Dieser Prozeß hier aber – und er sähe dies als eine günstige Fügung an – sei der netteste von allen gewesen; die Angeklagten, alle Zeugen, ja *alle*, womit er nach der Meinung der Hall auf die Seiffert anspielte, der Ankläger, der Verteidiger, das Publikum und ganz besonders die hochverehrte Dame dort im Zuschauerraum, die an nicht fast, sondern buchstäblich an allen seiner öffentlichen Verhandlungen teilgenommen habe. Ihn betrübe der Vorfall mit dem Finanzoberinspektor Kirffel, an dem er sich schuldig erkläre, er würde sich noch einmal bei Kirffel entschuldigen; ihm seien angesichts der Kompliziertheit des Falles – darin müsse leider dem Herrn Kollegen Hermes widersprochen werden – die Nerven durchgegangen. Der Fall selbst – und er setzte immer noch nicht sein Barett auf, nun, er sei sich klar darüber, daß sein Urteil nicht endgültig sein könne; dieser Fall überschreite nicht etwa nur seine, eines Amtsgerichtsdirektors Kompetenz, er überschreite sogar die Kompetenz der allerhöchsten Gerichte, denn er spiele sich ab an einem »wahren Schnittpunkt, ja Kreuzweg«, und er sei keineswegs der Mann, in einem solchen Fall ein gültiges Urteil zu sprechen. Ein Urteil spreche er, und es sei für *ihn* ein endgültiges Urteil, aber ob man höheren Orts und anderen Orts sich damit zufriedengeben werde? Er wisse es nicht, wage fast zu sagen, er *hoffe* es nicht, denn was er als Richter immer angestrengt, wohl selten erreicht habe: Gerechtigkeit, das habe er in diesem Prozeß am allerwenigsten von allen durch ihn geführten Prozessen erreicht: *gerecht* würde er der Tat, würde er dem Vorgang, würde er dem Werk – würde er der Anrichtung –, er bitte den Herrn Referendar Außem keines dieser Worte in Anführungszeichen zu setzen, *gerecht* könne er einer »solchen Sache« nicht werden. Ihn habe – und jetzt setzte er sein Barett auf – sowohl der Verteidiger wie der Ankläger überzeugt: er aber sehe zwar groben Unfug nicht aber Sachbeschädigung als erwiesen an. Ihn hätten aber auch die Angeklagten überzeugt: freimütig hätten sie zu Protokoll gegeben, was er als Richter zugebe: daß es in einer solchen Sache keine Gerechtigkeit gebe, und sie, die Angeklagten solche nicht erwarteten. Daß er als Richter sich hier für hilflos erkläre, daß ihm als letzter Fall ein Fall gegeben worden sei, der die Hilflosigkeit der menschlichen Rechtsprechung so deutlich zum Ausdruck bringe: *das* sei für ihn das schönste Abschiedsgeschenk jener Göttin mit verbundenen Augen, die für ihn, Stollfuss, so viele Gesichter gehabt habe: manchmal das einer Hure, hin und wieder das einer verstrickten Frau, nie das einer Heiligen, in den meisten Fällen das einer durch ihn, den Richter, zu Wort kommenden stöhnenden, geplagten Kreatur, die Tier, Mensch und ein kleines, kleines bißchen Göttin gewesen sei. Er verurteilte die Angeklagten zu vollem Schadenersatz, verpflichtete die Bundeswehr zur Herausgabe des Kunst-Instruments, denn daß es sich um ein solches gehandelt habe, davon habe ihn nicht nur die Aussage des Zeugen Professor Büren überzeugt. Wenn aber diese Art, »Kunstwerke oder kunstgeschwängerte Augenblicke zu schaffen«, um sich greife, so habe das verheerende Folgen, zumal es ja wahrscheinlich wie alles Popularisierte zum Kitsch erstarren, zum Kunstgewerbe degradiert werde. Er müsse deshalb – und er täte das ohne Reue und ohne Bedenken – die Angeklagten zu sechs Wochen Haft verurteilen, die durch die Untersuchungshaft verbüßt seien. Die Angeklagten würden es ihm gewiß nicht übelnehmen, wenn er – und er nahm wieder sein Barett ab –, der ihr Vater beziehungsweise Großvater sein könne, ihnen einen Rat gebe: sie sollten sich unabhängig vom Staat machen, indem sie ihm – das betreffe die Steuerschuld des Angeklagten Gruhl sen. – gar keine Möglichkeit gäben, sie in ihrer Freiheit einzuschränken, und sie sollten, wenn sie diesen Tribut entrichteten, schlau wie die Füchse sein, denn es sei hier von einem Wissenschaftler, der als kompetente Kapazität gelte, die Gnaden- und Erbarmungslosigkeit des Wirtschaftsprozesses geradezu *bescheinigt* worden, und einer gnadenlosen, erbarmungslosen Gesellschaft dürfe man nicht ungewappnet entgegentreten. Es war fünfundzwanzig Minuten nach zwölf – was auf Stollfuss' Wunsch später im Protokoll in 23.46 Uhr umgewandelt wurde, da er nicht den neuen Tag mit »dieser Sache behangen« sehen wollte –, als Stollfuss, nun wieder energisch, die Angeklagten bat vorzutreten und zu sagen, ob sie das Urteil annähmen. Die beiden berieten sich sehr kurz, fast stumm, indem sie Hermes fragend anblickten, der ihnen zunickte, mit ihrem Anwalt, traten dann vor und erklärten, sie nähmen das Urteil an. Stollfuss verließ sehr rasch den Gerichtssaal. Er selbst war nicht nur viel weniger, er war gar nicht gerührt, als er oben in dem sehr schwach beleuchteten Flur seine Robe an den Haken hängte; er strich sich über den Kahlkopf, rieb sich die müden Augen, und als er sich vorbeugte, um seinen Hut vom Haken zu nehmen, sah er unten Bergnolte über den dunklen Hof laufen und lächelte.

5

Im Saal unten hielten Müdigkeit und Rührung einander die Waage, hinderte die eine die andere einige Minuten lang auszubrechen, bis die Müdigkeit Übergewicht bekam, Tränen der Rührung ungeweint blieben und Seufzer von Gähnen unterdrückt wurden. Sogar die Gruhls waren nun erschöpft, spürten, wieviel Tempo sich in der Prozedur verborgen hatte, die sich ihnen als träge dahinschleppende Wiederholung bekannter Aussagen dargestellt hatte. War ihnen die Bezeichnung der Schroer »Eil- und Gewaltmarsch« den ganzen Tag über unangemessen erschienen, nun begriffen sie, wie rasch das gegangen war. Nun auch kam ihnen die kurze Haftzeit plötzlich unendlich lang vor, traf sie die plötzlich erhaltene Freiheit – so drückte Gruhl sen. es aus – »wie ein Schlag mit dem Hammer«. Nach Huskirchen, in ihre unaufgeräumte, kalte Wohnung mochten sie keinesfalls noch in dieser Nacht zurück, und die Schmitz in den Duhr-Terrassen um Quartier zu bitten, schien ihnen angesichts der vorgerückten Stunde und der durch die Qualität des Abendessens ausgedrückten Kriegserklärung des Schmitz nicht ratsam. Ihr Begehren, sofort in ihre Zellen zurückgeführt zu werden, wurde von Schroer überraschend energisch abgelehnt, der meinte, das sei ja »immerhin eine staatliche Unterkunft, verflucht, Hännchen, wir sind ja schließlich kein Hotel«, und außerdem, er, Gruhl, wisse doch, daß es nicht angebracht sei, die eventuelle Aufmerksamkeit der Öffentlichkeit auf das Birglarer Zellenparadies zu lenken, und im übrigen liege ihm, Schroer, nicht daran, »sich zur juristischen Witzblattfigur« zu entwikkeln. Da Stollfuss schon gegangen war, man ihn nicht anrufen mochte, Kugl-Egger sich für so erschöpft erklärte, daß er keiner Entscheidung und besonders nicht in einer so heiklen Sache fähig sei; das einzige, was er begehre, seien zwei Liter Bier und achtundvierzig Stunden Schlaf; und da außerdem Hermes es für unklug erklärte, nach einem solchen Urteil die Gastfreundschaft der Justizbehörde zu begehren, nahmen die Gruhls das sehr schüchterne Angebot der Agnes Hall, doch in ihrem Haus zu übernachten, an, wurden mit der Aussicht auf eine Ochsenschwanzsuppe, Spargel »leider aus der Büchse«, italienischem Salat, den sie, die Hall, schmackhaft zu bereiten wisse, gelockt; Bier allerdings habe sie nicht zu bieten, wohl eine gute Flasche Wein, und zudem sei es ja vielleicht ganz gut, das nächste Happening, an dem musikalisch mitzuwirken sie bereit sei, »schon jetzt zu besprechen«. Sie habe gelesen, alte Klaviere seien begehrte Instrumente bei solchen Veranstaltungen, und ob man nicht ein *neues* Auto und ein *altes* Klavier, sie habe davon zwei im Keller stehen – aber hier wurde sie von Hermes, dem die Erörterungen solcher Pläne »in Gegenwart des Staatsanwalts dann doch zu makaber« waren, geschickt unterbrochen, der seine Tante bei der Schulter nahm, sie höflich aus dem Gerichtsgebäude drängte, die Gruhls hinterdrein. Lisa Schroer, der jetzt – etwa ein Uhr nachts –, wie sie später erzählte, »doch allmählich die Geduld ausging«, meldete die Ankunft des Taxis für die Kugl-Eggers, die gemeinsam mit den beiden Hermes das Gerichtsgebäude verließen, in dem nur noch Außem verblieb, der mit seiner von der Schroer als »pingelig« bezeichneten Handschrift noch an seinem Protokoll arbeitete.

Als einzige noch frische Person hätte man die Hermes bezeichnen können, die mit ihrer Freundin einen angenehmen Kaffeenachmittag verbracht, mit ihr über ein Thema gesprochen, das ihren Beinamen »Pillen-Else« als gerechtfertigt hätte erscheinen lassen, dann einige Stunden geschlafen hatte, zu Fuß an »Küppers Baum« vorbei nach Huskirchen gewandert war, wo sie gerade rechtzeitig in der Kugl-Eggerschen Wohnung ankam, um der Marlies im Kampf mit dem, wie beide Frauen meinten, ver- und übergebildeten Malermeister beizustehen; was ihr gelang, da sie dessen im zungenschweren Dialekt dieser Rübenackerlandschaft hingemurmelte Bemerkungen verstand, als recht derb erkannte und in gleicher Münze – derb und im Dialekt – heimzahlte. Hermes, der müde und blaß, um einige Jahre älter wirkend, am Arm seiner Frau durch das stille, schlafende Birglar fast nach Hause taumelte, widersprach heftig, als diese »wie eine Motte ins Licht« auf das einzige noch in Birglar erleuchtete Fenster der Druckerei des »Duhrtalboten« zugehen und dort eindringen wollte, »um denen einmal den Kopf zurechtzurücken«. Obwohl wenig Widerstandskraft in ihm verblieben war, gelang es Hermes, das Mitleid seiner energischen Frau zu erwekken, für die es ein ziemliches Opfer zu sein schien, auf eine nächtliche Auseinandersetzung mit Hollweg zu verzichten.

Bergnolte erreichte den ersten Vorortbahnhof der nahe gelegenen Großstadt schon bevor die Schroer endlich hinter Außem die Tür abschließen und sich mit ihrem Mann zu einem letzten Imbiß hinsetzen konnte, bei dem sie ohne Zögern und ohne die geringsten Skrupel die von den Gruhls hinterlassenen mit Landleberwurst bestrichenen Margarinebrote servierte, weil sie »zu müde war, auch nur ein Messer anzupacken«. Weisungsgemäß – »und wenn es drei Uhr früh wird!« hatte Grellber gesagt – eilte Bergnolte zum nächsten Taxistand und ließ sich in den stillen Vorort hinausfahren, wo er in Grellbers Villa zu seiner Erleichterung Licht brennen sah; den ganzen Abend über hatte ihn die Vorstellung gequält, er könnte gezwungen sein, den Präsidenten durch intensives Klingeln aus dem Schlaf zu wecken, was ihm, selbst wenn es weisungsgemäß geschehen, sehr schwergefallen wäre. Doch Grellber hatte nicht nur Licht, er schien auf das Geräusch des sich nahenden Autos gewartet zu haben; kaum hatte Bergnolte den Fahrer entlohnt, der ihm gram zu sein schien und etwas wie »um ein Uhr nachts sind gewöhnlich auch die Trinkgelder höher« hinmurmelte, mit offensichtlichem Widerwillen auch noch Bergnoltes Begehren nach einer Quittung erfüllte, indem er diese »mit geradezu aufreizender Renitenz«, wie Bergnolte später erzählte, vom Block riß; kaum hatte Bergnolte alle diese unvermeidlichen Aufhaltungen hinter sich gebracht, da war Grellber nicht nur schon an der Haustür erschienen, hatte diese nicht nur schon geöffnet, sondern war Bergnolte schon die Treppe hinunter entgegengekommen, nahm ihn nun väterlich an der Schulter und fragte, als sie ins Haus gingen: »Na, war das Essen da nicht vorzüglich? In diesen Nestern gibt's noch Köchinnen, was?« Wider besseres Wissen und indem er schnöden Verrat an seinem Gaumen übte, sagte Bergnolte: »Ja, vorzüglich, ich möchte fast sagen: es war einmalig!« In seinem Arbeitszimmer, in dem frischer Zigarrenrauch eine präsente, alter Zigarrenrauch eine tradierte Männlichkeit, in dem wie Bergnolte es später nannte, eine riesige alte Stehlampe mit grünem Seidenschirm »matte Würde«, vollgestopfte Bücherregale schließlich wissenschaftliche Gediegenheit verbreiteten, gab Grellber, dessen Güte nicht nur auf seinem Gesicht abzulesen war, auch von fast allen seinen Studenten und Untergebenen (»ein paar miese Burschen ausgenommen«) hätte bestätigt werden können – Grellber gab »diese geheiligte Halle ausnahmsweise für Zigaretten frei«, forderte aber Bergnolte nicht auf, den Mantel auszuziehen. Grellber lachte, als er von des Staatsanwalts Nervenkrise, von dessen Strafantrag hörte, lächelte, als er das von Stollfuss verkündete Urteil vernahm, notierte sich die Namen: Kolb, Büren und Kuttke, und selbst die Art, mit der er Bergnoltes Bericht hin und wieder unterbrach, wenn jener sich, anstatt die erwähnten Personen kurz zu charakterisieren, in mehr oder weniger rechts- oder staatsphilosophische Spekulation zu verlieren drohte, selbst das war so liebenswürdig und gütig wie jene abschließende Geste, mit der er das Gespräch für beendet erklärte und »ohne viel Federlesens«, wie Bergnolte es an ihm gewohnt war, eigenhändig das Telefon nahm, wählte, mit eigener Stimme dann ein Taxi für Bergnolte bestellte, dem er eine »sehr, sehr wohlverdiente Nachtruhe« wünschte. Als besonders delikat empfand es Bergnolte, daß Grellber an *diesem* Tag nicht auf die Amtsdirektorenstelle zu sprechen kam, die dem Bergnolte nicht nur versprochen war, sondern zustand. Wissend, daß er niemanden aufwecken, nur einem automatisch sich einschaltenden Tonband sich mitteilen würde, wählte Grellber, nachdem er Bergnolte im Taxi hatte wegfahren sehen, die Nummer jenes Abgeordneten, mit dem er Hollweg am vergangenen Abend nach dem Theater getroffen hatte. Er diktierte dem Tonband die Höhe der Strafe, die Namen Kuttke, Major Troeger und Oberst von Greblothe, sprach dann einige artikulierte Sätze, in denen er den Abgeordneten bat, doch den Kultusminister des Landes, der zwar kein Parteifreund, doch ein Freund des Abgeordneten war, um möglichst erschöpfende Auskunft über einen gewissen Professor Büren zu bitten. Er legte auf, zögerte eine Weile, ob es möglich und wichtig genug sei, um diese Zeit noch einen Prälaten anzurufen, mit dem er befreundet genug war, ihn in wichtigen Fällen auch zu nächtlicher Stunde aufzuschrecken. Dann, er hatte den Telefonhörer schon in der Hand, fiel ihm ein, daß bei der Aussage des Pfarrers Kolb nach dem Bericht des Bergnolte nur *zwei* außerordentliche Zuhörer anwesend gewesen waren, und er verschob das Gespräch auf den kommenden Vormittag (als er den Prälaten gegen elf dann wirklich anrief, jener ihn als erstes fragte, *wieviel* Zuhörer denn anwesend gewesen seien, Grellber dann die Zahl Zwei nannte, brach der Prälat in ein herzliches, angesichts seines Alters zu herzliches Lachen aus, er verschluckte sich und bekam einen Anfall von Atemnot, mußte das Gespräch abbrechen, noch bevor er dem Grellber sagen konnte, daß Kolb seine »merkwürdigen Ansichten« sonntags vor etwa zwei-, dreihundert Pfarrkindern öffentlich von sich zu geben pflegte).

Referendar Außem verließ als letzter das Gerichtsgebäude. Eine Einladung der Schroer, die ihn mochte, über seine Mutter mit ihm verwandt war und darauf bestand, »außer Dienst« von ihm Tante genannt zu werden, an dem Verzehr der Schmitzschen Landleberwurstbrote teilzunehmen, lehnte er ab, schlenderte über den ehemaligen Schulhof der Duhrbrücke zu. Außem befand sich, nachdem er seiner Müdigkeit durch kaltes Wasser Herr geworden, in fast euphorischer, mit Rührung über den alten Stollfuss gemischter Stimmung; er begehrte nach menschlicher Gesellschaft, schwenkte in der Vorstellung, daß solche zu dieser Stunde am ehesten dort zu finden sei, hinter der Nepomukstatue rechts ab auf die Hallsche Villa zu, die er zu seinem Erstaunen in tiefem Dunkel, in deren Toreingang er zu seinem weniger geringen Staunen den jungen Gruhl mit der Eva Schmitz in einer Umarmung fand, die er später als »fast schon statuenhaft« bezeichnete, änderte rasch seine Richtung, schon gute Laune verlierend, da nicht nur Eifersucht an ihm nagte, er auch betrübt das Lokal der Seiffert ausschließen mußte, weil die ihm angedroht, wenn er nicht seine Schulden bezahle, werde sie seinen Vater, den Schuhmachermeister Außem, über seine »großkotzigen Sektspendierereien« informieren; er spürte nicht Widerstandskraft genug, in dieser fast lyrischen Stimmung die zungenfertige Seiffert zu weiterem Kredit zu überreden, war schon »kurz vor der Resignation«, jedenfalls in sein Schicksal ergeben, daß er nach Hause gehen müsse, wo ihm der Ledergeruch »zwar nicht immer, aber doch manchmal mehr zu schaffen« machte als die versonnene Melancholie seines früh verwitweten Vaters; da entdeckte er, »und ich begriff zum erstenmal, wieviel Hoffnung und Freude der Ausdruck ›ein Licht in der Finsternis‹ bedeuten kann«, Licht in der Druckerei des Duhrtalboten, strebte darauf zu, fand die Tür offen, trat ein, unterbrach seinen Parteifreund Hollweg und den der gleichen Partei »nahestehenden« Brehsel in heftigem Disput, wobei ihm, wie er ebenfalls später erzählte, zum erstenmal auffiel, »wie ausgesprochen dümmlich Hollwegs liebes und hübsches Gesicht plötzlich wirken kann«. Mit heruntergezogener Krawatte, aufgekrempelten Hemdsärmeln, die »Bierflasche wie ein Bauarbeiter schwingend«, saß Hollweg wieder einmal an der Setzmaschine (seine Arbeit wurde übrigens vom Setzer des Duhrtalboten als vollkommen »sinnlos und überflüssig« bezeichnet, da er, der Setzer, gewöhnlich den ganzen Krempel sowieso neu setzen müsse, seine Arbeitsstunden aber nicht anrechnen könne, weil natürlich niemand wisse, am wenigsten Hollweg selbst erfahren dürfe, daß die »nächtlichen oder frühmorgendlichen Spielereien für die Katz sind«) und stritt sich gerade mit dem mürrisch wirkenden Brehsel über das Wörtchen »wulstig«, das er bei der Beschreibung des Schewenschen Gesichts vermisse; er, Hollweg, habe in zwei überregionalen Tageszeitungen und einer überregionalen Wochenzeitung, von drei verschiedenen Berichterstattern, auf des Kindermörders Schewen Lippen angewandt, das Beiwort »wulstig« gelesen, wieso es ausgerechnet bei ihm, Brehsel, fehlte? Weil, meinte Brehsel, der seine Ungeduld und auch seine Verachtung der Hollwegschen Dümmlichkeit schon nicht mehr verbarg, weil die Lippen des Schewen einfach nicht wulstig *seien*; sie seien nicht einmal »aufgeworfen«, sie seien einfach »ganz und gar ohne besondere Merkmale«; er würde sie »normale Lippen« nennen, wenn ihm der Ausdruck normale Lippen nicht reichlich komisch vorkäme; ob denn, fragte Hollweg, der trotz seiner »Schwerarbeiterattitüde«, die dem Außem ohnehin »reichlich künstlich« vorkam, nun plötzlich den Chef herauskehrte, alle, aber auch alle anderen Berichterstatter blind, dumm oder voreingenommen seien und er, der Herr Wolfgang Brehsel, »der einzig Sehende sei, der die Wahrheit über Schewens Lippen gepachtet« habe; nein, sagte Brehsel, er sei nicht der einzig Sehende, habe keinerlei Wahrheit gepachtet, übrigens sei die Wahrheit gar nicht zu pachten, aber die Lippen des Schewen seien nun einmal nicht wulstig, seien es jedenfalls den ganzen Tag über – und er habe Schewen acht Stunden hintereinander gesehen –, seien es jedenfalls nicht an diesem Tag gewesen! Aha, meinte Hollweg, nun wieder kollegialer und lud Außem ein, sich aus einem Kasten mit Flaschenbier zu bedienen, jetzt zöge sich Brehsel schon auf ein *gewesen* zurück. Ein Archivfoto von Schewen, das diesen unrasiert mit einer Zigarette im Mund zeigte, lehnte Brehsel als Beweisstück für die Wulstigkeit der Lippen ab; ja, er steckt sich eine Zigarette in den Mund, so, daß sie nach oben zeigte, und demonstrierte so, wie seine, Brehsels Lippen, die nicht im geringsten wulstig seien, durch die Klemmung der Zigarette eine »gewisse Wulstigkeit« zeigten; dieses Foto, das einzige bis zum Prozeßbeginn veröffentlichte, sei es ja, das die Berichterstatter der anderen Zeitungen zu der Bezeichnung »wulstig« veranlaßt habe; er, Brehsel, weigere sich, in seinem Bericht die Bezeichnung wulstig aufnehmen zu lassen; im übrigen sei der Prozeß gegen Schewen »bemerkenswert uninteressant«, und er schlage vor, vom morgigen, nein, vom heutigen Tag an, es sei ja bereits halb zwei und er sei hundemüde, die Berichte einer Agentur zu übernehmen, »meinetwegen mit den wulstigen Lippen, aber *ich* schreibe nicht, daß er wulstige Lippen hat«. Außem, dem die Dümmlichkeit des Hollweg noch nie so recht klargeworden war, der insgeheim auch hoffte, von Hollweg in das Lokal der Seiffert eingeladen zu werden, das bis vier Uhr früh geöffnet war, wurde von Hollweg zum Schiedsrichter aufgerufen, spürte nur kurz die Versuchung, jenem Recht zu geben und sich damit zwei, wie er aus Erfahrung wußte, sichere Whisky-Soda zu erkaufen; später, als er sich noch einmal diesen Vorgang in Erinnerung rief und mit seinem Sinn für Genauigkeit herauszufinden versuchte, ob nicht die ihm plötzlich »unglaublich langweilig und ermüdend« erscheinende Aussicht, den Rest der Nacht in Hollwegs Gesellschaft zu verbringen, den Ausschlag gegeben habe, entschied er sich dafür, sich selbst zuzubilligen, er habe sich nicht stimmungs-, sondern wahrheitsgemäß für Brehsel entschieden, indem er seine erhebliche Erfahrung mit den Schilderungen von Augenzeugen, »selbst hochintelligenten«, ins Treffen führte, die meistens nicht ihrem Urteil, nicht ihren Sinnen, sondern einem Vorurteil folgten; der einzig wirklich zuverlässige, präzise Augenzeuge, den er kenne, sei eben doch der alte Polizeimeister Kirffel, der gewiß nicht zögern würde, die Lippen des Schewen als *nicht wulstig* zu bezeichnen, wenn er sie nicht wulstig fände, und wenn er in einem halben Dutzend regionaler oder überregionaler Zeitungen gelesen hätte, sie *seien* wulstig. Kirffel sei überhaupt –, aber hier unterbrach ihn Hollweg mit der gleichen Gereiztheit, die den Außem schon mittags in den Duhr-Terrassen verletzt hatte, und sagte, er habe die Nase rundherum voll von diesem »Herumwühlen in Birglarer Provinzmief«, *er* habe zu arbeiten; gut, er wolle auf das Wörtchen »wulstig« verzichten, da er die *Freiheit* respektiere, selbst wenn sie sich gegen seine Überzeugung artikuliere, aber die Namen Kirffel, Hall, Kirffel und wieder Hall, die könne er nun wirklich bald nicht mehr hören. Als Außem nun fragte, ob er den Namen Gruhl denn noch hören könne, wurde Hollweg, was selten geschah, geradezu unhöflich und sagte, *er*, Hollweg, sei kein Beamter, sein Gehalt läge nicht jeden Ersten auf der Bank, *er* habe zu tun. Brehsel verabschiedete sich rasch, überließ es dem Außem, sich noch einige Minuten lang Hollwegs »alte Leier« anzuhören; daß es notwendig sei, Blätter wie den »Duhrtalboten« frei und unabhängig zu halten, unerläßlich für Freiheit und Demokratie, und daß es keineswegs ein Sport oder ein Vergnügen sei, wenn er sich eigenhändig an der Setzmaschine zu schaffen mache. Mehr aus Müdigkeit, die nach dem soeben genossenen Flaschenbier wieder in ihm aufbrach, denn aus Höflichkeit, hörte Außem noch einige Minuten den überraschend aggressiven Worten des Hollweg zu, bevor auch er sich verabschiedete und nach Hause ging. Den häuslichen Ledergeruch fürchtete er längst schon nicht mehr, er begehrte fast danach.